TANITH LEE

Wenn die Götter dürsten

Buch

Die fesselnde Geschichte der Französischen Revolution, erzählt aus der Sicht eines ihrer Hauptakteure: Mit einer einzigen Rede gegen das Ancien Régime bringt der verarmte Advokat Camille Desmoulins die Massen auf die Barrikaden und ist ein gefeierter Mann. Der plötzliche Ruhm bringt dem genialen Jakobiner nicht nur die Freundschaft Dantons ein, sondern ermöglicht ihm auch die langersehnte Hochzeit mit Lucile, der Frau seines Herzens. Bald gelingt es, den König zu stürzen, und gleichzeitig wird sein erster Sohn geboren. Doch Desmoulins hat wenig Anlaß zur Freude. Die Zeiten werden immer härter angesichts der nicht nachlassenden Angriffe aus dem Lager der Feinde der Republik, und was noch schlimmer ist: Innerhalb der eigenen Reihen bilden sich einzelne Fraktionen, die sich gegenseitig bekämpfen, während das Volk hungert. Nicht lange, und Köpfe beginnen zu rollen. Unweigerlich richtet sich die Bewegung, die Desmoulins selbst ins Leben rief, am Ende gegen ihn: Die Revolution frißt ihre Kinder. In seinen Bemühungen gescheitert, endet Desmoulins gemeinsam mit Danton unter der Guillotine, in der Gewißheit, daß seine geliebte Lucile ihm bald nachfolgen wird. All das ist Geschichte, und doch gelingt es Tanith Lee, am Beispiel eines Einzelschicksals ihre eigene, überzeugende und ergreifende Version der Französischen Revolution zu erzählen.

Autorin

Tanith Lee, 1947 in London geboren, begann im Alter von neun Jahren zu schreiben. Nach der Schule arbeitete sie in verschiedenen Berufen, bis sie sich nach der Veröffentlichung ihrer ersten Bücher ganz dem Schreiben widmen konnte. Bisher hat sie 58 Romane, 9 Bände mit Erzählungen und einige Hörspiele und Drehbücher für die BBC geschrieben. Sie wurde bereits zweimal mit dem *World Fantasy Award For Short Fiction* und 1980 mit dem *August Derleth Award* ausgezeichnet. Tanith Lee lebt mit ihrem Mann und zwei Katzen im Südwesten Englands.

Tanith Lee

Wenn die Götter dürsten

Roman

Aus dem Amerikanischen
von Eva L. Wahser

GOLDMANN

Die Originalausgabe erschien 1996 unter dem Titel
»The Gods Are Thirsty«
bei The Overlook Press, New York.

Umwelthinweis:
Alle bedruckten Materialien dieses Taschenbuches
sind chlorfrei und umweltschonend.
Das Papier enthält Recycling-Anteile.

Deutsche Erstveröffentlichung 9/99

Umschlaggestaltung: Design Team München
Umschlagfoto: AKG, Berlin
Satz: deutsch-türkischer fotosatz, Berlin
Druck: Graphischer Großbetrieb Pößneck
Verlagsnummer: 41645
Redaktion: Ilse Wagner
JE • Herstellung: Peter Papenbrok
Made in Germany
ISBN 3-442-41645-0

1 3 5 7 9 10 8 6 4 2

Für Lucile

O Fortuna!

Eins

Wo beginnen. Und wie. Und was sagen, und was verschweigen. Und wo die Grenze zwischen dem ehrlichen Aufschrei des Herzens und der Selbstverteidigung ziehen.

Die Zeit reichte nicht – damals. Kein Platz vorhanden. Nirgends in diesem engen, kleinen, steinernen Loch ein Fleck zum Schreiben. Während sie – und ganz besonders einer – allen Platz der Welt und Zeit im Überfluß genossen, um ihre Anklageschriften in wohlgesetzte Worte zu fassen. Ja, wenn er gewollt hätte, hätte er sie sogar in Verse kleiden können, dieser Mistkerl. Uns dagegen haben sie die Mäuler gestopft. Ließen nicht zu, daß wir auch nur ein Wort sagten. Später dann hatten wir's immer noch nicht aufgegeben, aber – zu spät, keiner hörte zu. Bis auf Danton, der zu mir sagte: Halt's Maul, um Himmels willen, halt's Maul. In jenen letzten Minuten schien das der endgültige und schlimmste Schlag zu sein (auch wenn der erst noch kommen sollte). Als ob er mir mitten ins Gesicht geschlagen hätte.

Deshalb will ich jetzt versuchen, noch einmal zu sprechen, obwohl ich den verhängnisvollen Makel längst erkenne. Könnte es doch sein, daß alles nur Lüge ist, daß das Gedächtnis, einem Sklaven gleich, nur jene Bilder apportiert, die mir vielleicht gefallen könnten, und selbst diese noch dem Anlaß entsprechend falsch kostümiert. Sei's drum. Was bleibt mir sonst noch übrig? Der Stachel sitzt mir zuckend in der Ferse, besser gesagt im Herzen. Ich muß es wagen, ihn herauszureißen, und das Blut zusammen mit der Tinte fließen lassen. So wie damals, als es durch alle Gossen lief, bis uns selbst die untergehende Sonne über dem scharlachroten Fluß, genannt der Schoß, an Blut gemahnte.

Paris 1789: Sommer

Das Pferd, das die mit Grasbüscheln durchsetzte Landstraße im Jahre siebenhundertneunundachtzig des zweiten Jahrtausends nach Christi Geburt heraufkam, war erschöpft und kurz vor dem Zusammenbrechen. Man hatte es zwanzig Kilometer im gestreckten Galopp von jenem Ort hereingeritten, der unter dem Namen Versailles bekannt ist. Der Reiter, der das Pferd gemietet hatte, war zwar nicht schwer, aber innerlich brannte er vor Nervosität und Zorn. Und genau das hatte das Pferd bei jedem Schritt buchstäblich am eigenen Leibe verspürt. Jetzt lief es zitternd und keuchend mit klappernden Hufen in heimatliche Gefilde ein, die ihm nicht unbedingt einen herzlichen Empfang bereiteten. Seit einigen Wochen hatten sich die Konturen der Felder neben dem Straßenrand verändert. Wie Ameisenhaufen zogen sich über weite Strecken die Lager der ausländischen Truppen des Königs hin. Die weiße Bourbonenlilie und die Wappen der Allemande baumelten matt über den Zeltspitzen in der Hitze, aber trotzdem vollführten irgendwelche Gestalten mit der Präzision eines Uhrwerks unheilverkündende Manöver. Wegen eines einzelnen Mannes auf einem Pferd verzichteten sie normalerweise auf ihren Wer-da?-Ruf. Lediglich bei Saint-Cloud hatte es eine Auseinandersetzung gegeben, die ihn zum Galopp quer über die Straße und über drei Heckenreihen genötigt hatte.

Der Armeering um Paris bot einen genauso deprimierenden, traurigen Anblick wie die ausgemergelten Vagabundentrüppchen, die durch Mißernten in die Hauptstadt gespült worden waren und nun an öffentlichen Zisternen und in den Eingängen von heruntergekommenen Weinschenken herumlungerten. Hier, auf der letzten Strecke, hockten Männer vor einer wirren Häuseransammlung auf dem Seitenstreifen. Auf dem Kopfsteinpflaster reihte sich hübsch ordentlich die stinkende Hinterlassenschaft von Viehherden auf, die man früher am Tag durchgetrieben hatte. Man spürte förmlich, wie gerne gelangweilte, mißmutige Hände einen Fladen aufheben und werfen würden, aber dann stellten mehrere Männer lediglich laut eine Frage. Das war alles. Er, der Reiter, sah und hörte sie, jedoch nur als Teil einer beunruhigenden Gesamtlandschaft, die er durcheilte. Dies sollte man sich unter dem Licht der kommenden Ereignisse vor Augen halten.

Neben einem Tor, das die alten Stadtmauern unterbrach, hielt er das Pferd vor der Zollschranke an, aber auch hier waren die Leute nervös und wollten sich auf Kosten seines halsbrecherischen Rittes einen Spaß erlauben. »Schätze, der kommt zu spät zur Hochzeit.« Auf diesen Witz hätte er gut verzichten können. »Oho, muß aber wirklich ein seltener Fang sein, wenn die sich so ein hübsches Kerlchen aufhalst.« Diesen Witz war er schon gewöhnt, wenn auch andersherum. Er rutschte hin und her und kaute an seinen Nägeln herum, während er auf Durchlaß wartete. »Is 'ne Hübsche, was?« bohrten die amtlichen Nichtstuer weiter. »Tja, umwerfend. Drei Augen und ein Bein. Ein ideales Paar. Gratuliert mir.« Damit löste sich die Spannung. Vor Lachen taumelten sie herum und umarmten abwechselnd ihn und einander. Und dann konnte er sich endlich durchzwängen und entfliehen.

Neunundzwanzig war er und ungeduldig wie alle Neunundzwanzigjährigen. Schäbig und abgerissen (ich besitze zwei Hemden, alle beide vom Tragen schon ganz durchsichtig; die Wäscherinnen verwechseln sie mit toten Riesenmotten und kreischen vor Entsetzen) und mit wirren, schwarzen Lockenkringeln bis auf die Schultern. Bis zwanzig hatte er sie gepudert. So hat man das eben damals gemacht: der Bourgeois im Adelspelz. Aber in Wahrheit hatte er nur wie eine Art diabolisches Schaf ausgesehen. Seine Feinde würden ihn immer als häßlich bezeichnen. Seine Freunde klatschten ihm grinsend auf den Rücken und nannten ihn einen Narren. (Dann gab's da noch die anderen Witze: Woher weht denn heute der Wind? Oder: Wie war das Getreide? Die Trampel vom Zoll hatten sie nur nicht benutzt, weil sie seinen Namen nicht kannten.) Aber schaut euch nur mal seine Augen an. Wie dieser dünne, wilde, junge Mann förmlich in die Stadt hineinfliegt. Augen, strahlend schwarz und merkwürdig weit auseinanderstehend wie bei einem fremden Tier, ein Faun geradewegs aus einem heidnischen Wald. Beim Schreiben überlastet er sie bereits. Übers Jahr oder so wird er zum Lesen eine Brille brauchen. Und doch entgeht ihnen kaum etwas, diesen

Augen, die wie Feuer in einem Gesicht brennen, dem die Häßlichkeit Leben verleiht und von dem nur die Feinde sagen, es sei *wirklich* häßlich. Allerdings wird er immer viele Feinde haben.

Die Stadt dagegen ist schön, ja, auch wenn sie am Rande in riesige Elendsviertel zerfällt, auch wenn sie zum Teil nach Armut, Kloake und dem eingebrannten Schmutz des Sommers stinkt.

Paris, du Hexe, du Stadt an jenem Fluß, der die Quelle des Lebens ist. Als ob ein Schluck aus dem Flußwasser – so wie es die Gebäude an seinen Ufern tun – die Unsterblichkeit bringen würde. In Wahrheit würde es dich vergiften. Manchmal kann man darin Fische fangen und sie essen. Die Armen haben das schon getan. Auch Hunger ist ein Gift.

Bald wird es dir schwerfallen, Distanz zu wahren, deshalb laß deinen ersten Blick von ganz oben über die Stadt schweifen, vom Gipfel ihrer hohen Sommerhügel. Wie du mit eigenen Augen siehst, hat die Stadt ihre ureigenste, unverwechselbare Farbe. Taubengrau mit einem Hauch von Pergamentgelb. Und dazu eine lange Lebensader aus grauem Blei mit goldenen Einsprengseln – der Fluß, genannt der Schoß. (Mal abgesehen vom Gift, wie viele sind letzte Nacht darin ertrunken? Wie jede andere Stadt, die diesen Namen verdient, hat auch Paris sein mörderisches Schattenleben. Erst wenn die Schatten Gestalt annehmen, laufen die Dinge aus dem Ruder.)

Wie ein Puzzlespiel zersplittert die äußere Form der Stadt in alle Richtungen, jedes Teil von Architektur umrahmt. Unter einer Schieferkappe ein Palast, den der frühe Nachmittag vergoldet, und dort eine Kathedrale. Wie ein großes, steingewordenes Untier, dessen bunte Glasaugen nur nach innen starren, ruht sie schlafend mit eingezogenen Pfoten auf ihrer Insel. Und hier die vollgepackten Kais und da das wild schlängelnde, wuchernde Straßengeflecht mit all seinen eigenen Mittelpunkten: aufragende Kirchen, versunkene Gärten mit weißen Statuen wie mit Blumen übersät, die Säulenreihen von Theatern und Arkaden.

Doch jetzt hinunter, denn jeder Versuch, weiter im luftleeren Raum zu weilen, ist sinnlos. Genau das wäre der Aristokratentrick: das Haar gepudert und Paris von seinen eigenen Truppen belagert, nur weil jemand um Brot gebettelt hat. Hinunter in das Getöse, mitten hinein in den Duft und den Gestank nach verschüttetem Wein, Kloake, heiligem Weihrauch, Gekröseläden und dem Parfüm von Bäumen im Julilaub.

Juli: Hochsommer, Monat der grünen Aufstände

Sanftgelbe Arkaden schlossen die Gärten des Palais Royal mit verschränkten Armen ein, in deren Höhlen Juweliere, Buchhändler, Handschuhmacher, Astrologen und Parfümverkäufer emsig ihren Geschäften nachgingen. Und dazwischen immer wieder die allgegenwärtigen Kaffeehäuser. Der ganze Garten ein einziger Marktplatz mit Blick auf die Kuppel einer herzoglichen Residenz – ein Traum für jeden Maler. Alle paar Schritte ein wackerer junger Baum, quietschgrün, und jedem zweiten bunte Flaggen und Bänder wie Haarschmuck ins Laub gewebt. Zwischen Bäumen und Ausblicken ein Gedränge von Buden, Jongleuren, Marionetten, Sängern, Messerstechern und Dieben. Alles zusammen bildet mit dem blumenbedeckten Pavillondach des Café Chinois den Rahmen für das Biwak der »patriotischen« Soldaten, das seinerseits einen Girlandenschmuck aus Flaschen und im Gras liegenden Kriegern trägt. Ursprünglich, das heißt offiziell, waren diese Männer zusammen mit der Royal Allemande und der stolzen Schweizergarde westlich, jenseits des Flusses, stationiert gewesen. Auf dem Marsfeld. Leider gab's da ein Problem bei den französischen Truppen. Ihr König hatte aufgrund der Einflüsterungen seiner ausländischen Königin, dieser Österreicherin, beschlossen, in der Stadt martialische Präsenz zu zeigen. Wer aber behauptet, ein Franzose würde freiwillig das Feuer auf einen anderen Franzosen eröffnen? Nun, sie hat das gesagt, die österreichische Antoinette, *la reine blonde*. Und was haben die französischen Truppen darauf antwortet? Sie sagten: Na schön, *Madame la Reine,* viel Glück. Wir hauen ab und setzen uns im Palais Royal ins Gras.

Hier drüben machte es mehr Spaß oder auch dort bei den umarmenden Arkaden, wo es einladend nach Kaffeehäusern und Weinläden duftete und sich offensichtlich ständig riesige Mengen eifriger Advokaten herumtrieben, deren einziger Wunsch es zu sein schien, einen Freitrunk zu spendieren. Und außerdem gab's da im Palais Royal noch ein paar liebreizende Mädchen. Viele von ihnen verlangten lediglich ein paar Sous.

Der Garten, ein Geschenk zum Vergnügen des Volkes, gehörte dem Lieblingsaristokraten des Volkes, dem Duc d'Orléans. Manchmal erschien er auf einem Balkon seines Kuppeldomizils und winkte. Hier erfuhr man im allgemeinen auch alle Neuigkeiten. Hier schien sich die Pamphletwolke dieser Tage immer zuerst abzuregnen. Jedermann im pochenden Herzen von Paris, der schreiben konnte (oder es zu können glaubte), druckte diese Zettel, und obendrein in verführerischen Farben: puderrosa, pastellgrau oder beige. Wer sie gelesen hatte (falls er wollte), konnte sie weiterverkaufen oder in kleine Fetzen zerreißen und zu den Bordellfenstern hinaus über die Köpfe der darunter stehenden Redner verteilen.

Denn da war immer irgend so ein salbadernder Volksredner auf einem Tisch bei einer Ansprache. Einige waren ja gut, hatten Stil und Schwung. Ihren Rhythmus konnte man gut übernehmen, was ein Mann, der ans Marschieren gewöhnt war, durchaus zu schätzen wußte. Wie viele Soldaten, die sich unerlaubt von der Truppe entfernt hatten, hatten sich davon anlocken lassen, daß unter dem Fenster irgendein Kerl lautstark etwas über die Menschenrechte herausbrüllte. Manchmal waren auch die Hochrufe der Menge daran schuld gewesen – falls man den *perfekten* Zeitpunkt dafür gefunden hatte.

Wo hatte der Ärger begonnen? Mindestens vor fünf Jahrhunderten, als Männer von vornehmer Abstammung zu Göttern und Männer ohne Geburtsrecht ihre Sklaven wurden.

In unmittelbarer Vergangenheit hatte es mit Mißernten, einem entsetzlichen Winter und einer Brotpreiserhöhung begonnen. Damit war Essen etwas geworden, das die Reichen taten. Es hatte mit einem neuen König namens Louis begonnen, der kurzsichtig und gütig nickend in die Geschichte stolperte, zu scheu, um guten Morgen zu sagen, und zu langsam für irgendeine passendere Phrase. Es hatte damit begonnen, daß Louis ein Wendehals war. Mal stimmte er dem zu, mal jenem. Sein Name wurde rasch zum Wortspiel: L'oui – König Ja-Ja. Wenn man einem, der nur ganz wenig hat, einen Strohhalm zur Rettung anbietet, und wenn dann die vermeintliche Rettung ausbleibt, dann tut das viel mehr weh, als wenn man ihn von vornherein im Stich gelassen hätte.

Im Mai berief König Ja-Ja die drei Generalstände ein, das altehrwürdige Ideal eines *parlement.* Den Ersten Stand bildete der Adel, die ersten Blutsauger der Nation. Der Zweite Stand umfaßte den Klerus,

Blutsauger Nummer zwei. Der Dritte Stand repräsentierte das Volk, die Ausgesaugten.

Ein Habenichts wird immer geneigt sein, auf etwas zu hoffen. Am Anfang sah es aus, als ob es hier tatsächlich etwas geben könnte: eine politische Stimme, Gerechtigkeit. Und das alles unter der Ägide eines Königs, eines königlich sorgenden Vaters. Aber das neue *parlement* war nichts als Heuchelei und Chaos. Was kann schon ein Drittel eines Ganzen gegen die beiden anderen Teile ausrichten? Damals fing das Gemurre an, dann brach offene Wut aus, und schließlich wurden scharenweise Truppen um und in der Stadt zusammengezogen. Mit Trommelhall marschierten sie durch die Straßen. Der gütige Vater hatte den Riemen herausgeholt.

So kam es, daß an diesem heißen Julitag ein Gewitter drohend am Himmel stand und das Volk nur noch zwei Hoffnungen sah: Zum einen hatte sich der Dritte Stand zum Kampf gerüstet. Er hatte unter Eid geschworen, eine Verfassung zu bilden und für die Rechte der Normalbürger zu kämpfen, ja sogar für die gesamte Bürgerschaft von Frankreich. Und bislang war der Dritte Stand noch nicht aufgelöst worden, sondern forderte noch immer in der Schmetterlingsstadt Versailles lautstark seine Rechte ein, direkt unter König L'ouis Nase. Die zweite Hoffnung war ein Finanzminister namens Jacques Necker, den sich Paris zum Idol erkoren hatte. Necker war offensichtlich dagegen, die Finanztölpeleien Frankreichs durch einschneidende Maßnahmen beim Gros der Bevölkerung auszugleichen. Fast sah es aus, als könne er zaubern. Über Nacht verbesserte sich die finanzielle Lage, obwohl niemand tödlich zur Ader gelassen worden war. Ein Hexenmeister war er und gleichzeitig der Fuß des Volkes in der Glitzertüre. Er allein konnte sie zu Wohlstand führen. Necker war ziemlich wichtig. Und erst heute morgen ...

»He, Windmühle! Windmühle!«

Einer schob sich durch die Menge unter den grünen Bäumen und packte ihn. Freude und Hallogeschrei.

»Wo hast du gesteckt? Siehst wie immer halb verrückt aus. Was ist passiert? Offensichtlich weißt du etwas, das wir nicht wissen. Komm, laß uns einen zusammen trinken.«

Er stand in der Arkade. Soldaten, zeitige Gäste, ein Schreiner mit einem Stuhlrahmen und hübsche Huren rempelten ihn an. Aber letztere rümpften nur die Nase, denn offensichtlich hatte er kein Geld. Er öffnete den Mund.

»Dann ist es also etwas Wichtiges?« Inzwischen hatten ihn die drei oder vier Bekannten unter Gelächter und Verwünschungen umringt. Einer klopfte ihm wie bei einer defekten Uhr gegen die Brust. Und wie immer bei wichtigen Sachen brachte er keinen Ton heraus. Dieses Stottern. Immer wenn er aufgeregt oder nervös war, überfiel es ihn. Verdammt. Verdammt. Was stieß er bloß für alberne Laute aus. Wie ein mechanisches Huhn, das seinen Geist aufgibt. Voller Verzweiflung drehte er ihnen den Rücken zu und raufte sich die Haare.

»Da bist du ja«, sagte Louis-Mer und schob ein Glas trüben Weins zwischen Windmühle und den Irrsinn.

Windmühle trank den Wein. Vielleicht lockerte sich dadurch seine Zunge, vermutlich aber eher sein Gehirn. Seit gestern abend sieben Uhr hatte er nichts mehr gegessen.

»Wie spät ist es?« fragte er Louis-Mer einigermaßen verständlich.

Die Freunde klatschten höhnisch. »Halb drei. Hast du nicht die Glocke gehört?«

»So spät – m-mein Gott. Habt ihr vielleicht außer diesen verdammten Glocken noch etwas gehört?«

»Was sollen wir gehört haben? Du wirst es uns schon erzählen müssen. Jetzt mal langsam, Camille, aber wenn's geht, noch bevor uns die Spannung umbringt.«

»Der König«, sagte Windmühle, »hat Necker entlassen.«

Sie starrten ihn an. Ringsherum dröhnte der allgemeine Kirmeslärm des Palais Royal weiter. Ganz in der Nähe sang ein Soldatentrupp Arm in Arm mit einer Gruppe staubiger Tischler und arbeitsloser Handwerker. Alle kamen hierher, selbst die feinen Herren. Auch die unterste, verzweifeltste Klasse war vertreten. Mit schwarzen Fingernägeln spielten sie unter den hohen Bögen Karten oder wanderten wie verlorene Seelen herum und suchten nach einem, der ihnen das neueste Pamphlet vorlesen konnte. Eine zottige, lachende, herumwandernde oder auch verwirrte Schar. Und immer noch unwissend.

»Der einzige Minister, den das Volk billigt und dem es vertraut«, sagte Louis-Mer. Vor Konzentration bekam sein Gesicht Falten. Er schätzte die Nachricht ab. Was würde sie für ihn bedeuten? »Wirklich? Hinaus?«

Windmühle zuckte die Achseln. Seine Schultern verkrampften sich vor Nervosität. »Wa-was sonst? Paris verhungert, Paris bettelt um Brot, und die feinen Pinkel bringen Truppen auf den Champ-de-Mars. Der Dritte Stand redet über Rechte, während die Adelspinkel dem König sagen: Schmeiß Necker raus.«

Einer sagte beinahe fröhlich: »Man hat dem österreichischen Miststück berichtet, die Leute hätten kein Brot, da hat sie gemeint, dann sollten sie eben Kuchen essen.«

»Nein, René, du Idiot, das war ein anderes Miststück vor hundertfünfzig Jahren. Wenn einer so etwas zu Antoinette gesagt hätte, hätte sie gesagt: Gib ihnen Schierling zu essen, damit sie sterben und mit dem Gejammer aufhören.«

Louis-Mer sagte: »Bist du sicher, Camille?«

»Ich war in Versailles dabei.«

»Trotzdem, ganz sicher?«

»Ich bin mir sicher, verdammt noch mal, ganz sicher. Genauso sicher, wie sie sich meiner Meinung nach darauf verlassen, daß wir es herumblöken und nichts dagegen tun. Ach, was sind wir doch alle für gottverdammte Feiglinge!«

Wie eine Windmühle wirbelte er die Arme herum, bis er mit bitterer Heiterkeit spürte, daß die durchgescheuerten Nähte seines Mantels aufplatzten.

Inzwischen tobte der Wein durch seinen ganzen Körper, aber es stellten sich weder Kraft noch Witz ein, sondern etwas, das fast schon an panische Angst grenzte. Und wie er so in diesem unentrinnbaren, kleinen Strudel inmitten des größeren Strudels, der diesen Garten bildete, feststeckte, spürte er plötzlich, wie er auf der Schwelle zu etwas gigantisch Unbekanntem stand. Er hatte Angst, daß er nicht in der Lage wäre, den Augenblick zu nutzen, der sich ihm wie ein Schwert unvermutet anbot. Und gleichzeitig hatte er Angst, daß er ihn *tatsächlich* nutzen würde.

»Nun, wir müssen –« sagte Louis-Mer Fréron, aber in dem Moment beugte sich schon einer in ihren Kreis, ein großer Mann mit tätowierten Armen.

»Was'n los?«

»Er sagt –«

»Laß Camille erzählen. Von ihm stammt die Neuigkeit.«

»Na los, Camille, ganz Paris frißt dir aus der Hand.«

»Lieber Himmel, das stimmt. Bloß nicht stottern, Camille.«

Louis-Mer versetzte dem, der das gesagt hatte, einen Rippenstoß.

Alle kletterten auf Stühle, eine Weinflasche fiel um, der Wein ergoß sich aufs Pflaster. Er war zu dünn, um an Blut zu erinnern, und auch nicht rot genug.

Windmühle war entsetzt. Er fand sich auf einem Tisch wieder, und dann schob man ihn auf einen Stuhl auf dem Tisch, den einer mit seiner Schulter stützte. Es sah wie ein gefährlicher Berg aus.

Da stand er nun, und eine Lampe, die vom Gewölbe hing, war viel näher als noch vor einer Minute. Und dann die riesige Menschenmenge – oh, schaut mal, noch so ein Schwätzer. Was will der wohl sagen? Das alles drehte und wirbelte um ihn her wie ein buntes Riesenrad. Der Garten schwankte, die Baumkronen, der Himmel. Nun, er hatte schon früher zu ihnen gesprochen. Manchmal. Es war wie ein römisches Forum: Man suchte sich eine Ecke aus, wartete, bis man an der Reihe war, und sagte dann ein paar Worte. Danach Buhrufe oder Applaus. Wenn aber einer sagte, was sie hören wollten, dann ließen sie ihn hochleben. Und was sie hören wollten, war ziemlich offensichtlich.

Aber diesmal handelte es sich um eine rabenschwarze Nachricht. Und zweifelsohne würde der Garten voller Agenten des Königs sein. Weiß Gott, vielleicht würde sogar einer auf ihn anlegen und ihn erschießen. Aber schließlich war es halb drei und so heiß, daß es einem die Seele zerfetzen konnte. Doch sein inneres Feuer hatte nichts mit der Sonne und nichts mit dem Wein zu tun, sondern nur mit jener außergewöhnlichen Mischung, die er immer geleugnet hatte: mit panischer Angst und Lebenslust und der Sehnsucht nach einem Funken Macht über die Ereignisse.

Er starrte die sorglose Menge an, die ihrerseits die Augen in seine funkelnden Blicke senkte.

»Hört her!« schrie er in ihr Geplapper. »Um Gottes willen, hört her! Schon morgen früh kann jeder von euch tot sein!«

Das hatte gewirkt. Sie hörten zu.

In diesen Sekunden hörte und spürte er, wie sich das Schweigen ausdehnte, immer weiter von ihm weg, quer über den Garten, als ob jede Uhr oder jedes Herz in ganz Paris zu schlagen aufgehört hätte.

Aber in jenen Sekunden gab es noch etwas: panische Angst. Sie erwürgte ihn beinahe. Einen Augenblick glaubte er, ersticken zu müssen, aber dann kamen die Worte und brachen klar und wohlgesetzt aus ihm heraus. So schnell, daß er sie nicht zurückhalten konnte. »Necker – erinnert ihr euch an ihn, an den guten Engel des Volkes? Necker ist entlassen.«

Die Entscheidung war gefallen, die panische Angst vorbei. Doch zum Ausgleich dafür streifte ihn noch während seines Gebrülls die Furcht, er würde wieder zu stottern anfangen, oder seine immer schon schwache Stimme würde versagen. Aber auch dieses Gefühl blieb wie unter Peitschenhieben zurück, denn jetzt hatte er die letzte Ausdrucksform erreicht, sein Endstadium: Leidenschaft. Wie eine Welle stürzte sie herein und hob ihn hoch und riß ihn in die Luft hinauf, weit höher, als ihn Tisch und Stuhl tragen konnten. Er fühlte sich, als ob er auf dem Dach stehen würde, auf den Schultern des Himmels. Und das machte ihn trunkener, als es der Wein vermocht hatte. Sein Blut war wie elektrisiert, und irgendwie klang seine matte Stimme wie Donnerhall. Es war, als ob ihn sechstausend Menschen umringten. Ganz Paris umringte ihn mit weit aufgerissenen Augen, die nur ihm galten. Sie hatten die Ohren gespitzt, um nur ja keines seiner Worte zu verpassen.

Und wie sie gebrüllt hatten. Bestürzt und wütend zugleich. Necker, der Inbegriff der Wünsche der Nation, mitsamt den Rufen nach Essen und Gerechtigkeit auf den Schrotthaufen geworfen.

»So behandeln sie euch!« schrie er nun gellend. »So haben und werden sie euch immer behandeln, bis die Sonne erlischt. Dich«, sagte er, »dich und dich.« Er spürte die Worte pfeilgleich in sie eindringen, aber die Gesichter der einzelnen nahm er kaum wahr. Ihre Mienen waren zu einem einzigen Fleck geronnen. Alle mit langen Hälsen und wechselnder Miene ihm zugereckt, erregt und ganz in seiner Hand, wie – ja, wie das Gesicht einer Frau beim Liebesakt. »Jetzt haben sie das getan, und was kommt als nächstes? Paßt auf, sie sind zu allem fähig. Ihr habt zu zeigen gewagt, daß ihr eigene Ansichten habt, aber die mag euer Herr und König nicht. Oder vielleicht sollte ich besser sagen, sein geschminkter Abschaum von Hofstaat mag sie nicht. Denen habt ihr mächtig Angst eingejagt. Die feinen Pinkel zittern in ihren Schuhen, deshalb versuchen sie nun euch angst zu machen: Marsch, zurück in den Zwinger, ihr Hunde, und kusch und den Boden geleckt. Aber wenn ihr euch das bieten laßt, dann gnade Gott euch allen. Wißt ihr, wie stark die Truppen Seiner Majestät sind, die rings um Paris warten? Dreißigtausend Mann. Aber vergeßt die mal. Er hat genug Deutsche und Schweizer auf dem Marsfeld. Die kann er heute nacht durch die Straßen schicken und jeden Bürger in seinem Bett ermorden lassen.« Aufschreie, Flüche. Die Reaktion! Ihre weitgeöffneten Augen waren wie eine einzige Umarmung. So starrten sie zu ihm herauf, bittend, bereit: Sag uns, was wir tun sollen. »Nun«, rief er ihnen zu, »wollt ihr abwarten, bis man euch wie Schafe schlachtet? Verdammt noch mal, bewaffnet euch – um Gottes willen, kämpft!« Lärm. Jemand schlug mit der Faust auf den Tisch, daß es nur so krachte. Die Beifallsrufe des Kerls mit den tätowierten Armen waren ohrenbetäubend. Alle schrien: Waffen! Messer! Gewehre!

(Was habe ich getan? Kühle, kleine Frage, aber die Wut der Leidenschaft stieß sie beiseite. Welche Bedeutung hat es schon, was ich getan habe? Ich habe die Wahrheit gesagt.) Und er merkte, wie er das alte Pistolenwrack, das er zum Schutz gegen eventuelle Strauchdiebe auf die Versailler Landstraße mitgenommen hatte, aus seinem Mantel zerrte und es ihnen mit den Worten zeigte: »Und ich gehe jede Wette ein, daß mich die Polizei, der königliche Liebling, im Auge hat – soll sie ruhig! Seht her, meine Herren. Was tue ich denn? Ich rufe Paris zur Freiheit! Und wofür läßt sich besser sterben als für die Wahrheit?«

Da brüllte einer: »Beruhig dich, Bürger, wir beschützen dich schon. Die sollen nur mal versuchen, dir auch nur ein Haar zu krümmen, solange ich dabei bin.« Und andere stimmten ein und boten ihm lebenslänglich eine Ehrengarde an. Jetzt strömte die Liebe, die er spürte, zu ihnen zurück. Seine Augen waren feucht. Ihre auch. Und dann rief einer der Nationalgardisten: »Wir stehen zu dir. Gib uns unsere neuen Farben, General!«

In der Nähe des Tisches stand ein Mädchen mit einem leuchtendgrünen Band im Haar. Er schaute zu ihr hinunter, auf das Band mit der Farbe von Julibäumen. Offensichtlich wußte sie Bescheid. Sie löste das

Band und reichte es ihm empor, und er zeigte der Menge statt der Pistole das Band. »Grün«, sagte er. »Wie die Hoffnung.«

In dem Moment, bei diesem letzten Wort, versagte seine Stimme. Es war nicht mehr wichtig. Das große Rad, das er allein in Bewegung gesetzt zu haben schien, drehte sich nun mit aller Macht aus eigener Kraft. Nicht nur die Leidenschaft, sondern die Menge der Menschen trug ihn. Und es schneite grünen Schnee. Sie rissen die Blätter von den Kastanienbäumen und hefteten sie an Hüte, Mäntel und Kleider. Le vert ou la mort krächzten sie einander halb wütend, halb lachend zu. Jeder, der noch keine grüne Kokarde hatte, wurde vor die Wahl gestellt. Jeder, der nicht die Farbe des Volkes anlegte, war ein Volksverräter.

Windmühle – getragen durch die Gärten, nicht mehr auf den Schultern des Himmels sondern auf menschlichen.

Führe uns! riefen sie ihm zu. Die Soldaten schüttelten ihn, glücklich, wild: Du bist der Hauptmann.

»Nein«, sagte er. Er spürte keinen Knochen mehr und fühlte sich sehr müde. Er wollte nur noch, daß alles aufhörte. Im Theater würde an dieser Stelle der Vorhang fallen, aber das hier war das Leben, wo die Vorhänge höchstens zum falschen Zeitpunkt fielen. »Das Volk«, sagte er, »kann keine Führer haben. Das Volk ist ein Kopf und ein Herz.« Seine Worte lösten ein wahres Feuerwerk aus und sie ließen ihn los.

Einige Sekunden lang strömte die Menge vorbei, während Windmühle an einem der geplünderten Kastanienbäume lehnte. Zu seinen Füßen lag ein Teppich aus zerrissenen Blättern. Er schaute die Bäume an. Sie sahen aus, als ob ein Hagelsturm über sie hinweggefegt wäre. Es hätte genausogut Winter sein können. Sein Blick wanderte zu den zerrissenen Blättern, und er spürte, wie Verblüffung in ihm aufstieg. Doch dann hatten ihn Louis-Mer und der Tätowierte eingeholt. Sie nahmen ihm das grüne Band aus den vor Erregung zitternden Fingern und hefteten es ihm an den Mantel. Auch Louis-Mer war ziemlich grün im Gesicht. »Da hast du was angefangen«, sagte er.

Menschen sind nicht die Ursache der Geschichte. Die Geschichte selbst treibt die Menschen unter dem Druck der Ereignisse dazu, ganz bestimmte Handlungen zu vollziehen. Jeder hätte auf diesen Tisch springen können. Wer es getan hat, ist ziemlich irrelevant.

Jedenfalls hatte alles vor diesem Ereignis begonnen. Ist eine Sache wirklich so einfach? Gibt es nicht zwanzig – ja, hundert – Gründe für alles, was je geschieht?

Zum Beispiel das Stottern. Wo hatte das begonnen? Keine physische Behinderung, eine Nervensache. Vielleicht mein Vater. Wir haben uns nicht immer verstanden. Sein Universum verlief in geordneten Bahnen, und das machte alles nur noch schwieriger, obwohl er mich, das Kind der Anarchie, liebte und ich ihn. Mein Gott, er konnte mich zur Verzweiflung treiben! Ich erinnere mich noch genau an sein großes, schwarzes Hauptbuch. Ständig schrieb er an irgendeiner Abhandlung über das Gesetz herum – raffiniert, aber nie beendet. Kein Grund zur Eile, ein Hobby eben.

Und dann fällt mir wieder das Begräbnis eines mir fast unbekannten Verwandten ein. Wie die Krähen hatten wir uns zum Leichenschmaus versammelt, und dabei hatte ich etwas gesagt, das alle komisch fanden. Sie fingen zu kichern an. Und weil ich jung war und gerne als amüsant galt (und gern im Mittelpunkt der Aufmerksamkeit stand), holte ich meine beste Sammlung Pariser Witze hervor. Vermutlich waren gegen Ende ein paar ziemlich ungebührliche darunter, aber zu dem Zeitpunkt konnten sich alle vor Lachen schon längst nicht mehr halten. Selbst die Witwe schluchzte, allerdings nicht vor Kummer. Inzwischen gab es vermutlich draußen auf der Dorfstraße einen Auflauf, und die Passanten hörten schockiert, wie die traurige Totenfeier vor Heiterkeit jaulte, daß die Fenster nur so schepperten. Keines von beidem war nach dem Geschmack meines gebildeten, hochgeistigen Vaters. Deshalb sagte ich: »Eine feierliche Trauerklage über einen Unbekannten ist lächerlich. Warum sollte ich mich also noch lächerlicher machen, als ich es sowieso schon bin?« Daraufhin antwortete er: »Deine Gedanken sind deine Sache, aber was du sagst – oder noch schlimmer, was du niederschreibst – wird zum Allgemeingut und könnte gegen dich verwendet werden.« »Ja«, sagte ich. »Hn-n-ich weiß. Schließlich bin auch ich Anwalt, wenngleich mit wenig Erfolg.« (Damals lebte ich wegen meines Mißerfolgs zu Hause auf dem Land. Ich hatte nicht genug Geld, um in Paris zu bleiben.) »Nn-n-und außerdem bn-bringe ich sowieso kaum je einen Ton-n heraus.« Meine Mutter, die uns vielleicht hätte versöhnen können, war damals ernsthaft erkrankt. (Das ging schon seit der Geburt meiner Schwestern so.) Sie lebte bei Leuten, die sie pflegen konnten, und meine Besuche bei ihr waren selten und schmerzhaft. Schätzungsweise war es in Anbetracht dieser Umstände ein wenig taktlos, auf Beerdigungen zu lachen, aber dafür hatte oder wollte ich kein Verständnis haben.

Nur fünf Monate nach dieser dahingestotterten Diskussion, feuerte ich im Palais Royal die Menge an. Perfekte Worte. Auch eine Art zu lügen. Genaugenommen war ich mir dessen gar nicht bewußt gewesen, ich hatte mich einfach hinreißen lassen. Es kann einem schon zu Kopf steigen, wenn man ein Nichts und Niemand ist, der vor Talent brennt und doch nicht beachtet wird – und dann bäumen sich dir sechstausend Leute entgegen wie eine Frau in den letzten Sekunden des Liebesaktes. (Waren's denn wirklich sechstausend?)

Schon Jahre vorher bin ich mal in meiner Geburtsstadt, wo mein Vater sein ganzes Leben verbracht hat, laut schreiend auf einen Tisch gesprungen. Meine Tante fand mich hochamüsant, nicht wegen meiner Witze, sondern wegen meiner radikalen Ideen: die Römische Republik, die Tatsache, daß Menschen ohne Ansehen ihrer Geburt gleich sind. Ein echter Provinzler, neckte sie mich, und stachelte ein paar von den zugänglicheren Neffen (Dummköpfe) zu einer »kunstvollen« Parodie jeder meiner Phrasen an. Sie selbst meinte immer: »Camille, du mußt lernen, ein bißchen Spaß zu vertragen.« Bis ich schließlich beim Abendessen mitten auf ihren gedeckten Tisch sprang, wobei ein halbes Dutzend ihrer schönsten Teller und vermutlich drei Weinpokale zu Bruch gingen. Ich schimpfte und schalt über Dinge, die keiner von ihnen begreifen konnte, weil sie es im Grunde auch gar nicht wollten.

Zur selben Zeit spielten König Ja-Ja und Königin Marie-Antoinette in ihrem wunderhübschen Schmetterlingspalast Milchmädchen und Schäferinnen und Möbeltischler, weil Gott sie dort hingestellt hatte (während in Paris die Hälfte der Tischler mit Bettelschalen durch die Straßen zog). Wir von der Bourgeoisie waren aus demselben Grund an unserem Platz, auch wenn wir uns ab und zu mit einer merkwürdigen Verbindung zur Aristokratie brüsteten. Und was den Pöbel betraf, dem konnte man ja Suppe bringen und beim Sterben ein Gebet. Aber sollte man deshalb etwas zu ändern versuchen? Blasphemie. (Das waren mehr oder weniger meine Worte, während ich unter den Pfiffen und Buhrufen der Neffen auf dem Porzellan stand und die Tante ihre dicken, beringten Krallen rang. Tut mir leid, daß ich ihr Geschirr zerbrochen habe, aber sie hätte mir das Herz gebrochen, wenn sie es gekonnt hätte. Letztendlich hätte sie sich damit zufriedengegeben, mir den Hals zu brechen.)

Diese Stadt. Mein Geburtsort. Guise. Seine Guiser Sticheleien verfolgten mich, denn darauf lief es immer hinaus: Spott.

Weil ich als Kind mein Stipendium samt Collège in der Hauptstadt bekommen hatte, wähnte ich mich schon auf dem Sprungbrett zur Berühmtheit. Das würde das höhnische Lächeln von diesen Provinzgesichtern fegen. Selbst die Straße wand sich wie ein höhnisches Lächeln zur großen grauen Kirche hinauf, in der ich ständig fror, auch wenn die Sonne durch die blassen Fenster hereinschien. Die Beichte – wie ich mich davor fürchtete! All meine winzigen Sünden, die zusammen nichts ergaben – nichts. Ich krümmte mich vor Scham und übergab mich beinahe. Ich lebte, hatte Gefühle, und dafür mußte ich bestraft werden. Später lernte ich lügen und wartete, daß mich Gott strafte. Er weigerte sich. Ich log weiter. Schließlich zog ich mich zurück. Inzwischen hätte ich ihnen Abenteuer bieten können, daß ihnen die Augen aus dem Kopf gefallen wären. O Paris, Stadt der schwelgerischen Sünde. Schönes Paris-sur-Seine, sur-sin.

Ich habe immer behauptet, ein Patriot zu sein, ein glühender Verfechter der Rechte meines Landes. Aber Paris war meine Mätresse, Paris liebte ich. Immer nur sie.

Die Stadtpfarrer hätten meinen Schulkameraden Derobespierre viel lieber gemocht. Er liebte mit kühler, unbefleckter, fleischloser Glut. Petit Pierre, wie man ihn manchmal nannte, war kurzgewachsen und adrett, duftete immer nach Eau de Toilette und war gut frisiert. Geht weg, ihr stinkt, sagten die Blicke, die er uns zuwarf, wenn wir über Spaliere geklettert, uns in Schulhöfen gebalgt oder etwas kräftig Gewürztes gegessen hatten. Aber auch er war einsam. Und weil er dieselben Dichter und Philsosophen bewunderte, saßen wir schließlich manchmal im Baumschatten und unterhielten uns. Natürlich brachte ich ihn zum Lachen. Ich erinnere mich noch, wie Fréron und ich vor Lachen beinahe geplatzt wären, aber als wir uns wieder gefangen hatten, lag der kleine Pierre noch zusammengerollt da und weinte vor qualvoller Heiterkeit. Ich dachte, ich hätte ihn umgebracht. Das werde ich nie vergessen. Er war wie ein akkurates Kätzchen, eine Tugend, die er immer beibehielt. Und doch war er ein Genie. Es gab eine Zeit, da wäre ich ihm in jenes hypothetische Mythengebilde namens Hölle gefolgt. Ich hab's auch tatsächlich getan, bis ich merkte, daß ich ihm in Wirklichkeit gar nicht gefolgt war. Er war nicht einmal neben mir.

Aber ich versuche noch immer, die Lüge und Täuschung im Palais Royal zu erklären. Meiner Meinung nach geschieht dies am besten durch einen weiteren Umweg in die Vergangenheit. Durch die Zusammenfassung eines einzigen Tages in jenem Frühling, bevor Necker aus dem Amt geworfen wurde.

1789: Frühling

Windmühle: Wie im Kampf gegen …

Die Dachkammer hatte ihre Vorteile. In erster Linie konnte er sie bezahlen, wenigstens so oft, daß man ihn bisher noch nicht auf die Straße geworfen hatte. Hier oben unter dem grauen Dach fror er sich zu Tode und glühte vor Zorn oder Jubel. Mal trieb ihn die Verzweiflung zu Wutausbrüchen, mal heulte er (oder war einfach nur verzweifelt). Hier schlich oder lief er herum, drosch auf seine Matratze ein oder lag halb mit dem Kopf auf den Armen quer über dem wackeligen Tisch voller Papiere, so daß sich die schwarzen Haare ringsherum verteilten. Der zweite Vorteil der Dachkammer waren ihre kleinen Fenster mit den Fensterläden. Von hier aus sah man quer über die Straße, direkt hinein in ein anderes großes Fenster. Mit anderen Worten, direkt hinein in ein anderes Leben, dessen Inbegriff ein junges Mädchen war. Sie sah aus wie fünfzehn, war aber in Wirklichkeit um einiges älter. Jedesmal wenn sie sich dort drüben am Fenster bewegte, fing sie, ganz weiß und golden, das Sonnenlicht ein. Eine merkwürdige Kombination: das armselige, abstoßende Zimmer und dieser Traum, das Mädchen. So nahe, so sichtbar. Heute lagen eine Menge Blätter auf dem Tisch. Sauber kopierte Petitionen für andere, die einen Prozeß anstreben konnten, jede für ein paar Sous. Außerdem ein einzelnes langes Papier, auf dem sich fieberhafte Sätze wie die langen Haare desjenigen kräuselten, der sie hingekritzelt hatte. Humanitäre Gerechtigkeit. Draußen auf den schlammigen Feldern krümmten sich Leibeigene mit leeren Bäuchen über ihrer Arbeit. Ihre Herren schröpften sie um ihr letztes Hab und Gut. Ihre Kinder starben, ihre Frauen und Schwestern machte man zum Vergnügen der Seigneurs zu Huren. *In der Schule lernen wir von der Römischen Republik, wo jeder Mann seine Stimme gleich laut erheben durfte. Und dann treibt man uns in die Welt hinaus, in ein Leben unter der Tyrannei von Cäsaren.*

Tief tauchte er seine Feder ein (es war kaum noch Tinte übrig; das meiste schien an seinen Fingern zu kleben) und schrieb flink:

> Mein lieber Vater, so sehr ich mir auch bewußt bin, wie Euch dies irritieren wird, so muß ich Euch doch erneut anbetteln, mir etwas Geld zu schicken.

Finster musterte er die Worte, dann stach er die Feder wieder ins Faß und schrieb:

> Wenn dies eine ideale Welt wäre, müßte ich Euch nicht bitten. Aber seht Euch um, dies ist keine ideale Welt, also muß ich Euch bitten. Ich beabsichtige, etwas Neues drucken zu lassen. Das sollte die Lage verbessern.
>
> Was ich zur Zeit schreibe, trifft die Situation so genau, daß ich manchmal vor Weißglut vom Schreibtisch aufspringen muß.

Der Enthusiasmus erlahmte. Machte es Sinn, das zu erwähnen?

Windmühle saß da und dachte über die Einberufung der drei Generalstände nach Versailles nach. Er selbst hatte versucht, in den Dritten Stand gewählt zu werden. Dreihundert Wähler hatten ihre Unterstützung angeboten. (Augen funkelten im Feuerschein, man drängte ihm Glühwein auf. Einem Sommer mit Hagelschlag war ein beißend kalter Winter gefolgt. Flüsse froren zu, darunter auch die Seine – und schließlich auch Windmühles Chancen bei den Stimmberechtigten.) Er kam bis Laon und verschwand dann aus dem Rennen, ganz im Gegensatz zu seinem Vater. Obwohl er einen Sitz erringen hätte können, hatte er sich geweigert, sich aufstellen zu lassen. (Windmühle seufzte und hustete. Der Ofen rauchte schon wieder.) Trotzdem hatte sich der Versager in die Schmetterlingsstadt begeben und eine Prozession der gewählten Repräsentanten angeschaut. Adelige mit schneeigen Spitzenkaskaden, ein ganzer Hühnerhof voller Federn, der einen bei jedem Schritt mit Diamantenspeeren blendete. Soldaten, die »Königlichen Schweizer«. Der Klerus, krähengleich. Schimmernde Baldachine mit dem Sakrament. Der König, dem man zujubelte. Die Königin, bei der man es nicht tat. Der Dritte Stand wie aus dem sechzehnten Jahrhundert entsprungen: in münzenübersäten Kostümen zur Demonstration seiner Stellung. (Mirabeau stolzierte vorbei, prächtig anzusehen, mit schwarzen Augenbrauen wie Jupiter, obwohl sein üblicher Spitzname »Der Teufel« war. Der Graf hatte es geschafft, sich in den Dritten wählen zu lassen, samt Stammbaum und allem übrigen. Ihm, der in Aix und in Marseille zwei Aufstände friedlich beendet hatte, legte die Menge Tränen und Lorbeer zu Füßen. Nun bekam er mehr Hochrufe als das Königspaar. Auch Orléans war anwesend und lächelte dem Volk zu. Er war immer zur Stelle.) Eine Festwoche. Hier kam das Millenium. Jetzt hatten die Normalbürger eine Stimme, man würde sie anhören. Justament ums Eck wartete das Zeitalter der Wunder. Die endlose Macht der Aristokratie sollte gezügelt werden. Windmühle schwirrte der Kopf. Eine kleine Clique von Abgeordneten hatte sich für ihn eingesetzt und ihn mit Speis und Trank bewirtet. Alles schien möglich.

Le grand Mirabeau plante, eine Gazette mit Berichten über die Verhandlungen des Zauberparlamentes zu drucken. Als Windmühle davon hörte, schrieb er hoffnungsvoll einen Bittbrief, um dabei zu sein. Doch er bekam keine Antwort.

Gegenwärtig schwand die Popularität von König Ja-Ja und die Toleranz gegenüber seiner blonden Königin. Es hatte sich herausgestellt, daß außer einem Versuch, den Dritten Stand wieder mit Gewalt zu formieren, letztlich nichts geschehen würde.

L'oui bastelte weiter an seinen Uhren herum, während es Antoinette droben im Oberstock mit jedem trieb, der ihr gerade gefiel.

Das Volk stöhnte. Windmühle schrieb Mirabeaus Gazette in den Wind.

Windmühle widmete sich wieder dem Brief.

Aber bis etwas passiert, *cher Papa,* liege ich auf den Knien. Es macht mir nichts aus, von Brot, Kaffee und billigem Wein zu leben. Was ich ziemlich bedauere, ist die Tatsache, daß ich nur zwei fadenscheinige Hemden habe, die in Kürze ihr Leben aushauchen werden. Und daß ich auf dem Fußboden schlafen muß. Es gab zwar eine Liege, eine wahre Insomnie. Ich habe sie hinausgeworfen. Sie war so verlaust, daß sie von selbst die Straße entlang gerannt ist. Also, wenn Ihr mir schon kein Bargeld zugesteht, warum schickt Ihr mir dann nicht wenigstens ein Bett?

Er stellte es sich vor: das blumengeschmückte Bett kam wie Kleopatras Barke den Fluß herauf.

Inzwischen bin ich Ihr ergebener, unterernährter und unglücklicher Sohn Lucius Sulpicius Camillus Desmoulins.

(Desmoulins … zu Zeiten der Sintflut hatte es auf ihrem Land einmal eine Windmühle gegeben. Wie lautete der neueste Witz? Wie geht's denn unserem kleinen Stotteresel von und zu Mühlen?)

Jenseits des leeren Raumes, in dem sich Knospen öffneten und Täubchen flogen, regte sich etwas Menschliches. Windmühle schaute verstohlen auf. Da, im gegenüberliegenden Fenster – nicht der Traum, nur der Vater des Traumes. Seine lange Pfeife hing ihm aus dem Mund wie die Zunge einer Kröte auf Fliegenjagd. Durch zwei Glasscheiben und die dazwischenliegende Luft fixierte er seinerseits mit seinen hervorquellenden Äuglein den Schreiber.

Windmühle stand auf, zog unbeholfen einen unansehnlichen Überzieher an und bot der Erscheinung sein schiefes Lächeln dar. Statt zu lächeln, zeigte ihm die Erscheinung die kalte Schulter und füllte das ganze Fenster mit ihrem fetten, ausdruckslosen Rücken.

Windmühle warf sich die schmale Treppe hinunter, wie ein Hund, den man aus dem Zwinger läßt. Als er die Straße erreichte, bemächtigte sich ein verblüffend respekteinflößender Gang seiner zierlichen Gestalt. Er wirkte beinahe militärisch mit einem Hauch von Angeberei, obwohl es bei ihm, weiß Gott, nichts zum Angeben gab. Wirre Haare, Augen wie ein wilder Faun, der ständig angespannte Lästermund, der wie ein Bogen allzeit bereit war, Pfeile abzusenden, und obendrein eine Lästerzunge, die die Hälfte der Z-z-zeit nicht herausbekam, was sie wollte.

Als mühsam zappelnder, hoffnungsloser Anwalt erweckte er durchaus einen bösen und gefährlichen Eindruck. Wenn er erregt war, wirkte er teilweise sogar verrückt, aber dann öffnete sich der lächelnde Mund, und das Stottern begann. Und alle, die gerade noch drauf und dran gewesen waren, um ihr Leben zu rennen, blieben stehen und genossen eine Lehrstunde in Sachen Spott und Hohn.

Er hatte sich unbedingt einen Namen machen wollen. Neunundzwanzig war er (im März, Zeichen der Fische, Schwäche und Talent, zwei gegensätzliche Pole), neunundzwanzig, und hatte es trotz aller frühen Aussichten noch nicht geschafft. Hier war er also, trug Kleider, die jede Wohlfahrtsinstitution ablehnen würde, und keiner erkannte ihn. Wenn auf der Straße ein Fremder an ihm vorüberging, ohne ihn zu erkennen, empfand er das allmählich wie einen Schlag ins Gesicht, ja sogar ins Herz. Ich bin vergeudet. Er wußte es. Warum in jungen Jahren dieses vielseitige Geschick, wenn alles so enden sollte? Mittellos, glücklos, verrückt nach einem Mädchen, das er nie haben konnte, ein stotternder Anwalt, ein Schreiberling mit einem gedruckten Pamphlet auf dem Konto (drei Stück verkauft, oder waren's vier?). Wie würden die Leute in seinem Geburtsort, in diesem erbärmlichen Pfarrstädtchen, lachen. Hatten sie nicht immer behauptet, er würde es zu nichts bringen? Genau da war er nun, am Ziel.

Er ließ den Bettelbrief im office de poste. Ihm war klar, daß man ihn vermutlich öffnen und lesen würde. Was konnte man anderes erwarten, wenn sich die ausländischen Truppen des Königs gegen die Stadtmauern stemmten und wie Wespen auf der Marswiese dröhnten? Schickt mir ein Bett, würden sie lesen. Na denn, viel Spaß dabei.

Ein paarmal im Gäßchengewirr abgebogen und die Straße überquert, und schon bot sich ihm ein Blick auf die Kirche Saint Sulpice. Als er erneut abbog, diesmal in die Harfenstraße, schlug es vier Uhr von dem eleganten Turm, dessen Spitze ein Bildhauer wie mit einem gezielten Meißelschlag nach hinten abgestuft zu haben schien.

Dank einer Gerberei und mittendrin einer Schmiede war die schmale Durchgangsstraße genauso verraucht wie sein Zimmer. Über einem zweiten Geschäft war ein verwischtes Bild mit einem Festgelage samt Weintrauben gemalt. Aber am merkwürdigsten war jener Gegenstand, der entweder der Straße ihren Namen gegeben oder seine Daseinsberechtigung von ihr geborgt hatte: Zwischen den Hauswänden hing an Streben eine große steinerne Harfe mit Drahtsaiten, die bei Bedarf von den Instrumentenhändlern, die sie dort angebracht hatten, ersetzt wurden. Der Windhauch strich durch die Saiten und erzeugte eine leise Melodie. Im Winter konnte die Harfe zum Unmut der Anwohner wie ein Wüstendämon heulen. Auch die Tauben, die sich auf der Harfe sonnten, trugen ihren Teil dazu bei, indem sie ihre säulenförmig geformte Vorderstange ständig frisch geweißelt hielten.

In der Tür seines Ladens, eingepfercht zwischen Harfenklang und stinkendem Rauch, stand mit wütendem Blick Momoro, der Drucker.

»Was ist das?« fragte er, als er die Blätter musterte, die ihm Windmühle hinhielt.

»Hn. Krrh«, machte Windmühle, hustete und meinte: »W-was hältst du davon?«

»Nein«, sagte Momoro.

»W-?«

»Nein.« Momoro gab die Blätter zurück. Unter der Schürze des pflichtbewußten Handwerkers zeichnete sich ein Ring um die Taille ab. Er hatte zugenommen. Seine rauhen dicken Hände hätten besser zum Morden als zum Drucken getaugt. Möglicherweise lag darin etwas Prophetisches. »Wieder so ein Zeug von der Sorte, das du gestern hergebracht hast? Nun, den Rest kannst du auch wieder mitnehmen. Jesus Christus, glaubst du etwa, ich möchte, daß man meine Druckerpresse zerschmettert und meinen Schädel gleich mit? Mir ist klar, daß du völlig verrückt bist, aber trotzdem hörst du mir besser mal zu. Wenn ich das da drucke, habe ich fünf Minuten später die Soldaten hier drinnen. Wie heißt's so schön? ›Wir schreien nach Freiheit und sind bereit, dafür zu sterben?‹ Gott schütze mich. Und hier – ›Welch reichere Beute wurde je Siegern zuteil als in diesem gerechten Krieg? Vierzigtausend

Paläste stehen bereit, um ihre Hände mit goldenen Trophäen zu überschütten. Dies ist der Lohn der Tapferkeit. Aber wir werden unsere Augen von einer solch grauenvollen Vorstellung abwenden.‹ Das werden wir, sage ich. Nimm diesen Mist und verbrenn ihn, du rasender Irrer. Ich werde ihn nicht drucken. Auf keinen Fall.«

Momoro warf die Schriftstücke zu Boden, daß sie zum lieblichen Klang der Harfe die Straße hinunterflatterten. Windmühle rannte hinterher.

In derselben Nacht hastete er mit einer halben Brotkruste und drei Gläsern essigsaurem Wein im Bauch in der Eisenkrugstraße durch die Tür eines hohen, alten Hauses mit massenweise Fensterstürzen und vergitterten Scheiben. Damit kam das zweite Element von Windmühles idealistischer Winter-Frühling-Existenz ins Spiel. Nein, kein Bordell, obwohl er mit ein bis zweien davon durchaus vertraut war. Merkwürdigerweise saß er hier mit vielen Männern zusammen, die ihm sonst beim Betreten oder Verlassen der Pariser Bordelle begegneten. Aber vielleicht war das auch gar nicht so merkwürdig.

Trotz der Kerzen lag der Raum immer im Halbdunkel. Anfangs hatte sich Windmühle von diesem Geheimnisvollen grenzenlos angezogen gefühlt, jetzt ärgerte er sich manchmal darüber. Ab und zu gab es etwas zu essen. Vom Essen gewärmt, betrank er sich, und dann überwältigte ihn wieder der ursprüngliche Enthusiasmus. Ein- oder zweimal hatte er sogar eine zusammenhängende, ziemlich kühne Rede gehalten und war dafür gelobt worden. Sobald Freunde da waren, war es besser: Fréron, Brissot oder einer der schwer faßbaren Chéniers, die weniger Freunde waren, sondern eher ein Debattierklub. Beide Poeten faszinierten Windmühle und weckten seine Eifersucht. Man hatte sich getroffen und bis in die tiefe Nacht hinein in einer Weinschenke oder sogar am sommerlichen Flußufer miteinander geredet. Anschließend im schwankenden Eiltempo nach Hause, um selbst ein poetisches Epos zu schreiben. Einmal hatte er etwas an den Traum geschrieben und gewagt, Andrè, dem älteren Chénier, eine Strophe daraus zu zeigen. Der hatte gesagt: »Hmm, Winter ist Frühling. Das ist eine interessante Zeile.« Das war alles. Aber schließlich war Andrè genauso in Homer verliebt wie die Radikalen in Rousseau.

Heute abend tauchte im Logensaal aus den Schatten nur die merkwürdige Gestalt von Georges d'Anton auf, den Windmühle lediglich von einem kurzen Kopfnicken am Eingang der Hurenhäuser kannte, ganz en passant.

D'Anton erweckte in Windmühle eine Menge Bedenken. Groß, übergewichtig und aufgeblasen, mit einer Stimme wie ein Brüllochse, die Löwenmähne immer noch gepudert und Augen so blau wie die aquamarinfarbenen Funken am Rande einer Rasierklinge – kurz und gut, vom Äußeren und vom Reden her wirkte er wie ein Rüpel, was er auch war. Sobald er aber beim Logentreffen seine Stimme erhob, war dieser gepuderte Löwenbulle genauso radikal wie jeder andere, und seine Privatmenagerie verschiedenster Tiertarten verlieh ihm enorme Energie. Nachdem man in einer Nacht voll esoterischer Aktivität die Roben und Schürzen mit den eingestickten Quadraten und Zirkeln angezogen hatte, hatte d'Anton seine Rolle übernommen und eine Art Prosadichtung hinausgebrüllt, die vermutlich selbst die stolzen Chéniers gebilligt hätten. Die Robe steigerte seine Elementargewalt ins Äußerste. In seiner Toga sah er aus, als ob er direkt aus der Senatsversammlung entsprungen wäre. Und Windmühle, dessen Stimmung zwischen Bewunderung und Gewalt schwankte, war buchstäblich von ihm besessen gewesen. Aber am nächsten Tag schüttelte er alles wieder ab. Der Gedanke an d'Anton behagte ihm nicht sonderlich.

Auch Mirabeau gehörte (oft abwesend) zu den Logenbrüdern. Trotz der Enttäuschung mit der Gazette hatte dieser Teufel von einem Edelmann Windmühles emotionale Stimme gewonnen. Ein Aristokrat, der es wagte, Republikaner zu sein – und gleichzeitig in Versailles residierte. Einer, der im Dritten Stand gleichzeitig die Position von Ärzten, Anwälten und Leibeigenen vertrat. Als man der Versammlung mit Ausweisung aus ihrem gegenwärtigen Tagungsort gedroht hatte, war es Mirabeau gewesen, der dem königlichen Gesandten großartig entgegenrief: »Schafft uns mit Bajonetten weg, anders bekommt ihr uns hier nicht heraus.«

Jedesmal ein anderer Held. Jetzt wurde die quasi okkulte Versammlung um Aufmerksamkeit gebeten. Die Banner wurden hereingebracht, scharlachrot, grün und weiß, allen voran das große rot-weiße Dreieck mit dem legendären Pelikan, der sich die Brust aufhackt, um seine verhungernden Kinder mit dem eigenen Blut zu nähren. Die Botschaft war direkt. Sie appellierte an die Kraft, zu verwunden. Bei ihrem Anblick erzitterte Windmühle. Schön und gut, er würde alles tun – aber ohne Stimme, ohne Druckerpresse, hatten sich Natur und Schicksal gegen ihn verschworen.

Verschiedene Zeremonien begannen, denen er sich unterzog, während sein Geist immer noch umherwanderte. Ihm fiel auf, daß das Allerheiligste der Loge in großer Zahl anwesend war. Diese Magier, die sich über ihre roten Lichter beugten … praktizierende Alchimisten und ihre übernatürlichen Experimente, die von Mutter Kirche kühl abgetan wurden. Als Angehöriger des äußeren Zirkels war Windmühle vom innersten beeindruckt. Es zog ihn an und stieß ihn gleichzeitig ab. Selbst d'Anton, der eher den Sinnesfreuden zuneigte, hatte Neugier gezeigt, aber als man ihn mit Aussagen über die Unsterblichkeit der Seele konfrontiert hatte, hatte er seinen Begleitern in einem Café einen ganzen Abend lang bewiesen, daß es keinen Gott gab. Seine Argumente waren so stichhaltig, daß hinterher alle deprimiert waren. Daraufhin erhob sich das fette Untier von seiner Beute und trollte sich pfeifend ins Palais Royal. Allein Gott, ob existierend oder nicht, wußte, wie es seine Frau mit ihm aushielt. Nie war er zu Hause, und wenn doch, hätte er ihr gut und gern die Hälfte aller Pariser Krankheiten anhängen können.

Windmühles Nachbar an der langen Tafel war de Polignac, der jetzt sagte: »Guten Abend, Camille, ich merke, daß du in Gedanken woanders bist.«

Windmühle starrte ihn an.

»Oder wolltest du deinen Ärmel absichtlich anzünden? Wenn dem so ist, entschuldige ich mich für meine rüde Bemerkung.«

Als Windmühle an sich hinunterschielte, sah er, daß seine abgetragene Ärmelmanschette mit ihrem armseligen, grauen Spitzenbesatz einer Kerzenflamme im Weg hing und vor sich hin kokelte. Er zog sie weg. Vor lauter Leere und Ärger knurrte sein Magen Gabriel de Polignac an. Gabriel war weder groß noch zierlich gebaut, sah aber trotzdem gut aus und war sehr ansehnlich ausstaffiert. Ein Aristokrat, geboren in Afrika, und spielt hier das Gewissen der Gesellschaft und verfaßt Oden. Was machte der hier mit einer Perle im Ohr? Weder hatte er eine Ahnung vom Anliegen des Volkes noch von einem Bourgeois, dem die Oberklasse permanent einen Strich durch seine ehrgeizigen Bestrebungen machte. Dagegen hielt Gabriel seinerseits Windmühle ganz offen für gefährlich. Nach einer von Windmühles genialeren Bemerkungen hatte er einmal gemeint: »Wirklich, Desmoulins, du solltest nachdenken, bevor du dich auskotzt. Wo willst du dich bei Regen hinflüchten, wenn du alle Gebäude einreißt?« »In den Sch-sch-schatten deiner wohlgenährten Wampe«, hatte Windmühle zurückgegeben. Aus irgendeinem Grund hatte ihn Gabriel nicht auf der Stelle getötet oder zum Duell gefordert. Obwohl Gabriel sechs oder sieben Jahre jünger war als Windmühle, wirkte er älter. Außerdem hatte er eine zehn Jahre ältere Mätresse, très élégante, mit braunen Locken.

»Danke«, sagte Windmühle.

»Ganz meinerseits«, erwiderte Gabriel.

Ein maskierter Mann in Schwarz schritt wie ein Todespriester die Tafel entlang und übergab jedem von ihnen ein gefaltetes Papier. Als er zu Windmühle kam, zischte er: »Lies und verbrenn es!« Es klang wie ein Echo der Worte von Momoro, dem Drucker: Nimm diesen Mist und verbrenn ihn. Windmühle ließ das Papier ungelesen fallen, dann stützte er seinen Kopf in die Hände und starrte durch die Finger auf die Kerzenflamme. Unterdessen war von allen Seiten das Geräusch von geöffnetem und zerknittertem Papier zu hören, das im Feuer knisterte.

Als er übrigens endlich die Botschaft las, war sie in lateinisch verfaßt und enthielt auch sonst keine wichtige Neuigkeit. Sie besagte nur, was andere längst gesagt hatten:

> Die Stadt ist ein Gebräu, das du ständig zum Gären bringen mußt. Sprich leise und säe Uneinigkeit. Sprich laut, wenn du kannst, und verkünde es den Massen mit Fanfarenstößen. Gebildete Männer, es ist euer Recht und eure Pflicht, diese verlassenen Kinder bei der Hand zu nehmen und auf den Pfad des Sieges zu führen.

Und dann zu guter Letzt wieder zurück in diese erbärmliche Dachkammer, zurück zu dem qualmenden Herd, der Matratze auf dem Fußboden und zu dem Pamphlet, das keiner drucken wollte (entmutigt durch den letzten Blick auf d'Anton, der wie ein König zu seinem reichen Weib in die schwarze Nacht hinausspazierte). Das Tasten nach der Kerze auf dem Tisch, dann endlich die Kerze angezündet, und plötzlich wurde auch drüben das Fenster wie ein Spiegelbild in weiches Licht getaucht.

Da war sie, sein Traum. Natürlich hatte sie einen Namen, einen reizenden dazu – Lucile. Er kleidete sie so gut wie der stille klare Kerzenschein, der sie nun vollkommen betonte. Ein Gemälde in Weiß und Gold. Sie war zum Schlafengehen gekleidet, sehr schlicht, und hatte darüber einen Spitzenschal wie einen Flügel gefaltet – ganz wie ein Engel. Das blaßgoldene Haar gelöst, ein Heiligenschein aus Lichterlocken umrahmte Gesicht und Schultern. Und in diesem Engelsgesicht Augen so schwarz wie seine eigenen, mit dunkelfedrigen Wimpern und dunklen Brauen. So schön. Sie verschlug ihm den Atem. Und wie er sie so durch das schmierige Glas seines Fensters und das blitzblanke des ihren betrachtete, formten seine Lippen unbewußt ihren Namen und auch eine Liebkosung, die er ihr normalerweise nur sagte, wenn er allein war. Offensichtlich las sie seine Lippen, denn sie senkte die Augen. Dann blitzten sie wieder herüber, zwei schwarze Flammen. Es schien ihm, als wäre sie errötet, aber sie lächelte ihm nur freundlich zu und hob dabei eine Hand zu einem winzig flatternden Winken. Dann drehte sie sich um und verschmolz mit ihrer Kerze wie Nebel im dunklen See des Hauses.

Im Winter meines Lebens
Der Tag kalt-dunkel wie die Nacht.
Und doch die Blüte einer Blume,
Jünger als der Morgen.

L'hiver, l'hiver est printemps,
Il n'est pas neige, du lilas blanc;
L'hiver est printemps.

Fréron hatte ihn mit der Familie Duplessis bekanntgemacht. Damals hatten beide Männer noch in Paris studiert, und ihre Hoffnungen lagen noch voll süßer Versprechungen vor ihnen. Ein durchaus wohlsituierter Haushalt. Der Vater irgendein wichtiger Sekretär oder ähnliches, der seine eigenen Ansichten hegte, dabei aber anscheinend doch zu Großmut neigte. Madame, seine Frau, war so hübsch, daß einem beinahe die Augen herausfielen. Die zwei Töchterlein, noch Kinder, spielten fröhlich und bildeten einen bezaubernden Hintergrund, der Windmühle an seine eigenen Schwestern erinnerte, die immer ziemlich viel Aufhebens um ihn gemacht hatten.

Damit pendelte sich eine unregelmäßige Routine ein. Nachmittage auf dem Land, weil Monsieur und Madame draußen an der Pariser Landstraße einen Bauernhof besaßen. Und keiner von beiden schien etwas gegen zwei Studenten zu haben, die Madame vornehm-galant den Hof machten, was die kleinen Mädchen ausdrücklich unterstützten und förderten.

Camille, erzähl uns eine Geschichte …

»Sie können sehr gut mit meinen Kindern umgehen, Camille«, sagte Madame. »Aber schließlich sind Sie ja selbst noch ein Kind.« Vor Verlegenheit und Ärger war er rot geworden, aber Madame strich ihm übers Haar. »Tut mir leid, seien Sie nicht beleidigt.«

»Nie könnte ich über eine Ihrer Äußerungen beleidigt sein«, sagte er, oder versuchte es wenigstens, und fing dabei zu stottern an. Und jetzt hatte es ihr tatsächlich leid getan. Irgendwie mündete dieser Vorfall in ein Spiel oder eine Unterhaltung und war wie weggewischt.

Inzwischen war Fréron auf der Strecke geblieben. Warum? Er war ein paar Jahre älter als Camille und hatte die Universität verlassen; fort – irgendwohin. Fréron nahm das Leben ernst, besser gesagt, er hielt es für eine Art ernsthafter Herausforderung. Vielleicht, um ihm zu zeigen, was er als Gegenleistung erwartete. Aber selbst er war zu plötzlichen wilden Höhenflügen fähig. Einmal hatte sich dieses ernsthafte Wesen für die Kinder ein absurdes Spiel ausgedacht. Er wurde für sie zum Riesenkaninchen, das herumhoppelte, Gras kaute und mit zuckender Nase in der Luft herumschnupperte. Einige Zeit später fragte Lucile, die blonde Tochter, wehmütig: »Wann sehen wir Lapin wieder?« Allein – Fréron, das Kaninchen, kehrte nicht zurück. Nur der zerzauste Windmühle kam regelmäßig zu Besuch, und selbst er hinterließ Lücken, wenn er die Familie nicht sah oder sie ihn seinerseits ausschloß, da sie mit ihren eigenen Angelegenheiten beschäftigt war.

Wie sehr betete Lucile ihre Mutter an. Ständig hatte er sie innerlich vor Augen, diese Dresdner Porzellanfigur von einem Kind mit einer Haut wie Mondstein, durch die die Sonne förmlich durchschien. Und dann noch das Goldvlies ihrer Haare. (»Es war einmal ein Held namens Jason, der auszog, das Goldene Vlies zu finden …«) Da lag sie, Seite an Seite neben ihrer Mutter, und sang mit leiser Stimme vor sich hin, während sie eine Blütenkette als Krone für ihrer Mutter Haar flocht. Proserpina und Demeter.

Der Vater trollte sich zu dörflichen Lustbarkeiten und ließ die Seinen im verbrannten Sommergras zwischen üppigen, rosa Gänseblümchen und grellbunten Mohnbüscheln zurück. Jenseits ihres Nestes liefen die Konturen der Landschaft sachte aus, bis in der Ferne Honiggrün zu Honigblau verschmolz. Vögel und Insekten taumelten benommen über die Felder. Der Himmel wie blauer Tod, ein Blau, um darin zu ersticken. Und alle Jahre verbanden sich zu einem einzigen Sommernachmittag.

Er liebte sie als Kind, wahrscheinlich mit einer reinen Liebe. Sie war so schön und süß und duftete nach allen natürlich guten, gesunden, blumenähnlichen Dingen. Was für ein hübsches Kind. Die Regungen der Lust galten der Mutter, aber auch das nur spielerisch. Die Idylle war zu gut, um sie zu zerstören, und der Appetit ließ sich anderswo befriedigen. Doch dann saß eines Tages – eines schönen Tages – eine andere Frau vor ihm im lichten Schatten des Lieblingsbaumes. Eine Frau mit weißem Nacken, schlank und wohlgeformt, und die Sonne brannte auf sie herunter. Eine Frau, die von ihrem Buch zu ihm aufschaute und mit ernster Stimme sagte: »Würdest du mir diesen Abschnitt erklären? Ich verstehe ihn nicht.« Und plötzlich brachte er keinen Ton heraus. Nachdem er die philosophische Abhandlung mit ihr durchgegangen war, war er aufgestanden und allein den Hügel hinunterspaziert, quer durch die jungen Weizenreihen. Er zitterte. Aber sie war ihm nachgegangen, nahm seine Hand und sagte: »Wieso habe ich dich verärgert? Weil du mich für dumm hältst? Ich gebe mir Mühe, es nicht zu sein.« Gott im Himmel.

Danach war er fortgeblieben. Hundert Jahre blieb er fort, einen ganzen Monat.

Die Studententage waren längst vorbei. Er hatte jene Phase erreicht, in der er hauptsächlich der erfolglose Anwalt war. Wie ertrug die Familie Duplessis ihn nur, ihn, diese schäbige, zerlumpte, junge Vogelscheuche, die mit strahlenden Augen am Rande ihrer üppigen Großmut hockte? Anfänglich hielt er sich trotz aller Nackenschläge für schlau und nahm an, daß auch sie ihn so einschätzen würden, ergo, durch Talentzum Erfolg verpflichtet und die Beziehung der Mühe wert. Aberschließlich merkte er, wie auch dieser Schimmer in den Augen von Monsieur erlosch.

Aber wenigstens die Mutter mußte ihn wirklich gern haben. Er konnte sich gut vorstellen, wie sie sagte: Er ißt nie, hat keinen Komfort, und seine eigene Familie ist kilometerweit weg. Wir müssen ihn unterstützen und mit ihm teilen, was wir so einfach erreicht haben. Ein höchst radikales Argument. Und Lucile würde allem zustimmen, was ihre Mutter passend fand. Außerdem mochte sie, Lucile, die Geschichten, bis er sich auch dazu außerstande sah. Es wäre zu einfach gewesen, außer Hörweite der anderen mit ihr in aller Unschuld zusammenzusitzen und von Theseus' Liebe zu Ariadne zu erzählen. Und plötzlich mündete alles in ein glühendes Bekenntnis von Camilles Liebe zu Lucile, die ihn wie ein Höllenofen bei lebendigem Leibe verzehrte. Eine schreckliche Zeit. Er schaffte es nicht, fern zu bleiben. Er sehnte sich danach, bei ihr zu sein, und wenn er's dann war, brachte er keinen Ton heraus. In jenen Monaten stotterte er so viel, daß Lucile plötzlich lachend zu ihm sagte: »Ich werde dich Monsieur Hm-er-hmm nennen.« »Lucile!« rief Madame tadelnd, aus Angst um seine Empfindsamkeit. Aber aus irgendeinem Grund hatte auch er schallend aufgelacht, woraufhin sich das Stottern schockiert wieder zurückzog.

Aber der Höllenofen ging nicht aus. Es gab willige Mädchen, frei oder gegen Geld, denn die Frauen mochten ihn, ob er häßlich war oder nicht. Er war nie grob, und sein leidenschaftlich eindringliches Liebesspiel fand selbst bei der Zurückhaltendsten unerwartet Antwort. Aber inzwischen konnten ihn nicht einmal alle willigen oder gekauften Mädchen zusammen befriedigen. Wie eine kühle Klinge hatte sie sich zwischen ihn und sie geschoben. Deshalb mied er nun die Bordelle und die freundlichen Damen der Weinschenken. Am Schluß war ihm nur noch eine Fata Morgana in einem Fenster geblieben.

Und was empfand sie außer wahlverwandter Zuneigung für ihn? Keine Liebe, natürlich nicht. Keusch wie der Schnee. Er konnte sie mit Witz gewinnen, wenn er ihn gerade zu fassen bekam, und sie mit Verstand und Intellekt begeistern, daß sie in die Hände klatschte und sagte: Ja! Du bist so weise! Wobei ihre Augen aufleuchteten. Aber was hatte er sonst noch zu bieten? Nichts, weder das Aussehen eines Prinzen, das ein romantisches Kindmädchen anziehend finden würde, noch Reichtum oder Ruhm und schon gar nicht die künftige Aussicht auf beides. Die verstohlenen Blicke, die ihm der Vater zuwarf, genügten, und ihm war klar, daß seine derzeitigen Aufenthalte bei ihnen nur geduldet waren. Und hatte nicht sie, sein Traum, einmal verträumt zu ihm gesagt: »Ich werde nie heiraten und mich nie verlieben. So bin ich eben veranlagt.«

Und deshalb verstehst du nicht, daß es für die Ereignisse im Palais Royal um zwei Uhr dreißig an diesem Julinachmittag mehr Gründe gab als das Elend des Volkes und die Ungerechtigkeit, die man ihm zuteil werden ließ, mehr als die Gleichgültigkeit von König L'oui und seines heimtückischen Hofes, selbst mehr als mein qualvolles Bedürfnis, alles in Ordnung zu bringen.

Mein qualvolles Bedürfnis.

In den armseligen Hütten Kinder mit Alptraumaugen, die nur aus Knochen und ein paar Zentimetern prallgespannter Haut bestanden. Und in den Gefängnissen verfaulten die Männer, denen die Gnadenlosigkeit ihrer Ankläger noch nicht einmal die Gründe mitteilte, warum man sie dorthin verfrachtet hatte. Während die reichen Priester ihren Zehnten einstrichen und fett wie Hügel auf dem Rückgrat eines ausgemergelten Bauern ritten. Die ganze Welt, mein Land, wand sich ohne Wiedergutmachung stöhnend in Todesqual. Ja, ich weiß, ich habe dagegen gewütet. Jede meiner Handlungen führte geradewegs zu diesem verdammten Tisch und dem Schrei gegen die Meuchelmörder, die uns – falls sie uns nicht en masse in einer einzigen Nacht abschlachten würden – in den kommenden Jahren Stück für Stück zu Tode reißen würden.

Und doch.

Außer Ehrgeiz und einer Straße zum Ehrgeiz, die ins Nichts führte, besaß ich nichts. Meine Bühne war das Mysterium der Loge, wo wir unter dem blutigen Pelikanschnabel Tempelritter spielten und unsere Anweisungen verbrannten, die uns befahlen: Rühre den Topf und laß die

Glocke ertönen. Ansonsten gab es das verrauchte Zimmer ohne Bett, die verrauchte Straße, in der mir Mormoro mitteilte, daß die einzige Tür, von der ich geglaubt hatte, ich könnte sie öffnen, ein für allemal geschlossen war. Und dann gab es noch Proserpina im Mohnblumenfeld, was mich mit Gewißheit zum mürrischen, häßlichen Pluto abstempelte, der im Keller der Unterwelt gefangen war und nie ins Freie gelangen sollte.

Und noch etwas: Direkt vor meinen Augen hatte sich inzwischen ein nettes Gegenbeispiel herauskristallisiert, ein letzter Strohhalm, um diesem kleinen Esel den Rücken zu brechen.

An irgendeiner Kreuzung war mein Petit Pierre wieder in mein Leben getreten. Eines Tages war ich auf die Straße getreten und hatte ihn in einem gediegenen Aufputz unter einer Wolke von Haarpuder vorgefunden: hellgrüner Mantel, schneeweißes Leinenjabot, dazu ein Gehstock wie ein Edelmann. Und zu allem Überfluß hatte die kleine Katze einen riesigen Hasenfänger von einem Hund dabei. Bei diesem Anblick hatte ich entzückt aufgelacht, was Maximilien Derobespierre selbstverständlich als reines Vergnügen darüber wertete, daß ich ihn entdeckt hatte. Natürlich schämte er sich ziemlich für meine abgerissene Kleidung, aber offensichtlich wollte er sich unbedingt mit jemandem über Radikalismus und Aufruhr unterhalten.

Ach, wie tat mir das in der Seele weh. Er war wie die Kristallkugel einer Hexe, das Abbild von dem, was ich hätte sein sollen: ein erfolgreicher Anwalt. Schon deshalb hatte man ihn in seiner Heimatstadt in den Dritten Stand gewählt, der sich inzwischen als die *Einzig wahre Stimme des Volkes* bezeichnete – die Nationalversammlung. Man hätte glauben mögen, daß er dort drüben bei den Schmetterlingen genug Stoff zum Debattieren gehabt hätte, aber meine kleine Katze konnte sich kaum je Gehör verschaffen. Jetzt schob er mich in die dunkelste Ecke des Café Procope und begann seine Klauen zu schärfen. Er konnte es sich leisten, seine Reden drucken zu lassen, und machte häufig Gebrauch davon. Von jeder Rede, die er, Maxime, die Rose, hielt, bekam jeder eine Kopie. Er war kein Schriftsteller. Halte eine Rede, danke, Maximilien. Aber unter der Oberfläche brodelten nachdenkliche Worte. »Ich bin der Gleichheit sklavisch ergeben«, sagte er. »Für sie würde ich sterben. Wenn nur nicht dieser Mangel an Organisation wäre. Diese

Nationalversammlung, wohin treibt sie? Was haben wir erreicht?« (Mirabeau hatte gesagt: »Jeder will reden, aber keiner zuhören.«)

Der große Hund lag schnarchend zu unseren Füßen. Er schätzte den Hund sehr, obwohl der seine Reden nicht lesen konnte. Manchmal ließ er ihn sogar an seinem Gehstock herumnagen und meinte nur nachsichtig: »Na, Spartan, na, na.« Es war d'Anton gewesen, der ihn die Rose genannt hatte. Zuerst nach einer halb geheimen Gesellschaft, die sich nach dieser Blume benannt und der sich Maximilien draußen in der Provinz angeschlossen hatte. Darüber hinaus hatte er immer Blumen gemocht. Saint-Just brachte ihm häufig wie einer jungen Braut ganze Arme voll Rosen mit.

Nachdem wir uns über das Thema Nationalversammlung erhitzt hatten und er mir das Kompliment gemacht hatte, ich hätte unbedingt dabeisein müssen – wir beiden hätten sie aufrütteln können –, lud ich ihn umgehend zu einem gemeinsamen Besuch bei meiner Familie Duplessis ein. Da er immer korrekt dachte – zwei auf zwei –, hängte er sich sofort an Madames zweite Tochter Adèle. Hierauf nahm auch er unregelmäßig-regelmäßig an den Picknicks auf dem Lande teil.

Sehr höflich und steif und geziemend. Schätzungsweise muß auch er von Zeit zu Zeit seinen Anteil Frauen gehabt haben. Später gingen Gerüchte über die Familie um, bei der er gewohnt hatte, und über einen Aristokraten, der sich verweigert hatte, was für die Familie schreckliche Konsequenzen nach sich gezogen hatte. Außerdem erinnere ich mich noch an einen Kommentar von d'Anton: Rosen-Peter? Il baise jamais. Ganz sicher verhielt sich Maxime gegenüber dem Rest von uns sehr liberal, besonders gegenüber d'Antons sexuellen Abenteuern. Er räusperte sich nur mit einem leisen Lächeln: Ja, ja, natürlich ist mir klar, daß du das brauchst.

Beim Anblick von Derobespierre, der mit seiner zweiten Tochter im Kräutergarten von Bourg la Reine auf und ab spazierte, lächelte Monsieur Duplessis beglückt. Gegen eine solche Verbindung gäbe es sicher keine Einwände. Was Adèle betrifft, so kannte ich ihre Gedanken nicht. Sie war ein schweigsames Mädchen. Aber meiner Ansicht nach hatte sie nichts gegen ihren persönlichen Lieblingsbegleiter einzuwenden, während Lucile und ich uns völlig versunken in Rousseauschen Philosophien ergingen. Falls sich Adèles Begleiter mit ihr unterhielt, dann ließ er ihr vermutlich jene langen freundlichen Belehrungen angedeihen, zu denen er fähig war, oder er las ihr etwas vor oder schäkerte ab und zu ein bißchen tolpatschig mit ihr herum. Aber normalerweise waren beide ziemlich schweigsam. Ich sehe sie noch unter dem Baum vor mir, wie Derobespierre sagte: »Aber ist das wirklich Ihr Hut? Oder nicht doch ein hübscher Vogel?« Woraufhin Adèle geziert lächelte, wie es sich eben gehört. Währenddessen beteuerte Lucile mir gegenüber: »Diese Königin – ist die Mutter ihres Volkes und gibt ihren Kindern kaltes Gift zu essen!«

Inzwischen hatte Luciles Leidenschaft, die stets nicht anwesenden Gestalten galt, die Macht, mich zum Wahnsinn zu treiben. Ich tat völlig verrückte Dinge: kletterte in die Bäume, um ihr unreife Früchte zu holen, oder schlug ohne Mantel und Verstand Purzelbäume.

Während just hinter meiner Schulter Derobespierre durch die Gänseblümchen trippelte, ein strahlender Spiegel, der mir mein eigenes Versagen zeigte.

Aber selbst er hat mich damals auf diesen wackeligen Tisch im Palais Royal geschoben, so wie er mich wenige Jahre später in die Hölle schieben sollte.

1789: Sommer

Le vert ou la mort (Trag Grün oder stirb)

Die Menge, die in den Gärten des Palais Royal ihren Anfang genommen hatte – rot von patriotischen, desertierenden Soldaten und grün von Kastanienblättern –, schwappte jetzt wie eine Flutwelle durch die Straßen der Stadt und riß dabei alles mit, das irgendwie beweglich war. Und das konnte wirklich alles sein.

Aus allen Gassen, aus gepflasterten Hinterhöfen, zwischen deren Eisenzäunen hohes Gras wucherte, aus Kaschemmen, die lediglich ein Loch in der Wand waren, und aus wahren Löchern rannten die Unzufriedenen und Mißbrauchten heraus. Ihre Durchgangsstraßen hatten viel Verkehr gesehen: die Kutschen der Edelleute, die wie Rennwagen vorbeibrausten – gnade Gott allen, die ihnen nicht aus dem Weg gingen –, die Soldaten der Allemande und der Schweizer, die sich im Gefolge von schwachen Trommelwirbeln brüsteten. Und jetzt sahen sie die Juliraserei, die wie ein marschierender Wald mit Blättern winkte. Ein Ventil für fünf Jahrhunderte Martyrium.

Zum Auftakt Richtung Osten. Anfänglich signalisierte vielleicht noch irgendein Beobachter, der in weiter Ferne den Sturm erspäht hatte, durch eine bange Frage vom Dach oder von einem hochgelegenen Fenster aus das Vordringen der Flut. Bald gingen die bangen Fragen immer mehr in Schreie über, schließlich wurden Türen zugeworfen, Fensterläden verrammelt, Riegel zugeschoben und mit Hammerschlägen Bretter vorgenagelt.

Schließt die Theater! hatte der Pöbel geheult. Welcher klar denkende Mensch konnte sich unter diesen Umständen in Ruhe bei einem Theaterstück hinsetzen? Die Theater schlossen.

Die Flut verschaffte sich als dumpfdröhnendes Gebrüll Gehör, und in ihrer Vorhut kläffte und quiekte es, wie wenn Tiere vor einem Waldbrand fliehen. Verhinderte Theaterbesucher, nachmittägliche Spaziergänger, Bankangestellte und Kuraten hasteten davon – jeder, der zur Tür hinausgegangen war und nun unbedingt wieder hereinkommen wollte.

Um eine Ecke herum, und schon ergoß sich die Flut weiter auf die baumgeschmückte Prachtstraße des Boulevard du Temple zu. Irgendwie hatte sie ihr Gesicht verändert. Sie wirkte dichter und mehr geschäftsmäßig. Und getreu der Ermahnung im Garten war sie bewaffnet: Säbel, Pistolen, ja selbst herausgerissene Geländer und Mistgabeln frisch vom Lande.

Auch das Curtiussche Wachsfigurenkabinett am Temple hatte seine Tore verschlossen, aber die Menge rüttelte daran. Ziemlich viele von ihnen erinnerten sich, wie sie hierhergekommen waren, um für zwei Sous pro Kopf die Königliche Familie beim Diner zu sehen: *La Vie en Cire.* Nicht nur die exakte Wiedergabe der prächtigen Wachsfiguren von König und Königin hatte einigen die Augen geöffnet, sondern das üppige Wachsbankett vor ihnen.

Das Tor bebt, als ob es jeden Moment aus seinen Angeln kippen würde. Die Menge grollt, als ob sie wie in Jericho alles kurz und klein schütteln möchte, Salon und Haus eingeschlossen.

Als Monsieur Curtius den Innenhof betrat, begrüßte ihn ekstatischer Lärm. Er war populär, drehte sein Fähnchen immer nach dem Wind und glitt geschmeidig wie Quecksilber von einem Punkt zum anderen. Früher hatte er ganz selbstverständlich feine Pinkel als Gäste zu seinen Diners begrüßt. Angesichts der klimatischen Veränderung dieses Sommers hatte er statt dessen den gierigen Renegaten Mirabeau, den gierigen Radikalen d'Anton und Derobespierre bewirtet, der in jüngster Zeit das »de« aus seinem Namen strich und nichts aß.

»Was wollt ihr, meine Freunde?« fragte Quecksilber Curtius die Menge.

Sie winkten ihm mit grünen Blättern zu. Er nahm ein paar und stopfte sie in seinen Mantel. Jemand half ihm, ein Band ans Tor zu binden, aber Curtius sperrte trotzdem nicht auf. »Necker!« schrie die Menge. Sie wollte die Wachsbüste des Finanzministers. »Und den guten alten Orléans!«

Curtius war ein Genie, was Wachs betraf. Nun mußte der Künstler in ihm einen harten Kampf mit dem politischen Wendehals bestehen. Die schwarzen Zähne gefletscht, grinsend und mit Irrenhausaugen standen sie da und fuchtelten mit Baumfetzen und Heugabeln und fürchterlich alten Gewehren herum, die sie beim Einbruch in ein Museum erbeutet hatten und die vielleicht explodieren und ihnen die Fäuste wegreißen würden. Und diese Leute baten ihn um lebensecht geformte Wachsfiguren mit echten Glasaugen, an denen jede Haarlocke einzeln angebracht worden war.

Ein Tischler, der sich mit einem Stück Stuhlrahmen bewaffnet hatte, sagte: »Wir werden gut auf sie aufpassen. Wir werden sie zurückbringen. Kein Kratzer drauf, was, Jungs?« Zur Zustimmung feuerten die Jungs eine Salve ab. Und wieder ratterte das Tor.

Curtius, der die ganze Zeit über keine Miene verzogen hatte, lächelte. »Selbstverständlich«, sagte er, »die Wünsche des Volkes sind Befehl.«

Er küßte die Büsten zum Abschied und brachte sie eigenhändig heraus. Seine Assistenten reichten sie über das Tor weiter, wo sie das Flickenmonster mit Hurra auffing und sich die Straße hinauf trollte.

»Nun, von denen werde ich keinen je wiedersehen«, bemerkte Curtius.

Falsch. Tage später brachte einer Necker mit zerschnittenem Gesicht, herausgerissenen Augen und verbranntem Haar wieder. Er befand sich so ziemlich im gleichen Zustand wie der Leichnam des Mannes, der ihn getragen hatte, als er fiel.

Die Menge bewegte sich ostwärts. Aber nicht alle. Während ein Teil die Köpfe der verehrten Idole, flankiert von Bannern aus schwarzen und weißen Streifen (schwarz zum Zeichen der Trauer, weiß für die Bourbonenmörder), forttrug, plünderte ein anderer ein, zwei Cafés und zwang geschlossene Läden zum Öffnen. Auf der Straße wurden Weinfässer angezapft. Das bizarre Gepolter der leeren Fässer auf dem Kopfsteinpflaster verstärkte das Geschrei der Menge, die sich ebenfalls hin und her wälzte.

Es war schon später als gedacht. Eine typische Angewohnheit der Zeit. Die Sonne wanderte nach Westen, Richtung Champs-de-Mars, und brachte die Menge auf die merkwürdige Idee, es ihr gleichzutun. Bisher hatte es keinerlei Widerstand gegeben. Sie hatten zwar einen Sprecher verloren, aber es gab ja immer noch genug begeisterungsfähige, junge Männer mit schwarzen Locken, die ihre Waffen schwenkten. Die meisten nahmen das angebotene Grün an, der Rest rannte davon.

Die Sonne zauberte Flecken auf die Mauern der Stadt: Gelb wie verwelkte Schlüsselblumen und ein warmes Grau unter golden leuchtender Spitze. Hinter den Bäumen der Tuileriengärten, deren Palast sich der Länge nach ganz mathematisch Block für Block hinzog, dehnte sich der Fluß wie eine Klinge. Heiß war es. Droben wartete das Gewitter, aber momentan spielte sich der Donner unten auf der Erde ab.

Ungehindert, ohne Widerstand und berauscht von der seltenen Freude, tun zu können, was man will, tanzte die Menge beschwingt in den grünen Garten und in den grünen Park hinein, der unter dem Namen Himmelsfeld bekannt war. Dort stieß sie kopfüber mit den königlichen Truppen, der Royal Allemande, zusammen.

Die hatte im Galopp über die Seine gesetzt. Jetzt stellte sie ein Kommandierender, der zufälligerweise ein Prinz war, quer über die Champs-

Élysées in Reih und Glied so auf, daß die duftenden Bäume die Schultern der leuchtenden Uniformen streiften.

Beim Anblick dieser Formation hätte die Menge eigentlich haltmachen und sich teilen, sich zurückziehen oder aufs Gesicht fallen sollen.

Seit Stunden hatte sich die Menge beiläufig mit Steinen, herausgerissenem Pflaster, Stöcken, Flaschen und Kuhfladen bewaffnet. Nun kam alles zum Einsatz. Unter einem Hagel von Geschossen und Dreck gingen Männer in Deckung, bäumten sich Pferde auf und le prince bellte einen Befehl. Es war wie üblich: Die Elite hat die Oberhand, der Pöbel liegt am Boden, und eine ausgebildete Streitmacht sitzt hoch zu Roß.

Die Soldaten griffen an.

Wie eine rote Lawine donnerten sie mit Hufen und Sporen und flammenden Schwertern und Bajonetten herunter und schlugen der Menge voll aufs Maul. Der Aufprall hörte sich entsetzlich an. Vögel stoben aus den Bäumen auf, als ob selbst das Laub Flügel bekommen hätte. Pferde rutschten auf dem blutigen Matsch aus, der sich augenblicklich gebildet hatte, und brachen in die Knie. Männer fielen aufs Gesicht, und die Frauen schrien, wie es bei jedem derartigen Zusammenstoß üblich ist, was das Ganze aber nicht weniger schrecklich machte.

In kürzester Zeit rannte die Menge zurück Richtung Tuilerien oder zum Place Vendôme hinauf. Einige Soldaten setzten hinterher. Die Disziplin hatte sich mit höherem Einverständnis verabschiedet. Im selben Moment zerrissen mehrere Schüsse die Blätter in den Ästen über den Köpfen. Sie feuerten hoch. Die eigentliche Arbeit wurde mit langem Stahl und nicht mit Kugeln erledigt. Egal, der Trick funktionierte, auch wenn es nicht der Trick war, den ihr hochherrschaftlicher Kommandant geplant hatte. Der Klang von Schüssen reicht ziemlich weit.

In der Menschenmenge, die mit aller Macht in die Tuilerien zurückgeschoben worden war, brach Panik aus. Selten schlug einer zurück. Die Menge war unschlüssig, ob sie fliehen oder Widerstand leisten sollte. Ihr fehlte die ordnende Hand, und außerdem drängten sich die Pferdeleiber zwischen die Menschen auf dem Boden und die Männer im Sattel, deren Arme durch Bajonette verlängert wurden. Hier und da ging eine gestohlene Pistole los. Wo waren ihre eigenen, patriotischen Soldaten? Entweder waren sie unterwegs bei den Weinfässern verlorengegangen oder versuchten, irgendwo in dem makabren Durcheinander zu kämpfen. Ein formal offen angelegter Garten ist kein geeigneter Platz für Auseinandersetzungen. Auch der Place Vendôme nicht, der einer Stierkampfarena glich.

Wer jetzt in der Menge steckte, hatte das Gefühl, als ob alles über ihm zusammenschlagen würde.

In diesen Sekunden stieg unisono ein Entsetzensschrei auf, der sich fortpflanzte und verstärkte. Man hatte noch mehr Truppen gesichtet, die über den grünen Rasen ausschwärmten.

Zu Fuß, aber bis zu den Zähnen bewaffnet und unter Wutgeheul, rannten sie mitten ins Zentrum des mêlée und mischten mit. Auf der Stelle trennten sie das Bataillon des Prinzen von dem Gewimmel im Garten, riegelten letzteren ab und machten sich dann daran, alle uniformierten Blumen abzuhacken und sie auf die Champs-Élysées zurückzuwerfen. Deren Pferde liefen inzwischen auf einer hufeisenförmigen Avenue Amok. Bei den Neuankömmlingen handelte es sich um ein französisches Regiment, das tatsächlich beschlossen hatte, daß Franzosen nicht auf Franzosen schießen. Nun nahmen sie zwischen dem Volk und der Royal Allemande Aufstellung und bombardierten die Germanen, die erneut ihre Reihen durchbrachen, mit Schimpfwörtern. Eine zweite, zum Scheitern verurteilte Angriffswelle begann – ohne Kommando – die Sichtschneise hinunter und blieb wie beim Coitus interruptus stecken, als le prince brüllend abwinkte. Der neue Haufen patriotischer Soldaten, der sich bereits auf einen erbitterten Widerstand gefaßt gemacht hatte, stand bequem und feixte.

Mürrisch wendeten die Germanen ihre Pferde, die vor Begeisterung auf die Avenue und die niedergetrampelten Verwundeten kackten, die dort lagen.

Zehn Minuten später hatte die Menge, die hinter einem Bollwerk aus liebenden Soldaten in Sicherheit war, das Vergnügen, mit eigenen Augen zu sehen, wie die Royal Allemande geschlossen, mit dem Schwanz zwischen den Beinen, zur Marswiese zurücktrabte.

Diejenigen, die sich weinend am Boden wanden, gaben keinen Mucks von sich. Auch wenn nur ein einziger aus ihren Reihen tot war, so sollte doch eine ganze Menge für den Rest ihrer Tage mit dem Stempel dieses abendlichen Abenteuers gezeichnet sein.

Das war noch keine richtige Revolution gewesen, aber das erste Blut war vergossen worden. Der Friede hatte seine Jungfräulichkeit verloren.

Er, Windmühle, war dabeigewesen. Größtenteils. Ein wenig.

Später war er sich nicht sicher, was nach seinem Abstieg von den Schultern der Menge passiert war. Nach anfänglichem Zögern hatte er sich wie ein Scheintoter dahingeschleppt und war schließlich wieder getragen worden, diesmal mit Gewalt. Louis-Mer war verschwunden. Wie alle, die er je gekannt hatte. Derzeit verschwand selbst er.

Die Menge: ein Kopf, ein Herz. Und in gewisser Weise wurde er allmählich zum Hirngespinst. Er vergaß, wer er war, warum er getan hatte, was er getan hatte, oder ob er es überhaupt getan hatte. Und diese Verwirrung griff tatsächlich auch auf andere über, denn irgendwo auf der Straße hatte ihn ein Männertrupp umringt: »Bürger, wir suchen den Jungen, der uns aufgestachelt hat – sah ein bißchen wie du aus.« Da fiel es Windmühle wieder ein, und er sagte: »Mm, das war ich.« Aber die Männer hatten geantwortet: »Nein. Er war größer.« »Ich habe auf einem Stuhl, auf einem Tisch gestanden«, meinte Windmühle tadelnd und dachte im stillen: Ich habe im Himmel gestanden. Da klopften ihm die Männer gutmütig auf den Rücken und setzten ihre Suche nach ihm in der Menge fort. Windmühle dachte ironisch: Muß mich beeilen, sonst werden sie mich vergessen. Und dann vergaß er selbst alles.

Er war erschöpft. Der Wein hatte ihn zwar nicht betrunken gemacht, ihm aber doch eine Facette seines Verstandes geraubt. (Sie hatten also doch getrunken.) Und obendrein fühlte sich sein Mechanismus an wie bei einer Kreatur, die gerade aus dem Winterschlaf erwacht. Die erste Stufe war die Macht, aber die war unter ihrer ungewohnten Eigendynamik zusammengebrochen. Die zweite Stufe war das hier. Und die dritte würde wieder die Macht sein, aber so weit war er noch nicht.

Also, die Menge bewegte sich und er mit ihr. Später bildete er sich ein, er wäre direkt bei jenem Vorwärtssturm dabeigewesen, der den Pöbel von Paris mit den Soldaten konfrontierte. Aber auch hier war er sich nie ganz sicher. Ich war dabei oder habe geträumt, ich oder ein Teil von mir sei dabei gewesen, denn mein ganzes Ich war eins mit der Menge. Und die war dabei. Oder ich bin nach Hause in mein Zimmer gegangen und über dem Tisch eingeschlafen.

Aber eine Erinnerung gab es ganz gewiß, ein Nachempfinden jenes entsetzlichen Zurückweichens in die Tuilerien und jener panischen Augenblicke. Und dann das Wunder bei den französischen Soldaten, die nicht gegen Franzosen kämpfen wollten.

Aber das hatte er nicht gesehen. Man hatte es ihm erzählt. Sie hatten es ihm in dem Café erzählt, in dem er trank und wo alle aus irgendeinem Grund aus voller Kehle ein Lied von den Schäferinnen gesungen hatten. Und das nur, weil die Meute des Königs den Schwanz eingezogen und dadurch das Volk zum König gemacht hatte.

Und er hatte doch auf seinem Tisch geschlafen. Als er aufwachte, hatte sich die Stimmung in der Stadt geändert.

Es lag ein unsichtbarer Schimmer in der Luft, und das Café war leer und wirkte sich selbst überlassen. Dann drang aus weiter Ferne von der entgegengesetzten Seite der Stadt eine Schallwelle herüber. Das schrie und krachte, als ob ein Haufen Häuser eingestürzt wäre. Es klang ganz nah und doch wieder Kilometer weit weg. Er ging ins Freie. Die Straße war finster, keine Lampen waren angezündet und alle Fenster dunkel. Beinahe wäre er über einen Mann gestolpert, der im Rinnstein lag. Er hielt ihn für einen Betrunkenen, bis der Mann sagte: »Nichts, bis jetzt ...«

»Was?«

»Ich kann noch nichts hören. Bis jetzt.«

»Was hören?«

»Bist du ein Narr oder was? Die Kanone.«

Der Mann lag mit dem Ohr am Boden und lauschte auf das Beben der Gewehre, die König Louis gegen das Volk gerichtet hatte.

»Montmartre wäre der richtige Platz«, sagte Windmühle. Er deutete vage nach Norden. »Eine Anhöhe mit fast perfekter Ausgangsstellung. Dort könnte man sie aufstellen und die Stadt schleifen.«

»Halt's Maul«, erwiderte der Mann. »Ich will die Kanone hören.«

Windmühle ging weiter. Zuerst herrschte nichts als verdächtige Dunkelheit, alle Lichter gelöscht, dann kam er nach einer Weile zu einer breiteren Straße und mitten hinein in die Szene, in der ein anderes Museum, mit Fackeln und Gegröle, auf der Suche nach Waffen geplündert wurde. Er stand da und schaute zu, bis man ihm etwas zu tragen gab, und er dachte: Ich hatte nichts damit zu tun. Immer noch ein Zuschauer.

Als er sich den Inseln im »Schoß«-Fluß näherte, sah er an den Stadträndern Feuer am Himmel. Hier rannten die Leute scharenweise herum und bereiteten sich darauf vor, ihr Hab und Gut und ihr Leben zu evakuieren. Man erzählte ihm, der König wäre bereits aufgetaucht und hätte die Häuser samt ihren Bewohnern anzünden lassen. Dann hieß es wieder, nein, Schmuggler, hätten die Zollschranken an den Stadttoren in Brand gesteckt.

Nach der Dunkelheit und dem Chaos der Vorhölle betrat er ein Areal, das aus reinem Licht bestand. Ihm war, als würde es ihm endlich wie Schuppen von den Augen fallen. Er erkannte René Hébert, der unter einer Laterne die eine oder andere Rede hielt, und dann sah er zehn prachtvolle Huren, die sich mit Federn und roten Unterröcken herausgeputzt hatten und miteinander tanzten. Eine davon rannte zu ihm hin und küßte ihn.

Droben im Hôtel de Ville waren alle Fenster gelb. Ein Komitee aus Pariser Wählern hatte dort mehrere Tage nachgegrübelt und forderte nun eine freiwillige Pariser Miliz. Das hatte ihm Brissot erzählt, mit dem er mitten auf der Fahrbahn zusammengestoßen war, wo man eine Kutsche umgeworfen, ihre Teile als Barrikade verwendet und anschließend liegen lassen hatte.

»Und morgen«, meinte Brissot forsch-fröhlich, »muß man dem Pöbel ein Ziel geben. Sein Feuer darf nicht ausgehen.«

»Oder der Topf kocht über. Versailles?« fragte Windmühle auf der Suche nach einem flüchtigen Reiz in der aufgeregten Nacht. »Sollen wir zu Louis, bevor er zu uns kommt?«

»Zum Teufel mit Versailles. Das machen die ja doch nicht und sonst auch nicht viel Gescheites. Bei der Macht der Neun-Damen-Loge, ich sage, die Bastille.«

»Warum?« fragte Windmühle. Sie schienen alle Zeit der Welt zu haben, nichts war wichtig. »Weil dich L'oui dort mal als Verfasser von unflätigen Pamphleten eingesperrt hat?«

Brissot drehte den Kopf weg und spuckte aufs Pflaster. »Das haben wir doch alles schon vor Wochen diskutiert. Aber du, mein Kind, bist betrunken und nutzlos. Geh und such dir eine Feder. Schreib's auf, egal, was es ist.« Er warf Windmühle einen Arm um die Schulter. »Schau, hast du Paris jemals so gesehen?«

Sie schauten. Der Nachthimmel düster, von Feuer gesäumt. Goldene Lichter im Fluß. Die Luft voll Donner. Paris wie ein schwarzes Ei, das jeden Augenblick einen Phönix freigibt.

»Also werden wir herumschleichen und flüstern: Stürmt die Bastille.«

Windmühle nickte. Ein Schauder überlief ihn. Er löste sich aus Brissots Arm.

Brissot sagte: »Dort können sie sich echte Munition verschaffen, und außerdem platzt das Ding förmlich vor Schießpulver. Eine hundertzwanzig Mann starke Wache – sogar weniger. Und die Hälfte davon Veteranen.« Wieder erschauerte Windmühle. Brissot sagte: »Übrigens, d'Anton ist neidisch.«

»W-was? Warum?«

»Springt die ganze Nacht lang auf Tischen herum. Das ist die neueste Mode, kreiert von Monsieur Desmoulins, aber nur ein Camille besaß soviel Shakespeareformat, um Birnam Wood nach Dunsinane zu bringen.«

Erst jetzt fiel ihm auf, daß auch Brissot verwelkte Blätter am Mantel stecken hatte.

Sie trennten sich.

Er weiß, was ich getan habe. Das Mädchen beim Café Flambé wußte es. Und dieser verdammte d'Anton ist neidisch.

Im Weitergehen lachte er. Direkt um eine Ecke herum lief er in einen Haufen Männer, Bäcker und Schreiber mit grünen Kränzen wie Bacchanten. Sie begrüßten ihn laut mit seinem Namen, brachten Trinksprüche auf ihn aus und boten ihm Wein an. Sie kennen mich.

Dann überquerte er den Fluß auf einer Brücke, auf der ein Freudenfeuer prasselte, in dem geklaute Hühner gebraten wurden. Er lief zum Haus der Duplessis in der Rue de Condé. Auch hier war, wie bei den meisten Nachbarn, alles dunkel und dicht verrammelt, nur drüben Richtung Théâtre brannten die Straßenlaternen. Droben im gegenüberliegenden Haus fand er Papier und kritzelte darauf:

Monsieur, die ganze Stadt ist bewaffnet und manches noch nicht unter Kontrolle. Ich flehe Sie an, lassen Sie Ihre Familie zu Hause. Ihr Freund Camille.

Nachdem er ihnen diese Nachricht hinterlassen hatte, blieb er einen Augenblick im Türschatten stehen und preßte die Stirn dagegen. Ein Gefühl zwischen schmerzhafter Freude und freudigem Schmerz zerriß ihm wie ein Dolch das Herz, besser gesagt, das Herz seiner Seele.

Dors-tu, mon ange? Ma plus belle, mon amour …

Die aufgehende Sonntagssonne erhob sich über Windmühle im Elendsviertel von Saint-Antoine. Inmitten des trostlosen Straßengewirrs erkor ihn die Sonne zum Favoriten. Die Sonne schien auf Windmühle herab.

Ansonsten tropfte sie nur von Wänden, die aus Papier und Dreck zu bestehen schienen. Im Winter lief die Nässe herunter, im Sommer stanken sie. Jetzt stanken sie. Hier zierten Lumpen wie Flaggen die Leinen, hier huschten Kinder aus Haut und Knochen wie die Ratten umher. Er ging in die Kaschemmen und stotterte ein paar passende Sätze. Er war nur einer von unzähligen Aufrührern, bis einer hereinkam und sagte: *Das* ist der, der im Palais aufgetreten ist. Dann hatte das Stottern ein Ende, und er wandte sich direkt an sie. Trotz ihrer Teufelsaugen waren sie respektvoll. Er kam sich vor, als ob er einen Paß für ihr Höllenland hätte, denn ohne einen Paß konnte man sich seiner Haut nicht sicher sein. Aber wenn du sagst, was sie hören wollen, leuchten die Teufelsaugen wie seine eigenen auf, auch wenn er die nicht sehen konnte. (»Schaut den Luzifer an«, sagten die Frauen. Eine packte unter dem Türrahmen seine Hand. Beinahe wäre er zurückgezuckt. Eine Vettel aus einem Märchen, die Hexe mit dem Blut von La Belle Dormante auf der Spindel. »Retter«, sagte sie, »du wirst es ihnen zeigen. Du wirst es recht machen.« Und die Tränen sprangen ihm wie Sterne in seine Luziferaugen. Mitleid überwältigte ihn und der Wille, für sie alle zu kämpfen.)

Am Montag morgen läuteten die Glocken von jedem Turm in Paris Alarm. Bei ihrem Klang drehte sich einem der Magen um. Und gleich danach ertönte der Lärm aus den Waffenschmieden, die den Rauch turmhoch ausspuckten. Sensen ließen sich zu Lanzen schweißen und Spieße zu überscharfen Bajonetten hämmern. Aber die Bastille ist voller Schießpulver und voll mit Männern, die um Befreiung flehen.

Tausend Gefangene, ohne Gerichtsverhandlung eingekerkert, mit Eisenfesseln in Zellen gekettet und einmal wöchentlich mit abgenagten Hundeknochen gefüttert.

Du gehst aus? Vergiß nicht deinen Hut und deinen Kastanienzweig. Es ist gefährlich, wenn man sich ohne Blätter auf der Straße sehen läßt.

Drüben vor Les Invalides schrie die Menge, der Pöbel, schrie ganz Paris (blätterübersät) nach Waffen. In der Menge eingepfercht – Windmühle, diesmal garantiert erkannt. (»Camille, sag denen, wir wollen Musketen!« Also verkündete Camille die Botschaft, und alle riefen mit: Eins, zwei, drei, *Musketen*!)

Dann ging einer zum Verhandeln hinein. Das Tor wurde gestürmt.

In den Gewölben war es stickig und heiß und stank nach Gewehren. Im wilden Durcheinander kamen die Aufrührer mit über zweitausend Musketen (leer) und mehr als zehn Kanonen (ohne Munition) wieder heraus. Schießpulver gibt's in der Bastille.

Aber beim Hôtel de Ville wurden Kugeln wie Süßigkeiten verteilt, und draußen plünderten Leute zerbrochene Fässer und Gemüsekisten, denn es war ihnen wieder eingefallen, daß man auch Lebensmittel gebrauchen konnte. Zeitweilig war der ganze Place de Grève voller Wollschafe, die man von draußen nach Paris zurückgeschickt hatte. Aber in jenem stinkenden, achttürmigen Verlies bekam man als Gefangener nur abgenagte Hundeknochen.

Wir bräuchten Katapulte, um, wie die Römer, über die Mauern schießen zu können. Oder wir müßten überall Feuer legen. Wir könnten Öl – oder Terpentin – durch die Feuerwehrwägen pumpen (durch alle, die am Samstag nicht zum Löschen der Zollschranken gebraucht wurden). Feuerwehrwagen zur Bastille. (Feuerträume. Am Sonntag hatte es Pläne gegeben, die Opéra niederzubrennen.)

Inzwischen wird in einer Gasse ein Kurier, der aus Versailles kam, beim Versuch, die Bastille zu erreichen, ermordet. Seine Botschaft war für de Launay, den Gouverneur des Gefängnisses, bestimmt: Unter allen Umständen aushalten. Vielleicht entspricht das auch nicht der Wahrheit, vielleicht gibt es gar keinen Kurier, der in seinem eigenen Blut an einer Hauswand hinunterrutscht. Jedenfalls ist's eine gute Geschichte, so wie bei der Frau, die nein sagt, woraufhin der faule Liebhaber antwortet: Aber ja.

Falls der Kerl beim Weinladen noch immer mit dem Ohr auf der Straße liegt, könnte er es jetzt hören: das langgezogene, abgehackte *Krawumm* der Kanone: vierzehnter Juli, Le Premier Jour.

Der Faubourg Saint Antoine, der rücklings wie eine Pfeilspitze auf die Stadt weist, und ganz vorn dran – die Bastille. Der verrückte Karl V. hatte sie im dreizehnten Jahrhundert erbaut. Mächtige Wälle aus gelblichen Steinen, die mit fortschreitendem Alter wie Elfenbeinzähne immer dunkler wurden, dazu acht Türme – eine Spinne. Aber am dunkelsten waren die Geschichten. Die Folterkammern, Räume, deren Wände mit den Schädeldecken von Gefangenen ausgekleidet waren. Um Mitternacht das Klopfen an der Tür, die verhängte Kutsche, und dann fortgeschleppt, ohne zu wissen, warum, und in der Bastille lebendig begraben werden.

Seit Tagen hatte de Launay, der Gouverneur der Gefängnisfestung, wie auf glühenden Kohlen gesessen. Er hatte sich der allgemeinen Meinung angeschlossen, daß sich die Gewalt irgendwo entladen müsse und sein Gefängnis als Sinnbild aller unerträglichen Dinge eine gottgegebene Zielscheibe darstellte. Wenn er nachts auf das umliegende Stadtviertel hinausstarrte, genügte es bereits, wenn sich die Bäume bewegten. Dann schrie er auf und ließ die Schießscharten für die Kanonen erweitern und die Fenster blockieren. Gut möglich, daß ihm die Truppen jenseits der Stadt im Falle eines Angriffs nicht zu Hilfe kommen würden. Massive Abwesenheit von der Armee war inzwischen an der Tagesordnung. Es hieß nicht mehr, einer ist desertiert, sondern, wer ist nun schon wieder desertiert und wie viele? Bisher hatte man zu seiner Unterstützung ein Kommando von dreißig Schweizer Soldaten unter einem Hauptmann geschickt, der ihn offensichtlich verachtete. Zudem konnte er sich auf seine Veteranen verlassen, seine Invaliden, etwas mehr als achtzig Soldaten im Ruhestand. Invalide, das war das Stichwort. Sie hatten ihre Kämpfe hinter sich und rechneten nicht damit, wieder von vorn anzufangen. Außerdem hatte de Launay die Blicke, die sie ihm zuwarfen, wohl bemerkt und gesehen, wie besitzergreifend sie auf die verwahrlosten Straßen draußen hinunterstarrten, in denen sie zechten. Möglicherweise würden sie sich im Fall der Fälle weigern, auf den guten alten Jacques vom Roten Becher zu feuern.

Inzwischen hatte man am Abend des Dreizehnten von der Durchgangsstraße aus tatsächlich auf einen Wachtposten oben im Bastilleturm geschossen – wenn auch ohne Erfolg.

De Launay hatte die Schweizer mehrere Tonnen Pflastersteine als künftige Wurfgeschosse auf die Zinnen tragen lassen. Anschließend mußten sie das gesamte Schießpulver in die Keller des Zeughauses schleppen. Als er am Morgen des Vierzehnten zu ihnen hochstieg, lehnten sie erschöpft an den Mauern.

Bald darauf trudelte die Menge ein.

Wie schwarze Lakritzstangen ragten die frisch gereinigten Kanonen zu den verbreiterten Schießscharten hinaus und deckten mit ihren Schnauzen jede gefährdete Zugangsroute ab. Die Zugbrücken waren fest hochgezogen. Von außen besehen wirkte die Bastille unerschütterlich und uneinnehmbar, aber inzwischen hatte sich immer mehr herumgesprochen, daß das Gefängnis eine leere, schlecht verteidigte Hülle war, die mit Schwachstellen förmlich übersät war. Und obendrein mußte der Heldenmut des Volkes einfach siegen.

Zu Beginn verlief der Krieg nicht unzivilisiert. Eine Abordnung kam und wollte den Gouverneur sprechen. Ihr Ziel: Zugang zu den Waffen und Protest gegen die eindeutige Aggression der Kanonen. Der Gouverneur ließ die Delegation herein. Nein, nein, Waffen dürfe er nicht verteilen, aber ob sie denn nicht Hunger hätten? Sie setzten sich gemeinsam zum Frühstück. Draußen wartete, ohne Frühstück, die Menge und rief ziemlich musikalisch nach Waffen, manchmal sogar im Namen des Königs. Anschließend gab de Launay, der über der Schokolade zunehmend enthusiastischer wurde, den Befehl, die Kanonen von den Wällen zurückzuziehen. Zum Beweis, daß er keine Absicht hatte, sie jemals abzufeuern. Als die Leute drunten die Kanonen verschwinden sahen, glaubten sie, man würde sie zum Nachladen zurückziehen. Außerdem kamen sie zu der Ansicht, daß man die Delegation, die sich noch immer mit weißen Semmeln und Orangen vollstopfte, als Geisel genommen hatte.

Langsam sickerten edelmütige Versprechen auf freundliche Behandlung durch, und bald darauf stimmte die Menge argwöhnisch ihren Ruf an: Wir sind hier, um die Bastille zu nehmen. Gebt auf!

Die Invaliden droben auf den Mauern hüpften wie Ziegen herum und schwenkten warnend ihre Hüte, was die Menge entweder als Drohgebärde oder als Geste der Ermunterung wertete.

Sie waren bereits im äußeren Hof. Nun begann das Wesen Volk seine gierigen Tentakel auszustrecken, um die steinerne Schachtel irgendwie zu fassen und aufzubrechen. Den Plan mit den Feuerwehrwagen hatten sie schon längst ad acta gelegt, aber damit nicht auch zwingend den Plan, auf einen hinaufzuklettern. Von hier aus hatte man Zugang zu den Dächern der Geschäfte, die sich im äußeren Hof aneinanderdrängten. Und so ging es nach oben, über den Schutzwall hinüber und hinein in den inneren Burghof jenseits des Wassergrabens. Der Schachzug war derart simpel, daß ihn niemand ernsthaft in Erwägung gezogen hatte.

Der Vortrupp war mit Äxten und Holzhämmern gekommen und fing nun an, die Ketten der beiden Zugbrücken zu bearbeiten.

Wenn es je einen Augenblick gegeben hatte, um das Feuer zu eröffnen, so war er nun gekommen. Aber das Feuer blieb aus. Inzwischen klapperten die Schokoladentassen fröhlich, machten die Invaliden die Augen zu und schauten die Schweizer verdutzt drein oder warteten vornehm auf Anweisungen, während das Gebrüll der Menge die Hackgeräusche übertönte. Binnen kurzem krachten beide Zugbrücken mit gekappten Seilen jählings quer über den Wassergraben und töteten oder verletzten dabei alle, die sich nicht außer Reichweite bringen konnten. Aber die Menge setzte einfach über die geheiligten Opfer hinweg und raste weiter in den inneren Burghof hinein, wo sie ein zweiter Wassergraben samt Zugbrücke erwartete. Ein Affront für den angreifenden Pöbel, aber für die wirklichen Verteidiger auf den Wällen die Invasion.

Der Pöbel, behindert und doch wieder nicht, geriet im Vollgefühl seiner Macht zum Tollhaus, zum vielköpfigen Drachen außer Rand und Band, der unter Geheul seine unzähligen Arme hob, damit die letzte Brücke heruntergelassen würde. Und seine Musketen – die wenigen mit Kugeln und Schießpulver – gingen beinahe wie von selbst los.

Jenseits von de Launays kostbaren Schutzwällen regnete es Bienenstiche. Danach glitt die Kanone wieder lächelnd an ihren Platz zurück, leckte sich die Lippen und hustete den Donner des Todes aus.

Auf den Straßen herrschte dichter Gegenverkehr. Die Verwundeten wurden auf Karren und Bahren nach Westen oder Süden transportiert,

Richtung Hôtel de Ville oder zu Häusern von Freunden, die sich um sie kümmern würden. Oder sie humpelten zwischen Kameraden dahin, die mit schwarzem Pulverstaub gepudert und mit Blut geschminkt waren. Die Ersatzmenge ließ sich von diesen Schaubildern der Qual nicht abschrecken – vielleicht fühlte sie sich sogar angespornt – und bahnte sich einen Weg zum Schauplatz der Handlung. Unterdessen tönte es im Vorübergehen:

»Wer gewinnt denn dort droben, wir oder die?«

»Das ist kein Witz. Zweihundert Tote. Das Blut stammt nicht von mir. Eine Frau stand neben mir –«

»Schon gut, wir werden diese Bastarde umbringen. Wir zerren sie raus auf die Straße und vögeln sie mit Piken zu Tode.«

Und dann wildes Hurrageschrei. Schließlich geht es um Blutvergießen, und Blut ist en vogue und riecht noch neu und auf bestialische Weise erregend.

Währenddessen poltern wieder mal die Kanonen durch das Hurrageschrei, daß die Pflastersteine nur so zittern. »Ach, Christus Jesus!« schreien die Mädchen, die sich noch vor einem Augenblick droben an den Fenstern die Hälse verrenkt hatten, um einen Blick auf die Straße zu werfen. Jetzt fallen mit einem Knall die Läden zu, und wieder tobt die Kanone, und die Erde pocht.

Niemand kann einen Vorfall schlechter beschreiben als diejenigen, die unmittelbar daran beteiligt waren.

Es ist fraglich, ob einer der Patrioten, die vor der ersten Steintür der Tyrannei herumlärmten, wußte, was nur vier Meter von ihm weg geschah.

Kämpfen war alles. Raserei der Schlacht. Die Römer und Griechen haben hübsche Namen dafür. Es kommt ein Punkt, an dem weißt du, daß du unverwundbar bist, und wenn du es nicht bist, dann ist es dir egal. Die Kugeln sollen mich ruhig durchbohren und die Kanone mit Wucht vor meinen Füßen explodieren – nichts kann mich abhalten. Ich bin jetzt nur noch Revolution. Der Mann an meiner Seite ist mein Bruder, die Frau, die ich in die Arme reiße (weil ich sie für tot halte und mit tränenüberströmtem Gesicht rächen möchte – sie, die mich an den Haaren packt, mich umarmt und dann unverletzt oder nur wiederbelebt verschwindet), meine Schwester, mein Weib. Die Kinder – es gibt viele – sind meine Söhne. Wir sind ein Wesen und ein Wille.

Allen Neuankömmlingen bot sich das Bild einer gigantischen Feuersbrunst. Pechschwarze Rauchwolken quollen aus den abgefeuerten Kanonen und Musketen, aber auch aus dem brennenden Stroh, das man wagenweise von einer nahegelegenen Brauerei herbeigeschafft, mit Likör getränkt und entzündet hatte. Zuerst nur neben der inneren Zugbrücke, aber inzwischen hatte man es wieder auf die Durchgangsstraße hinausgeschleppt. Durch den Rauch hörte man Schüsse knattern und knallen. Wer hier hindurch wollte, mußte auf die Knie und sich kriechend vorwärts orientieren. Zur Begrüßung hagelte es von den Türmen Geschoße, die von seiten des Volkes, das sich rechts neben dem Tor in den Küchenräumen der Bastille aufhielt, mit Luftküssen erwidert wurden. Auf Holzböcken und in engen Fensteröffnungen kauerten hier Männer aus Fleisch und Blut und feuerten mit den Musketen, die sie sich in Les Invalides angeeignet hatten, auf die Augen der Spielzeugmänner oben auf den Wällen. Leider traf man verdammt wenige von diesen Wallratten, aber wenn eine fiel, dann brüllte man los. Und wenn eine blitzschnell auswich, wurde auch gebrüllt. Brüllen wurde zur Hauptbeschäftigung. Hin und wieder sausten dir ihre Liebesgrüße um die Ohren und zerschmetterten irgendwelche Dinge. Es war, als ob eine Welt aus Spiegeln zu Bruch ging. Zeitweise konnte es auch passieren, daß dir ein Kügelchen den Mantelärmel zerschnitt. Du spürtest, wie es heiß wurde, aber sonst war's nicht der Rede wert. Seltsam, noch nie schien der Tod so fern gewesen zu sein. Ein einziges Nichts. Selbst diejenigen, die zu Boden gingen – die Flamme in ihren Augen wurde plötzlich starr und stumpf –, wirkten lediglich wie eine falsch verstandene Nachricht oder wie Fälschungen. Es war, als ob die mächtige Seele des Volkes, die sich ihrer bedient hatte, sie nun verlassen hatte und in diejenigen eingegangen war, die lebten und so ihr wahres Gesicht verkörperten.

Im Hof gab es massenweise »Volkssoldaten«. Auch sie hatten Kanonen hergeschafft, die sie einsetzten. Wenigstens die Hälfte der Donnerfanfare, die die umgebenden Straßen erschüttert hatte, ertönte aus patriotischen Geschützen. Diese Männer hatten bei ihrem kühnen Vordringen die Wagen mit dem glimmenden Stroh von der inneren Zugbrücke, die sie unter Beschuß nehmen wollten, weggeschoben. Inzwischen bildeten die massiven Holzplanken die einzige, noch vorhandene Barriere zwischen der Menge und ihrem Ziel. Dahinter warteten einsatzbereit de Launays berüchtigte Achtpfünder.

Ich hatte meine Pflicht gegenüber der Neun-Schwestern-Loge erfüllt. Egal, wohin ich mit meinen defätistischen Bemerkungen kam, forderte man mich auf, laut die Stimme zu erheben. Also tat ich es. Ich war in Saint Antoine gewesen und im Schweinegehege von Les Halles, ja, ich bin sogar noch einmal ins Palais Royal zurück, wo man mich zum zweitenmal für weitere lautstarke Verkündigungen auf einen Stuhl hinaufkomplimentierte. Allerdings mußte ich dort kaum einen Ton von mir geben. Sobald ich auch nur den Mund aufmachte, gab's Beifall wie beim Karneval. Ich schlief kaum und fraß wie ein Pferd, wenn man ihm einen Trog anbietet. Während sich rings um mich Tage und Nächte in Luft auflösten und der Phönix im Ei an der Schale herumpickte, schleppte ich mich durch Paris, von einem Ende zum anderen.

Ich stand gerade mitten in einer gut zweihundertköpfigen Menge bei einer alten Färberei auf der Straße, da hörten wir die Gefängnisgeschütze aufbrüllen. Jemand schrie: »Sie bringen sie um!« Daraufhin setzte sich unsere ganze Legion in Bewegung und rannte los. Keiner sagte: Wer? Oder Wo?

Leider hieß es erneut, quer durch die ganze Stadt zurück. Man hatte bereits Barrikaden errichtet oder einen unglückseligen Laden geplündert. Die Banditen von Paris ließen sich eine solche Gelegenheit nur selten entgehen. Deshalb war der Weg an einem Dutzend Stellen unpassierbar, und wir mußten gezwungenermaßen Umwege finden.

Als ich endlich die Rue Saint Antoine erreichte, hatten sie das Schießen eingestellt. Man hörte lediglich das mißmutige Gebrüll der Riesenmenge, in das sich nach und nach ein aufsässiger Unterton mischte. Sie hatten etwas erreicht. Im selben Moment rannte ich los. Ich hätte wetten wollen, daß de Launay kurz vor der Kapitulation stand.

Gewaltsam verschaffte ich mir mit Dutzenden anderen auf einem der Hausdächer, die sich in der Nähe des Gefängnisses aneinander drängten, einen vorteilhaften Platz. Ringsherum waren die Fenster mit Zuschauern gespickt. Einer schaute herunter, direkt in den Mahlstrom.

Es war noch nicht ganz vorbei. Im inneren Burghof, den sie durch schiere Frechheit eingenommen hatten, verzog sich allmählich der Rauch wie blauer Frühlingsnebel. Ab und zu krachte noch eine Handvoll Musketen los, aber von der Höhe kam keine Antwort.

Die Menschenmenge im Hof – sie glich einem heidnischen Blumenbeet, das lebendig geworden war. In diesem unendlichen Meer gab es auch Inseln mit Toten und Verwundeten. Einige hatte man ohnmächtig gegen das Mauerwerk oder umgestürzte Karren gelehnt. Ihnen war egal, was passierte, und das allein schien bereits unvorstellbar.

Sie hatten versucht, den Wassergraben mit Müll und Möbelstücken aufzufüllen, um hinüber zu können. Inzwischen kamen sie bis an die Mauerfundamente heran. Allerdings waren von den Wällen Pflastersteine geflogen, die mehreren Angreifern hübsch ordentlich den Schädel eingeschlagen hatten. Durch den Schutt, der überall herumlag, sah es aus, als ob die Riesentürme jeden Moment einstürzen würden.

Die Menge war wie eine Druckerpresse. Sie packte ihre eigenen Glieder und hielt sie fest. Wer einmal drin war, für den gab es nur einen Weg hinaus – über die Zugbrücke, die noch immer oben war. Aber inmitten des Gebrülls gab es auch schon lebhafte Diskussionen.

Das dichtbesetzte Dach war ein einziger Debattierklub. Einige sagten, man hätte nur zwei von den Gefängnisgeschützen abgefeuert. Andere behaupteten, es wären fünf gewesen und eintausend Bürger wären tot oder fast tot. Ein Mann sagte, es wäre nur ein Geschütz, und er wäre dafür beinahe gelyncht worden. Er widerrief. Außerdem versicherte man mir, die Schweizer hätten das Feuer eröffnet, als die Leute über die erste Zugbrücke hereinkamen. Dies schien durchaus wahrscheinlich.

Im übrigen hatte es zweimal eine Feuerpause gegeben, nicht von Seiten des Gefängnisses, sondern vom Volke ausgehend. Unterdessen versuchten einige Delegierte, de Launay zur Vernunft zu bringen. Hätte er zu diesem Zeitpunkt eingelenkt und die Bastille den Stellvertretern der Nation übergeben, hätte noch alles gut enden können, aber er war ein Aristokrat und deshalb daran gewöhnt, in seinem Adlerhorst das Zepter zu schwingen. Selbst als das Volk eine Feuerpause einlegte, damit sich seine Abordnung Gehör verschaffen konnte, hatten die Schweizer auf den Wällen ihre Attacke verdoppelt. Dabei wurden Männer getötet, die weithin sichtbar mit umgedrehten Waffen oder gar völlig unbewaffnet dastanden.

Angesichts unserer patriotischen Soldaten, die sich hier in großer Anzahl und tapfer wie die Löwen – ohne einen einzigen Adelspinkel, der ihnen eine Lektion in Sachen Kriegsführung erteilte – versammelt hatten, hatte sich de Launay anscheinand eines Besseren besonnen. Unter dem höhnischen Beifall der Menge waren Trommler über die Wälle getrabt und hatten zum Rückzug geschlagen und weiße Schals geschwenkt. Trotz dieser Darbietung war das Feuergefecht auf seiten des Volkes noch eine Weile weitergegangen. Sie trauten dem Frieden nicht, was kaum verwunderlich war.

Trotzdem war es zu einer merkwürdig dröhnenden Pause gekommen, in der wir abwartend dastanden und uns wie eine Rinderherde vor dem Sturm zusammendrängten. Bald identifizierten mich einige meiner Mitbeobachter und meinten: »He, Camille, du bist unser Anwalt. Wie lautet dein Urteil?«

»Falls er ein Angebot macht, sollten sie's annehmen.« Aber tief drunten erklang plötzlich überall lautes Geschrei. Es hörte sich an, als ob zwanzig Nationen durcheinander redeten. »Was rufen sie denn?« »Nur daß sie die Bastille wollen und die Spielchen mit der Waffenruhe satt haben.« Jetzt fiel auch die Menge auf den Dächern und in den Fenstern ein, entweder, um ihnen Mut zu machen, oder weil sie nicht mehr länger schweigen konnte. Meine Kameraden hüpften auf und nieder, bis ich dachte, die Bleiplatten würden unter uns nachgeben.

Es war, als ob man ringsum trockenen Zunder anbrennen würde. Wenn sich der Pöbel vom Dach in den Hof wälzen würde, würde er mich mitreißen. Ich hatte keine andere Wahl.

Zur selben Zeit mußte Ihro Gnaden vom Gefängnis in seinem Arbeitszimmer ein höchst persönliches Geschäft erledigen. Dort schrieb er uns ein Billetdoux. Wenn ihm dieses Komplott geglückt wäre, hätte ihm das die Geschichte nie verziehen, aber weil er scheiterte und die Geschichte ein kurzes Gedächtnis hat, werde ich sie daran erinnern.

Er war König in einem Schloß gewesen und wollte sich nur ungern von diesem trennen. Er hatte wiederholt und gnadenlos in die Menge feuern lassen und dabei erklärt, daß er das nicht tun würde (soweit ich weiß, hat er dann hinterher behauptet, er hätte es nicht getan). Er hatte die friedlichen Feuerpausen auf unserer Seite als Signal gewertet, um sein Feuer zu verstärken. Er hatte mitansehen müssen, wie seine Brücken gekappt wurden und daß vor der letzten Brücke unsere besten Kanonen standen. Jeder erbarmungslose Schlag machte uns wie die Hydra nur noch wilder. Angesichts dieser Tatsachen schrieb uns de Launay:

Wir werden uns ergeben. Akzeptiert das. Oder wir zünden die zwanzigtausend Pfund Schießpulver, die wir, wie ihr wißt, hier haben, an und vernichten damit die Garnison, euch und unsere umliegende Nachbarschaft.

Auf Befehl dieses Mannes hatte man zuvor ein Loch in die Tür geschlagen, damit seine Soldaten noch wahlloser auf uns schießen konnten. Jetzt flatterte dort besagte Nachricht zu Boden. Unsere Männer legten provisorisch einen Baumstamm über den Wassergraben – ich rechnete damit, daß man sie dabei erschießen würde – und rannten hinüber, um das Papier zu holen. Der Kern dieser »Bitte« schoß wie Gift durch die Adern der Menge und erreichte über Zurufe und Nachfragen auch die Hausdächer. »Jesus, er wird die ganze Vorstadt in die Luft sprengen. Ma, geh in den Keller.« »Das werde ich nicht«, sagte Ma, die tapferer war als ich. Jeder von uns starrte wie elektrisiert das Gefängnis an. Niemand suchte Schutz. Als nächstes kam einer aufs Dach und teilte uns den genauen Wortlaut der Botschaft mit – so genau, wie er das aus fünfzehnter Hand konnte. »Er will sicheres Geleit; dann wird er ohne Aufhebens herauskommen.« In der Tat war die Nachricht bei einem Teil der Versammlung drunten völlig entstellt angekommen, und nun waren sie überzeugt, der Gouverneur drohe mit Schießpulver, wenn sich das Volk ihm nicht ergeben würde. Keiner klärte sie auf. Mir war vor Wut und Angst eiskalt, und ich wünschte, ich hätte de Launay eigenhändig an der Kehle. Diese Bestie hatte zugelassen, daß sich Geschütze über die Köpfe von Frauen, kleinen Buben und Männern entluden, deren Bewaffnung zum größten Teil aus Heugabeln bestand. Und diesem Kerl, der etwas anderes tat, als er sagte, und es erneut leugnete und dann wieder tat, stand eine ehrenwerte Gefangennahme zu. Wenn man ihn verschonte, würde er zweifellos durch einen Trick innerhalb von fünf Minuten wieder die Oberhand gewinnen. Vermutlich würden wir dann alle binnen eines Tages oder sogar in kürzerer Zeit in den Verliesen jenes Ortes landen, den er so eifrig hütete. Wenn wir ihn aber nicht zu seinen Bedingungen gefangennehmen würden, würde er uns alle in die Hölle sprengen und ein ganzes Viertel voll Unschuldiger dazu. Edler Edelmann. Das war echte Adelspinkelehre. Ja, er war tatsächlich verrückt genug, diesen Plan in die Tat umzusetzen. Und das alles nur, damit seine blutige Festung nicht in unsere Hände fiel. Ich hatte begriffen.

»Das soll er mal probieren«, schnaubte einer auf dem Dach. »Aber er wird's nicht tun. Er wird sich vor Angst in die Hose machen. So wird das Pulver feucht, bevor er's anzünden kann.«

Und dann sahen wir, wie sich unter uns die Menge, angeführt von den Soldaten des Volkes, wie eine Flutwelle hob und nach drinnen drängte, vorbei an ihren eigenen Geschützen. Nieder mit der Brücke! Wir ergeben uns nicht! brüllten sie. Diesmal konnte man sogar jedes Wort verstehen.

Ich dachte, jede Sekunde würde uns die donnernde Lichtwalze treffen und wie Tausende von Kerzen ausblasen. Ein Soldat schreit während der Schlacht, um die Todesangst in Leidenschaft umzuwandeln, und auch ich merkte, daß ich – genau wie die übrigen unter und neben mir – mit gesträubten Haaren heulend das schwarze Blut der Bastille forderte.

Ich hörte, er, de Launay, sei mit seiner Zunderbüchse im Keller gewesen, als einige der alten Veteranen, die nicht auf französische Bürger schießen hatten wollen, dazwischengingen.

Der dumpfe Riesenschlag aus Schmerz und Qual, er war für uns bestimmt gewesen. Wir sind ihm nur um Haaresbreite entgangen, dem Donnerblitz, der uns blind gemacht und mit Feuerflügeln zu Ruhm und Ehre hätte eingehen lassen.

Als sich das Tor plötzlich öffnete und die letzte Zugbrücke eine Straße für die Invasion freigab, erhob sich aus allen Kehlen ein wahnwitzig heiterer Schrei, in den auch ich zweifelsohne einstimmte. Aber das weiß ich nicht mehr genau, weil ich nur noch eine sehr undeutliche Erinnerung an diesen letzten Sprung habe – ihren Sprung. Und dann stürzten auch wir uns vom Dach, hinunter und vorwärts, mitten hinein ins zerbrochene Herz der Bastille, jenes Gefängnis, das ursprünglich uns alle überleben sollte. Das war ein Rennen und Grinsen und Zittern und Schreien, und doch hätte keiner seine eigene Stimme heraushören können.

Selbst die Schweizer warfen ihre Gewehre ab und erklärten uns, sie hätten nie gefeuert. Dann hatten sich das die Toten nur eingebildet.

Il pleut, il pleut des bergères,
Des brunettes et des blondes,
Des petites et des grandes,
Il pleut, il pleut des bergères –
Quelle joie pour les moutons!

Attention, bergères,
Mes très jolies femmes,
Très jolies Mesdames,
Attention, bergères –
Vos moutons ont des dents!

Es regnet Schäferinnen,
Dunkle und auch blonde,
Kleine und auch große,
Es regnet Schäferinnen –
Wie das die Schafe freut!

Paßt auf, ihr Schäferinnen,
Meine wunderhübschen Mädchen
Und wunderhübsche Damen,
Paßt auf, ihr Schäferinnen –
Eure Schafe haben Zähne!

Bei den Schmetterlingen spielten sie Schäferinnen und taten so, als ob sie irgend etwas anderes wären als in Wirklichkeit. Ein müheloses Leben kann so langweilig sein.

Eine Puppensammlung, die mit Puppen spielte.

Der Gesamteindruck, der von ihnen bleibt, ist Blässe – Bourbonenweiß. Die weißgepuderten Haare, die weißgepuderten Gesichter, vielleicht mit einem Hauch von Rosé auf Wangen und Lippen, weiße Spitze und weiße Seide – ein Winterhofstaat. Und ihre Paläste quellen von mechanischen Wunderwerken über, mit denen sie ebenfalls spielen. Elefanten, die klingelnde Töne von sich geben und dazu wie Gliederpuppen mit Ohren, Schwanz und Rumpf wackeln, während ringsherum Blumen ihre Diamantkelche öffnen, und goldene Uhren mit tanzenden Figuren. Und außerdem pflegt man dort noch die Kunst, exquisite Wachsmodelle zu kreieren. Ein blasses, schlaues, kleines Mädchen namens Marie hat es ihnen beigebracht. Wachsfrüchte und -blumen und Früchte und Blumen aus Edelsteinen, die nie vergehen.

Aber noch während ihres Spiels preßt sich die riesige, dunkle Wolfsmeute, der es nach ihrer Blässe gelüstet, keuchend und haßerfüllt gegen die durchsichtigen Seifenblasenwände. Wölfe im Schafspelz ... Wer hätte sie mit Schafen verwechseln können?

Ach, die Elfengötter und -göttinnen in ihrer Scheinwelt aus unsterblichen Blumen, wie hätten sie sich träumen lassen können, daß alles in Tränen enden würde und noch dazu in blutigen?

König Ja-Ja, ein Frühaufsteher, notierte in einem Hauptbuch die Zahl der Wildtiere im Wald und strich die Tiere, die er gestern geschossen hatte. Man hatte ihm soeben vom Fall der Bastille berichtet.

»Ein Aufstand?« hatte er wissen wollen.

»Nein, Sire, eine Revolution.«

»Was«, fragte der König, »ist eine Revolution?«

Eine Revolution ist eine Wende. Manchmal eine komische Wende.

Nachdem uns der Sturm auf die Festung geglückt war, fanden wir sie. Die Menschen, zu deren Rettung wir gekommen waren. Die Menge der verhungerten, gefolterten, zerbrochenen Gefangenen, die ihre gefesselten Hände ausstreckten und vor Dankbarkeit weinten.

Es waren sieben an der Zahl. Ungefesselt. Gut gekleidet – besser als ich. Verschreckt und verblüfft starrten sie uns an. Waren wir gekommen, um sie zu töten?

Einer behauptete, Julius Caesar zu sein. Offensichtlich waren wir sein Rubikon. Einer versteckte sich mit einem zahmen Kanarienvogel im Käfig unter seinem Bett.

Die Zellen waren mit offenen Kaminen hübsch ausgestattet und je nach Wünschen und finanziellen Möglichkeiten der Insassen möbliert. Selbst Äpfel und Weinflaschen standen herum. Bis auf ein paar antike Rüstungen gab es keinen Beweis für teuflische Foltern. Die Knochen im Keller waren schon Jahrhunderte alt.

Auf der Treppe klammerte sich ein alter Mann weinend an uns und ergriff meine Hand. »Sie verstehen es nicht. Du bist ein gebildeter Mann, wirst du mir helfen?«

Ich dachte, er hätte einen Wunsch und wollte verzweifelt eine längst verschollene Familie wiederfinden. Ich nickte.

»Ich will nicht gehen. Nicht hier heraus. Ich bin schon Jahre hier und hab hier alles, was ich will. Laßt mich wieder zurück. Bitte, mein Sohn, erklär ihnen, daß ich nur ganz still wieder in mein Zimmer will.«

Ich überzeugte ihn, daß dies unmöglich war, und versuchte ihm Mut zu machen, indem ich mich nach dem möglichen Wohnort seiner Verwandten erkundigte, aber entweder hatte er keine, oder er hatte sie vergessen oder schätzte sie nicht sonderlich. Schluchzend hielt er mein Handgelenk umklammert, bis die siegreichen Soldaten kamen und ihn fort in die Stadt zerrten, wo er gar nicht hin wollte.

Wie die alten Götter über uns lachten.

Auf de Launay und andere, denen man sicheres Geleit geschworen hatte, wurde in der Straße in der Nähe des Hôtel de Ville Jagd gemacht. Man tötete sie, hackte ihnen mit Schwertern und Federmessern die Köpfe ab und trug sie auf Piken durch Paris. Auch ich billigte von ganzem Herzen diese Tat, denn ich konnte in ihnen nur Männer sehen, die uns Waffen verweigert hatten, als unser Schicksal auf Messers Schneide gestanden hatte, als die Aristokraten mit ihrer dreißigtausend Mann starken Truppe jede Sekunde über uns herzufallen drohten und die Kugel bereits glühendrot auf uns zielte. Außerdem hatte de Launay gedroht, er würde den ganzen Bezirk mit Schießpulver dem Erdboden gleichmachen, wenn wir uns nicht wie Edelleute benahmen. Und da war noch etwas. Ich hatte das Sakrament des Pöbels empfangen und war ein geliebter und zugleich liebender Teil von ihm gewesen. Kühn war ich gewesen, wenn nicht sogar ziemlich furchtlos, und das war mir zusammen mit der Hochachtung und dem Triumphgeschrei und der Aussicht auf künftige Dinge zu Kopf gestiegen.

Als wir die sieben traurig-verschreckten Männer fanden, die sich nicht nach ihrer Befreiung sehnten, da hätte ich wissen müssen, daß wir von nun an in ein Spiel verstrickt waren, das den Himmel herausforderte. Eine schwarze Farce. Ich hätte es wissen müssen.

Wie hätte ich es wissen können?

Die ganze Nacht lang stand ich Wache, Seite an Seite mit den Soldaten und der Keimzelle der Bürgerwehr. Überall in ganz Paris gab es Barrikaden für den Fall, daß die Kavallerie gegen uns geschickt wurde, und die Glocken läuteten, bis sie es von selbst satt hatten. Dazu brannten in den Straßen Freudenfeuer. Kaum ein Café wollte geschlossen bleiben. Furcht und tollkühne Heiterkeit mischten sich. An jeder Ecke lief einer herbei, lobte mich in den höchsten Tönen, verfluchte die alte Ordnung und fragte: Hast du was gehört? Irgendwas Neues? Was passiert jetzt? Später kam der Donner und brach den Himmel auf, und wir ertranken. Aber Zeus erschlug uns nicht mit seinen Blitzen.

Offensichtlich hatte sich der König zu einem Besuch der Nationalversammlung entschlossen. Schwanzwedelnd haben sie an der Tür gestanden und ihn mit offenem Mund empfangen. Erst le Comte de Mirabeau hatte sie scharf auf ihre Plätze zurückgepfiffen. »Bevor ihr ihm die Hände leckt, wartet ab und vergewissert euch, ob er euch wie Hunde behandelt oder wie Menschen.« Wenigstens einmal gehorchten sie und setzten sich ernüchtert hin. Der König nahm dies als Stichwort und benahm sich ordentlich, wenn auch verspätet. Er gab zu, daß ihm nun die Bedürfnisse des Volkes klar waren.

Man brachte Seine Majestät morgens noch vor Sonnenaufgang mit blakenden Fackeln und Trompeten nach Paris. Wir alle machten bei seiner Parade mit. Viele von uns hatten noch immer die regennassen Schwerter vom Gefecht in den Händen. Nach Stunden voller Zweifel kannte die Begeisterung keine Grenzen. Das nachtdunkle Paris war taghell erleuchtet.

Ein Abgeordneter aus der Dauphiné ging neben mir. Er hatte mich in Versailles zum Essen eingeladen. Jetzt sagte er: »Du warst da, du hast den Sturz des Gefängnisses gesehen.«

»Ja, ich, äh, ich war einer der ersten, die durchs Tor rannten.«

Es kam mir vor, als ob ich es gewesen wäre. Außerdem war ich laut Hörensagen einer der Männer gewesen, die auf die Dächer der Geschäfte geklettert waren und die Zugbrücke heruntergelassen hatten.

Die grüne Kokarde war verwelkt und abgefallen. Zu guter Letzt hatte sich herausgestellt, daß Grün das Wappen irgendeines Aristokraten war. In aller Eile wurde für die frischgeborene Pariser Bürgerwehr ein neues Abzeichen entworfen: das Blau und Rot der Stadt in zwei Streifen oder zwei Ringen. Aber dies löschte weder meinen Namen noch meine Taten aus.

Ungefähr einen Tag später sprach mich Momoro im Café Procope an. »Wo ist es?«

»Wo ist was?«

Er streckte mir die Hand hin, und ich gab ihm das Pamphlet, das ich überarbeitet hatte. Auf Umwegen war ich bereits zu ihm unterwegs gewesen, aber er erwähnte nie, daß er das wußte. Binnen kurzem quollen meine Worte aus seiner Druckerpresse. Leute kamen, um sie zu kaufen, und blockierten die Harfenstraße. Momoro hatte über seine Tür geschrieben: ERSTER DRUCKER DER NATIONALEN FREIHEIT.

In derselben Nacht wurde ich ins Haus von Curtius am Temple Boulevard zum Dinner gebeten. Er war das untrügliche Quecksilberbarometer dafür, ob man in Mode war oder nicht. Bei meiner Ankunft saß dort Mirabeau, der aufstand und sein Glas auf mich erhob und mit seiner volltönenden, schönen Stimme sagte: »Meine Herren, hätten Sie die Güte, einen Toast auszubringen auf Monsieur Camille Desmoulins, die Feder der Revolution.«

Zwei

1789: Sommer

Das wilde Tier sitzt in der Falle,
jemand sollte es von seiner Qual erlösen.

FRANKREICH BEFREIT

Seit Jahrhunderten gab es in Frankreich Menschen, die dieses Land lieben, Menschen, die laut oder schweigend nach ihrer Freiheit seufzten. Die Rückgabe dieser persönlichen Freiheit an das französische Volk war dieser Ära vorbehalten – unserer. Deshalb danke ich Gott, daß ich zum richtigen Zeitpunkt geboren wurde.

Die Rückgabe der persönlichen Freiheit. Dieser Ausdruck setzt voraus, daß es zu Beginn eine Freiheit gegeben hat. Wenn wir aber einstmals frei gewesen sind, wer hat uns dann diese Freiheit gegeben? Gott.

Wir haben diese Freiheit verloren. Aber wer hat sie uns weggenommen? Menschen.

Wer sind diese Menschen? Seht Euch um.

Sie sind ganz einfach an ihren prächtigen Gewändern und Juwelen zu erkennen, fett von ihren Schmarotzereien. Kirche und Adel – Vampire, Blutsauger des Volkes. Sie sind es, die Frankreich unterjocht haben. Achtet auf die Farbe ihrer Gesichter und auf die Blässe Eurer eigenen.

Ich für meinen Teil wäre bereit gewesen zu sterben, um mein Vaterland von dieser Sklaverei zu befreien. Falls aber die gerechte Sache an und für sich noch nicht genügt, könnte ein zweites Motiv machtvoller Ansporn sein. Welch reichere Beute wurde je Siegern zuteil als in diesem gerechten Krieg? Vierzigtausend Paläste stehen bereit, um ihre Hände mit goldenen Trophäen zu füllen. Dies ist der Lohn der Tapferkeit.

Aber wir werden unsere Augen von einer derart grauenvollen Vorstellung abwenden (und möge Gott die Versuchung abwenden). Ein solches Inferno wird nie stattfinden. Die Aristokraten mögen mir diese Bemerkung verzeihen – ich mache sie nur, damit sie sich der Möglichkeit der Vernichtung bewußt werden. Ach, sie sollen ruhig unserem Flehen nach Gerechtigkeit lauschen, solange der Schrei noch leise ist. Warum sollten wir je ihre großen Reichtümer begehren? Wir wollen lediglich das Recht auf Leben.

Wir wollen eine Verfassung.

Zuallererst aber wollen wir ein faires Mittel, mit dem sich die Stimme des Volkes Gehör verschaffen kann.

Was, die etablierten Gesetze über Bord werfen? Ja. Es war das Volk, das ihnen ursprünglich zugestimmt hat, aber jetzt, da sich die Bedürfnisse des Volkes geändert haben, sollten sich auch die Gesetze ändern, um ihnen zu genügen. Vergangenes muß seine Autorität an uns abtreten, denn wir sind die Gegenwart. Andernfalls sollen die Toten auferstehen und die Angelegenheit mit uns diskutieren.

Damit plädiere ich dennoch nicht für die Verabschiedung von Gesetzen, die eindeutig nicht funktionieren werden, wie zum Beispiel besagtes Agrargesetz, mit dem das gesamte Land ohne Rücksicht auf Gewinn oder gesunden Menschenverstand in gleich große Parzellen aufgeteilt würde. Selbst die Römer, die ein halbes Universum als Spielfeld hatten (und ihren Köchen aus Freude über eine gelungene Soße eine ganze Stadt hätten schenken können), kamen zu dem Schluß, daß ein solches Gesetz nicht funktionieren würde, und nahmen davon Abstand. Es steht fest, daß sich gewisse Gruppen des Volkes, die mangelhaft gebildet und von Sorgen belastet sind, kein Wissen über die Durchführbarkeit von Gesetzesentwürfen aneignen konnten und daher besser beraten sind, diese Aufgabe anderen zu überlassen, die dazu die Fähigkeit besitzen. Obwohl diese Gruppen zahlenmäßig größer sind, werden sie möglicherweise einen kleineren Anteil erhalten – denn derjenige, der sich an die Tür lehnt, kann nicht die gleiche Bezahlung erwarten wie der Architekt, der das Ganze gebaut hat. Aber dennoch wird es ein fairer Anteil sein. Ihre Gesetzgeber werden Männer sein, die sich unermüdlich für ihre Belange einsetzen werden.

Nicht so, wie es die Adeligen und die Priester getan haben: ausschließlich für sich selbst.

Aber sicher brauchen wir doch wenigstens den Klerus? Nein.

Allein das Priestertum schafft das Bedürfnis nach Priesterschaft. Verfallt nicht dem Irrglauben, es wäre Gott gewesen. Denn wenn wir den Lehren Christi Glauben schenken sollten, so lehrt er uns, daß seine Diener die niedrigsten und bescheidensten unter den Menschen sein sollen. Sind etwa die Priester niedrig und bescheiden? (Höre ich da Gelächter?)

Ihr könnt mich getrost von der Anklage des Atheismus freisprechen. Es ist offensichtlich, daß es tatsächlich einen Gott gibt. Die Komplexität des Lebens und aller Dinge an sich beweist es. Und doch sind wir wie Kinder, die ihren Vater verloren haben. Aufgrund schlüssiger Naturgesetze wissen wir, daß wir einen gehabt haben müssen, und doch hat er uns verlassen. Wir rufen ihn umsonst an. Genauso sinnlos ist es, herauszufinden, welche kultische Verehrung ihm am meisten gefallen könnte. Er schleudert die Blitze ebenso auf unsere Kirchen wie auf die Moscheen der Andersgläubigen.

Nein, nicht Gott braucht die Religion, sondern wir. Wir, die wir uns in der Verzweiflung nach Hoffnung und im Elend nach Trost sehnen, wir brauchen eine Belohnung für unsere Güte und Langmut. Wenn das aber wirklich unser Bedürfnis sein sollte, dann wollen wir wenigstens uns selbst eine Freude machen. Laßt uns eine Religion wie die der Römer und Griechen ausüben, einen Kult, zu dem Musik und Theater gehören – die besten Aspekte der wahren Dionysien, die lange mißverstanden wurden. Eine Religion, die ihren Mitgliedern Glück und Lebensmut gibt. Wer möchte schon freiwillig eine Doktrin umarmen, die auf der Welt nur Kummer verspricht? Ich möchte darauf hinweisen, daß häufig die Frommen unter uns unsere Könige gewesen sind, und die Allerfrömmsten zugleich die Grausamsten. Seht, wie sie in ihren Roben aus goldenem Tuch, die nach einem guten Essen bis zum Zerreißen gespannt sind, auf Knien dem nackten Gott der Armut huldigen.

Wie ist es denkbar, daß ein Mensch so lebt, während sich ein anderer unter seinem Fenster zu Tode hungert? Schuld daran ist der Zufall der Geburt, die Tyrannei der Vererbung. Durch derart willkürliche Barrieren werden Menschen abgesondert und mißbraucht. Der Sohn des Aristokraten ist ein Aristokrat; die Welt liegt ihm zu Füßen. Der Sohn des Volkes kommt möglicherweise nicht weiter als der Dreck unter seinen Füßen.

Wer sind denn diese Vornehmen, daß sie von allem nur das Beste verdienen? Eine Parasitenplage im Angesicht der Erde.

Fünf Jahrhunderte lang haben wir uns unter dem Absatz dieser Prinzen gewunden. Laut uraltem Gesetz gilt der König als Symbol seines Volkes; die Götter beurteilen das Volk nach seinem König. Aus diesem Grunde mußte er vollkommen sein, ohne Makel. Die Monarchen Frankreichs waren Giftmischer, Diebe und Wüstlinge, bösartig oder bestenfalls dumm und irre. Deshalb war es möglich, daß die Geschichte einen von ihnen, der seine Nation wie eine Viehherde behandelt hat, als »Vielgeliebten« bezeichnen konnte. Er, der euch Schnee fressen und Brackwasser trinken ließ, er war nicht böse. Was hätte er euch erst angetan, wenn er's gewesen wäre? Die Römer haben ihre korrupten Herren vertrieben. Und wir – sind wir nicht größer als die Römer?

Und doch ist nicht der Einzelmensch daran schuld, sondern die überwältigende Macht, die ihm als absolutem Vertreter gewährt wird. Sie verkrüppelt ihn und macht aus ihm ein Monster. Gott gebe und forme uns zur Republik. Wir haben gesehen, wohin Monarchie führt. Nur eine ausgewogene Gewaltenteilung kann Frankreich retten. Nachdem wir unserem Prinzen dieses gefährliche Spielzeug aus der Hand genommen haben, könnten wir ihn eventuell als unser Leitbild behalten. Ich liege nicht mit ihm in Streit. Ich glaube an die Tugend in ihm. Er soll sie beweisen, indem er auf alle Rechte verzichtet, die wir ihm nicht länger gestatten, und so seinen Platz unter den Menschen einnehmen – er ist kein Gott. Jawohl, möge er sich tugendhaft zeigen, damit wir ihm vielleicht unsere Liebe anbieten; man könnte diesen Menschen lieben, auch wenn die Institution des Königs hassenswert ist. In der Tat soll der ganze Hofstaat seinen Rechten entsagen und unseren gerechten Streit anerkennen. Würde man ihm dann nicht seine Rechte zurückgeben, freiwillig und von freien Menschen?

Denn schließlich ruhen unsere Hoffnungen auf dem künftigen Zustand unserer Freiheit. Es liegt an uns, ob sie uns zwischen den Händen entgleitet. Wir müssen uns mit aller Kraft anstrengen, das mächtige Werk zu vollenden, das eben erst begonnen hat. Und anstrengen müssen wir uns, denn jenseits aller Mühsal sehe ich den Traum, der Wahrheit wurde: ein Vaterland, dessen Fundament die Freiheit ist, und Freiheit wiederum der strahlende Himmel, der dieses Land umfaßt.

Hier gibt es weder eine Zensur des Wortes noch der Feder, hier werden weder Gewissen noch Tat zensiert. Keine Tür wird vor dem Schrei der Not verriegelt. In diesem zukünftigen Land gehört der Reichtum allen, und alle erfreuen sich daran. Sein Verteidiger heißt Stärke, sein Wächter Liebe. Dieses Land ist unverwundbar. Seht es an, dieses makellose Vaterland, in dem die Nation alles besitzt und alles ist, eine einzige lodernde Flamme, die für – und aus – sich selbst so strahlend brennt.

Wer möchte an diesem Tag nicht ein Kind Frankreichs sein? Wer nicht für diesen Tag kämpfen? Wie ein Krieger aus grauer Vorzeit, der zugrundegeht, damit sein Vaterland lebt, weiß auch ich, daß ich gerne für eine solche Sache sterben würde. Damit ich am Ende mit meinem Blute schreiben könnte:

FRANKREICH IST FREI!

Ich umschreibe, ich lasse aus, ich vergesse und verschweige und sage es doch erneut wieder. (Und auch hier fühle ich wieder gemeinsam mit der Leidenschaft, dem Zorn und dem Ideal die Lüge wie eine Schlange im grünen Baum flüstern. Es gibt Dinge, die ich inzwischen zu verbergen suche, selbst vor mir.)

Diese Stunden in der Dachkammer, Rauch und Tinte, mein Herz auf der Zunge. Eine Sekunde nur und längst vorbei.

Viel Blut ist seither den Fluß hinabgeflossen.

Zwei Tage nach dem Fall der Bastille wurde Necker wieder ins Amt berufen. Oh, diese Macht des Volkes. Es ist ebenso unklug, einem Kind bei einem Wutanfall nachzugeben, wie einem Hund, der beißt, wenn man ihm einen Knochen verweigert. Die Lektion ist allzu deutlich: Wenn er zum zweitenmal verweigert, *beiß* zurück.

1789: Spätsommer

Lucile: Die Alabasterpriesterin

Der junge Mann und das junge Mädchen waren über den Fluß gegangen – selbstverständlich auf einer Brücke – und standen nun im riesigen Längsschiff von Unserer Lieben Frau von Paris, der alchimistischen Kathedrale.

Noch immer schauten die großen Augen des träumenden Untieres nach innen, aber nicht mehr lange. Auch der Pöbel hatte die Kathedrale besucht, und das Musketenfeuer vom Juli hatte bereits kleine Zackenfetzen aus den Fenstern gerissen: ein böses Omen. Trotzdem blickten die leuchtendblauen, mit Purpur und Zinnober durchzogenen Blätter der riesigen Rosen noch immer unversehrt mit weitgeöffneten Augen, in denen sich tiefe, übernatürliche Gedanken drängten.

Die Alchimistenformel, nach der angeblich jede Säule, die gebaut worden war, und jede Statue, die man errichtet hatte, einen Schlüssel barg – für die, die ihn entziffern konnten (selbst der Krebs an der falschen Stelle im Tierkreis war als wesentlicher Hinweis gedacht) –, wußte Windmühle nicht zu schätzen und aller Wahrscheinlichkeit nach auch Lucile nicht, obwohl sie auf ihre Weise alles zu wissen schien. Denn sie stand da und schaute sich gelassen um. Könnte es für sie einen besseren Hintergrund geben als diesen? Die diffuse Beleuchtung, das himmelstürmende Schilddach eines steinernen Waldes und ihre schlanke, weiße Gestalt, eingefangen zwischen Himmel und Erde, so zerbrechlich und doch urplötzlich die klärende Macht hinter allem. Er sah sie förmlich vor sich: die Gottesdienerin am Allerheiligsten, wie sie weiße Tauben in eine Weihrauchsäule entließ. Ihr Haar hatte sich im Tempel in Silber verwandelt, während es draußen in der Sonne wie Goldmünzen schimmerte, ein Vermögen an goldenen rouleaux.

»Was war das für ein merkwürdiger Sommer«, sagte sie zusammenhanglos und doch wahrheitsgemäß. »Und er ist fast schon vorbei.«

Aber die Zeit konnte für sie gar nicht schnell vergehen. Sie war neunzehn. Und selbst für ihn hatte sich der unstete Wechsel zwischen entsetzlichem Zeitlupentempo und ebenso entsetzlichen, gehetzten Momenten, in denen ihm das Leben unter den Füßen davonzurennen schien, eingependelt. Wie er so an einer Säule lehnte, war ihm bewußt, daß er recht schick gekleidet war und einen neuen, mattgrünen Mantel trug, für den er sich verschuldet hatte. Inzwischen gab es drei Pamphlete. Alle verkauften sich sensationell gut, hatten ihm aber nicht viel Geld eingebracht – dafür hatte schon cher Momoro gesorgt. Trotzdem war er, plötzlich angewidert von der Dachkammer, in eine Suite im Hôtel de Nivernais gezogen. Damit hatte er das romantische Duplessis-Fenster verloren, aber auch das hatte ihn langsam verlegen gemacht. Welchen Anblick hatte er ihnen, außer den seiner Armut, jemals bieten können? Obendrein hatte er bei diesem extravaganten Umzug eine Menge Geld verloren und damit die geringe Vergütung, die ihm seine Pamphleteschreiberei eingebracht hatte. Und noch immer gab es in der gut ausgestatteten Wohnung kein Bett.

Zudem konnte man nach Mirabeaus außerordentlichem Domizil in Versailles schlecht in einen Speicher zurückkehren. Zwei Wochen zwischen goldenen Löwenpfoten, lachenden Marmornymphen, die eine Tonne feinster Wachskerzen hochhielten, und Lakaien in pastellfarbenem Satin. Wünschen Sie den Fußschemel hierhin, Monsieur? Und Mirabeau: noch etwas Burgunder? Behalten Sie die Schreibtischgarnitur, wenn Sie Ihnen gefällt. Im übrigen gingen die Leute auf der Straße immer noch zu Windmühle hin, fragten ihn, ob er's wirklich wäre, schüttelten ihm die Hand und umarmten ihn stürmisch (ach Gott, paßt auf den neuen Mantel auf!). Währenddessen verlangte man im Palais Royal lautstark nach ihm. Er wurde eingeladen und förmlich gedrängt, auf Tische zu klettern und seine Meinung zu allem möglichen kundzutun. Nein, ein Speicher kam nicht in Frage. Was waren schon ein paar Schulden? (Anscheinend hatte selbst Mirabeau Schulden – bei seinem Anblick würde man das nicht vermuten: diese Rubinknöpfe, diese Spitze.) Wenn nur Desmoulins père endlich die letzten neunzig Briefe seines Sohnes beantworten würde.

Er gefiel sich in seiner neuen Kleidung. Seiner inneren Leidenschaftlichkeit, jenes puren Tatendranges, der ihn gelegentlich so attraktiv machen konnte, war er sich nicht bewußt. Auch nicht seiner seltsam heidnischen Augen, in deren Schwärze sich das gesammelte Leuchten des

Glases bündelte. Er sah einfach nur Lucile an, die ihrerseits so ganz wie eine Vestalin wirkte und genauso unerreichbar war. Da überfiel ihn heftige, beinahe tödliche Lust.

Nahe beim Luxembourg waren sie einander auf der Straße begegnet, Madame Demeter und ihre beiden Mädchen. Das Treffen wirkte seltsam arrangiert, obwohl es das selbstverständlich nicht gewesen war. Andererseits promenierten Mütter und Töchter genauso selbstverständlich an lauen Tagen die grünen, löffelförmigen Rasenflächen entlang, die von weißen Statuen förmlich festgenagelt wurden. In den vergangenen Wochen hatte Windmühle bemerkt, daß sich die Begrüßung durch Monsieur Duplessis bei seinen Besuchen im Haus an der Rue de Condé verändert hatte. Zuerst hatte es geheißen: Ach, es ist Camille. (Als ob wir das nicht wüßten.) Nun hieß es: Nun schaut mal, wer da ist! Es ist Camille! *(Parfait!)* Und vielleicht ein Glas Wein und ein Biskuit. An einem gewissen Punkt wurde einem erneut, sotto voce, für die rechtzeitige Warnung vom zwölften Juli gedankt. Als ob sich nicht jeder auch ohne Türzettel des Aufruhrs in der Stadt bewußt gewesen wäre. Noch ehe sich die vermehrte Freundlichkeit tatsächlich auf Windmühle auswirkte, merkte er, daß Monsieur auf Nummer Sicher ging. Aus dem bettelarmen Niemand war ein bettelarmer Jemand geworden, ein Idol der Pariser Massen, die man zur Zeit dabei beobachten konnte, wie sie berauscht in der Hitze dalagen und darauf warteten, daß die langsame Medizin des heraufdämmernden Milleniums ihre Wirkung zeigte. Gefährlich wie die Hölle. Also tat man äußerst gut daran, mit diesem unheimlichen Camille vorsichtig umzugehen. Gott weiß, was er demnächst tun – oder schreiben – würde. Bisher hatte er hundertprozentig das geschrieben, was der Pöbel hören wollte (vorausgesetzt, er begriff es). Er hatte einem sprachlosen Geheule eine schwarze Tintenstimme verliehen und das Ganze noch geschickt mit klassischen Anspielungen aufpoliert und sicherheitshalber vereinzelt Wortspiele eingeflochten. Ja, man war gut beraten, mit diesem Camille vorsichtig umzugehen. Was nicht heißen sollte, daß man nun eher geneigt war, ihn mit der eigenen Tochter in Paris herumspazieren zu lassen.

Demeter hatte gesagt: »Adèle und ich fahren mit der Kutsche zu Madame Soundso hinüber, aber Lucile müßte da oder dort die eine oder andere Sache abholen. Nun sind mir die Straßen beim gegenwärtigen

Stand der Dinge doch nicht ganz geheuer. Ich frage mich, mein lieber Camille, ob Sie wohl die Freundlichkeit hätten, sie zu begleiten?«

Also gingen sie da und dort hin und holten die eine oder andere Sache – wo war das gleich wieder gewesen? Und was? Bänder, ein Buch? Und anschließend gingen sie über den Fluß und quer durch bunt zusammengewürfelte Wohnhäuser, deren spitze Kanten wie gelbe Käseecken vorstanden, und um den Kapitelsaal herum, bis sie zu einer geschnitzten Tür kamen. In der Kathedrale stand ein blaues Steinpult mit Bronzeengeln. Der Künstler, der es geschaffen hatte, trug den Namen DUPLESSIS. Das hatte ihm Lucile schon als Kind erzählt. Sie war kein Kind mehr, sondern eine Frau, der inzwischen mehrere Verehrer ihre Aufwartung zu machen pflegten, darunter einige wohlsituierte. Die Lust erlosch wie die grelle Sonne, die aus der Glasrosette verschwand, und hinterließ in ihm lediglich eine melancholische Stimmung.

»Mama wird bald da sein«, sagte sie.

Sie hatte sich beim Eintreten vor dem Altar verbeugt, er nicht. Das lag alles hinter ihm. Die Unterlassung erfüllte ihn mit zynischem Stolz (raus mit den fetten Pfaffen, rein mit den Dionysien). Aber sie, eine Priesterin, machte diese Kniebeuge sehr charmant, genausogut hätte es eine Reverenz an Apollo sein können – oder an Diana. (Wie sie die Hände hob und die Tauben aufflogen ...)

»Ja«, sagte er. Mama würde bald dasein. Was nun? Er wollte ihr noch mehr von Mirabeau erzählen, hatte aber schon genug damit geprahlt, doch er konnte nicht damit aufhören. Dabei hätte er in dem Moment am liebsten gar nichts zu ihr gesagt. Er wollte von ihr alles andere als Worte.

»Mit all deinen großen Gönnern und Freunden«, sagte sie, »bist du zu stolz, um dich noch mit mir, deiner dummen Lucile, zu unterhalten. Jawohl, das bist du. Schau dich nur an, den stolzen Camille in seinem grünen Mantel, wie ein Pfau.«

»Ach«, sagte er. »Der Mantel.« Erfreut strich er darüber und mußte an seine Schulden denken und machte sich Sorgen.

»Manchmal wäre ich gerne wieder ein Kind«, sagte sie. »Damals war alles so einfach, alles blieb unverändert.«

Er war überrascht, denn auch er hatte an ihre Kindheit gedacht. Aber er sagte: »Die Dinge verändern sich ständig, auch wenn wir das nicht immer erkennen. Aber du bist immer noch ein Kind.«

»Nein«, sagte sie tieftraurig, »das ist alles Vergangenheit.«

Am liebsten hätte er sie im Schattenglanz der Fenster ganz fest umarmt, um sie für immer zu besitzen. Dann würde ihr Scheitel an seinen Lippen ruhen und der Duft ihrer Lockenhaare sein ganzes Gehirn erfüllen. Irgend etwas machte sie traurig. Er sollte sie zum Lachen bringen.

»Es tut mir so leid, daß sie die Fenster zerbrochen haben – hier, schau mal«, sagte sie. Vielleicht seine Schuld? *Zu den Waffen!* hatte er geschrien, und sie waren fortgerannt und hatten die Bastille gestürmt und die Fenster von Notre Dame durchlöchert. »Es verwirrt mich«, sagte sie. »Ich weiß so wenig. Sobald du darüber sprichst, verstehe ich's. Den Tod der alten, verderbten Ordnung und die Geburt von etwas Neuem und Edlem –«

Geburt? Nichts war geschehen. Alles sollte längst geschehen sein. Das Gefängnis war inzwischen abgetragen worden, Stein für Stein, und die Türme, von denen die Schweizer auf sie geschossen hatten, lagen zerstört am Boden. Man munkelte, die Einzelteile würden als Andenkenstücke gehandelt. Irgendwo im Verließ hatte man Touristen eine Druckerpresse als Folterinstrument gezeigt. Die kleine Nichte (oder Tochter) von Curtius war eine Bastilletreppe hinuntergefallen, mitten hinein in Robespierres galante Arme. (Mademoiselle, ich habe Sie sicher. Soll ich Sie loslassen? Und petite Marie zierte sich gebührend.) Paris war in Bezirke aufgeteilt worden. Außerdem hatte man ordentlich viele Leute aufgehängt. Und Windmühles zweites Pamphlet war mit blutverschmiertem Schnabel in die Stadt hinausgeflogen. Er hatte es nicht unterschrieben. So viel schwarzer Humor hatte selbst ihn beunruhigt. Es tat so, als wäre es von einem eisernen Laternenhaken an der Place de Grève geschrieben worden, der geraume Zeit damit verbrachte, seinen Wert als vielbenützter, populärer Galgen zu erklären. »Die Schlechten fürchten das Licht, und feine Pinkel haben etwas gegen den Laternenpfahl.« Aber das Pamphlet hatte sich wie warme Semmeln verkauft – falls es Semmeln gegeben hätte. Und schon bald hieß es laut: Das kann nur dieser Desmoulins geschrieben haben.

Er war nicht sicher, ob man Lucile dieses Schriftstück hatte lesen lassen. Trotz seiner makabren Scherze (»Liebes Volk, du hast mich zur Kaiserin der Laternen gemacht«) war es bei weitem nicht so tiefschwarz, wie es die Massen in der Folge dargestellt hatten, aber immer noch dunkel genug. (»Viele Schurken haben sich meiner Umarmung entzogen. Wie kommt es, daß man den Marquis de Lambert freiließ? Wie kommt es, daß man den Abbé de Calonne übersah? Der Abend naht – ich will euch etwas Licht geben!«) Selbstverständlich hast du gesagt, was sie hören wollen, und dann haben sie es bejubelt. Nun, einer muß es ja sagen. (Deine Gedanken sind deine Sache, aber was du sagst – oder noch schlimmer, was du niederschreibst – wird zum Allgemeingut und könnte gegen dich verwendet werden – Jawohl, Vater, danke schön.)

»Die Geburt von etwas Edlem?« sagte er nun. »Es wird einmal edel werden. Aber der Hofstaat wirft uns jeden Knüppel, mit dem er dem König auf dem Buckel herumtanzt, zwischen die Beine und hält so die Nationalversammlung unter Kontrolle.«

Von Ende Juli bis in den August hinein hatten sie ein bißchen Spaß und ihre Spielchen gehabt. Man hatte eine Verschwörung »aufgedeckt«, hinter der angeblich »Antoinette« stand, und angeblich sollte die Nationalversammlung mit Hilfe von Schießpulver von ihren Sitzen geblasen werden. Ein Sommerhimmel voll amputierter Abgeordneter (es regnet –?). Inzwischen verbreitete sich in ganz Frankreich folgende Geschichte: Die schlaue Hexenkönigin wolle die österreichischen Truppen ihres Bruders ins Land holen, um die absolute Monarchie wiederherzustellen. Folglich wurden in der hinterletzten französischen Provinz an allen Ecken österreichische Truppen gesichtet. Mittlerweile ging das Gerücht um, die Polen seien an der Küste gelandet und vor Bordeaux stünden die Spanier.

An einem Dienstag im August standen die Adeligen in der Nationalversammlung nacheinander oder gruppenweise auf und verzichteten schluchzend auf fast ihre gesamten Rechte. Entweder hatten sie Windmühles erstes Pamphlet, Frankreich befreit, gelesen, oder sie hatten sich einen interessanten Virus eingefangen, der unter dem Namen Massenhysterie bekannt ist. Die Orgie dauerte bis Mittwoch morgen, als sie sich beim hellen Tageslicht über ihre Opfer klarer wurden und sie, einzeln oder gruppenweise, schluchzend wieder rückgängig machten.

Eigentlich hätte es eine gute Ernte geben müssen, aber das verängstigte, ländliche Frankreich glich einem Irrenhaus, das hinter jedem Heuhaufen Österreicher witterte, und ließ die Landwirtschaft verkommen. Nun ging man dazu über, in den Bäckerläden von Paris Wachen aufzustellen.

Der König lief bei öffentlichen Anlässen noch immer mit seiner dreifarbigen Kokarde herum: rot, blau und weiß für die Bourbonenlilie. Im übrigen hielt er sich draußen in Versailles auf, ging zur Jagd, tötete Tiere und strich sie sorgfältig von seinen Waldlisten.

Am sechsundzwanzigsten August erließ die Nationalversammlung eine Erklärung der Menschenrechte. Gleichzeitig tauchte hier und da ein anonymes Hinterhofplakat auf, das diese Erklärung derart brillant einfach zusammenfaßte, daß es Windmühle am liebsten plagiiert hätte.

Les Droits d'Être
Je suis
Tu es
Il est
Nous sommes
Vous êtes
Ils sont

»Das Recht auf Dasein, einzig und allein diktiert durch die Tatsache der Existenz«, sagte er zu den Fenstern der Kathedrale. »Aber das Volk hungert noch immer. Ich habe mit Maximilien geredet –«

»Ja«, sagte Lucile. »Derobespierre.« Sie war grausam wie ein Kätzchen, ganz Seide mit Krallen. »Er hat uns schon seit Ewigkeiten nicht mehr besucht. Meinst du, Adèle verzehrt sich vor Gram?«

Ihre Blicke trafen sich, und die lächelnde Grausamkeit verschwand. Sie tastete sein Gesicht ab. »Aber was wolltest du gerade sagen?«

»Ich weiß nicht, was ich sagen wollte. Unser Traum ist ein einziges Chaos, und mittendrin sitzt der verdammte König, und nichts geht voran. Haben wir dafür auf dem Bauch gelegen und uns Gewehrkugeln und Kanonenladungen um die Ohren pfeifen lassen? Mein Gott, da kannst du schreien, bis du schwarz im Gesicht bist, und schreiben, bis Paris in Tinte ertrinkt, aber offensichtlich führt der einzige Weg durch Gewalt und Blut. Und wenn das der einzige Weg ist, dann müssen wir ihn gehen. Danach, Lucile, werden *alle* Fenster kaputt sein. Nicht eine einzige, blaue Glasscheibe wird unversehrt in ihrem Rahmen stehen.«

Schwer atmend hielt er inne. Ihre Augen blickten voller Feuer in seine, violett, rosé, silber. »Und außerdem liebe ich dich«, sagte er. »D-du weißt, daß ich dich liebe. Was w-wünschst du dir von mir? Soll ich mir das Herz herausreißen und dir auf dem Pf-pfla-pflaster vor die Füße werfen? I-ich werde noch verrückt – du – weißt –«

»Nicht«, flüsterte sie. Er hatte den Eindruck, als ob sie Angst hätte, aber er nahm ihr diese Angst nicht ab. »Psch.«

»Ps-p-psch? Was-w-was in Christi N-namen – wie kn-ich-kann ich p-psch – na-nachdem ich darüber a-acht Jahre g-ge-geschwiegen habe – Lucile!«

»Nein«, sagte sie. »Bitte, bitte.«

»Priesterin«, stieß er hervor. »Stein. Eis und St-stein.«

Sie drehte sich um. Er war verzweifelt. Er hatte davon nie etwas erwähnen wollen. Sie schien zu weinen, aber dann sagte sie ganz leise und ruhig: »Es ist nicht wichtig. Ist schon gut. Die Sonne scheint immer noch. Und … da kommt Mama.«

Als er aufblickte, sah er Demeter und die zurückhaltende, beherrschte Adèle Arm in Arm durch die Seele der Kathedrale auf sie zu schwimmen.

Lucile begrüßte sie mit einem strahlenden Lächeln. Nichts Ungehöriges war passiert.

Betrügerin. Weiße Priesterin, kalt wie Eis – aber das war nicht wahr. Sie – ganz Wärme und Lieblichkeit –, wie konnte er es wieder ungesagt machen? Flehend schaute Windmühle die Mutter an, die trotz des Lächelns vermutete, daß etwas ganz und gar nicht stimmte. Sie warf beiden schiefe Blicke zu, aber rasch wurden die Sorgenfalten aus dem hübschen Gesicht gebannt. Sie würden mit der Diskussion über den Vorfall warten, bis er weg war. Dann würde Adèle über Maxime kichern, und binnen kurzem würden alle über Camille lachen, der wieder einmal verrückt geworden war, diesmal unter den Augen der herzlosen Marmorheiligen. Aber auslachen würden sie ihn dort sicher nicht? Doch, sie würden lachen, bis ihnen die Tränen kämen.

Sehr steif und stotternd wünschte er ihnen allen einen guten Tag und verließ mit großen Schritten die riesige Kathedrale mit ihrem kilometerlangen Boden, der unter seinen Schritten hallte. Er ließ die drei Frauen dort stehen, damit sie sich auf ihr sardonisches Gelächter vorbereiten konnten.

Als er im Juli das Haus von Curtius betreten hatte und Mirabeau aufgestanden war und auf ihn spontan diesen unpedantischen, verheerenden Toast ausgebracht hatte, schien ihm mit einem Schlag das Lebensbuch von Camille Desmoulins in einzelnen Blättern um die Ohren zu fliegen. Fassungslos setzte er sich auf den ihm zugewiesenen Platz neben Mirabeau. Quecksilber Curtius gab selten normale Bankette.

Zum einen war das Essen – ach Gott, dieses Essen – einfach wunderbar. Curtius hatte eine Deutsche oder Schweizerin oder Elsässerin als Mätresse, die zugleich über seine Küche regierte. Das Aroma der Gerichte hatte schon früher die Macht besessen, Rousseau und Voltaire halb ohnmächtig im Speisezimmer festzuhalten. Wenn möglich, war sie mit den Jahren sogar noch besser geworden.

An der Tafel waren mehrere Frauen verteilt, darunter die kleine Sphinx Marie, die große Augen machte. »Sie kann genauso geschickt wie ihr Vater«, meinte Mirabeau leise, aber ohne einen Hehl aus ihrer Herkunft zu machen, »ein perfektes Ebenbild in Wachs kreieren.« Dann fuhr er etwas lauter fort: »Und wenn die Puppe fertig ist, wird sie mit Nadeln gespickt. Hexen.«

»Was?« erkundigte sich Curtius vom oberen Ende der Tafel.

»Ich sagte, Sie sind ein Hexenmeister, mein Herr. Wer wüßte nicht, daß alle Wachsfiguren zum Leben erwachen, sobald die Lampen gelöscht sind.«

»Alle, bis auf eine«, sagte Curtius.

Ah ja, Monsieur Necker – ohne Haare und Augen. Die Truppen des Königs hatten ihm ins Gesicht geschossen. »Wissen Sie, mein lieber Camille«, fügte er hinzu, »in einem Monat oder so wird man für das Original ein ähnliches Schicksal fordern.«

Curtius lachte mit gespitzten Ohren. Er sah wie ein ansehnlicher und gepflegter Fuchs aus, der sich droben im Wald bewegt, der aber mehrere Geheimlöcher in der Nähe hat, in die er sofort abtauchen kann.

»Na, na, Graf ...«

»Machen Sie mir nichts vor, Mercure. Na, na, also wirklich. Verkaufen Sie mir Ihre Köchin, und ich verschwinde auf der Stelle und mache Ihnen keine Schwierigkeiten mehr.« Curtius lächelte. Mirabeau sagte: »Unser Camille hat wegen Neckers Entlassung ganz Paris zu den Waffen greifen lassen, aber leider hat dieser alte ... es sind Damen anwesend … dieser alte Schuft die meisten von uns getäuscht. Seitdem Necker ins Amt kam, hat er Zahlen frisiert. Nichts war so, wie er es veröffentlicht hat. Er hat das Defizit mit Luftschlössern beseitigt. Kühnheit kann ich durchaus bewundern, aber meiner Meinung nach hat alles seine Grenzen. Wenn er klug ist, nimmt er die Beine in die Hand.«

Betäubt sagte Windmühle: »Ich verstehe.«

»Natürlich tun Sie das. Wenn Sie heute nacht heimkommen und immer noch sehen können – bei den Diners von Monsieur Curtius gibt es keine Garantie dafür –, dann schreiben Sie alles nieder. Trotzdem sollten Sie sich bewußt sein, daß wir Cher Necker vielleicht äußerst unrecht tun. Möglicherweise spornt ihn die Popularität zu guter Letzt zu irgendeiner genialen Meisterleistung an, die Frankreich vor dem Totalbankrott rettet. In diesem Fall wäre es unsere Pflicht, ihn zu unterstützen. Verstehen Sie *jetzt*? Zur Zeit folgt Ihnen der Pariser Pöbel bis in den Untergang, deshalb sollten Sie gut überlegen, wohin Sie ihn führen. Gehe ich recht in der Annahme, daß er Ihnen in die Bastille gefolgt ist?«

»Nn-nicht ganz.«

»Auch noch ehrlich«, sagte Mirabeau, lehnte sich zurück und musterte Windmühle, als ob er ein unbezahlbares Kunstwerk inspizieren würde. »Mein Gott, und jung. Seht ihn an.« Alle schauten Windmühle an. »Sie haben die Gabe des Wortes«, sagte Mirabeau, »die ich überall respektiere, wo ich sie finde. Leider nicht allzuoft.« Dann meinte er wieder leichthin zu Curtius: »Ich habe gehört, de Sade wäre zwei Tage vor der Befreiung des Gefängnisses durch das Volk dort gewesen. Irgendeiner hat ihn erwischt, wie er zu seinem Fenster hinausschrie, de Launay würde alle Gefangenen ermorden. Man hat ihn schleunigst anderswohin verfrachtet. Wenn er seinen Mund gehalten hätte, hätte man vielleicht auch ihn auf den Schultern in die Stadt hinausgetragen. Ach, der Preis der Redefreiheit. Und wo, mein liebster Mercure, haben Sie diesen Wein aufgetrieben? Ich werde noch ganz neidisch auf Ihren Weinkeller.«

Mirabeau. Schwarze Haare und noch schwärzere Augen, ein Gesicht, auf dem das Leben unauslöschliche Spuren hinterlassen hatte und das immer noch so heftig wie ein nahendes Gewitter werden oder sich blitzschnell zu einem hinreißenden Lächeln teilen konnte. Mirabeau, diableau – Teufel oder Jupiter, Gott der Himmelsblitze und der Lüsternheit. Ein Mann, der von kostbaren Dingen abhängig ist, ein kluger

Kopf, den seine Gelüste verbogen haben, oder ein Intellektueller, der alles Fleischliche kunstvoll zelebriert. Auf alle Fälle ein Rebell. Kurz darauf gab er die Geschichte zum besten, wie ihn Curtius in regelmäßigen Abständen aus seinem Haus verbannt hatte. In solchen Fällen hatte er sich in eine berüchtigte Taverne jenseits der Straße geflüchtet. Im Blauen Stab oder im Feuchten Blauen Pimmel, wie er im Volksmund hieß, trauerte er dann um Alsacias apfelgefüllte Gans.

Wenn er lachte oder nebenbei über Politisches sprach, blitzten Schwertklingen in seinen Augen auf. Und immer sind die Augen den Worten weit voraus. In der Vergangenheit gab es Duelle, jede Art von Aristokratenverbrechen. Sobald er den Kopf wandte oder die Hand hob, schlug er den Raum in seinen Bann. Diese Macht hatte er kultiviert und erwartete selbstverständlich ihre Wirkung, was auch im Überfluß geschah. Aber vielleicht seine größten und wirkungsvollsten Waffen waren eine wunderbare Sprechstimme und wunderschöne Augen, die das Leben hinter einem häßlichen Äußeren verborgen hatte. Seine Frauenaffären waren ebenso bekannt wie höchst erfolgreich. Man konnte beobachten, wie er selbst jetzt die steifen Damen an der Tafel des Wachsziehers mit seinem Charme bezauberte, so daß sie ein klein wenig wie sauber gestärktes Leinen in einer kräftigen Brise ins Flattern kamen. Er besaß die besondere Gabe, sich seinem Gegenüber wie eine Majestät zu präsentieren und dann so zu tun, als ob mit seiner ungeteilten Aufmerksamkeit ein ganz persönliches, exklusives Geschenk verbunden sei. Diese Flamme konnte er nach Belieben bei allen Menschen beiderlei Geschlechts entzünden. Er lenkte dies Sperrfeuer auf Windmühle und überwältigte ihn. Mit schlichter Ehrlichkeit, die den jungen Mann plättete, teilte ihm Mirabeau mit: »Ich nehme mich deiner an, mein Junge. Du wirst mir nützlich sein. Und außerdem ziehe ich es vor, das meuchelmörderische Messer, das du in Tinte tauchst, auf meiner Seite zu haben. Nein, der Stil ist wirklich raffiniert, aber leck nie deine Feder ab. Natürlich kommst du nach Versailles. Nächsten Monat? Ich entsinne mich noch an einen Brief von dir bezüglich meiner armseligen Gazette, die nie auf die Beine kam. Da gäbe es einiges zu diskutieren. Hast du angesichts der Fülle des hündisch hinkenden Unsinns, der gedruckt wird, schon einmal über eine eigene Zeitung nachgedacht? Ganz Paris und ein Großteil Frankreichs würde sich darum reißen.«

Zum Dessert gab es eine Schale mit Erdbeeren, köstlich rote Früchte. Mirabeau kippte die Schale auf den Tisch. Mit einem merkwürdig hohlen Ton kullerten die Erdbeeren herum. Sie gaben keine Flecken. »Seht, wie uns Mercure, dieser Zauberer, prüft. Nun, Camille, wenn wir dich nicht zu schätzen wüßten, hätten wir dich davon essen lassen. Curtius, erzählen Sie ihm die Geschichte mit d'Anton.«

»Das können Sie viel besser als ich.«

Schulterzuckend ergriff Mirabeau die Gelegenheit.

»Georges war eines Abends eingeladen – du kennst doch d'Anton? Nun, wenigstens hast du schon etwas über ihn gehört. Curtius benützt sein ganzes Haus als Werkstatt. Eines Abends kam der liebe Georges vor allen anderen an, brüllte nach Essen, stürmte hier herein – du bist im Bilde? – und sah sich einer verführerischen jungen Frau gegenüber, die an der Tafel saß. Es war Liebe auf den ersten Blick. (Meine Damen, verzeihen Sie mir, aber hätten Sie wohl die Güte, wegzuhören?) Ich kam mit Curtius herein, und da sitzt unser Georges völlig außer sich da und, wie er uns versichert, auch die ganze Straße. Vermutlich konnte man seine Stimme noch in Lyon hören. Er hatte die Hand in ihren Ausschnitt gesteckt und nur ein Drahtgestell vorgefunden.«

Windmühle fand dies zutiefst komisch, um so mehr, als die ganze Geschichte offensichtlich unglaubhaft war.

Nachdem die Frauen den Raum verlassen hatten, wurden die Scherze derber und Politik zum zentralen Thema. Man entdeckte, daß eine Schale mit kandierten Nüssen nur teilweise echt war.

»Tugend im König, hast du meines Wissens geschrieben«, sagte Mirabeau, während er die Wachsbonbons auf dem Tischtuch zu den Worten FRANKREICH FREI zusammensetzte. Er kannte die ewig hilflose Faszination eines Autors nur zu gut. »Aber glaubst du das wirklich?«

»Ich denke schon, daß es möglich ist. Er wäre gut, wenn man ihn ließe.«

»Gott sei Dank, der Schrei der Vernunft. Aber was sollte dann dieses Phantasiegespinst über den Haß auf die Institution des Königs – sicher, ein gepfefferter Aufguß à la Brutus. Aber sonst? Weißt du, was Frankreich ohne die Leitfigur, wie du es formuliert hast, erwartet? Sieben oder acht kaltblütige Monster, die sich oben auf dem Haufen wie die Wasserspeier an den Kirchen breitmachen und alles zerreißen werden, was sich drunten auch nur im geringsten bewegt. Leitfiguren sind notwendig, zur Zierde und zum Abfedern. Wir sollten sie beibehalten. Allerdings sollten wir sie ein wenig verformen, vielleicht so, wie es Mercure mit seinen Wachsfiguren macht. Nun, Curtius, wo bleibt denn der Maraschino, den Sie mir versprochen haben? Wenn er so gut wie mein eigenes Gesöff ist, lasse ich Sie öffentlich ausrufen.«

»Dann ist er besser schlechter«, sagte Curtius.

Draußen in der Halle, die von fein bemalten Öllampen aus buntem Porzellan erleuchtet wurde, kündigte Mirabeau zum Abschluß einen Besuch im cabinet de cire an. Irgendwie beschränkte Curtius die Besichtigung auf einen Alkoven im Oberstock, es konnte auch unten oder in einem Schrank gewesen sein. Jedenfalls waren die übrigen Gäste fort oder entführt. Windmühle befand sich in einem ungewohnt heiteren Zustand ... Hier trafen sie auf einen zweiten Mirabeau im vollen Hofornat.

»Du meine Güte, Curtius, den müßt Ihr aber neu anziehen. So etwas wird das Volk nie tolerieren.«

Wie sie so in dem engen Gang standen, drehte sich ringsum alles vor gutem Wein und netter Freundschaft. So hatte sich die Welt noch nie präsentiert.

»Desmoulins, du bist als nächster dran, demnächst wirst du unsterblich.« Mirabeau schilderte die Prozedur: Das Gesicht wird mit einer Pomadeschicht bedeckt, dann der Gips aufgetragen. Bis zum Trocknen muß man durch Federkiele atmen und seiner Klaustrophobie Herr werden. »Aber vermutlich hatte de Launay keine Einwände?«

»Nein«, sagte Curtius leise.

(Irgendwo in der dunklen Schattengalerie hing der Wachskopf des Gouverneurs der Bastille und lauschte. Es handelte sich um eine Totenmaske. Der Pöbel hatte sich mit seiner Trophäe auf der Pike wieder vor dem Tor eingefunden und nach Curtius gebrüllt, der ihnen zu Diensten war. Als Student der Anatomie hatte er schon früher mit Leichenteilen zu tun gehabt.)

Sie wollten gerade gehen, da kreuzte eine Frau schwebend ihren Weg. Sie trug ein Gewand aus rosenfarbener Seide und hatte die geisterbleichen Haare hoch aufgesteckt. Als sie an Windmühle vorbeiging, flackerte Curtius' Kerze in ihren Gletscheraugen. Obwohl sie aus Wachs bestand, sah Windmühle, wie sie ein- und ausatmete. Später kam er zu dem Schluß, daß er betrunken gewesen war und alles nur geträumt hatte.

Nach den Saucen, dem Wein und den Wachsfiguren waren in jener Nacht alle seine Träume bizarr, ob im Wachen oder im Schlaf.

Alsbald trug ihn die gutgefederte Kutsche mit dem Mirabeauschen Wappen zu den Schmetterlingen.

Märzgeburt, im Zeichen der Fische. Begabung und Schwäche. Läßt sich leiten – in entgegengesetzte Richtungen.

Es schmeichelt, wenn sich jemand, den du selbst auf ein Piedestal gestellt hast, deiner annimmt und erklärt: Genius, du wirst mir nützlich sein. Mirabeau als Gönner konnte unschätzbar wertvoll sein, aber schon der Gedanke an eine Zeitung, der Mirabeau anscheinend finanzielle Starthilfe geben wollte, trieb Camille vor Begeisterung bis an den Rand des Nervenzusammenbruchs. Dazu kam das Haus, das aus Honig gebaut war, kamen Diners, deren Tische sich unter der Last des Essens bogen, und prachtvolle, trunken machende Weine. Und die Kehrseite von Versailles. Versailles, die schimmernde Seifenblase, aber jetzt von innen betrachtet …

Mein Gott, er verwandelt mich in einen Aristokraten, in einen Royalisten – soll ich dagegen ankämpfen? O ja, flach auf dem Sofa und vollgestopft mit Wildbret und Burgunder. Dagegen ankämpfen? Vergiß es.

Draußen die Landschaft von Versailles: Ausblicke auf Terrassen mit marmornen Faunen und Brunnen und juwelengleichen Blumenbeeten. Drinnen brokatverkleidete Wände mit zweihundert Jahre alten, italienischen Gemälden und Diener in schimmernden Livreen aus dem ancien régime. Schokolade im Bett serviert – allein die pure Dekadenz der Prozedur war wunderbar. Kein Wunder, daß sie sich davon nicht trennen wollen. Und du merkst, daß du es selbst auch nicht anders machen würdest …

Abends gab es oft Soupers, bei denen Madame Lejay, die wunderschöne, kaltäugige Mätresse des großen Mannes, den Ehrenplatz einnahm. (Insgeheim hatte man sie Medea Lejay getauft. Zuhauf kursierten Geschichten über ihre krummen Finanzgeschäfte. Man munkelte, sie habe Mirabeau Hunderte von Malen ruiniert, aber im Bett würde er ihr immer vergeben.)

Morgens standen Besuche im Künstleratelier auf dem Programm. Während die Arbeitsbiene geschäftig mit den Pinseln herumhantierte, saß Mirabeau im Kreise seines Hofstaates und ließ sich unterhalten. Zu einem gewissen Zeitpunkt sagte die Biene zu Windmühle: »Monsieur Desmoulins, Sie haben ein sehr interessantes Gesicht.« »Ach gewiß, besonders bei den Spiegelmachern. Es sprengt jedes Glas.« »Nun, nun«, sagte Mirabeau, »keine Wettkämpfe in Sachen Häßlichkeit. In meiner Gegenwart würdest du verlieren.«

In der Nationalversammlung wirkte Mirabeau Wunder. Er wurde mit der kleinlichen Art und dem Lärm einer undisziplinierten Männerriege fertig, die alle lieber reden als zuhören wollten. Er hat seine wahre Berufung verfehlt, meinten die Schauspieler mit neidvoller Bewunderung. Die Windmühle, die von der Strömung flußabwärts gerissen wurde, sprang applaudierend hoch und kam hinterher strahlend zu Mirabeau. »Hat es dir gefallen, Camille? Gut, du machst mich überglücklich.«

Und in Mirabeaus Bibliothek arbeiteten sie Entwürfe zu Reden und Artikeln aus und erörterten die Keime von Ideen, bis die Gedanken wie Bäume turmhoch durchs Zimmer wucherten, bis ans Deckengemälde heran. Einmal bekam Mirabeau, der von Zeit zu Zeit Schwierigkeiten mit den Augen hatte, eine Augenentzündung. Ohne an Macht oder Würde einzubüßen, saß er bei zugezogenen Vorhängen mit Kräuterbandagen in einer düsteren Atmosphäre. »Nun, ich selbst kann nicht sehen, also lies mir vor.« Und die himmelstürmenden Ideen rissen nicht ab. Genau gesagt waren es immer Mirabeaus Ideen. Er hatte einen messerscharfen Verstand, der immer zum Wesentlichen vordrang. (»Nein, Camille, das ist nicht die Grundlage, sondern das hier. Das siehst du doch. Laß mich mal versuchen, es zu erklären.« Die Grundlage war genau dort, wo er sie haben wollte.) Allerdings wurden die Messerstiche hinter einem blühenden Spalier verkleidet serviert. Auch wenn du selbst eine nadelspitze Zunge hast, merkst du plötzlich, daß dein eigener Kopf nur als Spielzeug dient. Was bleibt dir also anderes übrig, als seinem Kopf, der eine derartige Größe besaß, zu folgen und dich lediglich als untertänigen Wetzstein anzudienen? Mit Interesse beobachtete Windmühle, daß sie sich beim Spazierengehen – genau wie bei den Unterhaltungen – immer im Gleichschritt bewegten. Was aber daran lag, daß er zum Klang von Mirabeaus Kapelle marschierte.

Er kam sich die ganze Zeit wie ein Lieblingsoffizier im Dienste eines Königs vor. Es ließ sich nicht leugnen. Man konnte sich entspannen, weil er das letzte Wort hatte, und meist zu Recht. Man schreibt keinem klugen Kapitän vor, wie er sein Schiff lenken soll. Allmächtiger Gott, wenn Louis nur teilweise so wäre – was für gefährliche Untiefen.

Eines schönen Tages betrittst du das Zimmer und findest ihn stumm und in sich gekehrt vor. Etwas Dunkles bedrückt ihn und macht ihn verletzlich und bestürzt. Ein ganz persönlicher Schatten, der nur dir als bewährtem Freund gezeigt wurde. (Zu seinen Füßen: Ach, Sire, womit könnte ich Ihnen helfen?)

»Stimmt etwas nicht?«

»Ja, und nein. Ein alter Fehler aus meiner bunten Vergangenheit. Ich möchte dich nicht damit belasten.«

»Belasten Sie mich, es sei denn, Sie möchten lieber –«

»Setz dich schon hin und tröste mich.«

Und dort hast du sitzend zugehört. Er erzählte dir in aller Kürze und mit großer Delikatesse von einer Frau, die er vor langer Zeit einmal geliebt hatte: »Damals war ich so alt wie du jetzt. Eine liebenswürdige, sanfte, zärtliche Frau, die ihren gesamten Besitz verloren hat. Weggeworfen hat sie ihn, freiwillig, einzig und allein für mich. Und was war ich? Ein glück- und mittelloser Gefangener in der Festung Vincennes. Süße Sophie, sie hat sich erfolgreich eingeredet, daß ich hübsch sei … Du mußt mir verzeihen, aber ich – ich merke, daß ich endlich darüber reden muß. Mein armer Vater, immer hat er mich gehaßt, vom Augenblick meiner Ankunft in dieser Welt bis zu seinem Tode – aber diese erlesenen Geschichten hast du alle längst gehört.« (Man hatte. Ganz Frankreich hatte davon gehört. Der unversöhnliche Vater, der seinen Sohn sogar mit einem lettre de cachet verfolgte, der ihn festnehmen ließ und seine Kerkerhaft absicherte, der sich für seine Deportierung einsetzte und alle seine Taten verleumdete, der seinem Genie, wo es ging, die Möglichkeit nahm, sich zu äußern, und wo dies nicht möglich war, öffentlich an ihm herumkritisierte. Der jeden seiner Feinde gegen den eigenen Sohn unterstützte. Unglaublich.) »Ich muß mit einer tiefen Schuld ihm gegenüber ins Leben getreten sein. Meine frühen Jahre waren nichts als ein einziger, endloser Kampf. Und inmitten des schwarzen Elends dieses liebliche Kind mit seiner hohen Stirn und den wunderschönen Brüsten – Gott im Himmel! Wir haben uns vor Jahren getrennt. Mir kommt es wie ein Jahrhundert vor, und doch habe ich ihr erst gestern Adieu gesagt. Verbrannte Herzen, Camille, Asche, die Feuer fängt und wieder aufflammt, um schließlich doch zu erkalten. Sie ist tot. Sie hat sich selbst getötet. Ich habe es vor zehn Tagen erfahren. Ach, Sophie!« Und er legt die Hand vor die Augen und weint schmerzgeschüttelt vor sich hin. Camille war unerträglich bewegt, denn jede Qual ruft sofort ein Spiegelbild seiner eigenen hervor (Ach, Lucile!). Er ergriff die Hand des anderen. Bald faßte sich Mirabeau wieder und drückte dem Jünger, der ihm Zeuge und Stütze gewesen war, die Hand und bedankte sich wie für einen perfekten Dienst.

Fünf Minuten später arbeiteten sie an einem Antragsentwurf, der in der Nationalversammlung eingebracht werden sollte. Nichts war geschehen, keine Belastungen. Und doch – wer mit Gefühlen handelt, den lassen solche tiefen Begegnungen nie unberührt.

Zwischenzeitlich Schokolade, Soupers und mitreißende Gespräche.

Nach vierzehn Tagen fand sich ein taumelnder Camille Desmoulins im Netz seiner eigenen Ideale wieder, ohne dafür jemandem persönlich die Schuld zu geben. In seiner Qual meinte er schließlich zu Mirabeau: »Aber wenn Louis nutzlos ist, muß er gehen.«

»Aha, mein Camille schießt mutwillig übers Ziel hinaus. Man muß nicht immer zwangsläufig den ganzen Wald umhauen, Bäume lassen sich auch stutzen. Diese Neigung zum sauberen Strich – mit der Feder geht das leicht, aber deine Leser tendieren nur allzugern zum Schwert. Der beste Beweis ist die Botschaft deiner blutroten Laterne an der Place de Grève.«

»Nun, ich weiß, daß Sie über das Laternenpamphlet die Stirn runzeln.«

»Knüpft alle Aristokraten auf? Natürlich runzle ich die Stirn. Was bin denn ich?«

»Eine Ausnahme, die die Regel bestätigt.«

Mirabeau lachte. »Trink deinen Kaffee und dann laß uns diese schreckliche Laterne vergessen. Wirklich, mein Lieber, es war ein unflätiges Stück, für das ich dir trotzdem vergeben werde.«

Trotz der harten Schule des verspotteten Niemands, hatte Windmühle nicht gelernt, Kritik zu schätzen, besonders nicht Kritik, die

»vergab«. Verdrossen runzelte er die Stirn, konnte sich aber zu keiner Retourkutsche gegenüber seinem Gott entschließen. Der hatte inzwischen eine Rose aus einer Vase gepflückt und sie ihm auf den Teller gelegt.

»Wie kann sich ein Camille, der für schöne Dinge derart offen ist, so hartnäckig mit zerstörerischen Elementen abgeben? Betrachte diese Blume. Wirst du sie mit einem kurzen Blick vernichten oder in dein Tintenfaß stellen und vergiften? In der wirklichen Welt muß es neben Gerechtigkeit und Brot für alle eine Ethik der Verbesserung geben. Willst du, daß sie Wölfe bleiben oder daß sie sich in Menschen zurückverwandeln? Der Weg zum Himmel auf Erden, Camille, führt nicht über Reihen von Galgen und Äxten. Übrigens, wenn man jede bestehende Struktur einreißt, hat man zum Aufbau nur noch Schutt. Ich habe vor dem Ersatz einer Monarchie gewarnt – Tyrannei. Was deshalb den König betrifft ... Er muß bleiben. Und sei's auch nur als unsere Wachsfigur.«

»Eine Puppe?« Camille schaute ihn an. »Wer zieht die Drähte?«

Liebenswürdig erwiderte Mirabeau ruhig den Blick.

»Was denkst denn du?« fragte er und zerriß ihm mit diesem unglaublichen Lächeln aus Macht, Überlegenheit und Aufmerksamkeit das Herz.

Er war in jeder Hinsicht in Mirabeau verliebt, nur nicht körperlich. Hier mit Jupiter auf dem Olymp, umworben und hochgeschätzt, spürte die Windmühle, wie sich ihre Flügel im Tornado eines fremden Ehrgeizes zu drehen begannen. Er versuchte, sich zustimmend zu äußern, während sich gleichzeitig innerlich ein Teil von ihm zurückzog und Widerspruch wagte. Er stemmte sich bewußt dagegen. Kein Ton kam heraus.

Mirabeau kaschierte das Stottern jovial mit einer völlig unerwarteten Bemerkung: »Und heute mußt du zurück nach Paris. Fort mit dir. Geh und bring die restlichen Schriftstücke auf die Straße. Und dann besteigen wir das Papier und packen die Stadt bei den Ohren.« Damit erhob er sich vom rosenübersäten Frühstückstisch, wo sie mit der Aussicht auf einen ganzen langen Tag herumgetrödelt hatten. »Fort, fort! Du hast genug für mich getan. Geh jetzt und tu etwas für dich selbst. Meine Türen stehen dir immer offen. Komm für ein paar Tage, wann immer du willst.«

Mit solch ungemein freundlichen Blicken und der spontanen Bitte, zurückzukehren, fand sich Windmühle auf der Straße wieder, wo er sich aufrappelte und auf dem ganzen Rückweg nach Paris im Kopf seine eigenen Spuren verwischte. Diese Situation hatte ihn restlos verwirrt. Der unterschwellige Fingerzeig – läßt du mich im Stich? dann *hinaus* –, das brachte ihn aus der Fassung. Vage drängte sich die Vermutung auf, das Ganze sei als Schlag auf die Finger gedacht, damit sich der Knabe beim nächstenmal bessert. Aber auch diesen Gedanken verbannte er außer Sichtweite. Und obwohl ihn beinahe auf der Stelle äußerst freundliche Briefe von Mirabeau bis in die Dachkammer hinauf verfolgten, stellte er die offene Einladung nicht auf die Probe.

Selbstverständlich war er Mirabeaus Freund. Mirabeau, ein gütiger Gott, der sich für das Volk abmühte. Mütterchen Mirabeau nannten ihn die Huren und Näherinnen.

Intuitiv ließ Windmühle Mirabeaus Namen in jede Unterhaltung einfließen. Eines schönen Tages teilte Camille sogar im Überschwang der Gefühle und der Vertrautheit und durch Gerüchte aufgestachelt im Palais Royal der Menge (vom obligatorischen Tisch aus) mit, Mirabeaus Leben wäre seitens des Hofes in Gefahr.

Aber mach dir doch nichts vor, Mirabeau arbeitet für den Hof. Er hat eine Stimme in der Nationalversammlung, und diese Stimme wird er nutzen, um die feinen Pinkel wie die Hänflinge im Starenkäfig hübsch oben in der Takelage zu halten, wo die Zähne der Wölfe sie nicht schnappen können. Schließlich wird er mit dem Vogelkäfig in der Hand in die Lüfte steigen, und das Netz wird sich über alle stülpen, die noch am Boden sind. Dabei konnte man noch ordentlich Profit machen.

Wolf oder Jongleur für Vogelkäfige, Desmoulins? Oder weißt du das nicht mehr? Oder hast du's nie gewußt? Rummsbumms knallen die Läden im Kopf zu und sperren alles aus, womit sich das Gehirn nicht beschäftigen will.

Haben wir dafür auf dem Bauch im Kugelhagel gelegen? Um Schokolade ans Bett und den Kopf getätschelt zu bekommen und obendrein ein Seidenhemd mit Rüschen wie ein Büschel Hyazinthen?

Wer hat sich mit achtzehn die Haare gepudert?

Wer hat auf der Universität vor Jahren Derobespierre geholfen, eine schmeichelhafte Rede auf den Monarchen zu verfassen, und stand dann da, als dieser sich im Regen hinkniete, um sie zu Louis' Kutsche hochzureichen? Haben nicht alle geklatscht und laut geschrien: Es lebe der König?

Ja. Jetzt zuckst du schmerzhaft zusammen, stimmt's?

Mein lieber Vater – nur zögernd verwende ich diese zärtliche Anrede, denn inzwischen weiß ich wirklich nicht mehr recht, ob es zwischen uns so etwas wie Liebe oder Verständnis überhaupt gibt –, um Himmels willen, was muß ich tun, um Sie zu überzeugen, daß Sie besser beraten wären, wenn Sie mich wegen meiner Taten selbst beim Wort nähmen, anstatt dem Genörgel Ihrer Nachbarn Gehör zu schenken, diesen braven Leuten meines Geburtsortes?

Sie haben nur Vorwürfe für mich übrig. Anscheinend müssen Sie sich für mich schämen – nun schon zum wiederholten Male. Sie sagen, Sie würden befürchten, daß ich durch meine – wortwörtlich – unverantwortliche und unbedachte Freimütigkeit unseren Familiennamen in die Gosse gezerrt hätte. Haben Sie gelesen, was ich geschrieben habe? Nein. Deshalb antworte ich Ihnen am besten damit, daß ich Ihnen unverzüglich je ein Exemplar von all meinen Pamphleten schicke. So können Sie sich persönlich ein Bild machen und sind nicht auf die Mutmaßungen von Leuten angewiesen, die mich hassen. »Ein Prophet gilt nichts im eigenen Lande und im eigenen Haus.« Offensichtlich war Jesus nicht auf den Kopf gefallen.

Was FRANKREICH BEFREIT anbelangt, so spricht es für sich selbst. Ich gebe zu, DIE LATERNE ist starker Tobak, aber was kann man von einem Laternenhaken erwarten, der soviel erdulden mußte? Dagegen werden Sie bemerken, daß es sich bei dem dritten Flugblatt um die Verteidigung eines – höchst ungerecht behandelten – Marquis handelt, dem ich durch meine Hilfe etwas Gutes tun konnte. Wenn Sie gestatten, bin ich also nicht darauf »versessen, das Blut und den Tod von Aristokraten zu fordern«.

Man hat mich überall für diese Werke gelobt. Momoros Druckerpresse hat mit derartiger Geschwindigkeit gearbeitet, daß sie buchstäblich Feuer fing, während draußen auf der Straße lautstark der Verkauf vonstatten ging. Kein Geringerer als Mirabeau lobt mich. Er hatte mich zu einem längeren Besuch zu sich gebeten und hätte mich beinahe mit gutem Essen und freundlichen Aufmerksamkeiten erdrückt. Derobespierre gratuliert mir ebenso wie zahllose Mitglieder unserer Nationalversammlung. (Ich werde ebenfalls ein Exemplar der Chronique de Paris beilegen, damit Sie nachlesen können, wie mich andere in ihren Veröffentlichungen mit Lob förmlich überschütten. Glauben Sie, ich hätte sie alle gekauft? Womit?) Man nennt mich die Feder der Revolution. Und Revolution war notwendig. Vielleicht habe ich Paris vor dem Untergang bewahrt. Die Zeit wird's lehren. Ganz gewiß aber habe ich mir (ohne irgendeine fremde Hilfe) einen Namen gemacht, der weder bedeutungslos noch zu verachten ist. Warum hören Sie mehr auf diese Verleumder als auf Ihren eigenen Sohn? Wenn deren Söhne solche Taten vorzuweisen hätten, bekämen wir alle eine andere Geschichte zu hören. Kommt es Ihnen in den Sinn, daß sie neidisch sein könnten?

Aber warum sollte es so sein? Trotz all Ihrer Klugheit haben Sie mich nie ergründet. Ich bin ein Verschwender und Prasser, über den Sie schamrot werden.

Letztlich ist es für mich in der Tat einfacher gewesen, die Bastille zu zerstören, eine Revolution vom Zaun zu brechen und ganz Frankreich umzuwälzen, als von Ihnen das Geld zu bekommen, um mir ein Bett zu kaufen! C. D.

Ça ira, ça ira, ça ira –
Les aristocrates à la lanterne.

So wie sie das hübsche Liedchen vom Regen und den Schäferinnen von Fabre d'Églantine in eine Sturmwarnung vor blutrünstigen Schafen verwandelt hatten, so verbissen sie sich jetzt in dieses. Ganz gewiß, ganz gewiß, ganz gewiß – Aristokraten an Laternen. »Der gnädige Herr Sowieso?« hieß es, während sie unter der langen Sommerhitze stöhnten und ihnen die leeren Bäuche am Rückgrat klebten. »Den werden wir laternisieren.«

Und der gnädige Herr Sowieso wußte ganz genau, was damit gemeint war. Wenn er vernünftig war, gab er Fersengeld.

Die Aristos überschwemmten England und Österreich.

Der Pöbel schwitzte und verhungerte.

Der Laternenpfahlanwalt Camille Desmoulins versuchte Mittel und Wege zu finden, um die Miete im Hôtel de Nivernais zu bezahlen.
Der Sommer wanderte nach Westen und begann unterzugehen.

1789: Herbst

Eine Burleske

VERSAILLES, IM GARTEN VON, weiße Lilien.

Auftritt Antoinette, österreichische Königin von Frankreich. Sie ist noch ausreichend jung und wohlgestalt, um eine Weile betrachtet zu werden. Ihre Haut ist noch nicht verwelkt, sondern makellos straff, und wenn auch ein paar falsche Haare unter den gepuderten sind, so bilden sie doch einen hübschen Rahmen für das apfelblütenfarbene Gesicht. Sie trägt ein grünes Kleid, so pastellgrün wie eine bleiche, blaßgefrorene Gurke unter einer Frostschicht. Aber in Wirklichkeit besteht der Frost aus silberner Spitze mit Smaragdknöpfen dran. Das ist die neue »schlichte« Mode, die Antoinette bei Hofe angeregt hat. Sie kann auch Cembalo spielen. Dann sagt sie – nicht zum erstenmal – in dieser Burleske: »Wir sollten abreisen.«

»Abreisen?« sagt König L'oui und streicht dabei sechs weitere Hirsche im Hauptbuch durch.

»Wir sollten das Gold und den Schmuck einpacken und diesen schrecklich gemeinen Ort verlassen.« (Denkt daran, es handelt sich um eine Burleske.)

»Ach, wir sind hier ziemlich sicher, wirklich«, sagt der König.

»Wie ist das möglich, wenn der Stadtpöbel nur zwanzig Kilometer entfernt ist?«

»Sie verstehen das Volk nicht«, sagt der König. »Manchmal regen sich die Leute zwar auf, aber in Wirklichkeit wollen sie keinen Ärger haben. Ich möchte, daß sie glücklich sind, und das wissen sie genau. Außerdem gibt's heute abend eines dieser traditionellen Diners. Das flandrische

Regiment marschiert ein und wird von meiner persönlichen königlichen Leibgarde im Theater mit einem Festmahl bewirtet.«

»Flandern?« sagt Antoinette. »Sie meinen, es sind keine Franzosen? Dann kann man sich auf ihre Loyalität verlassen.«

Das konnten sie auch. Darauf konnte sich auch die Leibgarde verlassen, die bis zum letzten Mann aus vornehmen Familien stammte. Hier im Schmetterlingstheater, an jenem besagten dritten Oktober, sprachen die Offiziere des flandrischen Regiments beim Bankett mit der Prätorianergarde des Königs zum erstenmal laut aus, was für ein Skandal es sei, daß die Gottgesalbten in Angst und Schrecken vor einem dreckigen, stinkenden Pöbelpack leben müßten.

Schluß mit der Burleske. Das ist Tatsache:

Ein junger Offizier springt auf. Er hat den König und die Königin in einer Loge über der Bühne, wo man die Tische aufgebaut hatte, gesehen und sich spontan verliebt. Dieses grüne Kleid, diese Apfelblüte. »Ich würde für sie sterben«, murmelt er. »Meine Herren! Die Königin!«

Sie trinken auf das Wohl der Königin und auf das des Königs.

Ermutigt begeben sich die Monarchen nach unten und mischen sich unter die Leute an den Tischen. Auch die Hofdamen stellen sich ein, schneeweiß mit Lilien im Haar und auf den Kleidern. All die gepuderten Köpfe nicken wie Lilien in einer sachten Brise. Irgendwie verschmilzt alles zu Bourbonenweiß: das grüne Gewand, das königliche Rotgesicht, selbst Uniformen und Goldtressen. Alles wird weißer und weißer wie gebleichte Mandeln, wie Eiszapfen. Nun – fast alles, denn etwas sticht häßlich heraus. Was, zum Teufel, kann das sein? Die feurigen jungen Offiziere, Flamen wie Franzosen, durften bereits huldvoll die Hand der Königin küssen. Nun ist ihnen vor Parfüm, Wein und hehren Gefühlen ganz schwindlig. Sie starren in die Runde und versuchen, den einzigen Mißton zu entdecken.

Sie entdecken ihn tatsächlich.

»Ein Insekt hat sich auf mir niedergelassen, irgend so ein Krankheitserreger«, sagt einer. »Soll ich's wegwischen?«

Die Königin lacht silberglockenhell.

An allen Tischen ringsum stimmen die Männer ein und schlagen mit ihren Fäusten auf den Tisch, daß die Teller klirren.

»Verjagt das Insekt! Fort!«

Also nimmt er sie ab, das ansteckende Fliegenungeheuer.

»Soll ich es zertreten?« fragt er.

Begeistertes Gebrüll.

»Zertritt es! Zertrample das Ding!«

Mit einer vornehmen Geste wirft der Mann die dreifarbige Kokarde, die er soeben von seiner Jacke gelöst hat, zu Boden und springt grinsend wie ein Kind, das eine Sandburg zerstört, darauf herum. Die Theaterbesucher drehen durch. Überall, wohin man schaut, reißen sie die verhaßte Kokarde, das Emblem des Pöbels, herunter und treten darauf herum und stoßen es durch den Saal und zerschneiden es mit Messern und tun so, als ob sie es fressen würden.

Und inmitten des Pandämoniums setzt das Orchester, das sich bisher beherrscht hat, mit einer berühmten Arie aus der Oper Richard Coeur de Lion ein: »O mein König, verlassen von der Welt!«

»Nie!« brüllen die Offiziere und werfen sich vor die großen Füße von Louis und vor die zierlicheren der Königin. »Sie verlassen? Wir sind ganz die Ihren, Sire, bis in den Tod.«

Sie trinken auf das Wohl der Monarchie. Auf das Wohl der Nation *weigern* sie sich zu trinken. Mit Lilien hinter den Ohren trinken sie auf ihren Sturz und ihre Züchtigung, während unter den Tischen das *bleu et rouge et blanc du Peuple* zerrissen in Weinlachen schwimmt.

Unterdessen machen sich verschiedene Journalisten, die in den Logen sitzen, eilends Aufzeichnungen.

Als die Nachricht das hungrige Paris erreichte, reagierte Paris.

Georges d'Anton brüllte auf seiner Distriktversammlung wie ein angestochener Eber herum und schlug vor, die Stadt solle sich erheben und nach Versailles marschieren. Er war nicht der einzige, der diesen Rat gab.

Wenigstens ein Teil von Paris nahm seine Ratgeber beim Wort.

Mit einem eindeutigen Salut vor der Kaiserin der Laternenhaken hatten sie die Place de Grève überquert und waren dann durchs Hôtel de Ville gestürmt. Dabei hatten sie jedes Papier, das sie finden konnten, zerrissen und alle menschlichen Wesen gemustert, als ob man auch sie für Papier halten könnte. Frauen. Fischweiber, Prostituierte, Färber, Bettler und ein ordentlicher Anteil der bourgeoisie militante. Jetzt strömten sie mit Piken und Stecken bewaffnet und mit einer Kanone im Schlepptau auf die Schmetterlingsstadt zu, um den Schmetterlingen zu sagen, daß sie die üblichen, langweiligen Dinge wollten: Brot und Gerechtigkeit. In einiger Entfernung hinter den Frauen marschierte die Volksmiliz, die Nationalgarde. Sie trug inzwischen eine tricoleur-Uniform – blau mit weißen Aufschlägen, die Kragen als rote Farbtupfer und weißgegerbte Gamaschen – und rekrutierte sich aus sechzig Bezirken, von denen einer d'Anton gehörte. (Als gewissenhafter Rechtsanwalt war d'Anton nach Hause gegangen, um an einem Fall zu arbeiten.)

In Sèvres bekamen die Weiber Hunger und drangen in die Läden ein. Sie hockten auf der Straße und aßen Gebäck – in Wahrheit aßen sie Kuchen. Einige betranken sich. Eine ganze Menge betrank sich. Wenn sich das die reichen Offiziere der königlichen Leibgarde erlauben konnten, dann durften sie es auch.

Es muß gesagt werden, daß sich unter den Frauen eine Menge äußerst merkwürdig aussehender, flachbusiger Damen mit großen Nasen und Füßen befand. Einige trugen sogar einen Tagesbart. Mit Schürzen und Bänderhauben standen sie pfeiferauchend unter den Bäumen und kippten Bier. Obwohl jeder wußte, daß es sich um Aufwiegler handelte, hatte man ihnen freundliche Frauennamen gegeben. »Na los, Suzette«, sagten die Frauenfrauen, als sich der Zug wieder Richtung Versailles in Bewegung setzte. »Na los, Bernardine.« Und Suzette und Bernardine lupften die Röcke über ihren haarigen Beinen, hoben ihre Sensen auf und schlurften hinterdrein.

Es regnete. *Il pleut, il pleut, bergère ...* Geh heim, Schäferin, lauf heim, die weißen Wollschafe von Paris sind unterwegs mit Bernardine und Suzette und vierhundert Piken und einer Kanone.

Die Nationalversammlung tagte gerade in Versailles (Wie sagten die Frauen immer? Tun die noch was anderes außer tagen?), als die Sintflut hereinbrach. Plötzlich war die hehre Halle der Politik und der debattierenden Männer von kreischenden Harpyien überschwemmt. Fluchend und schimpfend kletterten sie überallhin, brüllten zwischendurch unpassenderweise nach Brot und kotzten den Wein, den sie erst vor kurzem hinuntergekippt hatten, über die erhabenen Bänke.

Eine, die weder ein Mann noch häßlich und der auch nicht übel war, fand Mirabeau und umarmte ihn. Eine andere, die zu einer organisierteren Gruppe gehörte, war in den Palast eingedrungen, erhielt eine Audienz und umarmte den König. Louis versprach, man würde Brot sammeln und verteilen. Was wollten sie sonst noch? Mission ausgeführt.

Aber Suzette und Bernardine (und die schnauzbärtige Julie) waren nicht untätig gewesen, und nun stellte sich heraus, daß der Menschenmenge in den Straßen rings um den Palast inzwischen nicht mehr der Sinn nach Brot stand, sondern nach einer dampfend heißen Pastete, gefüllt mit Aristokraten, allen voran mit der Königin.

Es regnete in Strömen. Die Nationalgarde – von den Hüften abwärts nur noch Lehmmänner auf Lehmpferden – traf ein und bahnte sich mit ihrer neuen blauen Uniform einen Weg durch die Wogen. Ihr Anführer war der Aristokrat (tjaja, die Volksmiliz unter der Leitung eines feinen Pinkels) La Fayette. (Vergiß nicht, er war unmittelbar am amerikanischen Unabhängigkeitskrieg beteiligt – auf der richtigen Seite. Und denk auch daran, daß er diesem Haufen nicht nach Versailles folgen wollte, sondern erst … überredet werden mußte.) Ein gutaussehender Mann, verdreckt, aber ehrenwert. Er hatte seine Bataillone mitten im strömenden Regen angehalten und sie mit erhobenen Händen – das Wasser lief ihnen nur so zu den Ärmeln hinein – einen Loyalitätseid auf die Nationalversammlung und den König schwören lassen. Jetzt betritt La Fayette das Château Schmetterling und nähert sich dem Oberschmetterling Louis, dem Jäger. La Fayette unterbreitet dem Oberschmetterling einen Vorschlag: Er, der Schmetterling, und seine Familie mögen nach Paris zurückkehren. Es sei der Wunsch des Volkes. Hier draußen in der Abgeschiedenheit, Sire, müssen die Leute sich mit Gerüchten begnügen, die sie in die Irre führen. Louis hegt Zweifel, er möchte darüber schlafen. Und das auf einem weichen Bett.

Draußen auf dem nassen Pflaster – die flügellosen Harpyien im Regen. Rein zufällig hatte man in den ersten aufgeregten Stunden der Konfrontation ein Pferd des flandrischen Regiments erschossen oder erschlagen und danach gehäutet, gegrillt und gegessen. Aber anders als bei den Brotlaiben und Fischen hatte ein einziges, dürres Pferd die Menge genausowenig gesättigt wie zuvor das Gebäck aus Sèvres oder die Küsse von Mirabeau. Das junge Mädchen, das der König umarmt hatte, war aufgrund der ansteckenden Berührung zur feinen Dame geworden und wäre beinahe »laterinisiert« worden, wenn ihr nicht ein paar Kavaliere zu Hilfe gekommen wären.

Aber anscheinend wirkt fallendes Wasser wie eine Art Gleichmacher. (Après nous, le déluge?) Das Wasser ebnete alles ein. Alles ging unter: Freudenfeuer, Pferdekrusten, ja selbst gedankenschwere Menschenköpfe. Alles ruhte. Die Schreie nach Antoinettes Leber und ihrem Augenlicht waren zu einem asthmatischen Murmeln herabgesunken. Das flandrische Bataillon hatte sich auf Befehl in seine Kaserne zurückgezogen. Es war wie immer: Morgen ist auch noch ein Tag.

Ein Feuer kokelt im Regen vor sich hin. Vielleicht geht es nicht aus. Wie *kann* solch ein Feuer sterben? Der Regen gibt ihm nur noch mehr Nahrung. Während wir hier in Dreck und Wasser hocken und uns die Kälte bis auf die Knochen dringt, ist uns schlecht vor gestohlenem Alkohol und leeren Bäuchen. Und dort liegt *sie,* eine Frau wie wir, nur mit dem Unterschied, daß sie ganz in ihren Seidenkokon gehüllt ist. Gut genährt ist sie und hübsch und hat es sauber und bequem. Wenn ich das hätte, was sie hat, könnte ich genauso hübsch aussehen. Wenn ich ihr Bett, ihr Geld und ihre Liebhaber hätte, könnte ich auch schlafen und genausogut riechen und hochnäsig dreinschauen. Aber ich dünste den Gestank der Armut aus. Nicht aus Demut beuge ich den Kopf, sondern vor Müdigkeit. Ich bin bis auf die Knochen durchnäßt und habe einen Tageslohn verloren. Ich könnte morgen sterben und wäre besser dran. Aber eines sollte man sich vor Augen halten: Auch sie ist nur ein Mensch, auch sie kann sterben, genau wie ich.

An diesem dritten Oktober hatten sich die jungen Männer im Theater in die Ritterlichkeit verliebt und gelobt, für ihre Königin zu sterben. Nun waren sie drauf und dran, es zu tun.

Am Himmel wurde es hell. Das erste Licht, der neue Tag. Da war ein Tor, das in einen Innenhof führte, und einer war bestochen worden, damit er es unversperrt ließ …

Die Wachen, die sich ihnen in den Weg stellten, wurden mit Sicheln und Äxten und offenem Haß empfangen. Jetzt waren Männer in der Menge, die wie Männer gekleidet waren. Sie waren bereits bis an die Achseln blutig. Roter Sonnenaufgang, Röte im Osten, Röte zwischen den Pflastersteinen. Einige Wachen waren noch sehr jung. Während die

Menge wie ein Riesenrad über sie hinwegrollte, riefen sie noch im Sterben einen Warnruf nach oben die Treppe hinauf.

Als sie zu den Gemächern der Königin kamen, war die Königin geflohen. Verdammt. Keine Antoinette für den Eintopf.

Dann kam die volkseigene Wache herein und schob das Volk wieder hinaus. Böse Kinder, tz-tz. Schaut euch nur mal die Sauerei an, die ihr angerichtet habt. Überall rollen Köpfe herum. So ist's recht, hebt sie hübsch ordentlich auf und steckt sie wie brave Kinder auf eure Piken.

Wieder hinaus, ohne Königin, hinaus in den Palasthof, wo sie in höchster Ekstase tanzten. Ihr Gemütszustand kannte keinen Namen, weil es die Menschheit noch nicht wagt, einen dafür zu prägen. Sie schwenkten ihre Trophäen durch die Luft, die Gesichter von achtzehnjährigen Männern auf hohen Piken, und dazu aufgespießte Brotlaibe. Sie sangen auch ein Lied, und das ging so: Der König nach Paris – Ja! Der König nach Paris – Ja! Der König nach Paris – Ja! Ja!

Und so begab sich der König schließlich nach Paris.

Wieder ging Birnam Wood nach Dunsinane. Die Menge hatte die Zweige von den Bäumen gerupft, deren Laub zum Jahresende hin gelb geworden war. Das Grün der Hoffnung gab es nicht mehr.

Flaggen aus abgelegten Unterröcken flatterten wie große Flügel im Wind, und auf dem Dach der königlichen Kutsche hockten menschliche Raben und krähten. Musketen wurden in die Luft gefeuert. Nun schoß man also auf Gott. Warum auch nicht?

Weitere Kutschen quälten sich durch den aufgewühlten Schlamm. Auch die Nationalversammlung war Richtung Stadt unterwegs. Bald würde sie ihr Hauptquartier ziemlich in der Mitte an der Nordseite der Tuileriengärten aufschlagen, in einer Reitschule, die man zu diesem Zweck aufgemöbelt hatte. Deshalb wurde die Versammlung von nun an manchmal auch als der Stall bezeichnet. König Ja-Ja und die nicht eingetopfte Königin marschierten ebenfalls in die Tuilerien, in jenen wohlproportionierten Palast mit den bemalten Zimmerdecken, den seit einigen Jahren nur noch Mäuse und Käfer bewohnt hatten.

Und in Bälde sollte die Menge noch einen Bäcker am Haken der Kaiserin der Laternen auf der Place de Grève aufhängen.

Die Stimmung in Paris war derart, daß man unter dem Lärm der patriotischen Trommeln ins Bett ging und sich zu den Klängen einer miesen Kapelle der Nationalgarde wieder daraus erhob.

Und ich besaß inzwischen sogar ein Bett, obwohl ich seit einer Woche nicht oder so wenig geschlafen hatte, daß es kaum zählte. Halb betäubt lief ich wie im Nebel herum, während mir das Herz in Ohren und Brust dröhnte. Abgesehen von den Trommeln und Kapellen, gab es dafür mehrere Gründe, gute wie schlechte.

Ich hatte ein bißchen Geld bekommen. Es trudelte ein und geruhte nicht, seine Herkunft zu offenbaren. Allerdings lag im ersten Paket ein Rosenblatt, ein einziges. Der ganze Witz bei dieser himmelschreienden Bestechung – so leicht zu übersehen, so subtil. Und ich nahm die Bestechung an und begann mit dem Journal, denn jetzt konnte ich einen Drucker beschäftigen. Danton sagte einmal zu mir: »Wenn sie mögen, sollen sie dich ruhig bezahlen. Und dann zeig ihnen, daß man dich nicht kaufen kann. Stell dir nur mal vor, wie es ausgesehen hätte, wenn Judas Ischariot seine dreißig Silberstücke eingesackt hätte und dann in den Garten von Gethsemane gegangen wäre und den Dorfmetzger geküßt hätte.« Für Danton war das ja auch alles schön und gut. Er hatte mir auch erzählt: »Wenn die Leute so ehrlos sind, dir eine Bestechung anzubieten, warum solltest du sie ehrenwert behandeln, nachdem du das Geld eingesteckt hast?« Meiner Ansicht nach griff mir Mirabeau lediglich deswegen unter die Arme, weil er mein Potential erkannte. Also keine Bestechung, sondern ein Geschenk meines Gönners, dem das Leid des Volkes genauso zu Herzen ging wie mir. Was er zu mir in Versailles gesagt hatte – behalte den König, während ich die Fäden ziehe –, hatte ich mir irgendwie aus dem Kopf geschlagen. Ich wollte lediglich schreiben und mit einer Feder meine Macht über die Straßen aufrechterhalten. Wie hätte ich diese Chance verspielen können? Mirabeau war ein vielschichtiger Gott. Etwas derart Offensichtliches wäre ihm nie in den Sinn gekommen.

Also habe ich mit dem Brabanter Boten begonnen, mit meiner Zeitschrift, in der ich sofort mit einzigartiger Regelmäßigkeit zielgenau sämtliche feinen Pinkel von ihren Ästen fegte. Anfänglich tadelte mich Mirabeau nicht. Sein einziger kleiner Einwand lautete: »Mein Lieber, Brabant? Brabant liegt in Belgien. Wir beide haben zwar leidenschaftlich über die dortige Rebellion diskutiert, aber würden Sie in Anbetracht des derzeitigen Zustandes von Frankreich nicht lieber etwas Französischeres in Betracht ziehen?«

Woraufhin ich antwortete, daß ich das nicht tun werde, nein. Die Menschenrechte hatten die Pressefreiheit eingeräumt, aber ich hatte mir den Namen schon früher ausgedacht, als Köder gegen die Unterdrückung (nach Titeln wie Frankreich Befreit und Lektion des Galgens [der Laterne], das Volk von Paris hielt nach so etwas Ausschau). Trotz der angeblich nicht mehr vorhandenen Zensur, gefiel er mir noch immer. Frankreich steckte mitten in seiner Revolution, was war da natürlicher als eine Botschaft von einem Nachbarn, der gleichfalls in eine Revolte verwickelt war und das – höchst ironisch – gegen eine österreichische Verwaltung.

Ich brachte die Zeitschrift so oft wie möglich heraus, manchmal sogar täglich, und arbeitete bis zur Erschöpfung daran, oft die halbe Nacht. Ich hatte mein Forum und wollte es unbedingt nutzen. Zugegeben, es war wie meine erste sexuelle Erfahrung: Ich konnte nicht genug bekommen.

Gelegentlich schickte mir selbst mein lieber Vater Geld. Offiziell finanzierte er alles.

Es gab eine Menge zu sagen. Um den Nagel auf den Kopf zu treffen, mußte man manchmal dasselbe immer und immer wieder sagen, allerdings jedesmal anders. Häufig bedeutete das sogar ein Loblied auf d'Anton, der in Windeseile zum König des Cordeliersdistrikts wurde. Mit seiner Holzhammermethode setzte er Dinge in die Tat um oder wies darauf hin. Mein Loblied auf ihn hatte seine Aufmerksamkeit erregt, und man bat mich zum Souper in seine Wohnung. Ich ging hin und war entschlossen, vorsichtig zu sein, aber dann verpatzte ich natürlich alles. In meiner Begeisterung und Übermüdung verwirrte mich d'Antons Ambiente und versetzte mich voreilig in eine merkwürdige Hochstimmung. Mein Eindruck beschränkte sich bisher auf drei außergewöhnliche Zimmer in Hellgelb, Hellrot und Purpur und darauf, daß ich zuviel getrunken hatte. Ach ja, und auf Gabi, sein fettes Täubchenweib, das mit fehlerfreiem Fingersatz ausdruckslos Cembalo spielte. Zu dem Zeitpunkt waren wir lediglich zu dritt, und ich mußte wieder an Lucile denken, die so ganz anders spielte, und fing zu weinen an. Gott sei Dank (es war eine traurige Weise) hatte d'Anton nicht gefragt, was denn los sei, sondern hatte mich geschüttelt und mir auf den Rücken geklopft, bis ich beinahe erstickt wäre. Schließlich fanden wir den Vorfall so amüsant, daß wir vor Lachen fast geplatzt wären. Natürlich lachte Gabi, weil er es tat. Sie betete ihn an. Ich konnte es kaum ertragen, mitanzusehen, wie sehr dieser mächtige Stier verehrt wurde.

Wenn ich mir später den Vorfall vor Augen rief, vor allem die Tatsache, daß die ganze Runde zuvor jeden durch den Kakao gezogen hatte, vom Papst in Rom über Robespierre bis zu Antoinettes Friseur (d'Anton, der mehrere Sprachen fließend sprach, war ein Meister englischer Wortspiele), wurde ich verlegen und ziemlich mutlos. Es war typisch für ihn, daß er mir aus Mitleid – oder Ärger – auf den Rücken klopfte. Ich kam mir nicht vor, als ob ich mit ihm soupiert hätte, sondern als ob mich ein tonnenschweres Mammut aus großer Höhe angesprungen hatte. Danach ging ich ihm aus dem Weg, was ziemlich einfach war. Er mischte überall mit, während ich krampfhaft an meiner Zeitung arbeitete. Abgesehen davon kamen mir die üblichen Berichte zu Ohren, wonach er und ich Mitverschwörer wären und überall gemeinsam aufträten. Ein Gerücht meldete sogar, ich würde ihm Frauen nach Hause bringen. Und dann gab's da noch eine Sache mit Gabi, die zu idiotisch war, um auch nur einen Gedanken daran zu verschwenden. Die Leute behaupteten, sie wären mit uns bei Tisch gesessen, und plapperten unsere Bemerkungen nach, an denen es immer etwas auszusetzen gab. Mir paßte das alles nicht so recht, denn es entsprach nicht der Wahrheit.

Inzwischen munkelte man, in der Hauptstadt würde das billige Brot vergiftet. Derart schlecht wirkte es sich offensichtlich auf die Verdauung aus. Zusätzlich zu den bewaffneten Posten vor den Bäckereien traf man an jeder Straßenecke auf einen Mann aus Kommandant La Fayettes Patrouille. »Diese Straße ist gesperrt.« Warum? »Nun, sie ist's eben.« Zuerst schickten sie einen in die Richtung und dann in die andere, bis es schließlich einfacher war, in der Gosse zu laufen (einschließlich allem, was dazugehört).

Der fünfte und sechste Oktober platzte mitten in das Geschehen hinein. Die Stimmung in Paris bestand aus reiner hysterischer Wut, gegen die auch ich kaum gefeit war. Selbst mein Holzhändler zeigte mir eine reinweiße Kokarde unter seinem Kragenaufschlag. »Falls die Österreicher einmarschieren.« Wir hatten uns in Versailles darauf verlassen, daß sich die beiden zusammenreißen und zugeben würden, daß im Lande die Veränderung umging. Sie gaben gnädigerweise nach, aber sobald man auch nur eine Minute in die andere Richtung schaute, kamen sofort die Lilien und die Peitsche zum Vorschein. Schon einmal hatte ich in einer Publikation Louis in Schutz genommen, aber jetzt veröffentlichte ich seine Diffamierung. Es war das einzige, das ich tun konnte. Mir wurde von dem ganzen Spektakel übel – es war der zweite Aufguß von de Launay.

Der Morgen, an dem die Frauen im strömenden Regen auf die Straße gingen, wirkte wie eine Opernszene. Es fehlte lediglich ein riesiger Chor. Mit Piken bewaffnete Bacchantinnen auf Kanonen, trommelschlagende Matronen, kleine, erst vierzehnjährige Mädchen voll strahlender Unschuld. Alle, die nicht gehen wollten, versteckten sich, denn diese Armee von Deborahs handelte wie eine englische Webermeute, um ihre Reihen anzufüllen.

In Versaille das übliche: Versprechungen, Zögern, Durcheinander. Schließlich schleppte man die ganze Königsbrut nach Paris und sperrte sie in die Tuilerien. Damit schien das Problem gelöst zu sein, denn schließlich war Versailles ein anderer Planet. Die Nationalversammlung, die hinterdrein kam, war eine zusätzliche Verbesserung. Unter den wachsamen Augen von Paris, weg vom Einfluß des Versailler Hofes, müßte Louis eigentlich einige Dinge bleiben lassen, und dann könnte die Nationalversammlung richtig loslegen. Falls Mirabeau Marionettenspieler sein wollte, täte er gut daran, sich zu beeilen. Auf d'Antons Gesellschaft hatte ich auch etwas in diesem Sinne gesagt, aber nun grübelte ich, was ich eigentlich gesagt hatte.

Einige Tage nach dem Vorfall ging es in der Hauptstadt wie üblich drunter und drüber. Überall Heerscharen von Männern, die die feinen Pinkel bissig als die hosenlosen Wunderknaben bezeichneten – Arbeiter, die bis zu den Knöcheln lange, unordentliche Hosen trugen und nicht die aristo-bourgeoisen Kniehosen nachäfften. Man sonnte sich in dieser Kränkung, und mittlerweile wurde der Name zum title d'honneur. Um ihr Aussehen sans-culottes noch zu unterstreichen, gingen die Hosenlosen zu rot-, blau- und weißgestreiften Hosen über. Wenn ich in Gedanken versunken durch die Straßen ging und mich irgend so ein gestreifter Fremdling am Arm packte, erschrak ich noch immer zu

Tode. Bekannte Leute sind Allgemeingut. Die Geste erinnerte mehr ans Verhaftetwerden als an ein Lob. Inzwischen denke ich, daß mir die Unterströmung stets bewußt gewesen ist. Ich balancierte auf einem Hochseil. Ich war noch nicht blasiert und hatte mich noch nicht ans »Berühmtsein« gewöhnt. Außerdem schrie ich inzwischen in meinen Publikationen andauernd nach den Rechten des Volkes. Und wie ich schreien und über ihre Leiden weinen konnte und über die Exzesse des fetten Klerus förmlich ausrastete! Manchmal genügte es, wenn ich Menschen durch die Durchgangsstraßen rennen sah, und schon warf auch ich mich kopfüber in das Tosen. Zu anderen Zeiten hatte ich keinen Raum für physische Berührung. Ein Ruf, eine Frage und eine Antwort genügten, und ich stürzte ans Tintenfaß.

Seit jenem Drama in Notre Dame hatte ich weder Lucile noch sonst ein Mitglied ihrer Familie gesehen.

Eines Morgens erwachte ich mit einem merkwürdigen Glücksgefühl aus einem zusammenhanglosen Zweistundenschlaf, aber noch ehe ich meinen Kaffee getrunken hatte, war es einem bleischweren Pessimismus gewichen. Obwohl mir dieser Zwiespalt nicht unbekannt war, trieb es mich in die frische Luft hinaus. Nach einem planlosen Spaziergang endete ich wie getrieben in den Gärten des Luxembourg.

Die ersten Blätter fielen feucht und traurig wie die Tränen der Bäume und über allem hing ein leichter Nebel und behinderte den Blick. Aus den Wiesen erhoben sich die offiziellen Palastbauten mit ihren flachen, kalten, grauen Dächern. Ich weiß noch, daß ich zu den Fenstern hinaufschaute.

Ich ging um das Wasserbassin herum und schräg unter ein paar Bäume hinein. Das Grün war von weißen Figuren eingesäumt, Statuen oder Personen, die wie ich herumwanderten. Bis auf ein Kind mit einem Ball wirkten alle genauso ziellos wie ich. Dann sah ich Demeter und Lucile eine Avenue vom Odéon herunterkommen.

Ich hielt inne und wurde zur Statue, bis mir klar wurde, daß ich keine war. Dann grüßte ich sie aus der Distanz auf eine abwesend verhuschte Art und – schlug mich wie ein verstörtes Kaninchen seitwärts in die Büsche. Dort in meinem Versteck kam ich mir so dumm vor wie nur irgendmöglich. Ich hatte den Eindruck erwecken wollen, als ob ich in Gedanken versunken und sehr beschäftigt sei. Klar, daß ich damit niemanden zum Narren halten konnte. Schließlich kannte mich Demeter schon acht Jahre sehr genau. Sie hatte selbst die Gedichte, die ich ihr geschrieben hatte, über sich ergehen lassen. Was sie jetzt wohl machten? Lachten sie mich aus? Vielleicht machten sie sich auch Sorgen. Da stand ich nun unter meinem grünen Schild und versuchte zu entscheiden, ob ich ihnen nachgehen sollte.

Ich kam zu dem Ergebnis, daß ich es tun sollte. Ich hatte vor, einen etwas anderen Weg einzuschlagen, und drehte mich um. Da entdeckte ich, daß Lucile gelassen neben mir unter den Bäumen stand. Ich hatte ihre leichten Schritte nicht gehört. Sie war allein und keine drei Meter von mir entfernt.

Geblendet und betäubt von meinem eigenen Herzschlag, stand ich da und starrte sie an. Aus ihrem Gesicht war jede Farbe gewichen. Im dunstigen Halbdunkel wirkte sie so zerbrechlich wie eines der Blätter, die herabflatterten. Ich weiß nicht, was ich daherstotterte. Vermutlich wünschte ich ihr einen guten Tag und erkundigte mich nach ihrem Wohlergehen. Sie ignorierte dieses dumme Gerede und stand nur wie ich da und starrte mich ihrerseits an, als ob wir beide zu Tode erschrocken wären.

Ins Innere der Bäume drang kaum Licht, und niemand sonst wagte sich herein. Hier schien die Zeit stillzustehen, und es bestand keine Notwendigkeit, etwas zu sagen. Dieses Gefühl überkam mich sachte wie der Beruhigungstrank eines Arztes. Empfinden und Wissen fanden vermutlich gleichzeitig statt. Und der Rhythmus meines Herzens änderte sich und wurde zum tödlichen Hammer und war doch stärker als ein Löwe.

Dann bewegte sie sich vorwärts und kam zu mir. »Camille …«, sagte sie. Und ich hatte sie in meinen Armen.

Die ganze Welt war verschwunden. Taktvoll und lautlos zerbarst sie und löste sich auf, wenigstens in diesem Moment. Ihre köstliche Schönheit, die so zerbrechlich war wie Eiskristalle und Blätter und doch so warm und wirklich, klammerte sich verzweifelt an mich. Ihr leuchtender Duft und ihre weichen Haare waren wie eine Blumenwolke. Ihr Mund, den sie mir schenkte, der mich aufnahm. Lucile. Wieder und wieder sagte ich ihren Namen, während ich sie festhielt und küßte und ihre Küsse wie einen Feuerregen empfing – Lucile, meine Lucile, meine Schönste, mein Lieb.

»Ich konnte es nicht ertragen«, sagte sie, »als ich mit anhören mußte, wie du sagtest, ich sei kalt und hätte kein Gefühl – dabei war da immer –«

»Ich weiß, ich weiß, mein Lieb, mein schönes, geliebtes Lieb.«

»Ich schrieb dir einen Brief. Ich habe ihn nie abgeschickt. Du solltest denken, ich würde dich nicht lieben – während mir vor Liebe das Herz zerbrach –«

»Ja, was immer du sagtest, aber jetzt bist du hier bei mir.«

»Ich liebe dich. Ich liebe dich. Ich liebe dich mehr als alles auf der Welt, mehr als mich selbst. Camille – ich liebe dich – ich liebe dich – ich konnte es nicht einmal Mama sagen – niemandem konnte ich's sagen. Ach, es sagen zu können: Ich liebe dich.«

Die Bäume schwankten im fiebrigen Herbstwind. Von weither hörte ich sie rauschen, und ein Hagel von Blättern regnete herab. Sie weinte. Ihre Tränen lagen auf meinen Lippen.

Sie legte den Kopf an meine Brust und sagte: »Nur dies eine Mal. Zur Erinnerung.« Und dann entwand sie sich meinen Armen und löste ihre Hände aus den meinigen. »Ich werde dich nie wieder sehen«, sagte sie. Und ich lachte, weil dies so absurd war und sie so ernst klang wie ein Kind beim Gebet. »Nie wieder? Bis heute nachmittag. Ich werde mit deinem Vater reden. Er weiß sowieso Bescheid.«

»Nein«, sagte sie, »das darfst du nicht.« Die Bäume waren stumm, als ob sie nie wieder ein Windhauch streifen würde. Sie schaute mich an und schob mich mit erhobener Hand zurück, die weiße Priesterin im Hain. »Mein Vater wird nie seine Zustimmung geben. Das weiß ich. Wenn du zu ihm gehst, beschämst du mich. Du wirst uns beide beschämen.«

»Was?«

»Weil ich nicht will, daß er mit mir darüber redet. Er hat keine – einfühlsamen Empfindungen. Er würde es – herunterziehen.«

»Lucile, das ist lächerlich. Ich –«

»Nein«, sagte sie. Ihre Unnachgiebigkeit erschreckte mich. »Vergiß, daß ich zu dir gekommen bin.«

»Wie – wie könnte ich das? Ach, Lucile, um Gottes willen –«

»Wenn du mich liebst, vergiß es. Ich will dich nicht wiedersehen. Wenn du zu uns nach Hause kommst, werde ich in meinem Zimmer bleiben. Ich werde nie einen anderen lieben. Nur dich. Ich habe versucht, es nicht zu tun.« Sie senkte die Augen. Ihre Hände zupften an ihrem Rock herum. Eine vertraute Geste. »Ich habe dagesessen und mir deine Fehler vorgesagt, aber selbst deine dummen Fehler liebe ich, weil sie zu dir gehören. Trotzdem werde ich nicht noch einmal sagen, daß ich dich liebe oder wie sehr ich dich liebe. Verletz mich nicht durch sinnlose Versuche bei meinem Vater. Vergiß mich. Ich werde immer an dich denken, aber dies spielt keine Rolle.« Damit drehte sie sich um und ging fort und verschwand zwischen den Säulen der Baumstämme.

Sie war neunzehn, aber das hatte ich übersehen, nie in Betracht gezogen. In einem Augenblick hatte sie mein Leben mit Sonnenschein erfüllt und mich im nächsten in den Abgrund geworfen. Ich akzeptierte ihre Gründe, weil ich sie schätzte. Ihre Worte entsprachen ganz der Wahrheit. Ihr Vater war nicht darauf gefaßt, mich als ihren Freier zu akzeptieren. Ich konnte mir vorstellen, wie er die Angelegenheit vor ihr zur Sprache bringen würde – vielleicht hatte er es bereits getan – und warum sie dies verabscheuen würde.

Unter den Bäumen war kaum Licht gewesen, jetzt herrschte völlige Finsternis. Und ein Vorgeschmack auf den Winter.

Keinen Winter gäb's auf Erden
Wenn wir zwei zusammen sind.
Nichts als Frühling aller Orten,
Goldne Lüfte, mild und lind.
Frühling statt Winter, Winter,
und weiße Veilchen im Schnee;
Frühling statt Winter.

1789: Winter

Als ich mit einem Arm voller Bücher die Treppe heraufkam, fand ich d'Anton vor, der im Gang herumschlich.

»Ich wollte gerade nach draußen«, sagte ich, während wir meine Wohnung betraten.

»Ich auch.«

Er sah sich verstohlen um und musterte die Wohnung, die bis jetzt meine beste war. Eigentlich machte er sich nichts aus Kunstgegenständen oder persönliche Dingen, war aber trotz allem generell interessiert.

»Ich habe meine Runde gemacht«, sagte er, »um zu sehen, was ihr alle so treibt. Fabre sitzt in seinem Fuchsbau und schreibt ein Stück. Robespierre arbeitet an einer neuen Rede für die Jakobiner.« Inzwischen war d'Anton Präsident des Cordeliersdistrikts und Vorsitzender seiner Versammlung. In dieser Position ging er dem Jakobinerklub, wo er lediglich Gast war, ostentativ aus dem Weg. Es sei denn, er fand eine Leiche im Keller, die er selbstverständlich mit Wonne herauszerrte.

»Und was mache ich?« Ich begann, die Bücher, von denen ich ganz begeistert gewesen war, auf meinem Schreibtisch auszulegen. Darunter eine wunderschöne, kaum beschädigte Platon-Ausgabe. Aber das Zimmer war fast schwarz. Ich hatte kein Licht angezündet, und die Sonne war verschwunden.

»Du? Ach, du bläst wie immer Trübsal.«

Ich ging nicht darauf ein und tastete weiter im Dunkeln herum, bis eines der Bücher zu Boden fiel. Ich hob es auf. Da ich offensichtlich ausgehen wollte, war es besser, wenn ich mich auf den Weg machte. Wir gingen. Und wieder ging's die Treppe hinunter.

Man hatte schon die Straßenlampen angezündet. Sie waren so angebracht, daß sie in der Mitte ihrer Drähte hingen und den glänzenden Dreck oben auf dem Kopfsteinpflaster perfekt beschienen.

»Es hat eine schreckliche Tragödie gegeben«, sagte d'Anton. Seine Stimme klang so unheilschwanger und bedeutend, daß mir kalt wurde. Es klang, als ob er den genauen Tag des Jüngsten Gerichts wüßte. Was, in Gottes Namen –? »Es betrifft Robespierres Hund«, sagte d'Anton und das ohne Hinterlist, so daß ich vor Lachen gegen die Wand fiel. »Also, nun«, meinte d'Anton tadelnd, »der arme Tropf. Hab ein bißchen Mitleid.«

»Was ist mit ihm passiert?«

»Ein Karren hat ihn überfahren.«

Der Hund tat mir leid, und das sagte ich auch. Armes, blödes Riesenvieh. Er hatte so zutrauliche Augen gehabt. Vermutlich war er ihm gefolgt, ohne zu schauen, wohin er lief.

»Das Rad ist ihm direkt übers Genick gerollt. Ganz schnell.«

»Wenigstens mußte er nicht leiden.«

»Er schon. Er kniete auf der Straße und hielt ihn im Arm. Seine Schwester, diese aufgetakelte Mähre, hat in der ganzen Nachbarschaft herumposaunt, wie sehr ihn das mitgenommen hat. So ein sensibler, mitfühlender Mann, selbst ein Hund – et cetera.«

Jetzt tat mir Robespierre leid. Armer, kleiner Pierre. Der Hund war soviel größer gewesen als er. Vielleicht hatte es ihn erregt, daß er etwas derart Großes und potentiell Wildes bei Fuß halten konnte.

Wir kamen auf unserem Spaziergang zum Fluß, der wie ein Ballen schwarzer Seide dalag, und dann zu einer Brücke.

»Heute nacht sieht er wie Lethe aus«, sagte d'Anton. »Ganz still. Müßte dir eigentlich gefallen.«

Als ich am Nachmittag ausgegangen war, hatte ich auf der Straße Brissot getroffen, der mich fröhlich begrüßte. Aber ich fühlte mich immer noch angekratzt und hatte ihm die kalte Schulter gezeigt. Schließlich hatte ich ja genug Zeit gehabt, um über die Nacht vor der Bastille nachzudenken, als ich ihm neben der Barrikade begegnet war. *Du bist betrunken, mein Kind, und nutzlos.* Anfänglich hatte ich diese Bemerkung vergessen und mir nur die formlos stumme Leidenschaft ins Gedächtnis gerufen, die unter der dunklen Stadt bebend verborgen lag. Irgendwie hatte er mich sie klarer sehen lassen. Außerdem hatte mich sein Witz über d'Antons Eifersucht köstlich amüsiert. Später dämmerte es mir, daß sich Brissot über mich lustig gemacht hatte. Mit den Blättern der Freiheit, die ich geprägt hatte, am Mantel hatte er dagestanden und mich »Kind« genannt. Nun war ich um so mehr verstimmt, weil ich die Verleumdung ignoriert und den »Scherz« verpaßt hatte. Sein langes Gesicht strahlte vor Wohlwollen. Damals im Juli hatten sie ihm die Bastilleschlüssel übergeben, und nun schob er sich trotz seiner Quäkerattitude manchmal affektiert eine schlüsselförmige »goldene« Nadel durch die Krawatte.

Nach Brissot traf ich in einem Buchladen auf Louis-Mer Fréron, der mir rasch und beiläufig erzählte, er habe letzten Abend die Familie Duplessis besucht und sei eigentlich öfter dort. Lucile erwähnte er nicht, was auch gar nicht nötig war, denn aus jedem Atemzug und jeder Körperbewegung konnte man klar erkennen, warum er hingegangen war und warum er es wieder tun würde.

D'Anton war auf der Brücke stehengeblieben und betrachtete den Fluß. Plötzlich seufzte er auf und sagte: »Mein Gott, als ob ich nicht wüßte, was es heißt, wenn's in ganz Paris nur eine Frau gibt, die du vögeln möchtest, und du kommst nicht an sie heran.«

Ich sagte nichts. Ich kam mir vor, als ob mich jemand mit siedendem Wasser übergossen hätte. Wir setzten unseren Spaziergang fort. Konnte dieser unerhört brutale Kerl meine Gedanken lesen? Ab und an tatsächlich, sagte ich insgeheim zu ihm. Paß auf, Bruder Georges, wie das in Zukunft wird. Wenn du noch eine derbe Bemerkung über sie machst, werde ich deinen fetten Arsch irgendwie über die Brücke hieven. Leider konnte er schwimmen, der verdammte Kerl, alle wußten das. Er war sogar des öfteren durch den Schloßfluß geschwommen.

Dann meinte er nachdenklich: »Lucile.« Mich würgte es, und ich bereitete mich darauf vor, ihn zu töten. »Ja«, sagte er, »wie ein weißes Vögelchen. Sie sieht wie ein Engel aus, und du ähnelst dem verdammten Luzifer. Also paßt ihr gut zusammen.«

Ich hatte den Atem angehalten, damit ich jederzeit anderthalb Meter in die Höhe springen konnte, um diesem Bullen an die Kehle zu gehen. Jetzt kam nur eine Art Schluchzen heraus.

»Entschuldige bitte?« meinte d'Anton besorgt.

Ich wußte genau, daß jeder Versuch, zu reden, nur in hilflosem Gestotter enden würde. Deshalb blieb ich stumm. Ich konnte ihn nicht einmal ansehen.

»Weißt du«, sagte d'Anton, »ich habe Gerüchte gehört, ihr beide wäret inoffiziell verlobt und wolltet in Kürze zusammen abhauen und den Staub von euren Schuhen Monsieur Duplessis übers Haupt schütteln. Tu das nicht, Camille. Mein Gott, bloß nicht. Sie hat eine Mitgift in Aussicht. Die Leute sind ganz gut eingesäumt. Nur weiter mit dem Sperrfeuer. Umgarne die Mama, schmeichle dem Papa und sag dem Mädel, daß du stirbst. Und warte ab.« Wir hatten die Brücke hinter uns gelassen und gingen nun nach Norden auf die hellen Lichter zu. »So hab ich's auch gemacht. Und es hat geklappt. Denkst du, ich würde mir nichts aus meiner Gabi, *mia cara* Gabriella, machen, nur weil ich die Mädel von halb Paris vögle? Ich kann ohne Frauen nicht leben. Und warum sollte ich's? Trotzdem bedeutet sie mir sehr viel. Und auch das Kind, das unterwegs ist. Das vorige haben wir verloren.«

Jetzt warf ich diesem mächtigen Mannsbild, das neben mir spazierenging, einen schiefen Blick zu. Er hatte mir klargemacht, daß er mein Privatleben kannte, und mir zum Ausgleich dafür ein Quentchen seines eigenen gegeben.

Im italienischen Cafè im Palais Royal drängten sich alle zum Aufwärmen um den mächtigen Ofen. Wir waren schon beim zweiten Glas, als d'Anton aufstand und sagte: »Na los, auf zur letzten Fundgrube heute nacht.«

Wieder gingen wir hinaus, und mir wurde klar, daß wir hinter der ruhelosen Gestalt des Schweizers Mara oder Marat her waren, wie er sich inzwischen selbst zu bezeichnen pflegte.

Seit einer Stunde hatte ich keinen Ton gesagt, sondern nur meinen Wein getrunken und – wie alle im Café – d'Anton zugehört, der beschlossen hatte, uns einen Literaturabend zu spendieren. Zuerst gab's Shakespeares Hamlet (frei übersetzt), wobei d'Anton jede Rolle übernahm, einschließlich einer quiekenden Ophelia, bei der sich alle Zuhörer vor Lachen bogen, ich eingeschlossen. Dann ein bißchen Dante (was sonst?) in reinem Italienisch und hinterdrein ein oder zwei lateinische Couplets in bester Übersetzung. Und jedesmal bat man mich um eine pointierte Antwort, die ich gerne gab, weil die Gelegenheit einfach unwiderstehlich war. Es stellte sich heraus, daß die Darbietung ebenso verlockend war wie der Ofen. Scharenweise waren die Leute hereingekommen, denn: Schaut mal, hier sind d'Anton und Desmoulins, die beiden Clowns der Revolution, und ihre berühmte Doppelvorstellung. »Mein Gott«, sagte d'Anton beim Gehen, »hätte uns dieser Mistkerl von Besitzer nicht wenigstens ein Trinkgeld für das Geschäft geben können, das wir ihm gebracht haben?«

Bald sollten weitaus mehr Gerüchte über Bestechung und Korruption im Umlauf sein.

Mara(t), früher ein wohlhabender Arzt, hatte nicht die Chancen des Umbruchs für eine Verbesserung seiner persönlichen Situation benutzt, sondern lieber seine Stellung aufgegeben, um im Dreck zu wühlen. Vom Hörensagen wußte ich, daß sein Flugblatt, Der Volksfreund, als Konkurrenz zu meinem bezeichnet wurde oder umgekehrt. D'Anton hatte aus Maras wahrheitsgetreuer Schmähschrift Kapital geschlagen. Als der Adel Mara verfolgte, hatte d'Anton die Fäuste geschwungen und gesagt: Dieser Mann spricht für das Volk. Wer wagt es, ihn anzutasten. Das war schon in Ordnung, aber Mara persönlich heimzusuchen, schien mir eine unnötige Buße zu sein, denn er war noch nie sehr gesund gewesen und inzwischen permanent ansteckend.

Dann erkannte ich, wohin unsere Verfolgungsjagd führte. In jenes Haus im Palais Royal, das manchmal die Ewige Blume genannt wurde. Ich zögerte, aber d'Anton segelte voller Überzeugung hinein, daß auch ich folgen würde. Und so tat ich es denn auch.

Wie immer ging das Geschäft gut. Fächer von Spielkarten lagen herum, und auf den Tischen stapelten sich die Goldlouis in schwankenden Säulen bis zur Decke. Von einem Kronleuchter tropfte champagnerfarbenes Licht auf eine Anrichte voll Porzellan, das von Mirabeaus Tafel hätte stammen können (und vielleicht auch stammte). Die Ewige Blume war höchstpersönlich in einem violettroten Kleid anwesend. Sie begrüßte uns wie alte Ehrengäste, was d'Anton vermutlich auch war. Nachdem er eine Minute in ihren Ausschnitt gesunken war, marschierte er quer durch den Raum zu Mara hinüber, der sich weithin stinkend in einem Lehnstuhl niedergelassen hatte und Ente aß.

Vorstellung und Begrüßung erübrigten sich. Mara mit T sah uns an und sagte: »Ach, das Schwein und die Vogelscheuche. Was macht das Papier, Windmühle, hast du schon was zu sagen gefunden? Aber stimmt, das geht ja erst, wenn Papa Riquetti ja sagt.« Mit einem süffisanten Grinsen verwendete er Mirabeaus Familienname, als ob er etwas Schlaues getan hätte. D'Anton zog einen Stuhl heran. Mir war schleierhaft, wie er Marat und seinen würgenden Gestank derart aus der Nähe ertragen konnte. Vielleicht hatte Madames Parfüm das Gift ebenso unwirksam gemacht wie weiland bei Odysseus die weiße Molyblüte.

»Na, na, Marat«, sagte d'Anton. Ich aber gab keine Antwort, und so meinte Marat: »L-l-lauter, Windmühle. Wie viele Bäcker willst du denn noch an den Galgen schicken?«

»Wenn du lesen würdest, was ich geschrieben habe«, sagte ich, »dann wüßtest du, daß ich gegen den wahllosen Gebrauch von Laternenhaken protestiert habe.«

»Ach, das war ein Protest? Es las sich eher wie Applaus. Aber da gibt's ja, wie ihr wißt, noch Riquetti-Mirabeau. Bringt das Volk dazu, das Volk auszurotten, und laßt die lieben Aristokraten in Frieden.«

D'Anton spielte den Beobachter. Er wirkte wieder interessiert.

Ich spürte den Stachel. Trotz meiner eigenen Täuschungsmanöver hatte ich Geld genommen. Aber ich hatte ein Glas von Blumes Champagner intus und sagte zu Marat: »Was meinst du damit?«

»Wollen mal sehen. Wie geht das gleich wieder? Ach, ja: Robespierre, der Unbestechliche, Mirabeau, der Bestecher, d'Anton, der Bestochene, und Desmoulins – der ist ein solcher Narr, daß er nicht mal weiß, wenn er bestochen wird.«

»Wer wurde bestochen?«

»Seht ihr?«

»Du bist ein stinkender Lügner«, sagte ich.

Marat verzog nur wohlgefällig das Gesicht und sagte: »Ich lüge nie, deshalb bin ich auch verhaßt. Ich stinke, weil ich ein kranker Mann bin. Welche Entschuldigung hast du für deine Häßlichkeit?«

»Ich bin ein Sp-spiegel.«

D'Anton brüllte vor Lachen. Der Schauspieler war zum Publikum geworden.

»Dann eben ein Zerrspiegel«, sagte Marat mit grünglitzernden, schlüpfrigen Schlangenaugen. »Ein verzogener Spiegel. Ein Spiegel, der in die Irre führt. Nein, boshaft bist du nicht, nur dumm. Trotz deiner schlauen Zunge, die besser funktioniert, wenn du sie an deine Feder klebst, verstehst du von Politik soviel wie ein junges Gänschen.«

»V-verzieh dich wieder in die Schweiz, Marat«, sagte ich. »Ü-überlaß Frankreich den Franzosen.«

»Und Spiel, Satz und Sieg!« dröhnte d'Anton. »Meine Herren. Er bewundert dich, wirklich«, sagte er zu Marat. »Wir alle bewundern dich.« Ganz bewußt lag in seiner Stimme keine Spur von Bewunderung.

»Ihr habt alle nur Angst«, sagte Marat und biß in den Entenkopf.

Ich ging weg und überließ sie sich selbst.

Ich stand da und schaute zu, wie sich die goldenen rouleaux nach Lust und Laune von Piquet und Roulette auf den Tischen türmten. Ich mußte daran denken, wie ich Mirabeaus Trinkgelder genommen und versucht hatte, damit die Wurzeln der Privilegien um so heftiger zu zerschmettern. Aber hatte ich das wirklich?

Wie ein Kind, das draußen im Regen vor erleuchteten Fenstern steht, war ich völlig verzagt. Ich wollte gerade gehen, da tauchte d'Anton wieder auf und sagte auf englisch: »Dieser Mistkerl von Marat geht einem wirklich auf die Eier. Kopf hoch, du hast wenigstens zwei Punkte gemacht. Les mots comme des flêches. Er mag Schläge. Wenigstens munkelt man das.«

Wir gingen durch einen zweiten Raum und dann eine Treppe hinauf. Voller Verzweiflung war ich in Gedanken versunken und merkte es kaum. In einem Türrahmen stand ein Mädchen, das mit seinem rosa Seidenkleid, den auftoupierten Haaren und dem porzellanweiß gepuderten Gesicht der schönen atmenden Wachspuppe im Haus von Curtius glich.

»Hallo, Rosie«, sagte d'Anton, der noch immer den Engländer mimte. Wir gingen gemeinsam ins Zimmer.

Es war ein Damenboudoir, direkt aus den Schmetterlingen entsprungen: damastbespannte Wände, Blumenteppich und Bettpfosten, die den Himmel zu berühren schienen. Im Kamin, der beidseits mit geschnitzten Mädchenfiguren verziert war, tanzte ein Feuer, dessen warmer Widerschein sich auf ihren weißen Brüsten und Gliedmaßen spiegelte.

Obwohl es November war, stand auf einem Tisch eine Obstschale mit Weintrauben und Ananas. Als ich etwas sagen wollte, packte d'Anton ein paar Trauben und steckte sie mir ziemlich zärtlich in den Mund. »Iß das und sei still.« Er drückte mich auf ein Sofa und setzte sich mit dem Mädchen auf dem Schoß neben mich. Ich aß die Trauben und trank den Champagner, der auf dem Tisch auftauchte. Ich fühlte mich weit weg von allem, weit genug, um hier zu sitzen und zu lauschen, wie d'Anton mit dem Mädchen plauderte.

Dabei ging eine Veränderung mit seiner Stimme vor. Das war nicht mehr das grandios zerstörerische Bellen. Seine Stimme war weich geworden, und ihre ganze Gewalt gebremst wie ein Vulkan unter einer Honigschicht. Und das Mädchen antwortete. Sie hatte die Arme um seinen Hals geschlungen und rieb ihr hübsches Gesicht an seinem mit der gebrochenen Nase, den Narben und den Augen, die wie kleine, leuchtendblaue Edelsteine funkelten. Aber daran dachte ich gar nicht. Der Widerschein der Feuerzungen, die mit den geschnitzten nackten Mädchen auf beiden Seiten des Kamins spielten, hypnotisierte mich allmählich. Plötzlich lag das echte Mädchen, das sich noch immer an d'Anton schmiegte, auch in meinem Schoß.

Er hatte sie schon halb ausgezogen. Angewärmt kam sie aus seinen Händen zu mir. Wie eine Nymphe aus dem Meerschaum erhob sie sich barbusig aus ihrem spitzenbesetzten Aristokratenmieder. Meine Hände wanderten über sie, und mein Mund verschlang den ihren. Blind streiften meine Finger seine, denn wir strebten beide demselben Ziel zu. Das Mädchen stöhnte, aber ihre Finger waren genauso aktiv wie meine. Mein ganzer Körper hatte sich unter dem Drang zusammengezogen. Alles wirkte völlig natürlich. Ich stand auf, wollte sie aber nicht loslassen, da meinte er gutgelaunt: »Hier, Kinder, hierher.« Und wir folgten ihm zu dem himmelstürmenden Bett hinüber.

Als ich sie nahm, überließ er sie mir ganz und ließ nur eine Hand unter ihrem Rücken. Träge lag er da, so nahe, daß ich die Hitze aus seinem Körper aufsteigen fühlte. Ich spürte, daß er uns wie ein mächtiger Löwe, der sich auf einem Felsen ausgestreckt hatte, abwartend beobachtete. Seine Augen hatten sich zu Schlitzen verengt. Sie war so schön wie eine üppige Frucht. Die Lust, die ich ein Jahrhundert lang gespeichert hatte, war ein Martyrium. Ich hielt sie und drang mit aller Macht in sie ein, um durch sie das Ende aller Dinge zu erreichen. Mit einem Schrei bäumte sie sich plötzlich auf und erschauerte, und die Muskeln in ihrem Inneren umfaßten mich wie die Wellen eines Erdbebens. Im selben Moment spürte ich, wie er mit der Hand über meinen Rücken fuhr und mich gegen sie drückte, als ob es noch tiefer hineinginge, als ob er uns beide in einem Meisterstreich zusammengebracht hätte. Da kam die Eruption. Stöhnend schrie ich laut auf, und mein Mund kostete ihr kalkduftendes Haar.

Ich lag wie tot auf ihr. Da schob er mich beiseite, legte sich statt meiner über sie und nahm sie, was ich aber erst bemerkte, als ich wieder sehen konnte. Mit einem Knurren kam er. Es klang nicht besonders laut, und doch schwang im Unterton tiefe Befriedigung mit. Das Mädchen reagierte genauso heftig wie bei mir. Es wirkte nicht gespielt.

Nachdem er von ihr heruntergerollt war, lag sie glücklich wie ein Kind kichernd zwischen uns.

»Süße Rosanne«, sagte d'Anton. »Kleine Mänade. Sie kann die ganze Nacht so weitermachen. Was für ein wunderbares Instrument. Eine Naturbegabung. Du wirst schon sehen.« Er beugte sich hinüber und gab ihr einen freundschaftlichen Kuß. »Allerdings wirst du jung sterben.« Ich weiß noch genau, wie er bei diesen Worten uns beide ansah.

Irgendwann in den frühen Morgenstunden bin ich nach Hause gegangen. Er war noch nicht fertig. »Niemand wird Geld von dir wollen«, sagte er. Vermutlich wirkte ich unsicher, und so meinte er: »Ich besteche meine Freunde nicht, ich mache ihnen Geschenke. Geh und schreib die Tugenden des Palais Royal auf. Und übrigens, vergiß nicht meinen Rat.«

»Welchen Rat?«

»Küß die Mutter, knie vor dem Vater und sag dem Mädel, daß du stirbst. Und warte.«

Draußen schlug mir der frühe Morgen kalt entgegen, und zuerst dachte ich, mit dem Rest wäre es genauso, aber in einer Nacht schlief ich für einen Monat, und das Papier blieb bergeweise in ungelesenen Fahnen liegen. Plato war zum zweitenmal auf den Boden gefallen. Eine Art Prophezeiung.

Am nächsten Abend ging ich nach beendeter Schreibarbeit zum Hause Duplessis hinüber und lud mich selbst ein. Es gab keinen Anlaß, Demeter zu schmeicheln. Ihr gegenüber war ich immer sehr aufmerksam gewesen. Aber dem Bürger Duplessis schüttelte ich kräftig die Hand und lobte eine seiner abstrusen Ideen. Hatte irgend etwas mit Geflügel zu tun.

Bis zum Abendessen tauchte Lucile nicht auf, aber dann ging ihre Mutter nach oben, um sie zu holen. Mit ernster, kühler Miene kam sie herein, ohne mich eines Blickes zu würdigen. Zwei Stunden lang ergab sich keine Gelegenheit, aber dann waren wir eine Sekunde lang allein. Ich hatte nicht vor, sie anzulügen. Ich sagte nur die Wahrheit. »Wie hätte ich fernbleiben können?« Ich nahm ihre Hand, und sie erwiderte:

»Ich habe mich geirrt.«

»Geirrt?«

»Ich kann es nicht ertragen, dich nicht zu sehen.«

»Dann sollst du mich auch sehen.«

»Ja, ach ja.«

Und dann klopfte es, und das Dienstmädchen klapperte herein, und ausgerechnet Robespierre trippelte mit Kopien von einigen Reden herauf, die er gedruckt hatte. Und er meinte: »Oh, Camille, wenn ich das gewußt hätte, hätte ich dir eine mitgebracht.«

Der Zeitschriftentitel hatte sich geändert. Mit dem grauen Umschlag und durch eigenhändige Holzschnittillustrationen des Druckers – über den Inhalt der Abbildungen hatte es erregte Diskussionen gegeben – ergänzt, wirkte sie umfangreicher und ordentlicher und hieß jetzt Revolutionäre Neuigkeiten (aus Frankreich und Brabant). Sie versprach, vom Leder zu ziehen, was sie dann auch tat. »Ich warte auf die Flüche der feinen Pinkel. Ich sehe sie förmlich vor mir, wie sie sich wie Katzen auf ihren Sofas herumräkeln und dann mit Schaum vor dem Mund aufspringen und zur Feuerzange greifen – ›Obszöner Schreiberling, wenn ich dich je in die Finger bekomme!‹ Aber wir leben getreu unserem Motto: Was gibt's Neues?«

Die Verkaufszahlen waren exzellent. Die Revolutionären Neuigkeiten behaupteten sich auf den Straßen neben Marats bissigem und knurrendem Volksfreund und René Héberts häßlichem kleinen Fetzen Pater Duchesne, der immer mit seinem pfeiferauchenden Namenspatron und der charmanten Begrüßung auf dem Titelblatt erschien: »Pater Duchesne? Ich bin der richtige. Scheiß drauf.«

Windmühles Dolche funktionierten auf andere Art und Weise. Nachdem er selbst sooft zum Gespött wurde, war er ein Genie darin, andere zum absoluten Gespött zu machen. Niemand war sicher. Selbst Necker bekommt etwas ab. Und wie steht's mit Jupiter Mirabeau? »Manchmal eine Fanfare, manchmal eine Pleite.«

Selbstverständlich besitzen Windmühles Ideale eine leidenschaftliche Klarheit. Alles schwarzweiß, ohne Schattierungen. Anscheinend ist er sich kaum bewußt, daß die Nationalversammlung höchstpersönlich dabei ist, den möglichen Aufstieg Mirabeaus in irgendwelche Höhen abrupt zu stoppen, und daß dann der Hof, für den er vermutlich oft arbeitet, nichts mit ihm zu tun haben will.

Aber ach, diese Pressefreiheit. Springt nur, springt in den Abgrund. Haltet nicht inne, um nachzudenken. Wie ein Verrückter tanzt der Faun im heidnischen Wald der gedruckten Zeichen seine Dionysien der wildgewordenen Wörter.

Kurz vor Weihnachten übersiedelte Windmühle in die rue de Théâtre Français Nr. 1 und somit ins Königreich von König d'Anton (oder Danton, wie er inzwischen bekannt war), den Cordeliersdistrikt.

Es herrschte leichter Schneefall, und auch die Möbelpacker machten viel Wind, als sie unter den anfeuernden Rufen einer Meute neugieriger Bürger mit Schreibtisch, Bett und dem übrigen Rest die Treppe hinaufgingen. Man hatte sich eingefunden, um Camille in sein neues Heim zu begleiten. Grüppchenweise drängten sie sich auf der Straße und applaudierten, wenn er sich die Haare raufte, sobald Holz dröhnend gegen irgendwelche Türpfosten donnerte. Schließlich spendierte er der Menge Geld, damit sie sich verzog und aufs Wohl der Republik einen trinken ging.

Sie trollten sich durch die Straßen und sagten, wie wunderbar er wäre. Von den Tuilerien blies der Wind kalt über den Fluß. Einst pflegte König Fettwanst dem Volk Geld zuzuwerfen. Der Wind blies kalt, aber Windmühle stürmte nach oben, um nachzusehen, wie viele Ecken seine Möbel eingebüßt hatten.

Drei

1790: Winter – Frühling

Was geschieht? Nichts. Was sollte geschehen? Alles.

Die Aristokraten haben auf ihre Rechte verzichtet, den Priestern wurde der Kirchenbesitz weggenommen und verstaatlicht. Um jedem einen gerechten Anteil zu geben, wurden Papiere emittiert – Assignaten, Revolutionsanleihen. Selbstverständlich war es mehr als nur ein Stück Papier.

Baa, baa, mouton noir,
Avez-vous d'la laine?
Qui, monsieur, oui, monsieur,
Trois sacs pleins.
Un pour le maître,
Et un pour la maîtresse,
Et un pour le petit garçon
Qui habite en chemin.

(Ah, vous dirai-je!)

IANARIUS: Revolutionäre Neuigkeiten

Sanson, der öffentliche Henker von Paris, verfolgt den Verfasser der Revolutionären Neuigkeiten (D.F. E.D.B.) mit einem Verleumdungsverfahren, seit ihn oben erwähnter Verfasser schriftlich als Folterer bezeichnet hat.

Mein Gott, er ist der Henker, und das habe ich gesagt. Was erwartet der Mann eigentlich? Wir sollten den Fakten ins Auge blicken: Die Folter gehört seit langem zu den Künsten seines ehrenwerten Gewerbes.

Auch andere Bürger strengen Prozesse an. Manchmal druckt man gezwungenermaßen lieber eine Entschuldigung, anstatt zigtausend Livres Schadenersatz zu zahlen.

Da ich nicht über zigtausend Livres verfüge, entschuldige ich mich. Selbstverständlich.

Ja, als Anwalt weiß ich, daß ich einen stichhaltigen Beweis haben sollte, ehe ich gegen jemanden wegen einer Sache Anklage erhebe. Der Anwalt in mir sagt: Drück ein Auge zu. Aber der Journalist sagt: Schlag Alarm, daß die Steine dröhnen. Vielleicht sollte ich mich in die Wüste begeben und mich in einer Höhle von Heuschrecken ernähren und die ganze Zeit über eine Augenbinde tragen. Unehrlichkeit gibt es schließlich überall. Wer ist dagegen gefeit? Nehmen wir zum Beispiel unsere eigene Nationalversammlung. Schon denkbar, daß sich selbst den herausragenden Abgeordneten von Zeit zu Zeit jene lächelnde Kreatur mit ausgebreiteten Händen nähert, die man so hübsch Bestechung nennt. Anscheinend trifft man an jeder Ecke auf Mademoiselle Bestechung. Selbst dieser unbedeutende Autor wurde der Dame bei mehr als einer Gelegenheit vorgestellt: Aah, Bürger Desmoulins, hätten Sie etwas gegen eine Begegnung mit –? Andere Journalisten werden gleich dutzendweise gekauft. Und ich? Angesichts meiner Veröffentlichungen und der Verleumdungsverfahren, die wie die Möwen hinter der Pflugschar scharenweise hinter meiner Zeitschrift herflattern, bitte ich meine Leser um ihr Urteil, ob ich schuldig bin oder nicht.

Um auf die Livres zurückzukommen: Danton verteilt sie mittlerweile wie Kekse.

»Hör auf, zurückzuzucken«, pflegte er zu Windmühle zu sagen, der ihn wie eine erschreckte Antilope anstarrte. »Ich habe das Geld. Teile mein Glück. Gut möglich, daß wir alle schon nächste Woche gemeinsam in hohem Bogen in die Provinzen fliegen. Nein, ich besteche dich nicht. Jedenfalls wird behauptet, ich hätte dich schon vor Monaten bestochen. Leider hat die Lerche mein Loblied umsonst gesungen. Wann immer ich dir auf der Straße begegne, rennst du entsetzt in eine Seitengasse hinein.«

»Du bestichst mich nicht. Wer besticht dich?«

»Such dir einen aus: Orléans, der König, die Engländer.«

»Warum die Engländer?«

»Warum nicht?«

»Wer denn nun?«

»Ganz klar: alle. Unser lieber Duc d'Orléans bezahlt mich, um den Pöbel aufzuhetzen. Der König bezahlt mich, um den Pöbel zu besänftigen. Die Engländer schieben mir ein paar Sous zu, damit ich ihrem Botschafter mitteile, wann er ungefährdet die Straße überqueren kann. Anschließend steckt mit Orléans zwei Pence zu, damit ich ihm erzähle, warum der Botschafter die Straße überqueren wollte. Aber du kennst doch Orléans.«

»Tu ich das?«

»Du hast im Palais diniert.«

»Mit vielen anderen.«

»Was hast er zu dir gesagt?«

»Ob mir das Diner gefallen hätte.«

»Und hat's das?«

»Ja. Inzwischen bitten mich alle zu Tisch: Orléans, Curtius, d'Anton –«

»Und die Sillerys. Hast du schon eine der Töchter vernascht?«

»Nein.«

»Und Mirabeau.«

»Ich habe vergessen, wann mich Mirabeaus Küche zum letztenmal abgefüttert hat.«

»Nun, man sagt, du stündest auf Mirabeaus Gehaltsliste und über Sillery auf der Liste von Orléans.«

»V-verdammte-«

»Wer, glaubst du, hat mich letzten Donnerstag bestochen?«

»N-na und, wer?

»Glaubst du, ich bin einer, der aus der Schule plaudert?«

Windmühle seufzt. »Kein Wort wahr.«

»Vielleicht.«

»Ich will nichts davon hören. Laß mich damit in Ruhe.«

»Herzallerliebster Windmühle-Camille, du steckst bis über beide Ohren drin. Mindestens aber bis zu deinen Eiern.«

»Der Kampf für Freiheit und Gerechtigkeit ist also ein Spiel?«

Dantons Augen blitzen. Seine Stimme wird zur Kanone.

»Verdammt noch mal, warum muß jedes Scheißding in seinen eigenen Korb? Mein Vaterland – ich liebe Frankreich, diese großartige herrliche Misthexe. Wenn's ging, würde ich's mit jedem Zentimeter von ihr treiben. Aufs Kreuz legen würde ich sie, und meine Bastarde würden wie Drachensaat aus ihrem Boden springen. Und deshalb ist es für mich wichtig – Jesus, und wie wichtig –, die Ketten ihrer Sklaverei zu zerbrechen und sie, meine Herzensmätresse, zu befreien. Frankreich dienen? Ja, bis zum letzten Atemzug, bis zum letzten Blutstropfen!« Er hört zu brüllen auf. Ganz still liegen die Fenster in ihren Rahmen. »Aber wenn ich schon meinem Land dienen soll, warum sollte ich nicht dafür bezahlt werden? He? Gabi-Gabriella, spiel uns was vor.« Im Nachbarzimmer setzt leise das Cembalo ein. »Und dann ist da noch Klein Blondschopf, meint Danton und spielt damit auf La Fayette an, den Kommandanten der Nationalgarde. Abgesehen von der Tatsache, daß auch der ihn zur Verzweiflung treibt, gibt es dafür keinen besonderen Grund. Und dann wären da noch unsere glorreichen Jakobiner drüben in Saint-Honoré. Manchmal gehe ich dort rüber und brülle sie an. Robespierre soll zum Vorsitzenden gewählt werden.«

»Woher weißt du das?«

»Woher weiß ich, daß ich Narben im Gesicht habe? Habe ich dir jemals die Geschichte mit den Narben erzählt?«

»W-as?«

»Als junger Mann hatte ich mich in eine Kuh verliebt.«

»Wa-aass?«

»Eine Kuh. So wahr mir Gott helfe. Ich habe diese Kuh mit einer reinen Kindesliebe geliebt. Und als ich eines Tages unter ihr lag und die gesunde Milch aus ihrem Euter saugte –«

»Jetzt reicht's, d'Anton, niemand mit gesundem Menschenverstand –«

»Doch, tun sie doch. Und wie ich da so ganz verzückt flach auf dem Rücken lag, kommt der Ehemann der Dame, der preisgekrönte Dorfstier, herübergaloppiert und fordert mich zum Duell. Eifersüchtiger Schuft. Er nahm mich auf die Hörner und zerfetzte mir das Gesicht. Als ich mich wieder aufgerappelt hatte, stand er noch immer da, also gab ich Fersengeld –«

»Na klar doch, was sonst.«

»Und was passiert? Dieser verfluchte alte Brutalinski jagt mich über eine Mauer, mitten hinein in eine Schweineherde, die in Panik gerät und mich erneut niedermäht. Die ganze Herde donnert über mich weg und trimmt mich dabei ordentlich mit ihren Schweinehufen zurecht. Nun, am nächsten Tag bin ich wieder zu diesem Stier zurück – warum versuchst du, nicht zu lachen? –, und rat mal, was dann passiert ist?«

»Was ist passiert?«

»Das blöde Vieh hat mir die Nase gebrochen ...« Kurz darauf: »Schon gut, Camille, hör zu lachen auf, sonst wird dir schlecht. Um auf Robespierre zurückzukommen.«

»Auf wen?«

»Du kennst doch Robespierre, Saint Maxime. So'n kleiner Kerl mit Brille. Allen, vielleicht mit Ausnahme von dir, ist sonnenklar, daß er für den kommenden Monat Vorsitzender der Jakobiner wird, deren Einfluß, wie du zugeben mußt, allmählich der Versammlung im Stall Konkurrenz macht. Also, was folgt daraus?«

»Schließ dich den Jakobinern an.«

»Die Beziehung zwischen den Jakobinern und mir ist noch nicht so weit gediehen, um eine Beteiligung an den Jakobinern leicht zu machen.«

»Jag die Jakobiner in die Luft.«

»Denkbar. Inzwischen –«

»Bring Robespierre bei, Kühe zu lutschen.«

»Ach, Christus«, sagt Danton und bringt mit seinem Gelächter erneut die Fenster zum Klirren.

Später sagt er: »Feuer muß man mit Feuer bekämpfen. Maxime hat die Jakobiner und Blondschopf die Feuillants. Wir vom berühmten Cordeliersbezirk werden einen Klub der Cordeliers ins Leben rufen.«

Als der Frühling die Bäume zögernd mit Grün überzog, ging er an schönen Tagen im Jardin du Luxembourg spazieren. Und wenn er dann vom Weg abbog, entdeckte er regelmäßig Madame Duplessis und ihre Tochter. Was für eine Überraschung. Schön, Sie zu treffen! Man promenierte, bis Demeter müde wurde oder sich erinnerte, daß sie noch etwas zu erledigen hatte. Im Dickicht der großen Bäume gab es Orte, wo früher einmal Dämonen hausten. Hier riß er Lucile an sich und entfachte ein Feuer, das unmöglich zu löschen war. Manchmal wurden Geschenke ausgetauscht, um die Qual der Küsse zu unterbrechen und zu steigern. Einige Dinge beschloß sie, sofort zu verstecken. Niemand durfte etwas davon wissen. Aber bei anderen – zum Beispiel dieses Band – kann ich sagen, daß es mir Annette gegeben hat.

Er wollte sie in seinem Bett haben, wollte sie in seinem Leben haben. Es gab Augenblicke, da weinte er vor Lust und Ungeduld. Einmal hatte ein Royalist ausdrücklich gedroht, ihn umzubringen (das kam nun ab und zu vor; obwohl er darüber schriftlich zynische Bemerkungen machen konnte, war er noch immer nicht daran gewöhnt). Da fand er sich doch tatsächlich zitternd vor Angst und Nervosität und Wut in ihren Armen wieder und sagte zu ihr: »Ich könnte morgen sterben. Was würdest du dann tun? Mein Gott, binnen einer halben Stunde hättest du mich vergessen und würdest Fréron heiraten.« Daraufhin brach sie in Tränen aus, und er verfluchte sich selbst und dachte sich für sie einen Berg Unsinn aus. Irgend etwas Dummes über einen Laden in der Eisenkrugstraße, der Zauberteppiche verkaufte. Auf einem davon werde er sie entführen, und dann würden sie in einem Wolkenhaus hoch über Paris zusammensein. Daraufhin hatte sie gelacht, aber als sie am selben Vormittag auseinandergingen, wurde sie sehr blaß und sagte plötzlich: »Du darfst nicht sterben, Camille, nie darfst du sterben und mich hier allein lassen.« Als ob mit »hier« ein fremder Ort gemeint wäre, an dem sie beide von Gott verlassen worden waren. »Wie könnte ich sterben, wenn du mich liebst?« sagte er. »Deine Liebe ist meine Zauberrüstung.« Sie erwiderte: »Trotzdem sollte ich dir einen Talisman geben.«

Bei ihrer nächsten Begegnung brachte sie ihm eine Haarlocke von sich mit, eine lange goldene Locke, die so schimmerte und so perfekt gekringelt war, daß sie wie lebendig wirkte. Sie atmete ihr Leben, und ihr süßer Duft hing daran. Wenn er in der Dunkelheit der Nacht allein war oder beim müden Schein von drei Kerzen an den Revolutionären Neuigkeiten arbeitete, holte er die Haarlocke hervor, schaute sie an, berührte sie und atmete ihr Parfüm ein. Die Romantik dieser Gesten gefiel ihm. Er schrieb:

Jetzt bin ich unverwundbar,
Nirgends droht mir Harm.

Nicht Schlingen noch grausame Schläge
verletzen und rauben die Wehr.
Durch bittre Taten und Spott
ist deine Liebe mein Schild,
ist deine Liebe mein Herd,
ist deine Liebe mein Hafen.
Durch deinen Schutz gebunden
Hier in meiner Hand,
Kann Übel mich nicht treffen
und kein Schwert verwunden.

Als Windmühle sie kurz darauf eines Tages verließ (und zusah, wie die Gestalten von Mutter und Tochter auf der Avenue immer kleiner wurden, bis sie außer Sichtweite waren), drehte er sich um und fiel beinahe über eine große Maus.

Es handelte sich um eine freundliche, schokobraun und sahnefarbene Maus mit langen Ohren, die in die Höhe sprang und ihn mit ihren Dreckpfötchen am Bein kratzte.

»Broo! Broo! Hierher, komm hierher!«

Bei diesem Ruf schaute Windmühle auf und erblickte auf dem Weg hinter der Maus den Vorsitzenden der Jakobiner, der alles – Maushund, Windmühle und den Tag – mit völligem Gleichmut und heiterem Sinn vereinnahmte.

Windmühle hob den Hund auf, der gut und gern in eine Jackentasche gepaßt hätte, und trug ihn zu Robespierre zurück.

»Camille. Nun, es ist schon einige Wochen her.« Mit der einen Hand nahm Robespierre den Hund entgegen und umarmte Windmühle mit dem anderen Arm. Maximiliens Umarmungen fielen immer ziemlich merkwürdig aus: Er stürzte vor, hielt sich aber im letzten Augenblick merkwürdig unnahbar und steif zurück. Der Hund kläffte und hätte beinahe Camilles linkes Trommelfell zerrissen. Erst jetzt nahm er eine dritte Gestalt wahr, die unmittelbar hinter Maximilien in graziös aufmerksamer Haltung wie ein hochgeborener Page unter einem Baum stand. »Darf ich dir Louis Antoine Saint-Just vorstellen.«

Schlank und liebenswürdig trat die Gestalt vor, und das Licht fiel wie eine weiße Klinge auf ihr eisblondes Haar.

»Wir sind Cousins«, sagte Windmühle, während er der blonden Erscheinung die Hand schüttelte.

»Ja, Maxime, das sind wir«, meinte Saint-Just mit kühler, exakt modulierter Stimme. Die Verbindung mit jemandem, der ihm so wenig ähnlich sah, schien ihn zu amüsieren. Saint-Just war tatsächlich ein Fabeltier, ein Einhorn. Sie konnten also nur ziemlich entfernte Cousins sein, was sie auch waren. Windmühle hatte nie recht viel mit ihm zu tun gehabt und war ihm (einem wesentlich jüngeren Mitschüler in Paris) nur ab und an über den Weg gelaufen. Und auch das war schon eine Weile her. Im übrigen hatte Camille in der Märzausgabe seiner Zeitschrift im Anzeigenteil den Gedichtband eines anonymen Autors angekündigt – zwanzig Jahre alt, zwanzig Gesänge. Der etwa zwei Jahre alte Band war das, was man gemeinhin als »heiß« bezeichnet. Sein Erscheinen hatte einiges Aufsehen erregt. Aber inzwischen hegte Camille spontan eine heftige Abneigung, als ob er Eis berührt hätte, womit der junge Mann auch am meisten Ähnlichkeit hatte. Er wirkte wie aus einer Eisscholle gemeißelt. Ob in ihm irgendwo Blut floß? Und was Saint-Just selbst betraf: Man sah, daß ihm die familiäre Umarmung von zwei Männern, die gemeinsame Schuljahre verbracht hatten, keineswegs gefallen hatte. Also war auch er auf dem Weg nach oben. Heute mit dem Jakobineranführer befreundet und morgen mit der ganzen Welt.

»Wie steht's in der Heimatprovinz?« sagte Windmühle.

»Wie immer«, erwiderte das Einhorn.

»Ich bin schon geraume Zeit nicht mehr dort gewesen.«

»Nein«, sagte Saint-Just. »Nicht nötig, du schleppst sie ja mit dir herum.«

Robespierre stand ein wenig aufgeplustert zwischen ihnen. Er mochte es, wenn man sich um ihn riß. »Nun, ich bin ja so froh, daß ihr alte Freunde seid«, sagte er.

Saint-Just und Windmühle lächelten beide. Jedes Lachen war sofort verletzend. Der Hund, der die unterschwelligen Strömungen spürte, knurrte.

»Na, na, Broo.«

»Maxime, soll ich ihn ein wenig spazierenführen?« fragte Saint-Just außerordentlich hilfsbereit. »Falls du irgend etwas mit Desmoulins besprechen möchtest –«

»Nein, nein. Laßt uns doch zusammen ein Stück gehen.« Robespierre setzte den Hund ab, der nach einem Blick zu ihm forttrippelte.

Also spazierte man dahin, und Robespierre berichtete ganz offen, was er vor den Jakobinern und in der Nationalversammlung gesagt hatte. Hatte Camille davon gehört? Ja? gut, gut. »Camille ist ein exzellenter Kritiker«, sagte Robespierre. »Ein ehrlicher Mensch.«

»Das habe ich gehört«, erwiderte Saint-Just.

»Von wem«, meinte Windmühle, »von meinen Freunden oder von einem Feind?«

»Na, na«, sagte Robespierre im gleichen Tonfall wie vorher zu seinem Hund. Trotzdem war er geschmeichelt. Sie kämpften noch immer.

Allmächtiger Gott, wir müssen wie sein böser und sein guter Engel aussehen: auf der einen Seite der schwarzhaarige Häßliche mit der finsteren Miene und auf der anderen der hübsche Blonde mit dem Mädchengesicht. Saint-Justs irisierende Haare lagen vibrierend auf den Schultern seines schicken Mantels, und in beiden Ohren flammten silbrig-goldene Ringe auf. Seine Schuhschnallen blendeten einen ebenso wie seine schneeweiße Krawatte, die so weiß war wie die von Robespierre, aber weitaus komplizierter geknotet. Vielleicht würde Saint-Just an seiner eigenen Krawatte ersticken.

Die Blumenbeete waren leer. Robespierre deutete mit seinem Spazierstock darauf. »Seht ihr – wie unsere Republik. Im Winterschlaf. Aber bald wird's Frühling. Du hast es gesagt, Camille, in deinem Befreit Frankreich: Dies ist die richtige Zeit zum Leben. Wir stehen am Vorabend großer Ereignisse.«

»Aber selbst eine Republik«, erwiderte Saint-Just geschmeidig, »benötigt weise Führung. Träume sind menschlich, aber ihre Umsetzung das Werk mächtigerer Männer.«

»Und Vergeben ist selbstverständlich göttlich«, sagte Windmühle.

Robespierres guter Engel erbleichte tatsächlich. Er war dreiundzwanzig, und ein anderer hatte ihn gerade verdammt albern aussehen lassen. Wie Windmühle trug auch er im Kopf eine Art schwarze Liste mit sich herum, und ab jetzt stand der Name des Journalisten darauf.

Robespierre runzelte ein wenig die Stirn. Allmählich verlor er den Spaß an der Auseinandersetzung, denn bei der Diskussion um wesentliche Angelegenheiten sollte Zank ad acta gelegt werden, selbst wenn es darum ging, wer Robespierres Schoßhund war. Das Problem wurde vom echten Schoßhündchen gelöst. Plötzlich quietschte es mehrmals irre auf und raste auf der Jagd nach irgendeinem unmöglichen, eigenen Traum quer durch die Gärten davon.

»Oh!« rief Robespierre.

»Ich hole ihn«, sagte Saint-Just und nickte Windmühle zu. Das Nicken hieß: Ich verlasse mich darauf, daß du fort bist, wenn ich zurückkomme. Dann lief er hinter dem Winzling her.

Rosenpeter schaute Camille an. Sie waren allein, und er wurde ernst. »Sei vorsichtig mit Orléans. Und mit den Sillerys. Diese ganzen Diners. Champagner. Gift.«

»Du hast Wein noch nie gemocht.«

»Er hat mich nicht gemocht.« Er wirkte unzufrieden und traurig. »Ich merke, daß ich immer weniger essen kann, was mir bekommt.«

»Früher hast du Gebäck geliebt.« Bei einem Blick nach oben entdeckte Windmühle einen blauen Spalt am Himmel. »Du hast sogar einmal eine Ode an ein Marmeladentörtchen verfaßt.«

Robespierre lachte. Es klang eingerostet, und doch schwang ein Unterton mit, etwas, das von Herzen kam, etwas, das aus der Erinnerung auftauchen und gebraucht werden wollte.

»Mein Gott, das habe ich tatsächlich gemacht. Ja. Ach, mein Lieber. Nun« – er wirkte trauriger – »kann ich nicht mal mehr Gebäck essen.« Langsam setzten sie sich in die Richtung in Bewegung, die das Einhorn genommen hatte. »Ach, weißt du, Camille, mein Leben ist nicht so glücklich verlaufen. Meine Mutter – sie starb, als ich noch ein Kind war, aber trotzdem erinnere ich mich gut an sie. Früher dachte ich immer, wenn ich heute schnurstracks heimgehe, dann werde ich sie dort wiederfinden. Aber sie war nie da. Und ich weiß noch, wie ihr Jungs immer herumgetobt seid. Dazu hatte ich nie die Energie. Erinnerst du dich noch an den fetten Jungen, der mich immer Alt-vor-der-Zeit genannt hat?«

»Ja, und weißt du noch, wie wir dem ein Ende gesetzt haben?«

Maximilien kicherte. »Nun, meines Erachtens war es völlig unfair, was du über ihn an die Wand geschrieben hast. Man konnte die Buchstaben quer durch den ganzen Schulhof lesen, selbst ich mit meinen schwachen Augen.«

»Ein guter Prophet schreibt immer an die Wand«, sagte Camille. »Schließlich soll es Gott auch so gemacht haben.«

In weiter Ferne versuchte Saint-Just, den Hund anzuleinen.

»Aber weißt du«, sagte Maximilien, »meine körperliche Schwäche, dieser andauernde Kampf, macht mich manchmal – kaputt. Dann sage ich zu mir: Warum tu ich das? Warum drehe ich mich selbst so durch die Mangel? Ich habe mich allein gefühlt. Aber dann – nun, ich denke, du wirst mich verstehen – spüre ich, daß da etwas bei mir ist, etwas, das mich beschützt und das nicht zuläßt, daß ich falle. Camille, ich möchte einen Zweck erfüllen. Ich brauche das. Diese Zerbrechlichkeit – mein schwaches Fleisch muß einen tieferen Sinn für mich haben.«

Als sich Camille zu ihm umdrehte, sah er, daß in den runden, grauen Augen Tränen standen, genau wie vor zwanzig Jahren im verrauchten Klassenzimmer des Louis-Le-Grand.

»Ist ja schon gut, Maxime. Du wirst nicht abstürzen. Sieh dich doch an. Die Macht fällt dir in den Schoß, genug Macht, um das zu tun, was du tun mußt.«

»Ich fühle – ich fühle, daß ich auserwählt sein muß, etwas für Frankreich zu tun. Warum sonst hätte ich gelebt? Warum sonst würde ich derart geprüft?«

Impulsiv legte Camille aus reiner Sympathie dem anderen einen Arm um die Schulter.

»Du wirst noch als Heiliger enden, Maxime. Oder als nächster König.«

»Gott bewahre. Wenn ich wenigstens etwas Gutes tun könnte.«

»Warum solltest du scheitern? Schau dich doch an und hör auf die Menge. Das Volk hat mehr Vertrauen in dich als du zu dir selbst.«

Robespierres Gesicht veränderte sich. Plötzlich wirkte es wie eine Maske, heroisch und scharf gemeißelt.

»Ich glaube«, sagte er mit tiefer, vibrierender Stimme, »daß es möglich ist, durch Arbeit, Glaube und Hingabe die Welt zu verändern, sie zu reinigen, zu heilen und wieder ganz zu machen. Das glaube ich wirklich, Camille.«

Sie standen da und blickten die Straße hinunter, hinein in die Zukunft, in der jeder unterschiedliche Dinge sah. Aber Saint-Just hatte den Hund eingefangen. Der Himmel bewölkte sich.

1790: Frühling – Sommer

CLUB: Das Wort, das zuerst die Bretonen gewählt hatten und dann die Jakobiner, war eine Art Wortspiel. Denn im Englischen bedeutete das Wort »club« zugleich einen stumpfen Prügel, mit dem man seinen Feinden den Schädel einschlagen konnte.

Das Jakobinerkloster drüben in der rue Saint Honoré. Nun, da kam man nur mit dem entsprechenden Ausweis oder einer Einladung hinein. Von den flachen Grabsteinen im Boden stiegen reihenweise Holzbänke an, und darüber hing eine Decke, deren Hall zu einer ziemlich mißlichen Akustik beitrug. Man mußte vorsichtig sein mit dem, was man sagte und wie. Bei den Jakobinern herrschte Stil. Man war wählerisch. Dieser Danton hatte hier schon öfter Szenen gemacht, indem er eine fremde Rede kopiert hatte und hemmungslos alles in Feuer und Donner aufgehen ließ. Aber was konnte man schon von einem wie Danton erwarten, der drüben am linken Flußufer beinahe einen Bürgerkrieg vom Zaun gebrochen hätte? Er hatte die Miliz des Cordeliersdistrikts zum Schutz des Schweizers Marat aufgerufen, als dem La Fayettes Truppen auf Anweisung des Bürgermeisters von Paris auf den Pelz rückten (Marat hatte den Bürgermeister erneut in seiner Zeitschrift verleumdet). Da standen sie nun, ganze Ketten von Volkssoldaten in konzentrischen Kreisen, und starrten einander böse an, bis einer auf die Idee kam, zu fragen: Wo ist Marat? Es sickerte durch, daß er sich vor einer halben Stunde aus dem Kampfgebiet entfernt hatte. Natürlich würde es nun dieser seltsame Desmoulins schaffen, daß jemand eine kleine Armee auf ihn hetzte, weil er in den Revolutionären Neuigkeiten Verleumdungen verbreitet hatte. Dann würde die Geschichte mit Danton wieder von neuem anfangen.

Nein, Danton und seine Bande paßten nicht so recht zum Stil der Jakobiner.

Andererseits erblickte der neue Klub, den Danton und seine Bande unter einer Reihe falscher Legitimationen gegründet hatten (der Bürgermeister war noch immer eingeschnappt), unpassenderweise in einem

Ballsaal das Licht der Welt und zog erst dann quer über die Straße in seine eigene Kirche um, die Cordeliers.

Der Klub der Cordeliers war ein Irrenhaus. Was sonst?

Jeder konnte hinein und tat es auch. Jeder konnte reden und tat es. Die einzige Voraussetzung für eine Rede war, daß man sich eine rote phrygische Mütze über den Kopf stülpte – den chapeau obligatoire der Revolution. Andererseits, wer hätte einem zuhören sollen? Dort drinnen brüllte, trompetete und krähte es um die Wette. Wenn die Nationalversammlung der Stall war, dann war das hier ganz sicher der Bauernhof.

Vor dem Zustrom von Stühlen und Parolen hatte man die Kapelle ausgeräumt, jeder Schmuck war verschwunden. Durch das Ostfenster, eine unverglaste Steinrosette, drangen mangels Glasscheiben Regenschauer und scharfe Ostwinde herein. Ab und zu kletterte einer dort hoch, um unter noch lauterem Johlen und Pfeifen von unten als deus ex machina aufzutauchen. Bei den Cordeliers gab es außerdem immer etwas zu trinken. Im Anbau standen Weinfässer herum, und manchmal schenkten gutaussehende Bürgerinnen aus den Zapfhähnen ein.

Danton hatte für den Klub ein Motto geprägt oder – besser gesagt – aus dem Lateinischen abgeschrieben. Auf einem an die Wand genagelten Trikolorebanner stand FREIHEIT, GLEICHHEIT, BRÜDERLICHKEIT (und CHAOS mochten Gewitzte hinzufügen).

Merkwürdigerweise strahlte dieser irrwitzige Bauernhof trotz allem eine ganz eigene Macht und einen unverwechselbaren Einfluß aus. Er war eindeutig lebendig, contra Adel, pro Volk und nicht einmal (offen) bourgeois. Die Mischung aus grundverschiedenen Personen, die hier eindringen konnten, hielt seine Tugenden hoch. Dann griff der Klub plötzlich Probleme auf und entsandte Delegationen zur Nationalversammlung in der Reitschule. Und bekam eine Anhörung. Und wer sprach da? Ratet mal.

Diese Stimme. Sie sollte noch Fenster zerbrechen.

Die Abgeordneten schauten einander an und dann wieder auf das überragende Element, das sich unten auf der Rednertribüne an sie wandte. Was hat dieses Monster im Sinn? Wo glaubt er, daß er ist? Danton wußte ziemlich genau, wo er war. In rednerischer Hochform (Was für eine Stimme hatte die Oper an ihm verloren!) sang er seine bewegte

Kanonade, ein Attentat auf den Charakter der königlichen Minister. Als er seine Rede beendet hatte, dröhnte die Halle noch immer. Obwohl die Beschwerden der Cordeliers nicht die nötige Mehrheit fanden, sollte es im Anschluß daran binnen kurzem zu einer Reihe von Abdankungen unter den Ministern kommen. Was den Vorsitzenden des Cordeliersklubs betrifft, so hatte er dem Ort der Nationalversammlung, dieser drapierten Kammer in der Mitte der Nordseite der Tuilerien, seinen Stempel aufgedrückt. Danach war es, als hätte seine Persönlichkeit, sein Gargantuagebrüll, dort wie eine Salve in den Wänden eingeschlagen.

Mirabeau hatte eine Aufforderung geschickt. Ich sollte in sein neues Pariser Haus kommen. Während ich den hübschen Boulevard entlangging, versuchte ich, mich für die Bäume zu interessieren. Ach ja, der Sommer kehrte zurück. Dann kam ich an seine Tür, klingelte und vergaß die Jahreszeit.

Sobald die Tür aufging, war man wieder in Versailles: ein Diener mit gepudertem Haar und pastellfarbenem Seidenrock, der Blick auf einen glänzenden Boden, der Geruch nach Bienenwachs und Granatäpfeln. Nägelkauend stand ich auf dem Boden herum, der wie ein Teich spiegelte – mir wurde ganz schwindlig davon. Ich hatte mich in mein bestes Gewand geworfen, und trotzdem waren meine Hände eiskalt. Der Bitte meines Gönners um einen Besuch waren mehrere Briefe in einem gewissen Ton vorausgegangen sowie eine zufällige (so wie sich jemand zufällig einen Zeh anstößt) Begegnung in der Nähe der Tuilerien, wo ich beinahe mit ihm zusammengestoßen wäre, nachdem ich ihn in meiner Publikation gerade in Stücke gerissen hatte. Er war äußerst charmant, nahm meinen Arm und meinte, ich hätte seine Motive, warum er den König unterstütze, falsch verstanden, und lud mich zu einem Besuch bei sich ein.

Aber ich hatte bereits begriffen, daß es sich um ein öffentliches Schauspiel handelte. Er war wütend, und mich erwartete hier eine Rüge. Ich war trotzig wie ein Schüler, den man für eine tüchtige Abreibung aufgerufen hat, und hatte auf dem ganzen Weg hierher mit ihm diskutiert. Dabei war auch schon mein Temperament mit mir durchgegangen, so daß ich bereits in Gedanken zu stottern angefangen hatte.

Als man mich zu ihm bat, gestattete er mir tatsächlich, Platz zu nehmen, ehe er sagte: »Camille, so geht das nicht.«

»W-was geht so nicht?«

Er musterte mich von oben bis unten und traf dann unangenehmerweise den Nagel auf den Kopf: »Ich verstehe, ich habe es mit einem unverschämten Schuljungen zu tun.«

»Pf-pfeif auf den Jungen Sie wollen nur einen Pa-Pa-Papagei.«

»Aha, er weiß also Bescheid.«

»S-so-s-so ist es. Ich d-d-dachte, Sie wollten die F-fäden Ihres Königs sam-sammeln, ni-n-nicht meine. Dann war es als Bezahlung gedacht? Kn-kmnh-kuhhandel?«

»Als Abkommen«, sagte er. »Ich dachte, wir wären geistesverwandt.«

»Schein-schein-schein-«

»Nicht? Ich habe mir wenig genug von dir gewünscht. Falls dir meine Politik sinnvoll erschienen wäre, hättest du sie auf deine unnachahmliche Art dem Volke angeboten, aber statt dessen wurde ich zur Zielscheibe deiner literarischen Bubenstreiche gemacht. Ich habe genug Feinde. Muß ich dich auch dazurechnen?«

»W-wenn Sie fl-falsch handelten, h-h-habe ich's gesagt-t.«

»Nein, wenn du beschlossen hattest, ich würde falsch handeln. Dann bist du also absolut unfehlbar? Bist du allwissend? All die antiken Anspielungen, derer du dich so gerne bedienst, all die Verbeugungen vor Tacitus und Plato, und doch ist dir alles Subtile fremd, fehlt dir jegliches Bewußtsein. Du glaubst, du könntest ohne Rückfrage jeden meiner Schachzüge voraussehen? Welche Ausbildung befähigt dich zu derartiger Weisheit? Ein paar Schuldebatten, einige idiotische Gerichtsverhandlungen im Styx, die du auch noch verloren hast. Ein Sitz in der Galerie der Nationalversammlung, wo du dich mehr um die Formulierung deiner Beleidigungen kümmerst als darum, was dort gesagt wird.«

Während die Wörter, die ich nicht herausbringen konnte, aus ihm in verletzenden Kaskaden nahtlos herausströmten, hätten sie mich beinahe zerrissen.

»W-wenn Sie als Hoflakai ar-arbeiten, mein Herr, werde ich Sie auch so be-behandeln.«

»Alles kindischer Unsinn. Du respektierst mich nicht. Na schön, aber denk wenigstens nach, ehe du meine Politik attackierst. Ich versuche, Frankreich vor einem Blutbad zu bewahren, während du, der sich seiner Heimatliebe rühmt, es in den Abgrund stößt.«

»Schön«, stieß ich heraus, »jetzt ve-verwechselt sich Mirabeau mit ga-ganz Frankreich.«

Er warf die Arme hoch wie ein Schauspieler in einer leidenschaftlichen Szene, dann blickte er mir voll in die Augen. Sie funkelten vor echtem Zorn. Aber auch ich bebte vor Wut, und das Eis schien von meinen Händen ins Herz gewandert zu sein.

»Du Träumer römischer Ideale«, sagte er zu mir, »du Verehrer von Republiken, Helden und Göttern – ich will dich mal aufklären. Du bist ein bourgeoiser Plebejer bis in die Seele hinein.«

Völlig durcheinander erwiderte ich dümmlich: »Seele? Was für eine Seele?« Ich wußte, daß er Atheist war.

»Welche Seele, also wirklich. Nun, ich habe Besseres erwartet.«

»Ihnen hat das Herz geblu-blutet, als Sie mich im-mim Rinnstein liegen sahen.«

»Ja! Geblutet, du Narr. Ich habe Feuer erkannt, von dem ich geglaubt hatte, man könnte ihm beibringen, ganz Frankreich zu erleuchten. Aber du bist, so leid es mir tut, nur ein fackeltragender Brandstifter. Jawohl. Geblutet. Ich dachte, wenn wir sachte mit dir umgingen, könnten wir dich überreden, erwachsen zu werden. Aber nein, schau dich doch an, du bist noch immer ein kleiner Anwalt mit einem Spielzeuglaternenpfahl, der glaubt, Jesus Christus, der Sohn Gottes, zu sein.«

»Da-dann wird mich Gott zweifelsohne verstoßen. Wann ha-haben Sie es denn vor?«

»Du bist langweilig geworden.«

»Ja. Man kann mich nicht kaufen.«

»Kann man nicht? Was treibst du dann bei den Cordeliers, dieser Menschenrechtsgesellschaft, im linken Ohr von Georges d'Anton, wenn du nicht käuflich bist?«

Meine Kehle war nun völlig zugeschnürt, was mir seit meinem neunzehnten Lebensjahr nicht mehr passiert war. Während ich würgend stumm dasaß, wandte er sich ab und sagte: »Mach, daß du hinauskommst.«

Ich merkte, daß ich atmen, aber nicht sprechen konnte. Mir war kalt und gleichzeitig vor entsetzlicher Wut ganz heiß, und meine Augen quollen von Wasser über. Vermutlich waren es sogar Tränen. Ich stand auf, riß das letzte Bündel seines Geldes heraus, das ich mitgebracht hatte – keinen Sou hatte ich verwendet –, und warf es auf den eleganten Savonnerieteppich.

Er wandte sich um und schaute es an.

»Nette Geste, jetzt«, sagte er. »Wie steht's mit dem Rest, du schwarzer Hund? Nein. Heb es auf. Behalt es. Kauf dir einen Knochen davon. Vielleicht verbessert sich dann dein Bellen.«

Da gab es eine Geschichte: Dieser Mann sei während eines Prozesses mit seiner Ehefrau von einem der Anwälte seiner Dame verleumdet worden und habe daraufhin zum Schluß eine derartige Breitseite abgefeuert, daß besagter Bursche gestreckterlängs in Ohnmacht fiel und bewußtlos aus dem Gerichtssaal getragen wurde. Daran mußte ich in dem Moment denken, und ich glaubte es.

Ich stand noch einen Augenblick da und starrte ihn an. Ich weiß noch genau, wie er sich vor dem hellen Fenster abzeichnete. Bis jetzt war mir kaum aufgefallen, daß er wie für ein Begräbnis gekleidet war. Dunkel. Seine gelockten Haare klebten quer über dem mächtigen Schädel. Hinter seiner Haut schimmerte es gräulich-bleich durch, was nicht auf seine übliche Blässe zurückzuführen war, und zwischen den Augen zeichnete sich eine neue tiefe Falte ab, die ich als Ausdruck von Wut interpretierte. Vielleicht steckte aber auch physischer Schmerz dahinter.

Als Aristokrat durch und durch gestattete er mir lediglich mit einer schrecklich arroganten Höflichkeit und einem leichten Lächeln, stehen zu bleiben. Endlich drehte ich mich um und ging hinaus. Sonst gab es nichts mehr zu tun. Das Geld ließ ich auf dem Teppich liegen. Vielleicht würde er einen Diener zum Aufräumen rufen und es ins Feuer werfen lassen.

Inzwischen hatte er, Mirabeau, seine eigene Straßenzeitschrift (das verläßlichste Omen war für mich, daß er mich nicht gebeten hatte, dafür zu schreiben). Ich wartete. Und prompt bekam ich eine zweite Antwort in gedruckter Form:

> In den Straßen von Paris geht ein Gespenst um, das die Herzen der Unschuldigen mit Schrecken erfüllt. Der Name dieses Dämons? Ein Epos mit dem irreführenden Titel Revolutionäre Neuigkeiten. Sein

Herausgeber: ein unverschämter Journalist, der jeden Trick versucht, um höhere Auflagen zu erzielen. M. Camille Desmoulins schlägt wie ein jähzorniges Kind nach links und rechts um sich und trifft wahllos Schuldige wie Unschuldige. Offensichtlich glaubt er, keiner von uns sei tapfer genug, seinem Zorn die Stirn zu bieten und ihn vor der Nation bloßzustellen. Wir schlagen vor, er sollte sich nicht allzu blind auf die Langsamkeit des Gesetzes verlassen.

Der gute Graf Mirabeau möge sich jene biblische Geschichte ins Gedächtnis rufen, in der der Engel des Todes aufgrund des Blutes eines unschuldigen Lammes einen Umweg machte und an den Häusern der Unterdrückten vorüberging und nur in den Häusern der Sklavenbesitzer zuschlug. Vielleicht sind in diesem Fall die Unschuldszeichen an einem adeligen Türstock nicht überzeugend genug.

Ich merkte, daß sofort nach diesem Schlagabtausch eine Einladung bei den weltmännischen Sillerys zum Diner in ihr Apollozimmer – die göttlichen Töchter warteten auf – unter Entschuldigungen abgesagt wurde. Etwa einen Tag später traf ich Sillery, der sich unter Puder und Perücke derart freundlich und aufmerksam und einschmeichelnd mit mir unterhielt, daß ich Bescheid wußte. Ich war persona non grata – wenigstens momentan.

Denn Mirabeau hatte mit seinem Schlachtruf, ich sei der Justiz entkommen, den Weg gewiesen. Im Gefolge seines Essays kam es zu einer derartigen Menge an Verfahren und Drohungen, daß ich jedesmal zusammenzuckte, wenn es an die Tür klopfte.

Inzwischen hatte ich mich daran gewöhnt, daß mir jemand im Palais Royal seinen Handschuh über die Wange zog. Bei den Royalisten war es ein beliebtes Spiel, uns zum Duell zu fordern oder es zu versuchen. Ich hatte immer eine Antwort vorrätig: »Monsieur, wenn mir etwas daran gelegen wäre, könnte ich mein ganzes Leben mit Duellen verbringen. Ich habe Besseres zu tun. Außerdem kann ich schlecht Ihnen entgegenkommen und die anderen drei enttäuschen, die mich gestern herausgefordert haben. Dann wären sie eifersüchtig. Kopf hoch, so wie es läuft, wird mich sehr bald schon irgend jemand töten.« Nachdem ich diese Rede gehalten hatte und einige Anhänger an den umliegenden Tischen meine Kühnheit beklatscht hatten, ging der fragliche feine Pinkel regelmäßig die Wände hoch. Einmal schmiedeten sie lauthals ein Komplott, man würde mich in einen privaten Garten schleppen und aufhängen. Damit war die Mahlzeit, die ich gerade einnehmen wollte, für mich ruiniert. Inzwischen formierte sich unter Führung von d'Antons Metzger Legendre, der mindestens zwei Meter groß war, eine Gruppe von Sympathisanten der Cordeliers und gab mir ein Ehrengeleit. Ein anderes Mal zog tatsächlich ein durchgeknallter Schauspieler im Schweizer Restaurant im Luxembourg blank (Warum wird man immer beim Essen oder Trinken oder im Bett attackiert? Das hatte angeblich Hérault de Sèchelles gesagt). Ich war so entsetzt, daß ich nicht einmal stottern konnte. In meiner Verzweiflung schrieb ich dem Schauspieler passenderweise folgende Notiz auf eine fremde Serviette:

Sie vergessen, daß ich nur ein Mann des Volkes bin, der mit Schwert oder Pistole nicht umgehen kann. Bezahlen Sie mir drei Jahre Unterricht, um auf Ihren Stand zu kommen, dann treffe ich mich mit Ihnen im Bois.

Inzwischen drängten sich alle Gäste des Restaurants um mich und gaben mir reichlich Schutz. Sie tobten vor Begeisterung. Man schaffte die Serviette beiseite, um sie der Nachwelt zu überliefern. Der Royalist steckte sein Schwert weg, spuckte vor mir aus und sagte: »Schneid dir die Hände ab, Desmoulins, und du bist stumm.«

Daraufhin brüllte d'Anton, der gerade erst hereingekommen war: »Schneid dir deinen Arsch ab, und du bist's auch.«

Mitte Mai war sein nagelneuer, gesunder Sohn auf die Welt gekommen, der bereits jetzt wie sein Vater brüllte. Seither hatte d'Anton überall mitgemischt – bei den Cordeliers, auf Einladung bei den Jakobinern und beim Stimmenfang für jede hochgeschätzte Aufgabe, die auf dem Markt zu haben war. Manchmal schleppte er mich ins Theater oder zu irgendeinem Weinbrunnen. Normalerweise umringten ihn zweihundertfünfzig mögliche Wähler, und so war er selten in der Nähe, wenn mir die Handschuhe ins Gesicht schlugen.

Keine dieser Drohungen hielt mich vom Schreiben ab. Je mehr sie ihre Degen schärften, um so heftiger attackierte ich sie mit meinem. Und doch gab es Tage, an denen ich mich fürchtete, meine Wohnung zu verlassen. Meine Begegnungen mit Lucile beschränkten sich auf ihr Haus oder auf das eines gemeinsamen Freundes. Ich hatte Angst, es könnte etwas passieren, solange sie bei mir war. Eine Reihe von Alpträumen begann, die völlig wirr mit den Legionen des antiken Rom zusammenhingen. Es ging um Schlachten und um einen tödlichen Dolchstich in den Rücken. Warum war ich denn nicht in der Lage, die tödliche Feder zu kontrollieren? Lag es an meinem hysterischen Glauben, ich sei unverwundbar, selbst zu diesem frühen Zeitpunkt? Denn die Menge mochte mich und war überall. Wer glaubt schon, daß er sterben kann? Gleichzeitig zahlte ich meine Schulden ab und zeigte der Welt, daß mich nie einer wie seine Hure gekauft hatte.

Selbst nach dem persönlichen Angriff in seinem Journal hatte ich mehrere merkwürdige Briefe von meinem ehemaligen Gott erhalten. Sie klangen ... versöhnlich. Und voller Wohlwollen. Einer begann sogar: *Meine erbärmlichen Augen spielen mir heute erneut übel mit. Was für ein schlechter Scherz, daß ich eines vielleicht verliere. Trotzdem treibt mich mein Anliegen, Dir zu schreiben, zu Feder und Papier.*

Ich wurde nicht schlau aus ihm. Was, dachte er, konnte er jetzt noch von mir bekommen? Außerdem fiel mir auf, daß er mir die Schuld an unserem (nie näher erklärten) Zerwürfnis gab. Als ob wir uns wie ein Liebespaar verkracht hätten, und nun sollte ich einlenken. Als ob ich mir die Szene in seinem Pariser Arbeitszimmer nur eingebildet hätte. In der Tat war ich nach der Lektüre dieser Briefe (trotz des ganzen Feuerwerks in deinem Kopf, mein lieber Camille, verdienst du meine Wertschätzung) versucht, zu ihm zurückzugehen. Das Genie von Mirabeau – für das es überall Beweise gab – ließ sich nicht leichtfertig beiseite schieben. Seine liebevollen Worte verletzten mich mehr als die vorausgegangenen Beleidigungen. Betrog ich ihn am Ende doch? War ich, um Gottes willen, gezwungen, ihn über mein Land zu stellen und über alles, woran ich glaubte? Selbst dieses Spiel um Sympathie: seine Augen. Mir fiel ein, wie er vor mir wegen einer Frau Tränen vergossen hatte, die ihm einmal nahegestanden hatte. Ich war bewegt und verwirrt gewesen. Sein Vertrauen hatte mich gerührt. Andererseits war ich möglicherweise in seinen Augen für eine derartige Vorstellung empfänglich: zuerst blenden, dann Sympathie entlocken. Welch hinterlistige Strategie. Weiberart. Na schön, dann nehme ich ihm eben ab, daß seine Trauer ehrlich gemeint war. Allerdings hatte er sich von ihr mit gebotener Vorsicht überwältigen lassen, als ich gerade bei der Hand war. Außerdem war sie längst tot, als er sich gestattet hatte, um sie zu weinen.

Unverblümt und kalt beantwortete ich seine Briefe und versicherte ihm, ich würde ihn wie immer unterstützen, aber dann und nur dann, wenn ich es vor meinem Gewissen verantworten könne. Und danach gab es tatsächlich Zeiten, in denen ich ihn verteidigte. Unparteiisch – ich. Dennoch grübelte ich, ob er nicht über mich lachte.

Gegen Ende Juni sah ich voraus, daß sich echtes Unheil über meinem Kopf zusammenbraute. Ich hatte lautstark geäußert, alle Royalisten, die die Revolution unterstützt hatten, hätten dies nur getan, um für sich selbst als regierende Aristokraten bessere Bedingungen herauszuschlagen. Jetzt wurde ich gewarnt, ein royalistischer Abgeordneter des Dritten Standes, ein Aufwiegler namens Malouet, sei auf mein Blut scharf, aber diesmal nicht mit Hilfe einer Schwertspitze sondern über den Gerichtsweg. Ich hatte ihm zwei-, dreimal auf die Finger geklopft, was aber nur ein Vorwand war. Er sollte den Sprecher für die ganze Bagage mimen und ich den Sündenbock für die Revolution – ein abgekartetes Spiel, vom Adel ersonnen. Nun, irgendwie mußten sie mich ja loswerden.

Dann passierte – nichts. Anscheinend kuschten sämtliche bissigen Hunde. Der Juli zog herauf und damit Pläne für eine Feier anläßlich des Sturms auf die Bastille. Sofort wurde ich auf der Straße gepackt und umarmt. Da und dort trug man die grüne Kokarde zusammen mit der roten Mütze und der Trikolore. Niemand würde mich jetzt angreifen.

Aus der Luft betrachtet sieht es wie ein Maulwurfsparadies mit Tausenden von Maulwürfen aus, die vor sich hinwerkeln und die Erde zu Hügeln aufwerfen. Dort drüben das silberne Band der Seine und hier die Innenhöfe der Militärakademie und dazwischen dieser Platz mit den Maulwurfshügeln fabrizierenden Maulwürfen.

Flieg tiefer, kleiner Vogel, flieg tiefer und schau dir an diesem Sommerabend an, was auf dem Marsfeld vor sich geht. Maulwürfe mit Schubkarren?

Man hatte die Idee, für das Fest ein Amphitheater zu bauen, etwa wie die alten römischen Arenen, mit einem ovalen Zentrum und ringsum ansteigenden Rasenbänken. Aber dann stellte sich heraus, daß die Armee von Arbeitern nicht ausreichte. Das Werk würde nie rechtzeitig bis zum vierzehnten Juli fertig sein. Und plötzlich überschwemmte ein wunderschöner, alberner Enthusiasmus ganz Paris. Damals waren sie hervorgekommen, um die Bastille unter Haßgeschrei dem Erdboden gleichzumachen, nun kosteten sie wohlig das schöne Sommerwetter und strömten lächelnd hinaus, um die Aufgabe zu vollenden, mit der die Arbeiter nicht fertig wurden.

Sie kamen tatsächlich von überall her: aus Bruchbuden und Gaststuben, direkt von den Schulbänken, von den Kanzeln herunter und unter dem letzten Freier hervor. Sie sprangen aus den Höhen ihrer gemütlichen Wohnungen und von den Giebelbalkonen reicher Häuser und liefen fort, um in einer Schüssel voll pulvrigem Boden zu schuften.

Sieh sie dir an, wie sie ihre Karren ziehen und unter donnerndem Gelächter zusammenstoßen und Wein und Obst und den symbolischen Brotlaib teilen.

Dort ruiniert ein niederer Aristokrat auf Knien seine Seidenstrümpfe, um zwei Holzhändlern und einem Soldaten beim Reparieren einer gebrochenen Karrendeichsel zu helfen. Und hier tanzen drei Marktweiber und eine bürgerliche Dame, die sich nichts Besseres dünkt, als sie ist, wie Sonnenanbeter um einen improvisierten Freiheitsbaum. Sie haben eine Stange aufgestöbert und mit Strumpfbändern geschmückt. Und hier wird's spannend, weil einer glaubt, er hätte eine römische Münze ausgegraben. Und dort spielt eine Gruppe Kinder aller Altersstufen völlig dreckverschmiert ein kompliziertes Spiel. Eigentlich benehmen sich alle wie Kinder, die man bei einer kolossal dummen Übung ertappt hat. Was soll das eigentlich? Da hieven sie Erde aus einem Krater, damit alle im Kreis herumsitzen und morgen auf den Untergang der Bastille anstoßen können – die sind ja alle durchgeknallt. Dabei geht es um eine ernste Angelegenheit, die erledigt werden muß. Und Schulter an Schulter schuften die drei Stände von Paris unter Gesang, Flüchen und brüllendem Gelächter, damit es fertig wird.

Mein Gott, mein Gott, wenn sie so arbeiten können, um eine Arena für ein Fest zu bauen, was brächten sie dann nicht gemeinsam Arm in Arm und Schulter an Schulter fertig, um Frankreich unter kühnen, lauten Gesängen zu einen?

Seht sie euch an, seht sie euch an. Quietschvergnügt und glücklich vereint. Niemand schert sich um die Unordnung oder um einen ungehobelten Akzent. Jeder geht dem anderen zur Hand. O Volk, Kinder der Ewigkeit und des Lichts, geboren zur Liebe und zur Freude, dessen Flammen unter dem Unrat unwahrer Glaubensbekenntnisse und falscher Versprechungen erstickt werden, was fühlst du jetzt? Wer verhungert, wer verdurstet, wer verletzt, wer klagt, wer mißbraucht? Keiner von euch. Ihr seid alle ineinander verliebt. Ihr würdet einander alles geben, worum man euch bittet, und das noch gern. Seht euch an. Mir bricht das Herz. Das alles tut ihr für ein Fest, aber für euer Leben, eure Seelen und um der Welt willen bringt ihr es nicht fertig.

Und als die Sonne untergeht, lodern Fackeln wie flammende Büsche auf. Man sieht, wie sie sich die Straßen – schöne und stinkende – entlangschlängeln, bis in die Seitengassen hinein. Überall. Und hört mal dieses Lied, das *Ça ira:*

Oh, er kommt, er kommt, er kommt,
Der Tag des Volkes, ein Tag ohnegleichen –
Er kommt, wartet ab, er kommt,
Stell sich gegen uns, was mag – wir werden frei sein!

Aber die Fackeln erlöschen, das Lied erstirbt und der Wind weht leise über die Marswiese, wo die Soldaten ihre Zelte aufschlagen. Und anhand dieses Zeichens aus Dunkelheit und Schweigen können die Götter, die aus der Luft zusehen, ganz genau vorhersagen, wie es kommt, es kommt, es kommt.

Das Wetter war perfekt, aber am Festtag selbst regnete es. Das Wasser fiel wie ein Sturzbach herunter (»Christus, man möchte nicht glauben, daß es dort oben soviel Wasser gibt, nicht wahr?«). Es regnet, es regnet ... Wasser. Klatsch. Es ruinierte die grauen Hüte der Hochwohlgeborenen, die roten »Exsklaven«-Hüte der Masse und die Bärenfellmützen der marschierenden Volksgarde, und es wusch die gepuderten Gesichter der feinen Damen ab – mit einem puritanischen Geist ohne jedes Erbarmen.

Na schön, dann regnet's eben. Trotzdem ist immer noch der vierzehnte Juli. Was bedeutet schon ein Regentropfen? Nimm dir ein Scheibchen Wurst und noch 'nen Tropfen Wein. Damals hat es Kanonen und glühendheiße Geschosse auf uns geregnet. Wasser? Ist doch nur naß.

Eine Prozession.

Sie beginnt vor den Augen der Bastille (inzwischen völlig abgetragen; soviel zu fünf Jahrhunderten) und geht dann wie einst der Kanonendonner Straße für Straße nach Westen und überquert den Schoß auf einer Brücke aus schwankenden Booten.

Von überallher waren Soldaten gekommen. Man hatte sie mit offenen Häusern, offenen Armen (und ziemlich oft auch mit offenen Beinen) begrüßt. Nun marschierten sie mit stolzgeschwellter Brust durch einen Regen aus Wasser und Blumen und Äpfeln und an Fäden heruntergelassenen Weinflaschen hinter den Trommeln und Kapellen her. Soldaten der Föderation, Nationalgarde, Grenzer – niemand würde sagen: Erschieß deinen Bruder. Das würde keiner wagen.

Die Priester trugen die weißen Chorhemden der Engel, von denen die Trikolore abstach. Priester des Volkes waren sie. Als die Priester das ovale Becken des Amphitheaters erreichten, das ganz Paris freiwillig und eigenhändig ausgegraben und mit phantasievollen, griechisch-römischen Tribünen und prasselnd rauchenden Flammenschalen geschmückt hatte, zogen sie geschlossen ein. Sie segneten jedes Banner, das zu ihnen kam: die des Staates und des Volkes und das ganze Prachtspektrum der dreiundachtzig Pariser Sektionen. Es erinnerte an einen fantastischen, römischen Triumphzug oder an ein mittelalterliches Turnier. Selbst die Oriflamme des Königs wurde bei ihrer Ankunft wie jede andere in der Menge gesegnet.

Der König schaute unter einem Baldachin selbstzufrieden zu. In Anbetracht des Regens und seiner schlechten Augen geronn alles lediglich zu einem verschwommenen Flickenteppich, den man ganz einfach selbstzufrieden betrachten konnte. Er konnte wohl schlecht nicht hiersein.

Es regnete noch immer.

Im Amphitheater wurden die Bezwinger der Bastille mit Orden ausgezeichnet, die speziell für diese Gelegenheit geprägt worden waren (alles nur ein Flickenteppich). Einige waren alt genug, um es besser wissen zu können, und einige zu jung, um irgend etwas zu wissen. Einige hatten sich nur eingebildet, sie wären dabeigewesen, und hatten andere davon überzeugt. Aber sie alle bekamen ihre Kriegsorden. Denk mal, wenn wir alt und grau sind und wie die Grashüpfer hinterm Ofen kauern, dann zeigen wir diese Ehrenplaketten vor – Bezwinger der Tyrannei, das sind wir, he?

Es regnete noch immer.

Vor dem Altar, der für die Nation errichtet worden war, wurde die Messe gelesen. Die Menge antwortete, sang Hymnen, weinte und schrie. Vor Rührung zitterten die Schirme wie die Rücken von Schildkröten (alles nur ein Flickenteppich).

Es regnete noch immer.

Dann fand am Altar eine riesige Trauung statt. Frankreich vermählte sich nacheinander mit seiner Pariser Nationalversammlung, seinen Priestern und mit all seinen Soldaten. Liebe, ehre und gehorche der Verfassung, bis daß der Tod euch scheidet. Und zum Schluß stellte sich auch der König vor seinem blumenbedeckten Thron auf und leistete den Eheeid. Irgendeiner (der Teufel, Mirabeau?) hatte ihm das als gute Idee verkauft. Jetzt ging der Menge das Herz auf, sie schunkelte. Die Königin erhob sich und hielt das blonde Kind in ihren Armen hoch (Denken Sie nur, Madame, wer könnte einer Madonna widerstehen?). Auch sie ehelichte Frankreich – die Österreicherin.

Und wie manchmal in einer dunklen Osternacht, wenn die Hostie zum Zeichen der Erlösung Christi vom Kreuzestod erhoben wird, geschah ein Wunder. Der Regen hörte auf. Die Sonne zeigte sich hinter den Wolken und badete den Champ-de-Mars und ganz Paris in strahlendes Gold.

»Es lebe die Königin! Lang lebe der König!«

Was für eine Zeit zum Leben. Was für ein Tag wird das sein.

Nun ist alles möglich.

Überall Lichter; in dieser Nacht hätte Paris brennen können.

Die Hälfte der Stadtpaläste hatte ein Bankett oder einen Ball arrangiert, aber auch auf den Straßen wurde gespeist und getanzt. Es begann am langen, sonnenhellen Abend und ging dann in eine tiefe, nicht endenwollende, lavendelfarbene Dämmerung über, bis die Sterne leuchteten und das Signal an Lampen und Fackeln weiterreichten. Selbst drüben auf dem Platz vor dem Gefängnis hatte man einen Tanzboden errichtet. Am selben Platz, an dem die Gerüchte entstanden und der Kampf ausgetragen worden war und wir zur Befreiung unserer sieben Leute hineingestürmt waren, spielte nun ein Orchester und die Absätze von jungen Frauen trommelten den schnellen Takt dazu auf den Boden. In den Gärten am Fluß gab es Picknick. Die Boote auf dem Fluß trugen Colliers aus Lampen. Jemand hatte eine Flottille von Schwänen freigelassen, die im Lampenschein wie frisch geprägtes Gold schimmerten und so graziös dahinglitten, daß sie vermutlich niemand in den Kochtopf steckte.

Auf den Elysischen Feldern fiel die Dämmerung wie Samt hernieder, ein purpur- und mokkafarbener Himmel. Was für eine Nacht, wie viele Düfte, die vom Regen, marschierenden Füßen und willigen Lippen freigesetzt wurden. Zerquetschte Blumen verwandelten sich am Busen der Mädchen zu Parfüm. Unter dem Meer von Bäumen flackerten bunte Lichter wie lebendig. Es sah aus wie ein Traum, wie etwas Märchenhaftes. Und dann flammte auch noch der Himmel auf: Feuerwerke überlagerten einander mit ihren silbrigen Filigranmustern und Pfauenrädern.

Alles lachte und war verliebt. Verliebt in die Nacht, in Paris, in die Hoffnung und in jedes menschliche Wesen in der Nähe.

Noch immer waren wir von den Hochrufen, den Eiden und der Leidenschaft auf dem Champ-de-Mars völlig aufgedreht und wußten, daß dies eine Nacht war, um auf Bäume zu klettern oder auf die eingefetteten Markpfähle im Park oder – noch besser – auf die hohen Türme Unserer Lieben Frau und dort eine Trikolore aufzuhängen, die so groß war wie die Seele Frankreichs.

Was schien nicht möglich? Überall, auf allen Gesichtern, konnte man denselben Optimismus erkennen und eine leidenschaftliche Freude über das Leben selbst. Letzten Endes wurde doch alles gut. Und Fréron und ich und Maxime quasselten uns gegenseitig die Ohren voll, wie sich von nun an alles entwickeln würde, da sich der Hof dem Willen der Stadt gebeugt hatte. Ein letzter Schubs, um alles – Reformen, Programme – in Ordnung zu bringen und dann, Christus, hätten wir ganz Frankreich umerzogen, neu bekleidet und gefüttert, bis es eine Kolik bekam, und zum Auserwählten Volk gemacht und auf den Mond verpflanzt. Von dort aus würde die Nation selbstverständlich mit Anweisungen an die Erde beginnen.

Selbst Maxime war aufgelebt. Fröhlich hüpfte er mit dem Hundewinzling, der ihn wie ein Kobold beschattete, und mit Adèle am Arm neben uns her und überschüttete beide, den Hund und Adèle, mit kleinen Aufmerksamkeiten. Er kaufte ihnen Pfefferkuchen und ihr ein Bündel Bänder und ganze Arme voller Blumen. Frèron und ich hatten uns an diesem Abend Lucile geteilt (so bildete er es sich ein). Nun traten auch wir in die Schranken und begannen, Lucile und Demeter mit Bändern, Blumen und Zuckermandeln zu überschütten. Die drei Frauen lachten. Heute nacht sahen sich ihre nach oben geneigten Gesichter sehr ähnlich. Mal klimperten sie mit den Wimpern im Schein einer grünen Lampe, die in giftgrünen Blättern hing, mal war es eine rosafarbene, die die Blätter in Zuckerwerk verwandelte. Währenddessen ging die Diskussion unvermindert weiter. »Und Schulen«, sagte Robespierre gerade. »Eine Erziehung, die ihnen weiterhilft und den Zusammenhang der Dinge klarmacht. Weg von Eltern, die sie vielleicht durch Unwissen zurückhalten könnten.« Saint-Just war wieder in Paris und irgendwo in der Nähe. Hin und wieder glitt er wie ein weißes Windspiel durch die Straßen der Champs-Élysées und sagte etwas zu Robespierre. Einmal überreichte er Adèle (der Dame des Prinzen) eine Blume und trollte sich wieder gravitätisch.

Hier und da wurden wir erkannt. An einem bestimmten Punkt kam ein Menschenschwall – eine der zahlreichen Sportsgruppen – auf mich und Maxime zu und umrundete uns. Sie kannten uns vom Sehen oder vom Hörensagen und waren selig, weil sie gleich zwei Vögel in einer Schlinge gefangen hatten. Sie wollten eine Rede, also kletterte Robespierre auf eine Kiste und erzählte ihnen zwanzig Minuten lang, daß der Tag des Volkes unmittelbar bevorstand. Als sie nach mir riefen, drückte ich mich. Sie ließen mich erst gehen, als ich einen Toast auf Paris und seine Revolution vorschlug, die ihrer Zeit zweitausend Jahre voraus war. Noch zweimal kam mir diese Phrase den Abend über zu Ohren, und ich wollte sie eigentlich in der Zeitschrift verwenden, aber irgendwie vergaß ich sie wieder.

Noch immer trieben sich inoffizielle Prozessionen in den Straßen herum. Morgen abend war drüben bei den Cordeliers ein Diner geplant, allerdings hatte ich d'Anton seit heute nachmittag fünf Uhr nicht mehr gesehen. Auch er war von einer Menschenmenge umringt. Er spendierte allen etwas zu trinken. Immer auf Stimmenfang, dieser d'Anton.

»Erziehung ist der Urquell«, sagte Maxime. »Ein guter Bürger fängt auf der Schulbank an.«

»Gebt mir ein Kind vor seinem siebten Lebensjahr«, zitierte Fréron.

»Ganz genau.«

Ich mußte wieder an Maxime im Collège denken, wie er so hart gearbeitet hatte, um alles richtig zu machen.

Ich beugte mich zu Lucile (jede Entschuldigung, mein Gott) und flüsterte ihr ins Ohr: »Na, wir langweilen dich.«

»Nein, ich höre gern zu.«

»Worüber reden wir denn gerade?«

»Wie immer darüber, wie ihr euer Land retten wollt. Aber all die kalten Klassenzimmer mit den armen Kindern, denen man beibringt, was für Erwachsene sie werden sollen –«

»Nein, das sagt Maxime ja gar nicht.«

»Doch, tut er schon. Weißt du, Camille, du hörst ihn nicht so gut wie ich.«

»Was für entzückende Ohren. Und so etwas sollte nicht besser hören können als alle anderen?«

»Lucile«, sagte Fréron, um nicht hintanzustehen (kleine Chance), »möchtest du ein seidenes Dreieckstuch? Dort drüben, die Frau verkauft welche.«

»Nein, Kaninchen, danke schön.« (Sie nannte ihn manchmal immer noch so.)

»Aber ich würd's dir gern kaufen und sehen, wie du's trägst.«

»Kauf ihr 'ne Kette, Fréron. Dann macht's dir noch viel mehr Spaß, wenn sie die trägt.«

»Halt's Maul, du Getreidemühle. Wartet eine Minute.« Und er ging weg, um das Ding zu kaufen.

Ich sagte: »Wenn du das trägst, reiß ich's in zwei Teile.«

»Nur zwei?«

»Zwei Teile zu je zweiundzwanzig Stücken.«

Brissot ging unter lautstarker Begleitung von Freunden und Anhängern vorbei. Um die Taille trug er eine Trikoloreschärpe mit einem riesigen Schlüssel daran, vermutlich einer von denen, die man ihm letztes Jahr überreicht hatte. Grinsend winkte er mit seinem Hut zu mir herüber. Ich grüßte ihn mit erhobener Hand. Dies war keine Nacht, um alte Rechnungen zu begleichen. Selbst Fréron konnte ich ertragen. Wahrscheinlich.

Nachdem die Sache mit dem Seidenfichu endlich erledigt und Lucile feierlich damit dekoriert worden war, fanden wir unter den Bäumen und Lampen eine lange Tafel. Die ganze Gruppe setzte sich. Obwohl die Nacht warm war, sagte Lucile zu ihrer Mutter: »Ach, liebe Mama, ist Ihnen kalt?« Und bestand darauf, ihr den Schal zu leihen.

Übrigens, das Essen, das sich in die Länge zog, ging uns samt Speisen und Getränken kostenlos zu. Vorsichtshalber hatte ich Papier und Bleistift mitgebracht und kritzelte nun mitten im Trubel einiges Zeug für die Neuigkeiten zusammen. Während ich schrieb und die geschenkten Flaschen und Kuchen und Geflügeltranchen eintrudelten und man meinen Namen zusammen mit dem von Robespierre in allerhöchsten, wenn auch beschwipsten Tönen quer durch Arkadien rief, beobachtete ich, wie Monsieur Duplessis das alles aufnahm. Er war heute nacht sehr vergnügt und gegenüber dem Föderationsfieber keineswegs immun. Er hatte mir mehrmals auf den Rücken geklopft und auch Maxime, den er dabei beinahe zum Krüppel geschlagen hätte. Jetzt schaute die Kröte vergnügt und hinterlistig drein. Jawohl, mein lieber Herr, dachte ich, denken Sie ruhig darüber nach. Denken Sie darüber nach, wieviel sich geändert hat und wer es getan hat. Vergessen Sie den Kritzler, den Sie hinter dem verschmierten Fenster gesehen haben. Inzwischen halte ich bei den Cordeliers Reden, und sie hören zu. Ich habe draußen auf der Straße eine Zeitschrift, die bis Marseille verkauft wird.

Ein verrückter Jongleur ging mit einer Fackel um die Brettertische und schluckte Feuer. Robespierre schaute ihm respektvoll-mißbilligend zu.

»Nun, das bringt nicht einmal Camille fertig«, sagte Fréron.

»Nein, Camille schluckt kein Feuer. Wenn er redet, gehen ganze Institutionen in Flammen auf.«

Ich blickte von meinen Notizen und von Luciles Hand auf, mit der ich unter dem Tisch gespielt hatte. Da stand de Polignac, wie aus dem Ei gepellt. Ohne Clodie, seine très élégante, adelige Freundin, zu der er vermutlich später gehen würde.

»Guten Abend«, sagte er. »Wie hat euch der heutige Auftritt des Königs gefallen?«

»Der Eid? Es hätte besser ausgesehen, wenn er dafür von seiner Stange gehüpft wäre. Anständigerweise hätte der Thron, den man ihm gegeben hat, eigentlich leer sein müssen. Für meinen Geschmack hat er sich dort allzu häuslich niedergelassen.«

»Nun, vielleicht ist er eben daran gewöhnt.«

»Dann wird er sich das eben abgewöhnen müssen.«

Der Tisch – unsere Gruppe und andere – beobachtete mich. Ich schlug vor ihnen Rad.

»Nun, wo kämen wir denn da hin? Etwa zurück zu Louis XV. mit dem Gesicht im Dreck?«

»Ungeduldiger Camille«, sagte Gabriel. »Steht das etwa demnächst in den *Neuigkeiten*?«

»Kauf sie und find's heraus.«

»Hmm«, sagte Gabriel.

Sein Blick glitt von mir ab und blieb an Demeter und Adèle hängen. Er verbeugte sich. Dann Lucile. Wieder verbeugte er sich, ohne dabei auch nur eine Sekunde die Augen von ihr zu lassen. Dann entfernte er sich. Fünf Minuten später (als wir gerade in einer hitzigen Diskussion über die Popularität von König Capet waren) kam Gabriel zurück und legte vor Lucile ein Blatt Papier hin, in das drei Rosen eingewickelt waren.

»Dies ist keine Nacht«, sagte Gabriel, »in der man es versäumt, Göttinnen Tribut zu zollen.«

Lucile errötete, de Polignac verbeugte sich erneut und verschwand zum zweitenmal. Diesmal kam er nicht wieder.

Ich wickelte das Papier ab und strich es für sie glatt. Es war ein Gedicht.

»Los, hinter ihm her, er kann noch nicht weit sein«, sagte Fréron, der inzwischen ganz schön betrunken und biestig war.

Stumm lasen Lucile und ich das Gedicht.

Es hieß: »Wie Musik in lauer Sommernacht«:

Wie Musik in lauer Sommernacht,
Wenn droben himmlische Orchester spielen,

Zur Erde fällt, haben Klänge sie zur Welt gebracht,
Von Sternen betend zur Symphonie erschaffen.

Was gelten Menschenkriege, was schale Königsworte?
Sind weiter nichts als dröhnend Lärm und Pein.
Am Ende aller Revolutionen, am Ende aller Siege,
Schönheit bleibt und Lieb allein;
Blumen im Sommersonnenschein.

»Pinkel«, meinte Fréron verächtlich.

»Poet«, sagte ich. »Außerdem hat er's in fünf Minuten geschrieben. Ich w-wünschte, ich hätte das in-in fünf Stunden schreiben können.«

Jetzt war ich betrübt, betrübt und hochgestimmt zugleich, weil sie etwas Derartiges in ihm wachrufen konnte, trotz seiner Manieren und der Perle im Ohr. Weil er etwas in Worte gefaßt hatte, das ich für sie empfand und das mir nie bewußt geworden war. Weil er irgendwie die Fassade durchschaut und hinaus in Zeit und Raum geblickt hatte. Aber vielleicht hatte ihn das selbst überrascht. Trauer um das flüchtige Gefühl der Freude, um die Endlichkeit der Triumphe. Aber wir tranken aus, und neue Feuerwerke loderten über den Himmel. Keine Nacht für dieses, keine Nacht für jenes, keine Nacht, um traurig zu sein.

Als wir am frühen Morgen zum Château der Duplessis zurückkamen, war das ganze Viertel noch immer munter zugange. Die Fenster waren strahlend hell erleuchtet, und neben jeder Tür fanden die Orgien von Nero und Antonius statt. Man wollte nicht zurückstehen und bat unsere Gruppe, die inzwischen auf eine stattliche Größe angewachsen war, hinein, wo sie sich mehr oder weniger häuslich im Salon niederließ.

Anschließend wurde ein bißchen gesungen und improvisiert. Selbst Maxime trällerte für Adèle und sich ein Verslein. Während er vor Vergnügen errötete, saß sie lediglich mit einem spröden Lächeln da. Saint-Just war nirgendwo zu sehen. Er war überhaupt nicht da, es sei denn, er wäre hineingeglitten und hätte sich hinter einem Sofa zusammengerollt.

Mercier schlug mit gesetzter Stimme vor, man solle dem kleinen Hund ein bißchen Cognac mit Milch geben, wogegen Robespierre milde protestierte. Aber der Hund schnupperte lediglich an der Mixtur, nieste und trollte sich empört. Vielleicht zuviel Milch? »Nein«, sagte Mercier, »wie der Herr, so der Hund. Maxime, dein Vieh ist kein d'Anton.«

»Ich möchte kein Wort gegen d'Anton hören«, sagte Robespierre, der nach seinen Maßstäben in Wahrheit ziemlich hingebungsvoll getrunken hatte. »Egal, welche Fehler er hat, der Mann ist ein überzeugter Patriot.«

»Die Cordeliers danken den Jakobinern. Bravo!«

Bald ging der Wein aus. Keiner fand, sie hätten schon genug gehabt. Duplessis machte sich auf den Weg in seinen Keller und stieg mit einem riesigen Schlüssel, der dem Bastilleschlüssel von Brissot Konkurrenz machte, die Treppe hinunter. Ich torkelte hinter ihm drein.

»Jetzt läuten die Glocken schon wieder«, gluckste er, als eine Uhr im Gang dreimal schlug. »Was für eine laute Stadt, dagegen herrscht in Bourg-la-Reine … Grabesruhe«, fügte er hinzu. Inzwischen war er an der Kellertür angelangt und versuchte, den Schlüssel hineinzustecken. »Hier, versuch's du.« Irgendwie bekamen wir den Schlüssel hinein. Die da droben hörten sich wie Irre an. »Das werde ich am Morgen bitter bereuen«, sagte Luciles Vater.

»Es ist schon Morgen.«

Er hielt das für komisch. Ich auch.

»Du bist ein braver Junge, Camille«, sagte er, während wir zwischen Käselaiben, Flaschen und Spinnen in seinen Keller hineintaumelten.

»Der Erfolg ist mir noch nicht zu Kopf gestiegen.«

»Erfolg? Ja, den hast du. Nun, warum nicht? Weißt du« – er fiel über einen Korb, und ich fing ihn auf – »Weißt du, ich habe als Niemand angefangen – als Niemand.«

Und als Niemand geendet. Nein, er hatte schon recht, Papa Duplessis. Klar, hatte er. Schmeichle ihm. Er hatte beschlossen, mich zu mögen. »Jetzt sind Sie ein wichtiger Mann.«

»Ja. Aber damals? Niemand scherte sich einen Dreck um mich. Bis ich meine Stelle im Finanzamt bekam. Ich hab's in der Welt zu was gebracht. Hab ein bißchen Land erworben – durch Madame, verstehst du. Und jetzt verbeugt man sich vor mir auf der Straße. Es heißt: Duplessis, alter Junge, kannst du uns dabei helfen –?«

»Aufgepaßt«, sagte ich und fing die Weinflasche im Flug.

»Gut gehalten! Braver Junge. Wollen mal sehen – o ja, der sollte uns munden. Noch'n paar davon. Was wohl der König heute nacht trinkt?«

»Stolz, mit ein bißchen Wasser.«

»Oh-oh, das ist gut. O ja, oh, ha-ha-ha. Aber du solltest nicht – ha-ha – du solltest nicht von ihm sprechen als ob. Der Gottgesalbte –«

»Ich wußte gar nicht, daß Gott dies persönlich gemacht hat.«

»Oh – ha-ha – oh, mein – ha – hier, halt die andere Flasche. Ha-ha, ja, du hast den Nagel auf den Kopf getroffen. Wie ich. Ein Mann des Volkes. Weißt du, in Gedanken versetze ich mich in diesen Kerl aus der Bibel. Richter von Israel. Verachtet, verstoßen, und dann kommt er irgendwohin, und alle wollen ihn kennen.«

Ich riet auf gut Glück. »Jephtha?«

»Jefthap. Stimmt. Weißt du, wir schauen besser mal nach, wie der Wein ist. Kann doch den Gästen keinen Mist anbieten.« Er zerbrach das Siegel und entkorkte die Flasche. Er trank und sagte: »Bin ich stockbesoffen oder du?«

»Ich, o Jephtha, Richter Israels.«

»Das gefällt mir. Jawohl, Jepfaff, Richter Israels.«

Er reichte mir die Flasche weiter. Ich nahm sie.

»Jephtha hatte eine Tochter«, sagte ich.

»Richtig, hatte er.«

Ich betrachtete seinen Schmerbauch, der sich zwischen die schmalen Wände quetschte, und seine fetten Äuglein, die vor guter Laune hervorquollen.

Ich sagte: »Jephtha, gib mir deine Tochter.«

»Oh, ha-ha-ha«, sagte er. »Ha-ha-ha. Camille, du bist ein Pfundskerl.«

»Ausgezeichnet. Also, willst du?«

»Will ich? Oh, ha-ha.«

»Lucile«, sagte ich.

»Das stimmt«, sagte er. »Lucile und Adèle.«

»Nur Lucile.«

»Ha-ha-ha.«

Droben lachten auch alle. Das ganze verflixte Haus lachte sich schief, weil ich um die Hand seiner Tochter gebeten hatte.

»Hören Sie«, sagte ich, »mir ist's ernst.«

»Ja, ja, Camille, mein Junge. Ich weiß.« Seine Fröhlichkeit schrumpfte.

»Nun, was sagen Sie dazu?«

Er grunzte. So ein Gespräch wollte er nicht hier drunten im Keller führen. »Du mußt das mit meinen Augen sehen.«

»Oh, j-ja. Jetzt kommen wir zur Sache.«

»Sie ist sehr jung. Ein Kind. Und hübsch.«

»S-s-sie ist wunderschön.«

»Außerdem ist dir sicher aufgefallen, daß junge Männer in unserem Haus vorstellig werden. Ich hatte schon Angebote für sie. Da ist einer mit einem Jahreseinkommen von hunderttausend Francs darunter. Und ein anderer – fünfundzwanzigtausend Livres.«

»Demnach haben Sie die Absicht, sie zu verkaufen. Was hat sie zu diesen Fr-freiern g-gemeint?«

»Sie hat sie abgelehnt, aber sonst –«

»Aber s-sonst k-könnte sie einen anderen mögen.«

»Schön.« Er klang inzwischen nüchtern. Das verhieß nichts Gutes. Ich lehnte mich gegen die Wand und starrte ihn an, während mir der Wein, den ich getrunken hatte, durch die Eingeweide sauste. Wie waren wir dorthin gekommen? »Jetzt hör mal, Desmoulins. Ich weiß, daß sie jung ist und leicht zu beeindrucken –«

»Ach, allmächtiger G-gott!«

»Und vielleicht glaubt sie, sie würde etwas für dich empfinden. Aber sie ist neunzehn. Sie hat keine Ahnung. Und du. Schau dich an.«

»Sch-sch-schau mich an. N-na und?«

»Du glaubst, du könntest auf den Gipfel des Haufens klettern, aber es könnte alles passieren. Was bist du denn? So ein verdammter Schmierenschreiberling. Es gibt mehr Gefängnisse als nur die Bastille. So wie du dich aufführst, ist's gut möglich, daß man dich schon morgen ins Châtelet fortkarrt und für dreißig Jahre einsperrt. Wo bleibt dann sie?«

Ich zischte.

Er sagte: »Oder noch schlimmer: Falls die Hofpartei wieder die Oberhand gewinnt, könntest du erhängt aufwachen, aber nicht an irgend so einem blöden Lampeneisen. Und wenn sie deine Frau ist, geht sie mit dir. Jawohl, das wird sie. Du weißt, was bei Hochverrat mit Familien geschieht. Zuerst schnappen sie dich und dann sie. Dir gefällt diese Vorstellung, stimmt's? Lucile exekutiert, nur weil du nicht mit deiner idiotischen Federkritzelei aufhören kannst? Ich habe nichts gegen dich –«

»Sie haben alles g-ge-gegen mich.«

Jetzt brüllte er. »Dann hab ich eben alles gegen dich! Zufrieden?«

Droben wurde gesungen. Sie wußten nicht, was hier unten geschah.

Ich hatte mich zwischen ihn und die Tür gestellt. Plötzlich wirkte er verängstigt. Ich versuchte, ihm zu erklären, was ich von ihm hielt, brachte aber außer Gebrabbel nichts heraus. Schließlich warf ich ihm voll verzweifelter Wut die beiden Weinflaschen vor die Füße. Sie zersprangen mit einem fürchterlichen Knall. Irgendwie drang dieses Geräusch bis oben durch. Beinahe auf der Stelle rumpelten sie besorgt herum, und Stimmen riefen herunter und wollten wissen, was passiert sei. Ich kümmerte mich um gar nichts, sondern rannte die Treppe hinauf und zum Haus hinaus.

Auf den Straßen erstarben die Lichter. Rauch und Gestank nach Lampenöl und Gossenmief. Ich war außer mir, und in meinen Ohren dröhnte es wie der Tod. Ich hatte genau das getan, wovor sie mich flehentlich gewarnt hatte. Es hatte so einfach und sicher ausgesehen, aber der alte Mistkerl wollte nicht nachgeben, nicht einmal im Überschwang der Föderation.

Irgendwo im Cordeliersbezirk hielt ich in einer Seitengasse an und übergab mich. Ich war nicht allein. Die wiederkehrende Finsternis war von allen Seiten mit Erbrochenem und Stöhnen gesprenkelt. Als noch immer unterdrückte Bruderschaft von Leidenden hingen wir an den Hausecken, um uns selbst vom Wein, vom vierzehnten Juli, dem Gedenken an die Bastille und sämtlichen Träumen von Gerechtigkeit und Liebe zu befreien.

Im Gegensatz zum König trank d'Anton beim Cordeliersdiner nur noch Toasts auf die Nation. Ich trank in jener Nacht nicht sehr viel. »Er wird schon wie Robespierre«, sagte d'Anton. Momoro, mein früherer Drucker und inzwischen Cordeliersanhänger, versuchte, mir mit Gewalt Wein einzuflößen. Ich warf ihm eine Beleidigung an den Kopf, woraufhin er einen Dolch herauszog. Was dann passiert ist, habe ich vergessen. Offensichtlich – nichts.

Ich schrieb ihr, sagte ihr, was ich getan hatte, und bat sie um Verzeihung, bekam aber keine Antwort. Vermutlich hatte Duplessis entweder verhindert, daß sie den Brief bekam oder daß sie ihn beantwortete. Ich ging zum Luxembourg in der Hoffnung, sie mit Demeter in den Gärten zu sehen. Frauen und Mädchen spazierten auf den Wegen hin und her, einige lächelten mich sogar an, aber es waren die falschen.

Ich war mit der Zeitschrift im Rückstand, deshalb begann Fréron gemeinsam mit mir daran zu arbeiten. Ich war auf ihn für ein Drittel der Ausgabe angewiesen und auf Nachrichten aus dem Hause Duplessis, mit denen er ziemlich hinterm Berg hielt. Alles sei ganz normal, behauptete er. Warum ich mich nicht meldete und mich selbst davon überzeugte?

Revolutionäre Neuigkeiten

Gewisse Personen schlagen vor, das Wahlrecht einzuschränken. Wie? Solchermaßen, daß nur der Mann, der Steuern im Wert von einer Silbermark bezahlt, berechtigt ist, darüber abzustimmen, wie sein Land regiert wird.

Um zu demonstrieren, wie absurd dies ist, muß ich lediglich darauf hinweisen, daß ein solcher Beschluß selbst einen Rousseau aus der Wählerschaft ausschließen würde, während Jesus Christus als »Mitglied des Pöbels« geächtet würde. Mein Vorschlag für geeignete Wähler: alle, die eine Bastille erstürmt haben. Sie sind die wahren Arbeiter, an der Werkbank, auf dem Felde. Nichtstuer wie Kirchenmänner und Höflinge sind nur Unkraut, das man zur Erntezeit im hohen Bogen ins Feuer wirft.

Was wäre, wenn jene zehn Millionen Franzosen, denen – oder deren Pariser Repräsentanten aus Saint Antoine – die Differenz von einer Silbermark das Wahlrecht abspricht, was wäre, wenn sie es erfahren würden und anschließend über Malouet & Co. mit dem Ruf herfielen: »Ja, in der Nationalversammlung seid ihr stärker als wir, aber auf der Straße sind wir euch zahlenmäßig überlegen. Wenn ihr uns unser Stimmrecht raubt – unser bürgerliches Leben –, dann werden wir uns von euch euer echtes Leben holen.« Wäre das nicht Gerechtigkeit? Wo eine Minderheit ohne Hoffnung auf Abhilfe eine Mehrheit versklavt, gibt es nur ein einziges Gesetz: Revanche!

Daraufhin ging die Geschichte mit jenem herzallerliebsten Royalistenabgeordneten Malouet wieder von vorn los. Er hatte ans Châtelet geschrieben ... Vielleicht einen Israelitenfluch im Auftrag von Jephtha Duplessis.

»Meine Herren, ich danke Ihnen für die Gelegenheit, vor der Nationalversammlung zu sprechen. Seit einem Jahr habe ich den Schlingen und Pfeilen eines entsetzlichen Schicksals widerstanden, dessen Vater es für richtig erachtet hat, es mit dem Namen Camille Desmoulins zu beehren.«

Vereinzelt Gelächter. Malouet, der es darauf angelegt hatte, nimmt es huldvoll entgegen. Der hochgewachsene, dunkle Mann besitzt eine Ausstrahlung, die niemand leugnet. Er blickt in die Runde. Nach allen Seiten steigen die Sitzreihen an, aber hier in der Reitschule ist die Akustik ausgezeichnet. Man muß die Stimme nur ein wenig anheben, um mit der Masse an Stoffdrapierung fertig zu werden, die jeden Laut schluckt. Aber schließlich ist er als Abgeordneter aus Riom an die Nationalversammlung gewöhnt. Wie könnte er sonst heute reden?

»Bitte, denken Sie nicht«, fährt er fort, »ich sei hier, um eine persönliche Kränkung zu rächen – obwohl meine Behauptung, ich sei persönlich gekränkt worden, wahr wäre.«

Jemand ruft: »Erzählen Sie uns, was Sie ans Châtelet geschrieben haben.«

Allgemeine Zustimmung.

Malouet räuspert sich. Diese Sucht nach Zwischenrufen und Unterbrechungen wird in letzter Zeit immer schlimmer. Zweifelsohne ein Abklatsch des einflußreichen Jakobinerklubs. Egal.

»Wenn es der Versammlung zweckdienlich erscheint, bin ich bereit zu sagen, was ich höchstpersönlich an das Gefängnis von Châtelet geschrieben habe.«

Sie erklären ihm, daß sie das gerne hätten, obwohl es die meisten längst wissen (bis auf ein paar Mitglieder, die nach dem Mittagessen eingenickt waren). Also ruft er es ihnen wieder ins Gedächtnis.

»Kurz zusammengefaßt, Bürger, habe ich empfohlen, Monsieur Desmoulins durch die Gefängnisärzte untersuchen zu lassen, die ihn anschließend sicher als eindeutig geisteskrank in ein Irrenasyl einweisen lassen würden.«

Daraufhin reichlich Gelächter, natürlich besonders vom Royalistenflügel. Aber selbst Desmoulins' eigene politische Mitbrüder wirken amüsiert, wenigstens einige. »Windmühle« nennen sie ihn. Jeder weiß, daß er verrückt ist. Schlau und verrückt. Und daß er schreibt und gelesen wird.

»Was sollte ich sonst von einem Mann denken«, sagte Malouet unverblümt, »der in den letzten zwölf Monaten die Massen gegen mich aufgehetzt hat – und das nur aus dem Grund, weil ich Frankreich liebe und es nicht vor allen Nationen verleumdet sehen will? Soviel steht fest: Ein Land, das seinen König enteignet und entehrt, ist ein geschändetes Land. Gerade Monsieur Desmoulins mit seinem ständigen Hang zur Antike sollte sich bewußt sein, wie sehr die Götter ein solches Land mißbilligen und mit Seuchen und Plagen heimsuchen. Ja, ich möchte Frankreich ins Sonnenlicht der Freiheit treten sehen, aber nicht auf dem Umweg über einen Misthaufen.«

Applaus. Schön und gut.

»Deshalb möchte ich nur ganz einfach die Tatsache erwähnen, daß man mich beleidigt, angespuckt, ja sogar angegriffen hat. In Versailles, bei mir zu Hause, selbst hier vor den Toren der Versammlung. Daß ich gezwungen bin, zur Selbstverteidigung ständig eine Pistole bei mir zu tragen, und daß sich meine weiblichen Verwandten aus Furcht vor Beschimpfung nicht mehr aus dem Haus wagen – und das alles nur aufgrund der Verfolgung eines Verrückten und seiner Lügen, die er über mich in diesem unflätigen, verbrecherischen Dingsda verbreitet, das er als Zeitschrift bezeichnet.

Nein, meine Herren, ich möchte Ihre Aufmerksamkeit lediglich auf den Wahnsinn seines ›Journalismus‹ und der daraus resultierenden, wahnsinnigen Gewalt lenken. Sie bringt jeden in Mißkredit, der sich auf seine Seite stellt.

Sie waren sicher beim Föderationsfest dabei und haben vielleicht Berichte über diesen Tag der Harmonie und des guten Willens gelesen, der soviel für das Herz von Frankreich und auch für sein Ansehen im Ausland getan hat. Sind Ihnen dabei die Notizen dieses irren Massenaufhetzers entgangen, deren einziger Zweck es ist, in Paris einen Aufstand vom Zaun zu brechen? Der König, der vor uns allen geschworen hat, die Verfassung zu ehren – was sagt dieser Desmoulins über ihn? Er erinnert an den Triumphzug eines Römers – Aemilius Paullus –, der sich ›in ein Fest verwandelt hat, weil man hinter dem Streitwagen des Feldherrn einen König in Ketten herschleppte‹.«

Stille. Aufmerksame Stille. Der Royalistenflügel schaut abwartend zu. Der Rest ist am Verdauen. Jemand hat eine Schläferschar aufgeweckt, die ziemlich aufgebracht wirkt.

»Was«, sagte Malouet, »hat dieser – dieser Windmühle vor? Will er Paris in ein Armageddon verwandeln? Offensichtlich heißt sein Gott doch nicht Dionysos, der Schutzherr des Theaters und des Weines, sondern Anarchie. Oder auch der Teufel. Zweifelsohne würden auch die Selbstzufriedensten unter Ihnen, meine Herren, aus der Haut fahren, wenn sie erfahren müßten, daß da eine Bewegung im Gange ist, die es sich zum Ziel gesetzt hat, den König zu verhaften, seine Familie einzusperren, die herausragenden Vertreter von Recht und Ordnung in Eisen zu legen und sage und schreibe sechstausend Personen zu töten.«

Jetzt heftiges Murmeln, das er noch weiter anschwellen läßt. Er hört zwei Rufe: »Das ist eine Lüge!« und »Namen nennen!«

Malouet wartet, bis sich der Tumult legt. Er sagt: »Man hat mich verfolgt, weil ich gesagt habe, daß ich den König ebenso liebe wie das Volk, mit gleicher Zuneigung, und daß ich mein Herz nicht ändern kann. Ich bin nicht so töricht, Namen zu nennen, selbst wenn ich alle wüßte.«

Jawohl. Ich habe meine Sache gut gemacht.

»Ich bin unter Ihnen hoffentlich als verfassungstreuer Mensch bekannt. Mein Leben und meine Taten sollen für mich sprechen. Ich glaube nicht, daß Camille Desmoulins oder seine Werke sehr viel für ihn sprechen.«

Er setzt sich unter dem Jubel der Royalisten und nimmt eine Prise Schnupftabak aus der neuen Dose mit dem Wappen der Trikolore und einem eingelegten Bastillesteinchen.

»Also, was wirst du dagegen unternehmen? Irgend etwas mußt du tun.«

»Man hat das Papier nicht öffentlich vorgelesen – die beleidigenden

Passagen, über die M-malouet so geja-jammert hat. Wie kann die Versammlung dann darüber urteilen? Ich habe zu diesem Zweck eine Verteidigung geschrieben. J-je-jemand wird sie lesen.«

»Wer?«

»D-d-der, der immer V-verteidigungen vorliest.«

»Nicht du.«

»N-nein. Aber ich werde dabeisein, um sicherzustellen, daß es eine Anh-h-hörung gibt.«

»Wenn du dabei bist, fallen sie wie die Geier über dich her. Man wird dich zum Reden auffordern.«

»Dann r-rede ich eben.«

»Ja, genauso so, r-red-redest du eben.« Louis-Mer runzelte die Stirn und sagte: »Dieser verdammte Garney macht in meinen Artikeln mehr Setzfehler als bei dir.« Windmühle zuckte nur mit der Schulter. Obwohl er zu Tode erschrocken war, versuchte er, es nicht zu zeigen. »Camille, du weißt doch, daß du ernsthaft in Schwierigkeiten steckst? Man könnte dich verhaften.«

»Ja, ja. Aber sie w-w-w –«

»Warum nicht?«

»Das Volk. Dem ist es nicht egal, es würde nicht zulassen –«

»Komm von den Wolken herunter. Der Pöbel ist launisch.«

Camille zerrte wie besessen an seinen Nägeln herum, zerknüllte ein Fahnenblatt und warf es quer durchs Zimmer.

»Das sagst du nur, weil sie dich nie geliebt haben.«

»Ach, meine Lieben«, sagte Hase Fréron. »Wir wollen die Plebs doch nicht romantisieren. Vergeßt mal eine Minute euren Rousseau. Menschen sind Tiere, und Tiere beißen. Der Pöbel dagegen – das ist ein Biest ohne Gedächtnis und Verstand.«

Windmühle stand an der Tür. »Na schön. Hn-hns-s-sie werden mich umbringen. Ich w-werde im Ke-kerker verrotten. Das ist alles, woran ich denke. Gehabt euch wohl.«

»Und Lucile«, sagte Fréron, »wird dich nicht im Gefängnis besuchen.«

»Doch, oh – ja, ja. Nein, wird sie nicht.«

»Du solltest«, sagte Fréron, »dich beim Schreiben geschickter anstellen.«

»Mn-hn-hör auf zu reden wie m-meine – Ich kann nur die Wahrheit sagen. Die Wahrheit. Sie haben Fettwanst wieder auf sein Piedestal geschubst, und alles schreit Hurra für den König! Während die Ratten das Fundament zernagen. Jemand muß es – und du – du schreibst wie eine Maschine.«

»Danke schön.«

»Wie ein Metzgerbeil, mit dem man Kehlen durchschneidet. Dich werden sie dort oben im Stall als Nächsten vorführen, gefesselt und geknebelt.«

»Ich passe besser auf als du, wo ich den Schnitt ansetze.«

»Verdammte Maschine. Ich bin weg. Sp-spazieren.«

»Das ist dein Zimmer.«

»Und d-du bist drin.«

Also hat man mich zum Reden aufgefordert. Ich hatte vor den Cordeliers gesprochen – einigermaßen effektiv. Manchmal hatte ich sogar gestottert, aber wenigstens kamen die Ideen rüber. (Und um ehrlich zu sein, manchmal habe ich verzichtet, wenn ich an der Reihe war: Ich habe eine Halsentzündung, bin heiser, entschuldigt mich.)

Außerdem hatte ich im Palais Royal gesprochen, und es hatte grüne Blätter geregnet. Bastillesteine.

Ich konnte nicht schlafen. Ich ging zum Gerichtssaal und nahm in meinem schönen Rüschenhemd – eine der ersten Prämien vom Zauberer Mirabeau, diesem Betrüger und Lügner – auf den Sitzreihen Platz, mitten im Geschehen. Meine Verteidigung war gut. Ich war Anwalt genug, um wenigstens das richtig zu machen. Sie hörten zu – auch gut.

Ich hatte klatschnaß geschwitzte Hände und einen empfindlichen Magen. So ging das schon regelmäßig seit jenem Morgen des fünfzehnten Juli, drei Wochen lang, Tag und Nacht. Ich hatte mich nach irgendwelchen hilfreichen Gesichtern umgesehen, konnte aber nur Robespierre entdecken, der sich still Notizen machte und in mir den Eindruck erweckte, als ob er eine Wäscheliste vervollständigen würde, statt zuzuhören.

Mirabeau habe ich in jener Nacht nicht gesehen. Vermutlich war er nicht da. Ein oder zwei Leute hatten mich beim Eintreffen am Arm gepackt und für mein Auftauchen gelobt, aber keiner war geblieben.

Frühe Dunkelheit im August. Draußen vor den geöffneten Fenstern atmete leise Paris. Es klang so weit entfernt wie ein fremdes Land.

Ich sollte nicht hier sein. Mein Gott, vielleicht beschließen sie, mich zu verhaften, und ich sitze da wie eine Ostergans. Ich hätte Marats Trick anwenden sollen: Mit einer Mätresse als Wachtposten zu Hause bleiben und jeden Moment bereit sein, in die Kanäle abzutauchen und zu verschwinden.

Und dann stand Malouet auf und wollte erneut sprechen.

Er sieht sehr groß aus. Vermutlich kommt er mir größer vor, als er ist. Niemand ist so groß, außer vielleicht d'Anton.

»Sehr schön.« Auch Malouet blickt sich um. Ach wie wunderbar, der Kerl ist ein Schauspieler. Schaut mich an. Unwillkürlich zucke ich zusammen, was ihn amüsiert. »Eine sehr ordentliche Verteidigung, verfaßt vom Anwalt der Straßenlampe. Aber was beweist sie? Noch haben wir nicht das ganze Papier vorgelesen.« Starrt mich an. Verdammter Kerl. Versuche, zu schlucken. Ja, ich werde reden müssen. »Das können wir immer noch lesen. Ich sage nur folgendes: Wenn Camille Desmoulins im Sinne meiner Anklage unschuldig ist, dann soll er das selbst erläutern.« Ja, so war das damals bei meinem ersten Prozeß auch gewesen. Hab's vermasselt. Versager. Fünfundzwanzig, damals. Knoten in der Zunge – perfekter Ausdruck. Inzwischen älter. Knoten in der Zunge. K-knoten in d-d-der Zunge. Vornehme Pinkel. Geboren in einem goldenen Bett, mitten hinein in eine goldene Welt. Liebe den König und tritt das Volk in den Hintern. Immer ihr. Ihr stellt uns ein Bein, ihr nehmt uns das Essen aus dem Mund, ihr legt uns die Schlinge um den Hals. Jetzt schreit er mich an: »Er soll sich persönlich rechtfertigen, wenn er es wagt.«

Mit glühendem Kopf sprang ich hoch. Ich hatte panische Angst davor, was sie mir antun würden, aber ein Wutanfall gab mir die Kraft zum Reden.

»Ja, ich wage es. Ich wage es.«

Es war, als ob jemand ein Messer in mich hineingestoßen hätte. Das dumpfe Unbehagen in meinem Magen explodierte förmlich. Ich hielt die Luft an. Der Schmerz war – abscheulich. Wie Quellwasser brach mir am ganzen Körper eiskalter Schweiß aus. Ich war vom Nachhall des Schmerzes wie betäubt und versuchte buchstäblich, mich davon abzuwenden, da fiel er erneut über mich her.

Der große Raum schwoll an, eingemauert zwischen diesen verdammten, seelenlosen Gesichtern, und die düsteren Vorhänge versanken ins Schwarze. Ich starrte Malouet an. Wer war er? Verwirrt versuchte ich im Würgegriff des Schmerzes zu sprechen, brachte aber nur wie ein Schwachsinniger unartikulierte Laute heraus. Gott allein weiß, was ich gesagt habe. Es sei denn, jemand hat es aufgeschrieben.

Der große Mann stand nur da und deutete spöttisch auf mich, und bald fingen alle wie Dschungelwesen zu heulen und zu johlen an. Daraufhin hatte ich mich wohl hingesetzt. Es war mir egal.

Robespierre. Er feilte nicht mehr an der Wäscheliste herum, sondern sprach an meiner Stelle. Was sagte der Abgeordnete aus Arras, Robespierre? Seine Stimme klang knarzend – ein gut gestimmtes, verstaubtes Instrument.

Der Schmerz wird schon wieder aufhören, er kann doch nicht dauern.

Ein feuriger Speer durchbohrte meinen Unterleib, ein zweiter fuhr durch die Rippen nach oben.

Robespierres ... Worte: Ich sei unschuldig. Mein Eifer neige dazu, größer zu sein als mein Taktgefühl. Nein, Maxime. Als echtem Patrioten müsse man mir diese Höhenflüge vergeben. Ich würde nicht immer nachdenken. Nein, Maxime, verrate nicht mein Bemühen, indem du es in einen hirnlosen Kinderstreich verwandelst. Aber ich konnte nicht protestieren. Ich war dankbar.

Ich saß da, während der Schmerz in meinem Inneren herumwühlte. Ich hatte jemanden daran sterben sehen, oder hatte ich nur davon gehört? Eine Klinge seitlich im Becken. Aussichtslos. Opium und trotzdem Todesqualen. Innerhalb von zwei Tagen tot.

Ich weiß nicht mehr, wie ich es schaffte, auf die Straße hinauszukommen. Es war schon spät. Mirabeaus durstiger Saufkumpan wäre froh, wenn sie die Glocke zum Ende der Sitzung läuten würden. Hier draußen Glocken. Der Fluß. Straßen. Theater-von-Frankreich-Straße. Die Treppe hoch. Aufs Bett gestürzt. Ich sterbe. Ich bin dreißig und sterbe an einer unheilbaren Darmvergiftung auf der rechten Seite. Dreißig und schon am Sterben, und ich habe noch nichts erreicht, habe noch keinen meiner Pläne verwirklicht. Meine Mutter wird weinen, wenn sie die Nachricht erhält. Sie ist so krank, und ich habe sie seit Monaten nicht mehr gesehen und Lucile –

Der Gedanke an sie machte es nur noch schlimmer.

Der Schmerz war mein einziger Gefährte. Er kam und ging in langen Wellen. Ich war schweißgebadet. Jeder Tropfen heiß wie frisches Blut, und das schöne Hemd klatschnaß. Ich versuchte, das Ende meiner Wirbelsäule und meine Fußsohlen durch die Gedärme nach oben zu pressen.

Manchmal antwortete ich noch immer Malouet, wer auch immer Malouet war.

Ich wage es. Ich wage es, weil die Wahrheit im Gegensatz zu mir keine Furcht kennt. Sperrt mich ein und macht mich mundtot und knebelt mich. In Toulon haben sie Frankreich befreit verbrannt, aber die Asche dieses Scheiterhaufens flog auf und fiel herunter, und jede Rußflocke hinterließ auf Wänden und Herden einen prächtigen Fleck, der da lautete: WIR WOLLEN NICHT LÄNGER SKLAVEN SEIN. Wenn ich jemanden verfolge, dann tu ich's für eine gerechte Sache. Was dich betrifft: Ich habe nicht der breiten Öffentlichkeit befohlen, Sie anzugreifen, mein Herr, das kann ich nicht. Ich bin kein großer Feldherr oder König. Anscheinend hatte ich auf etwas hingewiesen, das man an Ihnen auszusetzen hatte – aber ich bin nur das Licht, das den Weg gewiesen hat, und nicht der Urheber. Und während ich Sie mit einer Feder attackiert habe, haben Sie Stecken und Steine genommen. Nun, wer das Schwert spürt, muß den Schwertkämpfer entwaffnen – nehmen Sie sich zurück. Verabschieden Sie sich von Ihren Visionen einer goldenen Monarchie, und setzen Sie Frankreich an ihre Stelle.

Und dann dachte ich wieder, der Schmerz hätte mit Hunger zu tun und ich müßte in irgendeiner hitzegeschwängerten Gegend verhungern. Ich, der Verfolgte, müßte sterben.

Gegen Morgen war mir so kalt, so kalt, daß es mich schüttelte. Entweder klapperte das Bett oder meine Knochen oder meine Zähne. Dann begann der gigantische Ozean des Schmerzes auszutrocknen und wurde immer kleiner, bis er schließlich verebbte und ich einschlief.

Ungefähr eine Stunde später weckten mich Rufe unter dem Fenster: Malouet und die Pinkelbagage geschlagen! Desmoulins ist Tagessieger!

Zitternd lag ich da und hatte Angst, daß der Schmerz zurückkam, aber da war nur der Gestank von Krankheit, der sich mit der klebrigen Süße einer Sommermorgendämmerung in der Stadt vermischte. Ich machte die Augen zu und schlief wieder ein.

Niemand kam, um mich zu verhaften, nicht einmal der Tod. Mein Apologet, Maximilien Robespierre, hatte mir die Haut gerettet. (Halt eine Rede. Danke schön, Maximilien.)

Aber die Lüge, diese Lüge. Wie die Schlange im Baum windet sie sich überall hinein.

Das gedruckte Wort übertrifft als Waffe das Schwert. Dann hetze sie, die Despoten und Reaktionäre, mit diesen Wortschwertern. Aber wann beginnt der Arbeiter das Schwert zu lieben, anstatt es nur zu gebrauchen?

Und doch ist nicht der Einzelmensch daran schuld, sondern die überwältigende Macht, die ihm als absolutem Vertreter gewährt wird. Sie verkrüppelt ihn und macht aus ihm ein Monster. Das habe ich gesagt.

Wenn ich sage, daß ich meine Sätze geglaubt habe, so ist das keine Entschuldigung. Wenn ich sage, daß mir meine Berufung Spaß gemacht hat und mich das Schreiben in Hochstimmung versetzt hat, dann werde ich möglicherweise dafür verdammt. Während ich im Fieberwahn dieser schrecklichen Krankheit dalag und dachte, ich müsse an Bauchfellentzündung sterben, habe ich geglaubt, mein Tod würde Frankreich etwas bedeuten. Und wenn ich das sage, dann hat das weniger mit einem Eingeständnis meines Egos zu tun als mit Selbstmitleid.

Wurde je ein Mensch geboren, der nicht damit gerechnet hat, einen wichtigen Platz in der Welt einzunehmen? Wer könnte sonst schon das Leben ertragen.

Der Volksfreund

Mein lieber Camille, trotz deiner ganzen Schlauheit verstehst du von Politik soviel wie ein Kuckuck. Dein Lied klingt zwar immer interessant, aber es steckt nie etwas Vernünftiges dahinter.

Laß dir die Zähne einschlagen. Danke schön, Marat.

Eine Königin: Diamanten oder Herzen?

Marie-Antoinette auf Armenbesuch. Wie ein Apfelblütenwunder taucht sie in den Hospitälern auf. »Wie geht es Ihnen heute?« »Ach, sehr gut, Euer Majestät«, sagten die unheilbar Kranken erstaunt. Aber inzwischen regiert König Ja-Ja aufgrund von Gesetzen und nicht Dank des Gottesgnadentums. König und Königin von Frankreich. Arme Dinger, müssen sich dort in den Tuilerien mit abgeblätterten Zimmerdecken begnügen, während die Mäuse die Kerzen fressen (meine Güte, die schmecken aber gut – bestes Wachs) und sich eine Heerschar von Dienern mit Parfüm und Pomp zwischen dem aufgestörten Staub und den Käfern abmüht.

Man wäre versucht, zu behaupten, sie, Antoinette, hätte vom ersten Moment an gewußt, daß eine große Treppe vor ihr lag, auf der es nur noch abwärtsging.

Verheiratet mit einem Narren in einem Königreich voller Ausländer, die sie haßten und immer gehaßt hatten, weil sie gerne tanzte und sich aufputzte und – aus panischer Angst vor dem Ennui – vom Kartentisch in den Ballsaal hetzte, immer in einem neuen Kleid. Aber sie war dazu geboren. Wie jeder andere war auch sie geprägt. Sie sei eine Göttin und werde es immer bleiben, das war das einzig Anständige, das man ihr beigebracht hatte, nachdem sie in dieser Welt zum erstenmal die Augen aufschlug. Die ersten Blicke fielen auf Seide und Satin, auf Diener, die sie verehrten, und auf Bauern, die kniend Blumen streuten. Alles wurde ihr auf einem goldenen Teller samt Silberlöffel präsentiert, den man ihr ganz sachte und liebevoll in den rosigen Mund steckte.

Aber nachdem sie nun all die Jahre eine Person gewesen war, kamen die Wölfe heulend angerannt, und sie mußte sich ändern. Du bist wie wir, schrien sie und zogen ihr häßliche Zottelfratzen. Nein, nein, schrie ihr Herz auf. Für ihr Herz konnte sie nichts.

Trotzdem hatte sie es versucht, das muß man ihr lassen. Als sie draußen im Hof bei den Schmetterlingen im Oktober ihr Blut gefordert hatten, war sie ihnen Auge in Auge auf den Balkon gegenübergetreten, selbst als sie hörte, wie an die zwanzig Musketen mit je einer tödlichen Kugel gespannt wurden, die auf ihre Brust und ihre Stirn zielten. Und selbst hier versuchte sie, sich anzupassen, obwohl sie soviel von dem Luxusvergnügen verloren hatte, das für sie ganz alltäglich war. Sie bestätigte den Eid vom vierzehnten Juli, ging in stinkende Hütten und Hospitäler und starrte wie eine Marmorheilige Kreaturen an, die ihr in jeder Hinsicht so völlig fremd waren, als ob es Wesen von einem anderen Planeten wären.

Sie wußte, daß die Treppe nur nach unten führte. Zuerst die Drohungen, dann die Realität. Es gefiel ihr nicht, und sie sah nicht ein, warum sie sich damit abfinden sollte. Was hatte sie außer ihren Kleidern und den Bällen sonst schon gehabt? Sie hatte Louis, einen ausgezeichneten Liebhaber und Tischler, der sich mehrere Jahre vergeblich abgemüht hatte, bis er sie aus ihrem jungfräulichen Zustand erlösen konnte.

Sie heckte Verschwörungen aus. Sie schrieb Briefe nach Österreich: Liebes Heimatland, hilf mir. Natürlich tat sie das. Wer würde nicht versuchen, die Sache wieder ins Lot zu rücken, wenn man ihn ohne verständlichen Grund um seine gesamte Sicherheit und Lebensfreude bringt? Wenn sie eine Intellektuelle gewesen wäre, wäre ihr Verhalten unverzeihlich gewesen. Eine Intellektuelle hätte sich schätzungsweise ausrechnen können, daß kein einzelner Mann (oder eine Frau) ihr Leben auf dem Leid anderer aufbauen darf. Aber Antoinette war nur ein bißchen schlau und das auch noch völlig verquer.

Traurige, nutzlose Königin. Sie sah, wie die Stufen immer weiter hinabführten. Sah sie auch die glänzende Schneide, die ganz unten quer über der Treppe lag?

1790: Herbst – Winter

Im September trat Necker zurück. Das ehemalige Idol war zum Symbol aller schlechten Dinge geworden. Und wenn man bedenkt, das alles nur, weil –

Inzwischen ging der große Religionskampf, der im Vorjahr begonnen hatte, immer noch weiter, und noch immer dröhnte es durch die Dörfer, wenn Türen zugeworfen wurden und Söhne auf die Straße flogen, weil sie ihren Vätern erklärt hatten, daß auch Priester nur Menschen sind.

Eigentlich gab es nun zwei Sorten Priester. Die Volkspriester hatten ihre Loyalität zu Frankreich beschworen und kleine Teile der Kircheneinrichtung weggegeben und spielten mit dem Gedanken an Heirat. Die anderen klammerten sich mit Zähnen und Klauen an ihre Altarleuchter, ans Zölibat und an die oberste Autorität des Papstes. Man hatte an den Papst (jenen »Bischof von Rom«) höchstpersönlich appelliert, er möge das Schisma mildern. Bis jetzt keine Antwort. Aber was dachte man denn, welche Antwort man bekommen würde?

Im Nordosten Frankreichs war das Militär aufgrund von Meutereien wegen Soldrückständen ernsthaft außer Kontrolle geraten. Die Meutereien wurden – niedergeschlagen.

In Paris flatterten die Assignaten noch immer kühn herum, Papiergeld … Waren sie ein bißchen weniger wert als früher?

Außerdem darf man nicht vergessen, daß es in England, Österreich und in der Festungsstadt Koblenz eine Menge Émigrés gibt, die Unruhe stiften. Während einiger ruhiger Nächte konnte man an den französischen Grenzen in der Ferne Säbel rasseln hören. Wer behauptete, es wären nur Kuhglocken?

Anstatt Windmühle in sein Atelier zu bitten, das aus einem verlotterten Speicher irgendwo im Cordeliersbezirk bestand, arbeitete der Künstler lieber in der Wohnung in der Theater-von-Frankreich-Straße an seiner Skizze. War bequemer, wenn auch etwas unordentlich. Diese nouveaux messieurs – alle gleich, wenn sie sich nicht Diener, eine Frau oder mehrere Mätressen hielten, die hinter ihnen aufräumten. Überall auf den Schreibtischen lagen Bücher und Papier und kaputte Federkiele herum, als ob jemand eine Gans gerupft hätte (der hier hatte eine Menge zerbrochen; bei dem Zeug, das er schrieb, war es ein Wunder, daß sie nicht wie Phosphorhölzer in Flammen aufgingen).

Der Künstler bereitete die Zeichnung für eine Aquatinta-Radierung vor, die drüben im Laden an der Rue Saint Honoré ausgeführt werden sollte. Problemlos zu verkaufen. Er mußte lediglich aufpassen, daß ihn die Kerle von der Honoré nicht beim Preis beschummelten.

Ein interessantes Gesicht, dieser Camille. Ziemlich bleierne Haut, als ob er krank gewesen wäre; allerdings hieß es, er sähe immer so bleich aus. Genau wie Derobespierre – hoppla, Robespierre. Aber damit endete auch schon jede Ähnlichkeit. Mit ein wenig Konzentration ließen sich die Gesichtszüge mühelos festhalten. Arrogante Kinnlinie, eine beinahe klassische Nase. Leider war einer früher mal leicht daraufgetreten und hatte sie vorn an der Spitze verbreitert und etwas in die Länge gedrückt. Boshafter Mund. Immer diese nervöse Anspannung, die die Lippen ständig zu einem sarkastisch-gnadenlosen Lächeln nach oben spannte. Schöne tiefschwarze Augen mit starkem Ausdruck – leider standen sie auffallend weit auseinander. Ein Ignorant, der Desmoulins nicht persönlich kannte, würde sagen: Da stimmt doch was nicht. Tat es aber doch. Sehr merkwürdig. Was bedeutete das? Alle charakteristischen Gesichtszüge bedeuteten etwas. Genau wie die Hände. Der hier hatte neurasthenische Hände. Lange schmale, tintenverschmierte Finger, die vorn stumpf zuliefen. Am zweiten Finger der rechten Hand vom ständigen Federdruck eine Schwiele. Abgebissene Nägel. Aber was versteckte sich hinter diesen Augen, die unter der intelligenten, wohlgeformten, wenn auch etwas aggressiven Stirn in weitem Abstand angeordnet waren? Natürlich konzentrierte sich der starre Blick im Moment auf den Nachruhm. Er hatte seine Pose eingenommen und behielt sie starr bei, damit der Künstler alles exakt für die Nachwelt festhalten konnte. Nur manchmal zuckte er vor Nervosität. Aber der Künstler hatte sich nicht einwickeln lassen, sondern hatte den Blick dieser Augen, die ihn unverwandt anschauten, gespeichert. Hinter dem glänzenden Schwarz verbarg sich eine Art Unsicherheit, etwas, das beinahe zu fragen schien: N-nun?

»Ich werde Blätter an den Hut malen«, sagte der Künstler.

»W-w –?« stotterte Windmühle, völlig versunken in seiner Pose.

»Kastanienblätter. Jeder Held hat sein Symbol.«

»Oh.«

Komisch, im Gegensatz zu den meisten reagierte er gar nicht auf das Wort »Held«. Ein Menschenbeobachter, dieser Künstler aus dem schlampigen Speicher.

Das Bild würde ihn gut wiedergeben, ohne Schmeichelei. Es hieß, der hier sei häßlich, aber das war er nicht. Jede Zeit hat ihre Mode. Und diese mochte Menschen beiderlei Geschlechts, die wie Porzellanpüppchen aussahen, und das tat Monsieur Windmühle definitiv nicht. In einer anderen Epoche hätte man ihn als attraktiv und gutaussehend bezeichnet, wenn auch auf eine verrückte Art. Jawohl, das hätte man. In einer Epoche, in der man Unregelmäßiges als attraktiv und ehrlich und damit wertvoll empfand.

»Danke schön, Monsieur«, sagte der Künstler.

»W-?«

»Ich bin fertig.«

Zappelnd löste sich Windmühle aus seiner Pose wie eine Statue, die lebendig wird und nicht recht weiß, ob sie diesen neuen Zustand mag. Er hob eine Hand, nahm den Hut herunter und legte ihn sorgfältig ab. Den Umhang aber behielt er an, als ob ihm trotz des Feuers kalt wäre. (Der Umhang war eine gute Idee gewesen, eine starke Anspielung auf die römische Toga. Außerdem hatte er für einen Mann, der sich die halbe Zeit über einen Schreibtisch beugte, erstaunlich gerade Schultern. Ja, nicht schlecht die Skizze.) Mit einem Seitenblick wollte sich der Künstler vergewissern, ob Camille zur Besichtigung herüberkam, was er aber nicht tat. Offensichtlich keine hohe Meinung von seinem Aussehen. Trotzdem eitel. Wie dramatisch er sich den Umhang umgeworfen hatte: Ich bin Brutus! Diese Pose. Die betonte Begrüßung an der Tür – o ja, ich bin bereit. Das hieß: Komm herein und mach mich unsterblich.

Der Künstler trank den Wein aus, den ihm sein Modell großzügigerweise gestiftet hatte, und erklärte sich drüben beim Feuer, das er sich bei seinem Lebensstandard nur selten leisten konnte, mit den endgültigen Bedingungen einverstanden.

Nachdem sie einander die Hände geschüttelt hatten und alles ordentlich in Hüllen verstaut war (draußen regnete es), strebte der Künstler der Wohnungstür zu, öffnete sie und blieb voller Bewunderung spontan stehen. Im Türrahmen stand eine voll erblühte Dame Anfang Vierzig, der beste Beweis für das Sprichwort, daß eine reife Frucht immer die beste ist.

Aus dem Zimmer hinter dem Künstler drang ein unterdrückter Schrei der Überraschung. Paris hatte Brutus mit einem kräftigen Schlag wieder. Die Dame zog die Augenbrauen hoch und lächelte alle an.

Wenn das das Anhängsel war, das zum Aufräumen der Federkiele kam, dann war es kein Wunder, daß sich der Kerl die Nägel abgebissen hatte.

»Nun, einen schönen Tag, Madame«, sagte der Künstler. »Bin schon weg.« Leider. Während er die Treppe hinunterging, hörte er Windmühle nach langem Schweigen formulieren: »I-Ihr werdet Euch kompromittieren.« Aber dann ging die Tür zu. Ach, was soll's, hinaus in la pluie. Laß für mich 'ne nette, wohlgebaute Schäferin regnen, ja?

»Ganz und gar nicht«, sagte Demeter drinnen in der Wohnung. »Achten Sie eigentlich nie auf Klatsch, Camille? Es heißt, Sie und ich wären schon seit Jahren ein Paar; dann hätten Sie mich satt bekommen und sich meiner Tochter zugewandt.«

Windmühle war sichtlich unwohl. Da es nicht zu ihrem Auftrag paßte, ihn zu beunruhigen, fügte sie hinzu: »Scheint, als hätten wir Sie längere Zeit nicht mehr zu Gesicht bekommen.«

»Nein.«

»Lucile«, sagte Demeter, »gehört nicht zu den Mädchen, die jede Nacht in ihr Kissen weinen, aber jetzt tut sie es doch. Ganz leise, um niemanden zu stören, was auf Adèle sehr beunruhigend wirkt. Wissen Sie, wenn Adèle von Ihrem Freund Maxime getrennt ist, kann sie nicht in ihr Kissen weinen, deshalb ist sie auf eine derart grande passion inzwischen sehr eifersüchtig. Für ein junges Mädchen ist das nicht gut. Übrigens ist im Keller einiges zu Bruch gegangen. Anscheinend ist meinem armen Mann in jener Nacht vom vierzehnten Juli ein ganzes Flaschenregal auf den Kopf gefallen.«

Windmühle sagte kein Wort, sondern stand nur da und fummelte an seinen Papieren auf dem Schreibtisch herum. Sein völlig linkisches Benehmen wirkte ganz besonders charmant.

»Wir haben jeden Moment einen Frontalangriff des Pöbels erwartet. Die Infanten der Straße mögen es nicht, wenn ihre neuen Herren aufgebracht sind.« Spielerisch. Aber als sie merkte, daß das Spiel keine Antwort auslöste, ließ sie es sein. »Dann hat uns Lapin erzählt, Sie seien krank gewesen.«

»Frér-eron. W-was weiß er davon?«

»Man hat uns einen geschwächten Camille beschrieben, der auf allen vieren zur Tür kriecht, um sie zu öffnen, der in einen Sessel sinkt und wie vom Teufel besessen fünf Minuten lang schreibt und dann über dem Manuskript mit den Haaren in der Tinte zusammenbricht und schläft.«

»Einmal, letzten Mn-m-m-«

»Und in der Zwischenzeit eine äußerst törichte Nachricht an Lucile.«

»H-hat er –«

»Meiner Ansicht nach hatte Luciles Vater mit ihr eine Auseinandersetzung bezüglich ihrer Absichten gegenüber einer gewissen, ziemlich bizarren Person, die manchmal in unserem Hause vorstellig wird und mit Dingen um sich wirft. Ach, Lieber, mein lieber Camille, was soll ich sagen?«

Sie war ganz lächelnde Ruhe. Windmühle starrte sie an. Sie musterte ihn nachsichtig. Sie, Demeter, war sich genau bewußt, in welch heißes Wasser sie dieser ungestüme Kindmann mit seinen Liebesgedichten und den intensiven Blicken vor wenigen Jahren hätte bringen können. Sofort hatte sie zwischen ihnen eine Barriere ehrlicher Sympathie aufgebaut, von der sie nicht einmal abgewichen war. Wenn sie je etwas anderes zugelassen hätte, hätte das in einer Katastrophe enden können. Mit diesem Nachspiel wäre das zweiundzwanzigjährige Kind nicht fertig geworden. Was sie selbst betrifft, so war sie zu sensibel, um sich bedenkenlos bis zu jener Grenze zu wagen, wo sich Vergnügen in echtes Gefühl verwandeln könnte. Als er sich in ihre Tochter zu verlieben begann, wußte sie das praktisch im selben Augenblick wie er. Nur einen Moment hatte es damals so etwas wie Eifersucht gegeben, kurz und nur mit einem winzigen Bedauern. Im Grunde genommen war sie erleichtert, denn es nahm ihr die Messerklinge aus den Fingern. Und sie schnitt sich nicht gerne.

»Sie haben die Jagd begonnen, mein Herr«, meinte sie nun, »und sollten Ihre Verfolgung auf galante Art fortsetzen. Werfen Sie ruhig meinem Mann eine Flasche an den Kopf. Ich bin sicher, es hat ihm sehr gutgetan. Aber fliehen Sie dann bitte nicht in den Wald und verstecken sich. Sie müssen unbedingt zurückkehren und den Sieg festigen.«

»S-s-sieg?«

»Nun«, sagte sie, »schließlich stehen Ihnen noch zwei weitere Advokaten zur Verfügung, die rund um die Uhr für Ihre Sache eintreten. Ganz zu schweigen von unserem Dienstmädchen, das Sie den ›wahrhaft guten Bürger, Monsieur C.‹ nennt.«

»Ich habe Lucile geschrieben und keine Antwort bekommen.«

»Ach, aber nun. Ihr Vater hat sie nicht aus den Augen gelassen. Und außerdem, was sollte sie antworten? Sie hat Ihnen immer und immer wieder erklärt, daß sie Sie liebt. Meine Güte, sie hat sich sogar überwunden, mir zu erzählen, daß sie Sie liebt. Sie stimmt Ihnen in allen Dingen zu und gibt nach. Sie bringt es nicht fertig, Sie abzulehnen. Was kümmert Sie da irgendein lächerliches Versprechen, das sie gefordert hat? Sie will nicht Ihr Gewissen sein, Camille, das müssen Sie schon selbst erledigen. Alles, was Ihnen meine Tochter geben kann, ist blinde Liebe und absolute Loyalität. Seien Sie vorsichtig, ich warne Sie. Falls Sie sich irren, wird sie das niemals glauben, sondern nur sagen: Mein Camille hat es so beschlossen, und dabei bleibt's. Basta.«

Windmühle schlug beide Hände vors Gesicht. Schließlich sagte er: »Was wird von mir erwartet?«

»Kommen Sie ins Haus. Schenken Sie meinem armen Mann einen Wein.«

»Und er –?«

»Wir machen ihn schon mürbe.«

»D-Dem-Demeter –«

»Aber, aber, ich bin Madame, Ihre zukünftige Schwiegermutter.«

Mit einem panthergleichen Satz kam er auf sie zu, ergriff ihre Hand, als ob sie aus Glas wäre, und küßte sie, als ob er sich darin lebendig begraben wollte. Demeter seufzte. Sie tätschelte den über ihre Hand gebeugten Kopf, diese schönen schwarzen Locken, die so ganz anders aussahen als der immer kahler werdende Schädel ihres massigen, fetten, einfallslosen Gatten.

Der Talisman hing in einem Stoffsäckchen um seinen Hals – Luciles Haarlocke, die noch immer wie lebendig glänzte. Er ging zur Tür hinein und schaute das Dienstmädchen an, das ihn für einen wahrhaft guten Bürger hielt. Dann schaute er Papa Duplessis an, der soeben mit Wein beschenkt worden war. Einen Moment umkreisten sie einander argwöhnisch. Dann meinte Luciles Vater: »Na, seht mal, wer da ist.«

Es waren noch einige andere Leute da. Wer? Niemand. Das Abendessen war eine steife Angelegenheit. Was gab es zu essen? Nichts.

Lucile wie eine weiß-goldene Lampe mitten im Raum. Lachend und mit glühendem Gesicht. Weil ich da bin.

Alles muß sich ändern. Ich will keinen Anteil, nur sie. Friede. Friede mit ihr. Das ist alles, was ich will. Der Rest: gegen die Gewalt eines Ozeans anschwimmen, stromaufwärts.

An der Tür, zehn Uhr oder Mitternacht.

»Warum bist du fortgeblieben?«

»Ich dachte –«

»Er hat begriffen, daß du es ernst meinst. Du hast ihm ordentlich Angst eingejagt. Er stürzte herauf und meinte: ›Dieser Desmoulins, dieser Idiot, ist verrückt geworden und hat mir den halben Weinkeller nachgeworfen – und obendrein den besten Wein.‹ Am nächsten Tag hat er zu mir gesagt: ›Lucile, du mußt jetzt endlich anfangen, wie eine Frau zu denken. Du bist eigentlich alt genug, um zu heiraten. Was hältst du von diesem Schreiberling?‹ Und ich sagte zuckersüß: ›Meinst du etwa Kaninchen, Vater?‹ Daraufhin wurde er ziemlich wütend über mich. Aber du bist nicht zurückgekommen.«

»Ich dachte –«

»Du denkst immer nur, ohne je zu denken. Hör auf zu denken, Camille. Warum hast du nie Mama oder mich benachrichtigt, obwohl du krank gewesen bist?«

»Da gibt es eine tödliche Krankheit, und ich dachte –«

»Dachte, dachte –«

»Ich dachte, ich würde sterben und dich nie wiedersehen.«

In meinen Armen sah sie zu mir auf. Ihr schönes Gesicht mit den Spiegelaugen. »Aber an Gott glaubst du doch, Camille.«

»Ja, manchmal. Der liebe Vater, der seine Kinder im Stich läßt.«

»Nein. Wie kannst du nur so etwas sagen, wenn wir zusammen sind?«

»Teile deinen Glauben mit mir«, sagte ich, »teile ihn mit mir, Lucile.«

»Hab keine Angst«, sagte sie, »Herzallerliebster.«

Und zwei Monate später sagte ich zum Curé von Saint-Sulpice: »Na schön, wenn Sie mich nur als Katholik mit ihr vermählen, dann bin ich eben in Gottes Namen Katholik.«

»Aber, Monsieur«, sagte der Pfarrer, faltete die Hände und verzog abschätzig das Gesicht, »so geht das nicht. Wir alle kennen Ihre liberalen Ansichten. Wann haben Sie das letztemal gebeichtet?«

»Ich hab's vergessen. Mit dreiundzwanzig –«

»Und jetzt sind Sie dreißig Jahre alt?«

»Wenn wir 1790 schreiben.«

»Bitte, versuchen Sie nicht, mit mir zu scherzen. Das ist keine witzige Angelegenheit.«

»Na schön, wa-was soll ich Ihrer Meinung nach tun? B-barfuß nach Reims pilgern?«

»Ich versuche momentan nicht, Ihre unsterbliche Seele zu retten. Aber ich kann Sie wirklich nicht mit einer Tochter der Kirche verbinden – und das obendrein im Sinne des Heiligen Kanonischen Rechts –, wenn Sie sich fortwährend als Ungläubigen darstellen.«

»In welchem Glauben soll ich mich denn dann darstellen?«

»Das wissen Sie nur allzugut.«

»Dann glaube ich eben daran. An alles.«

»Außerdem wäre da noch ein Punkt: Falls Sie zu dieser unüblichen Jahreszeit direkt nach Weihnachten heiraten möchten, brauchen Sie einen speziellen Dispens.«

»Jawohl.«

»Den man Ihnen ziemlich sicher verweigern wird. Mehrere Mitglieder unseres Klerus behaupten, aufgrund von Kommentaren in Ihrem Journal seien diverse ihrer Besitztümer in Schutt und Asche gelegt worden.«

»Ich bin nicht f-für alles verantwortlich.«

»Fassen Sie sich. Wir werden es mal mit dem Katechismus versuchen.«

Wir versuchten es mit dem Katechismus. Wer war Gott? Wer war Gottes Sohn? Ich zählte ihm sämtliche Romdekrete auf, die es gab. Ich muß die Prüfung bestanden haben. Ich war wieder ein kleiner Junge, zurück in jener kaltäugigen Kirche. In der Gegenwart.

»Sie werden selbstverständlich zur Beichte gehen.«

»Selbstverständlich.«

»Anschließend –«

»Ja?«

»Werden Sie vielleicht ein wenig über die nächsten Ausgaben Ihrer Zeitschrift nachdenken. Wenn sich Mutter Kirche einverstanden erklärt, Sie zu vermählen, wäre es Ihrerseits ziemlich ungehobelt, wenn

Sie so weitermachen würden wie bisher und das Priestertum geißeln und versuchen, das Christentum in Verruf zu bringen.«

Wir musterten uns gegenseitig eingehend. Oh, unsere Liebe Frau von der Bestechung. Aber schließlich war ich nicht hergekommen, um nein zu sagen. Letzten Endes konnte ich noch immer mein Silber einsacken und Pilatus als Trumpf ausspielen …

Demeter brachte uns beide zur Beichte, Lucile und mich. Ich schnitzte meine Sünden der Gelegenheit angemessen zurecht und redete tapfer. Während ich neben dem Beichtstuhl in der Kirche stand, hörte ich Luciles Beichte. Mein Herz schlug wie verrückt, weil sie sagte, sie habe mehr auf weltliche Dinge geachtet als auf Gott. Ich wußte, daß sie mit »weltlichen Dingen« mich gemeint hatte.

Ich war so schlau gewesen, mich zu einem der Priester vom Louis-le-Grand, meinem alten Collège, zu begeben (oder hatte es Maxime vorgeschlagen?), und hatte besagten Priester gefragt, ob er uns trauen würde. Mit seiner Hilfe kamen wir auch an den Dispens.

Zusätzlich hatte mein Vater alles verzögert. Zuerst verweigerte er seine Zustimmung, und dann konnte er sie uns trotz seines Einverständnisses nicht zukommen lassen, weil man ihn – durch meine Schuld – nicht ausreichend über den Namen meiner Verlobten und ähnliche Kleinigkeiten informiert hatte. Fairerweise muß man sagen, daß meine Eltern Lucile nie persönlich gesehen hatten, obwohl ich ihnen ihre Erscheinung schriftlich in glühenden Bildern ausgemalt hatte. Vermutlich argwöhnte mein Vater, sie sei vom Theater oder aus dem Palais Royal, und dank seines Sohnes würde nun noch mehr Unbill über ihn hereinbrechen. Dann endlich löste sich alles in Wohlgefallen auf. Ich bekam den elterlichen Segen für uns beide.

Mein Vater. Nachdem ich ihn den ganzen Monat lang verflucht und gegen ihn gewettert hatte, nahm mir plötzlich eine letzte Mitteilung den Wind aus den Segeln. (In jener ganz bestimmten Nacht, etwa neununddreißig Monate später, konnte ich diesen Brief, den ich immer aufgehoben hatte, nicht finden, wie sehr ich auch danach suchte. Darin hatte er mir den Tod meiner Mutter mitgeteilt. Ich weiß noch genau, wie ich in einem Schattenlicht, das dunkler war als abgebrannte Kerzen, danach getastet und Schreibtischschubladen herausgerissen hatte. Aber das liegt alles noch in der Zukunft.) In jenem Winter erzählte er mir, wie er sich – lange vor meiner Zeit – in meine Mutter verliebt hatte, mit einer Liebe, die nichts von Camilles lautstarker Leidenschaft an sich hatte, sondern still und wohlerzogen war. Und doch – Liebe. Inzwischen war sie so krank und gebrechlich, daß er sie nur selten sah und ich noch seltener als er. Sie war bei den Nonnen. Es war schmerzhaft, sie so zu sehen, eine Belastung, unter der die Ketten der Pflicht vor hilflos hoffnungslosem Mitleid ächzten. Nichts blieb mehr zu tun übrig. Wir sprachen nicht oft von ihr. Aber in jener warmen Dezemberstimmung brachte ihn mir sein sachtes Bekenntnis näher, als er mir bis dahin je gewesen war. Denn beide waren wir sterblich, beide Männer und beide Liebende, trotz aller anderen Unterschiede.

Und trotz des Umbruchs der Welt, trotz der Fieberträume, die Frankreich wie gewaltige Erdbewegungen unter veränderten Planetenbahnen erschütterten, heirateten an jenem Mittwoch, den neunundzwanzigsten Dezember 1790, zwei Menschenwesen.

Ein Teil der Stadt war zum Rand der verräucherten Kirche von Saint Sulpice mit ihren cremefarbenen Schnörkeltürmen gekommen. Die Wagen – keine vornehmen Kutschen – hatten einige Mühe, durch die Menge zu den Portalen vorzudringen. Keiner wurde niedergemäht oder aus dem Weg gepeitscht. Da hieß es: Pardon und Entschuldigung und Dankeschön. Dabei war die Menge alles andere als zahm. Sie bäumte sich quietschend auf und klopfte Brissot mit seinem Schlüssel auf den Rücken und umarmte Robespierre und den dicken, niedlichen Pétion. Und als d'Anton ankam (spät), kläffte sie ihn an, als ob sie einen Knochen haben wollte.

Als der Bräutigam samt seinen prächtigen neuen Kleidern auftauchte, jubelte man ihm zu und streichelte und küßte ihn auf dem ganzen Weg durch den lebenden Cordon zur Kirche hinüber. Erst in allerletzter Sekunde ließ man ihn unter erregtem, übersteigertem und verlegenem Lachen los.

Beim Erscheinen der Braut verstummte die Menge beinahe vor Freude, denn sie sah umwerfend aus. Wie eine Blume schimmerte ihr Gesicht an diesem Wintertag durch ihren Spitzenschleier.

Ihr Hochzeitskleid war zartrosa wie eine Muschel aus dem Meer der Morgenröte, in der sich der Glanz der Wellen noch immer widerspiegelt. So warm und süß war sie und so jung. So jung, Lucile, reizende Lucile. Geht den Mittelgang am Arm ihres Vaters hinauf, der schließlich – überstimmt (und in die Enge getrieben?) – ohne den leisesten Mucks nachgegeben hatte.

Eine Mitgift von einhunderttausend Francs (und ein Haus auf dem Lande) – schon was wert. Kein Narr, dieser Camille, wirklich nicht, wenn er ein Mädchen wie die da für sich gewinnen kann. Nun, schadet nichts, wenn man berühmt ist. Und wenn er kein Wort herausbringt, kann er ihr immer noch witzige Briefe schreiben.

Platinfarben fiel das Licht der Wintersonnenwende in die Geneviève Kapelle, bis es die Kerzen berührte. Hier milderte es sich zu klarem Bernsteingelb.

Der alte Priester aus dem Gymnasium, der Camille mochte und von ihm immer Erfolg erwartet hatte (und eigentlich leicht entsetzt gewesen war), hielt noch immer im großen und ganzen am Glauben an das grundlegend Gute in den meisten Menschen fest, vorausgesetzt, man konnte sie an die Kandare nehmen. Aber die Liebe war ein großer Gleichmacher. Die Augen des Priesters tränten ein wenig, aber im sanften Kerzenschimmer der Winterdämmerung wirkten sie nur leuchtend und strahlten eine wunderbar ästhetische Heiligkeit aus. Mit diesen wundersam tiefen Augen schaute er das Paar vor ihm an und sah nur Kinder.

»Mit dem Sakrament der Ehe«, sagte Pater Bérardier, »ist es wie bei allen religiösen Dingen ...«

Die äußere Form ist nicht das Ganze.

Vom ersten Mann und der ersten Frau an, die sich durch die Einsamkeit der Existenz zueinander hingezogen fühlten, bis zum letzten Mann und der letzten Frau, die sich auf dieser Erde bewegen werden – in all diesen Verbindungen offenbart sich jetzt und in Ewigkeit das Symbol der wahren Liebe.

Gleichgültig, wie sich Mann und Frau einander zuwenden, die nachtumfangene Seele richtet sich nach Gott aus. Dort oben auf den Hügeln sehnt sich der Wanderer, der fernab von Begleitern nur den Sternenhimmel zum Gefährten hat, träumend den Mond als Pendant herbei. Aber wieviel größer als diese wandernd wechselhafte Lampe ist doch jener unendliche, unauslöschliche Strahl, der vom Schöpfer ausgeht und den Wanderer einhüllt.

Jeder sucht nach dem Spiegelbild seines Ichs, sei es ähnlich oder unähnlich. Und wer es findet, bezeugt in seinem eigenen Miniaturuniversum des Ichs die Liebe des Herzens aller Universen, das die Menschheit umfaßt.

Also liebet einander, damit ihr durch diese irdische Liebe Kenntnis von einer weit mächtigeren Liebe erhaltet. Denn die größte aller Tugenden ist die Liebe. Nichts kann Blüte tragen, wenn es nicht von der Liebe genährt wird. Nichts kann Ruhe finden, wenn es nicht die Liebe schützend verteidigt.

Liebet einander: das ist das ureigenste Gebot Christi. Und erkennet durch eure Liebe die Macht jener Liebe, die Berge fallen läßt und über Wüsten triumphiert und die Wasser der Weltmeere teilt und auftürmt.

Und denkt in eurer Liebe daran: Es gibt Einen, dessen Liebe ewig währt, den Vater aller Dinge, seien sie vergangen, gegenwärtig oder zukünftig. Seine Liebe wird bei euch bleiben alle Tage dieser Welt und über ihr Ende hinaus.

Der Morgen des romantischen Zeitalters dämmerte herauf. Man ließ sich bedenkenlos rühren, und Emotionen waren nicht dazu da, in einen Schrank gesperrt zu werden. Und wenn einem schnell die Tränen kamen, dann weinte man eben.

Und einem Camille, den Glück, innere Anspannung und das Credo einer allumfassenden Liebe so unerträglich rührten, daß er die Tränen nicht mehr zurückhalten konnte, flüsterte Maximilien Robespierre unnötigerweise zu: »Weine, wenn du weinen möchtest.«

Ich erinnere mich noch genau daran: Maxime balanciert mit Sébastien Mercier, Brissot und Pétion den Brautbaldachin über uns und dazu diese Stimme. Ganz leise, taktvoll und freundlich. Weine, wenn du möchtest. Was sollte das sein? Eine Ermutigung oder eine Erlaubnis?

(Noch lange Zeit danach wirkt der Anblick der Heiratsurkunde von Camille Desmoulins und Lucile Duplessis samt ihrer Reihe von Unterschriften – mal verschnörkelt, mal hingekritzelt oder zwischen unsicheren Unterstreichungen eingezwängt – erschreckend. Sie liest sich wie eine Prominentenliste der Revolution.)

Das Hochzeitsfrühstück war lebhaft und fröhlich und dauerte wie alle derartigen Ereignisse zu lange.

Sie waren alle fort. Bis auf die Überbleibsel des Festes, die das Hausmädchen Jeanette am Morgen spurlos beseitigen würde, waren die Zimmer leer. Hinter der Wand bewegte sich etwas wie ein kleiner Vogel, der seine Flügel spreizt und sich dabei ein wenig aufplustert. Wahrscheinlich habe ich es mir eingebildet. Sie war nicht da, nicht dort hinter der Tür zum Schlafzimmer.

Ihre Mutter war als letzte gegangen. Als sie das Schlafzimmer verließ, verschloß sie die Tür vor seinem Geheimnis und stahl sich mit einem einzigen langen Blick an mir vorbei. Dann schloß sie die Wohnungstür, als ob sie aus Eierschalen bestünde.

Endlich herrschte in dem inneren Raum Ruhe. Würde das Mädchen, das sich dort drinnen befand, nach mir rufen? Nein. War sie überhaupt da? Ich machte die Tür auf.

Sie saß auf dem Bett, ernst und selbstbeherrscht wie ein Kind, das alle Zeit und Sicherheit der Welt besitzt. Sie trug ein bodenlanges, weißes Nachthemd mit kleinen Schnürbändern. Ganz züchtig. Jede einzelne, weiche Strähne ihrer Haare schimmerte im Schein der wenigen Kerzen zart zitronengelb. Ich weiß nicht, warum, aber beinahe hatte ich Angst vor ihr. Als ob sie ein fremdes Mädchen wäre und nicht diejenige, hinter der ich so lange und inständig hergewesen war. Denn dieses Mädchen konnte man nie gewinnen oder besitzen. Und doch saß hier dieses wunderschöne Ebenbild wie eine der Curtiusschen Wachsfiguren –

»Deine Jeanette«, sagte Lucile, »kocht einen schrecklichen Kaffee. Ich werde mich mit ihr unterhalten müssen. Oder noch besser: Ich werde mich immer selbst darum kümmern.« Und diese Bemerkung war so typisch für Lucile, daß die makabere Idee eines falschen Ebenbildes kreischend das Zimmer verließ. »Oh, heute hast du aber eine ganz besonders hübsche Weste angehabt«, sagte Lucile, stand vom Bett auf und kam mit schimmernden Lichtern auf Haaren, Gewand und Haut zu mir herüber. »So viele gestickte Blumen –«

»Ich habe dich geheiratet«, sagte ich, »wirklich?«

»O ja, und ich habe dich geheiratet.«

»Und wir sind hier.«

»Hier in unserer eigenen Wohnung, mit Hunderten von Büchern und tausend zerbrochenen Federkielen – wieso zerbrichst du so viele, Camille? – und mit Holz für den Kamin und der schrecklichen Jeanette, die einen schrecklichen Kaffee macht. Und wir werden glücklich sein.«

Sie streckte die Arme aus und legte sie mir um den Hals. Daraufhin hob ich sie hoch und drückte sie an mich.

Ich hatte vor, ganz sachte mit ihr umzugehen, brachte es aber unter dem Ansturm der Gefühle schon allzubald nicht mehr fertig, sachte zu sein. Ich konnte nichts dagegen tun, und als alles vorbei war, hatte ich Angst, daß ich ihr weh getan hatte. Doch dann hörte ich sie lachen. Ein süßes, wildes, atemloses, teuflisches, kleines Lachen direkt an meinem Ohr. Und die Welt riß mitten auseinander und war zu Ende.

Sie war der einzige Mensch in meinem ganzen Leben, dessen Lachen mich nie reizen oder ärgern konnte. Vermutlich deswegen, weil sie von allen, an die ich mich in meiner Dummheit selbst verraten hatte, die einzige war, der ich je vertraut habe.

»Mein Lieb«, sage ich um zwei Uhr morgens, »geh schlafen.«

»Nein. Laß mich hier liegen und dich anschauen. Ich möchte wie die Sphinx über dich wachen.«

Die Kerzen waren heruntergebrannt, aber durchs Fenster drang immer noch schwaches Licht herein. Vielleicht war es der Wintermond. Bleich starrten ihn die Kissen an, und der Ehering an ihrem Finger schimmerte wie ihre Augen. Sie sah wie ein übernatürliches Geschöpf aus. »Undefinierbares Wesen«, sagte ich, »Priesterin aus Apollos Hain. Sphinx. Engel. Geh schlafen.«

Aber ich war es, der schlief, und vielleicht wachte sie über mich. Ich hatte das Gefühl, als ob mich ihre glühenden Augen durch die Kahnfahrt des Schlummers begleiteten. Doch als ich am frühen Morgen erwachte, war sie schon auf und untersuchte wie ein Eichhörnchen die Zimmer. Ich holte sie ins Bett zurück, und letztlich machte doch Jeanette den Kaffee.

Janvier-miel 1791: Frühling im Winter

Den Großteil der Flitterwochen verbrachten sie in Bourg-la-Reine. Das gepflegte kleine Haus am Rande von Madame Duplessis' Landgut mit den rechteckigen Fensterläden und den Bullaugen im Dachboden bekam zwei Mieter, die die Treppen auf und ab rannten und ängstlich die Ankunft eines Spinetts sowie mehrerer Büsten von Rousseau und verschiedener adeliger Römer überwachten. Ansonsten tauchten sie am Fenster auf oder verschwanden völlig wie im Innersten einer Höhle. Manchmal explodierte unerwartet Sonnenschein wie ein Vulkan über der Landschaft, dann verließen die Mieter ihr heidnisches Privatissimum und wanderten Hand in Hand den Lindenweg entlang. Trotz ihrer Kleidung schienen sie weder einer bestimmten Zeit noch einem Land anzugehören. Eine Aura völliger Unwissenheit – oder besser gesagt, Unschuld – umgab sie. Sie waren wie zwei naive Tiere, die um des Lebens willen leben. Eine Vogelschar in den Bäumen belauschte ihre Gespräche, die man wohl kaum als repräsentativ für das bezeichnen konnte, was man von einem revolutionären Brandstifter und seiner Frau erwarten würde. Diskutierten sie über den Zustand der Wirtschaft, die Monarchie oder über die Pflichten des bürgerlichen Lagers? Nun, das Mädchen wirkt streng. Jeden Moment ist eine Erklärung fällig. »Ich heiße Lucile. Lu, also wirklich! Redest du etwa mit einem Wolf?« »Mit einem exquisiten, blonden Wolf, Lu-loup-Lulotte.« »Dann bist du aber doppelt ein Wolf.« Was für ein einfühlsamer und philosophischer Dialog. So geht das mehrmals hin und her.

Der Familiensitz, ein prächtiges, weiß verputztes, zwei- und dreistöckiges Landhaus mit einem Portal, das hohe, glatte Steinsäulen flankierten, auf denen hochnäsig Kugeln thronten, lag unmittelbar neben der Straße nach Paris. Es gab einen Brunnen mit einem Walnußbaum, der gelegentlich Nüsse fallen ließ, und an die lange Reihe von Feldern und Wäldchen grenzte ein großer Garten voller Bäume und Sträucher an. Das Spielzeugdorf, das sich die Straße entlangzog, lieferte wunderbare Sahne, dunklen Käse und Kuhherden, welche die öffentliche Durchgangsstraße nicht im selben Zustand hinterließen, wie sie sie vorgefunden hatten. Auch die Familie Duplessis bekam ihren Anteil am tierischen Leben in der Provinz ab. Auf dem Gartenteich tummelten sich zahlreiche Enten, und die Kaninchen fielen regelmäßig über den Gemüsegarten her. Eine ganze Katzenhorde schien ständig neuen, hübschen, herumstreunenden Nachwuchs zu bekommen, so daß niemand auf ein bis sechs Kätzchen verzichten mußte. Wenn an den Wochenenden Luciles Hofstaat aus Paris nacheinander eintrudelte und sich über alles beklagte – von den Abwasserkanälen bis zur Nationalversammlung und von zerbrochenen Kutschenrädern bis zu Zahnschmerzen –, bat man sie in das hübsche kleine Haus, verfrachtete sie in Sessel auf dem spiegelblanken Boden und servierte jedem ein paar Kätzchen und einen ausgezeichneten Kaffee. Bald sanken sie außer sich vor Entspannung in Schlaf. »Schau sie an, sie kommen nur zum Schlafen her«, sagte Windmühle, der überrascht war, daß sie Bedingungen überleben konnten, die mit den seinen ganz und gar nichts zu tun hatten.

Auch Briefe trafen ein. Einer der ersten kam von Maximilien, aber nur, um zu tadeln:

> Ein Versprechen ist ein Versprechen, Camille, aber nun überfliege ich auf der Suche nach meiner Rede vergeblich Deine Zeitschrift, obwohl Du mir ausdrücklich einen Abdruck zugesichert hast. Es handelt sich um eine Sache von größter Wichtigkeit. Du darfst Dich nicht durch die Reize und die anbetenden Augen der frischvermählten Madame Desmoulins von Deiner Aufgabe als Patriot ablenken lassen.

(Wie hatte d'Anton so schön gesagt? Rosenpeter? Der vögelt nie.) Auch ein Brief von Danton, der inzwischen ein eingeschriebenes Mitglied der Jakobiner war und somit andere einladen konnte. *Komm und erzähl uns was übers Eheglück, du verdammter Wüstling.*

Dazu noch andere Briefe, die üblichen Herzensergießungen fremder Leute, jene große Armee von Unbekannten, die Camille ständig geschrieben hatten, seit das erste Pamphlet wie ein Blitz auf den Straßen eingeschlagen hatte. Rette uns, stand da, oder: Du bist der einzige, der sich um uns kümmert. Oder: Du und Marat, der Rest sind Lügner – wir wissen, du wirst für uns sprechen. (Das hatte ihn tief berührt. Eine Wolke von Verantwortungsgefühl war wie ein dunkler Heiligenschein um seinen Kopf geschwebt. Aber es war schwierig, vierundzwanzig

Stunden täglich Jesus zu verkörpern. Schließlich hatte er die Briefe mit einem Seufzer gelesen und sich danach verzweifelt und bedrückt gefühlt. Steh du mal am rabenschwarzen Morgen um halb drei Uhr auf und schreibe über irgendeine Ungerechtigkeit, die in Toulon oder Lyon verbrochen wurde. Manchmal ließ er die Briefstapel tagelang liegen, bis er sie letztlich doch nicht las.) Und nun hieß es in den Briefen: Wo bist du?

Es stimmte, das Journal lag hauptsächlich in den Händen von Fréron, und sie vermißten den ganz besonderen Stil, den sie inzwischen als Markenzeichen von Camille erkannten. »Die Royalisten haben Hochsaison«, hatte Fréron gesagt, als er im Januar wie ein schiffbrüchiger Seemann, der eine Insel erreicht, im totenstillen Bourg-la-Reine auftauchte. Entweder hatte Louis-Mer sämtliche Ansprüche auf Lucile gestrichen, oder er hatte nie welche gestellt, und das Ganze war nur die Variante einer Brautwerbung à la Robespierre gewesen. Aber nein, nicht ganz so. Noch immer starrte der Besucher sie an und verschlang sie mit seinen reichlich kalten Augen. Fréron hatte sich völlig verändert. Nicht daß er weniger er selbst gewesen wäre, sondern eher mehr als üblich. Er hatte etwas hektisch Passives an sich, war erschöpft und schien trotzdem zu warten – worauf? Die alten Streitereien waren genauso begraben, wie sich jener Streit mit Brissot in Luft aufgelöst hatte (eigentlich war alles völlig einseitig gewesen, denn Camille hatte Monsieur la Clé nie mitgeteilt, daß sie sich entzweit hatten). Brissot hatte an der Hochzeit teilgenommen, hatte beim Hochzeitsfrühstück gesessen und wie jeder andere auch eine alberne Rede gehalten.

Aber der gestrandete Fréron sagte in seinem Sessel zu Lucile: »Spiel Cembalo. Keine Unterhaltung, kein Wort mehr.« Ungefähr eine dreiviertel Stunde hielt dieser Geisteszustand an.

Alle flirteten mit ihr. Pétion (»Behalt ihn im Auge, er will unbedingt aufsteigen.« »Als was?« »Ach, Bürgermeister oder so was. Läßt bezahlte Cliquen durch die Elendsviertel ziehen, die allen erzählen, wie toll er ist.« »Ich dachte, das sei Klein Blondschopfs Rolle.« »La Fayette? Der erledigt das persönlich auf einem glänzenden Riesenroß.«), Jérôme Pétion tat so, als ob er bei jeder Begegnung mit Lucile an unerwiderter Liebe sterben müsse. Genau wie Mercier, der deutlich älter das Ganze raffinierter einfädelte. Sie lachte sie alle aus, ging mit ihnen spazieren und fütterte sie mit Wintersalat aus dem Garten, als ob es sich um zusätzliche Exemplare ihrer ländlichen Haustiere, Kaninchen und Kätzchen, handelte. Und selbst Camille war durchaus in der Lage, sich in verzückten Tönen über ihre Schönheit und Grazie zu ergehen, sobald er auch nur zwei Räume von ihr getrennt war, als ob er bisher noch nicht mit ihr geschlafen hätte. Dabei war jedem, der sich in diesem Hause aufhielt, sonnenklar, daß er dies schon längst hinter sich hatte und es auch weiterhin äußerst regelmäßig tat. Das »Häuschen« hallte vor Sexualität und guter Laune wider und ab und an auch von geistigen Dingen.

Dank des unerwartet schönen Wetters gab es gemütliche Spaziergänge über die Feldwege: Adèle, Lucile und Demeter mit rustikalen Strohhüten, die ihnen ausgezeichnet standen, während sich der männliche Teil der Gesellschaft bezüglich der Landschaft, der Schafe oder irgendwelcher Ausblicke auf fabelhaft glänzende, kurz vor dem Aufbrechen stehende Bäume und Hecken in immer kühneren Rousseauschen Gefühlen erging. Man räkelte sich genüßlich in Sesseln auf der Wiese und entdeckte einen Druck der tragischen Muse, die Madame Duplessis derart ähnlich sah, daß man sie zum zweiten Male »taufte« – auf den Namen Melpomene. Dazu noch ein Abendessen auf dem Bauernhof mit mehreren angeheiterten Dienstboten und ein, zwei Hühnern unterm Tisch, außerdem Kartenspiele, improvisierte Tänze sowie ein scherzhaftes Tribunal, das Robespierre wegen einer schrecklichen Gemeinheit verurteilen sollte. Er hatte ein Schinkenomelett abgelehnt. Und schließlich am Montag morgen die unvermeidliche Rückkehr der verstimmten Gäste in die Hauptstadt.

»He, Camille, wann kommst du wieder nach Paris? Wann geht's wieder an die Schufterei?«

»Nie. Ich gebe das Literatenleben auf.«

»Ach ja? *Ach,* ja!«

»Ich widme mich wieder meinem früheren Beruf! Anwalt.«

»Unter dem Laternenhaken auf der Place de Grève hast du dir zweifelsohne Praxis erworben.«

»Mir ist es ernst.«

»Erst aufhängen und dann verteidigen, was, Camille?«

»Ha-ha. Was seid ihr bloß für ein Haufen, schaut euch doch mal an.

Brecht unter euren Posten zusammen. Gibt zu viele Auseinandersetzungen. Das kann auch ein anderer erledigen.«

»Heda, die Rasierklinge behauptet, sie möchte stumpf sein. Passiert aber nur, wenn man sie dauernd benützt.«

Aber die Rasierklinge sagte: »Trinkt vor der Abfahrt noch ein bißchen Limonade.«

Sie gingen. Sie schickten Briefe. Selbst aus Windmühles Geburtsort kam ein merkwürdiger Brief. Irgendein Kerl wollte »dem Volke dienen«, indem er mit Bürger Camille zusammenarbeitete. Beinahe hätte Windmühle geantwortet, so erschüttert war er, daß er einen Bewunderer in dieser elenden Stadt gefunden hatte.

Aber der letzte Brief dieses Zeitabschnittes kam bei Nacht um einen Stein gewickelt über die Mauer geflogen. Da er mit Ausnahme des Gewissens niemandem etwas zuleide tun wollte, landete er im hohen Gras. Trotzdem fand man ihn und brachte ihn zu Windmühle, der gerade eifrig an einem Gedicht arbeitete. Er öffnete das Papier und las: Camille, du schläfst, während Paris in Ketten liegt.

»Was steht drin?«

»Irgendein Blödsinn. Ein lateinisches Wortspiel ...«

Aber etwas regte sich in ihm. All die Jahre über unerkannt, und dann über Tisch und grünes Blatt der Sprung zur Macht. Und nun diese unverblümte, glatte Schmeichelei. Wir liegen in Ketten, weil du, gerade du, uns verlassen hast.

Denk darüber nach.

Er dachte.

Frère Camille, Frère Camille,
Dormez-vouz? Dormez-vous?
Sonnez la toquassen, sonnez la toquassen:
Din-din-dong!

Vier

1791: Frühling

Mirabeau: Der gefallene Krieger

Das Rad des Fortschritts hat sich in Bewegung gesetzt und läßt sich erst bremsen, wenn es über jemanden hinweggerollt ist.

Mirabeau lag im Sterben. Ganz Paris wußte es, und ein Großteil der Bürger von Paris trieb sich vor der Hausmauer an der Chaussée d'Antin herum und wartete darauf, daß die Flügel des dunklen Engels über mich und dich hinweggingen, aber nicht über ihn.

Drinnen im Haus hatten sich alle Freunde ums Bett versammelt. Dazwischen standen eingepfercht Sockelvasen voller Aprilblumen: Narzissen, erste Veilchen, durchsichtige Lilien. Die Luft war mit Parfüm und dem Duft frischer junger Blüten getränkt. Genau nach seinen Anordnungen. Kein Todesgestank. »Der Rabe kommt«, hatte er gesagt, »Wegweiser sind unnötig. Er weiß, wo das Aas liegt.«

Es hätte Alexanders Zelt sein können: der Gottkrieger elegant, im schönsten Nachthemd auf dem Bett ausgestreckt, rasiert, gesalbt und die grauenerregende Maske des Schmerzes überpudert. Die trauernden Bewunderer. Der brennende Weihrauch in kleinen Silberschalen. Die Vorhänge zurückgezogen, damit der Tag persönlich genau den richtigen goldenen Schatten liefern konnte. Einfach klassisch.

Und die ganze Zeit über diktierte er und schmiedete Phrasen. Der Raum war von Bonmots erfüllt, um später gesammelt oder verfälscht zu werden. Jede Minute seines Lebens hatte er ausgekostet. Warum sollte er jetzt aufhören? Das Schweigen würde lange genug dauern – Vergessen. Als einer der vielen, die ihn geliebt hatten, den schweren, königlichen Kopf des Sterbenden in seinen jungen Männerarmen barg, sagte Mirabeau: »Ja, mein Lieber, stütze diesen Schädel vorsichtig. Er hat einen schlauen Geist beherbergt.«

»Ach Gott, Sie werden leben«, sagte der Jünger unter bitteren Tränen.

»Ach Gott, das werde ich nicht, und Gott hat mit der ganzen Sache nichts zu tun. Habe ich euch allen denn nichts beigebracht? Wenn ihr unbedingt ein Symbol verehren müßt, dann verehrt die Sonne. Seht, wie sie durchs Fenster strömt. Welch ein glänzender Gott, diese Sonne. Ich werde euch etwas verraten. Wenn ich am Leben geblieben wäre und die Macht hätte, die ich wollte, hätte ich jeden einzelnen von euch zum Sklaven gemacht. Ihr seid viel zu natürlich, zu spontan und unbedacht – mit einem Wort: viel zu gefährlich. Nur ein Skeptiker wie Mirabeau hätte euch kontrollieren können. Jetzt müßt ihr ohne mich zurechtkommen. Ihr werdet schon sehen, dieses Unding namens Revolution ist schon jetzt auf dem besten Wege bergab. Geht beiseite, ehe es euch zu Brei zerquetscht. Der erste, der untergeht, wird der König sein. Seht mich an: Ich habe nicht einmal mehr die Kraft, meinen Arm zu heben, aber noch im Fallen werde ich Frankreichs Monarchie hinter mir in die bodenlose Hölle reißen.«

Ich saß im Café Procope über den Druckfahnen und schaute wie andere auch auf, als Merciers Sekretär hereinkam und sagte: »Ratet mal, wer heute stirbt? Der König.«

»Louis?« Ringsum erstaunte Ausrufe.

Der Bote zog ein süffisantes Gesicht. »Nein, meine Freunde, der *wahre* König. Riquetti-Mirabeau.«

Mein Hand bewegte sich von selbst und stieß das Glas um. Da ich den Wein kaum angerührt hatte, ergoß er sich rot über den Fahnenabzug. Zuviel Wein verschüttet.

»Camille ist ganz blaß geworden. Oder sollte ich besser grün sagen? Hör auf, Windmühle, sonst machst du dem Marmor Konkurrenz.«

»Soll ich Riechsalz holen? Ich hatte ja ganz vergessen, daß du in ihn verliebt warst.«

»Halt's Maul und red weiter. Wer hat dir das gesagt?«

»Das weiß doch die ganze Stadt. Nur ihr Winterschlafigel hier drinnen nicht. Er hatte sich wegen einer Rede in die Nationalversammlung begeben, um die Schürfrechte von irgendeinem Gauner zu retten, von so 'nem Bankiersfreund –«

»Lamarck.«

»– hat die Abstimmung tatsächlich zu seinen Gunsten entschieden, mußte sich aber dann nach Hause begleiten lassen. Fünf Ärzte wurden gerufen. Oder auch fünfzehn. Pater Duchesne behauptet, Mirabeau hätte sich in einem Bordell voller Herzoginnen den Tod geholt.«

»Verfluchter Hébert.«

»Egal, das alles ist ja gar nicht nach der Debatte passiert. Er war im Theater und brach in seiner Loge krank zusammen –«

»Ach, dann weißt du also auch etwas, Jean? Dann erzähl du mal.«

»Nun, ich habe gehört, es ginge ihm besser.«

Merciers Sekretär eroberte wieder Terrain. »Ganze Heerscharen verstopfen sämtliche Straßen zum Haus hinauf. Im Hôtel de Ville sind alle durchgeknallt. Das Royalistenpack sitzt in der Patsche, brüllt hurra und macht sich vor Angst in die Hose.«

»Louis der Fette hat Riquetti für zwei Jahre bezahlt, um die Monarchie wieder herauszupauken, aber leider kann sich Louis der Fette nie entschließen, einen Rat anzunehmen – es sei denn vom österreichischen Miststück.«

»Mirabeau hätte schon vor Monaten Ministerpräsident werden können.«

Ich sagte: »In dem Falle wäre die Revolution nun ganz gemütlich tot.«

»Paß auf, Camille, wiederhole das ja nicht auf der Straße, sonst reißt man dich in Stücke. Die Weiber heulen bereits wie in einer griechischen Tragödie und sagen, er sei des Volkes einzige Hoffnung auf Frieden gewesen.«

»Einen Toten kann man getrost zum Helden machen.« Ich stand auf.

Alle im Café drängten sich um den Tisch und wollten die Leier von vorn hören. Ich ging hinaus und stand im hellen Aprilsonnenschein da. Vermutlich habe ich es nicht einmal geglaubt. Er war ja so gerissen. Gut möglich, daß es sich um eine Art Trick handelte, einen Streich, um die Sympathie des Pöbels zu gewinnen. Anschließend würde er sich vom Krankenlager erheben, um sich in voller Majestät überallhin tragen zu lassen, wonach es ihn gelüstete. (Aber ich hatte ihn vor mehreren Tagen in der Nationalversammlung gesehen. Immer wieder hatte ich beobachtet, wie er trotz seiner schweren Krankheit die Tribüne erklomm und sein Silbergebrüll zum besten gab, wobei die Krankheit in Scherben von ihm abfiel. Vorbei. Diesmal hatte ihn die Krankheit zerschmettert. Ich hatte es nicht als Zeichen des Todes erkennen wollen.)

Eine Weile ging ich spazieren. Überall traf ich Leute, die riefen: »Mirabeau pfeift aus dem letzten Loch.« Einer teilte mir mit, die Revolutionäre hätten ihn vergiftet. Ein anderer: die Königin hätte dafür gesorgt. Droben am Pont Neuf bewegte sich eine Schar Frauen und junger Mädchen in einer gespenstischen Prozession auf die Kathedrale zu. Sie wirkten wie Außerirdische. Ihre Kerzen brannten halb unsichtbar, geistergleich waberte der Rauch über ihnen, und ihre Klagelaute erinnerten an Geschöpfe aus der Mythologie. Seit der Papst im März die Frage nach einem konstitutionellen Klerus mit Nein beantwortet hatte, war Notre Dame zu einer unheimlichen, leeren Hülle verkommen. Die Wände waren längst mit Parolen bekritzelt, und in den Kirchenschiffen lag das Glas wie Zucker herum. Trotzdem gingen sie dorthin, um für Mirabeau, den Atheisten, zu beten. Ich sagte laut: »Das wird er euch nicht danken.« Einer aus der trägen Zuschauermenge hörte mich und funkelte mich an, ein finsterer, unrasierter Hüne. Ich sparte mir meine Kommentare besser für die Neuigkeiten auf. (Außerdem hätte er es ihnen vielleicht doch gedankt. Liebe rief in ihm immer eine Reaktion hervor, vielleicht nur eine schwache, aber sie genügte, um das Feuer am Leben zu halten. Das hatte ich erlebt.)

Schließlich ertappte ich mich selbst ganz in der Nähe der Chaussée d'Antin. Unter den Bäumen jede Menge Leute mit düsterer, ja sogar ängstlicher Miene. Narren. Was hatte er je für sie getan? Nichts als vornehme Gesten für den Dritten Stand. Ein paar prächtige Reden, hinter denen sich sein Herz versteckte. Seine Augen und seine Stimme schleuderten Blitze, und schon lagen wir auf den Knien. Läßt sich für seine Arbeit von diesem Kapetingerkönig bezahlen. Zur Rettung des alten Regimes. Noch etwas Burgunder, Camille. Behalte das Tintenfaß, Camille. Du bist ein bourgeoiser Plebejer bis in die Seele hinein. D'Anton hat dich gekauft. Ein wütendes Kind.

Ich schob mich durch die Menge, bis ich an die Mauer und schließlich zu seiner Tür kam, wo die Schatten bereits sehr lang waren.

Es dauerte eine ganze Weile, aber dann tauchte wie üblich ein makelloser Lakai in Satin mit blassem und ruhigem Gesicht auf. Im selben Augenblick wurde mir klar, daß alles wahr war.

Nach einigem Zögern ließ er mich ein. Ich stand da, drehte mißmutig den Hut in den Händen und fühlte mich benommen und dumm.

»Wen soll ich melden, Monsieur?«

Ich erklärte ihm, wen er melden solle. Er entfernte sich, und ich drehte weiter meinen Hut herum. Selbst der Fußboden schimmerte matt. Ein überwältigender Geruch nach Blumen und süßlichen Dingen lag in der Luft, als ob er bereits tot und mit ägyptischem Honig einbalsamiert wäre. Ich dachte: Was, zum Teufel, tue ich hier? Offensichtlich hatte er denselben Gedanken, denn schon bald kam der Diener zurück und sagte zu mir: »Bedaure, Monsieur, aber der Graf ist schwerkrank. Nur Freunde –«

»Ich bin sein Freund«, sagte ich. »War sei-s-sein Freund. G-geh zurück un-nd-« Ich brach ab, gedemütigt, ratlos.

Der Diener schaute mich auf eine höflich-unmenschliche Art mitleidig an. Er ist eine Puppe, eine Wachsarbeit von Curtius, die sich bewegt und atmet und in Höflingskleidung das Haus bewachen soll. Selbstverständlich möchte er mich sehen, aber dieser Automat will es ihm nicht sagen oder mich nicht passieren lassen.

Letzteres war der Fall. Der Diener ließ sich nicht bewegen, sondern zeigte mir nur auf einem Beistelltisch ein Buch, in das sich Besucher eintragen konnten. Mit zitternder Hand unterschrieb ich und ging fort.

Wieder zwängte ich mich durch die Menge, die mich von allen Seiten anschrie und am Rock zupfte und fragte, wie es um ihn stehe. Am liebsten hätte ich ein paar von ihnen verdroschen, konnte mich aber, Gott sei Dank, zurückhalten, sonst hätte ich einen Aufstand ausgelöst. Ich murmelte: »unverändert, unverändert«, und entwischte irgendwie. Meine Augen waren feucht, aber nicht einmal dann war ich mir über meine Empfindungen auch nur annähernd klar.

Als ich wieder zu Hause war, standen Lucile und Jeanette drunten im Erdgeschoß in der Küche und bereiteten irgendein Gericht vor. Ich hörte beide hellauf lachen. Unsere Zimmer waren nach der Rückkehr noch immer in Unordnung. Überall Schachteln sowie eine unausgepackte Kiste aus Bourg-la-Reine. Auf dem Sofa lag ein Paar von Luciles Handschuhen »fürs Land« herum. Ich hob sie auf und drückte sie gegen mein Gesicht.

Voller Stolz auf ihre Rolle als Hausherrin kam sie bald danach in ihrer Schürze nach oben, aber schon an der Tür war es mit ihrer Heiterkeit vorbei. Sie hielt einen Strauß gelber Osterglocken in der Hand. Ich sagte: »Wolltest du die in die Suppe schneiden?«

Sie erwiderte: »Was ist los?«

»Mirabeau stirbt.«

»Bist du dort gewesen?«

»J-ja, aber entweder ha-haben sie ihm nicht gesagt, daß i-ich als Freund gekommen bin, oder er w-w-woll-wollte mich nicht sehen.«

Sie legte die Blumen auf den Tisch. Tautropfen fielen von den spitzenzarten Blütenblättern und blieben sternengleich wie ein Stilleben aus der flämischen Malschule auf dem Mahagoni liegen. Ich schaute zu, wie die Osterglocken um Mirabeau weinten. Lucile legte die Arme um mich und drückte meinen Kopf gegen ihren.

Ich sagte: »Er war ein Lügner, ein Betrüger. Er hätte die Revolution am liebsten in d-die Gosse gestoßen und le-lebendig b-begraben. Und ich hätte ihm dabei helfen sollen. Aber ich war v-viel zu töricht, um zu b-begreifen, was ich hätte tu-tun sollen.«

Draußen im Cordeliersbezirk gab es anscheinend keine Klagegesänge – noch nicht. Knarzend fuhren Karren über die Steine, jemand sang, ein Hund heulte und von Saint Sulpice schlug es zweistimmig vier Uhr über die Dächer. Vor den Fenstern durchsuchten Tauben die Blumentöpfe hinter den schmiedeeisernen Balkongittern, auch die, die Lucile gestern auf unseren Balkon gestellt hatte.

»Ich w-weiß ganz genau, was kommt«, sagte ich. »Lobeshymnen. Alle – alle werden wie die Springbrunnen aufdrehen und sei-seinen Namen mit G-gold überschütten. Jupiter, gö-göttlicher Bli-blitzeschschleuderer. R-re-retter des Volkes.«

Die Karren hüpften übers Kopfsteinpflaster. Der Hund fing zu bellen an. Die Tauben flogen hoch.

Ich sagte: »Ich liebe dich. Mir geht's gut. Laß mich los und wisch den Tisch ab.«

Es waren Osterglocken gewesen, die ich aus dem Parfümgestank seines Hauses herausgerochen hatte. Der Honig zum Einbalsamieren sollte erst noch aus den gesammelten Votivgaben der Journale triefen. Selbst René Hébert würde einen anderen Ton anschlagen.

Am selben Abend kam d'Anton mit Gabi und dem herkulischen Riesenbaby namens Antoine d'Anton herüber. Während sich Gabi mit dem Kind zu Lucile setzte, meinte d'Anton zu mir: »Er wird die Nacht nicht überleben.«

»Hab's gehört.«

»Keine Tränen? Überall, wo ich war, wird getrauert.«

»Natürlich.«

»Du hast beschlossen, die verschmähte Geliebte zu mimen, ja? Hör zu, Camille, diesmal mußt du einlenken. Kannst mir ruhig glauben.«

»Wohin? In deine Richtung?«

»Es wird ein Begräbnis wie weiland bei Achilles geben. Denk daran, vor zwei Monaten war er Präsident der Nationalversammlung und hat jeden höllisch beeindruckt. Dich eingeschlossen. Statt mit Blumenbuketts wird man den Sargdeckel mit Lobesergüssen förmlich überschütten.«

»Ich werde zu Hause bleiben.«

»Das behauptet auch Pétion. Wird er aber nicht. Aber du solltest daheim bleiben und einen hübschen Bericht über die Beerdigung schreiben.«

»Schreiben sicher.«

»Er war ein großer Mann, Mirabeau. Wenn er Capet geheißen hätte und auf dem Thron von Frankreich gesessen hätte, dann hätten wir jetzt nicht diesen ganzen Mist am Hals.«

»Wobei du ganz schön a-alt ausgesehen hättest.«

D'Anton zuckte die Schultern. »Na schön, aber sag nicht, ich hätte dich nicht gewarnt.«

»Er hat genauso blaue Augen wie sein Vater!« rief Gabi fröhlich. Zärtlich schaute d'Anton zuerst seine Frau an und dann schlicht mit unverhohlener Lust meine. Zu guter Letzt wanderte sein Blick zu mir zurück. Er schüttelte sein Löwenhaupt. Heute abend war die Mähne ungepudert. »Ihr habt draußen in eurem ländlichen Schlupfwinkel alles viel zu lange auf die leichte Schulter genommen. Ich weiß, ab und zu fahre ich ja auch raus in die heimatliche Provinz und dann – selbst, wenn das Haus einstürzt ...« (Er hatte vor kurzem etwas Land gekauft. Auf seine Art sollte das heißen: Siehst du, ich mußte es einfach tun – kein Besitz, nur Kosten.) »Aber wenn du zurückkommst, trifft dich die wirkliche Welt wie ein Schlag in die Magengrube. Geht einem verdammt auf die Nerven, diese Mirabeau-Affäre. Sie werden sicher die Theater schließen, dabei gibt's da eine Schauspielerin, auf die ich ein Auge geworfen habe.« So schwafelte er weiter, jedoch sein scharfer

Blick versengte mich dabei die ganze Zeit über. Das war einer seiner Lieblingsschachzüge: Das eine sagen und an etwas anderes denken; mich eingehend mustern und versuchen, mir auf die Schliche zu kommen oder einen Weg zu finden, meinen Plan zu ändern.

Als sie am Gehen waren – ein Bursche sollte sie mit Fackel und Knüppel die zwei Straßen weiter begleiten (alles nur Angabe – d'Anton konnte im Dunkeln sehen und mit einem Tritt töten) –, schob er mich nochmals zur Tür hinein und flüsterte mir ins Ohr: »Nun, gib ihr einen von mir.« »Geh zur Hölle.« »Und du geh zur Beisetzung. Und dann saug dir was aus der Feder, damit uns allen wegen ihm die Tränen kommen.«

Ich wachte nachts auf, als Lucile sagte: »Du hast laut gerufen.«

Ich sagte, nachdem ich die Kerzen angezündet hatte: »Mirabeau ist tot. Ich habe ihn geliebt, aber das ist einerlei.«

Aber vermutlich bin ich dann doch zur Beisetzung gegangen.

Himmelsfeuer verkünden das Hinscheiden eines Gottes, und Feuer gab es tatsächlich. Ein blutroter Himmel mit einem Kern aus pulsierender Lichtschmelze, der viel größer war als die Wunde, die die sterbende Sonne hinterlassen hatte. Er umfaßte ganz Paris, von den südlichen Ausläufern des Montparnasse bis zu den schwarzen Hügeln des Montmartre im Norden. Der Westen ertrank förmlich darin, nur nach Osten hin schwächte sich die Farbe ab und ging zuerst ins Weinrote, dann in verwelktes Nelkenrot und schließlich in Trauerschwärze über. (»Seht diesen Himmel an.« Genau wie es sich Mirabeau gewünscht hätte.)

Als der Sarg aus Saint Eustache herauskam, rissen Männer die Arme hoch und reckten ihre blanken Klingen in die flammende Luft. Die Strahlen der untergehenden Sonne fielen in die Straßen der Stadt und brannten dort in den Spitzen der Fackeln weiter.

Totengleich langsam der Trauerzug.

In den Blasinstrumenten einer riesigen Kapelle, die unter den disharmonischen Klängen eines Totenmarsches dem aufgestauten Stöhnen Luft verschaffte, brach sich das Abendrot in glühenden Funken.

Soldatenstaffeln trugen die Bahre mit dem verhüllten Sarg. Ständig flammten von neuem gezückte Schwerter auf: Der hochgewachsene La Fayette schritt im Zeitlupentempo vor seiner Nationalgarde her. Bei keiner Beisetzung durfte ein gutaussehender La Fayette fehlen. Aber der Zug war fünf Kilometer lang. Heute abend waren alle draußen: die Nationalversammlung, der gesamte Richterstand der Stadtverwaltung, Jakobiner, Feuillants, Cordeliers und Nichtmitglieder. Und alle in Schwarz. Unter dem aufgewühlten Rot des Himmels bewegten sie sich zwischen den dunkler werdenden Häusern – die Lampen hinter den dicht bevölkerten Fenstern hatte man gelöscht – in den Schlund der Nacht hinein.

Immer wenn sich die Stafetten beim Tragen des schweren Leichnams ablösten, gab es eine Unterbrechung.

Am Straßenrand verrenkten sich die Menschen in Eingängen, Fenstern und von den Dächern herunter den Hals. Schaut, schaut. Es war das letzte Mal, daß sie Mirabeau sehen sollten. Mirabeau, der sich ihrer angenommen und für sie gekämpft hatte. Ach, es regnete förmlich Tränen. Pleuvoir et pleurer. Die Männer, die hinter dem Sarg hergingen, weinten. Die Frauen weinten auf ihren Balkonen. Und die Kinder weinten, weil es die Erwachsenen taten. Eines Tages würden sie sagen können: Ich habe auf Mirabeaus Beerdigung geweint. Immer vorausgesetzt, daß sie dieses Alter erlebten.

Sie brachten ihn in die Geneviève-Kirche, die sein Panthéon werden sollte. In Zukunft wird das Volk hierherkommen, um Blumen auf das Grabmal zu legen. Und obendrein wird hier ein ewiges Feuer brennen, das von hübschen jungen Mädchen mit langen seidigen Haaren versorgt wird. Das hätte ihm gefallen.

Besagter Bankier Lamarck, den er beinahe mit seinem letzten Atemzug gerettet hatte, nahm an der Prozession teil. Schluchzend stützte sich Lamarck auf einen Freund. Manchmal wandte er sich an die Menschen, die ihrerseits entlang der Strecke Tränen vergossen. »Ja, trauert. Wir wissen noch nicht, was wir verloren haben. Es ist zu Ende, mit ihm verschwunden.« Daraufhin erhob sich ein derart düsteres Klagegeheul, das nicht einmal der Totenmarsch übertönen konnte.

Und dort drüben war Danton, auch er ging mit gesenktem Zottelhaupt und wie alle anderen in schwarzer Kleidung. Am Tage nach Mirabeaus Tod hatte sich der ganze Jakobinerklub erhoben, um seinen Respekt zu erweisen. Anschließend war nacheinander ein Schwarm der härtesten Kritiker des Verstorbenen vorgetreten und hatte seine Tugenden gepriesen. Danton schloß sich der Lobhudelei an. (Außerdem nutzte er die günstige Gelegenheit auf seinem Podium, um noch mehr Öl ins Feuer zu gießen.)

Alle, deren Blick nun auf Danton fiel, der sich wie ein riesiger Turm vorwärts bewegte, spürten, wie sich in ihnen inmitten der Massendepression ein Funken Interesse regte. Daß ein derart großer Mensch so ernst sein konnte, einer, der sonst soviel Lärm erzeugte und soviel Staub aufwirbelte. Stille, eindrucksvolle Würde umgab ihn wie eine Robe und machte ihn zu einem ehrfurchtgebietenden Anblick. Früher hatte es einmal ein Sprichwort gegeben: Le roi est mort. Vive le roi.

Hinter der Kuppel des Tempels, der Mirabeaus Schrein bergen sollte, war inzwischen die Nacht tiefschwarz hereingebrochen.

Wo ist das Licht? Jetzt gibt es nur noch Fackeln, die die Treue halten, aber selbst die Fackeln sind verblaßt und zischeln giftig wie Schlangenzungen. In diesem Flackerschein wirken die Gesichter der Menschen verzweifelt oder krank: vom Ende gezeichnete Pestmasken, wie es alle Gesichter sind. Feuer birgt viele Gestalten und Bilder. Nicht immer ruft es die Illusion glanzvoller Feste oder wohlige Erinnerungen an den häuslichen Herd wach – Flammenzungen gemahnen auch an unterirdische Orte, an Folter, an die Plünderung einer Metropole und an die Hölle.

Die Kapelle setzt zum letzten Crescendo an. Mitternacht füllt den Himmel und kündet mit lautem Türenknall die Stille an. Ziemlich betreten hebt man den Sarg auf und manövriert ihn ins hallende Innere des Steintempels mit seinen nachtschwarzen Fenstern.

Männer nahmen Habtachtstellung ein, beinahe wie eingefroren, aber es geht ein Wind, der Haare und Kleidung zerzaust. Und von den Fackeln wabern feurige Flügel hoch und zeichnen Feuerlinien auf die Wangen der Menschen, die weiter nichts als Tränenspuren sind. Und auch die Augen geraten in Bewegung, selbst die schärfsten, aufmerksamsten und trockensten unter ihnen. Zum Beispiel die von Georges-Jacques Danton.

Lauthals hatten sie zu seiner Ehre gesprochen, selbst Mirabeaus Gegner. Jetzt verfaßte ganz Paris Oden auf ihn. Beinahe an jeder Straßenecke wurden Gedichte auf den Vater und Führer Mirabeau gedruckt und verkauft. Selbst die Chéniers beteiligten sich daran. Journale gingen in die Druckerpresse, in denen sich Tränen unter die Tinte mischten. Erboste Wut in sämtlichen Royalistenpostillen – die Sticheleien der Revolutionäre hätten ihn kaputtgemacht. Indessen beschuldigten die Revolutionszeitungen die Royalisten, sie hätten seine Bemühungen ins Leere laufen lassen und mit Dreck beworfen und ihn durch ihre kleinlichen Bosheiten erschöpft. Alle schlugen vor, zu seinen Ehren Statuen zu errichten. Mehrere empfahlen, seine Büste als Mahnmal eines herausragenden Geistes in der Nationalversammlung und im Jakobiner-Klub aufzustellen. Mirabeau, das Genie, ein wahrer Liebhaber Frankreichs.

Ja, der Honig troff nur so. Er perlte beinahe von jeder Feder und Druckerpresse in der Stadt. Bis auf eine.

Dort auf dem Blumenberg lag ein einzelner, durchdringend riechender Dungfladen.

Es waren Die Revolutionären Neuigkeiten, die sagten:

> Geht denn hin, ihr Narren ohne Urteil, geh hin, du Nation, die sich von billigen Worten kaufen und durch goldene bestechen ließ. Werft euch vor dem Grabmal dieses Ehrenmannes in den Staub. Er war euer Gott. Ja. Merkur, der Schutzpatron der Redner, Huren, Lügner und Diebe!

(Übrigens, Monsieur Desmoulins, auch der der Schriftsteller.)

Seht ihr, allmählich gewöhnte ich mich daran. An die Gardisten, die versprachen, mich mit ihren Säbeln zu halbieren, an die Verschwörer, die meterweise Seile ins Palais Royal mitbrachten und sie auf Tischen in der Nähe auslegten, und an das bedrohliche Verstummen, sobald ich eine Buchhandlung oder ein Café betrat. Und trotzdem, hier war ich, unversehrt. Man hatte mich bedroht, gegen mich prozessiert, mich angespuckt und ständig zum Duell gefordert. Außerdem bekam ich bergeweise Schmähbriefe, die Jeanette wunderbar zum Feueranzünden verwenden konnte. Aber was mich persönlich betrifft? Letztlich war gar nichts passiert, und daraus hatte ich eine unschätzbare Lektion gelernt: Camille kommt mit allem durch. Und wenn man das einmal gelernt hat? Wen die Götter strafen wollen, den täuschen sie zuerst dadurch, daß er sich unverwundbar dünkt.

Während die Tage vergingen, kamen tatsächlich die unterschiedlichsten Rüpel auf mich zu und sagten: »Aha, du hast den Mistkerl durchschaut, Camille. Dir und Marat, euch können sie keinen Sand in die Augen streuen.« Tatsächlich wurde Marat, der das Volk bis zum Wahnsinn liebte, noch heftiger gejagt als ich. In der Sache Mirabeau hatte auch er zugeschlagen, wenn auch spät. Marats literarisches Motto hieß (und wir alle wußten das): Nennt mir einen Namen, und ich mache den Scheißkerl fertig. Das galt für Arme und Reiche, für feine Pinkel und bürgerliche, für die Armee, für Zivilisten – er haßte uns alle gleichermaßen. Meiner Ansicht nach haßte er sich selbst, die Welt und alles, war aber erst reichlich spät auf diese aufregende Haßliebe gestoßen. Sobald man ihm zeigte, daß dieses Gefühl auf Gegenseitigkeit beruhte, genoß er das wie ein Liebhaber. Der Pöbel, dem er freien Zutritt zu seinem verlausten, häuslichen Saustall gewährte, wußte, daß er eifrig für seine Belange eintreten würde. Aber der Volksfreund – er und sein Blatt waren inzwischen identisch – schlug sich nur deshalb auf eine Seite, um aus dieser Position heraus der anderen an die Gurgel springen zu können. D'Anton hofierte ihn in der Öffentlichkeit, bezeichnete ihn aber wegen seiner Untergrundabenteuer und seit er das T an seinen Schweizer Namen gehängt hatte nur als »Die KanalraTTe«.

Trotzdem war er draußen auf der Straße pures Gold wert, und es hieß schon etwas, daß mein Name ständig neben seinem eingereiht wurde. Besonders in diesem Fall, wo ich einmal früher aufgesprungen war als er.

Schön, schön. Desmoulins: der einzige ehrliche Schriftsteller von ganz Paris.

Ich war entschlossen, mich nicht der Menge anzuschließen, die vor Mirabeaus Leichnam herumkroch. Ich geißelte ihn nach dem Tode genauso scharf wie vorher. Falls er damit gerechnet hatte, mein stillschweigendes Einverständnis erkauft zu haben, dann gehe ich vermutlich ziemlich recht in der Annahme, daß er meine Zensur gehaßt hatte. Einmal hatte er seinen Diener außerhalb der Jahreszeit mit einigen Früchten geschickt. In der beiliegenden Botschaft hieß es, ich würde ihm einen großen Gefallen tun, wenn ich mich des einen oder anderen Kommentars enthalten würde, von dem er wußte, daß ich ihn abgeben wollte. Aber ich hatte mich nicht enthalten, und das Obst, das mir im Hals steckengeblieben wäre, verfaulte in seinem Korb. Jetzt konnte er nicht fragen und auch keine Antwort mehr geben. Aber irgend jemand mußte sprechen. Denn der Tod ist nicht dasselbe, als ob man eine Seite umdreht, weder löscht er alle Schuld, noch verändert er den Charakter eines Menschen. Menschen, die ihn noch vor zwei Monaten als Verräter beschimpft und jede Silbe seines Namens verachtet hatten, waren vor ganz Frankreich aufgestanden und hatten kultivierte Nettigkeiten über Mirabeau geäußert. Ich hatte ihn geliebt, aber ich schleuderte den Dreck.

Ich weiß nicht recht, wie sehr meine offen ausgesprochene Wahrheit und mein Trotz mit jener Liebe zusammenhing, die wie das Obst, das er mir einmal geschickt hatte, verfault war. Ich weiß nicht, was passiert wäre – kann ich denn etwas dafür? –, wenn er mich an seinem Sterbetag vorgelassen und mich wie alle anderen auch, die seine Freunde waren, neben sich hätte knien lassen ... Trotz deines Hitzkopfes, schrieb er mir, verdienst du es, geliebt zu werden. Aber er hat mich wie einen Schakal abgewiesen, der gekommen war, um angesichts seines Totenbettes an der Tür zu kratzen. Und wie ein Schakal bin ich in die Wüste gerannt und habe laut ein heiseres Spottgeheul angestimmt ... Vielleicht beurteile ich mich selbst zu hart. Aber warum nicht? Habe ich nicht auch andere aus der schwindelerregenden Höhe meiner tapfer kühnen Wahrheit beurteilt und dazu jenes Papierschwert namens *Revolutionäre Neuigkeiten* geschwungen?

Na schön, Mirabeau, du warst ein großer Mann mit all den Vorzügen, die mir fehlten, einschließlich einer nie versagenden, prächtigen Stimme, einschließlich der Fähigkeit, eindrucksvoll den Wüterich spielen und eine gewaltige Wut im Zaum halten zu können. Wenn du weitermachen hättest können, hättest du deinen Krieg gewinnen, uns alle zu Sklaven machen und das rasende Blutrad der Revolution aufhalten können. Aber wir haben dich verloren. Ja, Olympischer Jupiter, du hast uns alle überboten, hast uns alle überragt. Keines der Ruhmesworte, die sie, deine Feinde, über deinen Leichnam gesprochen haben, keines davon war falsch. Sie haben dich nicht genug gepriesen. Ich stimme ein, wenn mich keiner mehr hören kann. Es ist egal, ob ich sage: Hüllt alles in Purpur, laßt die Trompeten erschallen. Jetzt will ich dich von ganzem Herzen preisen. Ich gebe dir deine Rose wieder. Nimm sie. Der Tau auf ihr wird mein Blut sein.

Wenigstens bist du im Stile eines großen Schauspielers gestorben, dort in jenem Ozean aus Weihrauch, Blumen und klagender Liebe. Du hast deine letzten Worte in allen Nuancen klar und deutlich ausgesprochen und dafür gesorgt, daß sie von getreuen Schreibern für die Geschichte aufgezeichnet wurden. Und als du das Opiat trankst und schliefst und beim Erwachen den Schmerz tapfer wie einen Feind schmähtest und schließlich mit Würde starbst, da war deine letzte Vision von dir selbst etwas, worauf du stolz sein konntest. Aber es gibt auch andere Methoden. Wir haben nicht alle dein verdammtes Gespür für den perfekten Abgang, mein Mirabeau, ungekrönter König und atheistischer Gott.

Es ist etwas Schreckliches, religiös zu sein. Zum Beispiel Capet: Er kann nicht von einem der Volkspriester die Kommunion empfangen, seit der alte Affenpapst beschlossen hat, daß nur der Priester etwas taugt, der sich loyal zu Rom stellt. Also hat L'oui diesen Papstpfaffen kommen lassen, und dann haben sie alle in den Tuilerien Gott verspeist. Was geschieht dann? Gute Frage. Ja-Ja und die Austrianette samt königlicher Schwägerin und den Kindern beschließen gemeinsam, sich nach Saint Cloud zu begeben, um dort ein frommes Osterfest zu feiern. Und wer möchte beschwören, daß sie in Saint Cloud anhalten? Die wären schon über die Grenze auf und davon und lägen in Österreichs Armen, ehe einer auch nur *Resurgat* sagen könnte.

Nun muß man aber verstehen, daß ich nichts gegen die Monarchie habe. Sie ist recht hübsch, aber österreichische Säbel sind etwas anderes.

Sei's drum. Am achtzehnten April sind sämtliche königliche Kutschen zur Abreise bereit, und dort stehen auch La Fayette, der mit seinem Schwert herumfuchtelt, und die gesamten Bataillone der Nationalgarde als Eskorte Ihrer Majestäten. Leider hat La Fayette die Sache vermasselt. Teil seines Planes war es, das Bataillon des Cordeliersdistrikts aus dem Verkehr zu ziehen. Mein lieber Mann, da frag ich dich doch. Ich sage nur: Damals in Amerika muß es La Fayette schlauer angepackt haben.

Deshalb steht nun ein wutschnaubender Danton da und brüllt: Scheiß auf Saint Cloud, hier geht keiner irgendwohin, außer direkt zurück in die Tuilerien. Und jetzt wird La Fayette wegen Dantons rotem Kopf ganz weiß im Gesicht, und Antoinette läuft vor Nervosität und Wut ganz blau an, so daß alle drei zusammen eine recht hübsche Trikolore bilden. Der Dauphin plärrt (wie sollte er anders), und die Menge bewirft die Garde mit Blumen und beschimpft die königlichen Kutschen, und am Ende gibt die Expedition klein bei und tut, was Danton sagt. Während die Königin die Treppe hinaufrauscht, ruft sie uns zu: »Na schön, nun kann niemand mehr behaupten, wir hätten noch irgendwelche Freiheiten.«

Wie ich so darüber nachdenke und dabei an meiner Brotrinde kaue (und sie sich durch ihr poule und das Gebäck mampft), komme ich zu der Erkenntnis, daß daran etwas Wahres sein könnte.

Aber um noch einmal auf La Fayette als Bewacher der Tuilerien zurückzukommen: *Ich* sage dazu nur – paßt auf!

Die kalte Zurückweisung des Papstes hatte Frankreich geteilt. Am meisten zeigte sich der Riß draußen in der Wildnis, wo gewisse Dörfer noch immer ihre linientreuen Papstpfaffen schützten, während sie auf das Trampeln einmarschierender Armee horchten und dazwischen gelegentlich versuchten, den Boden zu bestellen. Im abgeklärten Paris waren Priester, die sich an Rom klammerten, größtenteils nicht populär.

In den Theatern wurden religiöse Stücke mit zweierlei Inhalt gespielt. Erstens Zoten: die kesse Nonne und der gutgebaute Bischof, den das Fell juckt. Zweitens historisch: die Inquisition. Seht ihr, so treibt's die Priesterschaft. Entweder vögelt sie sich unter dem Deckmantel des Talars um den Verstand, oder sie foltert einen im Namen des einzig wahren Gottes zu Tode. Aua.

Parolen auf Kirchenwänden. DER PAPST IST EIN ... Der Papst über zweihundert Fegefeuern geröstet.

Einer schleudert in die Kutsche des päpstlichen Nuntius einen Kopf (wessen?). Ach, war nur ein Saukopf mit einer Perücke darauf. Nein, es war der Kopf eines Priesters, der im Hospital verstarb. Oder war's nicht doch ein Wachskopf, den einer der Curtiusschen Konkurrenten gemacht hat – ganz lebensecht. Jedenfalls hat sich dem päpstlichen Nuntius hübsch häßlich der Magen umgedreht.

In einige Kirchen sind Leute eingedrungen und haben darauf bestanden, daß die Orgel laut das Ça Ira spielt.

Inzwischen saß Louis Capet in der religiösen Tinte. (Ich möchte betonen, daß die Frommen unter uns häufig unsere Könige gewesen sind. Könige müssen was Frommes an sich haben.) Aber Louis? Er protestierte vor der Nationalversammlung, weil man ihn am Besuch von Saint-Cloud gehindert hatte. Und man erklärte ihm: Pech gehabt, hier ist 'ne Revolution im Gange.

Was haben sie zueinander gesagt, der König und seine Frau?

»Wir müssen weg. Ich sage es dir schon lange.«

»Ja, aber ...«

Inzwischen knistern und wispern nicht nur die Mäuse und Käfer in den Tuilerien. Überall Spione. Überall Komplotte.

Da gibt es zum Beispiel diesen großen, gutaussehenden Schweden, der seit Jahren *ihr* Bettschatz ist. Der schwimmt im Geld und hat soeben eine sehr große Kutsche gekauft.

Heute nacht hauen sie ab. Nein, morgen früh. Ich versichere dir, noch heute nacht. Eigentlich erst nächsten Mittwoch. Oder Samstag. Oder am zwanzigsten Juni.

June: Le deuxième burlesque

Als wir gegen halb elf den Jakobinerklub verlassen, hängen noch immer die letzten Fetzen des schwindenden Lichtes hoch oben am Himmel. Wenn die Patrouille der Nationalgardisten vorüberging, schienen ihre Tritte in der ganzen Stadt widerzuhallen, so still lagen die Straßen da.

»Ein ruhiger Abend.«

»Ja, Camille, alle tugendsamen Bürger sind im Bett und sorgen für künftige Generationen von Parisern.« D'Anton schaute zum Himmel auf. Für ihn gab es dort oben niemanden. Er holte tief Luft, als ob er den Himmel in seine Lunge saugen wollte.

»Ich wollte sagen, daß dies anscheinend die einzige Patrouille in der Nähe ist.«

Sie standen da und blickten sich um.

»Komm, laßt uns was trinken«, sagte d'Anton. »Die Nacht ist so süß und bestechend jung.«

Stundenlang hatten sie sich an einer endlosen, öffentlichen Hetzdiskussion bezüglich der legislativen Wiederwahl der Nationalversammlung im kommenden Herbst beteiligt. Das Problem bestand darin, daß nur Wähler zugelassen waren, die Steuern im Wert von einer Silbermark entrichteten. Wie so oft bei Jakobinerdebatten war auch diese eine Fortsetzung und Erweiterung der eigentlichen Debatte in der Nationalversammlung. Die Abteilung Theater-von-Frankreich – von d'Anton und Camille durch hochexplosive Rede und zündende Tinte bestens vertreten – war über besagte Steuerbegrenzung total empört. Heute hatte man im Stall eine Petition eingebracht. »Aber die werden das genausosehr zur Kenntnis nehmen wie eine Mücke. Klatscht das Ding zum Fenster hinaus«, betonte Fréron. Er hatte die Petition nicht verfaßt.

Sie gingen weiter. Kurz darauf sagte Windmühle: »Inzwischen hätten uns drei weitere Patrouillen passieren müssen. Was ist mit Blondschöpfchen los?« Er sah zurück über die Schulter nach den unsichtbaren Tuilerien. »Fettwanst will uns doch nicht etwa heute nacht durch die Lappen gehen wollen?«

»Wer hätte das gedacht«, sagte d'Anton, »da hat man doch diese Kirche nach deinem kleinen Redakteur benannt.«

»Wa-as?«

»Er meint Saint Roch«, sagte Fréron verdrossen.

Sie starrten d'Anton an, der allem Anschein nach in einen Innenhof einbiegen wollte, wo ein gewisses Etablissement mit gedämpftem, gelbem Licht lockte.

»D'Anton«, sagte Windmühle, »wart mal 'ne Minute.«

»Sagte die Schauspielerin zu ihrem unerfahrenen Liebhaber.«

»D'Anton.«

»Ja?«

»Du weißt Bescheid«, sagte Louis-Mer. »Weil ich ihn dir gezeigt habe – den Brief, in dem man mich vor einem möglichen Fluchtversuch heute nacht gewarnt hat.«

»Flucht?« D'Anton tat verwundert. »Wer sitzt denn hier im Gefängnis und möchte gerne fliehen?«

»Du willst das also ignorieren?«

»Lieber Fréron, wir alle haben in der letzten Zeit so viele Briefe bekommen, in denen steht, daß der alte Fettwanst in Kürze 'ne Flatter macht. Auf einem geflügelten Pferd. In einem Ballon. Durch Tunnel unter den Mauern durch. Oder der Bischof von Rom schickt Gott herüber, der ihn dann durchs Dach in die Höhe hebt.« Mit einem Ausdruck des Bedauerns ging er an den verlockenden Lampen vorbei. »Nein. Schluß mit den Spekulationen, laßt uns nach Hause ins Bett gehen.« Inzwischen ging er vor ihnen her.

»Was spielt er uns denn vor?« fragte Louis-Mer.

»Nun, es stimmt, wir alle haben solche Briefe bekommen.«

»Der hier wirkt anders. Und *der* führt was im Schilde.«

Windmühle zuckte die Schultern. Nach der irritierenden Debatte irritierte ihn nun auch noch Fréron.

»Woher soll ich das wissen? Ich bin nicht s-sein Beichtvater.«

»Da hab ich aber was anderes gehört.«

»Und was hast du gehört?«

»Daß ihr beiden dicke Freunde seid, und zwar in jeder Hinsicht.«

Wie ein mächtiger Löwe spazierte d'Anton unter den Laternen dahin und warf einen riesigen Schatten auf die Häuserfronten. Fréron und Windmühle schauten einander an.

»Das heißt?«

»Wer weiß. Gabi und Lucile sitzen daheim und sticken, während ihr zwei euch in allen Theatern herumtreibt ... sagt die Schauspielerin. Na ja, ich bin sicher, daß ihr dabei beide auf eure Kosten kommt.«

»Bl-blödmann.«

»Außerdem heißt's überall, du würdest hintanstehen und Lucile auffordern, sich nackt vor ihm auszuziehen, und dann schaust du zu, wie die beiden –«

Camille schlug ihm mit der flachen Hand ins Gesicht. Fréron stieß einen Knurrlaut aus und holte dann seinerseits aus. Schon beim ersten Schlag hatte sich d'Anton umgedreht. Sein Blick fiel auf die beiden Männer, die gnadenlos und verbissen miteinander rauften. Er lief herbei und zerrte sie lässig mit brutaler Gewalt auseinander.

Fréron fiel wie eine große Katze, die mit dem Schwanz peitscht, schwer atmend rücklings mit gesenktem Kopf gegen eine Mauer. Dann stieß d'Anton Camille außer Reichweite, der ihm seinerseits fünf, sechs unverständliche Worte ins Gesicht schleuderte.

Bis auf die obszönen Ausdrücke fiel kein Wort mehr. Die beiden

Streithähne starrten einander keuchend an. D'Anton behielt sie unverbindlich im Auge. Bald richtete sich Louis-Mer auf, strich seinen Mantel glatt, drehte sich um und ging in Richtung Markt davon. D'Anton und Windmühle bogen genauso stumm Richtung Pont Neuf ab.

Unter der Brücke schwappte der Fluß wie Tinte, genug Tinte für die Tintenfässer aller Pamphletschreiber in Paris. D'Anton blieb gerne auf Brücken stehen. Auch jetzt hielt er inne, und Camille wartete auf eine Frage oder einen Kommentar. Nichts.

Sie gingen von der Brücke auf die linke Uferseite hinüber, zwei stumme Menschen, deren Schritte laut hallten. Manchmal drang aus einem Haus oder Palais ein undefinierbares Geräusch, aber sonst war die Stadt wie ein Grab. Windmühle kaute auf seinen Nägeln herum. Sie kamen an d'Antons Straßenecke.

»Nun denn, gute Nacht.«

Camille murmelte etwas von wegen gute Nacht. D'Anton entfernte sich. Seine trägen und doch weitausholenden Schritte ließen ihn binnen drei Sekunden Kilometer zurücklegen. Plötzlich schüttelte sich Windmühle, rannte hinter d'Anton her und holte ihn ein.

»Warte!«

»Schön, ich warte.«

»Was führst du wirklich im Schilde?«

»Ich? Nichts.«

»Aber was wirst du jetzt tun?«

»Hineingehen, Gabi aufwecken und sie ein bißchen küssen. Dann wird man sehen, wie müde ich bin.«

»D'Anton, um Himmels willen –«

»Beruhige dich. Fréron ist ein Tiger, der im Feuer hockte. Und du redest zuviel über deine Frau. Allen erzählst du: Schaut sie euch an; sie ist so schön und ihre Haut so weiß. Du gehst mit ihr ins Bett und weckst dabei die ganze verdammte Straße auf. Da kommen die Leute auf Ideen. Was erwartest du denn? Zum Teufel mit dem Pack. Wen kümmert's? Mach dir 'ne schöne Zeit.«

Camille taumelte vor ihm zurück. »Da-das ist ni-icht –«

»Der Plan des Königs, um aus Paris herauszukommen? Wart's ab.«

»Auf was?«

»Da bin ich auch gespannt.«

D'Anton ließ Windmühle sowohl physisch als auch mental stehen und spazierte weiter die Straße entlang. Jeder monströse Schaukelschritt brachte ihn Meter weiter.

Roch-Marcandier – definitiv nicht der Namenspatron von Saint Roch an der Rue Saint-Honoré – war an einem schönen Maimorgen mit einer Schachtel, einer Reisetasche und wildem unausgeschlafenem Blick frisch aus der Kutsche bei den Druckern aufgetaucht. Brune war gerade mitten im Druck einer neuen Ausgabe der Neuigkeiten, und Camille trödelte mit den Fahnen herum und war halb entschlossen, irgend etwas neu zu schreiben und somit einen Neusatz zu verlangen (mit anderen Worten, einen Streit heraufzubeschwören). Beide Männer sahen auf.

»Bürger Desmoulins«, verkündete Roch-Marcandier, »ich bin hier, um Ihnen zu dienen.«

»Ein Kellner«, sagte Windmühle.

»Kaffee«, sagte Fréron, der sich ebenfalls im Laden befand und nicht ausgestochen werden wollte. »Und paß auf, daß er richtig heiß ist.«

Roch-Marcandier, ein kleiner, zierlicher Mann mit pechschwarzem Haar und einer Hakennase, lief dunkelrot an. Er stammte ebenfalls aus Guise und neigte wie Camille dazu, die Beherrschung zu verlieren und wild um sich zu schlagen.

»Ich bin nicht hierhergekommen, um mich auslachen zu lassen.«

»Sollen wir alle woanders hingehen und es dort erledigen?«

»Ich habe Ihnen geschrieben – ich habe mit Ihrem Vater geredet – ich habe Ihnen im Januar geschrieben.«

»Aha«, sagte Camille.

»Sie haben nicht geantwortet.«

»Oje.«

»Trotzdem bin ich nach Paris gekommen. Ich denke nicht, daß Sie mich abweisen werden. Ich habe hier eine Referenz –«

»Was glauben Sie denn, was ich leite? Eine Art Armee?«

»Ganz genau«, sagte Marcandier.

Windmühle blinzelte. Er schaute zu Brune hinüber. »Gui, ich möchte die erste Seite neu setzen.«

»Warum, stimmt etwas nicht damit?«

»Da muß unbedingt noch etwas rein.«

»Nein, Camille, nicht schon wieder. Du kannst beziehungsweise willst nicht bezahlen, und ich habe noch zwei Aufträge hier liegen. Ich werde sowieso die ganze Nacht brauchen.«

Wie ein kleiner, schwarzroter Kampfhahn stiefelte Roch-Marcandier über den Boden, packte Brunes mächtigen Arm und schüttelte ihn. »Dieser Mann ist einer der führenden Schriftsteller Frankreichs!« brüllte er und deutete dabei mit der Fingerspitze auf Camille, als ob er ihn aufspießen wollte. »Wissen Sie das nicht? Er hat mit einer Feder mehr für sein Land getan als dieses ganze Pack mit seinen Debatten und Märschen und sogenannten Gesetzen. Wenn er sagt Neusatz, dann – setz es neu!«

Brune brachte seinen Arm in Sicherheit. Mit einem verunsicherten Lachen schaute er auf den fanatischen Bantamhahn hinunter, als ob der jeden Moment hochflattern und auf seine Augen einhacken würde.

»Da schlägt sich einer auf deine Seite, Windmühle.«

»Windmühle!« heulte Marcandier auf. »Wie können Sie sich über diesen Mann lustig machen? Er hat einen ehrenwerten Familiennamen! Wenn er mich beleidigt, in Ordnung, damit werde ich fertig. Aber der Rest von euch – ihr tut besser, was er sagt.«

Fréron starrte nur noch ausdruckslos vor sich hin. Brune schaute Camille an.

Camille stand auf und ging zur Tür. Marcandiers wütende, schwarze Augen folgten ihm wie hypnotisiert. Camille sagte versuchsweise, wie wenn man einem Hund pfeift: »Na schön, laß dein Gepäck hier. Da du keinen Kaffee gebracht hast, werden wir nun einen besorgen gehen.« Und als Marcandier sofort hinter ihm herstürzte, meinte Camille beim Betreten der Straße: »Und wie geht's dieser Tage meinem Vater?«

Marcandier, der Heldenverehrer. (Offensichtlich sollte ich sein Mirabeau werden.) Er tat, was ihm Camille anschaffte. Manchmal geriet er außer Rand und Band und mimte den Ersatzclown (nette Abwechslung, wenn ich's nicht selbst sein mußte). Aber er hatte einen untrüglichen Blick für Druckfehler und eine saubere, steile, zierliche Handschrift, in der er die dringlicheren Briefe beantworten konnte, die sich an den Schreibtischecken bis zur Decke türmten, und selbst unter Anspannung arbeitete er effizient weiter. Auf gut Glück hatte er einen langen Weg zurückgelegt. Camille nahm ihn auf, hänselte ihn und überhäufte ihn mit Arbeit: mein Redakteur.

Momentan sprang besagter Redakteur unter revolutionärem Stiefelabsatzgeklapper die Steintreppe in der Rue de Théâtre Français hinauf. Es war morgens halb acht, der einundzwanzigste Juni. Jeanette, die Hausperle der Desmoulins, machte in kuhähnlicher Morgenlaune die Tür auf. Marcandier rannte an ihr vorbei und schrie schon nach Camille. Jeanette quietschte. Fluchend und zitternd traten die Nachbarn der übrigen Stockwerke auf den Treppenabsatz hinaus.

Camille, der sich gerade rasiert hatte, kam wie absichtlich mit der Rasierklinge in der Hand in sein Arbeitszimmer. Er blutete am Kinn. Er hatte eben erst angefangen, als Marcandier an die Vordertür hämmerte.

»Was, zum Teufel, ist denn los?«

»Er ist weg!«

»O Christus«, sagte Windmühle, der in dem Moment ganz genau wußte, wen Marcandier meinte.

Er konnte nicht wissen, daß drüben in d'Antons Wohnung ein ähnlicher Auftritt stattfand. Hier war Fabre de'Églantine mit einigen anderen hereingestürzt, nicht um ein Gedicht laut vorzulesen, sondern um zu verkünden, daß Louis XVI. geflohen war, mitsamt der Familie und einigen auserlesenen Familienerbstücken.

»Sie haben die Kutsche des Schweden benutzt. In Verkleidung. Sind mit gefälschten Pässen durchgekommen, die der Schwede für sie angefertigt hat. Inzwischen sind sie schon auf halbem Weg nach Österreich.«

»Und wo steckt dieser verdammte La Fayette?«

Egal, wo er sich herumgetrieben hatte, mittlerweile war der verdammte La Fayette allseits bestens sichtbar. In voller Uniform hatte er wütenden Menschenmengen die Stirn geboten, den Bürgermeister konsultiert und die Nationalgarde in alle Richtungen ausschwärmen lassen, um der königlichen Gesellschaft, die offenbar von Feinden der Revolution entführt worden war, den Weg abzuschneiden.

Wie?

Er behauptet, jemand hätte sie einfach mitgenommen. Sie hätten gar nicht fortgewollt, weißt du, es gefällt ihnen hier so gut. Und außerdem lieben sie die Revolution so sehr, daß sie bleiben und sie genießen möchten. Aber irgend jemand hat sie entführt.

Wer?

Das fragst du besser La Fayette. Er hat das geschrieben, nicht ich.

In ganz Paris läutete es von jedem Glockenturm Sturm.

Um neun Uhr morgens trat die Nationalversammlung unter chaotischen Bedingungen zusammen.

Bei den Cordeliers stand Danton auf und sagte: »Nun, wir haben ihnen vertraut, und ihr seht ja, was passiert ist. Ist das nicht Beweis genug? Eine erbliche Monarchie ist ein ererbter Mühlstein an unserem Hals. Wir sollten das Zeug loswerden. Hinaus mit dem König, herein mit der Republik.« Zustimmender Lärm wie im Zoo. Die Abstimmung ist gelaufen. Um Mitternacht werden alle Straßen plakatiert sein. (Wieder einmal) ändern alle Wände ihre Farbe, und ein Plakat bittet das Volk, diesen drastischen und unvermeidlichen Schritt zu sanktionieren – denn schließlich zählt allein Volkes Wille, stimmt's?

»Und La Fayette hockt wunderschön in der Scheiße«, sagte Danton zu Windmühle drüben beim Hôtel de Ville.

»Das hattest du also im Sinn«, erwiderte Windmühle.

»Schau doch nicht so entsetzt. Was passiert denn schon? Doch nur das, worauf wir alle ganz wild waren: Die Karten werden völlig neu gemischt.«

»Wenn es Capet schafft –«

»Wieso glaubst du, daß sie's irgendwohin schaffen werden?« meinte Danton. Die Menschenmenge drückte sich näher heran, schlug ihm auf die Schulter und zerquetschte ihm fast die Hand: Du wirst's denen schon zeigen, Danton. »O ja, Bruder, das werde ich. Das werde ich.« Lang lebe Danton! »Danke schön, zu gütig.«

»Du sagtest gerade, wieso ich glauben würde, daß sie's irgendwohin schaffen.«

»Du und ich, wir beide haben prophezeit, daß der König fortläuft, wenn er kann. Das ist doch der springende Punkt. Und jetzt hat er's getan. Damit ist er erledigt und seine Anhänger, die ihm immer die Stange gehalten haben, ebenfalls. Die Hofpartei ist damit –« Danton machte ein Zeichen, das den gegenwärtigen Zustand der Hofpartei signalisierte.

»Und du bist dir da sicher.«

»In den Kreisen, in denen ich verkehre, bekommt man so einiges zu hören: die königlichen Gerichtssäle, gewisse Hinterzimmer … Was für eine hübsche Blume, mein reizendes Mädchen, danke schön. Und bekomme ich auch noch einen Kuß dazu?«

Robespierre sah schrecklich aus. Er war wieder krank gewesen, einschließlich des folgenschweren Getues, wenn sich seine Schwester Charlotte – die mit der schrillen Stimme – einmischte. Jetzt war er gerade rechtzeitig wieder genesen, um zu erleben, wie sich Paris erneut energisch auf die Hinterbeine stellte.

Er und d'Anton schüttelten einander im Jakobiner-Refektorium ernst die Hände. Was sie sagten, konnte ich nicht hören, weil mich jemand ansprach und mir zu meiner klaren Vorhersage gratulierte. Ich konnte Saint-Just sehen, einen bleichen Schatten direkt hinter Robespierres rechter Schulter. Aufmerksam wartete er, um ihn aufzufangen, falls er stolpern sollte, oder auch nur, um Maximes glänzende Schuhe ein weiteres Mal abzulecken. Schon wieder dieser Schulschwänzer aus der Picardie.

Ich konnte Saint-Just vom ersten Moment, als ich ihm offiziell begegnet war, nicht leiden. Es wäre Blödsinn, zu behaupten, der häßliche Camille hätte eine Abneigung gegen das geschleckte Aussehen dieses Kerls, auch wenn mir diese Bemerkung mit einigen anderen, ausgewählten Kommentaren zu Gehör gekommen ist. Warum wäre ich dann je mit Hérault befreundet gewesen, von dem es hieß, er sähe so gut aus, daß sich die Frauen um eine seiner Haarlocken balgten? Ist doch alles Blödsinn. Auch Eifersucht spielt keine Rolle, obwohl es durchaus möglich wäre, daß dieser Mistkerl auf *mich* eifersüchtig gewesen ist. Schließlich hatte ich seinen Maxime von Kindheit an gekannt. Dachte ich wenigstens.

Inzwischen hatte ich den Eindruck, daß d'Anton und Robespierre über etwas diskutierten, das sie bereits vor nicht allzulanger Zeit schon einmal beredet hatten. Aber angesichts der Atmosphäre in der Stadt, die schon den ganzen Tag an ein trockenes Pulverfaß erinnerte, und in Anbetracht des ständigen Glockenläutens, das einen zum Wahnsinn trieb, konnte ich dank meiner eigenen Nervosität kaum etwas richtig beurteilen. D'Anton wirkte nicht gerade aufbauend. Wie ein Hund war ich ihm, dem Oberverschwörer, im Narrenhaufen gefolgt. In jedes seiner Worte hatte ich noch mehr hineininterpretiert, hatte besorgt seine Ratschläge gehortet und dabei unbewußt so viel getrunken wie die letzten fünf Monate nicht mehr.

Mitten hinein in das ganze Schlamassel war Fréron mit seiner Erklärung geplatzt, er habe, nachdem er uns vergangene Nacht verlassen hatte (auch eine Betrachtungsweise), gesehen, wie La Fayette in einer fackelerleuchteten Kutsche Richtung Palast gefahren ist – Mittäter über Mittäter. Als sich das Geschrei gelegt hatte, kam er zu mir und sagte rüde: »Nimmst du eine Entschuldigung an, oder soll ich mich erst gar nicht damit abquälen?« »Quäl dich nicht ab.« Verächtlich musterte er den Wein in meiner Hand. »Hast du ihr alles erzählt?« »Ihr? Meinst du meine Frau? Warum sollte ich, wenn sie sowieso schon Georges Hure ist?« Einer zerrte ihn weg, um sich die Geschichte mit La Fayette noch einmal erzählen zu lassen – falls sie stimmte. Fréron neigte zur Übertreibung. Er ging mit, ließ mich aber bis zuletzt nicht aus seinen Fischaugen. Zum Veröffentlichen des Blattes war ich noch immer auf ihn angewiesen, und das wußte er. Irgendwie müßte man die Wogen wieder glätten. Armer Teufel, die Sehnsucht fraß ihn halb auf. Wenn ich meine Frau an meine Freunde ausleihen würde, wäre auch er weniger hitzig … Ich trank den Wein in einem Schluck aus, um mich selbst daran zu hindern, ihm hinterherzugehen und ihn zu erwürgen.

Inzwischen wurde die Versammlung bei den Jakobinern zur Ordnung gerufen, und irgendwie setzte sich das Protokoll trotz ungeduldiger Protestrufe durch. Heute abend sollte es hier beinahe genauso laut und protokollwidrig zugehen wie bei allen unseren Cordeliersveranstaltungen.

D'Anton hatte mich auf einen Sitz geschoben und sich dann neben mich gesetzt, als ob er mich dort festhalten wollte. Ich wurde das Gefühl nicht los, draußen brenne Paris, und wir hier drinnen kämen erst dann hinaus, wenn die Fenster voller Flammen waren. »Beabsichtigst du zu sprechen?« sagte ich mehrmals zu ihm. »Vielleicht.« Alles jodelte vor sich hin und gab Louis dem Fetten immer elegantere Schimpfwörter. Jede Minute konnte es zu einer Invasion der Österreicher kommen – Alarm! Verrat! Stellt die Republik auf die Beine! Nur d'Anton schaute selbstgefällig drein, als ob er sich einiges ausgedacht hätte. Was heißen sollte, daß er eine Beziehung zum Hofe haben mußte, von der ich nie etwas gewußt hatte – obwohl er mir selbstverständlich davon erzählt hatte, oder? Jeder bezahlt mich.

»Also, wirst du nun reden?«

»Ja, ja, Camille, ist ja gut. Schweig still.«

Alles lief derart formlos ab, daß ich darüber sehr wütend wurde. Es juckte mich in Beinen und Stimmbändern, selbst die Initiative zu ergreifen und zu reden. Endlich trat Robespierre vor und bat um eine Anhörung, die er bekam.

Natürlich hatte ich ihn schon früher sprechen hören, hier und in der Nationalversammlung. Ich hatte nur nicht allzuviel darauf geachtet. Nun ja, vermutlich hatte ich ihn zwar angeschaut, aber doch nicht wahrgenommen. Trotz der vielen Anträge, die er einbrachte, ist meines Wissens keiner je verabschiedet worden. Wie er so dastand, Petit Pierre, schien von ihm eine merkwürdige Ausstrahlung auszugehen, nicht direkt entschuldigend, sondern – was dann? Im Grunde genommen irgendwie klein. Man dachte: Schau mal, das exakte Ebenbild eines Menschen, der keine Autorität besitzt. Nur ein kleiner Kerl mit einer Menge Theorien im Kopf, der aufsteht und für die Abschaffung der Todesstrafe plädiert (etwas, dessen Durchsetzung ihm sehr am Herzen lag) oder meint, irgend jemand wäre zu weit gegangen oder nicht weit genug. Oder er beantragt, die Fenster zu öffnen. (Das hatte er im Stall tatsächlich einmal vorgeschlagen, woraufhin sich das ganze Haus vor Lachen gebogen hatte. Es war ein heißer Tag gewesen. Wenn ich jetzt darüber nachdenke, hatte man vermutlich erst darauf geachtet, als auf der öffentlich zugänglichen Galerie Frauen in Ohnmacht fielen.)

So stand er nun da und stakste mit seinen glänzenden Schuhen, die ihm Louis Saint-Just abgeleckt hatte, wie so oft von einem zierlichen Tanzlehrerfuß auf den anderen.

Ach, 's ist ja nur Maximilien, der uns einen Vortrag halten möchte. Mit dem werden sie schon fertig. Ex-Präsident et cetera. Ich kann meine Augen einen Moment zumachen. (Die Kerzenflammen hüpfen, selbst wenn sie still stehen.)

Dann fing er zu reden an. Er hatte nie eine große Stimme gehabt, unser Rosenpeter, aber inzwischen mußte er wohl ein Gefühl für die Akustik des Refektoriums bekommen haben. Na schön, ich werde zuhören. Morgen will er sicher wieder in den Neuigkeiten einen Bericht darüber haben. Er regt sich immer so verdammt auf, wenn man nicht berichtet, was er sagt. Und ehrlicherweise hat er mir außerdem einmal die Haut gerettet. Als ich auf Malouets Abschußliste stand.

»Warum habt ihr solche Angst?« fragte Robespierre. »Ihr redet, als ob das eine Tragödie sei. Dabei wage ich zu behaupten, daß die Flucht des obersten Dieners der Nation wohl kaum eine Katastrophe ist. Eine Invasion steht nicht unmittelbar bevor. Europa ist, als Ganzes gesehen, uneins und wird im Falle eines prekären Bündnisses für den Angriff auf Frankreich ebenso prekär seine Niederlage zur Kenntnis nehmen.«

Ich öffnete die Augen. Keine Invasion ... Dann ist er also mitten beim Thema, egal, was es ist. Ist er das?

Ich starrte Robespierre an. Der Wein war mir in die Augen gestiegen. Das war vermutlich der Grund, warum die sommerliche Dunkelheit wie Vorhänge um die Hallenecken spielte, und von den Kerzen lediglich ein weißer Fleck auf die Stelle fiel, wo der Redner mit den Füßen auf den Grabsteinen balancierte. Heute abend war seine Stimme kräftig. Er redete gut. Die Krankheit mußte ihm bekommen sein.

Trotz seiner Blässe schien er von innen heraus zu strahlen. Wie immer hatte er blödsinnigerweise seine Brille auf die Stirn geschoben, so daß er nun zwei Augenpaare hatte, ein durchsichtiges und ein undurchsichtiges.

»Eigentlich hat der Bürger Capet uns allen einen großen Dienst erwiesen. Ich denke, ihr habt alle begriffen, worum es sich dreht, obwohl bisher noch niemand die Kühnheit besaß, dies laut zu äußern. Ich werde es äußern. Mein Leben steht im Dienste Frankreichs, andernfalls wäre es bedeutungslos. Mein Leben ist das einzige Schwert, das ich ihm anbieten kann.«

Er drehte sich um und schaute uns alle an. Halb blind, wie er war, konnte er niemanden erkennen, und doch schien der flammend leere Blick wie ein Messer durch die Halle zu wandern. Obwohl er unsere Gesichter nicht sah, schien er irgendwie in unsere Gedanken schauen zu können. Als sein Blick auf mich fiel, sträubten sich mir die Haare im Nacken. Was war in ihn gefahren? Er war größer, und wenn er die Hand hob, spürte ich, wie sich gleichzeitig der Raum hob, als ob er die Luft ansaugen würde. Der letzte, bei dem ich so etwas erlebt hatte, war Mirabeau. Was ist nur in ihn gefahren?

»Die Nationalversammlung«, sagte Robespierre, und plötzlich schwang in seiner flachen Stimme tiefe Leidenschaft mit, so daß sich mir erneut die Haare am ganzen Körper sträubten, »die Repräsentanten unserer Nation – zu denen auch ich gehöre –, sind bis ins Mark verdorben. Jawohl, verdorben. Das hat uns Capet mit seiner Flucht gezeigt. Denn wie hätte er sie sonst bewerkstelligen können? Überall gibt es Verräter, die mit der Monarchie unmittelbar Hand in Hand arbeiten. Nein, nicht nur jene gekauften Männer, über die soviel geredet wird. Wir haben unsere Judasse, und davon genug. Aber darüber hinaus wird die Nation dreißigmal vor jedem Hahnenschrei von einer ganzen Sippe wie Simon Petrus betrogen. Von jenen Männern, die uns aus Angst, Ignoranz, Neid und verletztem Stolz im Stich lassen. Ja selbst diejenigen gehören dazu, die Frankreich durch ihren blinden Optimismus verkaufen, einen Optimismus, der sich weigert, den Abgrund zu unseren Füßen anzuerkennen.«

Durch die ganze Halle wanderte ein Laut, der manchmal zu hören ist: ein erregtes Murmeln, das sich nicht unterdrücken läßt und doch nie so laut werden will, um den Redner zu übertönen. Er hatte sie in der Hand, er beherrschte sie. Der kleine Robespierre. Und das nicht als Teil eines Spieles von d'Anton. Diese Macht gehörte einzig und allein Maxime.

»Ja, so ist es. Ich klage beinahe die ganze Nationalversammlung an. Ich werde hier stehen und werde es sagen. Ja, ich kann bereits hören, wie die Dolche kratzend geschärft werden. Schön und gut, laßt mich ruhig das Opfer sein. Ich weiß, welches Schicksal diejenigen von uns erwartet, die die Wahrheit sagen.«

Wieder starrte er mich quer durch den Raum an. Er konnte mich nicht sehen, und doch – sah er mich. Wie hätte es auch anders sein können, da er doch die Worte wiederholte, die ich gesagt hatte?

Alle Kraft der Welt lag in seinem Gesicht. Mir fiel ein, wie er in den Gärten des Luxembourg ausgesehen hatte, der arme, elende Maxime. Und wie er mir erzählt hatte, daß er nichts essen konnte und wie erschöpft er sei, im Stich gelassen von seiner eigenen, schwachen Physis. Und dann plötzlich dieses stählerne Licht, das hinter seinem Gesicht aufschimmerte und es verändert hatte. Es war auch jetzt wieder da. Er wirkte wie besessen. Nein, nicht von irgendeinem Dämon oder Gott, sondern von einer Art innerem Feuer, das mit ihm identisch war. Und auf einmal erkannte man, was Robespierre wirklich war. Das eifrige, graue Kind, das zitternde, pedantische Männlein mit Spitzenjabot und gepudertem Haar – alles verschwunden. Das war Robespierre. Ein formloses, schimmerndes Feuer, das völlig auf die Konturen eines Mannes zugeschnitten war und ihn in Stücke zerbrach, um sich zu befreien.

Er breitete die Hände aus – eine einfache Geste gelassener Resignation. Leise fuhr er fort, als ob er sich an jeden einzelnen persönlich wenden wollte, aber das Gewölbe nahm die Worte und reichte sie uns wie Federn weiter: »Möglicherweise sterbe ich heute nacht. Das bedeutet nichts. Für die Freiheit sterben, mehr will ich nicht.«

Ehe ich recht wußte, stand ich auf den Beinen und schrie ihm zu: »Du bist nicht allein! Ich bin bei dir!« Oder etwas in dieser Art.

Alle Zuhörer in der Halle sprangen nach meinem Vorbild hoch und schworen ihm lauthals Beistand. Er stand da und lächelte uns mit einer Art stiller Freude an.

Dieser Mann sieht wie ein Heiliger aus.

Absolute Klarheit und Reinheit umgaben ihn. Man konnte förmlich durch ihn hindurchsehen – nicht ein Fleck, nicht ein Makel – bis auf den Grund eines unbefleckten Geistes und Herzens. Und er lächelte mich an.

Etwas brach den Zauber: D'Antons Grunzen.

»Bravo, Camille, ohne daß ich dich je dazu ermutigt hätte.« Und dann war er auch schon an mir vorbei, stürzte nach unten, umarmte Robespierre und riß ihn vom Boden hoch. »Falls man dich bedroht«, bellte er, daß das Dach unter dem Ansturm knackte, »stehen hier achthundert Männer bereit, um bei deiner Verteidigung zu sterben.«

Die Leute tobten. D'Anton präsentierte ihnen Robespierre und drehte ihn wie eine Puppe oder etwas herum, das er, d'Anton, soeben erfunden hatte. Anstelle von Robespierre nahm er sämtliche Verdienste in Anspruch.

Verblüfft und benommen setzte ich mich, schlug die Hände vors Gesicht und merkte, daß ich versuchte, nicht zu lachen.

Nachdem d'Anton nun einmal unten war, zog er eine komplette Opernarie ab. Selbstverständlich hatte er sich ganz automatisch Maximes Rede vollständig eingeprägt und wiederholte nun den größten Teil mit vergoldeten Ausschmückungen. (Er verwendete einfach andere Phrasen.)

Ich lehnte mich in die Bank zurück und grinste blöd. Aber ich war nicht der einzige.

»Diese Verräter!« donnerte d'Anton.

»Namen!« forderte einer. Unpassenderweise Pfiffe und Lachsalven allenthalben.

»Namen? Namen wollt ihr? Wirklich? Nein, Fleisch wollt ihr. Ihr wollt Köpfe. Ich schwöre, wenn sich einer dieser Teufel heute nacht hier blicken läßt, dann werde ich ihm ein paar Namen geben.«

»Georges d'Anton, einer davon ist hier!« schrie einer gellend. »Schau mal hinter dich.«

Wir alle schauten hin. Theater. Dort in der Tür stand La Fayette.

Jetzt wird's interessant. Was macht denn dieser Tölpel hier? Die naheliegende Antwort war, jemand hatte ihn eingeladen. Er war den ganzen Tag zu Fuß durch Paris geeilt, damit der Pöbel sehen konnte, daß er in seiner makellosen Ehre und Unschuld keine Angst hatte. Vielleicht war sein Auftritt als ähnlicher Abenteurertrick gedacht. Die Jakobiner waren einflußreich und gefährlich. Andererseits mußte besagter Jemand, der La Fayette eingeladen hatte, ihm versprochen haben, daß ein Freund für ihn eintreten würde, falls er hereinschaute.

D'Anton bewegte sich langsam und schwerfällig. Er betrachtete La Fayette, als hätte er den Mann in seiner Suppe vorgefunden. Mit samtweicher Stimme sagte D'Anton im Katzenpfotenton: »So wahr Gott mein Zeuge ist, ich bin sehr froh, Monsieur La Fayette zu sehen. Es gibt da ein paar Dinge, die ich ihm gerne sagen möchte.«

Der Kommandant der Nationalgarde starrte d'Anton vor Entsetzen wie erstarrt an. Dies widersprach offensichtlich seiner Erwartung. Hatte sich d'Anton kaufen lassen und beschlossen, Wort zu halten? Oder hatte d'Anton mit Geld persönlich dafür gesorgt, daß La Fayette irrtümlich hier auftauchte? Egal, was dahintersteckte, jedenfalls begann d'Anton, jedes einzelne suspekte Unternehmen La Fayettes aufzuzählen, das nicht im Sinne des Volkes gewesen war. Er zerriß den feinen Pinkel buchstäblich scheibchenweise in der Luft. Nachdem er ihn in seinen Einzelteilen über den ganzen Klub verteilt hatte, hob d'Anton – ganz Anwalt – zum Resümee an.

»Sie haben geschworen, der König wäre in den Tuilerien sicher und käme nie an Ihnen vorbei. Sie haben sich für ihn verbürgt. Demnach gibt es zwei Möglichkeiten: Entweder sind Sie ein Lügner, der uns alle betrogen hat, oder ein unfähiger, total bescheuerter Trottel. Nun, mein Herr, reden Sie, was stimmt?«

Zu dieser reizenden Charakterwahl konnte La Fayette nichts sagen.

Der Feuillant-Abgeordnete, der mit ihm hereingekommen war, schrie hinter d'Anton her, der sich inzwischen wieder auf die Bänke zurückbegab: »Ich habe La Fayette persönlich hart kritisiert, das kann keiner leugnen. Aber eines füge ich hinzu: Ich glaube weiterhin unerschütterlich an seinen Patriotismus. Ich schwöre unter Eid, daß er lieber stirbt, als eine Konterrevolution zuzulassen. Selbst Georges d'Anton weiß, daß ich das gesagt habe.«

D'Anton, der bereits auf halbem Weg zu seinem Sitz neben mir war, drehte sich um und warf dem Feuillant de Lameth einen langen, amüsierten Blick zu. Honigsüß und mit ganz besonderer Bosheit sagte d'Anton: »Es ist absolut wahr, daß sich Monsieur de Lameth dermaßen geäußert hat, bei mehreren Gelegenheiten.« Damit stopfte er de Lameth wie mit einem Knebel den Mund.

D'Anton plumpste neben mich, daß die ganze Bank erbebte.

Schließlich hatte La Fayette doch noch eine Erklärung gefunden und meinte: »Ich kam hierher, weil ich weiß, daß man hier die Redefreiheit respektiert und daß kein guter Bürger unter Ihren Augen Angst haben muß. Sie kennen meine Verdienste. Ich glaube, daß jedes Volk frei sein wird, wenn es dies wünscht. Derzeit scheint es niemand aufhalten zu können.«

»Paß auf, wie er untergeht«, sagte d'Anton zu mir.

Ich brauchte noch einen Schluck Wein, um diese letzte Bemerkung loszuwerden.

Einen Tag später: Während die Hauptstadt noch immer auf Neuigkeiten von L'oui, den Österreichern und anderen wartete, tauchte Orléans bei den Jakobinern auf, um sich bewundern zu lassen. Könnte ja sein, daß wir über eine Regentschaft nachdachten. Anschließend zog d'Anton eine phänomenale Schau ab: Wie ihn jeder für alles Mögliche bestochen und wie er den Auftrag dann mehr oder weniger ausgeführt hatte. Er erweckte ganz den Eindruck, als ob er das Spiel ebenso liebte wie die Bezahlung. Trotzdem muß ich noch einmal betonen: Genauso viele

Leute hatten mir erzählt, er hätte sich kaufen lassen, wie sie ihm dasselbe über mich erzählten. Deshalb hatte ich mir allmählich angewöhnt, im Geiste ein riesiges Salzfaß mit mir herumzutragen. Abgesehen davon hatte d'Anton – wie gesagt – die Dinge ins Rollen gebracht und aufgeweckt. Ein wandelndes Pulverfaß. Ohne ihn konnte man sich die Revolution nicht mehr vorstellen.

Auch Robespierre verblüffte mich zum zweitenmal. Mitten unter der alten Republikdebatte wollte er plötzlich wissen: »Was genau ist eigentlich eine Republik?« Entweder eine sehr schlaue oder eine Scherzfrage. Kaum zu glauben, daß diese pingelige kleine Gestalt mit jener identisch war, der wir alle am vergangenen Abend geschworen hatten, wir würden sie bis zum Tode verteidigen. Aber auch ich hatte schließlich zu Hause gesagt: »Heute nacht ist ein Gott erschienen und hat durch Robespierre gesprochen. Ich habe noch nie etwas Ähnliches gesehen. Es erinnerte an einen griechischen Schauspieler, der Dionysos anruft, ehe er die Maske für das Spiel aufsetzt – so ähnlich jedenfalls.« »Ach, bist du sicher?« meinte Lucile, die es nicht glauben wollte, scherzhaft und zog mir den Mantel aus, denn inzwischen war ich so müde, daß ich mich nur mit Mühe erinnern konnte. »Sein Gesicht hat sich verändert«, sagte ich. »Genau wie unter der Maske. Ich konnte meinen Blick nicht abwenden. Keiner von uns konnte das.« »Maxime? Bist du sicher, es war unser Maxime?« »Nein, sicher bin ich nicht. Er hat einmal etwas übers ›Erwähltsein‹ gesagt. Heute nacht habe ich beinahe daran geglaubt.«

Im geschriebenen Zustand wirkt seine Rede beim Nachlesen ziemlich flach. Nur ein anderer Standpunkt mit einem Märtyrerschwanz hintendran. Vielleicht um Aufmerksamkeit zu erregen.

Obwohl Maxime nicht wie jemand aussah, der sich bestechen ließ, hätte er sich mit d'Anton auf eine gewisse Linie einigen können. D'Anton einigte sich nämlich ständig auf eine Linie mit diesem oder jenem Mitglied dieses oder jenes Klubs. Einmal sagte er zu mir: »Mit dir muß ich nie etwas ausdiskutieren. Noch bevor ich dir etwas anschaffe, machst du schon immer, was ich will.« Sofort protestierte ich gegen das Wort anschaffen und wies auf zehn Gelegenheiten hin, bei denen ich einen anderen Weg als er bevorzugt hatte. Obwohl, im allgemeinen muß ich zugeben, daß wir beide reichlich gleichgesinnt waren. Einmal hatte er auch bemerkt: »Wenn man mir je die Zunge herausschneidet oder dir dein Tintenfaß stiehlt, dann stecken wir ernsthaft in der Klemme.«

Er gab mir immer noch Geld. Und ich nahm es, noch immer. Ich war nicht sein einziger Nutznießer. Fabre, um nur einen zu nennen, hatte sein letztes Stück mit d'Antons Trinkgeldern finanziert. Dazu kamen noch sämtliche anderen Bestechungen, zum Beispiel Orléans' Angewohnheit. Bei einem Diner im Palais Egalité (ehemals Royal) wechselte er mit dir höchstens zweieinviertel Worte, bestand aber darauf, daß du das silberne Obstmesser behältst. Eines Abends ließ er für jede der Ehefrauen ein Geschenk auf der Tafel liegen. Mit seinem Schmuck um den Hals meinte Lucile: »Darf ich das?« Obwohl mir die Vorstellung nicht gefiel, bejahte ich, aber sie wußte gut genug Bescheid und trug das Collier danach nie mehr. Und dann waren da noch die Wildblumen, die manchmal taufrisch vor der Tür lagen, oder der Mann, der mit einem Paar Kaninchen oder einer Flasche Wein ankam, oder das Mädchen, das gegen dich fällt, wenn du um eine dunkle Ecke biegst, und dich so anfaßt, wie es nur eine Frau tut, die damit Geschäfte macht.

»Vergünstigungen der Macht«, pflegte d'Anton zu sagen, der meines Wissens ständig Kaninchen und Freiwein vertilgte, bis über beide Ohren in Blumen und Obstmessern versank und sich in dunklen Hauseingängen zu schaffen machte.

Maxime ging allein nach Hause oder saß in einem respektablen Café, trank verwässerten Wein und entwarf vor Saint-Einhorn utopische Träume.

Ich ging heim zu Lucile und der nächsten Wochenausgabe meines Blattes.

Im Nachhinein kommt es mir vor, als ob links und rechts von mir jede Menge passierte, das ich nie zu Gesicht bekam. Oder wenn, dann nur mit getrübtem Sehvermögen.

Nun denn, laßt uns drüben bei den Jakobinern Intrigen fressen. Das Volk bevorzugt einfachere Kost.

Der Pöbel hockt in den Tuilerien und macht einen Saustall. Grapscht an prächtigen Dingen herum, die er unter normalen Umständen höchstens aus fünfzig Schritt Entfernung zu Gesicht bekommen hätte. Verhökert und ißt Obst und sorgt dafür, daß die Steine und Kerne auf die

Teppiche fallen. Feiert auf den Treppen Gelage. Verkleidet sich mit Bettvorhängen. Am Tor haben sie ein Schild aufgehängt: HAUS ZU VERMIETEN. Wer möchte schon gern in den Tuilerien leben? Na ja, Oma könnte das Boudoir nehmen, und du und ich könnten uns ihr Zimmer mit dem hübschen großen Bett voller Kirschkerne nehmen.

Die früheren Bewohner werden wohl kaum zurückkommen, die sind ins Zeltlager nach Österreich. Am besten machen wir uns 'ne schöne Zeit, solange es noch geht.

Eigentlich hätten sie tatsächlich besagte österreichische Grenze erreichen sollen. Auch wenn sie mit Juwelen und goldbeschlagenen Kleidertruhen und mit königlichen Picknickkörben voll Brot, Wild und Wein überladen waren – selbst unter diesen Umständen hätte sie die prächtig bemalte Equipage nach Osten bringen müssen. Durch kleine Städte und Dörfer, wo sie bestimmt niemand persönlich kannte. Immer weiter nach Osten, wo in Châlons, wie vereinbart, eine Eskorte königstreuer Leibwächter zu ihnen hätte stoßen müssen. Aber irgend etwas ist mit der Leibwache passiert. Wirklich seltsam. Irgendwie machte der Anblick einer herumlungernden Gruppe neunmalkluger, berittener Soldaten die örtlichen Bauern mißtrauisch. Um das Mißtrauen zu zerstreuen, verdrückten sich die neunmalklugen Soldaten schlauerweise und … verschwanden.

Dann eben nach Norden, Richtung Varennes-en-Argonne, einem hübschen ruhigen kleinen Fleck.

Warum rennt dieser Narr direkt vor die Kutsche und schreit, sie soll anhalten? Warum riegelt die Ortsmiliz die ganze Straße ab? Einen können die feinen Pinkel immer überfahren, aber nicht so viele. Die gefallenen Körper würden sich auftürmen und die Pferde am Weiterlaufen hindern. Außerdem tragen die Männer auf der Straße Musketen.

Die Kutsche hält.

Ein Mann mit einem kulinarischen Namen (Sauce) meint: »Machen wir einen Fehler?« Aber ein anderer Schlauberger sagt: »Ich habe den König und die Königin schon bei mehreren Gelegenheiten gesehen und erkenne sie wieder. Holt sie raus und haltet sie fest, sonst bekommt ihr Probleme.«

Sauce will keine Probleme haben. Passenderweise besitzt er einen Lebensmittelladen, den er jetzt aufsperrt und das Mehl und den Kaffee wegräumt.

Auf diese Weise landet die königliche Familie in einem Lebensmittelladen, und das war's dann.

Am allermerkwürdigsten aber war (auch wenn zum Ablauf einer Burleske eine gewisse Anzahl von Zufällen und zufälligen Entdeckungen gehören), daß offensichtlich ganz viele Leute in der Lage waren, Dinge aufzuschnappen, sich einen Reim darauf zu machen und dann rasch die Ausreißer zu finden und dingfest zu machen. Wenn man weiß, daß jemand etwas im Schilde führt, und es dann für eine gute Idee hält, diesem Jemand aus verschiedenen Gründen genug Leine zu lassen, um sich selbst daran aufzuhängen, dann hat man vermutlich Mittel und Wege, um ihn im perfekten Augenblick auf frischer Tat zu ertappen.

Zwölf Stunden für die Rückreise nach Paris. Die Kutsche ist zum Bersten voll mit Majestäten und stramm revolutionären Abgeordneten der Nationalversammlung. Einer hat sich bereits in Antoinette verliebt. Ein anderer ist unser niedlicher, eitler dummer Pétion, der wegen Élisabeth, der jungfräulichen Schwester des Königs, Hummeln im Hintern hat und deshalb bei ihr dieselbe Stimmung vermutet.

»Die Engländer sind ein interessantes Volk«, meint Ja-Ja.

Alle schauen ihn an, als ob er verrückt geworden sei.

In Varennes hatte die Menge mordlüstern gewirkt, hingegen erwartete sie am Ende dieses heißen, staubigen, blasenzerreißenden Tages in Paris ein kalter Empfang.

Die Revolutionären Neuigkeiten, Juni

Als die Familie Capet aus ihren spontanen Ferien nach Paris zurückkehrte, erwartete sie kein sehr zärtliches Willkommen. Auf einem Transparent, das an Stecken herumgetragen wurde, stand zur allgemeinen Information der Menge: Wer den König beleidigt, wird gehängt. Wer ihm zujubelt, wird verprügelt. Heute war es in der Stadt ganz still …

Madame stieg mit deprimierter Miene aus ihrer Kutsche, aber schon im nächsten Moment stolzierte sie die Treppe so arrogant wie eh und je hinauf. Der stattliche männliche Teil der Capets – wie immer ein Muster an Würde und Benimm – verkündete laut: »Was für eine blöde Mistreise. Na ja, jetzt ist mir klar, daß ich ein bißchen unklug war, aber warum darf ich mich nicht auch wie jeder andere ab und zu närrisch benehmen? Na los, bringt mir mein Abendessen.« Nach dieser majestätischen Äußerung haute er rein und brachte die Küche ziemlich in Verlegenheit.

Wir gestehen, wir sind verblüfft. Was macht dieser Dummkopf, diese gekrönte Runkelrübe, nachdem er sich's wieder in seinem Palast gemütlich gemacht hat? Er stopft sich mit Essen voll. Ist das der Dank des Volkes an seine Verräter? Und was Madame Messalina, seinen bösen Geist, betrifft (niemand nimmt doch wohl im Ernst an, daß er genug Hirn hat, um sich die Sache mit der Flucht selbst auszudenken?): Die wäre besser in einem Kloster aufgehoben, wo man Hochmut normalerweise mit Ruten beantwortet.

Wie manch andere Spezies neigt auch die Menschheit seit jeher dazu, einer Person die Rolle des Königs der Tiere zuzuweisen. Aber da diese Position leider inzwischen in der politischen Struktur dieses Landes verankert ist, muß sich auch derjenige, der sie innehat, zwangsläufig vor den Gesetzen verantworten.

Was steht in diesen Gesetzen?

Jeder, der sich mit Waffengewalt gegen die Nation erhebt, wird mit dem Tode bestraft.

Was das Naturgesetz betrifft: Wenn ein Mensch versucht, mein Herz zu durchbohren, habe ich dann nicht das Recht, ihn zu töten?

Dieser unser König hat die Nation in Aristokratenmanier gefordert: Er hat mit uns ein Duell angefangen. Der erste Schuß seinerseits ging los, noch ehe wir erfahren hatten, daß wir draußen im Bois um unser Leben kämpften – dieser erste Schuß ging daneben. Die Kugel flog über unsere Köpfe hinweg und landete in einem Baum. Macht nichts. Gemäß dem Ehrenkodex der Duellanten gehört der zweite Schuß *uns.*

FEUER FREI!

Pater Duchesne, Juni

Weg mit ihnen, mit diesen stinkenden Capets! Weg mit Louis, dem betrunkenen Waschlappen, und dem österreichischen Miststück und ihrer belle-soeur Großarsch. Tretet die Scheißkerle in die ewige Verdammnis!

Der Volksfreund, Juni-Juli

Was wir brauchen, ist ein Militärtribunal. Dennoch kann man sich möglicherweise unserer Erfahrung nach nicht auf das Militär verlassen. M. La Fayette, zum Beispiel, liebt das Volk wie eine Krankheit. Man munkelt, es sei zweifelsohne sein innigster Wunsch, Frankreichs Körper bei gegebenem Anlaß mit einem gezielten Schuß davon zu befreien. (Als Alternativmedizin käme die Ermordung von M. La Fayette in Frage.) Warum sollte sich das Volk bis dorthin nicht seinen eigenen Diktator wählen? Und welcher andere Mann käme uns wohl für diesen illustren Posten mehr in den Sinn als der, den die Mehrheit lauthals als ihren Vater feiert? Der Bürger Danton.

»Vermaledeiter Scheißkerl«, lautete Dantons Reaktion. »Das hat dieser Schurke absichtlich gemacht, damit ich darauf reinfalle und mich lynchen lasse. Warum läßt du mich nicht gleich zum König krönen, du verdammte Schweizer Kanalratte?«

1791: Sommer – Herbst

JULI. Man hatte die Feier zum glorreichen Vierzehnten um drei Tage auf den Siebzehnten verlegt, einen Sonntag. Man war der Meinung, ein allgemeiner Feiertag an einem Donnerstag wäre eine zu große Unterbrechung, ganz abgesehen vom Lohnausfall. Trotzdem gab es am Donnerstag in den Parks einige Versammlungen und mehrere Aufmärsche der hosenlosen Wunderknaben, und die Stadt war hübsch mit Plakaten gepflastert, die im wesentlichen besagten, daß der Fettwanst wirklich abhauen solle.

Was Marat und Desmoulins dazu meinten? Man solle die Flucht nach Varennes als Abdankung betrachten.

Außerdem, was war der König eigentlich? Schließlich stammte die Capet-Linie letztlich nur von einem gewöhnlichen Advokaten ab. Darauf hatten die Revolutionären Nachrichten aufmerksam gemacht:

König Midas hatte sich nach einem Streit mit einem Gott um die Ohren herum ein wenig verändert, was sein Barbier entdeckte, als er Midas ohne seine Krone sah. Da der Barbier das Geheimnis nicht für sich behalten konnte, grub er am Flußufer ein Loch und sprach die Wahrheit hinein. Bald darauf verkündete das Schilfrohr, das dort wuchs und sich im Winde wiegte, laut: »König Midas hat Eselsohren!« Ich befinde mich in der Position des königlichen Barbiers. Nachdem ich hinter seine Krone geblickt habe, bin ich gezwungen, das Flußufer aufzusuchen –

Und da ich's aufzuschreiben doch nie wage,
grab ich ein Loch und flüstre leis der Erde zu.
Dann brüllte das Schilf voll Spott und Hohn:
»Majestät Capet ist nur – ein Advokatensohn!«

Am sechzehnten Juli verlas Danton vor den Cordeliers eine Petition zur Enthebung des Königs aus dem Amt. Der Zoo brachte seinen Applaus ein. Desmoulins, der Dichter der Revolution, überquerte den Fluß, ohne sich nennenswert mit dem Graben von Löchern aufzuhalten, und erkundigte sich, ob den Jakobinern etwas an einer gemeinsamen Aktion läge. Aber die Jakobiner lehnten ab. Die Nationalversammlung hatte soeben in einer Abstimmung die persönliche Unverletzbarkeit des Königs erklärt. (Erinnert ihr euch noch an besagte Abgeordnete in einer Kutsche, die sich in österreichische Apfelblüten und französische Jungfräulichkeit verliebt hatten?)

Doch dann platzten viele Leute in die Nationalversammlung und beklagten sich, und noch mehr platzten heulend bei den Jakobinern herein. Robespierres protokollversessener Klub beschloß, letztlich doch mitzumachen ...

Danton favorisiert selbstverständlich eine Regentschaft. Schließlich bezahlt Orléans Danton dafür, daß er merkt, was für einen guten Regenten Orléans abgeben würde. Und Desmoulins kläfft stotternd ja, sobald es Danton ihm anschafft. Brissot mit dem Bastilleschlüssel entwirft sogar eine noch bessere Petition, und morgen werden sich alle auf dem Marsfeld am Altar der Nation einfinden, um den Cordeliersklub die Petition vorlesen zu hören. Die neue Petition fordert hartnäckig die Amtsenthebung des Königs (und möglicherweise sogar seine Verurteilung), und die Bürger von Paris werden zur Unterzeichnung aufgefordert.

Am Sechzehnten nachmittags ziehen hosenlose Wunderknaben in großer Zahl draußen durch die Hauptstraßen.

Dafür hat am Sechzehnten abends La Fayette en masse Truppen aufgezogen: um den Stall, um den Palast, am Fluß entlang und neben den Brücken. Regelmäßig traben Pferde vorbei, und selbst die allgegenwärtige Kanone wird donnernd übers Kopfsteinpflaster gerollt.

Späte Spaziergänger geraten in Arrest. Nicht alle. Ein paar schaffen es bis zu Dantons Wohnung hinüber.

Als allmählich die Morgendämmerung anbrach, öffneten wir wieder die Fenster. Das rote Arbeitszimmer war voller Rauch und abgestandener, verbrauchter Luft. Ein weicher Sommerhauch lag über der Stadt, und es roch ziemlich stark nach Pferden. Kein Wunder, hatte sich doch ein ganzer Trupp von La Fayettes Berufssoldaten letzte Nacht eine halbe Stunde lang unter uns auf der Straße postiert. Fabre war wie erstarrt. »Sie sind gekommen, um uns zu verhaften.« Daraufhin machte sich allgemeines Unbehagen breit, was d'Anton lachend verwischte. »Blödsinn, die hoffen nur auf einen Freitrunk.« Und sofort machte er sich auf den Weg, um dafür zu sorgen. Nach einiger Zeit brach der Trupp unter kameradschaftlichem Gejohle auf. Inzwischen hatte sich Fabre die Nägel bis zum Handgelenk abgekaut, womit er sich auf schmeichelhafte Weise meinem Vorbild angepaßt hatte.

(Immer wenn Gabi ins Zimmer kam und uns Kaffee brachte, warf sie mir einen Blick zu, als ob sie mich hassen würde. Da ich so etwas von einer Frau nicht gewöhnt war, wurde ich sehr nervös und deprimiert.)

Schreibtisch und Fußboden waren mit Papier übersät. Eines, das unmittelbar neben meinem Fuß lag, konnte ich gerade noch lesen. Darauf stand in Krakelschrift und faszinierender Rechtschreibung: *17. Juuli is a schlächta Tach, Camille, kohm nich aufß Maasfelt.*

Die Warnungen waren nur so hereingeschneit. Wir alle hatten welche bekommen. Jeder hier im Zimmer. Selbst der zwei Meter lange Schlächter Legendre kam mit ängstlichem Blick die Treppe heraufgerannt. Freunde hatten ihm erzählt, er solle aus Paris verschwinden.

Marat war offensichtlich schon längst wieder in die Kanalisation abgetaucht. Auch Brissot war nicht da. Vor kurzem war es zwischen uns wegen mehrerer Ausdrücke, die er mir in seinem Magermilch- und Schwefelblatt angehängt hatte, erneut zu einer Auseinandersetzung gekommen. Ich hatte ihm erklärt, ich würde ihm die Zähne einschlagen, weil er immer alles besser wissen mußte als die anderen. Aber diesmal verhielt es sich vielleicht doch anders.

»Na schön. Irgend etwas passiert demnächst«, sagte d'Anton mit einem Blick über die Dachfirste des Cordeliersbezirks.

»Glaubst du, wir sitzen heute abend im Gefängnis?« fragte Santerre, der Wein aus der Flasche trank und mit seiner Weste unterm Kopf auf einem Sofa lag.

»Abwarten und Tee trinken«, erwiderte d'Anton rätselhaft. Am liebsten hätte man ihm eine Ohrfeige gegeben. Aber ich hatte es aufgegeben, ihm eine Stellungnahme zu entlocken.

»Was passiert mit den Klubmitgliedern, die die Petition vorlesen sollen?« fragte Fréron, der schon seit Stunden stichelte.

»Ach, denen wird schon nichts passieren.«

»Nein, d'Anton«, antwortete ich voller Wut, »denen wird genausoviel passieren wie uns, wenn wir hingehen. Aber von uns wird keiner da sein, oder?«

»O tapferer Camille, stets von beachtlicher Kühnheit«, sagte Santerre.

Ich hob ein Journal vom Boden auf und warf es nach ihm. Es traf ihn an der Wange, und er sprang auf. Wein tropfte ihm den Hals hinunter.

»Hört auf«, sagte d'Anton, »ihr verdammten Irren. Habt ihr 'ne Ahnung, was dieser Brokat kostet? Und jetzt ist er mit saurem Wein versaut. Die Sprecher auf dem Marsfeld werden sicher sein, weil sie nicht wir sind. Wir wären es nicht, weil wir wir sind.«

Lausiger Applaus.

»Robespierre hat zu mir gesagt«, sagte Fréron, »er würde persönlich am Altar der Nation erscheinen.«

»Er hat die Petition abgelehnt!«
»Aus rechtlichen Gründen. Jetzt sind die Jakobiner umgeschwenkt. Und wie alle Konvertiten sind sie besonders wild. L'oui, die Laus, raus, raus!«
»Na schön, aber was sollen wir jetzt tun?«
»Warten«, meinte d'Anton gnadenlos.
Er ging ins purpurne Zimmer und ich hinterdrein. Morgenlicht fiel auf Gabis Cembalo, auf dem eine ganz leichte Staubschicht lag. Seit einigen Tagen hatte sie nicht mehr darauf gespielt.
»Weißt du«, sagte d'Anton zu mir, »die Sache läuft nicht ganz so, wie ich es vorgesehen habe.« Er lächelte. Wie die meisten von uns hatte auch er die Hemdsärmel aufgekrempelt. Seine Augen waren starr wie blaue Glasstücke, die in Zement gefallen sind.
»Sollte es denn einfach gehen? Stürzt die Monarchie und die Vormacht des Militärs –«
»Du hast gegen Druckerfahnen gekämpft. Aber das hier ist kein Essay.«
»– und bringt wen an die Macht? D'Anton?«
»Das muß sich erst noch herausstellen.«
»Ja, dann tu das mal.«
»Wo ist Lucile?« sagte er.
»Wo soll sie denn deiner Meinung nach sein?«
»Sie sollte vielleicht ihre Mutter in Königsmarkt besuchen ... Ein Sonntag auf dem Lande. Nett.«
»Christus«, sagte ich. Mich fröstelte in der Hitze des Gefechts.
»Geht nur nicht«, sagte er zu mir, »an denselben Ort.«
»Was?«
»Ein bißchen weiter weg. Verwisch die Spur.«
»Du willst mir also erklären, daß du etwas angefangen hast, was demnächst über uns hereinbricht. Die Par-partei des Hofes ist stärker als du –«
»Erwartet hast. Das kannst du laut sagen. Wir sind zu schnell zu weit gekommen. Legst du keinen Wert auf meinen Rat?«
»W-war es d-dein Rat, die Per- die Petition zu unterzeichnen?«
»Nicht ganz. Und außerdem schreibe ich nicht dein Blatt. Das tust du.«

»Schön. Je-jeder s-sagt, daß du's diktierst. O mein Gott. Lucile –«

»Mach, daß du verschwindest, und sag ihr, sie soll packen.«

Ich lief zurück ins Arbeitszimmer und schnappte meinen Mantel. Santerre sagte: »Welche Eile. Geht's aufs Marsfeld oder auf den Lokus?«

»Nur f-fort von deinem Fuselgestank.«

»Feigling.«

»Tro-ottel.«

Ich rannte die Treppe hinunter und stürzte auf die Straße hinaus, wobei ich beinahe geradewegs in einen Brotkarren und anschließend in den dahinterstehenden Roch-Marcandier gerannt wäre.

»Camille!«

»Um Gottes willen, was ist los?«

»Gehst du aufs Camp de Mars?«

»Ja«, sagte ich wütend. Ich log, weil ich ihn loswerden wollte.

Er starrte mich an und meinte: »Man sagt, es wäre gefährlich, aber du hast dich ja noch nie gefürchtet, wenn's um die Wahrheit ging. Ich werde meinen Teil dazu beitragen.« Und damit trollte er sich eilends und ließ mich beschämt und aufgebracht zurück. Idiot.

Ich rannte nach Hause.

Lucile saß in einem hellen Kleid vor dem Spiegel und frisierte ihr Haar zu langen Locken. Sie sah köstlich kühl aus. Ein unglaubliches Trugbild. Mit einem Redeschwall erklärte ich ihr, sie müsse sofort abreisen, weil es demnächst zu einem Militäraufstand kommen würde. Sie kam zu mir her und nahm meine Hände. »Ja, Camille.« So heiter und sachlich, daß ich mich beruhigte. »Und du?«

Ich improvisierte. »Mit d'Anton – aufs Land.«

Jetzt zuckten ihre Augen. Sie legte den Kopf an meine Brust. Einen Augenblick hielt ich sie fest, dann verließ sie mich und ging heiter fort. Sachlich kümmerte sie sich um alles, als ob eine Flucht in ihrem Haushalt alltäglich wäre. In Zukunft konnte dies durchaus möglich sein.

Kurz vor Mittag fielen die ersten Schüsse.

Als mehrere zweitrangige Cordeliers die Petition vorlasen, hatte sich der Tonfall irgendwie verändert. Die Verschwörer um Orléans hatten dabei mitgemischt. Die Jakobiner, bei denen die Stimmung ins féroce umgeschlagen war, hatten mitgemischt. Eine ganze Nacht voller Truppenbewegungen hatte ihre Wirkung gezeigt. Trotz der Süßigkeitenverkäufer und der Leierkastenmänner, die gemächlich durch die Menge spazierten und dabei populäre Lieder zum besten gaben, trotz der verkauften Zuckergetränke, trotz der Kinder mit ihren Reifen und den Mädchen, die allesamt in ihren schönsten Kleidern aufs Marsfeld gekommen waren, herrschte generell eine bedrückte, um nicht zu sagen militante Stimmung. Schließlich wollten alle tatsächlich zum Altar der Nation hinaufgehen und ein Papier unterzeichnen oder wenigstens einen Fingerabdruck darauf hinterlassen, das die Aufhebung der vierzehn Jahrhunderte alten Königsherrschaft forderte.

Außerdem war es früher am Tag zu einem Zwischenfall gekommen. Man hatte zwei Betrunkene unter dem Altar gefunden, die sich die hosenlosen Wunderknaben sofort geschnappt hatten. Weil sie die Männer für Spione und ihr Weinfaß für ein Pulverfaß hielten, hätten sie mir nichts dir nichts die Köpfe vom Körper getrennt (dies sollte binnen kurzem zur mode révolutionnaire werden).

Damit hatte der Tag schon mit Blut begonnen. Einen solchen Wink mit dem Zaunpfahl ignorieren die Götter selten.

Als das Volk die Truppen anmarschieren sah, wurde es unsicher. Aber man redete sich ein: die Nationalgarde rekrutiert sich aus dem Volk, aus Freunden und Verwandten. Die werden nicht auf uns schießen. An der Spitze sahen sie den Bürgermeister mit gepudertem Haar, gebürstetem Mantel und Spitzenjabot und dachten: Nun, den haben wir ja gewählt; den haben die Pariser Stadtbezirke in seine jetzige Position gebracht. Die werden nicht auf uns schießen. Schließlich fiel ihr Blick auf La Fayette, und sie sagten: Werden sie nicht? Zu guter Letzt sahen sie die blutrote Flagge, das Symbol für Krieg und Bedrohung. Dann schoß einer aufs Geratewohl auf La Fayette. Und dann –

Einen Moment lang ist das Gras grün, der Himmel blau, und mit dem klebrigen Zuckerbrot in den Händen liegt das ganze Leben noch vor uns – und dann spuckt die Pistole ihre rauchige Botschaft aus. Tod, der geflügelte Zufall. So war es immer. Einfach so. Von Anfang an: die Scherbe, der Speer, der Pfeil, die Kugel. Wie zerbrochene Vögel fallen die Toten zwischen Pfefferkuchenbrocken ins Gras, das sich rot färbt. Und der Leierkasten schreit vor Schmerz und Todesangst auf.

Wer ist diesmal dafür verantwortlich? Wer nimmt die Schuld für den jungen Künstler auf sich, der in einer blutgetränkten Weste auf dem Rücken liegt? Oder für die schrillen Schreie der Frau mit einem Stück Blei in der Hüfte, die nur für einen neuen Schrei Atem schöpft? Na los, gib schon zu: Wer badet diese Tagesarbeit aus? Wer wird jetzt zum Sündenbock, den man mit den Sünden von ganz Paris auf dem Buckel in die Wüste treibt?

Wir waren's nicht, sagen die Gardisten, die ihre Brüder mausetot ins grüne Gras geschossen haben. Der General hat den Befehl gegeben. Oder der Bürgermeister. Alles hatte damit begonnen, daß ein Mann aus der Menge auf sie gefeuert hat. Marat ist's gewesen, der hat uns zum Mord an La Fayette aufgestachelt, also ist Marat daran schuld. Jagt Marat. Außerdem, nur diese Unruhestifter von Cordeliers mit ihrer Petition kommen in Frage. Sie haben die Sans-Culottes überreizt und den Pöbel dazu verführt, herauszukommen und eine Schlägerei anzufangen und sich von den Büchsen in Stücke fetzen zu lassen, die unter unseren Händen einfach losgegangen sind. Dabei wollten wir nicht einmal einer Fliege etwas zuleide tun.

Inzwischen läuft die Garde nach allen Seiten hin Amok. Wenn ihr eine Gruppe Blauröcke mit weißen Aufschlägen und blutroten Krägen seht, dann macht Türen und Läden zu und legt die Riegel vor.

Man hämmert an die verriegelten Türen der Jakobinerkirche, Flaschen fliegen. Auch ihr seid schuld daran, ihr verdammten Jakobiner. (Die Belagerten ducken sich.) Wir werden euch schon kriegen und diese Cordeliers auch. Danton kann man nicht übersehen. Um dieses Drecksschwein zu Fall zu bringen, werden wir zehn Mann brauchen. Seht! Da ist schon einer von den Schweinen – lange schwarze Haare und häßlich wie Luzifer. Das ist dieser Scheißkerl Desmoulins – na los, den schnappen wir uns! In einem öffentlichen Garten und in zwei Hintergassen werden drei junge Männer mit Camille verwechselt und um ein Haar zu Tode geprügelt bzw. von lauthals schreienden Nachbarn gerettet – »Laßt ihn in Ruhe, es ist mein Gaspard!« Auf dem Pont Neuf wird Louis-Mer Fréron (der es wie so viele Männer, die nach dem König getauft wurden, eine Zeitlang vorzog, sich mit anderem Namen anreden zu lassen: Stanislas) völlig korrekt als Co-Autor der Revolutionären Neuigkeiten (D.F.E.D.B.) erkannt. Mit dem Rücken an der Brüstung, muß er sich anhören: »Werft ihn hinüber«; »Kitzelt ihn vorher.« Und dann spürt er auch schon den ersten Hieb. Aber Stanislas (L-M) Fréron wird durch die Ankunft von Gardisten seines eigenen Bezirks gerettet. Wenn ihn einer tötet, dann stünde das rechtmäßig ihnen zu. Stanislas (L-M) hat sich von Danton ein, zwei Dinge abgeschaut und nützt die Pause, um den Männern sein Mitgefühl auszusprechen und ihnen etwas zu trinken anzubieten. Ihre Blutlust nährt sich aus entsetzlichen Schuldgefühlen, deren Überwindung ihm das Leben rettet. Später in derselben Nacht entfernt sich Stanislas Louis-Mer Lapin Fréron mit einer Geschwindigkeit aus der Stadt Richtung Versailles, auf die jedes Kaninchen stolz sein könnte.

Seht, wie sie rennen!

Egal, welches Spiel du diesmal – wenn überhaupt – gespielt hast, Georges-Jaques Danton, es ist eine einzige Katastrophe.

Als Maximilien Robespierre den Jakobinerklub verläßt, bleibt er im Hof unter dem Baum der Freiheit (eine Pappel) stehen. Die Versammlung wurde früh geschlossen, für den Fall, daß die Gardisten demnächst betrunken genug wären, um zurückzukommen und die Türen richtig einzutreten.

Eines steht – wahrscheinlich – fest: Der Unbestechliche ist dort gewesen, auf dem Champ de Mars. Er forderte die Kugeln heraus und versuchte, ein wenig Maß und Sinn in die Lage zu bringen.

»Für einen Tag hast du genug Leben riskiert, Maxime«, meint der Tischler Duplay mit einem leicht selbstbewußt-bewundernden Unterton in der Stimme, den er immer bekommt, sobald er Maximilien vertraulich anredet. Duplay ist ein starker Mann und hat dank seines gutgehenden Handwerks kräftige Arme. Für ihn verkörpert Robespierre etwas ganz Besonderes und Rares. Wie ein bleicher, erschöpfter Prinz lehnt Robespierre am Baum und legt die Hand über die Augen.

»Madame und ich«, sagt Duplay kühn und nervös zugleich, »wären entzückt, dir heute nacht ein Bett anzubieten. Damit könntest du dir den Rückweg durch halb Paris und eine Begegnung mit gesetzlosen Elementen sparen.« Er glaubt, diese Phrase würde Robespierre gefallen.

Womit er offensichtlich recht hat, denn Robespierre schenkt Duplay ein Lächeln, sehr müde und merkwürdig lieb. Die Zeiten verfeinern Robespierre, der nie aus besonders grobem Holz geschnitzt war. Er wird in der Tat immer besonderer und rarer und verblüfft damit alle, die ihn längst kennen, und bindet jene an sich, die neu dazukommen. Um derart geläutert zu werden, muß man sich dem Druck eines wählerischen Schicksals beugen. Und er beugt sich. Der Sklave der Gleichheit vermittelt Duplay jeden Eindruck, den große Heilige immer vermitteln können: Du bist gut zu mir? Dafür wirst du gesegnet werden. »Äußerst aufmerksam von dir«, sagte Robespierre sachte und beinahe unhörbar.

»Ach, keine Ursache – Maxime –, ein Vergnügen. Wirklich.«

Die Duplays wohnten justament die Straße hinunter, also genau wie der Klub in der Rue Saint Honoré.

Nachdem sie hinter der Mauer den Innenhof betreten hatten, leitete Maurice Duplay den unbefleckten Maxime geschäftig zwischen exotischen Brettern, Kiefernholz und Leisten hindurch, die sich im Hof stapelten. Anschließend mußten sie durch einen Fensterrahmen und über mehrere große Leimtöpfe hinwegklettern (wegen der intensiven Gerüche und des Holzstaubes hüstelt Maxime inzwischen ein wenig matt). Aber nun fliegt die Tür auf, und wie in allen Märchen steht dort im gelben Lampenlicht zur Begrüßung die Ehefrau samt den drei Töchtern, die zwar nicht ausnehmend hübsch zu nennen sind, aber dennoch übers ganze Gesicht strahlen.

Vielleicht war sich Maximilien bewußt, daß es sich hierbei möglicherweise um ein abgekartetes Spiel handelte, einen Vorwand, um den Star der Jakobiner zu bewirten. Aber Robespierre war sich immer über die Einsamkeit eines Geschöpfes des Schicksals im klaren und auch darüber, daß er in physischer Hinsicht auf die Unterstützung anderer angewiesen war. Deshalb reagierte er auf Freundlichkeit immer mit echter und ehrlicher Dankbarkeit. Gravitätisch trat er über die Schwelle in die Arme des Lampenlichts. Wie gut diese Leute waren, sie schenkten ihm Obdach! Die Frauen versanken beinahe im Hofknicks, ehe sie ihn in das Haus geleiteten, das für den Rest seines Lebens sein Zuhause werden sollte.

Inzwischen hatte sich Brune, der Drucker, durch eine schmale Tür auf die Gasse hinausgequetscht und war immer noch so verrückt, seine Druckerei aufzusperren und hineinzuschlüpfen. Hier stieß er auf

Roch-Marcandier, der wie ein Wachhund zusammengerollt neben der Druckerpresse schlief und sofort aufsprang und ihn angriff.

»Nimm die Pistole aus meinem Auge«, sagte Brune, während sie sich voneinander lösten. »Ist sie geladen?«

Marcandier hatte sich noch nicht jene Art von Humor angewöhnt, um etwa folgenden Kommentar abzugeben: Gui Brune müsse selbst wohl am besten wissen, ob sein Auge geladen sei oder nicht.

»Ja! Was denn sonst!«

»Hast du Camille gesehen?«

»Nein«, sagte Marcandier mit betroffener Miene. »Vielleicht ist er tot.«

»Wodurch? Dank der Kochkünste von Gabis Dienerschaft?«

»Er war auf dem Marsfeld.«

»Ich habe Neuigkeiten für dich.«

»Lügner! Ich weiß das aus seinem Munde.«

»Dann hat er dich eben aus seinem Munde – hm, falsch informiert.«

Beunruhigt und verstimmt sackte Marcandier wieder auf den Boden. Allmählich versuchte er es probehalber schon mal mit dem alten Sprichwort vom Idol mit den tönernen Füßen. Vielleicht war es in einigen Fällen sogar möglich, daß das ganze Idol aus Ton bestand, mit Ausnahme der Füße.

Irgendwann in jener schwülen Nacht, während die Druckerpresse keuchend vor sich hin klapperte, kündigte sich Windmühle durch verstohlenes Klopfen an.

»So, da bist du also. Wo bist du gewesen?«

»Ganz weit draußen, im Haus von Gabis Vater. D'Anton hatte uns zum Essen hinausgeschleppt. Ich bin zurückgelaufen, und nun blutet einer meiner verdammten Füße.«

Dies schien Marcandiers Philosophie ziemlich zu unterstützen. Brune verstärkte die Wirkung noch durch die Bemerkung: »Aha, siehst du, Roch, er ist wirklich verwundet.«

Windmühle warf Marcandier einen herrischen und doch verunsicherten Blick zu, dann drückte er Brune ein Blatt in die Hand. »Druck das.«

»Was? Ich muß –«

»Scheiß drauf, was du m-mußt. Druck das da.«

»Ist ja gar nicht viel. Kommen noch Zusätze? Was ist das?«

»Schau dir die Widmung an.«

Brune tat es. »Für M. La Fayette, den Wesir von Paris, das Stehaufmännchen. Aha, ich verstehe. Du willst unbedingt im Gefängnis weiterleben.«

»F-fang bloß nicht damit an. D'Anton war in der merkwürdigsten Stimmung, die ich je bei ihm erlebt habe.«

»D'Anton hat's verscherzt.«

»Das sch-schätze ich auch. Er redet von England.«

Marcandier, der im Schatten stand, spuckte aus.

»Wenn Georges von England redet, warum bist *du* dann hier?«

»Ich rede ja auch nicht darüber. Also w-willst du nun –?«

Kritisch musterte Brune die Druckerpresse.

Achtzehnter Juli. Motiviert durch den Bürgermeister und die generelle Ansicht der Richterschaft im Hôtel de Ville (irgendeiner muß und wird die Schuld bekommen), verabschiedet die Nationalversammlung ein Dekret. Einzelpersonen, die die Bürger zum Ungehorsam gegen das Gesetz verleiten, sei es durch Plakate, Reden oder durch Veröffentlichung aufrührerischer Texte, werden stehenden Fußes verhaftet und – jetzt kommt's! – zu Zuchthaus verurteilt. Ein Entwurf für einen Haftbefehl zur Ergreifung derartig Schuldiger (zum Beispiel Danton, Fréron, Desmoulins) ist bereits in Arbeit. (Stellt euch nur mal Camille in einer Sträflingsgruppe vor.)

Aber sie sind fort. Natürlich. In alle vier Windrichtungen. Oder doch nicht?

Am selben Abend bei den Jakobinern: – eine ziemlich nervöse Versammlung, bei der auffallend viele fehlen. Auftritt von Windmühle. Unrasiert, ungekämmt, mit Schmuddelhemd und staubigem Mantel, obendrein leicht betrunken.

Er stellt sich in die Mitte des Raumes und hält ohne Rücksicht auf die Akustik, aber auch ohne jedes Stottern, eine kurze, laute Rede:

»Ich fliehe um mein Leben – das wißt ihr. Ist Marseille weit genug weg? Vielleicht sollte ich es mit Österreich versuchen. Offensichtlich herrscht dort mehr Gerechtigkeit als hier. In Paris haben zwei Erzteufel und ein übergewichtiger Schwachkopf das Sagen. Damit meine ich natürlich die Messrs. Lord La Fayette, den Monsterbürgermeister Bailly und König Capet, den Trottel. Na denn, Paris unter dem Stiefelabsatz. Herzlich willkommen. Eine Stadt, in der zwei Männer eiskalt morden und Hunderte von unschuldigen Menschen niedermähen dürfen, nur weil diese einer weitverbreiteten Ansicht Ausdruck verleihen. Verräter und Mörder – und trotzdem stolzieren sie noch immer herum und beschließen Gesetze, die sich gegen den Rest von uns richten. Na schön, Bürger, ich schenke euch Paris. Nehmt es euch. Eine entehrte und betrogene Hauptstadt.«

Mit großen Schritten verließ er den Saal. Finstere Wut hüllte ihn wie ein großer Umhang ein. Obwohl sie nicht jedes einzelne Wort verstanden hatten, hatte er sie selten stärker beeindruckt. Allein die Tatsache, daß er in dieser Nacht gesprochen hatte, wirkte wie ein Akt außergewöhnlicher Tapferkeit. Oder Dummheit. Aber egal, wie sie es betrachteten, ganz offensichtlich war er derzeit nicht käuflich und leidenschaftlich ehrlich.

Bald flatterten auch einige Kopien der Revolutionären Neuigkeiten die Straßen entlang. In der letzten Zeile stand zu lesen: »Es bricht mir das Herz, daß ich meine Feder weglegen muß.«

Geschrieben wie ein edler Selbstmord.

Aber Schriftstellern bricht immer bei der letzten Zeile das Herz.

Die Polizei erreichte die Redaktionsräume der *Revolutionären Neuigkeiten* und verschaffte sich gewaltsam Zutritt. Da sprang ihnen ein verrückter Hund an die Kehle.

Nachdem Roch-Marcandier seine Pistole abgefeuert hatte, warf man ihn gewaltsam aufs Gesicht und schlug ihn bis zur Bewußtlosigkeit grün und blau. Deshalb bekam er auch nicht mit, wie man sich anschließend der Druckerpresse annahm, den »Karren« herausriß und den Holzrahmen demolierte. Auch das folgende Freudenfeuer versäumte Marcandier. Als er im Gefängnis wieder zu sich kam, starrten ihn die unmenschlich verzerrten Gesichter von Brune und des ehemals ach so vorsichtigen Momoro und einer Handvoll weiterer Cordeliers an.

»Falls du den flotten Camille sehen willst«, meinte Brune unverbindlich, »tust du gut daran, eine Nachricht nach Marseille zu schicken.«

Diesmal spuckte Roch-Marcandier Blut.

Das Lied der Kugel
(IM HERZEN DES KÜNSTLERS)

Geborgen im dunklen Rohr
Schlief ich harmlos und starr,
Bis mich ein Feuerball riß
Hoch zur Sonne empor.
Strahlender Flug, wie rasch vorbei,
Im Sieg den Lauf schon verloren.
Das Ende – ein Schrei, dann Stille.
Ein Wesen erlischt. Die Trommel
Für immer zu Tode geschlagen.
Gefangen im Finstern und unbewegt
Wie der Stein inmitten der Pflaume
sitze ich fest, ein Stachel im Fleisch.
Und schlafe harmlos und starr
wie einst im Dunkeln des Rohrs.

Unschuldig bin ich an allem.
Nur Pulver und Mörder sind eins.

(Woraufhin das Pulver erwiderte: Nicht schuldig, das Gewehr ist der Täter. Aber als man das Gewehr aufrief, behauptete es aufs Entschiedenste, an allem sei nur der Soldat schuld. Dann stand der Soldat auf und sagte, sein Kommandant habe ihm befohlen, zu feuern. Der Kommandant sagte, die randalierenden Leute hätten ihn dazu gezwungen. die Leute sagten, die politischen Schreiber und andere Verrückte hätten sie angestachelt. Aus diesem Grund sitze ich in dieser verdammten, stickigen Kutsche Richtung Norden und lasse mich durchschütteln und kritzle Knittelverse.)

Saint-Quentin bildet den Vorposten zu den Dörfern der Picardie, der Landschaft meiner Kindheit. Marseille – eine List. Ich hatte es in Erwägung gezogen, genau wie jene Zuflucht, die mir Fréron in Versailles angeboten hatte. Marat hatte ihm davon erzählt, ohne selbst davon Gebrauch zu machen. Zu diesem Zeitpunkt traute ich keinem von beiden. Ich traute gar niemandem. D'Anton hatte mich im Stich gelassen. Ich fühlte mich verloren.

Als erstes machten wir eine Fahrt nach Fontenay, wo uns d'Antons Schwiegereltern empfingen. Das Ganze war fast ein Witz gewesen, das Diner ein einziges Durcheinander und die Tischgesellschaft nervtötend. Wir alle machten scherzhafte Anspielungen auf Bailly, Klein Blondschopf und Louis den Fetten. Es war der typische Trink-aus-morgen-wirft-man-uns-den-Löwen-zum-Fraße-vor-Humor. Als die landluftgeschwängerte Dunkelheit hereinbrach, erschreckte mich d'Anton zu Tode. Zuerst wurde er elegisch, dann brach er in Tränen aus. Ich sage, zu Tode erschreckt, und das meine ich auch. Ich hatte das Gefühl, als wäre der Boden unter uns eingebrochen, und nun würden wir in den Abgrund fallen.

Mal angenommen, es hatte eine Verschwörung gegeben, um in Paris die Hierarchie der Macht in Mißkredit zu bringen. Und nehmen wir des weiteren an, daß wir alle daran beteiligt waren, selbst ich dank meines Treueschwurs. Trotzdem hatten mich die Dinge völlig überrascht. Alles hatte sich derart monströs und bar jeder Kontrolle entwickelt, daß ich es einfach nicht glauben konnte.

Selbst als d'Anton weinend seinen mächtigen Löwenschädel auf den Tisch legte, konnte ich es noch immer nicht fassen. Sofort sprang Gabi auf und umarmte ihn stürmisch. Anschließend weinte er sich an ihrer Brust aus.

Wir alle saßen da und starrten ihn an, halb verlegen, halb alarmiert. Noch nie hatte ich bei ihm eine Neigung zu Panik oder Jammerei erlebt. Seine Heiterkeit und seine Wut konnten gigantisch sein, trotzdem schreckten bzw. beleidigten sie mich schon lange nicht mehr. Ich bewunderte diesen Mann. Jetzt weinte er, und Gabi warf uns über seine zerzauste Mähne giftige Blicke zu, als ob wir alle daran schuld wären und er unser armes Opfer wäre. D'Anton!

Ich war fertig, war mit meinem Latein am Ende. Ich stieß meinen Stuhl zurück und sagte: »Na schön, ich verziehe mich wieder in die Stadt. Ich werde La Fayette seinen verdienten Lohn verpassen: einen Kübel Mist über seinen elenden Schädel.«

Aber ich spiele nur eine Nebenrolle. Niemand nahm recht viel Notiz von mir. Der überdimensionale Kummer dieses Löwen-Stiers hypnotisierte alle. Ich ging mit einem Gefühl fort, als ob man mich erdolcht hätte. Erst als ich ein ganzes Stück unterwegs war, empfand ich ein Minimum an Mitleid mit ihm und spürte, wie sich ein Funken Loyalität zu ihm regte und mich allmählich beschämte. Ich war sprichwörtlich der vom Vater verlassene Sohn. (Ja, jetzt weiß ich es – der Vater, der den Sohn verläßt. Ich stelle d'Anton neben Gott.) Ist ja egal. Ich hatte mich auf ihn verlassen – nein, nicht darauf, daß ihn nichts zerbrechen könne, das nicht, aber auf seine Beständigkeit, ja. Egal, welche Fehler er gemacht, egal, welches Chaos er erzeugt hatte, er hätte alles ins Lot bringen können, wenn er nicht nachgegeben hätte, davon war ich überzeugt. Aber nun dachte ich daran, wie ich ihn, dieses schluchzende Riesenbaby, dort zurückgelassen hatte, und an Gabi, die mich haßte, und an Lucile in Bourg-la-Reine. So marschierte ich todunglücklich wie ein geprügelter Hund fast drei Stunden zurück nach Paris. Und die ganze Zeit über kritzelte ich im Sternenschein und im Flackerlicht von Wirtshäusern im Vorübergehen Zeilen auf zerknitterte Papierfetzen.

Und noch immer mochte ich tief drinnen alles nicht glauben. Paris betreten, die letzte Nummer meiner Zeitschrift herausbringen, bei den Jakobinern schreiend hineinplatzen – dazu brauchte es keinen Mut. Ich hatte das Gefühl, als ob sich jeden Moment alles ändern würde. Darauf wäre ich jede Wette eingegangen. Aber der Pöbel würde mich beschützen, das Volk. Mein leidenschaftliches Engagement galt einzig und allein ihm, und so etwas mußte einfach auf Gegenseitigkeit beruhen. Meine größte Wut kam vermutlich daher, daß mir andere völlig unnötigerweise die Rolle des Flüchtlings aufgezwungen hatten. Eines weiß ich genau: Als ich auf der Suche nach einer Postkutsche Richtung Provinz im Dämmerlicht untertauchte, versuchte ich nicht im geringsten, so zu tun, als ob ich ein anderer sei als ich selbst. Ich sagte zu mir: Keiner von denen würde bleiben und das alles durchkämpfen, also bleibt auch mir keine Wahl. Auch ich fliehe vor Kerker und Dunkelheit, diesem entsetzlichen Dämon, der mich verfolgt und zu Tode erschreckt, obwohl ich nicht daran glaube. Aber das ist alles nur ein Traum. Vielleicht hat d'Anton ja nie an dieser Tafel Tränen vergossen. Vielleicht ist er gerade jetzt drüben im Rathaus und dreht Bailly den spitzenbesetzten Hals um, und ich sollte dort bei ihm sein.

Aber die Kutsche durchpflügte weiter die tiefschwarz verhangene Nacht.

Als ich zu den ulmengesäumten Wiesen kam, in die die Landschaft hinter Saint-Quentin zerfällt, war ich derart verwirrt, daß ich ein bitteres Glücksgefühl empfand. Ich sang im Gehen und pflückte Zweige von den Büschen, und als es dämmerte, bat ich sogar ein Mädchen mit ein paar Ziegen um einen Schluck Milch. Ich bekam ihn. Wahrscheinlich hielt sie mich für einen Räuber und war zu verängstigt, um nein zu sagen. Als ich zur Tür meines Onkels Godart kam, öffnete ein Knecht und machte buchstäblich einen Schritt rückwärts, als ob ich Satan persönlich wäre.

Grünes Land ringsumher. Grünes Land und Sonne, die sich mit den Vögeln in den Bäumen tummelt, und goldenes Stroh in der Scheune. Ich war nicht so dumm gewesen, schnurstracks nach Guise, ins Haus meines Vaters, zu rennen. Vielleicht hatte ich mich aber auch nicht als Flüchtling den süffisanten Mienen und den kurvigen Straßen und der grauen Kirche samt dazugehörigem Château zeigen wollen. Denn dort galt ich nur als verkannter Prophet.

Hier war es sicherer, wenn auch nicht zwangsläufig freundlicher.

Du hast also Schwierigkeiten mit dem Gesetz? Nun, wir wußten ja schon immer, daß es soweit kommen würde. Wir schicken keine Familienmitglieder weg. Deiner Mutter zuliebe werden wir dich unterbringen. Du kannst uns auf dem Hof zur Hand gehen. Zu dieser Jahreszeit können wir das gebrauchen.

Die Unterkunft des Knechtes über der Scheune war bestens ausgestattet. Offensichtlich stand er höher im Kurs als ich.

Heuwenden. Seit Jahren hatte ich das nicht mehr gemacht. Damals war ich ein kleiner Junge gewesen. Erinnerungen, ganz am Rande des Sehvermögens. Immer nur Sonne, bis auf eine einzige Hagelexplosion. Gänse mit langen Hälsen, die wie Schlangen zischen. Und die ganze Zeit über dieser kleine zusammengerollte Wurm aus Wut und verzweifelter Anspannung, der sich an meine Seite schmiegte.

Hin und wieder bekam ich Briefe, die durch ein Labyrinth von Adressen gingen, ehe sie mich erreichten. D'Anton war tatsächlich jenseits des Kanals in England. Aus Geschäftsgründen. Er war nur seinem

Schwiegervater zuliebe gegangen, weil Georges ja so fließend anglais sprach. Verdammt noch mal. Würde ich ihn wiedersehen? Hatte er auf dem Schiff erneut geweint, als die Küsten Frankreichs wie ein Nebelseufzer zurückwichen? Er hatte gesagt: »Mein Heimatland, mein geliebtes Heimatland, wenn ich es verlasse, was bleibt mir dann noch? Wenn ich könnte, würde ich wie die Zauberer der Antike seine Erde in meinen Schuhen mitnehmen, um mir Lebenskräfte zu sichern. Wie jener griechische Gigant muß ich den Erdboden, das Fleisch meiner Mutter, berühren, um stark zu sein. Im Exil dagegen bin ich – ein Nichts und Niemand.«

Und was Lucile betraf … Ich hatte ihr erklärt, sie dürfe mir unter keinen Umständen schreiben. Sie gehorchte der Anweisung. Dabei sehnte ich mich doch so sehr nach dem Anblick ihrer wunderschönen, kindlich-ernsthaften, sorgfältigen Handschrift. Und noch mehr sehnte ich mich nach ihr. Es gab damals in meinem luftig-bequemen Wohnsitz Nächte, stille Nächte auf dem Lande, ohne einen Laut, Nächte, in denen der Wind das Atmen vergaß und nicht einmal eine Eule vorübersegelte, Nächte, in denen mein eigenes Exil wie Gift wirkte. Noch nicht einmal ein Monat war vergangen, und schon wirkte die Stadt ein Jahr und viele Kontinente weit weg. Ich könnte Lucile holen lassen, und sie würde zu mir kommen. Auch wir könnten ein Schiff nach England nehmen, und dann würden wir uns mit meinem armseligen Englisch (ich konnte es gut genug lesen, um ganz genau zu wissen, wie gut meine Sprachkenntnisse eigentlich sein müßten) durch London schlagen, durch jene lehmbraune Metropole mit ihren kalten Sommern und den verschlossenen Herzen. Eine Verbannung aus Frankreich war für mich genau wie für d'Anton ein unerträglicher Alptraum. Wie ich in der stillen Nacht der Länge nach auf meinem soliden, leeren Bett lag, spürte ich, daß ich lieber sterben als fortgehen wollte. Frankreich war mein Fleisch und Blut, der Inbegriff meiner Gedanken und meiner Seele. Wenn man mich töten würde, fänden meine Gebeine in keinem anderen Boden Ruhe. Und um mich zum Schweigen zu bringen, würde man mich töten müssen. Immer noch schrieb ich fieberhaft.

»Nun, du bist mir eine wunderbare Hilfe«, meinte Onkel Godart. »Ich bezweifle, ob du uns auch nur zwei Tage zum Arbeiten zur Verfügung gestanden hast.«

»Ich werde dich bezahlen.«

»Bin ich der Wirt und du mein großzügiger Gast?«

»Ich meine doch als Entschädigung. Aber ich muß das fertig machen.«

»Warum? Damit man dich garantiert hängt? Sie wollen dich doch schon für deine bisherigen Texte einsperren und anschließend den Schlüssel in einen Gully werfen.«

Es war Anfang September, und die Nachrichten aus Paris alles andere als gut. Man hatte meinen Haftbefehl in eine Vorladung umgewandelt – wie bei uns allen. Eine meiner Quellen erklärte mir, jetzt sei es Zeit, zurückzugehen und für meinen Fall einzutreten. Eine andere Quelle warnte mich, ich solle bleiben, wo ich war. Ich wußte, daß meine Druckerpresse nicht mehr existierte, aber selbst jetzt noch schaffte ich es, mir die Dienste einiger tollkühner Gelegenheitsdrucker zu sichern, die für mich verschiedene Plakate zur Aufheiterung der städtischen Ziegelmauern verbrachen. Mit diesem Unternehmen stand ich nicht allein da. Laut meiner optimistischen Quelle zeigte das Bombardement Wirkung. Der Stall wurde unruhig. Jedesmal wenn seine Mitglieder auf die Straße traten, sahen sie sich einem neuen grünen oder rosa Wandpilz gegenüber, der proklamierte: Es gibt keinen Beweis gegen mich! Wie kann sich unter den gewählten Repräsentanten der Nation eine derartige Korruption ausbreiten, daß ein Mensch ohne Anklage als Schuldiger dasteht? »Sie reißen die Anschläge herunter, bis ihre Fingernägel voll Papier sind. Vom Hörensagen weiß ich, daß man an manchen Tagen keine Plakate lesen kann, weil der Bürgermeister ganze Banden von Gassenkindern anheuert, die sie über Nacht herunterreißen sollen.« Ferner teilte mir meine optimistische Quelle mit, man hätte d'Anton in Paris gesehen. Bald darauf bestätigte die pessimistische Quelle diesen Bericht und fügte hinzu, daß man d'Anton sofort einsperren würde, falls er am rechten Flußufer auftauchte.

Jetzt verbrachte ich die Tage mit dem Wenden des Godartschen Heus, und in den Nächten wälzte ich mich dann schlaflos herum, bis ich aufstand, um meine mitgebrachten Bücher immer wieder von vorn zu lesen. Trotz der Warnungen schien mir die Rückkehr nach Paris immer dringlicher. Außerdem gab es da noch ein zweites Problem bezüglich des Godartschen Hauses. Als ich auftauchte, war sie anfänglich bei Verwandten gewesen, aber dann hatte ihr jemand erzählt, daß ich hier sei, und schon bald erschien meine kleine Kusine, die den Namen der Blumengöttin trug.

Seit ich sie das letztemal gesehen hatte, waren einige Jahre vergangen. Damals hatte sie, die Dreizehnjährige, einem jungen Idioten von zweiundzwanzig im Obstgarten ein Heiratsversprechen entlockt. Der junge Idiot war ich selbst gewesen, und vermutlich hatte ich es damals ernst gemeint. Eine Wartezeit von drei Jahren hätte mir genug Spielraum für eine brillante Karriere gegeben. Der Familienzorn folgte unserer »Ankündigung« stehenden Fußes und war alles andere als höflich. Ich kann mich sogar noch daran erinnern, wie mich jener Onkel, der mir jetzt Zuflucht gab, mit gerunzelter Stirn in eine Ecke gedrückt hatte und wissen wollte, ob ich das Kind geschändet hätte.

Ab jetzt begannen in der Abgeschiedenheit meiner Scheune die Besuche der Blumengöttin, die inzwischen zweiundzwanzig, unverheiratet und sehr charmant war. Manchmal brachte sie Äpfel vorbei, manchmal kam sie, um sich die Bücher des »Gelehrten« anzusehen. Sie beugte sich über mich, ihre blonden Haare streichelten mich seitlich an der Wange, und ihre Hand lag auf meiner Schulter. Innerhalb von fünf Minuten hatte sie mich verführt, ohne daß es für mich während meines ganzen zweimonatigen Aufenthaltes eine echte Befriedigung gegeben hätte. Das wollte ich doch noch hinzufügen. Mit dreizehn war sie spröde gewesen und ich sehr ehrenwert. Noch immer hätte ich ihr nie weh getan oder sie einem Risiko ausgesetzt, aber da sie mir nun mal die Gelegenheit bot, wurde ich das Gefühl nicht los, daß es eigentlich doch mehr hätte sein können. Die Blumengöttin gestattete alles, vorausgesetzt, an der Taille war Schluß. Jedesmal, wenn meine Hände woanders hinwanderten, wurde ich getadelt. Sie selbst schäkerte gern und ließ mich vermutlich liebend gern für meine Heirat mit einer anderen bezahlen. Ich sagte ihr, sie würde mich umbringen, aber sie lachte nur und ging fort, während ich vor Lust wahnsinnig wurde. Außerdem bestand dauernd die Möglichkeit, daß Papa hereinkam. Mein Gott. Der Gedanke an Paris wurde tagtäglich attraktiver.

An einem Spätvormittag hatte ich mir das Stroh aus den Haaren gekämmt und mich wieder einigermaßen beruhigt und lag mit meinem Catull droben auf meinem Bett, da kam Onkel Godart die Leiter heraufgerumpelt und platzte ins Zimmer. Sie mußte ihm etwas gesagt haben, obwohl es gar nichts zu erzählen gab – ein Angeklagter ohne Anklage! Nicht gerade fröhlich, bereitete ich mich auf einen Kampf vor. Er war ein großer Mann. Aber er warf mir nur einen Brief vor die Füße.

»Einer von deinen neunmalklugen Schreihalsfreunden, die Frankreich retten wollen. Schickt seinen persönlichen Kurier mit Anweisungen – Anweisungen –, dies Monsieur Desmoulins eigenhändig zu überreichen. Nun, Monsieur, da hast du's.«

Ich hob den Brief vom Boden auf. Bereits an der Handschrift konnte ich erkennen, daß er von d'Anton stammte.

»Möchtest du mich entlassen, oder wirst du ihn in meiner Gegenwart lesen?«

Ich ging nicht auf diese Bemerkung ein, sondern öffnete den Brief.

Paris hat keine Windmühle mehr, kein Wunder, daß das Brot ausgegangen ist. Einer, der damit gerechnet hat, daß er mich im Gefängnis sehen würde, ist selbst dort gelandet. Hier bin ich, und hier bleibe ich. Am zehnten oder spätestens am zwölften wird es eine Amnestie geben. Mein Wort darauf. Gaius Marius, Volkstribun.

Marius – diesen Spitznamen hatte ich ihm gegeben. Mir fiel auf, daß er nicht mit seinem richtigen Namen unterschrieben hatte.

Wir schrieben den achten September. Noch vor einer Sekunde oder so war ich absolut ruhig gewesen, aber jetzt zitterte ich plötzlich gefährlich. Außerdem fing ich zu lachen an. D'Anton, der Wagenlenker, hatte die Zügel wieder in der Hand.

»Gute Nachricht, schätze ich«, meinte mein Onkel abfällig.

»Paris brennt«, sagte ich, kletterte aus dem Bett, umarmte ihn und bedankte mich immer wieder für seine Gastfreundschaft und Güte, bis er letztlich nachgab und mich ins Haus auf ein Bier mitnahm. Selbst meine blumengleiche Kusine wünschte mir eine gute Heimreise. Später aber spielte sie mit mir bis zur Scheune Fangen und biß mich nach stürmischen Abschiedsküssen derart heftig ins Ohr, daß ich ihrem Vater erklären mußte, ich hätte mich beim Rasieren geschnitten.

O September.

Im gleichen Maß, wie sich die Blätter anschicken zu fallen, fällt auch sonst fast alles andere.

Die Nationalversammlung beendet ihre Amtszeit, und ihre Mitglieder beschließen aufgrund der Proteste jenes außergewöhnlichen Wesens aus Arras, Bürger Robespierre, sich nicht zur Neuwahl aufstellen zu lassen. Im Oktober wird eine völlig neue Versammlung zusammentreten. Aber die Amnestie bleibt trotzdem bestehen. Danton und sein ganzer Stamm sind wieder da, wenn auch deutlich zurückhaltender. Danton wird nicht für die Nationalversammlung aufgestellt. Camille verfügt über keine Zeitschrift. Ziemlich ruhig hier. Oder nicht?

Als nächstes reicht La Fayette seinen Abschied ein, und auch der Bürgermeister hat sein Amtsende eingeleitet.

Andererseits spazieren die Capets nach Belieben im Fackelschein auf den Himmlischen Feldern herum und gehen in die Theater und in die Kathedrale (die letzten Schmierereien und Scherbenhäufen sind beseitigt), wo man sie mit netten Hochrufen begrüßt. Sie haben die Verfassung anerkannt. Sie werden brav sein. Wir wollen alle Freunde sein. Laßt uns das Rad anhalten. Laßt uns zur Ruhe kommen.

Wir wollen nur Frieden. Frieden, um unsere Kinder großzuziehen, Frieden, um wachsen und gedeihen und im Bett sterben zu können. Ach, Freunde, wißt ihr denn nicht, daß ihr ein Teil der Geschichte seid? Und die Geschichte an und für sich bringt Menschen unter dem Druck der Ereignisse dazu, sich auf ganz besondere Taten zu verlegen.

Friede? Ihr Rüpel, wollt ihr ewig leben?

Notre bon roi
(Unser guter König)
A tout fait;
(hat alles getan.)
Et notre bonne reine
(Und unsere gute Königin)
Qu'elle eut de peine!
(Was litt sie nur für Qualen)
Enfin les v'là
(Nun, jetzt sitzen sie hier)
Hors d'embarras!
(Draußen auf dem –)

»Waren wir getrennt?« fragte Lucile. »Es war nur ein böser Traum, aus dem ich ständig weinend aufgewacht bin.«

Das ist der einzig wahre Friede. Bei ihr zu sein und sie nach dem Lust- und Liebestaumel noch immer im Arm zu halten, wenn nur noch die Liebe übrig ist und ihre warmen Tränen fließen und sie die Arme um mich legt. Schöne Lucile, aimante, amante, âme de moi. In schwierigen Situationen hat sie nie geweint. Sie weinte nur vor Freude, als ich zu ihr zurückkam und nach der langen Kutschfahrt schwankend die Treppe zu unserer Wohnung hinauftaumelte, die mich bereits im Abendlicht willkommen hieß. Kerzen brannten, auf dem Tisch loderten Herbstblumen, und sie stand mitten im Zimmer und blendete mich mit meinen eigenen Tränen.

Das merkwürdig sanft verblassende und verwischte Gold eines Sonnenuntergangs in der Stadt füllte alle Fenster und brach sich in allen Lichtern, die im selben Maße klarer hervortraten, wie der Himmel ruhiger wurde. In den Geruch des polierten Holzes mischte sich der erdige Duft der Blumen, der Staub und der Rauch von Paris, das frische Brot auf dem Teller und die süßen Früchte. Dieses zarte, regenfrische Parfüm ihrer Haut und ihrer Haare.

Frisch gestärkte Bettlaken. Kein Stroh. Keine Lügen.

»Ich werde dich nie mehr auch nur in die Nähe von Guise lassen, zu dieser bissigen Kusine«, sagte sie zum Scherz. Es machte ihr nichts aus, sie kannte mich durch und durch, meine Priesterin.

Zwischen jenen warmen, dunklen Wäldern mit ihren bernsteinfarbenen Blätterkerzen (die letzten Septembernächte) empfing sie unser Kind.

Fünf

1792: Winter

Liebster Vater, freut es Sie, so viele Briefe von mir zu erhalten? Leider läßt sich das Übermaß teilweise darauf zurückführen, daß ich sonst nichts zu schreiben habe. Wenn man erst einmal vom Bazillus des Schreibens befallen ist, dann entwickelt sich daraus meiner Meinung nach eine unheilbare Krankheit. Jawohl, ich weiß, ich sollte mich zufriedengeben. Meine Ehe hat mir ein derart vollkommenes Glück beschert, daß ich gerade deshalb – jeden Glauben an die Existenz Gottes verloren habe. Ich hatte das Paradies für einen Zustand gehalten, der für das Leben nach dem Leben bestimmt sei. Ein Paradies zu Lebzeiten scheint mir jegliche Hoffnung auf einen Himmel im Jenseits auszuschließen. Lucile erfüllt jede meiner Stunden mit heiterem Glanz und erinnert mich an jene Zeile in den biblischen Psalmen: Denn du wirst mir ein Licht anzünden und meine Dunkelheit erhellen. Sie wirkt beinahe völlig unverändert, ja, möglicherweise ist sie sogar noch schöner geworden. Nein. Das ist ja ganz unmöglich. Vollkommenes läßt sich nicht verbessern.

Wie Sie wissen, betätige ich mich erneut in allen Ehren als Anwalt. Die Aufträge fallen mir ziemlich in den Schoß (ja ja, die Reputation!), und wenn ich vor Gericht herumstolziere, mache ich eine glänzende Figur. Ich muß nur die Worte »nicht im Sinne der Republik« verwenden, und schon gerät die Anklage heftig ins Schleudern. Andererseits ist der König zur Zeit ungemein populär. (Soviel steht fest: Um ein populärer König zu sein, muß man nur die Bevölkerung anlügen und hintergehen und wiederholte Male betrügen und einen Fluchtversuch direkt in die Arme des Feindes unternehmen. Und zur Krönung des Ganzen muß man schließlich auf dem nassen Boden draußen vor der Kathedrale den Mittellosen ein paar Sous hinwerfen, damit sie sich beim Herumkriechen gegenseitig zertrampeln. Er sollte ein Rezeptbuch für die restlichen Monarchen Europas verfassen!) Übrigens habe ich das Wort »Republik« noch nie so oft aus dem

Munde von Leuten vernommen, die entweder keine Ahnung von seiner wahren Bedeutung haben oder, wenn doch, keinerlei akute Neigung dazu verspüren. Mein Robespierre war weise – was ich des öfteren an ihm entdecke –, als er uns an jenem bewußten Abend gefragt hat: Was *ist* eigentlich eine Republik?

Inzwischen bin ich am Durchdrehen. Sie können mich ruhig dafür schelten. Meine Tage sind ausgefüllt, und nachts schlafe ich friedlich, trotzdem juckt es mich mit aller Macht in der Hand, die Feder zu schwingen. Mein Blatt Papier, das ich im Sarg einer zerbrochenen Druckerpresse zurückließ, besaß Macht. Immer wieder werfe ich mir vor, daß ich mich nie davon hätte trennen dürfen, aber was blieb mir denn anderes übrig?

D'Anton ist inzwischen ganz sicher zurück. Anfänglich sah es so aus, als wolle er auf seinem prächtigen Landsitz überwintern. Das Haus wurde beträchtlich verschönert – wir waren schon mehrmals dort. Gabrielle hat im Vertrauen mitgeteilt, Antoine dürfe im Laufe des Jahres »ein Schwesterlein« erwarten. Offensichtlich sind mir meine, wie auch immer gearteten Sünden vergeben. Vielleicht hatte ja Gabis Zustand ihren Eindruck von uns getrübt. Jetzt ist alles wieder eitel Sonnenschein. Sie und Lucile sitzen wie zwei Vögel auf einem Ast zusammen und plaudern eindringlich. Und was Georges anbelangt – nun, der ist in Hochform. Er, der genau wie ich förmlich nach Betätigung giert, stapfte in den verschneiten Wäldern um Sur-Aube herum und ließ mir zum x-ten Male einen Vortrag über die Idiotie der Wähler angedeihen. Das Haus war voller Verwandtschaft und Gäste. Bei jedem zweiten Schritt stolperte man über eine seiner himmlischen Tanten oder Ammen mitsamt ihrer Frivolitätenarbeit. Draußen bevölkerten Ochsen und Pferde die abgeernteten Felder. Seigneur Danton? Nein, das wird er nie sein, egal, was er tut. Inzwischen hege ich zu diesem Mann absolutes Vertrauen. Vergessen Sie sämtliche Geschichten, die Ihnen zu Ohren kommen. Zu allen, die ihm nahestehen, ist er derart ehrlich, daß es einen schier umhaut. Aber wie jeder große Mann hat er eine ganze Schwadron Feinde, die sich mit Genuß Verleumdungen ausdenken und verbreiten.

Seine Kommentare über England sind meistens abfällig, aber die Wortspiele nehmen stark zu.

Vermutlich wissen Sie schon, daß Jérôme Pétion Bürgermeister von Paris ist. Die Leute lieben ihn und spazieren mit seinem hübschen Konterfei an der Jacke herum. Jedenfalls hat sich unser Obernörgler d'Anton Anfang Dezember einer Neuwahl gestellt, aus der er schließlich mit weit über tausend Stimmen als erster Stellvertreter des Staatsanwaltes hervorging. Anscheinend sind doch nicht alle Wähler »Idioten«. Derzeit wird seine Pariser Wohnung wie ein Sultanspalast ausstaffiert, wodurch die überzähligen Schätze in die Zelte der beiden Desmoulins in der Theater-von-Frankreich-Straße hinüberwandern. Bei seinem Amtsantritt hat er im Hôtel de Ville eine hinreißende Rede gehalten, in der er sämtliche üblen Flüsterparolen laut aussprach und gründlich durchknetete. Anschließend sprach er über seine Treue zu Frankreich und seine unumstößliche Hingabe an die Erklärung der Menschenrechte. Seine Rede war dermaßen grundvernünftig und mitreißend leidenschaftlich, daß wir alle tief betroffen waren. Wie weiland Brutus schwor er, Wahrheit und Gerechtigkeit über jede persönliche Bindung zu stellen, was die ganze Versammlung – einschließlich der Royalisten – zu donnerndem Applaus hinriß. Ich glaube, in dem Moment hätte er uns alle in den Rachen der Hölle führen können. Sollte ich je Zweifel an ihm gehegt haben, so werde ich das nun nie wieder tun. Dieses Feuer in d'Anton! Er ist die wahre Fackel Frankreichs. Als er kurz danach zu einer Unterredung zu mir kam, habe ich nur die Hälfte von seinen Worten mitbekommen. Ich gestehe es. Ich dachte voller Respekt: Dieser Mann ist mein Freund!

Ja, es wird Krieg geben, ich prophezeie es. Es ist unumgänglich. Das ist keine leichtfertige Behauptung, aber gewisse Leute haben ihre Verbindung zu Österreich aufrechterhalten, und die vereinten Monarchien stoßen finsterste Drohungen aus. Die Geschichten, die man aus Koblenz berichtet, können einem über Nacht graue Haare bescheren! Die Stimmung wird immer euphorischer. Wer möchte daran zweifeln, daß Frankreich unter derartigen Voraussetzungen Sieger sein wird? Die bezahlten (oder unbezahlten) Sklaven Preußens, Österreichs und Englands – was begleitet sie in den Kampf, außer Unzufriedenheit? Frankreich hat seinen ruhmreichen Traum, die Flamme der Freiheit. Und trotz dieser seltsamen, nicht repräsentativen Nationalversammlung, die derzeit in der Manège sitzt, trotz der (vorübergehenden) Blindheit, die verhindert hat, daß die Bourbonenlilie mit Stumpf und Stiel ausgerissen wurde, könnte nur ein Narr glauben, daß diese Flamme schläft.

Unsere brandneue Verfassung, dieses Monument der Hoffnung, hat noch immer Bestand. Maximilien war es, der zu mir gesagt hat, der Glaube an die Macht der Wahrheit sei ebenso essentiell wie die Durchsetzung derselben. Und mögen wir auch auf unserem Pfad aufgehalten werden oder manchmal sogar davon abweichen, so wird das Untier von Minotaurus letztlich doch erlegt werden, und das Fadenknäuel wird uns aus dem Labyrinth ins Sonnenlicht hinausführen.

Nun, ich sehe schon, statt eines Briefes schreibe ich Ihnen ein Pamphlet.

Was Ihren Vorschlag betrifft, ich solle über einen Hauskauf in Guise nachdenken – es ist ziemlich unwahrscheinlich, daß ich dafür genug Geld haben werde. Sie wissen doch, ich bin nie reich gewesen, und da ich jetzt keine Beschäftigung als Journalist habe, müssen wir uns schon hier einschränken.

Inzwischen ist d'Anton großzügig und läßt uns nicht verhungern. Heute abend sind wir wieder zum Essen dort. Der Schlüssel wird auch da sein. Mit Monsieur Brissot habe ich noch ein paar Hühnchen zu rupfen, die nichts mit Geflügeleintopf zu tun haben.

Mit inniger Zuneigung und freundlichen Gedanken, Ihr Sohn,

C. D.

»Um Himmels willen, haltet den Mund!« brüllte Danton und fuhr mit funkelnden Edelsteinaugen von seinem Stuhl hoch wie ein wilder Eber aus dem Unterholz.

Jacques Brissot und Camille Desmoulins, die sich bei Tisch gegenseitig mit Gift und Galle bespuckt hatten, gehorchten mißmutig.

»Meine Frau«, sagte Danton, »hat es nicht nötig, sich diesen ganzen verdammten Blödsinn anhören zu müssen.« (Gabi senkte ihren Samtblick. Man merkte deutlich, wie sehr sie es liebte, derart beschützt zu werden.) »Noch eine Stichelei – eine einzige –, und ich werfe euch durchs Fenster auf die Straße hinunter. Wenn ihr euch unbedingt prügeln wollt, dann tut das dort draußen.«

Camille stand auf. »Möchtest du?«

Brissot lachte affektiert. »Ach du meine Güte, wann wird der erwachsen?«

Ungeduldig schnaubte Danton.

Windmühles Blick wanderte zu Gabrielle hinüber. »Entschuldige, Gabi, ich dachte, er würde vernünftig darüber diskutieren.«

»Das kann er nicht«, sagte Danton. »Und du auch nicht.«

Camille wurde rot und sagte: »S-st-seit se-echs Mo-Mo-Monaten beschimpft er mich in seiner verdammten Zeitung. Nicht, daß irgendeiner Brissots Blatt lesen würde – außer Brissot, der bekanntermaßen je-jedes Exemplar aufkauft –«

»Und wer hat deinen Fetzen gekauft? Leute, die Feuer machen wollten und sich kein Holz leisten konnten.«

»W-wenn sie merkten, daß deine Zeitung so verdammt naß war, d-daß sie nicht mal brannte.«

Lucile war zu Gabi hinübergegangen, hatte den Arm um sie gelegt und die Ältere in eine Ecke neben dem Ofen geführt. Lucile hatte keinerlei Anstalten gemacht, irgendeinen zu tadeln. Sie hielt den Blick gesenkt und wirkte eine Spur zu unschuldig.

Jetzt erhob sich Brissot. Inzwischen standen alle, bis auf Brissots zierliche Frau und den einzigen Junggesellen des Abends.

Schon beim Entrée war es zur Kriegserklärung gekommen, und die Schlacht hielt bis kurz vor Eintreffen der Petits fours an. Brissots Frau wirkte verschreckt. Sie hielt Windmühle für verrückt, und über Danton war sie entsetzt, denn sie fand ihn attraktiv und hielt sich doch für tugendsam.

»Wenn du willst«, sagte Brissot, »daß ich gehe –«

»Ich will, daß du dich hinsetzt, dein Maul hältst, austrinkst und fertig ißt. Es gibt Dinge, die besprochen werden müssen«, sagte Danton, »und die haben weder etwas mit Camilles Tätigkeit als Rechtsanwalt noch mit der offenen Schlacht zu tun, die zwischen den kürzlich verschiedenen Revolutionären Neuigkeiten und der noch immer erscheinenden Zeitschrift Der engagierte Franzose stattfindet.«

»O Gott«, sagte Windmühle, »ich danke dir.« Er warf seine Serviette auf den Tisch und ging durchs Zimmer zum Fenster hinüber.

»Nette Aussicht«, meinte Danton, »uns gefällt sie.« Und in Richtung

Brissot fügte er hinzu: »Vielleicht würden die Damen einen Platzwechsel von dieser Stierkampfarena ins nächste Zimmer bevorzugen. Dann könnten wir mit der langweiligen Tätigkeit einer erneuten Betrachtung der Politik beginnen.« Inzwischen war er wieder ganz der Mann von Welt und lächelte zu Brissots Frau hinunter, die errötete.

Brissot sagte achselzuckend: »Glaub doch nicht alles, was du in den Zeitungen liest. Der Ministerposten wird demnächst nicht ausgetauscht.«

»Nein?« fragte Danton.

Drüben am Fenster warf Camille durch einen schwarzen Haarvorhang einen Blick über die Schulter und erwiderte scharf: »Die Roland, dieses Miststück, unterstützt ihren Mann und seine Anhänger im Kampf um die nächste französische Regierung.«

»Warum müssen kleine Jungs immer so vulgär sein?« sagte Brissot. »Manon Roland ist ein charmantes, intelligentes –«

»Miststück«, wiederholte Camille.

Lachend drückte sich Danton an Brissot vorbei, nahm alle Frauen in den Arm und zog sie mit sich in das angrenzende Zimmer hinüber. Widerwillig ging Brissots Frau mit, denn sie hatte sich gerade eben mit dem Gedanken angefreundet, daß Camille Desmoulins eigentlich doch zu den Engeln gehörte. Danton kam zurück und schloß die Verbindungstür.

»Gironde.« Camille grinste höhnisch. »Eine Partei, die nach den Abgeordneten aus einem Mündungsgebiet benannt wurde und inzwischen von E-ego-go-goisten aus sämtlichen Pariser Hintergassen beherrscht wird. Ein Name, der genauso altmodisch ist wie die Machiavellistischen Intrigen seiner M-mitglieder.«

»Eine Partei«, meinte Brissot wütend, »die Frankreich im Gegensatz zu deinem Galgenstreich nicht untergehen lassen und dann auf den Trümmern tanzen möchte, sondern es mit aller Macht über Wasser halten will.«

»Du bist ein verdammter Lügner. Was glaubst du, wer h-h-hört dir eigentlich zu?«

»Du kapierst nicht, was ich meine? Und wir haben dich für einen sprühenden Gelehrten gehalten. Dann werde ich mal Danton zitieren. Was er an jenem besagten Tag zu La Fayette gesagt hat, trifft auf dich gleichermaßen zu. Was bist du, ein Schurke oder ein blinder, blöder Trottel?«

»Jetzt aber!« brüllte Danton sie an. Schweigen. Zynisch nickte Danton jedem zu. »Wir alle sind uns bewußt, daß die Gironde-Partei vor Redlichkeit und Begabung förmlich sprüht, mag der Name angestaubt sein oder nicht. Ihr, Monsieur Verginaud und Monsieur Brissot, seid die leuchtenden Anführer. Ich bin mir außerdem bewußt, daß eure Girondisten die derzeitigen Minister des Königs binnen kurzem zu Recht bloßstellen werden. Dann wird man neue Minister an die freien Stellen plazieren. Das alles ist hochinteressant und reizvoll für mich. Was die Frau von Monsieur Roland betrifft, so bin ich von jeder Begegnung entzückt. Diese Brünetten – ich habe eine ausgesprochene Schwäche für sie.«

»Dann werde ich Lucile nach Hause bringen«, sagte Camille und begab sich Richtung Ausgang, blieb aber bei Brissot kurz stehen. »Und was dich betrifft –«

Brissot blickte hilfesuchend gen Himmel.

»Jetzt aber Schluß mit den Reden«, sagte Danton.

Camille zuckte zusammen, konnte sich aber nicht mehr bremsen. »Was dich betrifft, Brissot: Wenn ich mich entscheide, einen Mann zu verteidigen, den man des lächerlichen Verbrechens bezichtigt, ein Spiellokal zu betreiben –«

»Und den Fall verliere«, warf Brissot süffisant ein.

»Hn-n-na schön. Ich habe den F-fall verloren. Weil das ganze Gericht aus Schwa-Schwachköpfen wie du bestand, die sich genieren, als ob die k-kleinste Verletzung des sogenannten M-moralkodex für sie entsetzlich sei.«

»Ach wirklich, Desmoulins, ich bekomme Bauchweh.«

»Ich werde dir noch v-viel mehr geben.«

»Drohungen, mein Kleiner?«

»Du mit deinem feigen Käseblatt, diesem engagierten Keuschheitsgürtel, du wagst es, mich als Verteidiger eines Spielers zu schmähen, während du –«

»Ja?«

»Denk zurück, vielleicht k-klingelt's dann.«

Brissot wirkte plötzlich verunsichert. »Diese Lügen? Selbst du – du wirst doch wohl nicht –«

»Nun, weshalb so besorgt, Brissot? N-niemand liest, was ich schreibe.«

»Camille –«

Seht ihn euch nun an, diesen Windmühle, wie er im Türrahmen lehnt. Jawohl, ganz recht, wie Luzifer sieht er aus. Mit den feurig schwarzen Pechsteinaugen und dem lächelnden Pfeil-und-Bogen-Mund. Dämonisch. Gefährlich. Er kann es nicht ausstehen, wenn man ihm Fehler vorwirft (wer mag das schon?) oder über ihn lacht. Seine Haut ist dünner als jedes Papier. Zu spät überlegt Brissot, was er da losgetreten hat.

»Camille, du –«

»Ich habe mit dir zu reden versucht, aber du hältst das für komisch. Er-er-erinnerst du dich noch an die Nacht vor der Bastille? Mit Blättern am Mantel hast du draußen vor dem Rathaus gestanden und hast gesagt-t, ich wäre ein betrunkenes Kind. Ja? D-dämmert's d-dir jetzt? Schön, wir werden ja sehen.«

»Du Esel, komm zurück.«

»Ich werde dich in der Hölle wiedersehen«, sagte Camille.

Diese Bemerkung ließ keinen der Zuhörer gänzlich unberührt. Das Untier im Türrahmen strahlte etwas Bedrohliches aus: schlank, dunkel, elegant gekleidet, mit funkelnden Augen und so gespensterbleich, wie es nur eine fahle Hautfarbe werden kann. Schon umklammerte die Hand eine imaginäre Feder wie einen zierlichen Dolch.

Obwohl sie den ganzen Abend gestritten hatten, hatte keiner geglaubt, daß das Ganze mit einem Mordversuch enden würde. Selbst Camille taumelte beim Verlassen des Hauses in den Sog seines eigenen Zornes. Längst hatte er die Überschrift des Pamphlets fertig: BRISSOT ENTLARVT!

Brissot, der seinen früheren Freund eigentlich nicht beleidigen wollte, sondern eher nur verstockt war, hatte ihm einen neuen Zugang zum Schreiben eröffnet.

Auf der häuslichen Treppe hielt Camille inne und schaute zurück, als ob jemand seinen Namen gerufen hätte. Dann wanderte sein Blick wie in der Tragödie zu Lucile hinauf. Ihr Lächeln war so schön, daß man daran jede Kerze in Paris anzünden und jede Blume aus der Froststarre erwecken hätte können. Ach, liebreizende Lucile.

»Tut mir leid«, sagte er.

»Ich bin nicht Gabi«, erwiderte Lucile. »Übrigens haben wir alle die Ohren an die Tür gelegt, nachdem Marius sie zugemacht hatte, und begierig gelauscht, am meisten die arme, sensible Gabi. Dann hast du ganz wunderbar am Türgriff herumgetastet und uns damit vorgewarnt. Als die Tür aufging, waren wir alle weg und benahmen uns ganz brav.«

»Meine Hand hat gezittert.«

»Lieber Schatz.« Sie umfaßte seine Hand. »Jetzt nicht. Weißt du denn, daß dir auch unser ungeborenes Kind zuhört? Ich kann seine Aufmerksamkeit spüren, er liegt ganz still.«

Camille ging zwei Stufen hoch und zog sie an sich. »Göttliche Wölfin. Es könnte auch ein Mädchen sein.«

»Nie. Ein Junge. Ich weiß es.«

»Mein Gott, wenn er mir gleicht ... Tut er dir weh?«

»Nein. Manchmal träumt er vom Schreiben und dann dreht er sich um. Manchmal lacht er. Er hat dein Lachen. Dann muß auch ich ohne jeden ersichtlichen Grund lachen, und alle denken, ich sei verrückt. Aber die Kinder von Georges lachen nie in Gabis Bauch. Ab und zu zuckt sie zusammen. Ich stelle mir vor, wie das Baby zu einer Rede ansetzt und dabei vermutlich losbrüllt und mit seiner Faust auf sie einschlägt.«

»Mit ihrer Faust.«

»Gabi liegt falsch, es wird wieder ein Junge.«

»Woher weißt du soviel?«

»Ich weiß gar nichts. Du weißt Bescheid, ich spüre die Dinge nur.«

Sie hatten die Wohnung erreicht und gingen hinein.

Als sein Blick auf den Schreibtisch fällt, ist die Leichtigkeit aus dem Treppenhaus im selben Augenblick verschwunden. Ein ganz anderer Mensch bewegt sich auf dieses nüchterne, dahingekauerte Riesending zu, das schräg aus der Wand herausragt. Die erste, neue Kerze erstrahlt dort, ein blasses Auge. Mit starrem Blick unter den schwarzen Brauen steht er da und schaut auf die jungfräuliche Oberfläche hinunter.

»Er hat mich die ganze Zeit verfolgt«, sagte Camille, »Brissot, der Zerbrechliche, der Glasmensch, der mit Steinen wirft.« Und doch war er bei meiner Hochzeit. Aber was macht das schon? Meine Hochzeit, sein Begräbnis.

Mit ruhigen Bewegungen tauchte Lucile den Raum um ihn herum in Licht und Wärme. Brissot erwähnte sie mit keinem Wort, ihn, der sie an ihrem Hochzeitstag mit Tränen in den Augen geküßt und ihr Blumen in die Hand gedrückt hatte. Er, der den Baldachin getragen und ihr ein ganzes Leben voll Freude gewünscht hatte. Sie hatte mit angesehen, wie sich ihr Mann wegen Brissots herablassenden Schmähreden vor Wut frustriert die Nägel abgebissen hatte. Ein offener Feind Camilles konnte nicht Luciles Freund sein. Aber wenn Camille diesem Mann verzeihen würde, würde auch sie es tun. (»Ich warne dich: Solltest du irren, wird sie das nie glauben. Sie wird nur sagen: Er hat es so beschlossen. Und das wär's dann.«) Der Hochaltar, an dem der Priester für immer dienen wird. Die Alabasterpriesterin hatte den ihren in einem eigensinnigen, begabten, leidenschaftlichen, schlauen Wildschößling des Gegenteils gefunden. Und nur ein Brissot würde es wagen, ihn in diesem Augenblick als kindisch zu bezeichnen.

Heute nacht hatte sich der langanhaltende Streit zugespitzt, wegen des Verfahrens gegen die Spielhölle und das strenge Urteil gegen ihren Besitzer – sechs Monate Gefängnis. Aufgrund seiner Verbindung zu dem verlorenen Fall hatte Windmühle zwangsläufig einen Artikel im Engagierten Franzosen lesen müssen, aus dem er erfuhr:

> Camille Desmoulins bringt die Nation durch seine laxe Einstellung gegenüber dem Glücksspiel in Verruf. Bei dieser Beschäftigung handelt es sich nicht, wie er meint, um ein harmloses Freizeitvergnügen, sondern um ein Laster und eine Sünde, mit der das Geld der Armen im selben Maße verplempert wird, wie sie die Habgier jener tükkischen Räuberhöhlen fördert, die ihr Heimstatt geben. Dieser Mann, dessen Fehler wir in der Vergangenheit auf der Basis seiner geistigen Unreife oft entschuldigt haben, ist lediglich ein Hurrapatriot. Und das Banner, das er so häufig zur Schau stellt, seine »Liebe zu seinem Vaterland und dessen Menschen«, ist nur – ein *Schauspiel*. Wir befürchten, daß sich Desmoulins nur deswegen als Patriot bezeichnet, um den Patriotismus herabzusetzen.

Camille hatte in der Tat ein Gespräch mit Brissot führen wollen. Steif hatte er ihn mit den Worten begrüßt: »Wir wissen, daß du nicht schreiben kannst, wer hat also diesmal dein Blatt zusammengeschustert? Wußtest du, daß er ein schlecht informierter Schwachkopf ist? Was soll ich deiner Meinung nach mit ihm anstellen?«

Brissot hatte alles mit einem Schulterzucken abgetan. Danach hatte Windmühle die Sache auf sich beruhen lassen, bis sich alle in Vorfreude auf einen Braten am Tisch versammelt hatten. Als der nächste Gang an der Reihe war, hatte zumindestens Camille vor angestauter Wut jeglichen Appetit verloren, während Brissot mehr dem Wein zusprach als der Geflügelleber. Und Danton, der keinerlei Hilfe anbot, hockte in seinem Theatersessel, bis er schließlich aus purer Langeweile eingegriffen hatte. Und genau das war vielleicht teilweise an Camilles allgemeiner Aggression schuld: Danton hatte ihn nicht unterstützt. Als Opfer seiner Heroentreue hatte er sich geraume Zeit bemüßigt gefühlt, sein Leben für den Löwen-Stier hinzugeben. Leider zahlte der Löwen-Stier derart übersteigerte Loyalität nicht immer mit voller Münze zurück. Aber selbst wenn Camille einen derartigen Aspekt nicht bewußt überprüft hatte, so reagierte er doch zusehends irritierter. Das Gefühl, mißbraucht worden zu sein, wuchs generell. Inzwischen hatte ihn der Drang, zu schreiben, voll und ganz im Griff (sogar noch mehr als der Drang, seiner wunderschönen Frau ins gemeinsame Bett zu folgen). Die Kerzen brannten herunter, eine nach der anderen, und die Federkiele zersplitterten.

Man riß darüber Witze. Brune meinte zu mir: »Na, du hast ihn umgebracht.«

Ich lächelte vergnügt wie ein Kind (ja, ja, ein Kind), das es geschafft hat, den Oberrüpel der Schule zur Witzfigur zu stempeln.

Brissot …

Er hatte nach mir getreten und an mir herumgenörgelt. Hatte mich »Junge« und »albernes Balg« genannt, schriftlich und anderswo, oft genug. Wer war ich denn heutzutage in seinen Augen? Ein dahergelaufenes Kind? Irgend so ein verarmter Jüngling, der sich hartnäckig an den Rockzipfel der Neun-Schwestern-Loge klammerte? Ein Tunichtgut ohne Aussichten? Ein unbekannter Schmierfink? Er hatte übersehen, was ich innerhalb von drei Jahren erreicht hatte. Aber das würde ich ihm nicht gestatten: sich zu weigern, mich so zu sehen, wie ich heute war – etabliert, berühmt, ein Schriftsteller, der Brissot nicht nur an Talent sondern auch an verkauften Exemplaren weit überlegen war und der im Buche der Historie Frankreichs, an dem wir derzeit schrieben, längst einen unauslöschlichen Eintrag hinterlassen hatte. Ich bekleidete eine offizielle Position bei den Cordeliers, man kannte und hörte auf mich. Bei den Jakobinern vom rechten Ufer so ziemlich dasselbe. Aber Brissot, der mühsam durch den Dunst seiner Dummheit linste, weigerte sich, mich zu erkennen. Er war wie ein weiterer Zauberspiegel, der mir nur mein früheres Ebenbild wiedergab, die verlotterte, kleine Windmühle, den Hanswurst – verdammt noch mal, stempelte mich wieder wie früher *zum Nichts.* (Und dabei fällt mir Maximes Zimmer bei den Duplays ein, vollgestopft mit Portraits und kleinen Statuen, alle von ihm selbst. Als ob er ständig daran erinnert werden mußte, wer er ist.)

Brissot de Warville, Jean-Jacques-Pierre. Du stocksteifer Fiesling. Ihn töten? Mit Dreck werde ich ihn zuschmieren und darin ersticken lassen.

Ich, der Narr, das Kleinkind, das Schandmaul?

Er war das alles gewesen, aber in erster Linie war er ein Narr, als er sich mich zum Feind gemacht hat.

Sein Pamphlet war es gewesen, Der heilige Teufelsgral, der ihn in die Bastille gebracht hatte. Außerdem hatte er auch wegen Betrugs vor dem Kadi gestanden. Der weise, reife, ehrenwerte Patriot Brissot hatte ein literarisches Werk versprochen und alle Subskriptionen dafür eingesackt und die Ware – nicht geliefert. Von da an nannte man ein derartiges Doppelspiel üblicherweise nur noch »jemanden brissotieren«. Er redete einem ein, das Ganze sei eine Verunglimpfung gewesen und nicht wahr, aber den Beweis dafür mußte ich gar nicht antreten. Schließlich befanden wir uns ja nicht vor Gericht. Ich erzählte Paris schlicht und einfach, daß sein Monsieur la Clé einmal zum Sprichwort geworden war, und machte den Leuten wieder genau klar, wie es dazu gekommen war.

Ich stempelte ihn zum Narren, zum Kleinkind, Balg, Betrüger und intellektuellen Vorboten der Küchenschabe. Touché, Monsieur de Warville, Sohn eines Wirtes, Ehemann einer Kammerzofe, Schürzenjäger von La Rolande, diesem Modepüppchen, die sich für ihn noch weniger interessierte als für ihren ältlichen Gemahl. Denn im Gegensatz zu La Rolande würde der wunderbar weise Brissot ja auch nicht der nächste Innenminister sein. Ich konnte mir Brissot lebhaft vorstellen, wie er schwanzwedelnd auf einer Schleimspur durch den Rolandschen Salon kroch – nichts weiter als ein Fußschemel.

Ich erinnere mich noch, wie ich als Fünfundzwanzigjähriger mit ihm bis tief in die Nacht Gespräche geführt habe. Ich weiß noch, daß mir vor Hunger schwindelig und übel war und er mir in einem verrauchten, namenlosen Café etwas zu essen gekauft hat – wo war das gewesen? Ich erinnere mich an seine redlichen und viel zu steifen, feierlichen Reden bei den Logenversammlungen. An den verdammten Schlüssel, über den er sich mächtig amüsierte. Die Art, wie er auf meiner Hochzeit gelacht und Lucile geküßt und mich an den Haaren gezogen hatte, als ob wir beide Kinder wären. Mein Gott, wenn ich in seiner Schuld stehen sollte, wie könnte ich das jetzt begleichen?

Du hast ihn umgebracht, sagte Brune. Dabei hatte ich ihn eigentlich nur zum Gespött von Paris gemacht. Getötet hatte ich ihn nicht, dieses Geschenk stand noch aus.

Und nach der Farce das Melodrama. Paris, das schon lange eine Invasion befürchtet, ergreift Maßnahmen gegen die Angst, wird aggressiv (wahre Propagandafluten und der Irrsinn einer bevorstehenden Jahrhundertwende beschleunigen alles noch) und heult nach Krieg. Und angestachelt durch die Mündungspartei, auch unter dem Namen Girondisten bekannt, sieht sich die Nationalversammlung befähigt, die amtierenden Minister abzulösen – weil sie nicht so stark jaulten – und durch jaulende Girondisten zu ersetzen, allen voran der Miststückhahn Monsieur Roland.

Während nun das ganze Szenarium zu roten Donnerwolken aufkocht, auf denen mindestens zwei der apokalyptischen Reiter herangaloppieren, was tut da Camille? Heulen.

Nachdem er Brissot – bildlich gesprochen – (und das wird er tun) am Boden zerstört hat, schickt sich Desmoulins an, die Stadt mit einer neuen Zeitung (Patriotische Tribüne) zu überschwemmen, mit allen vier Ausgaben.

Wer behauptet da, Danton würde Desmoulins bezahlen? Wer sagt,

Robespierre könne ihn beeinflussen? Bürger D'A lädt dich zum Essen ein, wenn er dir im Palais Égalite (ehemals Royal und oft noch immer so genannt) begegnet, während du von Bürger R zwar nicht zum Essen eingeladen wirst, er aber seinerseits einem Umtrunk unter seinen Freunden mit schönem, kühlem Wasser nicht abgeneigt ist. Aber es ist wohlbekannt, daß jede der beiden Koryphäen unter keinen Umständen einen Krieg wünscht. Beide sind strikt dagegen.

Der Abgeordnete Brissot und die Gironde sind's, die einen Krieg wollen und sagen: England sympathisiert mit uns, Preußen ist anderweitig involviert und Spanien fällt schon beim bloßen Gedanken daran in Ohnmacht – also schnappen wir uns Österreich, das da draußen ganz auf sich allein gestellt ist. Also stehen Brissot und die Gironde da und schreien nach Krieg. Und Camille schreit auch danach, Camille, der eben noch sagte: J'ai brissé Brissot.

Das wird jede Minute deutlicher.

Der falsche Marmor im Café Procope verdunkelte sich im gleichen Maße, wie die Lampen zu kaffeefarbenen Schatten geronnen waren.

Heute abend hatte es ein Riesengetue um d'Anton gegeben. Im Februar war ein zweiter (dritter) Sohn auf die Welt gekommen. Geraume Zeit bekam man den mächtigen ersten Stellvertreter des Staatsanwaltes nur zu Gesicht, wenn man sich in seine Wohnung hinüberbegab. Da stand er dann da und gluckste in die Wiege hinein. Es war ein Riesenbaby, genau wie das erste. Man sah förmlich vor sich, wie es beim Fallen auf- und abhüpfen würde. Aber d'Anton mit seiner stets verblüffenden und oft zutiefst bewegenden, geschickten und vorsichtigen Art im Umgang mit Frauen, mit Kindern – dieser d'Anton hielt das Kind wie ein kostbares Stück Glas. Später begaben sich Mutter und Söhne zur Genesung aufs Land, und er konnte wieder frei herumlaufen. Überall ließ man ihn samt seinem »guten Weib« und den »Erben« hochleben. Da gab's ja auch wirklich was zum Erben. Er hatte eine Menge Geld zusammengetragen, ohne daraus einen Hehl zu machen. Der listige und schlaue d'Anton, der das Silber nimmt und dem Schlächter Pilatus in die Hände spielt ... Vermutlich wurde er am laufenden Band bestochen, aber verraten hat er trotzdem nie etwas. Ich hatte mich daran gewöhnt. Egal, was er tat, das blendende Feuer brannte immer in ihm. Es wärmte, und so vertraute man sich ihm an. Selbst mich hatte er dazu gebracht, mich wegen Brissot etwas weniger aufzuregen. »Na schön, du hast ihn zum Gespött gemacht. Das hat er längst verdient, aber du wirst es dir doch nicht mit der Gironde ganz verderben wollen. Die haben Macht. Schau dir doch mal die hübsche Leiter aus lauter Menschen an, Camille.«

Heute abend meinte er gelassen: »Natürlich wird es Krieg geben, und das Ganze wird eine schreckliche Sauerei werden. Preußen wird sich nicht heraushalten wollen. England wird sich sicher veranlaßt sehen, etwas zu unternehmen. Und wie sagt unser rosenbefrackter Peter immer: Wo ist die Munition, wo sind die Transportmittel und wo ist der Nachschub, um unsere neugeborene Armee zu füttern? Also. Wer jetzt nach Kampf schreit, an den wird man sich bestens erinnern, wenn die Kacke zum Dampfen kommt.«

»Ein zweites Marsfeld? Stillhalten? Pech für mich.«

»Ach du, du ziehst doch nur wieder auf der Druckerpresse in den Krieg. Haben wir tatsächlich schon den ganzen Wein ausgetrunken?«

»Du schon.«

»Zur Hölle. Na, egal, hier ist die nächste Flasche. Ah, grazie. Ahi me, il terzo fiasco sempre me aporta la sete. (Haben wir die Schauspielerinnen im Théâtre allmählich über? Nun, du fängst ja sowieso nie etwas mit ihnen an.) Wie ich schon sagte, Camille, vom Krieg hast du keine Ahnung. Deshalb ist es auch verzeihlich, wenn du uns allen erzählst, daß du ihn willst. Du weißt, daß du nie kämpfen mußt.«

»Ich würde es tun«, sagte ich erregt.

»Sei kein Narr. Nur damit man dir versehentlich dein gescheites Gehirn aus dem Schädel pustet? Ganz zu schweigen von sonstigen nützlichen Körperteilen, die du vielleicht dabei einbüßt.«

»Ich habe Brüder, die kämpfen werden.«

»Ja, das hast du. Dann solltest du aber an sie denken und deine feurigen Höhenflüge bremsen. Das wird keine Katzbalgerei im Hinterhof. Das wird eine Sauerei. Es lohnt sich nicht, darüber nachzudenken. Trotzdem kommt es unausweichlich dazu, ja. Maximilien spricht vom Heiligen Krieg und predigt den Massen der Welt, die sich dann geeint erheben und ihre Unterdrücker abschütteln werden. Mit anderen Worten, ihre Könige und Regierungen. Das wühlt ganz schön auf und ist doch sehr suspekt. Manchmal grüble ich darüber nach, woraus Robespierres Brille besteht. Anscheinend sieht er die Dinge gänzlich anders, aber schließlich lebt er ja auch in einem Eisblock auf dem Gipfel des Berges Sinai.«

»Zu warm.«

»Was?«

»Am Sinai ist's für Eis zu warm. Laß Maxime in Ruhe.«

»Ich werde ihn nicht in Ruhe lassen. Hör mal, er glaubt, das Hühnchen auf seinem Teller sei freiwillig und mit freudigem Gegacker gestorben. Er glaubt, Kinder sollten durchs Darandenken entstehen. Und wenn man ihm das überlassen würde, käme es am Ende auch so weit.«

»Du verstehst Maxime nicht.«

»Einverstanden. Tust du's?«

»Er ringt um etwas, woran er glaubt und was er sich vorstellen kann. Es ist ein Traum, aber ein guter. Nein, ich verstehe ihn nicht.«

»Dann hör auf, ihn in der Tribüne zu zitieren.«

»Auch Fréron liefert Beiträge für die Tribüne.«

»Wieder versöhnt?«

»Waffenstillstand.«

Das stimmte, genauso wie ich ab und zu Robespierre zitiert hatte. Und wie ich es der Nation gesagt hatte: Schlagt jetzt im Namen der Freiheit zu, solange die Schwerter des Feindes noch langsam sind. Es würde soweit kommen. Es gab keinen Ausweg. Ich fand den Angriff besser als Rückzug und Verteidigung. Die Ausstrahlung der Hofpartei, das unmittelbare Gefühl der Erde unter meinen Füßen, wirkte bedrohlich. Und obendrein herrschte allgemein eine unsichere Stimmung, die jederzeit in die Richtung umkippen konnte, so daß man den Schwanz einkniff und alles bisher Erreichte im Stich ließ. Deshalb hatte man das Gefühl, man müsse die Leute in die entgegengesetzte Richtung schubsen. Ich tat nur, was ich schon damals getan hatte, als ich zum erstenmal lauthals zu den Waffen gerufen hatte: die Leute zum Aufbruch in die richtige Richtung bewegen, da die andere in den Graben führte. Greift nach draußen an, hatte ich gerufen, nach draußen, sonst wird der Schlag das Herz Frankreichs spalten.

(Oder bildete ich mir nur ein, wir wären für den Untergang zu glorreich, wie jene Mordtölpel, die behaupten, Gott wäre auf ihrer Seite, und dann zum Beweis dafür mit ansehen müssen, wie die Hälfte auf ihrer Seite getötet wird? Blau-weiß-rote Flügel und das goldene Versprechen des Rechtes auf unserer Stirn. Aus irgendeinem Grund lagen sie mir im Blut, die ehernen Legionen der Römer mit ihren Standarten und Trommeln ... Jetzt stelle ich diese Fragen, aber damals glaubte ich, ich würde Tatsachen aussprechen und schreiben. Ich hatte mich sogar darauf eingestellt, Seite an Seite mit Brissots Gironde dafür zu schreien, obwohl Brissot der Inbegriff puren Blödsinns war. Aber man muß einen Mann weder lieben, um seine Sache zu unterstützen, noch ihn hassen, um alles zu hassen, wofür er steht.)

»Natürlich ist Roland ein alter Narr«, sagte d'Anton, als wir uns endlich Richtung Brücke auf den Weg machten. »Aber seine Frau ist schlau. Sie wird das Ministerium recht ordentlich leiten.«

Manon war mir egal. Jetzt sagte er mit einem Seitenblick auf mich: »Ich weiß, was sie über mich erzählt, wenn ich außer Hörweite bin. All die Bestechungsgelder, die ich annehme, und die Verschwörungen, die ich plane. Und wie abstoßend sie mich fände. Wie kann mich Gabi nur im Bett ertragen? La Rolande hat einen Schönheitskult kreiert. Ihre Liebhaber sind wie Adonis und Narziß. Sie weiß genau, daß es ihr erheblich mehr Spaß machen würde, wenn sie's mit mir triebe. Was denkst du denn, warum sie das alles sagt? Sie will, daß ich es höre und herüberkomme und die Sache mit ihr ausdiskutiere, bis sie letztendlich auf dem Rücken liegt.« Ich erkannte die Logik seiner Rede und grinste. »Aber das ist mir viel zu beschwerlich. Ich mußte mich noch nie anstrengen, um eine Frau zu haben. Du solltest mal hören, was sie über dich gesagt hat.« »Ich kann's mir vorstellen.« »›Solche Augen!‹ hat sie gesagt und sie dann mit mehreren poetischen Bildern verglichen – nächtliche Meere etcetera. Und dann hinzugefügt: ›Nur schade um den Rest!‹« Wir fanden das komisch und spazierten lachend über die Brücke.

Wir waren schon fast an unserem Abschiedspunkt, als er sagte: »Ich werd dir mal was sagen: Wir haben den ganzen Kram zur Seite gekippt. Und ich werd dir noch was sagen: Am Ende jedes Jahrhunderts gibt's 'ne alberne Zeit. Was schreiben wir für ein Jahr?«

»Zweiundneunzig.«

»Eintausendsiebenhundertzweiundneunzig. In acht Jahren dämmert eine neue Ära herauf: eintausendachthundert. Seit dem Ende des ersten

Jahrhunderts behauptet der Aberglaube, mit jedem Jahrhundertende würde die Welt untergehen.«

»Dann werde ich vierzig sein«, erwiderte ich nachdenklich. Beinahe zusammenhanglos schoß es mir durch den Kopf, wie dann alles sein wird: Lucile eine hinreißende Dreißigjährige, die Zahl unserer Kinder und die Bücher, die ich erst noch schreiben mußte.

»Ja, du wirst vierzig sein«, sagte er. Seine inzwischen gedämpfte Stimme hatte etwas von der ureigensten Dunkelheit der Nacht an sich, die die Luft prickeln läßt. Dieser d'Anton – was für ein Schauspieler. »Und ich werde einundvierzig sein und wie Gabis alter Vater aussehen, wenn ich in dem Tempo weitermache. Oder vielleicht geht die Welt unter. Oder«, sagte er, wie er so zwischen mir und den letzten vereinzelten Laternen und den Sternen stand, »vielleicht auch nur für ein paar Leute.«

»Cassandra d'Anton.«

»Wir können jederzeit sterben«, sagte er, und seine Stimme hatte nichts Besonderes an sich. »Glaubst du nicht auch?«

»Warum sollten wir?«

»Des Messers Schneide. Bist du dir nicht bewußt, daß du darauf lebst?«

»Ich bin mir bewußt, daß ich lebe – atme – schaue – die Stadt, den Himmel. Ich bin mir bewußt, daß meine Frau im Juni ein Kind bekommen wird.«

»Juli. Die Ersten verspäten sich immer. Na schön, wir leben. Weißt du, wie wenig es braucht, um das zu ändern?«

Plötzlich mußte ich an zwei, drei Jahre zuvor denken. An die bedrohlichen Duelle, das Schießpulver in der Bastille und an den Schmerz in meinen Eingeweiden, von dem ich geglaubt hatte, er würde mich töten. Hatte ich das wirklich gedacht? Die Nacht war dunkel, und diese geniale Riesenkreatur verdeckte die Sterne, auf die ich ein Recht hatte.

»Mein Gott, du bist ja deprimierend.«

»Kopf hoch«, sagte er. »Ich habe gehört, du hättest Marat als Autor für deine Zeitung gewonnen.«

»Wohl kaum. Fréron wollte ihn haben. War nicht meine Idee.«

»Und Marat hat sofort angebissen.«

»Marat hat seine Wunden und Furunkel gegürtet und geantwortet: ›Der Adler fliegt allein, nur ihr Esel sucht die Menge.‹«

D'Anton stieß ein brüllendes Gelächter aus, bis die Hauswände erbebten. In zwanzig Schlafzimmern würden sie nun aufwachen und sagen: Ach, diese verdammten Cordeliers sind wieder auf dem Heimweg.

»Was ist Tod?« sagte ich. »Was ist das?«

»Nichts, nichts, worüber man sich den Kopf zerbrechen sollte.«

»Damit bin ich nicht zufrieden. Dieser Augenblick und dann – nichts?«

»Lebe ausreichend, dann wird er dir keine Probleme machen.«

»Immer.«

»Wenn du an die Unsterblichkeit glaubst, an diese Lügenhure – jawohl, Lügenhure, denn du bezahlst sie mit allem, was du hast, und sie nimmt dich in ihr Zimmer und befördert dich durch die Fußbodenbretter in den Keller –, wenn du daran glaubst, warum gibst du dann vor, daß dir das elende Leben des Volkes so sehr am Herzen liegt? Oder als ob du unbedingt dein eigenes Leben in Ordnung bringen müßtest? Falls es tatsächlich etwas anderes gibt, welche Rolle spielt das dann alles? Man müßte schon Atheist sein«, sagte er zu mir, »um sich darum zu kümmern. Das hier ist alles, was es gibt, also machen wir das Beste daraus. Nehmen wir mal zum Beispiel Robespierre. Der glaubt, wie du, mein Freund, daß es einen Gott und ein Leben nach dem Leben gibt. Robespierres Motto heißt: Freiheit, Gleichheit, Ewigkeit. Jawohl. Und wenn man das erst mal kapiert hat, dann weiß man, daß er sich keinen Mausfurz um irgend etwas schert, was mit irgendeinem hier passiert, vielleicht sogar ihn selbst eingeschlossen.«

»Ach, um Christi willen –«

»Laß Christus aus dem Spiel. Christus war ein revolutionärer Unternehmer, der in Panik geriet und sich kreuzigen ließ. Auch Christus scherte sich nicht darum. Er hatte doch nur gesagt: Leidet, und ich werde es euch irgendwann einmal vergelten – später.«

»Blödsinn, d'Anton –« Nun hatte er mich dazu gebracht, das Christentum zu verteidigen. Ich stockte.

»Robespierre träumt von einem Land voll frischgewaschener, glänzender Leute, die weder essen noch trinken, die nicht niesen, pissen, scheißen, ficken oder Witze reißen. So sieht der Himmel aus. Wußtest du das nicht?«

Ich malte mir aus, wie droben in den Schlafzimmern und Dachkammern sämtliche Ohren gespitzt waren, und lachte. Gleichzeitig raste mein Herz. Ich wollte mit ihm weiterstreiten, bis wir alles ausdiskutiert hatten und ich ihn von einer verschwommenen Hoffnung überzeugt hatte, die ich insgeheim hegte, ohne sie jedoch zu begreifen. Aber er packte mich, küßte mich wie ein ehrwürdiger Großvater auf die Stirn, schob mich weg und spazierte in die Straßen hinein.

Ich drehte mich um und ging nach Hause. Die Nachtluft duftete nach Frühling, sogar die Rinnsteine.

Lucile schlief bereits, wachte aber auf, rückte zu mir herüber und legte mir ihre seidigen Hände an den Hals. Ihr warmer Körper preßte sich der Länge nach gegen meinen, bis nur noch die Wölbung mit dem Kind zwischen uns war. In jener Nacht entlockte ich ihr einen ihrer zitternden, kleinen Schreie, die kaum zu hören waren, und auch das nur sehr selten. Als ob auch sie von jenem Virus befallen worden war, der das Leben angesichts der völligen Leere danach mit aller Macht bejaht.

1792: Frühling – Frühsommer

Am zwanzigsten April erklärte der König Österreich den Krieg. Er wollte zwar nicht, aber so ist das nun mal. Man hatte ihn an seiner unsichtbaren (sichtbaren, lächerlichen) Leine aus den Tuilerien geholt und vor dem Volk und der Nationalversammlung zur Schau gestellt. Und er hatte gesagt, was er sagen mußte. Zweifelsohne waren seine häuslichen Lebensumstände zu diesem Zeitpunkt nicht ideal.

Auf, auf, ihr Kinder des Vaterlandes,
Der Tag des Ruhmes ist nun da.
Der Tyrannei ins Antlitz erheben wir
die Standarte ganz aus Blut.
Höret im Herzen des Landes
blutrünst'ge Soldaten toben.
Sie kommen, um vor euren Augen

Söhne und Frauen zu morden.
Bürger zum Gewehr,
stellt eure Reihen auf.
Marschiert, marschiert,
bis fremdes Blut unsere Fluren tränkt!

Und sie marschierten tatsächlich, noch ehe sie dieses Lied vernommen hatten.

Durch das Land marschierten sie, das damals gerade seine goldbraunen Frühsommerfarben angelegt hatte. Zuerst nach Norden bzw. Nordosten, manchmal durch Morgennebel und unter hoher Wolkendecke am staubigen Mittag, unter dem weiten Himmel Frankreichs. Soldaten. Die Männer der Bürgerwehr und die Freiwilligen, in ihren blauen Jacken und mit Stiefeln, die die Meilen nicht überstehen und aufplatzen und die Sohlen verlieren, oder in den Holzschuhen der Landbevölkerung und einige auch barfuß. Ganze Bataillone mit Musketen und Piken, Pioniere mit Äxten, Kanoniere mit Halbmondhüten oder roten Taschentüchern, die billiger waren. Und die großen Kanonen rumpelten durch die Dörfer, daß Kinder und Hunde herausrasten, um zuzuschauen. (»Ma, wohin gehen die?« »Um die verdammten Össis in Stücke zu reißen und für uns ein paar hübsche Köpfe zurückzubringen. Jetzt sei still und paß auf die Gänse auf, sonst schnappen sie sich diese Mistkerle.«) Und das war nur allzu wahr. Selbst am Anfang waren die Rationen mager. Der versprochene Sold war allerdings in Ordnung. Fünfzehn Sous täglich – welche Arbeit (falls man eine bekommen konnte) würde einem soviel einbringen? Laß das Tischlern und die Tagelöhnerei. Jawohl, mein Herr, im Namen des Vaterlandes töten wir die Österreicher. Ganz hinten kam der Troß. Esel zogen tonnenweise Munitionskisten (auch wenn sie nicht ausreichten, für einen Esel war's schwer genug), die Kanone, die Geräte fürs Zeltlager und alles zum Töten, was unmittelbar zu einem Krieg gehört. Mehlsäcke, Zelte und Stangen, Schießpulver und Kochtöpfe. Ein Zigeunerwagen des Kriegsgottes Mars. Manchmal singen sie das Ça Ira, denn die Marseillaise haben sie noch nicht gehört.

Aber die Wege sind holprig und lang. Die Schuhe fallen dir von den Füßen, und der Staub dringt in Augen und Kehle. Mehltüten platzen auf, Esel werden lahm, und schließlich ziehen Männer die Kanone. In der Abenddämmerung schlägst du dein Zelt auf, und die feinen Pinkel reiten mit der Trikolore des Volkes an den Hüten auf ihren Pferden auf und ab. Sie werfen dir einen Blick zu, als ob du Abschaum wärst – je suis, tu es, alles, was du willst –, und wenn du nicht richtig salutierst, können sie dir ein Paket Peitschenhiebe verpassen lassen. Während der Soldat Handwerker und der Soldat Arbeiter nachts am Feuer sitzen und Kaffee mit Zucker drin trinken – und das ist wirklich ein Luxus, aber angeblich wird es nicht so bleiben –, erfährt man, daß sich die Preußen mit Österreich zusammengetan haben. Bündnisse werden Mode. Und jetzt kommen sie direkt auf dich zu, sind noch drei Tage, noch zwei entfernt und schon über die Grenze.

Wie wird es sein, wenn wir auf sie treffen? Wie verläuft eine Schlacht? Blutig, mein Junge. Du spießt ihn auf, bevor er dich in die Pfoten bekommt. Eine Kanone kann dich allerdings schon aus einem halben Kilometer Entfernung zurichten. Ich weiß noch, wie mir mein Pa – der war beim Siebenjährigen Schlamassel dabei – erzählt hat, wie er sich gerade mit seinem Kameraden unterhalten hat, und plötzlich brüllt's irgendwo los, und als er aufschaut, sieht er, daß sein Kamerad zwei Beine kürzer ist. Der lag da auf seinen Stümpfen im Gras und hatte noch gar nicht richtig begriffen, daß er was verloren hatte.

Und die Preußen sind Teufel. Warum sollten sie kämpfen – müßten ja eigentlich nicht wegen irgend so einem Vertrag –, wenn nicht aus Spaß? Wie sagte Mirabeau? Krieg ist der Hauptexportartikel Preußens.

Ein paar Feuer weiter starren die Berufssoldaten zu den Frischlingen herüber und spucken aus. Sie sind alte Feldhasen, die gegen fast alles abgehärtet sind. Die werden uns ruinieren, dieser Haufen. Wo haben sie denn die aufgegabelt? Pimpfe in blauen Jacken. Sagst du Pimpf zu mir? Vielleicht. Und schon raufen sie dort unter der Hecke, der Berufssoldat mit dem Freiwilligen, zerkratzen einander die Gesichter, brechen sich gegenseitig die Rippen und versuchen den anderen zu kastrieren, als ob es zum Abkühlen nicht fünfmal so viele Feinde gäbe.

Aber am Morgen heißt's antreten und marschieren, marschieren fürs Vaterland, und 's wird, 's wird – 's wird ein Blutbad geben, nicht wahr? Diese Pinkelgeneräle, die für uns verantwortlich sind, haben doch keine Ahnung, was sie tun. Hast 'se letzte Nacht gehört? Saufen sich unter die Feldtische und lassen die Nation hochleben, aber wenn du im Glied auch nur hustest, schlagen sie dir in den Magen. Die kümmern sich doch nicht so viel um uns. Und wenn's dann soweit ist, brüllen sie ein paar Befehle, und 's werden garantiert die falschen sein. Diese preußisch-österreichische Hochzeit: Unsere feinen Pinkel schicken uns trüppchenweise gegen Tausende von denen und ihre Kanonen. Weißt du, daß wir nicht genug Schießpulver haben? Nun, ich habe gehört, irgend so ein Mistkerl, so ein Unternehmer, hätt's verkauft, genau wie das Fleisch, von dem es hieß, wir würden's bekommen, und das nie eintraf. Sie verkaufen's den Preußen, unser Schießpulver und unser Fleisch, damit sie sich vollstopfen, bis ihnen schlecht wird, und sie uns anschließend in Stücke schießen können. Und wenn's hart auf hart kommt, werden die feinen Pinkel Fersengeld geben. Davonrennen werden sie und uns im Stich lassen – wozu haben sie denn Pferde? Jesus, darauf hätten wir uns nicht einlassen sollen. Wir brauchen mehr Leute. Wir brauchen Hilfe aus Paris. Wir hätten nicht kommen sollen.

Und die feinen Pinkelgeneräle und -offiziere sagen: Seht euch bloß dieses Lumpenpack an. Keine Disziplin, keine Ahnung. Mein Gott, die werden nicht kämpfen, sondern davonlaufen. Die charmante Nationalversammlung hat uns zum Abschlachten hierhergeschickt. Dann erinnern sie sich wieder an alle desertierten Offiziere, die sich geweigert hatten, den neuen Eid auf die Nation und die Verfassung zu schwören, weil der Fahneneid auf den König ausgenommen war. Fort waren sie, irgendwo, ganz edel und sicher.

Und die Preußen sind unterwegs und halten mit den Österreichern Händchen.

Schaut! Da sind sie! Seht ihr den Rauch? Sie müssen die Dörfer brandschatzen. Und auf der Ebene glitzert's metallisch durch die aufragenden, jungen Weizenhalme – zigtausend Bajonette. Bloß nicht warten, bis die Musketen knattern oder die Kanone ruft.

Zurück. Weicht zurück.

Die französische Armee weicht zurück. An allen Fronten – zurück. Und ab und zu wird dabei auch ein Kommandant ermordet.

»Die Preußen könnten in zwei Wochen hier sein, in Paris.«

»Und die Garde des Königs wird ihnen dann eigenhändig die Tore öffnen.«

Aber die Königliche Hausgarde wurde auf Anordnung der Nationalversammlung aufgelöst. An die zwanzigtausend Männer aus den Provinzmilizen erhielten den Befehl, einen Verteidigungsring um die Hauptstadt zu bilden.

Auf den Flügeln der Angst kommen und gehen die Nachrichten. Die Straßen der Stadt kommen nicht zur Ruhe. Menschenmengen, überall Menschenmengen. Auf einem Marktplatz schrie ein Mann: *Die Österreicher kommen!* Sie haben ihn zwischen den Fischen aufgeknüpft.

Scharenweise treiben sich die hosenlosen Wunderknaben mit ihren bonbonfarbenen Beinen herum und schleppen Piken mit sich, selbst die, die keine Waffen tragen dürfen. Inzwischen haben sie ihre eigenen Geheimgesellschaften mit eigenen, schrecklichen Paßwörtern, die man an den Straßenecken flüstern muß. Kluge Leute begeben sich nur in Gruppen nach draußen, am besten mit einer kleinen Milizeskorte aus dem eigenen Bezirk. Deine Frau oder die Bediensteten kaufen direkt auf der Haustreppe ein, wobei sich der Händler immer wieder vorsichtig umsieht.

Droben im Stall hat die Gironde an Popularität eingebüßt. Hatte sie auf Drängen von L'oui nach Krieg geschrien? Wollte sie damit die Invasoren einladen? Aber auch die Jakobiner sind in Panik. Sie haben nicht nach Krieg geschrien, also muß sie jemand dafür bezahlt haben. Du kannst nicht gewinnen. Robespierre ist daran schuld, natürlich. Obwohl er nicht mehr Präsident ist, übt er einen starken Einfluß aus – inzwischen lebt er sogar in derselben Straße wie der Klub. Und er hat recht gehabt. Und das macht die Sache sogar noch schlimmer. Auf dem Höhepunkt des Tumults tritt der Interimspräsident zurück, und sofort bietet man das Amt Danton an, der in der Hitze des Gefechts lediglich dagesessen und sich wie ein schläfriger Löwe gesonnt hatte. Jetzt springt er hoch und schnappt sich die Leckerbissen. Anschließend scheucht er die anderen auf ihre Plätze zurück.

»Noch eine Verleumdung gegen Maximilien Robespierre, und es passiert was. Der Mann hat euch nur die Wahrheit gesagt.«

Was denkt wohl Robespierre, während er über die Grabsteine zu Danton hinüberblinzelt? Maxime, Auge in Auge mit dem Untier an den Felsen gekettet, erblickt seinen heldenhaften Erlöser beim Angriff.

»Was die Tapferkeit dieses Mannes anbelangt, so liefert sein persönlicher Werdegang dafür hinreichende Beweise. Vielleicht zu gut für euch? Überlaßt das Lügen seinen Feinden. Wir sind seine Freunde und wollen Gutes über ihn reden. Wer den Mut, die Integrität und den Einsatz von Monsieur Robespierre bezweifelt, ist kein Bundesgenosse der Revolution.«

Offensichtlich könntest du ihm nützlich sein, Maxime. Auch er, der schlafende Löwe, hat mit angesehen, wie der Gott über dich kam und welche weiße Energie sich hinter deiner kleinen Gestalt verbirgt. Danton hat keine Lust, etwas wegzuwerfen, was sich eventuell noch als fester Mantel in rauhen Wintertagen erweisen könnte. Auch Danton hegt den mächtigen Traum von der Freiheit, zwar aus einem anderen Blickpunkt, aber trotzdem sieht er ihn vor sich. Solange wir gemeinsame Gegner haben, können wir alle Kameraden sein. Kein Narr, dieser Georges Danton, noch nie gewesen. Nur manchmal eine Idee zu schlau. Denn geniale Ideen bergen ihre eigenen Probleme. Aber abgesehen davon, kann er seine Verteidigungsrede für Robespierre mit einer ungemein mitreißenden Hingabe vortragen. Denn in solchen Augenblicken ist Danton wie jeder wunderbare Schauspieler von sich selbst überzeugt.

Robespierre blinzelt. Er hat Tränen in den Augen. Die Güte anderer Menschen, ihre Loyalität, rufen in ihm stets ehrliche Dankbarkeit hervor.

Der Genius von Robespierre (ja, auch er besitzt Genie) funktioniert völlig anders, soviel steht fest. Denn Robespierre bezieht seine Motivation genau aus jenen schrecklichen Furien, die Danton eben beschrieben hat: Mut, Integrität, Hingabe. Robespierre ist ehrlich. Er hat es nicht nötig, sich selbst zum Narren zu halten oder dies bei anderen zu versuchen. Er weiß, was richtig ist, und nur dem wird er dienen. Dafür würde er sein Leben geben. Wenn Robespierre sein Leben für die Sache in die Waagschale wirft, dann ist das nicht das glühende Schauspiel eines Danton, der im Grunde genommen an sich selbst zweifelt, noch handelt es sich um die selbstgefällige Beinahe-Ehrlichkeit eines Camille, der in die voranpreschende Gedankenflut verliebt ist. Nein, wenn sich Robespierre selbst zum Opfer anbietet, dann meint er das auch. Außerdem ist er bereit, zu vertrauen. Er vertraut denen, die sich mit ihm anfreunden. Vertraut darauf, daß sie höchstwahrscheinlich das Zeichen

Gottes auf seiner Stirn bemerken. Denn auch er ist – nur teilweise unbewußt – zu dem Schluß gekommen, daß er von etwas auserwählt wurde. Für einen Mann, der an einen derart historischen Scheideweg gestellt wurde, wäre ein gegenteiliger Gedanke hart. Also vertraut er darauf. Und damit schleicht sich unvermeidlich der Verfolgungswahn bei ihm ein, jener Gefährte des Vertrauens. Wenn alle, die ihm helfen, Freunde sind, dann sind sie in dem Moment keine mehr, wenn sie ihm die kalte Schulter zeigen oder einfach mit etwas anderem beschäftigt sind. Maximes Schicksal ist es, zu glauben, daß er ständig verraten wird. Jene Schreckensnächte aus brennendem Eis, in denen ihn nur ein Hund tröstet, liegen noch vor ihm. Nächte, in denen er ganz allein sein persönliches Gethsemane immer und immer wieder erdulden muß. Nächte, in denen er mit seinem Herzblut die Todesurteile für so viele verräterische Jünger unterzeichnen muß.

Zurück ins Kriegsgebiet: Inzwischen trotten die Königliche Allemande und die Sächsischen Husaren leise durch den Morgennebel. Außer dem gedämpften Klirren von Schwertgriffen und Sporen und dem Getrampel von Hufen auf taufeuchtem Grund ist kaum ein Geräusch zu hören. Man rückt gegen die preußisch-österreichischen Linien vor. Was kann das sein? Ein Anfall unglaublicher Tapferkeit? Der Sturm aufs feindliche Lager?

Na ja, eigentlich –

Die Anführer präsentieren Waffen und weiße Fahnen. Da sie sich fließend in der Sprache der gegnerischen Streitkräfte unterhalten können, können sie recht bald alles klarstellen. Das deutsche Regiment und die sächsischen Husaren laufen über und kämpfen für Österreich.

Was geht da draußen vor? Hast du schon das neueste gehört? Von Birrots Truppen? Er hat sie antreten lassen, hob sein Schwert und schrie lauthals: »Attacke!« Und die Leute haben darüber abgestimmt und gemäß Mehrheitsbeschluß abgelehnt.

Der König meint, er dulde es nicht, daß zwanzigtausend Mann Miliz rings um Paris zur offensichtlichen Verteidigung der Stadt stationiert würden. Das würde zu Unruhen führen und bilde potentiell eine größere Gefahr als der Feind an sich. In Wahrheit meint er damit, sie könnten jetzt, wo alles so gut läuft, die Rettung aus Österreich fernhalten. L'oui legt sein Veto ein (was ihm die Nationalversammlung als Spielzeug gelassen hat). Zweifellos steckt sie dahinter.

Der ach so frischgebackene, nagelneue Ministerrat geht allmählich zu Boden. Nacheinander reichen die Minister ihren Rücktritt ein oder werden hinausgeworfen, weil sie L'oui fertiggemacht hatten. Aus den Resten bildet sich allmählich wieder ein Feuillantsministerrat heraus.

Danton macht den Vorschlag, Antoinette mit allen Ehren, wie sie einem gebrauchten Gegenstand zustehen, nach Österreich zurückzuschicken. Das von wachsenden Eskalationen geschüttelte Paris bricht in hysterisches Gelächter aus.

La Fayette, der sich wie alle anderen mit seinen Truppen zurückgezogen hatte, läßt ausrichten, diese »Klubherrschaft« würde Frankreich ruinieren. Marat empfiehlt, alle Truppen sollten ihre Offiziere umbringen. Danton schlägt vor, La Fayette solle kommen und sein Wort vor der Nationalversammlung persönlich wiederholen. Die Nationalversammlung sagt insgeheim, sie stimme La Fayette zu. Kein Tag vergeht ohne Petitionen: Von den Cordeliers um dieser Sache willen, von den Jakobinern um jener; von den Feuillants, auf daß man ja keines von beiden riskieren möge; und die zahllosen Splittergruppen, von wahnwitzigen Wortakrobaten aufgestachelt, fordern auf der Stelle alles oder nichts! Aber beim gegenwärtigen Stand der Dinge haben die gewählten Abgeordneten nicht die Absicht, sich auf die Jagd nach Volkslieblingen wie Marat, Danton und Robespierre zu begeben … Außerdem wird die Menschenmenge dort unten nicht immer größer?

Junisonnenlicht strömte zu den Fenstern herein und winkte ab und zu, wenn ein Vogel vorbeiflog. Trotz einigem Hin- und Hergelaufe und einer Rauferei, in die ein Obstkarren verwickelt war, hatte sich nachmittägliche Ruhe ausgebreitet. Selbst die gutbürgerlichen Viertel bekamen nun ihren Teil an den turbulenten Zeitströmungen ab. Die Zeichen standen auf Gewitter. Wie aufs Stichwort rollten ständig neue Stürme heran und blieben wie ein Abbild des Donners in den Gemütern über Paris hängen. Entzündeten bzw. verstärkten diese Stürme die biologische Spannung drunten, oder fühlten sie sich von der Stimmung in der Metropole angezogen wie die Wespen vom Honig?

Camille hatte wie üblich rasch und beinahe wie in Trance geschrieben (allerdings nicht für die Tribüne; die war über den Rangeleien mit Fréron draufgegangen). Jetzt hielt er inne und schaute durch den Türrahmen. Lucile hielt sich im Nebenzimmer auf und arrangierte ein paar Blumen für die Vase. Das tat sie schon eine ganze, lange Weile. Obwohl ihre Haltung etwas anderes ausdrückte, schien sie in einen anmutig träumerischen Zustand verfallen zu sein. Inzwischen war sie hochschwanger und bewegte sich langsam, und wenn sie die Hände hob, wirkten selbst diese bleischwer. Ihr Kopf welkte auf dem schönen Hals – eine von der Hitze ausgedörrte Blume. Wie blaß sie war! Es war ihm schon seit geraumer Zeit aufgefallen, aber wenn er sie daraufhin besorgt ansprach, erklärte sie ihm nur, es gehe ihr sehr gut, sie sei nur ein wenig müde. So war das eben mit Frauen – wenigstens bei denen in der Stadt. Dagegen sah man die Bauernmädchen, wenn sie gut genährt waren, wie lachende Galeonen ihrem Termin entgegensegeln. Die letzten Monate waren strapaziös gewesen, und das Kind sollte in zwei Wochen kommen. Die Blässe, das Abgespanntsein – nichts Ungewöhnliches.

Er stand auf, ging ins Zimmer und legte seinen Arm um sie. Sie lehnte sich mit ihrem Gewicht und dem des Kindes gegen ihn. Mit leiser Beunruhigung spürte er, wie massiv sich der Bauch mit dem Kind anfühlte.

»Da bist du ja«, sagte er. »Immer huschst du wie eine kleine Henne geschäftig herum.«

»Ein paar Blumen.« Seufzend ließ sie die Blumen stehen und ließ sich von ihm zum Sofa führen, wo sie sich hinsetzte und in die Kissen lehnte. Sie schloß die Augen. »Schieb die Fensterläden zurück, ich möchte die Bäume in den Gärten sehen. Mach dir um mich keine Sorgen. Es macht mir nichts aus. Ich liebe ihn längst, deinen hübschen Sohn.«

»Du machst mich noch eifersüchtig.«

Einen Fensterladen schob er auf, der andere klemmte und machte ihm zu schaffen. Draußen in den Blumentöpfen verblaßten die Nelken und rollten sich vor der Sonne, die ihre Blätter zu Papier gebrannt hatte, zusammen. Drunten auf der Straße stand Fabre d'Églantine und schaute zum Fenster herauf, ein schlankes, dunkles Wesen mit passenden Poetenhänden. Eine hatte er erhoben.

»Kann ich raufkommen?«

»Sonst spielen wir Romeo und Julia«, sagte Windmühle. »Paß auf das zermatschte Obst auf der Treppe auf. Vorher ist ein Karren umgefallen.«

Er küßte Lucile – sie war schon eingeschlafen – und ging hinaus, um Fabre an der Wohnungstür zu begrüßen.

»D'Anton hat mich gebeten, herzukommen. Er möchte dich sehen.«

»Und weiß nicht mehr, wie man die Beine bewegt.«

»Wie? Nein, er möchte kein Aufsehen erregen. Es braut sich wieder Ärger zusammen.«

»Das mußt gerade du mir erzählen? Ich habe keine Reden gehalten. Ich hab keine Petition unterzeichnet. Ich verziehe mich jetzt nicht schleunigst ins Hinterland.«

»Laß mich bloß damit in Frieden. Für mich ist das nur eine erneute Unterbrechung. Ich saß gerade über einem Theaterstück.«

»Du schreibst doch immer an einem Stück.«

»Du möchtest das nur gern selbst tun.«

»Ja, eines Tages.«

Sie gingen auf die Straße hinunter.

»Falsche Richtung.«

»Nein«, sagte Fabre, »er ist bei mir.«

Nachdem sie das schlecht ausgelegte Treppenhaus hinter sich gelassen hatten, fanden sie d'Anton an Fabres Tisch vor. Er saß da und legte eine Pyramiden-Patience, als ob das sein einziger Lebensinhalt wäre.

»Da seid ihr ja«, sagte er. »Die Dinge gehen wieder mal viel zu schnell viel zu weit.«

Fabre brachte seine Manuskriptblätter außer Reichweite, als ob ihnen schon die pure Nähe zu d'Anton etwas anhaben könnte. Windmühle zog ein finsteres Gesicht. »Für eine Wiederholung ist es viel zu heiß. Warum bist du nicht daheim?«

»Ich drehe die Runde. Du weißt schon, so wie ich's früher gemacht habe. Nachschauen, was ihr alle treibt. Und euch mitteilen, was ihr vermutlich demnächst treiben werdet.«

»Zu gütig. Nun?«

»Das nenn ich 'ne Herausforderung. Auf mein Wort. Komm und setz dich.«

»Sag, was los ist.«

»Setz dich zuerst.«

Camille zog ein Gesicht, kam herüber und setzte sich.

»Wie ist das also mit La Rolande? Die beiden, das heißt eigentlich sie, haben die Sache gründlich vermasselt«, meinte d'Anton, während er eifrig die Karten ordnete. »Ich hätte Manon für schlauer gehalten, aber nein, sie bringt den alten Mann dazu, einen Brief an L'oui zu schreiben, in dem steht, er bekäme den Hauptpreis als Trottel des Jahres. Natürlich wirft L'oui Roland zusammen mit dem Nachttopfinhalt hinaus. Aber letztlich ist das auch nicht schlecht. Jetzt können wir die ganze Schuld am fürchterlichen Ausgang unseres Krieges den aristokratischen Feuillants im Ministerrat in die Schuhe schieben. Zieh ein paar Steine aus 'ner Wand, und schon kippt sie um.«

»Weg mit der Wand«, sagte Camille. »Ich dachte, wir wollten Wände einreißen.«

»Nicht, ehe etwas Passendes darunter steht. Wäre Verschwendung und obendrein gefährlich. Nichts ist stärker als eine wiederaufgebaute Wand. Santerre, der Herr der Hintergassen, hat 'ne Menge Dinge läuten hören. Ein paar Cordeliernarren spielen Volksverhetzer und beeinflussen den Pöbel.«

»Der Pöbel ist längst beeinflußt. Und angesichts einer Preußenarmee, die schon im Norden und auf den östlichen Straßen zur Hälfte im Lande steht –«

»Scht, jetzt aber. Fabre, sitz still. Es gibt da einen Plan, einen Freiheitsbaum in den Gärten der Tuilerien zu pflanzen. Diese Intrige soll sich zum ausgewachsenen Aufstand entwickeln. Das Problem dabei ist nur, daß es nicht genug Unterstützung für einen derartigen Aufstand gibt, weder in den unteren Reihen noch von oben. Die Sache ist schlecht geplant, wenn's überhaupt einen Plan gab. Das Ganze wird wie auf dem Champ-de-Mars im Fiasko enden. Also muß man die Sache niederschlagen.«

Inzwischen beschäftigte sich d'Anton nicht mehr mit den Karten. Geistesabwesend legte Camille eine davon an eine Reihe anderer an. D'Anton klopfte ihm auf die Finger. »Hörst du mir überhaupt zu?«

»Bezüglich dessen, was du gestern abend gesagt hast –«

»Sicher habe ich gesagt, daß wir dem Hof gehörig Angst einjagen werden, genauso sicher wie es zur Explosion kommen wird. Aber dafür muß man einen exakten Zeitpunkt wählen. Momentan sind die Leute noch nicht aufgebracht genug. Wenn diesmal die Zündschnur bis zum Pulver durchbrennt, geht alles hoch. Oder gar nichts. Es ist unsere letzte Zündschnur.«

»Schau«, sagte Camille, »dein Spiel ist aufgegangen.«

»Noch nicht. Idiot, laß die Karten in Ruhe. Spielst damit rum wie ein alter Hellseher.«

Fabre, der in der Nähe des Tisches hockte, schaute traurig sein Manuskript an, sein zweites, sicheres Zuhause.

Entnervt funkelte d'Anton seine Komplizen an.

»Es ist zu heiß«, sagte Camille.

»Verdammt noch mal, in der Hölle ist's heiß. Was ist mit euch los? Habt ihr Angst? Eines sage ich euch, wenn diese Sache schiefgeht, dann habt ihr allen Grund dazu.«

»Komplotte, Intrigen.«

»Macht doch jeder. La Fayette plant zum Beispiel einen Staatsstreich. Gebt ihm einen Zentimeter Raum, und er legt los. Was dann?«

»Nun, d-da gibt's immer noch England«, erwiderte Camille zu seiner eigenen Verblüffung. Er schaute d'Anton an, um zu sehen, wie er die Bemerkung aufgenommen hatte, aber d'Anton zuckte lediglich die Achseln, schob die Karten weg und stand auf. Er schaute auf sie hinunter.

»Jetzt hört mal zu«, sagte d'Anton. »Wir halten bei den Jakobinern und bei den Cordeliers eine Rede und erklären dem Pack – einschließlich dieser durchgeknallten Schweizer Ratte –, daß sich die Öffentlichkeit nicht in ein Irrenhaus verwandeln darf. Wir mischen uns unter die Menge und murmeln ihnen wie in den alten Logentagen ins Ohr. Wer schreiben kann, stellt in gedruckter Form klar, wie sehr er zum gegenwärtigen Zeitpunkt jeden Versuch mißbilligt, Recht und Ordnung zu stören.«

»W-wa-warum?« schrie Camille und schlug mit der Faust auf den Tisch.

»Ich hab's euch doch schon gesagt, das richtige Datum steht noch nicht rot im Kalender. Wenn es soweit ist, möchten wir, daß es ein voller Erfolg wird.«

»Wer möchte das?«

D'Anton schaute Camille in die Augen. Er war amüsiert und irritiert zugleich, strahlte aber dennoch eine enorme Macht aus, die er wie ein grelles Licht auf seinen zeitweiligen Freund richtete, als ob er durch ihn und durch das Ziegelwerk dahinter probehalber und zum Scherz ein Loch sprengen wollte, damit man hören konnte, wie vor diesen blauen Strahlen die Häuser im Umkreis von drei Kilometern rauchend einstürzten.

»Na schön, ich will es, ich, Georges Danton, Sohn eines Provinzschurken, pockennarbiger Anwalt vom Lande. Danton, Tribun der gottverdammten Plebs. Ich will es. Und es spielt keine Rolle, wer mich bezahlt. Ich treffe die Entscheidung. Ich tue es für mich. Für mich.«

Fabre wirkte wie versteinert. Camille schluckte hörbar.

D'Anton entspannte sich. Er lächelte Fabre an.

»Wie steht's mit dem Stück? Wirst du uns was vorlesen?«

Die Menge, der Pöbel. Inzwischen bildeten sie eine Einheit, aber das war vielleicht schon immer so gewesen. Man muß nicht länger von Individuen sprechen, außer wenn sie als Repräsentanten der Augen, Ohren oder Stimme dieses Wesens vortreten, denn im Pöbel gibt es definitiv keine Individuen. Eine selbständige Tat – das ist lediglich ein Impuls des großen Einzelgehirns, das diese vielgestaltige Maschine mit ihren Tausenden von Armen, Beinen, Augen, Stimmen und Gedanken antreibt. (Als ob in allen Menschen ein Traum wohnen würde, daß sie alle, jeder einzelne von ihnen, einmal ein Teil des anderen waren oder es eines Tages sein würden – ein vergangener bzw. zukünftiger Verlust des Egos, der keine Angst auslöste, sondern wie ein Wunder erschien.) Der Pöbel ist eine telepathische Kreatur. Ein Gedanke – und alle kennen ihn, ein Gefühl – und alle teilen es. Gibt es angesichts von Ungewißheit, Hunger und Terror einen gemütlicheren oder beruhigenderen Platz als einen einträchtigen Pöbel?

Von den östlichen Faubourgs aus ergießt es sich durch die Straßen, das amöbengleiche Untier, prallt gegen die Pforten der Manège und dringt ein. Es marschiert durch die hehre Halle und schwenkt dabei auf Piken, die sich wie eine Seuche vermehren, die Herzen und Innereien von Tieren mit verschiedenen Aufschriften wie PINKELABFALL oder ERZITTERT – TYRANNENHERZEN. Auch Banner und Plakate werden geschwenkt: MENSCHENRECHTE – ODER TOD! NIEDER MIT MONSIEUR VETO! AUFGEPASST! DIE HOSENLOSEN WUNDERKNABEN. Selbst einen jungen Baum führen sie mit, der mit Sprüchen auf blauem, weißem und rotem Papier verziert und mit Kalbsblut bespritzt ist. Es hieß, man wolle einen Baum pflanzen.

An diesem Spätjunitag sitzen alle Sektionen der Nationalversammlung ganz still da und schauen zu. Feuillants wie Jakobiner wie Girondisten.

Als der Pöbel endlich aus der Reitschule hinausmarschiert, hört man beklommen, wie das Gebrüll durch die geringe Entfernung nur wenig abflaut und sich dann auf einer gleichmäßigen Lautstärke einpegelt. Jetzt sind sie beim Palast. Und wieder der gleiche Vorgang: ein bißchen Bestechungsgeld, und schon läßt man eine Hintertür offen. Für alle Fälle setzten sie eine Kanone als Rammbock ein, und nun ist das Untier im Treppenhaus. Es stürzt in ein Zimmer und – findet sich vor Louis XVI. wieder.

Der König schaut das Untier mit den vielen Augen, Armen und Beinen an. Müde sagt er: »Ja. Ich bin hier.«

Der Pöbel füllt den Raum, bis Louis nur noch eine kleine Nische zum Stehen bleibt. Da der Pöbel Louis nicht mit allen Augen sehen kann, sagt man zu ihm, er solle auf einen Tisch klettern, genau wie einer seiner eigenen Volksredner. Da steht Louis also auf dem Tisch und schaut auf das Untier hinunter. Offensichtlich hat er keine Angst. Das Aufheulen des Untieres beantwortet der König langsam und offen: »Ihr wißt, daß ich die Nation unterstütze. Ich habe es geschworen. Und daß ich mich an die Verfassung halte.« Schrill fordert das Biest ihn auf, sämtliche Vetos zu widerrufen. Er solle die Priester, die nicht auf die Verfassung geschworen hatten, verurteilen und die Verteidigungstruppen hereinlassen. Der König schaut das Untier an. »Meine Freunde«, sagte er, »ich werde alles, was ihr zu mir gesagt habt, in Erwägung ziehen. Aber unter Druck meine Ansicht ändern? Nein.«

Verblüfft bedenkt das Untier in seinem zusammengesetzten Riesenhirn die Worte, und die telepathischen Tentakel, die jedes seiner lebenden Atome erreichen, melden ein merkwürdiges, kleines Erschauern. Na ja, endlich redet er wie ein König.

Dann tritt ein sehr großer, muskulöser Mann mit rotem Gesicht, der (längst) daran gewöhnt ist, Dinge in Stücke zu hacken, mit der neuesten Petition vor und wird zum Sprecher des Untieres. Eingerahmt vom welkenden Freiheitsbaum, der noch immer nicht eingepflanzt ist, verliest Legendre (d'Anton Metzger, der sich von Santerre nicht von seinem überstürzten Kurs abbringen hatte lassen) jede Forderung mit Stentorgebrüll vor, und die Schreie der Menge liefern die Hintergrundmusik dazu. Die Forderungen wiederholen in der Hauptsache das, worüber man eben »diskutiert« hatte. Als Legendre fertig ist, steht der König da und mustert ihn. Sonst nichts. »Nun?« Der König schaut den Metzger an. »Ich bin der Freund der Nation«, sagt der König, aber das ist auch schon alles. Legendre verzieht entrüstet sein rosa Steakgesicht und schreit: »Sire, Sie sind ein gottverdammter Volksverräter!« »Niemals«, widerspricht Louis milde und findet sich mit einer Pike vor dem Gesicht wieder, auf deren Spitze kein blutiges Herz sitzt, sondern eine blutrote Kappe, die obligatorische Kopfbedeckung der Revolution, eine Kopie jener phrygischen Mütze, die in der Antike von den freigelassenen Sklaven getragen wurde – ein anderthalbfaches Symbol. Traurig betrachtet der König die Mütze, nimmt sie von der Pike und versucht, sie aufzusetzen. Sie ist zu klein für einen derartigen Zwiebelkopf. Nur jahrhundertelange, plebejische Unterernährung konnte jenen schmalen Kahlkopf formen, dem sie mühelos paßte. Lachend schnappt sich der Pöbel wieder die Mütze. Sie spüren die Situationskomik. Die Mütze wird gedehnt und erneut angeboten, und der König setzt die formlose Riesensocke auf. Jetzt sieht er wie irgendein armer Dorftrottel aus, wie ein Dussel, der in der Schule wegen eines Streiches oder wegen Dummheit auf einem Tisch stehen muß. Das klägliche Häufchen Wachen, das es geschafft hat, zu ihm durchzudringen, umrundet peinlich berührt den Tisch. Als der Pöbel Louis eine Flasche anbietet – um »aufs Wohl des Volkes zu trinken« –, greift ein Wachposten danach. »Sire! Sie könnte vergiftet sein.« Während Louis die Flasche an die Lippen setzt, steht in seinen stumpfen Augen zu lesen: Na und?

Sie haben ihn längst vergiftet. Er stirbt bereits am Gift der Nation.

Seine Fügsamkeit und Hartnäckigkeit besänftigen das Untier. Leise grollend legt es sich hin und schleicht sich dann allmählich davon.

Louis sitzt in einem Sessel. Die rote Trottelmütze auf seinem gepuderten Kopf hat er vergessen.

Er ist kein schlechter Mensch. Er hat immer ernsthaft gebetet und war auffallend fromm. Er hat nichts getan, was nicht unzählige Könige getan haben, sogar weniger als die meisten. Er hat inständige Gebete für die Seelen seiner Untertanen dargebracht. Für Louis hätte alles wie in einem mittelalterlichen Stundenbuch sein sollen: der Hof in aller Pracht und Herrlichkeit und darüber bewundernde Engelscharen, dicke, vergnügte Landleute, die fröhlich ihre Felder bestellen oder mit den Lämmern herumtollen; jeder zufrieden an seinem Platz. Er hat sein Bestes getan. An jenem Tag im Jahre 1775, als ein bebrillter Jüngling im strömenden Regen vor seiner Kutschentür kniete und tropfnaß auf latein eine Huldigungsrede vortrug und dabei künftige Freuden prophezeite (Robespierre mit ein wenig Unterstützung seiner Freunde), hatte der König nicht begriffen, daß die Schmeichelei voll und ganz der Wahrheit entsprach. (Oder wenigstens das, was er davon verstanden hatte. Denn in Wahrheit kam Louis' Küchenlatein nicht im entferntesten an Maximiliens ziselierte Sprache heran.) Was habe ich getan, um das zu verdienen? fragte sich Louis nun aus tiefstem Herzen. Und wenn die Österreichisch-Preußischen nun durchbrechen würden, was dann? Würde Louis zum Tyrannen werden, um seine Wunden zu lindern? Würde er aus Rache für das Tragen einer scharlachroten Mütze ganz Paris niedermähen und mit der Sense in Grund und Boden hacken?

Jetzt fällt ihm die unförmige Socke wieder ein, und er schleudert sie zu Boden. Schon beim Gedanken daran, wie er damit ausgesehen haben mag, wird er rot.

Ich ging d'Anton aus dem Weg. Seit dem Zwanzigsten hatte er wütend vor sich hin geschmollt. Wütend über sich selbst und über Frankreich. Na schön, sagte ich zu ihm, nachdem wir die halbe Nacht gestritten hatten, ich habe mein Bestes getan. »Das sind genau die Worte unseres ruhmreichen Königs«, meinte d'Anton und hob das Pamphlet auf, das ich herausgebracht hatte und das sich gut verkaufte. »Zu spät«, sagte er. Als ich schon halb die Straße hinunter war, stand er in der Cafétür und schrie mir nach, ich solle zurückkommen und noch einen mit ihm trinken. Aber ich ignorierte ihn. Ich war genauso bissig wie er. Er ließ mich gehen. Wider Willen war ich sein Befehlsempfänger geworden und hatte ihn offensichtlich enttäuscht.

Trotz allem hatte sich der Aufstand vom Zwanzigsten in Grenzen gehalten. Er hatte in Paris sogar eine Art vorübergehende Ruhe wiederhergestellt. Natürlich würden sich erneut Eiterbeulen bilden, die wieder aufgeschnitten werden mußten, und es lag noch immer Donner in der Luft. Aber La Fayette hatte seine Truppen nicht in die Stadt gebracht, und trotz aller Gerüchte hatten auch die Preußen nicht die Grenze überschritten. Noch nicht. Mein Pamphlet versicherte der Bevölkerung, es sei die falsche Stunde zur Revolte gewesen, und tätschelte gleichzeitig fast jedem den Kopf, weil er die Angelegenheit im Zaum gehalten hatte. Außerdem hatte ich mich vor dem Vorfall bei den Jakobinern heiser gequakt, als ich – trotz der Zwischenrufe von allen Seiten – eine schriftlich formulierte Ansprache hervorstotterte, während mir der Schweiß den Rücken hinunterlief und ich das ganze Pack zur Hölle wünschte – aber die würde man dafür erst noch erfinden müssen. Paris zur Schlangengrube degradieren – welchen größeren Gefallen könnten wir Preußen und Koblenz erweisen?

»Desmoulins, der Königsstreiter!« schrie einer immer wieder wie ein abgerichteter Papagei. Es hätte aber auch der durchgeknallte Roch-Marcandier sein können, der sich inzwischen von meinem Mitarbeiter zum klassischen Dorn in meiner Ferse entwickelt hatte. Vermutlich war er meinetwegen ins Gefängnis gekommen, ohne jedoch allzulange in den Armen der Justiz zu verbringen. Selbstverständlich hat man mir die Schuld dafür zugeschoben. Da er als Einzelperson nichts drucken lassen konnte (ich hatte bei ein, zwei Kollegen ein Wort fallen lassen), war er dazu übergegangen, an der Werkstattür handgeschriebene Plakate mit einer Liste meiner Untugenden anzukleben. Darüber hinaus schickte er mir Briefe, in denen er anfragte, wann ich mir »mehr Mut aus einer Flasche antrinken« würde. Zweifelsohne ließen ihn meine Jakobinerkollegen derzeit nicht an den geheiligten Portalen vorbei; statt dessen verbrachte er eine Menge Zeit bei den Cordeliers, wo er nicht nur mich, sein ganz spezielles, gefallenes Idol, sondern auch alle anderen in Bausch und Bogen anprangerte. Anfänglich hatte ich mich mit ihm abgefunden, weil er nützlich war. Und ehrlicherweise gestanden, habe ich vermutlich diesen unterwürfigen Sklaven sogar genossen, der sich buchstäblich für mich auf die Straße legte, damit ich mir nicht die Schuhe schmutzig machen mußte. Er wurde lästig. Dank seiner närrischen Verherrlichung meiner Person machte er mich zum Narren. Und als er dann schließlich beschloß, ich sei kein Held, der seiner Anbetung würdig war, sammelte er allen Dreck auf, den er finden konnte, und bewarf mich damit. Inzwischen machten Geschichten die Runde. Ich konnte nicht mit Sicherheit sagen, daß sie von ihm stammten. Ein, zwei davon betrafen Lucile. Wahrscheinlich hatten sie andere meiner vielen Feinde ausgeheckt. Aber wenn er sie schon nicht in die Welt gesetzt hat, dann hat sie dieser elende, kleine Mistkerl zweifellos weiterverbreitet. Einmal war er noch in der Wohnung aufgetaucht, als ich fort war. Jeanette gab ihm eine Ohrfeige. Er hatte Glück, denn ich hätte ihn die Treppe hinuntergeworfen.

Draußen auf der Straße hieß es, der König (noch immer der König) sei tapfer. Mirabeau hat einmal zu mir gesagt: »Falls Louis stirbt, müßte man ihn unbedingt ausstopfen lassen.« Galionsfiguren. Wie ein Mensch, der eine Schlange an seinem Busen nährt, schien das Volk entschlossen, an den alten Symbolen um ihrer selbst willen festzuhalten, egal, wie mies es ihm ging, egal, wie wütend oder verängstigt es war.

Ich war praktisch unfähig, mich auf irgendeine Arbeit zu konzentrieren. Meine Besorgnis wegen Lucile hatte zugenommen. Früher hatte ihre Blässe an Kristall erinnert, jetzt wirkte sie wie gekalkt. Tagsüber schlief sie unruhig, nachts konnte sie nicht schlafen und saß im Kerzenlicht lesend und stickend da beziehungsweise tat so, als ob sie lesen und sticken würde. Manchmal blieb ich bei ihr sitzen, schlief ein und wachte mit einem steifen Genick, zerknittert und mit Schuldgefühlen auf. Allmählich konnte ich das Kind, das ihr all das antat, nicht mehr richtig ausstehen. Für mich besaß es keine greifbare Persönlichkeit, und doch spürte ich eine Art intensiven und stummen Austausch zwischen meiner Frau und meinem Sohn. Offensichtlich tröstete sie das. Ich nahm den Arzt beiseite und stellte ihm eine Menge Fragen. Er war guter Dinge. Alles verlaufe bestens. Meine bohrenden Fragen verblüfften ihn. In einem derartigen Zustand fühlten sich Frauen zwangsläufig unwohl. Das war Naturgesetz. Als er dann noch den Blödsinn hinzufügte, so etwas stünde selbst in der Bibel, da ja auch Eva ihre Kinder unter Schmerzen geboren hätte, wäre ich beinahe handgreiflich geworden. Nachdem ich einige Zeit herumgebrüllt hatte, nahm er vermutlich an, ich würde ihn als Anhänger der störrischen Priesterkaste denunzieren, und trollte sich eilends, nicht ohne mir zu versichern, alles wäre nur ein Spaß gewesen. Aber manchmal sagt eben selbst die Religion die Wahrheit, wenn auch nur zufällig.

Allmählich bekam ich Angst um sie. Ihre eigene Mutter hatte mir zwar euphemistisch feinfühlig versichert, Lucile wäre stark genug und im richtigen Alter, um Kinder in die Welt zu setzen, aber irgendwie schien ein Schatten über der Wohnung zu liegen. Ich wußte, daß es mein eigener war. Vor lauter Aberglaube, daß ich sie damit anstecken würde, ging ich fort und überließ sie den wachsamen Augen von Jeanette.

Manche Tage saß ich in der Nationalversammlung auf der Galerie und hörte ihnen beim Bellen zu. Dabei fiel mir wieder ein, was Mirabeau zu mir gesagt hatte: Ich würde nie auf die Worte achten, weil ich immer viel zu sehr damit beschäftigt sei, mir eine ausfallende Entgegnung einfallen zu lassen. Eines stand fest: Ohne meine Berichterstattung verloren die Sitzungen viel von ihrem Reiz. Außerdem brauchte der Stall eine Blutauffrischung. Er lechzte förmlich nach Robespierres strikter Logik oder nach seinen plötzlichen, überirdischen Ausbrüchen oder nach d'Antons Wortkanonaden. Aber Georges war bisher nicht zum Mitglied gewählt worden, und auch Maxime hatte sich selbst ausgeschlossen, als er seinen Vorschlag durchbrachte, kein ehemaliger Abgeordneter solle wiedergewählt werden.

Ab und zu begegnete ich Robespierre in der Rue Saint-Honoré, wo er mit Spazierstock und seinem neuen Hund promenierte. (Schwester Charlotte hatte den letzten entführt. In einer zweiten Version, die mir jemand erzählte, hieß es, Robespierre habe ihn einem kranken Kind gegeben, das den Hund liebte und weinte, als man ihn wieder wegnahm. Und drittens wurde gemunkelt, der Hund hätte einen für Maxime bestimmten Früchtekorb gefressen und sei daran elendiglich eingegangen, was einen offensichtlichen Schluß nahelegte. Trotz meiner Neugier erwähnte ich nie eine von diesen Geschichten.) Der neue Hund war wie der erste ein Riesentier. Die Duplays bestanden darauf, er hätte ihn nach seiner Farbe genannt. Dabei hieß der Hund nicht Brun, sondern Brount (das »t« wurde ausgesprochen) nach irgendeinem obskuren, aber wertvollen Engländer, über den Robespierre gelesen hatte und den er in Erinnerung behalten wollte.

Zu dieser Zeit entdeckte ich, daß Maxime beruhigend auf mich wirkte.

Nachmittags gewöhnte er mir den Wein ab und das Kaffeetrinken an, und ich durfte mir sogar eine Orange von jenem Teller im Duplayschen Wohnzimmer aussuchen, der einzig und allein für Gott bestimmt war. Denn für die Duplays war er Gott. Das Getue, das sie um ihn machten, und wie sehr er es brauchte und genoß und darauf reagierte – das alles war komisch und anrührend zugleich. Eine mögliche Theorie: Vielleicht werden wir so, wie uns andere gerne sehen möchten, und ändern wie ein Chamäleon unsere Farben passend zur Umgebung. In diesem Hause benahm sich Robespierre würdevoll, liebenswürdig und beinahe neckisch. Die drei Töchter waren seine Priesterinnen. Ich könnte schwören, daß er keine von ihnen je auch nur mit dem kleinsten Finger angetastet hat, es sei denn in allerbrüderlichster Manier.

Sein Zimmer im Oberstock hatte sich in eine Trikolore verwandelt: blaue Bettvorhänge um das keusche Mönchslager, weiße Wände und eine Vase voll leuchtendroter Rosen, die die jungfräulichen Vestalinnen ständig von einem Stock holten, der unten im Hof wuchs. Vom Fenster aus hatte man einen Blick auf die Duplayschen Schreinerschuppen samt Holzstapel. Der Geruch nach Sägemehl mischte sich mit Rosenduft und brachte den Hund zum Niesen.

»Hier hast du dein Buch zurück«, sagte Maxime, als wir wieder unten in seinem Arbeitszimmer waren.

Mit einem Blick in die Runde vergewisserte ich mich, wer da redete, denn er war überall: An zwei Wänden hingen Ölbilder von Robespierre, die anderen Wände waren mit Stichen übersät, und überall standen Büsten und kleine Statuen herum. Eine ganze Versammlung kleiner Maximes. Auch ich hatte in den beiden letzten Jahren eine ordentliche Portion Porträts abbekommen, aber keines davon stellten wir zu Hause zur Schau. Eine Ausgabe von mir reichte vollkommen.

Ich nahm das Buch, das einige Schriften von Pietro Aretino enthielt. »Ich hatte da eine Stelle markiert. Ich dachte, sie könnte dich interessieren. Man hat ihn nicht umsonst als ›Geißel der Prinzen‹ bezeichnet.«

»Ja, es hat mich interessiert. Aber wirklich, Camille, daß du dieses Buch bei Betsi gelassen hast« – sie war eine der Vestalinnen – »mit solchen Abbildungen.«

»Oh, hat sie sie angeschaut?« Ich mußte über seinen Tadel lächeln. »Habe ich sie vom rechten Wege abgebracht?«

»Ganz und gar nicht. Sie ist reinen Geistes und hat eine unschuldige Seele.«

»Im Gegensatz zu mir. Mach dir nichts draus, falls sie heiratet, hat sie vielleicht schon mal ein, zwei Vorstellungen davon.«

»Ach, Camille, du bringst mich noch zur Verzweiflung.« Aber auch er lächelte. Mit fehlbaren Sterblichen wie mir – nun, da konnte er nachsichtig sein. Nur Heilige durften nicht vom rechten Pfad abweichen.

Wieviel hatte d'Anton wohl mit Maxime diskutiert? Ich überlegte. Eines stand fest: Maxime war entschieden gegen den Aufstand vom Zwanzigsten gewesen.

Seit Mai brachte er eine Zeitung heraus (vermutlich von Duplay finanziert). Er bat mich nie darum, ein Exemplar zu lesen, sondern erwartete selbstverständlich mein Lob über die Ergebnisse. Normalerweise enthielt der Verteidiger einen Nachdruck der letzten Robespierreschen Reden. Damit konnten wir uns das Zitieren sparen.

An jenem Nachmittag begann er ein Gespräch über die Gefahr, daß sich aus dem Durcheinander ein Diktator erheben könnte. Zuerst dachte ich, er würde damit La Fayette meinen, den er wie wir alle herzlich wenig mochte. Dann schien er aufgrund einer Gewichtsverlagerung Pétion anzudeuten. »Ach der«, sagte ich. »Nein, da liegst du falsch.«

Maxime schaute mich an und erwiderte: »Wen meine ich denn deiner Ansicht nach?« Da erkannte ich, daß ich noch immer falschlag, und rief drauflos: Brissot? »Brissot ist eine Gefahr, ja, aber ihn habe ich nicht gemeint, nein.« Endlich gingen mir die Augen auf, und ich sagte: »Die Hitze läßt mich besonders langsam denken. Also sag's mir. Wen meinst du wirklich?«

Robespierre betrachtete seine manikürten Fingernägel. »Marat, dieser Schuft, hat es längst postuliert.«

»Ach, hat er das?«

»Camille, ich merke, daß du dich zu einer Loyalität verpflichtet fühlst, die nichts mit unseren alten Freundschaftsbanden zu tun hat.«

Er meinte – d'Anton. Maxime hätte gut und gerne an jenem Tag in Fabres Zimmer sein können, als uns d'Anton mit funkelnden Augen angeschrien hatte: Ich tue es für mich. Bisher hatte ich mich noch zu keiner eindeutigen Meinung über diesen Satz durchringen können. Dafür gab es zu viele andere Probleme.

»Nein, nein, Camille«, sagte Robespierre, »ich möchte dich nicht verunsichern. Aber ich vertraue dir. Wir kennen uns nun schon so viele, lange Jahre. Glaube mir, ich habe mich dir gegenüber immer offen geäußert. Und jetzt sage ich dir, du solltest meiner Meinung nach vielleicht die Möglichkeit in Betracht ziehen, daß selbst die ganz Starken der Niederträchtigkeit anheimfallen können, wenn sie in großer Versuchung sind. Und er ist von Versuchungen förmlich umgeben. Und du verkehrst mit diesem Mann. Sei vorsichtig.«

Die Sache gefiel mir nicht, ich verlor die Geduld. »S-soll das eine Drohung sein?«

Mit besorgter Miene stand er auf, kam herüber und legte mir seine Hand auf die Schulter. »Nein – ach, niemals. Bitte, glaube mir. Ich kenne dich als ehrlichen und engagierten Patrioten, aber vielleicht verbirgt dir manchmal gerade deine glasklare Vision, was andere –«

»Willst du damit sagen, ich sei ein Narr?« Er betrachtete mich ganz ruhig, bis ich mich wieder gefangen hatte. »Ist schon gut, Maxime, entschuldige.«

»Du bist ein Genie«, sagte Maxime. So etwas hatte er noch nie zu mir gesagt. Ich saß da und starrte ihn entgeistert an. »Eine saubere, scharfe Klinge, die uns den Weg in die Freiheit schneiden kann. Ich sage dies nicht, um dir zu schmeicheln. Du kannst dir dein Talent so wenig als Verdienst anrechnen wie den Mantel, den du angezogen hast. Gott hat dir deine Begabung verliehen. Wie du sie einsetzt, ist etwas anderes. Wirst du auf mich hören, wenn ich jetzt wiederhole, daß du vorsichtig sein solltest?«

Plötzlich überfiel mich ein Gefühl absoluter Niedergeschlagenheit – nein, besser gesagt von Tragik. Da ich nicht sicher war, worum es sich wirklich handelte, legte ich den Kopf in die Hände.

»Da haben wir's«, sagte er. »Wir sollten keine derartigen Gespräche führen, solange du dir solche Sorgen um deine Frau, die liebe Lucile, machst.«

Daraufhin fing ich fürchterlich zu schluchzen an und stieß erstickt hervor, daß ich das Gefühl hätte, sie sei kilometerweit von mir entfernt und völlig außer meiner Reichweite. Daß ich glaubte, sie würde sterben, und daß mir bei einem derartigen Verlust nichts anderes bliebe als der Tod. Er hörte sich das alles bis zum Ende an. Als ich eine Pause machte, nahm er meine Hand und redete mir mit großem Verständnis und Zärtlichkeit äußerst beruhigend zu, bis ich mich wieder gefaßt hatte. Zu guter Letzt sagte er: »Jeder Mann, dem seine Frau am Herzen liegt, empfindet dasselbe wie du. Aber du wirst sehen, bald wird es ein neues Leben geben, das euch beiden Freude bereitet. Ein Kind, die Summe beider Elternteile. Das Glück, das er dir geben wird, werde ich nie erfahren, aber vielleicht läßt du mich ein wenig daran Anteil nehmen?«

Ohne die Brille waren seine Augen voller Güte und Wissen. Er wußte, sie würde leben. Er hatte mir ihr Leben versprochen, genau wie er eines Tages versprechen würde, ihr Leben zu nehmen.

Der Juni ging glühend in den Juli über. Mittlerweile begann ich, in der Wohnung herumzuspuken, und suchte Ausreden für meine Anwesenheit. Der Arzt erklärte mir, daß sich die Geburt eventuell noch weiter verzögern könnte, vielleicht bis zum Zehnten oder Zwölften.

Der ganz normale Wahnsinn ging weiter. Eine Gruppe Cordeliers hatte La Fayette (bildlich gesprochen) im Palais-Royal-Égalité verbrannt. D'Anton hielt überall Reden. Eines Morgens spazierte Mercier herein und erklärte mir: »Mein lieber Windmühle, du solltest drüben in der Nationalversammlung sein. Man erwartet demnächst eine entscheidende Botschaft vom König.«

»Der schickt doch ständig Briefe.«

»Wohl wahr, aber man munkelt, es könnte sich um eine Abdankung handeln.«

»Niemals.«

»Ganz meine Meinung, aber in dem Fall wird's vermutlich mit dem Krieg zu tun haben, und dann ist eine Reaktion zu erwarten. Jedenfalls hat mich Melpomene mit einigen köstlichen Pralinen bestochen, damit ich dich aus dem Hause schaffe.«

Luciles Mutter kam jeden Tag herüber und wurde in der nächsten halben Stunde wieder erwartet. Ich ließ mich von Mercier überreden, denn mittlerweile hatte ich die Grenzen unserer Zimmer voll und ganz abgeschritten, meine Feder war trocken, der Lauf der Ereignisse überstürzte sich, und außerdem vermißte ich sie alle.

Ich ging zu Lucile hinein, die noch im Bett lag, ganz weiß auf weiß.

»Ich mußte an die Königin denken«, sagte sie, als ich mich nach ihrem

Befinden erkundigte. »So kalt, dieses tückische Wesen. Wenn ich so viele Untaten begangen hätte ..., würde ich mich selbst opfern.« Traumverloren starrte sie durch mich hindurch. »Man sollte mir wie bei Dido einen Scheiterhaufen errichten und einen Altar, an dem ich Gott um Vergebung anflehen würde – und das alles vor den Augen der Leute, die ich derart mißbraucht habe.«

Dies jagte mir einen tiefen Schreck ein. »Was redest du da, um Himmels willen?« Ich nahm ihre Hand, die sich wie Eis anfühlte, aber sie lächelte: »Habe ich richtig gehört? Hast du zu Mercier gesagt, du würdest mit ihm gehen?«

»Nun –«

»Geh doch, Mama wird in ein paar Minuten hier sein.«

»Soll ich Jeanette hereinschicken?«

»Oh, nein.«

Ich beugte mich vor und küßte sie. Ihr Mund war frisch und süß und schmeckte nach dem Apfel, den sie angebissen, aber dann weggelegt hatte. Einerseits wollte ich weg, andererseits wollte ich sie nicht verlassen. So nahm ich den Apfel und aß ihn auf, während ich mit Mercier den Fluß überquerte.

Den ganzen Tag und noch den ganzen Abend hingen wir im kochendheißen Stall herum, aber die Botschaft des Königs traf nicht ein. Jeder wußte Bescheid und wartete darauf. Es hieß, die Zahl der preußischen Truppen an der Grenze würde sich inzwischen auf sechzigtausend belaufen. Diese Nachricht löste Entsetzen aus. Bei genauerem Überlegen verwarf man die Zahl. In solchen Fällen muß man normalerweise wenigstens ein Drittel abziehen.

Um neun Uhr wollten wir gerade aufgeben, da kam Arthur Dillon, ein königstreuer Offizier und Ire bis in die Fingerspitzen, der makellos französisch sprach, herein, ging auf Mercier zu und erkundigte sich nach Neuigkeiten. Er hörte sich Merciers leidlich zurückhaltende Kommentare an, dann schaute er mich an. »Vermutlich erwartet Monsieur Desmoulins eine Abdankung.« »Darauf warte ich schon seit seiner Krönung.« Dillon erwiderte mit einem gewinnenden Lächeln: »Aber, aber, früher einmal haben Sie sich ganz zufrieden über den armen König geäußert.« »Ich hatte gehofft, er würde sich ändern.« »Hat er das nicht?« fragte Dillon. »Ja«, sagte ich, »er ist noch viel schlimmer geworden.« Daraufhin wechselte er mit seinem unpassenden Charme taktvoll das Thema. »Und darf ich fragen, Monsieur, ob Sie bereits Vater geworden sind?« Darauf war ich nicht vorbereitet gewesen. In knappen Worten erklärte ich ihm, daß dem nicht so sei. Dillon nickte mir mit seinen blauen Irenaugen zu. »Allerbeste Wünsche an Ihre Frau«, sagte er, verbeugte sich vor Mercier und ging weiter wie auf einem Ball. Ich hätte ihn treten können.

Gegen zehn Uhr kehrte ich in unsere Straße zurück. Der Himmel war noch immer hell. Plötzlich fing ich zu rennen an. Als ich zur Tür kam, trat Jeanette heraus und hielt mich zurück. »Beruhigen Sie sich, Monsieur, es hat angefangen.«

Wahrscheinlich habe ich ihr eine Auswahl von Phrasen an den Kopf geworfen, aber Jeanette war großzügig veranlagt und lächelte nur. »'S ist alles, wie's sein soll. Ich hab das Bett für Monsieur im anderen Zimmer hergerichtet.«

Es erübrigt sich, zu sagen, daß Monsieur sein gemachtes Bett nicht benutzte, sondern im anderen Zimmer herumschlich und durchdrehte.

Die Hebamme war bereits eingetroffen und tauchte hin und wieder auf und betrachtete mich leutselig mit grenzenloser Verachtung. Demeter kam aus dem Schlafzimmer, sagte geistesabwesend irgend etwas und verschwand wieder. Es wimmelte von Frauen, für die ich nur ein Schatten war, und als sie merkten, daß ich mich nicht friedlich mit einem Buch ins Bett trollen wollte, versuchten sie, mich erneut zum Fortgehen zu überreden. Gott allein weiß, was mit der Nacht passiert ist. Irgendwie ging sie vorbei. Jede Minute dauerte ein Jahr, dafür verschwanden ganze Stunden wie Rauch. Die Stille war entsetzlich. Ich wartete darauf, daß sie vom Schreien gebrochen wurde.

Endlich wurde es in den offenen Fenstern heller. Jetzt ging ich ins Freie und spazierte die Straßen auf und ab und wurde der Reihe nach von übernächtigten Huren, Milchverkäufern, einem Messerschleifer und einem umherwandernden Betrunkenen, dem schlecht war, belästigt. Die Kirchen waren geschlossen und gegen nächtliche Mißfallensäußerungen von Bürgerseite verriegelt und verrammelt oder bereits für öffentliche Zwecke umgewandelt. Wenn Saint Sulpice in der Nähe gewesen wäre, hätte ich mich vermutlich hineinbegeben und irgendein Gebet zu einem seiner Lügen entkleideten Gott gesprochen.

Seit jenem Tag, als mir Lucile ihre Haarlocke gegeben hatte, hatte ich sie buchstäblich um den Hals getragen. Kurz nach unserer Hochzeit hatte sie mir ein Medaillon zum Aufbewahren des Talismans geschenkt. (Ich weiß noch, wie sie sagte, sie würde den Inhalt des Medaillons überprüfen, wenn ich schlief, um sich zu vergewissern, daß die Haare nicht die Farbe gewechselt hätten und schwarz oder rot geworden wären, das heißt von einer anderen wären. Jetzt ertappte ich mich dabei, daß ich vor lauter Angst, die Locke sei zu Staub zerfallen, nicht wagte, das Medaillon hervorzuholen und zu öffnen. Ein Grund, warum ich den Aberglauben so sehr haßte, war, daß ich mich selbst nie davon heilen konnte.)

Ich ging nach Hause. Es war halb sieben. Ich setzte mich an den Schreibtisch und erwachte erst, als Demeter sachte, aber entschieden sagte: »Ich überbringe dir eine Einladung meiner Tochter. Geh hinein und lerne deinen neugeborenen Sohn kennen.«

Als ich das Zimmer betrat, war alles wieder hergerichtet. Lucile lag hochaufgerichtet in den Kissen. Man hatte ihr die Haare aus der Stirn gekämmt. Sie hatte tiefe Ringe unter den Augen und war blasser als Marmor, aber doch zutiefst gegenwärtig. Sie war zurückgekommen, zurück aus unermeßlicher Entfernung, zurück mit einem weißen Bündel in ihren Armen, dem zweiten Leben.

»Schau«, sagte sie. »Nein, nicht mich, du Dummer. Ihn.«

Also hörte ich auf, sie anzusehen, und schaute ihn an.

Da lag er nun, dieses außergewöhnliche, kleine Wunderding: Jedes winzige Glied perfekt und genau an seinem Platz, mit Flaum auf dem Kopf, die weitgeöffneten, dunklen Augen verschwommen auf mich gerichtet.

»Ka-kann er mich sehen?«

»Ja, natürlich kann er dich sehen. Er will dich doch schon so lange sehen. Heb ihn hoch, halt ihn fest, erzähl ihm, wer du bist.«

Mir fiel ein, wie d'Anton sein Kind gehalten hatte, so respektvoll und voller Fürsorge. Ich nahm mein Kind aus den Armen seiner Mutter und hielt ihn fest. Selbst jetzt noch kann ich den Stoff spüren und die erstaunliche Glätte dieser neugeborenen Haut, der das Leben mit Ausnahme der Geburt noch keinen einzigen Stempel aufgedrückt hatte. Mein Sohn. Ich erzählte ihm, wer ich bin. Aufmerksam beobachtete er mich, dieses lebendige, erstaunliche Element, das wir beide gemeinsam geschaffen hatten, sie und ich.

Ich gab ihn ihr zurück, weil ich weinte und weil ich für dieses Kind etwas anderes als eine Taufe aus Tränen vorgesehen hatte.

Sechs

»Alle dramatischen Höhepunkte in der Affäre namens Geschichte befinden sich am falschen Platz. Wenn sich ein Schriftsteller so etwas ausgedacht hätte, hätte er es ganz anders gestaltet, viel ordentlicher und mit zehnfacher Wirkung. Aber das wirkliche Leben ist ein verdammtes Durcheinander.« Das hatte ich einmal zu Mercier gesagt, der vor Jahren jede Menge Theaterstücke geschrieben hatte. Ob er mir beigepflichtet hat, weiß ich nicht mehr.

1792: Sommer

Als der Brief des Königs endlich (am sechsten Juli) der Nationalversamlung zugestellt wurde, war er kaum der Rede wert. Er bestätigte, daß Frankreich durch das Vordringen der Preußen gefährdet sei, und verkündete, die Monarchie erwarte von jedermann, seine Pflicht zu tun, nämlich Widerstand zu leisten. Mit anderen Worten: Ja-Ja sagte, ja, ja, ich stehe auf eurer Seite. Seht her, ich sage euch, ihr sollt diese häßlichen Ausländer fortjagen. Zum Zeitpunkt, als der Brief eintraf, herrschte Alarmstimmung. Unordnung machte sich breit, und deshalb forcierte der Brief, so wie er war, nachdrückliches Handeln. Mit Wirkung vom elften Juli hatte die Nationalversammlung den Ausnahmezustand erklärt. Überall in Paris schossen patriotische Plattformen mit dreifarbigen Seilen empor, die von eingetopften Freiheitsbäumen umrahmt wurden. Hornsignale ertönten, und schneidige Männer in blauen oder roten Röcken riefen mit vor Begeisterung strahlenden, weißen Gesichtern: Hierher, Brüder, unsere schöne Mutter, unser Frankreich, fleht euch an, ihr zu Hilfe zu eilen.

Auf dem Pont Neuf spielten die Kapellen den ganzen Tag lang, und über den Fluß wurden Kanonen abgefeuert. Die Rekrutierten warfen die Arme hoch und ließen sich von den Umstehenden mit Hochrufen, Küssen und Freiwein beschenken. Unentwegt marschierten Militärkolonnen hinüber: Pferde, Lafetten und Männer. Die Banner an den umkränzten Stangen erinnerten an die Trophäen und Adler der Legionen. Auf, auf, ihr Kinder des Vaterlandes, der Tag des Ruhmes ist nun da. Und ab dem Vierzehnten sangen sie sie auch, die wunderbare Arie der Republik mit ihrem merkwürdigen Wechselrhythmus. Die föderierten Soldaten waren zur Jahresfeier des Bastilletages in die Stadt zurückmarschiert und hatten die Kampfhymne mitgebracht. Man hörte sie überall: in den Gassen, Parks und Gärten, in Privathäusern und in den Theatern, wo es durchaus geschah, daß die Zuschauer an einer bewegenden Stelle im Stück spontan Feuer fingen, aufstanden und sangen. Und sofort stimmte das Orchester mit ein (gar nicht langsam, denn die Noten lagen schon auf den Ständern bereit). Erhebt die Standarte ganz aus Blut! flöteten die bleichgliedrigen Schauspielerinnen mit hohen, wilden Mänadenstimmen. Aux armes, citoyens! Marchons! Marchons! Q'un sang impur abreuve nos sillons! Bis die Balken dröhnten und die mächtigen Kronleuchter wie der Schweiß und die Tränen auf den Gesichtern darunter bebten.

Am Festtag selbst bat man den patriotischen König, einen Baum zu verbrennen, der als Symbol des Feudalismus mit aristokratischen Abzeichen geschmückt war. Aber er weigerte sich. Nein, nein, sagte Ja-Ja und wich zurück.

Insgesamt war die Fête vom Vierzehnten nicht wie früher. Wenn es in diesem Jahr überhaupt Lichter unter den Bäumen auf den Himmlischen Feldern gab, so wirkten sie trübe und warfen einen blutigen Schein. Wer dort en famille spazierenging, unterhielt sich mit rauher Stimme und hatte bereits seine Söhne für Frankreich hingegeben. Die meisten blieben zu Hause und fingen an, ihren Kellerboden nach Salpeter aufzugraben, um die Kanonen am Laufen zu halten.

Danton: Meister der Gier

Das Diner auf dem Landsitz von Orléans war äußerst angenehm verlaufen: Fisch an Sahnesauce, karamelisierter Lammbraten mit Früchten, in Wein sautiertes Geflügel – die armen Viecher –, diverses Gebäck und zur Abrundung jene Kleinigkeiten, die das Ganze interessant machen: Konfekt, Likör, Zigarren und hochedler Schnupftabak. Letzterer entzündete eine Diskussion über einen Schnupftabak mit aphrodisierender Wirkung, der offensichtlich jüngst aus Spanien importiert wurde.

Der kleine Robespierre hörte gar nicht zu. Er war mit gesenktem Puderschopf eifrig beschäftigt, Kirschen zu schälen und zu entsteinen, bevor er es wagte, sie in den Mund zu stecken. »Noch etwas Essig, Maxime.« Aber Maximilien legte mit einem Anflug von Lächeln seine bleiche Hand über den Becher, so daß der köstliche Wein entweder in der exquisiten Karaffe bleiben oder sich übers exquisite Tischtuch ergießen mußte. Dabei zog er schon die ganze Zeit über ein Gesicht, als ob alles, was er aß und trank, tatsächlich aus Wein oder Sägemehl bestand. Aus Höflichkeit essen. Und aus Höflichkeit sowie aus politischen Gründen anwesend sein, hier im Nest dieses lasterhaften Republikanerpinkels, der sich statt Louis, Herzog von Orléans, in Bürger Égalité – Philippe Gleichheit – umgetauft hatte.

Dagegen hatte Danton, dieses gierige Schwein, offensichtlich alles genossen: jeden Bissen, jedes Gericht, jeden Tropfen Wein, jedes Wort der doppelsinnigen bzw. gekünstelten Konversation, jede Gelegenheit zum Sprechen – das Geschirr, die Gemälde, das Anwesen, die Erde. Alles und jedes. Die Uhr dort drüben mit dem goldenen Zifferblatt und den Marmorputten tickt nur deshalb, weil das Uhrwerk hübsch geölt und aufgezogen ist. Aber was läßt Danton ticken? Gier und Lebenslust. Täusche dich nicht in ihm. Wenn er eine Frau besteigt, durchdringt er das Universum, und wenn er diese kandierte Aprikose verzehrt, schluckt er ganz Frankreich. Hier hat alles seine tiefe Bedeutung. Das Genie umarmt alles, und alles wird zum Symbol. So schlau ist er, der da, daß man seinen Namen in feurigen Buchstaben quer über den Himmel schreiben sollte. Und vielleicht wird man das eines Tages auch tun. In gewisser Weise sind selbst seine Gelüste intellektuell, denn jedes ist vom Wesen her unergründlich. In ihm steckt mehr, als er selbst je entdecken wird. Wer ihn als listigen Monstervielfraß einschätzt, der sich durch den Wald schiebt und unterwegs die Blumen verschlingt, dem entgeht die Quintessenz von Danton. Während er schiebt und trampelt und kaut, nimmt er jedes Blütenblatt und jede Ader in allen Blättern wahr. Er könnte ein Spinnennetz entflechten und neu knüpfen. Glaubt ja nicht, daß er dazu nicht in der Lage ist, nur weil er sich selten die Mühe macht. Denkt daran, wie er seine Kinder hält, und auch, wie wichtig ihm das Vorspiel beim Liebesakt ist, wie honigweich dann seine Schreckensstimme wird und wie sich die kleinen Schweinsäuglein in strahlend blaue Sterne verwandeln.

Camille, die Windmühle, ist nicht da, sonst hätte auch er sich wie ein gieriges Schwein benommen. Aber wegen seiner schmalen, zerbrechlichen Gestalt wird ihm das normalerweise verziehen, denn er sieht aus, als ob er sich jüngst fast zu Tode gehungert hätte und nun wiederauferstanden ist, um wie ein Gespenst an den Tafeln umzugehen und sein Recht einzufordern. Trotzdem sind Camilles körperliche Gelüste nur unwesentliche Nebensächlichkeiten, während Robespierre offensichtlich gar keine besitzt.

Aber jetzt liegt etwas anderes auf dem Tisch, das nichts mit Essen zu tun hat und von Danton dennoch genauso hungrig beäugt wird wie die Mahlzeit. Und wie bei der Mahlzeit scheint er auch ohne genaue Kenntnis der Menüfolge geahnt zu haben, daß auch dieses Gericht aufgetragen werden würde.

Das Gericht bestand aus einem Dokument: der Entwurf aus einer Abteilung des derzeitigen königlichen Pinkelministerrates mit Anmerkungen von keiner Geringeren als Königin Austrianette. Eine Art Liste, wer was tun würde, wenn Frankreich erst wieder in königstreuen Händen wäre. Zum Beispiel würden gewisse Mitglieder der Girondisten Galeeren rudern – lebenslänglich. Ein paar andere, darunter auch Robespierre und Pétion, würden einer weniger kraftraubenden Tätigkeit nachgehen – als Dünger für ein kleines Fleckchen Erde, in Robespierres Fall lediglich auf einer Länge von einssechzig. Kaum einer am Tisch war von der Bedrohung ausgenommen, einschließlich zahlreicher, abwesender Freunde und Anhänger. (Es handelte sich um jene Art Broschüre, die heute und die kommenden Tage für rege Konversation nach dem Essen sorgen wird.)

Merkwürdigerweise wurde Danton nicht erwähnt, nicht einmal unter der Rubrik der lebenslänglich Verbannten. Aber natürlich – der Hof hatte Danton bezahlt, also gab es keine Veranlassung, ihn zu verbannen, einzusperren, zu versklaven oder zu hängen. Noch nicht. Vielleicht hatte auch er dieses Nochnicht bemerkt, denn er wirkte genauso aufgebracht wie alle übrigen, wenn auch nicht so erschrocken.

»Was tun wir jetzt?«

»Tun? Wir rufen die Marseiller Soldaten zusammen, stimmen ihren Schlachtgesang an und marschieren Richtung Palast. Und dann schnappen wir uns die Blutsauger, diese miesen Verschwörer.«

»Wir könnten uns aber auch verdrücken –«

»Verdrücken?« brüllte Danton und erklärte ihnen, wohin sie sich diese Idee stecken könnten. »Hört mal zu, die sitzen auf ihren gepolsterten Ärschen in den Tuilerien und spielen Pik-As um unsere Köpfe. Maxime, was hast du neulich über die Palastwache gesagt?«

Maximilien erwiderte mit verblüffter, aber gefaßter Miene (in Verbindung mit Robespierre war diese Kombination möglich): »Berichten zufolge wird der Palast hauptsächlich von den Lieblingsbataillonen des Königs bewacht, den Schweizern. Jeder Mann ist mit fünfzehn Patronen bewaffnet, und alle schauen weg. Mit größter Wahrscheinlichkeit wird der König demnächst einen zweiten Fluchtversuch wagen.«

»Direkt in die Arme der Preußen, die diese Todesliste sofort in die Tat umsetzen werden.«

»Die Nationalgarde –«

»Der derzeitige Kommandant der Nationalgarde«, erklärte Danton, »ist ein königstreuer Volksverräter. Pétion möchte ihn gewaltsam hinauswerfen, und ich will ihn erschießen. Ich denke, das wäre so weit klar.« Jetzt starrten sie ihn stumm an, woran Danton gewöhnt war. Er dämpfte seine Stimme merklich und schrie: »Lieber Gott, entweder sie oder wir. So war das immer, aber nun wird das Spiel eklig. Glaubt ihr, daß die österreichische Katze zögern wird, ihre Krallen zu benutzen? Sie liegt im Bett und träumt schon davon. Habt ihr außerdem gehört, was aus Preußen bekannt wird? Sie werden Paris schleifen, wenn sie hier sind, heißt es, und daraus ein modernes Troja machen. Keine Stadt – sie werden sie in Grund und Boden sprengen. Kein Fluß, sondern – ein Staudamm aus Leichen. Und so wie die Dinge jetzt stehen, werden sie nach Paris kommen. Eine untrainierte Armee, in der eigenen Heimat von der verdammten Nationalversammlung verraten, die wie ein Haufen alter Jungfern über ihrem Strickzeug herumschnattert. Jesus Maria! Wir wachen auf, und zwar – jetzt. Was meint ihr dazu?« Sie hockten starr da. Philippe Gleichheit hob die Hände und ließ sie wieder sinken. Danton warf Robespierre einen Blick zu, dann sagte er zu ihm, als ob er an den einzig vernünftigen und verläßlichen Mann Frankreichs appellieren wollte: »Um Himmels willen, sag etwas. Hilf mir weiter.«

Robespierre revanchierte sich bei Danton mit einer kleinen (halb bewußten) Verbeugung und wandte sich an die aufgebrachte Tafelrunde, zwischen der er geduldig Essig geschlabbert und jede Diskussion über Aphrodisiaka vermieden hatte: »Meine Herren, wir befinden uns auf dem Höhepunkt des Verfassungsdramas. Die Revolution muß rascher vorwärtsschreiten, sonst wird sie überwältigt. Dieser König – wer ist er? Ein Schatten. Eine schreckliche Krankheit erfordert eine schreckliche Medizin. Setzt das Messer ein, sonst stirbt unser armer Patient, der Traum von Frankreichs Freiheit, vor unseren Augen.«

»Gott sei Dank«, sagte Danton. »Gott sei Dank gibt es dich!« Und er beugte sich hinüber und umarmte ihn. Mit ernster Miene gestattete Maximilien dies sanftmütig als Anerkennung dafür, daß ihn Danton in seinem Wesen erkannt hatte. Unterdessen ging die Tafelrunde erneut im Tumult unter.

28. Juli 1792

MANIFEST

Seine Durchlaucht der Herzog von Braunschweig und Lüneburg, Oberbefehlshaber der vereinigten Armeen Ihrer Römisch-Kaiserlichen und Königlich-Preußischen Majestäten

an
Die Bewohner Frankreichs

Da Ihre Römisch-Kaiserliche und Königlich-Preußische Majestäten mir das Kommando Ihrer an den Grenzen von Frankreich versammelten, vereinigten Armeen übertragen haben, habe ich geglaubt, den

Einwohnern dieses Königreichs sowohl die Beweggründe der von beiden Fürsten bestimmten Maßregeln, als auch die Absichten, welche Höchstdieselben dabei verfolgen, bekanntmachen zu müssen …

Ihren Kaiserlichen und Königlichen Majestäten liegt folgende Absicht am Herzen: der im Inneren Frankreichs wütenden Anarchie ein Ende zu machen, die Angriffe auf Thron und Altar aufzuhalten, die gesetzliche Gewalt wieder aufzurichten; dem König seine Sicherheit und Freiheit, deren man ihn beraubt hat, sowie die unbeschränkte Ausübung der ihm rechtmäßig gebührenden Gewalt wiederzugeben.

Im Namen des Königs von Frankreich erklären wir die »Revolution« sowie die »Revolutionäre« für gesetzwidrig …

Die verbündeten Heere werden die Städte, Märkte und Dörfer Frankreichs, auch die Personen und Güter derer, welche sich dem König unterwerfen werden, beschützen. Die Nationalgarde ist vorläufig aufgefordert, für die Ruhe der Städte und des flachen Landes bis zu unserer Ankunft bei persönlicher Verantwortlichkeit zu wachen. Im Gegenteil sollen die »Nationalgardisten«, welche gegen die verbündeten Truppen kämpfen und mit den Waffen in der Hand gefangen würden, als Feinde und Aufrührer behandelt und dafür umgehendst bestraft werden …

Die Generale, Offiziere, Unteroffiziere und Soldaten des französischen Linienheers sind ebenfalls aufgefordert, zu ihrer alten Treue zurückzukehren und sich ihrem König zu unterwerfen. Die Mitglieder der Verwaltungsbehörden, der Departements, der Bezirke und der Gemeinden haben gleichermaßen mit ihrem Leben und mit ihren Gütern zu stehen für alle Verbrechen, Brandstiftungen, Ermordungen, Plünderungen und Tätigkeiten, welche sie in ihrem Gebiet zulassen und nicht notorisch zu verhindern versucht haben.

Alle Einwohner von Städten, Marktflecken oder Dörfern, die es wagen sollten, sich gegen die Truppen Ihrer Römisch-Kaiserlichen und Königlich-Preußischen Majestäten zur Wehr zu setzen, auf offenem Felde, aus den Fenstern, Türen oder anderen Öffnungen ihrer Häuser auf sie zu schießen, sollen auf der Stelle nach der ganzen Strenge des Kriegsrechts bestraft und ihre Häuser in Brand gesetzt oder dem Erdboden gleichgemacht werden.

Endlich soll die Stadt Paris und alle ihre Bewohner ohne Unterschied sich sogleich und ohne Zögern dem König unterwerfen, Ihn in volle Freiheit setzen und ihm, so wie allen Mitgliedern Seiner königlichen Familie, die Unverletzlichkeit und Achtung, wozu das Natur- und Völkerrecht die Untertanen gegen ihren Landesherrn verpflichtet, wieder zu versichern.

Demnach machen Ihre Majestäten, deren Oberbefehlshaber ich bin, alle Mitglieder der Nationalversammlung, der Departements, der Bezirke, der Gemeinderäte und der Nationalgarden, alle Friedensrichter von Paris, wegen aller Ereignisse mit ihrem Leben verantwortlich, um dafür nach Kriegsrecht ohne Hoffnung auf Begnadigung verurteilt zu werden. Ihre Majestäten erklären ferner auf Ihr kaiserliches und königliches Ehrenwort, daß, wenn die geringste Beleidigung dem König, der Königin und der ganzen königlichen Familie zugefügt werden sollte, nicht unmittelbar für Ihre Sicherheit, Ihr Leben und Ihre Freiheit Sorge getragen würde, sie eine exemplarische und für alle Zeiten denkwürdige Rache nehmen und die Stadt Paris einer militärischen Exekution und einer gänzlichen Zerstörung preisgeben, die Verbrecher selbst aber dem verdienten Tode überliefern werden.

Wenn ihr euch aber wie brave, kleine Sklaven in den Staub werft, werden wir euch als eure freundlichen Dorfinvasoren mit Lächeln überschütten.

Was da aus Koblenz ruchbar wurde, verwandelte die Blässe auf französischen Wangen in wütendes Rot. Wer war dieser – dieser preußische Ohrwurm, daß er es wagte, ihnen zu sagen, was sie tun und lassen könnten? (Einige Quellen wollten auch wissen, es sei jener schwedische Ohrwurm gewesen, ihr Liebhaber, der mit der großen Kalesche, die bis zu einem Kaufladen in Varennes vorgedrungen war. Er habe sich verdrückt und sie im Stich gelassen, aber jetzt verfasse er Drohschriften.) Egal, wer es getan, gesagt oder geschrieben hatte, das Manifest verwandelte sich in eine Mutprobe für die Pariser »Bewohner Frankreichs«. Sie versammelten sich am Flußufer, starrten zu den Tuilerien hinüber und rissen Witze: Oh, wir haben ja solche Angst, hinaufzugehen und dem L'oui ein Wörtchen zu sagen. Und die »Nationalgarde«, die in der

Hauptsache immer mehr zur reinsten Sans-Culotterie wurde, schärfte unter freiem Himmel ihre Piken. (Und wieder andere Quellen berichteten, Danton hätte Braunschweig für dieses Schriftstück bestochen, um damit das Gegenteil zu bewirken, genauso wie er ihn in einer anderen Sache bestechen würde, aber dazu später.)

Übrigens hatte Danton gleiches Stimmrecht für alle männlichen Bürger gefordert. Stimmen für alle, Macht für alle. Jedermann könne eine Pike tragen und sich zur Rettung seines Landes rekrutieren lassen. Ab und zu hielt Danton an irgendeiner Straßenecke oder drüben auf dem alten Festplatz, dem Palais-Égalité, eine unglaubliche Rede. Die hosenlosen Wunderknaben mochten Danton, genau wie die föderierten Soldaten, die beschlossen hatten, sich nicht wie üblich nach dem Vierzehnten wieder aufzulösen. Die Provinzen konnten sich eine Zeitlang ruhig um sich selbst kümmern. Hier in der Hauptstadt war es besser, jetzt zu Beginn des Augusts, wo überall Kopien des berüchtigten Braunschweiger Manifests mit hübschen Zeichnungen auftauchten, auf denen der Braunschweiger mit seinem Federkiel die unterschiedlichsten Sachen mit sich trieb. Und wo sogar Nachttöpfe mit seinem Porträt verkauft wurden – auf der Innenseite ... Außerdem war der Druck an den Grenzen groß, und wo würden die vereinigten feindlichen Streitkräfte sofort hinmarschieren? Doch hierher. Unterwegs ging's dann quer durch Arras (Robespierres Heimatstadt), das Departement Aube (Dantons), und vielleicht bekäme auch die Picardie (die Heimat von Desmoulins) etwas ab. (Kein Wunder, daß alle Verheirateten, die ihre Frauen mochten, sie in der Nähe von Paris und die Babys irgendwo anders untergebracht hatten.)

Und wie steht's mit der Unterhaltung ganz allgemein? Nun, bedauerlicherweise haben die Mädchen im Palais die Preise erhöht und wollen keine Assignaten annehmen. Aber dafür gab es auf Anordnung der Stadtverwaltung eine endlose Auswahl an anfeuernden Umzügen und Kavalkaden. Und massenweise kostenlose Diners.

Es war Robespierre, der drüben bei den Jakobinern die föderierten Soldaten zur Wachsamkeit gegenüber den Schmeicheleien der Aristokratenschlangen aufforderte: »Meidet die falschen Umarmungen, die Bankette und die Goldpokale, die das Wasser der Lethe bergen – das tödliche Vergessen von Pflicht und Ehre.« Offengestanden ließ sich die

Soldateska von der Royalistenpartei durchaus zum einen oder anderen Bankett verführen, wobei sie sich aber ständig an Robespierres Warnung erinnerte und sie im Geiste vor die Nase hielt wie weiland Odysseus die Zauberblume, damit das Hexenfest sie nicht korrumpieren konnte.

Robespierre hatte tatsächlich mit seinen Lobeshymnen auf eine Republik begonnen. Anscheinend hatte er nach eingehender Befragung allseits herausgefunden, was das war. Kühn äußerte er seine Meinung: Nach dem Sturz des Königs müsse man die Nationalversammlung absetzen, da sie so unzuverlässig wie verrottete Fußbodenbretter geworden sei. An ihre Stelle träte nach einer allgemeinen Wahl ein Nationalkonvent – keine Unterschiede mehr zwischen Steuerzahlern und armen Leuten; das Wahlrecht galt für alle. (Genau wie es Danton gesagt hatte. Oder hatte Danton lediglich gesagt, was Robespierre sagte?)

Bürgermeister Pétion war inzwischen völlig aus dem Häuschen. Die Girondepartei war noch mehr aus dem Häuschen. Möglicherweise war die Todesliste eine Fälschung, aber nur Gott weiß, was bei einem eventuellen Sturz des Königs passieren würde. Sie schossen umher und stürzten sich wie die Wilden auf L'oui, der ihnen aber nicht traute und sie wieder hinausscheuchte. »Diese Verräter«, sagte Robespierre traurig mit tiefer Abscheu. »Und wenn der Sturm losbricht«, krächzte Marat, wobei er über die Grabsteine auf Robespierre hinüberdeutete, »wo wird dann der kleine Pierre sein? Wir wissen doch alle, daß er beim Schwertergeklirr in Ohnmacht fällt.« Es war Desmoulins, der auf diese Bemerkung hin aufstand und durch den Raum zu Marat hinüberbrüllte: »Dann können wir also davon ausgehen, daß du ihm leihweise den Keller anbietest, in dem du dich immer versteckst?«

Gelächter. Marat, der allein abseits auf einer Bank saß, verzog spöttisch das Gesicht. Alle anderen waren aufgestanden, um sich seinem Gestank, seiner abstoßenden Krankheit und seiner Zunge zu entziehen. Wenn von gewissen Personen die Rede war, sprach er immer von den drei Ds, womit er Maximilien erneut seine Vorsilbe *De* verlieh. »Wenn der eine bellt«, hatte Marat gesagt, »wackeln die zwei anderen mit dem Schwanz.« Jetzt gab er sich keine Mühe mit einer witzigen Antwort.

Camille neigte in jenen Tagen zu übertriebener Lautstärke. Er stotterte weniger und brüllte mehr, und im übrigen stieg ihm allmählich die Dummheit des Erfolges zu Kopf.

Marat hob seine Larve voll eitriger Pusteln und rief: »Ich sage nur so viel: Ich werde euer ganzes Pack weitaus mehr respektieren, wenn ich Taten sehe. Jawohl, Robespierre, weg mit dem König. Und was dann?«

»Dann weiter im Programm, wie ich es aufgezeichnet habe.«

»Milch und Wasser!« schrie Marat. »Du trinkst's, wie du's sprichst. Der einzige Weg der Rettung für diese Revolution führt durch Blut.«

Und dann gellte Desmoulins: »Glaubst du, bei uns hieße es, wir würden zum Tanzen in den Palast gehen?«

Robespierre schaltete sich ein, fixierte Marat mit seinem merkwürdig starren, blinden Blick und sagte: »Der Volksfreund meint damit ein Schafott.« Einen Augenblick lang herrschte im Raum Totenstille, dann fuhr Robespierre fort: »Der Tod ist das letzte Mittel für eine Gesamtlösung. Ich verabscheue es. Du, Marat, du zerstörst mit deinem ununterbrochenen Geschrei nach der allerletzten Stufe der Gewalt deine Glaubwürdigkeit beim Volke.«

Marat sprang auf, ein Bild des Ekels, zu dem ihn seine Krankheit gemacht hatte. Jene Krankheit, die er sich unter der Erde in besagten Kellerverstecken zugezogen hatte, auf die Camille Desmoulins eben angespielt hatte, und die ihm unaufhörlich Höllenqualen verursachte, ein endloses Trauerspiel aus juckenden, brennenden, schmerzenden Eiterbeulen. Während sich sein Körper in seine Bestandteile auflöste, legte Marat seine furchterregende Seele in eiserne Banden. »Nie werde ich bei Frankreich meine Glaubwürdigkeit verlieren!« Inzwischen schrie er aus voller Kehle. »Mein Unterpfand ist meine absolute Ehrlichkeit. Wenn ich töten sage, dann meine ich töten. Während ihr übrigen« – er starrte sie mit seinen schmerzzuckenden Triefaugen an – »ihr redet von Kampf und meint zu Kreuze kriechen, ihr sagt Tod und meint Kompromiß. Aber eines Tages wird sich das Blatt wenden, dann werdet ihr auf einmal von Kameradschaft reden. Aber paßt auf, statt dessen wird es – Mord sein. Und während ihr Narrenpack alles zerstückelt, wird das arme Frankreich am Kreuze darauf warten, daß man sich seiner erinnert. Künftige Generationen werden auf eure Namen spucken.«

Zeichne ein Herz an die Wand: Marat haßt alle – alle hassen Marat.

Nur das Volk nicht. Es liebt Marat. Für das Marat zwar keine Liebe, denn Marat liebt gewiß niemanden, aber doch eine flammende Leidenschaft entwickelt hat. Sein Sprungbrett, von dem aus er uns anderen an die Gurgel fährt. Tollwütiger, kleiner Marat, der aus dem Hinterhalt mit gebleckten Zähnen schäumend um sich beißt. Marat, der jahrelang nie ein Bad nahm und nun gezwungen ist, den halben Tag in einem Kräuterbad zu liegen, um die irdische Hölle zu lindern, zu der sein Körper geworden ist. Und die getreue Wäscherinnenmätresse, die ihn (und vermutlich auch seine Wäsche) unermüdlich pflegt, ihn, diesen haßerfüllten, stinkenden, kleinen Dämon. Warum macht sie das bloß?

Nachdem die große Kavalkade auf den Place du Carrousel eingeschwenkt war, lag sie wie ein glitzernder Alligator im roten Licht einer nach Westen ziehenden Sonne da. Inmitten der Legionen der Nationalgarde und den schwarzrädrigen Geschützlafetten, auf einem Pferd, das wie Kupfer glänzte, wandte sich der Mann mit lauter Stimme an die Soldaten und an die Menge und geronn so für kurze Zeit zu einer Lichtgestalt aus Autorität und Macht. »Das ist Camille«, hieß es. Umrahmt von vertrockneten Blumen lehnten sie sich aus den Fenstern und stützten die Ellbogen auf die Fensterbleche, die vom Augusttag noch immer heiß waren. Von den Eingängen aus sahen sie ihm zu, und als die Soldaten unter Gebrüll zustimmten, brüllten auch die Menschen in den Eingängen los, ohne ihn wirklich gehört zu haben. Die bloße Idee einer Antwort hatte sie erregt.

Er wirkte überschwenglich. Eingerahmt von Sonnenstrahlen, eine vergoldete Gestalt unter schwarzgeflügelten Haaren, die Illusion des alten Roms irgendwo im Gehirn, mit Augen wie schwarze Lichter, bearbeitete sie dieser Volksverhetzer, ganz erfüllt von jenem magischen Gefühl der Weltveränderung, das ihn schon einmal bewegt hatte. Inspiriert und inspirierend zugleich. Er erzählte ihnen lediglich, sie seien in Gefahr. Das wußten sie bereits. Daß der Tag käme, an dem man für ihre Befreiung eine Lanze brechen müsse. Auch davon hatten sie schon gehört, ohne unbedingt überzeugt zu sein. Stolz wie ein General, ausgestattet mit einer bizarren Autorität, wirkte er dort oben auf seinem kastanienbraunen (was sonst?) Pferd wie ein Patrizier, ja, sogar schön. Und er sog ihre bestätigenden Jubelrufe in sich auf wie Wein vom Faß. All das hatte es schon einmal gegeben: die Menschenmenge, die Soldaten, den blutroten Sonnenuntergang. Ich habe sie zum Sieg geführt und die Erdachse hat sich verschoben. Vor langer Zeit, in einem fernen Land. Ich kann mich noch fast daran erinnern.

»Und ich bin zu Danton hinübergegangen und hab an die Tür geschlagen, da kommt das Dienstmädchen heraus und meint: Ach, der ist verreist.«

»Du machst Witze.«

»Nein. Dabei liegt ordentlich was in der Luft, und der Pöbel von Orléans steckt bis zu den Ohrringen mitten drin, und Santerre behauptet, die Leute der Armenviertel würden durchdrehen, und er könne sie nicht im Zaum halten. Aber Danton weilt zu einem Besuch bei seiner Mutter auf dem Lande.«

»Er ist dort, um sein Testament zu machen.«

Sie schauten Fréron an. »Wer sagt das?«

»Er sagt das, oder fragt Camille. Danton hat gesagt: Das wird eine Gewaltkur. Und dann reiste er ab, um sich von seinen alten Eltern zu verabschieden und seine Angelegenheiten mit dem Notar zu regeln. Am achten August wird er wieder dasein.« Frérons Blicke wandern durch den Rauch des vollbesetzten Cafés. Auch Lucile wird am achten in die Hauptstadt zurückkehren. Sie war bei ihrer Mutter im Ferienhaus in Bourg-la-Reine gewesen, jedoch nun hatte man das Kind andernorts zur Pflege gegeben, zu derselben Amme, die sich auch um Dantons Jüngsten kümmert. Einer an jeder Brust – die künftigen Prinzen von Frankreich. Niedergeschlagen und doch voller Stolz erinnert sich Fréron wieder an die Szene, als ihn Lucile in jenem Garten mit Thymian gefüttert hatte. Er denkt an ihre Fröhlichkeit. Er denkt an den Aufstand, der demnächst in Paris fällig ist, und daß dabei eventuell einer von ihnen getötet wird. Den Kopf in die Hände gestützt, stellt sich Fréron eine sehr blasse Lucile Desmoulins in einem schwarzen Kleid vor, und wie nett er dann zu ihr sein würde – vorausgesetzt, sie würde nicht wegen ihm reumütig Schwarz tragen.

Neunter August. Sonnez la Toquassen. Am Spätnachmittag setzen die Glocken ein, dann halten sie inne. Vielleicht eine Läutübung. Jeder ist sprungbereit. Jeder ist für eine Kraftprobe gerüstet. In ganz Paris wimmelt es vor Volksmiliz, die in den Startlöchern steht, und vor der sansculottischen Nationalgarde. Selbst die Gier nach Reden ist geschwunden, was immer ein sicheres Zeichen ist. Der Augenblick des Schweigens, der sich vor dem großen Schrei ganz aufs Einatmen konzentriert.

Im Stall, der von Petitionen förmlich zugeschneit ist, hatte die Nationalversammlung über die Suspendierung des Königs debattiert. Die Debatte dauerte ungefähr fünf Minuten und wurde vertagt. Interessant. Alle haben gesagt: Fällt bezüglich des Königs eine Entscheidung, sonst wird heute um Mitternacht die Sturmglocke läuten, und das Volk wird mit einem Aufstand antworten. Und trotzdem keine Entscheidung. Also wird vermutlich um Mitternacht –

Der Testamentschreiber ist zurück. Er schlendert durch das Viertel um das Französische Theater, klopft Männern auf die Schulter und küßt Babys.

»Du hast nicht gewollt, daß ich wiederkomme?« fragte Lucile. Sie stand im dunkelgoldenen Licht vor dem Spiegel und nahm die Blumen aus ihrem Haar, die sie während des Diners getragen hatte. Obwohl ihre Frage spielerisch klang, suchten ihre Augen im Spiegel nicht die ihres Mannes.

»Dich nicht wollen? Ich hasse diesen Ort, wenn du nicht da bist.«

»Aber ich werde im Weg sein. Bei Dantons Plan.«

»Nein, aber es wird unruhig werden.«

»Gefährlich. Wie kann ich in Bourg-la-Reine bleiben, während du –«

»Mir wird nichts geschehen.«

Er wandte den Blick ab. Sie wußte, daß er trotz seiner inneren Erregung Angst hatte und zwischen stürmischer Begeisterung und grimmiger Unruhe hin und her schwankte. Er hatte ihr in seinem Brief erzählt, wie er in den Steigbügeln seines Pferdes gestanden und an das Volk appelliert hatte. Als sie sich das Bild plastisch vorstellte, weinte sie aus hunderten, meist namenlosen Gründen.

Am heutigen Diner hatten Soldaten aus Marseille teilgenommen. (Einflußreiche Persönlichkeiten bewirteten die patriotische Armee mit Speis und Trank.) Zwangsläufig hatten die Männer »die Marseillaise« gesungen, bis das Porzellan klirrte und draußen einige Passanten enthusiastisch mit einstimmten. Im übrigen verhielten sich alle sehr respektvoll. Die Soldaten senkten vor Lucile geziemend die Augen, und einer errötete sogar, als er das Salz weiterreichte. Genau derselbe, der anschließend unten an der Treppe bei Jeanette einen dramatischen Annäherungsversuch wagte. Ob er abgewiesen oder freudig begrüßt wurde, sei dahingestellt. Jedenfalls hörte man ein Quietschen und einen dumpfen Aufprall, woraufhin sich der diensthabende Offizier auf den Treppenabsatz hinausbegab und irgend etwas ins Treppenhaus hinunterrief. Als er wieder hereinkam, bat er Lucile um Verzeihung. Lucile wirkte ernst, genau wie Jeanette, als sie mit dem Dessert heraufkam. Besagter Soldat, der mit Unschuldsmiene einen Käse trug, im Schlepptau hinterdrein. Nachdem die Soldaten fort waren, fing Lucile plötzlich zu lachen an. Der Menschenbeschwörer und seine Frau standen beide in ihrer Wohnung und kicherten. Die Wiedersehenstränen waren schon gestern geflossen, gefolgt von Fragen. Er wollte alles über das Kind wissen (den imponierenden Römernamen Horatius hatte man bereits in den Spitznamen Klein Eidechse umgewandelt). Ihre Fragen drehten sich um die Pläne, die Camille angedeutet, aber nicht erklärt hatte. Deren Komplexität bekümmerte sie wenig, denn sie interessierte sich nur für den Teil, der ihn betraf.

Sie befand sich in einer merkwürdigen Stimmung. Ihr Körper hatte einem Kind, das erst vor einem Monat geboren worden war, vorübergehend Unterkunft geboten und war noch immer betäubt und seltsam leer. In den letzten Schwangerschaftsmonaten war sie kränker gewesen, als sie es zugegeben hatte und sich selbst eingestehen wollte. Trotz der Geburt barg sie nun statt eines neuen Lebens eine Art Furcht. Schon früher hatte sie eine Vorahnung davon befallen, als sie gerufen hatte: »Stirb nicht und laß mich nicht hier zurück!« Als sie zu ihm sagte: Hast du nicht gewollt, daß ich zurückkomme?, hatte sie eigentlich gemeint: Wirst du mich am Ende doch noch verlassen?

(Aber das sind Vermutungen. Ich kann nicht beschwören, was sie dachte. Ich war beunruhigt und begeistert zugleich, und das Licht, das funkelnd auf sie fiel, wirkte wie ein Zeichen für alle Dinge, die prächtig und doch gefährlich sind. Ich wollte mit ihr schlafen, was derzeit nicht möglich war, und dies machte mich verrückt. Ich schlug vor, wir sollten zu den Dantons hinübergehen. Ich sah nur ihre Liebe, die wie eine Art Unsterblichkeit auf mich wirkte, und daß ich sie begehrte. Nur das

Licht, das alles zum Schimmern brachte, wie die Zukunft, die es zu erobern galt.)

Der Schlüssel zu Camille ist Danton.

Ich war dreiundzwanzig, als ein großer, glänzender Planet über den schiefergrauen Novemberhimmel segelte. Alles drängte sich mit nach oben gerichtetem Gesicht in den Fenstern und Innenhöfen des Louis-le-Grand. Ich weiß noch genau, wie sich einige unserer Priesterlehrer bekreuzigten, denn so etwas widersprach ganz sicher den Gesetzen Gottes. Aber ich verrenkte mir den Hals nach dem goldenen Traum, in den ich mich verliebt hatte, und wäre dabei beinahe von dem Baum gefallen, auf den ich geklettert war. Es handelte sich um Roziers Wunderballon, mit dem er die Lüfte erobert hatte und zum Vogel geworden war. Sein Versprechen an die Menschheit: die Macht zu fliegen. Rings um die prächtige Kugel waren alle Tierkreiszeichen samt Löwenköpfen und strahlenden Sonnen aufgemalt – man konnte sie nicht sehen, nur das funkelnde Flammengold. Draußen auf dem Lande flohen die Bauern unter ihre Hühnerställe, weil sie an eine Invasion Frankreichs dachten, nicht wie jetzt durch Österreicher oder Preußen, sondern durch Wesen von den Sternen.

In jener Augustnacht – ich war zweiunddreißig – kam mir die Vision dieses übernatürlichen Ballons wieder in den Sinn, als Beispiel dafür, wie Menschen das Unmögliche anstreben und erreichen können. (Robespierre hatte den Anblick des Ballons verpaßt, weshalb, habe ich vergessen. Den neunten und zehnten August verpaßte er ebenfalls.)

Die Marseiller Soldaten waren sehr vergnügt gewesen. Wir (und alle übrigen, die »das Wort verbreiteten«) hatten in Paris ziemlich gute Arbeit geleistet. Die Tage der Monarchie waren gezählt. Und selbst wir waren vom Glauben an unsere eigene Propaganda ganz schön berauscht. Mein Gott, war ich das damals, der mit Lucile am Arm die Straße hinunterstolzierte und dabei im Geiste schon Trompeten und Feuerwerkskörper hörte? Ich sehe es immer und immer wieder vor mir: Ich? Habe ich das getan und jenes gesagt und dies geglaubt? Ich weiß, daß es so war. Und wie ein gedämpfter Lärm aus weiter Ferne erwachen in mir von neuem das gequälte Hochgefühl und der schleichende Zweifel jenes Abends.

Lucile ließ sich von meiner Hysterie anstecken. Bis wir Dantons Stadtresidenz erreicht hatten, benahmen wir uns so albern wie zwei Kinder. (Ich am meisten. Mein ein Monat alter Sohn Horace hätte mich mit seinem zurückhaltenden Benehmen beschämen können.) An der Vordertür jagten wir eine Schar Tauben und steigerten damit deren Abendamüsement. Anschließend sprangen wir die Treppe hinauf und klingelten bei Danton Sturm. Als das Dienstmädchen erschien, sagte ich zu ihr: »Sag ihm, ich sei La Fayette und hätte fünftausend Mann bei mir.« Selbst das Dienstmädchen kicherte – reichlich nervös –, und dann stürzten wir alle in den purpurnen Salon, wo wir eine in Tränen aufgelöste Gabi in den Armen ihrer italienischen Mutter vorfanden. Obwohl ich zu früh gekommen war, trat Danton erleichtert über die Befreiung aus dem roten Arbeitszimmer.

Danton umarmte Lucile und hob sie dabei wie immer in die Luft. Gabi funkelte mich wütend an. Alles wie gehabt.

»Wie kannst du nur lachen?« wollte Gabi wissen. Erneut sank sie gegen ihre Mutter. Danton setzte Lucile ab und kam herüber.

»Wie steht's auf den Straßen?«

»Die Leute laufen wild durcheinander, aber weiter oben, in der Nähe der Brücke. Vorher sind 'ne Menge Pferde mit dem üblichen Resultat für unsere Schuhe durchgezogen.«

»Hm. Du bist also heiter gestimmt. Nur weiter so. Heute nacht ist entweder die Monarchie am Ende oder ich.«

Genau in dem Moment tönte wie aufs Stichwort dumpfes Gebrüll aus der Richtung des Cordeliersklubs herüber. Lang lebe die Nation! Diese Worte konnte man entziffern. Eine einzige, verschwommen-betrunkene Riesenstimme. Dann wurde es plötzlich still.

»Wie betrunken werden die denn noch?« fragte Danton.

»Wenn sie in die Pferdekacke fallen, werden sie schon wieder nüchtern.«

Madame Italien zog über meine Bemerkung die Augenbrauen hoch und schaute mißgelaunt weg. Danton beherrschte in ihrer Gegenwart normalerweise seine Ausdrucksweise, aber schließlich war sie nicht meine Schwiegermutter.

»Stimmt es«, warf Lucile plötzlich ein (sie hatte sich zu Dantons ältestem Sohn Antoine gesetzt, der verstört wirkte, und spielte mit ihm Händeklatschen, um ihn von Gabis Kummer abzulenken), »stimmt es, daß Maxime bedroht wurde?«

»Es heißt, jemand hätte sich mit einem Dolch auf ihn gestürzt. Dagegen behauptet Madame Duplay, seine Schwester – ihr wißt ja, wie eifersüchtig Charlotte auf die Duplays ist –, hätte ihm vergiftete Marmelade geschickt.« Lucile und ich lachten wie verrückt, bis wir nicht mehr konnten, und auch Antoine lachte hysterisch, weil dies immer noch besser war als die weinenden, anderen Erwachsenen nachzuahmen.

»Na schön«, sagte Madame Italien, während sie Gabi von sich fort- und zu Lucile hinüberschob, »ich gehe heim, solange es noch ruhig ist.«

»Ja. Es wird dir sicher nichts geschehen«, sagte Danton, ging zu ihr und küßte ihre Hand. Als er ihre Wange küßte, flüsterte er ihr etwas ins Ohr. Einen Augenblick flirteten sie miteinander, dann meinte sie zu Gabi: »Komm, begleite mich bis zur Ecke, wie es sich für eine gehorsame Tochter gehört. Die frische Luft wird dir guttun.«

»Nein!« rief Gabi.

Aber Lucile verstand, worauf sie hinauswollte. Sie übergab Antoine dem Domestiken, der gekommen war, um ihn zu Bett zu bringen, und erhob sich ebenfalls. »Ja, Gabi, der Abend ist so schön und sonnig. Laß uns ein bißchen spazierengehen. Wirklich, es ist absolut unbedenklich. Auch Camille und ich sind doch eben erst hierhergelaufen –«

»Dieses Gebrüll!« rief Gabi erregt.

»Das war mehrere Straßen entfernt, in der anderen Richtung«, erklärte Danton. »Na, geh schon, mia cara.«

Endlich stand sie auf und warf ihm einen wütenden Blick zu, der besagte: Ich weiß, warum du mich fortschickst. Du willst mich loswerden. Ich werde pflichtschuldigst gehen, aber ich werde es nie vergessen. Vor ihrer Mutter und Lucile rauschte sie zur Tür. Da merkte ich, daß Gabi erneut schwanger war.

»Ich nehme an, die Straßen sind wirklich sicher?« sagte ich zu Danton.

»Sicherer als hier drinnen, wenn du nicht aufhörst mich damit zu nerven.«

Trotzdem murmelte ich Lucile, als sie an mir vorbeiging, etwas von vorsichtig sein zu. »Ach, wird schon alles in Ordnung gehen«, sagte sie. »Alles. Ich weiß das.« Ihre Zuversicht wirkte ansteckend. Inzwischen spielte sie auf meiner Klaviatur besser als ich derzeit. Sie ging als letzte durch die Tür, blieb kurz stehen, drehte sich zu Danton um und hob ein imaginäres Glas. »Auf die Freiheit, Marius!« Fasziniert grinste er und nickte, aber als sie fort war, schüttelte er den Kopf und murmelte wieder: »Freiheit oder Tod.«

Jetzt hatten wir den Salon für uns allein. Danton stellte eine Weinflasche auf den Tisch, die wir allmählich leertranken. Wir sprachen wenig. Diese Zeit war hauptsächlich deshalb kostbar, weil sie die Ruhe vor dem Sturm darstellte. Der Abend vor der Schlacht. Langsam füllte eine schöne, durchsichtige Abenddämmerung die Fenster – die Melancholie eines schneidenden Tages. Ich dachte nicht: Werde ich den nächsten Abend noch erleben? Das tut man erst, wenn man völlig sicher ist. Der Wein beruhigte mich genauso wie ihn, bis ich schließlich zuversichtlich und gelöst wurde. Bald fing er zu reden an und sagte: »Erinnerst du dich noch an jenen Nachmittag in Fabrés Schlupfloch? Ich habe zu dir gesagt: Warte auf den Tag, der im Kalender angestrichen ist. Nun, es ist soweit. Jetzt ist alles so gut wie möglich geordnet. Wir haben uns dafür krummgelegt. Wenn es funktioniert –« Und damit ließ er alle Möglichkeiten des Satzes offen. Das letzte Licht umriß sein zerschmettertes Profil mit einer dünnen, blauen Linie. Seine Augen glühten, kein Muskel regte sich. Er wirkte unerbittlich und ehrfurchtgebietend. Ich hätte ihn gegen die ganze Welt verteidigt, und es wäre mir nie in den Sinn gekommen, ihn in diesen Augenblicken im Stich zu lassen. Mir fielen Maximiliens warnende Worte ein, ich solle aufpassen, Danton giere nach der Herrschaft. Nach den Diskussionen und Plänen des letzten Monats konnte ich es nicht länger leugnen. Ich werde dir folgen, dachte ich. Ich wollte es, wollte in seinem Gefolge in Nacht und Kampf ziehen, wenn's sein mußte bis zu den Knien im Blut. Ich steckte längst mittendrin, so losgelöst und außerhalb jeder Zeit war ich. Ich muß gestehen, daß das Blut zu diesem Zeitpunkt lediglich gefärbtes Wasser war.

Dann kamen sie nacheinander die Treppe herauf, die übrigen Hauptmänner von Dantons Armee. Wir zündeten die Lampen an. Überall lagen stapelweise Schießeisen herum, in den Ecken, auf dem Sofa. »Verkratzt den verfluchten Tisch nicht«, sagte Danton. Fréron und einer der

Anführer der Sektion Luxembourg gerieten wegen irgendeiner unwichtigen Sache aneinander. Jeder von uns hatte seine »Befehle«. Zu mir hatte Danton ständig gesagt: »Bleib bei mir. Ich sage dir, was und wann.« Damit meinte er: Schrei, wenn ich schreie. Vor Anspannung schien der ganze Raum von einem merkwürdig hohen Pfeifton erfüllt zu sein, der mir bis auf die Knochen ging. Ich schaute zum Fenster in die friedliche Dunkelheit der Straße hinaus. Ununterbrochen klingelte die Türschelle – Training für die Sturmglocke. Roberts Frau kam und wollte von Danton wissen, wohin man ihren Mann geschickt hätte. Als er sie abwies, kam sie zu mir. »Er ist drüben in der Luxembourg-Sektion.« »Das weiß ich.« »Nun, dann weißt du genausoviel wie ich.« »Weiß einer von euch, was ihr da treibt?« zischte sie mich an und wirkte dabei derart beunruhigt, daß ich ihr einen Kuß gab. »Ja, er weiß es.« Wütend funkelte sie Danton an und verließ das Zimmer, als ob sie in ein anderes Land aufbrechen würde.

Wir waren gerade dabei, uns zu bewaffnen, als Lucile und Gabi zurückkamen. Gabi erklärte, in den Straßen am Fluß brodle es. Sie war zu Tode erschrocken und hatte offensichtlich auch Lucile damit angesteckt, die klein und stumm im Schatten dastand. Ihr ganzer Optimismus – fort?

Mit einer Muskete im Schlepptau stolzierte Fréron zu ihr hinüber, warf sich in Positur und verkündete heiser: »Na schön, vielleicht sterb ich heute nacht. Warum nicht? Was hat mein Leben schon Wunderbares zu bieten? Warum sollte ich also weitermachen wollen?« Aber sie wandte sich von ihm ab, als ob sie ihn verachten würde, und lief rasch ins nächste Zimmer. Als ich an ihm vorbeiging, sagte er: »Na und, wir sind doch alle hinter deiner Frau her.« »Von dir weiß ich es«, sagte ich und schob ihn beiseite. Schluchzend stand sie in Dantons Salon und hatte die Hände vors Gesicht geschlagen. In dem Moment wünschte ich, sie wäre in Bourg-la-Reine geblieben. Ich konnte ihre Qual nicht ertragen, auch wenn sie um mich weinte. Ich trat zu ihr, legte die Arme um sie und tröstete sie wahllos mit geflüsterten Liebkosungen. Ihr Herz raste an meinem, als ob es an einem Wettlauf teilnähme.

»Du weinst um Fréron«, sagte ich schließlich.

»Um dich. Warum machst du dabei mit? Wie konnte das geschehen?«

»Ich war immer dabei.«

»Aber so gefährlich – bitte, geh nicht mit ihnen.«
»Ach, Lucile –«
»Mir zuliebe und wegen des Kindes. Es ist nicht notwendig.«
»Die Gewehre haben dich erschreckt. Es sieht schlimmer aus, als es ist. Wir werden nur über den Fluß gehen und dem Hôtel de Ville einen Besuch abstatten. Das Kämpfen werden die Soldaten erledigen. Vielleicht kommt es gar nicht dazu – wir könnten es ohne einen einzigen Schuß schaffen.« Noch während ich dies sagte, glaubte ich nicht daran, genausowenig wie sie. »Und was Danton betrifft«, fuhr ich fort, »unser Freund, dieser große, römische Führer – ich kann ihn nicht im Stich lassen. Außerdem ist er unverwundbar. Er ist reine Magie. Ich werde die ganze Zeit über direkt neben ihm stehen. Seine Götter werden auch auf mich ein Auge haben müssen.«
»Er hat keine Götter«, erwiderte sie.
»Er glaubt, er hätte keine.«
Sie zog sich zurück und sagte, während ihr die Tränen noch immer über die Wangen liefen: »Es tut mir leid. Ich hätte das nicht sagen sollen. Du mußt tun, was du für richtig hältst. Und dir wird nichts geschehen. Gott wird es nicht zulassen, daß dir etwas zustößt.«
Als ich sie küßte, rief Danton durch die Tür: »Na los, die Feier kommt nach dem Sieg.«
Als ich sie verließ, hätte ich selbst weinen mögen, so tapfer und sanftmütig war sie. Im Rathaus saß die Stadtverwaltung ebenfalls bebend auf den Sitzen und wartete darauf, daß Danton hereinkam und sie hinauswarf, was er dann auch pflichtschuldigst tat, und dann wurde mit voller Unterstützung sämtlicher Pariser Sektionen eine Kommune der Aufständischen eingerichtet. Pétion hatte sich verdrückt. Man ließ Mandat, den derzeitigen Kommandanten der Nationalgarde, antreten, was der unbezahlbare Tölpel auch prompt tat. Er hatte erklärt, er werde Befehl geben, von hinten auf die Menge drüben bei den Tuilerien zu feuern – offensichtlich ein wackerer Schüler von La Fayette. Danton traf sich mit ihm in jenem Zimmerlabyrinth, das der Justizbeauftragte für sich behalten hatte, und binnen zehn Minuten stand der Kommandant nach Verlust seines Postens unter Arrest. Am frühen Morgen wurde er auf dem Weg zum Gefängnis erschossen, und nur sehr wenige haben darüber Tränen vergossen.

Anschließend wurde ein neuer Kommandant der Nationalgarde gewählt: Santerre. Damit war der peinlichste Bruch zwischen feinen Pinkeln und Plebs beseitigt, der bisher die Garde bei jeder Durchsetzung des Rechts eingeschränkt hatte. Nun bezweifelte keiner mehr, daß diese Streitkräfte beim Einsatz ausschließlich für das Volk kämpfen würden. Egal, was für ein trampeliger Maulheld Santerre auch war, ein Aristokrat war er nicht.

Zu Beginn war der Weg zum Hôtel de Ville reichlich faszinierend verlaufen. Kaum waren wir beim Cordeliersklub angelangt, stießen wir mit einer Menge Männer, Frauen und Kindern zusammen, die alle unbedingt etwas tun wollten, aber noch nicht so richtig wußten, was. Danton hielt eine kurze Rede, die er fertig bei sich trug. Er sollte sie während der Nacht noch des öfteren vortragen. Ich kann mich kaum noch an irgendein Detail erinnern. Jeder brüllte wahre Hetztiraden. Und die Meute auf den Straßen applaudierte jedem, der wirklich brüllte. Drüben auf der anderen Flußseite ging die Sache mit dem Auswechseln der Kommune mit minimalstem Aufheben über die Bühne (und ganz genau nach Plan). Danach schienen sich die Dinge anfänglich von selbst zu entwickeln. Der erste Anstoß genügte, um sie in Bewegung zu setzen. Aber trotz der Übernahme der Stadtverwaltung und der Verhaftung von Mandat kam es nicht zur großen Explosion. Trotz aller Anspannung herrschte eine begeisterte Stimmung. Das Hôtel war voller Menschen, die hin und her rannten: Unheilspropheten, Freiwillige, freiwillige Unheilpropheten und Boten. Draußen schien die Masse Mensch jede Oberfläche zu bedecken. Wie Melasse klebten sie an den Wänden des Gebäudes. Von Zeit zu Zeit verschwand Danton. Einmal ging er sogar nach Hause ins Bett, kam aber wieder, weil er wegen des »lauten Gejammers der Frauen« nicht schlafen konnte. Immer kam er rechtzeitig für die entscheidenden Dinge: um Mandat verhaften oder irgendwelche Papiere zu unterschreiben oder um einen Trupp gestreifter Wunderknaben zu irgendeinem nützlichen oder wenigstens nicht verheerenden Manöver abzukommandieren. Dazwischen trudelte Westermann, ein elsässischer Unteroffizier, der inzwischen in Santerres Nationalgarde General geworden war, mit einer Schar Marseiller Miliz und Föderierten aus dem Finistère ein, dem westlichsten Teil des Landes. Völlig grundlos schlugen sie allen Umstehenden auf die Schultern und gratulierten ihnen. Ich weiß noch, daß ich plötzlich dachte, wie impulsiv wir alle geworden waren, ohne daß der Funken so richtig übersprang – aber dann vergaß ich es wieder. Jetzt hieß das Motto nur noch: morgen. Die sind viel zu besoffen, um heute nacht etwas zustande zu bringen, sagte Danton, als er mir die nächste Flasche reichte. (»Die dritte macht mich immer so durstig.«) Später erklärte er mir: »Wir können dieses Miststück die ganze Nacht vögeln, ohne daß was dabei herauskommt.« Ich war herumgegangen und hatte alle wie gewünscht ermutigt. (»Da ist Der-und-Der, geh und gib ihm einen Kuß von mir.«) Und nun setzte ich mich, zerfressen von aufgeregter Energie und Nervosität, auf seinen Schreibtisch im Gericht. Mißmutig kam er herein und schickte mich in seine Wohnung. »Mach schon, geh und erzähl ihnen, daß es uns allen glänzend geht. Bis morgen wird jetzt nichts mehr passieren.« »Es ist bereits morgen.« »Dann eben bis Tagesanbruch, du Pedant.« Ich protestierte. Trotz seines Morgens hatte Schlag Mitternacht drüben auf dem linken Ufer bei den Cordeliers die Sturmglocke eingesetzt, und alle übrigen Glocken von Paris hatten das Signal aufgenommen. Das Dauergeläut, das nur ab und zu vereinzelt nachließ, wenn sich in dem einen oder anderen der unzähligen Glockentürme die Glöckner ablösten, trieb mich zum Wahnsinn. Aber er ignorierte meinen Protest samt den Glocken und schubste mich hinaus. Ich ging, weil er die Schlacht befehligte und ich mich darauf eingestellt hatte, ihm zu gehorchen.

Noch immer waren riesige Menschenmengen unterwegs, bis weit auf die Brücken hinaus. Erst als ein massiver Kavalleriekeil heranklapperte und einen Durchgang erzwang, kam ich hinüber. Zu meiner Überraschung – nur Gott weiß, warum ich tatsächlich überrascht war – stellte ich fest, daß es Schweizer waren, also Königstreue. Die Menge drückte sich beiseite, aber einer der Rotröcke starrte mich an, zügelte sein Roß und schnarrte meinen Namen. Anscheinend kannte er mich bzw. hatte von mir gehört. Er riß sein Schwert heraus und zückte es. Meine Siegesgier und die Unterstützung von Menschen, die mich wie eine Mauer umgaben und den Mann ihrerseits anknurrten, hatten mich derart unempfindlich gemacht, daß ich in dem Gefühl, mir könne nichts geschehen, reglos stehen blieb. Man mußte mir das am Gesicht ablesen können, denn plötzlich fluchte er in seinem Schweizer Französisch los, senkte das Schwert und setzte hinter seinen Kameraden drein. Lachend wie der Verrückte, der ich in jener Nacht war (höre ich da jemanden *immer* sagen?), setzte ich meinen Weg Richtung Cordeliersdistrikt fort. Er hätte mich halbieren können und hatte es vermutlich auch vor. Was hatte ihn eigentlich daran gehindert? Vielleicht hatte er nur Angst gehabt, aufgehängt zu werden. So wie er das zweifelsohne am nächsten Tag auch wurde.

Als ich Dantons Heim erreichte, entdeckte ich, daß die drei Frauen wie verschreckte Tauben in die Theater-von-Frankreich-Straße geflohen waren. Wie es sich gehört, fand ich hier in unserem Heim meine Frau zusammen mit Dantons und Roberts Frau vor. Eine Minute lang hätte ich mich gerne woandershin gewünscht. Eine leichenblasse Gabi, die wie das Abbild einer Leidenden aussah, begrüßte mich mit: »Bist du gekommen, um mir seinen Tod mitzuteilen?« Ich versicherte ihr, daß es nicht so wäre. La Roberte weigerte sich, mit mir zu sprechen. Lucile und ich gingen in unser Schlafzimmer, wo ich anfing, ihr die Neuigkeiten zu erzählen und mitten in meinem Vortrag an ihrer Seite einschlief.

Um sieben Uhr wachten wir auf, weil sich Jeanette aus dem unteren Fenster beugte und irgendwelche Rüpel auf der Straße anschrie. Es stellte sich heraus, daß sie mich verwünscht und beabsichtigt hatten, irgend etwas an die Tür zu schreiben. Jeanettes Angebot, ihnen kochendheißen Kaffee über die Köpfe zu kippen, ließ sie von ihrem Unternehmen Abstand nehmen. (Eines stimmte: Ihr Kaffee war wirklich scheußlich.)

Jeanette schimpfte noch immer, als sie statt dessen uns das Getränk brachte.

»Warum ist Monsieur Camille an allem schuld?« wollte sie aufgebracht von mir wissen. Sie machte ein Gesicht, als ob sie wegen der ungerechten Anschuldigungen am liebsten auf mich losgegangen wäre.

»Ich muß wieder zurück«, sagte ich zu Lucile. Ich hatte Angst, sie würde erneut zu weinen anfangen, aber sie nickte und bemühte sich intensiv, den schrecklichen Kaffee zu trinken. Arme Lucile. Heute morgen wirkte alles aufreizend komisch auf mich, wogegen sie offensichtlich nichts mehr zum Lachen fand und den Ereignissen keinen leichtsinnigen Reiz abgewinnen konnte. Außerdem hatte sie eine Nacht mit abwechselnden Ohnmachtsanfällen und Schreikrämpfen von Gabi und Louise Robert hinter sich. Louise hatte gedroht, Danton zu erdolchen, falls ihrem Mann etwas zustoßen würde. Lucile hatte schreckliche Angst, daß sich dieses Todesurteil auch auf mich ausdehnen würde. »Bitte«, sagte ich, »bleibt drinnen. Nein, es ist nicht allzu gefährlich, aber in Zeiten wie diesen gibt es immer Unruhestifter.«

»Wir haben kein Brot!« rief sie aufgeregt.

»Dann schick Jeanette. Der Hausmeisterjunge soll mit ihr gehen.«

Der Tag draußen glich bereits dem Inneren eines Bratentopfes. Drei blasse Gesichter und ein plärrendes, rosafarbenes schauten mir vom Fenster aus die Straße hinunter nach. Von meinen unfreundlichen Sprücheschmierern keine Spur. Die örtlichen Durchgangsstraßen waren so leer, als ob man einen Stöpsel herausgezogen und alle Flüssigkeit woanders hingelaufen wäre. In den frühen Morgenstunden war das Glockenkonzert abgeebbt, nur aus der Ferne klangen noch immer einige schwach herüber. Vom Fluß her grollte es dumpf.

Als ich mich in Höhe des Cordeliersklubs befand, entdeckte ich, daß eine Menge Mitglieder im Hof angetreten waren. Es sah aus wie ein revolutionärer Blumengarten voller Kokarden. Sofort hatte ich eine Ehrengarde, die mich über die Brücke eskortierte, wo noch immer eine der hohen Rekrutierplattformen, die in der Nacht Feuer gefangen hatte beziehungsweise angezündet worden war, vor sich hin schwelte. Die Menge ließ uns durch. Viele bahnten sich einen Weg in dieselbe Richtung.

Soviel stand fest: Es ging los. Man konnte es förmlich riechen – der süßlich stechende Schweißgeruch der Menschen, in den sich Angst und Wut und Wille zum Handeln mischten, und darüber in der Luft ein stürmischer Oberton aus Schießpulver und aus dem Rauch verbrannter Bänder.

Wo die Menge besonders eng wurde, bahnte mir meine Garde gutmütig, aber entschlossen einen Weg. Irgendwie hatte es einer geschafft, an der Uhr des Rathauses ein Trikolorebanner zu hissen. Dort hing es nun und verdeckte die Zeit – ein schlüssiges Symbol für jedermann.

Ich war kaum zur Tür hinein, da stieß ich auf Pétion, der eben zwischen seiner eigenen Eskorte, die weitaus unfreundlicher als meine war, einen Flur entlanggeführt wurde.

»Um Gottes willen, Camille« – er packte mich am Arm und brachte uns alle zum Halten – »das muß verhindert werden.« Er war grün im

Gesicht und schwitzte. Ich lachte laut. »Blödsinn, genau das haben wir gewollt.« »Ach, du Idiot«, sagte er, »es wird schiefgehen.« »Wird es nicht. Laß mich los. Wohin bringt ihr ihn?« »Danton meint, wir sollten ihn in sein hübsches Zimmer zurückbringen und einsperren. An einem Tag wie diesem können wir keine kleinen Hunde zwischen unseren Beinen gebrauchen.« Sie trollten sich. Soviel zum beliebten Bürgermeister Pétion. Vielleicht hatte er Angst um seine Prinzessin. Nun, wir würden ihm Élisabeth auf einem Tablett präsentieren – bald.

Pfeifend – nicht die »Marseillaise« – spazierte ich in Dantons Zimmer. Alles war voller Menschen, und Fréron blockierte die Tür, bis ich ihn mit dem Ellbogen beiseite schob. Danton hatte blutunterlaufene Augen. Ich hatte zwar in meinen Kleidern geschlafen, aber er sah aus, als ob er mitsamt den seinen durch die Hände einer drittklassigen Wäscherei gegangen wäre.

»Gut geruht, denke ich?« sagte er zu mir.

»Nicht schlecht. Und du?«

»Ja, trotz einiger Träume. In dem einen wurde Marat erschossen.«

Ich wollte gerade eine Bemerkung obendrauf setzen, da tat es einen langen, dumpfen Schlag, daß sich der Boden gegen meine Schuhe hob und die Fensterscheiben klirrten. Tiefes Schweigen senkte sich über das Gebäude und die Menge auf der Straße. In die Stille hinein sagte Danton: »Das wär's.« Es war die erste Kanone.

Draußen brach die Menge in laute Schreie aus und stürzte in alle Richtungen davon.

Jetzt spürte ich tatsächlich aus irgendeinem Grund, der sich bisher nicht richtig ergeben hatte, das wahre Ausmaß des Unterfangens. Mein Magen revoltierte, und ich schmeckte das Schießpulver in meinem Mund. Aber Danton schlug donnernd mit der Faust auf den Schreibtisch. Plötzlich umgab strahlender Sonnenschein seine zerzauste Mähne, und er brüllte: »Die erste Kanone! Der erste Tag der Hoffnung! Weshalb verzieht ihr das Gesicht wie eine Horde Kaninchen? Da draußen wird Geschichte gemacht. Sie erwartet uns. Meine Herren, enttäuscht sie nicht. Ihr steht unter dem Tor zur Freiheit.« In diesem Augenblick hätte ich vor ihm auf die Knie sinken mögen. Er hob uns wie einen einzigen Gegenstand hoch und schleuderte uns zurück auf den Gipfel. »Vergeßt die Vergangenheit. Bis heute gab es keine Jahreszahl. Wir fangen neu an – hier, im Jahre Eins«, verkündete Danton, »für das wir die ganze Zeit gekämpft haben und das wir soeben beginnen. Die Morgenröte der Freiheit.«

Ein Staatsanwalt und Ressortpräsident – ein Aristokrat – hatte sich in den Tuilerien eingefunden und den König informiert, noch ehe die Kanonen gesprochen hatten: Nein, jeder Versuch, die Garde in einem königlich veilchenfarbenen Justacorps anzufeuern, sei zwecklos. Man wäre besser beraten, sich in die Nationalversammlung zu begeben und um Zuflucht zu bitten.

Sie waren schon früher gestürmt worden und hatten sich sozusagen bereits daran gewöhnt, daß das Volk von Frankreich, ohne anzuklopfen, bei ihnen hereinstürzte.

Aber diesmal war es nicht wie sonst. Diesmal mußten sie sich nicht erobern lassen. Die Abgeordneten konnten sie beschützen, denn die Abgeordneten waren die gewählten Repräsentanten des Volkes und deshalb heilig.

»Wir sind verraten«, sagte die Königin. Sie sagte es sehr leise und wie üblich würdevoll. Aber, ach, diese absteigenden Treppen! Sie mußte gespürt haben, wie nahe sie vor den letzten Stufen stand, auch wenn sie sie noch nicht genau erkennen konnte.

Der König, der unmittelbar neben dem Aristokratenanwalt stand, bemerkte: »Aha, dann will also Danton heute nicht mein Leben?« Selbst ein Narr kann manchmal scharfsinnig sein.

Die Abteilung der Nationalgarde, die man gemeinsam mit den Schweizern zum Schutz (bzw. als Gefängniswächter) Ihrer konstitutionellen Majestäten in den Tuilerien gelassen hatte, beobachtete mit höhnischer Miene, wie sich die königliche Familie über die Terrasse durch die Menge zurückzog. Eine große Anzahl Palastdiener rannte hinter der Prozession drein, um ebenfalls die Gunst des Asyls zu erbitten. Aber der kleine Stoßtrupp, der L'oui und die Österreicherin geleitete, stieß diese armen Bremsen weg. Die Nationalgarde jubelte. Sobald der Veilchenrock und das helle Musselinkleid auf dem Weg zum Stall verschwunden waren, verließ die Nationalgarde wie Spielzeugsoldaten, die zum Leben erwachen, ihre Position und marschierte in die Arme der begeisterten Menge hinüber. Im Vorübergehen drehten sie ein Paar Tuilerienkanonen herum, so daß sie auf den Palast zeigten.

Im Stall hatte man die königliche Familie in die Schreiberloge geleitet. Hierher wurden die schnell hingekritzelten Aufzeichnungen von Reden und Protokollen gebracht, die drunten am runden Tisch anfielen, um sie ins reine zu schreiben und gelegentlich zu verändern. Man riß das Geländer, das die Loge von der Haupthalle trennte, heraus, um es dem König und der Königin jederzeit zu ermöglichen, im Falle einer Invasion direkt in die Arme ihrer Beschützer zu springen.

»Ich habe die Schweizer angewiesen, nicht auf die Leute zu feuern«, sagte L'oui, während er sich eifrig am Geländer hochzerrte. Der scharfsinnige Augenblick war vorbei.

Da standen sie nun draußen auf den Tuilerientreppen, die Schweizer Bataillone, die weder ihren Posten verlassen noch feuern durften. Natürlich würden sie feuern.

Inzwischen rückte die kriegslüsterne Marseiller Soldateska immer weiter in ihre Richtung vor. Langsam liefen sie in einer Art Schlachttrab auf sie zu und sangen ihre Opernhymne, in die sich ab und zu auch andere Lieder mischten, zum Beispiel das »Er kommt«, verziert mit den derbsten Ausdrücken. Aber selbst im Singen ergab die vorrückende Soldateska einen Sinn. Der Pöbel, der hinter und rings um die Marseiller auftauchte – das war das Urchaos. Und im Vorwärtsströmen vereinigten sich Chaos und Ordnung, und alles wurde Chaos.

Die Sonne explodierte auf den gezückten Säbeln und Piken. Es war die träge, unaufhaltsame Stampede einer Herde Höllenmonster mit Metallhörnern.

»Wollt ihr sterben?« muht die Stampede stoßweise mit ihrer vielkehligen Stimme (Wollten sie das? Wer will das schon?), während andere Kehlen schrien: »An die Laterne!« Oder: »Erbebt, Tyrannen, vor euren Verbrechen – eure Intrigen gegen das Volk schwanken! Zu den Waffen! Wir sind Legionen! Marschiert, marschiert!«

Sie warteten, die Schweizer in ihren leuchtenden Uniformen, im strahlenden Sonnenschein warteten sie, um das Haus eines Königs zu verteidigen, der fortgegangen war, warteten, um es ohne einen Schuß auf die metallgehörnten, singenden Herden des Chaos zu verteidigen.

Die Metallhörner senkten sich und stießen vor, und aus den Schweizer Musketen regnete es knatternd Blei. Sofort tönte es von den Marseillern zurück. Rauch wie Puderwolken und Blut, das wie Geschmeide im Sonnenschein glitzert. Ist es das, was die Götter sehen? Ist es das, was alles für sie derart schön und attraktiv macht, daß sie sich nach mehr sehnen?

Die Kanonen dröhnten – ganz klischeehaft. Die erste, zweite, dritte, vierte. Aber nun haben die Föderierten die Kanonen. Sie töten, um sie zu bekommen. Die Feuerwinde rasen nach beiden Seiten dahin. Einen Augenblick lang dröhnt es, daß die Erde bebt, und der Boden zittert. Die Statuen auf ihren Piedestalen klimpern wie Harfen. Fleisch fällt. Schwarze Rauchgirlanden verdecken die Sonne. Die Sonne erlischt in Rauch, erlischt in Hunderten von Augen.

»Du verdammter Verräter«, sagt der Mann, als er dem Schweizer Soldaten seine Pike in die Brust stößt. Noch im Niedersinken schaut ihn der Soldat an. Ihre Blicke begegnen sich. Und da passiert es: In einem Bergtal wurde er geboren, ein Schweizer Kind, aber das hatte dieser eine junge Mann nie erwartet. Und auch der andere nicht, der in irgendeiner Hütte in Saint-Antoine auf die Welt kam. Es ist falsch, vom Pöbel und von Bataillonen zu reden, denn hier geht es, wie immer, um menschliche Wesen, die sich gegenseitig die Herzen mit Stahl durchbohren, die sich gegenseitig das Hirn mit Kugeln zerfetzen. Und während sie sich gegenseitig die Füße ins Gesicht treten, begegnen sich ihre Blicke.

Aber der Befehl des Königs wurde wiederholt und erweitert. Er lautet: Legt die Waffen nieder und kehrt in die Unterkünfte zurück.

Die föderierten Soldaten stehen auf den Stufen, sie laufen, trommeln und singen. Aber selbst als ihre Flutwelle unter einer Gischt aus Rauch und Blei hereinbricht, um alles zu verschlingen, drehen sich die Schweizer allmählich wie Uhrwerke um und gehorchen dem neuen Befehl.

Inzwischen zeigen alle Kanonen auf die Tuilerien. Feuer – Krach! Kohlschwarze Rauchrosen. Die Welt wankt.

Die Schweizer rennen davon.

Der Pöbel hetzt beinahe spielerisch hinterdrein.

Er jagt sie quer über den Platz, in die Gärten und weiter Richtung Hôtel de Ville. Und auch nach oben, zu den Aussichtsplattformen des alten Palastes. Der Pöbel wird's dir schon sagen, denn inzwischen kennt er sich im Palast aus. Er war schon mal hier.

Tod den Verrätern!

Wer sind die Verräter? Nun, jeder, der ihnen geholfen hat, dem Blutsaugerkönig und seiner Vampirkönigin. Nicht nur Soldaten, o nein. Tötet sie also, alle. Tötet den verblüfften, bleichgesichtigen Portier neben der Treppe, tötet den fünfzehnjährigen Pagen, der sich hinter einem Vorhang zu verbergen sucht. Tötet sie, dieses Miststück von einer Zofe in ihrem Rüschenkleid. Sie haben Monster verwöhnt und mit dem Blut des Volkes genährt und mit der geborgten Haut des Volks gekleidet und ihnen beigebracht, daß sie etwas Besonderes wären. Sie haben ihnen Türen geöffnet, damit sie hindurchgehen und uns zurücklassen. Tötet sie! Tötet sie alle!

Es regnet ... Es regnet Tod. Von den hohen Fenstern, wo einmal anmutige Gesichter herunterlugten, wo sich Blumen anschmiegten und kleine Vögel in ihren goldenen Käfigen zwitscherten. Seht nicht hin. Seht weg. Nein, seht hin, seht es euch an. Seht, was sich in der Seele aller Menschen verbirgt, genau wie in allen menschlichen Seelen die Saat des absolut Guten schlummert.

Die zerschmetterten Körper fallen drunten auf die Spazierwege und in die Gärten zwischen duftende Zierbüsche, wo sich Weiber wie die Rabenkrähen auf die Leichen stürzen und mit gezückten Messern Trophäen abschneiden.

Da kommt einer, seht ihr? Laufen. Schnappt ihn euch.

Der verzweifelte Mann klettert eine Statue hinauf und klammert sich mit Beinen und Armen an den Marmor, während sich drunten um den Sockel Finsternis zusammenzieht. Piken schnappen nach ihm mit sengendem Schmerz. Komm herunter. Tut mir nichts, ich bin nur ein Koch – nicht einmal das. Ich habe in der Spülküche Töpfe geschrubbt. Jawohl, und du bist dabei fett geworden, stimmt's? Er klammert sich an, bis ihn die Piken und die Glätte des Marmors erschöpfen. Als er in ihre Arme schlittert, drehen sie ihm den Hals um. »Das ist ja ein Prachtexemplar. Hat noch immer die Augen offen.« »Wenn du's richtig anstellst, bleiben sie offen. Zu schnell. Hast du's nicht gemerkt?« Ein Mann schnalzt mißbilligend. Er wischt die Blutspritzer von den reinen Gliedern der Statue. Denn die Statue gehört dem Volk und wird verschont.

Aber sonst tropft das Blut nur so von allen Dingen: blutrote Teppiche, Wandbehänge, Wandgemälde, Kronleuchter – alles voller Blut. Die Tuilerien laufen rot an. Gewöhnt euch daran. Das ist erst der Anfang.

Das erste Bild, das sich einprägte, war eine hübsche Frau mit lockigen Haaren unter einem federgeschmückten Hut, die in einer der Alleen westlich der Tuilerien eine Pistole auf einen Mann abfeuerte. Als er zusammenbrach, packte sie eine Klinge, erstach ihn und hackte ihm den Kopf ab. Ich entsinne mich noch, wie sie einmal bei den Cordeliers den Vorschlag gemacht hatte, man solle auf dem Gelände der Bastille einen Tempel der Vernunft errichten. Den Mann kannte ich um einiges besser; wir waren zusammen zur Schule gegangen. Seine Sympathien, die er in Pamphletform zur Schau stellte, gehörten den Royalisten. Vor Tagen hatte ich ihn gewarnt, vorsichtig zu sein. Jetzt war er auf den Himmlischen Feldern bei offensichtlichen Pinkelgeschäften ertappt worden und hatte seinen Todesstreich von einer schönen Henkerin mit Federn empfangen. Aber daran war nichts erstaunlich. Während ich Richtung Tuilerien weiterging, wohin sich der reißende Menschenstrom ergossen hatte, begegneten mir die Mänaden des wahnsinnigen Gottes, Frauen mit in Sans-Culotten-Stil blau-weiß-rot-gestreiften Röcken, deren weiße Arme lediglich rote Blutstreifen zierten.

Wenn der Tod sich vervielfältigt und die verschiedensten Formen annimmt, kann es geschehen, daß er beschönigt wird. Ich selbst bin über Leichen gerannt, um die Bastille zu erreichen. Genau dasselbe sah ich jetzt überall vor meinen Augen ablaufen, aber in meinem Kopf herrschten nur heuchlerische Gedanken: Wie schade es sei, daß die Bürger keine Unterschiede machten. Und wo, zum Teufel, steckte dieser blöde Bierhändler Santerre, den wir zum Kommandanten gemacht hatten, um alles unter Kontrolle zu bringen? Das Blutbad sei unvermeidlich, sie hätten es verdient, und der Weg zu Vernunft und Friede führe über – das da. Man dürfe nicht bei etwas zusammenzucken, das man selbst in die Wege geleitet habe, sondern müsse der Durchführung ins Auge sehen. Das Abschlachten eines Mannes, den ich gekannt hatte, durch eine Frau, die mir bekannt war, schockierte mich, aber eben nur so, wie es eine persönliche Angelegenheit vermag. Ich bedauerte es und ärgerte mich darüber, weil er trotz aller Gelegenheiten, an denen ich ihn am liebsten eigenhändig umgebracht hätte (wir kämpften in unseren Zeitungen, wann immer ich eine besaß), nicht den Tod verdient zu haben schien. Genausowenig wie alle anderen, die überall auf den Wiesen und unter den Hecken herumlagen. Aber ich kannte sie nicht und hatte noch nicht gelernt, daß jedes menschliche Wesen das andere kennt, obwohl ich – um Himmels willen! – genau das gepredigt hatte. Was das entsetzliche Schauspiel anbelangt, so hatte ich mich dagegen gewappnet. Ich sah nicht genau hin. Und doch nahm ich es irgendwie wahr. Ich sah – das vergewaltigte Mädchen daliegen, dem man die Röcke bis zu den toten Augen hochgeschoben hatte, sah die Verletzungen, wo man die kleinen Armreife heruntergezogen und ihr die Ohrringe herausgerissen hatte. Ich sah die enthaupteten Toten, die Verstümmelten. Selbst jetzt noch machten sich die Sieger daran zu schaffen. Aber die meisten waren im Haus des Königs und jagten und verstümmelten dort oder zerschmetterten und verdreckten alles und schleiften die Beute weg. Ich habe gehört, das Volk sei so durch und durch integer, daß es zwar zerstören oder verschmutzen, aber nie seine Sklavenherren bestehlen würde. Das ist eine verdammte Lüge. Auf den Wegen begegneten mir fröhliche Ameisenkolonien, die scharenweise Nippes, Kleider, Juwelen, ja sogar Stühle und Sekretäre fortschleppten. Sie wirkten nicht echt, sondern wie schlecht gemalte, lebensferne Masken, die mit aufgerissenen Augen und Mündern durch die Luft segelten. Das waren keine Wachsarbeiten von Curtius, sondern nur die eines minderwertigen Konkurrenten. Ein-, zweimal wurde ich erkannt. Kerle, deren Säbel braune Flecken von altem Blut und scharlachrote vom frischen hatten, ergriffen meine Hand (und die meiner beiden Wachen, die ich mitgebracht hatte). Solche Begrüßungen gab es mehr als einmal. Ich war nicht so hirnlos und wandte mich ab. Wie durch ein Wunder bekam meine Kleidung keine Blutflecken. (Das Blut stank in der Hitze unaussprechlich.) Kurz darauf wusch ich mir in einem Brunnenbecken die Hände. Ja – genau wie Pilatus.

Westermann befand sich inmitten einer Gruppe seines Kommandos in einem der unteren Räume und durchwühlte unter Gebrüll die Schränke, bis der ganze Boden mit zertrampelten Papieren bedeckt war. Bei meinem Anblick zuckte er mit den Schultern.

»Sie haben alle Schweizer im Palast umgebracht«, sagte er. »Sag Danton, daß es verdammt gut war, daß der alte Fettarsch vom Gelände war.

Sonst hätt's ihn sicher erwischt.« (Normalerweise benahm sich Westermann besser, aber zu diesem Zeitpunkt war förmliches Verhalten wohl kaum angebracht.)

Ich sagte: »Und nun bringen sie die Schweizer auf den Straßen um.«

»Ein paar sind Richtung Rathaus gerannt, aber auch da wird die Menge hinter ihnen her sein. Santerre meint – und ich stimme zu –, wir hätten bekommen, was wir wollten. Jetzt laßt das Volk tun, was es will.«

»Ach, und könntet ihr es aufhalten?«

Einer der eifrigen Soldaten ließ seine Arbeit im Stich und drehte sich zu mir: »Warum sollten wir? Wir sind das Volk. Es aufhalten ist Sache der stinkenden Pinkel. Und haben sie das nicht jahrelang getan?«

Irgendwo droben zwischen der geschnitzten Treppe und der bemalten Decke ertönte ein gräßlicher Schrei. Mein Herz erschauerte. Die Gardeleute im Raum lachten oder fluchten. »Da hat wohl einer was dagegen.« Einige gingen hinaus, um nachzusehen und mitzumachen. Dann hörte das Schreien auf.

Westermann war als tapferer Soldat bekannt. Heute war er tapfer gewesen, als er quer duch Kanonen und Musketen nur mit den wilden Föderierten und einem noch wilderen Pöbel hinter sich den Vorstoß wagte. Er warf mir einen verächtlichen Blick zu. Ich hatte mich nicht am Kampf beteiligt, sondern war nur als Dantons Bote gekommen, um die Lage einzuschätzen und den Kriegern mitzuteilen, wohin sie als nächstes gehen sollten. Danton hatte mit keinem Wort das allgemeine Schlachtfest verboten. Er hatte den König fortgeschafft, weil er mit diesem Schlachtfest gerechnet hatte. Egal, was aus der Monarchie würde, alles mußte legal abgesichert sein. Darauf hatte er besonders großen Wert gelegt. Eine randalierende Stadt, die ihre ehemaligen Herrn leibhaftig in Stücke riß, war psychologisch gesehen der erste Schritt in jene Art von Anarchie, die niemand zulassen durfte, der von besseren Tagen träumt. Aber alles andere war nur ein notwendiger Aderlaß. (Herr Doktor Danton setzte die Blutegel an.) Laßt dem Volk seinen Tag der Rache und seinen Becher Blut, es hat seit Jahrhunderten danach gelechzt.

Nachdem ich mit Westermann einige Details geregelt hatte, ging ich wieder nach draußen und spazierte ernüchtert über tote Schweizer Soldaten in den Blumenbeeten hinweg.

Anscheinend waren die Mänaden des wahnsinnigen Gottes, der dunklen Seite von Dionysos, abgezogen. Vielleicht, um ihre Thyrospiken, an deren Spitzen statt Pinienzapfen abgeschlagene Köpfe thronten, mit mehr Efeu zu bekränzen. Auch die Männer hatten sich zerstreut. Lediglich eine saufende Gardepatrouille in ein, zwei Sträuchern Entfernung, die Leichen, meine Eskorte und ich. Drüben Richtung Ställe stieg leichter Rauch auf, aber niemand kümmerte sich darum. Für den Moment konzentrierte sich die Aktivität unterhalb der Palastfenster, aus denen sich buchstäblich eine Kaskade von Satin und Spiegeln zu ergießen schien.

Als ich mich ostwärts wandte, sah ich eine junge Frau unter einem Fliederbusch stehen. Aha, noch eine Mänade, eine neue Version, kalt und grausam und ohne das wahnsinnige Feuer der übrigen. Zweifelsohne wollte auch sie noch ein paar Schmuckstücke ergattern, obwohl die Leichen schon gründlich ausgeplündert worden waren. Gerade wollte ich an ihr vorbeigehen, da erkannte ich das weiße Gesichtchen. »Mariette«, sagte ich. Mit diesem Kosenamen rief sie manchmal ihr Onkel-Vater. Ich hatte es bereits mehrere Male von ihm gehört. Marie, die Nichte von Curtius.

Jetzt schaute sie auf und drehte ihr Gesicht, das außer einem höflichen Lächeln oder gelegentlich einem vorsichtigen Stirnrunzeln – vor Konzentration oder Mißbilligung – nie viel Ausdruck gezeigt hatte, schräg zu mir hoch. Sie starrte mich an, und eine Sekunde lang sah ich in ihren Augen das blanke Entsetzen. Dann senkte sie erneut den Blick.

Ich winkte meine Garde zurück und trat näher zu ihr.

»Um Himmels willen, du solltest nicht hier sein, Marie. Er hat dich doch nicht etwa geschickt?« Ich wußte, daß er von Leichen Wachsabdrücke nahm. Eine seiner Ausstellungen bestand aus gehängten Mördern. Aber das schien unwahrscheinlich. Sie schüttelte den Kopf. »Aber warum dann?« Aber sie brachte keine Antwort heraus. Als freiwillige Sklavin und Gesellschafterin für Élisabeth hatte sie mit den Capets zu tun gehabt. »Der König und seine Familie«, sagte ich, »sind bei der Nationalversammlung in Sicherheit.« Ob sie das tröstete, wußte ich nicht. Für sie war ich ein Monster, und einen winzigen Augenblick sah ich mich selbst (völlig verblüfft und gekränkt, wie es ein junger Mann nun mal ist) mit ihren Augen und war darüber entsetzt. Obwohl sie über dreißig war, wirkte sie gleichzeitig wie ein junges Mädchen und doch merkwürdig alt, wie eine züchtig-kühle, altkluge Dame von dreizehn

Jahren. (»Hexen«, hatte Mirabeau sämtliche Bewohner des Haushaltes genannt.) Falls ich je einen Gedanken an sie verschwendet hatte, dann hatte sie mich immer ziemlich genervt. Allerdings nie mehr als jetzt. »Möchtest du, daß ich dich nach Hause bringe?« fragte ich Schwachkopf. Aber sie zuckte zusammen und wich vor mir zurück. Camille Desmoulins, cauchemar, das schwarze Untier, mit dem man kleine Kinder erschreckt, die kaum älter sind als mein eigener Sohn. Sei schön artig, sonst kommt Camille und holt dich! Zitternd und schwitzend sagte ich barsch zu ihr: »Um Himmels willen, geh heim, du dumme, kleine Närrin.« Und sie drehte sich um und lief fort. Ich habe nie herausgefunden, wen sie gesucht hatte. Vielleicht hatte sie, auch wenn es unwahrscheinlich war, unter den Palastbediensteten oder bei den Schweizern einen Liebsten.

Ich ging ins Hôtel de Ville zurück, setzte mich hin und lauschte Dantons Rede an das Aufständische Komitee, in der er allen Ereignissen einen wunderschön majestätischen, guten Sinn verlieh. Es wurde sogar ein wenig gelacht, woran ich mich beteiligte.

Jawohl, man mußte den Kindern da draußen etwas gönnen. Laßt sie ruhig bis zum Schlafengehen kräftig spielen, dann würden sie sich mühelos in jede notwendige Richtung leiten lassen.

Ausgehend von den Tuilerien hatte sich der Aufstand bald über die ganze Stadt verbreitet. Besorgte Gedanken an Lucile nagten vage, aber hartnäckig an mir. Ich war unsicher, ob sie sich an meine Empfehlung gehalten hatte und geblieben war. (Es stellte sich heraus, daß sie es nicht getan hatte. Wie wir alle, fühlte sie sich offensichtlich gezwungen, ziemlich sinnlos in dumpfer Erregung von einem Ort zum anderen zu eilen. Im Gegensatz zu dem Bedürfnis, zu töten oder zu fliehen, war das die allgemeine Stimmung in Paris. Nur Danton, der Leiter der Ereignisse, war stabil, lediglich sein Gehirn raste dahin.)

Mit den letzten Zuckungen dieses kochenden Morgens hetzte ich – inzwischen ohne Eskorte – über den Fluß in die Sektion Théâtre Français und stieß dabei auf Fréron. Unversehens fanden wir uns als Waffenkameraden widerwillig im Gleichschritt wieder und marschierten stumm rasch weiter. An den Straßenecken und Kreuzungen trieben sich Menschenmengen herum. Alle Läden waren geschlossen. (Auf der

Brücke lagen Leichen.) Man hielt uns an und erkundigte sich nach Neuigkeiten. Wir erzählten.

Am Anfang der Theater-von-Frankreich-Straße diskutierte eine Gruppe von Leuten. Ein Riesenteufel mit Lederschurz kam direkt auf mich zu und wollte wissen, ob ich Camille sei, jener Scheißkerl, der ein Massaker angezettelt hätte. Er würde mir bei lebendigem Leib die Haut abziehen. Ich war verblüfft, aber ehe ich noch versuchen konnte, meine fünf Sinne zu sammeln, schob Fréron den Mann von mir weg und schnauzte ihn an: »Sei nicht so ein verdammter Narr. Wenn du Desmoulins suchst, der ist drüben im Luxembourg.« Höchst merkwürdig, direkt vor meiner eigenen Wohnung standen nur Fremde herum. Deshalb schien vermutlich auch jeder Frérons Aussage zu akzeptieren, statt mit ihm darüber zu streiten. Wir gingen weiter, ich mit weit aufgerissenem Mund. Als wir die Straße ein Stück hinunter waren, nahm Fréron meinen Arm und zerrte mich an meinem Haus vorbei. »Noch nicht, du Idiot.« Also gingen wir weiter und bogen in einen Seitenhof ein, wo wir unter einer erschreckend normalen Wäscheleine stehenblieben. »Nun, warum hast du das gemacht?« »Weil der Kerl dir auf der Straße die Eingeweide rausreißen und ich dir ersparen wollte, daß du dich selbst verleugnen mußt und jede verdammte Puppe im Umkreis von drei Kilometern losplärrt.« Er schaute bleich aus, als ob er krank wäre. So hatte er schon ausgesehen, als ich ihn getroffen hatte. »Warum sollen sie mich nicht schnappen?« fragte ich. »Feuere sie ruhig an.« »Bring mich nicht auf gute Ideen, Camille.«

Plötzlich fühlte ich mich wie tot. Die Begeisterung und das Zielbewußtsein waren weg. Gerade eben war ich noch durch einen Leichengarten spaziert, und nun schämte ich mich wegen einer Kleinigkeit: Ich hatte mich nicht überschwenglich bei ihm bedankt. Also bedankte ich mich. Er meinte: »Ich schätze, auch du bist bei den Tuilerien gewesen. Du siehst genauso aus wie damals, als es hieß, Mirabeau liege im Sterben.« »Das ist wohl kaum –«, sagte ich, mußte aber abbrechen und in eine Ecke rennen, um mich zu übergeben. Er ließ mich allein. Während ich würgte und stöhnte, hörte ich, wie er beim Warten ungeduldig vor sich hinfluchte. Schließlich lehnte ich mich gegen die Wand und kehrte halb erstickt aus der würgenden Übelkeit ins Leben zurück. Ich redete mit den Ziegelsteinen und fragte sie, was passiert sei und was wir getan hätten. Ich weiß weder, was ich gesagt habe, noch, was das bedeuten sollte. Und am wenigsten wußte ich, warum ich mich übergeben hatte.

»Die Menge hat sich verzogen«, sagte er, als er zu mir herkam, »reiß dich zusammen. Du hast an der Sache mitgewirkt, also spiel jetzt nicht den Zartbesaiteten. Das ist gefährlich, hör auf damit, du verdammter Hornochse. Reiß dich zusammen«, wiederholte er. »So kannst du nicht zu ihr hinauf. Sie hat sowieso schon genug Angst.«

Ich hatte sogar vergessen, wo ich mich befand und daß ich gekommen war, um nachzusehen, ob Lucile in Sicherheit sei. Jetzt stieß ich in seiner Gegenwart – gerade in seiner! – wie ein Irrer hervor, daß ich nicht hinaufgehen könne. Gabi wäre da, und Gabi würde sagen: Du bist gekommen, um mir mitzuteilen, daß Georges tot ist. Obwohl Georges als einer der wenigen, die nicht tot waren, im Hôtel de Ville säße, während sich vor der Türschwelle die Leichen von halb Paris türmten.

»Ich werde ihm nicht erzählen, was du gesagt hast«, sagte Fréron.

»Erzähl's ihm. Er weiß es. Erzähl's ihm.«

Endlich gingen wir hinaus, betraten das Haus und anschließend die Wohnung. Sie waren da, saßen beim Frühstück. Der Raum wirkte weit entfernt, und alle kamen mir ganz winzig vor, wie durch das falsche Ende eines Fernglases betrachtet. Die Fragen kamen, und ich beantwortete sie ruhig und nicht unlogisch. Gabi fing wieder zu weinen an. Sie sah am schrecklichsten von uns aus. Lucile sprach kaum ein Wort mit mir. Ich wollte sie von mir aus nicht berühren und brachte kaum ihren Namen heraus. Es war mir, als ob ich daran zerbrechen würde, und davor hatte ich Angst. Während der ganzen Zeit, die ich im Zimmer stand, kam ich mir vor, als ob ich auf der Kippe zum völligen Wahnsinn stünde. Die Welt hatte sich in einen wildfremden Ort verwandelt.

Erst als wir wieder fort und zurück in die Hölle gingen, wurde ich stabiler. Leute boten mir auf jener Schreckensbrücke Wein an. Ich empfing ihn aus ihren Händen wie einst La Fayette und Louis. Auch mir war es entweder egal, ob er vergiftet war, oder ich hatte die Wirksamkeit von Gift nicht begriffen, denn überall war Gift – etwas völlig Natürliches.

Später dachte ich, als die Dunkelheit einsetzte und die Fackeln durch die Straßen strömten und den Fluß anzuzünden schienen und Dantons Name eine neue Art »Marseillaise« geworden war, die man in den Lebensadern der Stadt sang, und die alte Ordnung in Trümmern lag und sich der Traum, dieser Phönix, noch einmal regte und sich golden und von keinerlei Blut befleckt hoch in die Lüfte erhob, und ich hörte, wie er zu ihnen sprach, und dabei vergaß, daß er an seinem Schreibtisch saß – später also dachte ich, ich hätte mich wie ein Schwachkopf benommen. Was war mit mir los? Blut wäscht sauber. Jeder anständige Gott fordert sein Opfer.

Kugeln hatten die Fenster der Halle der Nationalversammlung zerschmettert. Entsetzt standen Redner auf, sagten etwas und setzten sich wieder. Der Pöbel hatte ihnen bereits einmal einen Besuch abgestattet, war aber wieder fortgegangen.

In der geländerlosen Loge hatte der König durch ein Opernglas die Verhandlungen verfolgt und bald darauf ein frühes Abendessen verzehrt. Dann war er zum späten Diner übergegangen. Die Königin posierte stundenlang auf den unbequemen Sesseln und lauschte der entfernten Musik des Aufstandes. Sicher erinnerte sie sich dabei nicht daran, wie sie einst auf einer seidenen Chaiselongue geruht und die gemessenen Töne von Haydn wie Schmetterlinge in ihrem Kopf eingefangen hatte.

Der Nachmittag stand über Paris, zögerte und fiel tot herunter. In der heißen, schwarzen Dunkelheit stieg allmählich das Parfüm verwesender Dinge wie der stechende Duft von Nachtblumen auf.

Heute nacht wird die Königliche Familie in einem nahegelegenen Kloster schlafen. Wo aber morgen?

Wer vergißt eine gemordete Königin?
Noch sterbend werden die großen Namen
eingegraben in das Buch der Menschheit.
Doch mein Blut floß, wo Blumen blühn,
am Fuß des Brunnens. Neunzehn war ich
und fast unsterblich, bis zu dem Tag,
da mein Leben schwand, das namenlose.

Ah vous! Ils ne vous oublient pas,
Mais moi, je n'ai pas d'la mémoire.

In einigen Tagen würde man die letzten, losen Enden der Erhebung aufheben und ordentlich mit Bänderschleifen verschnüren.

Danton, den der Schlaf der Erschöpfung endlich ins hohe Gras niedegestreckt hatte, hatte bei der Obrigkeit von Paris genügend Abdrücke seiner Gigantenpranke hinterlassen, um sie wie beabsichtigt zu beeinflussen. Es bedurfte nur einer Abordnung aus dem Rathaus, unterstützt von einem Aufschrei draußen auf den Straßen, und schon stimmte die Nationalversammlung für die offizielle Suspendierung des Königs und für eine Schutzhaft – en famille – im Temple. Zusätzlich beschloß die Nationalversammlung, sich selbst, wie vorgeschlagen, in naher Zukunft aufzulösen.

Und ein einziger Besuch vom Erzfeind Desmoulins – die einzige Waffe, mit der er sich seinen Weg bahnte, war die Aura jenes Tages, der ganz Dantons Werk war – bei Brissots Girondisten genügte, und schon versprach die Gironde Danton zur Versöhnung scharenweise ihre Unterstützung. Windmühles Aktivitäten als Agitator machten zu diesem Zeitpunkt in Anbetracht des funkelnden Tatendranges in den letzten Stunden einen enormen Eindruck. Bei genauerer Analyse waren sie allerdings unvernünftig, wenn nicht sogar idiotisch. Aber wer stellte schon Analysen an? Überall, wo er seinen Fuß in die Tür stieß, riß man sie für ihn mit lautem Hallo sperrangelweit auf. Auf das bloße Wort Danton hin, hüpfte die Welt. Andere aus Dantons Clique erledigten ihre Aufgaben weitaus gekonnter, und doch waren es auserwählte Jünger wie Camille, Fabre und Robert, die am meisten Eindruck machten. Der Genius ihres Herrn und Meisters war mit Feuerzungen auf sie übergegangen.

Ohne L'oui, Antoinette und ihr lästiges Spielzeugveto hatte man den Ministerrat schnell aufgelöst und neu zusammengestellt.

Die Gesetzgebende Versammlung wählte Georges-Jacques Danton zum Justizminister und Siegelbewahrer. Na schön, ein Minister, klingende Titel – was bedeutet schon ein Name? Dies eine: Der König war weg. Mit Unterstützung aller noch bestehenden Behörden von Paris sowie des militärischen und zivilen Wolfsrudels auf den Straßen, beschloß die Nationalversammlung folgendes: Egal, welcher Minister aus dieser umgebildeten und aufgemöbelten Regierung die Mehrheit der Stimmen erreicht, er wird damit zur obersten Autorität in der Exekutive, in Paris genauso wie in Frankreich. Und Danton besaß die Mehrheit der Stimmen.

Gut möglich, daß es irgendwo zu überraschten Mißfallensäußerungen kam, aber in den feurigen Kessel der Hauptstadt drang nur donnernder Applaus.

Dieser Koloß besaß eine derartige Statur und seine Macht eine derartige Ausstrahlung, daß ihn selbst Aristokraten auf den Gipfel gewählt hatten. Selbst Leute, die an dem geheiligten Namen kein gutes Haar gelassen hatten, verstiegen sich plötzlich zu dem Schrei, daß nur eine außerordentlich feste Hand und ein zielgerichteter Geist und Intellekt wie seiner den Aufruhr bändigen könne. In Zeiten des Chaos lohnte es sich, wenn man sich ausschließlich an eine Säule wie Danton klammerte. Sie hatten mit eigenen Augen gesehen, wie er den Giganten gestürzt hatte, jenen Drachen, der sich vor ihm aufgebäumt hatte. Aus Furcht und erstauntem Respekt warfen sie sich ihm zu Füßen. Seine Kritiker sprachen sich derart nachdrücklich für ihn aus, daß er gesagt haben soll: »Wer braucht schon Freunde, wenn er solche Feinde hat?«

Und so schweifte in der Morgenröte dieses Tages der Blick des blauäugigen Löwen auf seinem hohen Felsen mit kritischem Appetit über die Landschaft, die sich vor ihm erstreckte. Frankreich. Ein üppiges Jagdrevier, eine Frau auf dem Rücken, ein offenes, esoterisches Buch. Er sah die Fingerabdrücke des Krieges an den Rändern und die Risse, die sich durchs Innere zogen und bis in die Tiefen der Hölle aufklafften. Und er sah die Ströme von Milch und Honig. Eine Weile genoß er abwartend den Anblick, ehe er sprang. Nur wenige Menschen, die nicht auf hohen Felsen geboren wurden, klettern je so hoch oder sehen so weit.

1792: Spätsommer

Und so bestiegen der Prinz und die Prinzessin ihren Zauberteppich, der sie auf ein wunderschönes Schloß mit schön geschnitzten Möbeln und Brokatwänden entführte – an der Place Vendôme ...

Nun, Herr Vater, obwohl Sie mir immer nur Schande und Ruin prophezeit haben, lebe ich hier wie ein feiner Herr, in einem Palast. Danton ist Justizminister und hat mich zu seinem Sekretär gemacht. Unsere ruhmreiche Situation verdanken wir der Gnade schwarzer Gottheiten: der Kanonen. Wie Georges in der Nationalversammlung so schön gesagt hatte: »Wenn ich verloren hätte, wäre ich nun ein Schwerverbrecher.« Aber unsere Sache – die Freiheit – hat triumphiert. Wir sind in Sicherheit und sitzen auf der großen Treppe ganz oben. (Erzählen Sie ja nicht Ihren Nachbarn, wie erfolgreich ich war, sonst bekommt das reizende Stadtvolk von Guise einen Anfall. Was? Dieser elende Camille? Unmöglich. Oder: Na ja, das Glück ist ein Rindvieh – denn in meinem Fall kann es unmöglich an Fähigkeit und Talent gelegen haben.)

Was mich selbst betrifft, so bin ich weniger eitel als früher. Der Erfolg hat mich ausgeglichen gemacht. Und auch – desillusioniert. Nun, ich bin älter und durchschaue die Masken, die lächelnden Gesichter und lautstarken Beteuerungen von Vaterlandsliebe und gutem Wohlwollen, et cetera. Manchmal wird mir ganz übel von dem, was ich unter dem hochgehobenen Stein vorfinde. Aber lassen wir das jetzt mal beiseite. Glauben Sie mir, auch Sie werden meinen Aufstieg zu Wohlstand zu spüren bekommen, und zwar bald. Und was Frankreich (das arme Frankreich an seinem Kreuz, wie es Marat ausdrückte) anbelangt: Jetzt haben wir die Mittel, endlich ungehindert unsere Ziele durchzusetzen. Trotzdem überfallen mich manchmal tatsächlich Verzweiflung, Bedenken und hoffnungslose Melancholie. Sie wissen ja, wie ich bin. Schon als Kind mal himmelhoch jauchzend und im nächsten Moment zu Tode betrübt. Trotzdem gestehe ich, daß ich nicht begreifen kann, wie dieses Meer des Jammers, das mich umgibt, je beseitigt werden soll. Ein ganz schlichter Vorfall zum Beispiel: Das Volk fühlte sich von einer Statue von Louis XVI. auf dem Platz unter unseren Fenstern beleidigt. Aber als man das Ding herunterzog, fiel es um und begrub eine Frau unter sich. Kein Wunder, daß Lucile noch immer von diesem Bild verfolgt wird. Gott sei Dank mußte sie keinen jener Anblicke ertragen, die mir am zehnten und elften August zuteil wurden.

Was soll man also mit dieser, dem Zufall unterworfenen, gigantischen Folterkammer anfangen, die wir das menschliche Leben nennen?

Der fähige, begabte und glückliche Autor, der den ganzen Vormittag für das Ministerium Memoranden und öffentliche Rundschreiben entworfen hatte, begab sich nun hinüber ins Ministerialbüro. Überraschenderweise stand die Tür offen – vielleicht wegen der Hitze. Sonnenlicht knallte auf die gemusterten Wände und den mächtigen Schreibtisch, der aufgeräumt war, weil auf ihm noch nicht sehr viel Papierarbeit erledigt worden war, ganz im Gegenteil zum Schreibtisch des Autors gegenüber.

»Komm rein, ehrenwerter Sekretär«, sagte Danton. »Sie kennen doch meinen Sekretär, nicht wahr, Monsieur Robespierre? Darf ich vorstellen? Desmoulins, Robespierre. Robespierre, Desmoulins.«

Robespierre nickte Camille vom Fenster her zu. Er wirkte nervös und beleidigt, wie eine Katze, der man auf den Schwanz getreten war – lächerlich. Camille streckte sich, bis seine Schultergelenke knackten, und legte die Papiere auf Dantons spektakulären Schreibtisch.

»Grundgütiger Himmel, mach doch nicht so eine Unordnung. Maximilien«, sagte Danton zu Camille, »wurde soeben eine einträgliche und wichtige Stelle in meinem Stab angeboten, die er abgelehnt hat. Was soll ich davon halten?«

»Ich habe es doch erklärt«, sagte Robespierre. »Ich habe nicht die geringste Absicht, dem Volk diese Ausgabe aufzubürden. Ich habe alles, was ich brauche, und kann mich sehr gut von meiner derzeitigen Position aus für die Dinge einsetzen, an die ich glaube.«

»Aber nicht mit mir zusammen«, sagte Danton.

»Falls wir für dieselbe Sache kämpfen«, sagte Robespierre, dann selbstverständlich mit dir. Dazu muß ich mich aber nicht im selben Gebäude aufhalten.«

»Vorausgesetzt, ich möchte dich überhaupt im selben Gebäude haben.«

»Tut mir sehr leid, Georges, du meinst es sicher nur zum Besten, aber mein Leben ist sehr einfach –«

»Verdammt noch mal, winde dich nicht aus dem Thema heraus«, meinte Danton laut. Camille drehte sich instinktiv um und schloß mit einem Fußtritt die Tür. Beide Männer warfen ihm einen schiefen Blick zu. »Wie subtil«, meinte Danton, ging an Camille vorbei und machte die Tür weit auf. Dann brüllte er in die goldenen Zimmer und hohen Korridore hinaus: »Um Himmels willen, Maxime, ich brauche dich! Bitte unterstütze mich! Beteilige dich an diesem großen Unternehmen! Hilf mir, Frankreich zu retten!«

»Ach du liebe Güte«, rief Camille.

Danton grinste ihn liebenswürdig an und sagte zu Maximilien: »Und jetzt, wo alle wissen, wozu du nein sagst, sag noch einmal nein.«

Robespierre räusperte sich. Er schaute Camille an. »Bitte richte Lucile aus, wie sehr ich mich darauf freue, bei meinem morgigen Besuch das Kind zu sehen.«

»In Ordnung«, sagte Camille. »Wenn ich dich sehe, soll ich dich fragen, was du essen willst.«

»Das ist mir einerlei. Du kennst ja meinen schlechten Appetit.«

»Ja«, sagte Danton. »Wir stehen am Anfang. Erst am Anfang.« Er beugte sich vor und legte Camille eine Hand auf die Schulter, als ob er Halt suchte. »Maxime, deine Ablehnung hat mich verletzt. Tief.«

Robespierre betrachtete Danton, der wie ein Turm über Camille aufragte. Robespierre sagte: »Georges, mein Schicksal ist es, allein zu kämpfen.« Noch einmal nickte er beiden zu, dann spazierte er elegant hinaus. Die Absätze seiner polierten Schuhe klapperten wie winzige Pferdehufe über den sonnenhellen Boden.

Kurz darauf schloß Danton selbst mit einem Fußtritt die zierlich getäfelte Tür. »Dieser Scheißkerl von einem Parvenü«, sagte er. »Genausogut hätte er mir erklären können, daß er mit diesem korrupten Vipernnest nichts zu tun haben möchte.« Er betätschelte die Papiere auf dem Schreibtisch. »Was, zum Teufel, ist das? Ich hab keine Zeit dafür, ich geh rüber in die Nationalversammlung.«

»Das, worum du mich gebeten hattest. Ein neuer Stapel korrupter

Komplotte und Lügen, um die Bevölkerung von Frankreich in die Irre zu leiten.«

»Hervorragend. Sag Fabre, er soll sich darum kümmern. Wofür habe ich ihn denn bezahlt, Kreuzkruzifix?«

»Mäßigung«, betonte Camille, ging zum Fenster und schaute hinaus, bis drunten eine Minute später Robespierre erschien. Zwischen dem zartgelben Mauerwerk spazierte er in den goldgelben Sonnenschein hinein. »Zwölftausend Livres«, sagte Camille. »Was hast du ihm geboten?«

»Was er wert ist. Können wir gehen?«

»Einmal habe ich Mirabeau gefragt: Sind Sie gekauft? Wollte schlau sein.«

»Das versuchst du doch immer. Manchmal klappt's. Diesmal nicht.«

»Inzwischen frage ich mich selbst: Na, Camille, bist du gekauft?«

»Du bist gekauft«, sagte Danton. »Genau wie wir alle. Na los, beweg dich.«

Camille schaute weiter zum Fenster hinaus. Er und Danton – eine Kabbelei an der Grenze von Spaß und Ernst. Die Reklamememoranden über Schweizer und österreichische Komplotte in den Tuilerien – sie hatten der Wahrheit entsprochen beziehungsweise hätten es können. Es hatte ihn nicht besonders gekränkt, daraus einen Gerichtsfall zu machen. Dagegen Robespierre, der wahre Unbestechliche, klipperdiklapp über die Pflastersteine, ganz virtu intacta. Oh, dieser verflixte Kerl!

Als Camille wieder in sein eigenes Büro – was für ein Luxus! – ging, kam jemand herein und informierte ihn höflich, draußen wäre ein gewisser Bürger Fouquier. Die Windmühle kreiste lässig mit den Armen. »In Ordnung.« Den empfange ich, den nicht. Dantons brillanter Auftritt vor der Nationalversammlung. Lucile, die sich weinend an mich klammert und vom Tod draußen auf dem ovalen Platz träumt, der nicht mehr Place Vendôme heißt, sondern in Platz der Piken umbenannt wurde. Und das Kind – das Kind, das mich mit seinen nachtschwarzen Augen anstarrt. Mein Gott, was habe ich mit angesehen, seit ich dich das letzte Mal in den Armen hielt. Kann ein Mann seinen Sohn durch einen Blick mit dem Entsetzen infizieren? Aber der Augenblick ging vorbei. Du konntest das Kind kitzeln und zum Lachen, Strampeln und Quietschen bringen. Wenn er das Kind hielt, überschwemmte ihn manchmal ein ekstatisches Glücksgefühl, und dann mußte er das Gesicht gegen die Windeln und den warmen Körper pressen. Glück oder Schmerz. Oder ein anderes, unbenennbares Gefühl. Gehört das mir? Ist dieses Leben wirklich ein Teil von mir? Laß uns nicht aneinandergeraten, wie es mir sooft mit meinem Vater passiert ist. Ich kann aus solchen Fehlern lernen. Kann's richtig machen. Ich kann diesem meinem Sohn der beste Vater auf Erden sein. Ich weiß, was ich *nicht* tun darf. (Denk an Mirabeau und seinen verdammten Vater. Als er mir erzählte, wie wenig er für ihn getan hatte, hätte ich ihn am liebsten dafür gekreuzigt. Aber Mirabeau ist tot. Warum muß ich an Mirabeau denken?)

Ein Schatten wischte um die Tür.

Auch er ein Verwandter. (Saint-Just, der schöne Cousin; Fouquier-Tiville, der häßliche Cousin.) Sie hatte ihm einen Brief geschrieben, diese Kreatur dort in der Türe.

Hör auf. Hör auf, ihn vom jetzigen Standpunkt aus zu betrachten. Geh zurück. Lösch deine Erinnerung. An jenem Tag war er nur ein komischer, kleiner Kriecher aus der heimischen Provinz gewesen.

In Fouquiers Brief stand:

Mein lieber Verwandter, Sie allein können mir durch Ihre besonderen Kontakte und Beziehungen zu berühmten Leuten helfen. Sie wissen, daß ich mich voll und ganz für die Freiheit und das Wohlergehen Frankreichs engagiere. Ich baue auf die alten Bindungen, auf Ihr wohlbekanntes und geschätztes Pflichtgefühl –

Würg, Kotz. Hallo, Antoine-Quentin.

Hin und wieder war er reich gewesen. Hatte das Geld erheiratet und anschließend in Bordellen und Schnapskisten verloren. Schwarzgekleidet, mit vorquellenden, spermienfarbenen Äuglein.

»Guten Tag, Fouquier.«

(Danton hatte auch für Fouquier-Tiville einen englischen Namen geprägt: Fork-Tongue – Doppelzunge. Danton hatte ihn tatsächlich schon entdeckt. Eine Anstellung will er? Sag ihm, ja. Was? Stell ihn ein. Er ist Anwalt wie wir auch. Irgendwas auf der legalen Seite. Wirst sehen, der macht, was man ihm anschafft.)

»Nun Camille«, sagte Fouquier Doppelzunge, während er sich umsah. Seine Augen betatschten alles, seine Hände glitten herum, hoben einen Briefbeschwerer, eine Schale mit Streusand hoch, und sein Körper rutschte in einer Art Sitztanz auf dem Stuhl herum. »Sehr freundlich von dir, daß du mich empfängst.«

»Stimmt«, sagte Windmühle, wobei er seine Füße in den eleganten Schnallenschuhen auf den Schreibtisch legte. Fouquier betrachtete voll Bewunderung eingehend die Schuhe und gab mit einem Lächeln das nächste Stichwort. »Du suchst eine Anstellung?« erkundigte sich Windmühle träge.

»In gewisser Weise.«

»Und du möchtest, daß ich dir helfe?«

»Danton – hat sich mir einige Male gewogen gezeigt.«

»Was du nicht sagst.«

»Und auf dich hört er, natürlich.«

Irgendwo droben zwischen den Deckenschnörkeln surrte und krabbelte eine im Fouquierstil gekleidete, schwarze Fliege herum. Camille legte den Kopf in den Nacken, um sie betrachten zu können, und reckte den Hals.

Ach, lieber Gott, diese Symbolik der Geste. Ich kann die Erinnerung nicht auslöschen. Nicht bei dem da. Er saß da und hing förmlich an jedem meiner Atemzüge. Und ich ließ ihn warten und wußte nicht, daß er der Engel des Engels des Todesengels war.

»Wein doch nicht, mein lieber Liebling, was ist denn los?« Verzweifelt, weil ich dachte, ich hätte sie verletzt, ihr weh getan. Sie klammerte sich an mich, und ich hielt sie. Immer und immer wieder betonte sie, sie würde mich lieben. Ich versicherte ihr, das beruhe auf Gegenseitigkeit. Noch immer schlug mein Herz wie wild in den Nachwehen der Liebeslust, die eigentlich jedes Bekenntnis überflüssig machte. »Und doch habe ich Angst«, flüsterte sie schließlich. »Wovor hast du Angst, meine Lucile, meine Liebste?« »Das Kind, er ist so bezaubernd, so ein Wunder, und ich bin so froh, daß ich ihn habe, und liebe ihn so, aber – weißt du, bei Gabi – ein Kind nach dem anderen, das war wie« – Ich konnte sie kaum verstehen, so leise murmelte sie, weil sie sich schämte, mit mir darüber zu sprechen, als ob das wichtig wäre – »eine einzige lange Krankheit. Ich konnte nicht denken. Ich konnte dir nicht helfen. Alles war wie ein schrecklicher Traum – nicht wieder, ich kann's nicht ertragen –, o mein Gott, mein Gott!« Inzwischen wurde sie von heftigen Weinkrämpfen geschüttelt. Keuchend rang sie nach Luft, ihre Tränen versengten meine Haut, und ihre Nägel krallten sich brennend in mein Fleisch. Ich lag da, hielt sie fest und murmelte ihr unter sachten Küssen allen möglichen Unsinn zu, alle Altweibergeschichten, jede erdenkliche Ermunterung und alle Treueschwüre. Bis sie zitternd und bebend an mir zur Ruhe kam, meine süße, reizende Lucile, die mir soeben erklärt hatte – falls sie sich darüber im klaren sein sollte –, daß ich sie nie wieder besitzen könne.

Dieselbe Lektion hatte ich schon bei meiner Mutter gelernt. Angesichts dieses Beispiels konnte ich unmöglich meine Frau auf diese Weise töten. Falls ich einen Beweis brauchte, dann hatte ich ihn schon in den letzten drei Monaten ihrer Schwangerschaft erfahren, als ich befürchtete, ich würde sie verlieren. Damals hatte sie kein Wort darüber verloren, was typisch für sie war. Und das jetzt – war es nicht.

Schließlich schlief sie zusammengerollt an meiner Seite ein. Ihre wunderschönen Haare streichelten meine Lippen, ihre Brüste schmiegten sich an meinen Körper, und ich mußte irgendwie lernen, so bei ihr zu liegen, ohne sie zu begehren, mußte lernen, sie im Arm zu halten, als ob sie meine Schwester wäre.

Während das Tageslicht zu den hohen Fenstern hereindrang und alle Details der Decke des Lamcignon-Palastes immer klarer hervortraten – die liebestollen Götter, die Mädchen mit den Schwänen, die rosigen Amorwolken –, lag ich schweren Herzens da und überdachte, was sie mir erklärt hatte, was nicht sein durfte. Bar jeder Antwort, mit hundert leichtfertigen Lösungen aus den Lehrjahren im Bordell, die angesichts ihrer elementaren Unschuld nutzlos waren – mein Bedürfnis. Manchmal glaubte ich an eine Sinnesänderung, daß sie mit der Zeit weniger Angst haben würde – sie würde es nicht. Sie war weise. Dann redete ich mir ein, daß ich sie liebte und dies unwichtig sei – es war wichtig. Jeder aufgewühlte Nerv meines Körpers schrie mich an, daß es wichtig war.

Longwy, mit Eisen gegürtet, seine Festung hochaufragend über dem Tal der Chiers – eine Stadt, die plötzlich berühmt wurde. Weil die Preußen Longwy eingenommen haben.

Ein Blick auf die Landkarte: Deutschland und Belgien überrennen

Frankreich. Man muß nur sagen: die Preußen … Longwy – und schon explodieren die Räume. Die Straßen nach Paris stehen den Invasoren offen. Ihnen, die geschworen haben, alle Revolutionäre ohne Gnade zu ermorden, Paris zu schleifen und den Schoßfluß mit Leichen aufzutauen.

Die Patriotischen Truppen müssen sie aufhalten. Schnell, schickt ihnen Nachricht. Schickt ihnen mehr Waffen und mehr Salpeter. Brauchen wir wirklich so viele Glocken? Wir könnten einige zu Kanonen umschmelzen. Und inzwischen muß die Stadt klarmachen, daß Verräter nicht geduldet werden. Eine Armee ist nur erfolgreich, wenn es zu Hause, hinter ihrem Rücken, keine Komplotte gibt. Gleich von Anfang an gab es böse Überraschungen. Lieferanten, die unseren Legionen schlechtes Fleisch verkauften, Nachschub, der nie am Ziel ankam. Und dann gab es da noch böse Zungen, die Uneinigkeit und Verzweiflung verbreiteten. Jedes Körnchen Zweifel ist dem Feinde pures Gold wert. Schon deswegen kann man sicher sein, daß zwei Drittel aller Pessimisten in Paris gekauft wurden. Deshalb wird man die Verräter zusammentreiben und der gerechten Strafe zuführen. Danton hat eine Arena des Gerichts vorbereitet – ein Augusttribunal.

Mitten im Kriegsgebiet hat La Fayette, der Junge mit dem Goldhaar, das blonde Kind, der Veteran des Amerikanischen Unabhängigkeitskrieges, soeben erfahren, daß ihn das Augusttribunal unbedingt sehen will, worauf er aber ganz und gar nicht erpicht war. Nun, das alles hatte er schon einmal erlebt. Undankbarkeit und Gefahr. »Ich muß diesen bitteren Kelch bis zur Neige trinken. Erneut.« Darüber grübelte er in der Dunkelheit der Morgendämmerung nach und dachte daran, wie er damals als Neunzehnjähriger in Amerika gewesen war. 1789 hatte La Fayette einen Schlüssel der gestürmten Bastille an George Washington geschickt: der Tribut des Schülers der Freiheit an den Gründervater ihrer Bewegung. Und jetzt? Nun, das Pferd war gut trainiert und tat, was man ihm anschaffte. Durch Kornfelder und Wälder glitt es dahin (er dachte nicht im Traum daran, sich irgendeiner Gerechtigkeit von Dantons Gnaden zu unterwerfen), dann über einen Fluß und über die Grenze, direkt in die Arme der Österreicher, die allerdings nicht so unschuldig erfreut waren, wie La Fayette gehofft hatte. Und so wird er statt Dantons Justitia mehrere Jahre die österreichische Ausgabe genießen: im Inneren eines österreichischen Kerkers.

Aber vielleicht war das sowieso besser, denn das Pariser Augusttribunal schlug derart hart zu, daß sich Robespierre offen weigerte, dabei eine Richterrolle zu übernehmen. Nun, es ist die alte Enthaltsamkeit, Maximiliens Abneigung gegen die Todesstrafe. Denn das Tribunal mußte natürlich gelegentlich ein Todesurteil aussprechen. Aber selbst beim Tod wechselt die Mode.

Quid novi?

Eine neue Göttin regiert in Paris, und sie ist auf ihre Weise eindrucksvoll. Hochgewachsen und schlank zeichnet sich ihre Silhouette gegen den Himmel ab. Solange sie zugedeckt ist, wirkt sie wie eine breitschultrige Frau, der seltsamerweise der Kopf fehlt. Wenn der Mantel fällt, birgt ihr nackter Rahmen Luft, und in ihrem Bauch befindet sich ein runder Nabel aus Leere. Um zu ihr zu kommen, muß man nach oben klettern und sich dann, wie das bei Gottheiten so üblich ist, vor ihr aufs Gesicht legen. Sie legt dir ihre hölzernen Hände um den Hals und dann – der kalte Stahlkuß.

Beim ersten Mal hat man sie nachts hereingebracht, verhüllt wie eine kostbare Kurtisane für einen König. Hat irgend jemand die bizarre Prozession kurz vor der Morgendämmerung gesehen? Hat er drunten auf der Straße die Räder schwach rumpeln hören? Was kommt da vorbei? Ach, es ist nur sie.

Noch ist sie eine Junggöttin, die im Schutz der Dunkelheit leise hereingebracht wird, ein Neuling in der Welt, noch ist sie keine Berühmtheit, obwohl sie bereits spielerisch viele Namen erhielt.

Manchmal heißt sie das Piano, weil sie angeblich ein Klavierbauer erschaffen haben soll. Sieht das Auge vielleicht irgendwelche Parallelen zwischen ihr und einem Piano? Wenn ja, dann ist die Tastatur rein metaphysisch gedacht, ein umgrenzter Raum, auf dem der Tod Fingerübungen machen kann. Ja, das Piano, es wird heute spielen, aber nur eine einzige Note.

Man wird sie auch Mignonette und Louisette nennen, als ob sie ein junges Mädchen, eine Jungfrau, wäre. (Offengestanden hat sie bereits einen Mann gehabt, aber nur einen einzigen.) Sie ist nicht ausgewachsen – noch nicht. Dazu wird sie Übung und Erfahrung brauchen.

Kalte Stahlküsse.

Wie heiß oder kalt ist denn heute die Klinge, die Klinge von Louisette, der Katzengöttin, die nur einen Zahn hat und deren Biß doch tödlich ist?

Wenn man aus den Fenstern über die Place du Carrousel schaut, kann man in weiter Ferne beobachten, wie zwei kleine Gestalten, zwei Verbrecher, die Leiter zur Plattform hinaufsteigen, wo die Göttin steht. Oder man verrenkt sich hinten in der Menge den Hals – halt die Kinder hoch, sonst verpassen sie's.

Jetzt liegt ein Mann mit dem Gesicht nach unten auf dem Brett. Der hölzerne Kragen schließt sich um seinen Hals. Droben am Himmel zwischen den Holzpfosten blitzt es auf, ein Blitz – und die Menge gibt Laut. Was? Ist das alles? Schon vorbei? Ich habe nichts gesehen – nun, leider kann man es mit demselben Mann nicht wiederholen, aber da ist ja noch einer. Jetzt aufgepaßt, konzentriert und genau hingeschaut. Nicht blinzeln, denn in Windeseile ist alles vorbei. Und ein zweiter Blitz und wie zuvor ein Blutstrahl. Die Menge schreit laut auf, einige lachen. Aber eines steht fest: Es geht zu schnell. Die Menge versucht, sich aufzumuntern. Schauen die Kerle mit ihren abgebissenen Köpfen nicht lächerlich aus? 's ist gut, wenn man Verräter los wird. Nur schade, daß es so schnell geht.

Vermutlich besteht die einzige Lösung für das Problem darin, mehrere auf einmal zu erledigen. Wenn nicht Klasse, dann eben Masse.

Die schwarze Göttin, die inzwischen mit rubinroten Bändern geschmückt ist, deutet in keinster Weise an, daß sie sich bewußt ist, irgend jemanden enttäuscht zu haben. Stumm und abwartend schwebt sie in der Luft. Vielleicht weiß sie etwas, das wir nicht wissen.

Und man wird sie auch *La Juilletine* nennen, nach dem glorreichen Revolutionsmonat Juli.

Eigentlich erinnert ihre Form von vorn betrachtet weniger an ein Musikinstrument als merkwürdigerweise an eine Druckerpresse. Und natürlich fährt wie bei einer Presse in Aktion ein Teil von ihr von oben herab.

Schlaf nun ein, schwarze Göttin, auch wenn sich das runde Auge in deinem Bauch nie schließt. Schlaf nun ein – für ein Weilchen.

Sieben

1792: September (Sanglant)

Fraternité ou la mort
(Sei mein Bruder, oder ich töte dich)

Der Kutschenkonvoi, der Richtung Abtei-Gefängnis dahinrumpelte, transportierte passenderweise eine Gruppe Priester. Selbstverständlich handelte es sich dabei nicht um Volkspriester, sondern um Aufsässige, die sich weigerten, den Eid auf die Nation abzulegen. Man hatte sie wie so viele Hunderte verschiedener Personen in den letzten Tagen verhaftet, und nun war ihnen grauenhaft elend und verzagt zumute. Hin und wieder wurden sie von ihrer Eskorte aus Föderierten Soldaten verhöhnt, was vielleicht einen Hauch von Angst auslöste. Aber innerlich hatten sie sich auf feuchte Mauern, Stroh in den Zellen und üble Haftbedingungen eingestellt. Einige beteten bereits leise um Erlösung.

Und die Erlösung kam.

Sie kam aus der Tiefe des Septembersonntagnachmittags, zwischen zwei Straßen, ein einziges langes, unglaublich bedrohliches Geheul, das nichts Menschliches barg, außer daß nur menschliche Wesen zu einem derartigen Lärm fähig sind.

Sie, die Gefangenen in den Kutschen, sahen, wie sich um sie herum blitzschnell ein Wall aus Menschen auftürmte.

Die Fenster standen offen – der Tag war heiß und schwül. Jetzt drang weißes Licht messerscharf durch die Öffnungen herein. Und als es wieder hinausglitt, war das Weiß rot.

»He, ihr da«, sagten die Föderierten.

»Ja. Wir. Wollt ihr uns etwa aufhalten, oder wollt ihr mitmachen? Bist du für das Volk oder gegen das Volk, ha, du Bürger Heda?«

Ein paar Straßen weiter standen alle, die das Gebrüll und die Schreie gehört hatten, tatenlos dabei, als das erste Pferdegespann in Sichtweite kam. Inzwischen bewegte sich der Konvoi beinahe stumm vorwärts. Der Tumult aus den drei, vier Straßen weiter vorn war verebbt. Mit gesenkten Köpfen zogen die Pferde schweißdampfend ihre Last. Über dem Knarzen der ruckelnden Räder erklang ganz leise ein sehr merkwürdiges Geräusch, ein ununterbrochenes Jammern und Wimmern ... Unter jeder Kutschentür war Blut herausgelaufen – und lief noch immer. Scharlachrote Ströme überschwemmten die Pflastersteine und blieben in leuchtenden Rinnsalen zurück, während sich die zitternden Pferde weiter auf das Gefängnis von L'Abbaye zuschleppten.

Alle Gefängnisse waren mit verräterischen Priestern und verschwörerischen Aristokraten überfüllt. Wer wüßte das nicht? Und natürlich hatten sie Geld, der Papstklerus und die feinen Herren und Damen. Sie führten ein luxuriöses Gefängnisleben, und wenn sie keine Lust mehr dazu hatten, bezahlten sie ihre Flucht. (Für die Reichen und Vornehmen ist alles ein Spiel. Zuvor hatte man sie mit besonders gefärbten Bändern und Westen auf den Straßen gesehen. Rouge séparé hieß die Farbe – nach den abgeschlagenen Köpfen des Bastillekommandanten und gewisser Personen an Laternenhaken.) Ausbrüche waren in allen Gefängnissen gang und gäbe. Der Adel blieb eindeutig nur so lange eingekerkert, bis man ein Komplott ausgeheckt hatte. Orte der Züchtigung waren eine Brutstätte für Verrat. So viele üble Strolche landeten in den Verliesen von Châtelet, La Force und Conciergerie nur, um anschließend in die elegant ausgestatteten Zellen der feinen Pinkel hinaufgebracht zu werden, wo man ihnen Gold anbot und gab und ihnen an einem ganz bestimmten Tag die Freiheit zusicherte. Sobald Paris, wie es sich gehört, ohne seine jungen Männer dastand, die stündlich in Scharen an die Kriegsfront aufbrachen, fielen bezahlte Mordbuben über die restlichen Bürger – Schwache, Kranke und Alte, Frauen und sogar Kinder – her und brachten sie um. Paris, das sein Erbe nicht vergaß, wußte genau, daß derartige Massenmassaker möglich waren. Es hatte zum Beispiel erst vor knapp zweihundert Jahren Ende August am St.-Bartholomäus-Tag das Abschlachten der Hugenotten – über tausend Menschen – mit angesehen.

So war das eben. Braunschweigs Preußen hatten Verdun genommen. Offensichtlich konnte (oder wollte) nichts sie aufhalten. Möglicherweise würden sie binnen zwei Tagen Paris erreichen. Denk darüber nach: zwei Tage – Braunschweig, der Herr mit dem Manifest, und durch

Leichen aufgestaute Flüsse. Inzwischen war da diese Horde Feinde innerhalb der Stadtmauern. Du hast es gesehen, hast davon geträumt. Ein Nachthimmel, rot von Bränden, die Tore von Paris zerbrochen, die knallroten Donnerwolken der Kanonen. Und während die Armee des Todes vorwärts stößt, erhebt sich hinter deinem Rücken mit gefletschten Zähnen der zweite Tod und steigt neben dir mit deinem toten Kind in den Fängen empor.

Zwischenzeitlich hatte Panik geherrscht. Reine Panik, ohne jede Beimischung. Der Ministerrat trat zusammen und plädierte schäumend und piepsend für eine Massenevakuierung der Stadt. Nichts wie raus hier. Raus und weg. Rennt um euer Leben, und rette sich, wer kann!

Es war der Justizminister – Danton –, der grellbunt wie die Hölle mit den Farben von Feuer und Blut bekleidet ans Rednerpult im Stall marschierte. Seine rote Gesichtsfarbe stach von der bebenden Blässe der übrigen ab.

»Rennen? Nur über meine Leiche. Ihr laßt Paris, die Kaiserin unter den Städten, im Stich. Heißt das, daß ihr euch nichts aus ihr macht? Ich würde sie eher eigenhändig der Fackel übergeben und sie nach Römerart töten, als zuzulassen, daß sie zum vergewaltigten Spielzeug irgendeines fremden Eroberers wird.« Und die Halle beginnt zischend Funken zu schlagen. O ja, wenn der Gott über Danton kommt, dann ist das nicht wie bei jedem anderen Menschen. Heute ist vielleicht Mars der Schutzpatron, der von der Wiese jenseits der Seine. Und Mars erhebt seinen brennenden Kriegshelmbusch. »Hört mir zu. Wir werden über Verteidigungsanlagen verfügen. Wir werden unsere Truppen neu organisieren. Wir werden kämpfen, nach zwei Seiten, gegen den Feind von draußen und gegen den Feind in unserer Mitte. Mit Genuß, meine Herren, werden wir heute den Massen von Paris verkünden, daß Frankreich gerettet werden wird und daß Frankreich Sieger sein wird. Die Grenze zwischen Todesangst und Heldenmut ist schmäler als ein Faden. Allein durch unsere Inspiration werden wir sie alle zu Kriegern machen. Und allen, die Frankreich im Stich lassen, werden wir genau das geben, was der Feind anbietet – den Tod!« Lauter Applaus. Er hat sie gepackt. Todesangst – Heldenmut. Der Faden zerreißt, und nun stehen sie tapfer wie die Adler und Löwen auf den Bänken. »Wenn in dieser Situation die Glocken ertönen, dann wird das nicht nur ein Alarmsignal sein. Es wird das Signal zum Angriff auf unsere Feinde sein. Denn was braucht es, um einen Gegner niederzuwerfen? Überlegene Waffen? Nein. Moralische Überlegenheit? Nein. Die Hand Gottes? Nein, nein und nochmals nein! Das einzige, was es dazu braucht, ist Wagemut und nochmals Wagemut.«

Da stehen sie nun brüllend und jubelnd auf den Bänken, während draußen die Menge die Worte aufschnappt und ihrerseits durchdreht. Todesangst und Heldenmut. (»Aber außerdem braucht es«, bemerkt Danton vertraulich, »einen Aderlaß.«)

Als die bluttropfenden Kutschen das Abtei-Gefängnis erreichten, erwartete sie der Pöbel schon an den Toren.

Die Priester, die bisher überlebt hatten, wurden auf die Fahrbahn gezerrt und in Stücke gehackt.

Ein kleinwüchsiger, kleiner Zimmermann ging herum und beruhigte die Pferde, die inzwischen wegen des Gestanks von Blut und Innereien wieherten und stampften. »Ist ja gut, ist ja gut, meine Schöne, meine Liebe.« Und um leichter ihre Köpfe zu erreichen, kletterte er auf den Rücken eines sterbenden Priesters.

Ich sagte zu ihm: »Nun, werden sie herkommen?«

»Wer soll wohin kommen?« fragte er mich träge.

»Also wirklich, Danton. Die Preußen.«

»Nein. Sie werden nicht herkommen.«

»Jetzt bist du mit mir zusammen, allein, und nicht draußen bei einer Kundgebung für die ganze Welt.«

»Brauchst du etwa keine Kundgebung, mein lieber Camille? Hast du nicht auch wie alle anderen die Hosen gestrichen voll?«

»Mit Ausnahme von dir.«

»Mit Ausnahme von mir. Sie werden nicht herkommen. Wir werden Hackfleisch aus ihnen machen. Longwy und Verdun: Die Verteidigungsanlagen waren in einem lausigen Zustand, und die Armee ist noch immer ein Misthaufen. Aber das wird besser. Ich habe mit unseren kühnen Hauptmännern ein Wörtchen geredet. La Fayette war der einzige General, der vor kurzem desertiert ist, und das ist nicht mehr so, als ob man einen kaputten Zahn verliert. Und nun? Ich an deiner Stelle würde mein Geld auf das Departement Marne setzen und damit auf einen wie auch immer gearteten entscheidenden Sieg.«

»Ach? Warum?«

»Nahe genug an Paris, damit unsere Blödmänner aufwachen und zupacken. Und so weit weg, daß ein Rückzug der Deutschen wahrscheinlich wird. Und außerdem.«

»Und außerdem.«

»Schätzungsweise gibt's im Departement Marne jede Menge Windmühlen.«

Seit August waren Tausende verhaftet worden. Die Gefängnisse platzten aus allen Nähten.

Jede Menge Verschwörer und Verräter.

Stecken unter einer Decke mit den Émigrés, deren Armee von Koblenz – deren Pakt mit Preußen – deren Agenten bereits –

Und hinter deinem Rücken erheben sie sich mit Dolchen und toten Kindern zwischen den Zähnen.

Und allen, die Frankreich im Stich lassen, werden wir genau das geben, was der Feind anbietet – den Tod.

Ausgestattet mit unbeschränkter Vollmacht, hatte Danton Hausdurchsuchungen nach geheimen Waffendepots und illegalen Geldvorräten genehmigt. Alle tauglichen Bürger sollten mobilisiert und bewaffnet werden. Wer sich weigerte, der Stadt zu helfen, würde erschossen.

Die Ausfallstraßen von Paris werden gesperrt.

Die Versammlung wählt ein Kriegskomitee.

»Was ist los?«

»Sie töten sie – wie die Fliegen. O Gott, wir werden die nächsten sein.«

»Aber warum?«

Die Gefangenen drängen sich um ihre schmalen Fenster, von denen einige so weit unten liegen, daß sie sich dafür auf den Boden legen müssen, und betrachten drunten im Hof das große Blutbad, in dem einige Männer fröhlich herumplanschten, während andere darin ertrunken sind.

Einige Gefangene gehen von den Fenstern weg und versuchen, sich zu verstecken. Sie finden Mauerspalten und vergraben sich darin, sie klettern in die Kamine. Kugeln und brennendes Stroh treiben sie heraus.

Männer springen in die Zellen, Männer mit fröhlichem, kernigem Blick und leuchtenden Augen. Sie schleppen Flaschen mit sich, als ob sie hierhergeeilt wären, um den Gefangenen etwas zum Trinken anzubieten. Aber ihr einziges Geschenk ist Stahl. Es grinst, das letzte Gesicht, das du siehst, und in seinen glänzenden, glühenden Augen liegt nichts Menschliches. Aber das Abschlachten geht nicht immer so schnell.

Aus dem Châtelet holen sie dich heraus und schleifen dich auf Füßen, die vor Angst taub sind, durch die Gänge vor ein wundersam traumähnliches Tribunal, das sich im Aufenthaltsraum der Gefängniswärter niedergelassen hat.

»Hier hinein.« (Frag nicht mehr, *warum*? Steig über den Toten in der Tür.) »Stell dich hier hin.«

Dann stell oder knie dich hin, wenn deine Beine nachgeben.

Fackelschein und Pfeifenqualm. Sie rauchen und trinken Branntwein. Ein Paar schnarcht erschöpft von der ermüdenden Arbeit. In einer Ecke kauert einer der Wärterhunde zitternd an einer Kette und giert nach dem Blut, das er riecht. Der andere Geruch treibt ihn vor Angst beinahe zum Wahnsinn: Haß, blankes Entsetzen.

»Name.«

Mein Name? Sag ihn. Ein ganz gewöhnlicher Name. Ich bin nur ein ganz gewöhnlicher Dieb. Hab nur gestohlen, um zu überleben.

»Aber man hat dich gesehen, wie du mit feinen Pinkeln geredet hast.«

Im Hof, einmal. Habe ich? Nein, er hatte zu mir gesagt –

»Lüg nicht. Wir wissen alles. Wir können deine Gedanken lesen. Wenn du uns anlügst, bist du verloren.«

Aber vermutlich bist du sowieso verloren, egal, was du getan oder nicht getan oder gesagt hast.

»Dieses Gericht befindet dich für schuldig. Schafft ihn raus und kümmert euch um ihn.«

Man schafft dich raus und kümmert sich um dich.

Flüsse entspringen und beginnen zu fließen, Flüsse, röter als Wein. Von den Kirchen, in denen kriminelle Priester Zuflucht fanden oder eingesperrt waren, von den Gefängnissen, diesen Brutkästen der Perfidie.

Die Rinnsteine erröten, als ob eine Million Metzgerläden –
's ist nur Wasser. Aufgeschwemmtes, rotes Wasser.
Aber damals in Ägypten hat sich Wasser in Blut verwandelt.
Von den Türmen und Kirchen läutet es Sturm. Donner liegt in der Luft. Ströme von Lärm, und Wasser wird zu Blut.
Wie kann ich dabei weitermachen?
Weil ich muß. Weil ich, der naive, gotteslästerliche Narr, der ich war, immer gesagt und geglaubt habe, ich würde die Wahrheit erzählen. Und während ich noch daran glaubte, wußte ich schon, daß ich es nicht tat, nicht tat.

In Dantons Büro kamen und gingen die Leute. Man hörte sie ankommen wie der Wirbelwind und wieder gehen – erschöpft. Sie kamen, um zu fragen, ob er wüßte, daß ein Massaker stattfand. Er erklärte ihnen, es handle sich einfach um Rechtssprechung im Schnellverfahren. Nein, es würde nicht so weitergehen wie bisher. Ein Blick zu mir.

»Man hat provisorische Gefängnisgerichte eingerichtet. In allen Fällen wurde die örtliche Obrigkeit angesprochen, die jeden beschützen wird, für dessen Unschuld sie bürgen kann.«

»Camille hat recht. Ach, vielleicht wird dabei etwas über die Stränge geschlagen, aber es ist besser, Monsieur, die Leute kühlen ihr Mütchen an den kriminellen Elementen als an den Bürgern, die wie Sie oder ich für ihre Rettung arbeiten.«

Andererseits hatte es Manöver gegeben, um bestimmte Gefangene aus Paris heraus- oder gar nicht erst hineinzuschaffen. »Der ist viel zu nützlich, um ihn dabei aufs Spiel zu setzen. Ach die, ja, denen sind wir einen Gefallen schuldig.« Dann hatte es die übliche Schar von Bittstellern gegeben. Einige der Frauen erschienen uns zuliebe sehr tief dekolletiert. Aber es hieß auch: »Für dieses Jahr steckt der Abschaum der Erde im Gefängnis. Taugt nur noch, um einen Komposthaufen anzulegen.«

Natürlich wußte er, was vorging, genau wie ich. Es verlief weder genau nach Plan, noch wurden Gegenmaßnahmen ergriffen. Sobald das Geheul auf den Straßen hörbar wurde, fielen mir wieder Frérons Worte ein: Das Volk? Vergiß deinen Rousseau. Das sind Tiere, und sie beißen.

Also wirf ihnen etwas vor, woran sie sich die Zähne ausbeißen können.

Einige Meuchelmörder waren bezahlt, andere machten aus reiner Gutmütigkeit mit, besser gesagt, aus Schlechtmütigkeit.

Dantons Komitee für Sicherheit – der Name spricht Bände. Hébert. Marat. Billaud-Varenne, der sich eines schönen Tages freinahm, um reihum in den Gefängnissen den säbelbewaffneten Patrioten für ihre schwere Arbeit zu gratulieren. Rossignole, unsere Nachtigall, der liebenswürdigerweise den seltsamen Kauz Mandat auf den Stufen des Rathauses erschossen hatte. Auch einer der Chéniers war als poetisches Gegengewicht unter den Vorsitzenden. Und Fabre, der Stückeschreiber. Und Robespierre, der Heilige unseres Ordens.

Was Danton selbst betrifft: Was hat er gesagt, und wie hat er gewirkt? Die Erinnerung zeichnet mir drei Felder eines Triptychons. Im ersten: süffisant, zynisch, verächtlich und – hungrig. Jawohl, hungrig. Ein Vorgeschmack von Macht – oder Blut. Im zweiten: beklommen. Verdammt, das geht weiter, als es sollte. Nicht mehr unter Kontrolle. Verbindlichkeit zieht sich wie Druckerschwärze oberflächlich über die Beklommenheit. Das dritte Paneel, das er im Grunde genommen für mich, für uns alle und für sich selbst durchspielte: Empörung, Verblüffung, Wut. *Ich? Nein.* Ein Schrei, der sich mit folgendem Satz abwechselte: Na gut, *ja. Ich* war es. *Septembriseur.* Um das Wort vorwegzunehmen.

Ich muß hinzufügen, daß ich das Ganze zum damaligen Zeitpunkt in keiner Weise weder analysiert noch so gesehen habe.

Nicht einmal gefragt habe ich ihn damals. Die Straßen standen unter Blut, Wanderwälder aus Köpfen und Herzen zogen vorbei. Ich schaute nicht hin, ich diskutierte nicht.

Und wenn die Besucher hereinplatzten, sagte ich: »Der Unschuldige wird beschützt.«

Auf eine seltsame Art war ich vermutlich sogar davon überzeugt. Ein blindes Schicksal, oder Gott erlöste die Unschuldigen. Es mußte so sein. In den Gefängnissen gab es tatsächlich jede Menge Intrigen, Fluchtwege wurden ge- und verkauft und ausgetüftelt. Und es gab die gefürchtete Raserei des Volkes, die wie immer in die richtige Richtung gelenkt werden mußte.

Aber andererseits gab es auch tief in mir eine dumpfschwere Masse nicht hinterfragter Dinge, und auf den Treppenstufen des Verstandes hockten Bittsteller, deren Dekolleté ein Skelett enthüllte.

(In Augenblicken wie diesem bin ich der Last der Schuld müde. Am liebsten würde ich mich nur wegdrehen und sagen: Na schön, ich war ein verdammter Idiot, was keine Entschuldigung ist. Verurteilt mich. Bringen wir's hinter uns. Aber nein, zu einfach.)

Während Danton im Triptychon erstrahlte, verbarg ich meine vergifteten Gefühle – vor ihm, vor unseren Besuchern, vor mir selbst. Ich war sogar fröhlich und riß ein-, zweimal Witze. Eines steht fest: Ich hatte mich schon vor langer Zeit in meiner Zeitschrift an die breite Öffentlichkeit gewandt und geschrieben, daß es Zeiten gibt, in denen das Volk den Richterspruch in die eigenen Hände nehmen muß. Sie hatten recht. Natürlich hatten sie recht. Gott und die Natur führten jeden Messerstreich und jeden Pikenstoß. Nur die Schuldigen würden gefällt.

Später diskutierte das Komitee drüben im Rathaus mit nüchterner Aufmerksamkeit jedes Detail der nationalen Verteidigung: Schützengräben, Kanonen, Nachschub.

Das niveauvolle Paris kam aus den Theatern, die die Kühnheit besessen hatten offen zu bleiben. Das durstige Paris suchte die Weinstuben auf, die nicht die Kühnheit besaßen zu schließen.

Die stinkenden Kanäle mied man generell – nichts Außergewöhnliches. Der Ignorant erkundigte sich, was das Geschrei und Gebrüll drüben beim Karmelitergefängnis zu bedeuten hätte.

Wenn es dunkel wurde, erhellten Hunderte von flackernden Freudenfeuern auf bestialische Weise den Himmel. Wenn jemand vom Land in die Stadt zurückgekommen wäre und all das gesehen hätte, hätte er glauben müssen, Paris wäre bereits in den Händen der Invasoren.

Nachts lief das Blut schwarz durch die Gosse.

O September.

In der undunklen Dunkelheit aus Fackeln und Freudenfeuern wird ein Fest gefeiert. Und in Festzeiten wird getrunken und getanzt.

Die Karren fuhren vorbei, hoch beladen mit seltsam verdrehten Formen, wie unsortierte Wäsche. Flickenpuppenhände baumelten sinnlos herab und schleiften hinterher. Schaut mal, da hat eine immer noch 'nen Ring. Den will ich haben – als Andenken. Nein, ich will ihn. Lachend trennen die Männer ihre raufenden Frauen.

Droben auf einem Karren umarmt ein junges Mädchen mit einer roten Rose am Mieder einen nackten, toten Priester – »Ach, küß mich, Vater, denn ich habe gesündigt!« Schrilles Gelächter von allen Seiten.

»Mit dem begehst du keine Sünden mehr. Den hab ich selbst erledigt, mit meinem eigenen Messer.« Auch das Mädchen lacht, springt vom Karren und packt ihre Schwester der Nacht bei der Hand. Und dann tanzen sie, daß die wilden Haare nur so fliegen. Und schließlich entpuppt sich das Ding an ihrer Brust nicht als Rose, sondern als –

Vive le son, vive le son
(Dansons la carmagnole),
Vive le son du canon!

Hat es jemals schon so eine Nacht (es ist alles möglich) gegeben und danach solche Tage, Tage des Volksgerichts? Wer fürchtet jetzt die Preußen? Sollen sie doch alle kommen, sollen sie ruhig alle kommen, wir werden das mit ihnen machen und vielleicht auch das. Ach, Danton, unser Vater Danton, du kanntest uns gut und hast uns gut gelehrt. Du hast uns tapfer gemacht.

Und in den Weinstuben werden Menschenherzen gebraten und gegessen (sagt man). Und man sitzt auf toten Körpern (hol dir 'ne Leiche, Jacques, und setz dich) und ißt in Menschenblut getauchtes Brot (sagt man).

Und auf dem Tresen einer Taverne ein schönes Gesicht mit blonden Haaren und weitaufgerissenen Augen. »Trinkt auf die Krankheit einer Prinzessin!« – der abgeschlagene Kopf einer feinen Dame. (Sagt man das? Na schön. Was soll's, es stimmt.)

Ein Hoch auf diesen Klang! Vivat! Prost!
(Und wir tanzen Carmagnole)
Auf das Donnern der Kanone! Vivat! Prost!

Diese Melodie pflegte Antoinette auf ihrem Cembalo zu spielen – die Carmagnole. Aber jetzt ist sie eingesperrt, und man hat ihr den Kopf einer ihrer Aristokratenfreundinnen auf einer Pike vorgeführt. Antoinette spielt nicht mehr Cembalo.

Un, deux, trois, quatre, cinq, six …

Insgesamt sechs Tage.

Nun, dieses Massaker hat sogar eine noch bessere Bilanz als St. Bartholomäus: beinahe anderthalbtausend Tote.

Über Mittelsmänner bezahlten sie jedem Mann vierundzwanzig Livres. Ich meine damit jene Männer, die auf Empfehlung der Rathauskommune in den Gefängnissen die Runde machten. Man ermutigte sie mit den Worten: »Ihr exekutiert eure Feinde, ganz wie es eure Pflicht ist.«

Wir wußten: Wenn wir sie nicht zuerst erledigen würden, würden sie uns erledigen. Wir dachten, man würde uns in unseren Betten ermorden.

Als man uns die Gerechtigkeit in die Hände legte, übernahmen wir selbstverständlich die Verantwortung und verhielten uns dementsprechend. Und weil wir so erleichtert waren, waren wir anschließend hoch beglückt und gaben ein Fest.

Und noch ein Grund: Jetzt wußten wir, daß wir Blut vergießen konnten, besser als jeder preußische Mistkerl.

Die Kommune von Paris informiert hiermit ihre Französischen Mitbrüder, daß bösartige Verschwörer, die in unseren Gefängnissen einsaßen, durch die Bevölkerung zum persönlichen Schutz gegen Verrat eliminiert wurden. Wir sind überzeugt, daß die gesamte Nation derartige Maßnahmen zum Schutz der Öffentlichen Sicherheit übernehmen wird und daß ganz Frankreich mit uns gemeinsam nachdrücklich rufen wird: »Wir marschieren gegen unseren Feind, ohne hinter unserem Rücken Monster zurückzulassen, die unseren Frauen und Kindern die Kehle durchschneiden.«

Sei nicht so zimperlich, meinte Fréron. Du hast schließlich mitgeholfen, den Stein ins Rollen zu bringen. Aber Fréron ist weit weg und hält sich auf Anweisung Dantons in der Moselregion auf, um als Mitglied des Ausschusses den Dingen auf den Grund zu gehen – dort, nicht hier.

Sei nicht zimperlich. Und sag ihnen nicht, daß sie falsch gehandelt haben. Sie beißen.

»Ich kann nicht schlafen, deshalb schreibe ich. Geh wieder ins Bett.«

»Aber du siehst ja gar nichts. Nur eine Kerze.«

»Ich kann sehen, Lucile.« Nur allzugut. Oder nicht gut genug.

Ich wollte sie nicht anfahren, aber sie wußte, daß mein scharfer Ton keine Bedeutung hatte. (Ach Gott, wie habe ich eine solche Frau verdient? Zweifelsohne irgendein Fehler im Register von Belohnung und Strafe.) Ohne darauf einzugehen, zündete sie eine Lampe an und brachte sie mir.

»Ich erzähle ihnen«, sagte ich, »wie wunderbar sie sind. Das Volk ist Gott und kann nicht fehlen. Es wäre äußerst unklug, etwas anderes zu sagen. Glücklicherweise begreifen die Leute noch nicht so recht, welche Beleidigung man ihnen um die Ohren haut, solange man ihnen nur erzählt, sie seien Gott. Und außerdem versuche ich, in die Versammlung gewählt zu werden, sobald es wieder losgeht, nicht wahr? Und deshalb muß ich beim Pöbel populär und vertrauenswürdig bleiben.«

Sie berührte zärtlich meine Haare. Laß das, Lucile, wenn du mich nicht verrückt machen willst. Sie hörte meine Gedanken, küßte mich sacht und drehte sich um. Ich ergriff ihre Hand und ließ sie nicht gehen.

»Du bist mit einem Narren verheiratet«, sagte ich. »Mit einem Narren und Feigling. Ich weiß nicht, was ich tun soll. Welche Antworten gibt es auf all das? Gibt es überhaupt welche?«

»Ja, du wirst sie finden.«

»Wie?«

»Durch Abwarten und Arbeit. Indem du auf dein eigenes gutes Herz hörst.«

»Gut? Narr, Feigling, Korrupter, Brandstifter – ja, aber ›gut‹ ist nicht das Attribut, das ich mir verdient habe.«

»Aber du wirst es noch«, sagte sie. »Wenn sie auf dich hören.«

»Das haben sie ja. Und schau, wohin es geführt hat.«

»Ach, mach dir keine Selbstvorwürfe.«

»Das ist gerecht, jawohl, das akzeptiere ich. Warum sollte ich mir Vorwürfe machen? Der König ist an allem schuld«, sagte ich, ließ ihre Hand los, stand auf und ging zum offenen Fenster hinüber, in dem die stickige Nacht heiß wie eine Flamme stand. Einige Nächte zuvor hatten wir trotz der Hitze die Fenster geschlossen gelassen. »Eine merkwürdige Argumentationskette, die sich im Kreise dreht«, sagte ich. »Du willst sie nicht in Frage stellen? Wieso ist dieser harmlose Ignorantenkönig mit seinem Vogel-Strauß-Tick daran schuld? Nur weil er all das eben ist.

Wenn er durch seine schlichte Existenz nicht dazwischengekommen wäre, wenn er keine Intrigen geschmiedet und Fluchtversuche unternommen und verpatzt hätte, wenn er nicht überall dumm und dreist und dämlich herumgefingert hätte, wenn er einfach nicht dagewesen wäre, dann wären wir nicht soweit gekommen. Wenn jemand am Tag nach dem Fall der Bastille den blöden Hornochsen mit einer Axt erschlagen hätte, stünden die Preußen nicht vor den Toren, lägen nicht bergeweise harmlose Frauen aus dem Irrenhaus tot auf der Straße, weil sie offensichtlich geplant hatten, uns alle zu töten. Der Schuldige heißt Ll-*louis.* Ja-jahrhunderte blutiger, menschenverschlingender, b-bösartiger, seelenloser Monarchie haben uns dorthin gebracht, wo wir jetzt stehen. Den Pöbel, diese armen, verdammten, blöden Vampire mit ihren Piken – die hat er e-erschaffen. Nicht Danton. Und ich auch nicht. Die heiligen Könige von Frankreich.« Außer Atem und zitternd hielt ich inne, dann fügte ich hinzu: »Und soweit ich weiß, hat man in Notre Dame alle Fenster eingeschlagen. Erinnerst du dich noch an jenen Tag, an dem ich genau das prophezeit habe? An jenen Tag, an dem ich dir so unverblümt erklärt hatte, du würdest von mir geliebt?«

Rasch trat sie zu mir. Bis auf das Rascheln ihres Nachtgewandes war alles still. Ganz fest nahm sie mich in die Arme und murmelte mir zu: »Vergiß all die dummen Dinge, die ich gesagt habe, ich habe mich verrannt. Komm jetzt mit mir.«

Aber ich hielt sie meinerseits mitten im erleuchteten Fenster fest, wo uns jeder sehen konnte, der aus dem schwarzen Schlund der Stadt heraufschaute.

»Nein«, sagte ich, »ich brauche dich nur an meiner Seite, hier. Heute nacht bin ich wahnsinnig. Schläft er?« Ich meinte das Kind, was sie natürlich wußte. »Ja, ganz tief. Er sieht so friedlich und glücklich aus.« »Er ist ein Baby. Damals waren wir alle glücklich und friedlich.« Ich spürte, wie ihre Tränen durch den offenen, krawattenlosen Hemdkragen, den Danton dankenswerterweise zur Sommermode gemacht hatte (Danton, immer Danton), auf meine glühende Haut fielen. »Ich wollte dich nicht zum Weinen bringen. Wenn unser Sohn in meinem Alter ist, wird die Welt in Ordnung sein.« Und ich dachte: Und was wird er, mein Sohn, dann zu mir sagen? Was wird es zwischen uns noch zu sagen geben?

Man schleuderte die Leichen in Gruben, auf die man anschließend ungelöschten Kalk warf, um die Insekten abzutöten, die ein Festmahl vorfanden.

So viele Gliedmaßen, Rümpfe, Haarmassen. Verwesende Unbehauste, anonyme Vergessene unter dem brennenden Giftschnee.

O Du! Dich vergißt man nicht.
Doch mir, mir blüht kein Nachruhm.

O Mutter, die du trugst dein Kind,
O Mutter, die du's wachsen sahst,
Du wußtest um des Lebens Ungewiß.
O August, von Blüt' und Blumen reif,
und du, September, wo die Messer sprießen.
Ja, alles muß zur rechten Zeit ins Grab.
Warum uns vorher mit Gewalt hinzerren?

Ah, vous! Ils ne vous oublient pas,
Mais moi, je n'ai pas d'la mémoire.
Ma chère, ma petite vie, sans gloire.
(Mein liebes, köstlich kleines Leben ohne Ruhm.)

Mit leicht zittriger Hand und ebenso bebender Stimme reichte Camille bei Danton seinen Rücktritt ein. Nur sein Gesicht wirkte wie erstarrt, als ob ihn auf dem Weg durchs Treppenhaus nach oben die Gorgonische Medusa gestreift hätte.

»Weil du dich auf die Wahl in den nagelneuen Nationalkonvent konzentrieren willst?« fragte Danton.

»Und aufs Schreiben.«

»Aber doch nicht mehr deine eigene Zeitschrift.«

»Egal was, jedenfalls bin ich damit besser dran, als hier im Büro zu hocken, auch wenn alle deine Sekretäre Prinzen sind.«

»Jeder möchte unbedingt in diesen Konvent kommen, selbst ich denke für mich darüber nach.«

»Dann weißt du es ja.«

»Hm. Und wie steht's mit dem hübschen Gehalt, das man dir meines

Wissens bezahlt? Und mit den schönen Möbeln und den vielen Büchern, die du gekauft hast?« (Ein Teil der berühmten Mirabeauschen Bibliothek, oder ist das nur Gerücht? Was für ein Ereignis: Dieselben Bücher, die in den Regalen standen und zusahen, als Jupiter dich angepfiffen hatte, befinden sich inzwischen nachträglich in deinen eigenen Bücherschränken.) »Aber das alles läßt du im Stich. Mich läßt du im Stich und bringst meine trüben Augen um den Anblick der köstlichen Lucile. Wie kannst du mir das antun?«

»Ha-ha.«

»Und das, nachdem ich den aufsässigen Fréron weggeschickt habe, damit er dich nicht noch in einer Seitengasse ersticht. Und was ist mit dem neuen Mantel? Und mit dem Wein, der klirrend in deine Wohnung hochwanderte? Und das neue Eßservice, das Lucile –?«

»Danton, ich gehe. Das hier ist nichts für mich. Ich tauge dafür nicht.«

»Korrektur: Du taugst sehr wohl dafür, und genau das haben mir auch all die kleinen Schauspielerinnen erzählt. Aber wie willst du sie dir in Zukunft leisten – und die kleine Rothaarige dazu? Du mußt über diese Sachen nachdenken.« Spielerisch. Spielerisch wie eine große Katze mit einer Gazelle zwischen den Pfoten. »Möchtest du das wieder an dich nehmen?«

»Ich möchte, daß du's aufrollst und dir geradewegs –«

»Nun, so ist's schon besser. Du wirst wild. Verlier schön die Beherrschung, mein Schatz, dann krieg ich dich in den Griff.«

»Fabre kann deine Propaganda bearbeiten und deine Reden entwerfen. Du hältst dich doch sowieso mit keinem Wort daran.«

»Oh, wie wahr. Aber ich werde dich vermissen, dich und deine schmeichelhaften Phrasen und Sykophantengesten. Den musikalischen Ton deiner Gesänge, der sämtliche Tintenfässer zerspringen läßt. Deine rettende Ruhe in aufreibenden Momenten. Übrigens, irgendwo da draußen treibt sich Robespierre herum und wartet nur darauf, nach dir zu schnappen. Die Lager teilen sich. Bleib bei mir.«

»Ich bin b-bei dir. Aber dieser verdammte Riesenpalast – Ich möchte in den Konvent gewählt werden und möchte f-für die Dinge arbeiten, die mir immer wichtig gewesen sind.«

»Glaubst du immer noch daran?«

»Du weißt genau, daß ich's tue! Himmel, du kannst so –«

»Bei meinem Ehrenwort: Auch ich glaube noch wie früher an dieselben Ideale. Glaubst du mir das?«

Camille wandte sich ab. »Ja? Tust du das?«

Danton donnerte los. Die Worte brachen wie Kanonenfeuer aus ihm heraus. Die alten Worte: Ich liebe Frankreich. Für Frankreich würde ich sterben. Mein Lebensblut ... Trotzdem führen zum Endziel nicht immer nur gerade oder schmale Wege ... Camille, der die Attacke auffing oder abwehrte, schien kleiner zu werden, beugte sich vornüber und schrumpfte. Offensichtlich wurde Danton plötzlich bewußt, daß er zerstörte, statt aufzurichten. In einem fürchterlichen Wutanfall brüllte er: »Nun, ich dachte, ich könnte auf dich zählen! Ich dachte, du kennst mich. Ich dachte, dir könnte ich den Rücken zudrehen, ohne aus deiner Hand ein Stilett zwischen die Schultern zu bekommen. Du bist genauso schlimm wie Gabi. Ich bin derjenige, der hinausging und sich vor La Force aufgestellt und den Pöbel herbeigerufen hat. Ich bin derjenige, der bis zu den Eiern im Blut watete und schrie: Schärft eure Messer, Jungs! Danton war's, oder? Danton war der September. Erzähl das der Historie, damit's hängen bleibt. Gib den Mädels was, womit sie ihre Kinder erschrecken können. Schreib's an die Scheißhauswände.«

»Wir beide –« sagte Camille. »Wir alle.«

»Die Sache war unvermeidlich und unaufhaltsam, und nun ist sie für immer verloren. Komm runter von der Palme. Es hat bewirkt, was es bewirken sollte. Wenn ich ihren Mut auf andere Weise hätte heben können – aber ich hatte nur eine Axt. Statt sie als Rosenstrauch auszugeben, habe ich sie wie eine Axt benützt.« Danton sank zurück. Er wischte sich das Gesicht ab. »Warum tust du mir das an? Worüber streiten wir uns eigentlich, zum Teufel?«

»Wir streiten nicht. Wir sagen beide dasselbe. Ich steige aus, weil mich die Sache zu Tode erschreckt. Meine Überlegung ist nur: Wirst du's auch tun?«

»Ach, darüber denkst du also nach, ja?« Dantons wütende Blicke zerfetzten ihn. »Glaubst du etwa, mir ist die Macht, die ich inzwischen habe, nichts wert? Aber das ist ja mein Fehler. Macht verdirbt, stimmt's?«

Camille trat zur Tür und schaute hinaus. Anscheinend hatte kein

Lauscher dort gestanden. War auch unnötig. Diese Stimme konnte man noch fünf Straßen weiter hören. Danton – September.

»Übrigens«, sagte Danton. Beklommen schaute Camille zu ihm zurück. »Hast du was dagegen, wenn ich deine Rothaarige ausprobiere?«

Camille zuckte die Schultern. »Sie gehört mir nicht. Sicherlich wird sie entzückt sein.«

»Als Gegenleistung kann ich dir die Blonde in einem anderen Etablissement empfehlen. Sie erkundigt sich unverblümt nach dir.«

»Ich werd's mir merken.«

Mit fünfundzwanzig hatte ich voller Begeisterung die Bilder eines Künstlers – Andromache und Der Schwur der Horatier – bestaunt. Und nun war derselbe Maler dabei, mich en famille zu malen. Neben dem zwergenhaften David, der häßlich wie die Nacht war, wirkte selbst ich groß und wohlgebaut. Den halben Tag schlich er in Lamoignon um uns herum und saß im Schneidersitz hinter Bücherregalen oder in Zimmerecken, so daß wir ständig über ihn stolperten. Selbst wenn er allein war, verbarg er seinen Kopf in der Hand, um die Seite seines Gesichtes zu verstecken, die er für die häßlichere hielt. Aufgrund dieses Ticks hatten ihn schon verschiedene Leute gefragt, ob er Zahnweh hätte. Während der Arbeit vergaß er darauf. In unseren Räumen legte er lediglich flüchtige Skizzen an, dagegen mußten Lucile und ich in seinem Atelier wie Gefangene in einer Pose verharren und uns die Hälse verrenken. Während wir in einem dramatischen Winkel die Köpfe aneinander vorbeidrehten, versuchten wir, ein zivilisiertes Gespräch zu führen. Er wollte uns im klassisch-römischen Stil darstellen: ich im Sitzen und Lucile stehend hinter meinem Stuhl. Als ich später das Endergebnis sah, gefiel mir besonders ihre Hand, die klein und zierlich auf meiner ruhte. Seit der Geburt unseres Sohnes waren ihre Haare nachgedunkelt. (Zu meiner Enttäuschung war David der Farbton trotzdem nicht ganz gelungen.) Für ihn trug sie ihre Haare offen wie ein junges Mädchen. Auf jenem Bild besteht gegen jede Wahrscheinlichkeit eine merkwürdige, unbeschreibliche Ähnlichkeit zwischen uns beiden. Und als Krönung des Ganzen hat mir der Maler das Kind, das auf dem Stuhlrücken balancierte, wie ein zahme Eule auf der Schulter plaziert. Außergewöhnlich. (Danton sollte das Bild »Madonna mit Kind und Satan – sitzend« – nennen.)

Als wir den Palast räumten und wieder in den Cordeliersdistrikt hinüberzogen, war das Bild noch nicht ganz fertig. David folgte uns über den Fluß. Er müsse unverzüglich etwas daran ändern, behauptete er wenigstens. Er hatte bemerkt, daß ich nicht mehr im Besitz eines Sekretärs war, und so mußte ich entdecken, daß mir dieses Möbel auch auf der Leinwand entzogen und durch jenen Tisch ersetzt worden war, an dem ich inzwischen arbeitete. In Sachen Realismus nahm er es peinlich genau. Seine Gipsabgüsse von antiken Stücken, die er an den Ufern des Schoßflusses aufgereiht hatte, verwandelten diesen in Abbilder von Nil und Tiber.

Horace faszinierte ihn, obwohl er nie mit ihm spielte, sondern ihn nur anstarrte. Horace starrte zurück. Stundenlang starrten sie einander an.

»Jajot, hör auf, meinen Sohn zu hypnotisieren!« rief Lucile dann.

»Ihr Sohn hypnotisiert mich. Glauben Sie, er wird einmal ein berühmter Mann?«

»Und deshalb überarbeitet und mit seinem Latein am Ende. Wir sollten ihm eine unbekannte Position wünschen.« In meiner niedergeschlagen gemurmelten Bemerkung schwang die ganze Aufgeblasenheit einer derart düsteren Stimmung mit. (Wann hatte ich mich je um ein Leben im Schatten bemüht? Das war ja gerade mein Problem. Selbstverständlich würde mein Sohn ein Held werden.) Meine Verpflichtungen machten mich angespannt. Wie unseren Maler hatte man mich als einen der Abgeordneten der Sektion Paris aufgestellt. Dank einer kräftigen Stimmenmehrheit hatte ich mir meinen Sitz im Konvent gesichert. (Von Brissot stammte offensichtlich die Bemerkung, meine Wähler würden inzwischen dank der Bestechungsgelder, die ich ihnen hatte zukommen lassen, riesige Grundstücke erwerben.) Aber diese Aufgabe hatte ich unbedingt haben müssen (zur Erlösung?). Ich gab mir die größte Mühe, allen zu erzählen, wie wichtig diese Mission sei. »Gibt es ein größeres Verdienst? Oder mehr Hoffnung auf Ruhm? Bedeutende Aufgaben warten auf uns: die Bestrafung der Tyrannei, der Aufbau einer gerechten Justiz. Wir müssen die Nationen Europas das Staunen lehren, indem wir ihnen die Tür zeigen. Wir müssen den Menschen neu erschaffen und ihm das Feuer der Freiheit zum Geschenk machen.«

David, der mit aller Gewalt sein Gesicht verbarg, sagte daraufhin leise: »Vergessenheit? Nun, dann hat's Pétion gut erraten.« (Pétion hatte gegenüber Robespierre den kürzeren gezogen, der mit dreihundertachtunddreißig von knapp über fünfhundert Stimmen bestätigt worden war.)

»Ach, Pétion, den haben Brissot und die Rolands zum Esel gestempelt.«

Ich nahm den Jungen hoch und hielt ihn fest. Sicher muß er ab und zu geweint haben, aber ich kann mich kaum mehr daran erinnern. Selbst David hat seinen wohlwollend-amüsierten Gesichtsausdruck festgehalten. (Immer wenn ich ihn an mich drückte, musterte uns Lucile verstohlen und setzte ihren »undefinierbaren« Spiegelblick auf – eine Mondpriesterin. Er würde, genau wie sie, blond werden.)

»Ich bin mir nicht sicher«, meinte David, »ob ich mit dem Gemälde noch vor der Ankunft des Braunschweigers fertig werde.«

»Er kommt nicht, haben sie dir das denn nicht gesagt?«

»Die waren viel zu sehr mit dem Ausheben von Schützengräben beschäftigt.«

Eine Stadt, von deutschen Armeen belagert, und drinnen Lucile und mein Sohn in der Falle. Das Kind schaute zu mir auf. Bringe ich dich in Gefahr?

David sagte: »Ich habe mit Maxime gesprochen … Wir haben da bei den Jakobinern eine merkwürdige Geschichte aufgeschnappt. Du bist nie da, du verpaßt das Wesentliche.«

»Ich bin da. Ich komme verkleidet.«

»Es heißt, Danton habe Braunschweig gekauft.«

»Nein, Jajot, das hast du falsch verstanden. Es heißt, Braunschweig habe Brissot und die Gironde gekauft.«

»Entschuldige bitte, aber das ist die Geschichte mit den Kronjuwelen.«

Aus den Archiven am Place Louis XV. war eine Menge Beute gestohlen worden. Die Zeitungen waren randvoll mit Spekulationen. Auffallenderweise hatte jede Version etwas mit Danton zu tun. Ich sagte: »Ein neuer Halsband-Skandal. Wo haben wir das schon früher gehört? Wenn dich einer beraubt hat, dann war's Danton. Wenn dich einer zum Fenster hinausgestoßen hat – Danton.«

»Und die Alternative? Wie könnte man Braunschweig sonst noch aufhalten?«

»Vertrau auf seine hundertprozentige Unfähigkeit. Wenn dieser Oberbefehlshaber seine eigenen Leute genauso schlecht einschätzen kann wie die Bürger von Paris, dann werden sie ihn in absehbarer Zeit lynchen.«

»Und was hältst du von unseren eigenen Generälen?« fragte David auf seine schlaue Art, mit der er sein Gegenüber aushorchte, als ob er kein Künstler wäre, sondern für irgend jemanden spionieren würde.

»Wir haben ein paar, die diesen Namen verdienen. Westermann ... na schön. Auf Dumouriez scheint man sich ausreichend verlassen zu können. Und Dillon.«

»Ach, dein Freund Dillon.«

»Ist er das?«

»Ihr diniert zusammen.«

»Es ist bekannt, daß ich in Gesellschaft mit ihm – und anderen Ausländern – am selben Tisch sitze.«

Lucile meinte boshaft: »Ein feiner Herr mit perfekten Manieren.« Woraufhin David und ich uns gegenseitig beglückwünschten, weil wir weder gute Manieren hatten noch feine Herren waren. »Und weil wir gerade vom Essen sprechen«, fügte ich hinzu, »dieser Lümmel ist nun schon seit drei Stunden hier. Vermutlich heißt das, daß wir ihn eingeladen haben, mit uns zu essen.« (In Wahrheit fühlten wir uns in Davids Nähe nie so richtig wohl.)

Aber nein, ich glaubte tatsächlich nicht mehr an eine Invasion. Man hatte wild übertrieben. Während es hieß, die Preußen seien nur »zwei Tagesmärsche entfernt«, waren sie nicht einmal innerhalb von zwei Wochen aufgetaucht. Irgend etwas – vielleicht letztlich doch Dantons Überzeugung – hatte diese fixe Idee aus meinem Kopf verbannt. Zynisch rief ich mir das Fiasko auf dem Champ-de-Mars ins Gedächtnis zurück: Wenn unser Anführer diesmal dablieb, gab es keinen Grund, sich anders zu verhalten. Ich mußte an ihn denken, wie er drüben über dem Fluß in seinem vergoldeten Amtszimmer saß. Wir hatten die Wahlen in den Cafés und Theatern gefeiert. Auch er hatte einen Sitz gewonnen und freute sich diebisch darauf, als ob er sonst nichts hätte. Schließlich landeten wir an einem Ort voller Frauen, wo er mit einer großen Hure verschwand, die schwarz wie eine Negerin und über und über mit Goldketten behängt war. Man erwartete von ihm irgendeine Form von Führung. Selbst hier mit Champagner im Blut, zwischen weißen Armen, purpurnen Unterröcken und vollerblühten Blumen, die einem den Atem versengten, verharrte eine Gehirnwindung erwartungsvoll. Aber – nein. Er verzog sich mit seiner dunklen Dame und überließ mich der berühmten Blondine.

Und außerdem hatte ich mich inzwischen auf einen anderen Kurs verlegt. Dagegen schien er sich – hinter Bombast, großen Reden, Witzen und Schreibsekretär – auf gar nichts festgelegt zu haben. Seine Gelüste hatten ihr Ziel erreicht und waren befriedigt. Er verdaute noch genußvoll das Rot des Septembers.

In mir hatte sich etwas verändert. Ich spürte es, ohne es je genau zu benennen. Ich suchte nach einem Besen, um den Hof von blutroten, gefallenen Blättern zu säubern, dem Schutt von Jahrhunderten. Und der Besen? Wie immer – eine Feder.

So schrieb ich für Revolutionäre Neuigkeiten, die mir nicht mehr gehörten und deren Motto lautete: »Ein freiwilliges Opfer mögen die Götter am liebsten. Ein König geht im Einvernehmen mit seinem Volk.«

Und mit diesen Gedanken, die mir wie Tiger im Dickicht ab und zu durch den Kopf streiften, spielte ich, der Abgeordnete für die Sektion Paris, mit dem Kind auf meinen Knien. Es verließ sich darauf, daß ich es nicht fallen ließ.

An manchen Abenden konnte man beobachten, wie der Abgeordnete mit seinem Sohn auf der Schulter durch die Wohnung galoppierte (David hatte seine Pose von dieser Gewohnheit entlehnt). Ohne Angst krallte sich das Kind unter Quietschen und Glucksen hoch droben in der Luft an meinem Kragen fest und riß mir fast die Haare aus, während ich ihm erklärte, wir beide wären ein Pferd samt Reiter in der Arabischen Wüste. »Falls er durch dich eine Kolik bekommt, tut es dir wieder leid«, sagte Lucile. Im Palast hatte sich eine Amme um ihn gekümmert, aber nun hatte Lucile ihre rechtmäßige Position wieder eingenommen. »Deine Mutter meint, ich soll dir eine Kolik verpassen. Bist du damit einverstanden?« Plm-slp beteuerte mein Sohn fröhlich. »Lucile, er hat geredet – er hat etwas gesagt!« »Jawohl, plm-slp hat er gesagt.

Was erwartest du, daß das arme, zwei Monate alte Ding sagt, wenn man ihm die letzte Luft herausgeschüttelt hat?«

Dann hob ich ihn mit beiden Händen in die Höhe und schaute zu, wie er mich unter seinem Häubchen hervor anlachte. Offensichtlich hatten wir viel Spaß miteinander. Er kannte mich genau. Sobald ich ein Zimmer betrat, in dem er sich aufhielt, wedelte er mit den Armen, trommelte mit den Fersen und hatte nur noch Augen für mich.

Und ich schrieb ein wenig am Manuskript der Zukunft herum. Ich fing an, ihn wachsen zu sehen, noch ehe er in dieser Hinsicht recht viel geleistet hatte. Ich überlegte, was er mich fragen würde und was er wohl wissen wollte. Alles. Was hatte ich als kleines Kind gewollt? Das weiß nur der liebe Gott. Ich konnte mich nicht erinnern. Vermutlich das, was alle Kinder wollen. Freiheit – wenn man den Begriff richtig übersetzt. Also nicht nur die Kinder, sondern die ganze Erwachsenenwelt. Ist es wirklich so einfach?

Kleine Eidechse – beim Sonnenbad, bei den ersten Krabbelversuchen, ganz ernst, Zentimeter um Zentimeter. Diese unglaublich winzigen, zierlichen Hände, die eines Tages so groß und geschickt wie meine eigenen sein würden. Sie packen meine Finger und meine Mantelknöpfe und streichen mir ganz sachte und vorsichtig übers Gesicht, als ob du mich trotz deiner Jugend nicht verletzen oder erschrecken möchtest. Ach, mein Sohn, mein Sohn, mein Sohn. Ich habe dich nie kennengelernt. Nur die Knospe, nie die Blüte. Auch das haben sie mir genommen. Eines wüßte ich gern: Wirst du mir je vergeben oder verstehen, warum ich dich verlassen habe?

Die Ebene schürzte sich mit geflecktem Sonnenlicht. Es war ein herbstlicher Tag. Nur ein Ding beherrschte wie eine dunkle Schachfigur aus Don Quichotte das flache Terrain: eine Windmühle. An jenem Morgen waren die Segel am Himmel festgenagelt. Das Dorf lag verlassen da. Sämtliche anderthalb Seelen, die hier lebten, waren plötzlich fortgezogen. Trotzdem nahm auf jeder Seite des Schachbretts die Bevölkerung, von der eintausend nie mehr hier weggehen sollten, vorübergehend zu.

Beim ersten Bellen der großen Geschütze platzte bei zwanzig Frauen die Fruchtblase. Unter den Bäumen von Valmy lag dieser Teil des Trosses hingekauert in Gräben und brachte unter Mühen Ersatzleben hervor. Andere gingen anderen Tätigkeiten nach, schwärmten durch die Bataillone und boten mit vielversprechenden Blicken in den Augen zur Wiederbelebung ihre Schnapsflaschen an. Später sollten einige in der Dämmerung über ihre gefallenen Männer stolpern und wie Wölfinnen aufheulen oder sich stumm in die Gräben legen.

Beim ersten Bellen der großen Geschütze platzte auch der Himmel.

Westermann, der inzwischen schon eine ganze Weile draußen bei der Armee war, ignorierte den Regen. Ihm imponierte der neue Geist, der die Truppen beseelte. Sie waren aggressiv und voll Feuer. Sie wußten, daß der König seine Krone verloren hatte, und damit war auch eine ganz besondere Barriere gefallen. Anschließend erfuhren sie von dem Verrat in den Gefängnissen und von der riesigen Welle, die darübergegangen war und die Sache erledigt hatte. Durch einen grellen Nebel aus Wahrheit, Lügen und phantasievoller Vermutung sickerten zu ihnen Neuigkeiten durch. Klugheit, die möglicherweise zu Furcht geführt hätte, wich dem Leichtsinn. Jetzt gehörte sie ihnen, die vielgepriesene Tollkühnheit. Das war weder verwegen noch mutig, ja nicht einmal tapfer – das war ein durch und durch frecher Zustand, der dem Tod ordinär den Finger zeigte. (Schieb's dir in den Arsch, Preußen, so weit, wie's geht.) Das war das Kennzeichen des neuen Heldenmutes. Verbrenn deine Boote und dann – kämpfe, denn es gibt keinen Weg zurück über den Fluß. Also, scheiß auf den Regen. Soll er doch auf die Feinde fallen.

Die großen Geschütze.

Schön schwarz wie polierter, nasser Jett, schlank und in Erwartung von Rost gepudert: lange Phalluskanonen, gedrungene, uralte Griesgramgeschütze, die in ihren Träumen einer sofortigen Explosion nachhängen. Kanonen mit Schnörkeln und unverzierte. Mürrische, frühzeitig abgewrackte Geschütze und junge, ahnungslose Kanonen.

Marrumm!

Sachte bebt die Ebene. Die Segel der verlassenen Windmühle, die inzwischen teilweise in den Wolken stecken, rücken ein kurzes Stück weiter. Vielleicht wurde allein durch die Vibration ein halbes, vergessenes Korn gemahlen. Oder vielleicht denkt ein halbes Geisterkorn, das die Mühle heimsucht, es wäre so.

Auf den Klang der Kanonen: Mrrummm.

Die Kommandanten der Revolutionstruppen stolzieren von Stellung zu Stellung. Ihre Truppen jubeln. Rote Taschentücher und regenverschwitzte Gesichter. Der Gestank von Schießpulver und feuchten Rußflocken, die sich wie Fliegen festsetzen. (In den Feldlazaretten ist bereits einiges zu tun. Regen tropft durch die Zeltdächer. Nicht viel. Kanonen können dich übel zurichten. Ich weiß noch, was mir mein Vater erzählt hat – zwei Beine kürzer.) An dem Morgen ist was los: Regen, Geburten, Sterben, Kanonenfeuer.

Drüben über der Ebene donnern Preußens Geschütze aus dem bedeckten Himmel zurück. Sie haben einen schweren deutschen Akzent.

Krrarumm!

Über den bleischweren Regenwolken frischere Wolken aus weißem Schaum – wie auf einem Stahlstich.

Sraanbrr.

(Trefft nicht die Windmühle.)

Droben in der Luft schauen die nassen Vögel herunter. Wieder zerfetzt sich flügelloses Fleisch in Stücke. Heute nacht könnte es ein Festmahl der Geflügelten geben.

Die Preußen feuern weiter, weil die Franzosen weiterfeuern. Heute morgen haben sich die Deutschen gegenseitig erzählt, was sie mit den Franzosen anstellen würden, wenn sie nahe genug herankämen. Man hatte tatsächlich gedacht, die Franzosen würden sich lange vor Mittag zerstreuen und wie eine Herde aufgescheuchter Trikolore-Schafe schnell und ungeordnet zurückziehen. Früher war genau das immer eingetreten, aber heute lief bis jetzt noch keiner davon.

Ehrlich gesagt ist die Preußische Armee noch immer dieselbe, die vor Monaten von zu Hause fortmarschiert ist, während die Französischen Bataillone ständig mit neuen Rekruten und frischem Geist aufgewertet wurden. Laut einem gängigen Sprichwort heißt es, die Preußen würden alles liegen- und stehenlassen, samt Kind und Kegel und allem Komfort, nur um sich auf Befehl zu militärischen Zwecken zum Töten in fremde Länder zu schleppen. Mirabeau hatte dieses Phänomen wie folgt kommentiert: Die menschliche Maschine, der Massenautomat aus Deutschland. Gebt ihm einen Schubs, und er beginnt zu marschieren. Aber jetzt noch einmal: Wozu ist das alles gut? Für Österreich, nicht wahr? Das ist die Kriegskunst der Allianz. Das heißt, geh und mach mal, weil du sowieso gehen und machen mußt.

Ist ja auch in Ordnung, wenn die sich umdrehen und davonlaufen. Ist schon in Ordnung, der ganze lange Marsch, solange sie schreien und jedesmal hinfallen, sobald sie uns sehen. Und wenn ihre Generäle nachts hinter unsere Linien gekrochen kommen und uns die Stiefel küssen. Und wenn wir zum Schluß Paris plündern dürfen. Aber –

Die Kanonen der Schafe scheren weiter ganze Rauchvliese herunter.

Bääämmbb!

Und nun scheinen sie auch noch tatsächlich zum Angriff überzugehen. Ach! Diese Schafe haben Zähne.

Wir sind müde und ausgelaugt, und wie immer plagen uns Bauchweh und Durchfall. Die Geschütze stehen unter Wasser und stecken im Schlamm fest. Und auch wir stecken hier fest. Ihr habt uns aufgezogen, und wir fingen zu marschieren an, als eure Spielzeugsoldaten. Aber die Kerle da drüben, die leben, die kämpfen berauscht für alles, das ihnen lieb ist: Leben, Land und Heim. Kinder des Vaterlands, kreischen sie einander zu, der Tag des Ruhmes ist da! Marschiert! Sie heulen: Auf daß fremdes Blut unsere Fluren tränkt! Das sind nicht nur Menschen, das sind neuerschaffene Menschen, denen die Götter das Feuer der Freiheit geschenkt haben. Wißt ihr noch, die alten Sagen von den Berserkern, die sich durch Knochen und Steine einen Weg bahnen konnten? Die mit einer Axt in Rücken oder Schädel weiterkämpfen konnten, weil sie sich nicht eingestehen wollten, daß sie tot waren?

Finde eine Erklärung dafür. Behaupte, die Preußischen Kommandanten wären gekauft worden. Oder sag, die Männer Preußens hätten quer durch die platte Ebene den unlöschbaren Wandel von Wasser zu Feuer in den Seelen der Franzosen gespürt. Gespürt hätten sie ihn und – wären vor seiner Glut zurückgeschreckt.

Bestürzung.

Braunschweig saß persönlich wie eine graue Statue auf seinem verregneten Pferd, schaute zu den Französischen Linien hinüber und dann zurück auf seine eigenen: mürrisch, durchnäßt und verändert. Wie ein Uhrwerk, das abläuft.

Und sein Verdikt? Heute nicht, danke schön.

»Sie ziehen sich zurück! Die Scheißpreußen laufen wie die Karnickel!«

»Nein, Karnickel könnten mit denen nicht mithalten.«

Die Götter hätten kaum ein besseres Omen schicken können. Justament am Abend der Konventseröffnung ging die Nachricht aus Valmy wie ein goldener Regen über Paris nieder. Den ganzen Tag hatte Danton Applaus bekommen, im Konvent und außerhalb. Sobald der Sieg allgemein bekannt war, bekam er von allen Seiten stehenden Applaus. Ich konnte mir ausmalen, wie er darin badete, wie ein großer Seelöwe in einem Ozean aus warmem Licht.

Was mich betrifft: Ich hatte es geschafft, die Eröffnungssitzungen zu verpassen.

Hin und wieder tauchten die Magenschmerzen von vor zwei Jahren unregelmäßig wie ein matter Geist wieder auf, um mich zu quälen. Fasten schien dagegen zu helfen, und Luciles beruhigende Gegenwart und ihre Fürsorge trugen ebenfalls dazu bei. Diesmal allerdings nicht. Es legte mich flach. Ein Arzt betrat die Szene samt allen üblen Begleiterscheinungen, die so etwas nach sich zieht. Obwohl es nur ein leichtes Fieber war und die Schmerzen nie so schrecklich wurden wie beim ersten Mal, als ich die Krankheit allein bekämpft hatte, fiel ich aufgrund der Aufmerksamkeiten und meiner Unfähigkeit zur Arbeit in tiefe Verzweiflung. Ich lag im Sterben. Würde sterben. Alles blieb unerledigt zurück. Was würde aus Lucile und dem Kind? Und aus Frankreich? Ich danke Gott für mein Weib, die mitten im größten Durcheinander leise zu lachen begann, mir ihre kühle Hand auf die Stirn legte und erklärte: »Ich habe noch nie so einen Blödsinn gehört. Du liegst nicht im Sterben. Ich weiß es direkt vom Arzt. Lieg still, hör mit dem Gejammere auf und werde wieder gesund.« Ich gehorchte ihr und war binnen zweier Tage wieder auf den Beinen. Klein Eidechse hatte anscheinend vermißt, daß sein Vater nicht wie sonst herumturnte. Er spendierte mir seine eigene Babyvariante von nicht stehendem Applaus. Jedesmal wenn ich durch ein Zimmer ging, wedelte er krähend wie wild herum. (Ich weiß noch, wie ich dasaß und mir einige Notizen für eine Art Geschichte der Ereignisse machte, die ich verfassen wollte, und hinter mir Luciles süße Stimme zu ihm sagte: »Schau, da sitzt Papa an der Arbeit und macht sich selbst blind, weil er nur eine einzige Kerze nimmt.« Woraufhin er mir wie zum Segen seine liebe kleine Hand auf den Kopf legte, ehe beide wieder leise fortgingen.)

Inzwischen war ich zum Aufseher für die Region Guise und Laon ernannt worden, ein Auftrag, den ich auf unbestimmte Zeit hinausschob. Und doch genoß ich mittlerweile die Ironie des Ganzen. (Lieber Vater, man hat dem Dorftrottel von Guise die Verantwortung für Eure Angelegenheiten übertragen. Sag ihnen, sie sollen aufpassen. Am besten wird es sein, wenn man dort sofort beginnt, mein Loblied zu singen oder mir ein Denkmal zu errichten oder etwas Ähnliches.) Der Entschluß, meinen Sitz im Konvent einzunehmen, trieb mich letztlich unter Mißachtung sämtlicher Alternativen doch noch rechtzeitig über den Fluß. Und dabei entdeckte ich, daß der Bürgerkrieg ausgebrochen war.

Der Weg zur Hölle ist mit guten Konventen gepflastert.

Der Konvent hatte sich in geographischer Hinsicht verändert. Die höhergelegenen Bänke der drapierten Ränge hatten den Namen »der Berg« erhalten. Dort droben in den dünnen Gefilden des Olymp saßen die Bergparteiler und schauten mit mißbilligender Verachtung herunter. Außerdem lag der Berg auf der linken Seite und bestand aus militanten Jakobinern. Auf dem Felsen hockten Leute wie: Danton; Robespierre (und sein gutaussehender Trunkenbold von Bruder, beide kürzlich den Klauen von Charlotte entronnen); Billaud-Varenne, der Säbelrassler; Krätzbirne Marat, der Freund vom Vergossenen Blut; der Krüppel Couthon (mit siebenunddreißig gelähmt und an einen Stuhl gefesselt und jetzt bereit, jeden mit zwei funktionierenden Beinen zu töten); David, der in der einen Hand ein Skizzenbuch und mit der anderen wie bei Zahnschmerzen seine Warzenbacke bedeckte; der schöne, neugewählte Abgeordnete Saint-Just, der gemeinsam mit Robespierre den schneeweißen Gipfel des Berges hinsichtlich blütenweißer Musselinhalstücher darstellte; Desmoulins, der eben erst gelb wie eine Primel mit Luziferaugen hereinspazierte und mit Notizbuch und porte-crayon Davids Zeichenapparat vervollständigte.

Gegenüber und weiter unten die Girondemündung: Langgesicht Brissot, Herr des Schlüssels (und Feind aller Windmühlen); Vergniaud, trotz Haarschwunds elegant; Louvet, kahl und unelegant, Schriftsteller; der Marseiller »Antinoüs« Barbaroux, fett und prächtig wie ein für den Brattopf gestopfter Pfau; der graue Sillery, noch immer gepudert – Protégés von Roland oder, besser gesagt, von Manon Roland.

In der Mitte: Der Sumpf voller quakender Kröten, die wild entschlossen waren, zu allem und jedem ja oder nein zu gurgeln. Die fade, irritierende, mäßig engagierte Mehrheit.

Eine hübsche Landschaft, wenn auch kaum von Fragonard, unförmig, konfus und lautstark.

Die ruhmreichen Tage der Welterschaffung waren bereits vorbei. Am 21. und 22. September hatte man die Monarchie abgeschafft. Ein in vierzehn Jahrhunderten steingewordener Feudalismus hatte sich wie Nebel aufgelöst und schien nie existiert zu haben. Inzwischen schrieb man das erste Jahr der Freiheit, *l'an un.* Schon allein das Wesen dieser Phrase! Man muß sich nur die Tragweite vor Augen halten. Innerhalb von zwei Tagen hatte der Konvent die Erde zerstört und neu geformt, zum erstenmal schneller und effizienter als Gott.

Das bedeutete so viel. Und alles steckt in einem Namen. Wo und wann hatte je einer so etwas gewagt? Das Universum zu erschüttern und laut zu schreien: Nichts, bis jetzt. Und nun: alles.

Jahr Eins.

Für den Bruchteil einer Sekunde stockte der Herzschlag der Ewigkeit, dann begann er zu rasen.

Für den Bruchteil einer Sekunde war jeder Mensch, der diesen Traum geteilt hatte, mit dem anderen eins. Und als Steigerung des Ganzen, die Krone von Valmy.

Aber nur für den Bruchteil einer Sekunde.

»Ich prangere den Abschaum der obersten Ränge an. Wer wüßte nicht, daß sie Frankreich einer Diktatur unterwerfen wollen? Und der erwählte Meister? Ich werde es euch sagen: Maximilien *De* Robespierre.«

Soweit mit einem Zuckerguß darüber Louvet von der Gironde.

Auf der Rednertribüne sieht sich Robespierre nach ihm um. Die Praxis hat Maximilien eine Menge gelehrt. Der kleine Kerl, der früher regelmäßig niedergebrüllt worden war, sagt: »Bürger, ich bewundere deinen Mut. Ich habe immer das Recht des Menschen auf freie Meinungsäußerung gefordert. Wenn du deine Freiheit benützt, um mich zu diffamieren, dann kann ich dich nur loben, weil du damit einen Beweis für die liberale Toleranz dieser Institution lieferst. Ich habe dafür gekämpft, und ich danke dir.« Und als er ihnen wie schon sooft erzählt, wie sehr er von allen Fraktionen angefeindet wird, geht das Gejohle los (»Reich ein Gesuch ein, Robespierre!« »Genaue Inhaltsangabe, Robespierre!«). Dann wartet er unbewegt, bis Ruhe eingekehrt ist, und sagt ruhig: »Nein, ihr werdet mir zuhören.« Und das tun sie auch. Er geht zum Angriff über und wäscht der Gironde den Kopf. Der Gott erscheint. Einer klaren, bleichen Flamme gleich steht Robespierre da und ruft wie ein Zauberer die Vision jener Republik herbei, die bereits ausgerufen wurde.

Als er sich vor Ekstase bebend hinsetzt, sagt sein Leutnant: »Brillante Rede, Maxime. O ja.«

»Nein, nein, Antoine. Ach Gott, manchmal bringen sie mich zur Verzweiflung. Gott gebe mir Kraft, dieses ausufernde Hickhack zu beenden, damit wir zum Kern dessen vordringen, was wir brauchen. Eigentlich hatte ich gehofft, daß es Danton schaffen könnte.« Robespierre seufzt. Er sagt: »Nichts ändert sich.« Und während David seine Wange bedeckt, bedeckt Robespierre seine flackernden Augen.

Louis Antoine Saint-Just, ein weißer Wolf, der einen Mann auf einem Berggipfel bewacht, sagt nun mit funkelndem Eisblick: »Korrumpierter Danton. Aber auf dich hören sie. Eines Tages werden sie wissen, was sie hören.«

»Ja, vielleicht. Danke, mein teurer Kamerad.«

Als sie am Abend im Regen auf das linke Ufer hinübergehen, geleitet Saint-Just seinen Herrn und Meister bis zur Türschwelle des Hauses von Duplessis, weigert sich aber einzutreten. Mit einem verächtlichen Beben des eisblonden Schopfes erklärt er: Ich habe keine Freunde hier. Du etwa?

Der weiße Engel geht in den Regen hinaus, der ihm kaum etwas auszumachen scheint. Die Tür öffnet sich, und Robespierre schlendert die Treppe hinauf, wo ihn der dunkle, gefallene Engel begrüßt. »Gut gemacht, du hast sie vernichtend geschlagen. Aber jetzt weißt du, was für ein Mist über die Diktatur im Umlauf ist.«

»Tu ich das, Camille? Gut.«

Das Souper unter der Ägide von Demeter ist ausgezeichnet, während ihr Ehemann, der gute Bürger Duplessis, in patriotischen Geschäften für die Kommune unterwegs ist. Sanft erstirbt das graue Licht in den Fenstern. Nächte wie Blätter fallen für diese Jahreszeit früh herein. Das

Kaminfeuer brennt, man spielt Karten. Lucile und ihre Mutter werden gebeten, ein Duett darzubieten, ein Stück von diesem begabten Deutschen. Mozart. Sollen sie das ganze Stück singen? Es ist doch so melodisch. Im orangefarbenen Feuerschein spielt Robespierre ernst und linkisch mit dem Kind namens Horatius, einem ungetauften, nicht katholischen Sohn der Republik, bei dem Maximilien trotzdem die Stelle eines Taufpaten vertritt. Es ist ein stimmungsvoller, angenehmer Abend, den man sich merken sollte. Leichter Regen schlägt gegen die Scheiben, aber hier drinnen ist alles warm und wohlig und sicher.

»Wie sehr ich dich um deinen Sohn beneide.«

»Das würdest du nicht tun, wenn er mitten in der Nacht anfängt, seine Lunge zu trainieren. Nein, normalerweise ist er sehr ruhig.«

Demeter ruft nach mehr Kaffee, aber Maximilien muß gehen. Plötzlich wirkt er entrückt und schaut auf die Straße hinaus, als ob er sich davor fürchtete.

Lucile tanzt zu den Akkorden, die Demeter auf dem Piano spielt, zärtlich mit dem Baby ein Menuett im exakten Dreivierteltakt. »Wie gut Sie tanzen, Monsieur! Soviel besser als Ihr Vater.«

»Außerdem tritt er dir nie auf die Zehen«, merkt Camille an. »Mach schon, Maxime, wenn du gehst, begleite ich dich zurück.«

»Du bist krank gewesen und mußt auf dich aufpassen.«

»Wenn ich hierbleibe, duelliere ich mich nur noch mit Horace.«

Auf der Treppe zögert Robespierre und sagt: »Manchmal habe ich die närrische Vorstellung, daß in jedem Schatten Meuchelmörder lauern. Vielleicht doch nicht ganz so närrisch. Man hat mir oft den Tod versprochen. Ich würde ja mein Leben geben – aber es gibt noch soviel zu tun.«

»Du läßt dir tatsächlich von diesem Windsack Brissot Angst einjagen. Die Gironde redet doch nur.«

»Gefährliche Reden. Paris hat seine Verschwörungen noch nicht hinter sich. Überall lauert Korruption. Wir treten auf verfaulte Bretter. Das ganze Gebäude muß abgerissen und neu aufgebaut werden.«

Als Camille die Tür zur Straße öffnet, zeichnet sich auf der dunklen Schwelle Saint-Just ab, bleiches Wolf-Einhorn und Engel zugleich.

Robespierre zuckt zusammen, faßt sich wieder. »Um Himmels willen!«

»Er hat treu und brav auf dich gewartet«, sagte Camille, »stimmt's? Du hättest läuten sollen.«

»Und stören? Nein.«

»Nein? Wie rücksichtsvoll. Und das auch noch im Regen.«

Sie gehen. Robespierre macht philosophische Bemerkungen über die Dunkelheit der Nacht und die Hoffnung auf den neuen Tag. Camille meint, er habe gehört, Saint-Just hätte sich mit einer der Duplaytöchter verlobt. Hochnäsig korrigiert ihn Saint-Just. Er schlägt vor, die Gironde zu zerschmettern, und macht eine Bemerkung, die unterstellt, Danton und Camille hätten eine Art Übereinkunft mit der Gironde getroffen. Camille erkundigt sich bei Saint-Just, ob er in letzter Zeit irgendwelche Gedichte geschrieben habe. »Und wie hieß doch gleich das letzte: ›Die Orgie‹? ›Der Lustknabe‹? Ach, mein Lieber, es ist mir entfallen.«

Auf der Brücke gibt Camille, der als einziger getrunken hat, Saint-Just einen derart kräftigen Stoß, daß er beinahe hingefallen wäre. Saint-Just revanchiert sich mit einem Hieb, dem Camille größtenteils durch einen Schritt seitwärts ausweichen kann. Saint-Just ist einmal im Gefängnis gewesen und hat dort einiges von dem Wortschatz aufgeschnappt. Nun vergißt er sich selbst und wird ungewöhnlich amüsant. Das alles hat ein Ende, als Camille und Saint-Just gleichzeitig klar wird, daß sich Robespierre mit entschiedenen Schritten und gesenktem Kopf von ihnen beiden entfernt, als ob er traurig, erschöpft und aufgebracht wäre.

»Mach schon, lauf ihm nach, du verdammter Stiefellecker«, höhnt der schreckliche Camille und lehnt sich an einen Handlauf. »Kauf ihm unterwegs noch ein paar Rosen.«

Saint-Just bebt. Selbst als er vierbuchstabige Schimpfwörter hervorgestoßen hat, bleibt sein kaltes Gesicht unverändert. Er starrt Camille an und prägt ihn sich genau ein.

Camille meint genüßlich: »Ich habe gehört, wie du ihm begegnet bist. Hast ihm geschrieben, bist hingegangen und hast ihn angesprochen: ›Sie sind nicht der Abgeordnete für Arras, sondern der Abgeordnete, der die ganze Welt repräsentiert. Oh, darf ich Ihnen die Hand schütteln. Nein, lassen Sie mich hinknien und Ihren Fuß schütteln –«

Saint-Just geht hinter seinem Meister her.

Camille steht auf der Brücke und ist sich seltsamerweise bewußt, daß er letztlich doch nicht der Schlaue gewesen ist. Aber nun ist's zu spät.

Er schwor, mich zu töten. Das war später. Aber vielleicht hat er es damals auch geschworen.

Mit großen Schritten zurück zum maison Duplessis. Die Nacht war trocken und roch säuerlich. Jahr Eins, und nichts Besonderes. Noch ein dunkler Skandal, den man wie immer Danton in die Schuhe schob: Juwelenraub, Unzucht mit den Frauen naher Kollegen, besonders mit einer. Lucile stattete Gabi keinen Besuch mehr ab. Kein Wort war gefallen, aber die schwangere Gabi befand sich in ihrem unzugänglichen Stadium, in dem sie alles Schlechte glaubte. Sie wußte, daß ihr Gemahl mit halb Paris rammelte. Trotzdem war es etwas anderes, ob er ihre Freundinnen bestieg. Camille, der nie seinen Mund halten konnte und ständig mit Luciles Schönheit und dem Dauerstrom ihrer Verehrer angab, hatte inzwischen den idiotischerweise unwahren Beinamen des betrogenen bzw. zustimmenden Ehemannes bekommen. Vielleicht hatte auch Lucile hin und wieder die Situation verschlechtert. Wie oft hatte sie – einmal sogar in meiner Hörweite – auf die Bemerkung, ich hielte mir im Palais-Égalité zwei Mätressen, frivol geantwortet: »Ach, das ist gar nichts. In meinem Adreßbuch stehen unter anderem zwei Bankiers, drei Dichter und ein Dragoner.«

(Und dann das Mädchen mit den roten Haaren, für das er Zuneigung empfand, weil sie nett und lebhaft war und seinen Hunger reizte und stillte. Und dann die fallenden roten Blätter.)

Ach, September …

Inzwischen war er schrecklich unglücklich. Dabei sollte es eine Zeit des Triumphes sein.

Politik ist eine der erbärmlicheren Schulen des Lebens. Ihre Hauptfächer sind: falsche Kameradschaft, falsches Scheitern und falscher Sieg.

Dantons jüngste Idee war es, eine Zeitschrift mit Camille als Herausgeber anzufangen, die die öffentliche Meinung in die nötige Richtung schieben sollte. Im Restaurant, wo man die Planung diskutiert hatte, hatte die Idee wie die Lampen gestrahlt, aber schon recht bald war die Luft draußen. Danton verlor das Interesse. Er hatte bereits seinen

Rücktritt als Minister eingereicht. Im Vergleich zur wilderen, rauhen Macht eines Abgeordneten hatte sich die große Macht als langweilig und zu strapaziös beziehungsweise ineffektiv erwiesen. Aber er ließ sich auf keine Erklärung festlegen, sondern trieb mit jeder Frage träge und jovial seine Spielchen. Man suchte in seinen Augen nach der Rasierklinge, aber sie waren vom guten Leben umwölkt. Im Stall verließ er kaum die Rednertribüne. Himmel noch mal, habe ich nicht lange genug gebraucht, um hierherzukommen? Er äußerte sich zu allem, von der Munition bis zur Moral. Draußen in den Cafés rezitierte er lang und breit (eine passende Bezeichnung) ganze Kaskaden aus Theaterproduktionen, in die er vor zwei Stunden jemanden geschleppt hatte. Mit seinen sporadischen Gesangseinlagen stellte er jeden Donner in den Schatten. Im Café Procope plauderte er wie in früheren Zeiten stundenlang auf italienisch mit dem Besitzer. Dantonationen taufte Camille diese verbalen Spektakel, die ins Leere liefen. Obwohl er das alles zaghaft vorhergesagt hatte (Ich steige aus. Und du?), war es für Camille kein Trost, ein weiser Prophet zu sein, selbst wenn damit ein Ehrentitel verbunden war. (Ja, du hattest recht. Büroarbeiten sind nichts für mich. Zuviel Sitzerei. Ich brauche eine Kanzel. Angst? Höchstens vor der Langeweile. Hier ist der Angelpunkt, um die Welt zu bewegen. Gabi wird die fürstlichen Möbel vermissen, also werde ich wieder die Wohnung renovieren lassen müssen. Muß ihr eine kleine Freude machen. Die Schwangerschaft setzt ihr diesmal schwer zu.) Danton hatte ziemlich zugenommen. Seine Gesichtszüge waren in ihre eigene Umgebung versunken. Inzwischen trug er selbstverständlich nie gepuderte Haare. Seine Augen ruhten träge glühend auf den Frauen, denen er nachstellte, und auf den Diners, die er verschlang. Sein Witz sprang wie ein Leopard von einem Baum, jedoch – es war der Witz der Bankette und Bordelle.

Am Anfang war man ihm blind gefolgt, ohne sehen zu müssen, da er ja alles sah. Später stieg man so elegant wie möglich aus und zog sich mit jedem Schritt aus dem Sumpf und dem Morast der falschen Werte zurück. Aber ganz ohne Führer? Nein, unmöglich. Der gewählte Tribun besucht kein Fest vor den brennenden Toren Karthagos. Wenn er ein Fest besucht, dann muß man sich bezüglich der Art der Flammen irgendwie geirrt haben.

Noch immer ein Gefolge: der Schlüssel und die Frage. Wenn sich's

Danton bequem macht, dann bin auch ich bis zu einem gewissen Maß dazu verpflichtet, oder es kommt einer Verleugnung gleich. Der Verleugnung eines Führers, seines Gefolges und aller Dinge, die in seinem Namen getan wurden. Und schwer von roten Strömen brodelt die Erinnerung durch die Gehirnwindungen – schau, schau, das hast du mit ihm gemeinsam gemacht, und wenn sein Schatten schwindet, gibt es mehr Licht, um neben ihm besser sehen zu können.

Also: Restaurants, Theater, Diners, Kartenspiele, Kronleuchter, Orchester, Weinflaschen, Frauen mit verschleierten Augen und lächelnden Schenkeln.

Wenn nur nicht dieses merkwürdige Symptom wäre – Schmerz, Depression, übertriebenes Gelächter, Verschwendung bei nebensächlichen Dingen.

Inzwischen hat sich Windmühle in einen Theaterkritiker verwandelt und geißelt die Hälfte der Produktionen, auch wenn jede Menge revolutionärer Eifer, langweilige Aktivitäten und selbst Schießpulver geboten wird. Die Bezeichnung »Eine Explosion in vier Akten« trieb zwei Stückeschreiber in den Stall, wo sie die Ausweisung eines gewissen C. Desmoulins forderten.

»Diesmal hätt's dich beinahe auf den Arsch gesetzt.« »Dazu braucht's mehr als das. Was nun?« »Noch eine Flasche. Hast du gehört, was die Chéniers im Schilde führen?«

Die Chéniers hatten sich – Bruder mit Bruder – fast bis zum Pistolenduell im Bois miteinander zerstritten. André, der Dichter, zieht mit den Royalisten bzw. Gemäßigten herum, während der Theaterdichter Joseph, dessen Schlafzimmergeschmack Mänaden einschließt, fest auf der Seite des Patriotismus und den Rechten des Volkes steht. Robespierre beschwichtigt die beiden Herren einzeln. Auch ohne das Bild von Kain und Abel bietet das Szenarium genug biblische Anspielungen.

»Und hast du gehört, was Robespierre vorhat?«

Während die Nächte länger werden und die Französische Armee Braunschweig auf dem Rückzug bis nach Belgien verfolgt oder Nizza erstürmt und hält, gelingt es Robespierre bei den Jakobinern, mit kalten Episteln jedes Girondemitglied aus dem Klub zu verbannen.

Und Danton ist offiziell kein Minister mehr.

Was nun?

Eine neue Flasche. Noch ein neuer Schwung voluminöser Dantonkleidung, noch ein neues, voluminöses Dantonbaby im Februar, eine erstklassige Nutte und eine Schauspielerin, noch eine Rede zum Thema Krieg …

Und du sagst, Robespierre habe die Gironde aus dem Jakobinerklub verbannt? (Darunter auch den gemäßigten André Chénier. Auch eine Art, einen Streit zu beenden.)

Interessant. Er ist sehr einflußreich geworden, unser Maximilien. Fast der Namenspatron des Klubs, obwohl er viel zu bescheiden ist, um es zuzugeben, und viel zu vergeistigt. Die Leute küssen ihm auf der Straße die Hände. Robespierre, der Hosenlose, der sich noch immer die Haare pudert und Spitze um den Hals trägt. Aber schließlich zählt allein der Gedanke.

Brissots Bande, die girondinische Mündung, rebelliert gegen den Jakobinerberg und scheut sich nicht, im Umkreis der Rednertribüne handgreiflich zu werden. Die intellektuellen Boxkämpfe eint ein Dauerthema: die Anschuldigungen, Danton habe sich während seiner Amtszeit als Minister aus der öffentlichen Kasse bedient. (Fabre – schweißgebadet und der Ohnmacht nahe; er hat seinen Teil dazu beigetragen. Läßt man ihn demnächst fallen? Und was Camille betrifft, so gab es die besagten kostenlosen Diners und die Weinkrüge. Aber der Löwen-Stier reißt unter Gebrüll mit seinen Hufen die Erde auf, und man verschont sie.)

Als nächstes geht die Gironde auf Maximilien los. Man hatte einen Brief verlesen, in dem eine Anzahl von Personen (insbesondere ein gewisser Bürger M. B. I. Robespierre) beschuldigt wurden, sie wollten eine Neuauflage der fröhlichen Umtriebe vom September (ihr wißt schon, die mit den eingetretenen Gefängnistüren und den Piken). Als Endergebnis erhebt sich ein universaler Aufschrei, man wolle den einzig Unbestechlichen dem Märtyrertod preisgeben, wie er es immer prophezeit hatte. Von nun an folgt ihm eine mit Knüppeln bewaffnete Leibwache überallhin. Er tut so, als würde er es nicht merken. »Maxime, was sind das für Kerle?« Wo? »Da. Die dahinten in drei Metern Entfernung, die mit den Stecken, die dich anhimmeln und alle anderen finster mustern.« Sei nicht albern. Arbeiter, irgendwohin unterwegs. »Sie sind letzten Dienstag, Freitag und Samstag hinter dir durch die ganze Rue

Saint-Honoré gegangen. Am Mittwoch und Donnerstag waren es drei andere. Miene und Knüppel waren trotzdem dieselben.« Selbstbewußt gesteht Robespierre, er habe diese braven Männer gebeten, ihn der Obhut Gottes zu überlassen. Falls die Leute mit ihm reden (seine Hände küssen, seine Füße schütteln) möchten, wie sollten sie da näherkommen können? (Lasset die Kindlein zu mir kommen –)

Und nun?

Dieser Aufruhr, diese Ersatzexplosion in vier Akten, bildet den Hintergrund für ein anderes Drama, ein Drama, das bis zum Ende gespielt werden soll, bis mit Donnergerassel ein letzter, stählerner Vorhang fällt.

DAUPHIN: Papa, was hast du während der Revolution gemacht?

KÖNIG: Nun, mein Sohn, ich habe mich unter die Guillotine gelegt.

1792–93: Winter

Es war der alte Streit: seine Unterstützung der Monarchie. Ich warf ihm, so gut es ging, einen verächtlich-empörten Blick zu. Aber er lächelte nur. Das Lächeln hieß: Also wirklich, zwischen uns? Wenn's ein Problem gibt, komm herüber und fecht's mit mir aus. Also setzte ich ihm nach, fast ohne es zu wollen und noch unentschlossen, ob ich ihn öffentlich blamieren oder zurückweichen sollte. Aber er hatte meinen Vorstoß gesehen, drehte sich um und erwartete mich. Als ich näher kam, nahm er meine Hand, anschließend meinen Arm. Wir gingen herum, irgendwo. Ich sagte: »Es überrascht mich, daß Sie im Ausland sind. Ich hatte erwartet, Sie an einem Lampeneisen baumeln zu sehen, falls ich Sie irgendwo treffen würde. Wie groß war diesmal die Bestechung, die Sie dem König entlockt haben? Hoffentlich war's die Mühe wert, die Sie sich wegen ihm gemacht haben.«

»Ach«, erwiderte Mirabeau mit seiner unvergleichlichen, unvergeßlichen Stimme – die Stimme, deren Gesang die Frauen von den Zinnen seines Gefängnisses herab verführt hatte. »Du weißt, wenn ich wollte, könnte ich dir eine Erklärung geben, die dich überzeugen würde, vollständig.«

»Die einzigen Erklärungen, die ich von Ihnen erhalte, tragen die Gestalt von charmanten Diners.«

»Ich könnte dich manipulieren, Camille. Tu nicht so, als ob ich das nicht könnte, nur weil ich es nie getan habe.«

Wir waren an einem hohen Turm angekommen, an dem unten ein Fluß in einem mächtigen, schimmernden Bogen vorbeifloß. Die Sonne ging gerade unter und vergoldete die Steine, und auf den Steinen lagen in einer braunen Schale – deutlich erkennbar wie alles, das man im wachen Zustand sah – Pfirsiche. Staub hing in der Luft, es roch nach Leder und Pferden, und hinter mir blitzte auf seinem bemalten und bekränzten Stab der Legionsadler auf. Um dies zu sehen, mußte ich mich nicht einmal umdrehen. Und er sagte zu mir auf Latein, allerdings im seltsamsten Latein, das ich je gehört habe: »Wettest du auf das Rennen?«

Welches Rennen? Welche Wette, wer lief …?

Dort oben am Himmel, der sich in einen Berghang verwandelt hatte, lief bereits ein Mann entlang. Aber auch die Mänaden rannten den Berg hinauf und schrien dabei mit ihren hohen, durchdringenden Stimmen, die Dichter wie Euripides beschreiben. Wie Vögel, die über einen Kadaver herfallen – aber noch lebt der Mann. Aus der Entfernung kann ich beobachten, wie sie sich niederlassen – Bienen auf einem schreienden Baum:

> Dann fällt, von seinem hohen Thron hinabgezerrt,
> Der König mit einem einzgen, langgezognen Schrei –
> Sein jammervolles Haupt,
> Gesteckt auf einen Thyrsosstab,
> Getragen über grüne Flur
> Im Kreise tanzender Mänaden.

Von seinem schwarzen Hauptbuch, seiner ewig unvollendeten Abhandlung, blickte mein Vater zu mir auf. »Tu das nicht, stimme nicht für seinen Tod. Du mußt lediglich sagen, du seist ein überzeugter Republikaner, was jede deiner Handlungen beweist. Als man den König noch feierte, hat ihn Camille Desmoulins als Tyrannen entlarvt. Und genau aus diesem Grund enthält sich nun Camille Desmoulins seiner Stimme.«

»Mein Gott, wie kann ich Ihnen irgend etwas begreiflich machen? Genau aus diesem Grund. Genau aus diesem Grund, Vater. Wenn ich mich dieser Stimme nicht stelle und sie nicht abgebe, wieviel andere könnten das dann zur Entschuldigung vorbringen? Da geht dieser Windmühle hin und versteckt sich unter einem Tisch. Nein, wir werden uns ebenfalls der Stimme enthalten.«

»Dann bestehst du also darauf, daß du für seine Hinrichtung stimmen mußt.«

»Ja, in Gottes Namen, ja. Ja!«

»Deine Texte legen nahe, daß du einen besonderen Groll hegst. Du sprichst und schreibst über ihn, als ob er dein persönlicher Feind sei.«

»Das ist er. Für jeden freien Menschen. Sie hätten Saint-Just hören sollen. Kalt wie gefrorene Milch. Seine erste Rede im Konvent. Dieser Mann, hat er gesagt, kann weder ins Gefängnis gehen noch ins Exil. Er ist der Feind des Volkes. Für dieses Verbrechen gibt es nur eine Strafe.«

»Weißt du, was du da sagst?«

»Ich weiß, was gesagt wurde. Ich weiß, was getan wurde. Also räumen wir das Brett ab und beginnen ein neues Spiel.«

»Keine Schachfiguren – Menschen. Fleisch und Blut.«

Die Mänaden kreischten im Hochland über Guise, wo der alte, zinnenbewehrte Turm stand. Ich hatte als Kind zu seinen Füßen gespielt, und jetzt war ich wieder ein Kind – für meinen Vater. Ich weigerte mich, ihm zuliebe zum Zehnjährigen zu schrumpfen.

»Rede mir nichts ein«, sagte ich. »In diesem Stadium würde ich jeden deiner Ratschläge ablehnen. Wenn du gewollt hättest, daß ich den Mistkerl davonkommen lasse, dann hättest du mir empfehlen müssen, ihn in Einzelteilen zu verpacken.«

»Was du sagst«, sagte er, »was du niederschreibst, kann – gegen dich verwendet werden.«

»Bisher nicht gerade erfolgreich.«

Meine Mutter stand da im matten Sonnenlicht, ihre braunen Haare wurden schon grau. Sie streckte ihre müde Hand nach mir aus. Ich ging hin, um sie zu begrüßen. Ich fürchtete diese Besuche an ihrem Krankenbett, verfluchte die unabänderliche Pflicht, verschob sie und weinte, wenn ich sie verließ.

Aber sie war fort. Eine Frau stand da und lachte mich mit blutigen Klumpen in den Haaren und zwischen den Zähnen an. Sie hielt mir den Kopf von Louis Capet wie eine Rassel entgegen. Rot floß es daraus hervor und benetzte mein Gesicht –

»Nein, nein«, rief jemand. »Jetzt aber, nein. Diese Träume von dir. Was sollen wir nur mit dir machen?«

»Lucile«, sagte ich.

Aber es war nicht Lucile, die sich über mich beugte. Das weiche Lampenlicht verlieh ihrem Haar einen blutroten Heiligenschein, aber das Rot war ihre natürliche Haarfarbe.

»Himmel.« Ich legte den Arm übers Gesicht.

»Aha, also«, sagte sie, »jetzt bist du wieder da. Gerade noch rechtzeitig. Du hast ja mehr mit dem Bett gewackelt als vorher.«

»Habe ich geredet?«

»Ja.«

»Was? Um Himmels willen, was?«

»Ich hab Besseres zu tun, als zu lauschen.«

»Ich wollte nicht einschlafen.«

»Aber du bist so müde. Armer müder Junge.«

»Ja. Müde.«

Ich hatte auch von Mirabeau geträumt, ausgelöst durch den jüngsten Skandal. In den Tuilerienmauern hatte man einen eisernen Geheimsafe gefunden, der Briefe an den König und gewisse andere Leute enthielt, darunter auch an Mirabeau. Jetzt wußte ganz Frankreich, daß er alle betrogen hatte. Er hatte für die Capets gearbeitet. Sie warfen die Büste, den Gips-Mirabeau, der die ganze Zeit über der Nationalversammlung thronte, herunter. Gips zerbrach in hundert Teile. Sie schmiedeten Pläne, seinen Körper aus dem Panthéon zu zerren und die Gebeine in ein unmarkiertes Loch zu werfen – ein Hundegrab. Für ihn wäre das ein zweiter Tod gewesen. Vielleicht war er sich dessen bewußt, vielleicht tobte und lamentierte er im Elysium herum oder in der Hölle oder in irgendeiner Vorhölle für verlorene Seelen, die an nichts glaubten. Oder machte er sich nur über unser Mißverstehen lustig? »Ich war kein Verräter. Ich versuchte, die Balance zu halten. Versuchte, den König vor euch allen zu retten, um dann euch alle vor euch selbst zu bewahren.«

»Sur la chatte, sur la chatte«, sang das Mädchen leise. »Oh, zeig mir deine schönen Augen. Warum versteckst du dich vor mir? Denkst du an jemand anderen und machst mich eifersüchtig – grausames, häßliches, böses –«

Ich hob den Arm vom Gesicht und schaute sie an. Da lag sie nun neben mir, umrahmt von goldenem Lampenschein, ihre junge Haut auf der taufrischen Spielwiese aus aufgeschnürter Spitze, ihr rostrotes Haar, das nach rauchigem Gras duftete. Eigentlich wollte ich auf der Stelle gehen, blieb aber auf dem Rücken liegen und schaute zu dem in jeder Hinsicht derben Gemälde hoch, das die Decke zierte.

Am liebsten wäre ich zu Hause gewesen, aber allmählich verblaßte der Traum und wich von mir. Höchstwahrscheinlich würde ihn jede plötzliche Rückkehr in die Realität zurückbringen.

Das Mädchen lag da und beobachtete mich. Sie legte mir eine hübsche, rundliche Hand auf die Brust und wanderte hinauf und hinunter. Zuerst fühlten sich ihre Finger wie Federn an, dann wie harte, kühle Perlen und allmählich glitt jede »Stufe« der Berührung wie eine Seidenschnur unter meine Haut.

Nebenbei sang sie ihr drolliges Liedchen:

»Sur la chatte, la chat,
Et sur la reine, le roi,
Et aussi toi sur moi.«

»Warum singst du immer von Königen? Bist du eine verdammte Royalistin?«

»Oh, natürlich bin ich das. Und Katzen, Katzen mag ich ganz besonders. Und die andere Sache, die mag ich auch. Du weißt doch, wie sehr ich's mag. Leg deine Hand hierher. Aah, das ist besser, ja? Oh, das ist schön. Schöner Camille – oh –«

Der Traum entfernte sich immer weiter, je mehr ich mich ihrem Zentrum näherte. Mein Körper war schwer, und meine Muskeln schmerzten, aber der lodernde Punkt trieb mich mit Gewalt weiter und weiter, bis ich ihn in ihrem Innersten erreichte und mich in immer höher steigender, qualvoller Lust verlor, die innerhalb weniger Sekunden vorüber war.

Aber ich schweife ab. Das alles – der Traum – geschah nicht vor 1793 oder vielleicht nur kurze Zeit zuvor. Erst dann schien der Fluß aus Blut zu bestehen. Aber es wäre auch zu einfach, wenn ich mich mit dem Traum im voraus entschuldigen würde. Das war später, Monate danach. Oder vielleicht auch gar nicht, vielleicht habe ich ihn auch nie geträumt, und es handelte sich lediglich um einen trivialen Alptraum in jenem Bett im Palais-Égalité.

Verfluchter Louis. Ein Fluch über die jahrhundertelange Feudalherrschaft in Frankreich. Warum soll ich für mich eine Entschuldigung für diesen Mord suchen, der doch nur einer von so vielen war?

Dieser fette Einfaltspinsel, diese doofe Runkelrübe. Der Feind – tötet ihn, befreit euch von ihm. Ich stimme für den Tod.

Und Danton? Danton stand kurz vor einer Inspektionsreise nach Belgien.

»Die Armee ist ein einziger Sauhaufen. Ich habe es dir schon früher gesagt: Glaub nicht alles, was du schreibst. Ja, Belgien ist ein Triumph, aber es gibt keinerlei Organisation. Die Lieferanten schaffen gerade so viel Nachschub heran, um die Fliegen glücklich zu machen. Schätzungsweise versorgen sie auch die Flöhe. Und die Desertionen –«

»In den nächsten Tagen wird dem König der Prozeß gemacht.«

»Hm.«

»Du willst dich davor drücken.«

»Das stimmt.«

»Ist dir zu langweilig.«

»Die Sache ist knifflig. In der Region Aube gibt es ein altes Sprichwort: Verlaß das Haus, wenn du glaubst, das Dach stürzt ein. Ich habe zwanzig Briefe bekommen, in denen man mich zu töten verspricht, falls ich Louis zum Tode verurteile. Und mehrere hundert Briefe, die mir den Tod androhen –«

»Wenn du's nicht tust. Wir sollten mal unsere Briefe austauschen.«

»Du bekommst auch Drohbriefe? Die Gironde-Agenten, die Unterholzroyalisten. Und dazu noch einige Geldangebote von beiden Seiten. Das beste ist, sich irgendwo anders eine patriotische und nützliche Aufgabe zu suchen. Willst du mitkommen?«

»Nein.«

»Ich könnt's schaukeln.«

»Nein.«

»Dann sei nicht beleidigt. Bleib da und paddel im Blut herum. Ich sagte, sei nicht beleidigt. Gabi hat mich schon die ganze Nacht über heulend und schluchzend traktiert. Das Baby wird kommen, und du bist in Belgien! Sie hat Freunde, Familie und Dienstboten um sich. Selbst die blonde, dreizehnjährige Nymphe vom Oberstock scharwenzelt den ganzen Tag um sie herum. (Der Vater schickt sie runter. Kriech den Dantons in den Hintern, er hat mir 'nen Job verschafft.) Grundgütiger Himmel, es kommt doch erst im Februar, und bis dann bin ich wieder da. Will sie wirklich, daß ich jetzt dableibe und mich umbringen lasse?«

Aber schließlich kehrte er doch aus dem belgischen Schlamm zurück, um dem Konvent wegen Abwesenheit und Zaudern die Leviten zu lesen. Gemeinsam mit uns stimmte er ab. Und wie bei uns übrigen lautete sein Urteil: Tod.

Der Konvent hatte festgestellt, daß man den König nicht zur Rechenschaft ziehen konnte. Sein Vergehen war einzig und allein auf seine Existenz zurückzuführen, aufgrund derer er erblich zur Rolle des Tyrannen berechtigt war und sie auch hatte angetreten. Andererseits mußte es zu einem Prozeß gegen ihn kommen. An ein Volksurteil konnte man nicht appellieren, da man feststellen hatte müssen, daß die Volksgerechtigkeit zu überstürztem Handeln neigte (und die Volksmeinungen gegeneinanderprallten, was noch schlimmer war). Außerdem repräsentierte der Nationalkonvent das Volk. Wozu hätte man sonst Abgeordnete gewählt?

Als nächstes erklärte der Konvent, der Un-Prozeß werde nicht vor den Justizbehörden im Hôtel de Ville durchgeführt, sondern im Stall. Der Konvent werde beides aus den eigenen Reihen stellen: Gerichtshof und Richter. Und es mußte zu einer absoluten Mehrheit kommen.

Gemäß dieses Wunders wurde unterhalb der drapierten Bänke ein Anklagepodium errichtet, in dem der Angeklagte stehen sollte.

Der Angeklagte.

Als Gefangener im Temple, wo er wahlweise im Wechsel von Sommer zu Winter geschmort oder tiefgekühlt wurde, hatte der fette, fromme König so gut wie möglich die kläglichen Überreste seines Lebensstils fortgeführt. Hatte gegessen, immer nur gegessen (was bereits zu fürchterlichen Beschwerden über seine Essensrechnungen und seinen Vorrat an Kaffee, Mehl und süßen Sachen geführt hatte), hatte geschlafen und dabei den Templeturm mit mächtigem Schnarchen erschüttert. Hatte seinen kleinen Sohn sorgfältig unterrichtet und wöchentlich ein Dutzend Bücher gelesen. Und er hatte gebetet: Meine Augen will ich heben zum ... Laternenpfahl?

Täglich ein Spaziergang. Vorsichtig betrat die Familie Capet den ummauerten Garten.

Vier bis fünf Gefängniswärter und ein Hauptmann der Nationalgarde, einer, der diese Funktion übernommen hatte, begleiteten sie.

Trotzdem gab es sicherlich keinen Anlaß zur Vorsicht, denn sobald sie draußen auf der Wiese waren, wurden sie von allen Seiten bedrängt: Soldaten, Künstler, die am Gebäude arbeiteten, und alle möglichen Gaffer, die sich ihren Eintritt durch Bestechung erkauft hatten. Einige wollten sie nur berühren. (Ich hab sie erwischt, echt. An den Titten. Du glaubst mir nicht? Nun, kannst drauf wetten. Was sie gemacht hat? So getan, als sei nichts passiert.) Andere wiederum wollten der Familie Capet Neuigkeiten oder die jüngsten Gassenhauer mitteilen. Alles in obszönen Worten. Die einzigen Themen: Hinrichtung oder Zoten. Durch diesen stinkenden, keuchenden Nebel bahnten sie sich stumm ihren Weg.

Über die Mauern und von den umgebenden Häusern lugten Gesichter herunter, blasse, konturlose Formen, immer wieder andere und doch ständig gleich. (Fünf Sous, wer die Familie Capet beim Luftschnappen sehen will. Und obendrein kostenlos ein Glas Limonade!)

Die Ziegel auf der Innenseite der Mauer waren mit Zeichnungen bedeckt und über und über mit tricoleur-Parolen bekritzelt. Ein Galgen: Madame Vetos Tanz. Ein Schwein mit Krone und eine gekrönte Wölfin mit langen Zitzen. Und dort eine senkrechte Umrißzeichnung der neuen Maschine in der Stadt. Juilletine sagten manche zu ihr, nach dem ruhmreichen vierzehnten Juli. Dagegen haben anscheinend andere den

Namen im Laufe der Zeit zu Guillotine abgewertet, nach dem gleichnamigen, zappeligen kleinen Arzt und Abgeordneten, der sie empfohlen hatte. Sie war sehr human und sehr schnell. Ein Kuß und dann – gute Nacht! (Auch das stand an der Mauer.)

»Wußtest du, Bürger Capet, daß denen an der Front allmählich die Munition ausgeht? Tatsache, aber die Kanoniere meinten: Macht euch nichts draus, bald gäb's 'nen schönen Großkopf mit 'ner kleinen Krone drauf. Den könnt man dann als Kanonenkugel verwenden.«

Wieder im Haus beim Diner: Jede einzelne Semmel wurde regelmäßig in winzige Stücke zerrissen, falls darin jemand eine Waffe oder eine Nachricht hätte einschmuggeln wollen. Der Fisch lag zermatscht da, und das Nudelgericht hatte keine Ähnlichkeit mit Nudeln mehr. Zerschnittene Orangen hinterließen auf dem Tischtuch Flecken.

»Die Orangen bluten, Papa!«

»Orangen bluten nicht, mein Kleiner«, sagte einer der Wächter zum Dauphin. »Nur Menschen tun das.«

Einmal hatten die Schaulustigen sogar mit eigenen Augen mit angesehen, wie la Austrianette den Boden putzte. Inzwischen war sie nicht mehr so hübsch. Nun hatte sie die Mühsal gekostet, die immer das Los der einfachen Leute gewesen war, und hatte darüber ihr gutes Aussehen verloren. Dünn und bleich und mit grauen, ungepuderten Haaren schwang sie den Besen und fegte die Krumen der zerfetzten Semmeln samt den restlichen Spelzen weg.

Als man unter Abschaffung der Monarchie die Republik ausrief und das Jahr Eins wie die Morgenröte über dem französischen Land aufging, wurde Louis Capet von seiner Familie getrennt. Soldaten zockelten mit ihm zum größten Turm des Temple hinüber, wo er scharf bewacht werden sollte. Endlich ein richtiges Gefängnis.

Meine Augen will ich heben.

Er war ein Narr, aber doch nicht so närrisch wie der ganze Vorgang. Er wußte Bescheid. Außerdem war im Oktober eine ziemlich schlaue Zeichnung an der Wand aufgetaucht. Darauf war die Wand selbst dargestellt, mit einer einzigen Tür, die eindeutig offenstand. Bei genauerem Hinsehen (man hatte ihn dazu aufgefordert) erkannte man, daß die Tür eigentlich aus Dr. Guillotins bewährtem Instrument bestand, auf dem (in roten Buchstaben) AUSGANG stand. Am elften Dezember traf der derzeitige Bürgermeister von Paris mit mehreren Jakobinern von der Bergpartei ein. Louis würde drüben im Konvent gebraucht – für seinen Prozeß.

Es regnete. Die Kutsche fuhr ziemlich schnell durch die Wassermassen (Warum regnet es in derart entscheidenden Momenten immer? Il pleut, il –), trotzdem flogen auch Fäuste und Erdklumpen gegen die Fenster. »Wir wollen sein Blut sehen!« schrien sie. Louis, ehemals König Ja-Ja von Frankreich, schaute starr geradeaus, ohne die erregten, nassen Gesichter zu beachten.

Während sie den schmalen Weg zum Stall hinaufgingen, versuchten sie, Louis ein wenig vor dem Regen zu schützen.

Es heißt, er habe seinen Käfig betreten und hätte wie ein verlegener Volltrottel neben seiner Anklagebank gestanden.

Es heißt, er habe seinen Käfig betreten und hätte mit enormer Würde und Selbstbeherrschung neben seiner Anklagebank gestanden.

Natürlich kommt es darauf an, wer die Geschichte erzählt: ein Königstreuer oder ein Revolutionär.

Ihn am Leben zu lassen hieße, jede Tat unserer Revolution aufzugeben und zu verleugnen, hatte Maximilien Robespierre gesagt (frisch vom Krankenlager auferstanden und mit den blendenden Strahlen seiner Göttlichkeit umgeben). Wenn er nicht sterben würde, wäre er schuldlos und somit alle anderen Taten ein Verbrechen. Dann müssen wir zu ihm hingehen und ihn im Staube unseres Angesichts um Verzeihung bitten. Ich, der die Todesstrafe verabscheut und so lange dagegen gekämpft hat, ich fordere in diesem Fall ihren Einsatz.

Was forderte Louis? Er habe das Recht auf einen Anwalt, sagte er. Es wurde ihm nicht verweigert. Man las ihm die Anklageschrift vor, die Liste seiner Schwerverbrechen und Tyrannentaten. Anfänglich lauschte er mit zerstreuter, fast verwirrter Miene, aber dann faßte er sich und wirkte nur noch wie einer, der mit gebotener Höflichkeit einer musikalischen Darbietung (ihre Komponisten waren anwesend) lauscht, die ihn nicht zu interessieren vermag.

Es wäre ihm schwergefallen, all diese Dinge mit der eigenen Person in Verbindung zu bringen.

Nachdem der Prozeß begonnen hat, wird er in die Länge gezogen. Der Dezember schwindet und erlischt in einem ungefeierten Weihnachtsfest. Sie lassen ihn antreten, und dann bombardieren sie ihn. Schließlich schickt man ihn fort und diskutiert unter schrillem Geschrei und Gebrüll über das Gesagte.

Der legale Rechtsbeistand ärgert sie. Ein Mann, der früher dem König gedient hat und ihm nun tapfer und prahlerisch zu Hilfe kommt, bezeichnet Capet als »Eure Majestät« und »Sire«. »Bürger Sire, wer ist diese Person?« will einer vom Berg wissen, woraufhin brüllendes Gelächter losbricht.

»Ich werde sie nie überzeugen können, mein Leben zu schonen«, sagt Louis zu den drei Verteidigungsanwälten, die ihn im Gefängnis besuchen. »Und ich habe nicht die Absicht, an ihr Mitleid zu appellieren.«

> Von ganzem Herzen bete ich, daß der Gnädige Gott Seine Augen über meiner Frau, meinen kleinen Kindern und meiner lieben Schwester haben möge, denn sie haben solch lange Zeit mein Elend mit mir geteilt. Ich bete, daß Er, auf dessen Gerechtigkeit allein ich baue, ihnen zeit ihres Lebens nach meinem Hinscheiden zur Seite steht. (Dennoch fürchte ich sehr um die Sicherheit meiner Frau, denn auch sie könnte in diese erfundenen Komplotte verwickelt werden und, durch meinen Sturz beschwert, nach mir fallen.) Der Vormundschaft meiner Frau, die durch unser ganzes Leid erhöht und verherrlicht wurde, übergebe ich unseren Sohn und unsere Tochter. Sollten sie je in der Welt einen hohen Platz einnehmen, so flehe ich meine Frau an, ihnen zu versichern, daß jeglicher Weltenruhm ein flüchtig täuschend Ding ist.

Dezember. Januar. Graue Tage, kalte Regennächte und neblige Morgen.

Nun meldete sich Louis' jüngster Rechtsbeistand energisch vor dem Konvent zu Wort, ohne auf das Gemurmel und Geknurre von den Bänken zu achten. Als er fertig war, hob Louis persönlich seinen Rübenschädel und sprach.

»Ich denke, dies wird das letzte sein, das ich zu Ihnen sagen werde. Aber ich habe mein Bestes getan. Ich habe jede Frage beantwortet. Ich habe nie gelogen.«

»Doch, du hast gelogen!« gellt einer.

Louis achtet nicht darauf, sondern sagt: »Mein Gewissen ist rein. Bei allem, was ich tat, habe ich nie das Licht des Tages gescheut. Insbesondere leugne ich jede Unterstellung, ich hätte mit Absicht das Blut meiner Untertanen vergießen wollen.«

»Untertanen! Welche Untertanen? Um Himmels willen, glaubt er, er ist immer noch ein König?«

»Sei still, Camille.«

»Bereits die Anklage, ich könnte ihr Blutvergießen gewünscht haben, verletzt mich.«

»Camille, zum Kuckuck noch mal, hör auf herumzuzappeln. Wenn du mich noch einmal auf den Arm haust, schlag ich dir die Zähne aus.«

»Das haben sie ihm eingeredet – sie haben ihn sagen lassen, er habe gewollt, daß Blut vergossen wird.« Er versuchte, mit Gewalt aufzustehen und laut zu schreien, wurde aber zurückgezogen. »Whn-nr-whrr –«

»Camille, halt's Maul.«

»Wassasis-w-was ist mit dem Marsfeld? W-wie steht's damit? Würrehrnn-n-nie Blutvergießen – und was ist mit de Launay? We-wss-weshalb ist d-dann die Garde in Ver-Versailles mit Bajonetten a-auf d-d-den Dra-dritten Stand lo-losgeritten?«

Die Ruhestörung in den obersten Rängen war begrenzt. Jene Stimme, die versucht hatte, laut zu rufen, wurde von ihrer eigenen Schwäche und den Stotteranfällen gehemmt und erregte nur wenig Unruhe. Das Protokoll leugnet an diesem Punkt jegliche Auseinandersetzung. Der Konvent wünscht Würde. Einen würdevollen, dem Untergang geweihten König, ein würdevolles, untadelig ehrenhaftes Gericht. Keine Schreie nach der nackten Wahrheit von den oberen Bänken (halt's Maul, Camille). Vermutlich wurde dieser Ausbruch nicht einmal verzeichnet, nur die Worte von Louis. In ihrem eigenen, merkwürdigen Glanz stehen sie da, dem Urteil der Geschichte ausgesetzt. Ich wollte nie euer Blut vergießen. Schon der Gedanke daran tut mir weh.

»Verflucht noch mal, ich glaub's einfach nicht. Akzeptiert tatächlich jemand ein Wort von dem, was er sagt?«

O ja, Camille, viele Leute werden es akzeptieren. In allererster Linie Louis selbst.

Mitte Januar, im dunklen Monat, in der Winterszeit, die in jeder Hinsicht die letzten dunklen Stunden vor Sonnenaufgang widerspiegelt, begann man endlich mit der Abstimmung.

Die Gironde hatte Krach geschlagen. »Wir sind keine Royalisten!« hatte Manon Rolands neuester, vornehmer Geliebter gebrüllt. »Aber das schießt über die Grenze in den Abgrund hinaus.« »Blödsinn«, meinte Danton, der gerade wieder mal aus Belgien da war. »Wir haben die gesammelten Monarchien Europas an der Kehle – meines Wissens der Lieblingskrieg der Gironde, oder habe ich die Herren letztes Jahr nicht wie einen Haufen Hunde nach einem Knochen bellen hören? Na also, könnten wir ihnen einen besseren Fehdehandschuh hinwerfen als den Kopf eines Königs?«

Aber im Gefolge des Aufruhrs wich selbst die Gironde zurück. Barbaroux stand auf und sagte: »Ich für meine Person werde für die Todesstrafe stimmen.« Und Vergniaud, der Stimmenthaltung geschworen hatte, sollte mit weißem Gesicht den Konvent betreten und mit den Worten la mort seinen Eid brechen.

Dunkle Monate, dunkle Tage. Und die große Halle der Reitschule nur schwach erleuchtet, als ob sich Mörder versammelt hätten. Wer sonst?

Und gleich dem Prozeß, der keiner war, zieht sich auch die Abstimmung immer länger hin.

Einer nach dem anderen kam zur Tribüne, betrat sie, gab seine Stimme ab und sagte, was er für nötig erachtete. Allmählich entwickelte sich daraus eine Art Musik des Grauens, ein Lied mit unterschiedlichen Strophen, dessen Refrain ständig gleich blieb: Ich das, ich jenes, wir müssen, wir sollen, la mort, la mort, la mort.

Warum war es so dunkel? In matten Schwarztönen bot sich der große Raum den Augen dar: Alles verschwamm im Schatten, und dazwischen flackerten auf Kerzen, Brillen, Schuhschnallen und Ringen beunruhigende Lichtflecke hin und her, bis einem beinahe schlecht wurde.

Droben in der öffentlich zugänglichen Galerie ging es fröhlicher her. Eine Horde Bürger hatte sich hereingedrängt und saß nun als begeisterte Zuschauer da. Man applaudierte seinen großen Lieblingen und jubelte bei besonders gewalttätigen Reden, doch wenn der erwartete Liedrefrain (la mort, la mort) ausblieb, setzte es wie bei einem Schauspieler, der seinen Text vergessen hat, Buhrufe und Pfiffe. Dazwischen verspeisten sie Obst, Eis und Getränke und spielten Karten. Wenn einer hinausging, stürzten zehn andere vor, um seinen Platz einzunehmen.

Und so weiter und so fort. Auf der Galerie und draußen in den Cafés der Stadt wurden Wetten über den Ausgang der Abstimmung abgeschlossen. Wer auf Begnadigung setzte, riskierte bewußt sein ganzes Geld. Außerdem konnte man auch auf spezielle Abgeordnete setzen. Aus purem Glück hatte einer durch den Rückzieher von Vergniaud Geld kassiert. Danton, Robespierre – keinen Sou wert. Alle wußten, daß sie Blut wollten und ihre Meinung nicht ändern würden.

Und so weiter und so fort. Auf den Bänken versuchten hungrige Abgeordnete wie die Geier herauszufinden, ob sie sich die Zeit zum Essen stehlen könnten, ehe sie wieder unterbrochen würden. Andere sackten zu später Stunde schlafend zusammen und mußten wachgetreten werden, um ihr Lied vorzusingen. Manche hatten Tage darauf gewartet. Die Sitzungen fingen früh an und zogen sich bis Mitternacht hin. Derzeit dauerten sie die ganze Nacht hindurch. Abstimmung. Berge von Stimmen.

Der Gang durch höllisch düsteres Licht. Das Besteigen der Rednertribüne. Ihre glitzernden Augen und Zähne, sobald sie die Lippen öffneten.

Einhundertdreißig: Robespierre – Tod (lauter Beifall).

Einhunderteinunddreißig: Danton – Tod (noch lauterer, wilderer Beifall).

Einhundertzweiunddreißig: Collot d'Herbois – Tod (viel Zustimmung).

Nicht der Rede wert: Manuel – Haft in – (Im Sturm der Entrüstung untergegangen. Jemand wirft eine Orange. Um des Chronisten willen redet Manuel blaß und zitternd zu Ende und entfernt sich rasch.)

Einhundertdreiunddreißig: Billaud-Varenne – Tod binnen vierundzwanzig Stunden (die Menge schreit freudig auf). Die geschminkten, gutgekleideten Damen auf den unteren Sitzen, die wie feine Herrschaften aussehen, scheinen am meisten begeistert zu sein. Aber jetzt, pssst, seht, wer als nächstes dran ist.)

Einhundertvierunddreißig: Camille Desmoulins. (Genauso blaß und zitternd wie Manuel, aber vor fiebriger Wut. Er starrt in die Runde, holt Luft und zwingt seine Stimme in die Höhe, damit sie trägt. Trotz des Zitterns besitzt die Stimme eine bösartige Macht. Seine Augen blitzen wie bei einem Fanatiker. Nur wie einer?) »Manuel vergißt sich. Erst vor zwei Monaten hat er schriftlich erklärt: Ein toter König ist kein Mensch weniger.« (Lärm von der Galerie. Camille wartet auf Ruhe, die er auch bekommt. Inzwischen hatte er einige Jahre Zeit gehabt, Dantons Tricks zu studieren. Seine Stimme gerät ins Stocken, klingt aber immer noch hoch und angespannt wie Draht.) »Also, kein Mensch weniger. Vielleicht zu spät zur Ehrenrettung des Konvents, aber ich stimme für den Tod.«

Und sie brüllen sich wegen ihm die Kehle aus dem Leib. Wie ein Wolf grinst er sie grimmig an, dann dreht er sich um, verläßt in seinem Kriegerschritt die Tribüne und geht mit verkrampften Händen quer durch die Halle zurück. Sein Blutdruck zerfetzt ihm fast das Gehirn. (Er tut noch immer, was die Menge will. Ist immer noch ein Liebling des Pöbels.) (Der Chronist hat über dem Eintrag von Camilles la mort einen Klecks gemacht. Er schnalzt mit der Zunge und wischt die Feder ab.)

Und weiter.

Und die Liste kommt zur Nummer einhundertfünfzig: L.-P. Égalité (ehemals Orléans, Cousin des Königs). Mit wildem Blick vertritt er seinen Standpunkt, und die Galerie flüstert. »Tod!« schreit Égalité, und seine parfümierten Damen in den roten Kleidern erheben sich, um auf der Galerie mit Kirschlikör auf sein Wohl zu trinken. Nun ja, auch Cousins sind nicht immer treu.

Und weiter, bis –

Es ist vollbracht.

In einem wahren Rausch aus falscher Kameradschaft und falschem Sieg haben sie ihre Lieder zum donnernden Schlußchor vereint, trotz Abweichlern, Schläfern, knurrender Mägen und Argumenten, trotz der kränklichen Beleuchtung; trotz der Gironde-Mündung, die wie aufgespießte Motten herumflatterten und versuchten, den Schuldspruch hinauszuzögern; trotz Revanchedrohungen und der Ermordung einiger Konventmitglieder, deren Art der Abstimmung den Mördern mißfallen hatte. Trotzdem. Fast vierhundert Abgeordnete haben für la mort gestimmt. Genug, um die Sache durchzuziehen und einen einzigen übergewichtigen, albernen Sterblichen aufs Schaffott zu schicken.

Louis, genannt Capet, obwohl das, wie er erwähnt hatte, schon seit Jahrhunderten nicht mehr der Familienname gewesen war, war schon früh auf und notierte gerade die Unterrichtsfortschritte seines Sohnes in einem Buch, als man ihm mitteilte, er werde morgen sterben. Sein ältester Advokat brach dabei sprachlos zusammen.

»Grämen Sie sich nicht«, sagte der König, »Sie bringen mir meine Erlösung.«

»Ach, Sire, auf dieser Revolution liegt der Fluch Gottes.«

»Was ist«, fragte der König ruhig und hartnäckig, »eine Revolution?«

Montag, 21. Januar 1793. Unter dem graubraunen Himmel entfaltet sich ein düsterer Tag. Vom Fluß heraufsteigend, klebt nasser Nebel an der Stadt. Der Frost hat auf den Fenstern Muster hinterlassen.

Erneut herrscht große Angst vor einer Verschwörung. Offensichtlich hat es Komplotte gegeben, den König genau an diesem Tag zu befreien. Es geht sogar das Gerücht, der Schwede Fersen – der aus der Kutsche nach Varennes – hielte sich mit einer Bande bewaffneter Desperados in der Stadt auf und wolle aus dem Hinterhalt das Gefährt überfallen, das Louis zum Schafott bringen soll. Aber rund um das Fahrzeug drängen sich die Wachen, und die Anzahl Bewaffneter, die die Route säumen, wird auf achtzigtausend geschätzt. Die Menschenmenge, die schrill sein Blut gefordert hat, ist inzwischen gemäßigter geworden und ausgedünnt. Alle Läden sind geschlossen.

Die Stimme, die am lautesten das Rumpeln und Hufeklappern des Wagens und seiner Eskorte übertönt, kommt von Louis selbst. Er liest Psalmen.

Man hat sie versetzt, die Göttin Juilletine-Guillotine. Inzwischen steht sie auf der Place Louis XV., die in Place de la Révolution umbenannt wurde, und überschattet die Statuen der Könige, die alten Götter, die den Platz vor ihr besetzt hatten. Einige Juwelendiebe aus dem Archivraub hatten ihren Kuß verspürt. Justament den Ort des Raubes, jenes Karree, an das die Archive angrenzen, hatte man als idealen Ort für diese Umarmung empfunden. Es gab noch mehr Vorteile: Von Osten laufen die Tuileriengärten darauf zu, nach Süden erreicht man den offenen Fluß. Nordwestlich erstreckt sich die Waldung der Himmlischen Felder, während sich im Südwesten jene verwahrlosten Mietshäuser drängen, die man spaßeshalber in Cours République umgetauft hatte. Am Ende der Straße der Nation (ehemals Rue Royale) beherrschen die beiden graugelben Fassaden der Archive und des Hôtel Crilon den nach Nordosten ansteigenden Teil der Stadt. Von hier aus hat man einen weiten Blick und viel Platz für Zuschauer, die sich auch pflichtschuldigst eingefunden haben. Außerdem empfiehlt sich der relativ offene Fleck von sich aus als Ventil für Hochstimmung.

Allerdings ist davon im Moment wenig zu merken.

Gefangen und den Mund voll Psalmen, kletterte der König aus seiner Kutsche. Er hob den Kopf. In geringerer Entfernung sah er das hochaufragende Tor, das sich schwarz gegen den giftgelben Himmel abzeichnete. Nebelschwaden trieben umher und hoben sich nur zögernd. Die Bäume der Tuilerien hingen wie nasse, farblose Federn herunter, die Champs-Élysées waren im Dunst verschwunden.

Er war gelassen und entschlossen, bis sie versuchten, ihm die Hände zu binden, da wehrte er sich. Die Menge raschelte erwartungsvoll. Würde der alte Fettwanst die Nerven verlieren? Aber der begleitende Priester sagte etwas, was ihn zu beruhigen schien. (Ein teuflischer Rompfaffe, und das bei diesem Anlaß.)

Endlich ließ er sich die Hände fesseln. Seinen Kragen hatte er bereits selbst abgestreift, man schnitt ihm die Haare. Zwischen den Henkern ging er die Stufen hinauf.

Oben erwartete ihn Sanson, der oberste Henker, und neben ihm ein junger Helfer, der den Stengel einer scharlachroten Blume zwischen den Zähnen hält, eine Rose. Bei diesem merkwürdigen Anblick bricht die bleierne Teilnahmslosigkeit des Königs zusammen.

»Gegen den Gestank«, erklärt ihm einer der Männer, der Louis' Blick gelesen hat. »Er hat etwas gegen den Blutgeruch und auch gegen den Rest. Mach dir nichts draus, Bürger Capet, du wirst genauso stinken wie alle anderen auch.« Aber Louis hat schon den Blick abgewendet. Er bewegt sich auf der Plattform nach vorn und betrachtet die Menschenmenge im Nebel, die schemenhaften Gebäude, den tiefhängenden Himmel. Trommeln donnern, aber Louis ruft laut um Ruhe, und die Hände der Trommler halten wie erstaunt inne.

»Ich sterbe, ohne auch nur im geringsten der Verbrechen schuldig zu sein, derer ich angeklagt werde«, ruft Louis – zu wem? Wer hört zu oder glaubt daran oder interessiert sich dafür? Schlägt da draußen in diesem Theater voller Puppen und Nebel ein einziges Herz für ihn? »Ich flehe zu Gott, damit das Blut, das ihr vergießt, nicht zum Fluch für ganz Frankreich wird –«

»Verdammte Hurenscheiße.« Santerre, Kommandant der Wache, tritt vor und erteilt einen Befehl: »Stopft dem Mistkerl das Maul!«

Mit einem Schlag werden die Trommeln wieder lebendig und übertönen die Stimme auf der Plattform. Plötzlich fordert die Menge lautstark die Durchführung des Urteils.

Die Henker packen Louis, der nicht mehr sprechen darf. Gefesselt, geschoren und hilflos, stößt man ihn vornüber auf das Brett. Über dem unteren Teil des runden Fensters taucht der mächtige Schädel auf. Und nun rückt sie immer näher, die liebevolle Umarmung von Louisette, Louis' kleinem Mädchen.

Mit einem Schlag fällt die Klinge. Das Geräusch klingt schrecklich alltäglich, als ob jemand einen großen Kohlkopf halbiert hätte. Aber mittendrin zerfetzt ein gräßlicher Schrei die Luft, und die Menge quietscht merkwürdig begeistert und entsetzt zugleich.

»Jesus! Mach's doch ordentlich, du Höllenschlächter.« Santerre ist gegen seinen Willen entsetzt und knirscht mit den Zähnen. Aber Sanson ordnet lediglich an, die Klinge erneut nach oben zu ziehen. Und wieder fällt sie, und das heisere Stöhnen erlischt. Diesmal wurde das zu dicke Genick des Verurteilten durchtrennt.

Sehr human. Bei den Fetten, da werden wir aufpassen müssen.

Auf ein Kopfnicken Sansons hin tritt der junge Mann mit der Rose zwischen den Zähnen vor. (Es ist Winter. Zu dieser Jahreszeit ist die Rose aus Seide und mit Parfüm aus einem Laden im Palais getränkt. Der junge Mann könnte Sansons Sohn sein. Auch Henker werden Väter.) Der Junge hebt die Frucht der Guillotine an den Haaren auf und hält sie in die Höhe, damit die Menge sie sehen kann. Die Augen sind weit aufgerissen, und der Mund bleibt für immer in seinem ersten, erstaunten Protestruf erstarrt.

Nun ist die Menge stumm. Dann ruft einer, und noch einer: Lang lebe die Nation! Und dann scheint der Morgen lauthals einzufallen.

Sie haben ihren König getötet. Sie haben das Unvorstellbare getan. Also tanzt, tanzt, lauft hin und taucht Taschentücher und Fetzen in die Blutklumpen: Erinnerungsstücke. Ein Mann beugt sich nach unten und leckt das Blut auf, das auf die Treppen unter dem Schafott tropft.

»Schmeckt scheußlich salzig«, meint er und lacht. »Salzig wie das Meer.«

Der Leichnam wurde mit den üblichen Zeremonien im Kirchhof von Madeleine beigesetzt. In die religiösen Gesänge mischte sich der Lärm von Zechgelagen und Festen. Die meisten Häuser entlang des Zuges oder in der Nähe hielten Fensterläden und Tore verschlossen.

Das Haus der Duplays in der Rue Saint-Honoré war eines davon.

Das Mädchen Betsi klopfte ängstlich an die Tür von Robespierres Zimmer und schlüpfte nach seiner leisen Aufforderung verstohlen hinein. »Mama fragt, ob Sie Ihnen irgend etwas bringen soll?«

»Nein, mein Kind, danke.«

»Sie sehen nicht gut aus«, meint Betsi mitfühlend. Der ganze Raum scheint mit Traurigkeit erfüllt zu sein. Die weißen Wände wirken grau, die Bettvorhänge trauern, die Vase ist leer und ohne Blumen. Nicht einmal Saint-Just ist imstande, zur toten Winterszeit Rosen zu finden (wie andere Henkershelfer auch).

»Heute ist etwas Entsetzliches geschehen«, sagte Robespierre, »etwas, das man besser nicht ansieht. Zur Rettung unserer selbst wurde ein Glied amputiert. Ein nutzloses, vergiftetes Glied. Aber dennoch war es ein entsetzliches Ereignis.«

Sein Hund liegt ihm bekümmert mit typisch mitfühlenden, feuchten Hundeaugen zu Füßen.

Robespierres Tragödie wiegt schwer, ist aber ziemlich echt.

Das ist ein Mann, vor dem man sich in acht nehmen muß, hatte Mirabeau einst verkündet. Er glaubt jedes Wort, das er sagt.

Auf die Meldung von Louis' Tod hin schließen die Engländer ihre Theater. Sobald die Engländer ihre Theater schließen, bereiten sie sich darauf vor, die Pforten des Krieges zu öffnen.

Grauer Januar. Fahler Februar. Schwarzer März. Die dunklen Stunden vor der Frühlingsdämmerung im April – für alle, die die Nacht überleben.

»Nun, da stand dieser süße kleine Hund derart natürlich schwanzwedelnd auf der Treppe, daß ich ihn freundlich hinter den Ohren gekrault und mir dabei die Fingernägel mit getrocknetem Leim beschmutzt habe – Wachs und ein Aufziehmechanismus.«

»Diese Geschichte hat eine Fortsetzung. Als sich Marat hier versteckt hatte – ach, Curtius, laß das, du weißt genau, daß er einmal in deinem Keller gelebt hat –, ist die Ratte eines Abends aufgetaucht und in den Salon spaziert. Der Geruch nach Essen hatte sie heraufgelockt. Und da hockt doch derselbe Wachshund mitten im besten Lehnstuhl. Also schnappt ihn sich Marat, um ihn auf den Fußboden zu schmeißen und –«

Drei oder vier Stimmen, meine eingeschlossen, riefen matt im Chor: »Er hat ihn gebissen.«

»Doch nicht der Wachshund, oder?«

»Ganz bestimmt nicht.«

Lucile lachte strahlend.

»Selbstverständlich starb der Hund«, fuhr Fréron fort. »Armer kleiner Teufel. Einmal Marat gezwickt. Das würd jeden von uns umbringen.«

»Rattengift«, fügte ich hinzu.

Diese Bemerkung brachte erneut alle zum Lachen. Die Gesellschaft war bunt zusammengewürfelt, selbstverständlich ohne Marat. Maximilien hatte eine Einladung erhalten, war aber nicht gekommen. Schade, denn jeder Abwesende wurde leicht zur Zielscheibe unseres Spottes. Die Scherze waren bescheuert, aber leidlich sauber. Schließlich hatten wir ein Zimmer voller Frauen dabei, einschließlich Marieglacée. (Bei meinem letzten Besuch nach den Ereignissen im August hatte ich sie entsetzt angesehen, aber außer der Tatsache, daß sie mich nicht leiden konnte, ließ sie sich nichts anmerken. Letzteres hatte ich schon immer gewußt und hatte darüber noch nie eine Träne vergossen.) Danton verbrachte den Februar erneut in Brüssel. Selbst heute hatten wir ihn wieder auf freundliche Art und Weise attackiert. Die meisten Männer, die an diesem Abend bei Curtius zu Tisch saßen, gehörten zu Dantons Bande, wie man uns in der Stadt lässig nannte. Fréron hielt sich noch immer in der Hauptstadt auf und war dank meiner Schirmherrschaft auf die Gästeliste gelangt. Das schlechte Gefühl zwischen uns beiden hatten wir unter den Teppich gekehrt. Mitten unter jener teuflischen Abstimmung war er zu mir heraufgekommen, hatte mich angesprochen und stürmisch umarmt. Da ich mit den Nerven ziemlich am Ende gewesen war, hatte ich mich leidlich gefreut, ihn zu sehen. Aus irgendeinem Grund hatten wir dagesessen und über die Schule geplaudert. Dazwischen spotteten wir über Stimmberechtigte, die es uns angetan hatten, oder pflichteten ihnen bei und verhielten uns damit nicht schlimmer als die verdammte Galerie, auf der inzwischen schon paille-maille mit dem Kopf gespielt wurde. Seitdem war er einmal bei uns zum Abendessen gewesen und hatte sich mustergültig benommen. Einmal war der Klatsch über Lucile derart ausgeufert (wenn sie uns nicht direkt treffen konnten, attackierten sie regelmäßig unsere Frauen), daß ich darüber buchstäblich die Wände hochging. Louis-Mer hatte sich für Taktgefühl entschieden, obwohl ab und zu Zorn in seinen Augen aufblitzte. Trotzdem behelligte er uns nicht weiter. Er hatte eine neue Mätresse, mit der er sehr geheimnisvoll tat. Offensichtlich hatte sie ihm die Kanten abgeschliffen.

Das Diner war wie alle Curtiusschen Diners – ein vielfach üppiger Vorgeschmack aufs Paradies. Er, der schlaue Fuchs, trieb uns mit Lachen und Lächeln von einem Gang zum nächsten, von Scherz zu Scherz und von Indiskretion zu Indiskretion.

»Er erzählt herum, Maxime wäre bestechlich«, hatte mir Fréron ins Ohr geflüstert.

»Also deshalb ist der Sklave der Freiheit nicht hier. Und ich dachte, er wäre wieder krank.«

»Wahrscheinlich hat er eher einen Koller. Mercure sollte besser vorsichtig sein.«

»Was denn, wegen Maxime?«

»Ja, wegen Maxime. Merkst du denn nicht, wohin er treibt? Na schön, lächle nur, wenn du willst. So ist Maxime: Wenn du ihn kränkst, grollt er dir, aber wenn er dich kränkt – dann wird er dir nie verzeihen.«

»Hör mal, um das zu kapieren, hab ich schon viel zuviel Wein intus.«

»Damit meine ich, daß er alles, was ihm Unbehagen bereitet, irgend jemand anderem in die Schuhe schieben muß. Deswegen ist jeder Fehler, den er macht, der Fehler eines anderen, da er selbst ja unfehlbar ist.«

»Ach, mit mir kommt er klar.«

»Weil er dich für einen Unschuldsengel hält, deshalb.«

»Na, wenn er das meint –«

»Aber zeig ihm, daß du weißt, was du tust, und dann tu etwas, das ihm nicht paßt. Verdammt noch mal, Camille, schau dir doch die Gironde an. Rausgeworfen bei den Jakobinern.«

»Wunderbar.«

»Ja, aber wie hat er das gemacht?«

»Die Allgemeinheit hat Druck auf ihn ausgeübt.«

»Nein, kleine Windmühle, er hat darauf Druck ausgeübt.«

»Himmelschreiender Blödsinn.«

»Fein, aber sag ihm nicht, daß ich irgend etwas davon erzählt habe. Ich möchte nicht auf seiner Schwarzen Liste stehen oder auf der dieses Diebes mit den Ohrringen, den er sich zum Spießgesellen hält. Kennst du Saint-Justs neuen Spitznamen?«

»Ein paar habe ich gehört.«

»Ein paar hast du selbst geprägt. Diesmal heißt er der Todesengel, nach seiner flach, kalt und blutleer vorgetragenen Rede gegen Capet. Und wie sich sein Arm dabei auf und ab bewegt hat, wie die Klinge selbst.«

Irgend etwas schoß mir durch den Kopf. Es hatte mit dem grauen Januar zu tun, mit zum Speien schlechtem Licht und einem Stück Stahl, das angeblich nicht so funktioniert hatte, wie es sollte.

»Camille?« sagte das reizende Traumgebilde neben mir, das mir vor einem Hintergrund aus kandierten Aprikosen und Wachsäpfeln liebfragend ins Gesicht schaute.

»Mein Gott, wer ist das schöne Mädchen, neben das man mich gesetzt hat? Würde sie mit mir durchbrennen, wenn ich sie fragen würde?«

»Schon möglich«, meinte Lucile ernst, »aber soweit ich weiß, Monsieur, haben Sie Frau und Kind.«

»Das stimmt, und seltsamerweise diniert meines Wissens zumindest meine Frau irgendwo ganz in der Nähe.«

»Ich lasse meine Maske fallen. Darunter verbirgt sich deine Frau, o du Verräter.«

»Himmel, hilf. Entlarvt!«

»Der Himmel möge dir wahrlich helfen und meiner armen Mutter, die sich zu Hause um das Baby kümmert und annimmt, daß wir uns in der Öffentlichkeit wie zwei Erwachsene benehmen.«

Ich bot ihr einen Wachsapfel an, den Lucile über meinen Kopf hinweg Fréron zuwarf, der ihn seinerseits über die Tafel zu Marie hinüberschubste. Mit einem überraschten Schrei fing sie ihn. Sie wirkte ratlos. Allgemeine Feigling-Rufe überzeugten sie davon, den Apfel weiterzuwerfen, aber nur zu Curtius.

Mirabeau hätte an allem seine Freude gehabt, dachte ich. Vornehme Wildheit bei Frauen, ihre erhobenen Arme und die Brüste, die im Kerzenlicht tanzten. Wo war er? Sah er zu oder sogar mehr? Ich trank mein Glas leer, ehe er sich zwischen mich und die Gegenwart stellen konnte. An dieser Tafel war ich ihm zum erstenmal begegnet. Dazwischen lagen Welten. Damals hatte ich außer den Lichterflügeln vom grünen Juli und dem donnernden Sturz der Bastille nichts besessen. Jetzt kannte mich ganz Paris, während er – die würden ihn in ein anonymes Grab werfen, ihn, den Gott des Dritten Standes.

Nach dem Dessert entfernten sich die Frauen, und die schwarzen Weinbrandflaschen tauchten auf.

Curtius kam herüber, wie immer verbindlich. Wir unterhielten uns ein wenig über die Nationalgarde, bei der er immer noch den Rang eines Hauptmanns bekleidete. (Seine Männer nannte man allgemein die Wachskohorte.) In Bälde erkundigte er sich bei mir auf Umwegen, ob mir etwas zu Ohren gekommen wäre, das er angeblich über Maxime verbreitet habe.

»Ach, Maxime hat schon immer gern verleumdet. Tun wir doch alle.«

»Aber ich, verstehst du, Camille, ich bin kein Verleumder.«

»Hab ich auch gar nicht behauptet. Er denkt das sicher auch nicht.«

»Hoffentlich nicht. Ich habe vor Robespierre großen Respekt und baue darauf, daß er dies weiß.« (Und du möchtest, daß ich ihn daran erinnere. Was soll bloß die ganze Aufregung um Maxime?) »Es gibt Leute, die am liebsten Freunde gegeneinander aufhetzen.«

»Zum Beispiel«, sagte Fréron, der aus dem Branntweinnebel auftauchte, »Roch-Marcandier.«

Curtius zog die Augenbrauen hoch. »Aber soweit ich weiß, war er doch ein Protégé von Camille.«

»Da hast du dich geirrt. Er ist eine Pest. Man sollte ihn auslöschen.« Mir war unbehaglich zumute, wie immer, wenn derzeit der Name Marcandier fiel. Inzwischen waren noch mehr seiner handgeschriebenen

Plakate im Umlauf, auf denen er einige saubere Kommentare zu den Ereignissen vom September abgab. Ich hatte die Zettel ins Feuer geworfen (eine Maßnahme, die meines Wissens auch häufig andere Leute meinen Zeitschriften angedeihen ließen) und dabei beinahe den ganzen Kamin angezündet. »Übrigens«, sagte ich, »wo wir gerade über schlechte Gesellschaft reden: Wenn Curtius von Robespierre geliebt werden möchte, sollte er nicht Brissot zum Diner einladen.«

»Das wäre äußerst kompliziert. Egal, wo man sich engagiert, die anderen Fraktionen – in meinem Geschäft versuche ich, niemandem die kalte Schulter zu zeigen. Das wäre unklug.«

»Laß nicht zu«, sagte ich, »daß deine Nichte Botschaften in den Temple schickt.«

»Daran würde ich im Traum nicht denken. Und Maria auch nicht, das versichere ich dir.« Nur selten benützte er die richtige Version ihres Namens, die deutsche. Es wirkte bewußt kalkuliert, als ob er sagen wollte: Schließlich sind wir alle Ausländer. Wir sind zu schlau, um irgendeine Dummheit zu machen. Denk immer daran. Alle beide unterkühlt und bauernschlau, egal, wie warm die Begrüßung ausfiel. Immer bereit, sich auf die Seite der Partei zu schlagen, die gerade an der Spitze stand: Capets, Gironde, Bergpartei.

»Aber du hast eine neue Ausstellung«, sagte Fréron.

»Ach ja.« Curtius senkte die Augen.

»Sei vorsichtig«, riet Fréron, »die könnte wirklich Probleme machen.«

Ich fragte dumm: »Zum Teufel, was ist es denn? Der Kopf des Königs?«

»Genau«, antwortete Fréron.

»Was?«

»Aber meine Herren«, sagte Quecksilber Curtius, »die Leute zahlen, um solche Dinge anstarren zu können. Mein Herz gehört der Freiheit und der Sache der Revolution, aber wie sollte ich mir sonst meinen Koch leisten können? Das ist reine Geschäftssache.« Er musterte uns eindringlich, um festzustellen, ob wir dieses vernünftige Argument akzeptieren würden. Dann erbot er sich, uns den unvollendeten Entwurf des Kopfes zu zeigen. Fréron und ich gingen mit ihm in den bekannten anderen Teil des Hauses, wo wir im Schein einer blakenden Lampe den unfertigen Wachslouis ohne Augen auf einem Tisch liegen fanden.

»Himmel noch mal, woher hast du den?«

»Meine Nichte hat den Abdruck gemacht.«

»Du hast Marie geschickt –«

»Ihr wißt doch, wie es ist. In aufregenden Zeiten sind Frauen häufig sicherer. Unmittelbar vor dem Begräbnis, in einer kleinen Seitenkapelle ... Leider hatte sie auch noch Bestechungsgeld dabei. Und dieses Bestechungsgeld ist, fürchte ich, der Ausgangspunkt der anderen unwahren Geschichte. Arme und Niedrige kann man kaufen, aber wir würden es doch nie wagen, die fleischlichen Gelüste des Unbestechlichen zu provozieren.«

Lachend wandte ich mich von dem Wachskopf ab. Noch nie war ich dem Original so nahe gewesen. Und die kühle, kleine, prüde Marie: Im August hatte sie noch zu Tode verängstigt unter dem Fliederbaum gestanden, aber dann hatte sie mit kalten Januarhänden Gips auf dieses feuchte Fleisch geklatscht. Eine Welle dumpfer Übelkeit schwappte in mir hoch. Ich unterdrückte sie, drehte mich wieder zurück, hob den kostbaren Kopf auf und schüttelte ihn ihnen vor der Nase herum. (Augenlos, ohne Blut.) Curtius ließ sich nichts anmerken. Obwohl er es nicht mochte, wenn man seine wertvollen Spielsachen grob anpackte, würde er mir gegenüber nie ein Wort darüber verlieren. Ich war einer der Anführer der Revolution. Man durfte sich doch nicht auf die falsche Seite schlagen, koste es, was es wolle.

Nein, ich würde mich nicht vom abgeschlagenen Kopf eines Tyrannen einschüchtern lassen. Und genau aus diesem Grund schüttelte ich eine schwarze Farce aus dem Handgelenk, bei der mich Fréron sofort unterstützte. Wir taten so, als ob sich Louis' Kopf an Curtius wenden und ihn wegen seiner Unhöflichkeit ausschimpfen würde. (»Wo sind meine Augen? Wissen Sie nicht, daß Königliche Hoheiten es nicht gewöhnt sind, zu warten?« »Aber, Sire«, meinte Fréron mit funkelnden Augen, »das haben wir doch nicht getan. Wir haben Ihnen so schnell wie möglich den Kopf abgeschlagen.« »Was soll dieser Unsinn?« sagte ich anstelle von Louis. »Mein Kopf sitzt fest auf meinem Körper. Also, wo ist mein Taschentuch? Wo ist mein Mantel? Und wo sind meine Hände?«) Die Scherze wurden derber. Wo ist mein – mein Gott, Antoinette, ich habe schlechte Nachrichten. Curtius reagierte auf alles mit höflichem Lachen. Das Spiel zeugte von schlechtem Geschmack, und nur Fréron und ich zogen irgendeinen Nutzen daraus. Endlich legte ich den Kopf wieder auf den Tisch, wo ihn Curtius rasch musterte, aber er war unversehrt. Auf unserem Rückweg zur großen Feier lachten wir wie die Irren, jeder aus seinen eigenen Gründen. Ich war todmüde.

Lucile und ich fuhren in der Mietkutsche nach Hause. Ich hielt sie in den Armen und war wieder mit mir im reinen.

»Wo wäre ich ohne dich?«

»Immer noch mit Curtius im Oberstock?«

Ich erzählte ihr von der jüngsten Wachsarbeit. Trotz meiner persönlichen Possen meinte ich: »Zauberer oder Dämonen, der ganze Curtiusclan. Jedesmal, wenn ein berühmter Mensch stirbt, taucht einer von ihnen samt Reisetasche und Gips auf.«

»Die Königin«, sagte Lucile merkwürdig. »Ob sie ihn geliebt hat?«

»Louis? Welche Königin? Es gibt keine Königin. Nein, sie ist ein Hurenstück, und er war ein häßlicher und dummer Dödel. Man kann unmöglich beides sein und geliebt werden. Oder doch, man kann, schau, wie du mich liebst.«

»Du bist schlau, und außerdem sage ich dir immer, daß du in meinen Augen gut aussiehst. Aber falls sie ihn geliebt hat, muß sie sich jetzt sehr nach dem Tod sehnen. Sie ist eine böse, herzlose Frau, und doch – tut sie mir leid. Ich könnte es nicht ertragen, wenn ich dich verlieren würde, selbst wenn mich statt dessen alle Welt lieben würde. Ich würde ihre Liebe nicht wollen. Nur deine. Ich möchte hier ohne dich nicht leben wollen.«

»Schsch. Was soll das? Dieses traurige, ernste Gerede vom Tod. Wenn's dir so weh tut, dann lieb mich nicht so viel. Kleine Lucile, dumme, schöne Loulou. Du bist bei mir.«

»Und was wäre, wenn ich dich in flagranti dabei erwischen würde, wie du mit diesem Flittchen vom Diner wegläufst?«

»Stimmt, sie war wirklich reizend.«

»Möchtest du damit vielleicht beichten, daß es eine andere gibt, der dein Herz gehört?«

»Du hast's erfaßt. Es befindet sich nicht einmal mehr in meinem Körper. Verwirrt dich denn nie der Klang meines Herzens, der in deinem schlägt, Lucile?«

»Ach, aber so war's doch schon, als ich deinen Sohn unterm Herzen trug. Sein Herz und meines.«

Die Kutsche holperte und schleuderte uns aneinander, ein Geschenk des Himmels. Es gab Nächte, in denen wir die alten, heidnischen Liebesspiele gelernt hatten. Nie genug, aber besser als gar keine Liebe. Sie merkte, daß ich selbst in der Kutsche darauf vorbereitet war. Es hatte etwas wunderbar Sündiges, ihr auf diese Weise Vergnügen zu bereiten, während wir über die löchrigen Straßen dahinhüpften. Erhitzt und benommen stiegen wir an unserem Zielpunkt aus. Auf der Treppe sagte sie zu mir: »Marius sollte zu Hause bei Gabi sein.« »Schreib ihm und tadle ihn.« »Sie ist sehr krank. Die kleine Gély hat's mir erzählt.« Lucile verstummte. Der Klatsch hatte Gabi gegen uns beide aufgebracht. Ihre Blicke hatten alles gesagt. Vor unserer Tür legte mir meine Frau wie früher die Arme um den Hals. »Verlaß mich nie. Geh nicht nach Belgien oder Guise. Wag es ja nicht.«

»Zum Kuckuck mit Belgien und gleich zweimal mit Guise. Für mich gibt's nur Lucile.«

Warmes Licht erfüllte die Wohnung, es duftete nach Lavendel und Holz. Alles wohlgeordnet und heiter. Das Kind schlief in seiner Wiege und spielte den Cherub. Demeter sagte zu Lucile: »Wer waren die frisch Verliebten, die ich an eurer Tür gehört habe, kurz bevor ihr gekommen seid?«

Am nächsten Morgen waren wir kaum aufgestanden, da hörte ich vor unserer äußeren Tür flehentliches Bitten. Ich öffnete und fand das Gélymädchen auf unserer Schwelle. Dantons »blonde Nymphe« war ungefähr sechzehn, obwohl die Familie schätzungsweise dazu neigte, sie um bis zu zwei Jahre jünger zu machen – vermutlich um ihre kesse Art zu unterstreichen. Es stimmte, Danton hatte Gély einen Posten im Ministerium verschafft. Die Tochter war keine besondere Schönheit, hatte aber eine Ausstrahlung, die man wie einen kräftigen Duft zwischen blütenlosen Gräsern wahrnahm. Normalerweise trug sie ihre hellen Haare in einer hübschen Kleinmädchenfrisur, aber jetzt war sie zerzaust und starrte mit weitaufgerissenen Augen vor sich hin. Sie fiel mir praktisch in die Arme.

Wir legten sie auf ein Sofa und fragten, was ihr denn fehle. Armer

Danton, armer Danton, flüsterte sie nur immer wieder vor sich hin, ohne jeden Titel, nicht einmal »Bürger« stellte sie seinem Namen voran. Ich spürte, daß ich derjenige war, der sich ihren Kummer anhören sollte. Sie hatte sich ziemlich schwer gegen mich gelehnt, nicht mit Absicht, sondern eher, um mir damit mitzuteilen, daß ich etwas tun solle.

Inzwischen war der Kaffee da, aber Sophie-Louise Gély rührte ihn nicht an. Sie erzählte uns, während der Nacht hätten bei Gabi die Wehen eingesetzt, und das Kind wäre in den frühen Morgenstunden gekommen. Das Kind kränkelte und würde vermutlich die Woche nicht überleben. Gabi war bereits tot.

Ich mußte daran denken, wie er nach dem Vorfall auf dem Marsfeld in Gabrielles Armen geweint hatte. Nun weinte er in Luciles. Er redete ununterbrochen, argumentierte mit sich, klagte sich an, entzog sich den Beschuldigungen und klagte sich wieder selbst hinein.

»Sie wollte nicht, daß ich gehe, sie wußte, diesmal war etwas falsch. Ich war gerade in Brüssel mit einem Mädchen im Bett. Sie schlugen an die Tür, und ich schrie sie an, dachte, es wäre ein Scherz. Drei Tage für die Rückreise. Verdammte Straßen. Vollgestopft mit Deserteuren, die Entschuldigungen winseln. Pack. Wozu das Ganze? Die glorreiche Wiedergeburt, die prächtige Revolution, das große Wunder menschlicher Scheiße – was tu ich dabei? Warum bin ich nicht dagewesen? So oft hab ich's ihr versprochen. Ich hör auf, hab ich gesagt. Abdanken. Wir werden ins Landhaus ziehen, Bäume pflanzen und Pferde züchten. Hab's ihr versprochen. Gott, es ist zu spät.«

Manchmal stand er auf und ging hinaus. Dann hörte man, wie er im anderen Zimmer ihre Kleider aus den Schränken holte und sich weinend daran festhielt. Sein Schluchzen klang entsetzlich laut. Er erstickte beinahe an seiner wütenden Qual. Er versiegelte alles. Nie würde er sich von etwas trennen, das ihr gehört habe, sagte er. »Es tut mir weh, wenn ich ihre Sachen anschaue«, schrie er mir zu. »Es macht mich verrückt. Ich will das. Ich verdiene das. So wie ich sie behandelt habe.«

Sein Anblick bereitete mir Folterqualen. Diesem donnernden Leid stand ich hilflos gegenüber. Überall spritzte sein Herzblut herum. Er hörte nicht auf zu weinen. In einem Anfall von Panik attackierte ich ihn schließlich mit Worten und versuchte, ihn wenigstens durch Wut für eine

Minute zu ernüchtern, wenn sonst schon nichts half. Aber der Koloß sackte vor meinen Augen zusammen und ließ sich von mir prügeln, bis ich es nicht mehr ertragen konnte und wegging. Wieder allein, merkte ich, wie ich wegen ihm weinte. Aber darin lag auch Verzweiflung.

Tagelang dauerte diese Totenklage, ohne ein Zeichen der Besserung. Wenn er nicht in Gabrielles Kleider weinte, bahnte er sich mit Gewalt einen Weg durch die Kondolenzbriefe. Einen mochte er besonders, falls man dieses Wort unter solchen Umständen gebrauchen kann. Er kam von Maxime. Oh, Maxime, sagte er, er versteht. (Monate später sah ich, wie Danton denselben Brief auf kaum glaubhafte, lächerlich-verächtliche Weise hochhielt.)

Bei der Beerdigung drehte er neben dem Grab durch. Ich kann mich kaum mehr an die Einzelheiten erinnern. Alles verschwimmt zu einem Bild des Irrsinns. Vermutlich habe ich wie betäubt von seinen Schreien versucht, ihn vom Sarg und von der Grube zurückzuhalten.

Die Diener sagten, sie dachten, er würde sich das Leben nehmen. Dabei verlor ich die Geduld.

Wegen der Gefängnismorde im September versuchte die Gironde, gezielt Unruhe zu stiften, indem sie Danton und alle seine Gefährten damit in Zusammenhang brachte. Ein zu Tode erschrockener Fabre war innerhalb von drei Tagen viermal in der Wohnung aufgetaucht und hatte jedesmal über ein anderes Land gesprochen. Etwas mußte geschehen. Collot d'Herbois riß darüber Witze und verkündete vor dem Konvent, die Lügen der Girondisten hätten Gabrielle zu Tode schockiert.

»Das ist gut«, meinte Danton. »Ich muß dem dummen Hund danken.« Dann legte er den Kopf auf die Arme und schluchzte auf den Schreibtisch.

Ich konnte ihm weder helfen noch ihn kurieren, und außerdem hörte er auf gar nichts.

In Wahrheit fürchtete ich um ihn. Fürchtete mich vor ihm. Jedesmal, wenn Danton Schwäche zeigte, war ich entsetzt gewesen, während Mirabeau, wenn ich mich recht erinnere, in schwachen Momenten an mein Herz gerührt hatte. Eines stand fest: Ich hatte das Band meiner Hoffnung auf Danton gesetzt. In gewisser Weise bin ich ihm als eingeschworener Diener seit dem ersten Tag bei den Cordeliers gefolgt. Selbst als ich meine Stelle in seinem Ministerium aufgegeben hatte, war ich ihm nur vorausgegangen, als ob ich überzeugt gewesen wäre, daß auch er jeden Palast gegen die Möglichkeiten eines Konvents eintauschen würde. Jetzt aber, Danton, brennt Karthago. Vielleicht wird das Feuer schwächer, aber es geht nie aus, und die Bogenschützen auf den brennenden Mauern schlafen nie. Diese Tränen, diese endlosen Schuldschreie werden keinen einzigen Funken löschen und keinen einzigen Pfeil ablenken. Danton, Danton.

»Ich höre dich«, sagte er, als ich eine Woche später wiederkam. Er sortierte gerade mit bleischwerer Hand Bücher und Finanzpapiere. »Schikanier mich nicht, Camille. Ich muß morgen wieder nach Belgien.«

»O Gott«, sagte ich laut

»Wenn nicht, werden wir ein paar gute Generäle verlieren.«

»Und die Gironde unseres Lieblings Brissot?«

»Unbedeutend. Das legt sich.«

»W-wird's das?«

»Sonst werd ich's eben glätten, bald. Ein kleiner, zärtlicher Streichler, bis der Pelz wieder glatt ist. Keine Spaltung Frankreichs – so lautet heute das Motto. Wir brauchen die Gironde, wir müssen mit ihnen arbeiten.«

»Wenn du das sagst. Und das sagst du ja immer. Übrigens, wann wirst du, um Himmels willen, etwas dagegen tun?«

»Du erinnerst mich«, sagte er, »an meine Söhne. Vor denen kann ich nicht weinen, sonst werden sie schrecklich verwirrt und fürchten sich.«

Das gab mir den Rest. Ich ging zu ihm hin und umarmte ihn. Wir weinten beide. Kurz darauf kratzten die Gélys – Mutter und Nymphe – zaghaft an die Tür, um sich nach seinem Befinden zu erkundigen. Selbst mit meinen geröteten Augen konnte ich sehen, wie ihn Sophie-Louise anstarrte und wie er sich in ihrer Gegenwart beinahe komisch benahm. Wie töricht von mir, das zu vergessen. Was Frauen anbelangt, so war bei Danton alles nur eine Frage der Zeit.

Zeit … Frauen … Mädchen, Hexen, Göttinnen …

Nun wirft sie allmählich ihren Schatten über die Seiten, lang und schlank und schwarz. Zuerst nur ein distanziertes Etwas, ein Turm oder ein Baum, den man auf einem weitentfernten Hügel erblickt. Aber wenn wir näher herankommen, wächst und wächst sie wie ein monströser Geist, der aus der Flasche entweicht. Sie wächst und wächst und mit ihr ihr schwarzer Schatten, bis sie die ganze Welt befleckt und füllt. Und alle Welt ist Dunkelheit.

Acht

1793: März

Martialischer Monat des Kriegsgottes Mars: Martius, März, Marchons. Schwarzer März. Und vom Hôtel de Ville flattert zum Zeichen größter Not die schwarze Fahne: Frankreich in Gefahr.

Der Kriegsmonat. Und Frankreich, wie es sich gehört, im Krieg. Im Krieg mit Österreich. Im Krieg mit Preußen, mit Holland, England und Spanien. In Wirklichkeit im Krieg mit jeder monarchistischen Macht. Im Krieg mit der Welt.

Es hatte dazu kommen müssen. Der Traum von Freiheit und die wilden Sprüche: Wir werden die Völker der Erde befreien. Und dazu der Kopf eines Königs als lässig hingeworfener Fehdehandschuh. Und der Sieg von Valmy, ein Vorteil, der durch den Vorstoß nach Belgien und an die holländische Grenze glänzend genutzt wurde. Aber Schlamm und Regen bilden eine kalte Barriere gegen den Erfolg. Auf den Straßen wimmelte es von Deserteuren. Dantons Kutsche fuhr auf ihrer Fahrt nach Nordosten im strömenden Regen an Hunderten vorbei, die kläglich Richtung Süden schlurften.

Ab und zu ließ er die Kutsche anhalten. Lacroix, sein Co-Emissär, packte ihn am Arm. »Georges, um Gottes willen.«

»Laß mich in Ruhe. Nach zehn Stunden an einem Stück tut einem sowieso das Sitzfleisch weh.« Die Tür fliegt auf, und Danton stürzt in die sinkende Nacht hinaus und starrt die Menschenflut an, die allmählich zum Stehen kommt. »Ihr kennt mich nicht, he?« Die mächtige Stimme dröhnt über die flache, nasse Landschaft. »Nun, ich kenne euch. Jeden einzelnen von euch. Und eure Namen? Immer derselbe. Wollt ihr ihn hören? Judas.« Sie starren zurück, die Männer, denen der graue Regen von den Hüten rinnt. Einer sagt: »'s ist Danton.« »Jawohl, der Teufel soll euch holen, es ist Danton. Ich. Nun, schaut mal gut her. Wer traut sich und schießt aufs Geratewohl auf mich?« (Drinnen in der Kutsche schlägt Lacroix die Hände vors Gesicht: Ach, Himmel.) »Ja, normalerweise bin ich nicht so tollkühn, aber diesmal ist mir etwas auf den Magen geschlagen. Schön, mein Junge, heb ruhig deine Muskete. Allerdings wär's besser, wenn du sie auf den verdammten Feind abfeuern würdest, was? Jawohl, da hinten liegt Frankreich. Geh weiter, geh und fall ihm zu Füßen und sag ihm, warum du nicht dafür kämpfen willst. Weil du dein Vaterland haßt, haßt du auch seinen Mut. Nein? Dann ist es also typisch, wenn ein Sohn und Liebhaber einfach wegläuft? Leben willst du – fein. Bei lebendigem Leibe wirst du mit ansehen, wie die Preußen wie die Fliegen auf seinem Kadaver herumkrabbeln.« Während das Licht schwindet und die Kutschenlampen dunkel bleiben, steht er mitten in der Trostlosigkeit des Rückzugs und brüllt sie an. Nein, normalerweise ist er nicht so tollkühn. Danton, der Löwen-Stier, windet sich unter den Prankenhieben von Trauer und Schuld und einer Reihe kleinerer Unpäßlichkeiten (lachhaft, wenn man sie nie gehabt hat), während Ratten am Fuß eines Kolosses nagen, dem das Blut des Bronzegiganten Talos aus der Ferse quillt – Danton, der im Regen die französischen Deserteure anschreit, bis sie klein beigeben und mit ihrem Kummer und ihrer Furcht zu ihm kommen, wie Kinder zu ihrem Vater. »Ist ja gut, wir werden uns darum kümmern. Vertraut mir, ich werde etwas tun.« Aufgrund seiner Rhetorik und der Versprechungen drehten einige tatsächlich wieder Richtung Front um. Aber er, dessen Kutsche inzwischen längst wieder durch die Dunkelheit rumpelte, hielt nicht nochmals an, um sich zu vergewissern, ob sie auch angekommen waren.

Lacroix seufzte. »Danton, du bist nicht Frankreich.«

»Bin ich nicht?« fragte Danton müde. »Dann sag mir, wer es ist.«

»Laß doch diese jämmerlichen Scheißkerle von Deserteuren weitermachen. Der Konvent wird die vorgeschlagene Truppenerhebung billigen, dann bekommst du deine dreihunderttausend Mann zum Kämpfen. Und Dumouriez wird auf dich hören.«

»Vielleicht. Er ist ein schlauer General und verliert seit neuestem alle seine Schlachten, doch der Konvent schickt ihm lediglich die Meldung: Sieg oder stirb. Was erwartest du wirklich? Er will neue Männer, neue Versprechungen, etwas Bargeld und eine Streicheleinheit. Er wird sich nicht damit begnügen, mich anzuhören. O ja, versuchen werd ich's. Genau wie bei den armen Scheißern auf der Straße. Aber ehe Robespierre noch einmal ›Märtyrertod‹ herausbringt, ist er schon über die Grenze und küßt die Österreicher.«

»Du bist überanstrengt«, sagt Lacroix, der erschöpft ist.

Zuerst gibt Danton keine Antwort, dann erwidert er: »Kühnheit, immer nur Kühnheit.« Dann setzt er auf englisch hinzu: »Be bold, be bold, and everywhere be bold.«

»Was?«

»Spenser, ein englischer Dichter aus dem sechzehnten Jahrhundert. Er schreibt mir meine Reden.« Und später noch einmal auf englisch: »And all for love, and nothing for reward ...«

Unbequem hockt er da und brütet vor sich hin, seine Haut ist so grau und vernarbt wie der matschige Boden Belgiens in der regnerischen Dunkelheit.

Aber er wird sich zusammenreißen. Er muß einfach.

Die Sonne geht unter, die Sonne geht wieder auf. Über Paris bricht dieselbe Schwärze und schließlich derselbe Morgen herein, der sich auch über die verstimmten und sieglosen Französischen Lager gesenkt hat. Und mit dem Morgen wird es auf den Straßen lebendig. Was soll dieser Lärm? Natürlich ist die Frage eine Sache und die gewohnte Antwort eine andere: Sie – mach schnell die Tür zu. Aber wer ist diesmal »sie«? Zur Begleitmusik von zugeworfenen Toren kommt die zerlumpte Meute heulend und jaulend die Straße herunter, stellt sich vor einer Bäckerei auf und fängt zu bellen und zu heulen an.

»Bravo, Jungs, nur weiter so.«

»Wuff wuff jaul«, tönt die Meute.

Droben bewegt sich ein Fensterladen, ein verschrecktes Gesicht schaut heraus und zieht sich hastig wieder zurück.

»He, nicht so scheu! Wir haben dich gesehen. Mach jetzt auf! Wuff wuff jaul!«

Aber keiner öffnet. Also schlägt die Meute gegen die Tür und bricht sie kurz danach auf.

Während sein Laden geplündert wird, kommt der Bäcker herunter. Auf der Treppe bleibt er stehen und starrt sie an. Vor Wut und Entsetzen weint er.

»Seht ihr, ihr Wahnsinnigen, ich habe kein Brot zu verkaufen.«

»Das sagst du, aber auch du wirst's wie alle anderen horten.«

»Kommt und seht selbst nach«, stößt der Bäcker zitternd vor hysterischer Kühnheit hervor. »Herzlich willkommen. Und wenn ihr schon dabei seid, bringt meine Kinder zum Kichern, die können's brauchen. Sie sind am Verhungern.«

»Ist ja gut, ist ja gut, Pa. Laßt's gut sein, Jungs, der gehört zu uns, der sagt die Wahrheit.«

»Du bist doch der, der Roux heißt«, bezichtigt ihn der Bäcker.

»Ja, das bin ich. Cordelier Jacques Roux, Anführer der Verrückten Hunde.« Plötzliches Heulen und Knurren unterstreicht seine Worte. Roux, ein ehemaliger Priester und nun ein Mann des Volkes, schreit seinen Pöbel in Kirchenlatein derb an, daß der Mund und Nase aufreißt. »Na, Pa, warum schließt du dich nicht uns an?«

»Und was soll ich tun? Wie ihr zum Konvent marschieren und genauso auf die Straße fliegen?« Der Bäcker wird immer hitziger. »Robespierre hat euch längst am Wickel. Tollwütige Narren, von den feinen Pinkeln bezahlt, so nennt er euer Trüppchen und versucht damit, das Vertrauen des Volkes in seine eigene Revolution zu zerstören.«

»Ach ja?« sagt Roux. »Nun, ich werd dir mal was sagen. Wie du gesagt hast, sind wir alle zu diesem glorreichen Konvent spaziert, den wir gewählt haben. Hingegangen sind wir und haben an den Türen gekratzt, wir, die Verrückten Hunde. Wir haben zu Robespierre gesagt: ›Das Volk hat kein Brot.‹ Und Marie-Antoinette Robespierre hat geantwortet: ›Sollen sie die Freiheit essen.‹« Alles ist still. Roux fährt fort: »Wir hatten mal 'nen König, der saß auf seinem Arsch in Versailles, während wir in der Scheiße saßen, na schön. Jetzt hocken siebenhundertfünfzig Könige auf ihren Ärschen im Stall. Sind wir nun aus der Klemme? Eßt Freiheit!« brüllt Roux. »Weil Robespierre keinen Scheißappetit hat, darf niemand Appetit haben. Also, wir haben Hunger, und wir sind wütend. Und du, Papa Bäcker, paß gut auf. Ihr alle, paßt gut auf.«

Bellend strömen die Enragés, die Verrückten Hunde, auf die Straße hinaus. Der Bäcker hockt zitternd in der kalten Märzsonne auf seiner Treppe.

»In einer Minute gibt's Ärger, wirklich Ärger. Keine einzige gute Nachricht. Ein Piqué-Spiel kann die Armee nicht gewinnen. In der Hauptstadt gibt's nichts zu essen –«

»Und gestern gab's wieder 'ne Schlägerei. Roux' Verrückte Hunde laufen Amok.«

»Nun, daran sind nur diese royalistischen, antirevolutionären Hamsterer schuld. Die kaufen alles auf und verstecken es. Ich habe gehört, die Königin –«

»Hä? Welche Königin?«

»Verzeihung, die österreichische Kuh. Angeblich soll sie säckeweise Zucker zugeschickt bekommen und im Temple gebunkert haben –«

»Zucker is'n Luxus. Brot ist das eigentliche Problem. Das Volk kann keinen einzigen Krümel finden und pickt herum wie arme, verhungernde Vögel im Schnee. Kein Wunder, daß die Leute durchdrehen.«

»Ich hab zu Marie gesagt –«

»Was, du nennst deine alte Dame noch immer bei diesem lausigen Pinkelnamen? Wer ist ihre Namenspatronin, die nichtexistierende katholische Jungfrau oder die Österreichische Hure?«

»Na ja, ich sag Julie zu ihr, aber manchmal vergeß ich's. Zu Mar-, zu Julie hab ich also gesagt: Fahr aufs Land. Geh zu deiner Schwester und bleib dort.«

»Nicht sehr patriotisch. Jeder Bürger sollte zur Unterstützung und Verteidigung der Hauptstadt hierbleiben.«

»Überall, wohin man geht, gibt's Unruhen. Wie war das in Lyon? Der Aufstand ist völlig außer Kontrolle geraten.«

»Dort gibt's Pinkelverschwörungen. Das steckt dahinter. Du weißt ja, was Robespierre sagt. Man bräuchte am Hinterkopf Augen. Die Kerle sind überall. Spione. Konterrevolutionäre. Alles läuft schief. Jeden Abend geh ich ins Bett und überleg mir, ob ich nicht am anderen Morgen mit durchschnittener Kehle aufwache.«

»Hm. Wo wir gerade vom Aufwachen der Toten reden. Hast du die letzten Neuigkeiten von Danton gehört?«

»Und?«

»Er hat seine Frau aus ihrem Grab ausgraben lassen. Zum Einbalsamieren, oder er hat 'ne Wachsfigur machen lassen. Ganz schön trübes Zeug.«

»Du meinst damit –«

»Ich nicht. Allgemeines Gerede. Diese Bande von Danton, die ist doch zu allem fähig. Was bedeutet da schon ein bißchen Nekrophilie?«

»Jetzt aber, das ist üble Nachrede. Halt dein Maul und laß Danton in Ruhe. Der hat die Royalisten mit Zähnen und Klauen bekämpft.«

»Ja, und alle haben sie hübsche Mäntel an, nicht wahr? Die ganze Truppe. Und mästen sich wie die Schweine. Camille Desmoulins geht regelmäßig zu deutschen Bankiers zum Diner. Selbst zu 'nem Preußen. Wer mir das erzählt hat? Weiß doch jeder. Schubs mich ja nicht, sonst hau ich dir die Zähne aus dem Schädel.«

»Robespierre ist der einzige, dem wir trauen können.«

»Robespierre – der mit seinen gepuderten Haaren und den Spitzenjabots.«

Einer, der dabeisteht und die anschließende Prügelei beobachtet, meint: »Danton ist übrigens wieder da. Legt im Konvent das Gesetz fest.«

Das hält den Pöbel bei Laune. Der Pöbel hat immer etwas für Danton übrig.

»Das einzige Problem ist, daß der Pöbel Danton immer hören kann.«

Trotzdem hatte er an diesem Abend leise angefangen. Wie er zum Gedenken an Gabrielle in seiner dunklen Trauerkleidung dort auf der Rednertribüne stand, wirkte er rot und verschlissen, nicht wegen der Kleidung, sondern wegen seiner Haut, als ob er ihnen allen zeigen wollte, daß er, der aus der Revolution viel Gewinn gezogen hatte, ihr seinerseits eine ganze Menge zurückgegeben hatte, vielleicht sogar zuviel. Vierunddreißig Jahre war er alt und sah wie vierundsechzig aus.

»Bürger Robespierre«, sagte Danton, »ist kaum wegen seiner Vorliebe für unsere Generäle bekannt.« (Leichte Heiterkeit, denn Robespierre hatte seit Wochen jeden Rückschlag im Krieg den Generälen in die Schuhe geschoben.) »Und doch hat uns Bürger Robespierre erklärt, er habe zu Dumouriez Vertrauen. Ich für meine Person werde sogar noch ein wenig weiter gehen. Meine Herren, ich habe mit eigenen Augen gesehen, wie eine besiegte Armee verwundet und geschlagen im Regen dastand und Dumouriez Beifall zollte und ihm für seine nächste Attacke gegen den Feind ihr Leben anbot. Diese Art militärischen Geist darf man nicht leichtfertig abtun. Das einzige, was er braucht, sind Truppen, das einzige, was er braucht, ist unsere Unterstützung – dann kann er für uns die Schlachten gewinnen.«

Einer schrie: »Und was ist mit den Greueltaten, die diese kostbare Armee vollbracht hat – Vergewaltigung und Plünderung? Leugnest du das, Georges Danton?«

Danton schaute gar nicht hin. Die Stimme kam erwartungsgemäß von der Mündungspartei der Gironde.

»In gewissem Umfang«, sagte Danton, »ist diesbezüglich etwas nach draußen durchgesickert. Man hört vielerlei Gerüchte, aber wir sind nicht zum Klatschen hier, sondern um Mittel und Wege zu finden, einen Krieg nicht zu verlieren. Was soll ich tun, wenn ich ein Haus brennen sehe? Was ratet ihr mir? Soll ich es abbrennen lassen und statt dessen den Plünderern hinterhersetzen? Ich werde euch jetzt mal was sagen«, fuhr er fort, wobei seine Stimme an Lautstärke gewann. »Wenn ihr die Republik retten wollt, müßt ihr sofort handeln, Bürger, Schluß mit dem Geschimpfe auf alle unsere Generäle. Fairerweise gehört der Tadel an seinen rechtmäßigen Platz – nämlich hierher in diese Halle. Dumouriez braucht lediglich Männer! Und davon hat Frankreich Millionen. Warum verzögern wir die Sache? Belgien absichern, Holland erobern und den Engländern den Teppich unter den Füßen wegreißen – ist das nicht unser Ziel?«

Natürlich gab es Krawall. Danton hörte sich das einen Augenblick lang an, dann fischte er sich das entscheidende Wort heraus und hielt es ihnen vors Gesicht. Plötzlich begrub er den ganzen Riesenraum unter seiner Donnerstimme.

»Geld? Ja, dann holen wir's uns eben. Die Reichen haben genug davon, sie können unsere Schulden zurückerstatten. Das Volk kann nur sein Blut geben, aber das spendet es großzügig. Seid mit eurem Gold genauso großzügig. Jawohl, macht soviel Lärm, wie ihr wollt, ich kann euch doch niederbrüllen. Hört zu! Diese endlose Zankerei über jedes Thema, diese hinterhältigen Attacken von einer Partei dieses Hauses gegen die andere – Schluß mit dem Parteienhader. An diesem Ort sollte es nur eine Leidenschaft geben: den leidenschaftlichen Einsatz für das öffentliche Wohl. Ihr wagt es, eure Zeit mit persönlichen Anschuldigungen zu vertun, während die halbe Welt vor unseren Toren um das Blut Frankreichs jault? Um Himmels willen, meine Herren, hört mit dem Streit auf, und rettet euer Land.«

Der Berg explodiert vor Applaus.

Die Mündung deutet spöttische und erstaunte Gesten an. Der Präsident (ein Girondesympathisant) scharrt mit den Füßen, am liebsten möchte er die Sitzung vertagen. Der Boden ist heiß und die Zeit fortgeschritten. Einige Mitglieder haben sich bereits im Schutz der Unruhe Richtung Ausgang davongeschlichen.

Plötzlich erwacht Danton, die Trauergestalt des schwarzen März, gänzlich zum Leben, und mit einem Schlag fallen die Jahre von ihm ab. Jetzt ist er keine vierundsechzig mehr. Er richtet sich zu voller Höhe auf und schleudert seine unglaubliche Stimme gegen alle Wände, durch jeden Spalt und jede Ritze. »Diese Debatte ist noch nicht beendet. Deshalb darf kein wahrer Bürger seinen Posten im Stich lassen.«

Und sie machen auf dem Absatz kehrt. Beleidigt, nervös und beschämt sackt der Präsident zusammen. Die Entwichenen schleichen wieder auf ihre Sitze.

»Jawohl«, bemerkt Danton ironisch, während er sie alle turmhoch überragt. »Und jetzt werde ich mich einem anderen Thema widmen: unserer kollektiven patriotischen Gesinnung. Zweifelsohne wißt ihr über die Situation in den Städten Bescheid. An jeder Ecke lauert die Anarchie. Paris wird von Aufständen erschüttert. Ist heute einer an einer Bäckerei vorbeigegangen, vor der keine bewaffnete Wache steht? Wir geben zu, daß die Republik auf beiden Seiten Feinde hat, intern und extern, die ständig aktiv sind und die Sektionen aufwiegeln. Ein solcher Fall fordert eine starke Hand. Während wir unsere Grenzen sichern, müssen wir gleichzeitig unsere Situation im Innern stützen, ehe die Welt von beiden Seiten einbricht. Da Paris eindeutig auf ein Blutbad zusteuert, schlage ich vor –«

»Falscher Monat!« schrie es gellend erneut von den rechtsgerichteten Bänken. »Falscher Monat für dein Blutbad, Danton. Wir haben nicht September!«

Danton riß den Kopf hoch, als ob jemand plötzlich mit aller Gewalt an einem schlaffen Seil gezogen hätte. Zuerst wurde er grau im Gesicht, dann aschfahl, und schließlich lief er unter dem Überdruck von angestautem Blut scharlachrot an. Er machte den Mund auf, aber es kam kein Ton heraus.

Danton-September. Sag's der Geschichte, damit es hängenbleibt.

Angesichts seiner Sprachlosigkeit drehte die Arena durch. Auf den

Bänken der Bergpartei sprangen Männer laut schreiend auf die Beine. Desmoulins zum Beispiel brüllte aus Leibeskräften zur Gironde hinüber, was im Tumult unterging, während er sich mit eindeutigen Mordabsichten gewaltsam einen Weg zu bahnen suchte. Zuerst wirkte Lajounais, jener Girondist, der gerufen hatte, ganz zufrieden. Doch dann zog er sich unter wildem Gestikulieren verschreckt in die Reihen seiner eigenen Partei zurück.

Ich kann die Wogen glätten. Roland ist kein Minister mehr. Rolands Gironde. Wir können und müssen mit ihnen arbeiten.

Aber, Danton, sie mögen deine Macht nicht, mit der du die Sitzung mit aller Gewalt abrupt zum Stillstand bringen kannst. Der Olympische Berg erschafft Diktatoren. Nein, die Gironde läßt sich nicht besänftigen.

Dantons Gesichtsfarbe beruhigt sich. Den Mund zu einem verächtlichen Löwenknurren verzogen, steht er inzwischen beinahe lässig abwartend auf der Rednertribüne und beobachtet den Aufruhr. Nur ganz wenige von ihnen sind so nahe bei ihm, daß sie sehen können, wie rasch er atmet und wie seine Hände zittern, die er seitlich geballt hat. Und doch wartet er ab, bis der rasende Atem und das Zittern genau wie die erschreckende Gesichtsfarbe eines Erhängten verschwunden sind. Fünfzehn Minuten Chaos geben ihm die Zeit, sich zu sammeln.

Als wieder Ruhe eingekehrt ist, greift er sprichwörtlich das Messer auf, das man ihm zugeworfen hat, und geht fast beiläufig darauf ein.

»Da hier jemand den außerordentlich guten Geschmack besessen hat, uns an die blutbefleckten Septembertage zu erinnern, möchte ich folgendes dazu erklären: Wenn wir zum damaligen Zeitpunkt über einen starken Justizapparat verfügt hätten, der im Sinne der Bürgerschaft mit voller Verfügungsgewalt Recht und Ordnung hätte herstellen können, hätten sich die Dinge niemals so zugespitzt, wie es geschah. Deshalb schlage ich vor, wie ich das schon vor zwanzig Minuten tun wollte, ein neues Revolutionstribunal zu konstituieren, das sich mit absoluter Autorität der Vernichtung und Bestrafung von Verbrechen gegen die Nation annimmt. Womit sichergestellt wird, daß das empörte Volk nie wieder das Gesetz in die eigenen Hände nimmt.«

Das hatte noch mehr Aufschreie zur Folge. Während die Gironde der Hafer stach (man hatte ihn mundtot gemacht, nicht wahr?), durchschnitt Brissots schrille Stimme wie Glas die anderen.

»Meine Herren, ich für meinen Teil ziehe eine Volksanarchie jeder Dantonschen Variante der spanischen Inquisition vor. Das ist doch vermutlich das Ziel von Bürger Dantons Vorschlag?«

»Anscheinend verwechselt Bürger Brissot Gerechtigkeit mit Nötigung. Diese Tatsache mußten sich einige von uns bereits schmerzhaft bewußt machen«, lautete der Kommentar seitens der Bergpartei.

Brissot schrie: »Ich fürchte und prophezeie einen Erdrutsch Richtung unnachgiebiger Härte –«

»Härte!« schoß Danton von unten zurück. »Glaubst du, unsere Feinde werden mit uns sanft umgehen? Lieber die volle Härte eines legalen Tribunals als die Härte der Piken auf der Straße.«

Höhnische Hochrufe von seiten der Gironde. Eines ihrer Mitglieder brüllte: »Man beachte bitte, daß Georges Danton seine Worte genau wie ein König wählt.«

»Man beachte bitte ferner«, bellte Danton, »daß dieser Herr dort seine Worte wählt, ehe er weiß, wovon er spricht.«

Geschlossener Applaus vom Berg. Angespannte, blasse, vor Erregung fiebernde Gesichter, wie Buben auf der Schulmauer – Bin ich nicht! Bist du doch! –, Fabre, Billaud, Camille, alle immer noch stehend. Selbst Marat macht aus grausamer Zustimmung wilde Verrenkungen. Robespierre macht sich mit ernstem Nicken ein paar Notizen, während der schlanke, weiße Wolf (Saint-Just) über seine Schulter hinweg alles anstarrt.

»Aber ich sehe, ich habe meinen guten Ruf verloren«, sagt Danton herablassend mit unerwarteter Leichtigkeit. »Nun gut, dann verabschieden wir uns von ihm. Besudelt meinen Namen mit Blut. Was kümmert's mich, wenn Frankreich dafür frei ist?« Unter einem Sturm von Beifall und Beleidigungen steigt er von der Rednertribüne und geht offensichtlich unberührt durch alles hindurch.

»Nun denn, scheinbar befinden wir uns mit der Gironde im Krieg.«

»Ich hab's dir ja gesagt. Ein Rattenpack.«

»Wir auch – aus deren Sicht.«

»Söhne von Schankwirten und Kleinkrämern. Die machen doch nur mit, um soviel wie möglich für sich herauszuschlagen und ihre stinkenden Nester zu polstern.«

»Und was, glaubst du, führen sie als unsere Beweggründe an?«

»Ach, das alte Argument. Danton, wir machen mit, weil wir glauben, daß sich etwas bessern kann.«

»Und schau dir den Saustall an, der dabei herauskommt.«

»Nein, den schaue ich mir nicht an. Ich schaue auf eine glänzende Zukunft, auf den Sonnenaufgang hinter dem Hügelkamm. *Daran* glaube ich.«

»Du bist betrunken, Camille.«

»Im Wein liegt Wahrheit.«

»Darüber müßte Brissot lachen.«

»Et nam risu ineptu res ineptior nulla est.«

»Danke schön, Catullus Desmoulins. Aber eines stimmt«, meint Lacroix, »Brissot hat tatsächlich eine verdammt alberne Lache, wie wenn sich eine rostige Schraube lockert.«

»Aber es läßt sich auch nicht leugnen«, sagte Hérault, »daß Brissots Clique inzwischen jenes Stadium erreicht hat, wo sie anscheinend aus Prinzip rückhaltlos gegen jede Idee opponiert, die von der Bergpartei kommt. Wir wissen doch, wie sehr Brissots Zeitung noch vor einem Tag oder so das hohe Loblied auf Dumouriez gesungen hat, oder?«

»Außerdem hat Der Engagierte Franzose Robespierre bezichtigt, er würde die Straße zur Anarchie aufrufen.«

»Die andere Theorie lautet«, sagte Danton, »Dumouriez würde über unsere Köpfe hinweg zu La Fayette überlaufen und plane einen Staatsstreich.«

Erwartungsvoll schauten sie Danton an. Schließlich entkorkte Hérault de Séchelles eine neue Flasche. Er, der nicht nur dem Namen nach Aristokrat war, hatte die brisante politische Sitzung und das sich anschließende Trinkgelage hindurch bewußt einen klaren Kopf behalten. Mit seinem hübschen Puppengesicht, die dichten Haare elegant mit einem Band zurückgebunden und mit immer noch makelloser, frivoler Krawatte starrte er in den rubinroten Wein und meinte: »Also werden wir ihn wohl zwangsläufig an die Österreicher verlieren.«

»Vermutlich«, sagte Danton. »Und ich Volltrottel hab mir noch heute abend seinetwegen die Seele aus dem Leib geschrien.«

»Also noch mehr Probleme.«

»Viel, viel mehr Probleme.«

Hérault blieb unbeeindruckt. Er hatte sich aktiv noch keiner speziellen Partei angeschlossen, nicht einmal der krötenübersäten Ebene. Er nahm am Konvent teil wie ein Mann, der in sein Büro geht, oder besser gesagt wie einer, der in tadelloser Pflichterfüllung seinen Besitz abreitet. Er war für folgenden Ausspruch bekannt: »Auf welcher Seite ich stehe? Ach, selbstverständlich auf der der Bestgekleideten.«

»Wenn ich nur einen Funken Verstand hätte«, meinte Danton, »würde ich versuchen, ein weiteres Treffen mit Brissot zu arrangieren. Oder mit Vergniaud. Und zwar sofort.«

Camille Desmoulins stieß einen abfälligen Laut aus.

»Dazu«, sagte Hérault, »scheint es wohl ein wenig spät zu sein.«

»Ich bin aus dem Takt«, sagte Danton. »Nein, das ist's nicht. Ich bin müde.«

»Dann weck dich doch selber auf«, sagte Camille sauer.

»Oder geh schlafen«, fügte Hérault zweifelnd hinzu.

Später lud sich Danton in die Desmoulinssche Wohnung ein. »Ist die Zeit schon zu fortgeschritten?« erkundigte er sich höflich bei Lucile. Er hob sie nicht hoch, sondern beugte sich zwanzig Zentimeter hinunter und küßte sie auf Wangen und Lippen. Sie bat ihn herein und ließ ihn sich wie ein großes Kind setzen. »Hier, Marius, wie geht es dir?«

»Müde ist er«, sagte Camille, »kein Wunder. Er hat Monsieur Brissot mit einem Ochsenziemer dreimal durch den Konvent gejagt.«

»Beachte ihn nicht«, sagte Danton und begann, sich bei Lucile nach häuslichen Belangen zu erkundigen. Konnten sie in Anbetracht des Lebensmittelmangels Zucker bekommen? Gut. Wenn nicht, wüßte er jemanden, der zuverlässiger wäre als ihr Händler, der könnte ihn für sie besorgen. Und das Kind war in Bourg-la-Reine? Ja, eine ausgezeichnete Idee. Lucile saß da und unterstützte die Konversation. Einmal hatte sie sogar die Haushaltsbücher geholt und mit ihm darüber diskutiert. Sie ließ ihn so tun, als ob Gabi noch am Leben wäre. Gabi lebt und bittet mich in Alltagsdingen um Rat. Heute abend sagte er: »Ich gehe ungern nach Hause, deshalb dränge ich mich euch auf.«

»Und wie geht's deinen Buben?« erkundigte sich Lucile ganz besorgt.

»Ach, wie dem euren. Sie sind mit ihrer italienischen Oma auf dem Lande. Bei all diesen Vorfällen ist Paris kein Platz für Kinder. Wenn sie aber in der Wohnung sind, dann kommt die kleine Louise herunter und paßt auf sie auf.«

»Ach ja, Louise«, sagte Camille.

Zu Danton sagte Lucile nicht das, was sie zu Camille gesagt hatte: »Die färbt sich die Haare mit Henna, darauf würde ich schwören – manchmal sind sie röter als ihre Schleifen.« Lucile sagte: »Ist ein liebes Mädchen, die Sophie-Louise.«

»Ganz prima mit den Jungs«, sagte Danton. »Die sind völlig verrückt nach ihr. Na ja, die armen kleinen Teufel, was haben sie denn sonst schon?« Werd ja nicht sentimental, sagte Camille stumm, dem sich aus Abwehr die Haare sträubten.

»Dich«, sagte Lucille, »dich, Marius. Sie haben ihren Vater.«

»Mich. Gott schütze sie.« Daraufhin verließ Camille das Zimmer (Lucile saß da und hielt Dantons Hand, während er von Gabi zu erzählen begann), nur um zehn Minuten später zurückzukommen und sie strahlend mit einer brandneuen Ausgabe von Petronius zu unterbrechen.

Der Konvent beschließt:

Daß hinfort in Paris ein Außerordentliches Straftribunal eingerichtet wird, dessen Zuständigkeit sich auf folgende Bereiche erstreckt: Alle konterrevolutionären Aktivitäten und Komplotte, alle Anstalten gegen die Freiheit, Gleichheit, Einheit und Unteilbarkeit der Republik, die Innere und Äußere Sicherheit der Nation sowie jeder Verschwörungsversuch zur Wiedereinführung der Monarchie oder einer anderen Obrigkeit, die der Freiheit des Volkes als Souverän schadet.

Dieses Tribunal wird unter dem Namen Komitee für Allgemeine Verteidigung bekannt werden.

Also hatte er nun hier Arbeit. Das Tribunal. Recht und Ordnung – keine Randale mehr und auf den Straßen kein Blutvergießen.

Trotzdem will ich dir mal was sagen.

Was?

Madame Guillotine wird sehr beschäftigt sein.

Madame la Chatte, elle a la dent unique, mais elle mord à mort.

Camille Desmoulins war die Treppe hinaufgerannt. Nun stand er da, bürstete sich gereizt die Sägespäne des Duplayschen Schreinerhofs vom Mantel und wartete, daß sich die Tür von Maximiliens Schlafzimmer öffnete. Sie tat es nicht. Statt dessen wurde er gebeten, sie selbst zu öffnen. Beim Eintreten fand Camille Maximilien an seinem Schreibtisch vor, wo er lediglich mit seinem Morgenrock bekleidet dasaß und erwartungsgemäß todkrank aussah. Der braune Hund lag geduldig unter dem Fenster und erleichterte sich durch Schlaf die Langeweile. Der weiße Hund stand nach Schauspielermanier mit einem Arm voller Zeitschriften da. (Camille wirft einen Blick darauf. Er versucht zu sehen, ob sich darunter ein rosarotes Flugblatt befindet.)

»Aah«, sagte Robespierre mit einem erschöpften Lächeln, »danke, daß du herübergekommen bist.«

Saint-Just legte die Papiere ordentlich ab. (Kein Flugblatt.) Er warf Camille einen langen, öden Blick zu. Als Antwort verzog Camille leicht den Mund.

»Entschuldige mich«, sagte Saint-Just und wollte hinausgehen.

»Ach, Antoine«, sagte Maximilien verzweifelt, »könntest du nicht –«

»Maxime, das Gespräch dürfte dir leichter fallen, wenn ich nicht hier bin. In einer Stunde bin ich wieder zurück.«

Wie ein kalter Hauch ging er an Camille vorbei und glitt wie ein Dolch durch die Tür.

Der Hund stieß im Schlaf einen seltsamen Winsellaut aus.

»Genau«, sagte Camille.

Maximilien legte seine Hand über die Augen. »Setz dich doch, bitte.«

»Warum nicht? Obwohl ich mir wünschte, du hättest bequemere Stühle.« Camille setzte sich. »Wie geht's dir?«

»Besser.«

»Was hast du denn?«

»Das übliche. Das Fieber dauert nicht lange, und hier ist man sehr gut zu mir.«

»Natürlich sind sie das. Élie hat es sich in den Kopf gesetzt, dich zu heiraten. Oder willst du die reiche Witwe aus Marseille heiraten, die dir jede Woche einen Liebesbrief schickt?«

»Bitte, Camille, sei nicht kapriziös, das kann ich heute nachmittag wirklich nicht ertragen.«

»Ach, mein Lieber, so geht's dir also: Mit mir ist alles in bester Ordnung. Ich sterbe.«

Robespierre wirkte verletzt (und war es auch). Er zog seine Brille über die gesenkten Augen und nahm eine der Zeitungen zur Hand, die Saint-Just gehalten hatte. Eine Weile las er schweigend.

Camille zählte die Risse an der Decke. Er hatte ausgesprochen schlechte Laune. Tatenlosigkeit und Nervosität in Verbindung mit einer Reihe von Nächten, in denen er zuwenig geschlafen und zuviel getrunken hatte, nagten an ihm. Sein konsequenter Mangel an Mitgefühl mit anderen Menschen, die unter ihren körperlichen oder geistigen Unpäßlichkeiten litten, beruhte teilweise auf einer Angst vor Krankheit, die das Siechtum seiner Mutter schon früh hervorgerufen hatte. Aber im selben Maß verbarg sich dahinter auch sein Respekt vor beinahe allen anderen Menschen beziehungsweise seine Scheu oder sein Gefühl der Unzulänglichkeit. Diese Menschen wirkten auf ihn stärker, als er es je sein konnte, weitaus selbstsicherer, weniger verwirrt und von fürchterlichem Herzeleid geplagt, das seine Gefühle entstellte und ihn im übrigen trotz seiner Begabung und Intelligenz häufig zu einem absolut schlechten Menschenkenner stempelte. Offen gestanden lief diese bizarre, respektvolle Scheu selbst dann unterschwellig mit, wenn er für andere Verachtung empfand. Obwohl er vielen intellektuell überlegen war, mußte er in gewisser Weise immer noch anerkennen, daß sie ihren Weg durchs Leben wesentlich logischer organisierten. (Beinahe beneidete er sie um ihren tolpatschigen Fortschritt.) In mancherlei Hinsicht ähnelte Camille einer gequälten Poetenseele, ohne selbst ein Poet zu sein; nur ab und zu klang derartiges halb zufällig in seiner Prosa an. Dazu kam das Temperament eines Kriegers, dessen zwanghaftes Bedürfnis, dem Feind ins Auge zu blicken, gerade jetzt auf verletzende, wenn auch unbewußte Weise die Oberhand hatte.

Nun schob Robespierre erneut seine Brille hoch und musterte ihn aus vier Augen: »Brissots Papier.«

»Hab ich schon bemerkt. Was spricht er denn heute wieder? Vermutlich das, was er letzte Woche gesagt hat. Daß wir alle Verbrecher sind.«

»Da steht etwas in diesen Zeilen.« Robespierre zögerte. »Da steht eine Geschichte – zwar kein direkter Bericht –, Dumouriez hätte Danton gekauft, um –«

»Um Himmels willen, es gibt doch immer irgendeine Scheißgeschichte, daß irgend so ein Arsch Danton gekauft hätte. Falls dir das Magendrücken bereitet, dann erzähl's nicht mir. Erzähl's Danton. Der hockt im verdammten Belgien. Versuch's mal mit lautem Schreien.«

Robespierre nahm seine Brille ab. Er starrte Camille an.

Schwer atmend saß Camille da. Er sagte: »Hast du das rosa Flugblatt gesehen – das mit dem faszinierenden Titel ›Beutegeier: Die Verbrechen des Verteidigungskomitees‹? Nein? Halt die Augen offen. Hat ein Betrunkener gedruckt, mit grauem Wasser statt mit Tinte. Die Rechtschreibung ist ein Kunstwerk.«

Robespierre sagte: »Wessen Papier ist das?«

»Ein vielversprechender Mann aus Guise namens Roch-Marcandier. Ein verdammter Irrer, ein Lügner, ein kleiner Scheißer –«

»Camille«, sagte Robespierre, »was habe ich getan?«

Mürrisch betrachtete Camille seine Füße. »Nichts. Entschuldige. Man hat mich verleumdet. Er bezeichnet mich als – na ja, du sagst, du hättest's noch nicht gelesen. Das ist kein Papier, sondern ein Fetzen. Niemand wird es beachten. Der reißt doch ständig das Maul auf. Meine Sympathisanten bei den Cordeliers erzählen mir immer, was er über mich gesagt hat. Mit ein paar Bemerkungen hier und da habe ich dafür gesorgt, daß er in keiner seriösen Zeitung auch nur ein Wort drucken lassen kann, aber nun hat er irgendeine verrottete Gassenpresse gefunden. Er behauptet, ich sei ›ein ganz gewöhnlicher Mörder und Räuber‹. Er sagt, ich hätte die Leute im September mit meinem Geschrei nach Blut angestachelt. O Gott, Maxime!«

Robespierre räusperte sich, und Camille verstummte. »Wie du richtig bemerkst«, sagte Robespierre, »wird ihn kein seriöser Drucker bedienen. Wie du siehst, befindet sich sein Blatt nicht hier. Um zu unserem ursprünglichen Gespräch zurückzukehren: Ich zähle auf dich, Camille, weil ich deine Ehrlichkeit schätze. Und weil ich dich in gewissem Umfang als Unterhändler zwischen mir und Danton betrachte, als einen Mann, den ich in gewissem Maße bewundere, für den ich aber auch, wie du weißt, einige Befürchtungen hege –«

»Deine Befürchtungen bezüglich Danton kenne ich. Du hast sie mir erzählt.«

»Das habe ich dir aufgrund meines Vertrauens erzählt. Was Brissot und die Gironde anbelangt, so ist die Einheit des linken Jakobinerflügels essentiell.«

»Bei der Masse ist Brissot nicht mehr populär. Die haben ihn durchschaut. Er kann nichts bewirken.«

»Doch, kann er schon. Verzeih, Camille, aber nimm bitte nicht an, ich würde dich unterschätzen, wenn ich sage, daß du dir nicht immer über jedes Grundmotiv und alle Mittel im klaren bist, die im Konvent eingesetzt werden. Ich persönlich richte mein Augenmerk auf die Dinge jenseits dieser geschlossenen Türen. Jedesmal, wenn ich dort eine Rede halte, richtet sich mein Blick nach draußen auf Frankreich, egal, welches Ziel ich verfolge. Ich wünschte, die Manège wäre größer, damit Tausende in der Lage wären, die Galerien zu besetzen, zuzuhören und die Vorgänge zu überwachen. Ich wünschte, die Wände unseres Konvents wären aus Glas. Nichts Verborgenes. Der Wille der Nation jederzeit gesichert.«

»Und im Winter verdammt kalt.«

Robespierre blinzelte. Er ignorierte die witzige Bemerkung derart gezielt, daß sie tot zu Boden fiel, und meinte: »Im Verteidigungskomitee sitzen Mitglieder der Gironde. Im Ministerium gibt es immer noch Gironde-Sympathisanten. Diese Circe Manon Roland agiert weiterhin in ihrem Salon und korrumpiert Geist und Herzen der Gutgläubigen. Und was den Konvent selbst betrifft, so siehst du ja, wie die Gironde die unteren Bänke beeinflussen kann. Was glaubst du, warum hat man zeitweise so viele aus unserer Partei zur Inspektion der Armee fortgeschickt und damit aus dem Weg geräumt? Saint-Just, Fréron – selbst Danton wird wie ein Laufbursche hierhin und dorthin geschickt. Es gibt noch so viel zu tun«, sagte Robespierre. »Dantons öffentliche Rüge an die ganze Halle wegen ihrer Tendenz zu Splittergruppen war sehr weise. Ich habe zugehört und war bewegt. Unsere einzige Leidenschaft sollte den Rechten des Volkes gelten. Aber dabei ist der ewige Zank dauernd im Weg.«

»Ja«, sagte Camille, »sie müssen unbedingt den Mund halten.«

»Ja«, bestätigte Robespierre und ordnete seinen peinlich aufgeräumten Schreibtisch noch ein Quentchen mehr. Dann sagte er leise: »Schreibst du denn zur Zeit wieder an etwas?«

»Ich schreibe immer etwas. Wie ich dir schon erzählt habe, versuche ich, einen Band über den Verlauf der Revolution zusammenzustellen. Zweifellos höchst befangen, unreflektiert und betriebsblind.«

»Ich hatte nicht beabsichtigt, dich zu kränken.«

»Ich weiß. Das Problem ist nur, wir glauben ... Vielleicht bekommt Lucile noch ein Kind.«

Maximiliens kranke Miene hellte sich auf. »Aber das ist wunderbar.«

»Nein, ist es nicht. Es hat sie schon beim letzten Mal beinahe umgebracht.«

»Camille, du übertreibst ein wenig. Ich verstehe ja, daß du dich ein wenig um sie sorgst –«

»Gar nichts verstehst du davon, Maxime. Meine Güte, wie solltest du auch? Du hattest's doch nie – du hast nie – verdammter Mist, du schwebst doch haushoch über dem allen. Davon hast du nicht die geringste Ahnung.«

»Ich verstehe«, sagte Robespierre.

»Nein, verstehst du nicht. Du und deine selbstgefällige Einstellung zum Sex: keine ungewollten Kinder! Aber nein, besser ein ungewolltes Kind als die schwere Sünde einer Empfängnisverhütung. Allmächtiger Gott!«

»Wenn du glaubst, Camille, daß es einen Gott gibt, so wie du es meines Wissens nach tust –«

»Nicht Gott, Maxime. Nn-nicht jetzt.«

Camille war schon vor fünf Sätzen aufgestanden und lief, so gut es ging, im Zimmer herum. Der Hund wachte auf und bellte ihn an, Robespierre brachte ihn zum Schweigen. Camille stieß gegen den Türrahmen und blieb stehen. »Besser, du erzählst mir, was ich Georges in deinem Namen sagen soll. Dann geh ich – und hör auf, dich noch kränker zu machen, als du schon bist.«

»Es gibt nichts, was du Danton in meinem Auftrag sagen sollst, was ich ihm nicht genausogut selbst sagen könnte«, meinte Robespierre. »Du warst es, mit dem ich sprechen wollte. Ich hatte einen Vorschlag, aber wir warten lieber ab, bis du dich wieder beruhigt hast.«

»Dann wart mal schön«, fauchte Camille und riß die Tür weit auf. »Ich w- Ich wünsch dir alles Gute«, sagte er. »Paß auf dich auf. Demeter wird dir ein bißchen Butter und Eier aus Bourg-la-Reine vorbeischicken.«

»Nein«, sagte Robespierre mit äußerster Liebenswürdigkeit, »sehr nett von ihr, aber das muß sie nicht tun.«

»Was meinst du mit ›muß nicht‹?«

»Ich habe alles, was ich brauche. Und falls in der Stadt die Lebensmittel knapp werden, nun, dann habe ich nichts dagegen, das Los des Volkes zu teilen. Wir haben hier beispielsweise schon seit mehreren Wochen keinen Zucker mehr verwendet.«

Camille starrte Maximilien an.

»Willst du damit sagen, daß du keinen bekommen kannst?«

»Ich will damit sagen, daß ich mich weigere, auf krummen Wegen welchen zu bekommen, solange die Mehrheit von Paris keinen hat.«

»Dann soll ich schätzungsweise deiner Ansicht nach ersticken, wenn ich heute abend – auf krummen Wegen – Zucker in meinen Kaffee tue?«

Robespierre faßte sich mit den Fingern an die Stirn. Er sah aus, als ob er vor Schwäche und Frustration am liebsten geweint hätte.

»Du interpretierst meine Worte absichtlich falsch. Deine Taten sind eine Sache deines Gewissens oder deiner persönlichen Bedürfnisse. Ich habe keinen Appetit, das weißt du. Für mich ist es kein Opfer –«

»Hör auf, Maxime, dich dafür zu entschuldigen, daß du so ein verdammter Heiliger bist. Keiner von uns kann mit dir mithalten. Na schön, wenn die Butter und die Eier kommen, dann schick sie zurück, oder verteil sie auf dem Markt an die bedürftigen Armen. Oder steck sie dir sonstwohin. Wir übrigen Egoisten werden so ggg-gt-gut wie möglich weitermachen.«

Krachend fiel die Tür zu. Dahinter hörte Camille den Hund bellen, während er die Treppe hinunterhetzte. Unten blieb er stehen, ging ein paar Schritte und blieb wieder stehen. Er fluchte und wollte sich gerade wieder umdrehen und zurückgehen, als er Saint-Just erblickte, der vom winterlichen Hof zu ihm hereinschaute. Also ging er statt dessen hinaus.

Als er an Saint-Just vorbeiging, der mit einem silbernen Heiligenschein auf dem weißen Haar dastand, sagte Camille: »Mach dir nicht die Mühe und sag auf Wiedersehen. Vielleicht bekommt sonst deine Maske Risse.«

Saint-Just sagte tatsächlich nichts, sondern ging nur wieder über den Hof zu Robespierre zurück.

In der Rue Saint-Honoré hatte sich in der Nähe der Jakobiner ein Menschenauflauf gebildet, den Camille aus Erfahrung geschickt umging. Vom Portikus von Saint Roch, das inzwischen manchmal als Versammlungsgebäude der Sektion diente, hing die Trikolore. (Saint-Roch-Marcandier. Wenn ich den treffe, brech ich ihm das Genick.) Wie in den meisten Kirchen in Paris und in ganz Frankreich – zweifelsohne mit der bemerkenswerten Ausnahme der Vendée – hatte man die religiösen Symbole auf unterschiedliche Weise weitgehend verunstaltet. Dort im Westen war die Revolution überraschenderweise auf eine Anti-Revolution gestoßen. La Vendée lehnte die militärische Konskription ab. (»Eine Million Männer in ganz Frankreich«, hatte Danton gesagt. Aber die Vendée antwortete: Nicht mit uns.) Statt dessen hatte die Vendée ihre eigene Militärkonskription organisiert und rebelliert. Auf den Knien hatten sie den Statuen der Heiligen Mutter ihre Musketen zum Segen dargeboten. Damit war der Traum von der Freiheit nicht nur an allen Grenzen Frankreichs in einen Kampf verwickelt, sondern auch in seinem Herzen. Und das mit leerem Bauch. Beim Weitergehen passierte Camille Desmoulins mehrere Gassen und Innenhöfe, wo andere kleine Menschenmengen hoffnungslos oder wütend oder beides zugleich vor Kerzenmachern oder Kramerläden warteten und von der Nationalgarde in Schach gehalten wurden.

Was tust du? Wird ein Löffel Zucker weniger diese Bäuche mit Essen füllen? Kannst du um der Sünden der Welt willen hungern? Nein, Maxime. Du kämpfst wie ein Sklave.

Aber für einen wie mich, einen gewöhnlichen Mörder und Dieb, der die Unschuldigen ins Gefängnis wirft und sie aufspießen läßt, für den spielt ein bißchen Zucker eine untergeordnete Rolle. Liest das schon ganz Paris? Nein, außer mir liest's niemand. Wie kann ich ihn umbringen? Ein Krater sollte ihn im Ganzen verschlingen.

Bedrückend und bar jeder Wärme, hing die Bitterkeit des Tages tief über Camille. Die Farben von Paris hatten sich geändert. Alles war mit einem einheitlichen Bleigrau überzogen. Selbst die tricoleurs, die massenweise von so vielen Gesimsen und Vorsprüngen hingen, schienen ihre Farben verloren zu haben.

Selbst wenn es just hinterm Horizont Frühling und Sonnenschein gegeben hätte, hätte man es sich nie träumen lassen.

1793: Frühling

General Dumouriez hatte einen Brief voller Drohungen nach Paris geschickt. Offensichtlich hatte er auch einen in den Temple zu der Österreicherin oder ihren Freunden gesandt, in dem er ankündigte, er sähe sich außerstande, noch länger ein passiver Zeuge von soviel Dummheit und Verbrechen zu bleiben. Ich will diese illegale Regierung zerschmettern, erklärte die Botschaft, die Monarchie wiederherstellen, die Königin zum Regenten machen und den Dauphin zum nächsten König von Frankreich ausrufen lassen. Und damit ging er hin und stolzierte an der französischen Grenze mit einer weißen Bourbonenkokarde am Hut auf und ab, während fünfzigtausend Mann begeistert hinterherkarriolten und Vive la Reine, Vive le Dauphin, la Révolution est fini quakten. Aber egal, wie seine wie irrsinnig verbreiteten Pläne ursprünglich ausgesehen hatten, in Wirklichkeit weigerten sich Dumouriez' Truppen, ihn zu unterstützen. Im Aprilwetter sah man, wie er durch die Krokusse strampelte, direkt in die Arme von Österreich.

Angesichts des halben Militärkommandos in Paris ist man klug beraten, sich nicht außer Haus zu begeben. In der Oper leeren sich die Logen, und man verläßt fluchtartig die Restaurants, nur weil irgend so ein armer Kerl auf Fronturlaub – leider hatte er mal zusammen mit Dumouriez bei einer Lagebesprechung gesessen – ganz naiv hereinspaziert ist, um hallo zu sagen.

Arturius Dillon, der sich (neben Dumouriez) bei Valmy hervorgetan hat, erträgt die schiefen Blicke mit der Haltung eines Desperados. Obwohl er ein Pik selten ein Pik nennt, sagt er doch immer noch zu einer Dame Königin. Er ist ein wenig älter und größer als die meisten Männer im Raum und begrüßt Camille Desmoulins lediglich mit einem Minimum an Höflichkeit, womit er signalisiert: Besteht kein Zwang, mich wiederzuerkennen; bin 'ne peinliche Bekanntschaft. Wer weiß, vielleicht türm ich eines schönen Nachts über die Temple-Mauern und befreie die Liliendame. Über der Nationaluniform trägt General Dillon gepuderte Lockenhaare. Seine Augen, in denen sich die ganze Zigeunerkühnheit Irlands spiegelt, hat der irische Regen seiner Vorfahren klar gewaschen. Aber er ist auch Franzose, wenn auch mit einem Hang zum Ancien régime, und geht mit der Zeit, was nicht heißen soll, daß er die Zeiten mag. Trotzdem würde er nie grob sein, außer man provoziert ihn sehr. Vielleicht ist er erstaunt, als Camille zu ihm hingeht und sich auf ein Gespräch einläßt, das die momentan gebotene Begrüßung übersteigt.

Camille wirkt jedenfalls nervös. Er verachtet Dillon als Royalist, bewundert aber seine militärischen Fähigkeiten. Bei einem früheren Gespräch hatte er entdeckt, daß Dillon ihn fesselte (nachdem sie beide Camilles politische Rhetorik mühsam hinter sich gelassen hatten). Obendrein spricht Camille Dillon in intellektueller Hinsicht als Ausländer jegliches Verständnis für die Bedürfnisse Frankreichs ab. Generell meidet Camille Dillon, aber nun zelebriert er offensichtlich mit Genuß, da er sich keiner Linie anpaßt. Kurz darauf schilt ihn Dillon wegen seines Risikos, aber Camille funkelt ihn nur wütend an, bleibt wie angewurzelt stehen und bringt umgehend ein neues Thema zur Sprache, über das sie pflichtschuldigst diskutieren.

Dillon amüsiert sich köstlich, ist aber gleichzeitig innerlich berührt. »Wenn sie kommen, um mich zu verhaften«, hebt er leichthin an, da fährt Camille dazwischen: »Sie verhaften? Weshalb? Weil Sie Ihre Schlachten gewinnen?« Dillon macht eine milde, unnachahmlich aristokratische Geste. »Ich sehne mich nicht nach dem Kerker«, sagt der General. »Aber wer tut das schon?« »Legen Sie sich nicht mit Ihrem eigenen Gerede in Ketten«, antwortet Camille. Danach läuft sich der Wortwechsel tot, und Dillon zieht sich aus der Versammlung zurück. Camille ist verärgert, weil er nun keinen Punkt mehr landen konnte.

Lasource, der heutige Sprecher der Mündung, schüttelt seine revolutionäre Mähne zurück und sagt zum Konvent: »Wie wir wissen, hatte Dumouriez geplant, die Monarchie erneut an die Macht zu bringen. Aber dazu benötigte er eine Armee. Wer hat ihn damit ausgestattet – wer hat sogar um ihre Verstärkung gebettelt? Danton, denke ich. Wobei ihm Desmoulins mit seinem Gerede den Rücken gestärkt hat, man solle dem Kumpan von Dumouriez, diesem Iren Dillon, den Oberbefehl über die nördlichen Schwadronen geben. Um das Szenario weiterzutreiben, hielt man es für nützlich, hier im Konvent Unstimmigkeit und Bedenken zu säen. Und wer ist hierhergekommen und hat versucht, solch ein Theater aufzuführen, indem er uns allen für Trägheit und Kleinlichkeit eine Rüge erteilt hat – unter vorgespielter Angst vor einem Volksaufstand –, Danton? Sicher nicht.«

Die Rufe von den Gironde-Bänken erinnern mittlerweile an Hunde nach einer Rauferei.

Der Berg grollt. Der ganze Raum scheint auf der Kante zu hocken.

»Natürlich war Lacroix in all diesen Dingen Danton eine unschätzbare Stütze. Genau wie meiner Überzeugung nach auch alle seine anderen Freunde, die liebend gern die Zeit damit verbringen, mit Kerlen wie diesem Dillon über Taktik zu diskutieren. Dann haben wir noch den Poeten und Stückeschreiber d'Églantine, bisweilen Dantons rechte Hand, der dem Komitee für Allgemeine Verteidigung zur Zeit erzählt, das Beste auf der Welt wäre für uns alle ein neuer König!«

»Lügner!« schießt es vom Berg herunter, mit einer so mächtigen Stimme, daß es Danton selbst sein könnte, aber der sitzt stocksteif und stumm da. Ein Felsen mit bebenden Fäusten und gebleckten Zähnen, den Blick auf die Gironde-Bänke geheftet.

»Wir wissen wohl, daß Danton und Lacroix auf ihren Exkursen nach Belgien große Geldsummen eingestrichen haben. Diese Männer – haben passenderweise für Dumouriez nur Siegeslorbeeren übrig gehabt, wobei sie vergaßen, seine läßliche Sünde des Verrats zu erwähnen.«

»Na schön«, sagt Danton, »jetzt reicht's.« Während er unter dem Geschrei des Berges nach vorn geht, johlen und trampeln droben auf der öffentlich zugänglichen Galerie, auf der sich zwar nicht die von Robespierre geforderten Tausende drängen, die aber dennoch gerammelt voll ist, die Bürger von Paris: Danton! Danton!

Levasseur wendet sich an Camille Desmoulins: »Paß auf, gleich gibt's eine Spontanverbrennung.«

Lasource brüllt den Präsidenten an: »Ja, laßt ihn reden, er soll es selbst erklären!«

Danton hat die Rednertribüne erreicht und schaut zu den oberen Rängen zurück, die er vor kurzem verlassen hat. Dann bricht der Zorn wie eine einzige große Lawine aus ihm heraus, wie nur er es kann.

»Ihr habt es mir gesagt«, donnert er Richtung Berg. »Ihr habt mich gewarnt, meine Freunde. Laß dich nicht mit der perfiden Rechten ein. Ich sehe ein, daß mich mein gutes Benehmen in die Irre geführt hat, aber damit ist nun Schluß. Diese Erzkreaturen, die sich seit Monaten – aus Unwissen oder aus Bosheit – verschworen haben, die Monarchie zu retten und sie erneut Frankreich aufzudrängen, wagen es jetzt, mich *ihres* Verbrechens zu bezichtigen. Sie behaupten, ich hätte bezüglich des Überlaufens von Dumouriez meinen Mund gehalten. Habe ich das? Wer war es dann, der diesen Konvent eindringlich davor gewarnt hat, daß es vermutlich dazu kommen werde? Ich rufe alle hier Anwesenden, die wissen, daß ich die Wahrheit sage, als Zeugen für diese Behauptung auf.« Und von vielen Seiten der Halle schallt es laut: Ja, Danton. Ja! Es stimmt.

Danton fährt fort. Sorgfältig zerpflückt er jeden Satz von Lasource in seine Bestandteile, kaut ihn wieder und spuckt ihn dann aus. »Du, du redest heute von meiner Bestechung durch Dumouriez, diesen Verräter, den ihr selbst als großen und ehrenwerten Offizier gepriesen habt. Erst vor drei Tagen haben die Zeitungen der Gironde Paris mitgeteilt, er würde nie seine Lorbeeren durch die Trauerzypressen vom September besudeln. Du behauptest, ich würde im Konvent Zwietracht säen. *Ich?* Du bist es, der hier sämtliche Verfahren ins Lächerliche zieht. Ich dagegen achte seine Würde, selbst an dem Punkt, daß ich mich gegenüber eingeschworenen Feinden höflich verhalte.«

»Hör mit dem Geschwafel auf!« tönte es von der Rechten. »Antworte!«

»Er gibt euch ja Antwort!« von der Linken. »Haltet's Maul und hört zu!«

Danton zuckt die massigen Schultern. Jetzt gelten seine Worte der Galerie: »Die beste aller Antworten steht in ihren Zeitungen. Aus ihren eigenen Mündern –«

Auf einmal kommen die Münder einigermaßen in Fahrt und brechen mit vereinten Kräften in Hohngelächter aus.

Umgekehrt öffnet sich der Berg, um Marat auszuspeien, der auf einer Bank steht (und sich selbst mit Schaum vor dem Mund vor Haß auf seine juckende Haut zerfleischt) und durch das Getöse schrillt: »Und es hat doch Gironde-Einladungen gegeben, bei denen die Royalistenpartei das Essen bezahlt hat! Lasource war bei allen dabei! Hört ihr Marat? Marat wird euch Pack splitternackt ausziehen und euch in eurem ganzen Dreck präsentieren.«

Die Gallerie bellt: *Marat! Marat!*

»Ich behaupte, daß kein Mann der Gironde«, ertönt Dantons Gargantuastimme, »auch nur einen einzigen Beweis gegen mich erbringen kann. Dagegen seid ihr selbst –«

Die mittleren Bänke, allesamt Sumpfkröten, beginnen, erregt Namen zu fordern. Die Münder fallen lärmend ein. »Na dann mal los, sag, wen du diffamierst.«

»Ihr wollt tatsächlich, daß ich die Mitglieder der Gironde, die sich verräterisch verhalten haben, beim Namen nenne?« brüllt Danton. »Dann werde ich jeden einzelnen von ihnen nennen!«

Marat springt und hüpft auf seiner Bank herum wie eine verspielte Bergziege. Mit seinem verdreckten alten Mantel samt dem Kragen voller Flöhe bietet er ein perfektes Bild des Hasses, das beinahe schon pornographisch wirkt.

Danton läßt sich von dem Chaos und dem Lärm mittragen, wartet ab und stürzt sich dann erneut auf die Rechte.

»Kein Waffenstillstand mehr mit euch. Schluß damit. Eure schalen, kitschigen Anklagen, eure Idiotie, verdienen nur eine Antwort, die mir lediglich die Würde dieses Rednerpultes verbietet. Meinen Kollegen sage ich jetzt«, sagt Danton, »wir werden gegen unsere Feinde die Reihen schließen. Mein Ziel ist die Republik. Wer sich gegen den Sieg dieser Republik stellt, befindet sich mit mir im Krieg. Meine uneinnehmbare Festung heißt Vernunft, und von ihren Wällen werde ich die Kanonen der Wahrheit gegen sie richten. Dann legt mal los, und laßt euch zu Staub zerfetzen.«

»Wer braucht schon 'ne Armee?« schreit einer von der Linken. »Danton – wir haben doch dich!« Womit er das ganze Haus zu Fall bringt.

Damit wäre also bereits eine gehörige Menge Pulver bzw. Rauch in der Luft. Als er sich sozusagen wieder verzogen hat, hat Danton die Rednertribüne verlassen, und an seiner Stelle steht Robespierre dort.

Dies gleicht einer mystischen Metamorphose. Der scharlachrote Riese in unordentlichem Schwarz, der Kampfhahn mit der Stentorstimme vom Bauernhofzaun, verwandelt sich in einen kompakten

Weißgesichtliliputaner in adretter grüngestreifter Jacke, blaugestreifter Weste und rotgestreifter Krawatte.

Die ästhetische Überraschung ruft Schweigen hervor.

»Verschwörung«, sagt Robespierre. »Ein solches Wort sollte selbstverständlich nicht in einem Atemzug mit Namen wie Vergniaud und Brissot fallen ... Zum Beispiel ein Mann vom makellosen Charakter eines Brissot, ein Mann, der täglich mit dem patriotischen General Dumouriez korrespondiert – solch ein Mann macht sich wohl kaum in irgendeiner Sache verdächtig.« Robespierre macht nur selten Witze, um so mehr wird dieser geschätzt. Wie ein Schullehrer, der die Klasse zum Lachen verführt hat, um ihr besser auf die Finger klopfen zu können, wird Robespierre sehr kühl. »Es ist Zeit, daß diese Farce beendet wurde«, sagte er. »Der Konvent muß revolutionäre Maßnahmen ergreifen – aber ich bezweifle, ob unser vielgepriesenes Komitee für Allgemeine Verteidigung dafür in irgendeiner Weise taugt.«

Erneut unentschieden. Die Gironde kontert. Ein gepuderter Sillery macht den gepuderten Robespierre darauf aufmerksam, daß seine Kritik einem legalen Zweig des Konvents gilt.

»Ganz genau«, sagte Robespierre. »Und als Mitglied dieses legalen Zweiges biete ich ihm hiermit meinen Rücktritt an. Er repräsentiert längst nicht mehr die Gerechtigkeit, den einzigen Grund, weshalb er ins Leben gerufen wurde. Wo ist die Gerechtigkeit, behaupte ich, wenn es Personen fortwährend möglich ist, die Linke – die Partei der Freiheit – zu verleumden, obwohl besagte Personen höchstpersönlich einen Verräter unterstützt haben. Ich bin erstaunt.«

Brissot ruft laut: »Ich möchte Sie erneut zum Staunen bringen! Ich fordere eine Anhörung, sobald dieser Bürger seine Rede beendet hat – sollte er das je tun.«

Robespierre drehte sich geringfütig zur Seite und schaute Brissot an.

Endlich konnte der unbestochene und unbestechliche Robespierre den perfekten Vorteil aus seiner Tugend ziehen. Hier in diesem Mahlstrom, in dem starke Emotionen und eine Redekunst herrschten, die schieben und antreiben, betören und verrückt machen konnte, ohne jedoch die kleinen, heimtückischen Zweifel völlig verbergen zu können – hier bannte Saint Maximilien, blaß und rein, durch Fieber geläutert und vom Zucker befreit, makel- und tadellos, die Feinde der Freiheit mit seinen Augen. Sein starrer Blick glich dem einer Katze, lidlos und beinahe außerirdisch. Seine Stimme besaß weder Schönheit noch Macht. Seine Sätze waren oft zu lang, kamen mitunter vom Hundertsten ins Tausendste oder stelzten daher und hatten normalerweise nichts Beschwörendes oder Raffiniertes an sich. Seine Rhetorik, deren Grundlage die Wiederholung war, rieb wie Eisregentropfen nur durch ständige Erosion den härtesten Stein auf. Seine in diesem Moment furchterregende Körperhaltung. Kein Schauspieler. Da ist alles echt und ehrlich. Er glaubt an seine Worte, er weiß, daß er nichts Unrechtes getan hat, und Gott, der Oberste Wille des Universums, steht neben seiner Schulter. Blitzartig wird jeder dieser Aspekte in Robespierre sichtbar. Danton kann entflammen, aber Robespierre vereist – und versteinert. Und das tut er nun.

»Da Bürger Brissot sein Rederecht fordert, um mich mit seinem Blitzstrahl zu erschlagen, möchte ich das Kompliment erwidern. Noch einmal möchte ich jene Lobeshymnen ins Gedächtnis rufen, mit denen Brissots eigene Zeitschrift, Der Engagierte Franzose, Dumouriez überschüttet hat. Und ich möchte hier und heute erklären, daß die erste, notwendige Maßnahme im Interesse der Allgemeinen Verteidigung und der Öffentlichen Sicherheit die Untersuchung all derer ist, die in irgendeiner Weise als Komplizen von Dumouriez in Frage kommen. Insbesondere Jacques-Pierre Brissot.«

Statt zu kontern, sitzt die Gironde abrupt stumm da. Diese Attacke ging noch weiter als die Dantons, zielgenau und eiskalt hat sie sie erwischt. Sie starren ihrerseits Robespierre an, einen bebrillten Panther, der nicht mehr im geringsten komisch wirkt.

»Für den Fall, daß dies voreilig erscheint«, fährt er fort, »möchte ich die Versammlung an die Unternehmungen der Gironde erinnern. Als die Morgenröte der Freiheit anbrach, waren sie es, die gegen die Absetzung des Königs opponierten. Anschließend schienen sie entschlossen zu sein, ihn durch seinen Sohn, den sogenannten Dauphin, zu ersetzen. Sie haben das Land in Krieg gestürzt und nachfolgend versucht, Frankreich zu schwächen, indem sie nacheinander zuerst den Erzverräter La Fayette und nun Dumouriez unterstützt haben. Durch ihre fortwährenden Intrigen haben sie die notwendige Arbeit dieses Konvents durch Parteienhader aufgehalten. Und beim ersten Hauch von Kritik sind sie sogar soweit gegangen, zu empfehlen, die Hälfte der regierenden Körperschaft aus Paris in die Provinzen zu verlagern.«

Brissot ist weiß im Gesicht. Nichts deutet darauf hin, daß er auch nur ein Wort sagen möchte. Es ist Vergniaud, der sich erhebt und sagt: »Niemand ist unfehlbar. Wir erinnern uns daran, daß Monsieur Robespierre persönlich in Zeiten der Gefahr Zuflucht in einem Keller gesucht hat. Ich bin ziemlich erstaunt, daß er uns an seinen Vorschlag erinnern möchte, nach Marseille zu fliehen. Wo waren Sie am zehnten August, Robespierre, als die Morgenröte der Freiheit anbrach? Haben Sie den Sonnenaufgang durch die Gitterstäbe Ihres Verstecks beobachtet? Und nachdem Sie hervorgekrochen waren, ist der Schrei nach Blut Ihre einzige Lösung. Wir – was haben wir getan? Wir haben nur versucht, solche Schreie zu unterdrücken, die berüchtigte Blutlust der Jakobiner. Wenn eine Revolution daraus besteht – aus Mord und gewalttätigem Raub –, dann bin ich kein Revolutionär.«

Die persönlichen Speere sind stumpf und fliegen nicht weit genug. Die Welt weiß es, und Gott weiß es auch: Robespierre ist kein Feigling. Er stand im Kugelhagel auf der Marswiese. Er ging durch die Straßen, deren Schatten voller Meuchelmörder sind. Er hat ihnen sooft erklärt: Dann tötet mich eben. Ich werde für die Freiheit sterben. Und inzwischen hat er immer und immer wieder darum gebeten, die Todesstrafe aufzuheben.

Ohne Hast und mit enormer Würde steigt er von der Rednertribüne herunter. Die Bewegungen im Raum gehen mit ihm mit. Es ist schwer, die Augen von ihm abzuwenden. Nur Pétion macht sich hastig daran, die Tribüne für die Gironde zu sichern. »Alle Verleumder«, schreit er, wobei er auf Robespierres Rücken deutet, »müssen ausgelöscht werden. Aufs Schafott mit ihnen!«

Wieder dreht sich Robespierre um und sagt: »Jetzt kommt es heraus. Jakobiner und Blutlust, Raub, Mord? Wir sind diejenigen, die beraubt und ermordet werden sollen.«

Inzwischen reißt sich der Maler David wie auf einem seiner Bilder das Hemd für ein fiktives Messer auf und schreit: »Dann tötet auch mich – auch ich plädiere auf schuldig, wegen Ehrlichkeit und Tugend.«

Womit sich alles erneut gekonnt und im gewohnt ausgewogenen Tumult wiederfindet.

Die Gironde kämpft um ihr politisches Überleben. Da sie sich nun die Devise des Gemäßigten zu eigen gemacht hat, ist ihr nächstes Ziel aller Wahrscheinlichkeit nach Marat.

Trotz seines abstoßenden Äußeren kann es sich der Berg nicht leisten, ihn zu verlieren – ihn und seine Popularität auf der Straße, seine Überzeugungen, seine Zeitung.

Schließlich hat der Konvent das Komitee für Allgemeine Verteidigung aufgelöst, das sich neu formiert. Ohne ein einziges Girondemitglied. Zu den Mitgliedern zählen jetzt bzw. in Zukunft: Danton, Lacroix, David, Saint-Just, Hérault de Séchelles, Robespierre …

Und es hat einen neuen Namen:

Das Komitee für Öffentliche Sicherheit; der Wohlfahrtsausschuß.

Offensichtlich hatte es endlose Komplotte gegeben, um sie, die böse Hexe vom Temple, zu befreien. Selbst der Schwede Fersen hatte aus sicherer Entfernung eine Hand im Spiel gehabt. (Die Frage war, ob er sie für den Fall der Fälle heute noch haben wollte, diese Vettel mit Triefaugen und Schildkrötenhals, die in ihrem verwaschenen rosa Kleid herumhumpelte und die Haare unter eine schäbige Haube gestopft hatte. Es hieß, sie wäre beinahe vor Gram gestorben, nachdem Louis eine ins Genick bekommen hatte, was ihrem Aussehen kein bißchen geholfen hatte. Und weder die Gefängnisdiät noch die endlosen Beleidigungen und das allgemein unter dem Namen Hinrichtung bekannte Damoklesschwert, das permanent über ihrem Schädel hing, trugen dazu bei.)

Laut dem jüngsten Plan sollten sie und Élisabeth als Männer verkleidet mit ein paar gekauften Arbeitern zum Tor hinausspazieren. Auch die Capet-Kinder sollten hinausgehen und so tun, als wären sie die Kinder eines Laternenanzünders oder Gelegenheitsarbeiters. Aber letztlich wird das nicht gehen, weil inzwischen auf Dumouriez' Kopf ein Preis ausgesetzt ist und Paris ja ach so sensibel ist.

Eines Nachts trifft ein Untersuchungskommando von der Kommune im Temple ein. Der Anführer dieser Gruppe ist kein anderer als ein gewisser René Hébert, besser bekannt als Urheber des Pater Duchesne. Früher einmal hatte er sich, zumindest in gemischter Gesellschaft, einer merkwürdig verspielten Sprache befleißigt, aber der Ruhm seines literarischen Juwels hat ihm die Hemmungen genommen. Ein eingefleischter Republikaner nennt ein Pik ein Pik. Und eine Dame?

»Im Bett, echt? Na, dann sag den So-und-Sos, sie sollen wieder aufstehen.«

Antoinette und Élisabeth standen auf und zogen sich an. Aneinandergedrängt standen sie im Schlafzimmer, während jeder Zentimeter durchwühlt wurde. Kommodenschubläden wurden herausgerissen, Leintücher und Matratzen auf den Boden getürmt, wo die Männer in ihren verdreckten Stiefeln darübertrampelten, so sorgfältig gestalteten sie die Suche.

»Wir wissen genau, Capette, daß du überall an diesem Scheißort Sachen versteckst«, sagt – ratet mal? – Bürger Hébert.

»Wie Sie erkennen, ist dem nicht so.«

»Ach? Ich ›erkenne‹ nichts dergleichen. Ich ›erkenne‹ nur, daß wir es noch nicht gefunden haben. Vielleicht unter deinem Rock?«

Marie-Antoinette, reine-jadis de France, die auf einer hübsch gemähten Wiese voller hübsch gebürsteter Schafe Schäferin gespielt hat, die mit einem in ihre Frisur eingefügten Silberkäfig mit Vögeln aus Diamanten und Türkisen bis zum Morgengrauen getanzt hat – Marie-Antoinette schaut in weite Ferne und sieht nichts und hört nichts.

Hébert wirft den eifrigen Suchern einen Blick zu. »Nun? Was habt ihr gefunden?«

Die Männer zeigen ihre Fundstücke: ein rotes Notizbuch, eine Federschachtel (beschädigt, also haben sie sie fallen lassen), Löschsand, ein bißchen Siegelwachs und das Bild eines Heiligen, der für Frankreich betet (vielleicht hat es das nötig?).

»Schaut unter dem Scheißbett nach.«

Das Bett ist zwar nicht verschissen, aber sie verstehen und sehen darunter nach und finden etwas.

»Was, zum Teufel, ist das?«

»Ein Hut.«

Die Männer versammeln sich um den Hut und betrachten ihn argwöhnisch. Er ist sehr groß. Eindeutig hat er dem alten Ja-ja gehört.

»Von deinem verblichenen Männecken.«

Antoinette zögert, nickt. Ihr Männecke, Louis XVI.

»Wird ihn jetzt wohl nicht mehr brauchen, oder?«

Der Hut samt Schreibfedern, Notizbuch und Siegelwachs verschwindet.

Dem Jungen, einem achtjährigen Kind, das einmal ein Dauphin war, geht es nicht gut, und Mutter und Tante schaffen ihn eilends wieder zurück in ein neugemachtes Bett. Zuerst wacht er ständig wieder auf und fragt: »Sind sie weg, Mama? Auch ganz bestimmt, Mama?« Trotz seiner Jugend weiß und spürt er, daß sich Hébert und seine Männer auf eine nicht körperliche Weise noch immer im Zimmer befinden, und mit ihnen sämtliche ätzenden Gedanken von Paris.

Später hallt die Wohnung von den entsetzlichsten Schreien wieder, die irgendwo aus der Nähe kommen. Der Junge zuckt im Schlaf zusammen, ohne jedoch aufzuwachen. An diese gespenstischen Impromptus hat er sich gewöhnt. Die Frau des Türhüters wird von Schuldgefühlen zerfressen, weil sie eine Königin bewacht und verunglimpft, und dreht durch. Regelmäßig spricht sie Antoinette in den Gängen oder auf dem Dach an, wo man sich inzwischen ergeht. Sie fällt vor ihr aufs Gesicht, zerrt am zerschlissenen Gewand der Gefangenen herum und schreit laut um Gnade. »Aber, Madame«, sagt Antoinette, »ich bin doch der Ihren ausgeliefert.«

Tagsüber hört man, wie Ziegel aufeinandergemauert werden, während rings um den Temple-Garten eine extrahohe Mauer aufgezogen wird.

Marie-Antoinette kann nicht schlafen und sitzt neben dem Bett ihres Sohnes und flickt im Schein einer Kerze Kleider. Mit neununddreißig hat sie leicht verfrüht die ersten Anzeichen der crise feminine erreicht. Manchmal blutet sie heftig, was sie schwächt. Der Anblick von soviel Blut jagt ihr ein wenig Angst ein.

Der Gefängnisaufseher und Oberwärter Simon, ein ehemaliger Flickschuster, kommt oft in den frühen Morgenstunden, um drunten im Hof der Familie Capet ein Ständchen zu bringen. Heute morgen kommt er laut und lang singend an, trommelt mit seinen Stiefelabsätzen auf die Pflastersteine und schlägt irgend etwas – möglicherweise einen Hammer – gegen die Wand.

(Die Frau wirft ihrem Sohn von Zeit zu Zeit einen Blick zu, aber er schläft trotz des Lärms weiter.)

Im Morgengrauen kniet sich Antoinette wie immer zum Gebet nieder, ohne Tanz und mit deutlich grauen Strähnen im Haar. Vor Gott, der sie so schwer prüft, ist sie duldsam und demütig – ihm macht sie Zugeständnisse, genau wie ihren menschlichen Folterern.

Instinktiv weiß sie, daß sie kurz vor dem Ende der Treppe angekommen ist.

Drüben über dem Fluß wiegt die zweiundzwanzigjährige, bildhübsche Lucile Desmoulins in ihrem rosa Kleid die Wiege ihres Sohnes. Das Kind ist hellwach und beobachtet aufmerksam seine Mutter. Sonnenstrahlen durchdringen den Raum und fallen auf beide und machen aus ihnen ein idyllisches Bild: das Republikanische Ideal von Mutter und Kind.

Aber Lucile bringt Horace nicht die Menschenrechte bei, sondern singt ihm ganz leise vor.

Und Amor, die Augen gebunden,
hat dennoch die Rose gefunden
und sieht sie köstlich erblühn.
Und auf die taufrische Pracht
Zielt seine strahlende Macht
Mit Himmlischem Bogen ganz kühn.

Die Rose entflammt! Dahin
Ihr schimmernder Blütenrubin,
für immer verloren im Rauch.
Sein Werk an einem Tage gelang,
Doch für unseren Trauergesang
Wär Ewigkeit selbst nur ein Hauch.

Horace kräht, und Lucile lacht.

»Was, du hast nicht viel für die dichterische Fähigkeit deiner Mutter übrig? Wie lieblos!«

Eine Last ist ihr vom Herzen gefallen. Sie spürt die Güte Gottes. Aus ihrem roten Notizbuch, wo sie ihre Lieder aufschreibt, springen sie ihr direkt auf die Zunge.

Sie hebt ihr Kind aus seiner Wiege und tritt mit ihm ans Fenster.

Heute morgen sind die Straßen der Stadt sehr ruhig. Sie könnten genausogut wieder in Bourg-la-Reine sein.

Drum nimm dich in acht
Vor der launischen Macht
Und den Pfeilen, den blinden.
Behüt junger Rosen Blühn
und laß sie im Leben nie
Amors Flammenlicht finden.«

Drüben am Fenster, von der Sonne umrahmt und mit Rosen bekleidet und von Rosen singend, sieht Lucile nicht das Ende der Treppe. Oder wenn sie es je gesehen hat (wie einen vagen Schatten, der sich weit nach vorn erstreckt, den Schatten eines Hindernisses, das sie nicht richtig erkennen kann – ein Turm, ein Baum – und das vielleicht auch gar nicht existiert), dann hat sie einen dichten Schleier vor ihr geistiges Auge gezogen, um ihn auszusperren.

Lucile, Lucile, warum hast du mich so sehr geliebt?

Am dreizehnten April wurde vor dem Revolutionstribunal und einer Gruppe von Friedensrichtern Anklage gegen Jean-Paul Marat erhoben.

Wie üblich erschien er in seinem zerzausten und abstoßenden Aufzug mit einem Schal um die Stirn und stank nach Essig, Kräutern, Krankheit und Bosheit. Wie er so dastand oder -saß und sich sämtliche Anklagepunkte anhörte, die die Girondisten erfolgreich gegen ihn zusammengetragen hatten, wirkte er trotz seiner fünfzig Lebensjahre eher wie ein widerliches Kind oder vielleicht auch ein Gnom.

Aber der ganze Ort brodelte von Menschen, vom Pöbel, jenem amöbenhaften Untier der Stadt, das sich um Marat auftürmte und ihm seine Energie zuströmen ließ. Den ganzen Weg zum Tribunal hatte es ihm Mut zugebellt. Und nun verkündete der Pöbel zu allem, was er sagte oder versprach, zu all seinen Drohungen, Zugeständnisssen oder Wahngebilden lautstark seinen Beifall. Man fühlte sich an den einzelnen Kopf einer Hydra erinnert, den man für alle anderen Köpfe vor Gericht gestellt hatte.

Um populär zu sein, sagte man, was sie wollten, und sie wollten –

Blut. Natürlich wollten sie das. Es war das einzige, was ihnen jeder zubilligte, sobald er sich zu ihnen herabgelassen hatte: das Recht, die feinen Pinkel und den Klerus und zu guter Letzt jeden, der widersprach, Glied für Glied zu zerreißen. Es gab keine Lebensmittel zu erschwinglichen Preisen bzw. gar keine Lebensmittel. Es herrschte Krieg, in den regelmäßig ganze Scharen von Söhnen und Liebhabern geschickt wurden und aus dem Söhne und Liebhaber nur unregelmäßig zurückkehrten. Es gab Papierassignaten, die Revolutionsanleihen, die laut Volksjargon inzwischen einen Mückenschiß wert waren. Also, was hatten sie bekommen, und worauf konnten sie vernünftigerweise noch hoffen? Einzig und allein auf Blut. Und dann sagte die Gironde: Blut gibt's nicht mehr. Und Marat war der Sündenbock.

Zur Unterstützung Marats war der Großteil von Paris auf den Beinen, und als ihn das Tribunal entlastete – in Wirklichkeit erwiesen sie ihm einstimmig ihre Reverenz –, drehte Paris durch.

Mit einer Eichenlaubkrone wurde er auf den Schultern großgewachsener Männer hoch oben durch die Tuileriengärten getragen. Die Bevölkerung hatte sich selbst Girlanden gewunden und schleppte Büsche mit, die man entlang des Weges ausgerissen hatte. Die zarten Frühlingsblumen verwelkten in verfilzten Haaren. Es gab Flaggen und Gesänge.

Im Konvent kam es erneut zu einer Unterbrechung. Ein Mann mit einer Axt sagte: »Hier ist Marat, der Freund des Volkes. Wenn ihr ihn tötet, tötet ihr uns alle. Wenn ihr eine Hand gegen ihn erhebt, werden wir für seine Verteidigung sterben.«

Säbel blitzten, Menschen kletterten über Bänke.

Man beförderte den Volksfreund auf die Rednertribüne. Erst vor kurzem hatte die Ehre dieses Rednerpultes Danton daran gehindert, in Richtung Mündungspartei die Handbewegung eines Gassenboten zu machen.

Mit glühenden Augen ereiferte sich Marat ausgiebig. Jedem, der ihn des Verrats bezichtigt hatte, zog er bei lebendigem Leib die Haut ab. Diese Leute waren Verräter. Er selbst – er hatte von der Justiz nichts zu befürchten, wie es der heutige Tag gezeigt hatte.

Im Jakobinerklub herrschten derzeit dieselben Zustände. Angesichts der massiven Menschenansammlung ringsherum, die sich mit Gewalt den Weg in den Innenhof erzwang und dort auf die Pappel kletterte und

Äste abbrach, fühlten sich die Jakobiner zu einer stürmischen Beifallskundgebung verpflichtet. Anschließend setzten sie sich still hin und ließen Marat für den restlichen Abend Gott spielen. Sie hatten eine Protestpetition gegen seine Vorladung zusammengestellt, die aber nicht alle unterschrieben hatten. Camille Desmoulins hatte ausdrücklich unterschrieben. Und Camille war es, der beinahe gleichzeitig Marat als Himmlischen Zufallsgenerator bezeichnet hatte – »eingedenk seiner Begabung, jedem, dem er sich nähert, den Ausruf zu entlocken: Noli me tangere – um Himmels willen, rühr mich nicht an!«

Als der Pöbel Marat hingerissen über den Fluß zurücktrug, war es stockdunkel oder hätte es sein können. Statt dessen erleuchteten Fackeln die Hausfassaden, loderten im Wasser auf und bedrohten mit ihrem durchdringenden Licht unterschwellig alles mit Brandstiftung.

Menschen beugten sich aus den Fenstern, stürzten zu den Eingängen heraus und jubelten Marat droben auf seinem Schulterthron zu, der von Schorffetzen, Blütenblättern und Fackelfunken gefleckt wie ein Leopard war.

Irgendwo dort drüben, in der Nähe der Cordeliers, sprach er zu ihnen. Vielleicht lag es aber auch nur an seiner Persönlichkeit, an seiner Ausstrahlung, die telepathische Strahlen aussandte und damit Worte in ihre Köpfe leitete.

»Ich gehöre euch. Ich bin ein Teil von euch. Von Anfang an bin ich nie von eurer Seite gewichen. Während alle anderen über euren Buckel zu den weichen Stühlen, den schönen Mänteln und den guten Diners hinaufklettern, bin ich noch immer mit euch hier in der Hölle, verhungert und dreckig, verlaust, krank und leidend – genau wie ihr. Seht ihr? Ich bin der lebende Beweis dafür, daß ich mir nie untreu geworden bin. Ich, der Komplottschnüffler, der Vernichter der Abgefallenen, der Volksfreund. Marat ist das Volk.«

Und in ihren flammenden Augen, in der Geste ihrer erhobenen Hände und der Girlanden, die sie ihm zuwerfen, rufen sie ihn an, als ob sie das alles wüßten: »Rette uns! Verlaß uns nicht. Betrüg uns nicht wie die anderen. Die Bastille ist gefallen, der König ist gefallen, aber für uns hat sich nichts geändert Wir leiden Not, wie wir's immer getan haben und immer tun werden. Wir werden wie die Ratten verrecken.«

»Dann zwickt wie die Ratten, zwickt und nagt wie Marat, die Ratte.

Kostet Blut. Hinterlaßt auf Frankreich eine Narbe, die es nie vergessen wird. Vielleicht werden dann in einer Million Jahren eure Kindeskinder im Schutze dieses Narbenfleisches in der Lage sein, wie Menschen zu leben.«

Ist es wirklich nur Haß, der Marats Lampe befeuert? Oder ist dieser Haß letztendlich doch nur die Perversion, der schwarze Bodensatz, die Hinterlassenschaft jener anderen Leidenschaft namens – Liebe.

Ich hingegen habe sie nie geliebt: sie – diese Masse von Leben, jenes *Ding*, von dem ich ein Teil war, das mich zu Tränen oder Wut reizte und mich vor Mitleid oder Verachtung entbrennen ließ, das mich mit Stolz erfüllte und mit Furcht niederschlug, das aber letztendlich keine Macht über mich besaß. Ich hatte nie dazugehört.

Vor langer, langer Zeit, in den Elendsquartieren von Saint-Antoine, hatte ich mich für sie verzehrt, wie Marat sich verzehrte. Ich hatte geschworen, ich würde sterben, um sie zu befreien. Aber ich betrachtete sie durch ein Fernrohr, dessen Linse mein Ich war. Sie waren ich. Und als ich mich selbst befreit hatte, hatte ich da nicht auch sie befreit? Nein? Falls nicht, dann muß ich letztlich gestehen, daß es eine unmögliche Aufgabe war. Ich stand am Strand und schaute zu, wie der Ozean sie forttrug. Beschämt. Ich konnte nichts tun. Soviel hatte ich erhofft, aber wer kann schon das Meer eindämmen?

Es war zu mächtig, zu groß. Es ließ sich nicht aufhalten. Ein Knabentraum, ein *guter* Traum, aber – ich hatte versagt und mußte immer versagen. Und ich liebte sie nicht genug, um mein Versagen für sie zum Kreuz zu schleppen und für unsere Sünden zu sterben, für ihre wie für meine.

Sollte ich dies alles tatsächlich gewußt haben, wovon ich überzeugt bin, dann war ich mir dessen doch nicht bewußt.

Seht, ich kämpfe noch immer. Ich unterstütze Danton, fordere die Gironde heraus, die Ewiggestrigen, die Feinde der Freiheit. Mit dem Schwert in der Hand stehe ich an der Küste, während die See leise weinend in Dunkelheit und verlorene Nacht zurückweicht.

Drei Männer stellten sich mir in den Weg, drei Hosenlose Wunderknaben, die sich inzwischen zu einer Sans-Culotte-Armee formiert hatten und im Großteil der Stadt patrouillierten. Sie trugen die üblichen kurzen Italienerjacken ihres Ordens, die buntgestreiften Hosen mit der revolutionären Schärpe, in die sie auf der einen Seite unordentlich einen Säbel gesteckt hatten, während die andere vollgestopft mit allen möglichen Zusatzwaffen war, derer sie habhaft werden konnten. Die dreifarbigen Kokarden bestanden aus Wolle; Rips galt als »aristokratisch«. Zwei der Männer trugen Piken. Der mittlere, der zusätzlich eine Feder am Hut stecken hatte, trat an mich heran und übergab mir einen Brief.

Ich war allein, und es war schon spät. Auch ich hatte den serpent tricouleur um die Taille gebunden – das war bei den Cordeliers Mode und hatte sich auf den Konvent und das Komitee ausgebreitet. Ich merkte, daß die Männer mich kannten, und sagte: »Was ist das?«

»Bist du Camille? Für dich.«

»Na schön.« Ich öffnete den Brief unter einer Straßenlaterne. Diese Schrift erkannte man sofort: Maximes. Merkwürdig. Man bekam des öfteren auf der Straße Liebesbriefe zugesteckt, aber nur von Fremden. Er war wieder krank gewesen und wollte mich nun sehen. Komm sofort, wenn du willst. Aber warum hatte man den Brief dann nicht in unsere Wohnung im Cordeliersbezirk geschickt oder mir bei den Jakobinern ausgehändigt, denn von diesem heiligen Ort kam ich gerade?

Die Männer warteten noch immer.

»Nun«, sagte ich, »dann gute Nacht.«

Sie musterten mich, und der Bote meinte: »Wir werden dich begleiten. Zu den Duplays?«

»Ich will nicht –«

»Einige von Roux' Hunden sind wieder los. Die sind stocksauer auf euch Cordeliers, weil ihr sie nicht anerkennt, und außerdem neigen sie dazu, jeden Deputierten zu belästigen. Wir werden dir gern Geleit geben, Bürger.«

»Aber ich will nicht«, sagte ich erneut, »die Duplays zu dieser Stunde aufwecken.«

»Er erwartet dich.«

Irgend etwas an der Sache machte mich nervös. Ich war noch völlig aufgeregt von der politischen Agitation im Jakobinerklub und auch erschöpft. Seit unserer Zuckerdebatte hatte ich Maximilien nicht mehr gesehen, und dies hier klang wie ein Befehl. Ich hatte ein- oder zweimal die spöttische Bemerkung des Obergirondisten gegen Robespierre gehört: »Ihre Revolutionäre Majestät.«

Ich versuchte, mein erschöpftes Gesicht in Lachfalten zu legen: »Ihr habt einen lettre de cachet, stimmt's? Ich sehe schon, mir bleibt nichts anderes übrig. Ich bin vor Müdigkeit am Umfallen, aber wenn ich nein sage, werdet ihr mich mit Gewalt hinschleppen.«

Und so »lachten« wir alle. Das flackernde Lampenlicht glitt über die Piken und die wachsamen Augen.

Ich ließ mich von ihnen wieder die Saint-Honoré hinaufeskortieren, bis zum Tor in den Duplayschen Hof. Dort überließen sie mich Philippe Lebas, dem Verlobten von Betsi, der jüngsten Duplaytochter. Tatsächlich stand sie mit Schal und einer Lampe in der Hand draußen bei den Schuppen und leistete ihm wie sein Fackelträger Dienst. Ihr Verhalten zeigte, wie besorgt sie war, daß sie ihn nur ja recht schnell wiederbekam. Was er ignorierte. Wenn Saint-Just mit der Fackel gewartet hätte, hätte ihn Lebas zweifellos mehr beachtet, denn schließlich war er der beste Freund des Heiligen Tugendbündels und brachte mich hochnäsig zu Robespierre hinauf.

Unter der Schlafzimmertür konnte ich Licht sehen. Ich klopfte an die Tür und öffnete gleichzeitig, danach warf ich sie mit Nachdruck zu. Mit einem Tablett voller Schreibzeug auf den Knien saß er im Bett und sah wie ein Leichnam aus.

»Bedank dich diesmal nicht für mein Kommen«, sagte ich. »Deine Bewunderer haben mir kaum eine andere Wahl gelassen.«

»Ich habe schon vermutet, daß du wütend sein wirst. Wieder einmal hast du mich mißverstanden.«

»Warum bist du nicht in die Wohnung gekommen?«

»In dem Zustand? Ich kann kaum stehen, ich glühe vor Fieber. Sonst wäre ich im Konvent.«

»Schön, im Gegensatz zu uns fehlst du ja nie unentschuldigt.«

»Außerdem ... werde ich beobachtet, Camille. Wir alle werden beobachtet. Und belauscht.«

»Royalistenspione in jedem Schatten.«

»Sie sind in jedem Schatten, aber ich denke, dieses Haus ist sicher. Außerdem laufen die Freunde der Republik heute nacht in großer Zahl draußen herum. Einige von denen würden dich liebend gern nach Hause bringen. Du achtest zu wenig auf dich, Camille.«

»Oh, ich führe ein reizvolles Leben, denn meine Freunde haben große Macht über das Volk.«

»Du redest, als ob du keine hättest.« Er fuhr fort: »Du redest, als ob du auf den winzigen Einfluß, den ich habe, eifersüchtig wärst. Du, Camille, eifersüchtig auf mich? Du, der alles hat, was ich nicht habe und nie haben kann.«

»Ich bin nicht eifersüchtig.«

»Setz dich«, sagte er.

Ich setzte mich, weil ich müde war. »Was willst du, Maxime?«

»Ach, Camille«, sagte er, »Camille.«

»Ach, Camille, Camille, was?«

»Ist das alles, was dir Freundschaft bedeutet? Eine derart flüchtige Substanz, daß sie ein paar harsche Worte zerstören können?«

Er setzte mir zu. Ich murmelte irgend etwas davon, daß dies Blödsinn sei, stand wieder auf und stellte mich ans Fenster. Draußen war es so still, daß ich schon bald im Hof eine Ratte trippeln hörte. Robespierres Hund hörte sie auch. Wie ein Schlafwandler tappte er zur Tür und bat ihn von da aus mit Blicken um Erlaubnis. Er winkte müde mit der Hand, und der Hund legte sich enttäuscht wieder hin.

»Und doch«, sagte Robespierre zu mir, »trägst auch du Trauer. Dein Herz blutet wegen dieser Sache, die wir begonnen haben, und nun müssen wir zusehen, wie sie in unseren Armen stirbt.«

»Wir können kämpfen«, schleuderte ich dem Fenster entgegen. »Wir können kämpfen, bis man uns das Schwert aus der Hand schlägt.«

Der Hund knurrte. Da er unbedingt die Ratten jagen wollte, ging ich ungeduldig zur Tür hinüber und ließ ihn hinaus.

Robespierre schien es nicht zu bemerken. Er beugte sich vor. »Gut«, sagte er mit jener vibrierenden Stimme, die er ab und zu vor dem Konvent oder bei den Jakobinern fand, »Gott sei Dank. Ich dachte, wir hätten dich verloren.«

Ich schaute zu ihm zurück und sah, daß er nun wieder unter den Lebenden weilte. Das weiße Totengesicht glühte, und die Augen waren schwarz. Ich dachte, in dem Tempo wird er sich noch tatsächlich selbst umbringen, und schaute wieder weg.

»Hör mir zu, Camille. Endlich hörst du mir jetzt zu. Wir sind ringsum von großen Gefahren umgeben. Aber die größte Gefahr ist die Gironde.«

»Die sind doch nur ein Misthaufen.«

»Unterschätze sie nicht. Sie sind gescheitert, aber wie oft stößt eine Viper zu? Wie oft ignorierst du ihr Gift, weil der Biß vorbeiging?«

»Dann werfen wir sie doch raus«, sagte ich. »Das sollte nicht so schwierig sein.«

»Konzentriere dich«, sagte er. »Das müßte nicht sein.«

Jetzt schaute ich ihn an.

Einen Augenblick später bewegte er sich und zog unter den Kissen hinter seinen Schultern ein Paket heraus. »Diese Papiere mußt du unbedingt lesen. Möchtest du es hier erledigen?«

»Was ist das?«

»Beweismaterial. Es hat eine Weile gedauert, um es zu sammeln. Artikel, die bei richtigem Gebrauch Brissot und seine Partei absolut in Mißkredit bringen werden.«

»Bei richtigem Gebrauch?«

»Du kennst mich«, sagte er, »du kennst mich, seit wir Knaben waren. Du weißt, daß wir für dieselbe Sache kämpfen. Zweifle nicht an mir.«

Ich nahm ihm die Papiere aus der Hand und legte sie auf den Schreibtisch, wo ich Kerzen anzündete, mich hinsetzte und sie überflog. Binnen fünf Minuten schwirrte mir der Kopf.

»Ist es wirklich so schlimm, wie's hier steht?«

Er gab mir keine Antwort, und ich wartete auch gar nicht darauf, sondern las weiter. Ganz Paris wußte, daß der Sohn von Orléans mit Dumouriez getürmt war. Es gab bereits Gerüchte, er hätte dies hauptsächlich aus Entsetzen vor den Plänen der Jakobiner für eine Diktatur getan und wegen des Vortrags, den ihm Danton im betrunkenen Zustand über die vergnüglichen Stunden vom September zweiundneunzig gehalten hatte. Die übrigen Angelegenheiten schienen logische Begleiterscheinungen zu sein. Viele von uns hatten schon im voraus vor Verschwörungen gewarnt. Keine Überraschung. Die Information drehte sich im Kreis. Der eine hatte dies gesehen, der andere das erfahren. Monsieur A war geschnappt worden, als er Geld angenommen hatte, und hatte gestanden, womit sich wiederum das bestätigte, was Monsieur B jüngst auf dem Weg nach La Force ausgeplaudert hatte. Keine gigantischen Enthüllungen, aber alles leicht marode. Es war, als ob man in einer Kloake herumwaten würde.

Wenn nur ein Viertel davon stimmte –

Angewidert schob ich die Papiere weg.

»Das Schlimmste daran ist«, murmelte er, »diese Männer sind unsere Kameraden gewesen, unsere Freunde. Aber Korruption – du siehst, wie sie ans Werk gehen. Das Volk verhungert, aber sobald die Linke den Versuch unternimmt, den Kornpreis zu kontrollieren, läßt die Gironde den Antrag von der Tagesordnung streichen. Außerdem haben sie aus ihren eigenen Reihen – zwölf ihrer Mitglieder – eine Kommission gebildet, um über jeden Jakobiner zu Gericht zu sitzen. Rate mal, was sie tun werden? An Marat sind sie gescheitert. Das nächste Ziel heißt Hébert.«

»Eine gute Tat«, sagte ich. Noch immer drehte sich mir alles im Kopf. Ich mußte unbedingt die Energie verwenden, die sich in mir freigesetzt hatte. Wut wäre ein passendes Ventil.

»O ja«, sagte er matt, »Hébert ist ein erbärmlicher Wicht und sein Blatt eine Obszönität. Aber wie Marat gehört auch er zum Berg. Wenn einer von uns in diesen Zeiten bedroht wird, dann gilt diese Drohung uns allen und allem, wonach wir gestrebt haben. Hast du Vergniauds Drohungen gehört? Falls die Gironde weiterhin beleidigt wird, würden sie die Vertreter ihrer Lieblingsprovinzen nach Paris beordern und den ganzen Konvent stürzen.«

»Lächerlich!«

»Bist du dir nach der Lektüre dieser Papiere noch so sicher? Ach, Camille, du warst scharfsinniger als wir alle. Du hast Brissot durchschaut, als wir anderen noch geblendet waren. Und du hattest recht: Über unserer Loyalität zur Menschheit dürfen keine anderen Loyalitäten stehen.« Er seufzte. »Aber noch einmal: Trotz dieser Beweise für ihre Aktivitäten ist es schwierig, sie aufrechtzuerhalten. Wir können uns für den Berg keine solche Komödie leisten, wie sie die Gironde bei ihrem Gerangel mit Marat aufgeführt hat.«

»Na schön«, sagte ich.

»Du«, sagte er, »mach du daraus einen Rechtsfall.«

»Man sollte sie hängen, jeden einzelnen von ihnen«, sagte ich. Plötzlich jagte mich erstickend heiße Wut von seinem Schreibtisch hoch.

»Du wirst es tun«, sagte er.

»Ich habe alles geschrieben, von dem ich das Gefühl hatte, es müsse in Umlauf gebracht werden. Das ww-weißt du.«

»Aber das hier.«

»Ich werde – ich werde tun, was ich kann.«

»Ich habe gewaltiges Vertrauen in deine Fähigkeiten«, sagte er, »das habe ich dir schon einmal gesagt.«

»Schmeichle mir nicht.«

»Die Wahrheit, nichts als die Wahrheit. Deine Texte sind ein Protokoll für die Geschichte, über alles, was wir erreicht haben oder versucht haben zu erreichen, und über jede Bosheit, die man uns in den Weg geworfen hat. Wenn du sprichst, ist der Unschuldige gerettet, und der Schuldige bebt. Louis Orléans –«

»Ich habe geschrieben, wie man mich gebeten hatte und wie es notwendig erschien.«

»Du warst immer unsere Stimme, Camille, eine Stimme, die durch die Tinte sprach und die alle Reden überleben wird. Das Wort der Revolution, eingebrannt in Steintafeln, durch deine Feder.«

Mein ganzes Leben hatte ich Lob geliebt, doch die meiste Zeit hatte ich unter Mangel an Lob gelitten. Aber nun machte es mir Angst (aber nicht genug).

»Das wird«, sagte ich verzweifelt, »dd-das könnte so aussehen: Brissot – Verräter – j-jeder Schritt gg-gekauft – ja, ich werde daraus einen Fall machen.«

Ich war mir nicht bewußt, wie weit ich mich schon wie magnetisiert in seine Richtung bewegt hatte, und fuhr erschreckt zusammen, als er mein Handgelenk packte. »Du darfst nie«, sagte er zu mir, »den Glauben an unsere Ideale verlieren. Nie darfst du sie aus den Augen verlieren. Es geht alles so leicht: die Schwäche des Körpers, die Zerbrechlichkeit der Hoffnung. Aber wie du gesagt hast: Wir müssen bis zum letzten Blutstropfen kämpfen, bis man uns das Schwert aus den Händen schlägt.«

Und frohen Herzens für eine solche Sache sterben, damit wir wenigstens zum Schluß mit unserem Blute schreiben können: Frankreich ist befreit.

Der Hund kratzte an der Tür, ich ließ ihn ein, damit er Robespierre eine tote Ratte präsentieren konnte. Der aber wandte sich angeekelt ab.

Schleunigst verabschiedete ich mich von ihm und scheuchte das Tier mit seinem Präsent in den Hof zurück.

Auf dem Heimweg gab mir meine zugewiesene Sans-Culotte-Eskorte aus respektvoller Entfernung das Geleit.

Die Straßen, die Brücke, die Straßen. Der Indigohimmel ohne Mond. Die Schlacht: Ein Kampf gegen Unsichtbares ist undenkbar. Das Unsichtbare muß entlarvt werden, der Feind muß Gesicht und Namen haben.

Danton kam durch den dunklen rückwärtigen Teil des Cafés zu Camille herüber, setzte sich und sagte: »Ich schätze mal, du hast den Schicken Peter gesehen. Wirst du es machen?«

»Was?«

»Ach, komm schon«, sagte Danton.

»Laß mich raten«, erwiderte Camille. »Ein englischer Spion ist mir gefolgt. Und weil du auf Englands Lohnrolle stehst, bist du ebenfalls mit von der Partie.«

»Nein, ich weiß es von Maxime. Es wurde in mehreren Vierteln darüber diskutiert. Er sagte zu mir: Glaubst du, daß er's machen wird? Womit er dich meinte.«

»Hast du gesagt, daß er's tun würde?«

»Ich hab ihm erklärt, dir würde das Herz brechen, wenn du mit ansehen müßtest, wie man Brissot und Co. – in Eselshäute eingenäht – durch Paris peitschen würde.«

»Ich nehme an, du hast den Beweis gegen sie gesehen?«

»Ach, psst, Wände haben Ohren. Schau mal, wie ich zittere. Welchen Beweis? Diesen erstunkenen Mischmasch? Wird reichen. Gut genug, um sie aus dem Konvent zu scheuchen.«

»Du wirst mir doch nicht einreden, daß es nicht –«

»Quid est veritas?«

»Sie stecken bis über beide Ohren in der Konterrevolution. Hast du das nicht gehört? Die halbe Normandie steht unter Waffen.«

»Aaah, ich bin ja so froh. Nicht *il gran rifuto*? Du hast mich beunruhigt.« Wie er so dasaß, stimmte Danton plötzlich ein altes, vage vertrautes Lied an:

»Wenn der König mir Paris,
Seine schöne Stadt verhieß.
Und dafür er bäte mich,
Daß mein Lieb ich ließ im Stich.
Meinem König sagt' ich dies:
Sire, ich scheiße auf Paris!«

Er sang ganz ordentlich, aber nicht so gut wie früher.

»Du hast ja 'ne reizende Laune.«

»Ich kann nicht ewig den gequälten Sauertopf mimen. Die Rolle überlaß ich jetzt dir.«

»Louise bleibt wegen dir noch wach?«

Danton zuckte ein wenig zurück. »Sie hat ein Auge auf die Jungs.«

»Hast du sie schon gehabt?« fragte Camille. »Oder sollte ich sagen: Hat sie dich schon gehabt?«

Aber Danton hatte beschlossen, sich nicht aus der Ruhe bringen zu lassen. »Noch nicht, leider. Nein, das ist es nicht nur. Meine Söhne brauchen eine Mutter, und ich brauch eine Frau im Haus. Ich brauche ein Zuhause, in das ich nachts heimkehren kann. Gönn mir doch ein wenig Bequemlichkeit. Wie geht's Lucile?«

»Wir haben uns geirrt.«

»Immer hast du panische Angst davor, daß sie schwanger ist. Schon zum viertenmal in diesem Jahr. Wie wär's mit dieser wunderbaren Erfindung aus England, dem Englischen Überzieher? Oder stimmt es tatsächlich, daß das verdammte Ding ständig platzt?«

Trotz seiner Lieder und Scherze sieht Danton nicht besonders gut aus. Dick ist er und träge, und seine Mähne fällt ihm ins Gesicht, in dem sich neben den schädlichen Sorgenfalten andere eingeschlichen haben. Er sieht wieder alt aus, aber inzwischen sind sie alle älter als vor vier Jahren. Selbst Camille, der dionysische Faun, der nie erwachsen wird, hat um die Taille ein wenig zugelegt, wenn auch fast unmerklich. Dagegen ist die Haut unter den leuchtenden Augen eingesunken und zeichnet sich über den Knochen ab. Wenn er heute schreibt, setzt er meistens eine Brille auf. Er ist erst dreiunddreißig, ein halbes Jahr jünger als Danton, zwei Jahre nach Maximilien Robespierre geboren. Brissot ist fünf Jahre älter als Camille, hat aber etwas weniger Zukunft vor sich.

Neun

1793: Frühsommer

Die Geschichte der Brissotpartei

Ein Fragment aus den Geheimen Annalen der Revolution. Thema: das Orléansspiel und das Komitee für Englisch-Preußische Kooperation.

Stimmt es, daß die Spezies Ungeziefer zu den unausrottbaren Arten gehört?

Was hatten wir für einen Anfang! Wie muß uns die Welt beneidet haben.

Der Höhepunkt von fünfundsechzig Despoten – Louis XVI. – als Gefangener der Nation der Gerechtigkeit überantwortet; Habgier und Monarchie überall zerstört und ihre Ruinen williges Material für unsere Verfassung; neunzigtausend Preußen und Österreicher von sechzehntausend Franzosen aufgehalten; selbst Gott auf unserer Seite, der den Feind mit Krankheit schlug, bis der stolze Preußenkönig unter dem Druck unserer Truppen innehalten mußte; Belgien, Holland, England, Irland und halb Deutschland sympathisieren mit unserer Sache und wünschen uns offen Erfolg. So standen am Anfang die Dinge. Unsere Aufgabe: eine Französische Republik, um Paris aus dem Dreck zu heben, Europa in seine Schranken zu weisen und im Gegenzug vielleicht – warum nicht? – von seinen Tyrannen zu befreien. Hingegen sollte das französische Volk, das schon vor der Geburt als Sklave verkauft worden war, jene Rechte erlangen, die jedem menschlichen Wesen gebühren. Dies war die göttliche Stimme, die uns anfeuerte. Wer hätte sie mit kaltem, kleinlichem Herzen hören können? Mehrere, wie sich herausstellen sollte.

Wer war das? Wer waren die Feinde unserer Republik, die Männer, die uns zu Fall bringen wollten?

Höchste Zeit, daß wir sie unserer Vergeltung preisgeben.

Der Entwurf für ihre Anklageschrift fällt mir zu.

Vor einigen Tagen äußerte sich Jérôme Pétion im Konvent bekümmert: »Welchen Sinn macht es, Verleumdungen zu widerlegen? Man antwortet von der Rednertribüne, aber sofort danach sind die Lügen wieder auf der Straße. Wann wird einer den Mut haben, eine vollständige Beschwerdeliste zu erstellen, damit wir darauf antworten können?«

Nun, Pétion, ich werde dich sehr glücklich machen, dich und all deine lieben Freunde. Hier ist die Liste, um die du gebeten hast. Wollen sehen, wie du darauf antwortest.

1791, also vor langer Zeit, habe ich persönlich in der Nationalversammlung eine Rede gehalten, in der ich auf einen unheimlichen und alarmierenden Aspekt unserer Verhältnisse hingewiesen habe. Es handelte sich um folgendes: In gewissem Umfang hatten interessierte Kreise in England in geheimer Absprache mit dem französischen Adel unsere Revolution organisiert. Der Zweck war nur allzu offensichtlich: Zum gegenseitigen Nutzen von Verschwörern im In- und Ausland sollte die führende Figur gestürzt und durch eine andere ersetzt werden. Ich weiß noch gut, wie Mitglieder wie Sillery vor Schuldgefühlen entsetzt zusammengezuckt sind. Damals habe ich die Angelegenheit nicht weiterverfolgt. Die Revolution steckte in den Kinderschuhen, und die Zeit war noch nicht reif. Trotzdem war ich entschlossen, diesen feinen Herren zu zeigen, daß wir, denen wirklich etwas an der Freiheit Frankreichs lag, uns keine Illusionen über diejenigen machten, die daran kein Interesse hatten. Auch wenn sie uns nach Leibeskräften in ihre Häuser einluden und ihre musikalischen Frauen und tanzenden Töchter vor uns zur Schau stellten, behielten wir dennoch ihre politischen Aktionen aufmerksam im Auge. Niemand konnte mir einreden, daß es meine Beredsamkeit gewesen war, die damals, als ich auf dem berühmten Tisch gestanden und die Stadt zu den Waffen gerufen hatte, neben dem Wachskopf von Necker auch den von Orléans aus der Hölle hervorgezerrt hatte. Brissot, der ehemalige Sekretär von Sillerys Frau. Brissot war es gewesen, der die infame Charta ausgeheckt hatte, die in jenem Juli einundneunzig das Volk in den Kugelhagel von La Fayettes Soldaten getrieben hatte. Brissot hatte auf Anweisung von La Fayette geschrieben. Alle, die behaupten, Danton sei der Schuldige, irren sich gründlich. Er hatte mit der ganzen Sache nichts zu tun. Also agierten Orléans, Brissot und La Fayette hübsch vereint in einem Spiel, auch wenn eine derart polygame Ehe überraschend wirkt.

Und inzwischen kehrt unser Pétion von einem mysteriösen Ausflug nach London zurück, in der Schlafkutsche von Madame Sillery und ihren Töchtern – drei wahre Grazien –, die vielleicht en route sein unbestechliches und tugendsames – Knie gekitzelt haben. Und kaum war Pétion wieder in Paris, machte man ihn zum Bürgermeister.

Kann Pétion mit seinem Wunsch nach einer Liste tatsächlich annehmen, daß ich jene Diners vergessen habe, zu denen ich vor drei Jahren im Hause Sillery geladen war, als ich noch als »sicher« galt? So viele Republikaner haben sich dort zu Tisch gesetzt, aber merkwürdigerweise wurde Robespierre, den man bereits damals auf der Straße den Unbestechlichen nannte, nie gebeten.

Aber ich sehe schon, ich mache mich selbst verdächtig, indem ich eingestehe, in welcher Gesellschaft ich mich damals bewegt habe. Offen gestanden gab es damals nur so wenige Republikaner auf der Welt, daß man sich verpflichtet fühlte, an jedem Treffen teilzunehmen, das dem gemeinsamen Ziel zu dienen schien. Gleichzeitig aber war man auf der Hut und fand so verschiedene Dinge heraus. Zum Beispiel hatte selbst ich geglaubt, Orléans würde La Fayette ablehnen. (Damals hatte ich noch nicht entdeckt, daß Brissot ihr Mittelsmann war, dessen sie sich wie das Liebespaar Pyramus und Thisbe bedienten, das zum Flüstern ein Loch in der Wand benützte.) Als ich von den Heiratsabsichten zwischen La Fayettes Sohn und Sillerys Enkelin erfuhr, bin ich aufgewacht. Außerdem war da noch ein ganz besonderer Abend: Trotz seiner steifen Glieder hatte Sillery höchstpersönlich den Tanzboden mit Kreide eingerieben. Madame Sillery ergötzte uns unter eigenhändiger Harfenbegleitung mit einem Lied, das das »schweifende Auge« pries. Dem schloß sich ein Tanz der Töchter an, die gut und gerne Salomes Lehrmeisterinnen hätten sein können. Ob in diesem Fall ein einziger abgeschlagener Kopf genügt hätte, sei dahingestellt. Ich hatte mich entschlossen, den Eisklotz zu mimen und die gleiche Ekstase der Versuchung zu erleiden wie der heilige Antonius. Jedoch flog auf dem Höhepunkt dieser Erfahrung (ich gestehe, die Zauberin hatte einiges von dem Eis in kochendes Wasser verwandelt) die Tür zu unserem Mysterium weit auf. Und wer platzte in die sehr private Szene herein, nickte und winkte mir zu und fühlte sich völlig zu Hause? Ein enger Komplize von La Fayette.

Das Wunder ist, daß unsere Statue der Freiheit wie die Silberne Jungfrau von Saint-Sulpice aus Nachttöpfen gemacht wurde. Wir haben mit einer Tyrannei begonnen, die wir gestürzt haben. Weiter ging's über einen korrupten Ministerrat samt Nationalversammlung, die die gesammelten Neckers, Mirabeaus und Rolands fest im Griff hatten. Anschließend haben wir die Komplotte der Pétions, Buzots und der Brissiten überstanden, jenes Clans, hinter dem Brissot steht. Die Entschlossenheit des Volkes machte uns endlich für ein engagiertes Regime frei, das in den Händen eines Danton und eines Robespierre liegt.

Inzwischen bin ich verdächtig und werde nicht mehr zum Diner gebeten. Trotzdem habe ich meinen Gastgeber Sillery beobachtet: bei den Jakobinern (wo uns von besagter Seite der Herzog von York als unser König vorgeschlagen wurde!) und auch drüben im Kriegsgebiet mit Dumouriez zusammen bei Treffen mit Preußischen Offizieren.

Inzwischen war die Royalistische Theatertruppe damit beschäftigt, Leute zu hofieren oder in Verruf zu bringen. Dabei trat Roland als moderner Cicero auf – Roland, ein derart exzellenter Schriftsteller, daß seine Sekretäre bei jeder Gelegenheit seine Ministerialkorrespondenz umschreiben mußten. Brissot wurde von einer englischen Regierung, die inzwischen unser Feind ist, bühnenreif verflucht. Wie sagte mal einer vor dreitausend Jahren: Niemand kann dir mehr helfen als ein als Feind verkleideter Freund, und niemand kann dich rascher vernichten als der Feind, der in der Maske des Freundes daherkommt.

Vier Jahre lang hab ich mit angesehen, wie Menschen mit gutem Ruf in die Gosse gezerrt und andere aus dem Dreck gehoben und aufpoliert wurden. Und die ganze Zeit über fordert der Englisch-Preußische Herrenklub die Köpfe von Danton, Marat und Robespierre.

Vom ersten Tag an haben uns Brissot und seine Aristokratenfreunde gehetzt, um uns für den Sturz der Monarchie zu bestrafen. Und mit ihren Londonbesuchen und den Schlafkutschen haben sie sich in alle Belange des Komitees und jede Schlüsselposition hineingeschlängelt und damit Leute wie Dumouriez, Biron und La Touche (zu meinem Erstaunen – ich habe es ihm gesagt – hat er noch immer ein Kommando) an die Spitze unserer Armeen gesetzt.

Insgesamt hat es so viele janusköpfige Lügen gegeben, daß das Ganze zum grimmigen Spiel geworden ist. Philippe-Égalité erwies mir höchstpersönlich die Ehre, sich auf den Bänken der Bergpartei neben mich zu setzen. Dann bedankte er sich bei mir vor meinen Kollegen, weil ich ihm mit meinem Rüffel von der Rednertribüne herunter »geholfen« hätte. Manchmal konnten wir nicht widerstehen, bei Philippe über Sillery zu schimpfen, um zu sehen, wie weit dieses Chamäleon gehen würde. Zu unserer Faszination schwärzte er ihn noch mehr an als wir. Ein Wunder, daß Sillery nicht die Puderperücke vom Kopf flog, so müssen ihm die Ohren geklungen haben. Obwohl Philippe so oft mit den Radikalen gestimmt hatte, daß ich ihn »Robespierres Ewiger Jünger« getauft hatte, war er im Grunde genommen neutral und ließ sich leicht mitreißen. Sillery nahm ihn in einem Royalistenballon in die Wolken mit, aber Philippe wurde luftkrank und wollte wieder herunter.

Hier sollte ich erwähnen, daß Royalisten und Orléans-Anhänger nicht nur die rechtsgerichteten Bänke anstecken, sondern auch die »unverbindliche« Mitte. Anscheinend hätten wir die Struktur unseres Konvents besser planen sollen, aber wer hätte gedacht, daß derart kühle Österreicherseelen auf den Wellen der Revolution mitschwimmen würden? Wir waren voller Hoffnung – und es scheint, als ob am Ende die Hoffnung blind wäre, nicht die Liebe.

Aber es fällt einem wie Schuppen von den Augen, und man sieht – und hört – wie die Brissiten, die noch vor sechs Monaten zur »Befreiung« Europas den totalen Krieg gefordert hatten, schreien: Wer schert sich schon um die holländischen Massen? Die Sklaverei von Käsehändlern ist uns egal. Eines aber weiß ich genau: Auch Brissot hatte für den Befreiungskrieg geplärrt und dann gesagt, unsere Niederlage und der Rückzug aus Belgien wären »eine gute Sache« und würden »zum Frieden« führen.

Wirkt es nicht leicht unglaubwürdig, daß dieselbe Armee, die die Preußen zerschmettert und in die Flucht geschlagen hat, anschließend nicht in der Lage war, ihnen den Rückzug abzuschneiden? Die Hälfte der feindlichen Truppen lag mit Durchfall darnieder - die Hälfte der Männer mußte auf Bahren getragen werden! Dagegen waren die französischen Bataillone von siebzehntausend Mann auf hunderttausend angewachsen. Aber jeder Soldat der französischen Vorhut wird dir sagen, was passiert ist. »Wenn die Preußen stehenblieben, blieben auch wir stehen. Wenn sie nach rechts gingen, schickte man uns nach links. Wenn sie über die Brücke gingen, gingen wir durch den Scheißfluß.«

Anstatt dem König von Preußen nachzusetzen, begleitete ihn Dumouriez nach Hause. Und es gab keinen Soldaten in unserer Armee, der nicht wußte, daß es zwischen dem Feind und mächtigen Teilen des Konvents eine Übereinkunft gegeben hatte.

Natürlich hat einer von Brissots Confrères herumposaunt, er hätte Dumouriez mit Danton in der Oper gesehen. Damals ließ sich Dumouriez bewußt mit Danton sehen. Trotzdem werden Komplotte nicht während der Vorstellung geschmiedet, das kommt später. Ziemlich viele Leute haben gesehen, wie Dumouriez anschließend in Brissots Kutsche gestiegen ist und dabei die eingängigste Arie pfiff.

(In seinem jüngsten literarischen Erguß – er ließ ihn im Konvent verteilen – leugnet Brissot sämtliche Beziehungen zu Generälen und nennt Dumouriez einen »verabscheuungswürdigen Intriganten«. Aber ist es vernünftig, Brissot zu trauen? In derselben Ausgabe erzählt er uns, niemand könne sechs Leute nennen, die durch seine Gunst zu Rang und Namen gekommen wären. Leider wurde bei Roland folgender Brief gefunden, in dem es hieß: Mein lieber Roland, ich lege eine Liste von Leuten bei, denen Sie helfen sollten. Geben Sie niemandem eine Stelle, der nicht auf dieser Liste steht. J.-P. Brissot. Aber heutzutage haben die Brissiten einen anderen Lieblingssport: Sie graben die Leichen vom September zweiundneunzig wieder aus, decken uns mit Übertreibungen ein, schieben uns die Tragödie in die Schuhe und bringen damit ganz Frankreich in Verruf. Und doch war es Brissot, der aus Angst, einer seiner persönlichen Feinde wäre bei den Gefängnismassakern übersehen worden, höchst verärgert laut rief: »Teufel noch mal! Diese Pikenkerle haben den Alten vergessen.«)

Aber ich muß daran denken, Pétion will Tatsachen.

Ist es keine Tatsache, daß in den Rechnungsbüchern des königlich-preußischen Kämmerers folgender Eintrag steht: sechs Millionen ècus an Franzosen für Bestechungen? Ist es keine Tatsache, daß verschiedene Brissiten eine Menge Geld besitzen – auch wenn sie sich (wie Roland) wie die Vogelscheuchen kleiden?

Hatte Pétion als Bürgermeister tatsächlich ein Monatseinkommen von dreißigtausend Francs?

Haben die Royalisten Pétion tatsächlich immer umschwärmt wie die Wespen einen ganz besonderen Leckerbissen?

Wußte die Gironde tatsächlich, daß der Westen die Kokarde haßte, ohne zu warnen, bis die Vendée in Flammen aufging?

Der Royalismus war ein Fluch für Paris, und das ist eine Tatsache.

Die Männer der Rechten stehen auf der Rednertribüne und erklären: Wie ich diese Irren hasse, die Paris mit Blut besudeln möchten! Anschließend gehen sie zum Abendessen nach Hause und reden darüber, wie sie Paris Stein für Stein demontieren, um die Linke loszuwerden. Sie jammern, die Linke wolle uns allen eine Diktatur auferlegen. Aber wer hat außer Danton die Höchststrafe für jeden gefordert, der einen Diktator oder auch ein Triumvirat vorschlug?

Aber zurück zu den Tatsachen.

Tatsächlich war die Republikanische Partei an den ersten Tagen des Konvents wie gelähmt und konnte nichts tun, um dem Volk zu helfen. Wenn es den Präsidenten, die mit der Rechten sympathisierten, nicht gelang, uns von der Rednertribüne fernzuhalten, stellten sie sich in Dreierreihen auf und kämpften uns mit Fäusten, Stecken und sogar Schwertern nieder. Ich zum Beispiel versuchte, mir Gehör zu verschaffen, und wurde abgedrängt (bitte überprüft meine Zeitungen und sagt mir, ob ihr darin irgend etwas Konterrevolutionäres entdeckt).

Während dieser Vorgänge baten achtundvierzig Pariser Sektionen um die Ausweisung von Männern wie Lasource. Diese Rufe wurden erstickt. Aber wenn einer gegen die Jakobiner losschrie und Österreich hochleben ließ, war er am kommenden Donnerstag schon Präsident.

Endlich komme ich zu Roland, der mir auf meine Erklärung, ich würde ihm nicht trauen, antwortete: »Ich pfeif auf dein Vertrauen.« Bei der Untersuchung seiner Papiere (unglücklicherweise hatte Madame Roland Gelegenheit zum »Aufräumen«), entdeckten wir unter seinen Kontoabrechnungen viele »Geheimausgaben«, die tatsächlich so geheim waren, daß man zwar sehen konnte, daß das Geld ausgegeben war, ohne aber sagen zu können, wofür.

Aber schließlich war es Roland, der nach dem zehnten August unsere Wände mit Warnungen vollgepflastert hat und uns als »Ein Engländer« Briefe schrieb, in denen er erklärte, wir befänden uns jetzt unter der Regentschaft von Jakobinertyrannen. Während er seine Millionen für seine »Geheimausgaben« ansammelte, plazierte er überall dort Lieblingsabgeordnete, wo sie am meisten nützen (schaden) konnten. Wenn es diesem Brissitenzweig nicht gelang, Robespierre im Konvent legal zum Schweigen zu bringen, ging er zu einer seiner charmanten Taktiken über und zog auffallende Grimassen, um ihn aus dem Konzept zu bringen. Robespierre läßt sich nicht so leicht beirren. Trotzdem sieht man daran, was für eine merkwürdige Kreatur ein Brissite ist. (Man sollte solche Reptilien nicht ausrotten. Wenn eines Tages sämtliche Brissiten von der Erde verschwunden sind, sollten die Leute sehen können, wie das Ding ausgesehen hat. Deshalb müssen wir es ausstopfen und ins Naturhistorische Museum stellen.)

Brissot erzählte uns, der arme Roland sei derart mittellos, daß er von Krediten lebe. Hingegen ist mir eingefallen, daß besagter tugendhafter Patriarch (wie ihn die feinen Freunde seiner Frau zu nennen pflegen) genau derjenige war, der die Diamanten aus den Nationalarchiven geklaut hat. Obwohl die Diebe augenscheinlich auf frischer Tat ertappt wurden, blieben die Juwelen verschollen. Offensichtlich hatte es zuvor schon einen Raubüberfall gegeben, und diese armen Teufel dienten nur als Sündenböcke. Von einem bin ich überzeugt: Sollten die Diamanten in die Hände von Roland gelangt sein, hat er sie in Brissotscher Manier gekonnt verteilt, indem er ganze Armeesektionen und sämtliche Monarchisten im Umkreis von Kilometern aufgekauft hat.

Ich habe eine Menge Tatsachen ausgelassen, aber das macht nichts. Das Tableau ist dennoch voll.

Das sind die Männer, die uns »Royalisten« schimpften, während sie mit der Aristokratie konspirierten. Uns haben sie »Agitatoren« genannt, während sie alles daransetzten, um den König zurückzubringen und Frankreich an Preußen zu verkaufen. Sie haben uns »Mörder« genannt, während sie das Land in Kriege stürzten, im Inneren wie nach außen, und »Banditen«, während sie die Archive bestahlen.

Hier möchte ich kurz unterbrechen, um zu erwähnen, daß Barbaroux (ein hundertprozentiger Antinous!) am Vorabend des Königsprozesses das Marseiller Regiment zu überreden versucht hat, den Konvent anzugreifen und möglichst alle Abgeordneten der Bergpartei zu töten. Wundert ihr euch, wenn ich betone, daß der Wohlfahrtsausschuß in der Sache Brissot und Konsorten noch viel zu milde ist?

Der Konvent wurde immer wieder gesäubert. Schon möglich, daß beim nächsten Säuberungsgang die Freiheit triumphiert (insbesondere seit es keine Diamanten mehr zum Stehlen gibt!).

Der Konvent verwendet zuviel Zeit auf Reden und nicht genug auf Handeln. Er braucht weniger Sitzungen. Und kein Abgeordneter kann fürs Schweigen bestraft werden. Wir arbeiten auch, wenn wir denken. Aber trotz aller Böcke, die wir geschossen haben, haben wir versucht, ein erhabenes Ideal zu erreichen, das unser ruhmreiches Monument bleibt, selbst wenn wir untergehen sollten. Denn die Saat dieser kolossalen Entwicklung, die Blüte und Krebsgeschwulst barg, entsprang dem Wunsch, die menschliche Rasse zu befreien. Nun fließt Gift durch unsere Adern. Wenn ihr aber die Brissotpartei ausspuckt, wird der Konventkörper trotz seiner Wunde erneut gesunden.

Es gibt so viel zu tun.

Wenn man uns gestattet hätte, eine ordentliche Grunderziehung einzuführen, hätten die Priester, denen das Unterrichten der Jugend überlassen wurde, ihnen nicht länger die Gehirne mit dem Schlamm eines Aberglaubens vollstopfen können, der – im Lichte des achtzehnten Jahrhunderts besehen – einfach unglaublich ist. Eine aufgeklärte Vendée würde wohl kaum so kämpfen wie jetzt.

Laßt uns das Meer nach Paris bringen – und mit dem Meer alle Länder der Welt, damit wir ihnen zeigen können, daß diese Stadt unter einer Republik alles andere als ruiniert wird. Im Gegenteil, aufblühen wird sie und gedeihen wie die anderen Städte der Antiken Welt: Athen, Tyros, Karthago, Rhodos. Es gibt ihn noch, den Traum. Warum muß man etwas Schönes und Gutes für unmöglich halten? Wie sagte Plato: Wenn ein Maler dir das Portrait eines überaus reizenden Mädchens zeigen würde und du das Gefühl hättest, so etwas könne es nicht geben, würdest du dann deshalb das Gemälde fortwerfen?

Paris leitet sich von dem unvergleichlichen Ys ab, jenem sagenhaften Ideal einer Stadt, und wagt es, sich selbst das Pendant von Ys zu nennen – Parys. Warum sollte dieses Paris nicht das Neue Rom, das Neue Athen von morgen sein? Vergessen wir das Gemeckere und Gestöhne der Ewiggestrigen, Paris tauge nicht zur Republik. Erinnern wir uns lieber an Platos schöne Dame, die nicht zum Finden gedacht ist und – suchen wir nach ihr.

Denn daran glaube ich: Dieser Traum von der Republik wird Frankreich das bringen, was ihm all seine Könige versprochen, aber nie gewährt haben – jenen Sommertag in der Zukunft, an dem es Honig und Rosen für jeden geben wird.

19. Mai 1793
Im zweiten Jahr
der einen und unteilbaren Republik

Ich umschreibe, ich elidiere ... Mein Gedächtnis ist voll davon. Ich erinnere mich, wie ich beim Schreiben einiger dieser Sätze gelacht habe. Erst als die Straßen von diesem Pamphlet überquollen, wurde mein Herz kalt, doch dann erwärmte ich mich an den letzten Zeilen und redete mir ein, ich hätte gut gesprochen.

Es verkaufte sich, wegen oder trotz der meisterhaften Sprache. Erstausgaben wurden aus zweiter und sogar aus zehnter Hand verkauft. Zusammenfassungen entstanden und wurden ebenfalls unter dem Ladentisch veräußert. Kopien von funkensprühenden, glühendheißen Hinterzimmer-Druckerpressen überschwemmten die Hauptstadt. Bündelweise zirkulierte das traurige Werk durch Vorstädte und im Hinterland und grub sich tief in die Furchen der Französischen Armeen ein, die nach Freiheit ächzten.

Jeder kannte das insgesamt siebenundachtzig Seiten lange Pamphlet. Wer es nicht selbst gelesen hatte, kannte Teile davon oder hatte sich daraus vorlesen lassen. Wer es nicht gelesen hatte, erfuhr dennoch den Inhalt, während wieder andere Fetzen davon auswendig lernten. Eine Passage daraus wurde vertont: Dank dem Harfenspiel/Saßen mit Hochgefühl/Unsere Patrioten auf dem Sofa nett/bei der lüsternen Silleryette.

Abgesehen von den ulkigen Bemerkungen und den gewundenen Formulierungen, lag die Stärke des Textes in der absolut einfachen Idee, die dahinterstand. Sein Hinweis auf das menschliche Dilemma war teuflisch. Was ist falsch gelaufen? Dies. Und du bist nicht daran schuld, im Gegenteil. Wenn einer die Schuld hat, dann schau hierher.

»Ich muß schon sagen, ich fand die Vorstellung reichlich unschön.«

»Hérault«, sagte Danton, »wir lieben dich, aber hör auf, dich wie ein feiner Pinkel zu benehmen.«

»Ach? Tu ich denn das? Ich dachte, ich würde an einem Widerwillen gegen die Freiheit leiden.«

»Wessen?«

»Eigentlich von allen, so wie es im Konvent festgelegt wurde.«

»Ach, mein Lieber, ein metaphysischer Punkt.«

Hérault zuckte die Schultern. Trotz der Episode, auf die er angespielt hatte, blieb er wie immer ungerührt. Nur ein leichtes Stirnrunzeln und die zickige Weigerung, Karten zu spielen oder die Parade der hinreißenden Frauen zu betrachten, die den langen, bemalten Raum auf und ab spazierten, kündeten von seinem Mißfallen.

»Er meint damit die Unantastbarkeit des Konvents«, meinte Lacroix. »Was einmal passiert ist, kann jederzeit wieder passieren. Am Ende könnten wir alle –«

»Werden wir aber nicht«, sagte Danton.

Anfang Mai hatte der Konvent selbst für eine Übersiedlung ins Tuilerientheater gestimmt und sich damit von dem vornehmen Namen Der Stall getrennt. Man hatte die beengten Räumlichkeiten der Manège gründlich satt und regte sich zusätzlich über die ständigen Invasionen des Pöbels auf: Der militante Pöbel forderte nicht existierendes Essen, der siegreiche Pöbel kam mit Marat auf den Schultern herein oder randalierte lediglich herum, weil er das Warten satt hatte.

Man dachte, das Theater wäre schwieriger zu erreichen, ganz gewiß war es aber der elegantere Bau. Obwohl seine Rundbogengewölbe und rechteckigen Nischen, die vertikal durch geschnitzte Figuren mit erhobenen Händen und horizontal durch grazile architektonische Streifen voneinander getrennt waren, in der Vergangenheit Dramen der anderen Art erlebt hatten, erwiesen sie sich als anpassungsfähig. Dank jüngster Rekonstruktionen stützte ein einzelner mächtiger Balken die gesamte obere Galerie, was eher an die Bauweise eines Philistertempels erinnerte. Wer würde den Samson spielen und ihn über den Häuptern der Götzenanbeter zum Einsturz bringen? Aber letztlich hielten weder biblische Anspielung noch die Ortswahl den Pöbel draußen.

Natürlich hatte die verzweifelte Bevölkerung bereitgestanden, aber irgend etwas hatte das Pulver zur Explosion gebracht. Es wurde gemunkelt, die sogenannte »Histoire des Brissotins oder Die zweite Demaskierung Brissots« sei der Auslöser gewesen.

»Weißt du, was diese Teufel machen? Die verkaufen uns an die Engländer.«

Das macht Sinn. Die Engländer segeln tatsächlich vor jedem westlichen Hafen, und Toulon sitzt wirklich in der Patsche. Und dann sind da noch die Vendée und die Aufstände in der Normandie. In Lyon übernehmen Royalisten die Macht – sie haben gedroht, jeden Republikaner aufzuhängen. Spanien schickt sich an, über die Berge zu klettern und in Frankreich zu dinieren, und Preußen hat seinen Spaß daran, unsere Generäle erneut an den Grenzen zusammenzutreiben. Und wir haben Hunger.

»Er sagt, das ginge schon seit dem Sturz der Bastille so. Der erste Schritt der Revolution war ihr Ende. Denn bei jedem Schritt, den wir gemacht haben, haben sie uns mit 'ner Drahtschlinge um die Füße mal in die Richtung und mal in die andere gezerrt. Aber nie allzuweit.«

Ein Grund zum Nachdenken. Nach allem, was wir getan und hinter uns gebracht haben – sollte das Ergebnis besser sein. Also muß uns etwas aufgehalten haben. Sie.

Das, Camille, war das schlaueste Argument. Wir haben soviel erduldet, warum sind wir nicht weitergekommen? Sie haben uns zurückgehalten.

Die Gironde. Schnappen wir uns die Mistkerle.

Am Freitag fing es an, fand aber nicht genug Unterstützung. (Wer werktags nicht arbeitete, verlor einen Teil des Lohns, und wenn man schon mal was kaufen konnte, dann waren die Preise extrem hoch.) Sonntags gab's meistens am wenigsten zu tun, auch wenn der Tag nicht mehr heilig war. Also stürmte am Sonntag das große Pöbelbiest von Paris durch die Gärten zum Tuilerientheater hinüber und stellte sich dort hinter einer Riesenschwadron volksfreundlicher Nationalgarde samt fünfzig geladenen Kanonen auf.

»Das ist eine Jakobinerverschwörung«, sagte die Gironde.

»Kommt raus!« schreit der Pöbel.

»Wenn diese Kanonen losgehen, sitzen wir allesamt im Dreck«, meinen verschiedene Abgeordnete auf jeder Seite des Hauses.

Kurz darauf betrat eine ordentliche Pöbeldelegation die Halle und forderte Gerechtigkeit.

»Auf diesen Bänken sitzen Kriminelle unter euch. Händigt sie uns aus.«

Die Mündung quillt über ihre Bänke.

Lanjuinais stapft auf die Rednertribüne. »Das ist eine Schande! Wir sind die gewählten Repräsentanten des Volkes.«

»Nicht mehr!« tönt es unter einem Hagel von zerknüllten Papieren, unter denen sich keine Auszüge aus der Geschichte der Brissotpartei befinden, von der öffentlichen Galerie herunter. Dieses Zeug ist zum Werfen zu schade und wird noch aus zwölfter Hand verkauft.

»Hau ab! Komm runter!« brüllen die Bergler freundlich.

»Ist denn die freie Rede in dieser Halle tot?« ruft Lanjuinais. Offensichtlich.

Berganhänger zerren ihn von der Rednertribüne.

Man äußert den Vorschlag, die Girondisten sollten angesichts der Sachlage von ihren Ämtern zurücktreten.

Barbaroux (Manons »Antinous«) öffnet seinen hübschen Mund und ruft: »Jeden Tag schreiben mir Leute und bedanken sich für den Dienst, den ich Frankreich erweise. Zurücktreten? Lieber sterbe ich auf meinem Posten, als mein Land einer Jakobinerdiktatur zu überlassen!«

Aufruhr, Chaos, Tohuwabohu.

Eine Gruppe Abgeordneter des nicht angegliederten Sumpfes steht auf und marschiert hinaus. Fünf Minuten später kommen sie zurück. Man hatte sie gehetzt, geschlagen, gestoßen, ihre Kleider zerrissen und sie unter lautem Angst- und Wutgeschrei wieder zurückgejagt.

An diesem historischen Tag ist Hérault de Séchelles zufällig Präsident des Konvents. Ziemlich gelangweilt schaut er dem Chaos zu, nur sein Ton klingt entschieden. »Nein, so geht das nicht«, sagt er und bringt seine Kollegen zum Schweigen. »Meine Herren, dieses Organ ist kein Versuchsobjekt für die Regeln der Einschüchterung. Wir sind Diener des Volkes, aber nicht seine Sklaven. Wir werden geschlossen abziehen.«

Draußen auf der Place du Carousel scheint die ganze Stadt gegen sie Stellung bezogen zu haben. Nicht wenige Jakobiner werden blaß. Da zündet man ein Streichholz für ein hübsches, warmes Feuer an, und der ganze Raum geht in Flammen auf.

Hérault benimmt sich galant, ja, er macht sogar ein schönes Spektakel daraus (David, schnell, hol deinen Skizzenblock). Hérault geht zur Reiterphalanx hinüber, die die Nationalgarde anführt. Mit dem einen Arm macht Hérault eine elegante Geste, der andere ruht elegant an der Seite, und er sagt: »Was wollt ihr?«

»Etwas in die Wege leiten.«

»Aber nicht auf diese Art, mein Freund.«

»Nenn mich nicht ›Freund‹. Du bist für uns kein Freund, Bürger, wenn du uns nicht auf der Stelle die Verräter auslieferst.«

»Und welche Verräter sollen das sein?«

Der feine Herr zu Pferde spuckt auf den Boden.

Hérault betrachtet den glücklichen Fleck auf dem Boden und zupft an seinen gestärkten Manschetten. Nein, Hérault, falsch.

»Ich habe den Eindruck, die einzigen Verräter, um die es hier geht, sind diejenigen, die die Autorität des Konvents zu verletzen suchen, der, wie du dich erinnern wirst, ein legales Organ auf der Basis des Volkswillens ist.«

»Bockmist.«

»Könnte es sein, daß du gegen den Willen des Volkes rebellierst?« Héraults Blick wandert zur restlichen Phalanx. »Verhaftet ihr nicht Rebellen?«

Aber keiner rührt sich, und der Anführer meint: »Ist es Ihnen vielleicht entgangen, mein Herr, daß wir mehrere Kanonen dabeihaben?« Er dreht sich im Sattel zum Bataillon der Nationalgarde um und schreit aus Leibeskräften los: »Bereitmachen zum Feuern!«

Hérault wirkt außer sich, aber eher angeekelt als alarmiert. Da aber der restliche Konvent inzwischen ins Theater zurückeilt, so schnell ihn die Beine tragen können, bleibt auch Hérault nichts anderes übrig, als gemächlich hinterherzuschlendern.

Ein paar von den gewalttätigeren Jakobinern bleiben draußen stehen, um den Leuten die Hände zu schütteln und ihnen zu ihrer Energie zu gratulieren. Marat wurde erkannt und bleibt, um sich erneut feiern zu lassen.

»Häßlich«, sagt Danton nun zu Hérault in der Salle Doré. »Offensichtlich steckt Héberts Klüngel dahinter. Er und sein Scheißhausblatt haben in den Elendsvierteln eine Menge Einfluß. Natürlich wissen wir, was anschließend passiert ist, blieb ja kaum etwas anderes übrig.«

»Ein Haftbefehl für über zwanzig Girondisten machte die Runde, deren Namen Marat unbedingt mit seiner faden Quiekestimme laut vorlesen wollte.«

»Camille wird begeistert sein«, meint Lacroix, obwohl seine Blicke herumwandern und er sich selbst mehr für ein fast barbusiges Mädchen mit blauen Federn im Haar begeistert, das bereits siebenmal an seinem Sofa vorbeigeschlendert ist. »Camille ... sehnt sich danach, Brissot an einem öffentlichen Ort angekettet zu sehen, wo ihn die Menge mit faulem Obst bewerfen kann.«

»Wo können die denn Obst kaufen, verfault oder sonstwie?« erkundigt sich Hérault.

Lacroix erhebt sich aus mehreren Gründen. (Anscheinend hat die junge Frau etwas in ihrem Ausschnitt verloren; vielleicht sollte er ihr anbieten, es zu suchen.) Abgang.

»Damit wäre der Brissotclan aus dem Konvent draußen«, rekapituliert Danton. »Allerdings werden die Verhaftungen nicht wirksam.«

»Der übliche Ausdruck dafür ist: Sie stehen unter Beobachtung.«

»Also dann eben Beobachtung. Gut. Bald werden wir das Stadium der Begnadigung erreichen, und anschließend schieben wir sie ab ins Vergessen.«

»Du vergißt, nicht nur Hébert, auch Robespierre will die Gironde aus dem Weg haben.«

Danton trinkt sein Glas wie Medizin leer. »Hast du die Anteile gekauft, wie ich dir geraten habe?«

»Tu ich doch fast immer«, sagt Hérault.

»Nun, es funktioniert, was? Gott sei Dank. Geld – ein tröstender Gedanke.«

»Trotzdem, nimmst du heute abend nicht teil?«

»Wie du vielleicht gehört hast, habe ich mein Auge auf etwas Frischeres geworfen.«

»Die Gély-Madonna. Ja, du hast den armen Camille sehr eifersüchtig gemacht. Er dachte, du würdest ihn heiraten.«

»Ach, Camille, er ist ein Kind.«

»Das sein Alphabet gelernt hat und nun die Welt mit Pamphleten tapeziert.«

»Ein schlaues, altkluges Kind. Nein, Camille ist in Ordnung.«

»Ich möchte sagen, er setzt die Sprache exquisit ein. In ruhigeren Zeiten könnte Frankreich in ihm einen beachtlichen Dramatiker finden. Die Wortspiele berauschen mich so, daß ich übersehe, was er sagt. (Ob dies Camille selbst auch passiert?) Aber noch einmal, der theatralische Akzent ist fast immer exzellent. Aber vielleicht hat er doch nicht ganz *den* Sinn für Struktur, um ein neuer Molière zu werden.«

»Molière? Camille?« Vergnügt lacht Danton über diese Bemerkung. Wieder zuckt Hérault die Schultern. »Ich werde ihm erzählen, was du gesagt hast. Er wird vor deinen Füßen zusammenbrechen. Sag ihm zum Ausgleich bloß nicht, daß ich ihn als Kind bezeichnet habe. Wie jedes Kind haßt er das. Weil wir gerade von Kindern reden: Ich muß nach Hause. Schau dir diese Hürchen an, ja, die da. Wie belebend. Aber nein, keine Schwäche. Gute Nacht. Und denk daran, kein Wort zu Camille –«

Aber ich habe dich gehört, Danton, aus deiner Stimme habe ich es herausgehört. Beides lag darin, deine Verzweiflung und deine Zuneigung. Ein schlaues Kind, das altkluge Worte formulieren kann, das sich mit dem Inhalt eines Tintenfasses betrinkt, für einen Funken Feuersteine schlägt und mit dem hübsch weißglühenden Feuer spielt. Aber Brennen ist keine Antwort.

Laßt uns die Augen von solchen Schreckensbildern abwenden.

Laßt unsere Augen auf etwas Angenehmerem ruhen.

Sophie-Louise Gély.

Süße sechzehn und noch nie geküßt. Lilienhaut, Seidenhaar, wissende Augen. Aber was wissen sie? Bei solchen Mädchen denkt man, ihre Mütter würden sie von einem bestimmten Alter an wie Uhren aufziehen, damit sie eine bestimmte Zeit einhalten und zur bestimmten Stunde auf eine ganz bestimmte Art schlagen. Und die Stunde, die diese hier läutete, hieß Georges Danton.

Bei den Gélys, einen Stock über Dantons Wohnung, wurde ein Diner gegeben. Sie hatten zänkische Dienstboten, aber das Essen war nicht schlecht. Jedoch die Krönung war Louise.

Sie spielte Italienische Gitarre, ernst und konzentriert wie ein Kind, das seine Lektion perfekt gelernt hat und zur Belohnung ein Zuckerstück erwartet. Natürlich wird sie dann sagen: O Papa, aber ich hätte doch nie etwas Süßes dafür erwartet! Wie sie so spielt und transponiert und mit leichtem, dünnem Tremolo singt, sieht sie sehr hübsch aus. Kerzen spiegeln sich in ihren Ringellocken und in den Augen, die sie nur hin und wieder hebt, um Danton für einen schimmernden Moment am Ende jeder Strophe anzuschauen. Oh, aber ich hätte doch nie erwartet ... Seinen herzlichen Applaus erwiderte sie mit einer Wiederholung.

Mon vainqueur encore
Aujourd'hui ignore
De mon cœur le Funest esclavage.

Eine Stelle betont sie, eine ziemlich riskante obendrein, aber schließlich handelt es sich um ein Zitat aus einer Oper. Es wirkte wie beabsichtigt.

Fabre, dem man nicht gestattet hatte, seine Mätresse mitzubringen, war ebenfalls bezaubert und erklärte Sophie, er würde für sie ein Sonett kreieren, das sie in Musik umsetzen sollte (selbstverständlich konnte sie auch improvisieren und komponieren). Schüchtern flirtete sie mit Fabre, mit mir sowie mit beinahe jedem Mann im Raum, ihren Vater eingeschlossen. Mit Danton flirtete sie nicht. Danton nahm sie ernst.

Und er wurde zum kleinen Jungen, sobald er neben ihr saß. Ständig wirkte er zehn Jahre jünger, und oft waren es sogar zwanzig, das heißt, er war vierzehn und damit zwei Jahre jünger als sie.

»Aber haben Sie wahrhaftig die Krönung gesehen?« hatte sie gemurmelt. Selbst heutzutage, im glorreichen Zeitalter sans roi, hegte sie Ambitionen für die aristokratische Couleur.

»Wahrhaftig. Ich bin für einige Tage von der Schule weggelaufen, um zuzusehen.«

»Aber hat man Sie denn nicht dafür geschlagen? Wie tapfer.«

»Damals pflegte ich immer tapfer zu sein.«

Le père Gély lachte. »Hört ihn euch an. ›Pflegte ich immer‹.«

Louise sagte nicht zu Danton: Selbstverständlich sind Sie der tapferste und kühnste Mann in Frankreich. Ihre Augen sagten: Sie wissen, was ich Ihnen nicht sagen werde. Hier in diesem Raum voller Männer, die für die Enthauptung Capets gestimmt hatten, wollte sie von ihm unbedingt Näheres über die Capet-Krönung erfahren (und er gab nach). Unschuldiges Kind. Was konnte sie schon über die Guillotine, den Krieg und den blutigen September wissen?

Als er ihr erzählte, man habe in der Kathedrale weiße Tauben aus ihren Käfigen aufsteigen lassen, sagte sie: »Wie reizend.«

»Sie hätten dir leid getan«, sagte er. »Gefangen zwischen vier Wänden und einem Himmel aus Stein, ohne Luft und Nahrung und nicht einmal Moos zum Nesterbauen. Ihre Freiheit entpuppte sich als Betrug.«

Auch Fabre war heute abend entschlossen, ein charmantes Kind zu sein, und meinte: »Ach, vermutlich haben sie sich aus den abgeschnittenen Tonsurhaaren der Priester Nester gebaut und lebten von der Hostie und tranken Meßwein und Weihwasser. Und wenn sie den Tod fanden, waren sie so geheiligt, daß jedes liebe Taubenseelchen sofort in den Himmel kam.«

»Aber Vögel haben keine Seele«, sagte Sophie-Louise sittsam. Sie war noch immer Katholikin. Obwohl fast jede Kirche in Paris verunstaltet war, fand die Familie Gély einen Platz, um hinzuknien und zu beten, ohne vor uns ein großes Geheimnis daraus zu machen.

»Bei den normalen Gesetzen der Logik: Wenn eine Art von Lebewesen eine Seele besitzt, warum sollten sie nicht auch alle anderen Arten haben?«

»Oh, aber –«, erwiderte Louise und schaute ihren Vater an.

Er sagte zu mir an ihrer Stelle: »Aber das Tier steht unter dem Menschen und wurde erschaffen, um seinen Bedürfnissen zu dienen.«

»Durchaus denkbar, daß es genau andersherum war, aber wir zufälligerweise die Oberhand gewonnen haben.«

Danton lachte, die Gélys waren nervös. Madame Gély meinte, ohne mich anzusehen: »Dennoch ist es ein Vergnügen, zu hören, daß Monsieur Desmoulins die Existenz der Seele eingesteht.«

Danton erwiderte: »In dieser Hinsicht kann man sich immer auf Camille verlassen. Genauso wie wir meist zu einem bestimmten Zeitpunkt am Abend ein eindeutiges Argument von ihm erwarten können.«

Fabre sagte: »Wenn etwas eine Seele hat, dann Vögel. Außerdem haben sie Flügel und könnten sowieso direkt in den Himmel hineinfliegen. Stellt euch mal den alten Peter in seinem Nachthemd vor, wie er fuchtelnd herumhüpft und schreit: Kein Zutritt für Vögel! Und die Vögel fliegen in Scharen oben übers Tor.«

Jetzt war es Lucile, die rief: »Wie reizend!«

Die Nervosität der Gélys hatte sich in Mißbilligung verwandelt.

»Etwas, worüber du dich amüsieren wirst«, sagte Danton später zu mir. »Ich werde zur Beichte gehen.«

»Ich bin amüsiert. Reservierst du dafür einen ganzen Monat, oder beabsichtigst du, ein paar Dinge zu verschweigen?«

»Steht in der Verkaufsurkunde.«

»Hab schon kapiert.«

»Gély hat Angst vor mir, trotzdem besteht er auf seinen Rechten. Er kann sein Mädchen nicht mit einer gottlosen Laus verheiraten.«

»Das wird er sowieso nicht tun, egal, ob du Buße tust oder nicht.«

»Danke, mein lieber Freund.«

»Gern geschehen. Wo willst du einen Priester finden? Machst du 'nen Ausflug nach Rom?«

»Es heißt, sie könnten mir einen aus Holz schnitzen.«

»Dann befürchten sie also nicht, daß du sie alle an unser Tribunal für Konterrevolutionäre Aktivitäten verrätst?«

»Damit spaßt man nicht. Versuch zu vergessen, daß ich dir einen Ton davon erzählt habe.«

»Ich denke, du bist verrückt. Ich vergesse mit Freuden, was du vorhast.«

»Das ist typisch. Ein überzeugter Heide ist immer weniger tolerant als ein ehrlicher Ungläubiger. Aber in Wirklichkeit hast du ja recht. Es ist wieder die alte Sache, nicht wahr: vor dem Vater buckeln, der Mutter schöne Augen machen und – sich die Tochter schnappen.«

Auch ich hatte mit einem sehr merkwürdigen Déjà-vu-Gefühl daran gedacht: an die Brücke über dem Fluß, wo er mir seinen Rat bezüglich Lucile gegeben hatte. In jenen Tagen hatte ich mich vor ihm gefürchtet. Jetzt fürchtete ich für ihn, wenn auch nicht in diesem Moment. Und doch war es seltsam. Wenn er mir in solchen Dingen skeptisch und mit derartiger Gewandtheit einen Rat gab, dann nahm man das als selbstverständlich hin. Wenn er aber wie ein liebeskranker Freier von zwanzig Jahren dieselben Schachzüge machte, schien es, als ob ein Teil des Ganzen – aus der Balance wäre. Ich riß einen dummen Witz, ob er fit genug zum Heiraten sei oder nicht. Er konterte mit dem einen oder anderen Scherz, bis das Thema wieder bei Gott angelangt war.

»Es gibt Zeiten, zu denen ich mir wünsche, ich könnte an etwas glauben. Als kleiner Junge hat alles dazu beigetragen, daß ich glauben wollte: das Ritual, die Musik. Aber ich kann nicht so kurzsichtig sein und dabei stehenbleiben. Sie natürlich tut es. Sie glaubt an Gott.«

»Wirklich?« Ich wette, daß sie selbst mit Ihm flirtet.

»Na, sieh sie dir doch an, so jung und unberührt.«

Der Effekt von Jungfräulichkeit, physischer und spiritueller, auf den Freigeist – diese Macht hatte ich am eigenen Leibe erfahren. Und doch: Einige Frauen bleiben auf eine unfaßbare Art ewig Töchter von Diana-Artemis, während andere im brodelnden Schoß der Venus für das Hurenhaus des Geistes geboren werden. Lucile gehörte zur ersten Kategorie. Wohin Mademoiselle Gély gehörte, unterließ ich zu sagen.

Gönn mir doch den Trost, hatte er zu mir gesagt. Inzwischen sah er so verdammt traurig aus. Wenn er sie wollte, warum sollte er sie dann vier Monate nach Gabis Tod nicht haben? Lief denn alles andere so, wie es sollte?

Der Wohlfahrtsausschuß – immer noch ein wenig Dantons geistiges Kind – hatte anscheinend eine Woche lang unter seiner Leitung gestanden. Ein oder zwei Leute aus seiner »Bande« hatten große Hoffnungen darauf gesetzt. Diesmal wird er Frankreich ganz sicher in die Tasche stecken, und dann werden wir die Dinge in die Hand nehmen. Ich schloß mich diesen Optimisten nicht an. Halbherzig machte Danton eine Weile das Spiel mit, das er schon damals als Justizminister hatte platzen lassen. (Damals hatte ich es noch nicht so betrachtet, aber im nachhinein hatte es mir den Schleier wie mit einem Messer von den Augen gefetzt.) Momentan hegte er einen Plan, um Europa zu besänftigen. In Kürze sollten Verhandlungen mit der Schweiz, mit Preußen, ja selbst mit der Spinnenkaiserin der Russen aufgenommen werden beziehungsweise liefen bereits. Dies von dem Mann, der gerufen hatte: Wir werfen den gekrönten Häuptern der Erde ein weiteres gekröntes Haupt zu Füßen, abgeschlagen vom Körper eines Königs – unseren Fehdehandschuh. Aber er war von Anfang an gegen den Krieg gewesen. Öffentlich hatte er sich so geäußert, während er privat einen ganz anderen Weg eingeschlagen hatte, wie wir das inzwischen alle auf so vielen Gebieten machten oder dachten, wir würden es tun. (Aber vielleicht hatte sich auch Spontaneität als Präzision getarnt und Lügen als Leidenschaft ausgegeben. Das wissen die Götter.)

Im übrigen verwandelte sich Paris in eine Munitionsfabrik. Ständig wurden Aufrufe erlassen. Grabt eure Keller nach Salpeter um! Während in den Parkanlagen behelfsmäßige Waffenschmiede mit eifrigen Hammerschlägen unsere Ritter ausstatteten, Schmelzöfen loderten und schwarzer Rauch turmhoch in den frischen Sommerhimmel stieg, bis die Vögel erstickten und ganz sicher ihre Seelen brauchten.

Aber irgend etwas arbeitete gegen Danton. Rivalen, Feinde, schwindende Popularität – war so etwas möglich? –, seine eigene Apathie. Seine Abkommen platzten, diplomatisch wie geschäftlich. Anscheinend konnte er seinen Landbesitz verwalten, aber letztlich nicht den Französischen Krieg ein wenig verändern. Anfänglich hatte ich mich für seine Komplotte begeistert, aber nun kam ich nicht mehr mit. Und inzwischen verliefen sie ganz und gar im Sand. Das ist ein echter Kampf, Danton, kein Schachspiel. »Na schön, dann probieren wir eben das.« Aber es war immer noch ein Schachspiel. In jener Nacht, als wir über die Ehe sprachen, gestand er mir offen: »Das Komitee schickt sich an, mich abzuwählen. Sag's nicht Fabre. Er glaubt, ich würde noch König.« Was willst du dagegen tun? »In Würde abdanken. Soll doch Robespierre einen Sitz bekommen und die Sache versuchen. Diese verflixten Narren wollen mich keinen Schritt vorankommen lassen. Es macht mich kaputt, täglich achtundzwanzig Stunden gegen den Strom zu schwimmen.« Damit wandte er sich ab und lächelte Sophie-Louise in ihrem Kleinmädchenmieder zu, deren Augen aussahen, als wären sie direkt den Wänden von Pompeji entkommen.

»Er versteckt sich vor allem und jedem«, sagte ich zu Lucile, als wir zu Hause waren. »Er versteckt sich, indem er das beste Essen und die besten Weine schlürft, die Stukkateure holen läßt und Teppiche und Bücher bestellt, indem er in die Oper und ins Theater geht. Auch bei Frauen versteckt er sich und sogar hinter seinen Tiraden im Konvent. Jetzt versucht er sich unter ihren Röcken zu verstecken. Im übertragenen Sinne.«

»Armer Marius«, sagte Lucile, »er ist so müde. Vielleicht stabilisiert ihn Louise wieder.«

»Sie ist sechzehn«, erwiderte ich leise. »Entweder vereist sie ihn tödlich, oder sie brennt ihn aus.«

Lucile, die mich gehört hatte, lächelte verstohlen, gab aber keine Antwort.

»Versuchen Sie etwa anzudeuten, Madame«, sagte ich, »sie hätte Ihnen gestanden, daß sie ihn liebt?«

»Warum sollte sie ihn nicht lieben?« forderte mich Lucile ungeniert heraus, während sie mit einem Häubchen unseres Sohnes dastand. »Ist er denn nicht liebenswert – sogar unendlich? Du liebst ihn, und ich auch. Und alle seine Freunde. Und Gabi hat ihn bis zum Wahnsinn geliebt.«

»Wenn die da gesagt hat, daß sie ihn liebt, lügt sie. Sie ist ein Zierwein, der nach oben klettert. Wenn Danton nicht angebissen hätte, wäre ihr jeder andere genauso lieb gewesen. Besonders Maxime, aber der würde Fersengeld geben. Selbst ich, wenn ich dich nicht hätte.«

»Du könntest dich jederzeit von mir scheiden lassen. Jetzt gibt's ja ein Gesetz.«

»Kannst du dir mich mit ihr vorstellen? Welche meiner Bemerkungen könnte sie verstehen? ›Spiel mir doch noch ein putziges Stück auf deiner Gitarre vor.‹«

»Aber Georges erwartet von einer Frau nicht –«

»Ich weiß, was er erwartet. Er würde dich nehmen, wenn ich – nicht da wäre.«

Lucile zog die Bänder von Horace' Häubchen durch ihre Schärpe, trat zu mir und schaute mir ins Gesicht. »Was soll das nun sein?« fragte sie.

»Eine Diskussion.«

»Nein, mein lieber Schatz.« Sie legte mir die Hand an die Wange. »Ich bin hier.«

»Ich weiß.«

»Und könnte nie woanders sein.«

Während ich sie anstarrte, überlegte ich, was ich eigentlich gesagt hatte. Ich war verwirrt, aber die Unsicherheit entsprang nicht irgendeinem Zweifel an ihr. Dahinter steckte eine Art Wut, die ich schon so lange mit mir herumtrug, daß ich ihren richtigen Namen verdrängt hatte. Wut und das Bewußtsein, daß Dinge zerbrochen oder daß einem Dinge, die man verlassen hatte, entrissen wurden. Aber an alledem war sie nie beteiligt gewesen. Ihre Treue und ihr Licht hatten mit den vielen Ruinen im Kielwasser des mächtigen Schiffes namens Revolution nichts zu tun.

Im Bett schlief ich mit ihr, und sie bestand darauf, daß ich keinerlei Vorsichtsmaßnahmen traf. Seit ich zum erstenmal von ihr geträumt hatte, hatte ich nur sie gewollt. An alle anderen – und es waren nicht wenige – kann ich mich trotz ihrer gelegentlichen Reize nicht erinnern. Wer waren sie, diese freundlichen, reizenden Mädchen? Waren sie nicht Lucile? Lucile mit roten Haaren; Lucile, die vor kurzem noch die Eurydike gesungen hatte und deren Arme noch immer weiß vom Puder waren; Lucile, ein bißchen größer oder dicker, aber doch Lucile, immer nur Lucile. Nie habe ich sie oder ihr makelloses Herz verdient, aber die Götter, die sie mir gaben, hielten meine Strafe bereit. Nichts ist umsonst.

Denn selbst mit ihr zu schlafen wurde zu einer Art Buße. Jedesmal wenn die herzzerreißende Ekstase verebbte, brach sie herein: die Angst um sie oder einfach nur eine andere, namenlose Angst, die sich mit der ersten gepaart hatte. Schwarze Verzweiflung. Ausgelaugt lag ich in ihren Armen und spürte den Tod im Raum. Ich habe ihr nie davon erzählt, aber sie wußte es. Sie hielt und beruhigte mich, indem sie sachte meine Haare streichelte. Und sie wußte Bescheid.

Aber Danton ging zur Beichte wie ein Lamm und heiratete nach verschiedenen Überschreibungen und Bezahlungen am zwölften Juni das Gély-Mädchen.

Aus gutem Grund gab es zwei Hochzeiten. Wie Danton in einem Speicher vor einem entflohenen römischen Priester seine Beichte abgelegt hatte, so heiratete er, der Atheist, nun seine Kindfrau in der spinnwebbedeckten Höhle einer verfallenen Dorfkirche ungefähr acht Kilometer außerhalb von Paris. (»Man wartete förmlich darauf, daß jede Minute eine patriotische Patrouille die Lichter sehen, hereinplatzen und fragen würde, was wir hier täten. Daraufhin hätte ich Louisetta zu Boden geworfen, mich rittlings auf sie gehockt und erklärt: Na, den Scheißaltar entweihen, was denn sonst?«)

Die zweite war eine Ziviltrauung. Alle Bürger der Stadt kamen und starrten sie an. Die Menschen wünschten ihnen Glück. Die meisten von ihnen.

Die anschließende Feier war eine einzige Lichtvision: Licht auf zahllosen Gläsern, Ornamenten und Augen, Licht, das durch Flaschen in Strömen auf weicheres Material fiel, auf Schleier, Vorhänge, Haare.

An jenem Tag, an jenem Abend, sah er glücklich und dumm aus, ein bauernschlauer Impresario, unbelastet von Gehirn und Genie. Er war wie aufgeladen und steckte uns alle damit an. Wir alle wurden glückliche, dumme, energiegeladene, unbekannte Leute ohne Sorgen in einem

Land ohne Zeit und Leid. Nichts plagte uns. Es war egal, was wir taten, wir mußten nur dasein. Selbst sie, angetan mit bräutlicher Röte im Gesicht und den Perlenohrringen ihrer Großmutter und ein bis vier Schmuckstücken, die er ihr geschenkt hatte, funkelte und glitzerte wie der Champagner, der seinerseits wie ein Liebesbrunnen in Versailles oder wie der der ewigen Jugend überschäumte.

Das letzte Bild auf der Treppe: Louise in einer Wolke von Frauen, Blumen, Küssen und Schmetterlingshänden – ein klassisches, höchst attraktives Bild, das man wie ein Lieblingsbild mit Wohlgefallen betrachtete.

»Sie trägt«, gestand mir Lucile, »ein mit Rosen besticktes Strumpfband, auf dem steht: Mögen unsere Herzen eins sein.«

»Du trugst eines, auf dem stand: Vereine uns ein Leben lang.«

»Das weißt du noch.«

»Warum verzaubert ihr uns, wenn ihr uns heiratet?«

»Ist das ein Zauberspruch? Eher einer, um mich deiner zu versichern, denke ich. Sind wir deshalb schon Hexen?«

»Frauen.«

»Aha«, sagte Lucile. »Sphingen, Mänaden, undefinierbare Wesen. Traust du mir überhaupt?«

»Natürlich nicht.«

»Ich werde dir Leim unter die Tinte mischen.«

»Wäre vielleicht gar nicht so übel.«

»Denk jetzt nicht daran«, sagte sie.

Vor dem Abschied kam der Bräutigam zu mir herüber, umarmte mich und erklärte mir, er wäre wie neu geboren, die Welt wäre neu, und wir würden ewig leben.

Warum sollte er nicht glücklich sein? (Warum auch ich nicht? Was hatte ich getan? Nur Verräter denunziert. Ich mußte mich nicht ständig mündlich oder schriftlich rechtfertigen. Nein, ich hatte nur das getan, was getan werden mußte.) Laßt uns allein. Laßt mir meine Ruhe und laßt ihn lachen. Vielleicht würde Louise seinen Pfad mit Veilchen bestreuen und ihm seine Kraft zurückgeben, statt ihn auszusaugen.

Aber war er sich je der Einsamkeit bewußt gewesen? Ich meine nicht die Art, die aus einem Mangel an Gesellschaft entsteht. Den dunklen Fremden meine ich, den der Reiter plötzlich hinter sich aufsitzen fühlt, den ungeladenen Gast, der zur Linken sitzt. Der, der sagt: Du bist geliebt und liebst, hast Freunde in jedem Haus, und auf der Straße rufen sie dich beim Namen, und hier an deiner Seite ist sie – und doch. Und doch bist du ganz allein auf einem winzigen Felsen mitten im nächtlich stürmischen Meer. Dort stehst du, gepeitscht von Wind und Wellen, und rufst mit ungehörter Stimme laut in die Leere hinein, und niemand ist da, der hört. Niemand wird dir helfen, niemand, niemand. Du bist allein.

Auch an der Rue de Clichy hatte es eine Art Feier gegeben. Eine Gruppe Gironde-Abgeordneter unter Beobachtung hatte ein römisches Gelage gefeiert, bevor die Liktoren des Nero Jacobinus kamen, um sie zu den Löwen zu geleiten.

»Eßt und trinkt. Wahrlich, morgen werden wir tot sein.«

»Dieser Wein ist das Blut der Republik.«

»Und dieses Brot, der Leib der Freiheit.«

»Verschüttet, gebrochen.«

Morgen wird man (wahrlich) einige ins Gefängnis bringen. Ein paar, die außerhalb des Gefängnisses unbeaufsichtigt blieben, werden auf und davon laufen, in die Normandie, die bereits vor Anti-Jakobinerzorn bebt. Andere werden es in Paris aussitzen. Aber der Schatten liegt über ihnen allen, der Schatten der offenen Seite.

Edamus et bibamus, cras enim moriemur.

Laßt mich heute meinem Ego meinen Dünkel bekennen. Laßt mich behaupten, daß ich mir zuviel auf meinen Einfluß einbilde und nicht schuldig bin. Kann die Feder töten? Selbst die Feder eines Camille? Nein, das tut das Schwert. Also Egomanie.

Man nimmt es sich zu sehr zu Herzen. Nicht schuldig. O Gott, wenn ich das glauben könnte – nein, ich glaube es ja. Wenn ich mich nur damals so gefühlt hätte.

Bei meiner eigenen Hochzeit hielten vier Männer den Baldachin über unseren Köpfen: Pétion, Mercier, Brissot, Robespierre. Diese Szene, die Erinnerung daran, läßt sich nicht erschüttern. Aber inzwischen scheint dieser Baldachin, hoch erhoben wie ein Banner in der Schlacht, eine Aureole der Freundschaft, von einem Schuß getroffen. Er erzittert. Plötzlich bricht eine Ecke ein.

Der Hochzeitsbaldachin gerät ins Wanken: erstes Bild

Der fette, nette Pétion, inzwischen nicht mehr so fett oder nett, tappt mit seinem Girondistengefährten in der Normandie übers Land. Dank der anfänglich lockeren Überwachung war es nicht allzu schwierig gewesen, aus Paris herauszukommen und sich auf- und davonzumachen. Zuerst gab es überall Willkommenskomitees, Leute, die helfen, zuhören und reagieren wollten. Wenn sich die Provinzen geeint erheben würden, könnte man die Herrschaft der Irren zerschmettern, die sich nun in der Hauptstadt festsetzte. Die tapfere Vendée bot ein gutes Beispiel. Um Himmels willen, wie konnte es einer nur wenige Quadratkilometer großen Stadt gelingen, dem restlichen freien Frankreich ein Regime vorzuschreiben? (Inklusive der ein bis zwei bösen Buben hinter dem Diktat.)

Zuerst lief es gut, die Chancen schienen nicht schlecht zu stehen.

Aber überall gab es Spione, Kreaturen jener Utopie vom Polizeistaat, die der liebe Maxime im Schilde führte.

Mitten in der Nacht war die Warnung gekommen.

Zum zweitenmal liefen Pétion und Buzot davon. Inzwischen befanden sie sich in offenem Gelände, das sie in der Morgendämmerung nicht erkennen konnten.

»Wir haben uns verirrt«, hat Buzot vielleicht gesagt. »Bist du dir dessen bewußt?«

Pétion wollte sich aufheitern lassen und nicht deprimieren.

»Sei leise, hier könnte jeder Baum für Maximilien arbeiten.«

Und weiter geht die Reise, weiter und weiter fort. Vielleicht war der Morgen für den Juni zu kalt, kalt wegen Zweifeln und leeren Mägen. Ein Morgen ohne Zukunft.

Vielleicht schlug Pétion seine Vorsicht in den Wind und pfiff oder summte einen Melodiefetzen. (Musikalischer Kerl, dieser Pétion. Hat gerne Geige gespielt – oder war's die Form der Geige, die ihn an Prinzessin Élisabeth erinnert hat?) Jetzt hat er wohl mit seinem Pfeifen zur Natur gesagt: Ich bin ein Stadtkind, sei nett zu mir. Vielleicht war's auch eine Bitte an Gott, er möge seinen Wert erkennen und Mitleid walten lassen. Pétion war kein Atheist, obwohl er manchmal das Gegenteil behauptet hatte, ja, er glaubte sogar an ein persönlich vorherbestimmtes

Schicksal, trotz aller Niederlagen. Er war früher schon gerettet worden und würde es erneut werden.

Sang er immer noch Loblieder?

»In solchen Augenblicken denke ich an Élisabeth.«

Buzot, unrasiert und mit irrem Blick, fuhr ihn an: »Wer soll das sein?«

»Capets Schwester.«

»Die, die hatte doch nie was mit dir.«

»Wette bloß nicht darauf. Nie werd ich die Kutschfahrt von der Schmetterlingsstadt zurück vergessen. Sie suchte bei mir Schutz, und dann hat sie sich für mich erwärmt. Vor Lust wäre sie beinahe ohnmächtig geworden.«

Falls solche Worte gefallen wären, hätte Buzot vermutlich seinerseits kaum gekräht, er habe mit der Muse ihres Ordens geschlafen, mit der rotlippigen, rabenschwarzen Manon …

Aber ich betone nochmals, vielleicht hat es auch weder Bekenntnisse noch Streit noch Lieder gegeben, sondern nur die unbeholfene Flucht, bei der man die Ohren für eventuelle Verfolger spitzte, bis einer von den beiden zum anderen sagte: »Da ist etwas hinter uns.«

Entweder hat es sie dann mit einem Satz überfallen oder nicht, und sie sind weiter am Waldrand entlanggegangen, weil sie nichts Genaues oder lediglich verworrene Geräusche von Kühen gehört haben, die über die Brache zum Trinken gingen. Vielleicht hat man sie aber auch später hierhergeschleppt.

Alles bleibt Vermutung.

Gut möglich, daß ihnen eine Bande gesetzloser Wanderer über den Weg lief, sie tötete, ihre Wertsachen an sich nahm und die Leichen zwischen den Bäumen zurückließ. Vielleicht ist auch Tage später ein gutes Stück weiter weg folgendes passiert: Vor Erschöpfung und Hunger fielen sie zu Boden, zogen unter Flüchen auf Gott und die Republik ihre Pistolen und schossen sich in den wehen Kopf oder ins Herz und dann – Schweigen. Auch die Tiere, die ihre Leichen zerfetzt haben, hätten sie töten können. Sicher keine Wölfe, denn es war Sommer, und in den Wäldern trieb sich jede Menge Wild herum. Und außerdem wird dir jedes Kind erklären, daß man nur laut genug schreien muß, wenn man unterwegs ein, zwei Wölfen begegnet, und schon fliehen die Tiere. Wilde Hunde sind allerdings weniger vorsichtig. Vielleicht hatten es aber auch die Werwölfe oder die zweiköpfigen Dämonen im Hinterland auf sie abgesehen. Egal, wie es gewesen war, jedenfalls fand man in der zweiten Junihälfte ein paar abgenagte, menschliche Überreste – ein schauderhafter Anblick –, mit denen man die Namen des gutaussehenden Pétion, früher Bürgermeister von Paris, und des gutaussehenden Buzot, Manon Rolands Exliebhaber, in Verbindung brachte.

»Bin ich der erste, von dem du die Neuigkeit erfährst, Camille? Dein alter Freund Pétion – bei lebendigem Leib von Wölfen verschlungen. War genug Fleisch für sie dran.«

Da gibt's auch noch eine andere Version: Die Körper waren so verstümmelt, daß es möglicherweise gar nicht Pétion und Buzot gewesen waren. Jeder konnte Kleider und Papiere stehlen und von wilden Tieren überfallen werden.

Aber das glaube ich eigentlich nicht. Ich glaube, der Pfeil wurde gezielt abgefeuert und traf mitten ins Herz.

Und der Baldachin kippt in den Staub.

Oft hatte es geheißen: Wir sehen dich ja gar nicht mehr im Konvent, Camille. Solltest du als Abgeordneter nicht wenigstens ab und zu den Kopf zur Tür hereinstecken? Bei den Jakobinern machten sie sich manchmal einen Mordsspaß daraus, indem fünf oder sechs von ihnen laut riefen: Grundgütiger! Wer ist denn das? Kennst du den? Nun, ich hab ihn noch nie gesehen – obwohl, warte mal, 'ne schwache Erinnerung – nein, nein, ich verwechsle ihn mit Robespierres Hund.

Heute abend gab es eine neue Störung: Roch-Marcandier.

In der Robespierrekapelle war wegen Preiskontrollen der übliche Schreiwettbewerb ausgebrochen. Saint-Just saß auf dem Präsidentenstuhl, also hatte ich mich nicht um eine Redemöglichkeit bemüht. Sobald mein Cousin den Vorsitz führte, wurde es merkwürdig schwierig, sich Gehör zu verschaffen, es sei denn, man war Maxime oder jemand, den Maxime förderte. An einem bestimmten Punkt erbot er sich, dies für mich zu tun, indem er zu mir herüberkam und sagte: »Camille, du wirkst besorgt. Möchtest du reden?« Ein ehrliches Angebot, aber leider hatte ich in der einen oder anderen Sache einen großen Bogen um Robespierre gemacht. »Wenn dir etwas durch den Kopf geht«, bedrängte er mich, »dann laß es uns zu unser aller Nutzen hören.«

»Dann sag dem blonden Wisch dort drüben, er soll nicht jedesmal mit dem Papier rascheln oder seine Freunde bitten, einen Hustenanfall zu bekommen, sobald ich den Mund aufmache.«

Robespierre deutete an, ich würde übertreiben. Ich deutete eine Möglichkeit an, Saint-Just zum Schweigen zu bringen, und wurde prompt allein gelassen. Fiebrig und gereizt saß ich eine halbe Stunde verkrampft da. Selbst ich konnte inzwischen feststellen, daß Robespierre offensichtlich seine Macht erprobte, egal, ob der unbefleckte Antoine die Leitung hatte oder nicht. Wie andere Leute dem Theater zustreben, so verbrachte er jeden Abend bei den Jakobinern. Er saß auf seinem Platz (inzwischen war es immer derselbe) und schrieb in ein Notizbuch oder hörte mit dem Kinn auf die Hand gestützt zu. Wenn die Debatten hitziger wurden, bekam er den Gesichtsausdruck eines Lehrers, dessen Klasse sich im Schulhof balgt. Anfangs hatten die Jakobiner einen Ruf als gesittete und förmliche Gesellschaft gehabt. Noch immer hielt sich diese Vorstellung in verschiedenen Stadtvierteln, verlor aber immer mehr an Boden. Trotzdem legte Robespierre, wenn er das Gefühl hatte, die Dinge würden ernsthaft aus dem Ruder laufen, seine Brille ab beziehungsweise schob sie hoch, stand auf oder machte nur irgendeine leichte Handbewegung wie bei einer Auktion. Und dann hielt alles irgendwie inne. Eine interessante Beobachtung; grundverschieden von Dantons Methode, einen Raum durch Gebrüll zum Schweigen zu bringen. Andererseits durften sich die Emotionen des Klubs gelegentlich auch frei entfalten, während er, Robespierre, nur zusah. Abwägend? Man beugte sich seinen Wünschen, hier und anderswo. Draußen auf der Straße gingen mittlerweile selbst die Verrückten Hunde, die ihn zwischenzeitlich denunziert hatten, bei Fuß. Wenn er bei den Jakobinern das Wort ergriff, hörte man ihm aufmerksam zu, und meistens gab es Applaus. Dank der Abstände zwischen den Besichtigungen erkannte ich besser, was mit ihm vorging. Immer seltener suchte ihn jener überirdische Glanz heim. Aber da gab es eine andere Art von Macht, die nicht abnahm. Ich war mir nicht sicher, ob sie aus ihm selbst kam oder etwas war, das er aus der unterwürfigen Haltung seiner Umgebung ableitete. Mich jedenfalls machte er mit seiner unangreifbaren Tugend fertig. Ich bin mir nicht mehr so sicher, ob sich mein widerwilliger Respekt nicht schon in eine Art Furcht verwandelt hatte.

Heute war einer jener Abende, an denen er nichts sagte und unternahm, um die Streitigkeiten zu unterbinden, die überall losbrachen.

Der Grund für meine Anwesenheit entsprang einem merkwürdig dumpfen Gefühl, ich müsse über die Ereignisse auf dem laufenden sein. Nachdem ich beschlossen hatte, meine eigene kümmerliche Rhetorikkunst beizusteuern, wurde ich wie üblich aufgeregt und nervös. Dann änderte ich meine Absicht, und die Luft war heraus. Mit finsterer Miene litt ich vor mich hin und ging schließlich.

Im Eingang standen mehrere Kollegen herum, die eben erst gekommen waren, und hörten interessiert der konstruktiven Debatte zu, an der sich David, Barère und sieben bis acht andere mit schriller Stimme beteiligten. Während wir noch dort herumtrödelten – ich sagte das, weswegen ich eigentlich drinnen hatte aufstehen und reden wollen –, tauchte aus der Nacht der Guiser Falke mit aufgestellten Federn – sein Wappenzeichen – auf. Sein Blick bohrte sich in meinen, offensichtlich war er meinetwegen gekommen, aber bis jetzt war er mir vernünftigerweise aus dem Weg gegangen. Ich hatte noch mehrere dieser dreckigen, schlecht gedruckten Flugblätter gesehen und versucht, sie nicht zu lesen. Trotz seiner Rundumattacken – die Gironde, René Hébert, Danton – galt er allgemein als Witzfigur, was ich überhaupt nicht begreifen konnte.

Jetzt stand er da und funkelte mich wie immer wütend an. Mir stieg die Galle hoch, und meine Augen brannten.

»Ach, seht mal«, sagte ich, »der Stolz der Picardie.«

Marcandier hob einen Stummelflügel in seinem abgeschabten Mantel und wedelte mir damit vor der Nase herum. Die Flugfedern am Flügel bestanden aus Papier.

»Ein Bewunderer«, meinte einer meiner Begleiter. »Mit den neuesten Nachrichten.«

»Geheimgeschichte, Brissot zum zweitenmal entlarvt«, sagte Marcandier laut. »Wie wär's, wenn einer mal Camille Desmoulins entlarven würde?«

»Aber, aber, mein Lieber, trägst du etwa eine Maske, Camille?« Auf der Suche nach dem Maskenrand tätschelten mir meine Freunde übers Gesicht. »Hättest du dir keine hübschere aussuchen können?«

Ich schob die Hände weg und sagte zu Marcandier: »Soweit ich weiß, hast du zu diesem Klub keinen Zugang.«

»Wer sollte mich aufhalten? Die betrunkenen Hofschranzen da draußen?«

Inzwischen hatte sich eine weitere Handvoll Männer an der Tür eingefunden, potentielle Flüchtlinge der offenen Schlacht, die im Refektorium tobte. Allgemein wurden spöttische Beifallsrufe laut.

»Verzieh dich, Roch«, sagte ich, »bevor dich jemand am Kragen packt.«

»Du vielleicht? Spar dir deine Hände fürs Lügenschreiben auf. Wo sind denn nun Jérôme Pétions Leber und Augen, Camille? In den Eingeweiden eines Hundes. Nicht daß er das nicht verdient hätte, aber wenn das sein Schicksal ist, was erwartet dann dich?« Er zupfte an seinen Blättern herum (allesamt eingerissen und gefaltet, als ob er auf ihnen herumgekaut hätte; vielleicht hatte er's ja sogar gemacht). »Hört euch diese tapfere These an, gedruckt von Monsieur Desmoulins, Verfasser von Frankreich befreit. ›Brissot war es gewesen, der die infame Charta ausgeheckt hatte, die in jenem Juli einundneuzig das Volk auf den Champ-de-Mars und damit in den Kugelhagel von La Fayettes Soldaten getrieben hatte. Brissot hatte auf Anweisung von La Fayette geschrieben. Alle, die behaupten, Danton sei der Schuldige, irren sich gründlich. Er hatte mit der ganzen Sache nichts zu tun.‹ Zitiere ich dich richtig, Camille? Danton hatte mit der ganzen Sache nichts zu tun? Nicht viel. Euer Schmeißfliegenschwarm hat damals in seiner Wohnung gehockt und alles ausgeheckt, damit ihr für euch rausholt, was geht. Und als die Sache nicht funktioniert hat, seid ihr davongerannt – ich weiß noch genau, wie du gerannt bist! Brune war im Gefängnis, und ich bin im Gefängnis gewesen – während du draußen auf dem Land warst und es mit irgendeiner Küchenmagd getrieben hast. Und dann dieser ganze Mist wegen Bestechung und Verführung. Jeder weiß doch, wenn dir Leute was zukommen lassen, dann betest du ihre Ärsche an! Und wenn sie möchten, leihst du ihnen für die Nacht auch mal deine Kebse –«

Er sah, daß ich auf ihn losging, und türmte. Jemand schrie hinter mir her, ich solle ihn in Ruhe lassen, er sei verrückt, aber ich kann mich kaum mehr an etwas erinnern. Lediglich daran, daß wir mehrmals die verdammte Pappel umrundeten, bis ich ihn mir schnappen konnte. Er schlug mir ins Gesicht und in die Rippen, dafür rammte ich ihn an die

Wand. Ein paar von den Nationalen und die Idioten vom Eingang standen herum und schauten zu. Als er am Boden lag, trat ich ihn, und er, der irre Hundsfott, trat zurück. Ich kniete mich auf ihn, packte seine Haare und versuchte, sie ihm aus dem Schädel zu reißen, wobei ich ihm klarmachte, er dürfe nie wieder Lucile erwähnen.

»Ach, laß ihn in Ruhe, du bringst ihn noch um.«

»Hör auf, Camille.«

Sie zerrten mich fort, während einer Marcandier mit Wasser übergoß. Wir bluteten beide, und zweifellos waren unsere Augen röter als Blut. Ein anderer, vielleicht war's »Père« Vilate, rüttelte mich an der Schulter und sagte derart vernünftig, daß ich auch ihn hätte erwürgen mögen: »Der Kerl kriegt sich doch mit jedem in die Wolle. Warum Zeit verschwenden? Niemand beachtet seine Worte.« Ich schüttelte ihn ab und schrie Marcandier ins Gesicht, was ihn erwarten würde, wenn er noch einmal in meine Nähe käme. Verletzt humpelte der lausige kleine Wicht davon und wirkte auf obszöne Weise gequält. Ich haßte alles an ihm, selbst die Schmerzen, die ich ihm zugefügt hatte und die er jetzt aushalten mußte.

Anscheinend war der Aufruhr draußen stärker gewesen als der, der drinnen mit Worten ausgetragen wurde. Ganze Heerscharen von Jakobinern hatten sich mit Robespierre an der Spitze im Eingang des Gebäudes versammelt und starrten mich verdutzt an.

Er war so klein und verblüfft, daß ich lachte. Die Reaktion ließ auf sich warten. Inzwischen lachte man offensichtlich nicht mehr in aller Öffentlichkeit über Robespierre.

»Es wäre besser«, sagte er zu mir, während er gesittet herübertrabte, »wenn du mit mir zurückgehst und dich wieder in Ordnung bringst. So kannst du nicht nach Hause gehen.«

»Kann ich nicht? Woher weißt du, in welchem Zustand ich nach Hause gehen kann oder nicht?«

Und am Ende ging ich tatsächlich so, wie ich war, nach Hause.

Aber zuerst ging ich noch woanders hin.

Eigentlich hatte ich das nicht beabsichtigt. Ich war auf der Suche nach einem Schluck zum Trinken und einem Ort ohne Politik. Aber dann begriff ich, daß er es war, der da ein wenig weiter vorn auf der Straße, in die ich gerade eingebogen war, zwischen Straßenlampen und Hauseingängen humpelnd wie ein Teufel im Dunkeln vor mir herging – Marcandier. Und mir, rachetrunken, wie ich nun mal war, schoß es durch den Kopf: Dich könnte ich hier umbringen.

Das Flugblatt hätte ihn umbringen sollen. Warum hatte es das nicht getan? Keiner scherte sich sonderlich darum, man hielt ihn für eine unbedeutende Figur. Der »Guiser Schluckauf«, so nannte ihn Danton. Danton pfiff darauf. Wir beide, Marcandier und ich, waren enttäuscht gewesen, daß er nur so wenig Aufsehen erregt hatte. Daran war die äußere Aufmachung des Flugblattes schuld. Erstens brauchte er einen ordentlichen Drucker – oder wenigstens Zugang zu einer vernünftigen Druckerpresse – und zweitens Reklame, damit das Ding auch hundertprozentig von jedem gelesen wurde, auf den er es mit seiner Kritik abgesehen hatte: die Billauds, die Barères, die Couthons.

Er hatte keine Freunde bei Gericht. Niemand würde ihn verteidigen. Er würde sie alle beleidigen. Und außerdem, konnte er überhaupt laut genug reden? Mich konnte er wütend machen, aber vielleicht sollte man ihn ein wenig auf die Schwächen der anderen hinweisen. Also, Roch, wußtest du nicht, daß Couthon schon lange beschuldigt wird – ihm ganz einfach einen Tip geben. Es gab Briefe, Kopien von Briefen, in den Büros des Konvents lagen kniehoch Papiere.

Er hatte über mich Lügen verbreitet, hatte Lucile verunglimpft. Ach, Roch, die Zeiten sind gefährlich, und du bist verrückt, und ich hasse deine Seele.

Ich holte ihn ein und legte ihm einen Arm über die Schultern.

»Kamerad aus der Picardie«, sagte ich, »komm mit. Ich spendier dir was zu trinken, damit deine gebrochene Nase nicht so weh tut.«

Er schüttelte mich ab, aber inzwischen wirkte er verängstigt.

»Tu, was ich dir gesagt habe«, sagte ich.

»Ich werde nicht mit dir trinken, du Verräter.«

»Ein Fleck auf deinem makellosen Ruf? Keine Angst, das hier ist ein dunkles Loch.« Dabei packte ich ihn am Arm und zerrte ihn in das Lokal, an das ich gedacht hatte. Mit finsterer Miene saß er zusammengekauert im Eck. Der miese Wein wurde gebracht, wir tranken ihn auf einen Zug aus.

»Roch, ich bewundere dich«, sagte ich. Er kochte vor Wut und fluchte. »Nein, tu ich wirklich. Du bist verrückt und ein närrischer Schwätzer, Roch, du kleisterst die Wörter zusammen wie ein Gauner, der 'ne Ziegelmauer verpfuscht, deine Witze sind von gestern, und du hast eine Rechtschreibung wie ein Dreijähriger. Und doch haut es hin. Du weißt, es stimmt, was du denkst, und wir anderen sind alle Schurken – und das sagst du auch. Trink aus.«

»Ja, Schurken seid ihr. Ein Haufen Scheiße.«

»Das ist mein tapferer Roch.«

»Du hast dich kaufen lassen. Zur Sühne für deine Verbrechen solltest du zwanzigtausend Jahre an einem Spieß braten.«

»Und du bist immer noch *katholisch,* Roch?«

»Scheiß auf die Katholiken. Trotzdem sollte es eine Hölle geben: für dich und deinen Danton, für die Männer der Hexe, für Brissot, diese Schlange –«

So ging es immer weiter, für jeden von uns hatte er einen Beinamen. Zitternd vor Haß trank ich den gepanschten Wein, und er machte es genauso. Das verband uns, und am Ende schluckte er trotz seiner ständigen Verwünschungen das, was ich sagte. Ich erklärte ihm, wenn er sich für den einzig ehrenwerten Mann Frankreichs hielte, dann solle er das gefälligst beweisen. Na los, Roch, schrei lauter. Und du weißt ja, daß Bürger X bei dem Geschäft seine Hand im Spiel hat, und was das betrifft, darüber gibt's eine Akte – so dick. Vielleicht könnte Bürger Y einen Hinweis geben, aber das Blatt, das du herausbringst – keiner liest es.

»Dafür hast du gesorgt«, sagte er. Inzwischen war er völlig betrunken. Morgen würde er vermutlich kotzen, und dann viel Spaß – »Du hast mich a-aufgehalten. Sie woll-wollten mich nicht –«

»Brune«, sagte ich.

»Was?«

»Geh zu Brune.«

»Aha!« krähte er, wobei seine irren Augen zwischen den blauen Flecken aufflackerten, die ich ihm verpaßt hatte. »Du glaubst, ich würde dich verschonen, wenn du mir hilfst. Falsch, Camille, du verdammte Ratte, dich werde ich genauso geißeln wie den Rest.«

»Geißle ruhig weiter, Roch«, sagte ich. Ich stand auf. »Feuer und Pulver, Roch«, sagte ich. »Mal schauen, wie du die Welt aufspießt.«

»Das werde ich!« schrie er hinter mir drein. »Wirst schon sehen! Ihr alle werdet noch schmerzlich zusammenzucken, ihr korruptes Pack.«

Sein Ekel kochte mir im Magen. Wenn ich zu Brune hinüberginge, wäre er vermutlich zu Hause, oder ich könnte ihm eine Nachricht hinterlassen. Normalerweise würde er mir einen Gefallen tun. Zugang zu einer Druckerpresse, vielleicht ein Helfer zum Prügeln der Fahnenabzüge – wenn er ihre Namen falsch schreibt, das kannst du drin lassen.

Ich tat es, obwohl ich mich inzwischen krank fühlte. Die geistergleiche Unterhaltung mit Brune, während er arbeitete, bleibt zusammen mit dem Geruch nach Metall und Tinte und dem Nachgeschmack des miserablen Weines im Schatten. »Ja, es gibt einen Drucker, zu dem ich ihn schicken kann.« Sag ihm, er soll seinen Namen da raushalten. »Ja. Er ist nicht einer, der sich selbst propagiert. Roch kann den Schlüssel haben, und es wird auch einer zum Saubermachen da sein. Falls ihr kämpfen müßt, blutet ja nicht auf meine Presse – zuviel Schwierigkeiten für einen kleinen Irren. Willst du, daß ihn jemand reinlegt?« Am liebsten doppelt. Ich möchte, daß er gebremst wird.

Eine bizarre Reaktionskette. Mein Geschenk an Roch-Marcandier, die Pfründe, die ich obendrein – aber das ist schon wieder ein Rückblick. Ich erinnere mich noch, wie er aus dem Jakobinerhof kroch und wutschnaubend in der Weinstube hockte – was für eine pathetische Figur. Ich hatte guten Grund, ihn zu hassen.

Ironischerweise hatte man ihn immer mit mir in Verbindung gebracht, selbst nachdem er mit der Verehrung Schluß gemacht hatte und anfing, mich mit Dreck zu bewerfen. Der zweite aus Guise. In den Klubs nannten sie ihn »Camille Kleinpfote«. Kamerad aus der Picardie. Druck sauber, und ich werde mich darum kümmern, daß es alle beachten. Ich werde mich darum kümmern, daß es in den Tuilerien von Hand zu Hand geht, dein schönes Objekt, deine Zeitschrift. Himmel, David, siehst du, was er über dich schreibt? (Einmal stieß ich sogar Saint-Just mit seiner Statuennase auf die Oberfläche: »Roch hat einen entzückenden Namen für dich.«) Ich brachte ihnen bei, es zu lesen.

Im antiken Rom hätte ich ihn damals in jener Nacht in den Seitengassen mit meinem Schwert durchbohrt. Dies war eine andere Methode, und ich konnte immer sagen, ich hätte nichts getan, außer ihn Selbstmord begehen zu lassen. Die Klinge gehört mir nicht, ich habe sie ihm nur in die Hand gedrückt und erklärt, wie er das Herz treffen könne.

Ich könnte dich hier töten.

Dann bin ich also tatsächlich daran schuld, du verdammter kleiner Wicht, daß ich dich derselben Strafe ausgeliefert habe, die auch die meine werden sollte?

Jetzt begreife ich: Du warst ich, ich im Kleinformat, wie es hieß. Jener Teil von mir, der mich und alles, was ich nicht getan und nicht geworden bin, haßte. Mein Teufel, mein Gewissen. Dann habe ich also mich selbst betrogen und aus dem dunklen Versteck heraus selbst das Urteil gesprochen.

Ich stehe in deiner Schuld. Ich erkenne es an.

Bis ich auf meine Flußseite kam, war mein Taschentuch im Lampenschein immer noch blutrot, und ich schwitzte. Auf meiner rechten Seite kündigte sich der altvertraute Schmerz an, was ich als den Gipfel der Zumutung empfand, auf die ich mit Wut und gleichzeitig mit der üblichen Besorgnis reagierte. Lange Zeit ging ich durch die Straßen, wobei ich Patrouillen und Aasgeier gleichermaßen mied, und kämpfte gegen die Krankheit. Ich redete mir ein, ich würde mir alles nur einbilden – bis ich kaum mehr stehen konnte. Erst dann humpelte ich nach Hause.

Alle waren zu Bett gegangen. Ich saß in meinem Arbeitszimmer im Lehnstuhl. Mitunter döste ich ein. Der Schmerz war nicht schlimm. Ich vertraute darauf, daß er bald verschwinden würde. Ein- bis zweimal wurde er stärker und weckte mich auf. Außerdem träumte ich: Zum Beispiel befand ich mich droben vor dem Himmelstor, aber der Himmel war die Bastille, und Brissot hatte die Schlüssel. Sachte nagten Wölfe an meinen edlen Teilen. Nein, das war kein Traum, nur eine Einbildung irgendwo zwischen Schlaf und zitterndem Wachsein.

Am Morgen war der unheimliche Schmerz wie immer abgeklungen, und wie immer blieb das Versprechen zurück, er würde wiederkehren, aber beim nächsten Mal vielleicht mit einem grauenhaften Tod im Gefolge. Vielleicht aber auch nicht. Ich war in einer unruhigen Stimmung, die sich durch den Fieberschlaf im Sessel und das Blut von den Jakobinern noch verstärkte. Krankheit bietet Zuflucht. Wer von ihr befallen wird, braucht nicht mehr zu denken oder zu entscheiden. Ein stets gesunder Mensch hat sich etwas vorenthalten.

Aber nun ließ mich der magische Balsam der Krankheit im Stich. Mir schien es, als wären noch nie so viele Dinge auf mich hereingestürmt, ein Chaos voller ungeordneter Angelegenheiten. Ich konnte sie nicht begreifen, und doch brachten sie mich rücksichtslos zur Strecke.

Danton war in Sèvres und genoß seine Flitterwochen.

Ich mußte etwas tun. Was war das? War es mir wieder, wie schon einmal, zugefallen? Hatte ich nicht genug getan? Dann schreib etwas, erklär es noch einmal. Egal, was.

Paris schien unter den Fenstern sehr ruhig zu sein, was nichts bedeutete.

Immer noch kam es in der ganzen Stadt zu Aufmärschen, Demonstrationen, Einbrüchen und improvisierten Gefechten. Das Tribunal drüben überm Fluß arbeitete hart. Eine Welt voller Verräter und erwischter Verräter. Kilometerweit weg, ein anderes Land.

(Zu jener Zeit hat mein Sohn mit mir geredet. Wie kann ich mitten in derartigen Ereignissen innehalten, um so etwas aufzuschreiben? Nun, da steht es eben. So sind wir, an unsere persönlichen Grenzen wie mit Ketten und Augenbinden gefesselt.

Allmählich unternahm er abenteuerliche Exkursionen quer über den Fußboden oder über jede andere Fläche, die man ihm überließ. Heute hatte er zwei besondere Lieblingsspielsachen im Schlepptau: ein Schaf auf Rädern und ein patriotisches Kaninchen – Fréron hatte es geschickt –, ein weißes Riesenvieh mit großen Ohren und einem rotblauen Narrenkragen. Dank seiner Räder besaß das Schaf den Vorteil der freien Willensentfaltung, nach der Horace immer noch strebte. Zum zwanzigstenmal verließ Horace samt Schaf und Kaninchen den geschützten Raum um Lucile und wagte sich über den Abstand von wenigen Zentimetern zwischen uns, bis alle drei zu meinen Füßen hinpurzelten.

»Ach, Camille, nun hast du winzige Räderspuren auf den Schuhen«, sagte Lucile mißbilligend.

Horace blickt zu mir hoch und sagte: »Cam-iiie.«

Ich wartete. Er musterte mich.

»Noch einmal«, sagte ich, aber Horace strahlte mich nur an. Ich hob ihn aufs Knie, das Kaninchen kam mit. »Lustiger Knopf, du hast meinen Namen genannt.«

Er war fast ein Jahr alt und hatte angefangen, wie ein Magier Dinge in seinen Bart zu murmeln. Was? sagten wir ständig zu ihm.

Jetzt saß ich da und umarmte ihn und zwangsläufig auch das Kaninchen. Er sagte nicht noch einmal »Camille« zu mir. Nie hatte er mich als seinen Vater bezeichnet. Wir erkannten einander lediglich, wie sich rechte und linke Hand im Dunkeln erkennen.

Also barg der kälteste Ozean solche Inseln.)

Aber das Meer verschafft sich von allen Seiten Gehör und oft auch den Blick. An einem stillen Tag, hieß es, konnte man selbst im Cordeliersdistrikt das Geräusch jenes anderen Dinges hören, das auf der Place de la Révolution die Zähne zusammenbiß.

Zweifelsohne nahm das Ding dort auch längst Männer in die Arme, die Söhne hatten.

Was erwartest du? Wir sagten, die Guillotine würde viel zu tun haben, und das stimmte.

Die Generäle Frankreichs, die diesen Krieg so schlimm verpfuscht haben, erhielten die traditionelle Nachricht: Sieg oder Tod. Alle, die nicht siegreich waren, wurden per Dekret des Wohlfahrtsausschusses nach Paris zurückgebracht und dem Tribunal überantwortet.

Das Tribunal tagt im Justizpalast, täglich, stündlich. Wie eine große, laut tickende Uhr, die nie stehenbleibt. Und das Pendel an dieser Uhr ist der Hauptankläger.

Ein interessanter Mann: gedrungen, bleichgesichtig, mit einem vorspringenden Kinn und einer langen Nase, die sich scheinbar ineinander verliebt haben und sich eines Tages unbedingt in einem Kuß begegnen möchten. Vorquellende Augen, blaß wie das Gesicht. Ein blasser Mund, der seitlich nach unten hängt. Nicht viel familiäre Ähnlichkeit mit dem »lieben Verwandten«, der ihm zu diesem berühmten, einträglichen Posten verholfen hat: Camille Desmoulins' fader Cousin – A.-Q. Fouquier-Tinville.

Er wird das tun, was man ihm sagt, also werden wir ihm einen Posten geben, hatte Danton bemerkt und damit diese Kreatur auf Frankreich losgelassen.

Fouquier, die Doppelzunge, lebt für seine Arbeit, droben in einem spitzhütigen, vergilbten Turm des Justizgebäudes.

Wenn er von seinen juristischen Papieren und seinem Branntwein heruntersteigt, tritt er, genau wie die drei Richter des Tribunals, in rabenschwarzer Robe samt pechschwarzem Hut mit schwarzen Federn auf. Ah-ha, denkt man, ein Leichenzug. Einer wird dran glauben müssen.

Auf der einen Seite sitzen die Magistratsgeschworenen, normalerweise vierzehn an der Zahl. Sie sind ausnahmslos Patrioten und werden für diese Aufgabe bezahlt.

Direkt gegenüber von Richtern und Geschworenen sitzt beziehungsweise steht auf der Plattform oder den Bänken der Angeklagte (unbezahlt), im Mittelpunkt des Geschehens.

Ein Bereich ist für die Öffentlichkeit reserviert und fast immer voll. Man muß bei der Rechtssprechung zusehen können. Und eines steht fest: Hier wird Recht gesprochen, zwar manchmal hart, aber gründlich. Dasselbe könnte man auch von Fouquier behaupten.

Nach seinem letzten Auftritt im vergangenen Jahr in Camilles Büro an der Place Vendôme hat sich Fouquiers Auftreten geändert und sorgt für Überraschung.

Hier befindet er sich in einer Machtposition. Nichts an ihm wirkt unsicher, und er hampelt auch nicht herum, sondern bewegt sich normalerweise nur ganz wenig und immer mit einer makaberen, schwarzen Würde. Irgendwie auffallend. Wenn er einen Punkt vorbringt oder eine spezielle Frage stellt, huscht mitunter flüchtig ein kriecherisches Lächeln über sein Gesicht, und die Stimme wird fast weinerlich – als ob er unbedingt vorsichtig sein und vielleicht sogar demjenigen, der dort auf der Anklagebank steht, schmeicheln möchte. In dem Moment ist Doppelzunge am gefährlichsten. Und die Lösung für dieses Verhaltensrätsel? Ziemlich einfach. A.-Q. F.-T. stammt aus jenem Stall von reinrassigen Sado-Masochisten, denen es Vergnügen bereitet, sich selbst und andere zu erniedrigen. Man könnte sagen, daß sich beide Lüste ab und zu in einem abgekühlten Augenblick vermischen. Außerdem steht eines fest: Wenn die Umstände auch nur ein Jota anders wären, müßte sich Fouquier vor einigen jener Leute vorsehen, die nun vor Gericht stehen. Also zeigt er ihnen, wie es gewesen sein könnte, ehe er den Dolch ins Schwarze stößt.

»Nun ja, normalerweise. Würden Sie denn die Behauptung für gerechtfertigt halten, Sie hätten den Feind bewußt gewinnen lassen?«

»Ich?« Der Gefangene, den man samt den Flecken auf seiner Uniform direkt von der Front hierhergebracht hat, protestiert lautstark. »Welche Beweise haben Sie für eine derartige –«

Woraufhin Fouquier mit honigsüßer Schmeichlerstimme unterbricht:

»Ich habe hier eine Liste, General. Die Zahl der Gefallenen während Ihres Rückzugs – es war doch ein Rückzug, oder irre ich mich?«

»Nein. Wir haben uns zurückgezogen.«

»Sie sollen gesagt haben, eine Armee ohne König habe keinen Anführer.«

»Eine Lüge!«

»Eine Lüge, ah ja, eine Lüge. Offensichtlich haben Ihnen aber viele Leute dabei zugehört.«

Einer wird dran glauben müssen.

Aber nicht immer. Manche steckt man lediglich wieder ins Gefängnis, wo sie bis zur besseren Beweislage (gegen sie) verrotten (Vertagung). Einige kommen davon. Wirklich. Und dann werden auf jeder Seite Emotionen zur Schau gestellt. Fouquier faltet seine Papiere zusammen, jemand bringt ihm ein Glas undefinierbaren Inhalts. Er wirkt ernsthaft erleichtert, daß er davongekommen ist.

Sobald das Theater vorbei ist, hat der Gefangene drei Möglichkeiten, um die Bühne zu verlassen. Normalerweise nach unten. Es muß eben Leute geben, die ihre Köpfe der Republik opfern.

Und die Uhr der Justiz mit ihrem schwarzen Fouquier-Pendel tickt weiter, und ihr Werk läuft wie geschmiert. Zu diesem Mechanismus gehören offensichtlich auch mehrere wackelige Karren, die ständig durch die Schlagadern von Paris fahren.

Schinderkarren. Dahinter steckt das Wort *kärren* – schreien; Karren für Dung, Holz oder Kanonen. Jetzt bringen sie verurteilte Kriminelle zur Place de la Révolution. Zwei massive Räder ohne Speichen, die über die Pflastersteine rumpeln. Von den Mauern und Fenstern entlang der Route kann man zuschauen, wie die Bösewichte langsam vorüberholpern. Die Straßen von Paris sind für Fahrten mit der Kutsche angelegt. Bei diesen holpernden, stolpernden Schinderkarren überträgt sich über die Bretterbänke jede Unebenheit auf sämtliche Wirbel und Rückenmarksnerven.

Wie viele sind denn heute morgen vorbeigekommen?

Zwei oder drei. Voll, wie immer. Ach, soviel Verderbtheit macht einen ganz krank.

Bestürzt und manchmal befriedigt schaut man den Vorbeifahrenden zu. Überall so viele Kriminelle, Spione, Verschwörer und Völkermörder – Gott sei Dank, daß der Wohlfahrtsausschuß so hart arbeitet. Aber trotzdem ... Seht ihr die alte Frau, dort auf dem Karren? Ist das nicht das alte Muttchen, das auf den Himmlischen Feldern Limonade verkauft hat? Was kann die angestellt haben? Ist doch halb blöd. Nein, du irrst dich bestimmt. Die alte Vettel hat monarchistische Traktate angepriesen und hatte dann – betrunken – den Nerv, einem Hosenlosen Gott erhalte Louis XVI. entgegenzubrüllen. Daraufhin hat man sie selbstverständlich ins Palais d'Justice gebracht.

Schinderkarren, Schinderkarren, alles fällt.

Wie viele heute?

Fünf oder sechs. Voll wie immer.

Den Karren knapp verpaßt? Macht nichts, in einer Minute kommt der nächste vorbei.

Mädchen ohne Ehemänner. Väter von Söhnen, die vaterlos aufwachsen werden.

Treib keine Scherze damit. Nein, nein.

Aber –

Maman, maman, du hast doch das Lied gehört:

Qu'est que c'est qu'ça?
Est elle la confiture du cassis?
Alors, mon petit, c'est ton pauvre papa!
Madame, elle a de trop des maris.

In der Nähe des dichtbevölkerten Platzes halten die Leute ihre Fenster geschlossen. Nicht wegen der Lieder. Die Luft riecht nach Metzgerei, und nicht einmal Dunkelheit oder Regen können etwas dagegen ausrichten. Im Konvent kam es deswegen schon zu Klagen. Wer möchte schon Tag und Nacht den Duft eines Freiluftschlachthofes einatmen?

Schnell ist sie, die neue Methode des al-fresco-Schlachtens, aber nicht sauber. Sanson, der Meister seines Faches, hat ihre Effizienz gelobt.

Aber es gibt auch andere Versionen. Angeblich erzählen sich die Henkersgehilfen in irgendeiner Weinkneipe sturzbesoffen, wie das Weidengeflecht der Körbe leidet – wird buchstäblich in Stücke zerfetzt –, wenn die abgeschlagenen Köpfe wie ein Haufen Krabben übereinanderpurzeln. Und wie dann die Zähne in diesen abgeschlagenen Köpfen im Augenblick schrecklichster Frustration vor sich hin mahlen und dabei ganze Fetzen aus den Korbwänden herausbeißen.

Man hört die Geschichte, wie oft sich der Henker über den Haufen beugen und sagen muß: »Du bist tot, Monsieur, sei still und geh schlafen.« Vorsichtshalber ist man dazu übergegangen, die Köpfe an den Haaren hochzuheben und sie wie einen Leckerbissen, den man Wölfen vorwirft, der Menge zu präsentieren. Durch dieses Hochheben präsentiert man auch dem Kopf seinen eigenen, verlorenen Körper, der dort gefesselt auf den Brettern liegt. Falls sonst nichts nützt, dann ist das das Ende (erzählen sie dir). Das löscht sie aus.

Aber um jedes Gerät ... rankt sich eine eigene Legende. Wer wird schon auf so was hören und so was ernst nehmen, wenn's um eine gerechte Sache geht?

Nein, da konzentriert man sich besser darauf, dem Miststück Nachschub zu bringen und ihr das zu geben, was sie gern frißt.

Na los jetzt, Generäle als Futter für La Guillotine! Seht ihr denn nicht, daß sie ein Loch im Bauch hat?

»Tu's nicht«, sagte Lacroix.

»Er hat mir geschrieben.«

»Soll er doch schreiben. Du hast ihn nie gemocht.«

»Ich habe mit ihm zusammen getrunken, genau wie du.«

»Und wenn schon, getrunken hab ich mit 'ner Menge Leute.«

»Laß meinen Arm los.«

»Das bin nicht ich, Camille, auf der anderen Seite steht Pierre.«

Camille stand auf und schüttelte sich wie ein Hund, der aus dem Wasser springt. Er war blaß vor Wut und zitterte. In den vergangenen Monaten schien es, als würde er nur noch in diesem Zustand an die Öffentlichkeit treten. Immer häufiger neigte er zu launischen Temperamentsausbrüchen. Er stritt sich auf der Straße herum und wurde bei den Cordeliers und selbst bei den Jakobinern mehrmals handgreiflich. (Hauptsächlich ging es dabei vermutlich um die Tugenden und die Unschuld von Lucile.) In der erregten Atmosphäre im Konvent blieb er, falls er überhaupt da war, normalerweise auf den Bänken. Jetzt stolzierte er die Stufen hinunter und schaffte es, sich die Rednertribüne zu sichern. Derzeit war er durchaus zu zusammenhängenden, ja sogar dramatischen Reden fähig, wenn sie auch nicht immer sehr logisch waren. »Oh, oh, Notizen«, meinte Lacroix dennoch. Und einige Bergparteiler stöhnten. Desmoulins war der Clown. Schriftlich war er der Sieger, leibhaftig jedoch ein totales Desaster. Er war zu allem fähig, aber offensichtlich beriet er sich in diesen Tagen mit niemandem. Danton hätte ihn zum Schweigen bringen können, aber der war natürlich mit seiner Kindbraut auf und davon und ließ seiner Natur freien Lauf.

Camille breitete seine Notizen am Rand des Rednerpultes aus. Der Konvent murrte, buhte und pfiff. Plötzlich riß Camille mit wutverzerrtem Gesicht die Arme hoch. Es war die gleiche wild-dramatische Geste wie vor langer Zeit, damals, 1789 – der Stuhl auf dem Tisch im Palais-Royal, das grüne Band, die Kastanienblätter. Teilweise unbewußt rief sie eine leicht verschwommene Erinnerung wach und gab ihm einige Sekunden Ruhe, in die er mit seiner heiseren, unzuverlässigen Stimme, die vor Ärger angespannt war, hineinrief: »Ich fordere eine Anhörung. Ich bezichtige den Wohlfahrtsausschuß der blinden Dummheit. Ich bezichtige ihn eines Urteils, das auf von Halbidioten erzählten Märchen beruht.«

»Ach, wie nett«, meinte Lacroix. Sein Bick über die Bänke traf auf einen eisigen Saint-Just und den beinamputierten Couthon, der wütend aus seinem Rollstuhl herausschaute – beides neue Mitglieder des zuvor erwähnten Ausschusses. Grinsend legte sich Lacroix die Hand über den Mund.

Camille erging sich in feierlichen Redewendungen (Griechen, Römer, die Grundprinzipien der Legalität) und drehte sich mit fliegenden Haaren mal auf die eine Seite, mal auf die andere. Komischerweise erregte seine Stimme Verdruß, obwohl sie, wenn er normal redete, nicht unangenehm klang. Manchmal wirkte sie sogar musikalisch, wenn er eine Gedichtzeile rezitierte oder seinem Sohn, seiner Frau oder einer Nymphe im Theater Nettigkeiten sagte … Aber das hier!

»Es geht um Dillon, schätze ich«, sagte »Père« Vilate.

»Richtig«, murmelte Lacroix, der noch immer in seine Hand schmunzelte. »Noch ein verdächtiger General, der ins Gefängnis geschleppt wurde. Er hat Camille einen Brief geschickt. Camille ist empört. Dillon ist schon in Ordnung, obwohl es heißt, er sei der Liebhaber von Camilles Frau. Das Problem liegt darin, daß er Liebeslieder an Antoinette verfaßt.«

»Bei Valmy«, rief Camille, »wer hat die Preußen festgehalten? Wer hat Dumouriez seinen Sieg gegeben? Dillon war es, Dillon, der nicht einen Augenblick an Politik gedacht hat, sondern einzig und allein an das Schicksal seines Vaterlandes.«

Einer grölte: »Er ist Ire!«

Daraufhin gab's Gelächter.

Camille schien dem standzuhalten, er konzentrierte sich und fuhr fort. Seine Gesichtsfarbe verstärkte sich wie bei Danton, allerdings nicht so hektisch. Die Blässe war in die verkrampften Hände abgewandert. Er teilte der Versammlung mit, die Anklage, die Dillon ins Gefängnis gebracht hatte, sei ein Vorwand, um die Schuldlast zu verschieben.

»Er vermißt seine Anwaltstätigkeit«, sagte Lacroix. »Er braucht jemanden zum Verteidigen.« Er hatte tatsächlich recht, aber der wahre Grund dafür war alles andere als lächerlich.

Jemanden zum Verteidigen, jemanden, der es wert war. Wer insgeheim die mechanische Madame mit den Zähnen schnappen hörte, von denen es blutig nach mehr Futter tropfte, der fühlte sich zum Handeln verpflichtet. Wahrheit, Vernunft, Gerechtigkeit, gesunder *Menschenverstand.*

Der Weg zum Himmel auf Erden, Camille, führt nicht durch eine Allee von Galgen und Äxten. (Ach, Mirabeau!)

Windmühles Auftritt war feurig, und die Arme wedelten herum, aber insgesamt lief es nicht schlecht und auch ohne Stottern. Bis sich einer von den neueren Jakobinerkonvertiten von den unteren Stufen des Berges erhob und Camille mitten im Satz zurief: »Nun ja, du müßtest ja eigentlich über Dillon bestens Bescheid wissen. Schließlich dinierst du ja mit allen feinen Pinkeln.«

»Jetzt geht's los«, meinte Lacroix.

Camille stand kurz vor dem Explodieren. Der Nouveau Jacobin (vor sechs Monaten war er noch mit der Gironde gerannt) bat den Konvent um Nachsicht für Bürger Desmoulins. »Bei einem Menschen, der das Protokoll des Konvents so wenig kennt, müssen wir Milde walten lassen. Schließlich hat er hier seit mehreren Wochen sein Gesicht nicht mehr sehen lassen. Das liegt an diesen späten Soupers mit aristokratischen Generälen. Am nächsten Morgen hat man dann einen Brummschädel.«

Ungehört ließ daraufhin der Mann auf der Rednertribüne eine Schimpfkanonade los. Hoffnungslos. Lacroix war das Grinsen vergangen. Dies konnte man den meisten von uns vorwerfen. Man aß und trank, wo es die besten Köche und Keller gab. Außerdem, war es deine Schuld, wenn dich das Restaurant neben Herrn de Soundso setzte, der dir gelegentlich eine Flasche aufs Wohl der Republik herüberschickte? Außerdem waren einige »hochwohlgeborene« Männer die Seele der Revolution. Lacroix spürte, wie ihm die Galle hochstieg, und flüchtete sich in Zynismus. Er betrachtete über all ihre Köpfe hinweg die schön gestaltete Decke und rief ihr zu: »Gib es auf, Camille. Gib es auf, Camille. Gib's auf.

Aber Camille gab nicht auf. Es war der Bergparteiler und Kürassier Billaud-Varenne, der aufsprang und schrie: »Ich fordere, macht Schluß damit!« Die Akte Billaud war makellos. Während gewisse Leute auf Tischen herumgehüpft waren, hatte er ein dreibändiges Werk über die Ministerkorruption in Frankreich veröffentlicht. Und am zehnten August 1792 war Billaud zum Anspcrn und zur Verstärkung mit den Legionen gerannt, bis sein Mantel durch Blut ruiniert war. »Es darf nicht angehen«, sagte Billaud, »daß sich Camille Desmoulins noch länger selbst zum Narren macht. Er wird ersucht, die Rednertribüne zu verlassen.«

Gedemütigt stand Camille da und betrachtete die höhnisch grinsenden und spottenden Gesichter ringsum.

Das Ganze hatte etwas erschreckend Richtiges an sich und wirkte wie ein Gipfelpunkt, ein Symbol, das nie zuvor so deutlich geworden war. Sofort verließ er die Stätte seiner Ineffektivität und bahnte sich einen Weg durch die Gruppe, die bereits rings um die Tribüne stand und spöttisch seinem Abgang applaudierte. Im Vorübergehen sagte er zu ihnen: »Na schön, wenn ihr nicht zuhören wollt, dann werdet ihr's eben morgen lesen.«

»Gut. Wunderbar.«

»Interessante Frage: Wieso setzt er sich für diesen Royalistenbastard ein«, meinte einer, »während der irische Scheißkerl schon seit Wochen hinter seinem Rücken mit seiner Frau vögelt.«

Wie ein in die Ecke getriebenes Wesen drehte sich Camille um und versuchte herauszufinden, wer gesprochen hatte.

»Kannst du's ihr verdenken, wenn sie mit dem da verheiratet ist?«

Aber da war nur ein Wall aus Gesichtern und Worten, dumm und doch schneidend schmerzhaft, bekannte Dinge, die unbekannte Stimmen schon hundertmal ausgesprochen hatten.

Nicht einmal jetzt fragte er sich: Was tue ich eigentlich hier? Es war ein fremdes Land, aber er hatte sich daran gewöhnt, so wie sich der verirrte Reisende an die Wüste gewöhnt. Wo Wasser mit unverhältnismäßiger Freude begrüßt wird, wo man das Wetter fürchtet und doch akzeptiert, wo man die Fata Morgana genießt und sich manchmal noch immer davon in die Irre führen läßt. Man versucht, ein paar Steine gegen Schakale bereitzuhalten, aber das eigentlich Gefährliche ist das Gelände – es kann töten.

Irgend etwas, die grausamste Gottheit von allen (Zufall oder Fortuna genannt), hat dieses Kind in ein Vipernnest geschleudert. Da spielt es nun. Er sah, wie attraktiv sie waren, und ihre Wendigkeit faszinierte ihn. Daß der Biß tödlich war, begriff er nicht.

Gegen reines Gift hat selbst verpestete Tinte keine Chance.

Robespierre nahm mich beiseite und erzählte mir, ich hätte durch meine Verteidigung eines bekannten Royalisten bei den Jakobinern einen Aufruhr ausgelöst. Insbesondere Billaud-Küraß hätte mein Erscheinen im Klub samt Entschuldigungen gefordert. Ein Vorschlag, den Legendre, der ehemalige Cordelier-Metzger, unterstützt hatte. »Der sollte bei seinen Hühnerknochen bleiben. Sind die Jakobiner nun das Tribunal?« fragte ich. »Ich bitte um Entschuldigung, aber ich dachte, man dürfe immer noch ehrlich sein.«

Robespierre riet mir, mich zu beruhigen; er habe persönlich meinen Namen verteidigt. »Es ist Narretei, anzunehmen, ausgerechnet du würdest irgend etwas gegen die Republik unternehmen. Aber, Camille, du forderst schwere Mißverständnisse geradezu heraus.« Tu ich das? »Versuche zu bedenken, wo in diesen spannungsreichen Zeiten Emphase angebracht ist.« Ich bedankte mich ungnädig für seine Hilfe und seine Lektion. Er ging fort. Und dort an der Straße stand Saint-Just, um ihn zu begleiten.

Gibt es drüben bei den Duplays noch immer die gemütlichen Familienabende, an denen man singt und Gedichte rezitiert? Elie, die ihr Achatauge auf Maxime geworfen hat, Betsi, die Philippe Lebas mit dem Doppelkinn als Ehemann gewonnen hat, und die Schwester von Lebas, mit der sich angeblich Saint-Just verlobt haben soll. Wie lange noch? Wann und mit welcher Ausrede würde er sich herauswinden? (Ob Betsi mit Lebas jene unzüchtigen Spielchen trieb, die ich ihr in meinem Aretino-Buch gezeigt hatte? Dieser Akt der Dummheit schien Jahrtausende her zu sein.)

Ich beobachtete, wie Saint-Just Robespierre den Weg entlang geleitete. Er bewegte sich wie ein Priester bei einer heiligen Prozession.

Robespierre ist der Weg und die Wahrheit.

Aber warum darüber spotten? Offensichtlich ist er der einzige von uns, der noch weiß, wohin er geht und warum und wie.

Was soll das nun sein? hatte sie zu mir gesagt, und nun fragte sie: »Was ist das?«

»Ich muß lediglich meine Worte genau abwägen. Ich will hier etwas sagen, was gesagt werden muß, in gedruckter Form.«

»Etwas, das mich betrifft.«

»Ja, etwas, das dich betrifft. Verzeihst du mir, wenn ich deinen Namen in diesem Zusammenhang veröffentliche?«

Sie sah mich ernst an. »Ist es so wichtig, wenn du weißt –«

»Ja! Ja, ja! Es ist wichtig. Grundgütiger Himmel, ich höre nur noch diese verdammte Lüge. Du und Dillon, oder mit Danton, oder mit einem anderen. Wenn Maxime kein Mönch wäre, hieße es zweifellos, du und Maxime, wobei deine Schwester den Aufpasser spielt.«

Sie senkte die Augen. Ich hätte mir die Zunge abbeißen mögen, weil ich diesen ekelhaften Blödsinn nach Hause gebracht und vor ihr ausgebreitet hatte.

»Lucile, es tut mir leid, aber ich schwimme durch diesen Unrat und versinke darin. Weißt du noch, wie Gabi uns allmählich wegen solch abscheulicher Gerüchte wie dem hier gehaßt hat? Sie hat es geglaubt, weil sie es sooft gehört hatte.«

Lucile schaute mir wieder in die Augen. Ihre Stimme klang fest und – kalt. Ich hatte vergessen, daß sie dazu fähig war. »Aber du glaubst doch nicht etwa dieses Gerede?«

»In Gottes Namen, du weißt doch, daß ich das nicht tue. Das gedruckte Wort ist meine einzige Stimme. Um zu erklären, daß ich nicht daran glaube, muß ich mich seiner bedienen. Das ist der einzige Grund dafür.«

»Kannst du mir dann sagen, ob dieses Pamphlet für einen Unschuldigen eintritt oder für uns?«

»Für beides gleichermaßen. Für Dillon. Und für deinen Namen.«

»Mein Name gehört dir, und dort ist er in Sicherheit.«

»Dann laß mich ihn verteidigen.«

Sie kam zu meinem Stuhl herüber. Ich zog sie an mich und vergrub mein Gesicht in ihrem süßen Duft. Leidenschaftliche Liebesworte sprudelten aus mir heraus. Nachsichtig hörte sie zu und küßte ab und zu meine Haare. Dann trat Stille ein, und endlich sagte sie: »Was für eine schreckliche Zeit. Wie sind wir dahin gekommen?«

»Ich weiß es nicht.«

»Weißt du noch, wie schrecklich am Anfang alles aussah – die heimlichen, dummen Rendezvous im Luxembourg, Mama mit ihren Besorgungsgängen? Und wie ich immer geweint habe, weil ich dachte, ich würde dich verlieren und müßte einen anderen heiraten?«

»Ach, meine Liebste.«

»Es kommt mir wie gestern vor, aber dann scheint es auch wieder so lange her zu sein. Haben wir uns so sehr verändert? Wir waren Kinder.«

»Nicht«, sagte ich, »nicht, ich kann das nicht ertragen. Nicht.«

»Ist ja gut«, erwiderte sie, »ist ja gut.«

»Alles war so klar, so strahlend«, sagte ich. »Was und wie es geschehen mußte. Wir haben versagt. Wir haben Frankreich auf dem Rücken dieses verdammten, nutzlosen Traumes zerbrochen, der sich nie verwirklichen läßt.«

»Ach, ist ja gut«, sagte sie. »Nein«, widersprach sie.

Ich dachte an Danton, der sich in den Lichtungen von Sèvres im Inneren von Louise immer tiefer ins Vergessen rammte. Ich dachte: Laß uns zurückgehen und den Teppich auf dem Webstuhl auftrennen. Laß uns von vorn beginnen und es richtig machen. Aber der Sumpf zerrte an meinen Füßen. Unerbittlich bewegt sich die Zeit vorwärts und wir mit ihr. Auch ich klammerte mich ans liebevolle Vergessen, als ob mir das helfen könnte.

ANTWORT AN GENERAL DILLON (UND AUCH AN DIE STADT PARIS)

Angriff ist die sicherste Verteidigung, und so habe ich mich bei Ihrer Verteidigung dank der Anhänger der Hohlköpfigkeit in allen Fraktionen ordnungsgemäß allseits unter Beschuß wiedergefunden. Diese Breitseiten führen nicht zwangsläufig zur Feuereinstellung meinerseits, aber ich werde innehalten, um sie zu beantworten. Beispielsweise muß ich jenem frischgebackenen Jakobiner, der verkündet hat, ich hätte sechs Wochen im Konvent gefehlt, folgendes erklären: Wenn er sich die Mühe gemacht hätte nachzuforschen, hätte man ihm mitgeteilt, daß ich einen Monat von besagter Zeit krank gewesen bin. Aber ich befürchte, dieser feine Herr spielt das übliche Spiel: Er nennt mich einen Aristokraten und versucht dadurch, seine ehemalige Treue zur Gironde in unserem Gedächtnis zu übertünchen.

Abgesehen davon hat es keinen Zweck, mich zu beschuldigen, ich hätte Komplotte geschmiedet, um irgendeinem General ein Oberkommando in der Armee zuzuschanzen. Dillons glanzvoller Ruhm, von dem ich hier zahlreiche Beispiele aufgeführt habe, spricht selbst für eine derartige Beförderung. Sogar der Mann, der die Capets auf der Flucht an unseren Grenzen verhaftet hat (und wer könnte mehr Republikaner sein als er?), hat von Dillon gesagt: Den kenne ich, er hat Frankreich gerettet.

Aber zweifelsohne wartet inzwischen jeder gespannt darauf, daß ich wegen jenes Mannes zu den Waffen greife, der mir die ganze Zeit über genauso Hörner aufgesetzt hat wie dem Rest des Landes. Was? Ihr kennt diese köstliche Geschichte noch nicht? Dann möchte ich eine Unterhaltung wiedergeben, die fünf Minuten, nachdem ich die Rednertribüne verlassen hatte, stattfand.

Ein lieber Freund trat auf mich zu. (Sind nicht alle meine brüderlichen Abgeordneten liebe Freunde, die genau wie ich nur das Wohlergehen und die Gesundheit Frankreichs im Sinne haben?) Er stellte sich vor mich hin und sagte:

LIEBER FREUND: Wie gut kennst du Dillon wirklich?
CAMILLE: Anscheinend gut genug, um für ihn einzutreten.
LIEBER FREUND: Ich verstehe. Hat dich deine Frau darum gebeten?
CAMILLE: Was meinst du damit?
LIEBER FREUND: (sehr besorgt) Ich möchte dich nicht aufregen.
CAMILLE: Laß das meine Sorge sein.
LIEBER FREUND: Wie oft begegnen sich deine Frau und Dillon?
CAMILLE: Ich denke nicht, daß sie ihm in ihrem ganzen Leben mehr als viermal begegnet ist.
LIEBER FREUND: In solchen Dingen kann sich ein Ehemann irren.

(Da ich nicht auf der Stelle vor ihm einen Wutanfall bekam und mich auf dem Boden wälzte, fuhr mein lieber, rücksichtsvoller Freund fort:)

LIEBER UND RÜCKSICHTSVOLLER FREUND: Nun, da du die Sache derart gelassen aufnimmst, kann ich dir den Rest enthüllen. Dein hochverehrter Dillon betrügt dich auf dieselbe Weise wie die Republik. Du bist nicht gerade ein hübscher Junge.
CAMILLE: Stimmt.
LIEBER UND RÜCKSICHTSVOLLER FREUND: Aber deine Frau ist eine wahre Schönheit. Und Dillon ist immer noch ein attraktiver Kerl. Da du nun mal häufig außer Haus bist und Frauen bekanntermaßen gerne flirten – na ja, du tust mir leid.

Als Camille sah, daß der andere nun fertig war, antwortete er: »Lieber, rücksichtsvoller, bekümmerter Freund, wie ich sehe, hast du von meiner Frau keine Ahnung. Und falls Dillon der Republik genauso Hörner aufsetzen sollte wie mir, dann hat die Republik noch nie einen loyaleren und tadelloseren Kameraden gehabt.«

Nachdem dies geklärt ist, bitte ich Sie, General, lediglich um etwas Geduld. Das Gefängnis, das Sie festhält, wird Sie in Bälde wieder freigeben. Frankreich befindet sich nicht im Würgegriff einer Inquisition, obwohl ich gestehe, daß man einige Repräsentanten der Freiheit mitunter entsetzt betrachtet. (Unser eigener Bitterling-Varennes springt trotz seines energischen Einsatzes am zehnten August entsetzt auf, um jedem den Mund zu stopfen, der sich im Konvent für einen Freund einsetzt. Oder der großmächtige Legendre, dem sicherlich nie ein unpatriotisches – oder vernünftiges – Wort über die Lippen kommt, der sich aber uns allen überlegen dünkt, weil er sich beim Eintreten die Augenbrauen am Türstock aufschlägt. Hinter ihm scharwenzelt Saint-Just herein, der aus Angst, er könnte sich sein Porzellanprofil anschlagen, sein ach so schönes Haupt so vorsichtig trägt wie ein Priester die Hostie. Gut möglich, daß wir angesichts derartiger Grundpfeiler der Revolution ins Zittern kommen.) Aber fassen Sie Mut. Bei der Ehre von Paris – denn sie, Ihre oberste Richterin, wird fair urteilen – schwöre ich Ihnen: Sie werden freigelassen.

Dieses Pamphlet brachte ich auf den Straßen mit der Anweisung in Umlauf, es unter folgendem Titel zu veröffentlichen: Verrat entlarvt! Briefwechsel zwischen Desmoulins und Dillon!

Es wurde gekauft und geglaubt, und binnen kurzem wurde er entlassen, was mir erneut zu Kopf stieg und mich aufheiterte.

Inzwischen erscheint mir der Vorfall unwichtig, ein fahler Feuerblitz über fernen Wassern. Das Unwetter sollte erst noch kommen.

1793: Sommer

Mein liebster Vater, verzeihen Sie meine verspätete Antwort auf Ihre letzten Briefe. Daran ist nicht meine Faulheit schuld, im Gegenteil. (Nachts träume ich von lautstarken Prozessen, die mir all die armen Gänse machen, deren ausgerupfte Federn mein Schreibmaterial auffüllen.) Für Ihre Lektüre lege ich das Pamphlet bei, von dem Sie vielleicht gehört haben, meinen offenen Brief samt Anmerkungen zum Thema Dillon. Ich freue mich über den Erfolg (unbescheidenerweise habe ich mich inzwischen schon auf große Verkaufszahlen eingestellt, und trotzdem überrascht mich meine Popularität noch immer; können Sie das verstehen?). Aber nachdem ich den Erfolg genossen habe, fühle ich mich schuldig. Die Royalistenpartei, die nach jedem Strohhalm greift, ist mit mir wegen dieses Œuvres hochzufrieden. Ich weise ihre höchst unerwünschten Lorbeeren zurück und frage mich besorgt, ob ich immer noch ein Republikaner bin oder ob ich mich im Schlaf auf mysteriöse Weise in einen Konterrevolutionär verwandelt habe! Das andere Pamphlet, das sich mit der Orléans-Verschwörung auseinandergesetzt hatte, hat ebenfalls weitgehend seinen Zweck erfüllt, denn Brissots üble Bande wurde vom Konvent ausgeschlossen, wo sie soviel Schaden angerichtet hat. Orléans selbst wurde unter strikter Beobachtung nach Marseilles geschickt. Gott helfe allen, die unseren Berg mit verfaulten Seilen erklettern wollen. Andererseits tut es mir leid, daß Mercier darin verwickelt war. Er hätte eben mehr Vorsicht walten lassen sollen. Wenn ich sehe, wie sorgfältig man meine Texte beachtet, dann brauche ich mir in dieser Angelegenheit nichts vorzuwerfen, ja, ich kann eigentlich sogar ziemlich stolz darauf sein.

Ich wünschte, ich könnte einen Besuch bei Ihnen ermöglichen, aber momentan machen es meine Pflichten hier beinahe unmöglich. Außerdem hat Lucile inzwischen - unter uns gesagt – eine ungünstige Meinung über die meisten Guiser, insbesondere über eine meiner Cousinen ... Aus Angst vor schrecklicher Zensur schreib ich Ihnen diesen Brief in den Büros des Konvents, wo mir meine Frau nicht über die Schulter schauen kann.

Ihre Schilderung über das Vorrücken unserer Truppen durch Guise in Richtung Norden ist erschreckend genug. Seien Sie versichert, daß die Schuld für rüpelhaftes Benehmen und Mangel an Disziplin einzig und allein bei den Offizieren liegt. Man darf weniger die Männer schelten, als vielmehr jenes kleinkarierte Adelspack, das ihnen ein derart erbärmliches Beispiel geboten hat.

Mein Gott, soeben erhielt ich Ihren letzten Brief. Mit Entsetzen lese ich, daß mein Bruder im Gefecht gefallen ist. Es schien ein böses Vorzeichen zu sein, daß Sie so lange nichts von ihm gehört hatten, aber dennoch flehe ich Sie an, geben Sie nicht die Hoffnung auf. Im Kampfgebiet herrscht enorme Verwirrung. Gut möglich, daß er nicht sein Leben verloren hat, sondern statt dessen gefangengenommen wurde und Ihnen zurückgegeben wird. Wenn ich meinen eigenen Sohn betrachte, begreife ich mit jeder Stunde, wie Ihnen dieser Schlag das Herz brechen muß. Der Verlust eines Kindes – bereits die Liebe, die man ihnen entgegenbringt, scheint sie verletzbar zu machen und damit das Unglück förmlich einzuladen. Das Leben ist gewißlich eine gefährliche Balance zwischen Gut und Böse. Einige Jahre kam es mir vor, als ob das Böse das Schiff meines häuslichen Glücks lediglich umkreisen würde, aber nun sieht es so aus, als ob auch ich an die Reihe kommen und überschwemmt würde. Die einzige Sicherheit besteht darin, ein Unbekannter, ein Nichts zu sein. Aber ich hatte Erfolg. Wo kann ich mich verstecken? Welches tiefe Gewölbe könnte mir und meinen Lieben – meiner Frau, meinem Kind – Zuflucht geben und mit mir all jenen Dingen, die ich für meinen Kopf brauche, meine Bücher, eine Feder? Es fällt ungeheuer schwer, nicht Tag und Nacht über die große Zahl derer nachzudenken, die hier sterben. Sich vorzustellen, daß auch diese Männer Kinder, Frauen, Väter haben. Minute für Minute fallen Köpfe, und doch liegen diese Exekutionen – außerhalb meiner Verantwortung. Ich habe versucht, mich gegen jedes willkürliche Morden aufzulehnen, genau wie gegen die jüngsten Dummheiten in diesen Kriegen, die jede Vorstellung weit übersteigen.

Es scheint, als ob es nie zu dem Besuch kommen wird, den ich zuvor spaßeshalber aufgeschoben habe. Nun, falls ich diese Revolution lebend überstehe (das sagen inzwischen viele), werden wir uns wiedersehen. Und dann denke ich mir wiederum insgeheim: Warum sollte ich nicht alles abschütteln und mich rekrutieren lassen, um als Soldat in der Vendée zwischen den Bajonetten Frieden zu finden? So vieles, was ich hier sehe, erfüllt mich mit Verzweiflung. Und doch, wir haben uns eigenhändig von einer Tyrannei befreit. Die Zügel liegen in unseren Händen. Wir haben die Chance, etwas besser zu machen – mit den Ziegeln der Ruinen. Wir sind keine Sklaven mehr, und nur die Verdammten haben keinerlei Hoffnung.

Nein, Camille, du kannst nicht auf Rhetorik verzichten.

Nicht einmal in Briefen.

Mutter, Mutter, schau mal her!
Das Ding sieht aus wie Marmelade.
Pst, mein Schatz, 's ist nur Papa,
aufgefrischt von Madame G.

Der Hochzeitsbaldachin gerät ins Wanken: zweites Bild

Ein ganz einfaches Bild: Mercier verhaftet.

Weniger als das – im Gewahrsam, im Luxembourg. Kein Gefängnis, denn dieser Bau war vor gar nicht allzulanger Zeit noch ein Palast inmitten von Gärten ... Natürlich lag er noch immer mitten in den Gärten. Also nur zur Beobachtung und mit einer Menge Komfort. Sie lassen dich sogar weiterschreiben.

Strapaziere deine Augen nicht, indem du versuchst, beim schlechten Schein einiger weniger Kerzen zu arbeiten. Du hast eine Menge zu sagen? Wenn du weniger gesagt hättest, wärst du jetzt nicht hier.

Ich habe dich auf der Straße getroffen, aber du wolltest nicht mit mir reden. Du hast dir die Handschuhe in die Hände geklatscht, als ob du mir ins Gesicht schlagen wolltest. Anderen habe ich erzählt, ich hätte dich auf der Straße getroffen und mein Gesicht von dir abgewendet. Genauso habe ich auch gesagt: Was die Guillotine macht, hat nichts mit mir zu tun. Außerdem bin ich von Anfang an gegen den Krieg gewesen. Ich habe nur unter dem Druck der allgemeinen Stimmung dafür plädiert, aber das da war nie mein Ziel. Als ob der Krieg ein Apfel wäre, aus dem man sich ein paar Bissen herausbeißen kann, und wenn man genug hat, legt man ihn weg.

Und ich habe gesagt: Ich hasse Ruhm, weil ich ihn gejagt, eingefangen und genossen habe, und nun stößt er mich bis auf ein Hemd nackt auf die Straße, so daß mich die Leute erkennen und – möglicherweise – mit Steinen bewerfen.

Und ich habe gesagt: Ich will mich irgendwo verstecken, denn ich hatte nur Gutes tun wollen, aber seht, was daraus geworden ist, und nun wirbelt das Rad blindlings den Hügel hinunter, ohne daß wir es aufhalten können.

Was schreibst du da, Mercier? Meine Anklageschrift? Sieh dich vor.

Ich habe sogar Dinge, die ich gesagt habe, verdreht und daraus etwas völlig anderes gemacht. Aber das macht nichts. Zwei Ecken des Baldachins aus Freundschaft und Liebe liegen bereits zwischen toten Blättern im Staub. Dafür stehen zwei Ecken noch aufrecht. Es stimmt, eine hängt ein bißchen schief – Brissot von der Gironde. Aber die andere hält Maximilien Robespierre fest, mein guter Freund.

Am Tag nach dem ersten Geburtstag von Horace sprang Marat im Konvent auf und kreischte etwas über die ständige Abwesenheit von Danton und das »Komitee für Öffentliches Durcheinander«.

Aber Marat hielt ja immer für jeden von uns ein gutgeschliffenes Stilett bereit.

Marat – Meister der Dolche. (Ich werde Dolche reden – und schreiben … aber keinen gebrauchen?)

Marianne Unbekannt
war ins Geschäft gerannt
und kaufte ein Messer.

Die junge Frau, die aus der Kutsche stieg, strahlte eine merkwürdige Faszination aus. Selbst die Männer in Marats Büro waren davon beeindruckt. Sie wirkte seltsam wichtig, daher schauten sie von den Papieren hoch und hörten zu.

»Guten Tag«, sagte die junge Frau. Sie sah wie siebenundzwanzig aus, hatte ein ovales, ernstes Gesicht, keine Schönheit, aber recht nett. Sie trug ein blaßbraunes Kostüm mit schwarzer Borte und einen schwarzen Hut mit ein paar Federn. »Ich habe einen Termin bei Bürger Marat.«

Ein Mann entfernte sich, um nachzusehen, der andere faltete weiter Papiere zusammen. Die junge Frau stand wie eine Statue ganz still mitten in dem unordentlichen Zimmer. Sie sah sich nicht um und interessierte sich offensichtlich für nichts. Ihr Blick war nach innen gerichtet.

Der erste Mann kam zurück.

»Tut mir leid, Bürgerin, er lehnt ab. Hat zu tun und empfängt niemanden.« Das stimmte zum Teil: Marat lag schreibend in seinem Heilkräuterbad. (Mit dem Dampf stieg ein grauenvoller Gestank von der vergifteten Haut auf.)

»Aber er muß mich empfangen«, sagte die junge Frau. Es klang nicht drängend, aber doch sehr nachdrücklich, als ob es sich um eine unbestreitbare Tatsache handeln würde und die beiden nur zu begriffsstutzig wären, um das zu begreifen. Aber sie in ihrer feinen Art würde Geduld mit ihnen haben. Sie sah ihnen in die Augen, hübsche Augen, aber ganz sicher nicht von dieser Welt. »Wißt ihr, Bürger, ich habe die ganze weite Reise vom Department Calvados hierher gemacht und habe Bürger Marat bereits geschrieben. Außerdem bin ich schon mehrmals hier vorstellig geworden in der Hoffnung, ihn zu sehen. Ich denke, wir alle sind uns der Gefahr bewußt, die von der Gironde-Fraktion ausgeht. Ich habe etwas, das ich Marat unbedingt geben muß. Etwas Entscheidendes für die Rettung Frankreichs.«

Man hatte sich an solchermaßen gefühlsbetonte Reden gewöhnt. So etwas lag morgens, mittags und abends in der Luft, besonders hier in Marats Wohnung. Aber dieses Mädchen schien von einer derartigen Energie erfüllt, daß sie ihr sofort Glauben schenkten.

»Na schön, warte hier. Ich werde gehen und ihm berichten, was du gesagt hast. Und wie heißt du?«

»Marianne«, antwortete sie, »Corday.«

»Du schon wieder«, sagt Marat, der noch immer im widerlichen Dampf hockt und Dolche schreibt. Im Bad fühlt er sich wohl, jedenfalls wohler als die restliche Zeit, obwohl er sich inzwischen bis zu einem gewissen Grad an das entsetzliche Unwohlsein seines Körpers gewöhnt hat und es vergessen kann. Er hört den Erklärungen seines Helfers zu. Marats Gesicht hat sich ein wenig entspannt, Dampftropfen säumen seine Augenlider, und er sieht beinahe unschuldig aus. Aber er sagt, nein, nein, er wolle sie nicht sehen. Sie höre sich wie eine Närrin an, wie eine, die berühmte Leute sammelt. Er habe keine Zeit für sie – und just in dem Augenblick tritt Marianne durch die Tür.

Die Revolution mit ihren Naturgottheiten hat Paris von vielen Ritualen der Etikette befreit, aber noch immer bedeutet es einen gewissen Tabubruch, wenn ein nicht verwandtes weibliches Wesen zu einem Mann eintritt, der nur mit einem Handtuch bekleidet ist und in einer wassergefüllten Kupferbadewanne sitzt.

»Aber, aber!« ruft Marats Helfer schockiert.

Jedoch der Eindringling sagt gelassen: »Bürger Marat, im Namen der Freiheit fordere ich bei Ihnen Audienz.«

Und Marat grinst. Auch auf ihn wirkt das Elementare an ihr, und außerdem gefällt ihm ihr Mangel an »Schicklichkeit«. Vielleicht erkennt er in ihr etwas Gesetzloses und Gewalttätiges wieder, was ihn an sich selbst erinnert. Er sagt: »Na schön, da du schon mal hier bist.« Damit bedeutet er dem Mann, zu gehen und die Tür zu schließen. (Er gehorcht und sagt unten zu dem anderen Kollegen: »Du hast sie heraufkommen lassen.« »Na ja, ich dachte, er würde sie empfangen; sie ist einfach an mir vorbeigegangen.«)

Sobald sie allein sind, sagt Marat zu seiner Besucherin: »Du behauptest, etwas über ein Gironde-Komplott in der Normandie zu wissen? Ist es das? Das ist nichts besonders Neues.«

»Ich habe Namen.«

»Dann spuck sie aus. Vermutlich weiß ich sie bereits, und in dem Fall kannst du dich beruhigen: Sie stehen schon auf der Warteliste von La Guillotine.«

Wie unbewußt betritt sie den Dunstkreis des ekelhaften Dampfes, beugt sich näher zu Marat und flüstert wie eine Geliebte. Er schreibt, dann unterbricht er. Sie beugt sich weiter über ihn. Die Badewanne ist ausreichend groß, ohne ihn ganz zu bedecken. »Was suchst du, Bürgerin aus Calvados?« fragt er bösartig. »Wie du siehst, werde ich bei lebendigem Leibe aufgefressen, aber ansonsten bin ich gebaut wie alle anderen Männer auch. Wenn du ihn derart anstarrst, antwortet er vielleicht.«

Marianne Charlotte Corday tritt vom Bad und seinem lüsternen Insassen zurück. »Bürger«, meint sie knapp, »ich gehe.« Sie dreht sich Richtung Tür um, womit sie automatisch sofort hinter ihn tritt. Gut denkbar, daß sie sogar ihren Plan geändert hat. Aber dann – ach, diese Vorsätze – dreht sie sich erneut um, beugt sich von hinten über seine rechte Schulter, als ob sie seine Lippen küssen wollte, und stößt Marat das Messer in die Brust. Die Klinge – zum Fleischschneiden gedacht, allerdings nicht für Menschenfleisch – dringt unter dem Schlüsselbein ein, rutscht schräg nach unten, verletzt dabei die große, vom Herzen kommende Arterie und durchbohrt schließlich den linken Lungenflügel.

Mit einem Blick reinster Verblüffung sinkt der teuflische Marat zurück und schreit wie ein erschrecktes Kind nach seiner Mätresse: »Ach, mein Schatz, komm schnell!«

Als besagte Dame hereinstürzt, begegnet sie der Mörderin, die gerade zur Tür hinausspaziert.

Marats Wäscherin drückt ihn an sich, während sich das Badewasser verfärbt und seine Augen brechen.

Man hört Handgemenge, aber sie bringt es nicht fertig, aufzusehen. Einer der Männer ist vom unteren Büro hochgerannt und spricht nun im Türrahmen die Mörderin an:

»Du verfluchtes Miststück, was hast du getan?«

»Zu spät«, sagt Marianne Charlotte, »das Untier ist tot.«

Marianne, qui n'a pas de mari,
A acheté un couteau, et comme cela –
Paris n'a plus de Marat.

Sie trug einen Fächer, und der Dolch war im Fächer versteckt. Als man den Fächer öffnete, sah man, daß darauf Veilchenblüten gemalt waren, und wenn man ihn gegen eine brennende Kerze hielt, erkannte man, daß hinter und unter jeder lilafarbenen Blume das Gesicht des enthaupteten Königs aufgemalt war.

Ach ja?

»Hier entlang, Bürgerin.«

Die Treppe ist schmal, abgenutzt, ungepflegt, dunkel und gefährlich. Die erste junge Frau mit dem königlichen Gesicht war mit raschen, festen Schritten hinaufgestiegen. Diese hier, ein paar Jahre älter und um einiges kleiner, läßt mehr Vorsicht walten, und statt Fächer und Messer trägt sie eine Reisetasche. Der Nationalgardist – das ganze Haus und jeder Treppenabsatz wimmelt davon – öffnet ihr die Tür, damit sie eintreten kann. Argwöhnisch mustern sie die Männer, die in einer Art dumpfer Ehrfurcht herumstehen. Noch eine Frau. Ist sie gekommen, um ihn zum zweitenmal zu erstechen?

»Die Bürgerin Curtius«, verkündet die Eskorte, wobei er ihr den falschen Familiennamen gibt, vielleicht war's aber auch der biologisch richtige. Und damit betritt an diesem Nachmittag die zweite Marie das Badezimmer von Marat.

Draußen stehen überall Menschen herum, es werden immer mehr, aber sie bleiben ruhig. In einigen Stadtvierteln drohte Panik auszubrechen – der Tod von Marat, ausgeführt von königstreuen Spionen, sei der Auftakt zu einem allgemeinen Massaker! Aber die Stadtverwaltung ließ die Garde antreten, die die Dinge unter Kontrolle nahm und noch immer hält. Es dauerte lange, ehe die Kutsche bis hierher durchkam, denn fast an jeder Abzweigung wurde sie angehalten. »Was sucht ihr im Cordeliersbezirk?«

»Diese Bürgerin arbeitet mit Wachs und ist die rechte Hand von Doktor Curtius am Temple Boulevard. Der Konvent hat sie hergeschickt, um von jemandem eine Maske abzunehmen, der heute nachmittag ermordet wurde.«

Der Maler David war im Konvent aufgestanden und hatte darum gebeten, daß Marie dies tat. Man möchte meinen, David wüßte, daß sich Marie inzwischen daran gewöhnt hat, Totenmasken abzunehmen. Und aus irgendeinem Grund hat der sonst so opportunistische David keine Lust, sich hinzusetzen und den Leichnam abzuzeichnen. Laßt das mal die kleine Marie machen. Er würde sie dann hinterher konsultieren.

Sorgfältig beginnt Marie mit ihrer Arbeit. Die Männer schauen zu, einige von ihnen leicht entsetzt oder interessiert. Sie entsprechen ihrer Bitte, brennende Kerzen aufzustellen – der Tag geht zur Neige, und inzwischen ist es bewölkt. Selbstverständlich ist es die schäbigste Kerzensorte. Was würde ein Marat schon kaufen? Sie blaken, rauchen und zischen. Sonst hört man kaum ein anderes Geräusch. Manchmal schwere Stiefel auf der Treppe. Einmal weint jemand leidenschaftlich und aus tiefster Verzweiflung. Kann es sein, daß die Wäscherin um ihren Verlust weint? Oder ist auf der Straße eine Frau hysterisch geworden.

Marie arbeitet exakt, nur ab und zu bewegt sie mit einer kleinen, theatralischen Geste ihr Handgelenk. Die Toten brauchen keine Strohhalme zum Atmen, während der Gips auf dem Gesicht aushärtet. Ein Vorteil. Sie werden auch nicht unruhig und nervös, wenn der Gips fest wird und sich in eine heiße, porenlose Zwangsmaske für Haut, Mimik und Augen verwandelt – vielleicht ein vager Hinweis auf das Begräbnis, ein weißes Gipsgrab. Außerdem muß man den Männern (und manchmal auch den Damen) das Gesicht rasieren, und wenn dann die fertige Maske herunterkommt – was gibt es dann für schrille Schreie! Aber im Fall Marat …

Während die Form aushärtet, hat Marie eine andere Beschäftigung. Sie vermißt Schultern, Hals, Arme und Brust. (Hierbei bittet sie einen von der Wache um Hilfe, um den Toten ein wenig vom Wannenrand wegzuheben. Zimperlich tut ihr der Wachposten den Gefallen, obwohl es ihn beinahe würgt. Dagegen zeigt Marie an keinem Punkt irgendwelche Abscheu. In Wirklichkeit unterliegt sie einem generellen Ekel, denn offensichtlich bemerkt sie auf der Welt nur Menschen, die sich aus unbekannten Gründen anders benehmen, als sie es tun würde.)

Als die Maske starr ist, wird sie abgehoben, vorsichtig eingewickelt und in der Reisetasche verstaut. Marie räumt zusammen. Als sie zur Tür geht, bricht einer der Wachposten in Tränen aus. »Zeig ihn, wie er war, Bürgerin. Er war der einzig wahre Freund, den das Volk hatte.«

Marie nickt ernst. Sie machen die Tür auf, und vorsichtig steigt sie über die unsaubere, unsichere Treppe auf die Straße hinunter, wo es allmählich dunkel wird.

Sie hat noch einen Gang zu machen. Noch mehr Skizzen, vielleicht auch Messungen.

Drüben in der Conciergerie erwartet Charlotte Corday, die früher offiziell Marianne hieß, wie eine Königin ihre Hinrichtung. Nach ihrer Enthauptung wird sie ein attraktives Ausstellungsstück im Wachsmuseum werden. La mort en cire.

So viele Vorkehrungen für die Unsterblichkeit.

Dabei ist einem wie Marat die Unsterblichkeit unausweichlich garantiert. Im Augenblick seines Todes wurde er zum Märtyrer und Heiligen der Revolution.

Man wird ihn im Panthéon begraben. Bis auf sein Herz, das der Cordeliersklub unbedingt in einer Porphyrurne bei sich von der Decke hängen lassen möchte. Vielleicht als eine Art Maracles-Schwert: Sollte es ein Verräter an der Republik wagen, sich darunterzustellen, wird das cœur de Marat mit einem häßlichen Plumps herunterfallen und dem Schuft den Schädel spalten.

Die Jakobiner beabsichtigen, eine Büste anfertigen zu lassen und im Konvent aufzustellen: Marat samt Stirnband – hübsch hygienisch, in Marmor.

Es heißt, man würde in den Provinzschulen den Kindern beibringen, das Kreuz zu schlagen, sobald der Name des heiligen Marat fällt. Vor den willkürlich plazierten Altären der Freiheit werden Kerzen angezündet, auf denen blutrot der Name des heiligen Marat eingeritzt ist, so daß er allmählich vom Feuer aufgefressen wird: Marat – aratrat.

(Ob Maximilien Robespierre, der immer noch höchst unmärtyrerisch am Leben ist, einen Hauch von Eifersucht verspürt?)

Am Tag der Beerdigung, als die herzlose Asche von Marat in einer Schatulle zum Panthéon getragen wird, sind alle da.

Neben dem blumenüberhäuften Sarg gehen junge Männer mit Zypressenzweigen in den Händen, während Mädchen in blendendweißen Gewändern mit der Trikolore um die Taille oder über der Schulter einen melancholischen Trauergesang anstimmen. Alles ist sehr griechisch oder römisch.

Jede Sektion von Paris ist vertreten und auch viele Departements von Frankreich. Die Verrückten Hunde von Jacques Roux ziehen, wie es sich gehört, ohne Geheul mit Papierbannern oder Tüchern hinterdrein, auf die das Gesicht samt Schal gemalt ist. FREUND DES VOLKES oder DAS HERZ VON FRANKREICH, DAS HERZ VON MARAT steht darauf.

Der Konvent, die Stadtverwaltung, die schäbigen Überreste des chaotischen Ministerrates (wer?) – alles und jeder schlurft die Begräbnisroute entlang.

Erinnert ihr euch an Mirabeau? Könnte dieses staatliche Sterben und Begrabenwerden zur Gewohnheit werden? Aber diesmal brennt der Himmel nicht, und drunten gibt es keine Girondisten.

Robespierre führt den Vorsitz.

Robespierre war dafür bekannt gewesen, daß er auf der Rednertribüne des Konvents über Marat geäußert hatte: »Dieser Mann ist nicht mein Freund, trotzdem halte ich ihn für einen echten Patrioten, der nur die Rettung Frankreichs im Sinn hat.« Angeblich hatte es geheime Treffen gegeben (wie sie angeblich zwischen jedem revolutionär gesonnenen Abgeordneten und dem einen oder anderen seiner Feinde stattgefunden haben).

Marat habe, hieß es, Robespierre verkündet: »Der einzige Weg, diese Revolution zu retten, führt durch Blut.« »Ich bin nicht bereit«, erwiderte Robespierre, »mir dieses Gerede über Schafotte anzuhören.« Schon bald wird sich Robespierre nach Norden zum Temple Boulevard begeben und die Wachsausstellung betreten, nachdem er darauf bestanden hat, seinen Eintritt wie jeder andere zu bezahlen. (»Nein, nein, Curtius, danke schön, aber ich möchte bezahlen. Sie bringen mich in Verlegenheit.« Dann wird er die Szene anstarren – Marat in Wachs, das Bad, die Handtücher – und anschließend auf der Straße draußen beinahe ohnmächtig werden. Natürlich ist er wieder krank gewesen, und außerdem wirkt die Wachsfigur (der gute, alte David wird sie demnächst, so gut er kann, auf Leinwand pinseln) extrem lebensecht.

»Dieser Mann«, wird Robespierre stockend zu dem besorgten Passanten sagen, der stehenbleibt, um ihm zu helfen, »nein, ein Freund war er nicht – seine Gewalttätigkeit hat mir immer Kummer gemacht –, aber auf sein Herz war Verlaß. Nur das Messer einer Verräterin konnte seinen mächtigen Schlag zum Stillstand bringen. Ja, geh hinein, geh hinein und sieh ihn dir an. Er muß gerächt werden. Seine Feinde sind auch unsere Feinde – sind wir denn zu blind gewesen, um sie klar zu erkennen? Wenn man uns erdolcht, verletzt und auf uns schießt – haben wir eine andere Wahl, als zurückzuschlagen?« Mein Freund, du hast gesagt, du wärst Pazifist. »Ich bin es. O Gott, gib mir Frieden. Aber der einzige Weg, gesund zu werden, führt über einen Aderlaß.« Was? *Blut?* Sollte der Tag kommen, Robespierre, an dem du sagst: Besser zehntausend Unschuldige gehen zugrunde, als daß ein schuldiger Mensch entkommt?

Aber so weit ist es noch nicht, so weit hat dich dein Traum von der perfekten Utopie noch nicht getrieben. Beim Begräbnis stehst du über dem Gefallenen und bist weise.

»Mein Gott, seht ihn euch an«, bemerkt einer der anwesenden Bergparteiler. »Marats Sarg. Du liebe Güte, man möchte meinen, Maxime müßte etwas Verdorbenes auf den Misthaufen tragen.«

»Na, etwa nicht?«

Aber auf Beerdigungen lacht man nicht. Es könnte einen in Verruf bringen.

Auf dem Weg zum Schafott ist das allerdings etwas völlig anderes.

Es regnet, aber nicht auf eine einzige Schäferin.

Wie tapfer sie ist. Nicht ein einziges Mal ist sie während der Gerichtsverhandlung zusammengebrochen. Jetzt, auf der Fahrt mit dem Karren durch eine riesige Menschenmenge, die gaffend die Hälse reckt, sieht sie – verdammt noch mal, sie sieht wie eine verflixte Königin aus. Ehrlich? Den Kopf hoch erhoben, die (ungefesselten) Hände leicht auf dem Wagenrand, ausdruckslose, riesige Augen, den Blick in weite Ferne gerichtet.

Entsprechend dem wichtigen Anlaß hat man ihr das scharlachrote Hemd angezogen, das sie als Vatermörderin kennzeichnet, eine Mörderin an ihrem Vaterland. Durch den Regen klebt der Stoff an ihrem statuesken Körper, so daß sie schon jetzt aussieht wie in leuchtendes Blut getaucht.

Über allem liegt eine Art herzliche Stimmung, ein Gefühl, daß alles seine Richtigkeit hat. Sie, die ihre Aufgabe erfüllt hat, geht mit vollem Einverständnis, ja fast selbstgefällig ihrem Tod entgegen und bietet dadurch ein typisches Drama zur Besänftigung des Pöbels, der unaufhörlich seinen Helden Marat beklagt. Die Menschen, die ihr folgen und sie voller Haß bewundern, singen die »Carmagnole«, und hinter dem Karren tanzen sogar einige Mädchen. Zum Kuckuck, was soll das bedeuten? Ist das ein Spiel, eine Szene aus einem Theaterstück, das in den Straßen des kriegsmüden Paris aufgeführt wird? Eigentlich will man sie gar nicht abschlachten. Oder doch? Dann kann diese durchaus vergnügte Feier hauptsächlich nur eines bedeuten: Sie hat es getan, aber sie wird für ihre Tat bezahlen. Woraus sich ein anderer Präzedenzfall ergibt: Jeder, der das Volk beleidigt, wird dafür bezahlen. Außerdem sind sie auf gewisse Weise froh darüber. Wenn er schon sterben mußte, dann lieber in den Klauen dieser Prachtlöwin als auf der Schleimspur eines rückgratlosen Wurmes. (Denkt daran, meine Freunde und Feinde, und beherzigt es für spätere Zeiten: Tapferes Sterben ist bei der Masse immer populär.)

»Ist 'ne holprige Fahrt, Fräulein«, bemerkt Sanson zu seinem Schützling.

»Tatsächlich?« Die Mörderin schenkt ihm ein gelassenes Lächeln.

»Und bei so vielen Menschen dauert es eine Weile.«

»Aber wir werden hinkommen.«

Entweder schämt sich Sanson ein wenig, oder er ist ein bißchen verstimmt. Bei ihm kann man sich da nie so sicher sein.

Hin und wieder hat jemand diesen Mann, den Oberhenker von Paris, mit einem bittenden Blick aus tiefen Augenhöhlen gefragt: »Es geht doch schnell mit der neuen Maschine, ja? Sag mir, daß es stimmt, du Monster. Du solltest es wissen.« Während andere aus Angst, er würde bei ihnen patzen, wenn sie nicht höflich sind, katzbuckeln (es heißt, der Alte Fettwanst wäre Sanson auf den Fuß getreten, und schaut nur, was mit dem Alten Fettwanst passiert ist – zwei Hiebe, bis er erledigt war). »Du als Meister deines Faches wirst doch nett sein, ja?« Manchmal fallen sie im Wagen in Ohnmacht oder übergeben sich. Und noch andere Dinge passieren. Aber letztlich ist es ziemlich unwichtig, wie beherrscht man ist. Sobald sich die Schlinge zuzieht, die Axt ins Ziel knallt und die Klinge spaltet – siegen die Körperreflexe über die erschlafften Schließmuskeln. Die Hinrichtungsstätte, mes chers amis, stinkt nicht nur nach Blut.

Sanson. Denkt er darüber nach, ob er dieser Frau erklären sollte, daß sie keine Schmerzen spüren wird? Inzwischen funktioniert der Mechanismus des Instruments perfekt und wird wie ein silberner Seufzer die weiße Säule ihres Halses durchtrennen. Während des Herunterfallens spürt man einen Luftzug, aber nicht den Todeskuß.

Aber, o Gott, was kommt danach?

Denkt sie überhaupt daran?

Hölle, Engel, Vergessen –

Nein. Sie hat keine Angst davor, genausowenig wie vor allem anderen.

Die hier könnte man bei lebendigem Leibe verbrennen, und sie würde es vermutlich nicht spüren. Jeanne d'Arc im scharlachroten Gewand auf einem Schinderkarren.

Das letzte, lange Stück die Rue Saint-Honoré entlang, dann scharf nach links die Straße der Nation hinunter, wo sie sich zum Platz weitet. Und über allem blutet sich die Sonne durch den feuerdurchzuckten Regen zu Tode.

Sanson hilft Charlotte Corday auf den Boden herunter.

Die Stufen zur Plattform steigt sie mit denselben fest entschlossenen Schritten empor wie damals Marats Treppe. Die Hände werden ihr gebunden; sie läßt es geschehen.

Leises Donnergrollen über den Tuilerien, aber zu vage, um melodramatisch zu wirken.

Sie legt sich auf das Brett. Madame schlägt ihr die berühmten schlanken Holzklauen um den Hals.

Hatte sie damals in der fernen Normandie, als Girondistenflüchtlinge ihren Intellekt gereizt hatten und sie ihren einfachen Plan geschmiedet hatte, nicht vermutet, daß die Straße für sie hier unter der Klinge mit dem Gesicht nach unten enden würde? Ja, sicher hat sie das. Fünfundzwanzig Jahre alt und alles vergeudet auf dem Metzgerblock.

Ein Spiegelblitz. Es ist vorbei.

Einer der Henkershelfer tritt vor und hebt den fünfundzwanzigjährigen Kopf an den geschorenen Haaren hoch. Weil der Mechanismus der Maschine derart schnell agiert, lernt man, die Sache anderweitig in die Länge zu ziehen. Weil sie Marat, das Herz Frankreichs, getötet hat, gibt der Helfer dem Kopf im Zuge einer brillanten Improvisation eine Ohrfeige für seine Unverschämtheit.

Der Schlag treibt ihr zur Verblüffung der Menge den letzten Blutrest in die Wangen. Noch Jahre danach wird es heißen, der abgeschlagene Kopf der Toten wäre vor Wut rot angelaufen. Nur ihre weitaufgerissenen Augen starren in Trance unmenschlich ins Leere, und ihr Blick ist genauso leblos wie zu ihren Lebzeiten.

Terra incognita – das Land nach der Ermordung Marats.

Die Mörderin hat über die Girondisten gesagt: »Sie schrieben Lieder, die das Volk von Frankreich erneut zur Einheit rufen würden.«

Auch die Gironde hat sich über Charlotte geäußert. »Sie hat uns vernichtet.«

Und der Berg? Die Spalten verbreitern sich. Allmählich zerreißt er.

1793: Spätsommer – Herbst

Danton kam und ging und schien nie länger als zehn Tage am Stück in Paris zu sein, während der Sommer von 1793 golden verbrannte. »Selbst die Römer«, bemerkte er, »sind während der Hitzeperiode immer aus

Rom verschwunden. Der Tiber war braun von Abfällen, und stets räumte die eine oder andere urige kleine Epidemie in den Elendsvierteln auf.« Für die meisten von denen, die in Paris schon längst nicht mehr das Neue Rom beziehungsweise in der Landschaft des Departement Seine-et-Oise das säulengeschmückte, vom Opferrauch umwölkte Arkadien des griechisch-römischen Traumes sahen, lieferte die immer noch aufreizende Louise genügend Grund, Danton zu entschuldigen (wallende Haare, barfüßig und nackte Schultern.) Wenn er in die Stadt kam, wirkte er erfrischt, stürmte wie ein Wirbelwind in den Konvent und schüttelte alles ein wenig durch. Beobachter gewannen den Eindruck, als ob er urplötzlich den Grund für seine Anwesenheit vergessen würde, noch ehe er sich ausgetobt hatte. Hereinstürzen, mit Zähnen und Klauen die Rednertribüne packen und dann hinausschlendern – fort. Und auf der Stelle wieder auf und davon, mit Kutsche, Kindern und Kindbraut im vergoldeten Staub der Distanz verschwunden.

Wofür lohnte es sich denn, jetzt noch zu bleiben? Hier und da ein wenig vorsichtig herumschnüffeln beziehungsweise ein überflüssiges Feuerwerk veranstalten, damit der Komposthaufen gesund blieb. Der Wohlfahrtsausschuß, für den er offensichtlich längere Zeit nichts übrig gehabt hatte, war umbesetzt worden und hatte ihn hinausgeworfen. (Eine lästige Pflichtübung weniger.) Im übrigen schien es Dantons Protégés nicht gut zu ergehen. Westermann sorgte beispielsweise in der Vendée für ein grandioses Durcheinander.

»Nie hätte ich gedacht, daß mich die politische Bühne einmal langweilen würde«, sagte Danton. »Aber es ist wie mit einer bestimmten Art von Frauen. Man genießt das Spiel, aber wie kann man treu bleiben? Außerdem bin ich müde.«

»Du hast«, meinte Camille, »mit deiner Treue übertrieben.«

Danton lachte. »Was hältst du von meiner Louise?«

»Drei neue Lieder an einem Abend. Beeindruckend.«

»Immer noch besser, als auf der Kehrseite in den Tuilerien zu hocken und sich anzuhören, wie dieser verdammte Irre, dieser Hébert, der Sohn von Duchesne, mit schriller Stimme ständig neue Köpfe fordert. Schau dir diese Reben an, eine wunderschöne Traube. Louise und ich waren ... vergangene Nacht hier draußen. Und anschließend habe ich deinem Dionysos mit altem Wein ein Trankopfer dargebracht, was er anscheinend ziemlich gerne angenommen hat. Glaubst du, ich sollte dieses Haus kaufen?«

»Du hast schon ein Haus. Sogar zwei, oder sind es drei?«

»Aber das hier ist hübsch, und Louise mag es. Ich sehne mich noch immer nach meiner Heimatprovinz, nach dem weitläufigen, alten Landsitz – die vielen Pferde. Wie's denen wohl geht? Aber ich muß Paris im Auge behalten. Und hier sind wir trotz der tröstlichen Weinreben nicht weit weg.«

Danton und seine Reben. Nachdem er eine Rekrutierung vorgeschlagen hatte, drehte sich eine geraume Anzahl seiner jüngsten Reden darum, wie wichtig es sei, die Ernte einzubringen, ehe man die Bauern in den Krieg schickte. An diesem Ort fiel es einem schwer, sich vorzustellen, daß irgendwo in Frankreich die Lebensmittel knapp waren und Hunger herrschte. Dagegen schien Paris tausend Kilometer weit weg zu sein, obwohl es so nahe lag, daß man ein Auge darauf werfen konnte.

Camille schaute sich um. Jenseits der Weinstöcke, die den staubigen kleinen Pfad säumten, zog sich die trockene Wiese bis zu dem weißen Haus mit seinen gemütlich verwitterten Fensterläden hinauf, wo Louise und Lucile mit Dantons Kindern spielten. Unter den letzten Strahlen des Abendsonnenscheins blitzten die Gestalten mal blaß, mal leuchtend auf. Tauben gurrten hoffnungslos bukolisch, während sie sich auf den Dächern niederließen. Obendrein hörte man das beruhigende Geplätscher von einem kleinen Fluß. Die Bäume rückten unter dem klaren Himmel näher, Wäldchen, die mit eingefangenen Lichttupfern übersät waren und doch allmählich Schattenbogen formten. Es hätte doch Arkadien sein können. Und während die Dämmerung hereinbrach, ertönte Pans Syrinx geheimnisvoll-süß über die Lichtung, als ein französischer Schäferjunge, der nicht lesen konnte und dem es auch egal war, einer Flöte Musik entlockte.

»Siehst du?« sagte Danton. »Du weißt, was ich meine. Wir haben genug getan, du und ich. Wir waren mittendrin. Steig jetzt aus, und überlaß die Sache den Hitzköpfen.«

Solche Sachen sagte er – en pastoral –, und vielleicht war er in dem Moment sogar davon überzeugt, aber immer wieder trieb ihn die Leidenschaft zu jenem Weib namens Politik, der er »untreu« war. Vielleicht war's auch Frankreich, seine Mätresse. Er hatte die höchsten Höhen erreicht, bis ihm schwindlig wurde und er sich zurückzog, weil er sich umzingelt gefühlt hatte. Er hatte im Schatten gefaulenzt und sich umgedreht, um erneut auf die gefährliche Steppe des öffentlichen Lebens hinauszustarren. Mittlerweile blickte er weder auf die bitteren oder wütenden Gefühle zurück, mit denen er abgedankt hatte beziehungsweise entlassen worden war, noch auf die Resignation, die die Phasen der Unfähigkeit oder scheinbarer Unfähigkeit in ihm ausgelöst hatten. Laß mir meinen Rückzug, hatte er gesagt, weil das Blut in seinem Schädel pulsierte und das Herz in seiner Seite dröhnte, weil ihn kleinere Wehwehchen und größere Ängste plagten, die er nie konkret ausgesprochen hatte. Aber der Genius in Danton, die erbarmungslose Maschine, die ein Genius immer ist, krallte sich in seine Seele und riß ihn erneut auf den Dreschplatz zurück. Wie könnte er es verlassen, sein Frankreich und die Vielzahl aller lebendigen Dinge, aus denen es bestand? Wie konnte er es den Héberts, den Davids und den Robespierres überlassen? Er, Danton, sein Liebhaber, seine Stärke. Im Gegensatz zu Camille Desmoulins hatte Danton keine genaue Vorstellung vom »Pöbel« – auch wenn er diesen Begriff im Scherz benutzte. Selbst wenn er den Ausdruck als Beleidigung verwendete, beleidigte er damit Individuen, keine zusammengefügte Einheit. Danton sah Menschen, sah Leben – jedes Blütenblatt, jeden Staubfaden, jedes Körnchen und jedes Atom.

Aber nun ist er gespalten. Und so wird er unruhig, wenn er Muße hat, und verliert im Zentrum der Ereignisse seinen Schwung, weil er sich nach Ruhe sehnt. Deshalb lernt er, in der einen Situation Wind zu machen, während er in der anderen über Krautköpfe spricht. Auch er hat Dinge, die er vergessen möchte, denn wie die meisten Menschen ist er über sich selbst erschrocken, über das, was er getan hat und vielleicht tun könnte. Selbst hier und jetzt (er hört nicht zu) entdeckt er wie der Mann neben ihm die Spuren jener Ereignisse, die er in Bewegung gesetzt hat. Und so untersuchen sie die Weinstöcke, und Paris ist tausend Kilometer weit weg.

Und die Tauben seufzen, und der Himmel wird dunkler. Alle Sterne kommen heraus. Gelbe Lampen brennen auf dem gebürsteten Tisch und verwandeln jedes Weinglas in eine scharlachrote Lampe. Die großen Hunde kommen hinzu und betteln um die Reste. Zuerst reagiert Danton empört, dann gibt er nach und füttert sie, während er ihre Köpfe krault. Antoine Danton sagt einen Vers auf, den ihm seine zweite Mama beigebracht hat, und bekommt genausoviel Applaus wie oncle Fabre. Louise singt zur Gitarre, heute abend ganz kokett, ein Mädchen mit einer Lyra auf einem Hügel Arkadiens, das darauf wartet, daß Zeus als Blitz in ihre Arme stürzt. (Was er offensichtlich in jeder Hinsicht vorhat.)

Im Haus knarzen sämtliche Dielen und Balken, während das Feuer des Tages in die mondhelle Nacht hinaussinkt.

»Sie liebt ihn wirklich. Ich habe es dir ja schon immer gesagt.«

»Ja, vermutlich tut sie's. Aber was, zum Kuckuck, ist das?«

»Blumen. Ich habe sie aufs Kissen gelegt. So ein frischer, kühler Duft.«

»Das ganze Bett ist voll mit diesen verdammten Dingern.«

»Nur weil du nicht stillhalten willst.«

»Dann komm her und beruhige mich.«

»... Aber dies scheint dich nicht zu beruhigen ...?«

Sommer im Bett, das Fleisch, Sommer im Zimmer und der Himmel tief über der Erde, und überall Mohnblumen und Weizen und fliegende Vögel und reizende Frauen, die auf dem Rücken liegen. Sommer in Frankreichs Arkadien, mit lachenden Göttern unter jedem Dickicht.

Wo werden wir nächstes Jahr sein, mein Lieb, wenn der Herbst reif wird? Meine Lucile, mein Weib, Georges Danton, mein Freund – dieser Sommer ist der letzte.

Dinge fliegen in die Luft. Das königstreue Lyon ist von patriotischen Truppen belagert, wird bombardiert und getroffen. Das Arsenal explodiert, Türme fliegen in den Himmel. Paris feiert den letztjährigen August der Befreiung und läßt Vögel mit Zetteln um die Beine fliegen:

Wir sind
frei,
wer's
auch sei.

Unglücklicherweise werden einige Vögel abgeschossen und in den Topf verfrachtet. Das Essen ist knapp. Vielleicht eine Allegorie (wir sind zum

Abschuß freigegeben, unser Himmel ist voll explodierender Pulvertürme, alles Bastillen aus Parallelwelten).

Wäre eine Beobachtung vom Ballon aus über dem Schlachtfeld nicht nützlich? Ist noch nicht erfunden, aber das läßt sich im Krieg auch anders einsetzen.

Drunten auf der Erde finden Prozessionen mit Maultieren mit Bischofsmitren statt, Meßkelche werden mit Branntwein gefüllt oder für die Münze eingeschmolzen. Alles, was Substanz hat, wird in die Luft geworfen, denn jeder glaubt eindeutig, daß der Himmel leer und ohne Gott ist.

SZENEN AUS DEM PARISER LEBEN: UNNUMMERIERTE AUSGABE

Alle Kirchen werden offiziell geschlossen. In wenigen Tagen wird es in Paris die Institution Kirche nicht mehr geben, nur noch Gebäude, die der zivilen Nutzung übergeben werden. Der Katholizismus wird für tot erklärt. Die Vernunft ist Gott und Göttin zugleich.

In Notre Dame, Unserer Lieben Frau von Paris, wurde die Göttin der Vernunft (repräsentiert durch eine vornehme junge Hure aus dem Theater) in Glanz und Herrlichkeit durch das Kirchenschiff getragen. Ihre Bekleidung wirkte irgendwie bekannt: ein weißes Kleid mit blauem Umhang – hatte man solche Gewänder nicht schon an einem gewissen Toten namens Die Jungfrau gesehen? Die blutrote Freiheitsmütze auf den gelösten Haaren allerdings noch nie. Ihre mit Efeu geschmückte Sänfte stand unter einem Baldachin. Von hier aus leitete sie das sich anschließende Bacchanal – ich bitte um Verzeihung, die Zeremonie.

Eine dionysische Szene mit Anklängen an göttlichen Wahnsinn. Nachdem die Nationalsoldaten revolutionäre Ikonen aufgestellt hatten – vorzugsweise solche des heiligen Marats –, begann das Trink- und Tanzgelage. Die Darbietung der »Carmagnole« war feurig.

Aber genau wie alle Männer gleich sind, darf es auch keine Tempelkönigin geben, jeder muß dieselbe Ehre erwiesen werden.

Deshalb muß man für jedes religiöse Gebäude eine Göttin der Vernunft finden, die für einen Tag herrschen darf. Bei den Cordeliers in Saint-Sulpice übernimmt die Frau von Momoro (erster Drucker der Freiheit, Jakobiner und guter Bürger) diese Rolle, während drüben in Saint-Germain-des-Prés Cecile mit Rosen auf ihrer rosigen Mütze zum Hochaltar jongliert wird, der nun nichts Hohes mehr an sich hat. In Saint-Thomas trug Rosalie einen mit dreifarbigen Bändern umwickelten Bischofsstab, und in Saint-Auguste sang Annette mit Marats Bildnis um den Hals – von Trommeln und Hörnern begleitet – die »Marseillaise«.

Bald werden die Männer ihre Hosen lockern und die Frauen ihre Tücher wegwerfen. Im Mahlstrom des Tanzes wird man ein Abbild des Wirbelwindes erkennen, dem Zerstörer von Ernte und Eigentum, der dem großen Sturm vorausgeht.

Sobald der Sturm sich legt, werden die Tänzer die dunklen Stellen ihres Heiligtums aufsuchen und ihre Orgie mit jenen Akten beenden, die seit Urbeginn alle Dionysien begleiten.

Alles höchst vernünftig.

(Dies aus der Feder von Sébastien Mercier, der trotz Haft hartnäckig an seinem Blatt schreibt.)

Aber ihr solltet mal hören, was dieser Marcandier über diesen Mercier in diesem Blatt schreibt, Beutegeier ...

Die Briten haben Toulon besetzt.

Die gute, ziemlich wahllos eingebrachte Ernte hat nicht viel gegen die Schlangen vor Bäckereien ausgerichtet. (Du solltest hören, was Marcandier darüber sagt.)

Und der Pöbel spaziert zwischen Festgelage und Fatalität hin und her: Im Konvent wirft er unter grauenerregendem Gebrüll die Hüte in die Luft und kotzt Wein (billigen Fusel) rings um die Kathedralen, wo man die großartigen Statuen von Salomon und der Königin von Saba zerschmettert hat, weil man sie offensichtlich irrtümlich für Louis Fettwanst und Antoinette hielt. Während drüben auf dem Revolutionsplatz rund um die Uhr das einzige Hochamt gefeiert wird, das in der Stadt noch übrig ist. (Wer wird denn heute gründlich rasiert? Ach, der. Na, geschieht dem Scheißkerl recht.) In Kürze wird's ein neues Gesetz geben. Hat was mit Eingreifen bei bloßem Verdacht auf antinationale Haltung zu tun. Das wird die Verräter ausmerzen, soviel steht fest. Hat sich das Komitee ausgedacht.

Wer gehört denn zur Zeit dazu?

Nun, Danton nicht, obwohl er immer noch im Konvent herumhängt und wegen René Hébert, der ihn weiterhin der Veruntreuung öffentlicher Gelder bezichtigt, das Dach herunterbrüllt. Héberts Haufen hockt im Komitee, und auch Robespierre verfügt über jede Menge Sitze, aber Robespierre ist natürlich gemäßigt.

Und draußen sitzt, läuft oder steht der Pöbel schreiend herum. Der Pöbel, diese mächtige Maschinerie, die zum Funktionieren nur ganz wenige Hebel braucht. Sag dem Pöbel, für wen er plärren soll, und er wird's tun. Sag dem Pöbel, wer gesündigt hat, und er wird diese tanzend aufs Schafott begleiten. Vergeßt euren Rousseau. Das ist ein Tier, und Tiere beißen.

Warte. Genug davon.

Betrachte es aus Dantons Blickwinkel, jedes Stäubchen und Atom ... Das ist kein Zirkus, auch wenn es so aussieht. Dieses Untier besteht aus Individuen, aus Männern und Frauen, aus Kindern, Babys. Es besteht aus hungrigen Bäuchen und wehen Augen, aus Händen, die sich aus Verzweiflung instinktiv ausstrecken, um sich vor dem Untergang zu retten, denn sie gehen unter.

Und dann berichte über sie, wie sie mit offenen Mäulern unter Händeklatschen um die Guillotine hocken. Berichte über das trunkene Lachen und den Zorn, den grausamen, hirnlosen, boshaften, haßerfüllten. Und dann geh hinter ihnen nach Hause. Nach Hause! Irgendein Schweinestall, eine Hütte, denen in diesem endlosen Krieg gegen die Paläste der Privilegierten der Frieden als Pfründe verliehen wurde. Friede, um zu verhungern, krank zu werden und zu verzweifeln. Du, der du wagst, dieser Vielzahl eine Stimme zu geben, denk immer daran: Sie, die du bei tierischen Greueltaten voll debiler Gewalt zeigst, sie betten sich auf Lumpen oder kauern vor einem Herd, in dem drei Hölzchen brennen, oder schwären stinkend in der Sommerhitze vor sich hin. Hier in diesen Löchern, denen der Friede verkündet wurde, gebären sie zwischen Schmerz und Dreck, hier wachsen sie gebrochen auf, während das Ungeziefer über sie hinwegkriecht, hier verzehren sie sich in Leid bis zum Tod. Wie sich der Keimling blindings unter dem schwarzen Boden nach oben wendet, so suchen die aufgerissenen Augen hilflos das Licht, auch wenn das Licht vielleicht nur eine Fata Morgana ist. Werden wir leben, um sie zu sehen, den Tag des Ruhmes, die Stunde der Freiheit? Oder ist das hier alles, was wir sehen werden?

Jetzt haben sie nicht einmal mehr einen, zu dem sie beten können. Alles verschwunden: der durchbohrte Christusgott, der gleich ihnen gemartert und dünn und blaß war wie ein hungriges Kind, die junge Frau mit dem blauen Mantel, die Fürbitterin, der Splitter des Wahren Kreuzes, der Rosenkranz und das heilige Tuch, das mit den Tränen eines Heiligen benetzt war. Reißt die Glockentürme nieder, damit kein Turm höher ist als der andere. (Selbst Türme sollen gleich sein.) Die Glocken sind in Kanonen verschwunden. Nirgendwo ein Platz zum Ausruhen, nur am Busen von Robespierres hartem, gelassenem Gott: dem höchsten Wesen des Universums.

Ja, gib ihnen ihre Stimme, aber mach eine wahre daraus.

Laß sie aufschreien: Warum nimmt das nie ein Ende? Das schlimmste für uns ist, was das Schlimmste aus uns macht. Wann nimmt diese Tortur ein Ende, wann der Betrug?

Schwingt ruhig eure grandiosen Reden und bietet uns Brot und Wein an und legt uns anschließend Steine und Schlangen in die Münder. Und dann erzählt uns, was für ein Abschaum wir sind.

Zeigt uns, wie tief wir sinken können, dann werden wir den Bodensatz schon finden, keine Angst, und – euch verblüffen.

Aber wann werdet ihr uns genug lieben, um eure liebevollen Versprechungen zu halten? Wann werdet ihr uns Nahrung, Schutz und Zuflucht geben und ruhigen Schlaf und fürs Erwachen Hoffnung? Wann werdet ihr uns etwas anderes geben als Mangel oder uns damit drohen, etwas anderes als Krieg oder die Androhung davon, Unterdrückung als Gesetz getarnt, Häßliches zur Unterhaltung und Lügen anstatt Träume?

Wann werdet ihr uns endlich ein gutes Leben lehren?

Morgen? Am nächsten Tag? Wann?

Danton ist krank. Das Departement Seine ist nicht weit genug weg, er will in seiner Heimatprovinz wieder zu Kräften kommen, an der Aube.

Zu heiß für ihn, was? Macht ihn fertig, das Gebrüll? Schwirrt wohl zuviel Verdacht herum?

Na, dann laßt ihn gehen.

»Was?« fragte Camille Desmoulins.

»Der Konvent hat ihm einen Paß ausgestellt, und er ist fort. Die Wohnung ist wieder versperrt.«

»Fabre, wenn du –«

»Nein, Camille, es stimmt«, sagte Lacroix. »Sei froh, daß du nicht dagewesen bist, als er über unserem gesammelten Haufen Dampf abließ. Mein Gott, er sah schrecklich aus. In der einen Minute war er krebsrot im Gesicht und in der nächsten lilablaßblau. Drei Ärzte zupften an ihm herum. Louise war in Tränen aufgelöst.«

Camille machte eine Bemerkung über Louises Tränen, die Lacroix und Fabre d'Eglantine geflissentlich ignorierten.

Fabre wirkte entsetzt. Er erinnerte an eine gutgekleidete Maus auf einem Ausflug, die allmählich begreift, daß das charmante Gasthaus aufs Haar einer Mausefalle gleicht. Er war an zahlreichen Spekulationsgeschäften beteiligt, die Danton zu einem bestimmten Zeitpunkt im Griff gehabt zu haben schien. Aber das waren sie schließlich alle.

Wirklich, eine Schande, dieser Fabre. Gerade hatte er die Gelegenheit erhalten, Gott zu spielen, und hatte sie mit demselben leicht wirr-romantischen Tenor vertan, der sich auch in seiner Kleidung zeigte. Per Erlaß hatte man einen neuen Kalender für das revolutionäre Frankreich festgelegt und Fabre den Auftrag erteilt, der Aufteilung in Zehn-Tage-Wochen und insgesamt ebenso viele Monate Namen zu geben. Inzwischen war dieses Fantasiestück (von Fabre nach Wein, Blumen und Winden benannt) Realität geworden. Jeder hielt sich mit Gewalt daran, auch wenn das Ganze manchmal in einem ziemlichen Durcheinander endete. (Es hieß, die Hosenlosen würden nachts durch die Stadt streifen, einsame Reisende aufgreifen und sie unter Geschrei an die Ziegelmauern quetschen. Welchen Tag haben wir heute, Bürger? Und wenn der Bürger so nachlässig war, Oktober zu sagen, gab es Ärger.)

Aber jetzt verschwendeten die drei Revolutionäre keinen Gedanken an Datum oder Jahreszeiten, sondern standen nur da und suchten jeder im anderen einen Hauptdarsteller.

Schließlich meinte Lacroix: »Georges kann sich einfach nicht zu einer Stellungnahme in der Antoinette-Affäre durchdringen, mal abgesehen von allem anderen.«

»Der kk-kann sich zu g-gar kk-keiner Stellungnahme durchringen«, stotterte Camille, was inzwischen nicht mehr so häufig vorkam. Er mußte erregt sein.

»Robespierre«, murmelte Fabre, der es gleichfalls war.

»Wovon redest du?«

»Von Maxime Robespierre. Ich traue ihm nicht. Er macht schneidende Bemerkungen über Spekulanten, die von ihrem Land schmarotzen. Er hat etwas gegen mich –«

»Ach, mein Lieber«, sagte Camille.

Sie waren irritiert und drückten ihre Mißbilligung dadurch aus, daß sie unbewußt in drei verschiedene Richtungen starrten. Dies bekam in jenem Moment fast Symbolcharakter, obwohl sich in Wirklichkeit bereits alle drei auf demselben Weg befanden.

Also, was für ein Tag ist heute?

Der eine oder andere im Nebelmonat.

Aber es ist doch gar nicht neblig.

Egal, wir schreiben den Nebelmonat Oktober bis November. Nein, warte mal, wir haben immer noch den Monat der Weinlese, im Jahre Zwei.

Wann war denn das Jahr Eins?

Bis zum September dieses Jahres, das heißt, bis zu diesem Weinlese-Monat (September bis Oktober). Und jetzt haben wir immer noch Weinlese-Monat. Alles wurde zurückdatiert. Es beginnt im September 1792 mit der Proklamation der Republik nach dem August. Aber das wäre dann doch der Wärme-Monat, oder?

Welcher warme Monat? Davon kann's doch nicht nur einen geben.

Offiziell. Ich meine den Thermidor, das Geschenk der Wärme – ist Griechisch.

Mir kommt das alles recht griechisch vor. Wenn die schon unbedingt diesen verdammten, blöden Kalender machen wollten, warum haben sie dann nicht Französisch verwendet?

Einiges ist ja Französisch. (Und einiges auch Lateinisch, obwohl ich das nicht gern erwähne.)

Und neue Wochen mit zehn Tagen hintereinander. Die sollten mal versuchen, meine Arbeit neun Tage lang zu erledigen statt sechs, bevor sie einen Tag frei bekommen. Und außerdem paßt die ganze Sache nicht in ein Jahr.

Wie das?

Na, schau mal: Jeder Monat hat drei Zehn-Tage-Wochen – macht dreißig Tage pro Monat. Zwölf Monate zu dreißig Tagen ergibt dreihundertsechzig Tage. Da bleiben fünf Tage übrig.

Das ist der dreizehnte Monat, der Sans-Culottides. Ist für Feiertage reserviert.

Wer wird da noch feiern wollen? Bis dorthin wird uns diese wirre Zehn-Tage-Woche völlig fertiggemacht haben. Ein dreizehnter Monat. Wissen die nicht, daß Dreizehn eine Unglückszahl ist?

Egal, jedenfalls solltest du mal hören, was dieser Marcandier über diesen Fabre d'Églantine in diesem Blatt sagt, Beutegeier …

Aber Fabre ist ein Dichter. Der Kalender ist zwar unverständlich, hat aber einen lyrischen Klang.

Der Weinlese-Monat – reife Trauben, volle Becher –, der in Visionen eines phantastischen Nebelwaldes übergeht – ein silbrig verschleierter Teich. Und dann der Frost-Monat, hauchzarte Spitze auf den Fensterscheiben, und auch der Schnee-Monat – ein dicker, weißer Pelz auf den Straßen, den die Schauer des Regen-Monats wegwaschen (treib deine hübschen weißen Schafe heim, Schäferin), und das Toben des Wind-Monats. Danach öffnen sich die Knospen – wir schreiben die Monate der Sprossen und Blüten –, und anschließend der Blumen-Monat und der Picknick-Monat auf sonnigen Wiesen, und der Ernte-Monat voll schwerer Garben, und der Wärme-Monat und der Frucht-Monat, bis dann die Weinschalen überquellen und Silberhauch erneut den Teich verhüllt.

Natur – die prägende Muse der Revolution. Wird die Natur gefällig sein und alles aufs Stichwort hin erledigen?

Denk daran: kein Wind im Regen-Monat; kein Regen, wenn die Knospen aufbrechen; reichlich Schnee im Schneemonat und, wenn möglich, keinen Unsinn; und im Thermidor muß es immer heiß sein.

Aber *sie,* die Hexe im Gefängnis, hat aufsässig ihren letzten Willen datiert: 16. Oktober 1793.

Antoinette.

In Wirklichkeit ist alles schrittweise passiert. Zuerst hat man ihr die Macht weggenommen und dann ihren Namen. Dann entzog man ihr die Freiheit und ihren Komfort. Als nächstes war ihr Ehemann dran. In diesem Sommer hat man ihren Sohn in einen anderen Turm fortgeschafft. Dort hat man den Achtjährigen mit Branntwein vollgefüllt, bis er sich übergab, und ihm anschließend noch mehr eingeflößt. Man hat ihn geohrfeigt, mit Essen vollgestopft, das er nicht mag, und ihn immerfort bedroht. Mittlerweile besteht kaum noch Aussicht, daß er gesund oder nicht irre wird. »Wenn die Émigrés, die dem König in den Arsch kriechen, diesen kleinen Scheißer zum König machen wollen«, soll Simon, der Gefängniswärter des Jungen, gesagt haben, »dann werde ich ihnen das da geben. Mal sehen, ob sie's dann immer noch wollen.« Manchmal wurde der kleine Trunkenbold unter den Fenstern seiner Mutter präsentiert. Simon hat ihm einige ziemlich obszöne Lieder eingetrichtert. »Sing lauter!« sagt Simon und haut dem Jungen eine runter, der daraufhin pflichtschuldigst lauter singt. Ein äußerst merkwürdiger Effekt: Die zitternde, geschlechtslose kleine Stimme, die schmutzige Wörter von sich gibt, die sie nicht versteht. Wie eine hämische Marionette steht Simon dabei und weidet sich daran. Er beziehungsweise die Hälfte der Geschichten über seine Taten können doch unmöglich wahr sein.

Sicher verbreiten die Königstreuen Horrorgeschichten, die die Republikaner wütend dementieren, und alles, was man über die ganze Sache erfährt, ist höchst sonderbar. Niemand würde ein Kind so behandeln, geschweige denn einen Prinzen. Nein, nein. Oder doch?

Inzwischen ist und bleibt die Mutter genau wie ihr Kind ein mögliches Ziel für Verschwörungen. Schon ihre Existenz bedeutet Gefahr. Seit einiger Zeit geht das Gerücht um, man werde sie vor das Tribunal schicken und anschließend als Paket nach Österreich.

Allerdings hat sie sich eines schrecklichen Verbrechens schuldig gemacht. Sie war die Frau eines Königs und ganz und gar nicht gleichgestellt. Wenn schon Kirchtürme auf gleiche Höhe gebracht werden müssen, dann müssen ganz gewiß auch Königinnen umgelegt werden.

Im August brachte sie eine Kutsche Richtung Süden durch die Stadt zum »Schoß«-Fluß. (Hier auf der Insel duckten sich die mitternächtlichen Justizbauten, die mit wenigen, matt beleuchteten Fenstern bösartig durch die Dunkelheit zu Paris hinüberlinsten.) Und weiter ging es in den Innenhof jenes Gefängnisses, das aus dem Haus eines Palastaufsehers entstanden ist: die Conciergerie.

Über den gepflasterten Hof, eine Tür hinein, durch einen schmalen Gang, in dem dicke Wolken aus Laternenqualm und Tabaksrauch hängen. Die Hunde der Gefängniswärter knurren sie an, als sie vorbeigeht. Kann es sein, daß selbst die Pariser Hunde eine Königin hassen? Oder liegt es an ihrem Aussehen? Armer Geist mit schwarzen Lumpen und dünnen weißen Haaren.

Nachdem man sie in ihre Zelle gebracht hat, wartet sie.

Obwohl man sie bewacht, beleidigt und mit offener Neugier anstarrt, reagiert sie nur sehr spärlich darauf. Manchmal schreien ihr die weiblichen Mitgefangenen, die im Innenhof vor dem vergitterten Fenster Luft schnappen, Flüche zu. Gelegentlich sind auch Ermunterungen dabei.

Denn immer noch gibt es Leute, die alles Königliche insgeheim als etwas Besonderes ansehen, genauso wie es immer noch solche gibt, die insgeheim Messen besuchen oder Priestern Unterschlupf gewähren. Ab und zu bringt einer, der für die Frau im Aufseherhaus-Gefängnis schwärmt, eine Blume oder ein Stück Obst. Selbst der Magistrat gestattet ihr Bücher, aber wegen Blutarmut und ihres schlechten Gesundheitszustands läßt ihr Augenlicht immer mehr nach. Außerdem ist es durchaus möglich, sich blind zu weinen.

Früher hatte sie sich so vor der Langeweile gefürchtet. Ob ihr jetzt langweilig ist, wenn sie wie jeder Vandale Gebetsformeln in die Wände ihrer Zelle kratzt?

Aber selbst hier in dieser rußgeschwärzten Schachtel gibt es Versuche, sie zu befreien.

So kann es nicht mehr weitergehen, ihr Schicksal läßt sich nicht länger aufschieben. Angesichts der Kriegslage, der Vendée und Uneinigkeit und Verschwörer, Madame – Sie sind zu gefährlich. Es muß etwas geschehen.

Und so wird in der zweiten Zehn-Tage-Woche des Wein-Monats im Jahre Zwei (Oktober 1793) die Witwe Capet vor Gericht gestellt.

Willkommen, Bürgerin, am Ende der Treppe.

Die Verhandlung wurde vor dem Hohen Gericht abgehalten, der Gerichtssaal ist gesteckt voll. Von außen drücken und pressen die Massen heran. Überall Menschen, auf der Fahrbahn, auf den Brücken, zwischen denen die Blau-Roten der Nationalgarde oder die gestreiften Hosenlosen Wunderknaben für Ordnung sorgen.

Auf den Publikumsbänken des Gerichts sitzen überwiegend Frauen. Es ist besonders faszinierend, zuzusehen, wie sie, diese andere Frau, soweit gekommen ist. (Wenn ich das hätte, was sie gehabt hat, könnte ich genauso hübsch sein wie sie. Aber sieh sie dir jetzt an, nichts Hübsches mehr dran. Wie kann sie da immer noch auf uns herabsehen, diese Vogelscheuche? Jetzt ist sie um kein Haar besser als wir. Sie weiß, daß sie menschlich ist. Wir haben's ihr gezeigt. Sie weiß, daß sie sterben kann, genau wie wir.)

Sie sitzt auf dem harten Stuhl, den man für sie aufgestellt hat. Fouquier-Tinville ist in Rabenschwarz erschienen und sortiert seine Papiere. Hébert ist anwesend. (Haufenweise Ankläger.) Er trägt einen feschen graugrünen Mantel mit hohem Kragen und ausgestelltem Revers und revolutionäre Stiefel. Seine Haare sind nicht revolutionsmäßig, sondern in der typisch Hébertschen Umstandskrämermanier eingedreht und zurückgebunden. Schriftführer schärfen emsig ihre Kiele und fordern lautstark Nachschub für ihre Tintenfässer. Die Richter sitzen unter ihren nickenden schwarzen Federn. Der Leichenzug ist aufgestellt und zum Abmarsch bereit.

Hébert steht auf und blinzelt zu der Frau hinüber.

»Name!«

Sie beginnt zu sprechen, aber er unterbricht: »Keinen deiner sogenannten Titel. Wer bist du?«

Sie sagt ihm, wer sie ist.

»Alter?«

»Ich bin neununddreißig.«

Laut wird die Liste der Beschuldigungen gegen sie verlesen. Das dauert lange, lange Zeit.

Vampir, Pest – das sind nur einige der Namen, die sie ihr nun geben. Sie habe sich an Frankreich gütlich getan und das Geld verschlungen, das französischer Schweiß und französische Tränen verdient hatten. Sie habe die Konterrevolution begonnen. Sie habe Orgien arrangiert, um die Soldaten zu korrumpieren, und habe dann am 10. August 1792 diese Männer aufgestachelt, das Volk zu ermorden, wobei sie selbst beim Laden der Musketen geholfen hat. Während der Gefangenschaft habe sie mit Hilfe ausländischer Agenten die Lebensmittelvorräte in der Hauptstadt aufgekauft, um Aufstände und Hungersnot anzuzetteln. Sie habe die königliche Flucht geplant, die in Varennes vereitelt wurde. Zu guter Letzt habe sie darauf hingearbeitet, die Rechte der Nation zu unterminieren, indem sie nur Verachtung dafür aufbrachte und bereit war, den Tod jedes Bürgers in Kauf zu nehmen, wie ein Mensch, der die Schnaken erschlägt, wenn sie ihn plagen.

Schließlich müsse man sich vor Augen führen, daß diese korrupte Frau die moderne Messalina sei, die ihren Boudoir-Affären genauso lasziv und verderbt nachging, wie sie ihre politischen Intrigen rücksichtslos und blutig verfolgt hat.

Ihre Liebhaber werden aufgelistet, Angehörige beiderlei Geschlechts. En passant wird auch die Legitimität ihrer Kinder gestreift. Hat sie nicht, als sie allein im Temple war, versucht, lüstern ihre Gefängniswärter zu bezirzen? Hat sie nicht ihren Sohn zu sich ins Bett genommen und ihn in Anbetracht fehlender männlicher Gesellschaft die inzestuösen Genüsse gegenseitiger Masturbation gelehrt?

Hébert ist überzeugt, daß er nun einen Treffer gelandet hat, der ihr irgendeine Antwort entreißen wird. Als nichts geschieht, brüllt er sie an: »Antworte! Spuck's aus, verdammt noch mal, antworte, Capette!«

»Nie könnten meine Lippen Eure Worte wiederholen«, erwidert sie. »Gibt es denn in diesem Raum keine Mütter, die mein Schweigen verstehen können?«

Zur Bestätigung ertönt von irgendwoher eine weibliche Stimme, eine Welle der Sympathie breitet sich aus, eine wild-hysterische Reaktion, die einen Moment lang zu eskalieren droht. Der Pöbel läßt sich leicht rühren. Vorsicht.

Fouquier-Tinville ruft Hébert zu sich. »Treib's nicht zu weit, du alberner Narr.«

»Zu weit? Die Kuh hat das alles auf dem Kerbholz.«

Doppelzunge verzieht das Gesicht. »Wenn dir diese Phantasien Spaß machen, ist das dein Problem, aber ruiniere nicht diese Sitzung.« Und so ist es Fouquier, der aufsteht und sich mit einer Verbeugung höflich an sie wendet: »Beruhigen Sie sich, Witwe Capet. Dies sind Behauptungen, aber wir sind ein Gerichtshof und keine moralische Institution.«

Anschließend werden die Zeugen hereingebracht.

Sie bieten verschiedene Aussagen an. Ja, sie hat Ausbrüche, Konterrevolutionen und Mordanschläge geplant.

Sie führt ihr Taschentuch an die Augen. Weint sie? Sie bittet um Wasser. Wird sie ohnmächtig?

Jeder Beweis wird verpfuscht. Einige ihrer Verleumder scheinen sich geehrt zu fühlen, daß sie ihre Bekanntschaft gemacht haben. Andere verfallen in persönlichen Groll und bringen das Publikum zum Lachen.

Auf dieser Grundlage können die Geschworenen sie nicht verurteilen. Und doch ist sie schuldfähig. Sie müssen sie verurteilen.

»Im übrigen können Sie kaum leugnen, daß Sie die ganze Zeit über Ihren Sohn als Erben des Französischen Thrones betrachtet haben.«

»Sollte Frankreich je wieder einen König wünschen, dann hoffe ich, daß mein Sohn dazu ausersehen wird, dieser König zu sein. Sollte aber Frankreich keinen König brauchen, so freut es mich für Frankreich, wenn es keinen hat.«

Wie formal vorgesehen, plädieren zwei Anwälte auf unschuldig. Beide sind blaß und fühlen sich nicht wohl in ihrer Haut. Beiden wurde angedroht, was sie erwarten würde, falls es ihnen gelingen sollte, sie freizubekommen.

Hermann, der Präsident des Tribunals, erhebt sich. Bis auf die zitternde Todesfeder an seinem Hut ist er starr wie ein Fels. Er belehrt die Geschworenen über jegliches Vorurteil, was zu diesem Zeitpunkt längst unnötig ist. Er schlägt vor, jeder Magistratsgeschworene möge sich selbst fragen, ob es als bewiesen anzusehen ist, daß die Österreicherin Marie-Antoinette an ausländische Mächte Geld geschickt hat, um ihnen die Invasion Frankreichs zu erleichtern, und zwischenzeitlich versucht hat, allgemeine Unruhe im Herzen der Republik zu schüren.

Die Geschworenen gehen hinaus, kommen wieder herein und verkünden einstimmig, daß sie dies offensichtlich getan hat.

»Tod«, verkündet Hermann.

Vielleicht konnte man Fouquier-Tinville dabei ertappen, wie er der Frau einen kriecherischen Blick zugeworfen hat, wie ein Handelsvertreter, der hofft, unter seinen Waren wäre etwas, was ihr gefallen könnte.

Aber sie verläßt den Gerichtssaal, ohne jemanden eines Blickes oder Wortes zu würdigen.

Sie können sie demütigen, erniedrigen, mißbrauchen und entwürdigen, was sie auch getan haben. Sie können sie verurteilen und hinrichten, was sie tun werden. Aber sonst nichts, ganz und gar nichts. Im Gefängnis schreibt sie ihren letzten Brief an die Frau, mit der sie die längste Zeit ihrer Gefangenschaft geteilt hat: die Schwester ihres Mannes. Aus dem Dokument spricht unerschütterlicher Stolz und Zärtlichkeit. Élisabeth wird ihn nie erhalten. Statt dessen bringt man ihn zu Doppelzunge und bietet ihm damit zweifelsohne eine interessante Lektüre, während er seine allnächtliche Flasche Branntwein nippt.

Am Morgen schneidet sich die Gefangene selbst die Haare ab. »Aber das sollte doch ich tun«, ruft der Sohn des Henkers.

Mit einer gespenstischen Heiterkeit, die er nur mühsam vergessen wird, erwidert sie: »Ich wollte dir ersparen, die Pflichten meiner Zofe zu übernehmen.«

Sie ist bereits angezogen, und ihre Kleidung ist eine Reverenz an die uralte Tradition königlicher Witwen. Für das Schafott hat sie sich selbst zu reine blanche gemacht. Vermutlich sind ihre Gefängniswärter zu dumm oder zu gleichgültig oder ungebildet, um den Streich zu erkennen, den sie ihnen gespielt hat, in dem sie sich nach der Französischen Tradition der Weißen Königin ganz in Weiß gekleidet hat. Nur ihre Strümpfe sind schwarz und die Sohlen ihrer Schuhe pflaumenfarben. Man hatte sie gewarnt, daß der Karrenboden und insbesondere die Plattform der Guillotine schmutzig sein würden.

Wie viele tapfere Frauen haben diese Strecke schon zurückgelegt und werden es noch tun. Einige waren für ihren Todestag elegant, ja sogar fröhlich gekleidet – wie sie.

In Zehnerreihen gestaffelt, säumen die Soldaten den Weg. Dröhnender Trommelschlag. Die Menschenmenge gibt fast keinen Laut von sich.

Hoch oben hockt der Künstler David wie ein Geier in einem Fenster und skizziert die Weiße Königin. Er ist dafür bekannt, daß er seinen Modellen schmeichelt, aber diesmal nicht. Grausam zieht er die Falten wie mit der Nadel nach.

Der Schützling von Curtius – Marie, die Wachskünstlerin – steht ebenfalls am Fenster und bricht in einem bei ihr unüblichen Ausbruch von Emotion ohnmächtig zusammen. (Trotzdem wird sie später einen Abdruck von dem Kopf machen.) Die große Menschenmasse auf dem Platz der Revolution beobachtet aus der Distanz, wie die weiße Gestalt ziemlich unsicher die Stufen hinaufgeht und sich dann ohne Zögern hinlegt. Zwischen den Pfosten wartet der schiefe Katzenzahn. Anscheinend gibt es ein kleineres Problem, es muß nachgestellt werden.

Es fällt auf, daß hinter dem Schafott ein Sockel steht, auf dem unpassenderweise eine muskulöse Frauengestalt mit sämtlichen Attributen der Revolution sitzt: mit Mütze, Pike, Globus – die Freiheit.

Aber das ist doch das Tor zur Freiheit, nicht wahr? Zur einzig wahren Freiheit, wie damals auf jener Wandzeichnung.

Man hat korrigiert, was korrigiert werden mußte. Die Männer treten alle ab, bis auf einen.

Der Lichtblitz fällt wie immer. Und dann der rote Strahl.

Adieu, Madame la Reine Blanche. Egal, wie groß Ihre Schlechtigkeit und Ihr Irrtum waren, Sie haben dafür bezahlt. Die Klinge fuhr durch Ihren Hals, eine einsame, glänzende Träne. Zweifeln Sie daran, daß die Geschichte um Sie weinen wird? Und junge Mädchen werden getrocknete Blüten zwischen die Buchseiten pressen, die ihnen erzählen, wie Sie lebten und starben.

Und Héberts Pater Duchesne kommentiert: »Seht, welche Freude, denn meine Augen haben gesehen, wie dieser Veto-Hexe der verdammte Kopf von ihrem nutzlosen Scheißhals gehackt wurde.«

DAS REVOLUTIONSTRIBUNAL FÜR STRAFFÄLLE

An den obersten Gefängniswärter im Aufseherhaus

Als Häftlinge werden eingeliefert: Brissot, Vergniaud (und einundzwanzig weitere Namen von Neuankömmlingen).

Zum späteren Erscheinen vor dem oben genannten Tribunal.

Erlassen in Paris am heutigen Tag des zweiten Monats des Jahres Zwei der Einen und Unteilbaren Französischen Republik

Unterschrift
Siegel

Verspätet hatte Danton versucht, die Girondisten-Fraktion vor dem Gericht zu bewahren. Als ihm das nicht gelang, lief er fort. Damit meine ich, daß er so krank wurde, daß man ihm riet, Paris bis zum Spätherbst zu verlassen. Anfang Oktober war sich fast jeder darüber im klaren, daß ein Erscheinen der Girondisten vor dem Tribunal gleichbedeutend mit dem Todesurteil war. Als verschiedene Leute an Robespierre herantraten, fragte er sie: Warum willst du Männer verteidigen, die dich im umgekehrten Fall – wie sie es gerne hätten –, längst zur Guillotine verurteilt hätten? Angeblich soll er auch gesagt haben, es hätte keinen Zweck, weiter darüber zu reden. Während einer Revolution gäbe es Augenblicke, in denen wäre es bereits ein Verbrechen, wenn man am Leben sei. Ein Mensch müsse gewillt sein, sich wie die Könige der Antike für das Volk opfern zu lassen und wie sie die Stunde seines Todes zu akzeptieren. In Dantons Gegenwart soll er ferner gesagt haben: »Niemand kann ein Omelett machen, ohne Eier zu zerbrechen.« Danton habe bewußt die Pointe übergangen und angewidert geantwortet: »Himmel noch mal, Maxime, wer hätte je gedacht, daß du es könntest?« Anschließend hätte er sich unmittelbar entfernt und wäre in ein gefährlich hohes Fieber geflüchtet.

Ich behaupte, jedem war klar, daß das Tribunal für Brissot und seine Kollegen gleichbedeutend mit dem Tod war. Mir nicht. Ich mißverstand die Sache bewußt und regte mich darüber auf, welche Zeitverschwendung dieser hohle Prozeß wäre. Die meisten von ihnen wären gewitzte Anwälte und würden mit Kuß und Blumenstrauß davonkommen. Zuerst schien es, als sollte ich recht behalten, worauf ich verärgert reagierte.

»Sie werden uns zu Idioten stempeln«, sagte ich.

Einer meiner Begleiter erkundigte sich, was ich für sie haben wolle. Verbannung, habe ich meines Wissens gesagt. Irgend so etwas.

»Du irrst dich, Camille«, meinte ein anderer. Ich habe vergessen, wer. »Maximiliens Komitee hat ein neues Verfahren entwickelt. Nach dreitägigem Verhör darf der Gerichtspräsident die Geschworenen fragen, ob genug Beweise vorlägen und sie auf dieser Grundlage ihr Urteil fällen möchten.«

»Drei Tage sind mehr als genug. Und was meinst du mit Maximiliens Komitee? Gehört es ihm vielleicht?«

»Ihm und Hébert. Und in diesem Punkt sind sie sich einig.«

»Blödsinn«, sagte ich und wechselte plötzlich das Thema. »Maxime muß sich schon übergeben, wenn Hébert nur erwähnt wird – und den sollte man wirklich gelegentlich erschießen.« Dann wurde ich wieder vernünftig und fügte hinzu »Wann soll denn das Gericht antreten?«

»Heute.«

»Oh. Heute.«

Irgendwie erinnere ich mich daran, daß ich mich noch eine Zeitlang herumtrieb und Witze darüber riß, aber eine halbe Stunde später besann ich mich eines Besseren und ging zum Palais de Justice hinüber. Irgend etwas zwang mich dazu, meines Erachtens hauptsächlich die überwältigende Theorie, daß ich immer noch recht hatte und alle anderen nicht und ich deshalb in situ dabeisein sollte, um möglichst viel mit anzusehen.

Es war ein kalter Tag. Auch das Gebäude war von den vielen menschlichen Atemzügen, die dort getan wurden, kalt und klamm. Sie hatten eine ziemlich große Menge Leute angelockt.

Ich schob mich nach vorn durch und setzte mich auf eine der Publikumsbänke, wo bereits »Père« Vilate Stellung bezogen hatte und sich Notizen machte. Man war noch nicht weit gekommen, sie hatten sich verspätet.

»Na«, meinte er, »du bist wohl zum Dessert gekommen.«

»Ich habe eine Wette laufen«, sagte ich. Meine Hände waren kalt, ich rieb sie wie wild. Vielleicht konnte ich aber auch einfach nicht stillhalten, wie ein Hund, der darauf wartet, daß man ihn von der Leine läßt.

»Ach ja?«

»Weißt du, die werden damit durchkommen«, erklärte ich.

Vilate schüttelte den Kopf.

»Glaubst du nicht? Nun, wie erleichternd. Dann gibt's also doch noch so etwas wie Gerechtigkeit. Von mir aus kann man sie gern auf die Galeeren stecken.«

Als die Gefangenen hereinkamen, saß ich da und schaute sie an. Selbstverständlich kannte ich alle ziemlich gut. Sehr gut sogar. Sillery, Vergniaud. Auch Brissot mit seinem langen Gesicht war dabei. Er sah grau und trübe aus, wirkte aber völlig gefaßt. Urplötzlich begann ich mich irgendwie zu fürchten, er könne mich anschauen, und ich überlegte, wie ich ihm in die Augen sehen sollte. Aber alle zusammen schienen niemanden wahrzunehmen, nur ab und zu den einen oder anderen Zeugen. Aber auch den sahen sie nur gleichgültig und zufällig an. Sie erinnerten an kranke Männer, die sich für nichts mehr interessieren können – Männer, die wissen, daß sie bereits tot sind.

Vilate kritzelte weiter seine Notizen, was mich erboste. Vertrat er einen Schriftsteller? Ich war der Schriftsteller, aber ich saß mit leeren Händen da und drehte und zupfte zur Beschäftigung lediglich an meinen Handschuhen herum. Ich ertappte mich bei dem Versuch, meine frühere Abneigung gegenüber Brissot wiederaufleben zu lassen. Er hatte genug gesagt, um mich in Rage zu bringen. Er hatte genug getan, beziehungsweise ich hatte behauptet, er hätte es getan, um mich für immer zu seinem Feind zu machen. Dieses blöde, gefaßte graue Gesicht von ihm. Mistkerl, spielt hier den Tapferen, dieser Gastwirtsbalg, dieser hinterhältige Jammerlappen. Die Geschworenen standen auf und gingen hinaus. Bissig sagte ich zu Vilate: »Hat man den Geschworenen eines meiner Pamphlete als Beweis gegen sie vorgelesen?«

Er hielt im Schreiben inne, starrte mich an und tätschelte dann meinen Arm. »Warum gehst du nicht, Camille? Offensichtlich bist du erregt. Du mußt nicht abwarten, um zu hören, was wir bereits –«

»Wo bin ich erregt?« grinste ich ihn an. Mein Gesicht zuckte. Es fühlte sich an, als ob ich heute morgen beim Rasieren dem darunterliegenden Knochen zu nahe gekommen wäre. Ich spürte den Drang, auf die Bank zu springen und mich zur Aufmunterung an die gedämpft murmelnde Menge zu wenden. Meine Augen schossen von Gesicht zu Gesicht, von Bank zu Bank, von Wand zu Wand, über den Platz der Anklage, die leeren Sitze der Gefangenen und den Tisch, wo sich dieser gefiederte Trottel Fouquier in seine Akten verkroch. Meine Augen kamen nicht zur Ruhe. Sie hatten gute Lust, aus ihren Höhlen zu springen und an der Decke herumzutanzen. Was hätte es eigentlich ausgemacht, wenn er, Brissot, mich angesehen hätte? Hier bin ich. Ich habe dich als den entlarvt und dargestellt, der du bist … Fort mit der Maske, alter Unfreund. Allerdings könnte es passieren, daß dabei auch der Kopf mitgeht.

»Die Geschworenen«, murmelte Vilate, als ob ich erblindet wäre und man mir nun alles erklären müßte.

Einer der Geschworenen war ein Bekannter von mir, deshalb stand ich auf, schlenderte hinüber und lehnte mich gegen die hölzerne Balustrade. »Also habt ihr sie alle einstimmig zum König gewählt?«

Der Mann schnitt eine Grimasse, woraufhin mein Inneres bleischwer wurde.

»Na schön«, meinte ich, »ihr habt eine ekelhafte Aufgabe.«

Rücklings taumelte ich gegen Vilate, der mich festhielt. Mir war schlecht, und vermutlich habe ich zu ihm gesagt: »Ich mache, daß ich hier rauskomme.«

Aber die Geschworenen wurden nach ihrem Urteil befragt, und es lautete – Tod. Was sonst? Seit Monaten hatte ich es gewußt, wie alle anderen auch.

Du hast ihn umgebracht, hatte Brune vor einem Jahr zu mir gesagt.

Und das hatte ich.

Die Angeklagten wurden wieder hereingetrieben und mußten aufstehen. Dann erklärte man ihnen ihr Schicksal. Einige Rufe wurden laut. Protestrufe. Andere Girondisten warfen Geld, das sie nicht mehr benötigten, in die Menge, die wie wild um uns herumkrabbelte und versuchte, es sich zu schnappen.

Vilate schüttelte mich. »Sei still, um Gottes willen, Camille. Das ist nicht der richtige Ort –«

Es stimmte, ich war blind. Ich konnte weder ihn noch sonst einen sehen. Über meine Augen kamen und gingen schwarze Lichter. Der Boden schien unter dem Füßegetrappel zu beben, der Präsident schepperte mit seiner Klingel, und der Lärm schoß mir nach oben in den Schädel. Ich konnte meine eigenen Worte nicht hören. Es muß etwas sehr Unjakobinisches gewesen sein, weil Vilate gar so entsetzt war.

»Reiß dich zusammen«, blökte er, »das sieht nicht gut aus. Die werden alles verdrehen.«

»Um Himmels willen, laßt mich hier raus!« hört ich mich selbst sagen, ehe ich mich umdrehte und durch die Menge ging, die sich wie ein hochwasserführender Fluß aus Fleisch rings um mich schob und hob. Ich schämte mich, einzugestehen, daß ich weinte. Schäme mich dieser Worte seit dem Moment, als ich mir einbildete, das alles hätte ich ins

Rollen gebracht. Und so kommt es mir noch immer vor. Deshalb empfand ich es als entsetzliche Beleidigung, daß ich mit ihrem dampfenden Lebensblut auf meinem Schwert dastand und um sie Tränen vergoß. Und doch darf selbst Judas weinen. Deshalb gestattet auch mir, dies zu tun.

Ich mußte die Tür erreicht haben, wußte aber nicht mehr, wo ich war. Hohe Bögen schienen wie unter Wasser in grünes Licht getaucht zu sein. Ich wollte nur entfliehen, konnte aber den Weg nicht finden. Jemand hatte einen Stuhl gebracht, und ich saß darin. Ein anderer rieb mir hinten den Nacken – viele Zentimeter aufgewickeltes Krawattentuch –, und noch ein anderer versuchte, mir Branntwein einzuflößen – Fouquiers Blut. Und überall hieß es: »Bürger Desmoulins ist krank geworden«, und: »Holt für den Bürger Desmoulins eine Kutsche.« Und ich dachte: Niemand beleidigt mich mehr, indem er Windmühle zu mir sagt. Und ich dachte: Ich bin nicht mehr Windmühle, der Knabe mit einem himmelstürmenden Vogel als Herz, jener stotternde Feueranbeter und dionysische Träumer. Das Ding namens Revolution hat auch ihn getötet.

Zehn

Nun hat sich der Höllenschlund aufgetan und beginnt, Dämonen und Nachtmahre, Feuer und Blut auszuspucken. Über allem jedoch steht himmelhoch aufragend der schwarze Pfosten mit seiner abgeschrägten Scheibe aus Eis. Jetzt ist er nicht mehr weit weg, jetzt läßt er sich mit nichts anderem – einem Baum, einem Turm – mehr verwechseln außer mit sich selbst. Und aus kilometerweiter Entfernung kann man den weißen Blitz und den roten Strahl erkennen. Und wieder der weiße und der rote Blitz, und wieder. Immer wieder.

Die Parks sind voll von dreistem Gehämmer und Rauch – die Ambosse der Republik –, und Trommeln bestimmen den Herzschlag der Straßen. Wie ein Uhrwerk läuft das hin und her: die holprigen Karren mit ihrer Ladung aus lebenden Tieren, die für den Abdecker bestimmt sind. Weißer Blitz – roter. Wieder einer versorgt. Weißer Blitz – roter. Und noch einer.

Vielbeschäftigt, das Tribunal. Schuldig. Das Urteil lautet: Tod. Hinunter und rüber und raus und hinauf. Haare scheren, Krägen abreißen, Hände fesseln. Unermüdlich traben die Pferde weiter, und die Menge ruft und starrt und schreit genauso unermüdlich. Abwartend steht die nie ermüdende Gestalt da, und die nimmermüde Klinge fährt herunter. Weiß. Rot.

Einige Verurteilte nehmen Gift, das man ihnen in ihre Zellen geschmuggelt hat. Andere erdolchen sich mit Federmessern. Die Karren fahren mit Leichen zur Guillotine. Man wirft die Toten auf die Bretter und trennt tote Köpfe von den Hälsen.

Einige gehen munter unter Absingen der Kampfhymne, der »Marseillaise«, dahin. Die Klinge unterbricht jedes Lied.

Wer sind die Schuldigen?

Wir sahen, wie die Gironde zum Platz gekarrt und einen Kopf kürzer gemacht wurde. Es dauerte nur eine halbe Stunde. Sie waren alle tapfer, und die Klinge blieb trotz ihrer Blutkruste nicht einmal stecken.

Circe – Manon Roland – nahm nach ihrem Gerichtsverfahren denselben Weg. Sie rief der Statue eine Bemerkung über Verbrechen im Namen der Freiheit zu, die offensichtlich alles andere als populär war.

Welche Bösewichte kamen denn danach?

Jeder, alle. Diese Feinde tarnen sich.

Das Mädchen, das auf den Strich geht – eine Spionin für die Engländer. Gott allein weiß, welche Geheimnisse dir entschlüpft sind, während du zwischen ihren Hüften stöhntest. Und der Kerl da, der besaß ein Bild des Tyrannen Louis. Und der schneiderte für Brissot Mäntel.

Herdenvieh, Viehherden für das Schlachthaus.

Wie viele Karren sind heute morgen vorbeigefahren?

Fünfzehn, und alle voll. Schrecklich.

Ich werd dir mal was erzählen: Die Geschichte von den zerbissenen Körben – inzwischen nehmen sie keinen Korb mehr. Geht nicht, weißt du, zuviel Kundschaft. Jetzt gibt's nur noch Stroh und dann ab in einen alten Kornsack mit ausgedroschener Gerste zum Aufsaugen der Nässe.

(Der Apparat wurde verlagert, einmal, zweimal. Mußte sein, zu viele Beschwerden über den Gestank, die Zuschauermassen und Geschäftseinbußen. Der erste Ersatzplatz lag in der Nähe der geschleiften Bastille, der zweite auf freiem Feld in der Nähe des Port Royal, der nichts Königliches mehr an sich hatte. Aber die Beschwerden folgten dem Schafott wie die Fliegen. Zu guter Letzt errichtete man es wieder auf der Place de la Révolution und bot dafür eine Entschädigung an, die nie bezahlt wurde.)

Und doch, siehst du, geht das Leben weiter. Schau sie dir an, wie sie hüfteschwenkend und lachend vorbeistolzieren! Paß auf! Ich lebe. (Bitte, wie lange noch?) Herausgeputzt mit gefälteltem Fichu oder mit kompliziert geschlungener Krawatte. War es schon jemals Mode, den Hals bis zum Kopf einzuwickeln und dann hinten und seitlich mit einem hochstehenden Kragen zu schützen? Als ob einen die Guillotine wie ein riesiger Raubvogel auf der Straße von hinten anfliegen würde. Aber diese Anstrengung bleibt La Guillotine erspart. Sie bringen dich zu ihr hin, und unterwegs streifen sie dir die Rüstung ab, die langen Lockenhaare, die Krägen und Krawatten. Diese Dinge sind lediglich ein elegantes Zwischenspiel.

Trotzdem geht das Gerücht um, sie, Madame Katze, würde nachts auf die Jagd gehen (genauso wie man sich in den Dörfern erzählt, daß heutzutage Werwölfe über die Dächer tappen, sich durch die Kamine winden und die Babys in ihrer Wiege fressen). Zur finstersten Stunde verläßt sie ihren Standplatz und geht spazieren. Sie sucht mehr Blut, denn inzwischen ist sie unersättlich und muß ständig gefüttert werden. Hat man nicht schon am Morgen Kadaver gefunden, denen die Köpfe von den Schultern gebissen wurden?

Sie lebt, mehr als jedes andere Menschenwesen in Paris. Sie saugt allen, die sie schlafen legt, das Leben aus. Jeder zitternde Fall regt den Appetit noch mehr an. Madame hat viele Männer.

Im Garten steht ein neuer Baum, dem Tod geweiht.
Und wir, wir gehen hin wie Vieh zum Schlächter.
Runde Früchte hält er gnadenlos für uns bereit.
Ein Ruck, und kaltes Licht fällt wie ein Stich.
So viele Hundert ließen sich vom Baume küssen.
Denkst du, man wird die nächsten sehr vermissen?
(Selbst Gott steht auf Fouquiers Liste!)

1793: Winter

»Nach meiner Rückkehr habe ich die Stadt nicht wiedererkannt«, sagte er. »Die Rue de Cordeliers heißt jetzt Rue Marat – der blöde Kutscher hat sich verfahren. Ich ging zum Konvent und versuchte, ein bekanntes Gesicht zu finden. Jede Menge neuer Gesichter und leerer Sitze, stimmt's?«

»Ja.«

Es war bitterkalt und der Himmel rot. Jeder Atemzug stach wie Messer in die Lunge. Aber wie immer blieb er unterwegs auf der Brücke stehen und schaute zu den Inseln hinüber, wo die vergewaltigte Kathedrale aufflammte, als ob sie in der Hölle brennen würde.

»Hör auf, dir Selbstvorwürfe zu machen«, sagte Danton, »das wird langweilig.«

»Tut mir ausgesprochen leid.«

»Na schön, ich mache mir ja auch Vorwürfe. Hab mich selbst zum Narren gemacht, als sie's mir erzählten. Hab geheult, geschrien und geflucht. Völlig sinnlos. Ich hätte hierbleiben und ihr Komitee zusammenstauchen sollen, egal, um welchen Preis. Brissot war ein Schwachkopf. Die hätten eine Tracht Prügel mit Manons Pantoffel verdient, aber nicht das.«

»Ich habe gehört, sie – habe gehört, sie sei wie die Heldin aus einer Tragödie gestorben.«

»Sicher ist sie das.« Er starrte auf den Sonnenuntergang und die Stadt. »Und der alte Mann«, sagte er. Er meinte Roland.

»Der alte Mann hat sich auf einem schlammigen Feld erdolcht.«

Er hatte sich in Rouen versteckt, war aber dort beim ersten Tageslicht ins Freie spaziert und hatte sich in sein Schwert gestürzt. Man hatte ihm erzählt, Manon sei tot. Sie hatte genug Männer gehabt, aber das schien ihn nicht zu bekümmern. Angeblich steckte an seinem Mantel ein Zettel, auf dem stand: Ich will nicht länger auf einer Welt bleiben, die von solchen Feinden verdorben wird.

»Diese Irren«, sagte Danton nun, womit er alle meinte. »Der bekloppte Roland. Der alte Sillery, dieser ehrkäsige Tölpel. Und Héberts reißende Wölfe. Dieser dreifach ekelhafte Collot und der paralysierte Erdgeist Couthon. Und Hérault sitzt mittendrin und unterdrückt lässig ein Gähnen. Und Maximilien sorgt dafür, daß auch ja keiner mit schmutzigen Fingernägeln hereinkommt. Allmächtiger, glauben die wirklich, daß sie alles mit immer neuem Blut sauberwaschen können?«

Aus den Tuileriengärten stiegen dunkle Rauchsäulen auf und drüben über dem Fluß, Richtung Luxembourg, blassere. Zischend gossen die Schmiede in Überstunden Waffen für Frankreich. Nach dem Einbruch der Dunkelheit wurden die Wolkenberge von unten angestrahlt.

»Diese Stadt sieht wie eine Traumhölle aus.«

»Sie ist die Hölle. Und wir stecken mittendrin«, erwiderte er.

Dank der Windböen baumelten die *tricoleurs* einsam an der Brücke. Im selben Maße, wie Paris die Stimme seiner Glocken an die Kanonen verlor, begann es, sich mehr und mehr in Zeichensprache auszudrücken:

FREIHEIT ODER TOD! GLEICHHEIT ODER TOD! KAMERADSCHAFT, SIEG, DIE REPUBLIK – ODER TOD! Und von den Seilen tropften blau-weiß-rote Wasserfälle, mal straff gespannt wie Segel, mal schlaff wie ein Impotenter.

Von diesen Flaggen hatte ich geträumt: Das Banner des Freien Frankreich hing herab und verlor seinen weißen Bourbonenstreifen, weil wir keinen Bourbonenkönig mehr hatten. Statt dessen breitete sich ein schwarzer Trauerstreifen aus. Nun war es eine Trikolore aus Blau, Schwarz und Rot. Doch dann löste sich das Rot auf und lief davon. Über den Flaggenrand, über den Platz und in die Kanäle hinein. Blut. Daraus bestand der rote Streifen unseres Banners.

Ich hatte ihm den Traum erzählt. Er hatte mit einem neuen, häßlichen Wortspiel geantwortet: Er begann, die tricoleur als Trippser zu bezeichnen.

»Schau den Himmel an«, sagte er nun. Ich schaute nach Westen auf den trüben Sonnenuntergang. »Und den Fluß.« Ich betrachtete den Fluß. »Alles knallrot. Die Seine hat sich in Blut verwandelt.« Ich machte eine Bemerkung über Gott und beugte mich über die Brücke. Er gab mir einen leichten Stoß. »Laß das. Komm, gehen wir was trinken.« Ich folgte ihm wie ein verlorener Hund, der glaubt, er würde einen Herrn wiedererkennen.

Le cœur en hiver: die Monate aus Frost und Schnee

Vermutlich war ich nie richtig tapfer gewesen, sondern hatte immer nur den kurzsichtigen Optimismus eines Betrunkenen – oder Verrückten – besessen. (Wo habe ich diese Wandinschrift gesehen? Meinen neuesten Spitznamen: la Benôit Fou.) Aber wenn ich nun zurückblicke – wie auf ein fremdes Land und auf einen fremden Menschen, der einmal meinen Namen trug –, kommt es mir vor, als ob er tapfer und hochgemut gewesen wäre und eine Energie besessen hätte, die mir ganz und gar fremd ist. Mein Mut hatte seinen wahren Tiefpunkt erreicht.

So schlich ich von Ort zu Ort durch Fabres November-Dezember-Fröste und wechselte die Straßenseite, um allem und jedem aus dem Weg zu gehen, was mein Herz zu sehr berühren könnte. Natürlich verfolgte mich dank meiner Zerbrechlichkeit die Unruhe überall. Frauen, die wegen ein paar Essensresten oder wegen ihres guten Rufes aneinandergeraten waren, zerrten an meinen Mantelschößen und schrien mir Beschimpfungen hinterher – nicht, weil sie mich kannten, sondern nur, weil mich ihre Not unbeteiligt ließ. Auf der Straße kam ich am leblosen Körper eines kleinen Mädchens vorbei, der gerade weggeschafft wurde. Aber zuvor hatte man ihre Kleidung gefleddert und selbst das winzigste nützliche Stück entfernt. Auch ihre Schuhe waren verschwunden, falls sie je welche gehabt hatte. Der mitleiderregende Anblick ihrer kleinen, von Kälte und Tod blauen Füße ging mir nicht mehr aus dem Sinn. Andernorts – nicht weit weg – ging das Blutbad weiter. Ein roter Sonnenuntergang nach dem anderen. Inzwischen war es Mode, so zu tun, als ob drüben auf der Place de la Révolution nichts Außergewöhnliches vor sich ging (es war ja auch irgendwie normal geworden). Immer noch gab es Einladungen zu Diners und Theateraufführungen. Man konnte tanzen, Karten spielen, singen, lachen und vögeln, und wenn einer die Revolution erwähnte, trank man rasch ein Glas lautstark auf ihr Wohl und wechselte das Thema. Überall sah man die Sans-Culottes wie eine Invasion gestreifter Käfer. Wenn es zu öffentlichen Unruhen kam, strömten sie zu der Stelle und überschwemmten alles. Bei den Cordeliers standen sie wie Säulen an der Wand. Wen sie kannten und noch immer schätzten, den ließen sie manchmal hochleben oder trugen ihn auf den Schultern herum. Andere versperrten einem den Weg und wollten eine Erklärung für irgend etwas. Aber der Name Robespierre war zum Zauberwort geworden. Robespierre ... Ich werde ihm erzählen, was du gesagt hast. Hast du Robespierre gesprochen? Er wird zuhören. O ja, der gute alte Maxime, der unbestechliche Maxime. Nicht wahr, er hat es als einziger geschafft, die Lebensmittelpreise festzuschreiben? Und sie gingen zu dem Jakobiner und lauschten ihm aufmerksam Stunde um Stunde, während er sein Ideal einer kaltweißen Utopie herunterbetete. Ich hatte den Glauben daran verloren, wie an alles andere auch. Schließlich hatte mir Danton einmal ausführlich beschrieben, was mit Robespierres Version verbunden war, dieser blankgeputzte, ausgebleichte Himmel, wo niemand –

Dem hatte St. Juwel kürzlich seine Mitra aufgesetzt, indem er sämtliche geschlechtslosen Engel in Uniformen steckte. Jeder mußte sich gemäß seiner gesellschaftlichen Stellung kleiden: die Jungen als Arbeiter, die Zwanzigjährigen als Freiheitskämpfer oder Geschworene und die Alten als stattliche Vorfahren. Verlobte, die ein Brautversprechen lösen wollten, mußten dies an ein spezielles Komitee melden. Weiß Gott, wie sie sich für diesen Anlaß kleiden sollten – vielleicht mit einem Engelsflügel auf Halbmast. Saint-Just. Eisblond und mit eisblondem Herzen. Er hatte an meiner Bemerkung im Dillon-Brief über sein Porzellanprofil Anstoß genommen. Angeblich ist er aufgesprungen und hat seine Handschuhe mit dem Schwur ins Feuer geworfen, er würde mich umbringen. Seither bin ich ihm mehrmals begegnet, aber er hat lediglich seine eisigen Augen von mir abgewandt und weiterhin die Angelegenheiten seines Herrn und Meisters erledigt.

Noch ein Ausruf wurde mir zugetragen: »Wie interessant: Als die Feinde der Bergpartei verurteilt wurden, haben alle gejubelt, nur Camille nicht. Er ist in Tränen ausgebrochen und rief: ›Ihre Blutstropfen fallen auf meine Hände, mit denen ich sie erschlagen habe. Sie können nie wieder reingewaschen werden.‹ Woraufhin er wie tot ohnmächtig zu unseren Füßen niederstürzte.« Ich erwiderte, dieses Bild von mir als Shakespeares Lady Macbeth sei eine grauenhafte Lüge. Aber für meinen Sturz gab es Zeugen. (Sicher hat dieser Schwätzer Vilate seinen Mund nicht halten können.) Später habe ich mich mit verdorbenem Wein entschuldigt. Und wieder später kam ich erneut darauf zurück und wollte wissen, warum ich nicht die Korruption von Männern, die meine Freunde gewesen waren, genauso beklagen sollte wie die Strafe für ihre Korruption.

Es gab auch Tage, an denen ich zu Hause blieb und Allegorien und Essays schrieb, die nicht einmal ich selbst verstand, und sie deshalb zerriß. (Unser Herd war beschäftigt.) Anschließend ging ich, um meinem Kind zuzuschauen, das in einem fröhlichen Gefängnis aus Kissen herumtapste, wo Lucile mit ihm wie eine junge Katze mit ihrem Kätzchen spielte. Dann überkam mich eine Minute lang ein Gefühl von Normalität, Sicherheit und Behagen. Aber es genügte, daß im Kamin das Holz zusammensackte, draußen auf der Straße ein Ruf ertönte, ja selbst das Schlagen der Uhr – alles versetzte mich in mein persönliches Land der Dunkelheit zurück.

Außerdem konnte man im Eck neben dem Kamin immer noch lesen.

Der ruhmreiche Hébert schrieb in seinem geistsprühenden Blatt: »Wie gut haben wir noch jenen Tag im Gedächtnis, als C. Desmoulins im Palais-Royal seine Kastanien aufleuchten ließ, und die anschließende Reaktion, die zum Sturz der Bastille führte. Wie schade, daß Camille seine mitreißende Redekunst verloren hat!«

Oder die Briefe ohne Unterschrift, die gelegentlich mit einer Warnung vor allem und jedem kamen. Einer stellte fest: »Du hast das schöne Haupt von Saint-Just geschmäht – er schwört, daß er dafür deines auf einem Tablett serviert bekommt –« Und ein anderer: »Sag deinem Freund Georges, dein anderer Freund M. R. soll gesagt haben: Einige von uns hätten es als Tote bequemer.«

Nun, wenn Danton recht hatte, wäre es tatsächlich bequemer, tot zu sein. Ein traumloser Schlaf, aus dem dich keiner aufwecken kann. Ach, Danton, du fauler Mistkerl. Für immer schlafen – nie mehr verantwortlich oder schuldig sein.

Orléans war dorthin gegangen, Philippe-Gleichheit, der sich in einem Ballon mit heißer Luft in die Irre führen ließ. Und alle Mädchen, die an den Grenzen zu Braunschweigs Soldaten nett gewesen waren. Und Manon, die von meinen Augen geschwärmt und alles übrige von mir verdammt hatte, Manon, der ich einmal verstohlen den Arm um die Taille gelegt hatte, woraufhin sie sich auf typisch weibliche Art loswand und mir einen derart harten und männlichen Blick zuwarf, zu dem ihr ältlicher Ehemann nie fähig gewesen wäre. (Wie hatte er auf dem Feld mit dem Schwert in den Lenden ausgesehen, während der Zettel an seinem schmuddeligen alten Mantel flatterte?) Und Brissot, dessen Stimme selbst jetzt noch ruhig und aufmunternd zu mir sagt: »Das Essen bezahle ich – iß auf, Camille. Wir können dich nicht verhungern lassen.«

Hör auf, dir Vorwürfe zu machen. Du bist langweilig.

Und das Motto des Wohlfahrtsausschusses?

Esprit de Corpse.

Der Weg ins Café Flon führte über eine Gasse mit einer einzigen Laterne, in deren grauer Glaskugel nur ein einsamer, letzter Sonnenstrahl aufleuchtete. An der Tür wurden weder Fragen gestellt noch Vorschläge gemacht. Da hieß es nur: Ah, guten Abend, Bürger. Und dann ging's über eine steinerne Wendeltreppe in die darüberliegenden Privaträume hinauf. Danton hatte nie seine Vorliebe für das Interieur der Aristokratie verloren. Die blankgescheuerten Tische und abblätternden Fensterläden auf dem Landsitz oder das pied-à-terre erinnerten in ihrer »rustikalen Art« fast an eine Vorliebe à la Antoinette. (Rosseau ist für so vieles verantwortlich.) Dagegen waren Dantons Wohnungen immer vom Feinsten, egal, ob sie für rein private Zwecke oder für Gäste gedacht waren, und diese bildete keine Ausnahme. Purpursamt vor den Fenstern, um das purpurrote Nachglühen jenes schrecklich infernalen Sonnenunterganges zu verbergen, den wir auf der Brücke betrachtet hatten. Kalkweiße Nymphen im »Römischen Stil« mit Kandelabern in den Händen, an denen feurige Sterne funkelten. Ein Teppich, auf dem sich Rosen, Urnen und alles mögliche mischte, nur die Bourbonenlilie fehlte noch.

Wenn sich einer ins Flon begab, dann eher zu einem arrangierten Treffen als rein zufällig, aber ich hatte erst gewußt, daß ich hierhergehen würde, als man mich in die Gasse bugsierte. »Ach, schau mal«, sagte Danton wie immer zu dem Laternenhaken, »einer, den du verpaßt hast.« Hier war nie einer aufgehängt worden. Heute abend klang sein Scherz bitterböse. Eigentlich hätte ich wissen müssen, daß die Spitze nicht gegen Camille gerichtet war, aber Camille blieb Camille, zog ein finsteres Gesicht und setzte zu einer Schmährede an. Ich verwünschte ihn so lange, bis ich mich zu der Frage erniedrigt hatte, ob ihm seine Hämorrhoiden zu schaffen machten, woraufhin er mich beinahe mit Fußtritten die Treppe hinaufbeförderte.

Ich weiß noch genau, wer schon da war – fast alle – und wer später hereinkam. Zum Beispiel Fabre, der Danton ständig beiseite zog und auf ihn einschnatterte, weil ihm offensichtlich etwas oder alles im Magen lag. Ich schnappte den Namen der Ostindienkompanie auf, mit der Fabre sogar zu mir kam. Dies war nur eines aus einer ganzen Reihe von faulen Geschäften, die gewisse Elemente aus dem Konvent tätigten, indem sie bestimmte Handelsunternehmen zuerst anheizten und anschließend zu Fall brachten. Wenn der Preis am Tiefstpunkt angelangt war, kauften sie Firmenanteile, die sie wieder verkauften, sobald die Kreditwürdigkeit der Kompanie erneut in die Höhe getrieben worden war. Nachdem man mir geraten hatte, von der Fluktuation der Indienkompanie zu profitieren, hatte ich eine Zeitlang Kapital daraus geschlagen. Als mir jedoch klar wurde, was da tatsächlich ablief, hatte ich mich zurückgezogen. Mittlerweile war das Ganze nur eine weitere üble Sache, mit der ich keine Geduld hatte und die ich am liebsten aus meinem Gehirn verbannt hätte. Ich schüttelte Fabre ab, woraufhin er zu Hérault hinüberging. Bald hatte ich das leicht säuerliche Vergnügen, zu beobachten, wie auch dieser ihn fast auf die gleiche Art abschüttelte.

Außer Hérault, Fabre, Danton und Desmoulins waren ferner vertreten: Lacroix, vermutlich Thibaut und der wohlbekannte Medizinmann Souberbielle, der mittlerweile im Tribunalgericht saß und über die ganze Sache derart unglücklich war, daß er uns zu diesem Thema drei Diner-Gänge lang mit einem Monolog beehrte.

»Ach, was soll das, Sou'belle, was macht das schon aus?« meinte Lacroix. »Die werden doch so und so verhackstückt. Liegt's vielleicht daran, daß du nicht mehr persönlich Hand anlegen kannst?«

»Komm du bloß nie mit 'nem gebrochenen Bein zu mir«, konterte Souberbielle drohend.

»Vorsicht«, sagte Lacroix, »oder ich setze Roch-Marcandier auf dich an.«

»Aber es ist einfach zuviel«, meinte Thibaut und knetete seine schmalen Hände.

»Zuviel wovon? Von Marcandier? Einverstanden. Oder meinst du die Soße? Das Gebäck?« Lacroix versuchte, den Clown des Abends zu spielen.

»Man verliert viel zu leicht den Kopf. Wie steht die letzte Hochrechnung?«

»Insgesamt sechzig Köpfe im November.«

»Was?« belferte Fabre äußerst ärgerlich.

»Was? Ach, verflixt noch mal, im Brumaire, im Nebel-Monat. Vergiß doch mal eine Minute deinen idiotischen Kalender, d'Églantine, sechzig bleibt sechzig.«

»Oder siebzig, je nachdem, wer die Buchführung macht.«

»Man schafft sie«, sagte Souberbielle angewidert, »gleich zu zwanzig auf einmal herein – ja, ich habe dagesessen und zugesehen. Wie bei einer Viehauktion. Vor dem Oktober wurden die Gerichtsverhandlungen einigermaßen ordentlich geführt, und die Urteile waren fair. Jetzt hält uns Herman oder diese Natter Tinville eine Predigt über die Boshaftigkeit von Generälen und die lasterhafte Königstreue von Näherinnen. Und die armen Opfer treten von einem Fuß auf den anderen, oder die Mädchen werden ohnmächtig, während der Haufen auf den Publikumsbänken zu kreischen anfängt, daß das 'ne gute Vorübung für La Guillotine sei. Einige Gefangene reiben sich sogar den Hals, als ob sie sich vergewissern möchten, daß er noch dran ist. Jedesmal lautet das Urteil schuldig. Meine Mit-Geschworenen vom Magistrat lassen sich von Enthusiasmus und selbstgerechtem Zorn mitreißen. Ich habe gesehen, wie Héberts Drecksblatt wie ein religiöses Traktat in der Kirche die Runde machte. Jedes Mitleid ist zum Fenster hinausgeworfen.«

»Wie stimmst denn du, mein lieber 'belle?« fragte Lacroix.

»Mit dem Rest, nach einigem Diskutieren. Ich werde allmählich unbeliebt, in Zukunft muß ich vorsichtig sein. Nein, sie sind alle ehrenwert, vertrauenswürdig und wahrhaftig. Für den Fall einer Wohnungsdurchsuchung mache ich mir diesbezüglich Notizen.«

»Und dann hätten wir ja noch den armen Hérault«, sagte Lacroix, der darauf bestanden hatte, sein Geflügel wie auf dem Operationstisch zu sezieren.

»Ich Armer«, meinte Hérault.

»Der letzte Vertreter der gemäßigten Linie im Wohlfahrtsausschuß. Hört man dir denn gar nicht mehr zu?«

»Nein«, erwiderte Hérault ungerührt.

»Und in Bälde wird man dich ausbooten. Oder schwimmst du mit dem Strom?«

»Selbst Danton«, antwortete Hérault auf seine lässige Art, »hat für die Republik abgeschlagene Köpfe gefordert.«

Danton hatte in seinem Sessel gelegen und zugehört, jetzt setzte er sich auf und warf Hérault einen vernichtenden Blick zu. »Von Schuldigen«, ergänzte Danton, allerdings nicht besonders laut. Keine einzige Kerze fiel von ihrem Halter, und kein Fenster stürzte auf die Straße, lediglich das Geschirr zitterte, und die Wachteln bebten in ihrer Soße. »Ich sagte, die Schuldigen. Mit Betonung auf dem, was ich bevorzuge. Und die Unschuldigen soll man freilassen. Gerichtsverfahren wird es immer geben. Die Ankündigung, es gäbe keine Bösewichte auf der Welt, ist genauso lahm wie der Vorschlag, die ganze Welt sei böse und müsse von Sansons putzigem Spielzeug zu Tode gebissen werden.«

Wir waren überrascht. Ich war es. Lacroix sagte: »Vorsicht, meine Freunde, wir haben ihn aufgeweckt.«

»Wieso, hast du gedacht, ich wäre eingeschlafen?« fragte Danton.

»Kleinigkeiten – die geschlossenen Lider, das Schnarchen –«

Brüsk überging Danton diese Schmeichelei mit voller Härte. »Was ich mir heute für Frankreich wünsche, war schon immer mein Wunsch – nämlich Recht und Gerechtigkeit für jeden Bürger ohne Ansehen von Rang und Stand. Eine funktionierende und kontrollierte Verfassung. Waffenstillstand mit unseren Feinden – jawohl, Thibaut, ein Waffenstillstand und anschließend Frieden. Guter Mann, was glaubst du denn, wie lange wir diesen Kriegszustand noch aufrechterhalten können? Und zu guter Letzt ein Land mit offenem Zugang zu den Meeren, blühendem Handel und Kunst in Hülle und Fülle; ein Land, das dank seiner Institutionen und Erfindungen in wissenschaftlicher und ästhetischer Hinsicht ein Vorbild für alle übrigen ist. Eine Republik mit einer authentischen Bürgerschaft und nicht mit einer Horde quiekender Ratten, die als Zeichen ihrer Humanität einen Paß oder einen Klubausweis präsentieren. Wir haben die Dinge verändern wollen und haben es auch getan, aber die Arbeit ist noch nicht zu Ende. Wir können mit diesem Schiff untergehen oder es wieder flottmachen. Was von beiden?«

Es gab leichten Applaus, halb Spaß, halb Ernst.

Mit funkelnden Schwertern im Blick verscheuchte ihn Danton wie Bremsen. Er funkelte uns an, hielt sein Glas Rotwein in die Höhe und sagte: »Das ist der einzige Ungeist, der heute unseren Fortschritt behindert – Blut. Es hat alles überschwemmt und beherrscht mein Denken. Wenn sich meine Frau eine rote Schärpe übers Kleid bindet, sehe ich sie halbiert und verblutend vor mir. Die fallenden roten Blätter in den heimischen Wäldern, der Sonnenuntergang über dem Fluß – auch ich habe zu Camille gesagt, selbst die Seine hätte sich in Blut verwandelt.« Wieder bewegte er das Glas. »Trinken wir tatsächlich Blut, bis uns schlecht wird? Oder weigern wir uns, es zu trinken?« Damit drehte er das Glas um, so daß der Wein aufs Tischtuch floß. Vermutlich sind wir alle vor dem immer größer werdenden Fleck zurückgezuckt, als ob es sich nicht um Wein handelte, sondern tatsächlich um die Flüssigkeit, von der er gesprochen hatte.

Stillschweigen. Schließlich fing Souberbielle an, mir etwas zuzumurmeln, aber ich hörte nicht, was er sagte.

Es war unmöglich, auf Danton in seinem derzeitigen Zustand nicht zu reagieren. Diese Macht hatte er sich bewahrt. Er breitete weit ihre Flügel aus, und wir wurden nach oben getragen. Und doch? Und doch. Selbst in jenem Augenblick fing ein Teil von mir zu lahmen an und fiel zurück. Konnte ich nicht länger Schritt halten? Oder lag es an der mächtigen Stimme, die sich vom Löwen in einen Wolf verwandelt hatte? (Sollte ich mit dieser Überlegung dein Wesen verunglimpfen, so geschieht dies unabsichtlich, denn auch du, Danton, warst nur ein Mensch. Trotzdem verzeih mir.)

Thibaut sagte abrupt: »Hébert ist die Ursache des ganzen Übels.«

»Hébert ist nur ein Teil«, meinte Lacroix. »Die Jakobinische Linke hat sich gespalten, und inzwischen steht eine ihrer Hälften derart weit links, daß sie das Ganze zerrissen hat.«

»Hébert ist zwar der Abschaum, aber die wahre Stärke liegt woanders«, sagte Hérault. »Ich hatte das Glück, die Gärung aus nächster Nähe zu betrachten.«

»Derselbe, der in jeder Sitzung zwanzigmal nach dem Waschwasser von Pilatus ruft, um sich die Hände zu netzen«, sagte Lacroix, »und der wie ein Unschuldslamm ständig nach Gnade blökt und für Héberts Haufen nur froststarre Augen übrig hat. Und dann folgt eine neue Ankündigung –«

»Wir wollen ein Omelett machen«, maunzte Fabre nervtötend.

»Jawohl«, sagte Lacroix. »Was er wohl heute abend tut, der liebe Ro-«

Stiefel polterten die Treppe herauf, wir sprangen alle hoch.

Eine typische Angewohnheit von Verschwörern, was wir längst waren, auch ohne daß wir ein Wort darüber verlieren mußten. Und auch jener andere Name mußte nicht genannt werden.

Aber es war nur ein junger Mann, der Souberbielle inständig anflehte, ins Hospital zu kommen. Erneut war es in Les Halles zu Unruhen gekommen, bei denen die Piken der Hosenlosen mitgemischt hatten. Chirurgen waren gefragt. Mißmutig stand Souberbielle auf und verließ uns.

Hérault setzte sich wieder, ebenso Danton, die anderen blieben stehen. Thibault sagte milde: »Ich habe Legendre in der Nähe der Tuilerien getroffen. Er hat sich nach dir erkundigt, Georges, und ich habe gesagt, daß du meines Wissens heute abend in der Oper wärest.«

Danton erwiderte nichts. Erneut tönten Schritte im Treppenhaus. Wir alle schauten zur Tür, aber diesmal öffnete einer der Bediensteten vom Café, und herein trat Joseph Chénier.

In Paris gab es einen Witz: Geh ja nicht mit einem Mantel ohne Löcher aus. Obwohl sich nur wenige von uns dazu hinreißen ließen, waren selbst unsere Dandys dazu übergegangen, zerknitterten Musselin mit einem Hauch von Trikolore im Gewebe als Krawatte zu tragen. Aber Chéniers Leinen war tadellos gestärkt, und seine typisch revolutionäre Lässigkeit erinnerte an einen Prinzen im Exil. Ich muß ihn derart angestarrt haben, daß mir jeder Gedanke klar ins Gesicht geschrieben stand. Seit einem Jahr hatte ich ihn nicht mehr gesehen und kein Wort mit ihm gewechselt. Ganz Poet, brachte er wie aufs Stichwort die Anfänge mit sich: die Unterkunft in der Eisenkrugstraße, die nächtlichen Gespräche am Fluß, meine einzige Gedichtzeile, für die mich sein Bruder André gelobt hatte: l'hiver est printemps.

Er kam direkt auf mich zu und schüttelte mir die Hand.

»Es tut mir leid«, sagte ich.

»Nein«, sagte Chénier, »nein, nein, Camille.« Manchmal entdeckte man bei ihm die Spur eines Akzentes aus Mitteleuropa, wo er seine Wurzeln hatte. Ein Lapsus, eine Irritation oder Müdigkeit oder ein Zeichen dafür, daß er sich in deiner Gegenwart aus der Reserve locken ließ. »Er schreibt in diesem gottverfluchten Gefängnis einige der schönsten Verse, die je ein Mensch zu Papier gebracht hat.« Die Rede war von seinem Bruder, der eine Zeile aus meiner eigenen Feder bewundert hatte und nun in Saint-Lazare eingesperrt war. Mit einem fürchterlichen Schock überfiel mich diese Neuigkeit, als ob ich nicht gewußt hätte, daß es zu dieser Verhaftung – eine unter Tausenden – gekommen war. Aber natürlich hatte ich es gewußt. André hatte unsere Eskapaden, die Zerstörung des Traumes, satt gehabt. »Egal, was geschieht, er ist der Genius dieses Jahrhunderts und wird in Erinnerung bleiben.«

In Erinnerung. Wird in Erinnerung bleiben. Und wer von uns kann sagen, daß er –

Danton kam zu uns herüber.

»Wir müssen ihn herausbekommen. In freier Luft wird er noch viel faszinierender schreiben.«

»Hm, vielleicht«, sagte Chénier. Unter Dantons Umarmung tauchte Chénier aus seinen Untiefen auf und fügte hinzu: »Ihr müßt kommen und mein neuestes Stück anschauen, Timoléon. Es handelt von einem König, der ein guter Mensch ist.« Leichtes Gelächter, ich lachte allerdings nicht. »Soviel ich weiß, mag Robespierre mein Stück nicht.«

Aha, jetzt, endlich wird er ausgesprochen, der Name.

Robespierre: der Stein in Menschengestalt.

»Maxime mag nur pathetische Tragödien«, erklärte Lacroix leichthin.

»Nicht wenn sie von ehrlichen Königen handeln«, sagte Chénier. Er wollte nichts vom Abendessen und sagte: »Ich kann zwar nicht bleiben, bin aber trotzdem da. Reicht das?«

»Hervorragend«, erwiderte Danton.

»Dein Freund«, sagte Chénier zu mir, »der junge de Polignac, wußtest du, daß er verhaftet wurde?«

»Gabriel de Polignac gehört nicht zu meinen Freunden. Aber ich habe nichts davon gewußt. Wann?«

»Vor ein paar Nächten. Er ist jetzt im Luxembourg, sein erster Schritt. Dann kommt die Conciergerie und dann –«

»Aber warum, um Himmels willen? Ein aufgeblasener Pinkel, der den Republikaner spielt, er –«

»Unser geliebtes Tribunal«, warf Danton ein, »das Monster, das ich – Gott sei mir gnädig – gebar, hat sich seinen Vater geschnappt und dem alten Mann liebenswürdigerweise den Hackklotz verordnet.«

»Das wußte ich.«

»Und du kennst auch Gabriel und seine romantischen Oden. Er schrieb eine Elogie auf seinen Vater. Eine romantische Ode zuviel.«

»Dafür –?« fragte ich und stockte.

»Dafür.«

»In den L-Luxembourg«, sagte ich steif. »D-da k-kommt er wieder raus. Clodie wird jemanden b-bestechen, um ihn herauszuholen.« (Clodie, die elegante Mätresse. Ich stottere. Halt's Maul.) Dantons Bild vom Blut zum Trotz trank ich meinen Wein aus und ging zum Tisch zurück, um mir nachzugießen.

Thibault war mir gefolgt. Er füllte unsere Gläser und meinte:

»Robespierre.« Jetzt war der Name endlich einmal gefallen, und es schien, als ob wir gut daran täten, ihn ständig zu wiederholen. »Warum«, sagte ich, »reden wir über Maxime, als sei er die Ursache für alles Übel und hätte obendrein ein Schwert über der T-T-Tür aufgehängt, um uns alle beim Hinausgehen zu erwischen?«

»Weil es so ist, mein lieber Camille, und weil er genau das tut.«

»Niemals.«

»Wer hat denn gesagt, wir müßten durch Terror herrschen, weil ohne diese Drohung unsere Feinde triumphieren würden? Dein Niemals-Robespierre.«

»Alles reine Rhetorik. Dasselbe hat Georges auch gesagt.«

»Aber anders, ganz anders. Nehmen wir mal das Gesetz betreffs verdächtiger Personen: Wer steckte deiner Meinung nach dahinter? Erinnert dich das nicht an Robespierres unbestechliche Handschrift?«

»Und dann wäre da noch Camilles Liebling«, meinte Lacroix, während er sich die Weinflasche schnappte, »der heißgeliebte Saint-Just. Wieder einmal hat man ihn ins Kriegsgebiet abgeschoben, Richtung deutsche Grenze – ein weiser Schachzug. Er schickt dem Konvent wütende Briefe, in denen er zweitausend Betten für Verwundete fordert. Immer noch besser, als wenn er hier herumschleicht und zweitausend Köpfe für den Korb fordert.«

»Glaubst du wirklich, Saint-Just sei umsonst Robespierres Ministrant? Wer hat denn Saint-Just beigebracht, wie er denken soll?«

»Und die Guillotine ist der Hochaltar«, sagte ich. »Aber Maxime ist nicht die Quelle all dieser Dinge. Er ist ein schlauer, bigotter –«

»Ach, na schön, du läßt dich nicht überzeugen, stimmt's?«

»Was soll das eigentlich alles?« fragte ich.

Chénier stand auf und ging zur Tür hinaus. Aus einer seiner Manteltaschen schaute Manuskriptpapier heraus. Dichter, Schriftsteller. (Fabre stand bebend da und trank Wein.)

Danton musterte uns.

»Ich werde euch mal einen Auszug aus Robespierres persönlichen Notizbüchern vortragen«, sagte Danton. »Und in Klammern versichere ich euch, daß ich das aus gutinformierter Quelle weiß. Da steht: Schriftsteller müssen beobachtet werden. Sie sind die schrecklichsten Feinde, die ein Land haben kann. Wörtliches Zitat. Das Ganze steht unter einem Stichwort, das eine Dauerüberwachung der Presse empfiehlt und in letzter Konsequenz zu einer totalen Kontrolle und Beeinflussung der öffentlichen Meinung führt. Nötigenfalls mit Gewalt.« Danton hielt inne. Seit er den Wein auf den Tisch gekippt hatte, hatte er keinen Tropfen mehr getrunken. Lässig meinte er: »Dieses Rendezvous der Köpfe wird mir allmählich zu schwer. Ich hoffe, niemand verübelt es mir, daß ich mir die Freiheit erlaubt habe, ein paar Damen einzuladen, die in Kürze zu uns stoßen werden.« Während wir mit offenem Mund dastanden, fuhr er fort: »Übrigens, Camille, könnte ich mir gut vorstellen, daß dich unser Freund Maximilien Robespierre in ein, zwei Tagen sehen möchte. Vermutlich trägt er sich aus einem seltsamen Grund, der durch und durch Rätsel aufgibt, mit der fixen Idee, erneut eine Zeitschrift herauszugeben. Und da er durch die Verkaufszahlen seiner letzten literarischen Ergüsse gemerkt hat, daß er die schriftstellerische Qualität eines Nachttopfes besitzt, wird er einen anderen brauchen, der sich um das Schriftstellergeschäft kümmert. Und da, Camille, kommst du ihm gerade recht. Und du überlegst noch, was er von dir will.«

Ich hatte gespürt, daß ich blaß geworden war, was manchmal geschehen kann.

»Nun, ich werde – nein sagen.«

»Sag ja«, meinte Danton.

Hérault zerteilte fein säuberlich Obst. Der funkelnde Ring an seiner Hand machte mich schwindelig. Er sagte: »Inzwischen wird Maxime versuchen, jede Initiative eines anderen bedeutenden Menschen zu unterbinden, das weißt du genau. Sollte aber Maximes eigener Name dahinterstehen, wird die Sache für ihn weitaus schwieriger.«

»Ihr seid ja alle verrückt«, sagte ich.

»Ja, ja, im Wein ist irgend etwas. Deshalb hat ja der verkleidete, steinerne Peter so einen klaren Kopf. Er trinkt nie.«

»Robespierre – der ist gar nichts«, erklärte Fabre völlig unlogisch. Er zitterte wie Espenlaub. »Eine Feige von den Purpurbäumen des Südens für Maxime. Soll er sie sich doch sonstwohin schieben.«

Danton ignorierte diese Bemerkung. »Gut möglich, daß Robespierre an dich herantritt«, sagte er zu mir, »und so tut, als wolle er genau dasselbe wie wir.«

»Was soll das?« rief ich.

Fabre sackte in der Ecke zusammen. Lacroix betrachtete seine Serviette und knüllte sie von Zeit zu Zeit warnend ein wenig zusammen.

Danton kam herüber und stellte sich zwischen mich und die Lichter, die Kerzen und das Dauerfunkeln von Héraults Schmuck. Zwischen mir und den anderen stand er, zwischen dem Raum und allem.

»Was«, sagte er leise zu mir, »willst du?«

»Ich? Ein E-ende dieser Schlächterei, dieses – Gemetzels.«

»Warum?«

»Weil mich das Blut an unseren Händen krank macht!« schrie ich ihn an. Meine Stimme klang so hoch wie die einer Frau, so sehr schämte ich mich dafür.

»Gut«, meinte er, »dann gibt's ja kein Problem.«

Er gab mir einen Stoß, anschließend fing er mich auf, füllte mein Glas und reichte es mir.

»Du kannst ruhig trinken, jetzt ist es das Blut des Sakramentes«, sagte er, während er seine Hand auf meine legte und mir das Glas an die Lippen hob, als ob ich ein Invalide wäre. »Schau mich nicht so wütend an. Warte, bis du das hinreißende Mädchen siehst, das ich für dich ausgesucht habe. Wie wirst du sie nennen – deine Zeitung?«

Von da an weiß ich nichts mehr Genaues: die Übergänge zwischen damals und heute, zwischen Wissen und Nichtwissen und zwischen Wissen und geistiger Abwesenheit, die Lügen, die andere Lügen überdecken, und die Wahrheiten, hinter denen sich alles verbirgt. Camilles Tod lautete meine Antwort auf seine Frage nach dem Namen meiner neuen Zeitung. Entweder habe ich es ihm damals mitten ins Gesicht gesagt oder später in meinem Herzen. Und im selben Moment, als ich den Wein hinunterkippte, hörten wir die Frauen auf der Treppe, die wie Blumen aus dunkler Erdennacht zu uns heraufkamen. Und die Tür öffnete sich für ihre glatten Schultern, die traubenbekränzten Haare, ihr intensives Parfüm, die hellen Stimmen. Und wie der Morgen kam das Kerzenlicht zurück.

Die junge Frau lag auf meiner Brust, unablässig streichelten ihre warmen Hände meinen Körper, meine Rippen. Und im Vorübergleiten leuchteten ihre Haut und die Brüste mit dem makellos glatten Schmelz ihrer jugendlichen Schönheit. Manchmal streiften mich ihre Knospen auf eigene, liebkosende Weise, und ihr Mund schmiegte sich an meinen und verließ ihn wieder, während ihr Blondhaar in Kaskaden auf uns beide niederregnete. Das Mädchen hatte – Angst vor mir. In dem Moment, als sie auf mich zutrat, wußte ich, daß sie Angst vor mir hatte. Also hatte ich mich zerknirscht bemüht, nett zu ihr zu sein und ihr zu zeigen, daß ich kein Unmensch war. Als sie ihr rosa Kleid abstreifte, schimmerte darunter im selben Farbton üppiges Fleisch. Sie konnte kaum älter als sechzehn sein. Die andere war grundverschieden, eine Gewerbsmäßige, aber überaus willig und bereit, alles zu genießen. So entwickeln sie sich immer: Entweder lieben sie ihr Geschäft, oder sie sind kaltschnäuzige Schauspielerinnen. Das zweite Mädchen klammerte sich an mich und saugte mir die Seele aus. Während sie Lacroix die Arme um den Hals schlang, bäumte sie sich wild erregt zu seinem eigenen Vergnügen wie eine Stute auf.

(Eine Orgie? Vielleicht. Dergleichen Dionysien hat es viele gegeben.)

(Es hieß, seiner derzeitigen Frau sei Danton zum erstenmal treu, aber ich hätte das eine oder andere erzählen können.)

Jedoch das Mädchen, das mir ihren Mund schenkte, das Mädchen mit Händen wie warme Wellen –

Obwohl sich die andere wie wild an meinem Körper rieb, wollte ich unbedingt das erste Mädchen haben. Ich schwebte über ihr und zog sie wie eine kostbare Meerjungfrau im Netz an mich. Meine Hände wanderten über einen marmorgleich durchsichtigen Körper, der soviel weicher war als das Gestein. Nur das Rauschgold in ihren Achseln und das schwächere Gekräusel auf ihrem Schoß unterbrachen die gleichmäßige Oberfläche. Der Samt zwischen Stirn und Kinn glich jenem, der sie vom Hals bis zu den Knöcheln bedeckte. Ihre Höhle bestand fast gänzlich aus Tau und Pulsieren, nur tiefer – ein straffgespannter Handschuh voller Hitze. Aber mich umfing die weichgepolsterte Bernsteinhöhle der anderen.

Also redete ich mit dem Mädchen, das mir sein Gesicht zum Betrachten bot und mich mit Brüsten und Händen küßte. Ich versuchte, sie mit mir zu nehmen und mit jedem tieferen Streicheln meinen Rhythmus auf sie zu übertragen und ihre kühlen Augen zu schließen. Ich erzählte ihr, sie sei hübsch, ja sogar, ich würde sie lieben. Ihre Augen wußten es besser. Sie hat Bruder oder Schwester an die Guillotine verloren und gibt mir die Schuld daran. Alles nur Einbildung? Aber sie fuhr mir mit ihren runden Nägeln über die Brust und verdeckte mit ihren Haaren die Sicht. Unter ihrem weisen, kompromißlosen Blick brach die Welle, der Todeskampf. Ich schob sie hinunter und erstickte in ihrem Mund. Zitternd wand sie sich unter meinen Stößen. Als sie sich zurückzog und ihre Haare zur Seite schüttelte, sah ich, daß ich sie am Mund verletzt hatte. Ich hob die Finger, um sie vorsichtig zu berühren, aber sie kicherte freudlos und entwischte. Nur das zweite Mädchen, das sich an Lacroix klammerte, rieb sich gleichzeitig an mir. Beide schrien vor Lust. Um Himmels willen, wo war die andere hin? Verschwunden. Ausgelöscht wie eine Kerze. Vergossen und verloren – Samen, Blütenblätter, Wachs, Wein und Blut.

Ein Mann, gegen den ich gerannt war, packte mich am Arm, aber ich stieß ihn weg.

»Camille?« erkundigte er sich neugierig.

»Ja, Camille. Gute Nacht.«

»Na, warten Sie mal 'ne Minute. Wohin gehen Sie?«

»Was geht dich das an.«

»Ts.« In der Stimme schwang Lachen mit. Ich kannte sie. Wem gehörte sie? »Falls Sie Ihr Zuhause suchen sollten, gehen Sie leider am falschen Flußufer und in die falsche Richtung. Vielleicht wollen Sie aber um drei Uhr früh woanders hin.«

Ich blieb stehen. Ich war dermaßen betrunken, daß ich den Boden unter den Füßen verloren hatte und alle Dinge wie ein weitentferntes Mosaik betrachtete, das keinen Bezug zu mir hatte. Trotzdem riß ich mich zusammen und versuchte, mich zu orientieren. Der Mann lachte laut auf.

»Gestatten Sie, daß ich Ihnen vorübergehend den Schutz meiner Behausung als Lagerstatt anbiete. Falls Sie wünschen, auch ein Feldbett, verbunden mit einem Boten, damit sich Madame Desmoulins nicht unnötig sorgen muß.«

Ich wurde aufmerksam. Wir waren nicht allein. Im Fackelschein wirbelten Bruchstücke von Militäruniformen herum – ein kleiner Sondertrupp. Obendrüber ein Grinsen. Zweifellos höchst unterhaltsam: ein vollgespritzter Abgeordneter Desmoulins, der auf der Straße herumrollte. Aber nun hatte ich einen Anhaltspunkt, welcher andere Offizier würde mich sonst so herzlich ansprechen. Verdammter Kerl.

»Dillon«, brachte ich mit einiger Mühe heraus.

»Sie können noch sehen? Glückwunsch, mein Herr.«

»Ich kann noch – sehen. Ich werde mit Ihnen nirgendwohin gehen. Man hat mich schon oft genug als Royalist beschimpft. Nein, danke.«

»Dann kommen Sie mal mit«, meinte dieser verflixte Arthur Dillon und schob mich um die Ecke in einen Hof hinein und dann außen und innen eine Treppe hinauf.

Schon einmal hatte mich meine Frau ins Gebet genommen, weil ich von Blauauge Dillon gesprochen hatte. Lucile hatte mir versichert, er habe braune Augen. Jetzt um drei Uhr früh hatte ich keine Lust, mich neu zu entscheiden.

Seine Unterkunft war bescheiden, ein x-beliebiges Quartier, in dem er zweifellos immer noch »beobachtet« wurde. Lediglich ein Mitglied des Sondertrupps kam hinter uns heraufgetrampelt, deponierte ohne Erklärung einige Stiefel und trollte sich wieder. Bei Tag hatte man von den Zimmerfenstern einen Blick über taubengraue Dächer auf die blaßdunkle Struktur einer Kirche. Dazwischen baumelte die Flagge der Nation, und ein-, zweimal sah ich einen Wachtposten vorübergehen, ehe die Fensterläden geschlossen wurden. Dillon zündete eine Lampe an, und ich sackte in einen Lehnstuhl. Anfänglich hatte ich gegen mein Hiersein nichts einzuwenden. Das Feuer flackerte hell, und manche Spuren im Zimmer deuteten auf ein weibliches Wesen hin, das allerdings unsichtbar blieb. Anscheinend hatte er eine Frau, die aber nicht in der Stadt war.

Da ich zuerst sein Retter gewesen war, begann ich, ihn zu beleidigen, was er um dieser Tatsache willen ertrug.

Warum hatte er mir aus dem Gefängnis geschrieben? Warum hatte ich ihn verteidigt? Unzählige Gründe, die meisten rein vorbehaltlich und absurd. Ich sagte: »Es hat mir die schlimmsten Schimpfnamen meines Lebens eingebracht, daß ich wegen Ihnen Staub aufgewirbelt habe.«

Er machte eine graziöse Geste und verbeugte sich.

»Das ist schandbar, aber wir leben in rohen Zeiten.«

»Sagt meine Frau auch. Und ich habe geglaubt, die Straßen wären mit purem Gold gepflastert.«

»Niemand ist zynischer als ein Idealist«, bemerkte Dillon. »Trotzdem bedauere ich es, daß sich Madame Lucile die grimmigen Tage von heute bewußt machen mußte.«

Wir betrachteten das Feuer, aber schon begann die Kälte an mir zu nagen. Sein Herd ernüchterte mich allmählich, aber das Trinken hatte mir Zunge und Erinnerung gelöst. In wenigen Tagen würde ich mein Werk – ein Etwas – beginnen, das sich schwarz vor der rot tosenden Flut abzeichnen würde. Danton konnte mir ruhig erzählen, er stünde hinter mir, und vielleicht ließe sich auch Robespierre überreden, mein Handeln zu dulden. Dennoch würde ich allein dastehen und mich an die Ziegelmauer klammern. Jawohl – allein. Schon damals in den Dämmerstunden vor dem winterlichen Sonnenaufgang wußte ich: Ich, der immer gesagt hatte, was sie (wer waren sie?) hören wollten, stand kurz davor, im Kauderwelsch der Verdammten loszuschreien. Dann dreh dich eben um, tu nichts, lauf, flieg weg und begrab dein Bewußtsein im Körper eines Mädchens und in einer guten Flasche Wein. Aber mit dem Orgasmus endet der Sex, und nach der köstlichen Hexe namens Trunkenheit schleichen sich mörderische Kopfschmerzen und ein pelziger Mund ein. Und ständig wartet die Realität. Denk daran.

Dillon, der für mich ein Unbekannter war, bot mir mehr Kaffee und (vorsichtig) Branntwein an. Ich legte den Kopf auf die Arme und sagte zu ihm: »Himmel, ich hab solche Angst – ich hab solche Angst. Was wird aus mir? O Gott, was soll ich tun?«

Da wurde er mucksmäuschenstill. Ich spürte seine ernsthafte Aufmerksamkeit, obwohl ich sie nicht sehen konnte.

»Wie kommt das?« (Er sprach Französisch genausogut wie die Sprache Irlands.)

»Sie haben mich umzingelt und rücken näher.«

»Sie reden wie ein Mann in der Schlacht, das steht fest. Der Feind?«

»Ja, der Feind, egal, wer oder was das in Wahrheit ist. Mein Gott, was wird geschehen – ich weiß nicht, was ich tun soll. Alles, was ich mache, wird falsch sein. Dieses Ding da wird mich umbringen.«

Ich hörte ihn seufzen.

Meine Tränen fielen wie brennende Nägel in die Hände.

Er sagte: »Die halbe Stadt glaubt, sie sei zum Tode verurteilt. Man kann nicht mehr sicher sein, wer oder was die Wahl trifft. Da haben Sie ihn – Ihren gesichtslosen Feind. O ja, nennen Sie ihn ruhig beim Namen. Sagen Sie der Pöbel oder der Wohlfahrtsausschuß oder Robespierres Terrorregime dazu. Aber sind wir denn sicher, daß es das ist? Oder ist es ein anderes, formloses Ding in unserer Umgebung, das uns alle bewegt und antreibt – nach unten. Hier herrscht die Todesgöttin, das große Untier der Vernichtung.«

»Seien Sie still«, erwiderte ich, »auf Ihren verdammten Aberglauben kann ich verzichten.«

»Sie spüren es auch«, sagte er dumpf. »Kaum einer hier tut's nicht. Verzeihen Sie mir, Camille, statt Sie aufzuheitern, kann ich Ihnen nur sagen: Ziehen Sie das Schwert, lachen Sie ihm ins Gesicht.«

»Schon gut, schon gut.« Ich versuchte, mich verständlich zu machen, und stolperte in unbeschreiblicher Verwirrung über die Wörter. »Wenn sie mich aber holen, werde ich sterben – Himmel, sterben werde ich. Aber Lucile, was wird aus meiner Frau? Und aus meinem Kind? Um Himmels willen, er kann noch kaum gehen – so klein –, seine Hände sind kaum größer als meine M-mantelknöpfe. Ich wl- ich wollte zusehen, wie er groß wird. Ist das wider-widersinnig? Möchte nicht jeder Mann seinen Sohn aufwachsen sehen? Er ist zehnmal soviel wert wie ich, er wird meine besten Talente haben und dazu ihre Sensibilität, ihr Aussehen und ihre Güte. Jesus. Was wird aus ihnen?«

»Psst, Camille«, sagte er kurz darauf zu mir, »dagegen können wir nichts tun, wir sind Gefangene.« Ich schaute ihn wie aus weiter Ferne an, wie in einem Tunnel aus wabernder Schwärze mit einem Saum von Feuer und Wasser. »Sie sind ein tapferer Mann«, sagte er zu mir.

»Ein flennender Feigling«, erwiderte ich, während ich mir mit dem Ärmel die Augen abwischte. Für diese Bemerkung war ich immer noch betrunken genug.

Lächelnd meinte er: »Wir alle sind von Totenlampen umgeben, aber welcher Mensch ist das nicht? Auf dem Schlachtfeld habe ich Hunderte von Möglichkeiten zum Abtreten gesehen. Und in Friedenszeiten gibt es Krankheit, Mord und Erdbeben. Ich sage: Geben Sie dem Ding einen Tritt in die Kehrseite. Das erinnert mich wieder an das Thema Branntwein.« Er stand auf und holte aus einem Schrank eine Flasche. »Fassen Sie sich. Wir alle können uns irren. Vielleicht tanzen wir in zwanzig Jahren auf dem Grab des Unglücks.«

Darauf tranken wir und glaubten schließlich daran.

Als ich ging, hatte ich das meiste vergessen. Ich schmiedete Pläne, wie ich mit Lucile auf dem Grab des Unglücks tanzen würde. Erneut hielt ich die Veröffentlichung einer Zeitschrift für eine edle Idee. Ich hatte genug Wut im Bauch, um diese Idee umzusetzen. Und der Fluß strömte schwarz wie Tinte vorüber. Und die Sterne verblaßten. Und vielleicht ist mir einer gefolgt.

An mein Treffen mit Dillon konnte ich mich erinnern und auch, daß ich ihm meine Ängste gebeichtet hatte. Der Gedanke daran belastete mich immer mehr. Noch als ich am nächsten Tag aus meinem benommenen Zustand aufwachte, war ich mit mir selbst uneins, und in den folgenden Tagen wurde mir die ganze Szene derart peinlich, daß ich jede zufällige Begegnung mit ihm vermied. Außerdem hatte ich schon bald über anderes nachzudenken.

Das war damals fast ein Spiel: bei den Jakobinern sitzen und warten. Eines Abends endete die Sitzung früh – vor zehn Uhr –, und wie erwartet kam Robespierre zu mir herüber.

Er hakte sich ein, und wir spazierten die Straße Richtung Duplays entlang.

Wie üblich waren Hébert, der Armeeoffizier Rousin, Momoro und weitere Duchesne-Barbaren zu nächtlicher Stunde hereingeplatzt. Leise machte Robespierre darüber Anmerkungen, wobei er zur Betonung gewisser Punkte mit seinem Stock scharf gegen die Pflastersteine stieß. Als er mein Zittern bemerkte, schob er dies aufs kalte Wetter und meinte, wir hätten uns zuwenig umeinander gekümmert. Und ich solle aufpassen. Mit einem Loblied auf Betsis Schokolade – vielleicht war's auch die von Elie – lockte er mich in den Salon.

Da saßen wir nun zwischen Büsten, Gemmen und Stichen, mitten in einer Schar Zuhörer aus lauter kleinen Robespierres. Seit meinem letzten Besuch waren einige dazugekommen.

Ein Dienstmädchen brachte die Schokolade nervös lächelnd. Sie war genießbar – falls ich etwas hätte schmecken können.

Während er weiterredete, dachte ich: Um Gottes willen, wovor habe ich Angst? Ich kenne diesen Mann, und er mag mich. Habe ich ihm nicht die halbe Schulzeit den Rücken gegen das Pack freigehalten? Zwei Drittel meines Lebens kenne ich ihn. Er ist der Taufpate meines Sohnes. Blödsinn, dieses ganze Gerede.

»Meine arme Zeitung«, sagte er. »Weißt du noch? Ich wünschte, mir stünden heute die Zeit und die Fähigkeit dafür zur Verfügung, aber leider bin ich nur ein Redner, kein Schriftsteller.«

Er meint: ein großer Redner, kein Wortekritzler.

Er meint: Schreib du für mich, laß dich von mir in die Tinte tauchen. Lenke wie beim letzten Mal die öffentliche Meinung. Der Hund fängt im Hof für ihn die Ratten, während Camille Brissot aufs Schafott hinaufbellt.

»Du mußt unbedingt diese Schokolade trinken, du siehst nicht gut aus.«

Mein lieber Maxime, Danton hat mir geraten, deine Worte zu befolgen.

»Außerdem wirst du gebraucht, Camille. Hör mal zu«, meinte Robespierre, »würdest du wieder zur Feder greifen – eine neue Zeitschrift – ein Sprachrohr der Jakobiner statt dieser schreienden Fanatiker von Hébert?«

»Ein Sprachrohr für die Jakobiner?« sagte ich. »Warum nicht noch einen kleinen Schritt weiter zurück? Nicht die Jakobiner, sondern die Cordeliers, wo der Kampf für die Freiheit begann.«

Siehst du, Danton, du hast ihn falsch eingeschätzt. Ich erwähnte deine Klubgründung, wo du donnernd losgelegt hast und dein Motto – Freiheit, Gleichheit, Brüderlichkeit – in die Wände eingemeißelt wurde. Jedoch Maxime blinzelt nur und erklärt vorsichtig: »An und für sich waren die Cordeliers eine gute Sache, aber inzwischen wurden auch sie durch Héberts üble Narren korrumpiert, die ohne Verstand nach Blut heulen.«

Vielleicht tritt er sogar an dich heran, als ob er genau dasselbe im Sinn hätte wie wir.

Sei fair, Danton. Hat er das denn nicht?

»Dann eben keinen Zweitaufguß von Pseudo-Cordeliers«, sagte ich. Meine Schachzüge waren ja so plump. »Unsere ersten Cordeliers, das alte Bataillon. Wir Gründerväter dieser Institution.«

»Danton«, sagte Robespierre pikiert.

Ja, er ist eifersüchtig. Immer? Vermutlich. Er war auf den Tod Marats eifersüchtig und sogar auf Antoinette, als sie tapfer zur Klinge schritt. Armes, dummes, bösartiges, bestraftes Weib – das waren seine beiläufigen Worte über sie. Was will er eigentlich? Eine weiße Welt unter dem Schnee der Tugend und für sich selbst eine Art Märtyrerleben in einem gläsernen Hügel?

Ich sagte: »Danton trifft doch sicher nicht der Vorwurf, er würde ohne Verstand nach Blut heulen.«

»Zumindest während gewisser Zeitabschnitte nicht«, erwiderte Robespierre trocken. »Denk mal an den September, Camille.« Vielleicht hatte er Angst, mich vor den Kopf zu stoßen, und meinte: »Aber wie du weißt, habe ich ihn letzte Nacht ziemlich vehement verteidigt. Das solltest du beachten, Camille. Ich bin keinem Menschen feindlich gesonnen, der unseren Idealen treu blieb.« (Keiner ist zynischer als ein Idealist? Nach dieser betonten Verteidigung hatte sich Danton neben mich gesetzt und gesagt: »Nun, das ist auch eine Methode. Zerre jede noch so winzige Verleumdung gegen mich ans Licht und sorge dafür, daß es alle hören, und dann sage, selbstverständlich könne das alles nicht wahr sein.«) Offensichtlich merkte Robespierre, daß er vom Thema abgewichen war. Er begann, meine literarischen Talente zu loben. Diesmal schwang ein falscher Ton mit. Ich fühlte mich geschmeichelt. »Schon viel zu lang wurde dein Talent vergeudet, aber jetzt, dank der Macht deiner Texte und deiner Ehrlichkeit ... Außerdem will ich nicht leugnen, daß es mir eine große Hilfe wäre. Endlich beginnt man, zu mir aufzusehen. Oh, glaube nicht, daß der Stolz aus mir spricht. Will ich denn diese Bürde überhaupt auf mich nehmen – kann ich ihre Last ertragen? Weiß Gott, nein, aber ich kann es versuchen. Ich kann versuchen, die Kraft dafür zu finden. Ich muß es. Um sie hinauszuführen, die armen, verlorenen Kinder Frankreichs, ins Licht.«

Jesus, was redet er da?

Er sagt: Ich werde König sein.

»Wirst du mir beistehen, Camille?«

Es schüttelte mich vor Übelkeit. Ich erklärte ihm, ich würde es tun. Er saugte mir das Leben aus den Adern. Er wollte zum Diktator Frankreichs gemacht werden, dann konnte er uns alle zum Licht führen. Laß mich los, Vampir. Nein, das ist nicht Robespierre, das liegt nur an seiner verdammt albernen Redeweise. Aber er packte meine Hand. Seine Berührung hatte eine seltsam elektrisierende Wirkung. Sie stieß mich ab.

Es folgte eine kurze Diskussion über ethische Vorstellungen und Neigungen. Offensichtlich stand bei ihm die Nachsicht mit den Schuldlosen hoch im Kurs. Jawohl, Camille, ein betonenswerter Punkt. Opposition zur Hébertschen Tradition. Frankreich darf nicht in gottlose Gesetzlosigkeit absacken. Dieser Meinung sei ich doch auch, nicht wahr? Er deutete an, ich solle für das Blatt finanzielle Unterstützung erhalten. Selbstverständlich keine Bestechung, aber wegen meiner Ehrlichkeit hatte ich mich nicht auf Kosten der Revolution bereichert. Nun, Maxime, vom Untergang der Ostindienkompanie habe ich profitiert. Das wolle er unter keinen Umständen gehört haben. Warum? Was würde – könnte er tun?

»Außerdem könnte ich vielleicht einen Blick auf die Probeabzüge werfen, Camille.«

»Darüber wäre ich froh. Hilf mir, die Fahnen nach Druckfehlern durchzusehen.«

Er räusperte sich, denn das hatte er nicht unbedingt gemeint, aber egal.

Wir trennten uns mit unverbrüchlichen Liebesbezeugungen.

Mein Blatt war eine Macht. Es bricht mir das Herz, die Feder aus der Hand zu legen.

Ich zitterte und bebte und schwankte wie ein alter Mann, biß mir die Nägel bis aufs Fleisch ab und rannte wie ein Wilder entsetzt hin und her.

Und doch regte sich tief in mir ein anderer Gedanke: Laßt es mich laut herausschreien!

Danton wollte mich benützen, Robespierre wollte mich benützen, aber auch ich hatte eine Stimme. Zur Hölle mit den beiden und mit der Furcht: Das würde ich für mich selbst tun.

Es scheint mir, als hätte ich zu Beginn dieses Buches mehr als einmal zwei unterschiedliche Erklärungen abgegeben. Die erste lautete: Ich hatte mir Robespierre zum Helden erkoren und wäre ihm bis zum Äußersten gefolgt, selbst in die Hölle, was ich dann auch tat und dabei merkte, daß man mich im Stich gelassen hatte. Die zweite Erklärung gab ich leichtfertig ab: Ich behauptete, die Götter würden denjenigen, die sie vernichten wollen, vorher einreden, sie könnten mit allem durchkommen. Aber seit ich versuche, die Wahrheit über all diese Ereignisse herauszufinden (selbst wenn ich das vielleicht nicht immer zugeben kann), muß ich nun gestehen, daß meine früheren Bemerkungen irreführend sind. Selbst ich habe mich von ihnen in die Irre führen lassen. Aufgrund der Vorkommnisse ist meine Wahrnehmung getrübt. Anfangs war sie sogar noch trüber, aber stellenweise hat sich der Nebel gelichtet.

Es hatte Augenblicke gegeben, in denen ich ihm in leidenschaftlicher Loyalität und Bewunderung zugetan gewesen war, Augenblicke, in denen ich geglaubt hatte, ich würde Robespierre selbst in den Tod folgen – was vielleicht noch kommt. Aber unserem letzten gemeinsamen Unternehmen lag eindeutig kein derartiges Motiv zugrunde. Ich befand mich im Banne Dantons beziehungsweise dessen, was von ihm in mir selbst steckte, als ich sagte: Ja, Maxime, es ist, wie du sagst, du bist der Sklave der Freiheit, der Hohepriester der Tugend, und ich werde an deiner Seite wachen und in deinem Namen die Sünder züchtigen. Deshalb trifft Robespierre – im Gegensatz zu meinen späteren Vorwürfen – keine Schuld. Das versichere ich Ihnen.

Was den Rest betrifft, so zeigt mein Aufschrei in Dillons Zimmer eines ganz klar: Mir war im tiefsten Inneren bewußt, ich würde nicht mit allem durchkommen. Aber so, wie ich die Scham über diesen Zusammenbruch aus meinem Gedächtnis verbannt habe, zog ich es vor, meine Worte zu vergessen. Trotz des augenscheinlichen Beispiels der Gironde hielt ich hartnäckig an der Überzeugung fest, daß Worte nie töten. Und doch war mir wohl in den Untiefen meines Bewußtseins das Gegenteil klar. Hatte ich nicht schon den verdammten kleinen Spinner Marcandier einem solchen Schicksal ausgeliefert?

Soviel Freiheit wie Roch würde ich auch mir zugestehen.

Ich würde sagen, was in mir schreiend darauf wartete, ausgesprochen zu werden. Und alte Wunden würden aufbrechen und jedem Gegner neue auf den Leib geschneidert werden. Einen Spiegel würde ich hochhalten und sie damit verbrennen, bis sie heulend gestehen würden, was sie unserem Traum von Freiheit angetan hatten.

Dachte ich immer noch, ich könnte die Welt verändern?

Ja!

Nein, nicht einmal ich war so närrisch.

Also denn, ich spreche Robespierre frei und selbst die Götter. Endlich heißt es: mea culpa. So wie jemand während des Prozesses Danton entsetzlich fidel ein falsches Zitat von Molières berühmtem Ausspruch zugerufen hatte: Tu l'as voulu, Georges Danton! Genauso steht es auch um Camille, der gleichfalls sehr bewußt darum gebeten hatte.

Aber man wird sagen, ich sei doch ein Hedonist und obendrein feige gewesen. Warum dann den Tod suchen? Aus Schuld und Verzweiflung, und weil ich dieses Ozeans des Elends müde war, aus dem lediglich Trugbilder oder Inseln des Horrors herausragten. Selbst Jesus Christus wählte das Schafott, als er es nicht mehr ertragen konnte.

15. Frimaire, II. Dekade, im Jahre 2 der einen und unteilbaren Republik

Der Alte Cordelier (Nummer 1)

IN FREIHEIT LEBEN ODER – STERBEN

> Sobald man die Regierenden zu hassen beginnt,
> fängt man an, ihre Gegner zu bewundern.
>
> MACHIAVELLI

O Regierung von England! In Ehrerbietung verneige ich mich vor deinem Genie. Wenn es dir nicht gelingt, uns durch unsere Royalisten zu vernichten, dann wird dir das mit Hilfe unserer Extremisten gelingen.

1789 haben wir uns gegen die Schwerter und Banner der Aristokratie erhoben und unsere Republik gegründet. Müssen wir nun ihrem Untergang ins Auge sehen? Ich sehe, wie unsere herkulische Freiheit in ihrer Wiege von dreifarbigen Schlangen gewürgt wird. Es fehlt nicht viel, und sie wird stranguliert. Danton muß nur bei den Jakobinern das Wort Mäßigung aussprechen, und schon wird er niedergebrüllt. Danton – jener Horatius, der allein sehr lange die Brücke gegen unsere

Feinde gehalten hat. Aber die Liga für Blut und Gewalt fühlt sich mächtig, hat sie doch im Schutze von Dantons Abwesenheit und Krankheit Terrain gewonnen und ist stärker geworden. Da wurde gebuht und gejohlt und mitleidig gelächelt, als ob jeder Stimmberechtigte im Klub die Rede dieses Helden verdammen würde.

Aber die Gemeinschaft des Alten Ordens, die Alten Cordeliers, die Gründungsmitglieder, die Ur-Bekenner der Freiheit – wir lassen uns nicht so rasch ins Bockshorn jagen.

Sieg! Inmitten einer Ruinenlandschaft aus Kolossen (das heißt, guten Namen) des Bürgertums ragt noch immer der von Robespierre turmhoch auf, denn Robespierre reichte Danton, seinem Rivalen um die Liebe Frankreichs, brüderlich die Hand. Und die Vernunft trug den Sieg davon. Robespierre. Seine Talente wachsen im selben Verhältnis wie die Gefahr, die ihn umgibt. Sobald dieser Redner gesprochen hatte, wagte es niemand mehr, seine Stimme gegen Danton zu erheben, aus Angst, als bezahlter Sprecher von Englands Gnaden zu gelten.

Was aber hat uns so weit gebracht, daß das Wort GNADE Blitz und Donner zu seiner Verteidigung braucht?

Darüber gilt es zu schreiben. Man muß den langsamen Stift weglegen, mit dem eine Geschichte der Revolution neben dem häuslichen Kamin aufgezeichnet wird, und ihn schleunigst mit der schnellen, atemlosen Feder des Journalisten vertauschen. Im Gegensatz zu mir hatten meine Kollegen, die im Wirbelsturm der Politik gefangen und in militärischer Mission unterwegs sind oder für die Komitees arbeiten, weder Zeit noch Raum, um die Ereignisse miteinander zu vergleichen.

Ich behaupte folgendes: Obwohl Paris mit Zeitschriften und Neuigkeitenblättern überschwemmt wird, besitzt es kein Blatt, das die Wahrheit sagt, dafür aber jede Menge Blätter, die weit unter der Wahrheit bleiben. Gerüstet mit aller Ehrlichkeit und allem Mut, dessen ich habhaft werde, betrete ich erneut den Kampfplatz.

Und um diese Ehrlichkeit und Wahrheit zu unterstreichen, sage ich auch, daß die Pressefreiheit bleiben muß, egal, welche Exzesse in gedruckter Form begangen werden. Das ist immer noch besser, als wenn jede Feder ein gekaufter Sklave ist.

Die Umwälzungen einer Revolution bieten keine Enschuldigungen für Restriktionen. Schon vor fünf Jahren habe ich gesagt: Nur die Verruchten fürchten das Licht der Straßenlaternen. Wir alle haben von Leuten gehört, die es sich in den Kopf setzen, jedes politische Geheimnis, das sie kennen, auszuplaudern und die damit die Politik ihres Landes vernichten. Fürchtet so etwas nicht von mir. Trotz meiner Offenheit werde ich außer denen, durch deren Bloßstellung die Republik gerettet wird, nichts und niemanden verraten.

»Gehe ich recht in der Annahme«, sagte Danton, »daß Peter, die Steinerne Rose, zwar den Großteil der Fahnenabzüge gesehen hat, aber nicht alle?«

»Es gab einige Änderungen«, antwortete ich.

»Beispielsweise die letzten paar Seiten?«

Ich sagte nichts.

»Dennoch wird er sich darüber gefreut haben, daß er mein rettender Blitz war.«

»Das glaubt er. Und wegen deiner momentanen Bemerkungen über ihn habe ich angenommen, daß auch du so denkst.«

»Robespierre?« Danton lachte.

»Dann ist er also nicht gefährlich?«

»Doch, sehr, aber was bin dann ich?«

Maximilien hatte die zweite Nummer, die morgen erscheinen würde, mehr oder weniger diktiert. Mit strengem Blick hatte er mich angesehen und gefragt, ob ich mir vielleicht ein paar Notizen machen möchte. Er habe das Gefühl, dies oder jenes müsse einmal gesagt werden. Es gälte, gewisse Leute abzuschießen, darunter auch Hébert (»von den Engländern gekauft« – diese Lüge hatte der Mistkerl verdient) und seinen Vernunftkult, den Robespierre nicht ausstehen konnte. Auf meine Anmerkungen bezüglich der journalistischen Freiheit war er nicht eingegangen, sondern hatte lediglich hinzugefügt: »Beim nächsten Mal alle Abzüge?« Ich war ein wenig überrascht. »Bin ich nicht vertrauenswürdig?« In letzter Minute ein Geistesblitz: Ich wüßte ja, wie beschäftigt – »Um über eine derartige Sache zu diskutieren, Camille, nie zu beschäftigt.«

»Die Religion der Vernunft muß vernichtet werden«, sagte ich nun. »Man darf dieses atheistische Geschwafel nicht auf den Aberglauben aufpfropfen, sonst müssen wir ein neues Monster bändigen.«

»Nun, das wird ihm alles gefallen. Ihr beide Hand in Hand mit eurem Höchsten Wesen.«

Zur Feier dieses Höchsten Wesens hatte Danton eine Festwoche vorgeschlagen. Ganz klassisch: Spiele, Bankette und aufsteigender Opferrauch. So ironisch, daß es krachte. Oder irre ich mich?

Andernorts weitere Festlichkeiten. Draußen in den Provinzen machte der gute alte Soundso mit seiner tragbaren Guillotine wie ein Wanderzirkus die Runde. Treten Sie näher, und sehen Sie die Köpfe rollen. In dem für die Republik wiedergewonnenen Lyon wandten sich die Kanonen gegen die Verurteilten – verurteilt, weil sie der Armee sauren Wein geliefert hatten. Verurteilt, weil auf der Liste einer fehlte und man gerade da war oder zufällig in der Schußlinie stand. »Hauptmann, hier stimmt was nicht. Da steht: hundert Gefangene erschießen. Aber wir haben hier hundertundzwei Leichen.« »Ach, dann haben die beiden Kerle also doch die Wahrheit gesagt, als sie mir zubrüllten, sie wären nur zum Eisverkaufen hier heraufgekommen.« Dabei handelt es sich nicht einmal um ein sauberes Töten. Die Kanone zielt aufs Geratewohl, und manchmal wenden sich die Kanoniere, diese Schurken, im Augenblick der Explosion ab, wenn sie Mädchen, Kindern und Säuglingen in die Augen schauen, deren Mütter vor Angst schlechte Milch bekommen haben. Anschließend müssen sie zwangsläufig hingehen und ihnen den Gnadenschuß geben. Den Einzelteilen. Aber für all diese Verräter, diese Verräterbabys, ist die Guillotine eben zu langsam. Dann also Boote, die nachts – vor Nantes – voll mit Gefangenen absaufen. Oder man fesselt sie – je einen Mann und eine Frau – aneinander und wirft sie ins Wasser. Wasserbeischlaf, nennen sie das, oder Deportation vertikal. Himmel, diese Geschichten sind nicht wahr. Wahr. Wahr.

»Anscheinend«, sagte ich zu Danton, »interessierst du dich für dieses journalistische Experiment weniger als zu Beginn. Hast du dir nicht im Flon meine Dienste erkauft? Ein halbes Huhn, drei Flaschen Rotwein, zwei Mädchen –«

»Ha, Camille.«

»Verlierst du wieder das Interesse?«

»Ich beobachte dich nur.«

Mich beobachten. Dann mußt du etwas Dunkles, Düsteres gesehen haben, das bis in die Seele hinein *noiraud* war. Und in jener Nacht war ich besonders trist. Auf dem Weg zum Diner hatte ich von der erneuten Verhaftung Dillons erfahren. Es hieß, er wäre für den Luxembourg bestimmt. Soviel zum Grab des Unglücks. Diesmal konnte ich nichts tun. Die Sache war ein Teil des Allgemeinprozesses geworden. Also würde ich schreiben, was Maximilien wollte, und danach zu meinem Fall zurückkehren. Genau wie Danton es prophezeit hatte, hatte er zu mir gesagt: »Auch ich hasse diese Exzesse.« Héberts Einfluß haßte er noch mehr. Und bei den Cordeliers hatte mich David, den Danton als Buben im Kartenspiel bezeichnete, mit der Bemerkung angerempelt: »Was versuchst du? Du sagst, legt das Schwert weg. Und dann? Sollen wir uns an Preußen verkaufen?« Geh und spiel mit deinen Malpinseln.« »O ja, du magst es nicht, wenn wir um Erklärungen bitten.« Vom Hörensagen wußte ich, daß er im September zweiundneunzig mit Billaud durch die Gefängnisse gezogen war und geprügelte, sterbende Frauen skizziert hatte, die zwischen seinen Knien lagen. Das sagte ich ihm jetzt ins Gesicht. Es klang, als ob er mich schlagen wollte. Man mußte ihn wegzerren, wobei er mir über die Schulter zuschrie, in Bälde würde ich mich vor den Jakobinern verantworten müssen. So etwas hatte ich schon vermutet. Man würde mich aufstehen lassen und eine Entschuldigung von mir fordern. Was dann? »Eine reine Formsache«, meinte Robespierre, als ich diese Ansicht äußerte. Aber du wirst mich doch retten, Maxime, oder? Schließlich schreibe ich für dich die ganze Nacht lang an diesem Blatt. Wen schert es, ob ich Dillon und einen Mann namens Philippeaux verteidigt habe, der behauptet, die Militärtaktiken in der Vendée stänken zum Himmel. Und ob ich beim Untergang der Gironde eine Szene gemacht und dabei jenes scheußlich obszöne Wort Gnade gebraucht habe.

»Vielleicht«, meinte Danton, »müssen wir doch noch unsere Hörner einziehen. Wart's ab.«

»Ja«, sagte ich.

»Insbesondere, weil deine wunderschön ausgesuchten Phrasen unter die Gürtellinie zu treffen pflegen. Tritt deine Gegner doch ein bißchen vorsichtiger auf die Hühneraugen, Camille.«

»Ja«, sagte ich. Er tätschelte mir den Rücken. Ich nahm weder von der Geste noch von den Worten Notiz.

Mir war bewußt, daß ich mittlerweile völlig allein war.

Wie ein verhungernder Hund im Schnee lebte ich von Tag zu Tag. Für mich gab es keinen Ausweg mehr. Häufig fand ich einen Unterschlupf zum Ausweinen. Wenn ich nachts schlief, weckten mich ständig entsetzliche Träume, aber allmählich lernte ich das Täuschen, selbst im Schlaf. Mittlerweile stand ich vor Entsetzen wie benommen auf, um die junge Frau, die mein Bett teilte, nicht zu stören. Meine Frau. Wenn sie mich in meinem verzweifelten Zustand fand, tröstete sie mich, bis sie nicht mehr weiterwußte, nur um eine halbe Stunde später zu merken, daß das Ganze von vorn begann. Manchmal schaffte ich es sogar aus eigener Kraft, mich mit Argumenten in eine bessere Laune zu bringen, aber nicht lange. Wie das Kainszeichen meiner Krankheit war auch mein dunkler Begleiter immer bei mir. Neben ihm legte ich mich schlafen, mit seinem Schatten diskutierte ich nächtelang schlafend oder wach, und wenn ich morgens aufstand, fand ich ihn vor und verbrachte den Tag an seiner Seite.

Nur beim Schreiben fühlte ich mich leichter. Dann kam ein anderer Geist, flüsterte mir ins Ohr, führte die Feder und umklammerte mein Herz mit goldenen Händen und machte mich für eine kleine Weile tapfer und stark.

Inzwischen war Danton dazu übergegangen, mein Blatt in der Öffentlichkeit aus Spaß als »Camilles Zeitvertreib« zu bezeichnen. Er sagte immer: Oh, mir gefällt's, aber es ist doch nichts Ernstes. Oder doch? Ich war seinen Weg genauso wie meinen gegangen, aber er hatte keine Lust, mit mir gegen die Felsen zu segeln, falls mein Schiff auflaufen sollte. Aber schließlich hatte auch ich keine Erwartungen mehr. Jede falsche Erinnerung und Beteuerung, daß es doch anders war, ist töricht. Er spendierte mir gute Diners und kameradschaftliche Warnungen. Letztere ignorierte ich, während erstere eine Minute lang vergnüglich für mein leibliches Wohl sorgten. Ab und zu nahm er mich auch beiseite, um mir zu erzählen, es ginge bergauf. Im Konvent hatte man über ein weiteres Komitee diskutiert. Diesmal ging es um die erneute Überprüfung von Inhaftierten – Milde gegenüber geringfügigen Straftätern. Robespierre, der unbedingt Héberts Aufstieg verhindern wollte, stellte sich voll und ganz hinter dieses Projekt. Aber Camille meinte düster zu seinen Bekannten: »Hier haben wir eine unmögliche Rechnung: Komitee für Öffentliche Sicherheit ist gleich Guillotine. Komitee für Allgemeine Wohlfahrt ist gleich Guillotine. Komitee für Gnade ist nicht gleich Guillotine? Das geht nicht auf.«

Also kämpfst du für etwas, von dem du glaubst, es könne nicht eintreten.

Ja, diese Feststellung wäre meiner Ansicht nach fair.

Und so humpelte ich weiter durch den Hungerschnee, aus dem nie ein Frühling hervorbrechen würde.

Hören Sie jetzt auf, wenn Sie wollen. Knicken Sie die Seite um, und wenden Sie sich ab. Ich würde es tun, wenn ich könnte.

Nachdem man mich bei den Jakobinern angebrüllt hatte, erteilte man mir das Wort, aber nur deshalb, weil Robespierre anwesend war und dies mit einer seiner fast unmerklichen Gesten signalisiert hatte. So stand ich nun ungeschützt da, während rings um mich der messerscharfe Wind ihrer Mißbilligung pfiff. Ich hatte Schwierigkeiten, Luft zu holen, äußerte aber trotzdem wie gebeten laut meine Meinung. Meine Empfindungen widersprachen sich: die Sinnlosigkeit des ganzen Unterfangens contra eine merkwürdige Angst und Nervosität, die mich erstaunten. Ich war so durch und durch verängstigt, daß mir jedes Verständnis dafür fehlte, wie viele Schattierungen eine solche Angst eigentlich haben kann.

»Na schön, ich habe Arturius Dillon verteidigt, weil sein Mut und seine Fähigkeiten meiner Ansicht nach für Frankreich wertvoll sind. Was die Gironde betrifft – hat sich keiner von euch je in einem Freund geirrt?« Dies brachte mir noch mehr Geheule ein. Selbstverständlich ließen sie sich nie von irgend etwas in die Irre führen. Als die Aufregung verebbte, stieß ich hervor: »Trotz meiner Liebe zu Mirabeau habe ich seiner Freundschaft abgeschworen, als ich entdeckte, daß er mit der Revolution ein falsches Spiel trieb.« Und dann sagte ich etwas, wofür ich mich hinterher schämte. Es handelte sich um etwas Persönliches, und sie verdienten nicht, daß man ihnen einen solchen Knochen vorwarf. »Von den sechzig Revolutionären, die meinen Ehevertrag unterzeichnet haben, sind mir ganze zwei als Freunde geblieben – Danton und Robespierre. Alle übrigen haben das Land verlassen, entweder per Boot oder mit Hilfe der Guillotine.«

Sie daran zu erinnern, wer meine Freunde waren – ein schlauer Zug? Einen Witz machen, egal, wie schwarz er war – reine Vorsichtsmaßnahme? Nun, einige von ihnen lachten, andere reagierten mitfühlend. Die Grundstimmung änderte sich, obwohl es unterschwellig noch immer grollte. (Die politischen Töne bei den Jakobinern wie im Konvent: ein komisches Konzert, wenn es nicht um Leben und die Sache der Freiheit ginge.)

Dann erhob sich Robespierre (mein Freund). Ich trat beiseite, um ihm die Rednertribüne über den Grabsteinen zu überlassen, er jedoch nahm meinen Arm und hielt mich fest, so daß ich nun neben ihm stand. Dank der erhöhten Sprecherposition überragte er mich sogar.

»Wir müssen Camille seine Schwächen verzeihen«, sagte Robespierre, als wäre ich ein ungezogenes Kind, das beim Zuckerklauen erwischt worden war, oder sein Hund, der sich auf dem Teppich schlecht benommen hatte. Es machte mich wütend, wie er mich mit seinen Fingern freundlich an der Schulter festhielt und vor aller Augen zum Zuhören zwang. Eine Lektion am lebenden Objekt für alle. Jawohl, Wut, ja sogar Furcht – denn wie der alles zerstörende Kummer ist auch die Wut nur eine andere Facette der Furcht.

»Camille läßt sich leicht von starken Emotionen irreleiten. Es stimmt, er hat Mirabeau verehrt, aber als er merkte, daß das Idol eitel und nichtig war, hat er es – eigenhändig zerschlagen. In Zukunft möchten wir ihn lediglich ersuchen, in der Wahl seiner Vorbilder vorsichtiger zu sein.«

Damit meinst du wohl, ich sollte dich zum Vorbild wählen. Ich weiß noch genau, wie du in einer Schulhofecke geplärrt hast, weil dir einer einen Schneeball in den Kragen gestopft hatte.

Danach sagte ich zu ihm: »Danke, Maxime, du hast mich zum perfekten Narren gestempelt.«

»Nein, Camille«, meinte er ernst, »so leid es mir tut, aber daran bist du selbst schuld.« Er hielt meinem Blick stand und fuhr fort. »Ich bin dein Freund und schätze dich, aber du begibst dich mutwillig in Gefahr.«

Ich bestehe aus zwei Menschen: Der eine weiß, daß er am Ende ist und nur noch diesen Akt fertigspielen muß, während der andere im Augenblick lebt und die Geduld verliert.

»Wir sind alle in Gefahr, oder solltest du die äußerst reizende Erklärung deines Wohlfahrtsausschusses vergessen haben? Das Gesetz gegen verdächtige Personen?«

»Was hat das damit zu tun?«

»Wer nichts für sein Vaterland tut, ist genauso schuldig wie derjenige, der dagegen arbeitet. Zitiere ich richtig? Wenn ich in den Tag hineinschlafe, verletze ich Frankreich durch meine Faulheit. Wenn ich gegen die Wand pisse, pisse ich auf die Republik.«

»Wenn du so bist, ist jedes Gespräch mit dir sinnlos.«

»So bin ich immer. Daraus entnehme ich, daß du in Zukunft lieber keine Druckfahnen des Blattes sehen möchtest.«

»Das ist ein anderes Thema.«

»Nein. Was ich schreibe, stammt von mir und ist demnach mit mir identisch. Also wirst du es nicht mehr sehen wollen. Es könnte dich kompromittieren.«

Lange starrte er mich finster an. »In dem Fall könnte es so sein«, sagte er und legte die Hand über die Augen, als ob ihm mein Anblick weh tun würde.

Ein Teil meines Ichs sagte zu mir: Na und? Später kann ich ihn immer noch bekehren. Er ist immer noch Robespierre. Der andere Teil sagte: Jetzt geh und mach, was du willst. Und ich sagte kein Wort, sondern ging und tat es.

Meine Verwirrung.

Au clair de la lune,
Mon ami, Pierre-Robes,
Prêtez-moi ma plume,
Pour écrire un mot …

Ach Maxime, armer Maxime, alle lassen dich im Stich. Da stehst du nun als einzig Wachender in deinem Garten Gethsemane, während der Rest schläft und in den Windungen seiner unbewußten Träume gefangen ist.

Was hast du eigentlich gewollt? Ein Ende des Blutvergießens durch einen Aderlaß. Die endgültige Waffe der Guillotine am Laufen halten, um jeden Verschwörer auszulöschen und auf dem Leib der Revolution allen Makel zu tilgen. Den Tod am Galgen baumeln lassen, bis er lebendig wird.

Dein Omelett zubereiten.

Wie beim makellosen Ritter in der Legende entsprang deine innere Kraft und Stärke deiner Reinheit. Selbst die Vision war rein. Du wolltest das Beste und Schönste für deine Welt, und um dies zu erreichen, würdest du eine ganze Welt umbringen.

Und dieser verrückte, unreine, korrupte Camille Desmoulins, dessen Visionen menschliche Zweifel und Reue derart trüben und verwirren, hat dir nicht einmal die Fahnen zur dritten Nummer jenes Blattes gezeigt, das fast ganz Paris aus unterschiedlichen Gründen wie verrückt gekauft hat. Du hast es erst gesehen, als es dir Collot d'Herbois, der gerade vom Gemetzel in Lyon zurückkam, mit einem finsteren Fluch in die Hand gedrückt hat.

Der Alte Cordelier (Nummer 3)

Da sich die Republik und die Monarchie einen Kampf auf Leben und Tod liefern, will ich angesichts der Notwendigkeit, daß die eine oder andere Partei einen blutigen Sieg erringt, den Triumph der Republik vorantreiben, indem ich schildere, was wir von einer Monarchie zu erwarten haben.

Dazu muß ich lediglich ins Antike Rom und zu den Cäsaren zurückgehen und von Tacitus abschreiben. Der Leser möge also diese Stegreifübersetzung aus dem Lateinischen akzeptieren.

> Caesar Augustus erließ als erster Gesetze, die erkennen lassen, wie selbst Worte und Blicke als Staatsverbrechen interpretiert werden können.
>
> Bald galt es als Verbrechen, wenn Bürger zu Ehren ihrer Gefallenen Statuen errichteten. Augustus hatte auf der Seite der Opposition gekämpft.
>
> Ein weiteres Verbrechen: Über den Tod eines Sohnes oder eines nahen Freundes zu weinen, wenn dieser das herrschende Regime beleidigt hatte. (Alles erregt den Argwohn der Tyrannen.)
>
> War jemand beim Volke beliebt? Dann würde er zweifellos seine Popularität nutzen, um einen Bürgerkrieg zu entfesseln: also war er verdächtig.

Floh einer – im Gegenteil – die Volksgunst, zettelte er möglicherweise im dunklen eine Verschwörung an. Verdächtig.

Warst du reich? Der Himmel sei vor, denn dann bestand die Gefahr, daß du die Masse mit großzügigen Geschenken bestachst. Verdächtig.

Warst du arm? Wohlan, unbesieglicher Imperator, man muß diesen Menschen schärfer überwachen! Niemand ist so kühn wie der Besitzlose. Verdächtig.

Warst du ein düsterer oder der Apathie sich ergebender Charakter? Zweifellos stimmte dich das Wohlergehen des imperialen Staates grämlich. Verdächtig.

Hattest du die Angewohnheit, Gelage in vollen Zügen zu genießen? Dann war der Grund für dein Amüsement einzig der Gichtanfall des Kaisers. Verdächtig.

War jemand ein Philosoph, ein Redner oder Dichter? Es gefiel ihm wohl, mehr Ansehen zu haben als die Regierenden! Konnte man es dulden, daß dem Autor, einer Person im vierten Rang, mehr Beachtung zuteil wurde als dem Kaiser in seiner vergitterten Loge? Verdächtig.

Schließlich, hatte jemand sich im Kriege Ruhm erworben? War er dann nicht um so gefährlicher? Seine Soldaten würden ihn respektieren, und er würde nie allein dastehen. Das beste wäre, sich ihn vom Halse zu schaffen. Verdächtig.

Man sollte hinzufügen, daß selbst eine Verwandtschaft mit Augustus nicht glückverheißend war. Jeder, der kaiserliches Blut in den Adern hatte, war ein möglicher Thronanwärter. (Verdächtig.)

Tacitus, ich danke dir für dieses alarmierende Bild.

Daraus läßt sich erkennen, wie sich Menschen in Extreme versteigen aus Angst, die eigene Autorität zu verlieren.

Dennoch behaupte ich: Der Tod aller Unschuldigen ist im Hinblick auf die Humanität ebenso katastrophal, als wenn die Übeltäter ihrer gerechten Strafe entkommen.

Welche Hoffnung bleibt uns noch, wenn sich ein Ort des Gerichtes in einen Todespalast verwandelt?

Es lag nicht in meiner Absicht, in dieser Nummer insgeheim gegen irgendeine bestimmte Persönlichkeit zu ziehen. Oder? Sollten es gewisse Personen für ratsam halten, Ähnlichkeiten zwischen den Umständen im Rom eines Tacitus und diesen unseren unvollkommenen Zeiten wiederzuerkennen, so wäre dies nicht meine Schuld.

Ich habe das Schwert mit der Feder vertauscht, um solche Ähnlichkeiten ein für allemal zu tilgen.

Wie entsetzlich, wenn man die Sache der Freiheit mit Despotismus verwechseln sollte.

Denn wir dürfen uns unter keinen Umständen einreden, daß dieses zwölf Jahrhunderte alte Bild einer Tyrannei heute den Namen Freiheit und »beste aller Zeiten« tragen könnte.

Als ich eines Nachmittags nach Hause kam, stand eine Frau im Treppenhaus. Ich konnte sie kaum erkennen, um noch rechtzeitig einen Zusammenstoß zu verhindern. Wie die Schatten trug sie mattes Schwarz. Ich dachte nicht, sie hätte etwas mit mir zu tun, bis sie mir die Hand auf den Arm legte und sagte: »Monsieur ... Desmoulins?«

Ihre Stimme war so fahl wie ihr Gesicht und kaum existent, hatte aber dennoch eine wunderschöne Diktion. Sie benutzte die altmodische, unbürgerliche Anrede »Monsieur«. Beides verriet sie. Sie war (ehemals) eine Frau von Stand, und vermutlich starrte ich sie ziemlich unverfroren und seltsam an. »Ja, ich bin Camille Desmoulins. Was wollen Sie?« Vor einigen Jahren hätte sie mich wahrscheinlich erdolcht, aber jetzt sagte sie:

»Ach, Monsieur, ich will mich bei Ihnen bedanken.«

Mir war gänzlich unwohl in meiner Haut, und so sagte ich ungnädig: »Ich glaube nicht, daß Sie mich kennen, Bürgerin.«

»O doch«, erwiderte sie. »Inmitten dieses Alptraumes schreit Ihre Stimme nach Vernunft und Gerechtigkeit. Sie, einer der ihren, rufen nach einem Ende. Natürlich kenne ich Sie. Mein Sohn und mein Mann sind in La Force inhaftiert –«

»Ich kann nichts für Sie tun.«

»Das tun Sie doch bereits«, sagte sie leise.

Ich erwiderte: »Falls Sie eine Petition gegen das Urteil einreichen möchten, sollten Sie mich offiziell in den Tuilerien aufsuchen.«

»Das werden viele tun«, erwiderte sie daraufhin, »vermutlich nicht, ohne Sie in Verlegenheit zu bringen.«

»Madame«, erklärte ich, »Entschuldigung, ich möchte Sie weder beunruhigen noch beleidigen, aber ich kämpfe nicht für die Position der Königstreuen.«

»Für die Sache der Unschuldigen«, sagte sie, »das genügt. Ich möchte sie nicht länger belästigen.« Sie drehte sich um, um die Treppe hinunterzugehen, und fuhr fort: »Monsieur, ich schließe Sie in meine Gebete ein. Darf ich Ihnen mitteilen, daß die halbe Stadt für Sie betet? Auch das muß Sie ziemlich verwirren.«

Schmerzhaft stiegen mir Tränen in die Augen. Ich stand da, drehte meine Handschuhe in den Händen und war genauso betroffen wie damals vom Elend der Slumbewohner in Saint-Antoine, auf deren Vertreter die Verwandten dieser Frau jahrhundertelang eingeprügelt hatten. Aber sie gewiß nicht, ihre Stimme, ihre Bewegungen waren derart milde, und sie hatte einen fadenscheinigen Umhang an, wie ich ihn schon seit Jahren nicht mehr getragen hatte. »Warten Sie«, sagte ich, »gestatten Sie mir, Sie in meine Räumlichkeiten hinaufzubitten. Der Tag ist kalt. Meine Frau möchte sicher, daß Sie einen Kaffee oder etwas Wein zu sich nehmen –«

»Keineswegs«, erwiderte sie und schaute traurig-amüsiert zu mir zurück, »ich fürchte, ich habe Sie bereits viel zu sehr kompromittiert.«

Und damit war sie verschwunden.

Ich stolperte die Treppe hinauf, erreichte die Tür und wäre drinnen beinahe gestürzt. Während ich mich an der Wand festklammerte, kam Lucile unter Schreckensrufen auf mich zugelaufen.

»Ich bin auf der Treppe – einem Geist begegnet.«

Wir hielten uns gegenseitig. Bald brachte ich heraus: »Anscheinend wollen mir die feinen Pinkel gratulieren, daß ich für ihre Sache Partei ergreife.«

Eines stand fest: Ich hatte persönlich gehört und gesehen – eine Art verängstigte Eitelkeit hatte mich magisch angezogen, und so war ich hinübergegangen –, wie die Leute darum gekämpft hatten, meine Zeitung zu bekommen, das Sprachrohr der ersten, ursprünglichen, alten Cordeliers – Le Vieux. Die Menschenmenge rings um meinen Drucker in der Nähe von Saint-Roch war in Aufruhr. Später sollte meine Loseblattsammlung durch Kauf und Wiederverkauf noch durch viele Hände gehen.

In Bälde sollten mich die Royalisten auf der Straße umarmen und küssen, während mich die Revolutionäre anspuckten. (Trotzdem lief mir vergangene Nacht ein sturzbetrunkener Fabre über den Weg und krähte: »He! Du hast Robespierre als Tyrannen bezeichnet! Bravo! Er hat's verdient!«)

Hatte ich das? Nein, ich hatte nur über Caesar Augustus geschrieben.

Ja, die sans-culottes würden mich anspucken. Was konnte ich anderes erwarten? (Ich, der Erzverräter der Republik. Nein. Nein.)

Und all die samtenen Gebete von Madame-Pinkeldame und ihren Noblen sollten mich nicht retten.

Saint-Just hatte im Kriegsgebiet Wunder bewirkt. Er hatte die Männer zusammengetrommelt, hatte dafür gesorgt, daß sie Schuhe und Mäntel bekamen, hatte ihre Drückeberger-Offiziere aus den Theatern geholt und Verschwörer erschießen lassen. Man konnte sogar beobachten, wie Louis Antoine und – Philippe Lebas, den er sich als Begleiter für seinen »Feldzug« ausgesucht hatte, persönlich an der Spitze der Armeen gegen die Österreichischen Truppen zum Angriff übergingen. Ihre wilde,vom Himmel inspirierte Methode hatte Saint-Just eingeführt: ordre du choc – Schocktaktik, Befehl zur Kollision (Danton hatte einmal widerborstig ordre du chocolat daraus gemacht). Lebas schrieb seiner jungen, schwangeren Frau Betsi:

> Saint-Just liegt genausoviel an einer Heimkehr wie mir, denn ich habe ihm eines Deiner speziellen Diners versprochen. Ich freue mich ja so, daß Du jede frühere Abneigung gegen ihn verloren hast. Er ist erstaunlich und meiner Meinung nach ein großer Mann, den ich täglich mehr bewundere. Die Republik hat keinen glühenderen oder fähigeren Kreuzritter. Wir kommen so gut voran. Wir sprechen immer von Dir.

Die französischen Soldaten sangen, während sie durch die Schneewehen vorwärts kletterten:

Wer wird denn schon vor Winters Grimms sich scheun?
Nur einer, der den Sieg nicht mag.

Dem Wein des Ruhms ist jeder Monat gleich,
Und immer schimmern Lorbeerkränze grün.

Wie ein Wunderbild lag nun Paris hinter ihnen, glitzernd und geeint. Saint-Just war der lebende Beweis dafür: gutaussehend, entschlossen, um ihretwillen blaß vor Erschöpfung und unermüdlich. Ein Abgeordneter, der das hohe Ideal der Freiheit als Heilige Sache bezeichnete und dafür ohne Rücksicht auf Kugeln und Kanonen Seite an Seite mit ihnen kämpfte.

Mit dem Herzen von Paris konnte es nicht zum Schlechten bestellt sein, wenn es einen Saint-Just hervorbringen konnte. Die Stadt, das republikanische Ethos und die immergrünen Siegerkronen stärkten ihnen in unverbrüchlicher Einigkeit den Rücken.

Wie die Beulenpest brach dieses verdammte Blatt immer wieder auf der Haut der Revolution auf. Überall sah man ihn, den Vieux Cordelier, den Alten Cordelier. Die vierte Nummer wurde noch aus sechster Hand für einen ganzen Livre verkauft. Mit und ohne Bestechung schmuggelte man sie in die Gefängnisse, wo sie die erbärmlichen Gefangenen im schwarzen Tageslicht unter den Gittern lasen und darüber Tränen vergossen. Bei ihren tapferen Henkersmahlzeiten tranken sie aufs Wohl von Camille – vielleicht nicht ohne diesen Toast mit einem Schuß Ironie zu würzen.

Die vierte Nummer war es, die den schrillen Aufschrei in flammendes Gebrüll verwandelte, denn in der vierten Nummer stand: Wer sind die Übeltäter in den Gefängnissen? Schwache und Dumme. Soll man sie ergreifen und exekutieren? Also wirklich, wie schlau, so wird man einen Feind los und bekommt aus seiner Familie und seinem Freundeskreis zehn andere dafür. Und die Menschenmassen, die den Revolutionsplatz bevölkern: Gehen sie dorthin, um aus gesunder Liebe zur Republik zuzuschauen? Oder weil dieses lebendige Schauspiel jeden Theatertalmi weit übertrifft?

Ich vertrete eine andere Position als die Leute, die euch erklärt haben, die Tageslosung laute zwangsläufig Terror. Ich fordere Milde, ein Komitee für Milde. Dies wäre die vernünftigste aller revolutionären Maßnahmen, sie würde der Revolution ein Ende setzen. Denn in ihrer Quintessenz ist die Revolution ein Zustand, in dem die eine Hälfte der Bürgerschaft der anderen gegenübersteht, also gegen sich selbst kämpft. Mitleid, Gnade – solche Ideen sind der Französischen Nation sicher nicht unwürdig. Laßt uns die Fehler der Vergangenheit ausmerzen. Laßt uns eine neue Ära schaffen, die unser Geburtsdatum sein soll. Kann unser vielgerühmter Patriotismus, der Traum von der Besserung unserer Landsleute, überhaupt existieren, wenn es keine Humanität oder Sorge für den Mitmenschen gibt? Blühen solche Blumen in einer wasserlosen Wüste oder in einem Herz, das einer Wüste ähnelt?

»Camille Desmoulins ist ein verdammter Verräter!« gellte eine Stimme bei den Cordeliers, die sofort von hundert anderen unterbrochen wurde, die dasselbe heulten.

Damit sah sich jenes Blatt, das sich nach dem Cordeliersklub benannt hatte, in der Situation, daß sein Herausgeber-Autor aus besagten Cordeliers ausgeschlossen wurde.

Im späten Dezember bekam das von Engländern besetzte und von Republikanern belagerte Toulon unter den wilden Artillerieattacken allmählich Risse, und die Vendée ging in die Knie. Gleichzeitig durchweichte leichter Schneefall draußen im Freien die neuen Blätter in den Händen der Leser. In gedruckter Form erblickte man die Worte: »O mein lieber Robespierre! An dich richte ich diese Bitte.« (Seht, er hat ihn tatsächlich zum zweitenmal beim Namen genannt. Nun, der zitiert jeden, und normalerweise macht er dann einen Affen aus ihm. Allerdings nicht Robespierre – nein.)

Ich habe mit eigenen Augen gesehen, wie dich keiner bezwingen konnte. Ich war Zeuge, wie ohne dich das Schiff unserer Hoffnungen untergegangen und die Republik im Chaos versunken wäre und wie dank dir die Jakobiner und die Bänke der Bergpartei zu einem Turm von Babel heranwuchsen. Mein lieber alter Schulfreund, erinnerst du dich nicht mehr an die Diskurse historischer und philosophischer Natur, in denen wir gelernt haben, daß die Liebe – und nur sie – mächtiger und dauerhafter ist als die Furcht? Diese Lektion dürfte dir nicht unbekannt sein.

Man sollte nicht glauben, daß er vor irgend etwas Angst hat, stimmt's? Zum Beispiel der Ausschluß von den Cordeliers – macht ihm anscheinend gar nichts aus. Denn inzwischen befindet sich die Nummer fünf jenes unzähmbaren Blattes im Umlauf. Und darin steht:

> Brüder und Freunde, ich habe gesehen, wie Papa Duchesne und seine gesamte patriotische Wachmannschaft mit ihren Teleskopen in den Händen an Deck stehen und aus voller Kehle schreien: »Aufgepaßt! Desmoulins neigt zum Royalismus!« Daraufhin kann ich als eingefleischter Cordelier und alteingesessener Jakobiner nur erwidern: »Und ihr neigt zur Übertreibung.« Entschuldigt, wenn ich mich weiterhin als »Alten Cordelier« bezeichne, selbst nachdem mir das verboten wurde. Aber was bleibt einem Großvater ehrlicherweise anderes übrig, wenn ihm sein kleiner Enkel das Benutzen des Familiennamens untersagt?

Außerdem hat er gesagt: »Die Freiheit ist kein Kind, das zum Erwachsenwerden erst eine Jugendzeit voll linkischer Brutalität und Tränen erleben muß. Wie Athene springt sie reif in voller Rüstung hervor.«

Und er würde sagen:

> Selbst wenn die Ungerechtigkeit triumphieren und mich an den Fuß des Schafotts bringen sollte, möchte ich unter keinen Umständen mit jenen tauschen, die nach Mord geschrien haben und Frankreich bluttrunken ins Elend stürzten. Was bedeutet dem, der Frankreich wirklich liebt, ein Schafott? Nur die Märtyrerkrone. Was bedeutet die Guillotine in diesen Kriegszeiten, in denen ich mit ansehen mußte, wie mein Bruder um der Freiheit willen gemeuchelt wurde? Nur ein stählerner Kuß, das ruhmreichste Lob für einen, der für die Ehre seiner Überzeugung stirbt.

Der Tag war so dunkel, daß Lucile vom Dienstmädchen für den Frühstückstisch eine Öllampe anzünden ließ. Ich weiß noch genau, wie das rosige Licht an jenem Morgen meiner Frau vor der kalten Dämmerung im Fenster glich. Sie wirkte kaum älter als eine alabasterne Siebzehnjährige, doch unendlich traurig. Nur wenn sie mit unserem Kind spielte oder zu mir herübersah, hellte sich ihr Blick auf. Sie beobachtete mich genau. Mir war klar, daß ich fast immer unter Beobachtung stand. Zu meiner Beruhigung wollte sie in meiner Umgebung alles heiter und angenehm gestalten, aber ich wußte, daß ich sie aufrieb. Reizender, freundlicher Engel, du legst mir deine hübschen Flügel über Augen und Ohren, damit ich die Schreie nicht höre und den immer länger werdenden Schatten nicht über den Boden wandern sehe. Ich habe dich erschöpft, dabei hast du dir solche Mühe gegeben, aber keiner von uns konnte etwas für seine Art.

Als Danton unerwartet und freudlos wie der Morgen eintraf und sich in einen Sessel fallen ließ, stob Lucile auf und kümmerte sich um alles: mehr Brot, mehr Schokolade und dies und das. (Jeanette hatte uns schon vor langem verlassen, samt ihren ausgezeichneten Kochkünsten und ihrem fürchterlichen Kaffee. Ich sehe sie noch mit Sack und Pack fürs Land gerüstet vor mir, wie sie an Luciles Hals geweint hat und meine Frau unter Tränen und Umarmungen fast erdrückt hätte. Ihr Mißtrauen mir gegenüber entsprach ihren Bedenken, Lucile an fremde Bedienstete zu verraten. Jeanette hatte mich einmal gemocht, aber im Lichte von Lucile hatte sie im Laufe der Zeit Camilles Wertlosigkeit erkannt. Genau wie die Ersatzdienstboten war auch ich für diese goldene Junggöttin nicht gut genug. Genau wie diese würde auch ich sie im Stich lassen.)

»Gib mir das Kind«, sagte Danton und nahm ihr Horace aus den Armen. Bereitwillig ging Horace mit und begann, die Aufschläge seines neuen braunen Mantels zu erklimmen. Sicher plante er, auf Dantons Mähne zum Zeichen der Erstürmung eine Flagge zu pflanzen. Als das Kind zu einem Vorsprung aus Papier kam, förderte es eine Ausgabe des Vieux Cordelier zu Tage. (Wie viele kamen eigentlich damit im Schlepptau an und setzten sich hin und sagten: Zum Teufel, Camille, was tust du da?) Gemeinsam betrachtete ich mit Danton meinen Sohn, wie er mit Entdeckerlächeln ein Blatt aufschlug.

»Unser Glück, daß er's nicht lesen kann«, meinte Danton.

»Hast du's denn? Ich habe dir jede Ausgabe geschickt.«

»Ja, ich habe sie gelesen wie all die anderen Leute auch. Maxime eingeschlossen, denke ich.«

»Ja.«

»Ja. Er meinte«, sagte Danton, »offene Briefe an ihn schätze er nicht besonders. Und Schmeichelei berühre ihn nicht, solange das dahinterstehende Motiv nicht ehrlich ist.«

»Zum Teufel mit ihm«, rief ich plötzlich wütend. »Das war keine Schmeichelei, sondern die Wahrheit – eine der möglichen Wahrheiten über ihn. Mein Versuch, ihn jenseits der Eiswälle zu erreichen, die er so emsig ringsherum aufbaut. Ich bin zu den Duplays hinübergegangen und mußte mir anhören, er wäre fort. Fort. Ich frage dich. Und das mir gegenüber.«

»Er schmollt«, sagte Danton. »Du bist ihm auf den Schwanz getreten. Insgesamt richtest du ein bißchen viel Schlamassel an, nicht wahr, Camille?«

»Tu ich das?«

Mein Sohn schenkte meinem Wutausbruch nur beiläufig Beachtung. In letzter Zeit war er so etwas von mir gewöhnt, und im Gegensatz zu Lucile kümmerte er sich nicht viel darum. Vermutlich hatte ich ihn schon verloren. Einmal fielen meine Tränen auf sein Gesicht, aber er starrte mich nur an und wandte sich dann mit einer pikierten Geste ab, die mich unsinnigerweise bis ins Mark traf – armer Kleiner, er dachte, es würde regnen, und wollte ins Trockene.

»Zügle dich«, sagte Danton, »du übereilst dich.«

»Das hast du schon früher gesagt.«

»Und mit Recht.«

»Dann troll dich doch, geh wieder zu Louise und amüsiere dich. Und ich werde –«

»Du schreibst dich ins Gefängnis.«

»Das höre ich schon seit 1789.«

»Und vom Gefängnis auf einen dieser häßlichen Mistkarren, die wir sooft in der Rue Saint-Honoré sehen.«

»Um Himmels willen, halt's Maul. Laß das nicht Lucile hören.«

»Lucile weiß Bescheid. Hältst du sie für blöd? Als ich drunten den Vorhof betrat, hatte jemand an die Wand geschrieben: An die Laterne mit dem Zündler. Der Dreck ließ sich leicht abwischen.«

»Danke. Gestern stand was anderes dran. Sie werden's schon noch satt bekommen.«

»Wirklich?«

»Hébert und Momoro – Gott, dieser fette Kotzbrocken. Wenn ich nur daran denke, wie er meine Pamphlete weggeschoben hat. Sie wären ihm zu heftig, dieser Blutsauger. Für solche Parolenschmiererei bezahlen sie Männer aus den Elendsvierteln.«

»Wenn dich dieser Gedanke beruhigt.«

»Aber man schreibt mir auch anderes: ganze Wagenladungen von Briefen mit Lob und Bitten.«

»Von Leuten, deren Namen allesamt mit de oder la oder duc beginnen.«

»Auch andere. Da war gestern abend eine Abordnung im Konvent – du hast gesehen, wie sie mir die Hand geschüttelt haben. Alles Provinzler mit durchlöcherten Schuhen.«

»Und nicht die leiseste Ahnung vom politischen Klima in Paris.«

»Es war deine Idee.«

»Wirklich? Allmählich kommen mir Zweifel. Bei unserer Diskussion –«

»Hast du lediglich gesagt, schreib und mach dem Schlachten ein Ende.«

»Ja. Und außerdem habe ich dir erklärt, du sollst Robespierre in dem Glauben lassen, es stamme von ihm. Aber was machst du? Du attackierst namentlich die Hälfte seines Hofstaates als Monster und ziehst dann auch noch ihn hinein. Du brüllst durch die Straßen von Paris: Ach, lieber Robespierre, erinnere dich doch daran, wie du früher immer von Güte geschwärmt hast, und nimm deine Pfoten aus dem Blut. Plump, Camille.«

»Schön, dann schreib doch du, mach's selber.«

»Ach, hör auf, ich behaupte ja nicht, daß du unrecht hast, aber du bist zu voreilig. Hast du immer noch nicht gelernt, die Wetterfahne zu lesen? Du hast doch gesehen, was passiert ist, nachdem ich bei den Jakobinern für Mäßigung plädiert hatte. Dieses Wort hängt uns zu den Ohren heraus, hat Robespierres Chor unisono gesungen, und der ganze Saal hat applaudiert. Oh, ich werde auch in Zukunft den Mund aufmachen. Man wird mir schon zuhören. Die Sache muß geklärt und beendet werden, aber du – du bist wie ein brennender Mensch, der sich im fünften Stock aus dem Fenster stürzt. Zügle dich, schlag eine langsamere Gangart ein. Ich brauche Prätorianer, Camille, keine Berserker. Zur Hölle, ich hätte es besser wissen sollen. An dich hätte ich keine

Lunte legen dürfen. Außerdem schau dich mal an, schau, was du dir selber antust. Hast du seit einer Woche geschlafen? Wieviel hast du abgenommen? Du bist ein Skelett und machst dir vor Schiß in die Hosen, stimmt's? Gib's zu. Schau deine Hände an. Wie kannst du eine Feder halten, solange sie so zittern?«

»Beim-b-beim Schreiben z-zittern sie nicht.«

»Schade.«

»N-n-na schön, Danton, jetzt weiß ich Bescheid. Ich habe dich verstanden.«

»Du hast tatsächlich hingehört – einmal.«

»Habe ich. Immer. Ich wäre dir überallhin gefolgt, sogar durch – aber wie bist du? Tu's, tu's nicht – ach, dann machen wir's eben morgen.«

Danton schlug nicht zurück.

Mein Sohn runzelte die Stirn. Hatte dies für ihn eine Bedeutung? Ständig beschimpften sich sein Onkel Georges und sein Vater gegenseitig. War diese Auseinandersetzung etwas anderes? Plötzlich legten sich die kleinen, kindlichen Gesichtszüge in Falten. Danton schaute auf ihn hinunter. »Na, na, mein bester Horatius«, sagte er, hob ihn hoch und hielt ihn fest. Danton lächelte das Kind mit derart umwerfender Lebensfreude so bewußt und mitreißend an, daß ich unter dem Ansturm dieser geradlinigen Lebensenergie buchstäblich schrumpfte. War es so einfach? Abwarten, die Worte wählen, experimentieren und falls nötig sich zurückziehen, sich gehen und treiben lassen?

»Über eines bist du dir doch im klaren«, sagte Danton noch immer lächelnd, während Horace zustimmend strampelte und krähte. »Robespierre hat beschlossen, die Diktatur sei letztlich der einzige Weg zu unser aller Rettung.«

Wo hatte ich dieses Gespräch schon einmal geführt?

»Offensichtlich.«

»Also hör auf, mit ihm deine Spielchen zu treiben, Camille. Versuch nicht, ihn wie einen lieben alten Kumpel vom Collège zu behandeln, der so gern zum Philosophieunterricht gegangen ist. Er ist jenseits von Gut und Böse, laß ihn allein.«

Plötzlich war mir speiübel. Mein gesamter Mageninhalt schien sich in die eine oder andere Richtung verabschieden zu wollen. Danton sagte kein Wort, als ich das Zimmer verließ. Horace war wieder auf Bergtour.

Als ich ruhiger und sehr kalt wiederkam, tranken sie am Mahagonitisch Kaffee, als ob alles wie immer wäre. Die Seiten des Vieux waren verschwunden. Horace plauderte mit dem Spielzeugschaf auf dem Boden.

Lucile lachte sogar.

»Ratet mal, wem wir den Rückzug der Engländer aus Toulon zu verdanken haben?«

Ich zuckte die Schultern und versuchte dabei ein Lächeln.

»Irgend so einem kleinen Artillerieoffizier«, sagte Danton.

»Den ich mal gekannt habe«, meinte Lucile. »Der schreckliche Léon. Ich war ungefähr fünfzehn, da kam er ein-, zweimal zu uns nach Hause. Was für ein herrischer Kerl. Das mit Toulon überrascht mich nicht. Léon haßte es abgrundtief, wenn er bei irgend etwas verlor.«

»Er ist Korse, was kann man da schon erwarten?« meinte Danton. »Genau wie die Engländer – eine Insel, so groß wie eine Katzentitte. Wer dort aufwächst, möchte zwangsweise die Welt erobern.«

»Ach«, sagte ich, »der kleine Knirps. Bonaparte.«

»Offensichtlich kennt er sich mit seinen Kanonen aus.«

»Alle Trommler waren tot«, sagte Lucile leise, »aber dann fielen Hagelkörner vom Himmel und schlugen die Trommeln.«

»Gott ist auf unserer Seite! Zwanzigtausend Konvertiten zum Höchsten Wesen in einer einzigen Nacht«, sagte Danton.

»Ja, herrlich«, sagte ich. »Lach ruhig, du glaubst sowieso an nichts.«

»Ich glaube, daß ich gehen muß. Ich seh dich dann drüben bei den Jakobinern. Woanders lassen sie dich ja nicht mehr hinein.«

Im Vorbeigehen legte er mir den Arm um die Schultern. Anschließend beugte er sich über das Schaf zu Horace hinunter und machte mit einer fürchterlichen Quäkstimme bääah!

Horace schrie vor Begeisterung. Lucile lief zu Danton und umarmte ihn. Danke, Marius, für fünf Minuten normale Konversation.

Fréron war vor Toulon dabeigewesen. Während wir Danton die Straße entlanggehen hörten, sagte ich, Fréron müsse einen Brief bekommen (in meinem Blatt hatte ich ihn bereits gegen die Duchesneschen Dreckschleudern verteidigt). Lucile teilte mir mit, sie würde in unser beider Namen schreiben. Dabei beließ ich es, obwohl ich wußte, daß sie ihm ihr Herz ausschütten (er schrieb ihr noch immer vorsichtig formulierte Liebesbriefe) und ihm ihre große Sorge um mich gestehen würde. Das konnte ich nicht leiden, aber wie hätte ich dagegen protestieren sollen? Sie war mein Beichtvater und brauchte selbst auch einen. Anfang des Monats hatten wir Fréron kurz gesehen. Er hatte zu mir gesagt: »Lucile sieht sehr blaß aus.« Was hieß, in meiner Obhut wäre sie nicht so blaß. Wäre sie nicht? Nein, er hatte seine Eskapaden immer besser geregelt als ich. Später schrieb er mir: »Sei vorsichtig, Camille, mach nicht die ganze harte Arbeit zunichte, indem Du jetzt sentimental wirst, wo die Skaventreiber in die Knie gegangen sind. Gib ihnen die Peitsche wieder, und schon würde die Geschichte anders aussehen.« Schlauer Fréron, als Abgeordneter und Repräsentant von Paris würde er über Toulon zweifellos ein hartes Urteil fällen. Toulon, Englands Hure.

Heute abend stand eine familiäre Verpflichtung an, derer ich mich am liebsten entledigt hätte: Lucile und ich waren mit einem Besuch bei ihren Eltern an der Reihe. Statt dessen wäre ich lieber sitzen geblieben und hätte geschrieben. Ach, Gott, bis mir die Wände um die Ohren flögen. Aber mir war klar, daß ich sie nach der Sache mit den Parolen und gewissen Rangeleien auf der Straße unmöglich allein ausgehen lassen konnte, nicht einmal wenn das Dienstmädchen in der Kutsche mitfuhr. Vielleicht würde sie auf Leute treffen, die mit Dreck oder Schlimmerem werfen würden, nur weil Lucile mit mir verheiratet war. Wie hatte Hébert aller Welt mitgeteilt: meine reiche Frau, ein Mädchen, auf das ich über eine Liaison mit ihrer Mutter gestoßen bin und das ich anschließend einzig und allein deshalb verführt und entehrt habe, um in den Genuß ihrer Mitgift zu kommen. Beherrschung, hatte Danton zu mir gesagt. Meine Antwort auf das alles war beherrscht genug ausgefallen. (»Meine Frau ist mein Himmel auf Erden. Jedwedes Geld, das sie mitgebracht hat, ist mein einziges, unverdientes Einkommen. Ich habe mich nicht an der Revolution bereichert. Kann Hébert dasselbe behaupten?«)

Konnte ich, der den Mund so weit aufgerissen hatte, dies behaupten?

O Gott, laß mich überleben. Laß einen anderen auf mich aufpassen und mir helfen, damit die Welt sich ändert. Und gib uns – ihr und mir – einen Zufluchtsort aus diesem Morast, wo wir vor dem Basiliskenblick der Jägerin Fortuna sicher sind.

Ich hörte, wie Lucile ihre Zofe schalt. Den Grund dafür erzählte sie mir nicht, aber ein oder zwei Wörter hatte ich aufgeschnappt. Anscheinend hatten einige unserer Dienstboten draußen im Treppenhaus darüber diskutiert, ob man Leuten, die die Republik verrieten und deren Hauswände mit Abfall und anderem Dreck beschmiert würden, gestatten solle, weiter in einem anständigen Stadtviertel zu leben.

Ihr Vater hatte nie gewollt, daß ich Lucile bekam. Meiner Ansicht nach hatte er sich in seinem pummeligen Kleinkrämerherzen nie damit abgefunden, hatte sich aber den Zielströmungen angepaßt, wofür ich ihm dankbar war. Als sich die Dinge zu meinen Gunsten entwickelten, hatte auch er davon profitiert. An seinem Schwiegersohn konnte er lediglich aussetzen, daß ich ihm genauso fremd war, als ob ich auf dem Mond geboren wäre.

Nach der Geburt unseres Kindes zeigte Papa Duplessis erneut Interesse daran, die Risse in seinem Mißtrauen zu überkleben. Er ließ Horace auf seinen Knien reiten und erzählte uns allen, wie sehr mein Sohn sämtlichen Duplessis' väterlicherseits ähnelte. Papas Papa und seinem Großpapa war er wie aus dem Gesicht geschnitten. Ganz wie jener Onkel, der in seiner berühmten Schlacht in Deutschland als Soldat gedient hatte und dessen Namen er immer falsch aussprach. Oder wie jener andere Onkel, der Amerika entdeckt hatte – oder war er vielleicht nur dorthin gesegelt? Eines stand fest: Gott sei Dank sah Horace wie seine Mutter aus, und auch von Demeter hatte er Vorteilhaftes geerbt. Lediglich die für ein Kleinkind typische spärliche Haartracht verlieh ihm in meinen Augen irgendeine Ähnlichkeit mit einem männlichen Duplessis.

Trotzdem brachten mich die en famille verlebten Nachmittage und Abende diesem Mann mit jedem Glas in Gedanken ein wenig kameradschaftlich näher. Beim Weggehen sagte ich mir: Ach, er ist kein übler Typ, ich kann ihn ertragen, inzwischen hört er sogar zu. Aber bei jedem neuen Besuch hieß es: Verdammt noch mal, der schon wieder.

Selbstverständlich verhielt es sich mit Demeter ganz anders. Sie war ein natürlicher Teil unseres – Luciles und meines – Familienkreises, so wie Lucile und sie einst mich an ihrem hatten teilhaben lassen. Wenn der Alte irgendwo geschäftlich oder zum Vergnügen unterwegs war, kam Demeter des öfteren in unserer Wohnung vorbei, wo sie weder störte noch Probleme verursachte. Eigentlich war sie eine harmonische Morgengabe, wie man sie nur selten findet. Mit völliger Hingabe kümmerte sie sich einfühlsam und vernünftig um das Kind. Sie unterstützte uns in allen häuslichen Belangen, bis hin zur Wahl unserer Dienstboten. Als sich plötzlich Freundinnen wie Louise Robert (und besonders Dantons Gabi) aufgrund von Intrigen oder politischen Umwälzungen von Lucile trennten, war glücklicherweise ihre Mutter zur Stelle, die älteste Freundin meines Schatzes und ihr Trost. In der Abwesenheit von Lucile konnte ich in Demeter ihr Spiegelbild entdecken, so wie ich – ganz am Anfang – vermutlich Demeter irrtümlich für Lucile gehalten hatte.

Das Kind hatten wir nicht mitgenommen, es war bitterkalt, womit wir eine hervorragende Entschuldigung hatten, um ihn zu Hause zu lassen. Lucile hatte gemurmelt, sie würde unsere Räume nie verlassen und ob wir eine Kutsche nehmen sollten. Ach, welch törichte Extravaganz für eine so kurze Strecke.

Kühn traten wir ins Freie, als ob uns die ganz Welt egal wäre, solche Schauspieler waren wir. Und tatsächlich machten die Viertel Cordeliers, Luxembourg und Julien insgesamt einen ruhigen Eindruck. Es hätte eine Winternacht in jeder europäischen Stadt sein können. Die Pflastersteine liefen geradeaus, ohne daß irgend etwas Entsetzliches darauf verstreut lag. Über uns zeichnete sich die vertraute Architektur unseres Bezirkes samt ihren rechteckigen, klassizistischen Fensterlaibungen ab. Die Kamine atmeten leichte Federwolken aus. Zwischen den Spalten der Fensterläden fiel Kerzenlicht wie durch zusammengekniffene Augen. Am Portikus des Theaters hatte man die Lampen gelöscht, was aber nicht viel bedeutete. Alle Straßenlaternen brannten an ihrem Platz (einige waren kaputt, aber daran konnte auch der Wind schuld sein), als ob Paris die ordentlichste Metropole auf Erden sei. Und hoch droben die unberührten Sterne wie eisige Diamanttropfen, die alles teilnahmslos und ohne Mitgefühl beobachten.

Es gab keinen unangemessenen Lärm. In einem Haus wurde sogar gesungen – und nicht die Kampfhymne. (Amour jadis de moi, ah, vous dis-je!)

Dann laßt mich vorgeben, wir hätten Frieden.

Und doch legten wir die kurze Strecke im Laufschritt zurück. Wir taten so, als ob uns die Temperatur Beine machen würde.

Kurz danach bogen wir um eine Ecke. Ich dachte, ich hätte einen Lastkarren gehört, was sich als Irrtum herausstellte.

Wie zur Salzsäule erstarrt, hielt Lucile abrupt inne. »O Gott – was ist das?« flüsterte sie.

Das Tor zum Anwesen der Duplessis war sperrangelweit offen. Trüppchenweise standen Männer vor dem Eingang herum, riefen zur Treppe hinauf, stießen sich gegenseitig an und stampften ungeduldig mit ihren Stiefeln. Jenseits der Straße hatte sich eine Menschenmenge angesammelt. Die Nachbarn wurden als Gestalten sichtbar, die vorsichtig herunterlugten, wobei sie versuchten, sich hinter ihren Vorhängen zu verstecken.

Ich zog Lucile einen Schritt zurück.

»Bleib hier. Laß mich nachsehen, was los ist.«

Sie packte meine Hand, um mich dazubehalten, ließ mich dann aber gehen. Ihre Loyalität war gespalten.

Obwohl mein Blut zu Wasser geronnen war, bahnte ich mir einen Weg durch die Menge. Der Schwarm an der Tür bestand aus Hosenlosen Wunderknaben, die sich mir mit zornigem Humor in den Blicken zuwandten.

»Na, na, du kannst noch nicht hinein.«

»Entweder geht ihr mir aus dem Weg, oder ihr sagt mir, was hier los ist.«

»Ihm aus dem Weg gehen, was für ein feiner Herr. Schaut euch mal seinen hübschen Mantel an.«

»Oh, pardon, aber wir haben hier in diesen Räumlichkeiten noch etwas Geschäftliches zu erledigen.«

Einer von ihnen – er stank nach Käse, Bier und Dreck – baumelte mir mit einer Laterne vor dem Gesicht herum. Als ich sie wegschob, meinte er: »Also, seht mal, Jungs, wenn das nicht der Lord Laternenhaken persönlich ist, Monsieur Desmoulins.«

Und sie schauten. Himmel, und wie sie schauten.

Was nun? Ich versuchte, sie niederzustarren, während mein Herz dabei war, die Schädeldecke zu durchbrechen und sich im Flug zu Jupiter zu flüchten.

»Wie geht's denn unserem alten Cordelier heute abend?« sagte einer von ihnen. »Schreibst du gerade wieder was Schickes für uns? Ein Kuß für die feinen Pinkel und dann Ringelreihen? He?«

»Du verdammter Mistkerl«, sagte sein Nachbar, »wir sollten dich aufknüpfen. Herzog Desmoulins an seinem eigenen Laternenpfahl, das wär 'ne hübsch gemütliche Sache.«

In dem Moment klapperte es drinnen die Treppe herunter. Rote Mützen und lautes, sinnloses Stimmengewirr. Sie hatten die Arme voller Bücher und Papierrollen, selbst eine Uhr war unsinnigerweise darunter.

Der Mann, der als erster herauskam, betrachtete es als Ehrensache, zuerst mich anzurempeln und dann ostenativ um Entschuldigung zu bitten. »Guten Abend, Bürger Camille. Haben dem Papa deiner Frau nur eben einen kurzen Besuch abgestattet.«

»Warum?«

»Nun, der Sektion sind da ein paar komische Dinge über ihn zu Ohren gekommen.«

»Zum Beispiel, daß er dein Schwiegervater ist.«

»Das wird im Konvent zur Sprache kommen«, sagte ich stotternd, was ihnen Spaß machte. Irgendwie bekam ich meine Zunge unter Kontrolle und brüllte den mit der Uhr an: »Wer hat dich geschickt?«

»Der Sektionsleiter.«

»Sein Name?« bohrte ich weiter. Ich stand Todesangst aus, und doch handelte es sich lediglich um eine weitere Nuance der Furcht, die mich hier in der beißenden Kälte Theater spielen ließ, während die Menge mit offenem Mund dabeistand. Dieser Abschaum hatte mich einmal geliebt. Sie nannten einen Namen, natürlich hatte ich ihn nie gehört. »Na schön«, sagte ich, »diesen Übergriff wird der Wohlfahrtsausschuß untersuchen.«

»Ach, wirklich?« Der Mann, der mich angerempelt hatte, schüttelte seinen Kameraden mit der Uhr, die daraufhin kläglich losklingelte. Alle lachten darüber.

»Schikane eines Privatmannes«, sagte ich oder versuchte es, aber sie schubsten mich beiseite, und ich konnte es nur noch geschehen lassen. Ich mußte daran denken, wie mich vor langer Zeit – Millionen Jahre war das her – die Royalisten ins Gesicht geschlagen hatten. Sie hatten in die Arkaden des Palais-Royal Seile mitgebracht, um mich aufzuhängen.

Gelangweilt zerstreute sich die Menge. Falls sie mich kannte, interessierte sie das wenig, und ich war dankbar dafür.

Als Lucile und ich ohne weiteren Wortwechsel ins Haus der Duplessis flohen und das Tor endlich geschlossen war, standen wir wie erwartet einem Bild des Aufruhrs gegenüber.

Überall hatten sich die galanten Plünderer zu schaffen gemacht und dabei soviel umgeworfen und mutwillig beschädigt, wie sie es sich im Rahmen ihrer »Untersuchung« legitimerweise leisten konnten. (Natürlich waren sie hinter royalistischen Beweisstücken hergewesen.)

Von unten klang gedämpft der hysterische Anfall eines Dienstmädchens herauf. Luciles Vater saß auf einem Stuhl und fuhr sich mit der Hand über Gesicht und Kopf, als ob er sich vergewissern wolle, daß beides noch auf seinen Schultern saß. Eine aschgraue Demeter kam zu Lucile herüber und nahm sie in die Arme. »Ist ja gut, ist ja gut«, sagte Demeter, »was für eine interessante Episode. Diese dummen Kreaturen: machen sich mit der Uhr davon, weil sie lilienförmige Zeiger hat, aber den Schrank voller Liebesbriefe zwischen deinem Vater und Marie-Antoinette übersehen sie.« Daraufhin brach Lucile in Tränen aus.

Gelb und schwitzend blickte ihr Vater auf. Er keuchte wie ein wassergefüllter Blasebalg und deutete direkt auf mich. »Deine Schuld«, sagte er. »Die sind hinter dir her, trauen sich bloß noch nicht so recht. Deshalb packen sie mich. Du blöder Tölpel, du verdammter Irrer, das haben wir alles dir zu verdanken.«

Demeter schüttelte stumm den Kopf in meine Richtung, während sie meine Frau tröstete. Ihr erschrecktes Gesicht war voll Mitleid für mich.

Ich tobte los und sagte dasselbe, was ich draußen zu den anderen gesagt hatte: Diese Tat würde ich bei den Jakobinern zur Sprache bringen. Es sei eine Schande. Nie wieder würde das passieren. Jemand würde dafür bezahlen.

Verächtlich musterte mich Luciles Vater.

»Ach mach nur so weiter«, sagte er, »hör bloß nicht auf. Vielleicht kannst du damit ein paar Leute täuschen, aber den hier nicht. Du bist Gift, du bist eine Seuche. Ich habe es immer gewußt. Möge mir Gott verzeihen, daß ich dich ihr Leben habe ruinieren lassen.«

»Nein, Papa«, rief Lucile, »so darfst du nicht mit ihm reden.«

»Wie dann? Wenn ich nur einen Funken Hirn besäße, würde ich mir eine Pistole holen und ihn erschießen. Wahrscheinlich würde mir dafür sein alter Schulfreund Robespierre eine Medaille verleihen. Dienst an der Republik.«

Vermutlich hätte ich ihn in meiner überreichen Qual geschlagen, und nach dem ersten Hieb hätte ich mich nicht mehr beherrschen können. Deshalb stellte sich Demeter zwischen uns und sagte: »Niemand ist zu Schaden gekommen. Wir sind dieses Uhrenmonster los, worüber wir uns eigentlich freuen sollten. Von mir aus kann sich die Sektion gerne daran bedienen. Das Ding soll die nächsten fünf Jahre ruhig im Zimmer des Sektionsleiters vor sich hin bimmeln und rattern. Inzwischen sind Worte gefallen, die wir bedauern werden. Ich verbiete euch allen, auch nur einen Ton zu sagen, bis wir Wein getrunken haben.«

Wir erstarrten zum Tableau: Von vorn beleuchtete uns das verglimmende Kaminfeuer, unterstützt vom blakenden Ockerton der Kerzen, die schräg in ihren Haltern hingen. Lucile klammerte sich an meinen Arm, bis ihr Vater immer weiter in seinen Sessel sank. Nur weg von uns. Dann hob Demeter eine hübsche Klingel und läutete elegant: Das hysterische Dienstmädchen solle uns etwas Wein bringen.

1794: Januar (Nivose, II. Dekade)

Camille: Krieger ohne Schild

Dreimal wurde bei den Jakobinern der Name Fabre d'Églantine aufgerufen und anschließend der Name Desmoulins. Keiner der Herren stand auf, um der Vorladung Folge zu leisten. Der Klub wandte sich Robespierre zu. Der meinte: Da die Gladiatoren nicht in der Arena wären, solle man sämtliche Beschuldigungen gegen sie vertagen.

An diesem Wendepunkt berührte der soeben aus dem Kriegsgebiet heimgekehrte Louis Antoine Saint-Just (er hatte sich einen neuen Sekretär mit dem bezeichnenden Namen Kuchen mitgebracht) Maximilien leicht an der Schulter und deutete mit dem Kinn Richtung Tür.

Dort stürzte gerade Camille mit wehendem Mantel, aus dem die Regentropfen stoben, herein.

»Irgendeiner hat ihn vorgewarnt, er täte gut daran, hier zu sein«, sagte Saint-Just. »Vielleicht hieß es aber auch, er solle nicht herkommen. Und er hat es vorgezogen, diese Warnung zu ignorieren.«

Elegant geschniegelt und gestriegelt fixierte Louis Antoine den Ankömmling mit seinem statuenhaftesten Blick. (Hast du Angst, mein Profil könnte Kratzer bekommen? Wollen mal sehen, wie du dich daran versuchst.) Im Gegensatz dazu sah Camille mit seinen wassertriefenden schwarzen Haaren und den dunklen Augen im bleichen Gesicht zwangsläufig wie ein Verrückter aus. Sein Eintritt war eine merkwürdige Mischung aus bravouröser Attacke und Ausweichmanöver – eine Kombination, zu der nur ein Camille fähig war. Jetzt stand er zuckend da, während man ihn aus allen Richtungen anbrüllte.

Robespierre rief alle zur Ordnung.

Mit einer höflichen Geste hieß er Camille vortreten. Dadurch mimte er den Unparteiischen, der kein Freund mehr war. Ob Camille in seiner derzeitigen Verfassung überhaupt in der Lage war, diese Botschaft zu entziffern, sei dahingestellt.

»Nun?« tönte es laut fragend von allen Seiten auf ihn ein. »Was hat er zu seiner Verteidigung zu sagen?«

Einen Moment lang kam Camille ins Stottern, dann unterdrückte er es mühsam und wurde höhnisch ausgelacht. Er drohte die Beherrschung zu verlieren, faßte sich wieder, bekam Angst, wurde arrogant, ratlos und schließlich still – alles innerhalb weniger Augenblicke. Schließlich riß er die Arme hoch. »Um Himmels willen«, hörte man ihn sagen, »gebt mir eine Chance. Ich weiß nicht, ob ich auf dem Kopf oder auf den Füßen stehe. Falls ich einen Fehler gemacht haben sollte – ist das ein Verbrechen? Ich werde allseits verleumdet –«

»Und kann nicht reden!« schrie es.

Und ein anderer: »Schreib uns 'ne Antwort im Alten Cordelier!«

Was reichlich Gelächter hervorrief.

Mit hängendem Kopf stand Camille da, seine geballten Fäuste signalisierten Wut, vielleicht aber auch nur Nervosität. Offensichtlich konnte er keine Worte finden. Angst und Zorn ließen ihn gleichermaßen erstarren. Einige Klubmitglieder schielten zu Georges Danton hinüber, um zu sehen, was er tat, aber er saß nur wie ein Felsklotz da und schaute zu – ausdruckslos. Inzwischen war Hébert aufgesprungen und brüllte seine sattsam bekannten Anklagepunkte heraus. Alle wüßten doch, daß Camille von den feinen Pinkeln bezahlt würde, um ihre Position zu vertreten. Die würden dann Kopien seines Blattes an ihre führenden Anhänger zum Zeichen dafür schicken, daß die Konterrevolution weit fortgeschritten sei. Bald gäbe es in Frankreich einen neuen König, und der Fluß wäre voll toter Republikaner. Plötzlich schnellte Camille herum und brüllte zurück. Sinngemäß teilte Camille Hébert mit anderen Worten mit, daß das Gegenteil wahr sei: In jedem feindlichen, europäischen Journal würde Pater Duchesne zitiert, um die Theorie zu untermauern, daß die Franzosen ein Haufen unflätiger, ungebildeter, hirnloser, obszöner Schwachköpfe seien. Paris sei ein Müllhaufen, die Seine eine Kloake und Frankreich eine Krankheit, die man von der Erdoberfläche ausbrennen sollte. Eine ziemlich effektive, scharfe Rede, deren Wirkung leider durch Camilles Stottern ruiniert wurde, so daß sich nicht einmal Hébert einen Reim darauf machen konnte. Als Camille die Luft ausging, fuhr Hébert deshalb einfach mit seiner Stegreifrede fort, wobei er mit der flachen Hand aufs Geländer schlug, bis ihn Robespierre um Ruhe bat.

»Ach, na schön, wenn du willst, bleibt mir ja vermutlich nichts anderes übrig«, schnappte Hébert und setzte sich.

»Ich halte«, sagte Robespierre, »dies für unpassend.«

Schweigen.

Blaß und ruhig wartete Robespierre hinter seinem Pult und musterte die Versammlung. Zu Camille schaute er kein einziges Mal hin. Camille hatte ihn im Stich gelassen, deshalb war er nun gleichbedeutend mit einem weiteren Verrat – noch ein Stich ins Herz, den Maximilien ertragen mußte. Er haßte Camille nicht, aber wie bei kaputten Dingen überkam Robespierre hin und wieder das dringende Bedürfnis, die gescheiterten Beziehungen seines Lebens wegzuwerfen. Es tat weniger weh, wenn man nicht ständig daran erinnert wurde. Aber genau aus diesem Grund mußte er fairer sein als alle anderen Menschen, er, Robespierre, der so viel auf Gerechtigkeit gab.

»Ich habe diesen Mann früher verteidigt«, erklärte er nun. »Heutzutage kann ich lediglich sagen: Ich respektiere alles, was er in der Vergangenheit für die Freiheit getan hat. Was er derzeit tut – nun ja. Er hat Erfolg gehabt, und der Erfolg ist ihm zu Kopfe gestiegen. Die Aristokraten werfen ihm tränenbenetzte Blumen zu, und er läßt sich in die Irre führen. Und was die Geschichte mit Philippeaux anbelangt, dessen eigenen, gedankenlose Pamphlete eine derart zerstörerische Wirkung –«

»Hn-phn-philippeaux hatte recht!« Erneut hatte Camille etwas herausgestottert, hatte Robespierre unterbrochen und ihm widersprochen. Das hatte niemand erwartet, vielleicht nicht einmal Camille.

Noch immer schaute Robespierre Camille nicht an. Er hielt inne, als ob ein Hund gebellt hätte, und wollte gerade wieder fortfahren, aber Camille nützte die Pause, um erneut zu bellen.

»Du wirst mich nicht unterdrücken. Philippeaux hatte den Mut, dieser Stadt zu erzählen, welche diabolische Farce in der Vendée aufgeführt wurde.«

»Was du bereits in deinem Blatt beteuert hast«, sagte Robespierre. Sein Blick richtete sich strikt zur Saaldecke und auf den heiligen Himmel darüber. »Deine Ansichten müssen wir uns in diesem Klub nicht noch einmal anhören. Deine Philippika über Philippeaux waren schon häufig genug zu hören. Er selbst steht unter schärfster Zensur. Möchtest du noch immer mit ihm in Verbindung gebracht werden?«

Oho, jetzt kam diese Stimme. Hörte sich nicht sehr beruhigend an. Und das allseits zustimmende Geknurre wird stärker.

Camille, der von einem Extrem ins andere taumelt, erliegt der Verunsicherung und sagt: »Ist ja schon gut, ich kenne den Mann nicht, nur seine Schriften, die mir – jawohl – richtig erschienen. In d-dieser Sache ziehe ich m-meine Unterstützung zurück.«

Jetzt ist Maximilien mit dem Unterbrechen dran, was er auch schonungslos tut.

»Deine Schwäche, ohne Rücksicht auf Verluste Dinge zu unterstützen, die an deine leidenschaftlichen Gefühle appellieren, ist uns nur allzugut bekannt. Wie wir vielleicht auch nur allzugut deine Schwäche für alles Römische kennen. Aber hier ist nicht Rom, Camille, wir sind in Paris. Die Träume eines eigensinnigen Kindes sind für unsere Bedürfnisse ungeeignet. Dir als Person kann vielleicht verziehen werden, aber dein Schreiben ist verdammenswert.« Robespierre holte tief Luft.

Warum? Aus Unsicherheit oder aus Befriedigung? Oder nur aus dem Instinkt des kleinen Tieres heraus, das sich zur Warnung an seine Gegner aufbläst. »Um diesen Unterschied zu verdeutlichen, fordere ich, daß sämtliche Ausgaben des Alten Cordelier verbrannt werden.«

»Nein, Robespierre!«

Eine Verwandlung. Camille hat den Kopf hochgerissen, seine Augen sprühen Feuer, und seine Stimme klingt stark und laut: »Mein Werk verbrennen? Das ist schon einmal geschehen. Mein Gott, hatten wir tatsächlich eine Revolution, oder habe ich es mir nur eingebildet? Verbrennen? Verbrennen, Robespierre? Darf ich dich an deinen Rousseau erinnern, da du ihn anscheinend vergessen hast: Verbrennen heißt nicht antworten.«

Nur zwei Schauspieler auf der Bühne, während die Zuschauer totenstill und fasziniert zuschauen.

Und nun dreht sich Maximilien Robespierre um und sieht Camille an. Es ist die Bewegung einer Schlange, und ihr Blick, der kälteste Blick der Welt, ist ein Blick, der versteinern läßt. Und vor diesem Blick verliert Camille seine ganze dramatische Energie und seine Fassung.

»Du wagst es«, sagt Robespierre, »du wagst es, mir dein Blatt vors Gesicht zu halten? Du wagst es, mich über die Revolution zu belehren? Du, der mit seinem Blatt versucht hat, die Freiheit rücklings zu erdolchen? Nein, von nun an nicht mehr, Camille. Eines will ich dir offen erklären: Wenn du ein anderer gewesen wärest, wäre ich mit meinem Verteidigungsversuch nie so weit gegangen. Aber nun bin ich mit dir fertig. Verbrennen heißt nicht antworten. Diese Worte mir zu sagen – was für ein Wagnis.«

Als er mich derart ansah, schrumpfte meine Seele. Dagegen war ich nicht gewappnet, vielleicht hatte ich mir in meiner Naivität so etwas nicht einmal träumen lassen. Ich war ein Narr. Ich hatte seine einzigartige Macht bemerkt und sie mir doch nur zum Teil bewußt gemacht. Jetzt war es, als ob er mich erdolcht hätte. Beinahe wäre ich zu seinen Füßen hingesunken. In seinen blicklosen Augen sah ich jene Eiswälle, auf die ich früher verärgert angespielt hatte. Sie besaßen genug Realität. Nie wieder würde ich sie erklimmen, geschweige denn zum Schmelzen bringen können.

Aber ich riß mich zusammen, meine Fetzen. Ich dachte, ich könnte schlau sein und meine Trumpfkarte ausspielen. Ziemlich deutlich sagte ich: »Aber Robespierre, deine Worte gelten samt und sonders meinem Blatt. Haben wir denn nicht gemeinsam dieses Projekt besprochen? Du hast die Druckfahnen gelesen. Ich habe sie dir gebracht und dich um Rat gefragt.«

Um uns herum wurde kräftig gemurmelt.

Ein weißer Schimmer in seinen Eisaugen: Furcht? Gut, bin ich froh, daß auch du sie spürst.

Aber er sagte: »Ich habe nur die beiden ersten Nummern gesehen. Du weißt ganz genau, daß ich eine weitere Lektüre abgelehnt habe.«

Schon wollte ich mich in der Richtung äußern, daß gerade die beiden ersten Ausgaben des Blattes, die er gelesen hatte, ein Paradebeispiel für seine politische Richtung gewesen waren. Ich Unschuldslamm hielt mich noch immer für einen Machiavelli, indem ich allem, was Beine hatte, Salz auf den Schwanz streute.

Aber plötzlich rief Danton quer durch den Raum: »Die Sache geht zu weit.« Unter dieser kolossalen Stimme verstummte ich genau wie alle übrigen. »Camille«, sagte Danton ermutigend, »wird in der Tat lernen müssen, einen gelegentlichen, erzieherischen Klaps auf die Finger nicht übelzunehmen. Manchmal muß man um des Gegenteils willen grausam sein. Robespierre handelt aus den besten Motiven.« Ich starrte ihn an. Schwer und zornig ruhten seine Augen auf mir. Ich konnte sehen, daß er mir am liebsten den Hals umgedreht hätte. Dann fügte er betont munter hinzu: »Andererseits wirft dies alles eine hochbedeutsame Frage auf. Egal, wie ihr Camille beurteilt – ich baue darauf, daß es mit kühlem Kopf geschieht –, gebt acht, daß ihr nicht mit einem Hieb die Pressefreiheit enthauptet.«

Ich nahm meinen Platz ein. Da saß ich nun und ließ sie abstimmen, daß man heute und morgen sämtliche Ausgaben des Alten laut verlesen würde. Jetzt stand nur noch die Zeit zwischen mir und meinem Ausschluß aus den Jakobinern. Wie heißt es so schön: der erste Schritt zum Untergang.

Danton sprach mich nicht an, und ich ihn auch nicht.

Am nächsten Tag sollte Robespierre verkünden, Hébert und Camille hätten gleichermaßen unrecht.

Und ein paar Tage danach wurde Fabre (er hatte sich im Klub mit Robespierre angelegt, weil er das Ende der Oper jeder Robespierreschen Tirade vorzog) am Gehen gehindert und angeklagt, insbesondere wegen seiner Unterstützung meines Blattes. Damit wurde Fabre von den Jakobinern ausgeschlossen und in der Dritten Dekade seines eigenen Schneemonats verhaftet und in den Luxembourg geworfen. Typischerweise erfuhr ich die Kunde nicht im Konvent, wo sie für einigen Lärm sorgte, sondern in einem Kaffeehaus in der Nähe meines Druckers.

Zu diesem Zeitpunkt war ich nicht einmal schockiert. Es war lediglich ein weiterer Kieselstein, der bleiern in den Brunnen des Entsetzens fiel, der uns umgab.

Danton dagegen hatte eine Verteidigungsschrift für Fabre formuliert, war aber ins Leere gelaufen. Nun meldete er sich überall und zu jeder Gelegenheit zu Wort. Seine Reden waren stark, kunstvoll, beherrscht und in ihrer allgemeinen Zurückhaltung bemerkenswert. (Heutzutage knurrte der Löwe nur noch leise. Danton ist fade geworden.)

Ich schrieb in meinem Blatt: »Ja, ich bin schuldig, ich bin ein Verschwörer – um der Freiheit, des Wohlergehens und des Glückes von Frankreich willen. Ob ich bestochen wurde? Ja, durch die Liebe zu den Helden unserer Tage, denn ich hatte geglaubt, sie würden uns alle in ruhmreiche Zeiten führen.«

Allmählich denke ich darüber nach, ob ich mich weniger einsam gefühlt hätte, wenn ich mehr Beistand gefunden hätte?

Eines Morgens kam eine Nachricht an. Mit schneeweißem Gesicht teilte mir Lucile mit, man habe ihren Vater ins Karmelitergefängnis gebracht.

Sofort entfaltete sich ein Schauspiel aus Scheinhandlungen: Camille springt auf. Briefe werden geschrieben und abgeschickt, Personen aufgesucht, es wird gegen Türen gehämmert und Türglocken geläutet. Ich stürzte gleichzeitig in alle Himmelsrichtungen davon und versuchte, etwas zu bewirken, weil dieser eine Mensch unter all den hundert anderen derjenige war, der er war: Papa Duplessis. Ich wußte, meine Bemühungen würden nichts fruchten, was dann auch so war. Aber wie viele verschlossene Portale muße ich vorfinden und daneben genauso verschlossene Gesichter. Hätte ich noch weitere Beweise für meine Position benötigt, hätten sie nicht großzügiger ausfallen können.

Als ich um die Wolfsstunde, in der alle Dinge ihre Form verändern, mit schlechten Nachrichten durch die neblig-trübe Dämmerung nach Hause ging, geschah mir in der Nähe des Flusses etwas Merkwürdiges.

Man hatte einen Karren umgeworfen und geplündert, aber hier und da lag noch etwas auf dem gefrorenen Schlamm auf der Straße herum. Einer dieser Gegenstände, der sich undeutlich dunkel vor einem fahlen Hintergrund abhob, war eine winzige Windmühle. Wenigstens sah es so aus. Spontan hatte ich mich gebückt, um nachzuschauen, wobei ich einen anderen Eindruck von dem Gegenstand bekam. In Wirklichkeit war irgendein fremdländischer, armer Einfaltspinsel unterwegs gewesen und hatte versucht, religiöse Devotionalien zu verkaufen – ein völlig hoffnungsloses Unterfangen. Natürlich hatte man ihm prompt seinen Karren umgekippt. Nur Gott wußte, welchen Weg er selbst gegangen war. Ebenfalls ins Gefängnis. Andernfalls hatte man ihn als nächtlichen Gruß aufgeknüpft. Was dort auf dem grauen Eis lag, war ein Jesus, der sich mit seinem Kreuz abschleppte, das ihm schräg über der Schulter lag. Der gebeugte Rumpf der Figur und der Dreckbatzen, neben dem sie feststeckte, der Winkel der vier Kreuzenden, das schwindende Tageslicht, der winterliche Dunst, müde Augen – all diese Dinge zusammen hatten in mir die Halluzination einer kleinen, spitz zulaufenden Mühle hervorgerufen, die ihre segelbespannten Arme den Winden entgegenstreckte.

Trotzdem war es ein gräßliches Omen, das nicht weichen wollte. Nicht jedermann stößt im Vorübergehen auf ein Menetekel seines Kalvarienberges.

Elf

Paris 1770: Vorfrühling

Alles grau, alles in Bewegung. Was ist das? Das ist nicht das warme, feste Bett zu Hause mit Blick auf den Wein und den letzten Stern im Fenster. Tod und Teufel, nein, es ist die Kutsche unterwegs von Noyon, die durch die Nacht rumpelte und schaukelte, daß die Kaninchen vor deren Feuerwerksrädern flohen. Und du hast dir eingeredet: Ich werde nicht schlafen, ich werde aus dem Fenster schauen. Aber das Fensterbild verschwamm und war verschwunden. Träume kamen, Träume vom Schaukeln und Rumpeln und von Kaninchen, die um ihr Leben fliehen, und von der in Tränen aufgelösten Mama samt den kleinen Schwestern, die vor Verwirrung Kicheranfälle bekamen. Und vom Vater und seiner sachten Ermahnung, der du damals aufmerksam gelauscht hast. (Ja, Papa, ich werde daran denken, Papa.) Und vom Küchenmädchen, das bei der Abreise im Schutze des Ochsenkarrens mit einem klebrigen, kleinen Tuch voll Süßigkeiten als Geschenk hervorgekrochen war. Danach die Schüttelfahrt in einem x-beliebigen Beförderungsmittel ins berühmte Noyon – wo man dich im Schatten der Kathedrale in die Postkutsche verfrachtet hat. (Was ist das? Ein junger Herr reist nach Paris? Na, ich dachte schon, es wäre Seine Majestät persönlich.) Rasch bricht die Dunkelheit herein. Nackte Bäume in Schneezucker getaucht. Der Frühling ist lediglich ein schneidender Hauch in der Luft. Sollen die anderen Passagiere ruhig schnarchen und im dämmenden Stroh von einer Seite auf die andere rollen. Lucie Simplice Camille Benôit Desmoulins, zehn Jahre alt und neugierig wie ein Frettchen, würde in die Nacht hinausstarren (gähn). Schau, dort ziehen Sterne in langen Reihen dahin. Jeder überhängende Baum scheint Feuer zu fangen, sobald ihn der Schein der Kutschenlampe trifft. Eulenaugen gähnen (gähn). Und oben drüber fliegt die Desmoulinssche Küchenmagd ... Träume ich denn, oder bin ich wach – oder wache ich gerade auf?

Irgendwo eine Haltestelle. Die Pferde blasen in der Kälte wie Drachen. Heißes Brot in einer Serviette.

Und ein neues Gefühl: eine zugeschnürte Kehle, ein verkrampftes Rückgrat. Der Magen meint: Bin ich wirklich richtig froh? Denn da wären wir nun, Kilometer von unseren Anfängen entfernt, losgelöst auf einem Ozean des Schicksals. Was liegt vor uns? Das unbekannte Leben in der Schule und die große Fremde der Stadt. Während die Hufe und Räder sich unaufhaltsam weiterbewegen, beginnen im Schädel alle Warnungen und Vorhersagen im Guten wie im Bösen hin und her zu rasen.

Deshalb starrst du nun besorgt hinaus, hast Angst, etwas zu verpassen. Dabei siehst du nur Grau, Phantome, Bewegung, bis –

Bis wie ein Fingerzeig, wie ein weitentferntes Flackern, Zunder den Horizont entfacht. Und dort, zwischen der Kurve der Hauptstraße und dem ersten Sonnenschimmer liegt ein See aus Dunkelheit, der keine Ähnlichkeit mit allem hat, was du je erblicktest.

Was kann das sein, ein Wald? Wasser? Eine Wolke, die fälschlicherweise aufs Land fiel? Nein. Verschlafen regen sich die übrigen Insassen der Kutsche, klatschen gegen die Fenster und rufen einander zu: Paris.

Paris? Dieses tiefgraue Nichts?

Dann kommt das Licht.

Und dann – und dann erhebt sich vor den müden, blasierten Augen der Erwachsenen und vor dem klaren, visionären Blick des Kindes die Schönheit aus ihrem Schatten. Jeder Turm, jede Kuppel, jeder Portikus, jede Terrasse und jedes Dach ist mit goldenem Faden in einen halbrosenquarzfarbenen, halbvioletten Himmel gestickt. Paris. Es scheint die Erde zu bedecken. Wie eine Himmelsstadt sieht es aus, von Engeln erbaut. Wie ein Wunsch erscheint es, besser noch wie ein Versprechen, das in Erfüllung ging.

Der kleine Junge aus der Picardie ist vor Aufregung überwältigt. Er steht auf der Kutschbank und klammert sich ans Fenster. Seine Mitreisenden haben Angst, er könne herunterfallen und sich weh tun, und bitten ihn dringend, es sein zu lassen.

Wie recht sie hatten. Solche Hoffnungen, solche Symbole. Jenes begeisterte Kind, das selbst dann noch begeistert ist, als sich das Mauernmosaik weit öffnet und es verschluckt, als Kloakengestank in die Kutsche eindringt und schäbigere Mietskasernen die Hälse recken – jenes Kind war vor Liebe und Optimismus und Unschuld blind. Wie hätte er wissen können, daß er so weit kommen würde?

1794: Winter

Weich drang das Licht durch die Fensterläden.

»Also«, sagte sie, »du hast im Schlaf gelächelt. Wie ein kleiner Junge hast du ausgesehen.«

»Ich war ein kleiner Junge. Ich träumte, ich wäre wieder in der Schule. Im Louis-le-Grand. Ich hatte einen Preis für irgendeine Arbeit gewonnen, die ich geschrieben hatte.«

»Woraus bestand der Preis?«

»Ach, ein Buch. Ich war sehr stolz darauf. Ich kann mich nicht mehr daran erinnern, was es war. Elf war ich, oder zwölf. Ich war so stolz. Ich weiß noch genau, wie der Sonnenschein über das Pult und das Buch fiel. Alles kann ich vor mir sehen, aber was für ein Buch das war, weiß ich nicht mehr. Damals war ich glücklich. Welcher Tag ist heute?« Sie sagte es mir nach dem alten und dem neuen Kalender. (Und einen Augenblick hing das verflixte Bild von Fabre wie ein Gespenst im Raum und flehte um Rettung.) »Seltsam, die halbe Zeit kann ich mich beim Aufwachen weder an den Tag noch an den Monat erinnern, manchmal nicht einmal daran, wo ich bin.«

»Du machst dir soviel Sorgen«, sagte sie zu mir. »Wenn du schläfst, geht deine Seele weit fort.«

»Oh«, sagte ich, »meine Seele.«

Was habe ich davon, von diesem Ding aus Rauch und Verzweiflung? Das hier ist wirklich: die Wärme des Bettes und deines Körpers, dein Duft und der Geruch des Zimmers, der Stadt, der Erde. Dieser Dinge kann ich mir sicher sein.

Stell dir vor: eine schwarze Gasse, eine von hunderten, dreckerstickt und hier und da zwischen den schwarzen, windschiefen Hüttenhäufen ein Höhleneingang aus rötlichem Licht – eine finstere Weinkneipe oder ein billiges Bordell mit armseligen Huren, die für den Preis eines Fischkopfes oder Kuttelfetzens die Beine breit machen. (Oh, weit weg von Kindheitsträumen – das da. Können die überhaupt träumen? Haben sie die Energie dazu in ihrem todesähnlichen Schlaf, den solch ein Schauplatz hervorruft?) Aber biete mal einer ein Assignatenpapier an, selbst wenn sie schläft, und sie wird auf dich losgehen und dir die Haare ausreißen oder Schlimmeres. Das ist die Fabourg Saint-Marcel, die Sektion Gobelins … Rattenkuchen würde hier verkauft, heißt es, und wer einen bekommt, hat Glück. Und in den Läden, in denen diese Delikatesse verkauft wird, werden fettverschmierte Karten ausgeteilt, auf denen die Königinnen durch Freiheitsfiguren mit roten Mützen ersetzt wurden. Hier liest man – wer kann – Pater Duchesne all jenen vor, die's nicht können.

»Die Revolution ist sternhagelblau, sagt er. Die wollen sich an die feinen Pinkel rankuscheln und uns dahin bringen, wo wir neunundachtzig waren. Und damit mein ich 1689.«

»Tja, Hébert weiß schon, was er sagt, ganz recht.«

Und in den Ladenecken, der für mehrere seinesgleichen in der Stadt gelten kann, in Tavernen, Bordellen und in höllischen Ein-Zimmer-Behausungen nebenan macht sich Gemurmel breit. Eine neue Revolte gegen eine ins Stocken geratene Revolution, die brauchen wir. Nicht wahr?

Héberts Eintreiber haben die Runde gemacht und mit einem klebrigen Löffel herumgerührt. Inzwischen hegt Hébert allmählich seine eigenen Träume vom Sprung auf den Gipfel des Haufens, auf diesen ruinierten Ameisenhaufen namens Paris. Hébert – sein Blatt zirkuliert in der gesamten Armee, seine Freunde sitzen fest in der Kommune, und unter seinem Haarnest hockt trotz Puder ein unruhiger Zorn auf alles, was mit der alten Ordnung zu tun hat …

Und die Elendsviertel, die leicht in Wallung geraten, regen sich.

Die ganze erste *décade* des Regenmonats hindurch springen die Duchesneschen Grashüpfer hierhin und dorthin. Was? Dieses Scheißblatt, der Alte Cordelier – der will euch schnurstracks den Gartenweg hinaufbefördern –, dieses Dingsda hat behauptet, Hébert hätte aus der Kasse für seine Zeitschrift weit mehr Geld bekommen, als für die Produktion erforderlich gewesen ist? Lügen. Dieser Desmoulins wird bezahlt und möchte ein Aristokrat sein. Weich ist er geworden wie alle anderen. Zeigt ihm heute 'nen König, und schon fällt er anbetend aufs Gesicht.

Und hat nicht der sogenannte »Unbestechliche« Robespierre diesen Verräter verteidigt?

Die Hébert-Partei sieht sich um und fühlt sich stark. Wir können uns auf Collot d'Herbois verlassen, vermuten sie. Der Exschauspieler hat etwas dagegen, daß Robespierre ständig die Hauptrolle bekommt. Und Collot verachtet Camille (der hat ihn in gedruckter Form und anderweitig beleidigt und mit dem Namen »Collot« üble Wortspielchen getrieben.)

Außerdem hat sich der Kommandant der Nationalgarde zur Idee eines Frühjahrsputzes im Konvent breitschlagen lassen. Ist nicht mehr Maximiliens Mann.

Wenn man die Löcher des Saint-Marcel-Gobelins-Elendsviertels verläßt und nach Nordwesten geht, kommt man zum Cordeliersklub, wo ziemliche Veränderungen zu sehen sind.

Ist nicht mehr Georges Dantons Ort. Schwarz-blau, schmutzigweiß und blutrot hängen die Trikoloren herum, und dazwischen macht sich ein Wust aus Parolen breit, von denen nur wenige mit Brüderlichkeit oder Gleichheit zu tun haben. Wenn einer laut genug schreit, gibt's kostenlos Wein. Und trotz der Regenbögen, die durch das glaslose Fenster peitschen (der droben angenagelte Rupfensack flattert herunter), versucht ein schwarzer Ofen mühsam, Mief und Rauch und den Geruch von ungewaschenen, erhitzten, hassenden Menschenwesen im Raum zu verteilen.

Hébert ist kein Held. Er hat ein Rattengesicht wie die Zutaten in den Vorstadtkuchen. Nie sprühen seine Augen Funken wie bei Camille, als Camille noch auf unserer Seite war, und die Tragweite seiner Stimme kommt nicht an Dantons Operngebrüll heran. Trotz seines pingeligen Mantels räuspert sich Hébert und spuckt auf den Boden, wenn beispielsweise der Name Gott fällt. Nie wird er à la Robespierre sagen: Die Hoffnung des Menschen, die sich auf eine unendliche Möglichkeit richtet, kann ihn nur adeln – auch wenn er sich in seinem Glauben irren sollte. »Scheißt auf Gott«, sagt Hébert und stopft seine Pfeife. »Wo war Gott, als ihr ihn gebraucht habt?«

Was bietet ihnen Hébert? Ein bißchen Spaß? Verändern ist genausogut wie Verharren? Holt das Pack runter und setzt 'nen neuen Haufen auf den Kutschbock. Damit das Blut auch weiterhin todsicher fließt.

O Gott, kann dieses ausgemergelte Pulverfaß erneut explodieren? Schafft es einen neuen Orgasmus aus Gewalt?

Oder ist das Rad längst durch Blut und sein unentwegtes Rotieren blockiert und steckt so tief im Dreck, daß es sich nur noch auf der Stelle drehen kann? Na los, Hébert, gib den Pferden der Unzufriedenheit die Peitsche, vielleicht reißt sich ja dann die Kutsche der Revolte frei.

In der dritten décade des Regenmonats verläßt Robespierre nach einem politisch brisanten Abend die Jakobiner und bricht im Hof zusammen. Loyale Mitglieder tragen ihn unter lauten Rufen zu den Duplays.

Saint-Just: der kalte Priester

Maximilien Robespierre liegt auf dem Rücken fünf Faden tief in einem Fiebersumpf, da sieht er eine verschwommene Gestalt am Fenster und flüstert unsicher: »Camille?«

»Nicht ganz.«

Saint-Just ist eher keimfrei amüsiert als beleidigt. So ist sein Humor meistens: trocken, schadenfroh. Und doch gab es Zeugen, die geschworen haben, dieses außergewöhnlich hübsche junge Gesicht hätte sich lachend verzogen, und sie hätten ihn mit klarer, mattgoldener Stimme sogar lachen hören – ein- oder zweimal. Inzwischen bestehen nur noch die Ohrringe und die Ringe an den Fingern aus Gold. Kaltes Gold im grauen Februarlicht, passend zur kühlen Pracht von Hemd, Strümpfen, Haar und Haut. Porzellan, ja. Ein echter Volltreffer. Allein die Kinnlinie und die feingeformte Nase sichern ihm einen Platz im Panthéon des Glamours. Und im Inneren? Was ist da?

Priester. Saint-Just, der Priester, Robespierres Ministrant, der priesterliche Sklave. Saint-Just hat den Lobpreis einer Republik zu seinem Hochaltar und Robespierre zu seinem Bischof gemacht. Einerseits hält ihn eine angeborene, pragmatische Vorsicht zurück, andererseits treibt ihn eine Sehnsucht nach Lernen und Erbauung vorwärts. Saint-Just ist so jung, daß er weder seine Illusion über den großen Traum verloren hat noch über denjenigen, dem er die Interpretation desselben gestattet hat. Deshalb hat er irgendwo silbrige Blumen aufgetrieben und mitgebracht, die Élie in einer Glasvase arrangiert hat. Und deshalb hat er auch drunten mit Philippe Lebas, dem Schwiegersohn der Duplays, gestritten, der ihn seinerseits verehrt. Nein, Robespierre sei nicht zerstört und würde nicht untergehen. Nein. Wenn sie an ihrem Ziel festhielten, könne man das Unkraut abmähen und den Garten so schön machen, wie es immer geplant war.

Das Unkraut … abmähen.

Louis Antoine, siehst du denn nicht, daß dieses Unkraut aus lebendigen Männern und Frauen besteht?

Nein, *du* siehst nur die Glorie des Hochaltars der Perfektion in der kolossalen Kathedrale der Ewigkeit.

(Und doch, wer von ihnen hat noch einen ungetrübten Blick?)

Als er im Gefängnis saß – wegen Diebstahls – beides unerwartet, die Tat und auch die Quelle der Vergeltung, falls die Geschichte wahr war. (Aus Not hatte er seine verwitwete Mutter bestohlen – ein Skandal und ein skandalöses Klischee. Sie hatte ihn ihrerseits verfolgen und ins Gefängnis werfen lassen, was an und für sich bereits die Hintergründe erhellt, wieso ein solcher Diebstahl überhaupt passieren konnte.) Als Gefangener hatte man ihn weder schlecht noch gut behandelt. Ein Gefängnis ist eben so, und wenn einer in Gewahrsam sitzt, kommen gewisse Gesetzmäßigkeiten ins Spiel, die mit dem Rechtssystem nichts zu tun haben. In die Dunkelheit geworfen – im wörtlichen und im übertragenen Sinne –, blamiert, gedemütigt und sodomistisch belästigt, war er zu gegebener Zeit unter einem Eispanzer erstarrt. Der Vorfall machte ihn empfindlich gegenüber Kritik und Spott, da beides wie Nadeln an der frigiden Oberfläche kratzte. Es war nicht leicht gewesen, die übliche Roheit eines Gefängnisses zu ertragen. Vielleicht hatte er sich aber auch zu sehr angepaßt und wollte nun mit aller Macht darüberstehen und zu sauberen, wohlgegliederten Höhen aufsteigen. Die Untiefen hatten ihn Unsicherheit gelehrt und damit zum nachtragenden Menschen gemacht. Außerdem trieben sie ihn wie viele andere dazu, Wiedergutmachung zu fordern, nicht nur für sich selbst, sondern für die gefallene, gedemütigte, gepeinigte, erbärmlich anpassungsfähige Menschheit. In der polierten Welt der Utopie, wo alle makellose Uniformen trugen, konnte man schon aus Kilometern Entfernung erkennen, wer auf einen zukam. Wer könnte einem da noch so nahe kommen, daß man geschändet wurde?

Er ärgerte sich über den langsamen Fortschritt, verbarg aber auch seine Ungeduld hinter einer Frostschicht.

»Bist du bei dir?«

»Ich – denke schon.«

»Gut, dann hör mal zu. Hébert versucht, nach der Krone zu greifen.«

»Was?« fragt Maximilien schwach.

»Draußen hängen Plakate, die zur Auflösung des Konvents auffordern. Neuwahlen. Aufstand der Bürgerschaft zur Unterstützung der Angelegenheit.«

»O Gott«, sagt Robespierre.

»Leg dich wieder hin, in dem Zustand kannst du nichts bewirken. Allerdings mußt du rasch wieder gesund werden.«

»Wie? Sag mir, wie – ich versuche –«

»Du mußt dich selbst besiegen, wie du es schon früher getan hast. Du bist aus Stahl, Maxime. Wille und Leidenschaft können über das nackte Fleisch triumphieren.«

»Wenigstens – ist Camille nicht daran beteiligt.«

»Nein, Camille arbeitet in deinem Sinne. Nennt die Hébert-Anhänger bei ihrem wahren Namen. Der Vieux Cordelier schreibt: ›Kann ein Hébert bereuen? Ein Wunder. Der Himmel wird darüber frohlocken, denn über die echten Cordeliers, die nie vom rechten Weg abgewichen sind, wird er nie frohlocken müssen.‹ Na, du kennst ja seinen Stil, blumig, aber gelegentlich effektiv.«

»Camille.«

»Ja, Camille, aber wir sind uns doch darüber einig, daß sein Krieg mit der Hébert-Meute nicht dein Krieg ist. Dantons Anhänger wollen keinen an der Macht sehen, außer – ich bin am Überlegen.«

»O Camille.«

»Jetzt komm, weine nicht über ihn. Du denkst an einen, der tot ist. Du hast ihn verloren; er hat dich verlassen. Korrumpiert. Wenn ich nicht gerade in deinem Zimmer wäre, würde ich auf ihn spucken.«

»Das Fieber macht mich – bedauern.«

»Sentimental.«

»Wir waren zusammen auf der Schule, das vergißt du.«

»Kaum möglich, du erzählst es mir ständig. Camille – Dantons Kanaille. Laß ihn in Ruhe. Wir gehen allein.«

Robespierre starrt Saint-Just an, den Paris *Ange-Mort* nennt. Allein? Wann wirst du mich verlassen?

Zwischen den beiden gibt es nichts Sexuelles. Danton würde sagen: Robespierre, der ... nie – statt dessen eine Art Ehe auf emotionaler und idealistischer Ebene. Und in diesem Bereich, wo man selbst ohne Sex Geschlechterrollen annimmt, ist Maximilien zur »Frau« geworden. Er wartet auf neue Anweisungen von seinem Gefolgsmann. Unter dem Befehl, der jeden bebenden Nerv berührt hat (nimm dein Bett und wandle), wird er sofort rückfällig. Er liegt fast schon wieder im Delirium, als ihn Saint-Just verläßt (unterwegs begegnet er Souberbielle, dem Chirurgen, der gerade ans Krankenbett eilt). Saint-Just selbst schreitet zum Jakobinerklub hinüber, von seinen geraden Schultern weht Robespierres Umhang.

Zuerst wird die Hébert-Meute die Reinheit des Altars attackieren, anschließend Dantons Schar. Man könnte Wetten darauf abschließen, falls noch einer wetten würde. (Früher mal, auf Küchenschabenrennen übers Gefängnisstroh.) Von Feinden heimgesucht, Antoine? Wie ruhig du wirkst. Aber schließlich stehst du ja über allem, und letztlich kann dich nichts berühren. Dieses Element in dir, weswegen dir nicht wohl in deiner Haut ist, muß dich gleichzeitig undurchdringlich machen. (Deshalb wird ja auch jeder Stich auf deiner Schwarzen Liste vermerkt, der das Gefühl trifft, ein Stück Profil würde weggeschlagen.)

Bei den erniedrigten Cordeliers wurde die Tafel mit den Menschenrechten mit einem Trauerschleier verhängt. Saint-Just wird einen Schattenschleier über Hébert hängen.

Der weiße Priester, Robespierres Orakel, predigt vernünftig.

Und später wechselt Souberbielle, der mit einer Schachtel glücklich-geschwollener Blutegel wiederkam, fröhliche Worte mit Saint-Just, wobei es der Chirurg demonstrativ schafft, Danton zu verleumden. Und anschließend trifft eine Geheimbotschaft vom Kommandanten der Nationalgarde mit folgendem Inhalt ein: Niemand, den er kenne, habe seine Ansichten geändert.

Inzwischen weigert sich Collot d'Herbois, eine Rolle in einer Neuproduktion zu übernehmen.

Und die Elendsviertel? Man kann einen erschöpften, verhungerten Hund treten und kitzeln. Vielleicht knurrt er oder versucht aufzustehen, aber er fällt wieder um.

Letztendlich würde höchstens eine einzige Pariser Sektion dem Duchesneschen Versammlungsaufruf Folge leisten.

Und was ist mit dem Konvent? Er besteht aus Männern, die inzwischen derart nervös sind, daß sie ihren derzeitigen Gefährten gänzlich nach der Nase reden und beim nächsten Trupp in die andere Richtung umfallen. In einer Erdbebenlandschaft muß man jedem applaudieren, der als Sieger aus dem Boden kriecht, und dazu sind wir bereit.

Am zwölften März taumelt Robespierre, umrahmt von gestreiften Leibwachen, zu den Jakobinern hinein. Er sieht wie ein Leichnam aus – der niemals aufgeben wird.

Der Klub erhebt sich und jubelt ihm zu. Saint-Just hilft ihm zum Rednerpult, wo Maximilien zitternd, gebrechlich und unbesiegbar fast eine ganze Stunde lang spricht.

Beinahe gleichzeitig dringen Nationalgardisten drüben über dem Fluß bei den Cordeliers ein.

»Ich habe nichts getan«, schreit Hébert, als er mit seinen Kumpanen zusammengetrieben und aus dem Gebäude eskortiert wird. »So bin ich eben. Ihr mußtet aufgeweckt werden, das ist alles. Schaut! Wir haben den Schleier von den Menschenrechten genommen –«

»Extremisten, die nur nach Blut schreien«, sagt Saint-Juwel und funkelt auf den versammelten Konvent hernieder, »und Gemäßigte, die in ihre immer weicher werdende Nachsicht Feinde einbeziehen, die die Republik auslöschen würden – beide handeln falsch und müssen ausgemerzt werden. Wenn wir wanken, jauchzen unsre Feinde in England. Sollen wir solche Komplotte tolerieren? Es gibt Teufel unter uns. Sie verkaufen ihre Federn genauso wie ihr Gewissen. Sie wechseln ihre Farbe wie ein Chamäleon. Und wenn sie nicht schreiben, unterwandern sie: die Werkstatt, den Hafen, den Bauernhof, das Feld, ja selbst die Kampflinien. Geht denn hin, ihr Monster, und lernt Güte und Ehre anstelle eurer Entweihungen. Aber nein, ihr habt keine Zeit, euch irgendwelche Tugenden anzueignen. Ihr seid für die Guillotine bestimmt.«

Von wem redet er denn – ein Chamäleon – Hébert? Oder ist es ein Wortspiel? Meint er Camille damit?

Tatsächlich schlägt Camille in seinem Blatt folgendes vor: Jener Tag, an dem die blutrünstige Hébert-Gesellschaft in den Genuß des Schafottes kommt, das sie sooft anderen empfohlen hat, sollte zum Festtag proklamiert und der Weg zur Exekution als Kavalkade mit Bannern und Fackeln gestaltet werden.

Selbstverständlich wird es einen Prozeß geben.
Der wird … erwartungsgemäß verlaufen.

Von Hérault de Sechelles soll folgender niveauvoller Spruch stammen: »Warum wird man immer beim Essen, Trinken oder im Bett angegriffen?« In Wirklichkeit las er gerade ein Buch, als sein persönlicher Diener mit der Meldung hereinkam, es seien einige Herren eingetroffen, um ihn zu verhaften.

»Wie lautet die Anklage?« erkundigte sich Hérault bei ihnen, während ihm der Diener die Reisetasche packte.

»Du bist ein verdammter Spion.«

»Ich verstehe«, sagte Hérault.

Perfekt gekleidet und mit leicht verwirrtem Blick, trat er zu der geschlossenen Kutsche hinaus, als ob man ihn plötzlich ans Sterbebett eines reichen Verwandten gerufen hätte, von dem er noch nie etwas gehört hatte. Sein treuer Diener begleitete ihn wie bei einer Landpartie. Endziel: der Luxembourg.

1794: 22. März (2. Germinal)

Das Diner war politisch korrekt. Ordentliche Räumlichkeiten, aufmerksame Bedienung ohne einen Hauch von aristokratischer Sklavenhaltung, da die Ober vom Gasthaus gemietet waren. Auch das Essen war beinahe schon schlicht und von ländlich-gesunder Art und wurde mit ordentlichen Weinen und einem Krug Wasser kredenzt. Dies alles aus Achtung vor einem einzigen Gast. Ironischerweise gab es sogar eine süße Eierspeise. Falls sich jemand damit einen Scherz hatte erlauben wollen, so war wenigstens niemand so geschmacklos, einen Kommentar darüber abzugeben.

Beim Betreten des Raumes hatte sich Robespierre umgesehen. Dort drüben beim Kamin stand Georges Danton. Die Wiederbegegnung einer verschmähten Braut mit ihrem Exliebhaber mußte in jenen Augenblicken den Herren, die das Ganze eingefädelt hatten, höchst plump erscheinen. Aber selbstverständlich war es Danton, der den ersten Schritt machte. »Maxime, ich freue mich, zu sehen, daß es dir so viel besser geht. Komm ans Feuer herüber.« Der Frühling war schon weit fortgeschritten, die öffentlichen Gärten von Paris wurden bereits grün, aber in der Dämmerung nach Sonnenuntergang wurde es sofort kalt. Danton ignorierte die Abendkälte, die von Robespierre ausging, und strahlte weiter mit sonnigem Gemüt auf ihn herunter, bis der Charme von den Wänden tropfte.

Die anderen Männer hielten Wache. Am Tisch stopfte sich ein immer noch nervöser Metzger Legendre Fleisch und Soße in den Hals und betrank sich, woraufhin er insgeheim unter dem Tischtuch von Déforgues einen Tritt bekam. Als das Omelett an der Reihe war, meinte Danton seufzend zu Robespierre: »Obwohl ich in meiner Ehe sehr glücklich bin, muß ich doch betonen, daß meine erste Frau ein wahres Tugendbündel gewesen ist. Als ich sie verlor, brach meine Welt entzwei. Ich weiß noch genau, Maxime, wie tröstlich du für mich in meiner Verzweiflung gewesen bist. Den Brief, den du mir damals schriebst, habe ich aufgehoben und besitze ihn noch immer. Ich habe ihn im Gedächtnis behalten: Verschließ nicht dein Herz, hast du gesagt, vor der Stimme eines Freundes, der all deine Not teilt. Nie habe ich vergessen, Maxime, wie gut mir deine Worte in jener Stunde getan haben.« Robespierre wirkt ein wenig verlegen, aber noch ehe er etwas sagen kann – falls er das überhaupt möchte –, fährt Danton fort: »Und jetzt kannst du dir vorstellen, wie weh es mir tut, weil ich merken muß, daß ich einen Freund wie dich verstimmt habe. Denn schätzungsweise habe ich dich verstimmt? Irgend etwas hat diesen Bruch verursacht, ich wünschte, du würdest mir sagen, was. Laß mich die Sache richtigstellen.«

Robespierres Blick fällt auf Danton und wandert dann weiter zu jedem einzelnen von ihnen. Vielleicht notiert er sich, wer ihn in diese ungemütliche Position gebracht hat. Endlich: »Kein Bruch, Georges, wir scheinen nur verschiedene Pfade eingeschlagen zu haben.«

»Verschiedene Pfade – die zum selben Gebäude führen: zur Gesundheit der Nation. Dann laß uns über die Hecke hinweg, die unsere Pfade trennt, die Hände schütteln.« Robespierre lächelt matt und schiebt sich ein winziges Stück Omelett zwischen die Lippen. »Vermutlich«, fährt

Danton fort, »war Saint-Just wieder gegen mich zugange. Einmal habe ich ihn gefragt, wie er wohl mit vierzig sein würde, da er schon in so jungen Jahren derart blutdürstig ist? Du kennst ihn. Eine solche Bemerkung wird ihn mir lebenslänglich zum Feind machen. An und für sich wäre das unwichtig, wenn er nicht anschließend dir zuliebe Lügen über mich erfinden würde. Dann wäre da noch Billaud-Varennes – hat er dich angemacht? Dieser Gauner schuldet mir Geld. Laß dich nicht von ihm gegen mich vergiften, Maxime. Was hat er gesagt?«

»Wirklich, Danton«, sagt Robespierre, während er seinen Löffel beiseite legt.

»Aber ich mag das nicht, Maxime, ich mag mich nicht mit dir, einem Mann, den ich schätze, wegen des Getratsches von intellektuellen Halbtrotteln zerstreiten.«

»Du schätzt mich«, sagte Robespierre und befingerte dabei sein bisher unberührtes Weinglas, »aber meine Politik kannst du nicht leiden.«

»Wer sagt das?«

»Du selbst, mit jeder Tirade, die nach Mitleid ruft.«

»Ich habe mich für eine vernünftige Mäßigung eingesetzt, genau wie du. Ich bin kein Hébert und du auch nicht. Trotzdem paare ich Nachsicht mit einer starken Hand, die dem Schuldigen seine gerechte Strafe zuteil werden läßt. Und unter uns gesagt, wir haben Héberts Irre entschärft. Tut dir das leid?«

»Ich habe den Cordelier gelesen«, erwidert Maximilien.

»Nein, laß uns nicht darüber streiten. Du weißt genau, Camille ist ein kindlicher Hitzkopf, der voreilig über alle Hindernisse hüpft und dahinter in jedem Dornenhaufen landet. Ich stelle weder Antrag auf Verteidigung für die Exzesse in seiner Zeitschrift, noch spiele ich den Verteidiger. Er hat das Recht zu reden – das ist alles, was ich dazu sagen möchte.«

Auf der anderen Tischseite meint Panis: »Camilles Debatte für und gegen das Schafott ist eine Möchtegern-Anklage von Ro – vom Tribunal.«

»Das Tribunal steht nicht zur Diskussion«, widerspricht Danton.

»Natürlich nicht«, sagt Robespierre. »Angesichts Dantons derzeitiger Schwäche für Mitleid ist ein Tribunal überflüssig. Niemand kann wegen irgendeiner Sache verurteilt werden.«

»Oh, was für eine Schande«, meint Danton sarkastisch.

Robespierre schaut ihn an. »Am Schluß der siebten Ausgabe des Cordelier«, sagt Robespierre, »steht eine außerordentliche Passage. Du hast sie gelesen?«

»Ja. Meines Wissens bezeichnet er Hébert als Hohen Priester eines Knochentempels.«

Robespierre hält inne. »Man sollte berücksichtigen, daß der Spitzname ›Hoher Priester‹ normalerweise nur einigen wenigen Männern verliehen wird, und Hébert ist nicht dabei.« Als Danton keine Antwort gibt, sagt Robespierre: »Ich denke, wir alle erwarten mit Interesse die nächste Nummer von Camilles Blatt.« Dann tupft er sich mit seiner Serviette ab, sieht sich noch einmal um und sagt: »Ich fürchte, ihr müßt mich entschuldigen. Zu Hause erwartet mich noch eine Menge Arbeit auf meinem Schreibtisch, und mein Arzt hat mir geraten, nicht bis tief in die Nacht aufzubleiben.«

Als er aufsteht, stehen alle auf, selbst Legendre, der ganz rot im Gesicht ist und schwankt.

Auch Danton ist auf den Beinen. Er legt Maximilien die Hand auf die Schulter. »Ich stehe zu dir«, sagt Danton, »du mußt mich nur fragen. Du und ich, wir werden die Fraktion der Königstreuen und die Konterrevolution zerschmettern – alles, was sie schicken.« Und er fügt kokett hinzu: »Dein klarer Verstand und meine Fäuste, was, Maxime?«

Robespierre erwidert: »Ja, Danton, wir werden die Royalisten zerschmettern.«

»Komm nach Sèvres und speise mit mir«, sagte Danton. »Vergiß die Gerüchte, ich würde mich dort im Luxus wälzen. 's ist nur ein kleines Haus, das ich für meine Schwiegerleute gekauft habe. Es wird dir gefallen, und die Landluft wird dir guttun. Ja?«

»Na gut, danke schön.«

Am Eingang umarmt Danton Robespierre.

Eine Stunde später rumpelt Danton mit Déforgues in einer Kutsche Richtung Sektion Theater-von-Frankreich und bemerkt: »Dieser kleine Pimpf will mich zu Fall bringen.«

»Er hat gesagt«, erwidert Déforgues, »man hätte nicht einen einzigen Unschuldigen unter die Guillotine geschickt.«

»Er phantasiert. Er ist ein verdammter Irrer.«

»Und tödlich.«

»Ich brech ihn mitten durch, wenn er mit mir irgendwelche Tricks probiert.«

»Die Kommune wird in Kürze die Lücken von Héberts Protégés mit Anhängern von Robespierre auffüllen. Das Ministerium ist am Ende. Der Wohlfahrtsausschuß ist rein zu Robespierre hin orientiert – und wohin Hérault de Séchelles ging, weißt du ja. Saint-Just hat erfolgreich versucht, den Konvent so einzuschüchtern, daß er sich in die Hosen macht; als ob unter jedem Bett Engländer und Österreicher hocken würden. Auf der Nationalgarde hat Maximilien den Daumen drauf. Die Hosenlosen –«

»Schon gut, schon gut.« Offensichtlich ist Danton hellwach. »Eines laß dir gesagt sein: Jeder, der mich stürzen möchte, braucht keine Lehrstunde bei Madame Katze. Dem beiß ich höchstpersönlich den Kopf ab. Sein Hirn werd ich fressen und's ihm wieder in den Schädel scheißen.«

»Ja, Georges.«

»Ich will Veränderung, bei Gott, das will ich. Und ich dachte, ich könnte das Ding am Laufen halten – aber schau doch mal, was für Zugpferde ich habe. Betrunkene Metzger, intrigante Theaterdichter, Camille mit seinem explodierenden Tintenfaß – alles Hysteriker, Waschlappen und Schwachköpfe. Ich habe mich zu ruhig verhalten, wird Zeit, daß ich ein wenig Lärm mache. Ich, Danton. Robespierre hat die Kommune eingewickelt, ja? Und die Nationalgarde des Volkes? Hervorragend! Ich habe das Volk hinter mir. Wollen doch mal sehen, wie die kleine Fledermaus mit den Glibberhänden mit dem fertig wird. Ich muß nur die Stimme erheben. Ein Schrei aus dieser Kehle, und ihm fliegt das Dach um seine schnuckeligen Puderöhrchen.«

»Danton als Diktator?«

»Wenn's sein muß. Gott behüte, aber nur, wenn ich muß.«

Danton sackt zurück, er atmet schwer und schnell. Die absolute Macht lockt ihn ständig, macht ihn aber auch immer wieder fertig. Auf dem Weg zur Selbsterkenntnis fürchten wir, was in uns steckt, jenen Fremden, der unsere Haut trägt. Er hat schon einmal geherrscht, im September.

Déforgues betrachtet Danton im dunklen Kutschenraum. Wenn

plötzlich das Licht von den Straßenlampen auf sie fällt, verändert sich Dantons Gesicht zwischen Licht und Dunkelheit von Augenblick zu Augenblick. Einmal jung, stark, brutal, voll Energie, dann wieder eingesunken und krank und müde. Da ist auch noch ein anderer Ausdruck, ein Blick, den Déforgues im Gesicht des verwirrten Camille gesehen hat, der ab und zu zum Abendessen in einem mattschwarzen Mantel erscheint, dessen Farbe an tote Holzasche erinnert. Ein Camille, der sich oft erkundigt, wer denn heute auf dem Revolutionsplatz gestorben wäre, als ob er sich nach dem Wetter erkundigen würde, der finster zuhört und manchmal schon Sätze wie diese gemurmelt hat: »Er ist tapfer gestorben. Wahrscheinlich ist das die einzige Art von Selbstachtung, die einem noch bleibt. Wie ein Held darauf zugehen.«

Was ist das? Todesangst oder real praktizierte Todessehnsucht?

Sollte diese finstere Klinge tatsächlich die Sühne für soviel persönliche Schuld sein? Wie viele von uns schreienden, zitternden, schluchzenden Helden mußten dann noch nacheinander untergehen?

»Schau«, sagt Danton plötzlich, »eine Lampe brennt noch.« Er sieht seine eigenen Fenster. Seine Augen sind voller Tränen, dennoch steigt er mit großen Schritten auf die Straße hinaus – ein mächtiger, vitaler Titan. Danton angreifen? Wer würde das wagen?

Dagegen findet Maximilien, als er sich mit seiner inzwischen üblichen Eskorte aus zwei oder vier Sans-Culottes den Duplays nähert, im Lampenlicht eine Nachricht an der Türe vor.

Robespierre bleibt stehen. Kurzsichtig starrt er sie an. Allerdings hat er etwas Ähnliches schon einmal gelesen – ja, der letzte Absatz der Nummer sieben des Alten Cordelier – mit einer Ergänzung. Die Namen Hébert und Momoro wurden ausgeschnitten und dafür zwei andere darauf geklebt.

»Royalisten«, sagt Robespierre, woraufhin seine Garde als pflichtschuldige Terrier des Terrors die Nacht mit Augen und Piken durchsucht. Nachdem er zitternd hineingegangen ist, verbrennen sie den Papierfetzen in einem Kohlebecken, das praktischerweise nur wenige Schritte die Straße hinauf steht.

Aber wie durch freundliche Magie brennen sich die Worte auch in Maximiliens Gehirn ein:

Findet ihr denn wirklich blutschnappend Gefallen an diesem Todesritual – für das die Hohen Priester Robespierre, Saint-Just und ihresgleichen einen Tempel zu fordern wagen? Einen Tempel, dessen Konstruktion dem Grundriß eines in Mexiko gefundenen Tempels folgt, einen Tempel aus den Knochen von drei Millionen Bürgern. Unterdessen sagen sie zu den Jakobinern, zur Kommune und zu den Cordeliers denselben Satz, der – als logischer Erklärungsversuch – auch den Eroberern Mexikos gesagt wurde: Die Götter dürsten.

Ach, Camille, ach, Judas. Du verkaufst deinen Messias an seine Feinde mit einem Kuß aus Papier. Da geht er nun hinauf in sein Gethsemane, leidbeladen, zerstört und gänzlich unbarmherzig. Tapfer trägt er dein Kreuz auf seiner Schulter.

Es heißt, der Pöbel werde in Kürze eine neue Demonstration organisieren. Wer sagt das? Gerede – aber es könnte stimmen. In letzter Zeit sind eine Menge Plakate an den Pariser Wänden aufgetaucht. BROT, NICHT BLUT! Und auf einem grellgrünen Blatt steht: VORSICHT WENN DER LÖWE ERWACHT. Danton? Schon möglich.

Außerdem hängen überall Auszüge aus dem Vieux Cordelier. Besagte Nummer sieben – man erzählt, der Drucker hätte sich vor dem Setzen gefürchtet. Camille habe ihm empfohlen, die Druckerei zu verlassen, er werde die Ärmel aufkrempeln und die Sache selbst erledigen.

Ich behaupte, noch nie waren wir solche Sklaven wie heute, da wir uns freie Republikaner nennen – und noch nie haben wir denen, die an der Macht sind, so eifrig die Stiefel geleckt, auch wenn wir dabei nicht mehr unsere Mützen abnehmen müssen.

O ja, das hat Robespierre sicherlich gefallen. Camille sagt, der Berg hätte Mäuse geboren. Er sagt:

Freiheit bedeutet Humanität. Wo bliebe sonst die Freiheit? Sie hindert keine Mutter daran, sich von ihrem verurteilten Sohn zu verabschieden. Sie läßt nicht diese Mutter als einzigen Ausweg am Straßenrand stehen und dem vorbeifahrenden Karren zusehen. Nein, ich glaube, daß die Freiheit großzügig ist. Sie foltert nicht und verleumdet nicht die Verurteilten. Für sie ist der Tod genug.

Einer, der Camille auf der Straße traf, sagte: »Streif mich ja nicht mit deinen Zeitschriften am Ärmel! Sie würden Feuer fangen.«

Und hast du gehört, was gestern abend im Theater (Nero heißt das neue Stück) passiert ist? Als der Schauspieler mit lauter Stimme »Tod dem Tyrannen!« rief, ist das halbe Parkett aufgestanden und hat diese Worte zu Robespierre hinaufgebrüllt, der in einer Loge saß. Angeblich haben Dantons Freunde dieses Stück verfaßt. Robespierre war sicher aufgebracht darüber.

Umgekehrt scheint aber der Konvent nicht auf Danton zu hören. Seine Reden bekommen keinen Applaus mehr.

Übrigens, wo steckt Danton eigentlich? Vermutlich an vorderster Front, wenn sich etwas rührt.

Nun, in Wirklichkeit ist er mit Louisette nach Sèvres gefahren.

Am 24. März fährt die Kavalkade mit Hébert und seinen Kumpanen die Rue Saint-Honoré entlang.

Falls sich Camille erkundigt haben sollte, wie furchtlos ein Mann sterben könne, hätte er die Wahrheit über Hébert bestimmt nicht wissen wollen, der immer wieder in Ohnmacht fiel. »Reiß dich zusammen«, sagte Ronsin, »wir sind alle im selben Karren. Aber eines sag ich dir: Das Pack, das uns auf diesen Weg schickt, ist nicht weit hinter uns.«

Mutter, Mutter, komm und schau, rufen die Menschenteufel auf dem Platz. Kann das Johannisbeermarmelade sein?

Szrrr-sltt tönt der hinlänglich bekannte Apparat.

Rauf und runter, rauf und runter, wie ein Eimer im Brunnen.

Aha. Wir leben in interessanten Zeiten.

Bis zum 29. März kommen die Krokusse in den Tuileriengärten und in den Gärten des Luxembourg heraus. Wir haben den Blütenmonat, natürlich. Der magische Kalender des armen alten Fabre hat wieder einmal gezaubert. Malvenduft. Malvenfarbene und schneeweiße Blütenpolster. Zwischen den rauchenden Kohlefeuern, die noch immer am laufenden Bande Waffen für den Krieg produzieren. Du wirst doch nicht den Krieg vergessen haben, oder?

»Wir müssen hier raus«, sagte Lacroix. »Verdammt noch mal, Georges, lauf!«

»Du vergißt, daß wir uns mit allen im Krieg befinden. Dies könnte zu Komplikationen führen.‹ Danton lehnte an der rosaroten Mauer. Sein Blick wanderte träge über die Germinal-Blüten, über einen Pfad und einen Küchengarten samt Louise mit einem Hut als güldenen Korb am Arm.

»Es gibt Mittel und Wege, das zu umgehen, genauso wie es Mittel und Wege gibt, Passierscheine aus der Stadt zu bekommen.«

»Dann mach doch du das, mein Schatz«, sagte Danton. »Ich bin schon oft genug gerannt. Das ist mein Land und mein Kampf. Ich bleibe.«

»Aber du kämpfst doch gar nicht.«

»Woher weißt du, was ich tue? Hat nicht selbst unser altkluger Camille gesagt: Wir arbeiten sogar dann noch, wenn wir denken?«

»Dieser Mistkerl Robespierre denkt und arbeitet. Und Louis Saint-Just bellt für deine Verhaftung.«

»Bell weiter, Saint-Just, mein Kloakenengel.«

Lacroix warf die Arme hoch und sackte gegen die Wand. Er sagte: »Dort kommt Camille.«

»Ach, du meine Güte, jeder kommt zu früh. Schlechte Manieren.«

Camille bahnte sich seinen Weg durch eine Horde aus drei Hunden und mindestens zwei Kindern. In seinem dunklen Mantel wirkte er so dünn, daß die Sonnenstrahlen um ihn herum leuchteten und sich in der Mitte zu treffen schienen.

Lacroix löste sich von der Wand und ging zu ihm hin. »Wann erscheint Nummer acht? Die Ausgabe, die uns alle umbringt?«

»Ach, fahr zur Hölle.«

»Ja, und du schickst mich dorthin. Himmel! Du blödes Arschloch, du weißt einfach nicht, wann du –«

Mit einiger Mühe schob Camille Lacroix beiseite, die Hunde bellten in der Hoffnung auf ein Spiel.

Lacorix spuckte in ein Blumenbeet und stapfte in Richtung Haus, um etwas zu trinken. Ein Hund rannte erwartungsvoll hinter ihm her, während der andere verblüfft dasaß und keuchte.

Camille hatte Danton erreicht. Kritische Blicke beiderseits.

»Ich dachte, du wärst inzwischen auf hoher See«, sagte Camille.

»Wirklich?«

»Kurz vor der Landung in England.«

»Dachtest du.«

»Wann geht's los?«

»Ach, morgen beim ersten Tageslicht, würde ich meinen. Kommst du diesmal mit mir?«

»Liebend gerne.«

»Schön, dann fahren wir nach dem Abendessen nach Paris und holen Lucile samt deinem Jungen.«

»Und was wirst du wirklich tun, Danton?«

»Das einzige, wozu du mir noch Platz gelassen hast. Mich zu Tode duellieren.«

»Ich? Warum gerade *ich*?

»Nicht jetzt. In gut fünf Minuten wird Robespierre in der Klapperkutsche vorfahren, die die Duplays immer für ihn mieten.«

»Dann hast du es also ernst gemeint. Er kommt tatsächlich.«

»Ganz sicher. Speise mit mir in Sèvres zu Abend, Maxime, damit du von der guten Luft wieder etwas Farbe in die Wangen bekommst.«

»Er muß verrückt geworden sein. Hast du vor, seine Suppe mit Aconitum zu würzen?«

»Was, um anschließend mit dem blonden Saint-Just verhandeln zu müssen? Bei mir ist Maxime in Sicherheit. Wir werden uns unterhalten. Und du wirst den Mund halten.«

»Verlaß dich nicht darauf.«

»Ich verlaß mich aber darauf.«

»Na schön, dann erzähl mir, was du sagen willst, sonst ersticke ich vielleicht an irgend etwas und ruiniere dir die Wirkung.«

»Dies und das. Ich werde ihn darauf hinweisen, daß es droben auf dem Gipfel für ihn ohne mich ziemlich zugig wird. Nicht daß ich glaube, er hätte genug Gewicht, um mich herunterzuzerren, dazu braucht es mehr als einen Robespierre. Aber seine Versuche könnten irritieren, und inzwischen schätze ich ein ruhiges Leben.«

»Nichts kann Danton zerstören.«

Danton lachte. »Sehe ich zerbrechlich aus? Weißt du, wie lebendig ich mich fühle? Wie echt und wie beständig? Muskeln, Fleisch – das pure Leben. Das Mädel dort drüben in dem Musselinkleid, das könnte dir erzählen, wieviel Leben in mir steckt. Mein Gott, die Welt ist doch ein schöner Platz, oder? Nein, ich gehe nicht weg. Nicht aus Frankreich und nicht aus der Welt.«

Camille schaute ihn nicht an. Mit einem Seitenblick auf Camille meinte Danton: »Warum weinst du, zum Kuckuck? Du bist wie ein öffentlicher Brunnen: Augen, die Tränen pinkeln. Reiß dich zusammen.«

Auf der Pariser Straße war eine Staubwolke zu sehen. Danton straffte seine Manschetten und marschierte Richtung Rasen. Aber hinter dem Staub tauchte nur ein Fuhrwerk auf. Robespierre hatte sich verspätet.

Eigentlich den ganzen Abend. Eigentlich war er gar nicht da.

»So weit ist es also gekommen«, brüllte Danton. »Na schön, dann werden wir heute nacht allesamt nach Paris zurückkehren.«

Es war ungefähr zehn Uhr, als wir zu den Duplays hinübergingen. Unser Anblick ließ sie zusammenzucken, besonders seit Danton die Sans-Culottes, die am Hofeingang herumlungerten, umrundet hatte. Inzwischen rissen sie Mund und Nasen auf und sangen so laut die »Marseillaise«, daß die ganze Straße aufwachte. Duplay kam in Begleitung seines Schwiegersohnes heraus und sagte, Robespierre schlafe schon. »Jetzt nicht mehr«, meinte Danton, während wir eindrangen.

Wir befanden uns auf seiner Treppe, als seine Zimmertür aufging. Da stand er nun, Maximilien, in Hemdsärmeln, und starrte uns an. Vermutlich dachte er, wir kämen, um ihn heimtückisch zu ermorden.

»Verzeih die Störung«, sagte Danton, »aber wir haben uns Sorgen um dich gemacht.«

»Ja, ich … hätte dich benachrichtigen sollen. Zuviel Arbeit.«

»Ja, wir hätten eine Nachricht sehr geschätzt. Meine Frau war tief enttäuscht.«

»Ach, du meine Güte, bitte richte ihr meine Entschuldigung aus. Aber du weißt ja, mir ging es nicht gut. Camille«, sagte er zu mir, »ach, Camille« – seine Augen flehten mich an – »du weißt, wie es ist, wenn ich krank bin. Dann entfallen mir einfach Dinge.«

Vielleicht hatte er keine Angst vor einem plötzlichen Tod, vielleicht hatte er sich sogar damit abgefunden, aber in dieser Form hatte er offensichtlich etwas dagegen. Wo waren seine kühnen Hosenlosen, die uns in Schach hätten halten sollen? Während er mich anblinzelte und mit den Wimpern klimperte, zuckte der böse Schuljunge in mir (inzwischen war ich wie immer am Ende eines Tages in Gesellschaft besoffen) lächelnd die Schultern und meinte: »Ich weiß, daß du Dinge vergißt, Maxime. Du –«

Bei diesem Wort glitt Dantons Hand über meinen Arm. »Dürfen wir einen Moment hinaufkommen?« fragte Danton derart geschliffen höflich und drohend, daß ich beinahe gelacht hätte.

Robespierre fuhr zurück. »Nicht alle von euch.«

»Nein, natürlich nicht. Ich. Wenn du willst, Camille.« Robespierre zog sich immer weiter in seine Höhle zurück, bis Danton plötzlich die Treppe hinauf- und ins Zimmer hineinsprang. Ich folgte gemächlich und schloß die Tür hinter uns. Die übrigen – seit uns die Kutsche hereingebracht hatte, war daraus eine ganze Gesellschaft geworden – blieben unten.

»Nun, Maxime, du siehst blaß aus. Du wolltest gerade zu Bett gehen. ich möchte dich nicht aufhalten.« Die Beleuchtung war schlecht. Danton und der kolossale Schatten, den er warf, schienen alles zu überwältigen. Verwundert betrachtete ich ihn. Danton stand da und musterte Maximilien, endlich sagte er: »Ich werde offen reden. Ich möchte Frieden zwischen uns.«

Robespierre blinzelte. Er wirkte wie ein unterentwickeltes Kind vor einem Riesen, aber denkt an David und den Kieselstein. Nein, Danton hatte keine Substanz mehr. Die ganze Masse – alles nur Schatten, während der unruhige Zwerg zu seinen Füßen aus Granit bestand.

»Wir befinden uns nicht im Krieg«, sagte Robespierre, und jeder Buchstabe spiegelte voll seine altbekannte Prüderie wieder, die einen zur Weißglut trieb.

»Wie lauten deine Bedingungen?« fragte Danton sehr leise. Meiner Meinung nach hatte er nichts davon geplant, es geschah rein impulsiv. Wir drangen in die Festung ein, und Danton kniete sich hin. »Du siehst, Camille ist hier. Und wie ich wünscht Camille, Frankreich zu Diensten zu stehen, nicht weniger und nicht mehr.« Er gelobte für mich Gehorsam. Ich lehnte meinen Kopf nach hinten gegen den Verputz, machte die Augen zu und ließ den betrunkenen Raum durch mein Gehirn schwimmen.

»Aber, aber, Georges«, sagte Robespierre, »das haben wir doch nicht nötig. Man kann darüber reden. Dennoch mißverstehst du mich. Und was Camille betrifft« – ich öffnete meine Augen und schaute ihn an – »wir kennen einander, du und ich.« Er kam zu mir herüber, nahm meine Hand und tätschelte mir gleichzeitig die Schulter. Er lächelte. »All das ist absurd, noch dazu zu dieser nächtlichen Stunde. Geht heim ins Bett und laßt mich in meines gehen.«

Leise machte er die Tür hinter uns zu.

Danton sagte nichts zu mir, und ich sagte nichts zu ihm.

Draußen sangen unsere Gefährten das Ça ira, und so ging es die ganze Nacht lang weiter. Allerdings erinnere ich mich irgendwie daran, daß wir einmal Chéniers »Abschiedslied« gesungen haben, die derbe Version.

Die ganze Zeit über ging es mir durch Kopf und Herzen: Danton hatte uns im Stich gelassen. Unser Kapitän – da stand er und brüstete sich, nichts könne ihm etwas anhaben, während über unseren Köpfen die See zusammenschlug. Er warf das Schwert weg, weil er seiner müde war. Mit einem anderen Verhalten hätte er uns retten können, aber der fatale Keimling, den wir laut Überlieferung der Griechen immer mit uns herumtragen, war zur Blüte herangereift. Die Überzeugung von der Unzerstörbarkeit seiner Person war die einzige Waffe, die ihm seine Integrität übriggelassen hatte, und hier war sie zur Farce entartet. Wir hatten ihn gehört und ihm fast – nein, tatsächlich, geglaubt. Aber das goldene Licht, das wir als Morgenröte auszugeben versuchten, war ein ersterbendes Feuer.

Er war viel zu erschöpft, um irgend etwas zu tun. Zu guter Letzt brachte er weder die nötige mentale und physische Energie auf, die er für die Organisation seiner Flucht gebraucht hätte, noch konnte er uns zum offenen Kampf sammeln. Das war der Grund, weshalb er nicht davonlief, und auch der Grund, warum er nicht kämpfte. Statt dessen flehte er um Frieden.

Oh, Danton, warum hast du uns im Stich gelassen, warum hast du getäuscht und gezögert und bist in die Knie gegangen? So habe ich im Innersten offensichtlich immer und immer gerufen. Dein Stolpern hat uns ermordet. Was waren wir – neben dir? Du hättest uns zu – warum das Wort unterdrücken? –, du hättest uns zu Königen machen können.

Aber jetzt sehe ich klar: Wir hingen an ihm und zogen ihn nach unten. Solltest du je mein Grab geschaufelt haben, so habe ich – auch ich – deines gegraben. Mein Blatt des Mutes, mein Schrei nach Recht und Gnade – dieser Papierkuß des Todes. Ich gab nicht auf, ich wartete nicht oder zügelte meine Feder. Galant schoß ich die Pfeile in die Luft, und mit meinen Feinden fielen meine Freunde. Danton, Danton. In jenem Zimmer hätte ich mich mit deinem Waffenstillstand begnügt, ja, das hätte ich – wirklich? Aber dann denke ich wieder, wir wußten bereits, daß das Bankett vorbei war. Die Speisenfolge ließ sich kaum mehr ändern.

Und am Ende bleibt es meine Aufgabe, dasselbe zu sagen wie einst der Römer Horaz: Lusisti satis, edisti satis atque bibisti: Tempus abire tibi est. (Genug gesungen, gespeist und getrunken, jetzt heißt es Abschied nehmen.)

1794: 30. bis 31. März (10. bis 11. Germinal)

Untertags wurde ein Brief aus Guise gebracht. Beunruhigt und aufgeregt registrierte ich sein vergilbtes Aussehen. »Wieder jemand, dem mein Vater durch mich eine erstklassige Position in den Konventbüros vermitteln möchte. Weiß er denn nicht, daß mein Name dort inzwischen null und nichtig ist?« Trotzdem öffnete ich den Brief und las folgendes:

> Mein lieber Sohn, ich habe die Hälfte meines Herzens verloren. Deine Mutter ist von uns gegangen. Ich habe immer darauf vertraut, daß sie wieder genesen würde, und Dir deshalb die Verschlechterung ihrer Krankheit nicht mitgeteilt. Sie ist heute, Schlag Mittag, gestorben. Sie ist es wert, vermißt zu werden. Sie hat Dich so zärtlich geliebt …

»Das kann ich nicht ertragen«, sagte ich. Zu wem? Zu Gott? Wer weiß.

Seit Jahren hatte ich sie nicht mehr gesehen, meine Mutter, meine arme, arme, kranke Mutter, die bei den Nonnen in jenem zartgrauen Gebäude hinter dem Baumkranz dahinsiechte. Aber er war pflichtschuldig hingegangen und hatte sie gepflegt, und manchmal war sie auch nach Hause gekommen. Er hatte sie geliebt, das hatte er mir in jenem Brief erzählt, den er mir am Vorabend meiner eigenen Hochzeit geschrieben hatte. Wo, in Gottes Namen, war dieser Brief? Ich mußte ihn finden – rasch. Mit diesem hier ergab er ein Paar – laß mich den Dorn tiefer hineintreiben, laß mich alles fühlen, ehe es zu spät ist.

Lucile fand mich vor, wie ich auf den Knien den Schreibtisch aufräumte.

»Ich muß den Brief finden, den er mir zu unserer Hochzeit geschrieben hat.«

Sie kniete sich neben mich, um mir suchen zu helfen. Wir konnten ihn nicht finden. Inmitten von Papieren saß ich am Boden, und dann las sie den neuen Brief.

»Camille, du solltest zu ihm gehen.«

»Komisch. Glaubst du, die würden mich jetzt so weit von Paris weglassen?«

»Aber –«

»Letzte Nacht – etwas Dummes. Robespierre. Und Saint-Just zieht vermutlich gerade über uns alle in den Tuilerien heftig vom Leder. Fordert Eisen, zweifellos.«

Sie legte die Hände auf den Mund. Ganz weiß war sie geworden, und einen Augenblick sah sie nur wie ein Vögelchen aus, das verzweifelt nach einem Fluchtweg sucht. Und wie so tausendfach in der Woche dachte ich: Warum sage ich ihr solche Dinge? Hilft es mir, wenn ich sie beunruhige? Aber ich wollte ihren Trost, auch wenn ich nicht daran glauben konnte. Und auf ihre wunderbar selbstlose Art ließ sie mich nie im Stich. Jetzt senkte sie ihre schönen Hände und sagte ziemlich ruhig: »So viele Leute sind auf deiner Seite. Und Marius wird etwas unternehmen. Auf ihn werden sie hören. Was für ein Irrsinn, aber er wird vorbeigehen. Deine Motive sind so gut. Du möchtest dein Land retten, und das wissen sie. Bald wird sich alles zum Guten wenden. Vielleicht schon nächsten Monat – dann kannst du nach Guise reisen. Selbst ich werde dir gestatten zu gehen.«

Nachdem der Schreibtisch wieder aufgeräumt war, suchte ich andernorts nach dem ersten Liebesbrief. Es schien sehr wichtig zu sein. Es war ein schöner Nachmittag, Frühling lag schon glitzernd in der Luft, und für Ende März blieb es lange hell. Aber dann wurde der Himmel blasser, Kerzen wurden angezündet, und in ihrem Flackerlicht nahm ich immer wieder meine Suche auf.

An und für sich war es ein normaler Tag. Lucile ging nicht aus. Sie wurde gerade von einem Künstler gemalt, hatte aber bis morgen keine Sitzung bei ihm. Ein nicht ungewöhnlicher Abend: Wir aßen und spielten ein tristes Kartenspiel, aber ich hatte den Kopf bei der Arbeit, bei der Arbeit. Ich schrieb gerade einige Ausführungen und Extrapolationen zur siebten Ausgabe – entweder eine Ergänzungsnummer oder die Nummer acht im Embryonalzustand. Ständig beschäftigte ich mich mit einer Art fieberhafter Entschlossenheit damit.

Meine Mutter verfolgte mich. Ununterbrochen war sie in meinem Hinterkopf. Bilder meines schuldhaften Vernachlässigens stiegen auf, um mich zu quälen, aber ich unterdrückte sie rigoros (welchen Sinn sollte das haben?). Da war noch etwas anderes: Allmählich machte sich ein Gefühl abgrundtiefen Entsetzens in mir breit und untermauerte jede Nuance des Nachmittags. Das Essen, das Kartenspiel, die Dunkelheit und das trübe Kerzenlicht. Ihr Tod – ein Symbol, das Öffnen einer Tür.

Meine Mutter. Was hatte ich von ihr gewußt? Die qualvollen Besuche: meine Scham, weil ich ihr außer meiner Sohnessorge nichts geben konnte; die schmerzhafte Hilflosigkeit. Sie hat dich so zärtlich geliebt. Nein, ich kann nicht daran denken. O Gott, diese verdammenswerte, unfaire Parodie einer Welt, diese Farce, dieser Zirkus.

Am Ende weinte ich, weil ich inzwischen über alles weinte: über einen nostalgischen Traum, ein Kind mit einer Krone, das Geschrei vom Blutplatz. Eigentlich wollte ich still sein und niemanden stören, aber der Schmerz wühlte in mir. Ich weinte für uns alle, für alle, für alle. Und meine Frau, deren Leben zehn Jahre kürzer war als meines, meine Frau, Geliebte und Mutter zugleich, hielt mich in ihren Armen, bis es vorüber war und ich leer zurückblieb.

Um zwei Uhr morgens stahl sich Lucile erschöpft ins Bett, während ich, genauso erschöpft, aber hellwach am Tisch blieb, um zu schreiben.

Ich weiß noch, wie die alten Kerzen blakten und wieder frisch aufflammten, wie die harte Flamme derart grell auf die Tinte schien, daß mich jedes Wort, das ich schrieb, blendete. Am Ende jedes schlichten Satzes hatte ich das dringende Bedürfnis aufzuhören, die Seite in diesem Zustand zurückzulassen. Nichts – unvollendet, abgebrochen.

Kurz vor sechs Uhr stand ich auf, streckte mich und überlegte fast, ob ich nicht auch zu Bett gehen sollte. Es kam mir vor, als hätte ich irgendeinen Meridian der Dunkelheit passiert und könnte mir nun gestatten, mich zu entspannen. Aber selbst dann zögerte ich. Was könnte jenseits meiner Nachtwache geschehen, solange ich schlief und losließ?

Dann hörte ich sie die Straße herunterkommen, die vielen schweren, schlecht geflickten Stiefel, die sich im Gleichschritt bewegten. Das bedeutete, eine Patrouille ging vorbei. Im Rückblick erscheint es mir wie ein ganz besonderes Geräusch, aber sicher waren es nur Schritte gewesen. Das rhythmische Geräusch kam näher, bis es unser Haus erreichte, und verstummte.

Jeder Stein, jede Fensterscheibe lauschte.

Dann schlug es zwei- oder dreimal an die Tür, scharf und bestimmt. Ich spürte die Schläge durch meine Fußsohlen.

Ich öffnete das Fenster, schaute hinaus und sah sie dort nebeneinander stehen: Gardeleute in ihrer Spielzeugsoldaten-Uniform. Die Laterne brannte, und abseits stand ein Kerl und hielt ein Stück Papier hoch, damit ich es sehen konnte.

»Du Camille Desmoulins? Nein? Dann besser ihn holen.«

Ich sagte ganz deutlich: »Ich bin der, nach dem ihr sucht. Was wollt ihr?«

»Was denkst du denn? Du hast mit uns zu kommen.«

»Wohin?«

»Nicht weit weg. Nur den Hügel hinauf.«

»Wartet«, sagte ich.

»Du kannst fünf Minuten haben, dann brechen wir die Tür ein.«

Ich trat vom Fenster zurück. Außerhalb ihrer Sichtweite verwandelten sich meine Eingeweide in Wasser. Vor Entsetzen fing ich zu würgen an, dann ließ es wieder nach. Ich drehte mich um und ging ins Schlafzimmer. Lucile schlief noch. Irgendwie war sie trotz aller Geräusche und des lauten Wortwechsels nicht aufgewacht, aber wie ich so dastand und auf sie hinunterstarrte, riß sie plötzlich die Augen ganz weit auf. Sie setzte sich auf. Ich sagte: »Sie sind da.« Sie schüttelte den Kopf. Ich sagte: »Sie sind gekommen, um mich zu verhaften.« Unnötig, es war, als wäre alles vorher arrangiert, eine Szene in einem Stück.

Meine Erinnerung setzt erst wieder ein, als ich auf der Straße war.

Langsam wurde es hell, die Kälte biß durch meinen Paletot.

Die Garde bezog rings um mich Stellung und sagte der Form halber in einer Art Gemurmel: »Im Namen der Republik!« Ich spürte, wie überall Hunderte von Augenzeugen lauschend erstarrten, aber wir bewohnten unterschiedliche Universen, sie und ich. Ich erinnere mich, daß auf dem Pflaster etwas durchsichtig Gelbes lag – von unserem Fenster heraus. In keinem anderen Fensterflügel zeigte sich Licht. Wir gingen zu Fuß. Angesichts der kurzen Entfernung hatte man eine Kutsche für überflüssig gehalten. Bald bestiegen wir den Hügel und standen vor den Toren des Luxembourg.

Wie merkwürdig das ist. Mein Zimmerfenster schaut auf die Luxembourg-Gärten hinaus, auf genau die grünen Wiesen und herabstürzenden Wasserschauer, wo ich soviel Zeit auf der Suche nach einem wunderschönen Mädchen verbracht habe, von dem ich mir nie vorstellen konnte, daß sie mein sein könnte. Später kam sie dort zu mir und sagte mir, ich würde geliebt. Und danach wanderten wir beide, sie und ich, dort wie zwei verbannte Seelen umher, glücklich und unglücklich zugleich, ekstatisch und voll Verzweiflung. Meine Lucile. Die Spaziergänge im Morgennebel unter den Blättern sind erfüllt von deinem Geist. Wie damals fühle ich, daß du für mich verloren bist. Wie freundlich, wie erbarmungslos von ihnen, daß sie mich unter allen möglichen Plätzen genau hier einkerkern.

Und doch gibt mir dies auch wieder eine Art Hoffnung. Schon einmal habe ich das Unmögliche gewonnen – warum nicht auch jetzt eine unwahrscheinliche Erlösung?

Und wahrlich, der Winter ist ein Frühling, dieser fortgeschrittene Frühling, der wie Frühsommer auf den Gärten liegt …, oder ist dieser Frühling mein Winter, der mörderische Frost?

C'est l'hiver, mais pas le printemps,
Du lilas – non,
D'la neige qui tombe.

1794: Frühling

Als sie mich hereinbrachten, zeigten sie mir sofort mein Verhaftungspapier, was entweder reine Formsache war oder mir versichern sollte, daß der Alptraum real war. Ohne Erstaunen betrachtete ich es, nichts daran verblüffte mich. Dann gingen wir durch einen langen, nicht ungemütlichen Raum, wo im Kamin sogar ein Feuer brannte. Innerhalb von fünf Sekunden sah ich fünf mir bekannte Männer, die neben mir auf den Konventbänken gesessen hatten, auf den wahren Barrikaden der Revolution. Und hier befand sich auch Hérault, der mit jemandem am Feuer Karten gespielt hatte und nun rasch aufstand. Meine Bewacher drängten mich weiter. Mir war nicht gestattet, stehenzubleiben und mit irgendeinem ein Wort zu wechseln. Hérault blieb stehen, hob die Hand auf seine elegante Weise und zuckte mit den Schultern. Sein Blick sagte alles: Nun, ich merke, daß du nicht anhalten kannst, bei der Begleitung.

Sie steckten mich allein in einen Raum, eine Zelle. Vergitterte Fenster. Zunächst kam mir das recht normal vor, aber als das volle Tageslicht anbrach (die Dämmerung hatte sich verspätet, der Morgen war bewölkt), wurden die Gitterstäbe schwärzer und fester und bekamen einen persönlicheren Bezug zu mir. Das waren meine Gitterstäbe. Sie nagelten mich hier drinnen fest und den Tag draußen.

Ich lief umher, auf und ab, und wartete jeden Moment darauf, daß man mich wieder herausholen und befragen würde. Empörte Antworten auf all ihre erfundenen Forderungen und Anklagen strömten mir durch den Kopf. Manchmal redete ich sogar laut vor mich hin. Ich steigerte mich in eine wütende Stimmung hinein, bis mir endlich schwindlig wurde und ich mich auf die harte, schmale Liege setzte, auf der außer Decken keinerlei Bettzeug lag. Es gab zwei Bücher. Anscheinend dachte ich, Lesen wäre nützlich und tröstend, aber noch mehr als das mußte ich unbedingt schreiben. Ich begann, ein Stück Papier vollzukritzeln, das ich zusammen mit meinem Schreibkasten mitgebracht hatte. Würde die Tinte reichen? Nun, ich hatte ja auch noch einen kleinen Vorrat an schwarzen Bleiminen für den Stift … Außerdem würde man mir doch Tinte erlauben. Und Bettücher. Etwas Komfort. Ich mußte meiner Frau schreiben und dann jemanden bestechen, damit er ihr den Brief brachte. Das war für Gefangene typisch. Alles ganz einfach. Ich, der nie zuvor gefangen gewesen war, hatte genug über ihren Lebensstil gehört. Wie lange würde man mich hierbehalten? Vielleicht Monate. Ich würde lernen, von Tag zu Tag mit dieser Tatsache fertig zu werden und selbst die Einzelhaft zu ertragen, die man in meinem Fall anscheinend für notwendig befunden hatte. Vielleicht würde man mich auch in einen größeren Raum zu Kollegen bringen. Bitte, lieber Gott, mach, daß dies geschieht. Dieser Ort war zu klein. Bald würde ich das Bedürfnis verspüren, zu rufen, man solle mich herauslassen, würde an den Gitterstäben kratzen und rütteln ... Nein, sie würden mich verlegen, in eine vernünftige Unterkunft. Das hier war der Luxembourg. Es gab schlimmere Orte. Geduld, Geduld.

Nach einigen Stunden tauchte ein rotbemützter Gefängniswärter mit Essen auf, das ich nicht wollte (war sowieso die schlimmste Pampe). Das erste Bestechungsmanöver wurde durchgeführt, und bald tauchte ein anderer Mann auf, den ich ebenfalls bestach. Er sollte meinen Brief zu Lucile bringen. Er steckte den Brief in die Tasche. Bei dem Gedanken, er würde ihn lesen (falls er das konnte) oder verlieren, wegwerfen oder sich über mich lustig machen, packte mich blankes Entsetzen – was man mir vermutlich am Gesicht ablesen konnte, denn er sagte ganz freundlich: »Kopf hoch, du kannst dich auf mich verlassen.« Dann entfernte er sich mit dem Versprechen, gegen Mittag wiederzukommen (was er auch tat; er hatte seinen Auftrag erledigt. Als ich merkte, daß tatsächlich etwas passiert war, fing ich unkontrolliert zu zittern an. Schließlich hatte ich also doch noch die Hand aus der Hölle strecken und Kontakt mit der Welt aufnehmen können, die ich einst gekannt hatte). Er schwor, er würde morgen früh wiederkommen und dann noch einmal für neue Nachrichten bei Sonnenuntergang. Am Nachmittag wurde ich beinahe forsch und stellte eine Liste der Dinge zusammen, die ich brauchte: zum Beispiel eine Brille. Ich hatte geplant, mir eine neue zu besorgen, und hatte sie verlegt. Schlaflosigkeit und Anspannung hatten meine Sehkraft derart eingeschränkt, daß ich alles nur noch verschwommen sah. Trotzdem schaffte ich es, zu schreiben, denn das Schreiben geschah bei mir inzwischen ganz instinktiv. Dazu mußte ich kaum mehr etwas sehen. Ich verfaßte sogar einige Notizen, die ich nach meiner Entlassung publizieren wollte, sowie andere, die ich meinen Vernehmungsbeamten übergeben wollte, falls sie die Güte haben sollten, mit mir ein Gespräch zu führen. Während dieser optimistischen Phase glaubte ich allmählich, man würde gar nicht nach mir schicken, sondern mich gleich gehen lassen. Was? Camille Desmoulins hier? Ein Fehler. Mein Gott, hatte man mir denn nicht die Unterschrift auf meinem Haftbefehl gezeigt?

Dieser Gedanke setzte sich fest. Anschließend überfiel mich eine Depression, die mir beinahe den Verstand raubte. Ich kann sie über das Selbstverständliche hinaus nicht beschreiben, so wenig, wie die Blinden richtig beschreiben können, was ihre Behinderung für sie bedeutet. Ich hatte keine Ahnung von den Gründen meiner Inhaftierung. Pures Entsetzen packte mich, wie ich es noch nie zuvor verspürt hatte. Im Rückblick auf all das bezweifle ich schon fast, ob mir bis zu diesen Augenblicken das ganze Ausmaß meiner Furcht überhaupt bewußt war. Es war wie eine Offenbarung. Sie zu ertragen überstieg mein Fassungsvermögen. (Im nachhinein sehe ich mich als einen Menschen, der sich mit allen Sinnen seines Weges und Zieles bewußt gewesen war. War ich das? Dieses Erwachen könnte etwas anderes signalisieren. Wie bei der Historie kann auch ich manchmal nicht umhin, späteres Wissen mit Vorstellung zu vermengen). Dazu kam der sofortige Gedanke an eine mögliche Freilassung, der plötzlich aufsteigende Zorn und die Bereitschaft, vor meinen Anklägern wütend zu rebellieren. Das erinnert mich an die Fabel, in der folgender Abschnitt steht: »Kaum hatte sich der Wolf freiwillig in die Falle des Jägers begeben, heulte er mit lauter Stimme: ›Hilfe! Hilfe! So hol mich doch einer aus dieser Falle!‹«

Vermutlich habe ich während dieses Anfalls von mentaler Agonie einigen Lärm gemacht, denn allmählich vernahm ich von der anderen Mauerseite ein Stöhnen als Antwort. Nun folgt ein Abschnitt aus einem billigen Abenteuerroman, wie wir ihn alle schon oft gelesen haben. Normalerweise mit glücklichem Ausgang (in Form einer Flucht).

Ich entdeckte eine abgegriffene Stelle in der Wand und rief hindurch. »Ja«, jammerte es gedämpft durch die Ziegelmauer. »Wer bist du?« Ich nannte meinen Namen, woraufhin drüben etwas mühsam in Bewegung geriet. Ich hörte, wie er herumtaumelte und schließlich aufs Bett fiel. »Oh, Himmel! Jesus Christus! Oh, mein Gott!«

»Fabre?« fragte ich. »Um Himmels willen, bist du es?«

»Ja, ich – aber du – warum bist du hier? Sind die Österreicher in Paris?«

»Nicht ganz«, erwiderte ich, »nur Robespierre.«

Er lachte, aber das Lachen verwandelte sich in Weinen. Wie zwei Kinder, die zur Strafe in der Burg eines Menschenfressers stecken, weinten wir auf beiden Seiten der Mauer. »Und Danton?« fragte er nach einiger Zeit.

»Ich weiß es nicht. Einer der Mistkerle meinte, er wäre hier. Ein anderer behauptete, er wäre auf einem Schiff Richtung Amerika.«

»Dann also hier. Er ist hier. Wie du. Oh, Jesus, Jesus – wenn sie Danton haben, gibt's für mich keine Rettung mehr.« Dies alles dauerte dementsprechend eine ganze Weile, dann zischte er plötzlich durch die Wand: »Hör auf! Hör zu reden auf, man wird uns hören. Dann behaupten sie, wir würden Komplotte schmieden. Lach nicht. Das werden sie. Mir ist elend, ich bin krank. Man wird mich in einen verrotteten Kerker werfen, wo die Ratten meine Füße fressen. Hör auf, Camille, rede nicht mit mir.«

So endete unsere Konversation.

Ich schaute zu den verblassenden Gärten, während der Nachmittag sich dem Sonnenuntergang näherte. Anscheinend war es dunstig, oder lag es daran, daß meine Augen nachgelassen hatten? Nach Sonnenuntergang würde der Vergnügungspark geschlossen. Ich konnte die Duftwellen von den Frühlingsbäumen riechen. Sie machten mir das Herz schwer.

Lucile hatte mir keinen Antwortbrief geschickt. Vielleicht hatte sie befürchtet, jemand anderer würde ihn lesen. Was sie wohl machte? Ich wünschte, sie würde gar nichts tun, ich wünschte, sie würde Paris verlassen und sich verstecken. Nein, ich wünschte, sie würde sich in ihrer ganzen Schönheit vor den Komitees zu Boden werfen und sie anflehen, mich freizulassen. Nein – nein – um Himmels willen, nein, Lucile.

Dann kam ein neuer Gefängniswärter (wenn er überhaupt einer war; anscheinend machte es ihnen diebischen Spaß, uns zu bedienen, um zu sehen, wie wir litten). »Deine Frau liebt dich«, sagte er, während er einen Topf unter einer Serviette absetzte. »Das hat sie dir geschickt. Und Obst – schau. Die anderen sind grün vor Neid. Meine Alte würd mir vermutlich Gift schicken.« Ich glaubte nicht, daß das Essen von Lucile kam. Das Ganze war ein übler Scherz oder vergiftet, wie er angedeutet hatte. Dann erkannte ich Serviette und Schüssel wieder – beides stammte von zu Hause. Daraufhin war es mir egal, was sie vielleicht dazugetan hatten. Sobald er fort war, aß ich etwas Suppe, die nach den bekannten Kräutern aus Bourg-la-Reine schmeckte – bis sich mir vor Tränen der Hals zuschnürte.

Sie wollen mich verrückt machen. Das ist ein eigenes Komplott. Nichts und niemandem kann ich vertrauen. Sie wollen mich verrückt machen, und es wird ihnen gelingen.

Wieder rannte ich herum, hin und her, im Kreis herum, und mit jeder Sekunde schrumpfte der Raum. Ich ging ans Fenster, als ob ich an Luftmangel sterben würde. Wie Fächer legten sich die von Westen kommenden Schatten auf den Rasenflächen im Garten zusammen. Am Ende des Kiesweges stand eine Frau in dunkler Kleidung, als ob sie Trauer trüge. Einen Moment lang hielt ich sie für Lucile, aber es war Demeter, die zu mir heraufsah, ein weiterer Schatten im Schattenreich.

Es hatte eine Szene bei den Gélys gegeben, nach der Szene in der Desmoulinsschen Wohnung. Überall lag Papier verstreut, Blätter, die man bei der Suche nach belastendem Material weggeworfen hatte. Tapfer war Lucile mit Demeter an ihrer Seite dagestanden, während die Agenten des Komitees ihr Heim durchwühlten. Demeter hatte dies schon einmal selbst erlebt und ein zweites Mal, als man ihren Ehemann ins Karmelitergefängnis geschleppt hatte. Zu einem bestimmten Zeitpunkt kam ein Mann hereingestürzt und erteilte den überflüssigen Befehl, man solle nichts übersehen. »Bitte«, sagte Demeter knapp, »durchsuchen Sie unbedingt die Babywiege. Weiß der Himmel, was dort versteckt sein könnte.« Der Mann warf ihr einen jener eiskalten Blicke zu, die er von seinem priesterlichen Gönner gelernt hatte – es handelte sich um Saint-Justs Sekretär, keinen anderen als das teigige Individuum namens Bürger Gâteau.

Die Unordnung, die sie beim Fortgehen hinterließen, erinnerte Lucile daran, wie sie und Camille gestern nach dem Brief seines Vaters gesucht hatten. In Demeters Armen weinte sie sich das Herz aus dem Leibe.

Dann beschloß Lucile, zu den Dantons hinüberzugehen, obwohl bereits durchgesickert war, daß man auch Tribun Marius im Schutze der Nacht verhaftet hatte, was nicht allzu verwunderlich war.

Sophie-Louise war droben bei ihren Eltern. Sie lag derart bleich auf einem Diwan, als ob sie keinen Tropfen Blut mehr hätte, und rang schrecklich nach Luft. Lucile flehte Louise an, sie solle mit ihr zu Robespierre nach Hause gehen und vor dem »Monster« auf die Knie fallen und um Gnade bitten. Louise antwortete kaum hörbar. Nachdem man sie nachdrücklich um eine verständliche Antwort gebeten hatte, sagte sie: »Nein, nein, bitte mich nicht darum. Nein, das könnte ich nicht.«

»Aber er wird es nicht wagen, uns abzuweisen«, sagte Lucile. »Die Scham wird ihn vernichten. Er wurde in die Irre geführt, oder er ist verrückt geworden.« Sie sah selbst ziemlich verrückt aus und zeigte alle Anzeichen des Irrsinns.

»Nein«, wiederholte Sophie-Louise Danton, »Robespierre sehen? Oh, nein.«

Dann schritt Mama Gély ein und begann, Lucile anzuschreien, nur Dantons Freunde hätten ihn in dieses Schlamassel gebracht, diese zügellosen Verschwörer und Idioten. Ihre Tochter wäre sowieso schon genug in Gefahr gewesen und hätte vielleicht gar nicht so jung heiraten sollen.

»Das ist bösartige Verleumdung«, sagte Lucile, und ihr weißes Gesicht wurde knallrot. »Dann werde eben ich gehen, allein.«

»Ich könnte das nicht«, sagte Louise, »Danton würde mir das nie verzeihen. Bei seinem Feind betteln gehen.« Und dann tat sie das, was sie immer wieder getan hatte, seit die Stiefel der Nationalgardisten an ihre Tür gekommen und stehengeblieben waren: Sie fiel in Ohnmacht. Dantons letzter Eindruck von ihr war das Bild einer blassen Puppe gewesen, die in den Armen eines Fremden zusammensackte – das Leitmotiv für ihre Zukunft.

»Ich muß alles tun, was in meiner Macht steht«, erklärte Lucile schließlich ihrer Mutter.

Camilles Sohn blieb unter der Aufsicht von Demeters verängstigter Zofe zurück. Lucile, die den ersten Brief ihres Mannes nicht beantwortet hatte, schrieb sechs oder sieben Briefe an andere Personen. In Begleitung von Demeter wurde sie an den Türen mehrerer Leute vorstellig, wo man sie entweder gar nicht einließ oder nur, um sie anschließend so lange warten und warten zu lassen, bis sie, wie vorgesehen, voller Verzweiflung fortging. Ihr Mann hätte davon ein Lied singen können, denn er hatte dies bereits hinter sich. Um ihres Vaters willen hatte er mehr oder weniger dieselben Auftritte erlebt.

Sie fanden heraus – wie man eben solche Dinge herausfindet –, daß eine kleine Auswahl von Dantons Komplizen als Gefängnisvergünstigung Räume mit Blick auf die Luxembourg-Gärten hatten. Die eigenen Verwandten konnten drunten auf Bänken sitzen und dich anschauen und damit euch allen die Herzen in noch kleinere Stücke brechen.

»Ich kann nicht«, sagte Lucile nun, »ich werde weinen, und er wird mich weinen sehen. Das darf er nicht sehen. Ich muß ihm Hoffnung geben.«

Schließlich ging Demeter allein, um unter den Gefängnisfenstern Wache zu halten.

Rings um das Gebäude stand ein bizarrer neuer Zaun, eine Barriere aus hohen, entrindeten Staketen, die fast wie Knochen aussahen. Trotzdem konnte man aus kurzem Abstand darüberschauen, hinauf zu den oberen Stockwerken.

Eine ganze Weile war sie da, ehe etwas geschah. Sie war sich über das Fenster nicht sicher, denn in solchen Zeiten wurden auch Lügen erzählt.

In einiger Entfernung hinter ihr wurde unter den Bäumen eifrig gehämmert, obwohl die Waffenschmiede der Nation in der Hitze ihren Kriegseinsatz verringert hatten. Man mochte es kaum glauben, aber irgendwo spielten ein paar Kinder. Als Demeter ihre hohen Stimmen hörte, war ihr klar, daß vielleicht auch die Gefangenen sie hörten, worüber sie selbst weinen mußte. Sie hatte viele Gründe zum Weinen. Sie starrte auf die von Gittern beherrschte Linie der Fensterflügel und dachte daran, welche leidenschaftlichen Gedichte er ihr vor einem Jahrzehnt geschrieben hatte (Oh, Göttin, laß deinen Diener näher treten, kein Tempel schließt dem Betenden die Tür) und wie er damals ausgesehen hatte, nur wenig anders als jetzt. Und daß sie ihn nur auf die allersicherste Art geliebt hatte – nein, nicht wie ihren Sohn, vielleicht wie ihren jüngeren Bruder. Sie hatte das Risiko gescheut und wollte sich nicht schneiden, aber nun war das Messer trotz aller Vorsicht bis zum Knochen durchgedrungen. Und gerade als ihr ein Stich durchs Herz fuhr, sah sie ihn wie einen Verrückten an einem der Fenster auftauchen.

So sah er eine Frau bitter weinen, auch wenn es nicht Lucile war.

Während sie einander über die unüberbrückbare Distanz von Wiese, Kies und Wand anschauten, schrieb Demeters Tochter, Camilles Frau, an Maximilien Robespierre:

> Du – hast du keine Erinnerung? Seine Hand, die du sooft in Freundschaft gehalten hast, hat die Feder weggeworfen, als sie nichts Gutes mehr über dich schreiben konnte. Und du willst ihn töten. Ach ja, dann – begreifst du also den Grund für dieses Unterlassen!

Zu diesem Zeitpunkt wußte ich nicht, wie die Tat geschehen war, und es betraf mich auch kaum. Auf wundersame Weise fühlte ich mich beim Anblick von Maximilien Robespierres Unterschrift auf meinem Haftbefehl nicht verwundert: ein Schakal, der seine Freunde verriet. Allerdings hatte er jeden Glauben an uns aufgegeben und glaubte, wir hätten ihn verraten, wofür ihm sein guter Engel Antoine, der Zauberpriester, den Beweis geliefert hatte.

Ein Mann namens Fouché hatte das erledigt. Trinkkumpane und Bordellbegleiter gehören nicht immer zu den zuverlässigsten Zeitgenosssen. Unvorsichtigerweise sagt und tut man Dinge und wird dabei beobachtet. Wie Blumen wurden Worte und Taten gesammelt und das Bouquet Fouché überreicht, der es dem Bürger Kuchen übergab, von wo es zu Saint-Just gelangte, der es mit den Rosen Robespierre hinterließ. Es ist einfach, sie sich um drei Uhr morgens am Tisch im Justizgebäude vorzustellen: Billaud, Barère, Saint-Just, Couthon, Collot – all unsere liebsten Feinde. Und in der Mitte hinter dem gewohnten Papierstapel Maximilien, beim Lesen. Was Danton über ihn gesagt hatte: alles. Und was ich gesagt hatte: genug. Herabsetzende Worte, Witze, Beleidigungen. Alles im Zierrahmen unserer Kaffeehaus-Diskussionen, Lustbarkeiten, Diner-Komplotte und weinseligen Träumereien. Zwischen Alkohol, den Maximilien nicht trank, Huren, die er nicht gewollt hätte, und wilden politischen Debatten, die ihn wie einen Aussätzigen hängen ließen. Fouchés Berichterstatter waren äußerst schlau vorgegangen, und obendrein konnte Fouché unsere »Art« nicht ausstehen. Er war für folgenden Spruch bekannt: »Es gibt kein Lebewesen namens Intellektueller. Das ganze Biest ist reine Erfindung. Man hat mir auch mal von einem Einhorn erzählt, aber als man ihm sein Papierhorn abnahm, sahen wir alle, daß es lediglich ein lahmer alter Gaul war.«

»Und das«, sagte Robespierre zwischen den von Fouché vorbereiteten Dossiers, »ist wörtlich.« Ja, Maxime, sagte der Engel an seiner Schulter. »Alles?« Ja. Vielleicht hat er ja ängstlich gewirkt, unser Maxime, als er die Isolation auf einem hohen Berggipfel spürte. Und Saint-Just hätte gesagt: Wir sind mit dir. Ich bin mit dir. Danton hatte sie immer aufgezogen. (»Tugend? Was ist das? Ach, du meinst das Ding, das ich jede Nacht mit meiner Frau treibe?«) Wie könnte dieser lüsterne Brigant ihre Revolution retten? Nein, Danton würde alles zerzausen und die Dame Utopia so lange um den Verstand vögeln, bis der Himmel unter ihren Orgasmusschreien kopfüber in den schmuddeligen Hof stürzen würde. Für gutes Benehmen hatte er kein Verständnis. Das Höchste Wesen würde die Stirn runzeln und Paris zerschlagen. Und vielleicht hatten Robespierre und Saint-Just auf ihre merkwürdige Art mit diesen Gedanken recht. Und ich? Nun, ich war Dantons Schoßhund. Seht euch die Geschichten an, die er über mich erzählt hat. (Was, Danton, was hast du gesagt? Nun, vielleicht hast du's, welche Rolle spielt das jetzt noch?) Und die anderen, natürlich auch Dantons Kreaturen und darin verstrickt: Lacroix, Philippeaux, Westermann, Hérault, Fabre – Freidenker und Lügner. Schriftsteller, Plauderer, Parasiten. Zerquetsch sie.

Also unterschrieb er das Papier mit dem üblichen kleinen Schnörkel am Ende, als ob er Angst hätte, die Unterschrift würde sonst fortgeweht oder weggeätzt.

Er hatte einen Entschluß gefaßt. Wenigstens dachte er das.

Es war vorbei.

Luxembourg-Gefängnis. 2. Germinal, fünf Uhr früh.

Lucile … Ein wohltätiger Schlaf hat meine Leiden unterbrochen. Wenn man schläft, ist man frei; man hat nicht mehr das Gefühl, gefangen zu sein: Der Himmel hat Erbarmen mit mir gehabt. Es ist erst einen Augenblick her, daß ich dich im Traum sah, ich umarmte euch nacheinander, dich, Horace und Demeter, die zu Hause war; aber unser Kleiner hatte ein Auge verloren durch eine Krankheit, die sich darauf geschlagen hatte, und der Schmerz über dieses Unglück weckte mich.

Ich fand mich wieder in meiner Zelle. Es war schon ein wenig hell. Da ich euch nicht mehr sehen oder hören konnte – ihr habt beide zu mir gesprochen (im Traum), du und deine Mutter –, bin ich aufgestanden, damit ich wenigstens durch Feder und Papier mit euch reden kann. Als ich aber das Fenster öffnete, hat der Gedanke an meine Einsamkeit, haben die scheußlichen Gitterstangen und die Riegel, die mich von dir trennen, meine ganze Widerstandskraft zunichte gemacht: Ich bin in Tränen ausgebrochen oder vielmehr, ich habe geschluchzt und in meinem Grabe geschrien: Lucile! Lucile! Ach, meine liebe Lucile, wo bist du?

Gestern abend gab es einen ähnlichen Augenblick: Mir wollte das Herz brechen, als ich im Garten deine Mutter erblickte. Eine unwillkürliche Bewegung warf mich auf die Knie gegen die Eisenstangen; ich faltete die Hände, wie um ihr Mitleid zu erflehen, das, dessen bin ich sicher, auch in deinem Busen seufzt. Ich habe gestern ihren Schmerz gesehen, an dem Schleier, den sie herabließ, da sie den Anblick nicht mehr ertragen konnte. Wenn ihr kommt, möge sie sich ein wenig näher zu dir setzen, damit ich euch besser sehe. Es besteht keine Gefahr, wie mir scheint. Meine Brille ist nicht sehr gut; ich möchte, daß du mir eine von den Brillen kaufst, wie ich sie vor sechs Monaten hatte, keine silberne, sondern eine aus Stahl. Du müßtest Nummer 15 verlangen: Der Verkäufer weiß schon, was das heißt; vor allem aber, Lucile, beschwöre ich dich bei meiner ewigen Liebe, schicke mir dein Bild.; möge der Maler Mitleid haben mit mir, der ich nur leide, weil ich zuviel Mitleid hatte mit anderen; er soll täglich zwei Sitzungen geben. Im Alptraum meines Gefängnisses wird es für mich ein Festtag sein, ein Tag des Entzückens, der Tag, an dem ich dies Porträt erhalte. Während meines Wartens schick mir eine Locke deines Haares, damit ich sie bei mir tragen kann, über meinem Herzen. Oh, Lucile, mein Liebstes! Sieh mich nur an, ich bin wieder ganz in der Zeit unserer ersten Liebe, als mich jeder begeistert hat, wenn er nur von dir kam. Gestern erst sagte ich zu dem Bürger, der meinen ersten Brief zu dir trug, bei seiner Rückkehr sagte ich zu ihm, wie ich in der Vergangenheit zu allen gesagt habe, die dich an meiner Stelle gesehen hatten: Ach, Gott, hast du sie gesehen? Und zu meiner eigenen Überraschung wanderten meine Blicke aufmerksam über ihn, als ob an seinen Kleidern oder an seiner Person irgendein mystisches Element von dir zu sehen wäre. Er hat ein gutes Herz, da er dir meinen Brief unverzüglich gegeben hat. Ich werde ihn sehen, wenn er zweimal am Tage zu mir kommt: morgens und in der Abenddämmerung. Dieser Bote unseres Kummers wird mir genauso lieb werden wie zur anderen Stunde der Bote unseres Glücks.

Dennoch, mein liebster Schatz, kannst du dir nicht vorstellen, was es heißt, auf diese Art mundtot und eingeschlossen zu sein, ohne Angabe von Gründen, ohne bisherige Befragung, ohne Zugang zu einer einzigen Neuigkeit. Das heißt, leben und gleichzeitig tot sein. Das ist kein Existieren, sondern ein Vorgeschmack auf das Grab. Man sagt, der Unschuldige sei ruhig und tapfer – ach, meine liebe Lucile, mein Schatz! Viel zu oft erschauert meine Unschuld, denn es ist die Unschuld eines Ehemannes, eines Vaters, eines Sohnes! Wenn es nur unsere englischen Feinde gewesen wären, die mich so grausam betrogen haben: Aber meine Kameraden – Robespierre. Er hat den Befehl für meine Kerkerhaft unterzeichnet, und unsere Göttin der Republik hat nach allem, was ich in ihrem Namen getan habe, nur zugeschaut! Das ist mein Lohn für so viele Opfertaten. (Als man mich hierherbrachte, habe ich viele Bekannte gesehen, darunter Hérault de Séchelles. Ihr Zustand ist nicht so beklagenswert wie meiner, sie werden nicht in Einzelzellen gehalten.) Ich habe fünf Jahre meines Lebens dem Wohl der Republik gewidmet, trotz Gemeinheit und Haß, trotz so vieler Gefahren. Trotz des revolutionären Milieus (!) bin ich unbestechlich geblieben. Ich muß niemanden um Vergebung bitten, nein, keinen auf der Welt, außer dir, mein Liebling, daß mein Herz trotz all meiner Schwächen deiner nicht unwürdig ist. Und gerade mich haben die Männer, die sich selbst im gleichen Maße als meine Freunde bezeichnen, wie sie sich »Wahre Republikaner« nennen, mich hat man verstohlen und allein ins Gefängnis geworfen, als ob ich irgendein Intrigant wäre. Sokrates hat Schierling getrunken, aber er hatte wenigstens seine Freunde und seine Frau in seiner Zelle um sich. Wieviel härter ist es da, von dir getrennt zu sein. Selbst für den größten Übeltäter auf Erden wäre es zuviel Strafe, wenn man ihn von einer Lucile trennen würde, es sei denn durch den Tod, denn der läßt uns die Qual einer solchen Trennung nur einen einzigen Augenblick lang kosten. Aber ein Krimineller wäre nie dein Ehemann gewesen. Nie hättest du mich lieben können, wenn du nicht gewußt hättest, daß ich bis zum letzten Atemzug für das Wohlergehen der vielfältigen Bevölkerung dieser Stadt gearbeitet habe – Man ruft mich.

Mitten in meiner Beichte stürzten zwei Wachen herein und brachten mich für eine ordnungsgemäße Befragung nach unten in eine Seitenkapelle der Gefängniskirche.

Genauso wie ich in meinem Brief den rattengesichtigen Gefängnisboten für den Fall, daß er lesen konnte und es auch tat, nett geschildert hatte, hatte ich meine besten Eigenschaften auf dem Umweg über meine Frau vor Gott und vor sämtlichen Mistkerlen ausgebreitet, denen dieser Brief vielleicht später in die Hände fallen könnte, und sei es einige hundert Jahre später. Seht, wie tadellos ich bin! Was habe ich je verkehrt gemacht? Ich habe nur für das Wohl meiner Mitbürger gearbeitet! Jedes Wort hatte ich so gemeint. Ich suhlte mich in meinem Martyrium. So erzählte ich dem Himmel auf meine Weise: Schau her, ich bin ein Heiliger. Befreie mich. Bääh, bääh, Camille, blöke nur laut und schau, wer das verlorene Lamm finden wird.

Drunten kennt man eine andere Version.

O ja, drunten weiß man alles. Eine andere Welt, mein Freund, mein Ich. Die wahre.

Ich wurde gefragt, wer ich sei, wo ich geboren sei, wo ich derzeit lebte und welchen Beruf ich hätte. In der realen Welt glaubt dir niemand, bis du den Mund aufmachst und schriftlich belegt bist.

Ein Mann saß dort hinter einem Tisch. Er hatte ein dunkles, dummes Gesicht, aber angesichts des geistlosen Bösen, das auch in den Augen einer tödlichen Schlange aufflackert, wirkt jedes Gesicht dunkel und debil. Er schaute mich selten an, sondern las von seinen Pergamenten ab und fragte mich, ob ich mit dem Wunsch, in Frankreich die Königsherrschaft wiederherzustellen und damit die Republik, die einzige Repräsentantin des Volkswillens, zu Fall zu bringen, gegen die Nation konspiriert hätte.

Unter all meinen finsteren, eklatanten, albernen und ekelhaft traurigen Verbrechen war dies das einzige, das einzige, dessen ich für immer unschuldig sein werde. Das wollten sie mir aufhalsen, um mich in Vergessenheit zu stürzen. So sah also die zynische Antwort der Götter auf das Blöken des Schwarzen Schafes aus. So.

Ich starrte ihn an, diesen menschlichen Repräsentanten der Ironie Gottes.

Die Anklage war purer Quatsch, aber ich zuckte vor dem kosmischen Scherz genauso zurück, wie ich zuvor meine besondere Bitte nicht begriffen hatte. Ich verpaßte die Pointe und behielt nur den Widersinn und den Mann auf der anderen Tischseite im Blick. Als er sah, daß ich nicht mehr weiterwußte, hatte er die Idee, seine Frage zu wiederholen. Und da drehte auch ich durch und brüllte ihn an. An meine Worte habe ich keine Erinnerung, nur daran, daß es eine Erleichterung war. Stotternd, stammelnd und schreiend zerrten sie mich weg und hatten alle Mühe, mich wieder nach oben in meinen Raum zu verfrachten. Wieder dort, warf ich mich gegen die Wände und rutschte in einem Taumel aus Wut und Angst daran hinunter, als ob Emotionen für mich etwas Neues wären. (Jetzt kam von Fabre keine Antwort. Bewußtlos, verlegt, aus Vorsicht taub.)

Schließlich zog mich der unfertige Brief, das einzige Ausdrucksmittel für meine frustrierte Angst oder sonst etwas, zu seiner warmen, seelenlosen Existenz zurück, die mit Lucile nichts zu tun hatte.

Im selben Maße, wie die Wut verebbte, wuchsen Schmerz und Furcht. Ich war kein Narr. Ich wütete so lange, wie ich durchhielt. Ich war allein, niemand würde mir helfen. Das alles wußte ich inzwischen mit Gewißheit. Und trotzdem mußte ich es noch immer herausschreiben, es leugnen.

Keine Bewölkung heute morgen. Tageslicht füllte den Park jenseits der Gitterstäbe, aber Tag und Nacht hatten keine Bedeutung mehr. Ich hatte mein Recht darauf verloren. Sie hatten nichts mit mir zu tun. Oh, Lucile.

Soeben kamen die Beauftragten des Revolutionstribunals und haben mich verhört. Mir wurde nur die Frage gestellt, ob ich gegen die Republik konspiriert hätte. Das mir, dem glühendsten Republikaner. Wie lächerlich! Ich sehe, welches Schicksal mich erwartet. Adieu, meine Lucile, meine süße Wölfin; sage auch meinem Vater für mich Adieu. In meiner Behandlung erblickst du ein Beispiel für gedankenlose Barbarei, für die Undankbarkeit der Menschheit. Mein Todesstoß wird dich nicht entehren. Oh, wie du siehst, war meine Furcht nicht grundlos; unsere Vorahnungen waren echt. Ich habe eine Frau von göttlicher Schönheit und Zärtlichkeit geheiratet, war ein liebender Ehemann und kein unzumutbarer Sohn; ich hätte einen guten Vater abgegeben; mich werden alle echten Republikaner vermissen, jeder, der die wahre Tugend schätzt, die Freiheit; bei meinem Tod bin ich erst vierunddreißig, und doch ist es ein Wunder, daß ich fünf Jahre die Steilwände der Revolution ohne Absturz bezwungen habe und noch immer lebe. Noch einmal will ich mich vertrauensvoll auf dem Kissen meiner Werke zur Ruhe betten, deren Anzahl zwar gewaltig ist, die aber dennoch allesamt dieselbe Philanthropie verströmen, denselben Wunsch, meine Mitmenschen glücklich und frei zu machen; und keine Tyrannenaxt kann sie vernichten! Ich erkenne ganz klar, daß die Macht beinahe alle Menschen trunken macht. Es heißt: Tyrannei sei eine hübsche Grabinschrift. Aber tröste dich, meine Witwe, der man den Ehemann geraubt hat, die Grabinschrift deines miserablen Camille ist besser. Sie lautet: Tyrannenmörder.

Oh, meine liebe Lucile, ich war geboren, um zu dichten, um die Unterdrückten zu verteidigen, um dich mit aller Macht glücklich zu machen, um mit deiner Mutter und meinem Vater und noch einigen uns nahestehenden Menschen nach unserem Herzenssinn in Gemeinschaft zu leben. Ich hatte von einem republikanischen Staat geträumt, den alle Welt verehrt hätte. Nie hätte ich geglaubt, daß Menschen so blutdürstig und unfair sind. Wie hätte ich denken sollen, daß ein paar Witze, die ich in meinen Schriften aus Ärger über Kollegen gemacht habe, jeden Funken Erinnerung an meine Verdienste auslöschen könnten? Mich selbst kann ich nie täuschen; ich sterbe als Opfer meiner Witze. Und meiner Freundschaft zu Danton. Ich danke meinen Mördern, daß sie mich mit ihm sterben lassen. Fast alle unsere Kollegen haben ihren Feigheitsgrad so weit gesteigert, daß sie uns im Stich lassen können. Sie leihen Verleumdungen ihr Ohr, die zweifellos von schlimmster Art sind, auch wenn ich sie nicht kenne. Eines aber weiß ich: Wir sterben als Opfer unserer Kühnheit, mit der wir Verräter aufgedeckt haben, und wegen unserer Vorliebe für die Wahrheit! Dieses Testament können wir mit uns nehmen: Wir gehen als die letzten Republikaner unter!

Vergib mir, meine süße Frau, mein wahres Leben, das ich schon im Augenblick unserer Trennung verloren habe. Vergib mir, daß ich mich mit meinem Gedenkstein beschäftige. Besser wäre es, ich würde versuchen, dich zum Vergessen zu bringen, meine Lucile, mein Wolfmädchen, kleines Hühnchen. Ich flehe dich an, grüble nicht mehr darüber nach, wie wir getrennt wurden. Wenn du klagst, nenn meinen Namen nicht, denn deine Tränen werden mich selbst in den Untiefen der Grube zerreißen. Lebe für meinen Sohn, erzähl ihm von mir. Du wirst ihm erzählen, was er nie richtig verstehen kann: wie sehr ich ihn geliebt hätte.

Trotz meiner Hinrichtung glaube ich, daß es Gott gibt – einen Gott. Mein vergossenes Blut wird meine Fehler tilgen, die Schwächen eines Menschen. Außerdem hab ich auch Gutes getan, durch meinen Einsatz und meine Liebe zur Freiheit – wird dieser Gott auch daran denken? Eines Tages werde ich dich wiedersehen, Lucile. Oh, ist denn der Tod, der mich vom Anblick dieses Füllhorns voller schuldiger Verbrechen erlöst, in meinem übersensiblen Zustand wirklich ein so schreckliches Unglück? Adieu, Loulou, adieu, mein Leben, meine Seele, meine Göttin. Ich hinterlasse dich lieben Freunden, den wenigen, die noch sanft und gut sind. Adieu, Lucile, meine süße Lucile. Adieu, mein Sohn, mein Vater. Ich fühle das Gestade meines Lebens entschwinden. Ich sehe noch Lucile, ich sehe sie. Meine Arme strecken sich aus und legen sich fest um dich, meine gebundenen Hände halten dich, und bis zur letzten Sekunde hält mein Kopf, auch wenn er vom Rumpf getrennt ist, dein Bild fest.

Ich gehe hin und sterbe.

Ich muß geschlafen haben, obwohl es mir nicht so vorkam. Aber der Tag war fast vorbei. Wo war ich? Immer noch hier? Ich taumelte ans Fenster. Die Gärten alle leer. War Lucile zur Bank am Weg gekommen, und ich war nicht aufgewacht? Mein Gott, das wäre doch sicher unmöglich; oder war ich aufgewacht, hatte hinausgeschaut und sie dort gesehen? Ja, ich erinnere mich, wie sie dagestanden und mit dem Blick zu mir herauf unser Kind hochgehoben hat. Aber das war eine andere Frau gewesen, die ich früher gesehen hatte – vielleicht Philippeauxs Frau oder die eines anderen. War Lucile dagewesen? Hatte ich sie gesehen? Hatte ich das geträumt?

Eines stand fest: Mein Bote, der mir seine Zuverlässigkeit beteuert hatte, war nicht für den zweiten Brief zurückgekommen. Verhindert? Oder würde er jetzt kommen?

Kein Laut, außer den undefinierbaren Geräuschen im Gefängnisbau. In einem Baum sang ein Vogel. Er hatte allen Grund dazu, niemand hatte ihn in einen Käfig gesperrt. Fabre hinter der Tür nebenan? Hatte er immer noch Angst, sich zu melden, oder war er fort?

Dann Schritte auf dem Flur, die Tür ging auf. »Entschuldige uns, Bürger, du wirst unten verlangt.«

Mein Herz machte einen Sprung – und fiel wie ein erschossenes Wild. Entlassung? Rettung? Narr.

Beim Hinuntergehen stützte ich die Hand gegen die Wand, um gerade zu gehen. »Wieder betrunken«, sagte meine Wache.

Danton stand in der Mitte des großen Raumes. Er wirkte leicht amüsiert, als ob man ihn gegen seine Vorliebe zu seinem Opernbesuch überredet hätte und er sich nicht viel aus den Sängern machen würde. Um seine massive Gestalt hatten sich die übrigen versammelt, aber inzwischen nicht mehr mit dem Gefühl, er wäre eine Redoute. Andere Gefangene, die im Zimmer herumsaßen, schauten uns verstohlen an und waren froh, nicht dazuzugehören. Der Luxembourg war voll mit Royalisten. Offensichtlich waren Beschimpfungen herumgeflogen, denn Danton hatte ihnen erklärt: »Verzieht euch. Vielleicht macht es euch ja Spaß, unseren Untergang zu beobachten, aber paßt auf, was noch auf der Oberfläche schwimmt, wenn sich das Wasser wieder glättet.«

Ja, bei Gott, er war fast fröhlich. Als ob eine Sache abgeschlossen wäre, und nun müsse er sie nur noch mit theatralischer Haltung und ein bis zwei witzigen Fußnoten aufpolieren.

Ich ging zu ihm hinüber, und er schlug die Arme mit einer Miene um mich, als ob er entzückt wäre, mich, einen verlorenen Freund, wiederzufinden – hier. Nach einem Blick in meine roten Augen meinte er: »Na, na, der Weg zum Schafott ist kein Totenmarsch, sondern ein Tanz.«

Lacroix lachte. »Wirst du unsere Hälse nicht retten, Georges?«

»Natürlich werde ich das.« Er starrte zur verzierten Decke hinauf. »Selbstverständlich.«

»Dein Hackfleischlieferant ist für uns eingetreten«, sagte Lacroix. Er meinte den Metzger Legendre.

»Und Robespierre ist ihm übers Maul gefahren«, sagte Philippeaux, der etwas abseits saß und ein Buch las. Ich kannte ihn nicht besonders gut, und wir grüßten einander nicht.

»Es gibt Sammellisten von sämtlichen Abscheulichkeiten, die wir begangen haben, tz, tz.«

Sie alle hatten mehr Neuigkeiten erfahren als ich, zweifellos durch Bestechung der Wärter. Aber wie konnte man sicher sein, was tatsächlich stimmte?

»Das Essen hier«, sagte Hérault, »ist widerlich. Es wäre besser, Danton, wenn du uns bald hier herausbringen würdest, bevor uns schlechtes Gemüse in die Knie zwingt.«

»Fabre ist ihm schon erlegen. Ich hatte ihm gesagt, er soll den Eintopf nicht anrühren.«

»Mir wurde erzählt, er hätte Gift geschluckt.«

»Hat er, den Eintopf.«

»Fabre und Gift? (Oh, komm, Phiole! Und wenn diese Mischung doch nicht wirkt? Werde ich dann morgen früh verheiratet sein?) Selbstmord? Während er an einem Stück schreibt?«

»Tut er das?«

»Wann denn nicht? Es heißt Die Verletzte Orange und handelt von Robespierre.«

Ich stand da und schaute sie an. Sie waren mir alle fremd, genau wie Philippeaux. Ich kannte keinen von ihnen. Ich ließ den Kopf hängen und lauschte trübe dem fröhlichen Wortgeplänkel, bis uns einer mit einer abstoßend frechen Formalität namentlich aufrief, einen nach dem anderen. Und wie die Soldaten standen wir stramm. Selbst Hérault drehte seinen vergoldeten Kopf und schaute hin.

»Auf Anweisung der beiden Komitees für Allgemeine Sicherheit und Öffentliche Wohlfahrt werden die Genannten unverzüglich in die Conciergerie überführt.«

»Das wär's«, sagte Lacroix mit einer Grimasse, legte die Hände übers

Gesicht und sang: »Gute Nacht, gute Nacht, du schöne Welt, nun gute Nacht.«

Einer schrie uns aus dem Schatten heraus zu: »Dann viel Glück mit dem Tribunal, Danton, hoffentlich macht's dir Spaß. Schließlich ist's dein Kind.«

»So wahr mir Gott helfe, das stimmt«, erwiderte Danton, »auch wenn sich das Kind zur Mißgeburt ausgewachsen hat.«

Aber die Männer mit den Schlangengesichtern bellten um Ruhe, und es wurde still. Als die Fenster schwarz wurden, zündete man Kerzen an. Es roch nach Talg, Zunder und Rauch. Da war noch etwas, das sie uns verlesen wollten, und dazu mußten sie etwas sehen können.

Er selbst hatte es dem Konvent im hellen Sonnenschein verlesen. Diesmal hatte ich mich also mit meiner Aussage geirrt, daß Bösewichter das Licht scheuen. Zu diesem Anlaß trug er die dunkle Kleidung, die inzwischen in unserer Republik Alltagsmode war, gedeckt, sittsam und von den fadenscheinigen Fetzen des Pöbels abgesetzt: dunkler Mantel, steingraue Weste und eine blaßlavendelfarbene Krawatte; nur seine Strümpfe waren wie immer schneeweiß; um die Taille lag die tricoleur-Schärpe, die inzwischen nur noch Komiteemitglieder trugen. Makellos und rein, der ganz und gar perfekte Ritter Saint-Just. Ursprünglich hatte er seine These Danton von Angesicht zu Angesicht vorlesen wollen, aber man hatte ihm in panischer Angst erklärt: Nein, er müsse warten, bis der wilde Löwenstier sicher im Gefängnis hinter Schloß und Riegel sei. Unser Schätzchen Saint-Just hatte sich nicht darum gekümmert und meiner Ansicht nach die Beherrschung verloren. Er hatte auf den Artikel soviel Zeit und Mühe verschwendet und immer wieder daran herumpoliert, um ihn nur ja recht schön zu machen. Saint-Just – ungerechter Saint-Just, verdammt sei deine Seele, mögest du für immer in irgendeinem katholischen Höllenfeuer schmoren. Danton, ja, auf seinem zerbrochenen Leib wolltest du Menuett tanzen. Und Camille? Nicht auch bei ihm? Camille, der dich zum geckenhaften Idioten gestempelt hat. Du würdest für meinen Tod sorgen – wer kannte deinen Schwur nicht? Ich habe dich auf ein bedrucktes Blatt Papier gesetzt, während du mich in ein handgeschriebenes Blatt voller Lug und Trug gepackt hast. Ich hatte dich verspottet; du würdest mich ermorden.

Saint-Just …

Jeder duckte sich, als du die Geschichte vor dem Konvent ausgebreitet hast. Alle Tricks hast du benützt, die du vom Zuschauen bei deinem Robespierre gelernt hast, hast dir seine kalte Macht geborgt – und dein Arm ist auf und ab gefahren wie die Klinge am Revolutionsplatz.

»– Danton, der Diener des Volkes? Niemals. Der des Aristokratenregimes. Wagt er, das zu leugnen? Daß er sich immer wieder verkauft hat? Daß er die Treue des Volkes mit der Gunst einer Metze verglichen hat? Daß er gesagt hat, der Ruhm sei ein Fiebertraum? Und daß sich einer lächerlich macht, wenn er ehrenhaft bleiben will? Laßt mich seine Beziehungen aufzählen: Mirabeau – La Fayette – Dumouriez – die Preußen – Orléans. Und seine Taten: feige Flucht in unsicheren Zeiten (England kennt ihn gut); ein findiges Komplott, wodurch das Massaker auf dem Marsfeld ausgelöst wurde und so beinahe den Volksmörder Louis Capet vor der Vergeltung bewahrt hätte; und schließlich die Zeitschrift, von der wir soviel gehört haben, dieser Alte Cordelier. Wessen Handschrift trägt sie? Die des Erzunruhestifters Danton. Denn wer hat Desmoulins korrumpiert? Danton.

Desmoulins war in seiner Kindlichkeit täppisch, aber als er sich im Fluß wiederfand, lernte er rasch zu schwimmen. Ein Komplize. Wie d'Églantine weint auch Desmoulins leicht – aber auch das Krokodil vergießt Tränen. Geschwommen ist er also und hat sich wie die Schlange dem Strom angepaßt, immer auf der Suche nach Beute. Die Freiheit hat einem nichtigen Rechtsanwalt, dessen mangelndes Talent ihm keine Arbeit verschafft hatte, Beutegut und Taschen voller Gold eingebracht. Und einer wie er braucht Geld. Eine Liste seiner Amüsements, deren Zügellosigkeit und Ausmaß diese Versammlung schockieren würde – sie ist kaum kürzer als die von Danton, dem herumhurenden Despoten, diesem Volksverderber Danton –, teilt uns mit, wie dringend Desmoulins die Revolution zur Ader lassen mußte. Er hat ihr Blut genauso gierig getrunken wie die Aristokraten. Kein Wunder, wenn er sich für ihre Sache einsetzt.«

Entweder speien, weil sich einem vor Wut der Magen umdreht, oder laut aufschreien, um dies zu ersticken.

Danton versuchte, mich zu bremsen. »Laß mich zuhören«, hat er meines Wissens gesagt, als ob es ihn interessieren würde. Wie ein Anwalt, der die Beweise der Anklage abwägt, um sie nach Fehlern zu untersuchen.

Aber für mich war es, als ob man Essig in offene Wunden träufeln würde. »Verdammte Lügen. Um Himmels willen, wer wird ihm glauben, diesem verdammten Sodomiten? So ein Zeug wird beachtet? Gott helfe Frankreich.«

»Und jetzt alle im Chor«, sagte Lacroix.

»Da, Saint-Just hat nicht einmal mein unwürdiges Ich vergessen«, sagte Hérault. »Wie nett. Sicher doch ein Lob auf meine Schlagfertigkeit?«

»Camille, sei still.«

»Was habe ich je getan«, heulte ich wie der Wolf in der Falle (Au secours, au secours, quelqu'un m'aide!), »außer für Freiheit und Gerechtigkeit zu kämpfen – dieser Mist – Scheiß auf Saint-Just mit seinem –«

»Nein!« brüllte mich Danton an. Er wandte mir sein furchterregendes Gesicht zu, auf dem blanke Agonie und Zorn standen. Bei diesem Anblick verstummte ich tatsächlich. Ich schluckte, schlich zurück und wartete zitternd im Gestank aus Talg und Rauch und Haß und Todesangst – die Todesangst jedes einzelnen und meine eigene – auf das Ende.

Endlich war es soweit. Saint-Just hatte gesagt: »Die heilige Pflicht des Patrioten überragt alle anderen. Sie ist größer als jede andere Liebe, ohne Furcht und Reue und ohne Respekt vor dem Leben, mit Ausnahme des eigenen.« Er hatte gesagt: »Das Zeitalter des Verbrechens geht zu Ende. Hütet euch alle, die ihr in Zukunft Verbrechen begehen wollt.«

Im geisterhaften Halbdunkel legte mir Danton seine Hand auf die Schulter, dann zog er sie zurück, als ob er den Kontakt mit meiner abgrundtiefen Mutlosigkeit nicht ertragen könne. Ganz leise hörte ich ihn heiser sagen: »Wir werden sehen. Es ist noch nicht vorbei.«

Sie schickten uns, um unsere persönliche Habe zu holen. Während die Wachen mit versteinerter Miene an der Tür warteten, nutzte ich die Zelle als praktischen Behälter und spuckte meine innere Leere samt ätzender Galle hinein. Anschließend putzte ich mir den Mund ab und sammelte sorgsam und methodisch meine Habseligkeiten ein. Im wahrsten Sinne leer. Nur ganz von Ferne erklang ein Ton, der nichts mit mir zu tun hatte, eine Mischung aus Leidenschaft und Entsetzen. Ich steckte den Brief, den ich ihr geschrieben hatte, in meine Tasche. Ich mußte jemanden finden, dem ich ihn geben und der ihn zu ihr bringen könnte. Dies war wichtig, denn es war das letzte, das sie von mir je erhalten würde.

Wir gingen hinaus.

Ohne Schwierigkeit ging ich aufrecht und festen Schrittes. Alle drei gingen wir im Gleichschritt, meine Wache und ich. Mir fiel ein, wie das mit Mirabeau gewesen war, wie wir automatisch im Gleichschritt gegangen und so zu den Trommeln der Revolution – unbewußt – losmarschiert waren, er in seinen Tod, ich in den meinen.

Geschlossene Kutschen, schwarze Nacht, ein süßer Hauch von nächtlichen Gärten – vorbei. Hérault saß bei mir und gab mir etwas Branntwein oder etwas anderes, das ihm sein bedächtiger Diener beim Abschied ausgehändigt hatte. Schierling? Nein.

So ratterten wir quer durch die Stadt und über den Fluß, ohne etwas davon zu sehen, bis wir die Mitternachtsgebäude auf ihrer Insel erreicht hatten, deren wenige, matt erleuchtete Schlangenaugenfenster durch die Dunkelheit über Paris lugten. Und damit zu jenem Gefängnis, das ursprünglich der Eingang zu einem Palast gewesen war, die Conciergerie.

Über den gepflasterten Innenhof, zu einer Tür hinein, einen schmalen Durchgang entlang.

Die erste Nacht steckten sie uns alle zusammen in einen höhlenartigen Raum, die Zelle, die sich die Girondisten im Oktober geteilt hatten.

»Es war einmal«, sagte Danton, »ein armer Fischer, der nichts besaß außer den Kleidern, die er am Leibe trug, und einem kleinen Boot und einer Leine zum Fischefangen. Eine ganze Saison lang hatte er wenig gefangen, und die Dinge standen nicht gut für ihn, als der Fischer eines Tages an seiner Leine einen Fisch fing, der so riesig war, daß er nur noch mit ihm kämpfen konnte. Es war ein schrecklicher Kampf, denn keiner von beiden wollte aufgeben. Schließlich rief der Fisch auf dem Höhepunkt des Kampfes mit menschlicher Stimme den Fischer an: Paß auf! Ich werde dir deinen Herzenswunsch erfüllen. Dann gib mir Macht, rief der Fischer sofort, Macht und Reichtum, und laß mich der Erste unter den Menschen sein. Schau in meine glänzende Seite, sagte der Fisch, ich werde dir zeigen, wie es sein wird. Da schaute der Fischer in die schimmernden Schuppen des Fisches, und jede wurde ein Bild. Er sah sich selbst an Land gehen und ein großes Erbe antreten. Er sah sich in schönen Kleidern, mit einem schönen Haus und einer hübschen Frau und jeder Menge Diener. Er sah, wie sich die Menschen vor ihm verbeugten und ihn erst zum Richter, dann zum Minister und schließlich zum Herrscher über sich machten. Aber da verschmierte Blut aus dem Fischmaul die Schuppen, und die Bilder trübten sich. Der Fischer schaute genauer hin und sah, wie die Menschen allmählich auf ihn neidisch wurden und ihn haßten, wie ihn seine Freunde verließen oder betrogen, wie ihn seine Frau betrog, wie die Leute auf ihn spuckten und ihm Tag und Nacht gedungene Mörder auflauerten. Nicht eine Sekunde Friede oder Freude hatte er mehr. Er wurde vor der Zeit alt, krank und elend, und so lebte er und starb auch so. Nachdem er all das gesehen hatte, sagte der Fischer zu dem Fisch: Nimm diesen Fluch von mir. Lieber bin ich ein armer Fischer als ein Herrscher über Menschen. Dann laß mich gehen, sagte der Fisch. Also ließ der Fischer den Fisch los, der in die Tiefen des Ozeans davonglitt. Und er sagte nur noch zu ihm: Nenn mir deinen Namen. Und bevor der Fisch verschwand, murmelte er: Fortuna.«

Zwölf

O Fortuna,
rasch wie Luna,
wechselhaft und wandelbar,
ewig steigend
und sich neigend:
Fluch der Unrast immerdar!
Eitle Spiele,
keine Ziele,
also trügst den klaren Sinn;
Not, Entbehren,
Macht und Ehren
schwinden wie der Schnee dahin.

1794: Der letzte April

Nehmen Sie Platz, meine Damen und Herren, Bürger und Bürgerinnen.

Los Nummer eins, ein Paket mit unterschiedlicher Qualität, von Fouquier mit seinem unfehlbaren Geschmack zusammengestellt. Eine politische Bande, vermischt mit weniger wertvollen Gegenständen. Hier hätten wir nun einen netten Volksredner mit mehreren Vorbesitzern: er selbst, die Revolution, zwei Ehefrauen, zweitausend Schlampen und sämtliche Männer, die ihn gekauft haben. Ein bißchen üppig im Format, aber keine Angst, den wollen wir ein wenig für Ihre Bedürfnisse kürzen. Und als nächstes dieser Artikel, nur Haut und Knochen, paßt überall hinein. Wenig dekorativ, aber einmal aufgezogen, schreibt er Dinge. Und wer von Ihnen könnte sich einen hinreißenden, goldhaarigen Helden wie den hier entgehen lassen? Oder hier hätten wir diesen kräftigen, elsässischen Soldaten (ist doch Elsässer, oder?), frisch von der Front, noch in Uniform. Der Rest – ein wenig angelaufen. Bankiers, die nichts Gutes im Schilde führen, auf frischer Tat ertappt. Schwindler und Spekulanten. Aber hier drin hätten wir auch noch einen Diplomaten und einen theaterstückeschreibenden Dichterling – wo steckt der bloß? Ach, ja, hat Fieber und sitzt im Stuhl – jongliert mit Orangen und ändert Dokumente betreffs der Ostindienkompagnie.

Also nehmen Sie Platz zur Auktion, mesdames et messieurs, citoyens et citoyennes.

»Name?«

»Georges Jacques Danton.«

»Alter.«

»Vierunddreißig Jahre.«

»Beruf.«

»Anwalt. Und Abgeordneter im Konvent.«

»Wohnsitz.«

»In Kürze werde ich im Nichts wohnen.«

Ringsherum Murmeln.

Irritiert: »Wo leben Sie?«

»Umgekehrterweise für immer im Tempel der Geschichte.«

Lauteres Gemurmel. Irgendwo von den öffentlichen Bänken gellt eine Stimme, ehe sie zum Schweigen gebracht wird: »Gib's ihnen, Danton!«

Der Schreiber hält über seiner Feder samt Papier inne. Fouquier gibt ein Signal, und Hermann nickt, beide unter ihrem schwarzen Gefieder. Laßt es gut sein, wir kennen seine Adresse. Außerdem hat er's ihnen gerade gesagt, nicht wahr. Sie haben ihn zwischen zwei Brotscheiben erwischt. Er ist Richtung Nichts und Geschichte unterwegs.

Und Danton tritt mit grimmig-amüsierter Miene zurück (noch immer dieser Blick). Und da ist der heroische Hérault, geschniegelt und gebügelt – ein Simulant. Die ganze Zeit hat er die mangelhaften Kosmetika verflucht, die hier zur Verfügung stehen.

»Name.«

»Ein ganz gewöhnlicher. Jean-Marie.«

»Der ehemalige Graf Hérault de Séchelles.«

»Der früher einmal nicht weit von Ihrem Platz gesessen und sich königstreue Advokaten zum Feind gemacht hat.«

(Nun, wir wußten ja, daß dieses Pack als ein Haufen Klugscheißer auftreten würde. Schnell, löffle das Gesöff aus und zieh 'nen Fälscher raus.)

»Name.«

»François Chabot.« (Spekulant.)

»Name.«

»Junius Frey.« (Berüchtigter Spekulant.)

Name. Dito. Name. Dito.

(Zeigt, in welcher Gesellschaft sich Dantons Komplizen bewegt haben. Auch wenn's gar nicht so war, aber in dem Fall tun sie's – jetzt.)

»Name.«

Ein schwankendes, halbbewußtloses Murmeln.

»Name.«

»Fabre – Philippe – d'Églantine« (unglücklicherweise gleichfalls dito).

Als Fabre erneut in seinem Stuhl zusammenbricht, erscheint plötzlich Camille Desmoulins an der Spitze der Herde. Er sieht Fouquier-

Tinville an. Camilles Gesicht ist zu einem schrecklich höhnischen Grinsen verzogen. (Wir hatten erwartet, Camille würde verängstigt aussehen, aber wir haben uns geirrt.) Doppelzunge, der geliebte Cousin, nimmt keine Notiz.

»Name.«

Camille nennt seinen Namen. Mit wütenden Blicken kaut er an seinem Daumennagel herum.

»Alter.«

Da wirft Camille den Kopf zurück und verkündet mit lauter, klarer Stimme ohne Stottern und Stammeln, denn dieser Satz darf nicht untergehen: »Dreiunddreißig Jahre bin ich alt, genauso alt wie der wohlbekannte Freiheitskämpfer Jesus. Ein gefährliches Alter für Revolutionäre.«

Das sorgt für Erregung, sogar für ziemlich viel Erregung. Also wird von der Richterbank mit der Glocke um Ruhe geläutet. (Gott, wie hat er das geschafft? Muß den ganzen Weg nach oben immer wieder geübt haben, um es richtig herauszubringen.)

Einige sehen Danton grinsen.

Nun, meine Herren, wir sind hier nicht im Theater. Sie stehen unter Anklage, Ihnen droht die Todesstrafe.

Nein, in Wirklichkeit ist es ein Theater. Noch eine Farce.

Damit wird der Rest der dramatis personae – die Geschworenen – überprüft.

»Ich erhebe Einspruch! Ich erhebe Einspruch gegen die Teilnahme dieses Mannes.«

Wieder Camille. Auf den Bänken der Gefangenen scheint ein Kameradschaftsgeist ausgebrochen zu sein, der auch ihn etwas erhitzt hat. Er schüttelt seine Haare, macht extravagante Gesten.

Der umstrittene Geschworene, ein Musterbild nervöser, selbstgerechter Gehässigkeit, schaut zu Camille hinüber.

»Der Grund Ihres Einspruchs?« (Hermann.)

»Ich habe ihm bei den Jakobinern einen Zahn ausgeschlagen.«

Gelächter. Oh, wunderbar, wunderbar, nicht nur eine Farce, sondern eine Farce mit echten Witzen

Die Glocke.

Der Geschworene, der Geigenhändler Renaud, wird befragt, ob er sich an den Vorfall erinnere. Er »tut es nicht«. Der Einwand wird abgewiesen, und Camille reißt die Arme hoch und verflucht sie alle. Lacroix ruft: »Vielleicht hat er 'ne Vergebungssträhne. Zeig uns deine Zähne, Renaud. Alle da? Wie wär's mit einer Melodie auf deiner Violine?«

Die *Glocke.*

Sämtliche Geschworenen sind manipuliert oder sehen so aus. Wurden erst heute morgen ausgesucht, nicht durchs Los, sondern von den strengen Suppennudelaugen eines Fouquier. Der eine hat offensichtlich ein Hörproblem. Ein anderer wirkt betrunken. Einer hat merkwürdige Zuckungen und addiert zwei und zwei macht eineinviertel. Unter den übrigen – mal abgesehen von Camilles Ex-Sparringspartner – erblickt man einen Herrn, der wegen seines begeisterten Einsatzes im Pikenressort unter dem Kosenamen August der Zehnte bekannt ist. Wenn er nicht gerade im Justizressort Geschworenendienste leistet, schaut er auf einen Sprung im Guillotineressort vorbei, um Justitias Endprodukt zu betrachten. Auch ein paar verwirrte Typen aus dem Schuh-, Perücken- und Schnupftabaksdosengeschäft sind dabei, die einem eine Menge über Juchtenleder, Pferdehaar und Tabak beibringen könnten. Aber während der Sitzung hier wälzen sie immer nur ihre Geschäftsbücher im Kopf, bis sie aufspringen und Kuckuck! rufen, wenn der Rest auch Kuckuck! ruft. Und wen haben wir denn dort drüben? Den Chirurgen-Doktor Souberbielle, Dinergast im Café Flon und derzeit Blutegelpropfer bei Komiteemitgliedern. Und da ist noch ein freundliches Gesicht. Also, wenn das nicht Maurice Duplay ist, dessen Zimmer im Oberstock die Schlafstätte von Maximilien Robespierre beherbergt und der drunten im Salon fünf Millionen Repliken von ihm hat. Bon appetit!

Wer würde da nicht bezaubert sein?

Man hätte glauben mögen, so etwas wäre mit den Borgias verschwunden, aber anscheinend möchte jemand in der einen oder anderen Hinsicht ganz auf Nummer Sicher gehen ...

Ob sie noch immer an die Möglichkeit einer Rettung glauben? Für einen von den fünfzehn willkürlich zusammengewürfelten Männern, die heute im Palais d'Injustice vor Gericht stehen, in jenem Haus des Todes, dem Tor zur Guillotine?

Die Freys können voraussichtlich keine Hoffnung haben, und auch die Österreichischen Bankiers und der Däne nicht.

Aber Danton mit seinen Epigrammen und seiner alles überragenden Ausstrahlung – der wird doch sicher zum Kampf ansetzen? Und Camille, der seinen Einzeiler für die Nachwelt derart schön gesprochen hat, daß man ihm am liebsten einen Silberapfel geben und ihn für immer zum Spielen auf eine Blumenwiese hinausschicken möchte. Und der arme Fabre, den eine Lebensmittelvergiftung schon vor der Zeit fast erledigt hat. Und der hinreißende Hérault und der schmallippige Westermann: »Auf meinem nackten Soldatenkörper könnt ihr mehrere Wunden entdecken, aber nur eine einzige auf dem Rücken – die, die ich heute empfange.« Philippeaux liest noch immer sein Büchlein, besser gesagt, er versucht es (zwischen dem Einband ist ein Miniaturbildnis seiner Frau versteckt). Lacroix, der früher das »de« von seinem Namen abgetrennt hat und jetzt merkt, daß er es genausogut dort hätte lassen können.

Kämpfen? Ach, nein.

Wenn deine Kleidung brennt, schlägst du aus einem Reflex heraus darauf ein und versuchst, sie zu löschen. Selbst wenn dir das Fleisch verbrannt vom Knochen fällt, »kämpfst« du. Reiner Instinkt. Genauso würdest du in den Tiefen des Meeres nach Luft ringen und mit höllischem Tempo immer wieder gegen den vernieteten Sargdeckel hämmern. Und dabei wüßtest du doch, daß du nie herauskommst, du weißt es.

Und doch schien es, als hätte er uns zusammengetrommelt. Er ließ die Dunkelheit hinter sich, als er sagte: »Unsere revolutionären Brüder haben alle einen Namen: Kain.« Als er sagte: »Wenigstens die Nachwelt wird gerecht zu mir sein.« Als er sagte: »Besser ein Fischer – « Als er sagte: »Camille, kannst du je sein Verhalten in der Nacht vor der Verhaftung vergessen? Robespierre, dein Freund – Nero hätte es nicht besser machen können.« Am hellichten Tag zu sagen: »Wenn ich gehe, werden die nie aus der Scheiße herauskommen. Lieber Gott, ich mache wohl besser ein Testament. Mein Gehirn vermache ich Billaud und ein Teil meines Blutes geht an Saint-Just, der arme Scheißer hat ja selber keines. Meine Beine an Couthon, das wird ihm gefallen. Und für Robespierre – meinen Schwanz.« Und schoß mit kolossaler Heiterkeit hinterher: »Aber vielleicht brauche ich den ja noch, vielleicht verabschiede ich mich doch noch nicht.«

»Es hängt an einem Haar«, sagte er. »Seine Geschworenen wird er mit Bedacht ausgewählt haben, und auch um das Ding mit der gespaltenen Zunge kommen wir nicht herum. Aber die Öffentlichkeit hat noch immer Zugang, und die Massen lieben mich. Weißt du, was sie gestern drüben in der Saint-Honoré unter dem Fenster seines eigenen Vermieters geschrien haben? Freiheit für Danton! Freiheit für Camille! Du siehst also, kein Grund zur Eifersucht. Und sogar ein paar Damen aus einem Etablissement waren dabei und kreischten wegen Lacroix. Nun, unser Abgang wird dem Geschäft in der ganzen Stadt einen ziemlichen Knacks geben.«

Als wir unser Frühstück aus matschigem Schwarzbrot bekamen, hatte uns Danton erklärt: »Wir brauchen Geist und Witz. Merkt euch das. Beispielsweise wird man uns noch mal nach Namen und Adresse fragen. Zu mir werden sie sagen: Wo lebst du? Bald im Vergessen. Das zeigt der Menge auf den Publikumsbänken – sollten die je daran gezweifelt haben –, daß wir Bescheid wissen und daß die ganze Sache derart manipuliert ist und wie ein monatealter Hering stinkt.« Mit einem Blick zu mir meinte er: »Du bist dreiunddreißig, was dir ein perfektes Komödienzitat verschafft. Du bist genausoalt wie Christus, und du bist unschuldig. Wie könnte es heißen? Rebellen erleiden mit dreiunddreißig den Märtyrertod. Versuch's mal, feil noch daran herum.«

»Ich bin vierunddreißig.

»Ein Monat. Tu so, als wär's wieder Februar. Du bist dreiunddreißig.«

Westermann war irgendwo anders eingesperrt. Ich überlegte, ob ihm Danton eine Nachricht hatte zukommen lassen: Alle meine Narben trage ich auf der Brust, erst dieser Prozeß hat mich von hinten erdolcht.

»Erhebt Einwand«, sagte er, »gegen die Geschworenen, aber nicht gegen die Eindeutigen. Hände weg von Robespierres Kavallerie. Aber ihr könnt doch behaupten, jeder hätte irgendeine persönliche Auseinandersetzung – muß ich euch das sagen? Wir sind Anwälte, wir können die Insel erschüttern.«

Spiele und Spieler – wir griffen die Stimmung auf, ich weiß nicht, wie, aber wir taten es.

Dann führten sie uns in den Gerichtssaal hinauf, in jenen sonnenhellen Raum mit dicht mit Fleisch bepackten Bänken, Podien, Trikoloren und gekreuzten Äxten unter der höhnisch roten Haube der – ha! – Freiheit, zurück zum Leichenzug aus schwarzen Federn, zur Geduldsprobe. Bei unserem Erscheinen sprangen Menschen auf die Füße, und einer hüpfte übers Geländer, packte Danton wie einen Liebhaber und floh anschließend. Die Glocke bimmelte um Ruhe. Und wie im Theater wurde die Menge ruhig.

Wo lebst du, fragten sie ihn, und er sagte sein Sprüchlein auf, und die Menschenmasse antwortete. Fouquiers mistige, krumme Hexenvisage sackte nach innen gegen sein schnapsgetränktes Knochengestell, und Hermann schlug unter seinem Hut beinahe Rad.

(Cousin Fouquier saß so nahe bei mir, daß ich ihn hätte erwürgen können. Jesus, Jesus, zehn Sekunden Glücksgefühl vor dem Vergessen – warum hab ich's nicht getan?)

Aber entweder hatte uns Danton suggeriert, wir würden damit durchkommen, oder er hatte uns wieder zu seiner Legion zusammengeschweißt. Wir waren zusammen, Schulter an Schulter, und wir waren auf der Seite des Rechts, und er stand auf und sprach, und die Zuschauer reagierten erregt wie seine Frau, wie sein Hund. Freispruch – gerettet sein – warum sollte das nicht geschehen? Würden sie etwas anderes wagen? Für Danton würde sich ganz Paris erheben. Sie würden uns zu Hilfe kommen, die Männer und Frauen aus den übervölkerten Straßen, für die wir gekämpft hatten. Sie, die uns geküßt und umarmt hatten: am vierzehnten Juli, am zehnten August, im Roten September, im *Janvier de la mort du roi.* Freiheit – und nicht für uns. Wer war ihre Stimme, ihr Herz gewesen? Das Volk liebte uns. Wir hatten damit angefangen, und daran erinnerten sie sich noch gut. Und letztlich war es unmöglich, an Dantons Tod zu glauben.

»Alter«, sagten sie zu mir.

»Dreiunddreißig, genau wie Jesus. Ein gefährliches Alter für Revolutionäre.«

Nur einen Monat darüber. Letzten Monat war auf den Tag genau mein Geburtstag gewesen. Einen Monat über vierunddreißig. (Meine Nummer auf dem Stimmzettel für den Tod des Königs: 134.)

Nachdem ich gegen Renaud protestiert hatte, den Fuchs, auf dessen Rücken ich im Jakobinerklub Geige gespielt hatte, sagte Danton zu mir: »Die machen sich in die Hosen. Sollen vielleicht *wir* uns fürchten? *Die* haben Angst.«

Ab dem Beginn der Beweisaufnahme ließ man uns gänzlich links liegen, und so ging es auch weiter. Sie ergingen sich in einer endlosen Tirade gegen die glücklosen Freys und den restlichen Abschaum aus Handel und Administration, den sie nach ihren eigenen Worten zu unserer Kuchenladung gepackt hatten, um uns in Mißkredit zu bringen. Bald stand Danton auf und erkundigte sich höflich mit donnernder Gargantuastimme, warum unser Fall gleichzeitig mit dem von Dieben verhandelt wurde? Beim ersten Mal wurde ihm mitgeteilt, man hätte seine Anmerkung notiert. Er setzte sich, stand aber ungefähr alle zwanzig Minuten wieder auf, sobald die Anklage an einem zwielichtigen Punkt angekommen war, und ließ erneut ernst und lautstark seine Bemerkungen hören, bis die Menge schließlich jedesmal vor Begeisterung laut loslachte. Wenn er sich verspätete, feuerten sie ihn an: Allez-hopp, Danton! Auf! Gib's ihnen!

Die Glocke wurde geläutet.

»Setzen Sie sich.«

»Erwarten Sie wirklich, daß ich noch länger auf diesen verflucht harten Bänken sitzen soll?« (Gelächter.)

»Wir bedauern«, sagte Tinville, »daß sie Ihnen mißfallen.«

»In dem Fall«, sagte Danton, »sollten Sie noch mehr Ihre Existenz bedauern.«

Tinville zuckte zusammen und nahm einen Schluck aus seinem Wasserglas, dessen Inhalt heute ungeniert gelb von Likör war. Er hatte definitiv Angst vor Danton. O ja, Fouquier war einer von der Sorte, die sich einem so lange um die Fesseln schlängeln und kringeln, bis sie Halt finden und zum Beißen nach oben klettern können. Tritt das Scheusal in die Kiemen, und schon fällt es runter und kriecht weiter.

»Ich fordere eine Anhörung«, verkündete Danton in melodischem Crescendo. »Ich verlange zu wissen, warum ich und meine Kollegen hier neben ganz gewöhnlichen Verbrechern verhört werden.«

»Zu welcher Art Verbrecher«, sagte mein Cousin, »würden Sie denn sich und Ihre – Kollegen – rechnen?«

»Verbrecher«, sagte Danton, »die eine Revolution gesät und geerntet haben. Die, wenn es gestattet wird, eine Republik errichten wollen. Verbrecher, die Despoten ihre Privilegien gestohlen und sie dem Volke gegeben haben. Verbrecher, die die Grausamkeit von Königen getötet haben –« Selbst seine Stimme ging im Applaus aus dem Parkett – pardon, von den öffentlichen Bänken – unter. Als der Aufschrei erstarb, hörte man das kraftlose Geklingel der Glocke, das Danton übertönte. »Dagegen haben die Verbrecher, die versuchen, sich zu unseren Richtern aufzuschwingen –«

»Sie werden diesem Tribunal Respekt erweisen«, sagte Hermann.

Und Danton brüllte: »Ich war der Vater dieses Tribunals. Ich! Wenn ich mich bücke, um dieses Balg auszupeitschen, dann hat es etwas falsch gemacht!«

Seine Stimme schien das Dach zu sprengen.

Wir hockten – wie das Publikum – elektrisiert auf der Sitzkante. Lacroix rief irgend etwas, selbst Fabres Augen schimmerten wie bei einem kranken Kind.

Aber der Donner verebbte.

Man hatte ihn auf der anderen Flußseite gehört, das Gebrüll des Löwenstiers. Die Fenster im Gerichtssaal standen offen, der heiße Tag war reglos. Ich bezweifle nicht, daß man ihn gehört hat. Draußen drängten sich die Leute auf den Wegen, die Kais waren mit Gesichtern gepflastert, und auf den Brücken gab's kein Durchkommen mehr. Das ist Danton, hört mal! Kann gar kein anderer sein.

Aber als er sich wieder setzte, konnte man Danton nicht mehr hören, nur das anklagende Fliegensummen gegen Schwindler, Fälscher und Spekulanten.

Das eintönige Geleiere ging weiter, und die ersten Lichtfunken in der Luft erloschen, es wurde stickig und düster. Und Fabre stöhnte und schlief ein oder fiel in Ohnmacht.

Unser Blick ging zu unseren Zwangsverteidigern hinüber, die man uns zugewiesen hatte, obwohl Danton und ich ihnen erklärt hatten, wir würden uns selbst verteidigen. Natürlich waren sie für uns genauso hilfreich wie blinde Krähen. Gnade ihnen Gott, falls sie uns helfen sollten.

Ein Schreiber brachte Fabre Wasser. Danton stand auf (vereinzelte Rufe), ging aber nur hinüber und half ihm, es zu schlucken. Danton sagte etwas zu Fabre, das sonst keiner hörte. Ein Schuß Öl ins Feuer. Fouquier renkte sich bei seinem Lauschversuch fast den Hals aus und machte weiter, als ob er nichts bemerkt hätte. Fabres Name gehörte zu den Fälschern und Spekulanten. Es hieß, er habe Passagen aus der Anordnung zum Schließen der Ostindienkompagnie gefälscht. Ich bedauerte ihn. Lächerlich. Da steckte auch ich mit drinnen.

So ging es zäh weiter. Anscheinend wollten sie sich heute nicht mehr mit Danton beschäftigen.

Ich erinnere mich noch an den Geruch dieses Raumes. Irgendwie intensiv und abgestanden. Da war mehr als die Ausdünstungen der Masse und der Aktenstaub, etwas, das sich auf den Wänden angesammelt hatte, Ablagerungen aus Frustration, Todesangst, Wut und Lebensüberdruß.

Ich senkte den Kopf. Manchmal machte ich mir auf dem mitgebrachten Papier Notizen, sogar ganze Abschnitte, und hin und wieder sogar mit Nachdruck, aber mein Körper und meine Seele sackten nach innen. Ich vergaß fast, wo ich war, bis ich mich mit einem alarmierten Ruck aufsetzte und um mich starrte. Eine ihrer Phrasen oder mein eigener Gedanke hatte das ausgelöst; es wirkte wie ein Messerstich zwischen die Rippen.

Lucile … Was machte sie gerade? Weit weg. Geh weit weg, Lucile.

Und wie wäre es, wenn man jetzt in Bourg-la-Reine die Lindenallee hinunterschlendern und im Baumschatten Limonade trinken könnte? Wenn man schlafen oder miteinander schlafen könnte? Wenn man rücklings in einem Feld liegen und versuchen würde, aus dem zarten Flügelflattern eines schillernden Schmetterlings ein Gedicht zu zaubern, ein Gedicht auf eine scharlachrote Blume am Himmelsblau?

Brüll wieder, Danton, brüll wieder und weck uns auf.

Er brüllte tatsächlich. Am Nachmittag (man hatte uns mehrmals hinaus- und hereingeschoben – auch Richter brauchen Erfrischung) fanden wir auf der einen Seite des Gerichtssaales Couthon, den Beinlosen, und eine Corona seiner Busenfreunde aus dem Sicherheitskomitee vor. Danton setzte sich mit einem Plumps, stand dann aber auf.

Die Menge, die sich allmählich langweilte, stieß einen Zischlaut aus.

Und die Richter wappneten sich gegen das drohende Unwetter.

»Nein«, sagte Danton, »das geht nicht.«

Sie läuteten ihre Glocke, was er ignorierte. Seine Stimme wurde lauter. Drüben über der Seine hieß es: Puh huh, Danton.

»Meiner Ansicht nach weicht die Vorgehensweise dieses Gerichtes vom Gesetz ab. Ich habe den Verdacht, daß hier einer unvorteilhaften Einflußnahme Vorschub geleistet wird. Seht euch das an!« Dabei wirbelte er plötzlich zu den Komiteemännern herum, die wie die Grillen hochhüpften. »Wir befürchten auf dem Weg in eine Diktatur zu sein, aber hier ist der Beweis. Ich fordere –«

»Keine Forderungen, Danton!« schrie Hermann, dessen Stimme einem zerfetzten Schilfrohr unter der Wucht des Sturmes glich.

»Ich fordere Zugang zum Nationalkonvent, dessen Mitglied ich bin und zu dem mir illegalerweise der Zutritt verweigert wurde. Ich fordere unverzüglich die Einrichtung einer Kommission zur Untersuchung der abenteuerlichen Heldentaten der selbsternannten Komitees für Öffentliche Sicherheit und Wohlfahrt, die hinter einer Maske aus Geheimniskrämerei, falscher Freundschaft und Lügen Beschuldigungen gegen uns erfunden haben und nun ihre Henker als Beobachter des Fiaskos herüberschicken. Lieber Gott, wer sind wir denn, daß man uns in so etwas hineinschaufelt? Ich, Camille, Philippeaux, Lacroix – wir Wächter der Ehre dieser Stadt, wir, die gewählten Repräsentanten der Nation? Wo sind die Dinge, für die wir unser Leben riskiert haben, wo sind unsere Rechte? Ich fordere eine Untersuchungskommission! Ich fordere sie. Freiheit! Gleichheit! Brüderlichkeit! Wer hat euch diese Worte gegeben?«

Wie elektrisiert schrien die Bänkler hinter ihm: eine Kommission! Gerechtigkeit! Danton! Rechte! Freiheit! Brüderlichkeit!

Er drehte sich um, ein lebender Koloß, und hob ihnen die Arme wie zu einer Art barbarischem Segen entgegen. Danton! schrien sie, und draußen wurde der Schrei aufgenommen: Danton! Danton! Sein Kopf berührte den Himmel. All unsere Feinde waren wie weggeweht, wie Zweige in einem Hurrikan.

Lächelnd kam er zu uns zurück. Er sah jung aus, und seine Augen loderten. Ich ergriff seine Hand, hob sie an meine Lippen und drückte sie gegen meine Stirn, als ob ich ihn zu meinem König machen würde. Er war mein König. Lacroix sang die »Marseillaise«, und wir alle stimmten ein. Selbst die Fälscher quäkten mit und sogar der Däne. Und die ganze Menschenmenge, die auf ihren Bänken stand. Vaudeville.

Irgendwie brachten unsere Richter – winzige Figuren in Schwarz – die Sitzung zu Ende und stoben davon wie Ratten in ein Loch.

Selbst einige Wachen, die uns nun nach unten bringen mußten, drückten begeistert Dantons Hände.

Seine letzte Bemerkung während unseres Abgangs war: »Blöde

Kerle, haben mich nicht ausreden lassen. Macht nichts, morgen werden die Richter um Gnade betteln. Vielleicht gewähre ich sie ihnen.«

Nur Fabre war nicht in Hochstimmung. Man mußte ihn hinaustragen, und wieder tat er mir leid. Aber der Rest war – Stolz und Freude.

Hochmut kommt vor dem Fall. Man kann auch Schinderkarren dazu sagen.

In den Zeitungen stand entweder gar kein Bericht über die Szene im Gerichtssaal oder ein verfälschter. Sämtliche Nachrichten, die darüber an die Öffentlichkeit drangen, waren unverständlich. Und trotz des ziemlich lauten Gebrülls von draußen wurde es immer stiller. Irgendwo in den Gefängnisgängen (ich erinnere mich an einen rußgeschwärzten Ort: Wände, Decken, Fußboden, Schatten – kein Licht gestattet, außer dort, wo es sich durch Öffnungen und matte, unbedeutende Laternen einen Zutritt erzwang), irgendwo in diesen Gängen wurden die Wächter mißmutig, und dann gab es neue Wachen.

»He«, sagte Lacroix beleidigt. Er war noch immer aufgeregt und nicht bereit, einzugestehen, daß der erste Akt vorbei und der Vorhang gefallen war und demnächst ein neuer Akt begann.

Wir wurden aufgeteilt. Paarweise oder einzeln marschierten die Tiere in ihre Zellen. Die Kunde war uns vorausgeeilt: Gefährlich waren wir, Verschwörer, die gemeinsam Komplotte gegen das geheiligte Tribunal schmiedeten. Und ich war einer der Schlimmsten, mich wollte man erneut absondern. Sie gaben mir mein Gepäck.

»Hier hinein.«

»Verdammt noch mal, hier ist nicht genug Platz. Himmel, ist ja kaum größer als ein Schrank.«

»Hinein.«

Dazu ein Stoß, der mich auf einen Schlag quer durch die Zelle an die gegenüberliegende Wand beförderte. Da stand ich nun und hielt meine Tasche, meinen Schreibkasten und meinen Mantel fest, während mir die Tür vor der Nase zugeschlagen wurde. Kein Fenster, nur durch das Türgitter drang etwas Licht. Von einem Wandhaken baumelte eine Laterne mit einer flackernden Kerze. Ich stand unter dem Laternenhaken, ein passender Ort für den Anwalt des Laternenpfahles.

Dumpfes, kaltes Entsetzen überkam mich, und ich dachte: Warum haben wir gesungen? Danton – Danton hat keine Macht, nur das da hat Macht. In diesem Augenblick gab es weder Danton, noch einen Saint-Just oder einen Robespierre, ja nicht einmal das Tribunal, sondern nur irgendeine gewaltige, übermenschliche Macht, die uns nach unten drückte und Erde auf unsere Köpfe schaufelte. Dillons Worte: der gesichtslose Feind, ein formloses Etwas, die Göttin des Todes. Nun, hieß es nicht immer, La Guillotine würde in der Dunkelheit umherwandern, und bei Sonnenaufgang könnte man enthauptete Menschen in den Gassen finden?

Ich stöhnte, und im selben Augenblick ging die Tür wieder auf, und sie sagten zu mir: »Nicht so lautstark, komm ordentlich mit.«

»W-w-wohin?«

»Irgendwo anders«, sagten die Wächter, begeistert über ihre Begabung für Rätsel.

Ich stotterte sie an, sie warteten. Ich ging hinaus und ließ mich erneut von ihnen durch das Gängelabyrinth dieses halbunterirdischen Rattenbaues, diesen irdischen Eingang zur Unterwelt führen – durch die Conciergerie. Schließlich geleiteten sie mich in ein Wächterzimmer mit Tisch und Stühlen, einem Rest Wein in der Flasche und einer Pfeife, die jemand vergessen hatte und die nun stinkend erlosch. Hier gab es genug Kerzen. Unser Kommen und ihr Gehen löste ein unruhiges Muster aus Schatten und Licht aus, das ruckartig über die niedrige Zimmerdecke huschte. Ich machte die Augen zu, um es nicht sehen zu müssen; es machte mich seekrank.

»Besuch für dich«, sagte der Wächter, der am Eingang postiert war.

Ekstatisch und bestürzt zugleich, öffnete ich die Augen. Lucile? War es möglich, daß sie irgendwie – nein, nicht Lucile. Lieber Gott, nicht Lucile an diesem Ort – und doch –

Ich drehte mich um, und dann passierte etwas sehr Merkwürdiges: Sein Schatten fiel vor ihm auf die Wand draußen vor der Tür. Ein kleiner Schatten, kürzer als alle anderen, mit vorgestreckter Brust und einem Kopf, der mit seiner gewölbten Stirn und einigen gepuderten Haarrollen sehr ordentlich aussah.

»Nein«, sagte ich laut. Daraufhin blieb der Schatten dort stehen, wo er gerade lag, an der Wand, der Schatten meines Freundes Maxime.

»Dieser Gefangene wünscht keinen Besuch«, sagte ich so laut wie vorher. »Bringt mich in Ei- einzelhf-haft zurück, in diese Schuhschachtel, die ihr eine Z-z-zelle nn-nennt. Genau das möchte ich.«

Er hatte den Haftbefehl unterzeichnet, der mich hierhergebracht hatte. Er wußte, was das hieß. Und doch stand er hier und wartete, daß er hereinkommen konnte. Voller Haß schaute ich den Schatten an, mir war schlecht. Dann machte der Schatten eine Geste, und ich hörte ihn murmeln. Seine Eskorte und selbst die Wache neben der Tür drehten sich ohne Gleichschritt um und polterten davon. Jetzt stand er allein draußen vor dem Raum, und ich war allein drinnen. Keinen Schritt machte er vorwärts. Beide warteten wir, und ich lachte ein wenig.

Robespierre: der Sklave mit dem Messer

Da steht er nun im trüb erleuchteten Gang und denkt. Was denkt er denn? Ja, wirklich, warum ist er eigentlich hier? Er sollte gar nicht kommen. Camille ist für ihn verloren, korrumpiert, ruiniert. Diesen Verrat, diesen Fall wird Maximilien nie verzeihen können. *Wirklich?* Dann muß Pflichtgefühl dahinterstecken. Das Pflichtgefühl gegenüber einem Jugendfreund, der aufgrund seiner unreifen Narretei in schlechte Gesellschaft geraten ist und ziemlich schockierend in der Patsche sitzt. Robespierre wird auf Camille zugehen und sagen: Jetzt hör mir mal zu. Ich werde dich hier rausholen, wenn du genau das machst, was ich dir sage. Vergiß Danton (nun, das würde er wohl sagen müssen), Danton ist tot, hat mit dem Blut Frankreichs sein eigenes Hinrichtungsurteil unterschrieben. Aber dich kann ich vielleicht retten, wenn du mich läßt.

Aber Camille, der vor Angst inzwischen halb tot und vor Desillusionierung abgestumpft ist, will den Erlöser nicht einmal ins Zimmer lasen.

Als Maximilien den anderen Mann leise lachen oder schluchzen hört, sagt er ruhig: »Camille?«

Und sofort tönt es stotternd zurück, und die gräßlichsten Empfindungen, die die Menschheit kennt, schnüren ihm beinahe die Kehle zu: »Nein, du irrst. Camille? So jemanden gibt's hier nicht. Ich bin nur ein

Verbrecher, ein Verschwörer, ein Verräter. Camille? Kein Camille, Himmel, wie könnte Camille hier sein?«

»Ich würde gerne –«

»Tu's nicht, tu gar nichts. Komm mir nicht zu nahe.«

»Camille!« Ein Flüstern.

»Wer?« tönt die gequälte Stimme fröhlich. »Der Kerl erzählt noch immer etwas über einen, der gar nicht existiert.«

Der Schatten bewegt sich, reckt sich und sagt: »Dann kann man eben nicht vernünftig mit dir reden.«

»Vernunft – Vernunft und Tugend. Geh und wälz dich darin.«

Wieder bewegt sich der Schatten, aber nun bewegt er sich von dem Platz jenseits der Türe weg. Er verschwindet. Und statt dessen kann man das anmutige kleine Klipp-Klapp von Schuhabsätzen hören, die wie ein winziges Pferdchen den Gang hinuntertraben. Und jetzt gehen die Wachen schlurfend und trampelnd am Ende des Ganges in Bereitschaft und kommen zurück, um den Gefangenen in jene Zelle zu begleiten, von der er der ganzen Welt laut verkündet hatte, er würde sie der Nähe seines alten Schulfreundes vorziehen.

Angeblich soll sich der sechzehnjährige Robespierre einmal in ein Mädchen verliebt haben, ja, wahr und wahrhaftig verliebt soll er sich haben und zweifellos höchst ehrenwert. Und sie hat mit ihm getanzt, und er hat ihr seine politischen Essays vorgelesen. Und schließlich hat sie einen anderen geheiratet. Und er hat allein dagesessen und geweint. In diesem Zustand fand ihn seine Schwester Charlotte, die eine Art finstere Sympathie für ihn empfand, und tröstete ihn nicht im geringsten mit dem Satz: Keine wäre gut genug für ihn, und damit ist es gut so. Auch früher hatte er schon geweint, als besagte Charlotte eine seiner zahmen Tauben draußen im Regen gelassen hatte, wo sie eingegangen war. Als kleiner Junge hatte er sich immer kleine Bauernhöfe und Burgen gebastelt, auf denen winzige, makellose Tiere und winzige, saubere Menschen wohnten: perfekte Liliputanerutopien. Um diese Bewohner in Reih und Glied zu bringen, mußte man keinen davon töten. Sobald sie schmutzig wurden oder Macken bekamen, warf man sie einfach weg. Das tat nicht weh, und keiner widersprach.

Mit undurchsichtiger Miene geht er tripp-trapp durchs Gefängnis, und auch sein Denken ist nicht mehr durchschaubar. Man könnte ihn gut und gern in die Antike zurückversetzen als jenen legendären Sklaven, der einem großen Meister mehrere Jahrzehnte unvergleichlich gedient hatte. Als er den Meister eines Tages bei einer niederträchtigen Tat ertappte, trat er vor und reichte ihm einen scharfen Dolch zum sofortigen Gebrauch.

Ich bin der Sklave der Freiheit, ein lebender Märtyrer. Wogegen ich kämpfe, verwundet auch mich, und was ich zerstöre, schneidet mir ins Herz.

Aber ach, das Messer, Robespierre, wie glänzt und strahlt es in deinen manikürten Händen. Ach, die Tauben, Robespierre, sie sterben in einem blutigen Regen.

Und doch – sei befreit. Jetzt kann ich sagen: Sei befreit, ich sprech dich frei. Wir waren schuldig, wir haben dein Geschenk verdient. Jeder von uns hat der Reihe nach die Klinge hingestreckt und ist der Reihe nach hineingefallen. Sei befreit von meinem Blut.

Aber nicht von ihrem.

Es war eine andere Zelle, etwas größer und oberirdisch. Ganz oben hatte sie ein dick vergittertes Bogenfenster, zu dem inzwischen die Nacht hereinschaute. Nach verschiedenen Geräuschen zu urteilen, ging es auf den inneren Gefängnishof hinaus. Manchmal konnte man zu den üblichen, merkwürdig melancholischen Hintergrundgeräuschen auch noch aus weiter Ferne eine Frauenstimme singen hören. Eine einzige Kerze. Ich bot Bestechungsgeld an und bat um Nachschub, der erstaunlicherweise auch eintraf. (»Hast vor der Dunkelheit Schiß?«) Zum Schreiben mußte ich mich auf die erbärmliche Pritsche setzen, die muffelte und vermutlich voller Ungeziefer war, und meinen Kasten auf den Knien balancieren. Der übliche Gemüsematsch traf ein und wurde ignoriert. Selbst Geld vermochte keinen Wein herbeizuzaubern. Ich könnte mich ja betrinken und Schwierigkeiten machen. Später, respektive früher – am anderen Morgen gegen sieben Uhr –, benutzte ich das verrottete Wasser zum Rasieren, was ohne eine Möglichkeit zum Warmmachen und mit krümeliger Seife kläglich endete. Aber mit meiner Unglücksorgie hatte ich mich tags zuvor auch von jeder peinlichen Sorgfalt verabschiedet. Heute erschien mir diese Unglücksorgie fast geschäftsmäßig. Warum nicht erst recht Wert auf ein gutes Aussehen legen, wenn's überhaupt nicht mehr darauf ankam? Und die kratzende Rasierklinge war doch ein ganz ordentlicher Anfang.

So ging es weiter. Die ganze Nacht hindurch schrieb ich. Eine Weile war ich wütend und bastelte an der Anmerkung zur siebten Nummer des Alten herum. (Von Ketten befreit? Seid ihr das? Oder habt ihr euch lediglich mit einem Zustand abgefunden, der als Freilassung bezeichnet wird? Einen Tyrannen habt ihr hinausgeworfen und damit alle Könige der Erde erschreckt. Begeht nun nicht den Fehler, zu gestatten, daß andere falsche Könige aus diesem Stamme wachsen. Denn noch immer gibt es welche, die Könige sein wollen, wenn ihr sie laßt, obwohl sie sich gleichzeitig als Republikaner ausgeben – so wie sich die Königin in der revolutionären Version des Kartenspiels dank ihrer roten Mütze als Madame Liberté ausgibt.)

Außerdem schrieb ich meine Antwort auf Saint-Justs ekelhaften »Bericht«. Dort habe ich das ausgesprochen, was man von mir erwartet. Und wie sooft zuvor habe ich davon bereits mehrere Varianten erstellt und diese immer wieder überarbeitet.

Schau, Maxime, wie wütend die Taube noch im Sterben gegen den Käfig pickt.

So ging es die ganze Zeit, solange es dunkel war, bis sich hinter den Gitterstäben stählern der Tag abzeichnete: zwischen Zornausbrüchen und gräßlichem Angstschweiß schwankend, mal schlafend, mal wach, resigniert, panisch, betrübt, beschämt und in kurzen Augenblicken irrsinnig hoffnungsvoll. So steigt und sinkt ein Ertrinkender im Würgegriff der See. So ist das Leben, solange noch Leben ist.

Und am Morgen des zweiten Tages …

Die Farce geht weiter. Ich bestehe aus zwei Menschen, vielleicht sogar drei. (Reagiert jeder von uns auf dieselbe Weise?) Ein Camille ist entschlossen zu reden und hat sich diesbezüglich bereits lautstark geäußert. Noch immer macht er sich Notizen, ist fiebrig und doch entschlossen – Quecksilber. Der andere Camille, der ihm ganz dicht unter der Haut sitzt, erzählt ihm ständig matt, alles sei sinnlos. Manchmal gelingt es diesem Camille, sich Gehör zu verschaffen, aber da gibt es noch einen. Der lacht ziemlich viel. Der hat seine nervöse Spannung in einen Kitzel umgewandelt. Und Danton hatte weiterhin Witze gerissen.

Anscheinend hat Danton nichts von seiner Energie eingebüßt, obwohl auch er unter seinen Stoppeln abgespannt wirkt – also, tapferer Meister, hast auch du im kalten Wasser eine Gänsehaut bekommen. Lacroix murmelte irgend etwas von einem verdammt verzweifelten Brief, den Sophie ihrem Georges geschickt haben soll, was ihr aber gar nicht ähnlich sieht. Was hat wohl Danton gemacht, während ich – meine drei Ichs – die letzte Nacht durchgedreht habe? Ist er hin und her gelaufen? Hat er geschlafen? Und im Traum lustvoll gevögelt? Seine Attacke geplant? (Einen Brief? Das einzige, wozu die fähig wäre, wäre, ihm eines ihrer Strumpfbänder zu schicken, wie eine Hure, denn das könnte niemand als ihres identifizieren.)

(Ich war immer noch im Besitz meines eigenen Briefes an meine Frau. Keine Gelegenheit, die Sache mit einer »vertrauenswürdigen« Person zu erledigen. Und dann wieder Momente, in denen ich dachte: Den braucht sie gar nicht; bald werde ich frei und bei ihr sein. Ich hatte einen der Wächter in ein Gespräch verwickelt und ihm mein letztes Geld zugesteckt. Er sagte: »Ich werde dich heute nacht auf dem Rückweg über den langen Rundweg führen. Vielleicht siehst du ja jemanden im großen Raum, der ihn für sie aufbewahren kann.« Er klang weder grob noch unfreundlich, schaute mir aber nie in die Augen. Vermutlich schämte er sich, denn er hatte ein ehrliches Gesicht – aber was weiß denn ich? Ich habe schon immer alle Leute falsch eingeschätzt. Und warum denke ich gerade jetzt darüber nach? Ich sollte aufpassen. Wenn die Reihe an mir ist, werde ich meine Verteidigung vorlesen – wenn ich an der Reihe bin. O ja – wenn. Und Danton fordert gerade für Westermann das übliche Privatverhör, ehe man ihn dem Tribunal ausliefert. Anscheinend ist das nicht passiert. Eine pedantische Rechtsauslegung, meint Hermann. Wir sind alle aufgrund einer höchst pedantischen Rechtsauslegung hier, sagt Danton. Daraufhin lachen wir auf der Anklagebank alle schallend los. Kameradschaft. Einen Augenblick lang ist sie wieder da und auch die Kraft, die sie mit sich bringt, doch dann – vorbei.)

Der Finanzier Cambon sitzt auf einem Stuhl vor dem Gericht. Er wurde als Zeuge der Anklage aufgerufen.

Beim Eintreten des Mannes stand Danton auf.

»Für die Anklage, Cambon, gegen uns?« Cambon schaute ihn an.

»Glauben Sie wirklich, daß wir – wir – Verschwörer sind? Gegen die Nation?« Daraufhin lächelte Cambon, vermutlich aus Nervosität. »Schaut ihn an«, sagte Danton mit fröhlich dröhnender Stimme, »er lacht. Das zeigt, wie absurd diese Idee ist. Na los, Bürger Gerichtsschreiber, halten Sie im Protokoll fest, der Zeuge der Anklage hätte auf die Frage, ob er glaube, daß Danton ein Verschwörer sei, gelacht!«

Das gefiel den öffentlichen Bänken, und sie brachen selbst in schallendes Gelächter aus.

Wieder nahm Hermann die blöde Glocke zur Hand und bimmelte.

Als der Lärm erstarb, fauchte Hermann Danton an: »Hören Sie denn diese Glocke nicht?«

»Glocke?« Mit glühenden Augen starrte ihn Danton an. Hermann wartete verunsichert ab. »Ein Mensch, der um sein Leben kämpft«, sagte Danton, »hört vielleicht eine Glocke, läßt sich aber nicht von ihr aufhalten.«

Unter zustimmenden Rufen von den Bänken und der Anklagebank, setzt er sich hin. (Draußen, sagt man, stehen sie wieder Kopf an Kopf auf den Wegen und Brücken bis zur Münze hinauf. Und der Raum hinter der Tür zum Gerichtssaal, das sogenannte Wartezimmer zum Füßevertreten, ist derart gesteckt voller Leute, daß wohl kaum einer auch nur einen einzigen Schritt machen, geschweige denn sich die Füße vertreten kann.) Und doch.

Man befragt Cambon über Lacroix und über Danton. Zu Korruptionsfällen in Belgien und ganzen Wagenladungen voll Gold und feinem Leinen. Lacroix sitzt fluchend da und wird um Ruhe ersucht. »Dann tu ich das eben, verdammt noch mal.« Danton steht auf, wieder ruft er Cambon zu: »Abgesehen von all dieser – wie soll ich dazu sagen? – dieser Mythologie, möchte ich den Zeugen noch einmal fragen, ob ich ein Verschwörer bin?«

Cambon verzieht das Gesicht. »Ich würde meinen, das nicht.«

»Sie sind gar nicht an der Reihe«, sagt Hermann zu Danton.

Lacroix springt auf und schreit: »Ein Mann, der um sein Leben kämpft, ist vielleicht nicht an der Reihe, wird sich aber davon nicht aufhalten lassen!« Und erhält von den Bänken stürmischen Beifall.

Und dann springt einer von den Camilles auf und brüllt Cambon zu: »Und ich? Bin ich ein Verräter?«

Cambon schaut nun Camille an und leckt sich die Lippen. Cambon runzelt die Stirn und sagt mit einem wütenden Blick auf Fouquier: »Meiner Meinung nach kann man weder Danton noch Desmoulins als Verschwörer bezeichnen, sondern im Gegenteil als Patrioten und gute Diener der Republik.«

»Oh, Fouquier, rufen Sie einen anderen Zeugen der Anklage auf«, sagte Danton. »Ihre Anklage wird allmählich unser Freispruch.«

»Setzen Sie sich, dann werden wir sehen«, sagt Fouquier-Tinville kalt.

Am Nachmittag wurde mit der Anklage begonnen. Lange genug hatten sie ja dazu gebraucht. An diesem Punkt hatte Cambons Aussage zur Indien-Kompagnie die Fälscher und Profitgeier erledigt, und damit auch Fabre. (Er war inzwischen so krank, daß man ihm gestattete hinauszugehen. Als man den schlappen Körper halb aus dem Zimmer schleifte, zischte eine Frau von den Bänken: »Wieder eine Leiche, die für die Guillotine dort drüben zugerichtet ist.« Ich hatte gehört, daß sich das Publikum während eines Theaterstückes über den Tod eines Königs – solche wurden schon seit geraumer Zeit ununterbrochen gespielt – jede Nacht heftig darüber beklagt hatte, es würde »kein richtiges Blut« geben. Besagter Kenner vertrat die Meinung, die Bilder vom Revolutionsplatz hätten die Leute abgehärtet.) Aber Danton hatte zu Fabre gesagt, wenn wir davonkämen, würde er auch ihn freibekommen. Wenigstens hatte es mir Lacroix so mitgeteilt. Ich hatte aber auch eine kleine Karikatur gesehen, die man uns von den öffentlich zugänglichen Bänken herübergeschmuggelt hatte. Auf der einen Seite des Blattes war ein schwarzer Gegenstand aus zwei senkrechten Pfosten mit einem tischförmigen Gerät davor abgebildet, zwischen dessen Querstreben an einer Kurbel ein bewegliches Teil hing: eine Druckerpresse. Darunter stand: Wie leicht verwandelt sich doch dies – und beim Umdrehen fand man auf der Rückseite genau dieselbe Zeichnung, nur daß sich der bewegliche Teil in eine einzige schräge Klinge und der »Tisch« in ein Brett verwandelt hatte, das nach vorn statt nach hinten herausschaute. In das! lautete die Unterschrift. Voraussichtlich waren Fabre oder auch ich damit gemeint. Sehr amüsant.

Offensichtlich hatte man die Anklage aus dem wunderbaren Bericht des wunderbaren Saint-Just zusammengestellt. Als Vorbemerkung hatte Hermann zu Danton gesagt: »Nach Anhörung der Anklagepunkte werden Sie Gelegenheit zum Reden erhalten.«

»Versuch, ihn aufzuhalten!« schrie einer von den Bänken, wo gerade ein kleines Handgemenge ausgebrochen war.

Aber Danton besann sich urplötzlich auf die Etikette und ließ sich mit einem kühlen Nicken als aufmerksamer Zuhörer nieder.

Ich machte ihm keine Schwierigkeiten. Erneut hörte ich mir die ganze Sache bis zum Ende an. Der Gerichtsschreiber, der die Anklage verlas, war ein ehemaliger Freund Dantons. Oft stockte seine Stimme.

Es war sehr heiß, und die Welt ganz still.

»Dumouriez«, sagte der Freund und räusperte sich, »hat Komplotte unterstützt, zu denen auch ein Einmarsch mit besagten Truppen in Paris zählte –«

Und dann das übrige: Danton, der geheime Monarchist, gekauft und bezahlt. Marswiese. August. England. (Ich mußte an die Rue Saint-Honoré, Schlag zehn Uhr denken: Was hast du im Sinn, d'Anton? – Ich? Und später der verbrannte Morgen mit den Pferdeäpfeln von La Fayettes Truppe auf der Straße: Weißt du, die Dinge laufen nicht ganz so, wie ich es mir vorgestellt habe; wir sind zu weit gegangen. – Lieber weglaufen, was, Danton? Und er weinte in Gabis Armen. Und dann der kleine Scheißkerl David mit seiner Bemerkung: Es heißt, Danton hätte die Preußen gekauft. Lügen. Oder falls es doch wahr ist, dann nicht so, wie man jetzt behauptet. Es gab Gründe, gute Gründe. Nein, das ist nicht wahr. Eigentlich erinnere ich mich doch nicht mehr.)

Heute hing der metallische Geruch nach Menschenschweiß unverdünnt in der Luft. Wir waren so lebendig, daß wir schwitzten. Und durch die Fenster drang der Geruch nach Sommer. In erster Linie erinnerte er mich an meine Schulzeit, mit einer Ausnahme: dann wäre Robespierre dagewesen. »Du hast schon wieder eine Feder zerbrochen, Camille. Immer zerbrichst du sie.« Dann borg mir deine, du bist schon fertig. »Hier. Der große Junge hat mich beim Hereinkommen getreten.« Tritt ihn zurück. »Aber ich hatte doch nichts getan. Warum macht er das?« Der tritt jeden. Sei still, Maxime, und laß mich schreiben.

Sei still, Maxime, und laß mich schreiben. Geh weg, laß mich in Ruhe. Du hast mir deine Feder geliehen (prêtez-moi ta plume). Um Himmels willen. Wie leicht verwandelt sich das – in das.

Als die lange, lange Anklage endlich unter Gehuste fertig vorgetragen war, herrschte schwere Stille. Glaubte unser Publikum auf den Bänken, das uns liebte, daran? Glaubten sie das alles von Danton?

(Ich erinnere mich. Ich erinnere mich gar nicht.)

»Jetzt dürfen Sie sprechen, Georges Danton. Lassen Sie sich Zeit, wir werden zuhören.«

Danton stand auf, ging in die Mitte des Raumes und verbeugte sich mit enormer Ironie vor Hermann, dann vor Fouquier (zwei übertrieben höfliche Verbeugungen) und dann vor den versammelten Geschworenen (Souberbielle lief rot an und wurde dann blaß). Diese Darbietung entlockte dem Publikum mehr als ein leises Kichern. Dann wandte er sich dem Volke zu und sprach zu ihm, und nur zu ihm.

»Ihr kennt meine Stimme«, sagte er. Und plötzlich klang diese mächtige Donnerstimme wunderschön, beherrscht und fast melodiös, so wie es Mirabeaus Stimme gewesen war. Allerdings erinnerte sie im Vergleich zu Mirabeaus dunklem Silbertimbre an Gold. »Ihr kennt meine Stimme, weil sie sooft laut gerufen hat, um euretwillen. Wollt ihr nun noch einmal zuhören, wenn sie nur für sich selbst ruft, um meiner und meiner Freunde willen? Ja, ihr werdet zuhören, denn euch allein kann man trauen, ihr allein seid gerecht. Nun soll mich nicht nur dieser kleine Gerichtssaal hören, sondern ganz Paris, und nicht nur Paris, sondern ganz Frankreich.«

Sie reagierten und wurden um seinetwillen leise.

Aus dem Augenwinkel heraus sah ich Hermann gestikulieren und Fouquier den Kopf schütteln, aber ich war von Danton wie gebannt. Ja, trotz meiner Zweifel, trotz meiner Verzweiflung. Tränen füllten meine Augen und Flammen mein Herz. So war er, so erinnere ich mich an ihn und werde ihn immer in Erinnerung behalten. Zum Teufel mit allem übrigen.

»Ihr werdet merken«, sagte er, »daß ich von Unsichtbaren angeklagt werde, von maskierten Priestern mit Kapuzen, die ihre Dolche unter langen Gewändern verbergen. Was sie sagen? Sie sagen, ich ginge nachts umher, um Verschwörungen gegen die Republik anzuzetteln. Ihr kennt mich, Bürger. Bin ich einer, der lieber draußen ist, anstatt mit seiner hübschen Frau daheim im Bett zu liegen?« (Sie lachen. Sie ermahnen sich zur Ruhe.) »Sie sagen, man hätte mich gekauft, aber ich bin unbezahlbar – wer könnte sich mich leisten?« (Sie lachen und rufen ihm Riesensummen zu, die auch er lachend abwehrt.) »Ich bin ein Monarchist, wirklich? Ich, der mit Bayonetten den Palast der Capets umstellt hatte, damit sie nicht fliehen konnten. Ich, der am zehnten August den Sturm auf eben diesen Palast angeführt habe. Ich, ein Royalist? Ich, der im August fortlief, jawohl, den ganzen Weg zum Haus meiner Mutter bin ich gelaufen, um ihr einen Abschiedskuß zu geben und mein Testament zu machen – ich bin ein guter Sohn –, und anschließend bin ich wieder zurückgerannt. Ich hielt es für möglich, daß ich während des Aufstands umkommen könnte. Sollte ich meine Familie unversorgt lassen? Ja, ich habe die Möglichkeit meines Todes in Betracht gezogen, denn soviel Risiko wollte ich persönlich eingehen. Und was England betrifft: Das war reine Geschäftssache. Selbst Marat ist nach England gegangen. Wir sind zurückgekehrt, beim Himmel, ich bin kein Emigrant, der Frankreich für die fremde Engländerhure im Stich läßt. Und wo bin ich jetzt? Hier, vor euren Augen, ich, der Royalist, der gesagt hat: Der Kopf eines Königs soll unser Kampfziel sein.« (Sie lachen und brüllen: Danton! Danton! Und bringen sich selbst erneut zum Schweigen.) »Aber die Unsichtbaren an der Spitze all unserer Kämpfe – sie wagen nicht, mich offen anzugreifen. Ich sage, laßt sie herauskommen!« O Gott, seine Stimme füllt den ganzen Raum und scheint ihn in den Himmel zu heben. »Heraus, ihr Söhne Kains, ich will euch entlarven und mit den Masken das Fleisch herunterreißen. Mit einem Fußtritt will ich euch in den schleimigen Dreck zurückbefördern, aus dem man euch nie hätte hervorquellen lassen dürfen.«

Die Menge hängt an seinen Lippen, wieder geht alles in Getose unter. Irgendwo findet Hermann die Kraft und quiekt schrill: »Leiser! Dieser Lärm ist kein Zeichen von Unschuld, sondern das Geplärr der Schuld.«

Daraufhin schießt Danton zu ihm herum und donnert los: »Ist es mir gestattet, ein Mensch zu sein? Dieses monströse Lügengericht, das man mir vorgesetzt hat – ich ersticke daran! Ich bin ein Revolutionär! Denkst du, wir haben die Bastille *leise* gestürmt?« (Zustimmendes Geschrei.) »Glaubst du, die Kanonen beim Fall der Tuilerien sind leise gewesen? Aber ich – ich, der von diesen Worten hier bis ins Mark getroffen wurde, ich darf meine Qual nicht laut herausschreien? Erwarte von mir keinen ruhigen, kühlen Bericht.« (Der Raum bekommt einen Anfall, den erst Danton beruhigen kann, die Richter sind unfähig dazu.) In die neue Stille hinein sagt Danton wesentlich leiser, so daß nur die Wassergläser zerspringen: »Es gibt keine Glocke auf Erden, die mich in Schach halten kann, und auch keinen Menschen. Ich habe euch zugehört, jetzt werdet ihr mir zuhören.«

Und damit dreht er sich wieder den Leuten zu und sagt: »Ich werde nun diese Verleumdungen in allen Details wiederlegen.« Und fängt damit an.

Fouquier-Tinville schreibt.

Die Notiz wird an Hermann weitergereicht. Sie lautet: In einer halben Stunde werde ich unterbrechen. Wir müssen hier einiges diskutieren.

Aber Fortuna scheint auf ihrer Seite zu sein. Die Hitze, die staubige Luft, die Emotion – die große, goldene Stimme bekommt allmählich Brüche, bis Danton zuletzt innehält, sich mit der Hand übers Gesicht fährt, um den Schweiß abzuwischen, und ihm einer der Geschworenen zuruft: »Dann sagen Sie uns mal, gesetzt den Fall, man hätte Sie nicht gemeinsam mit Dumouriez gekauft, warum hat er dann nie Jagd auf die Preußen gemacht, obwohl er sie doch nach Valmy in der Hand gehabt hätte?«

Danton dreht sich um, um denjenigen zu mustern, der von hinten auf ihn zielt. Vor drei Jahren hätte ihm diese Sitzung in körperlicher Hinsicht nichts ausgemacht, aber nun tut sie es, hat es schon getan. Schließlich geht es nicht nur um einen Nachmittag, sondern um genau diese drei Jahre – mit Gebrüll. Kein Mensch kann sein ganzes Leben lang die Welt niederschreien, ohne in bestimmten Augenblicken erschöpft zu sein.

»Dumouriez hatte seine eigenen Taktiken. Ich bin Politiker und kein Soldat«, sagt Danton zu dem Geschworenen.

Er ist ausgewichen. Er hätte viele Dinge sagen können. Hat nicht schon Camille in jener fatalen Historie der Brissiten ein paar davon genannt? Aber nein, entweder hat er die vertrauten Antworten nicht zur Hand oder verschmäht sie, oder er hat das Gefühl, auf ein derart unsicheres Fundament könne er nicht bauen.

Und Fouquier (wie jedes Raubtier wittert er untrüglich den Moment der Kapitulation, und sei er auch noch so unbewußt) gibt Hermann ein Signal, und Hermann steht auf.

»Georges Danton«, sagt er, »hat nun fast zwei Stunden geredet. Nun rate ich um seiner selbst willen zu einem Ende dieser Sitzung. Die Beweise anderer Gefangener müssen auch noch angehört werden.« Danton bewegt sich ein wenig. Er – der mitreißende Revolutionär, der brüllende Löwe – wirkt beinahe dankbar über diese vorbeugende Maßnahme. »Morgen können Sie ja fortfahren, Danton, hoffentlich mit größerer Ruhe.«

»Nie«, sagt Danton mit knallrotem Kopf und halbgeschlossenen Augen. Inzwischen hält er die Hand an die Kehle, als ob er den rasenden Puls zurückdrängen möchte. Die Krawatte ist schon lange gelöst und das Hemd am Hals weit aufgerissen. »Ich werde Sie beim Wort nehmen und noch einmal sprechen. Trotzdem akzeptiere ich den Entscheid, aber nur unter der Zusicherung, daß ich morgen meine eigenen Zeugen zur Verteidigung aufrufen kann.«

»Man hat Anwälte für Ihre Verteidigung berufen.«

»Ich bin mein eigener Anwalt und möchte meine eigenen Zeugen aufrufen. Ich habe eine Liste von ihnen, die ich Ihnen jetzt aushändigen werde.«

»Das ist nicht die Stunde –«

»Wann wird dann die Stunde sein?«

»Das ist ein unpassender Bereich –«

»Lenken Sie nicht ab! Himmel, Herrgott noch mal, ich werde meine Zeugen vorführen, und wenn es dich dein verdammtes Scheißleben kostet!« Wieder bricht seine Stimme, und die Kraftausdrücke, die genauso zu Danton gehören wie sein funkelnder Intellekt, schaffen es, daß Hermann ein bißchen triumphierend zusammenzuckt. Danton sieht es, geht ohne Vorwarnung zu den Bänken für die Gefangenen zurück und – setzt sich hin. Anscheinend zittert er.

Er zittert tatsächlich. Er sagt zu mir: »Ich bin fertig.« Dann fügt er wie ein Vater, der seine Kinder nicht ängstigen will, hinzu: »Morgen bin ich wieder in Ordnung. Morgen – Zeugen. Wir werden das ganz groß aufziehen, werden die Scheißkerle unterbrechen. Herrgott, ich bin am Ende.« Und damit sinkt sein Kopf nach vorn, und er atmet nur noch.

Hérault sagt leise: »Mach dir keine Sorgen, Georges, du hast sie getötet. Du kannst dich ausruhen.« Es ist nicht wahr, wir wissen es, aber so ein feiner Herr ist Hérault eben. Nun ja.

Wie versprochen blieb mein Wächter auf dem Rückweg dicht bei mir, nahm mich beiseite und brachte mich »über den langen Weg« in den »großen Raum«.

Bis auf wenige Luftschlitze hoch oben und die Reihe blakender Fackeln, war es wie überall in der Hölle schwarz. Hinter Gitterkäfigen öffneten sich Zellen, aber alle waren draußen im grand salon. Dazu herrschte hier ein Lärm – schlimmer als droben im Gerichtssaal. Mein Wächter zuckte zurück und ließ mich am Tor anhalten. Wir beide dachten, es wäre ein Aufstand, aber dann kicherte er: »Die sind aber heute abend fröhlich!« Wilde Gesänge wie bei einem Bacchanal, die mit einem lauten Schrei endeten. Die Stimme eines jungen Mannes rief: »Jetzt werd ich euch mal einen Trinkspruch sagen. Auf – die Republik.« Keine Reaktion. Und er sagte: »Nein, ich meine nicht jenes Drecksding, was Seine Revolutionäre Majestät Robespierre plant, ich meine die Wahre Republik – das Trugbild, das ungesungene Lied – das Paradies, in dem niemand geschlachtet wird und keiner schlachtet und wo keiner in einer offenen Mistgrube namens Platz der Revolution stirbt.« Daraufhin ertönten einige zustimmende Rufe, ein paar Flüche, und ein oder zwei Gläser gingen zu Bruch. Ich drückte mich an meinem Wächter vorbei, der mich in das geschwärzte Fackellicht hineinließ.

Der Raum war voll. Samt ihren matten Perücken, verdreckten Spitzen und zerlumpten Mänteln saßen, standen, lehnten oder lagen sie herum. Sie sahen aus, als ob man sie wie Polsterfüllung in ihre Kleidung gestopft hätte – alles voller Flecken und beinahe farblos, vielleicht lag es aber auch nur am düsteren Licht. Nur der revolutionäre Zierrat, den so viele trugen, der war bunt geblieben. Wer waren diese Leute, welchen Rang würden sie beanspruchen? Alle Abgrenzungen waren verwischt. Wie das erste, verrückte Freiheitsfest auf dem Marsfeld hatte auch das Gefängnis alle gleich gemacht: feine Pinkel, Schneider, Wucherer, schneidige Kavallerie, Huren. Man konnte ein, zwei Priester erkennen, die in ihren Gewändern daknieten. Ein, zwei Mädchen, die sich Rouge ins Gefängnisgrau ihrer Wangen gerieben hatten. Und doch waren sie eine einzige grausige Familie, was sie offensichtlich auch wußten. Alles war in Bewegung – sie wanden oder streckten sich, änderten beim Lesen, Reden oder Trinken das Muster ihrer Hände –, und doch erinnerte alles einen Moment lang an verrottete Curtiussche Wachsfiguren. Doch dann stand da tatsächlich auf einem Holzstuhl – mein Gott, mein eigenes Bild holte mich wieder ein – jener junge Mann, dessen Stimme ich zu kennen glaubte und es auch tat: Gabriel. Gabriel de Polignac. Genau in dieser Sekunde drehte er sich um und sah mich. Ich zuckte zusammen. Möglicherweise würde er lauthals verkünden, wer ich sei, und damit alle möglichen Reaktionen auslösen. Aber er tat nichts dergleichen, sondern landete mit einem weichen Sprung auf seinen Tänzerfüßen und kam mit einem Glas Branntwein in der Hand zu mir herüber. »Schön, schön, der Herr Abgeordnete Desmoulins. Trinken Sie einen Schluck mit uns auf das, was möglich gewesen wäre.«

»Geben Sie's mir«, sagte ich, riß ihm das Glas aus der Hand und trank es auf einen Zug leer. Er lachte. Der Alkohol stieg mir sofort zu Kopf, und deshalb schämte ich mich plötzlich. »Verzeihung.«

»Ist schon in Ordnung«, sagte er und holte sich das leere Glas wieder. »Ich habe sowieso genug. Außerdem möchte ich doch dort, wo ich heute nacht hingehe, ein bißchen nüchtern sein.«

Meine Augen wollten sich nicht auf ihn konzentrieren. Ich sagte: »Wwwoo-hin?«

»Was glaubst du denn, Camille? Wo geht man von hier aus hin?« Inzwischen lachte er nicht, sondern war wütend. Er hätte mich oder jeden anderen umbringen können. Er sagte: »Zum Alten Bleichgesicht und seiner Puppenbühne.«

»Was? Wann?«

»Jetzt. Bald gehen wir rauf und werden für den Schnitt hübsch rasiert.« Träge zupfte er an seinen blonden Haaren. Die Perle steckte nicht mehr im Ohr, nur ein perfektes, winziges Loch war noch da. Diese Perle – eine kleine Bestechung, vielleicht für den Branntwein.

»Gabriel«, sagte ich.

»Gräm dich nicht«, erwiderte er, »du hast's ja nicht getan.« Er war wieder schnoddrig. »Jedenfalls nicht mehr als ich.« Allmählich konnte ich ihn erkennen. »Ja«, sagte er, »vielleicht erinnerst du dich ja an mich, bitte, einigermaßen gut ausstaffiert und frisch rasiert für die letzte Rasur. Dagegen schau dich mal an, tz, Camille. Du warst mal so eitel, als du zu etwas Geld gekommen bist. Hat man dir denn nicht den Trick beigebracht, wie man sich hier rasiert? Ist ziemlich en vogue.« Ich starrte ihn an. Einmal schien er ganz weit weg zu sein und dann wieder ganz nah. »Urin«, sagte Gabriel. »Deine eigene Pisse, du Narr. Ist heißer als kaltes Wasser.« Er hatte tiefe Falten unter den Augen, genauso alt und schwarz wie meine. »Na schön, Camille«, sagte er, »vermutlich sehe ich dich in der Hölle wieder. Wir haben die Sache ganz schön vermasselt, nicht wahr?«

»Ja.« Mein Wächter hatte sich getrollt und unterhielt sich mit einem anderen, dort, wo es Branntwein gab.

Gabriel sagte: »Clodie lebt. Man hat sie in der Pélagie eingesperrt. Ihr Mann ist verduftet und hat sie in dieser Mausefalle zurückgelassen. Der Himmel möge seine Seele verrotten lassen. Mein Gott, ich muß dauernd an sie denken, immer und immer wieder, selbst hier, selbst jetzt noch. Es zerreißt mich. Wenn sie ihr das antun, ihrem Gesicht, ihrem Körper – sie war immer so scheu –, das ist das letzte Bild, das ich sehen werde. Damit gehe ich ins Nichts. O Gott verdamme sie, verdamme sie alle. Weine nicht«, sagte er nach kurzer Zeit fast geistesabwesend zu mir. »Was? O ja, deine Lucile. Was? Ich kann nichts hören – einen Brief für sie? Ja, ich werde dir sagen, auf wen du zählen kannst, dort drüben, der alte Beau'garde. Vielleicht kommt der sogar lebend hier raus. Gib ihn ihm, sag ihm, ich hätte es dir gesagt. Ich bin nicht so beliebt, aber er und ich, wir haben zusammen Schach gespielt.« Dann war das Echo von Stiefelgetrampel zu hören, das sich noch als unsichtbare Phantome dem anderen Eingang näherte.

Alles erstarrte, jede Gestalt, jede lebendige Wachsfigur. Wie jahrhundertealter Staub senkte sich gespannte Stille auf den Warteraum des Todes.

Der Sondertrupp kam herein und sah sich um. Die Wächter hatten keinen besonderen Gesichtsausdruck. Vielleicht hatten sie anfänglich die Bösewichter ein wenig eifrig bestraft, aber allmählich waren sie der Sache überdrüssig geworden. Pflicht. Ein massiger Dummkopf in schmutziger Uniform trat vor und begann, die Namen der Toten vorzulesen, wobei man immer wieder seine kaputten Zähne sehen konnte.

Als Gabriel seinen Namen hörte, warf er mit einem Fluch sein Glas weg und umarmte mich genauso stürmisch wie ich ihn.

»Gott gebe dir Frieden, Camille. Aber meiner Ansicht nach gibt es für keinen von uns Frieden. Dafür werden wir verdammt.« Damit entfernte er sich. Während er durch den langen Raum schlenderte, rief er allen, die weinend und mit weichen Knien zurückblieben, laut zu: »Auf, auf, ihr Kinder des Vaterlandes, der Tag des Ruhmes ist nun da!«

Als er fort war, als alle fort waren, kam mein Wächter, der genug getrunken hatte, und brachte mich zu dem Mann namens Beau'garde. Obwohl ich ihn schon einmal getroffen hatte, mußte ich ihn daran erinnern, wer ich war. Er machte kein großes Aufsehen davon. »Bitte«, sagte ich, »sorgen Sie unter Einsatz Ihres Lebens dafür, daß sie dies erhält.«

»Ja«, sagte er, »wenn ich kann. Ich schwöre, ich werde es versuchen. Wenn es geht.«

Jetzt zerrte mich mein Wärter ziemlich hastig davon. Vielleicht hatte er gemerkt, daß dieser Gefallen für ihn ziemlich riskant ausgehen könnte. Ich stolperte durch den Raum. Einige Frauen, die eben erst von ihren Männern getrennt worden waren, schrien und weinten. Als wir die Tür passiert hatten, schaute ich über die Schulter zurück und behielt den Mann im Auge, der meinen Brief hatte. Er war mir lieb und wert, denn er würde Lucile treffen. Wenn ich bereits Rabenfutter wäre, würde er diese Blätter in ihre Hände legen.

In meiner Zelle lag ich da und dachte an Gabriel de Polignac.

Es war der Abend des dritten April – nach dem alten Kalender.

In jener Nacht ließen alle im Gefängnis, die von Gabriel erfahren hatten, ihn hochleben, egal, welche Auseinandersetzung sie mit ihm gehabt hatten. Gepflegt, kühn und zornig hatte er auf dem Schinderkarren gestanden. Die Menge mochte weder seinen feinen Namen – sein Benehmen noch seinen gebürsteten, azurblauen Mantel. Einer warf ihm eine verfaulte Kohlkopfhälfte nach. Am Schafott angekommen, stieg er die hölzernen Stufen hinauf, doch als er zu Sanson kam, dem Henker von Paris, dem Alten Sans-Sang, dem Aderlasser, der mit der ganzen Selbstgefälligkeit eines Berufshenkers dort oben stand – lief Gabriel restlos die Galle über.

Es heißt, man sollte selbst unter extremen Umständen vorsichtig und höflich bleiben. Auch wenn die Klinge die eigentliche Arbeit erledigt, ist es besser, sich's nicht mit der Mannschaft zu verderben.

Aber angesichts des roten Himmels seines eigenen Sonnenunterganges drehte sich Gabriel de Polignac in seinem schönen, tapferen Staat, den der stinkende Kohlkopf der Bosheit verdreckt hatte, um und spuckte Sanson an.

Jawohl, angespuckt hat er diesen Mistkerl. Gott sei Dank hat es einer getan.

(Dafür wurde er recht unsanft behandelt. Als sie ihn auf das Brett warfen und dort festbanden, hätten sie ihm fast beide Arme ausgekugelt. Sie liebten es, sich als Sansons »Jungs« zu betrachten. Kameradschaft auf allen Gebieten. Aber als die Klinge fiel, war sie sauber.)

Erhebt also eure Gläser und sagt der schönen Clodie, die im Gefängnis von Sainte-Pélagie dahinschmachtet: Ihr Freund ist stilvoll gestorben. Und dann sagt ihr, daß auch sie in nur wenigen Tagen das Schafott besteigen und sich wie im Leben dorthin legen wird, wo er gelegen hat. Denn die große Flut gibt sich nicht nur damit zufrieden, uns zu töten, sie muß auch unsere Geliebten haben, unsere Frauen, und sogar wenn möglich unsere Seelen.

Soviel, Gabriel, zu Schönheit, Tapferkeit und Liebe.

Wenn der Regen schwer genug fällt, zerdrückt er die Blumen.

15. Germinal (4. April 1794)

Und am Morgen des dritten Tages …

Heute morgen hebt sich der Vorhang spät.

Die Gefangenen werden hereingebracht. Sie sind unruhig und haben in ihren Unterkünften nicht gut geschlafen. Sie wirken völlig elektrisiert: Sie zucken, stehen auf und lassen sich hinfallen, kritzeln Notizen und zerknüllen sie wieder, fahren ruckartig herum, um einander etwas ins Ohr zu sagen oder über die Schulter mit denen zu reden, die hinter ihnen sitzen. Ihre Gesichter mit den starren Augen bleiben hölzern, bis mit einem Mal alle fieberhaft lebendig werden und sie wild herumarbeiten und sich dazu auf die Lippen beißen oder zuckend die Stirn runzeln. Sie sehen wie ein abgerissener Haufen aus. Mit der Sauberkeit geht im Gefängnis auch die Mode flöten. Offensichtlich haben Lacroix und Camille Desmoulins erneut das Rasieren ganz eingestellt, während sich Danton anscheinend einen Bart wachsen läßt. Nur Hérault muß einen Barbier aufgetrieben und bezirzt haben. Ihre Hemden sind gelb-grau und ihre Strümpfe eine wahre Pracht. Sollten sie noch ein ordentliches Stück Leinen oder Musselin am Leibe tragen, so haben sie es gut versteckt. Nicht einmal Hérault konnte eine Wäscherei finden und trägt kein Band mehr in den Haaren, die ihm in immer noch glänzenden, goldenen Ketten um seinen Hals fallen.

Kaum waren alle drinnen, stand Danton auf und marschierte zum Mittelpunkt des Raumes, den er gestern so vehement besetzt hatte.

Es dürfte ihm kaum entgangen sein, daß der hintere Teil des Raumes, der der Öffentlichkeit zugänglich ist, nicht so gut besetzt ist wie bisher. Außerdem stehen zusätzlich Wachen herum. Aber eines ist noch weniger geheuer: Auf den Bänken sitzen ganz ruhig und ohne eine Miene zu verziehen kleine Gruppen – todsicher Kreaturen des Tribunals, die den Mund halten, bis man sie lautstark um ihre Meinung bittet. Dann werden sie sich heftig zum Schaden des Angeklagten äußern. Nicht gut, gar nicht gut. Aber Danton wirft nur einen flüchtigen Blick dorthin und dreht sich dann zu den Richterbänken und zu Fouquier um, der mit heißem Brot und Flaschengeistern gut gestärkt heruntergekommen war.

Danton – blaß sieht er heute morgen unter den harten Bartstoppeln aus; sein Gesicht wirkt schwer und besteht nur aus Kinnbacken, Tränensäcken und tief eingesunkenen, ausgebrannten Augen, hinter denen keine Flammen lodern.

Fouquier beäugt die Erscheinung. »Nun?«

»Nun«, sagt Danton fest, »wie man mir gesagt hat, bin ich hier, um zu reden.«

»Ach. Später, Danton, zuerst müssen andere Dinge erledigt werden.«

Als einziges Anzeichen von innerem Feuer läuft Danton ganz langsam rot an. Mehr nicht. Trotzdem dreht er sich um und knurrt die Publikumsbänke, den Raum, die Fenster und die Welt draußen an: »Es hieß, ich könnte frei sprechen. Das waren die Bedingungen, unter denen Sie gestern abend Ihre Sitzung vertagt hatten.«

»Bedingungen? Danton, dies ist das Tribunal der Nation, und Sie stehen hier vor Gericht. Wir gestatten keine Bedingungen.«

»Zum Kuckuck, Sie wortklauberischer Zwergpavian«, brüllt Danton, indem er sich wieder ihm zuwendet. Wenn man nicht wüßte, wozu ein Danton fähig ist, wäre die Sache nicht wenig beeindruckend. Er ist wie ein Läufer – hart und entschlossen –, der aber mit einer Last auf dem Rücken ins Rennen geht.

»Respekt vor dem Gerichtshof, Danton«, sagt Fouquier.

Danton erschauert. Mit einem einzigen verächtlichen Blick in die Runde wird ihm klar, daß auf die Menge im Raum kaum Verlaß ist. Auch auf den Rest nicht? Er drischt mit der Faust durch die leere Luft und wiederholt beharrlich: »Und meine Zeugen? Meines Wissens wurde Ihnen schriftlich meine Liste präsentiert. Wann sollen sie aufgerufen werden?«

»Tun Sie mir den großen Gefallen«, erwidert Fouquier, »und setzen Sie sich. Alles der Reihe nach.« Und dabei lächelt er und macht Richtung Danton eine kriecherisch-katzbuckelnde Verbeugung. Danton sieht es und weiß untrüglich, was das bedeutet: Allmählich glaubt Fouquier, er hätte ihn sicher. Und Danton kann nichts dagegen tun, oder es fällt ihm nichts ein, was er dagegen tun könnte.

Genau wie gestern dreht er sich um und zieht sich auf die Bänke zu den Gefangenen zurück, wo er sich sorgfältig hinsetzt und mit verschränkten Armen zurücklehnt. Er ist entschlossen, Fouquier prüfend zu mustern, aber Dantons Augen sind nicht ganz konzentriert.

Bald darauf bringt man einen neuen Gefangenen herein. Die mit viel Aufwand vorgetragene Anklage gegen ihn war der übliche Rundumschlag: Verrat gegen die Nation. Aber irgendwie wirkte sie ziemlich zusammengestoppelt und aufgesetzt. Mit einem unsicheren Schafsgesicht stand der Mann da, ohne allzu entsetzt zu wirken, und als er schließlich in Richtung der übrigen Gefangenen verabschiedet wurde, setzte er sich in gehörigem Abstand zu den anderen.

»Aha«, sagte Lacroix, »hör ich die Nachtigall trapsen?« Er stupste Philippeaux an. »Was meinst du dazu?«

»Vermutlich«, sagte Philippeaux. Er hatte kein Interesse daran, sondern versenkte sich weiter in sein Buch und betrachtete das Gesicht seiner Frau im Miniaturformat. Aber wie ein nervöser Hund, der hinter jedem Brocken her ist, egal, wie unverdaulich er auch sein mag, fragte Camille: »Was?«

»Der da«, sagte Lacroix, »der Neue da unten, der uns meidet, als ob wir eine besonders üble Krankheit hätten. Der kommt durch. Schau ihn dir an, er weiß es schon. Bei dem werden sie auf unschuldig plädieren, während wir anderen –«

»Eine alte Methode«, meinte Hérault, »damit wirkt jeder Prozeß gleich viel fairer –«

Genau in dem Moment wurde Héraults Name aufgerufen. Mit absoluter Würde ließ er die Fragen über sich ergehen und wirkte dabei wie ein Mann, den man von einem anderen, angenehmeren Zeitvertreib weggeholt hat und der entschlossen ist, höflich und geduldig zu sein. Trotzdem verdammten ihn die Fragen irgendwie in Grund und Boden – zum Profitgeier und Agenten fremdländischer Interessen.

Und nun wird Camilles Name aufgerufen. Meiner.

Ich stand. Zu meiner Linken die unterkühlten Zuhörer, dort zum Angaffen bzw. Wegschauen die Geschworenen. (Ich kannte mehrere; einer hatte sich ziemlich ausführlich von mir über die Beantwortung von Briefen drüben im Konvent beraten lassen.) Und hier – das Rabengericht. In meiner Tasche steckte die Verteidigung, die ich geschrieben hatte. Sie war viel zu lang, und mir war bereits klar, daß sie mir nicht gestatten würden, sie vorzulesen. Trotzdem legte ich meine Hand auf das Blatt. Ich schaute Fouquier an. Vor dir habe ich keine Angst, du schwarze Fliege, du glitschiger, bissiger Wurm. Und doch hatte ich Angst. Ich bebte. Auch meine Stimme.

»Sie wirken ziemlich verblüfft, Bürger Desmoulins. Wissen Sie, warum Sie hier sind?«

»J-ja. Ich weiß es ganz gut. Aus boshafter Rachsucht.«

Fouquier schürzte die Lippen.

»Keine außergewöhnliche Verteidigung«, sagte Hermann.

»Dann hört euch das an«, sagte ich. »Hn-Sn-saint-Just, mit dem ich, wie allgemein bekannt, gelegentlich Streit hatte – er hat vor mehreren Leuten, die sich an den Vorfall n-n-noch gg-gut erinnern, geschworen, er werde mich ums Leben bringen.«

»Ihre Behauptung beruht auf der Tatsache, daß Sie über Saint-Just Verleumdungen verbreitet haben –«

»Einen Witz habe ich über Saint-Just gemacht. Saint-Just gehörte zu den ganz wenigen, die d-das nicht k-komisch fanden.«

»Damit wollen Sie also sagen, Sie wären hier, weil Sie Witze gemacht hätten, und nicht wegen Beteiligung an gewissen Verschwörungen; zum Beispiel an der Affäre Dumouriez.«

»Ich habe Dumouriez angeprangert – angeprangert –, genau wie Danton ihn angeprangert hat! Die Gironde war in Dumouriez verliebt, nicht Danton oder einer von uns. Selbst vor Marats Äußerung – ich – ich und-d nn-n-nicht zum erstenmal, ich war vor Mr-Marat – ich habe Frankreich v-vor Mirabeau gewarnt und vor Orléans.«

»Ja, ja, Sie haben sich gegen verschiedene Personen geäußert, sobald deren Verrat offensichtlich gewesen ist.«

»Was? Ich –«

»Vielleicht ein neuer Witz?«

»Sie«, sagte ich und meine Stimme ging bebend ins Schreien über, »Sie sitzen hier als Repräsentant der revolutionären Justiz.«

»Möchten Sie die Revolution gerne beenden?«

»Ich habe die Revolution ausgelöst. Am zwölften Juni. Ich war ihr Anfang, und meine Ermordung wird ihr Ende sein.«

»Und doch freundeten Sie sich mit Royalisten an.«

»Nein, habe ich nie getan. Wer das behauptet, ist ein Lügner.«

»Ihre eigenen Schriften tun es. Wir sollten sie vorlesen lassen.«

»Ich habe allgemein um Mitleid gebeten, das ist alles.«

»Und beispielsweise einen bekannten Monarchisten in gedruckter Form verteidigt. Mittlerweile sitzt Arthur Dillon für sein Verbrechen im Luxembourg.«

»Seine Verbrechen – Verbrechen – welche Verbrechen? Mein Gott, er war mein Freund. Eine fragwürdige Freundschaft – seine Ansichten habe ich nie geteilt, aber er hat Frankreich geliebt und ihm gedient; meines Wissens hat er sich in keinster Weise gegen die Ziele einer Republik vergangen. Was tut man in so einem Fall? Sich auf einem Auge blind stellen? Welcher Mensch hat in Zeiten wie diesen keinen Dillon gehabt?«

»Wir kommen auf Ihr Blatt zurück, den Alten Cordelier. Sie haben mit seiner Hilfe Unzufriedenheit verbreitet. Es gibt kaum eine Seite, die nicht mutwillig Zwietracht sät. Sie verhöhnen die Komitees, Sie machen den Konvent lächerlich, und obendrein fordern Sie immer wieder, man solle uns das Schwert aus der Hand nehmen und damit Frankreich wehrlos seinen Gegnern überlassen.«

»N-Niemals. Niemals, hören Sie? Können Sie hören? Ich habe ein Ende der Extreme gefordert. Ein Ende der mutwilligen, blutigen Schlächterei. Das soll aufhören! Seit Robespierre auf mich zugekommen ist –«

»Warum den Namen von Bürger Robespierre ins Spiel bringen?«

Einer – Lacroix – schrie: »Warum nicht? Ist das inzwischen Blasphemie?«

»Robespierre m-mochte das Format des Blattes nicht«, sagte ich. »Aus Rücksicht auf seine Meinung habe ich es verkleinert. Ich habe es zurückgenommen –«

»Ach, kommen Sie, Desmoulins, Sie haben etwas zurückgenommen?«

»Seit der vierten Ausgabe habe ich n-nichts anderes getan.«

»Ach, ja, und wenn das Blatt vorgelesen wird, werden wir ja sehen, wie Sie dies bewerkstelligt haben.«

»Dann lest alles vor und nicht nur Teile daraus. Die Teile, die Saint-Just zur Irreführung sorgfältig für Sie unterstrichen hat.« (Lacroix lacht.) »Glauben Sie, ganz Frankreich möchte unter den Stufen der Guillotine hocken und Blut lecken?« Meine Stimme bebte nicht mehr, sie war heiser und klang verzweifelt. »Ich habe Hunderte Briefe bekommen, die mich baten, weiterzumachen und ein Komitee für Milde zu fordern – für Gnade – für gesunden Menschenverstand. Menschen, die sich inzwischen verstecken, sind zu mir gekommen, haben mir die Hand geschüttelt und mir Mut gemacht.«

»Royalisten.«

»Nein! Haben Sie nicht Hébert und seine Partei vor Gericht gestellt? Na, war's nicht so? Sie haben sie in den Tod geschickt. Wer hat sie Ihrer Justiz überantwortet? Ich persönlich. Damals hielt man es für nötig, daß sich einer laut äußerte. Ich rechne es mir hoch an, daß ich es getan habe. Man hat mir gratuliert. Damals war ich der Held, jetzt bin ich ein Schurke, obwohl ich dasselbe sage. Sind das die Vernunft und die Moral der Republik?«

»Sie drücken sich unklar aus, Bürger.«

»Sie wollen mich aufgrund der Anschuldigungen eines eisblütigen, humorlosen Mistkerls kreuzigen, der mich haßt.«

»Es erweckt den Anschein, als ob dieses Gefühl auf beiden Seiten vorherrscht.«

Daraufhin ertönt drüben auf den Publikumsbänken murmelnd von seiten der Gerichtsschranzen unterkühltes Lachen.

Ich schluckte die Bitterkeit in meiner trockenen Kehle hinunter und sagte: »Ich habe eine Antwort auf diesen sogenannten Bericht vorbereitet. Ich habe sie hier.«

»Das sehen wir, aber im Augenblick erteilt Ihnen das Tribunal Anweisung, sich zu setzen, bis die relevanten Teile Ihres Blattes verlesen wurden.«

»Sie verweigern mir –«

»Ihnen wird gar nichts verweigert.«

»Dann lassen Sie mich vorlesen –«

»Zuerst wird die Zeitschrift vorgelesen.«

»Das ist eine Verweigerung.«

»Ein Aufschub.«

Zwangsweise nahm ich ihre ausdruckslosen Gesichter wahr. Hermann wirkte unter seiner Maske fast gütig. Fouquier – mir fiel wieder jener Tag in meinem Büro ein: Ob ich ihm helfen könne? Ich sei doch so berühmt und ein so leuchtendes Exemplar für revolutionären Eifer. Dazu meine Füße auf dem Schreibtisch, und wie er sich in schlüpfrigen Bewegungen förmlich gewunden hatte. Mir fiel die Hand von den Papieren in der Tasche.

Genau wie Danton ging ich zur Bank zurück, setzte mich und ließ sie weitermachen.

Alles, was Saint-Just unterstrichen hatte, wurde vorgelesen. Aus ihrer Sichtweise genügte das, um mich zu belasten. Vermutlich bin ich drei- oder viermal hochgeschossen und habe sie angebrüllt, aber meine Worte gingen unter. Weder gelang es mir, sie zu ordnen, noch brachte ich sie heraus. Sie hätten auch gar nicht zugehört.

Inzwischen saßen wir alle vereint mit hängenden Köpfen da.

Ich fühlte mich, als wäre ich hundert Kilometer durch eine ausgedörrte Wüste gerannt, um am Ende nur an einen Platz ohne Wasser oder Schatten zu kommen. Mühsam versuchte ich, mich irgendwie auszuruhen und zu beruhigen. Meine Panik war ihr Verbündeter. Aber ich konnte mich nur winden, den Kopf zwischen die Hände klemmen und mich zweitweise murmelnd mit dem Fußboden im Gerichtssaal unterhalten und ihm erzählen, daß ich eigentlich verrückt werden sollte.

Sind die schwarzen Ratten süffisant?

Sie sitzen da, putzen ihr schwarzes Fell und quieken.

Was bleibt den traurigen Gefangenen nun noch übrig? Nachdem ihnen jede längere Stellungnahme abgeschlagen wurde, müssen sie sich offensichtlich diesem abschlägigen Bescheid gefügt und aufgegeben haben.

Aber es mußte doch noch andere Mittel und Wege geben. Und sei es nur die pure Unterbrechung durch beinahe hirnloses Geschrei, wie man das passenderweise in der Nationalversammlung, bei den Cordeliers und den Jakobinern gelernt hatte.

Lacroix fing als erster an.

Wieder einmal war mitten im Verhör des Soldaten Westermann das Stichwort Belgisches Leinen gefallen. Daraufhin steht Lacroix auf, hustet, spuckt auf den Boden – keine seiner üblichen, aber diesmal leicht durchschaubaren Verhaltensweisen – und schreit: »Diese verdammten Lügen! Ich will meine Zeugen haben. Gerechtigkeit!«

Man erhebt die Glocke gegen ihn. Noch immer haben sie den Mut, damit zu läuten, obwohl man zugeben muß, daß es deutlich seltener geschieht. Aber Lacroix donnert darüber. »Zeugen für die Verteidigung, wie versprochen.« (Ein Blick zu Danton, der zieht die Augenbrauen hoch. Lacroix wendet sich an das Publikum.) »Jedermann hier aufgepaßt. Man verweigert uns unsere legalen Rechte. Ist das ein Prozeß?«

Es folgt ein Wortwechsel zwischen Lacroix und Hermann, bei dem Hermann erfährt, daß Lacroix auf seine Glocke pfeife. Sobald Lacroix müde wird, setzt er sich. Alles wirkt wie zuvor abgesprochen. (Sicher hatte sich Lacroix mit Danton darüber unterhalten.)

Das Verhör von Westermann geht weiter.

Dann erhebt sich Danton. (Obwohl das Publikum auf den Bänken nicht mehr wie früher reagiert, gerät es immer noch deutlich sichtbar in Bewegung.)

»Darf ich sprechen?«

»Sie haben bereits gesprochen, Danton. Setzen Sie sich.«

»Ich habe nur einen Teil gesagt und wurde gekürzt.«

»Darüber haben wir schon früher diskutiert.«

»Ich fordere«, sagte Danton, »den sofortigen Aufruf unserer Zeugen der Verteidigung.«

»An diesem Punkt des Verfahrens wird über Zeugen nicht mehr gesprochen.«

»Oh, wirklich?«

»Setzen Sie sich.«

»Ich fordere meine Rechte und die Rechte meiner Kameraden.«

»Setzen.«

Danton sagt auf englisch: »Glauben Sie, mein Herr, daß Sie mit Ihrem Hund reden?«, und löst damit einige Reaktionen aus, insbesondere dort, wo man dies nicht versteht.

Die Glocke wird geläutet. Danton deutet auf die Glocke. Irgendwo weit hinten im Raum ertönt Gelächter. Schließlich ruft eine heisere Stimme begeistert: »Trau bloß diesen Mistkäfern nicht, Danton!«

Um Dantons Mund spielt ein Anflug von Lächeln. Er sitzt schon wieder. Das ist ein Spiel, und mit Spielen kann er umgehen.

Die Anklage faßt sich und fährt fort. »Männer Ihres Kommandos«, sagt Hermann zu Westermann, »haben sich bekanntlich darüber beklagt, daß –«

Danton steht schon wieder auf.

»Das geht nicht, Sie zitieren vom Hörensagen. Gibt es einen Zeugen als Beweis dafür? Westermann hat mich informiert, er habe Zeugen, die Ihrer Behauptung widersprechen würden. Man soll sie sofort rufen.«

Herrmann ist ernsthaft aufgebracht: »Sie werden die Entscheidung dieses Gerichtshofes anerkennen und sich setzen.«

»Die Entscheidung dieses Gerichtshofes von gestern abend hat uns zugesichert, man würde heute unsere Zeugen beibringen. Ich appelliere an das Erinnerungsvermögen des Freien Französischen Volkes. Es sollte sich merken, wie man uns mißbraucht.«

Danton setzt sich.

Mit offensichtlicher Hast beeilt sich Hermann, aufgeregt zu sagen: »Es hat abfällige Äußerungen gegeben, General Westermann –«

Danton steht wieder auf und ruft: »Das alles wird nach Anhörung der Zeugen widerlegt werden!«

Danach geht das Spiel erst richtig los: Bei jeder Lücke und bei jedem Atemholen springt Lacroix auf und heult das Zauberwort (Zeugen). Auch Camille greift den Rhythmus auf und macht es genauso, aber ohne einen Hauch von Spaß, sondern voll wütendem Zorn. Selbst Philippeaux wagt es, sich hinzustellen und zu sagen: »Auch ich habe Zeugen.« Und obendrein Danton, immer Danton: Jedesmal, wenn er aufsteht, wirkt er bedrohlich. Selbst jetzt noch ist seine ramponierte Macht so groß, daß sie verstummen und auf seine unvermeidlichen Zwischenrufe förmlich warten, oder sie fangen beim Versuch, nicht zu warten, wie Camille zu stottern an.

Jetzt putzen sich die Ratten nicht mehr, das steht fest.

Und obendrein taucht ganz hinten im Gerichtshof ein unverfälschter Teil der breiten Öffentlichkeit auf, der von sich aus bereit ist, immer wieder in den Chor mit einzustimmen: Zeugen, Zeugen, gebt ihnen ihre Zeugen!

Wie erwartet treibt das wiederum die Gefangenen zu neuen Höhenflügen an. Unermüdlich wenden sie sich an die Publikumsbänke, entlocken ihnen Unterstützung und beschreiben detailliert, wie das Tribunal mit ihnen Schindluder treibt.

Wie vorhergesehen eskaliert die Lawine in allgemeinem Chaos.

Zu guter Letzt sind alle auf den Beinen. Beim Großteil der Zuschauer im Gerichtssaal wächst allmählich vage die Bereitschaft zu einer Rauferei zwischen den vom Gericht eingeschleusten Beobachtern und den eigentlichen Zuschauern. Auf der Anklagebank sind alle aufgestanden, selbst Hérault. Die Freys brüllen mit Tränen in den Augen, während der Däne ins Dänische verfällt, aber dennoch weiterschreit. Auch der suspekte Lockvogel, gegen den nur verhandelt wurde, um ihn am Ende »fair« freizusprechen, ist aufgestanden. Es sieht aus, als ob er sich jeden Moment durch ein Fenster verdrücken möchte. Schließlich erheben sich sogar die Richter inmitten einer Federschar, und Fouquier höchstpersönlich brüllt immer wieder in den Mahlstrom, bis man ihn hört. »In Ordnung – in Ordnung – Schluß mit der Schlägerei!«

Endlich entsteht aus Verwirrung eine Ruhepause, die ein Mindestmaß an Aufmerksamkeit ermöglicht, und in diese Pause sagt Danton jovial: »Ein Ende wollen Sie? Dann geben Sie uns unsere Zeugen.«

Fouquier, der vor lauter Gebrüll keine Luft mehr bekommt, nutzt den

Moment stiller Atemlosigkeit. »Wenn Sie schon diesem Tribunal keinen Respekt zollen, werden Sie dann wenigstens dem Nationalkonvent zuhören?«

Nun herrscht wirklich Ruhe.

Das ist ein einmaliger Fall. Niemand kann sich an diese höchste Instanz wenden. Hat Danton das erreicht?

Danton sieht sich um. »Dies war nicht als Respektlosigkeit gedacht. Sie haben den Aufschrei der Unschuldigen mit der Bitte um Gerechtigkeit mißverstanden.«

Von den öffentlichen Bänken hat einer einen kleinen, ungenießbaren Apfel geworfen. Fouquier bückt sich, hebt ihn auf und hält ihn hoch, um ihn Danton zu zeigen. Dann läßt er ihn auf den Tisch fallen.

»Was die Schlägerei betrifft«, wiederholt Fouquier, »habe ich Sie jetzt gebremst? Sind Sie nun zu einer vernünftigen Verhandlung bereit?«

»Wenn ich recht verstanden habe, so haben Sie erwähnt, Sie wollten in unserer Angelegenheit direkt an den Konvent appellieren.«

»Ich sagte, ich würde an den Konvent appellieren.«

»Alle hören Sie, Fouquier«, sagt Danton. »Geben Sie Ihr Wort darauf, und werden Sie es auch halten?«

»Ich kann mit Ihnen nichts anfangen, solange Sie und Ihre Anhänger sich weiterhin hartnäckig wie die Irren aufführen.«

»Wir spüren einen kalten Luftzug im Genick. Er verdummt das Gehirn. Verzeihen Sie den Ausbruch.«

»Ich werde«, sagte Fouquier, »mich sofort zurückziehen und an den Konvent schreiben.«

»Das ist meine einzige Bitte gewesen«, sagt Danton verbindlich.

»Der Konvent wird sehr genaue Wünsche äußern. Verpflichten Sie sich, sich daran zu halten?«

»Der Konvent«, sagte Danton, »ist der Konvent. Ich beuge mein Haupt der Höchsten Autorität Frankreichs, die ich – daran möchte ich doch erinnern – persönlich gründen half und der ich auch selbst angehöre.«

Fouquier nickt. Die Federn seines Totenhutes unterstreichen es. Nach einem Gruß an die Geschworenen geht er schnurstracks hinaus.

Danton setzt sich hin. Lacroix streckt den Kopf zu ihm hinüber. »Na?«

»Hm«, macht Danton. Sein Blick wirkt schläfrig und weit weg. Woran denkt er? Sieg, Freilassung, Louise? Oder nur an Schlaf? Oder an das traumlose, tröstliche Federbett des Nichts?

Ha! Jetzt rennen die Ratten aber.

Quietschende, beißende Ratten können auch denken und lesen und schreiben und reden.

Saint-Just, eine ungewöhnlich intelligente weiße Ratte, erhält die Notiz von Fouquier, einer außerordentlich hartnäckigen schwarzen Ratte. Saint-Just liest die Notiz. Es stimmt, sie hat die Konventbüros erreicht, wenn auch nicht ganz den Konvent.

Binnen kurzem verliest Saint-Just Fouquiers Notiz vor den anderen Mitgliedern des Wohlfahrtsausschusses. Wir erinnern uns, dessen Motto lautet: Esprit de Corpse.

> Hier hat von der ersten Sitzung an ein Sturm getobt. Die Angeklagten fordern lautstark die Aufrufung von Zeugen der Verteidigung, darunter viele ihrer persönlichen Freunde, zum Beispiel Stanislas Fréron und Legendre. Sie appellieren ständig an die Öffentlichkeit, darauf zu achten, wie man ihnen diesen »Rechtsanspruch« verweigert. (Wie Sie wissen, sind selbst die Zimmer nebenan und die Straßen voller Menschen.) Trotz des heftigen Widerstandes des Präsidenten und des gesamten Tribunals bringen diese ständigen Proteste die Sitzung durcheinander. Außerdem erklären die Angeklagten wütend, sie würden erst bei Erscheinen der Zeugen damit aufhören. Deshalb müssen wir von Ihnen eine direkte Anweisung zum weiteren Vorgehen erbitten, denn rein rechtlich verfügen wir über kein Patentrezept, um ihre Forderung abzulehnen. Ein direkter Befehl des Konvents erscheint uns als einziger Ausweg, um sie zum Verstummen zu bringen. Kann so etwas bewerkstelligt werden?

Wieder war es Fouché, der den Schlüssel lieferte. Fouché, die graue Ratte.

Die Gefängnisse waren voller Gefangener, aber auch voll mit seinen kleinen verlorenen Schafen – liebe kleine Schafe, die unter den übrigen herumwanderten und so taten, als wären auch sie Gefangene, aber nur um anschließend auf dieses oder jenes geflüsterte Stichwort hin dem Rattenhirten ins Ohr zu blöken. Baa, baa, le mouton narre.

Der böse Monarchist Arturius Dillon, der über kein ganz unbedeutendes Einkommen verfügte, hatte dank der Gastfreundschaft einiger höchst bestechlicher Wärter nicht allzu schlecht im Luxembourg gelebt. Am ersten April soll der irische Bürger Dillon, gestärkt mit einer Flasche guten Burgunders, zu seinen Zechkumpanen folgendes gesagt haben: »Diese schleimigen Mistkerle haben Camille Desmoulins aufgrund der fälschlichen Beschuldigung irgend so eines idiotischen Lügners geschnappt. Armer Teufel, dabei hat er versucht, die Sache in Ordnung zu bringen. Mein Gott, wenn ich hier heraus wäre –« Nun, was dann? fragte eines der herumlungernden Schafe.

Und Dillon, der vom Vorsichtigsein restlos die Schnauze voll hatte und außerdem viel zu betrunken war, meinte: »Ich würde meine Männer aus den Grenzgebieten zurückholen und diese gottverfluchte Stadt an der Gurgel packen. Dann würde das Volk alle diese Kerle schleunigst rausschmeißen, diesen Satan samt seinen verdammten, blöden Erfindungen: Komitee für dies, Komitee für das, Komitee für Mord und Chaos.« Das Volk würde dich umbringen, es erhebt sich nicht mehr für Desmoulins und auch nicht für Danton. »Vergeßlichkeit, der Chrisam der Krähen. Ach, aber ein Blick auf Camilles schöne Frau mit Tränen in ihren Augen – obwohl ihr eure Madonna abgeschafft habt, haben die französischen Männer ein Gespür für gesunden Menschenverstand, besonders in Gestalt einer hübschen Frau.« Es heißt, Sie hätten Camilles Frau schon immer gern gehabt. »Ja, und ich kann dir auch die Ohren abreißen.« 'tschuldigung, 'tschuldigung.

»Tut dir leid? Ja, eines Tages wird es diesem Land noch leid tun, wenn's zu spät ist. Er wußte, sie würden ihm das antun, aber trotzdem hat er weitergemacht. Er konnte nicht anders. Armer Camille. Gott sollte sie verdammen, wenn sie's nicht schon wären. Wenn ich doch bloß nicht hier eingesperrt wäre –«

In Bälde wurde dieser interessante Fall von Burgunderwahn dem Bürger Fouché berichtet und kam so zu gegebener Zeit in die Innentasche von Saint-Justs Mantel zu liegen, wo er sich an die lavendelfarbene Krawatte schmiegte.

An und für sich hatte die Geschichte keine Bedeutung. Dillon war eingesperrt, und seine schlechten Wünsche waren wirkungslos. Er konnte nichts ausrichten, dafür traf Saint-Just, dessen Kopf einem mobilen, vollgestopften Aktenschrank glich, mit der Idee bewaffnet im Konvent am Spätnachmittag des vierten August ein. Aufgrund einer plötzlichen Bewölkung hatte man die Lampen anzünden müssen.

Es herrschte Unruhe, denn Saint-Just hatte sofort eine Möglichkeit gefordert, vor der Versammlung zu sprechen. Wieso diese Hast bezüglich der Rettung der Danton-Partei, die derzeit anderthalb Kilometer nordöstlich am Fluß um ihr Leben kämpfte? Dabei waren doch in den letzten Tagen alle so vorsichtig gewesen und hatten versucht, das schwierige Thema möglichst zu vermeiden.

Saint-Just bestieg die Tribüne und sprach beziehungsweise las seinen letzten Bericht vor. Darin stand sinngemäß:

Die Gefangenen drüben im Palais de Justice haben einen gesetzwidrigen Aufruhr verursacht. Mit dem Zweck, die Fortschritte der Justiz zu verzögern und zu untergraben. Dafür haben sie gute Gründe. Inzwischen haben wir ein diabolisches Komplott ausgegraben: Die Frau von Camille Desmoulins, die bekannterweise eine seit langem bestehende Beziehung zu Arthur Dillon hat, hat Pläne für dessen Flucht aus dem Luxembourg vorbereitet. Er soll seine Truppen sammeln, den Konvent hier stürmen und alle Abgeordneten töten, die nicht als Freunde gelten. Um den weiteren Erfolg dieses Unternehmens zu sichern, sind Frau Desmoulins und ihre Komplizen dabei, aufrührerische Elemente unter dem gemeinen Volk zu bezahlen, die sich dann gegen die existierenden Autoritäten erheben werden. Das Ganze ist erwiesenermaßen Teil eines größeren Royalistenkomplotts mit folgendem Endziel: Freilassung der ehrenrührigen Dantonbande, Ermordung des Konvents und anschließender Sturz der Republik samt Wiedereinsetzung des Capet-Kindes auf dem Thron eines monarchistischen Frankreich.

Zur Rettung Ihres Landes vor dieser schrecklichen Gefahr, ersuche ich den Konvent angesichts der Warnung vor der Verschwörung von Desmoulins, Danton, Lacroix und anderen, folgenden Befehl zu erteilen: Das Revolutionstribunal soll sämtliche ihm zur Verfügung stehenden Mittel einsetzen, um die Revolte der Gefangenen auf der Strafbank unter Kontrolle zu bringen. Ich fordere von Ihnen folgendes Dekret: Alle, die der Verschwörung angeklagt sind, sollen auf der Stelle geächtet und ihnen auf die Art der Prozeß gemacht werden, wie es Geächtete verdienen: im Schnellverfahren.«

Wer wird das glauben? Einer?

O ja, viele. Heutzutage ist die Welt ein Narrenhaus, wo unter jedem Bett und Tisch Royalisten hocken, und droben in allen Kaminen kinderfressende Werwölfe hausen. Wer von euch wagt schon beim Gang übers Hochseil einen Blick nach unten? Das alles hatten sie bereits früher gehört und aufgrund solcher Anhörungen ein vernichtendes Urteil gefällt.

Das violett-graue Gewitterlicht, die flackernden Lampen, Saint-Justs marmorne Gestalt, die in ihrer jugendlich überlegenen Haltung so unirdisch wirkt – diese Dinge haben ihre Wirkung. Verständlich, daß die Abgeordneten dieser Versammlung verunsichert sind, wurden sie doch in den zähnebewehrten Rachen von Gesetzen gewählt, die jahrhundertelang für den Zusammenhalt der Gesellschaft gesorgt und binnen weniger Monate über Bord geworfen worden waren. Wenn so etwas einmal passiert ist, kann es wieder passieren.

Ist Dillons Armee schon im Anmarsch auf die Hauptstadt?

Fliegt die blonde Hexe Lucile bereits über Paris und wirft den Pöbelmonstern Gold, Wein und weißes Brot in den Rachen?

Gott steh uns allen bei. Stimmt ab, stimmt für das Dekret. Jagt sie hinaus, und sperrt sie ein. Merzt den Krankheitsherd an der Wurzel aus.

Hier bist du ja, Saint-Just, unser Retter.

Als Fouquier-Tinville das Tribunal wieder betrat, wirkten seine Bewegungen langsam und sein Gesicht leicht verzerrt. Mit seinem schiefgelegten Kopf erinnerte er mehr denn je an einen Raubvogel, aber an einen, der sich mit teils masochistischem Vergnügen auf einen Schlag vorbereitet.

In diesen Sekunden wußte jeder einzelne Gefangene intuitiv Bescheid.

Soeben hatte man das Verhör von Westermann beendet, das seit Fouquiers Erklärung in Ruhe abgelaufen war.

Die Geschworenen schauten Fouquier an. Alle Blicke ruhten auf ihm.

Er schlich nach vorn und schlug ein Blatt Papier auf. Es trug das Siegel des Konvents.

»Im Namen der Republik«, sagte Fouquier, »der Einen und Unteilbaren. Ich habe hier die Antwort des Nationalkonvents an das Tribunal und damit an alle vor ihm Angeklagten. Ich werde sie nun diesem Gerichtshof verlesen.« Seine Stimme klang unterwürfig. Unterwürfig las er das Papier vor, wobei er ab und zu aufschaute, besonders in Richtung Danton, als ob er sich seiner Gunst versichern wollte.

»›Eine große Gefahr wurde entdeckt, ein Gefängniskomplott enttarnt. Der Monarchist Dillon hatte geplant, aus dem Luxembourg zu entfliehen, seine Truppen gegen die Stadt zu senden und zu versuchen, die Gefangenen Danton, Desmoulins und deren Mitverschwörer zu befreien. Zur Unterstützung dieser Absicht haben die Gefangenen selbst versucht, die Autorität des Tribunals zu schädigen und das Volk durch inszenierte Tumulte zu verwirren. Mittlerweile sind ihre Komplizen dazu übergegangen, mit Geld, das der Nation gestohlen wurde, unwissende Bürger zu beeinflussen und zur Revolte anzustacheln.

In Anbetracht dieser Erkenntnisse ermächtigt der Konvent hiermit das Revolutionstribunal, mit seinen Untersuchungen in nichtöffentlicher Sitzung fortzufahren. Als Verräter werden den Gefangenen sämtliche Rechte aberkannt und sie selbst hinfort vom Gericht ausgeschlossen.‹«

Fouquier ist fertig.

Einen Moment lang – gar nichts. Dann ruft der Vorlaute von den Publikumsbänken jenes falsche Molière-Zitat: »Du hast es so gewollt, Georges Danton, du hast es so gewollt!«

Und Danton schreit auf: »Ich wollte Gerechtigkeit, nicht den fauligen Inhalt ihrer Nachttöpfe!«

Und dann brüllen alle wie vorhersehbar durcheinander, während sich unter den schockierten, gekauften, verwirrten, räuberischen Zuschauern Stimmengewirr breitmacht.

Hermann greift nicht zu seiner Glocke, sondern erhebt sich unheilschwanger. »Schluß«, sagte er und deutet auf die Nationalgarde, die offensichtlich in großer Zahl den Raum bevölkert. Sie beginnt, die randalierenden Gefangenen zu umzingeln. »Ihr Lärmen hat nun ein Ende.«

Dantons Gebrüll schafft sich Raum: »Ein Ende? Wir haben noch gar nicht angefangen. Inszenierte Tumulte? Was haben wir denn getan? Versucht, uns gegen eure verdammten Lügen zu verteidigen – ihr Scheißhaufen in Menschengestalt. Schaut sie euch an!« donnert er der

Welt zu, »schaut euch diese menschliche Scheiße an, die es wagt, über uns ein Urteil zu fällen. Aber das ist typisch für einen Tyrannen. Wenn Gefahr besteht, daß einer laut aufschreit, schickt er seine Arschlochregimenter und stopft ihm das Maul. Wir sind zum Tode verurteilt – ohne ein einziges Wort zu unserer Verteidigung, ohne den Aufruf eines einzigen Zeugen.« Und wieder wandert der Donner über den kleinen Binnenhimmel und ergießt sich über Hermann: »Dann beeil dich, schlachte uns ab. Beim Himmel, wenn ich mit ansehen muß, daß Frankreich so tief gefallen ist, dann habe ich zu lange gelebt. Lauf zum Schafott, Danton, lauf!«

Die Garde hat rings um sie Stellung bezogen, allerdings in lockerer Formation. Dantons dröhnende Kakophonie bildet noch immer eine Barriere, während Lacroix, an den sie zuerst Hand anlegen, mit Fäusten und Füßen um sich schlägt. Zwei Uniformierte sind nötig, um ihn zu packen, und dann noch zwei, da er immer weiter boxt und tritt.

Wie ein Schulmeister ordnet Hermann die Papiere auf seinem Tisch. Einige Schöffen wirken verwirrt. Fouquier, der am Ende seiner Lesung wie ein Student, der lammfromm auf Lob für sein Essay wartet, eine Pause eingelegt hatte, dreht sich jetzt um und spricht unter vier Augen mit zwei Schöffen.

Durch den allgemeinen Wirrwarr hört man erneut Dantons Gebrüll: »Seht! Dieser Ort ist voller Agenten der Komitees. Schaut euch diesen stinkenden Abschaum an, der gekommen ist, um uns zur Strecke zu bringen.«

»Robespierres Tyrannei! Tyrannensklaven!« schreit Lacroix in den höchsten Tönen. »Ihr Ärsche, ihr Schwanzlecker eurer pockenverseuchten revolutionären Könige!«

Mitten im Getümmel wehrt sich Camille, mit irren Blicken und irrsinnig verzerrtem Mund, mit Ellbogen gegen die Gardisten, während er seine schriftliche Verteidigung in lange Streifen zerreißt und ihr dabei erzählt, warum er das macht. Dann bahnt er sich einen Weg durch die Menge und schleudert die Papierfetzen auf Fouquier, der sich umdreht und einen Schritt zurückweicht. »Von Cousins getötet«, sagt Camille beziehungsweise versucht es.

Fouquier erwidert: »Und du hast deine Frau in das Komplott mit verwickelt.«

»L-l-lügner.« Camille kann kaum antworten. Dieser Unsinn ist so verrückt, daß man ihn nicht einmal in diesem Irrenhaus begreifen kann.

Fouquier sagt laut: »Es ist bekannt, daß Lucile Desmoulins gemeinsam mit Dillon Intrigen angezettelt hat. Sie ist herumgegangen und hat versucht, in Paris einen Aufstand zu erkaufen. Eine Tatsache.«

Ein zufälliger Rhythmuswechsel im Tumult oder in der Akustik sorgte dafür, daß die Worte allgemein zu verstehen waren. Stille breitet sich aus. Offensichtlich hat der Höhepunkt der Szene noch in sich selbst einen Höhepunkt.

Camille ist still, seine Hände, die er gehoben hatte, als ob er Fouquier an die Kehle gehen wollte, sacken seitlich herab. »Wessen Tatsache?«

»Des Konvents.«

»Nein.«

»Ich habe es hier schriftlich.«

»Laß mich sehen.«

»Ich denke, du hast mich lesen hören. Deine ›Komplizen‹. Dazu gehört auch deine närrische Frau, die sich in politische Dinge eingemischt hat, von denen sie nichts versteht. Ein Fehler, den sie zweifellos von ihrem Mann übernommen hat.«

Und Fouquier lächelt kriecherisch.

»Oh, Himmel«, sagt Camille, »oh, Himmel, oh, Himmel!« Dann wirbelt er von Fouquier weg, rast durch den Raum, wobei er wie bei einem Fang-mich-Spiel den Armen der Gardisten ausweicht, und springt fast in die Publikumsbänke hinein. »Meine Frau!« schreit er ihnen zu. »O Gott, meine Frau! Die Scheißkerle werden auch noch meine Frau umbringen!«

Aber die Gardisten rücken erneut gegen ihn vor. Inzwischen haben sie das Gerangel satt und sind zu brutalem Einsatz bereit.

Wie ein ertrinkendes Tier klammert er sich mit Händen, Armen, Füßen und vielleicht fast mit den Zähnen an die Bank, mit der er zusammengestoßen ist. Tollwütig vor Entsetzen (ein gräßlicher Anblick), tritt er bedrohlich und gefährlich um sich. Sie haben Angst, ihn zu berühren, aber schließlich reißen sie ihn los, reißen ihn gefesselt von seinem Rettungsanker und zerren ihn fort, während er noch immer mit seiner entsetzlich männlichen Stimme in den höchsten Tönen schreit, als ob man ihn foltern würde (wird er das denn nicht?), und dabei den schönen Namen »Lucile« mit den obszönsten Flüchen mischt, die Menschen kennen.

Oh, Lucile – was habe ich dir angetan? Nein, es ist nicht wahr, das kann nicht wahr sein. Es ist wahr. Noch ein Leben. Was kümmert es sie? Noch eine Puppe für die Guillotine. Es ist nicht wahr, nur ein Spiel. Nach dem Fallen der Klinge stehen wir heil wieder auf und gehen weg.

Oh, Lucile, Lucile, Lucile.

Gott im Himmel, hilf mir – wenn es einen Gott gibt, so hilf mir! Oh, meine Liebe, meine Lucile. Ach, so höre mich doch einer und helfe mir!

Was habe ich getan? Wie ist das passiert?

Nein, sei ruhig, sei ruhig und denke nach. Ich muß eine Antwort finden. Es muß eine Antwort geben.

Nein, es gibt keine Antwort.

Sie werden mich töten. Sie werden sie töten. Und das Kind – unser kleines Kind – wird zurückbleiben, gestrandet an diesem leeren Gestade, an jenem Meer aus Blut, das ich nach Paris gebracht habe.

Mir fällt wieder der Traum ein: Das Baby, mein Sohn, der ein Auge verliert – ein Symbol. Er würde mich verlieren. Getötet durch meine Cousins (Ah! le coup des cousins). Aber Robespierre – ihr könnte er doch nichts tun – das ist unmöglich. Mein Tod, aber nicht auch ihrer.

Oh, Lucile, Lucile.

(»Ruhe da drinnen, verdammt noch mal.«)

Da draußen ist jemand. Wird er mir helfen? Kein Geld mehr. Was kann ich anbieten? Nichtexistente Beute aus der Revolution. Bestochen – wurde ich bestochen? Natürlich. Niemals. Oh, Gott, laß mich nachdenken.

Sie ist unschuldig. Sie werden es wissen. Sie werden sie ansehen, und dann werden sie nicht – Aber das ist ihnen egal. Sie haben keine Gefühle, kennen kein Mitleid, keine Liebe. Sie sind keine Menschen. Kein Herz, keine Genitalien, kein Verstand, keine Seele –

Seele – wer hat so etwas? Gibt es gar nicht. Danton hat recht. Es gibt nichts. Nichts für mich und nichts für sie.

Nur – der Blitz der Klinge. Der Schmerz. Tut es weh? Werde ich es spüren? Sie? Es geht zu schnell. Erst wenn man tot ist, spürt man den Schmerz, und dann – dann kann man nichts mehr spüren.

Ich wußte, daß ich sterben würde. Habe mich selbst verurteilt. Aber jetzt ist mir klar, daß es wahr ist. Es ist Wirklichkeit. Es wird geschehen.

Nein, es wird nicht geschehen. Ein Fehler.

Und Lucile ist zu Hause, trägt ein rosa Kleid oder das grauseidene. Wie es auf ihrem weichen vollen Busen schimmert und auf ihrer warmen seidigen Taille. Und Sonnenlicht pudert ihr Haar – scheint dort die Sonne? Ja – und sie hält das Kind. Er lacht und spielt mit einem Band, das sie ihm gegeben hat. Seine Hände bringen mich immer zum Staunen, so klein, und doch können sie schon soviel tun. Diesen Juli wird er zwei Jahre alt; das werde ich nicht mehr erleben. Aber ihr wird nichts geschehen. Trauern wird sie, mein Liebling, und um mich weinen – aber das wird nachlassen. Sie wird leben und meinem Sohn von mir erzählen. Nur die besten Dinge und keinen meiner Fehler. Süße Täuschung, dummes Mädchen. Dein Vater, wird sie sagen. Mit zweitem Namen heißt er Camille – sie wird vergessen, ihn Horatius zu nennen. Wird ihn bei meinem Namen nennen, wird aus mir einen Helden machen. Gutaussehend, brav und ein Genie. Er ist für sein Land gestorben.

Ich will nicht sterben, Lucile. Ich will es nicht erleben, die Fahrt, den offenen Platz, das dünne schwarze Ding am Himmel. Ich will keinen Tod, ich will nach Hause kommen und mit dir leben.

(Ein Schloß kreischt, eine Tür fällt zu; du spürst den Widerhall durch Stein und Bein. Früher hast du die Frauen beim Wäschewaschen am Trog im Hof plaudern hören. Aber das waren keine echten Frauen, sie existierten nicht.)

Vielleicht stimmen die Geschworenen in unserem Sinne ab. Das Urteil ist noch nicht gefallen. Aber irgend jemand hat gesagt, sie würden bereits die Lettern für die Drucker zusammenstellen: Schuldig.

Fouquier hat gelogen.

Er hat gelogen.

Sie können ihr nichts antun.

Himmel, aber sie werden es tun – müssen es tun –, alles Unschuldige muß niedergemäht werden. Ich habe sie mit meinem Tod vergiftet. Und sie wird nicht einmal versuchen, gegen sie anzukämpfen. Sie wird sagen: Egal, alles sonnenklar. Sie haben meinen Camille getötet, und ich will nicht allein hierbleiben. Sie ist so schön, so zärtlich, süß und reizend.

Ihre Haut, die das Licht im Innern speichert, und ihre Augen, die Licht aussenden – all das kann doch nicht in einer Sekunde vorbei sein. Lebe, Lucile, lebe.

Faßt sie nicht an. Faßt sie nicht an! Himmel, laßt mich hier raus – laß mich entfliehen und sie alle töten – hilf mir, oh, Gott, hilf mir. Nichts existiert, außer diesem Gefängnis. Es gibt kein Entkommen, keine Hilfe, kein Wunder. Nur das.

Das Boot läuft aus.
Die Küste meines Lebens weicht zurück.
Nur ein Echo tönt vom Pier herüber
Und hält für immer einen lauten Ton, der nie sich ändert.
Mit schwarzem Mantel lehnt der Fährmann
Sich ans große Ruder, das
Gleich der Axt in tiefen Wassern ruht.
Des Lebens Münze er ergreift – wie schmal die Hand.

Das Boot läuft aus.
Die Küste meines Lebens weicht zurück.
Eine einz'ges Wesen steht am Strand,
Bleich und machtlos dort im Nebel.
Mich führt kein Weg zurück ans Land.

Leb wohl, mein Lieb, mein einzig Leben,
Du Seele mein, mein Lied, mein Tag, mein Abendstern.
Adieu. Gedenke mein.
Doch hier herrscht nur die schwarze See,
Kein Segel, alles leer,
Vom Nichts umfangen.

Mein einz'ger Trost im Tode ist:
Vergessen hüllt die Sonne ein,
Die Liebe und das Licht.
Vergessen auch der Strand,
Der langsam in der Nacht erlischt.
Das Boot läuft aus.

Dreizehn

5. April 1794 (16. Germinal)
Der letzte Tag

Bin ich eingeschlafen? Nein, ich kann nicht eingeschlafen sein. Und doch dringt flehentlich das Licht an die Gitterstäbe – ein herrlich kristallklarer Tag. Ein neuer wunderschöner Frühlingsmorgen.

Es ist Samstag, oder? Der sechzehnte Tag der Zweiten Dekade des Germinal (nach Fabres verdammten Kalender), im Jahre Zwei. Fabre … Ob er noch lebt? Es ist nicht sehr wichtig, nein.

Aber Lucile war da, ich habe sie gesehen. Jetzt fällt es mir wieder ein. Hier – hat sie gestanden. Oh, mein Gott, ich erinnere mich wieder. Sie hatten ihr die Hände gefesselt und ihre Haare abgeschnitten – wie ein kleines Mädchen beim Kirchgang sah sie aus –, aber die Kirche ist die Maschine auf dem Platz. Die Rote Messe.

Meine Uhr ist stehengeblieben. Hat gestern ein paar Hiebe abbekommen. Ja, das Gehäuse ist eingedellt.

Wie spät ist es?

Gegen acht Uhr wurden die Gefangenen in den Warteraum der Conciergerie gebracht. Hier teilte man ihnen mit, daß sie für schuldig befunden und deshalb zur Höchststrafe verurteilt worden waren. Die jeweiligen Urteile wurden ihnen vorgelesen. Mit lauter, tonlos bleierner Stimme sagte Danton: »Spar dir, diesen Mist auszukotzen. Wir werden gemeuchelt, das reicht.« Aber in Anbetracht des Protokolls las der Conciergerieschreiber einfach weiter. »Meine Frau«, rief ihm Desmoulins zu, »sag mir, was sie ihr angetan haben.« Aber der Schreiber las eintönig weiter. Daraufhin machte Desmoulins fast unbewußt einen Schritt nach vorn, aber die Wachen hielten ihn auf, ebenso wie jede andere übermäßige körperliche Reaktion der übrigen Gefangenen.

Auf dem Rückweg zu den Zellen begann Camille in den Gängen um sich zu schlagen, warf sich hin und her und rief dabei laut die Namen seiner Frau und seines Sohnes. Danton blieb stehen und weigerte sich, einen Schritt weiterzugehen. Wie ein störrischer Elefant blockierte er den Weg und begann, zu Camille zurückzugehen. Als die Wachen ihn daran zu hindern versuchten, schob er sie mit einem schrecklichen »Na los, was seid ihr, Menschen oder Dinge?« beiseite. So erreichte er Camille, packte ihn an den Schultern und schüttelte ihn. Camille, der wie ein Kind weinte, schaute zu ihm auf und sagte: »Georges, sie werden sie töten – meine Lucile – meine Lucile –«

Da nahm Danton den anderen Mann wie ein Vater sein weinendes Kind in die Arme. Und während er ihn festhielt, sagte Danton fest und ziemlich trocken: »Das hilft nichts. Na los, mach schon, keine Schwäche. Du mußt den Tatsachen ins Auge schauen. Wir können nichts tun – für uns nicht und für keinen sonst. Beruhig dich jetzt. Ja?« Und die Stimme, die Berührung und die unsägliche Vernunft dieser Todesphilosophie schienen Camille zu beruhigen, wenigstens so weit, daß die grausige Prozession weitergehen konnte, bis jeder vorübergehend wieder in seiner Zelle verstaut war, um dort die letzten Stunden des Lebens zu kosten.

Männer wie diese – niemand konnte erwarten, daß sie im Bett starben. Das konnte nur mit fast mathematischer Logik ein gewaltsamer Tod werden. Ein Feuerwerk, das Spuren am Himmel hinterläßt, wird wohl kaum zur allgemeinen Enttäuschung mit einem Hauch von Rauch unbemerkt in die Bäume fallen. Es muß in einer Funkenexplosion verlöschen, die die Nacht in einen Sonnenaufgang verwandelt.

Ich habe gesagt, ich würde versuchen, die Wahrheit zu erzählen. Deshalb muß ich weitermachen, auch wenn ich kein Bedürfnis dazu verspüre. Und obendrein darf ich mich nicht länger zurückziehen und den Kopf in den Sand stecken und »er« statt »ich« sagen. Camille – ich, er – wir, wir sind eins und waren es die ganze Zeit hindurch. Wer wüßte das nicht? Sie wußten es, in Ihrem Herzen wußten Sie es, denn ich habe Ihnen erzählt, ich sei ein Feigling gewesen und ein Narr und, was noch schlimmer ist, ein Schriftsteller. Also, Schluß mit Camille, dafür »ich«, ich, der an allem schuld war. Ich.

Das Licht im Fenster wärmte, es war Nachmittag. Der Entschluß, stoisch zu sein, verschwand bald. Zuerst saß ich auf dem Bett, dann lag ich darauf, bis ich schließlich in dem winzigen Raum herumrannte und dabei manchmal gegen die Wände schlug. Zu guter Letzt fand ich eine Ecke, wo ich mich, den Kopf auf den Knien, hinsetzte. Die Todesangst in mir, in meiner nicht existierenden Seele, war so groß, daß ich mich nur duch Weinen und Schreien erleichtern konnte. Nicht daß es mir geholfen hätte, aber ich konnte mein Elend genausowenig zurückhalten wie eine klaffende Wunde das Blut. Armer Camille, nun sehen Sie ihn, wie er ist, völlig nackt im Angesicht Ihrer verächtlichen Tapferkeit. Ich war nicht tapfer. Wie ein Hund habe ich vor quälendem Entsetzen klagend aufgeheult. Ich wußte nicht mehr, wie ich in diesen Zustand verfallen war, er war einfach da. Diese schrecklichen Umstände waren meine Lebenssubstanz geworden. Und immer wieder tauchten dieselben Bilder auf: Lucile in einer Lichtaureole, von der ich wußte, daß sie den Tod bedeutete; die Fahrt auf dem Karren, die vor mir lag; der Augenblick, an dem ich die Guillotine besteigen mußte; das Geräusch der fallenden Klinge, das ich trotz aller Beschreibungen nie selbst gehört hatte.

Und ständig ging die Zeit weiter, das Licht änderte sich und damit der Schatten der Gitterstäbe an der Wand. Und dann kamen sie, um mich zu holen, und sperrten die Tür auf. Auf ihre Aufforderung hin stand ich auf und ging zu ihnen hinaus. Es ist wahr, ich kann mich ziemlich klar erkennen: mein erschrecktes, unrasiertes Gesicht, tränenblinde Augen, die Art, wie ich mich ein wenig gebückt bewegte, weil ich von meiner Vigil auf dem Boden steif war. Einer von ihnen hob meinen Mantel auf und legte ihn mir über die Schultern. Wir begaben uns in den Raum, wo man für die Guillotine »angezogen« wird.

Und hier tritt eine andere interessante Facette im Elend eines Verurteilten auf: Obwohl du die Erde mit dem Klang deines Kummers und deiner Furcht füllst, glaubst du nicht gänzlich daran. Nein, du glaubst nicht, daß du sterben kannst. Wer tut das schon? Wer könnte auch nur einen Augenblick leben, wenn er's täte? Und so treibt dich jede neue Erinnerung daran an den Rand eines neuen Abgrundes.

Dieser kleine Raum war so eine Erinnerung. Man trieb uns einzeln hinein. Drinnen gab es einen Stuhl und drei Männer, von denen einer eine Barbierschere hielt. In aller Ruhe schnitt die Schere jedem Mann die Haare. Außerdem hörte man das ratschende Geräusch, wenn der Kragen eingeschnitten und dann aufgerissen wurde. Als ich an der

Reihe war, wollte ich nicht hinein. Ich kämpfte mit ihnen, kämpfte ohne Verstand um mein Leben wie einer, der gegen einen Fluß kämpft, der dich hinunterzieht, oder gegen einen Wolf. Aber sie stießen mich hinein, preßten mich in den Stuhl und hielten mich dort fest. Einer von ihnen meinte lachend: »Der da hat 'ne Menge Energie, der wird ganz schön rumzappeln.« Ich wußte nicht, was er damit meinte. Der zweite Mann verzog das Gesicht, als ob er sich über das Benehmen seines Kollegen ärgern würde, und sagte zu mir: »Achte nicht darauf.« Aber als ich mich weiter wehrte, half er ihnen, mich mit einer dünnen rauhen Schnur im Stuhl festzubinden. Anscheinend hatten schon andere vor mir Schwierigkeiten gemacht. Sie waren nicht unvorbereitet. Als ich weitermachte, schnitt mir die Schnur brennend in die Haut. »Halt jetzt still, Bürger, ich möchte die Sache nicht vorzeitig beenden.« Zuerst griff der Mann mit der Schere nach meinem Kragen und riß ihn ab. Als er die Kette mit dem Medaillon fand, zerrte er mir auch sie vom Hals, wobei die Glieder aufbrachen, und gab sie seinem Assistenten weiter. »Gebt mir das!« brüllte ich sie an. »Das da?« Der mit dem Medaillon wollte kokett sein.

Aber Danton spazierte durch den Raum und nahm ihm das Medaillon aus der Hand. »Du blöde Sau«, sagte Danton zu ihm, drehte sich um und sagte zu mir: »Schau, da. Wo ist deine Hand? Gut. Und jetzt steh's durch. Ist im Handumdrehen vorbei.« Sie zogen meine Haare zu einem Büschel zusammen und schnitten sie ab, anschließend hackten sie an der Seitenpartie herum. Mein Nacken schien hinten voller Ameisen zu sein, die im Kreis herumrannten. Die Schere hatte meine Haut nicht berührt. Sie lösten die Schnüre, schoben mich aus dem Stuhl und drehten mich herum, um mir die Hände zu fesseln. Ich hielt das Medaillon in der Faust fest. Das Medaillon mit ihrem Haar, jene Locke, die sie mir vor langen Jahren geschickt hatte. Matt war sie inzwischen und hatte nur noch wenig Ähnlichkeit mit ihren jetzigen Haaren, aber sie war alles, was ich von ihr hatte. Ich hatte einmal gesagt, sie sei ein Talisman, der mich vor allem schützen könne. Durch deinen Schutz gebunden, hier in meiner Hand, kann Übel mich nicht treffen und kein Schwert –

Bei Danton dauerte es länger, obwohl er wie eine Statue dasaß. Sie wagten nicht, ihn zu verletzen, und an seiner Zottelmähne gab's einiges herumzuschneiden.

»Nun, wir werden uns wiedersehen«, sagte Hérault im angrenzenden Raum, »aber nicht für lange.«

Ich brachte es nicht fertig, mit ihm ein paar nette Worte zu wechseln. Nein.

Fabre wurde gebracht. Er war so schwach, daß er kaum länger als drei, vier Sekunden stehen konnte. Die anderen kamen herein. Die Freys beteten und sabberten. Westermann hatte den Barbier bereits saftig verflucht – anscheinend war die Schere ausgerutscht. Lacroix und Hérault lachten. »Merkt ihr, daß wir einer zuwenig sind?« »Der Erwartete. Für unschuldig befunden und auf freien Fuß gesetzt.« »Ich hätte darauf wetten sollen. Das werde ich vermissen«, sagte Lacroix. »Ach? Was?« »Am Leben zu sein.« Lacroix wischte sich die Augen am Ärmel ab, anschließend riß er sich zusammen. Gott weiß wie. Es überstieg mein Vorstellungsvermögen.

Fabre weinte, aber er war ja auch nur teilweise bei Bewußtsein. Im Delirium sagte er immer wieder, Billaud-Varenne hätte ihn nur in den Tod geschickt, um ihm sein unvollendetes Theaterstück zu stehlen.

Zum Schluß erkannten wir uns kaum wieder: Die Metzgerbuben hatten unsere Kleider zerrissen, und um die Ohren baumelten uns die abgehackten Haare. Vieles hatten wir gemeinsam getan, auch ein paar sehr intime Dinge. Aber die Krönung der Intimität, das gemeinsame Sterben, verunsicherte uns, selbst wenn wir nicht so erbärmlich dran gewesen wären. Aber vermutlich war ich der einzige, der so empfand.

Woher kommt es, daß sie keine Angst hatten oder nicht in dem Ausmaß wie ich? Hatte sich ihre feine Phantasie im Gegensatz zu meiner nicht schon im voraus Tausende von Malen an den Tod herangetastet und mit jeder Vorstellung mehr Entsetzen ausgelöst? Oder waren sie einfach in der Lage, das Unannehmbare anzunehmen? Nichts zu begreifen, das könnte die einfachste Lösung sein.

Ich vergesse so vieles. Zweifellos ein Vorzug.

Ich erinnere mich nicht. Wieder wäre es einfacher, »er« zu sagen oder »Camille«. Aber nein, ich darf mich nicht hinter meinem eigenen Schatten verstecken. Laßt es nicht zu. Laßt mich jedes unzusammenhängende, erbärmliche, gequälte Fragment niederschreiben. Damals waren sie so kostbar, diese Fragmente.

Danach brachten sie uns hinauf, und wir erblickten wieder Tageslicht, im Innenhof. Wie ein Dunstschleier stieg Sonnenleuchten von den Pflastersteinen auf, und die großen schwarzen Türen wirkten flach und weit weg. Der Himmel über den Mauern und Dächern war köstlich blau. Es war so warm – ein wunderbarer Tag. Jenseits der Schmiedeeisentore gaffte die Menge. Drinnen im Hof waren auch viele Leute. Rund um die Karren.

»Warum«, fragte Lacroix vernünftig, »sind die Karren rot angemalt?«

»Wir sind Vatermörder«, erklärte Danton, »Verräter an unserem Vaterland. Rot steht für Vatermord. Sie wollen sichergehen, daß es auch alle wissen. Eine hübsch-heitere Farbe.«

»Himmel, Robespierre. Hoffentlich verreckt der kleine Scheißer an seinen eigenen Innereien, hoffentlich verreckt er, wenn er sich seine verfaulten Gedärme aus dem Leibe kotzt.«

Die Wachen beförderten mich unsanft Richtung Karren. Ich war zurückgeblieben, konnte mich nicht bewegen. Einer aus der Menge (seit unserem Auftauchen hatten sie mit den Fingern gedeutet, sich angerempelt und wie Eulen bei Tageslicht geblinzelt) fing zu schreien an: »Kopf hoch! Keine Nachzügler. Keinen Schiß, oder?«

Hérault hatte zu Danton gesagt: »Schätzungsweise wurde auch die Menge manipuliert. Ein Agitator an jeder Straßenecke, der uns anschwärzt. Was denkst du?« Aber die Leute sahen so aus, wie der Pöbel immer aussieht, zu jeder Zeit und allerorten – gierig, hungrig.

Wir hatten die Karren erreicht. Auch ich wurde mit den anderen hinaufgeschoben. Zwei von Sansons »Jungs« halfen, uns zu verladen – wir hatten gefesselte Hände und bewegten uns tolpatschig –, und stellten sich anschließend mit stumpfer Miene nach vorn in den Karren. Einer von ihnen hatte von einer Rauferei oder einem Unfall eine zerschundene Wange, sein linkes Auge war fast zugewachsen. Der andere glotzte mich an, dann wandte er sich dreist, aber uninteressiert ab.

Die Karren schienen vom Boden sehr weit weg zu sein; es wurde einem schwindelig. Ich sackte neben Danton auf der Bank zusammen. Er wirkte nachdenklich – aber weit weg.

»Ach, Gott, Camille«, sagte Hérault, »sei ruhig. Hör mit dem Weinen auf. Laß uns mit ein bißchen Würde sterben.«

Du stirbst mit Würde, Hérault, du schon.

Lacroix lachte nervös.

Fabre lag wie etwas Zerbrochenes auf der Bank.

Unsere Wächter auf den Karren riegelten uns ein; die Tore gingen auf; wir fuhren hinaus.

Holprig zogen die Schinderkarren an und kamen mit einem Ruck zum Stehen, den man bis zu den Zähnen hinauf spürte.

»Aus dem Weg!«

Gewaltsam drängten sie die Menge zurück, aber die wollte ganz nahe sein, wollte mit eigenen Augen zuschauen. Wußte einer von ihnen, wer wir waren?

Sie wissen's nicht. Wie könnten sie es wissen und gleichzeitig zulassen, daß mit uns so etwas geschieht, während wir die ganze Zeit für sie gekämpft haben – für sie? Natürlich haben unsre Feinde dieselben Methoden angewandt, die uns die Logen gelehrt hatten: Agenten, die mal hier, mal da herumflüstern. Selbst die Bastille ist an solchem Flüstern zerbrochen – aber nein, um sie zu Fall zu bringen, bedurfte es eines Schreies.

So blau der Himmel, kaum eine Wolke. Nur nach Westen zu, wohin wir fahren, ein paar Fleckchen, kleine Inseln mit langen Schwänzen und Kamelhöckern, deren Farbe der im Westen untergehenden Sonne gleicht.

Über die Brücke, der Fluß – so friedlich. Fast mein ganzes Leben habe ich ihn gesehen. Werde ich ihn nie wieder sehen? Wie ist es möglich, daß mein Herz, das so fest schlägt, aufhören kann? Alles ausgelöscht: Gehör, Blick, Rede, Gedanken – o Gott, der Fluß, fast schon außer Sichtweite. Ich werde ihn nie wieder sehen.

Die Menge – gemein, dumm. Wißt ihr nicht, ihr Tölpel, ihr mahlenden Untiere, wißt ihr denn nicht, was geschieht?

Irgend etwas trifft hinter uns den zweiten Karren – Eier. Wie können sie Eier haben? Das Ei ist faul. Die Wachen schreien die Menge an, sie wollen keine stinkenden Eier auf ihren Uniformen.

Ich stehe an der Seite des Karrens, ohne mich ans Aufstehen erinnern zu können. Ich schreie in die Masse der Gesichter hinunter, aber sie sind schon vorbei, so weit weg sind sie, Kilometer unter uns auf dem Boden. Und so gemein, diese Gesichter, ohne einen Funken Intelligenz oder eine Reaktion – wie Masken aus Menschenhaut sehen sie aus. Nicht einmal Haut, nicht einmal Masken – nasser Teig mit willkürlich eingedrückten Augen und Lippen. Aber kein Gehirn. Hören sie?

Einer der Henkershelfer tut so, als wolle er zu mir herkommen, aber der andere (mit der verunglückten Wange) hält ihn zurück und sagt etwas, das ich nicht verstehe.

Das Entsetzen hat sich in wütendes Entsetzen verwandelt – in Wut selbst. Und damit steigt in mir plötzlich unendlich viel Macht auf. Ich spüre, daß ich sie bewegen kann, diese durchweichte Masse. Habe ich das nicht schon früher getan? Nach dem Flüstern der große Schrei. Ich war es, ich, der sie zu den Waffen gerufen hat –

»Ich, am zwölften Juli anno 1789 – Camille – vergeßt ihr eure eigene Geschichte so schnell? Sie haben euch angelogen, haben euch Lügen erzählt. Wenn wir sterben, stirbt mit uns eure einzige Hoffnung.«

Unaufhaltsam holpert und stolpert der Schinderkarren vorwärts. Die Gesichter ändern sich, bleiben aber immer gleich. Manche grinsen über das Schauspiel. Schwarze Zähne und weiße. Männer mit rotgezeichneten Narben, denen ein Arm, ein Auge fehlt – Kriegsveteranen –, Frauen mit roten Kopftüchern oder Frühlingsblumen im Haar. Selbst Kinder werden hochgehalten, damit sie uns sehen. Doch mein eigenes Kind –

»Laßt das nicht zu – wir bitten nur um Gerechtigkeit. Hört mich an, hört zu!«

»Wo ist dein Laternenhaken, Camille?« schreit mir einer zu.

»Ich habe um Gnade gerufen«, brülle ich, »das ist mein Verbrechen. Ich habe um ein Ende des Abschlachtens gebeten! Ganz Paris ist eine Abdeckerei – wollt ihr das? Ihr verhungert; ihr braucht Brot, nicht Blut.«

»Das mit dem Blut ist schon recht«, antwortet einer, »solang's von dir ist.«

»Sie haben euch angelogen. Die Schurken, die diese Karren füllen sollten, sitzen in den Komiteebüros und lachen über euch. Ändert das! Rettet uns und befreit euch selbst.«

»Ach, halt's Maul!«

Wieder ein Ei, diesmal landet es auf unserem Karren. Sie schütteln sich vor Heiterkeit. Hirnloser Hexensabbat. Das tanzt und krakeelt, unmenschlich. Wie konnte ich nur denken, sie wären Menschen? Und sie wollen mich nicht zu Wort kommen lassen. Jetzt singen sie, um meine Stimme zu ersticken – ach, dieses verdammte Lied, das Ça ira.

»Verdammt noch mal, ihr hirnlosen Gaffer, ihr steckt bis zu den Ohren im Blut. Könnt ihr denn nicht mehr sehen?« Oho, jetzt wird er persönlich.

»Hört mir zu!« Oh, 's wird noch mehr, 's wird noch mehr Arbeit für die Guillotine geben – »Verdammt noch mal, ihr dummen Narren, warum hört ihr nicht, bevor's zu spät ist?«

»Setz dich hin, Camille«, sagt Danton.

Aber ich kann nicht aufhören. Ich brülle immer weiter. Brüllen bedeutet für mich Leben. Und ihren bestialischen Flüchen schleudere ich meine eigenen entgegen. Meine Stimme ist ein glühender Draht in meiner Kehle, die sich fast in Nichts aufgelöst hat. Ich kann nicht glauben, daß sie nicht zuhören wollen. Ich kann nicht glauben, daß sie nicht begreifen wollen. Es war doch alles für sie. Für sie habe ich mein Leben riskiert, für sie wäre ich gestorben – aber nicht so, nicht so.

»Setz dich hin, Camille, um Himmels willen!« Und dann seine Hand auf meinem Arm, ein monströses Ziehen. Beinahe wäre ich hingefallen. »Um Gottes willen, halt's Maul!« Und dann sehe ich sein Gesicht, Dantons Gesicht. Voller Wut und Ablehnung schaut er mich an. Für ihn bin ich nur eine schäbige Witzfigur, die ihm die letzten Minuten dieses Grauens zum Grauen macht. »Was machst du bloß für einen Scheißkrach. Du benimmst dich unpassend. Laß sie in Ruhe, laß sie weitermachen. Verlaustes Pack. Halt's Maul, verdammt noch mal.«

Und so verstumme ich und setze mich, und nichts bleibt mir mehr übrig. Ohne einen Funken Todesangst, ohne Wut, ohne Qual. Er hatte mich getroffen, bis ins Herz. Der Schlag hatte mich betäubt. Vielleicht lag darin ein Stück Güte.

Ich saß neben ihm auf der Straße in die Vernichtung und dachte daran, wie ich ihm gefolgt und sein Soldat gewesen war, wohin alles verschwunden war und daß hier, angesichts der Einsamkeit des Todes, noch ein Stück Einsamkeit mehr hinzugekommen war.

Ein Teil unserer Gefolgschaft sang die »Marseillaise«. Die Menge, das verlauste Pack – wie recht Danton hatte, endlich. Nichts mehr. Es gibt nur einen Pöbel. Wir sind ein Teil von ihm; sie sind Menschen. Johlend stimmt der Pöbel ein und schwenkt die Arme.

Manchmal redete einer von uns, meistens mit sich selbst. Wir waren in den schmaleren Straßen angelangt. Aus den nahen Stockwerken über uns brannten Augen auf uns herab. Gelegentlich flog Abfall in den Karren, manchmal sogar Gekröse. Wenn er den Henkersbuben mißfiel, warfen sie ihn hinaus. (Einmal sagte Danton einen Frauennamen. Nicht »Louise«, sondern »Gabriella«.) Und irgendwo fuhren wir an einer Gruppe Künstler vorbei – David und einige seiner Anhänger saßen an einem Kaffeehaustisch, um die Verurteilten im Vorüberfahren zu zeichnen. Danton erhob sich. »Die Geier versammeln sich früh.« Und zu David brüllte er hinüber: »Scheißgeier, wer wird denn dein Bild malen, wenn du auf deinem Scheißweg zum Schafott bist?« Offensichtlich freute sich die Menge auf ihre unmenschliche Weise über diesen Ausbruch. Aber David legte nur seine warzige Wange in die Hand und zeichnete weiter. Danton sank zurück und fluchte noch einmal, aber seine Stimme war leblos geworden, als ob ihn das Thema nicht mehr interessieren würde.

Als wir die Saint-Honoré entlangfuhren, leuchtete der Himmel, und die Sonne schien uns ins Gesicht.

An so vielen vertrauten Szenen fuhren wir vorbei. Jede einzelne wirkte anders, als ob sie verzerrt wäre, allerdings nicht physikalisch, sondern auf eine subtilere Art. Und doch war der Schinderkarren das eigentliche Phantom. Alles, woran wir vorüberfuhren, würde bleiben, und nur wir –

Die Trikoloren hingen herunter, ausgebleichte, geschrumpfte Stofffetzen mit eingerissenen Ecken. Sie hatten ihre Frische eingebüßt. Am Ende der Kurve aus spitzgiebeligen Dächern und hochaufragenden Kaminen zogen die Wolken rosig dahin.

Hinter dem muffigen Gestank lebender Wesen gab es auch noch den Abendgeruch von Paris, eine trockene Harmonie aus Staub und Ziegeln, Steinen, ganz besonderem Glas und Pflaster, die in die klare Luft aufstieg. Irgendwo wurde Holz verbrannt, jemand kochte scharf gewürztes Essen, und von den Tuilerien drang der Honiggeruch des Flieders herüber.

»Schau«, sagte Danton. Er sagte es zu mir. Wir kamen gerade zum Haus der Duplays, an dem alle Fensterläden wie bei einer Belagerung verrammelt waren. Darüber hing ein blauer Schattenstreifen, der Teil einer Trikolore. Ich hatte innerlich das Gefühl, als ob eine gespannte Saite reißen würde. Obwohl ich keine Stimme mehr hatte, krächzte ich: »Robespierre – Robespierre.«

Aber dann stand Danton da, und seine kolossale Stimme krachte derart gegen jede Mauer und jedes Fenster in der Straße, daß selbst die Höllenmenge vor Verblüffung die Sprache verlor.

»Du wirst der nächste sein, Robespierre!« schrie Danton. »Unser Tod – ist deiner!« Lächelnd betrachtete er die Menge und schüttelte wie befriedigt die Arme, aber seine Augen waren bleischwer. »Der Starke fällt – und mein Gewicht reißt Robespierre in die Tiefe.«

»So ist es«, sagte er zu mir, beiläufig wie in einem Café, als er sich wieder setzte. »Er kann ohne mich nicht überleben. Der Becher, den sie uns heute zu trinken geben, wird morgen für sie bestimmt sein.« Dann meinte er mit einem kurzen Seitenblick auf mich: »Du bist jetzt ruhig, das ist gut. Das andere – vergebliche Mühe.«

Und dann streckte er sich. Das war alles. Er war fertig.

Ich erinnere mich an ihre Gesichter, Geistergesichter. Lacroix wirkte melancholisch. Hérault ebenso. Fabre schlief mit nassen Augen einen Fieberschlaf und zitterte bei jedem Karrenruck. Danton – ein Rätsel. Ausdruckslos. Kein Bedauern und schon gar nicht Furcht. Sein Blick war achtsam und nüchtern. Vegebliche Mühe. Er würde keine Energie mehr verschwenden. Von Louise redete er erst im letzten Moment. Vielleicht erschien es dann notwendig. Etikette. Sie merken, daß ich noch immer zu ergründen versuche, wie er war. Er hatte so viele Leben gelebt, aber nun zog er sich das Leben wie ein verschmutztes Hemd über den Kopf ... Dann laß es eben gehen. Herrlicher Danton. Du bist jetzt ruhig, hatte er mich beglückwünscht, als ob auch ich mit Hilfe der Logik zur Vernunft gekommen wäre. Er hatte seinen Fluch gegen Robespierres Fenster geschleudert, aber das war für die Nachwelt bestimmt, richtig? Er glaubte das, was er schrie. Wenn es soweit wäre, würde es heißen: Wißt ihr noch, wie der Löwe gebrüllt hat? Davon war er überzeugt.

Nun, was weiß ich schon – ich wußte gar nichts.

Vergib mir, Danton. In der letzten Stunde unseres Lebens hat keiner von uns den anderen verstanden.

Und so kamen wir zur Place de la Révolution, die unter dem blauen Himmel und den rosa Schäfchenwolken im Aprillicht vergoldet dalag.

Der Karren bleibt stehen. Hinunter nun und für den Tod in Reih und Glied aufgestellt. Niemand redet mehr. Nichts zu sagen.

Auch auf dem Platz drängt sich die Menge, größtenteils genauso stumm wie wir. Sie wollen nichts verpassen. Das Licht überall – ein Segen. Das ist alles, was es gibt. Nein, unmöglich. Ich glaube an die Unsterblichkeit der Seele – etwas bleibt; etwas muß bleiben – Sein und dann Nicht-Sein. Und dann? Meine Kindheitslehren: Engel, Fegefeuer und das Flammenfundament? Nein, niemals, das leugne ich. O Gott, ich kann nicht denken. Das ist alles, was es gibt. Das ist alles, was mir noch übrigbleibt.

La Guillotine …

Letztlich sieht sie ganz anders aus, als ich sie mir ausgemalt hatte. Sie wirkt – gewöhnlich, banal. Ringsherum Architektur, offenes Land, Bäume bis zum Fluß hinunter. Und dazu die plumpe Freiheitsstatue mit ihren Brüsten und der Mütze, die wie die Flaggen schon fleckig und verschmiert ist. Dies alles bildet den Rahmen für einen Gegenstand, der weder hochdramatisch noch wichtig ist. Ist das schon alles: die Pfosten, die Querstrebe, die Rasierklinge, ein Platz zum Hinlegen, das kleine runde »O«? Nicht einmal ein Hauch von all den Leben, die sie genommen hat? Nein, la Guillotine ist nichts Besonderes. Das einzige, was sie tut, ist, dich töten.

Aber ich drehe ihr den Rücken zu, will nicht hinsehen. Ich schaue auf den Boden, betrachte jede Pore, jede Struktur. Erschöpfung macht es erträglicher, wirklich? Ich wünschte, ich hätte einen Schluck zu trinken. Ich wünschte – Lucile …

Die Wachen, sie kommen, um Hérault zu holen. Er wird der erste sein. Er macht einen Schritt auf Danton zu, um ihn zu umarmen, aber die Wachen zerren sie grob auseinander. Danton flucht sie an. Hérault hat wieder diesen Blick. Ach, was kann man von solchen Typen erwarten? Im Vorbeigehen berührt er mich an der Schulter. Noch lange danach scheine ich den Druck seiner Hand zu spüren. Gelassen geht er zur Plattform hinauf, ich höre seine Schuhe. Dann andere Geräusche. Was? Nein, ich will nicht hinschauen.

Wie still die Menge im goldenen Lichtschein ist. Jedes goldene Auge ruht auf der Plattform.

Dann höre ich die Klinge, ihren geschmeidigen Ratsch beim Niederfahren. Und wie jedes andere menschliche Ding auf dem Platz halte auch ich den Atem an. Und dann höre ich, wie die Klinge mit einem dumpfen Laut ihr Ziel erreicht. Und dann ein Geräusch, eine Art Stöhnen, das zugleich ein Schrei ist. (Man sagt, der Pöbel würde immer jubeln. Vielleicht werden sie später jubeln.)

Es ist vorbei.

Nein – wie kann das sein?

Vorbei. Vorüber.

Hérault, der lebendig war, ist tot.

Lächerlich. Noch immer kann ich den Druck seiner Hand auf meiner Schulter spüren. Wenn ich mich umdrehe, werde ich sehen, daß sie noch nicht – Jean. Ach, Jean.

So einfach, so unwiederbringlich. Wo bist du jetzt, Jean? Nichts.

Und die Ministranten des Vergessens kommen, um uns zu holen, einen nach dem anderen. Hérault – und jetzt nehmen sie einen anderen, und wieder einen anderen. Nacheinander gehen die Füße die Treppe hinauf, das Geräusch von Holz und Metall ertönt, und dann die Klinge. Nach dem ersten Mal klingt sie inzwischen ein wenig anders – mit Blut geölt. Dann jener merkwürdige, unwahrscheinliche dumpfe Klang – und manchmal ratternd eine dumpfe Wiederholung. Ich sehe, wie sich die Köpfe der Menge schlangengleich bewegen. Sie versuchen, etwas zu verfolgen: das Nachbeben der kopflosen Körper. Nein, ich will nicht hinschauen.

Einer nach dem anderen.

Hérault. Lacroix mit forschem Schritt. Fabre wird stöhnend halb hinaufgetragen.

Lebendig. Tot.

Lebendig. Tot.

Und bald wird es bei mir dasselbe heißen.

Und das ist jetzt.

Ich ergreife Dantons Hand und er meine – ein Ritual –, er sieht mich nicht an. Vor mir liegt die Treppe, die hinter den Stufen offen ist. Meine Augen täuschen mich, mir wird zwischen den Schritten schwindlig. Ich steige über die Kluft und wäre beinahe gestolpert, aber ich mache weiter, denn wenn ich jetzt zögere –

Die Plattform ist blutig. Du kannst machen, was du willst, aber sobald du den Fuß darauf setzt, rutschst du. Einer von Sansons Männern hält dich.

Jetzt der Maschine so nahe. Der Geruch nach Blut und Alkohol – sie haben getrunken, jeder von ihnen. Ich sage zu dem Jungen: »In meinen Händen – ein Medaillon – nimm es – finde einen, der es meiner Frau gibt.«

Er schielt mich an, dann entwinden mir seine Finger das Medaillon. Obwohl ich gesagt hatte, er soll es nehmen, hat er Mühe, mich zum Loslassen zu bringen. »Wird sie bezahlen?« will er wissen. Ja. Ich keuche ihm das Wort zu. Ich hasse ihn nicht einmal für seine Frage oder wünsche ihn ins Feuer. »Na schön, ich tu's. Du bist Camille.« Einen Satz, falls sich einer daran erinnern sollte. Sag es jetzt. Meine Zunge – Papier.

»Camille«, sage ich, »der erste Apostel der Freiheit.« Ist es das, was ich sagen wollte? Gibt's noch mehr? Aber da sagt ein anderer von ihnen:

»Erster Apostel der Freiheit, und jetzt geht's los.« Und sie heben mich hoch und schleudern mich aufs Brett. Da entringt sich mir ein dumpfer Schrei, ungewollt, für niemanden bestimmt – »Oh, Lucile.«

Sie sind beschäftigt, zurren die Riemen an ihren Schnallen fest. Das Brett – sie haben es mit Branntwein abgespült. Es stinkt nach Branntwein, Blut und Urin. Das feuchte Holz ist rauh, die Splitter bohren sich durch mein Hemd. Dann läuft der Apparat nach vorn und rastet mit einem Ruck ein. Mein Kopf ragt in die Luft hinaus, das Unterteil des hölzernen »O« drückt mir gegen die Kehle, und plötzlich schießt der Rest herunter und wird verriegelt. Mein Gott – das ist der Moment. Er ist wahrhaftig da.

Ein quietschendes Geräusch; drunten wartet ein Strohhaufen, scharlachrot. Was sonst? Was sonst?

Gebt mir Zeit. Nur eine Minute. In meinem Gehirn tobt Verwirrung. Noch eine Sekunde, nur eine halbe –

Es kommt vom Himmel, von hoch, hoch droben. Es kommt und kommt – werde ich hören –

Ein Blitz, wie wenn sich Wasser spaltet, ein unbeschreibliches Gefühl in der Kehle, kalt und stechend süß, die Nase voller Blut, die Ohren dröhnen, der ganze Körper kribbelt, juckt, löst sich in einem Lichtstrom auf, aber da Lich ge g s.

Es ist also vorbei. Sie sind tot.

Den Riesen haben sie bis zum Schluß aufgespart. Weiß wie ein Leichnam ging er auf diese Blutbühne und sagte mit seiner mächtigen Stimme zu Sanson: »Du da. Zeig meinen Kopf dem Volke. Es soll gut hinschauen.«

Und als der Löwenkopf mit blutiger Mähne ins Stroh plumpste, hoben sie ihn auf und zeigten ihn, wie sie den Kopf von Louis Capet gezeigt hatten. Der Kopf eines Königs.

Und wie damals stand die riesige Menschenmenge stumm da und wunderte sich vielleicht, was in ihrem Namen geschehen war.

Aber dann schoben sie den Kopf wie die anderen Köpfe in den Getreidesack und warfen ihn zu den anderen auf den Wagen, zu den Köpfen und Körpern. In der wachsenden Dunkelheit schafften sie sie weg, zu einem obskuren Friedhof, in eine einzige Grube. Und im Laternenlicht mischten sie blutiges Fleisch, ungelöschten Kalk und Erde.

Und so kam es, daß diese leidenschaftlichen, diese flammenden Leben im Dunkel von Erde, Nacht und Zeit verloren sind.

Bedenke eines: Alle, die einst weltberühmt waren, sei es wegen der größten Ruhmestaten oder wegen abgrundtiefem Unglück, sei es wegen ihrer Kämpfe oder wegen Reichtümer aller Art – was ist geblieben?

Asche und Rauch und eine Geschichte, die keiner mehr genau kennt.

Welchen Wert besitzen dann die Dinge, nach denen Menschen so heftig streben?

Der Henkerslehrling, der im Besitz des Medaillons war, das ihm Camille Desmoulins gegeben hatte, stapfte zur Wohnung in der Sektion Theater-von-Frankreich (ehemals Cordeliers). Aber auf der Treppe, ja schon draußen vor der Türe, hörte er Frauen weinen. Es war ein hoher und furchtbarer Ton, eine Symphonie der Verzweiflung, wie wilde Vögel, die über einer küstenlosen Wintersee dahintreiben, von der sie wissen, daß sie hinunter müssen. Auf eine merkwürdige Weise jagte diese Symphonie ihm Angst ein.

Er hatte schon die Hand gehoben, um nach der Glocke zu suchen, zog sie aber dann nach kurzem Zögern zurück, drehte sich um und ging wieder fort. Dies überstieg alles, womit er etwas zu tun haben wollte.

Er verkaufte das Medaillon für den Preis eines tiefen Schlucks.

Noch Jahre später trieben ihn die atemlose Todesangst und das Drängen eines Mannes um, dessen Gesicht er vergessen hatte, verfolgten ihn die Stimmen weinender Frauen, deren Gesichter er nie gesehen hatte, und da erzählte er seine Geschichte auf ganz andere und immer wieder neue Weise.

Aber auch das wird man euch erzählen: Sie hatte nicht lange zu weinen, die schöne Lucile –

Aber wer ist das, den sie jetzt geholt haben?
Weißt du's nicht?
Aber was hat sie getan?
Hast du's nicht gehört – das Komplott zur Zerstörung von Paris?
Aber sie ist doch so charmant und lieb.
Den Stillen kann man nie trauen.
Ihre Mutter schreibt an Robespierre.

Nicht zufrieden, daß Du Deinen besten Freund gemeuchelt hast, willst Du nun auch noch das Blut seiner Frau haben. Deine Kreaturen im Tribunal haben soeben Lucile zum Schafott verurteilt. In weniger als zwei Stunden wird sie tot sein. Aber was bedeutet Dir das schon? Camilles Blut hat Dich nicht zum Wahnsinn getrieben. Du hast die Abende völlig vergessen, die Du als Teil unserer Familie verbracht hast, mit dem einjährigen Sohn meiner Tochter auf Deinen Knien. Was, Du erinnerst Dich tatsächlich? Dann laß meine unschuldige Lucile frei! Solltest Du aber in Wahrheit ein wildes Untier in Menschengestalt sein, dann mach's schnell in Deinem Löwenzorn! Nimm uns alle: Horace, meine andere Tochter Adèle (auch an sie wirst Du Dich nicht mehr erinnern) und mich. Ja, rasch, reiß uns in Stücke mit Deinen Krallen, die von Camilles Lebensblut triefen. Tu es, so schnell wie möglich. Laß uns in einem Grab zusammen Frieden finden – den Frieden, den Du nie haben wirst.

Aber Lucile hat gesagt: »Euer Urteil über mich ist ein freudiges Geschenk. Ihr schickt mich zu meinem Mann.«

Und wie eine Braut sitzt sie auf dem Schinderkarren, ganz in Weiß gekleidet (wie Antoinette? La reine blanche.) Sie hat keine Angst, das kann jeder sehen. In ehrfürchtiger Scheu stehen sie da: der Menschenkordon an den Straßenrändern, die Männer, die über sie »gerichtet« haben, und die, die sie ermorden werden, und ihre Mitopfer.

Außerdem hat sie Arthur Dillon zur Unterhaltung, der galant und auf absurde Weise tapfer ist. Seine Augen funkeln vor bösem Humor. Manchmal ruft er lauthals in die Menge: Gott schütze den König! Was der Menge gar nicht gefällt.

»Haben wir Sie hierhergebracht?« fragt ihn Lucile, womit sie sich höflich für sich und Camille entschuldigt.

»Nein, meine reizende Dame, das haben Sie nicht. Dahin hat uns alle die Revolution gebracht. Unsere Sterne. Der Wille Gottes.«

»Ist es eine große Sünde«, murmelt sie, »daß ich so gerne sterbe?« Oder vielleicht denkt sie sich das auch nur einen Augenblick, und schon hebt sich die Wolke von ihr.

Wir sehen ihr Gesicht: so hell, eine Kamee, so jung – sie könnte erst sechzehn sein –, so gewiß. Das Gesicht einer Priesterin, die sich selbst den Göttern zum Opfer darbringt: einverstanden, gehorsam, ruhig. Glücklich.

Wir sehen, wie sie leichten Fußes und graziös die Treppen zum Schafott hinaufsteigt und sich für den Hieb niederlegt. Wende dich doch ab von diesem Hieb, vom Fall der bleichen Blüte. Die Rose brennt –

Lucile …

Es gibt keine Worte.

Es ist zu spät für Worte.

Lucile.

1794: Sommer

Er sagte: »Wenn wir dort, wo wir stehen, zu früh Gnade walten lassen, sind wir verloren.« Muß man noch erklären, wer das gesagt hat? Ja, Robespierre.

Der Prozeß gegen die Dantonpartei war zum Präzedenzfall geworden. Von nun an mußte das Tribunal weder auf Beweise noch auf Zeugen zurückgreifen. Es herrschte Moraljustiz. Wer dem Tribunal überantwortet wird, muß schuldig sein. Unter argwöhnischen Blicken wird sich immer ein Verbrechen finden. Die Neuen Gebote vom Berge Sinai – auf Eistafeln.

Und man sagt auch, Doppelzunge habe gemurmelt, nächste Woche werde er vierhundert zurechtstutzen. Die Köpfe fliegen davon wie die Dachziegel beim Sturm. Hunderte, Tausende gehen – ins Nichts, auf dem Umweg über den Revolutionsplatz.

Dann ist er also ein Monster, unser Robespierre, unser Kleiner Pierre, unser Maxime? Ja, ganz sicher ein Monster. Der Heilige und der Völkermörder – beide sind Extremisten. Der Unterschied besteht nur darin, was sie tun. Manchmal verschmelzen die Grenzen. Robespierre hat sich dem Gott geweiht, und der Gott hat ihn angenommen.

Atheismus, erklärt er, sei die Krankheit der Aristokraten. Und als neues Großereignis werden Dionysien zu Ehren von Robespierres Höchstem Wesen veranstaltet (der Mensch erschafft sich Gott nach seinem eigenen Bilde). Es gibt ein Freudenfeuer, auf dem der atheistische Egoismus und die Zwietracht pflichtschuldigst geröstet werden, aber als sich die Weisheit aus dem Ruß erhebt, hat sie ein schmutziges Gesicht. Da mischt sich etwas Belustigung in die schlechte Laune der Abgeordneten. Es fällt auf, daß selbst Robespierres Sans-Culottes, seine ständige Leibwache, allmählich desillusioniert wirken. Inzwischen gibt es keinen Sündenbock mehr. Unter blauem Himmel schnappt er in einem himmelblauen Mantel Sätze wie diesen auf: »Schaut ihn an, demnächst will er Gott sein.«

»O ja, er will umgehend Gott sein«, bestätigt Stanislas Fréron, den ein Dekret Robespierres aus Toulon zurückbeordert hat. In den Provinzen war es zu einigen Vorfällen gekommen, nicht zuletzt auch in Toulon. Verräter wurden zu Hunderten in Boote getrieben und ertränkt oder zu Hunderten auf Plätze getrieben und erschossen – solche Kleinigkeiten eben. Oder sind es die anderen Vorfälle, an denen Robespierre Anstoß nimmt? Das Auswählen und Begnadigen hübscher Frauen vor der Gefängnisstrafe oder das Bestechungsgeld?

Nun, allmählich hat jeder von Robespierre die Nase voll. Er läßt einem kein bißchen Spaß mehr. Selbst die Huren verstecken sich. Und wenn man ins Theater geht und einer in einem Stück eine Zeile sagt –

zum Beispiel: Wer ohne Schuld und Tadel, werfe den ersten Stein, oder, Wer verzeiht, dem wird vergeben –, wird die Aufführung unterbrochen und sämtliche Schauspieler verhaftet. Molières Stücke sind selbstverständlich verboten. War es nicht er, der gesagt hat: »Tugend sollte fügsam sein« und »Nur ein erstklassiger Narr versucht, die Welt zu verbessern?« Ganz zu schweigen von: »Es ist allgemein bekannt, daß man in Paris noch vor dem Prozeß gehenkt wird.« Mein lieber Molière, du warst ein Prophet, und ein Prophet hat selbstverständlich keine Ehre, et cetera, et cetera.

Das Leben ist eine äußerst ernste Angelegenheit, und er, der feine Herr im blauen Rock, ist ein bißchen kratzbürstig. Wenn einer leise niest, schaut er ihn böse an. Was hast du soeben während des Niesens über ihn gesagt? Und wenn dir das während einer seiner Reden passiert (hält er denn nicht ständig eine Rede?), wirft er dir einen Blick zu: Versuchst du etwa, ihn zu unterbrechen? Das ist Verrat. Ein verräterisches Niesen. Und Verrat ist –

»Wir wissen, was Verrat ist«, sagt Fréron, allerdings stumm. »Wenn du dreiundzwanzig und die Witwe deines Freundes bist. Das ist dann Verrat.«

Er ist zu einer düsteren Unterkunft in der Nähe der Luxembourg-Gärten hinübergeschlichen. Dabei muß eines gesagt werden: Jede andere Bewegungsart außer Schleichen wäre nicht sehr ratsam. Dort stand ein Schatten, den er nur mit Mühe wiedererkannte. »Madame –«

»Ach, sehe ich in Ihren Augen so alt aus?«

»Annette, verzeihen Sie mir –«

»Vermutlich«, sagt sie, »gibt es niemanden mehr, der mich je wieder ›Demeter‹ nennen wird.« Dennoch weint sie nicht. Sie reicht ihm ein Glas Wein, und als er ihren Mann erwähnt, erwidert sie: »Ja, natürlich, danke für Ihre Beileidsbezeugung. Aber ich verliere nicht als einzige den Großteil meiner Familie an die Guillotine.« Später sieht er den kleinen Jungen, der mit dem Spielzeughasen spielt, den ihm Fréron, auf dessen Befehl Männer und Frauen scharenweise erschossen wurden, vor langer Zeit persönlich geschickt hat. Horace weiß nicht, daß er ein Waisenkind ist. Möglicherweise vermißt er etwas, jemanden – vielleicht. Ab und zu hält er inne und sieht sich mit verdutzter Miene um, aber das dauert nur eine Sekunde. Bald wird auch das verschwunden sein.

Als ihn Demeter hochhebt, steigen ihr plötzlich Tränen in die Augen. Erschreckt verabschiedet sich Fréron.

Ganz im Gegensatz dazu begibt sich Fréron eines Sommertages kühn zu einem Besuch zu Maximilien. »Jetzt weißt du, daß du mir vertrauen kannst«, sagt Fréron. Robespierres Antwort ist völliges Schweigen. Wieder draußen auf der Straße, sagt Fréron zu dem Freund, der ihn begleitet hat: »Offensichtlich wenigstens ein Halbgott.«

»Inzwischen wendet er sich gegen jeden, selbst gegen Fouché, der so nützlich war.«

»Er sollte Fouché im Auge behalten, dieser Mistkerl ist schlau.« Fréron denkt an die Karren, die die Saint-Honoré hinunterrumpeln. (Die Guillotine wurde vorübergehend erneut verlagert, zurück in die Straße des gestürzten Thrones; hat das Viertel aufgewertet; man sieht wieder Rosen in den Fensterkästen. Sicher sind Maximilien all die vielen knirschenden Räder auf die Nerven gegangen.) Lucile, denkt Fréron mit einem dumpfen Nachhall von Wut und beißt sich auf die Knöchel. Wenn der Tyrann sie in Ruhe gelassen hätte, wäre sie noch da, ohne Mann, hilflos und auf Trost angewiesen. Aber auch beim Gedanken an Camille dreht sich Fréron der Magen um. Verwirrt und zitternd, sie haben ihn hingekarrt – zusammen mit dem großen Danton, der zum erstenmal wie betäubt war. »Ich habe ständig«, sagt Fréron, »Genickschmerzen. Wir werden die nächsten sein. König Robespierre möchte den ganzen Konvent guillotinieren.«

Sie gehen eine Weile weiter, dann sagt der Freund: »Ist dir je ein Mann namens Roch-Marcandier begegnet?« O ja, sagt Fréron. »Nun, du wirst ja seine Zeitung gesehen haben – eine Zeitlang hieß es, Camille würde dahinterstecken, aber Camille hat nie eine so seltsame Prosa geschrieben. Außerdem wurde auch Camille angegriffen. Nach dem Sturz von Danton hat Marcandier eine Nummer herausgebracht. Die Überschrift hieß: ›Wir wollen den wahren Volksfreund, nicht so einen scheinheiligen Arsch wie Robespierre‹.« Hat Robespierre sehr gefreut. »Marcandier hat jeden angegriffen. Er war restlos verrucht. Offensichtlich hat er die wunderbare Geschichte in die Welt gesetzt, der keusche Maxime würde alle Damen köpfen, die seiner üppigen Lust nicht entgegenkommen. Eines steht fest: Auf Marcandier ist Maxime losgegangen. Wurde am zwölften Juli verhackstückt.«

»Wir haben immer noch Juli«, sagte Fréron düster.

Und mittlerweile hat Robespierre gesagt: »Rettet die Revolution ohne mich!« (Untersteht euch!)

Aber Robespierre, wir haben doch lediglich gemeint, man könnte deine überscharfe Kritik eventuell teilweise mildern – um einen Bruchteil. Ein Beispiel dafür: Wir sind nicht mehr bis an die Zähne bewaffnet. Toulon ist sicher. Bei Fleurus wurden die Österreicher vernichtend geschlagen; ein Heißluftballon hatte sie wie ein großes geflügeltes französisches Himmelsauge ausspioniert. Und Brüssel ist von unseren Truppen besetzt. Auch die Vendée steht unter Kontrolle. Lyon knurrt nicht einmal mehr an der Leine. Also, müssen wir denn noch immer Agitatoren aufspüren? Muß der Terror unser täglich Brot bleiben?

Ihr verpaßt den springenden Punkt.

Ja, Robespierre? Welchen Punkt?

Alles, was wir gewonnen haben, haben wir durch unsere unbeirrbare Unbarmherzigkeit gewonnen. Wenn wir jetzt zögern –

Aber es ist Robespierre, der zögert. Er, der sooft im Stich gelassen worden ist, weiß immer, wann Fahnenflucht in derLuft liegt. Er flüstert Saint-Just zu: Ich sehe nur Dunkelheit vor und um mich.

Von Sorgen zerfressen, schüttelt Robespierre seine Leibwächter ab und geht auf dem Land spazieren, wo alles im heißen Thermidor-Grün steht und die Blumen wachsen und die Vögel singen. Es bricht ihm das Herz, wie lieblich die Natur und wie böse die Menschen sind. Als er das Modell entwickelte, war genau das Gegenteil der Fall. Frei geboren liegt der Mensch überall in Ketten. Zu den Waffen, Bürger! Ihr habt nichts zu verlieren, außer euer Leben.

Aber nun auch Gerechtigkeit für Robespierre. Er wird seinen Obolus entrichten müssen, wie alle anderen auch.

Er ist so müde und so enttäuscht, und es reicht ihm wirklich. Warum ihn wegen seiner niederträchtigen Grausamkeit verdammen, wenn er gar nicht weiß, daß er niederträchtig oder grausam ist? Er ist kein feiner Pinkel aus dem Alten Regime, der auf der Grundlage jener Rechte, die Leute wie Robespierre bezwungen haben, einen Leibeigenen aufschlitzt, um sich die Füße in seinen Eingeweiden zu wärmen. Robespierre hat keine Freude am Töten, er tut es nicht für sich. (Noch schlimmer, es geschieht für uns andere.) Wenn man ihm aber seine Befehle und Taten vorwirft, sollte man dies bedenken: Macht man dem Krüppel einen Vorwurf, weil er hinkt, oder dem Blinden, weil er nicht sehen kann? Der verkrüppelte und blinde Robespierre muß erst noch zu der Erkenntnis geheilt werden, daß Dienen – sein innigster Wunsch – das Ergebnis von Milde ist, die sich verbal hart äußert, und nicht von brutaler Härte, die sanft auftritt.

In Wirklichkeit leidet er unter der zusätzlichen Last eines angeborenen Hasses gegen Gewalt. Jede Exekution entsetzt ihn – wegen ihrer Notwendigkeit. Inzwischen ist er so weit, daß er alle haßt, die ihn zu solchen Maßnahmen gezwungen haben: die Dantons, die Desmoulins, die politischen Bergparteiler, den ganzen Konvent.

Am Ende führen ihn die sommerlichen Pfade von Gethsemane in die Tuilerien zurück, wo er in seinem himmelgleichen Rock allein dasteht und seiner gescheiterten Illusion, seinem Horror und seiner Paranoia Luft macht, indem er alle verdammt, da er allen mißtraut. Ein bleiches Schreckensbild mit göttlicher Aureole ist er, und beinahe schafft er es. Sie ducken sich, haben Angst vor dieser Mücke in Majestätsformat. Sie haben gesehen, was er mit ihnen tut und was er ihnen antun kann. Er wird nicht der letzte kleine Mann sein, der ihre Revolution mit feurigem Zügel bändigt.

Aber dann dämmert es ihnen irgendwie, daß er nur einer und sie viele sind und daß das alles Unsinn ist.

Plötzlich platzt die unterschwellige Furcht, die er in jedem erzeugt hat, wie Gift aus einer Beule heraus.

Ein Abgeordneter widersetzt sich ihm, dann noch einer. Und noch einer, und so weiter.

Saint-Just schreitet nach vorn und wird fortgerissen, seine Redeversuche werden unterbunden. Robespierre selbst wird die Tribüne verweigert. Gemäß seiner Prophezeiung erheben sich von allen Seiten seine Feinde mit Dolchen in den Augen und Mündern.

Wie eine verzweifelte Maus rennt er vor der Tribüne hin und her und versucht, sich quietschend Gehör zu verschaffen, aber sie lachen ihn aus und verfluchen ihn. Und als ihm die Stimme versagt, ruft eine kräftigere Stimme von den Bänken: »Ach? Also ist dir Dantons Blut doch endlich im Rachen steckengeblieben.«

Und daraufhin ist er still und sagt: »Ich verstehe, dafür wollt ihr Rache.«

Als er versucht, sich hinzusetzen, stoßen sie ihn weg. »Nicht hier, hier haben Patrioten gesessen.«

Dann stimmen sie für seine Verhaftung und für die seiner Ministranten.

»Dann nehmt auch mich«, sagt überraschenderweise Robespierres hedonistischer Bruder. Sie sagen nicht nein. »Und ich werde mit ihnen gehen!« ruft Duplays Schwiegersohn und reißt sich von Freunden los, die ihn daran hindern wollen. Mit geweiteten Pupillen blickt er Saint-Just an und vergißt darüber Weib und Kind. Aber Saint-Just bemerkt es offensichtlich nicht einmal. Ruhig übergibt er seine schriftliche Verteidigung, die ihn niemand vorlesen lassen wollte, einem Konventsekretär. Kalter Priester. Warum reißt du sie nicht in Fetzen und wirfst sie ihnen ins Gesicht? Nein, besser der Nachwelt hinterlassen. Woanders hast du geschrieben: Nichts, was wir gesagt haben, wird der Welt verlorengehen. Ich gehöre keiner Partei an; ich werde sie alle bekämpfen, hat er geschrieben. Aber vor kurzem in einem privaten Notizbuch: Ich verachte den Staub, aus dem ich gemacht bin. Man kann ihn erniedrigen, demütigen, ermorden. Aber eines könnt ihr nicht: Mir jenes Element rauben, das an mir ewig ist. Und er schrieb auch: Nun, ich werde mich töten lassen.

Nur David, der sooft lauthals getönt hatte, er würde jederzeit mit Robespierre den Schierlingsbecher trinken, ist mysteriöserweise unauffindbar. David! Du häßlicher Wicht. Nur dein unzweifelhaftes Genie entschuldigt dich.

Danach beginnt planmäßig das letzte, phantastische Stück.

Robespierre wurde vom Nationalkonvent und von beiden Revolutionären Komitees verurteilt, nur die Kommune, deren Herz der Jakobinerklub bildet, ist ganz Robespierre-freundlich und stellt sich auf seine Seite. Erwartet uns nun ein gegenseitiger Vernichtungskampf, der Paris wie ein Brathuhn aufschlitzt?

Nachdem sie mit Robespierre zum Luxembourg hinuntergezockelt sind, verweigert man ihm den Zutritt – er darf nicht als Gefangener angenommen werden. »Ich werde in Gewahrsam bleiben. Ich werde dem Gesetz gehorchen«, sagt Robespierre, »denn das Gesetz wird mich wieder in meine Ämter einsetzen. Ich habe mir nichts vorzuwerfen.«

Mit aufgeregtem Geklapper bringt man ihn ins Büro des Bürgermeisters, der ihn mit offenen Armen und loyalem Schluchzen empfängt. »Wir sind Ihre Freunde.«

Die Kommune alarmiert die Nationalgarde, deren Kommandant, ein allgemein bekannter Robespierre-Anhänger, im Amok-Galopp durch das Elendsviertel von Saint-Antoine hetzt und lauthals Unterstützung fordert. Am Ende tritt die halbe Garde an. Für Robespierre – oder wegen des berauschenden Adrenalinstoßes? In einigen Vierteln wird bereits auf den Todesstoß des Tyrannen angestoßen. In anderen hört man Gemurmel: Er hat sich um uns gekümmert, er wollte, daß wir frei sind. (Frei und verhungert, he?) Vom Verhungern weiß ich nichts, jedenfalls benimmt er sich nicht wie ein Edelmann. (Nein, da steht er drüber.)

Egal, was oder wie, jedenfalls entpuppt sich das militärische Unternehmen als leicht klapprig. Die Türen von Häusern, Hotels und Läden gehen zu, nur die roten Augen der Tavernen bleiben offen. Die Nationalen reiten mit zwanzig Kanonen im Schlepptau vorbei. Wo wollen sie hin? Zu den Tuilerien, wo der Konvent noch immer wie versteinert dasitzt und Musketen verteilt.

Robespierre wird zum Rathaus eskortiert, wo sich drunten auf dem Platz die ausgerückte Garde schwadronenweise versammelt. Es ist die Place de Grève der berühmten Kaiserin der Laternenhaken. Vielleicht kein gutes Omen für ein leichtes Gefecht, Robespierre, aber sie sammeln sich ja um dein Banner.

Auch die Nacht stellt sich ein, um draußen vor dem Hôtel de Ville Wache zu halten. Und als der Wind auffrischt, baumeln im Fackelschein die Geister von gehängten Bäckern.

Robespierre hält ein, zwei Reden. Seine beiden Leutnants (Saint-Just, Couthon) und sein Bruder wurden aus der Gefangenschaft befreit und hierher zu ihm gebracht. Vorübergehend sind sie in Sicherheit. Kanonen hocken auf dem Platz und auch rings um die Tuilerien. An die zwanzigtausend Mann stehen dir zur Verfügung, Maximilien, jetzt ist es Zeit zum Springen. Jetzt.

Aber er ist der Sklave der Freiheit, der Sklave mit dem Messer, kein Stratege, kein Krieger. Er steht da und hält Reden, und draußen schlafen die Gardisten auf ihren Pferden ein, und allmählich sagt die Menge in der Halle: Der Konvent verabschiedet gerade ein Dekret, daß jeder

der hier Versammelten geächtet wird und damit keine Rechte mehr besitzt. Wir sind zu ihm gekommen, aber was macht er?

Und dann und dann – geschieht das, was immer geschieht und immer geschah.

Ein samtiger Blitzschlag und – il pleut, il pleut. Es regnet in Strömen. Bäche ergießen sich durch die steinernen Tunnels der Stadt, rinnen durch Flaggen und Federn, über die Schultern der Garde und bringen die Kanonen zum Glänzen. Ach, der Ruhm – Feuer und Stahl stellt er sich gerne, aber naß werden, das verträgt er nicht.

Die Halle leert sich, und auf dem Platz dampfen Fackeln, Männer und Pferde vor sich hin. Wie Vögel flattern die Lichter herunter und verschwinden, und die Bataillone stehlen sich fort.

Die Befehlslosen drüben bei den Tuilerien hören, wie der Regen Marsch! sagt. Und weil sie von Robespierre keine gegenteiligen Anweisungen haben, gehorchen sie dem Befehl des Regens.

Kopf hoch, ihr tapferen Abgeordneten, die ihr mit euren Musketen zittert. Seht, wie sich die Nachtmänner davonstehlen, hört, wie das Rutschen und Humpeln der Kanonenräder auf den Wegen immer leiser wird.

Robespierre, hörst du den Regen an den Fenstern? Der Regen – dein Schicksal. Kann es sein, daß die Götter von Danton und Camille, primitive Wesenheiten aus Donner und Tränen, gegen dich Stellung beziehen? Ach, Maxime, du bist im Regen neben der Kutsche eines Königs gekniet und hast ihm in makellosem Latein erzählt, er wäre so gut, daß er dir geglaubt hat. Und später hast du ihn für diesen Glauben getötet. Oh, der Regen: Weißt du noch, wie er zu Hause durch die Felder strömte und sich das Korn unter seinen Silberpfeilen bog? Wo ist Mama? Sei still, du weißt, daß Mama bei Gott ist. Der Regen, der Regen, der Vorhang der Natur selbst fällt über dem letzten Akt, die Taube stürzt in ihren Käfig.

Er hatte an die ehemalige Sektion Vendôme, jetzt Piken genannt, geschrieben, an seine eigene Sektion (faßt Mut, die Freiheit ist auf dem Weg zum Sieg), und wollte gerade mit seinem Namen unterzeichnen, da bricht er ab. Es klingt, als kämen Reiter rasch auf den Platz zurück. Und binnen kurzem erzwingen sich Gardisten – ein Teil jener Fünfzigtausend, die sich nicht für Robespierre erhoben hatten – gewaltsam den Zugang zu dem nicht verteidigten Gebäude.

Als die Soldaten des Konvents ins Zimmer stürmen, steht Robespierre auf.

In seinem blaßblauen Mantel bildet er ein perfektes Ziel. Es gibt immer irgendeinen unbedeutenden Kerl, der so nach Ruhm giert, daß er glaubt, er würde ihn bekommen, wenn er eine berühmte Person abknallt. Die Pistole detoniert. Der Ruhmsüchtige ist obendrein ein mieser Schütze. Robespierre liegt auf dem Boden, rings um ihn geht der Kampf weiter. Männer ringen miteinander und stolpern dabei über seine Beine; ihre Füße treten ihm in die Rippen. Vielleicht merkt er es nicht. Die Kugel ist auf seiner rechten Gesichtsseite eingedrungen, prallte am Unterkiefer ab, zerschmetterte ihn wie einen Spiegel und trat wieder aus.

»Wollt ihr ihn hierhaben?« wurde der Konvent gefragt.

Die Ehre dieses Raumes würde durch den Zutritt eines derartigen Verräters entweiht, lautet die Antwort des Konvents.

Also tragen sie ihn mit Couthon, dem Beinlosen, und mit Maximiliens Bruder, der passenderweise inzwischen gebrochene Beine hat, zu den Komiteebüros. Mit von der Partie: der gefangene Kommandant der Robespierreschen Garde mit frisch verstümmeltem Gesicht und Saint-Just, der außer an Herz und Verstand unberührt und unversehrt ist. (Lebas, der Schwiegersohn von Duplay, hatte sich selbst erschossen und auf dem Boden zu Saint-Justs Füßen sein Leben ausgehaucht. Es gab noch mehrere Opfer.)

Robespierre wird ins Vorzimmer gebracht, wo er nun mitten unter der hohen Zimmerdecke auf einem Tisch liegt. Jemand hat ihm eine Brotschachtel unter den Kopf geschoben, um die Blutung zu lindern. Zum Blutstillen geben sie ihm Papier.

Eine verwundete Chimäre, die nicht mehr gefährlich ist, wie ein Stück aus einem Kuriositätenkabinett für jeden, der es wagt, bei ihm hereinzuschauen. Sie kommen und starren ihn an. Keiner liebt ihn mehr, und daran gibt es nichts zu rütteln. Ein Hosenloser klatscht Robespierre auf die Fesseln. »Oh, Schmerzen, Sire?«

Natürlich hat er Schmerzen, du verdammter Barbar, du bösartiger Narr.

»He, grapscht nicht an ihm herum«, sagt einer der Angestellten, die im weiteren Umkreis um den Tisch herumsitzen. (Tauchen sie ihre geschäftigen Schreibfedern in sein Blut?) »Wir wollen ihn doch für die Guillotine rüstig halten, nicht wahr?«

Was denkst du, Robespierre? Du hast die Augen zu. Manchmal tupfst du den Blutstrahl mit dem lächerlichen Papier auf. Als dir einer den Kragen lockert, hast du wie vor zwanzig Jahren »Danke, Monsieur« gesagt. Bist du denn wieder dort zurück, in einer vielversprechenden Jugendzeit? Wieder ein Kind, ein Student oder ein junger Anwalt, der sich gerade einen Namen macht? Es darf keine Todesstrafe geben, hast du entschieden geschrieben: *Sie erniedrigt beide, den Verurteilten und seine Richter.*

Kurz vor Sonnenaufgang trifft ein Arzt ein. (Nicht Souberbielle, der heute zweifelsohne gekonnt seinen Kopf eingezogen hat.) Er reinigt die Wunde, zieht mehrere Zähne und zerfetzte Knochenfragmente heraus, legt eine provisorische Schiene an und bringt einen Verband an, um die Bescherung zusammenzuhalten. Hat keinen Sinn, zuviel zu tun, denn innerhalb der nächsten vierundzwanzig Stunden wird die schöne Arbeit sowieso in einem Sack landen. Während all dieser unbeschreiblichen Qual gibt das Monster keinen Laut von sich. Es bewegt sich sogar ein wenig, um den Arzt bei seiner Arbeit zu unterstützen. Als alles vorbei ist, setzt sich das Monster erstaunlicherweise auf, gleitet langsam aus eigener Kraft vom Tisch herab und begibt sich zu einem Stuhl. Monster. Natürlich wird sich nun jedes Verbrechen des Universums an ihn hängen. Oh, der Genuß des verbrannten Opferlammes. Geh hin, mit all unseren Sünden auf deinem Haupte.

Der Zeitpunkt ist dennoch gut gewählt, denn in diesem Augenblick bringt man seinen Hofstaat herein, und die Gardisten drängen die Gaffer von Robespierres Seite. »Sie sollen einen Blick auf ihn werfen, damit sie sehen, ob sie ihren Herrn und Meister *jetzt* noch mögen.«

Saint-Just starrt das Wrack Robespierre an, dann wendet er sich ab. (Sollte das Opfer nicht makellos sein?)

Man schafft sie in die Conciergerie.

Robespierre bittet um Tinte und Papier, was man ihm verweigert. »Wollt' wohl 'ne schriftliche Klage bei seinem Höchsten Wesen einreichen.«

Der Prozeß nimmt den Verlauf, den Robespierre selbst eingeführt hat. Fouquier kümmert sich um alles genau so, wie es Robespierre gewünscht hätte. (Na, Doppelzunge, nun hast du ja eine ordentliche Portion von ihnen überlebt. Was glaubst du, wie lange *du* noch übrigbleibst? Noch kein Jahr später wirst du dort stehen, wo sie gestanden haben, und sagen: Aber ich habe doch nur Befehle befolgt. Und wenige Stunden später, du Mistkerl, wirst auch du dich auf den Weg Richtung Dunkelheit machen.)

Um Dreiviertel fünf Uhr abends verlassen die Schinderkarren den Gefängnishof.

Zu Ehren dieses Anlasses hatte man die Guillotine, die während der Feierlichkeiten zu Ehren des Höchsten Wesens mit purpurviolettem Samt verkleidet gewesen war, wieder auf den Revolutionsplatz zurückgebracht.

Und so, Maxime, nimmst du den Weg, auf den du uns geschickt hast.

Bei den Duplays wird angehalten. Ein Eimer Schweineblut fliegt gegen die Tür, und mit derselben Brühe schreiben sie TRAÎTRE an die Wand. Aber der rote Saft rinnt herunter, und schon bald könnte genausogut ein griechisches Wort dort stehen.

Da sitzt du nun mit halbgeschlossenen Augen in jenem Karren, und dein Körper bewegt sich nur, wenn der Karren holpernd zum Stehen kommt und wieder weiterrumpelt. Saint-Just, dein Heiliger, steht unbefleckt da und nimmt nichts wahr. In Kürze wird seine Porzellanfigur entzweigebrochen sein.

Als die Karren von der Straße der Nation zum Platz abbiegen, drängt sich ein Mädchen mit roten Haaren und einem Kind auf dem Arm gewaltsam nach vorn, geht neben Robespierre her und starrt ihn an. Hübsch ist sie, wenn auch ziemlich grell gekleidet, und das Kind – ungefähr ein Jahr alt – ist frisch wie Schnee. Aber ihr Gesicht hat der Haß beschmutzt. Nachdem sie lange Zeit neben dem Karren hergegangen ist, sagt sie: »Ja, du gehst zurück in die Hölle, wo du hergekommen bist. Unter all den Flüchen von Frauen und Müttern wirst du schwer in deiner Grube liegen.« Und lächelnd sagt sie: »Der Gedanke an dein Blut macht mich trunken.« Dann bleibt sie stehen und läßt die Karren weiterfahren. Noch immer lächelnd, starrt sie hinter ihnen her und hält das Kind fest.

Er kann sich nicht mehr selbst tragen und muß zur Guillotine hinaufgehoben werden. Sansons Mann reißt dem Opfer mutwillig grob den Verband von Kopf und Kehle, um ihn für den Schnitt frei zu machen. Und Robespierre stößt eine Art stöhnenden Schrei aus, seinen ersten. Seinen letzten.

Die Sonne scheint auf die Klinge. Gibt es noch etwas zu sagen? Sie fällt.

»Kusch«, sagt Betsi zu dem Hund Brount. Sie weint und hat Angst. Sie möchte, daß sich der Hund hinlegt. Ihr zuliebe tut er es.

Aber jedesmal, wenn im Haus Schritte oder Bewegungen zu hören sind, fährt der Hund mit gespitzten Ohren und besorgter Miene wimmernd hoch. Er wartet darauf, daß Robespierre nach Hause kommt.

Die Waage

Die Alten Ägypter würden uns erklären, daß wir uns nach dem Tode dem Gericht stellen müssen – ein Glaube, der offensichtlich unter vielen Religionen und Völkern weit verbreitet ist. Das Tribunal bestand aus Gottheiten mit Schakal- oder Falkenköpfen ... Eine große Waage wurde aufgestellt. In die eine Schale kamen jeder Fehler und jede Übeltat aus dem jeweiligen Leben und in die andere legte man – eine Feder. Und wenn das gesammelte Unrecht eines Lebens mehr wog als die Feder, durfte man keine Nachsicht erwarten.

Also, auf die Waage mit ihm, diesem Leben. Und wirf die Feder in die andere Schale, den Kiel einer Schreibfeder. Zittert sie? Welche Seite sinkt herab?

Es hatte einen Brief an Fouquier-Tinville gegeben, der so begann:

> »Camille Desmoulins (der mein Sohn ist); Du solltest wissen, daß er immer nach der Wahrheit gestrebt hat. Sie war sein Gott, fast von der Wiege an. Und alles, was er wollte, war, dieser Wahrheit und seinem Lande zu dienen. Wie kannst Du ihn nur deswegen in den Tod schicken?«

Mein lieber, mein guter Vater, du hast mir deine Aufzeichnungen und deine Bücher hinterlassen, deine Zurückhaltung und deine Vorsicht. Sie verteidigen dich vor mir. Vermutlich habe ich nie gewußt, daß du mich so sehr geliebt hast. Mir bleibt dein Tadel, aber auch deine Zuneigung. Aber daß du so über mich gesprochen hast: Hatte ich selbst dir Sand in die Augen gestreut? Oder hast du in Wahrheit durchschaut, um welchen Zustand ich mich in meinem Herzen und in meiner sterblichen Seele mit aller Kraft bemüht habe? Denselben Zustand, an dem ich auch verblutet und gestorben bin. Denn ich selbst habe mich nie erkannt. Ich war mir ein Fremder, ja sogar ein Feind, der sich als Freund ausgab.

Angesichts der Schwere meiner Sünden gegenüber einer Schreibfeder will ich euch hier und jetzt sagen, daß keiner von euch härter über mich urteilen kann als ich selbst.

Aber allmählich wirkt ihr empört.

Ihr sagt (natürlich): Wie kann er jetzt noch mit uns reden? Er ist tot. Haben wir nicht zugesehen, wie ihn die Göttin auf dem Platz fertiggemacht hat? Haben wir nicht gesehen, wie der Körper in zwei Raten mit ungelöschtem Kalk und Erde in ein Grab gerollt wurde? Wie kann ich dann immer noch von meinem wackligen Stuhl auf einem Tisch im Palais-Infini herunterschreien?

Nun, weil noch immer ein Teil von mir übrig ist, der schreien kann, vielleicht stumm, aber trotzdem hörbar. Nein, nicht meine Seele, nicht mein Geist. Das ist Theosophie. Was dann? Ach, das ist schwer auszudrücken. Ich möchte behaupten – besonders ihr Lebenden werdet mich verstehen –, ich möchte behaupten, daß ich noch weiter sprechen kann, weil ich gesprochen habe. Ich kann noch immer leben, weil ich gelebt habe. Kein Atom geht je verloren. Jeder von uns wird ein unsterbliches Echo hinterlassen. Man muß nur hinhören, dann hört man es auch. Und das habt ihr getan.

Und so habt ihr mich erzählen lassen, die ganze lange Geschichte. Ihr seid meiner Suche gefolgt, meinem eigenen Kreuzverhör mit sämtlichen Ausflüchten, Gedächtnislücken und Vorurteilen, die ich beim besten Willen nicht korrigieren konnte, und den Verbindungen meines Herzens, von denen manche zu persönlich waren und die diesen Lebensraum mit Ekstase, Kummer und Lächerlichkeit gefüllt haben. Und mit Erbärmlichkeit.

Welche Entdeckungen! Ich hatte zum Beispiel vergessen, wie sehr ich Robespierre geliebt habe – trotz allem, trotz allem. Zwei Dinge hatte ich weder vermutet noch damit gerechnet: die Wucht des immer noch lauernden Hasses, der schmerzlicherweise von sich selbst überrascht war, und die Schulden, die sich durch Haß angesammelt hatten (Marcandier, der außerhalb meiner Sichtweite am Jahrestag meines Aufrufs an Paris, zu den Waffen zu greifen, gestorben ist), verständliche Schulden, die irgendwie gestrichen wurden – Brissot, Pétion. Mit fälschlichen Erinnerungen und den daraus entstehenden Fallen hatte ich dagegen gerechnet. In mehrere Schlingen bin ich hineingetappt und am Ende zufrieden drinnen liegen geblieben. Dadurch habe ich nicht ganz die Wahrheit erzählt, sondern eine leicht verschobene Wahrheit. Merkwürdigerweise habe ich entdeckt, daß ich gerade durch diese Verschiebung bei einer anderen Wahrheit angelangt bin, die in Anbetracht der Alternativen mehr wahr war.

Obwohl ich mich bemüht habe, niemanden zu verraten oder zu entstellen, habe ich das zweifellos getan – wieder einmal. Wenn ich schlecht über sie geredet habe, dann entsprang das dem Schmerz (o ja, auch der Schmerz bleibt). Ich kann nicht zurück und möchte es auch gar nicht. Ich denke, inzwischen kennt ihr mich und berücksichtigt die Verzerrungen, die Unreife und Verzweiflung hervorrufen.

Was meine Taten anbelangt, so habt ihr meine Schuld ausreichend erfahren. Euch stehen die Tatsachen zur freien Verfügung, alle Tatsachen, derer ich habhaft werden konnte.

Es wird mir klar – natürlich zu spät, aber auch diese Verspätung hat ihre Gründe –, daß jeder Mensch, der die Welt zu ändern versucht, viel bewegen kann. Aber vieles von diesem Viel wird sich als Alptraum entpuppen oder, schlimmer noch, als Chaos – es sei denn, er wäre Gott oder alle Götter zusammen. Alle, die sich an diesem Kunststück versuchen, seien es Idealisten oder Träumer, sind zu trunken von ihren Idealen und Träumen, um die Irrtümer bei ihrem Vorgehen zu erkennen. Am Ende stecken sie bis zum Hals im Blut, wie wir, wie jeder von uns. Die Gottheit, die wir schufen, hat ihre eigenen Väter verschlungen. (Der Name Camille kommt aus dem Etruskischen. Er bedeutet Opferhelfer. Dabei muß Fortuna ihre Hand im Spiel gehabt haben.)

Trotzdem möchte ich diesen Traum nicht aufgeben. Wie ein Leuchtfeuer wird er immer vor der heiligen Bruderschaft der Menschheit stehen, deren Mitglied ich gewesen bin. Und wenn die Leidenschaft dieses Ziel nicht erreicht, dann vielleicht die Hoffnung. Auch wenn alle meine Sünden die Waagschale nach unten drücken und mich zur Hölle schicken sollten, rufe ich immer und immer wieder aus: Bringt das Meer nach Paris, sucht das unglaublich schöne Mädchen – obwohl der Strand der Stadt leer bleibt und sie zu liebenswert ist, um zu existieren. Die Fähigkeit zum Hoffen und zum Träumen ist das Geburtsrecht der Menschen, mit deren Hilfe sie aus eigener Kraft in der Kälte und Dunkelheit des Kosmos und des Herzens überleben können. Und wer weiß, ob wir nicht im Lernen am Ende doch noch so weise werden, daß wir das ferne Licht erreichen und wie die Götter leben, allerdings mit jener Güte, zu der nur der verbrecherische Mensch fähig ist, doch nie die Götter. Denn der Mensch ist der Flügellose, der im goldenen Ballon des Strebens nach Höherem gelernt hat, hoch wie die Vögel zu fliegen. Oh, glaubt an dieses Kind, das wir sind.

Wahrlich, weit über mein eigenes Ich hinaus habe ich diese glitzernde Freiheit, diese Schönheit gesucht – nicht nur für mich selbst, nicht nur für Frankreich. Dahinter stand die undeutliche Vision der ganzen Erde, frei von Ketten, unter dem Himmel eines Morgens in weiter Ferne, eine Vision, die ich geträumt, vergessen und doch in Erinnerung behalten habe.

Aber auch ich war ein kleines Kind. Wie Phaëton habe ich versucht, die Sonne zu berühren, und dabei die Welt verbrannt und mir die Hände.

Ich verlange kein Mitleid. Wenn es so aussehen sollte, dann habt ihr mich falsch verstanden – vielleicht kaum verwunderlich. Einen Platz am Rande, um mich zu sammeln, das ist alles, worum Camille nun bittet. Ich habe euch die Gründe für seine Handlungen erzählt, was keine Entschuldigung dafür sein soll. Nun legt er seinen Fall nieder, damit ihr nicht der Kunst der Feder überdrüssig werdet. Die Feder ist geworfen und muß mit ihrem Gewicht gegen seine anerzogene Unwissenheit antreten, gegen seine gedankenlose Fähigkeit zu überreicher Liebe, gegen seine unbedachte Neigung zur Grausamkeit, gegen seine schlaue Narrheit, gegen jede Asche und Glut seines Feuers, das wir Leben nennen. Dieselbe Feder, mit der er bei jedem Schmerz und jeder Stichelei seine Seele aufs Papier geschrieben hat.

Ohne Stolz oder Scham muß ich nun akzeptieren, daß auch ich mitgeholfen habe, die Zukunft zu gestalten. Die Zukunft wird über mich urteilen.

Und vor diesem letzten Schiedsspruch stehe ich mit gesenktem Kopf und gebundenen Händen da – endlich stumm. Nun denn, fällt euer Urteil über mich.

Ich bin euch auf Gnade und Barmherzigkeit ausgeliefert.

Non omnis moriar.

Anmerkungen der Autorin

Selbstverständlich habe ich mich besonders auf Dokumente gestützt, die sich mit den Umständen und den Menschen zur Zeit der Französischen Revolution beschäftigen, und dazu viele verschiedene Quellen zu Rate gezogen. Wenn sich Berichte widersprechen, wie es in solchen Fällen häufig vorkommt, habe ich entweder meine eigenen Schlüsse gezogen oder mich auf meinen Instinkt verlassen, was vielleicht sogar noch relevanter war. Mein vollster Dank gilt Mme. Malgarini und M. Simon, meinen Französischübersetzern. Dennoch stammen alle hier verwendeten Übersetzungen letztlich von mir selbst. Manchmal habe ich mich eindeutig des Hilfsmittels der Zusammenfassung bedient. (Dies wird besonders deutlich, wenn im Roman ein über achtzig Seiten langes Pamphlet auf wenige Seiten reduziert ist). Manchmal habe ich das Material geringfügig kommentiert oder erweitert, habe Passagen nebeneinandergesetzt oder Elemente aus anderen Teilen eingefügt, aber immer nur sehr gezielt. Hier und da habe ich versucht, gewisse Punkte zu verdeutlichen, die jemandem, der mit diesem Gebiet nicht vertraut ist, andernfalls vielleicht unklar geblieben wären.

Ein Großteil der Lieder, Knittelverse und Gedichte sind – mit Ausnahme von Beiträgen, bei denen es sich offenkundig anders verhält – durch und durch echt, stammen also aus dieser Zeit, auch wenn dies gelegentlich überrascht. Meine Übersetzungen sind auf alle Fälle das, was man normalerweise mit »frei« bezeichnet. Aber sowohl bei Prosa wie bei Lyrik habe ich immer versucht, wenn auch nicht der äußeren Form, so doch dem eigentlichen, tiefen Sinn gerecht zu werden, egal, ob es sich um konkretes Material handelte oder um Zusätze oder Erfundenes.

Gleiches trifft auch auf die Anekdoten und Witze aus der Revolutionszeit zu. Eines möchte ich allerdings anmerken: Die Witze sind am meisten authentisch, von denen man es am wenigsten vermutet.

Die Historie ist für alle, die sie erlebt haben, gültige Gegenwart. Deshalb habe ich weder versucht, diesem Buch einen archaischen Anstrich zu geben, noch, es dem französischen Stil des achtzehnten Jahrhunderts anzupassen. Der grausame Geist des Jahres Eins ist zeitlos und hoffentlich nachvollziehbar. Aus diesen Gründen habe ich auch bei den Namen von Gegenständen, Orten und Personen zwischen Französisch und Englisch abgewechselt. Durch Gestalt und Klang sollten sie ihr unverwechselbares Wesen, ihre Quintessenz, behalten und wie früher eine vertraute Mundart durchschimmern lassen.

Nun zu Guise: Camille hatte immer ein gespaltenes Verhältnis zu seinem Geburtsort, während heutzutage beim Besucher ein ganz anderer Eindruck entsteht. Noch immer erinnert sich die Autorin gerne an die freundliche Aufnahme und Hilfe, die sie 1983 an einem strahlenden Märznachmittag bei ihrem Spaziergang erfahren hat. Wahrscheinlich hätte Camille nach anfänglichem Erstaunen über die sachte Warnung geschmunzelt, die man mir ebenfalls mit auf den Weg gegeben hatte: *Hier schätzte man ihn sehr.* Dazu kann ich nur sagen: Dies ist Camilles Buch, dessen weiteren Weg ich genausowenig aufhalten kann wie jeder andere, engagierte Schriftsteller sein Werk. Ich hoffe, niemanden beleidigt zu haben. Und wenn, so geschah es ganz und gar unbeabsichtigt.

Schon vor langer Zeit hat Guise handfeste Tatsachen geschaffen: eine Straße wurde nach Camille Desmoulins benannt und zu seinen Ehren auf einem Platz eine prächtige Statue errichtet. Das hätte ihn sicher bewegt und gerührt, denn wie die meisten von uns war auch er eine Mischung aus Gegensätzen, die sich in seinem Inneren heftige Kämpfe lieferten. Darüber hinaus verfügte er über einen großartigen Intellekt, und wie bei vielen verstandesorientierten Geschöpfen wirkte die Umwelt auf ihn verwirrend. Seine Schwäche entsprang seiner Stärke, denn im tiefsten Inneren zweifelte er an sich selbst. Aber letztlich entwickelte sich aus seiner physischen Feigheit – wenn man das überhaupt so bezeichnen kann – sein erstaunlicher Mut in moralischen Dingen. Wie bei Danton brauchte es eine Guillotine, um ihn zum Schweigen zu bringen, und vielleicht hat dies nicht einmal eine Guillotine geschafft.

Zum Dank

Die Autorin möchte sich bei folgenden Institutionen für ihre Hilfe bedanken:
Städtische Bibliotheken von Greenwich und Bromley
Museum und Gendarmerie von Guise
Museum der L'Ile de France
Französische Botschaft, London
Buchhandlung Hachette
Picadilly Rare Books
Madame Tussaud's, Marylebone
Mary Evans Fotothek, Blackheath

Außerdem bei den folgenden Personen für ihre Hilfe und Zeit und ihr Verständnis:

Elizabeth Bell
Undine Concannon
Gerard Décotil
Diana und Helen Denney
Henk und Catherine Duval
Jean Noël Guiard
Christopher Hibbert
Anthony Higgins
Rosemary Hawley Jarman
Drusilla Koffman
Barbara La Rocca
Bernard Lee
Carol McShane
Elaine Malgarini
Eric Simon
Chelsea Quinn Yarbro

Und ein ganz besonderes Dankeschön an Tracy Carns und The Overlook Press, New York.

Quellennachweis der Autorin:

Carlyle, Thomas, *Die Französische Revolution,* Leipzig 1912
Hibbert, Christopher, *The French Revolution,* London 1980
Desmoulins, Camille, *Œuvres,* Nachdruck Kraus Repr., München 1980
*Methley, Violet, *Camille Desmoulins*
*Hartcup, John, *Love is Revolution*
Vallentin, Antonina, *Mirabeau avant la Revolution,* Paris 1946
Christophe, Robert, *Danton,* Paris 1951
Beesly, A. H., *Life of Danton,* New York 1980
Matrat, Jean, *Robespierre ou la tyrannie de la majorité,* Paris 1971
Morton, J. B., *Camille Desmoulins,* London 1950
Ders., *Saint-Just,* London 1954
Tschudi, Klara, *Marie Antoinette,* Glydendal 1920
Leslie, Anita; Chapman, Pauline, *Madame Tussaud. Waxworker extraordinary,* London 1978

Für die Übersetzung wurden folgende Quellen verwendet:

Durant, *Kulturgeschichte der Menschheit,* Bd. 15–17, Köln 1985
Pernoud, Flaissier, *Französische Revolution in Augenzeugenberichten,* München 1972
Dokumente zur Französischen Revolution, Berlin 1964
Herre, Lessing, *Die Geschichte Frankreichs,* München 1989
Putzger, *Historischer Weltatlas,* Berlin 1963
dtv-Atlas zur Weltgeschichte, München 1971
Champigneulle, *Paris,* München 1982
Enzyclopaedia Britannica, Chicago 1974
Brockhaus, Ausgabe 1893, Berlin 1992
Carmina Burana, Zürich München 1974 (in der Übers. von Carl Fischer)